王树增战争系列

王树增 著

[1945年8月~1948年9月] 上

人民文学出版社

图书在版编目(CIP)数据

解放战争:1945.8~1948.9/王树增著.—北京:人民文学出版社,2009(2025.7重印)

ISBN 978-7-02-007358-0

Ⅰ.①解… Ⅱ.①王… Ⅲ.①纪实文学—中国—当代 Ⅳ.①I25

中国版本图书馆 CIP 数据核字(2009)第 125041 号

选题策划　脚　印
责任编辑　王　蔚
装帧设计　刘　静
责任校对　刘光然　常　虹
责任印制　张　娜

出版发行　人民文学出版社
社　　址　北京市朝内大街 166 号
邮政编码　100705

印　　刷　侨友印刷(河北)有限公司
经　　销　全国新华书店等

字　　数　686 千字
开　　本　680 毫米×1000 毫米　1/16
印　　张　45.5　插页 3
印　　数　649001—659000
版　　次　2009 年 8 月北京第 1 版
印　　次　2025 年 7 月第 59 次印刷

书　　号　978-7-02-007358-0
定　　价　60.00 元

如有印装质量问题,请与本社图书销售中心调换。电话:010-65233595

解放战争 目录（上）

（1945年8月—1948年9月）

第一章
　　青春作伴好还乡 / 1

第二章
　　最大多数万岁 / 89

第三章
　　哀莫大于心死 / 173

第四章
　　战场的腰部 / 247

第五章
　　破釜沉舟 / 327

第六章
　　朗照边区胜利花 / 401

第七章
　　一个极其危险的信号 / 493

第八章
　　把汉江变成内河 / 567

第九章
　　决战的序幕 / 647

★ 第一章　青春作伴好还乡

- "年纪愈大愈不愿意洗脸"
- 青春作伴好还乡
- 闯关东
- 此山是我开，此树是我栽
- "活着的最伟大的美国人"
- 狭隘的关门主义

"年纪愈大愈不愿意洗脸"

一架带有美军标志的飞机在中国黄土沟壑的上空盘旋。

这是一九四四年七月里的一天。

在此之前,因为很少有飞机在延安降落,这个共产党中央所驻扎的偏僻小城内还没有称得上机场的设施。现在,那个被称为"机场"的地方只是一片较为平坦的空地。

正是盟军实施诺曼底登陆的那段日子,大半个欧洲都被战场上空的阴霾所笼罩。但是,在亚洲战场的中国战区,进入夏季以来却十分干燥。由于手中有共产党领袖毛泽东事先亲自起草的一封关于这块空地的规模、走向以及各种可以利用的地面标记的电报,驾驶飞机的美军飞行员很快就发现了那个"机场",并且迅速地俯冲下去——他们有充分的理由享受此刻奇异的感觉:当盟军飞行员在湿气浓重的欧洲云层中躲避德军密集的对空炮火时,他们身边的天空却出奇的湛蓝宁静。更重要的是,在机翼下这片充满神秘色彩的土地上等待他们的,是无论意识形态还是生活方式都被蒋介石政府描绘得千奇百怪的共产党人以及追随着他们的士兵与百姓。这一切,都使得美军飞行员此刻的行动如同一次氛围奇特的飞行表演——但是,还是出事了。飞机的轮子刚刚接触地面,左轮猛地撞上一个看似松软实际上异常坚硬的黄土堆,机身立即向左倾斜,瞬间变成一团带着尖厉呼啸的巨大的黄色烟尘,烟尘在接近那片空地尽头的时候戛然而止,机头戳在地上使整个飞机几乎竖立起来,机舱的左侧裂开一个大窟窿。驾驶和乘坐这架飞机的数名美国军人惊魂未定地从机舱里爬了出来,他们显然没有受到严重的伤害,他们立即感受到延安炙热耀眼的阳光和浓烈醇厚的黄土气味。

一九四五年至一九四九年发生在中国的规模巨大的战争——战争

的一方称之为"解放战争",另一方称之为"戡乱战争"——毫无疑问是一场典型的内战。但是,自人类社会进入近代以来,发生在世界任何区域的所谓"内战",仅仅是对交战对象和战场地理的界定而已,其影响毫无例外会超出战争发生国的国界,直接或间接地影响国际社会的各个方面——叙述二十世纪中叶发生在中国的那场规模巨大的战争,必须从战争爆发前一年一架倒霉的美国飞机开始。因为,当那架飞机在跑道尽头变成一团跌跌撞撞的烟尘的时候,站在那片空地边的延安军民惊骇的叫声以及爬出飞机的美军观察组成员迷茫的神色,无疑是中国即将进入的那段动荡岁月和即将爆发的那场战争的极具意味的开端。

那个夏天,美国人急于飞往延安的原因是:首先,中国国民党军队在对日作战中一再失利,而蒋介石需求的对华援助越来越多,引起美国朝野的一片不满。其二,美军已经开始轰炸敌后日军目标,迫切需要共产党抗日武装提供有关情报和营救降落在敌后的美军飞行员。其三,或许这一点是最重要的,即中国共产党的政治和军事力量,已经发展到令人无法忽视的程度,与中国共产党人接触并了解他们,是战后美国政府制定符合美国利益的对华政策所必需的。正是这一切,使得一九四四年夏季仍处在数十万国民党军封锁中的延安,突然间热闹起来。

延安,中国当代史上一个奇特的地方。延安的历史,已使它从一个普通的地名,变成一个含义复杂的政治词汇。在相当长的时期内,这片土地贫瘠、植被稀疏、被国民党政府称为"匪区"的地方,却被全中国的热血青年视为寻求民族解放和国家新生的神圣之地。在延安散落着泥屋和窑洞的数条干涸的河川之中,聚集着当时中国最富社会理想与政治抱负的精英,聚集着经过万里长征幸存下来的共产党官兵,聚集着因为向往一个崭新的国家远道而来的学者、作家、画家、作曲家。延安指挥的武装力量遍布整个中国,人数已达六十三万之众——在某种程度上讲,这里就是一个"国家",尽管蒋介石从来没有正式承认过其合法性。

在美军观察组到来之前,无论蒋介石怎样阻挠,一个渴望踏上这块神秘土地的中外记者团,还是在盟军开始诺曼底登陆作战的第三天来到延安。中外记者们发现,共产党人在这片黄土地上所创造的一切,远远超出他们的想象,意外和新奇纷至沓来。共产党军队总司令朱德宴请了他们,并和他们一起欣赏了艺术家们演唱的《同盟国进行曲》和

《黄河大合唱》。被国民党报刊描绘成"匪首"的共产党领袖毛泽东性情温和，除了不断地吸烟之外，这个高个子长头发的南方人举止从容不迫、神态安然自得。在回答记者们提出的"国共两党是选择战争还是和解"这个问题的时候，毛泽东说，共产党人和人民的选择不是内战，而是一个真正的民主制度。中外记者们从日常生活的层面上认识了毛泽东——"在延安，毛是可以接近的，并且是很简朴的。他会在遍地黄土的大街上散步，跟老百姓交谈，他不带警卫。当和我们在内的一群人拍照时，他不站在中间，也没有人引他站在中间，他站在任何地方，有时在边上，有时站在别人身后。"

美军观察组虽然被延安的一个黄土堆弄得心惊肉跳，但是《解放日报》刊发的题为《欢迎美军观察组的战友们》的社论，还是让美国人十分高兴。社论不但说美军观察组到达延安，"是中国抗战以来最令人兴奋的一件大事"，而且据说社论标题中的"战友们"三个字，是毛泽东亲自加上的。共产党军队的高级将领——向美军观察组介绍抗日根据地的情况，介绍是极其详细的，仅彭德怀关于八路军在华北的抗战就整整讲了三天。毛泽东对随行的美国驻华使馆二等秘书谢伟思表示，中国问题的关键是国共两党的关系，共产党人深知内战对于国家经济和远东稳定的破坏。在目前情况下，因为国民党政府依靠美国的大量援助，所以在中国防止内战很大程度上有赖于美国的影响。由于担心一旦抗战结束，美军撤离后，国民党军会立即发动内战，毛泽东甚至向美军观察组提出："美国是否有可能在延安建立一个领事馆？"

受到友好接待的美军观察组吃上了延安生产的面包，而毛泽东和延安军民则兴致勃勃地观看了美军观察组带来的电影——汽油发电机轰轰作响，银幕上是一个永远走着鸭子步的落魄的美国流浪汉，在流浪汉的身后，是那个距离延安十分遥远的国度闪闪烁烁的摩登时代。

接着，美国总统特使帕特里克·J·赫尔利到达延安。

赫尔利曾经是胡佛总统时期的陆军部长，出任罗斯福总统特使之后不久，他便成为美国驻华大使。由于深陷中国内战开始时复杂的政治漩涡中，这个美国人很快就被共产党人视为一个出尔反尔的政客。但是，他第一次来延安的时候，受到了真诚的欢迎。毛泽东特别交代，要专门为赫尔利"开个欢迎会"，"再搞点音乐晚会"。延安方面期待的心境，源于重庆传来的情报。不久前，在重庆的共产党代表已与赫尔利见过面,赫尔利对林伯渠和董必武说:蒋介石对共产党的态度已经缓和,并且同意他必要时与共产党人接触。蒋介石虽然是中国战区的抗日领袖,但是按照美国人的看法,他的国民政府不是一个民主的政府而是一个专制的政府。中国共产党应该得到合法的政治地位。他代表罗斯福总统来到中国,就是要促成中国一切军事力量的统一,以最终战胜同盟国共同的敌人。虽然美国支持由蒋介石来统一中国的军事力量,但美国同时知道共产党领导的武装很强大,是决定中国命运的重要因素。因此,他准备在国共两党之间进行"撮合"以求得双方的合作。

在此之前,包括毛泽东在内,共产党主要领导人都没有见过赫尔利。于是,与前些日子那架运载美军观察组的飞机出现意外一样,这位美国特使也令延安的共产党人感到了颇多的意外。赫尔利乘坐的飞机在延安降落时,周恩来正好在那片空地上,当他得知走下飞机的那个外国人是赫尔利时,立即招来一个步兵连作为临时仪仗队。六十一岁的赫尔利"伸直身子,挺起胸膛"接受步兵连的检阅,"像一个得意洋洋的小伙子那样高叫印第安人的战争口号"。这一情景令急忙赶来欢迎他的共产党领导人不禁"瞠目结舌"。

第一次会谈,面对毛泽东、朱德、周恩来,基本上是赫尔利一个人在滔滔不绝。他再次强调自己到延安来是得到国民政府批准的,蒋委员长不但愿意承认共产党作为一个政党的合法地位,并且愿意承认中国其他一切政党的合法地位,同时正在考虑以某种形式吸收共产党人参加军事委员会——虽然这是美国人所期望的战后中国的政体样式,美国人正从各方面影响蒋介石迫使他接受这样的政体,虽然美国人或多或少地预感到如果国共无法合作这个国家将面临什么样的危险,但是,美国人既不了解国民党,也不了解共产党,更不了解中国。赫尔利拿出一份名为《为着协定的基础》的文件,亲自为共产党领导人朗读起来:

> 一、中国政府与中国共产党,将共同工作,来统一在中国的一切军事力量,以便迅速击败日本与重建中国。
>
> 二、中国共产党军队,将遵守与执行中央政府及其军事委员会的命令。
>
> 三、中国政府与中国共产党将拥护为了在中国建立民有、民治、民享的孙中山的原则。双方将遵行为了提倡进步与政府民主程序的发展的政策。

四、在中国,将只有一个国民政府和一个军队。共产党军队的一切军官与一切士兵,当被中央政府改组时,将依照他们在全国军队中的职位,得到一样的薪俸与津贴,共产党军队的一切组成部分,将在军器与装备的分配中得到平等待遇。

五、中国政府承认中国共产党的政党地位,并将承认中国共产党作为一个政党的合法地位。中国一切政党,将获得合法地位。

毛泽东问赫尔利,这份文件究竟是什么人的意见?赫尔利解释说,这是两党谈判的基础,不带有任何强迫性。参加会谈的美军观察组组长包瑞德上校对赫尔利说,毛泽东想知道的是,您刚才说的是蒋介石的意见还是您自己的意见。赫尔利犹豫了一下说,原来是我自己的意见,后来蒋先生作了若干修改。

午饭之后,接着会谈。

毛泽东不再给赫尔利滔滔不绝的机会。在警告赫尔利"中国的事情很难办"之后,毛泽东着重谈了两个问题,即联合政府问题和改组军队问题——这两个问题,是解放战争爆发前,国共两党始终无法妥协的最主要的问题。毛泽东说,中国人民,包括我们共产党人,首先希望"国民政府的政策和组织"有所改变,建立包含一切抗日党派和无党派人士的联合政府,这是解决问题的起点。"直到现在国民党还是一个大政党,拥有庞大的军队,这个军队在抗战头两年打仗打得比较好,现在总算还在打日本,国民党当局还没有最后破裂民族团结,这是蒋先生所领导的党和政府好的一方面"。但是这个政府必须改组,因为国民党政府危机四伏,危机的来源"在于国民党的错误政策与腐败机构",而不是共产党的存在。毛泽东说,抗战以来,"我们从不妨碍国民党,而国民党却来妨碍我们",一共一百九十五万军队,"有七十七万五千人来包围我们"。虽然如此,我们仍然拥护国民党,以打击日本侵略者。我们战斗在敌后的六十三万军队和九千万人民,拖住了日寇的尾巴,如果没有这个力量拖住日寇的尾巴,国民党军队早就被打垮了。军队是需要改组,中国人民的公意是:哪个军队腐败,就改组哪个,"而不是英勇善战的八路军和新四军"。

尽管感受到共产党人对蒋介石政府持有强硬的批评立场,但是赫尔利依旧认为,关于他带来的那份文件是有沟通的可能的,他请毛泽东亲自修改文件上的条款。毛泽东表示,赞成第一条,把第三条放在第二条之前,建议加上联合政府的条款:"现在的国民党政府改组为包含所有抗日党派及无党无派政治人士的代表的联合国民政府";同时,军事委员会"改组为包含所有抗日军队代表的联合统帅部"。毛泽东强调增加的这一条款意味着:无论在政治上还是在军事上,国民党只是联合政府与联合统帅部中与其他党派平等的一员。

赫尔利以他对中国极其有限的了解,显然无法认识到这一问题的严重性。

在第二天的会谈中,赫尔利表示:"我将尽一切力量使蒋先生接受,我想这个方案是对的。"他甚至表示如果蒋介石愿意,他可以陪同毛泽东去见蒋介石,并以"美国的国格"担保毛泽东在与蒋介石见面后能"安全地回到延安"。毛泽东的回答是:"我很愿意和蒋先生见面,过去有困难,没有机会,今天有赫尔利将军帮助,在适当时机我愿意和蒋先生见面。"可以肯定地说,毛泽东对经过修改的方案是否能在蒋介石那里获得认可,持严重的怀疑态度。他问赫尔利:"今天把文件准备好,明天签字",不知蒋先生是否会同意?包瑞德上校在一旁说,有赫尔利将军见证,如果蒋先生拒不签字,将军就可以明确地告诉罗斯福总统,我们认为很公平的协议,"毛同意了,蒋不同意"。这时,赫尔利提出一个看似十分尖锐的问题:"我要再证实一下,您是否愿意和蒋先生合作,由他当政府主席?"毛泽东的回答是:"他当政府主席。"赫尔利变得十分乐观了。他问毛泽东,与蒋先生见面的地点如果不在重庆,那么应该选在别的什么地方?毛泽东说:"当然在重庆。"

毋庸讳言,美国政府的主动接近姿态,确实给中国共产党人带来了某种希望,即希望美国可以成为中国对立的政治和军事力量之间的调解人。无论如何,至少在那个时候,美国在世界反法西斯战争中的作用和地位,使其在中国人的心中分量很重,尽管毛泽东终生都对包括美国在内的西方强国抱有极大的警惕。

赫尔利带着美国式的天真回重庆去了。

毛泽东没有想到,给共产党人造成困难局面的,不是美国而是苏联。

一九四五年初春时节,美国总统罗斯福和英国首相丘吉尔到达位于苏联克里米亚半岛南端的雅尔塔。当时,盟军对日作战的大势是:在由蒋介石指挥的中国战区,战局始终没有好转的迹象,罗斯福甚至接到过蒋介石表示中国可能不得不退出联盟战争的信函——而一旦日本从中国战场脱身,将上百万军队投入英美对日战场,那么,在美军以巨大代价征战的太平洋战区和仍让英军处在噩梦中的印缅战区,战局将会出现难以想象的困难。罗斯福和丘吉尔来到雅尔塔的重要目的之一,就是劝说斯大林出兵,直接打击中国本土上的日军,以减轻盟军在亚洲其他战场上的压力,推进整个战争的迅速结束。为此,罗斯福和丘吉尔决定在战后利益分配上向斯大林作出让步。

果然,斯大林对苏联红军承担对日作战"开价"很高。除了从日本那里恢复一九〇四年日俄战争中苏联损失的各种权益之外,大部分的条件涉及中国。包括保证苏联在中国大连的权益,恢复租用旅顺港为苏联海军基地,苏联和中国共同经营中东(满洲里至绥芬河)铁路和南满(哈尔滨经长春至旅顺)铁路。另外还有:维持外蒙古现状,库页岛南部及附近一切岛屿交还苏联,千岛群岛交与苏联。斯大林的理由是:如果这些条件不能得到满足,就很难向苏联人民解释"为什么他们必须去同日本作战";而"如果能满足必要的政治条件",那便不难向苏联人民解释"他们与远东战争的攸关利益是什么"。

为了促使苏联尽快对日作战,以牺牲中国主权为前提的《雅尔塔协定》签字了——当时的白宫顾问舍伍德后来说:"在雅尔塔考虑远东的所有问题时,罗斯福最关心的根本问题是美国对日作战计划。"

当日,蒋介石在日记中写道:"如此则我民族之大,凭借之厚,今日虽不能由余手而收复,深信将来后世之子孙亦必有完成其领土、行政、主权之一日。"

而在政治信仰上与苏联有着亲缘关系的中国共产党人心情更为复杂。

一九四五年春天,延安的山坡染上了一层斑驳的绿色,中国共产党第七次全国代表大会召开了。

毛泽东所作的政治报告的题目是《论联合政府》。

这个在解放战争爆发前公开发表的文件,明确表述了中国共产党的政治立场,即联合一切可以联合的力量,用和平的而不是战争的手段,建设一个新的中国:

……中国人民在其对于日本侵略者作了将近八年的坚决

的英勇的不屈不挠的奋斗,经历了无数的艰难困苦和自我牺牲之后,出现了这样的新局面——整个世界上反对法西斯侵略者的神圣的正义的战争,已经取得了有决定意义的胜利,中国人民配合同盟国打败日本侵略者的时机,已经迫近了。但是中国现在仍然不团结,中国仍然存在着严重的危机。在这种情况下,我们应该怎样做呢?毫无疑义,中国急需把各党各派和无党无派的代表人物团结在一起,成立民主的临时的联合政府,以便实行民主的改革,克服目前的危机,动员和统一全中国的抗日力量,有力地和同盟国配合作战,打败日本侵略者,使中国人民从日本侵略者手中解放出来。然后,需要在广泛的民主基础之上,召开国民代表大会,成立包括更广大范围的各党各派和无党无派代表人物在内的同样是联合性质的民主的正式的政府,领导解放后的全国人民,将中国建设成为一个独立、自由、民主、统一和富强的新国家……

《论联合政府》的小册子在重庆印发了三万册。蒋介石侍从室主任陈布雷看完这本书只说了两个字:内战。陈布雷的意思是,共产党的政治攻势有颠覆政府的巨大力量,国民党根本没有招架之功,对付共产党只剩下战争这一种手段了。

毛泽东担心的是:一旦日本战败,内战全面爆发。

就在共产党人对未来提出设想的时候,一个巨大的事件突然降临,发生于二十世纪中叶的中国历史上规模最大的战争骤然拉开了序幕。

一九四五年八月初,美国人在日本广岛和长崎投下了原子弹。八月九日,苏军的重炮打破了中国东北边境的寂静。由马林诺夫斯基元帅指挥的后贝加尔方面军六十个师的机械化作战部队,沿着四千多公里的边境线向中国境内大规模突进。同时,苏军轰炸机群对伪满洲国首都和日本关东军司令部所在地长春开始了猛烈的轰炸。

八月十五日,日本宣布无条件投降。

没有证据表明,无论是国民党人还是共产党人,之前预料到日本军队垮台在即。虽然五月初苏军攻克了柏林,德国在法国的兰斯向盟军无条件投降,美军也在太平洋诸岛经过一系列血腥战斗于七月在菲律宾登陆,但是,胜利的曙光还没有照耀到中国战区的上空。那时,在中国的北方,东北地区的日本移民在日本关东军的保护下,依旧犹如在自己的故乡一样享受着黑土地的肥沃;在弥漫着麦香的华北平原和飘荡着稻香的苏北河网地带,日本占领军虽然不断受到八路军、新四军以及游击队的攻击和袭扰,但并没有显露出明显的崩溃迹象。而在中国的南方,日军最精锐的部队,正向位居中国西南的国民党军发动代号为"一号攻势"的大规模攻击,其作战重点是:"占领并确保湘桂(衡阳至友谊关)铁路、粤汉(广州至武昌)及平汉(北平至汉口)铁路南部沿线的要地",以实现贯通中国东北到越南的大陆运输线,同时摧毁设立在广西和湖南的盟军空军基地。

中国共产党的七大结束之后,举行了七届一中全会,各解放区的党政军负责人依旧集中在延安。毛泽东的预想是:"日本也许在明年就要倒下去。"于是,一九四五年八月九日那天,延安的杨家岭礼堂里还在召开七届一中全会第二次会议,毛泽东在会上说要发表一个声明,即后来收入《毛泽东选集》中的《对日寇的最后一战》,以表明共产党领导的武装准备"广泛发展进攻"配合苏军对日作战。

毛泽东和延安军民一样,是在广播中听到日本投降的消息的。

同样,设在重庆的盟军总部,也是在广播中听到这个消息的,只不过比延安早了一天。

突然到来的胜利,给中国人带来巨大的惊喜和无比的自豪。抗战八年,重庆政府承担着政治和军事的双重压力。日本政府、汪精卫伪政府、盟军各国、中国自身的民族危亡和国家权益,种种的冲突与对抗、危机与艰难令重庆政府饱受折磨。同时,在对日作战的正面战场上,国民党军以空前惨烈的血战抵御着日军对中国一个又一个城市的进攻,并以一百三十二万官兵的阵亡在战争中付出了沉重代价。因此,日本宣布无条件投降的当日,蒋介石在重庆中央广播电台以国民党总裁、国民政府主席兼军事委员会委员长的名义发表了广播演说:"我们的抗战,在今天获得了胜利。正义战胜强权,终于得到了它最后的证明,这也就是表示了我们国民革命历史使命的成功。我们中国在黑暗和绝望的时期中,八年奋斗的信念,今天才得到了实现。我们对于显现在我们面前的世界和平,要感谢我们全国抗战以来的军民先烈,要感谢我们为正义和平而共同作战的盟友……"

延安的毛泽东自然也十分兴奋,他把胜利归结于"我国全体军民共同努力的结果":"由于日本的投降,我全民族八年来所坚持的神圣的抗日战争,已经胜利地结束了!全世界反法西斯战争也胜利地结束了!在全中国与全世界,一个新的时期,和平建设的时期,已经来临了!中国共产党认为在这个新的历史时期中,我全民族面前的重大任务是:巩固国内团结,保证国内和平,实现民主,改善民生,以便在和平民主团结的基础上,实现全国的统一,建立独立自由与富强的新中国,并协同英美苏及一切盟邦巩固国际间的持久和平。"

这是一个举国欣喜的时刻。

这个时刻令中华民族喜泪纵横有着深刻的历史原因。近代以来,发生在中国的屈辱事件几乎麻木了这个民族欢乐的本能,此前这片国土上还未有过强大的入侵者缴械投降的记载。于是,陡然到来的巨大胜利,让国人来不及去想欢乐结束以后将是什么样的日子。

对于抗战胜利后的中国,政治家和军事家们充满焦虑。

自二十世纪二十年代以来,中国这片土地上最主要的政治和军事争端,都来自于国民党与共产党之间。这两个从联合走向分裂的政治派别,由于政治信仰的巨大差异,多年来始终处在严酷的敌对之中。国民党无论政治上还是军事上,一直处于强势地位,这就使得共产党的发展历经坎坷与磨难。十年前,中国共产党人和他们数量有限、装备简陋的武装,在国民党军的大举围攻下几乎面临绝境,不得不放弃一个又一个根据地,转战在这个国家的急流险山之间。最终,在特定的历史条件下,落脚于中国西北的黄土高原上。而这个特定的历史条件,就是当日本入侵中国后,中华民族面临着生死存亡的危机,国共两党必须联合起来组成抗日民族统一战线。但是,无论是国民党人,还是共产党人,都清楚这种联合与这种统一是暂时的,一旦共同对日这个大前提消失,两支力量在政治上与军事上的对立就会重新显现,那么随之而来的也许就是冲突或交战的再次爆发。

此刻,赢得第二次世界大战胜利的同盟国对中国可能爆发大规模内战的焦虑,绝不是出自于对中国社会与民生的担忧。中国国民党与中国共产党之间的冲突,本质上是资本主义阵营与社会主义阵营的冲突,这一冲突的性质决定其结局必然影响到世界主要强国的在华利益,影响到世界主要强国在国际事务中政治联盟的格局。另外,如果中国爆发内战,很可能演变成以苏联为首的社会主义阵营与以美、英为首的资本主义阵营间的直接冲突,谁也无法预料到这一冲突是否会演变成新的世界大战,而已被旷日持久、代价巨大的第二次世界大战弄得精疲力竭的苏、美、英等国,谁也不希望在战争刚刚结束后不久再次卷入新的战争。

来自蒋介石政府和军队、国内各地军阀和地方势力、国际战胜国和战败国的各色情报,杂乱地集中在共产党中央所在地延安。毛泽东格外关注国民党军队日渐紧迫的大规模调动:新六军被运到南京,第九十四军被运到上海,第九十二军被运到北平……这种规模甚至超出了抗战时期的军事调动,显然是针对共产党人的。毛泽东担忧的是,五万美军准备在华北沿海港口城市登陆,名义上是配合中国政府对日本占领军受降,实际上既是等着蒋介石的军队前去接收,同时也不排除打算与苏联争夺控制中国的势力范围。而更让共产党人吃惊和困惑的消息,来自苏联。

苏军对日作战开始后,朱德命令共产党领导的抗日武装准备接受日军投降,但是蒋介石宣布日军只能向国民党军投降。就在日本正式宣布投降数小时之前,国民政府外交部长王世杰与苏联外交人民委员莫洛托夫在莫斯科签署了《中苏友好同盟条约》。苏联与国民政府保持着外交关系,签署外交文件当属正常,不正常的是这一"条约"签署的时机涉及中国共产党人未来的生存环境。条约的要点是,落实苏联在《雅尔塔协定》中取得的在华利益。国民政府以此换取了斯大林的承诺:上百万苏军已经开进中国东北,虽然此刻那里没有国民党军的一兵一卒,但是苏军只接受国民政府对东北的接管;并且,"苏联政府同意予中国以道义上与军需品及其他物资之援助,此项援助当完全供给中国中央政府即国民政府"。

有外国记者评论说:"一切都已昭然若揭,如果内战爆发,中共将独立作战。"

一九四五年八月十一日,毛泽东起草了发至各战略区的电报:《关于日本宣布投降后我党任务的决定》。电报表明,日本投降后,面对国民党军准备向解放区"收复失地",共产党领导的人民武装任务为分两个阶段:目前阶段,"应集中主要力量迫使敌伪向我投降,不投降者,按具体情况发动进攻,逐一消灭之,猛力扩大解放区,占领一切可能与必须占领的大小城市和交通要道,夺取武器与资源,并放手武装基本群众,不应稍有犹豫";将来阶段,"国民党可能向我大举进攻,我党应准备调动兵力,对付内战,其数量与规模,依情况决定。一部分地区如江南、豫、鄂、晋、绥等地,第一阶段之时间可能甚短,对此应有充分估计"。

同一天,蒋介石发布了三道命令:

一、命令国民党军前线各部队"对敌放弃要点,应即派部队进驻","距敌较远之部队,应察状况可能向前推进","对于敌人遗留之武器弹药材料财物,必须派兵严为看管",而共产党武装"如有争夺城镇,妨害我之行动,应断然剿办为要";

二、命令各沦陷区伪军"应就现驻地点负责维持地方治安,保护人民。各伪军尤应乘机赎罪,努力自新,非本蒋委员长命令,不得擅自移动驻地,并不得受未经本委员长许可之收编";

三、命令第十八集团军(八路军)总司令朱德、副总司令彭德怀"应就原地驻防待命。其在各地区作战地境内之部队,并应接受各该战区司令长官之管辖。政府对于敌军之缴械、敌俘之收容、伪军之处理及收复地区秩序之恢复,政权之行使等事项,均已统筹决定,分令实施。为维护国家命令之尊严,恪守盟邦协议之规定,各部勿再擅自行动为要"。

蒋介石的第三条命令,涉及日本投降后国共两党冲突的核心,即中国共产党及其武装是否"合法"的问题——蒋介石将共产党领导的抗日军队接管日军和伪军投降的行动称为"唐突和非法之行为"。

八月十三日,朱德、彭德怀回电蒋介石,电文充满了毛泽东的文风:

> 重庆蒋委员长勋鉴:我们从重庆广播电台收到中央社两个消息,一个是你给我们的命令,一个是你给各战区将士的命令。在你给我们的命令上说:"所有该集团军所属部队,应就原地驻防待命。"此外还有不许向敌人收缴枪械一类的话。你给各战区将士的命令,据中央社重庆十三日电是这样说的:"最高统帅部今日电各战区将士加紧作战努力,一切依照既定计划与命令积极推进,勿稍松懈。"我们认为这两个命令是互相矛盾的。照前一个命令,"驻防待命",不进攻了,不打仗了。现在日本侵略者尚未实行投降,而且每时每刻都在杀中国人,都在同中国军队作战,都在同苏联、美国、英国的军队作战,苏美英的军队也在每时每刻同日本侵略者作战,为什么你

叫我们不要打了呢？照后一个命令,我们认为是很好的,"加紧作战,积极推进,勿稍松懈",这才像个样子。可惜你只把这个命令发给你的嫡系军队,不是发给我们,而发给我们的另是一套。朱德在本月十日下了一个命令给中国各解放区的一切抗日军队,正是"加紧作战"的意思。再有一点,叫他们"加紧作战"时,必须命令日本侵略者投降过来,将敌伪军的武装等件收缴过来,难道这样不是很好的吗？无疑这是很好的,无疑这是符合于中华民族的利益的。可是"驻防待命"一说,确与民族利益不符。我们认为这个命令你是下错了,并且错得很厉害,使我们不得不向你表示:坚决地拒绝这个命令。因为你给我们的这个命令,不但不公道,而且违背中华民族的民族利益,仅仅有利于日本侵略者及背叛祖国的汉奸们。

  第十八集团军总司令　朱德　副总司令　彭德怀
        一九四五年八月十三日

紧接着,毛泽东为新华社撰写评论指出,蒋介石对八路军下的命令无异于"敌我倒置",要求八路军"就原地驻防待命",其目的是为了"他的大军能够从峨嵋山源源东下,及时地赶到目的地,然后协同伪军,向解放区人民及其军队举行一致的进攻"。

十四日,蒋介石的回电到了,电文竟是这样的：

万急,延安

毛泽东先生勋鉴：

  倭寇投降,世界永久和平局面,可期实现,举凡国际国内各种重要问题,亟待解决,特请先生克日惠临陪都,共同商讨,事关国家大计,幸勿吝驾,临电不胜迫切悬盼之至。

            蒋中正未寒
         一九四五年八月十四日

  这样的邀请出乎毛泽东的预料,尽管赫尔利曾与他谈到过与蒋介石见面的问题。

  应该说,延安对于赫尔利的政治调解最初充满期待,期待的核心是：共产党人准备与国民党人在政治上再次合作。合作希望达到的最终目的不存在任何杂质,无论当时还是现在来看,共产党人的要求甚至有些"简陋"："如果蒋介石签字承认,即是最大的让步,因为我们得到了合法地位,这是前所未有的。"但是,赫尔利从延安带回重庆的那份由毛泽东修改过的协议,还是被蒋介石断然拒绝了。国民党方面的答复是:只有共产党军队接受改编,并且全部移交给国民政府统辖,国民政府才有可能承认共产党的合法性。蒋介石提出了三点"反建议":一、国民政府允将中共军队加以改编,承认中共为合法政党;二、中共应将其一切军队移交国民政府军委会统辖,国民政府指派中共将领以委员资格参加军委会;三、国民政府之目标为实现三民主义之国家。

于是,赫尔利又开始劝说延安接受国民党提出的条件。毛泽东明确表示:"蒋介石提出的三点建议等于要我们完全投降,交换的条件是他给我们一个军事委员会的席位,而这个席位是没有任何实际作用的。"赫尔利则说,如果共产党人接受这个席位,就是"一只脚跨进大门"了。毛泽东的回答是:如果双手被反绑着,即使一只脚跨进大门,也是没有任何意义的。——"牺牲联合政府,牺牲民主原则,去几个人到重庆做官,这种廉价出卖人民的勾当,我们决不能干……"

不久,赫尔利当上了美国驻华大使。

美国人的记述是:"从这天以后,他同共产党人谈判时就日益倾向于袒护国民政府了。"

八月十六日,毛泽东给蒋介石回电:

重庆

蒋委员长勋鉴:

  未寒电悉。朱德总司令本日曾有一电给你,陈述敝方意见,待你表示意见后,我将考虑和你会见的问题。

毛泽东
未(八月)铣(十六日)

以朱德总司令的名义发出的电报,向蒋介石提出的要求包括:"你及你的政府与其统帅部在接受日伪投降与缔结受降后的一切协定和条约时,我要求你事先和我们商量,取得一致意见。因为你及你的政府为人民所不满,不能代表中国解放区及沦陷区的广大人民及一切真正抗日的人民武装力量……";"中国解放区、中国沦陷区及其一切抗日的人民武装力量,有权根据波茨坦宣言条款及同盟国规定之受降办法,接受我们所包围之日伪军队的投降,收缴其武器资财,并负责实施同盟国在受降后之一切规定……";"请求你制止内战。其办法:就是凡被解放区军队所包围的敌伪军由解放区军队接受其投降,你的军队则接受被你的军队所包围的敌伪军的投降,这不但为一切战争的通例,尤其是为了避免内战……"

八月二十日,蒋介石发来第二封电报,除了陈述接受日本投降的办法是盟军总部规定的,要求共产党军队"严守纪律,恪遵军令"外,邀请共产党人"共定大计"的口吻更加热烈:

延安

毛泽东先生勋鉴:

　　来电诵悉,期待正殷,而行旌迟迟未发,不无歉然。朱总司令电称一节,似于现在受降程序未尽明了。查此次受降办法,系由盟军总部所规定,分行各战区,均予依照办理,中国战区亦然,自未便以朱总司令之一电破坏我对盟军共同之信守。朱总司令对于执行命令,往往未能贯彻,然事关对内妨碍犹小,今于盟军所规定者亦倡异议,则对我国家与军人之人格将置于何地。朱总司令如为一爱国爱民之将领,只有严守纪律,恪遵军令,完成我抗战建国之使命。抗战八年,全国同胞日在水深火热之中,一旦解放,必须有以安辑之而鼓舞之,未可蹉跎延误。大战方告终结,内争不容再有。深望足下体念国家之艰危,悯怀人民之疾苦,共同戮力,从事建设。如何以建国之功收抗战之果,甚有赖于先生之惠然一行,共定大计,则受益拜惠,岂仅个人而已哉!特再驰电奉邀,务肯惠诺为感。

蒋中正哿(二十日)
一九四五年八月二十日

八月二十三日,中共中央政治局召开扩大会议,毛泽东说:现在的情况是,"抗日战争的阶段已结束,进入和平建设阶段"。共产党人如何进入这个阶段?有两种可能,"一种是我们可以得到一部分大城市,一种是得不到,现在是得不到。我们曾力争进入若干大城市,现在没有成功,原因有二:一是苏联为了国际和平和受中苏条约的限制,不可能帮助我们;二是蒋介石利用其合法地位,使日本完全投降他。我们只能承认这个事实,只能在得不到大城市的情况下进入和平阶段"。对我们有利的是:在人民中的地位,广大解放区的存在;不利的是:没有大城市,没有机械化军队,没有合法地位。会议接着讨论毛泽东是否去重庆的问题。朱德同意,说要解决问题,去是有利的,对将来的选举也是有利的,"让蒋介石当总统,我们当副总统吧"。彭德怀也同意,但是建议暂时先不去,等和老蒋打一下,把他的气焰打下来一点再去。

就在政治局开会的时候,蒋介石的第三封邀请电到了:

延安

毛泽东先生勋鉴:

未养电诵悉,承派周恩来先生来渝洽商,至为欣慰。惟目前各种重要问题,均待与先生面商,时机迫切,仍盼先生能与恩来先生惠然偕临,则重要问题,方得迅速解决,国家前途实利赖之。兹已准备飞机迎迓,特再驰电速驾!

蒋中正梗(二十三日)

一九四五年八月二十三日

八月二十六日,政治局再次召开会议,毛泽东明确表示:去!这样可以取得全部主动权。他随后提出,在不损害根本利益的前提下,共产党武装可以让步的地域是:第一步广东至河南的根据地,第二步江南的根据地,第三步江北的根据地。但是,"陇海路以北以迄外蒙古一定要我们占优势。东北我们也要占优势"。毛泽东的分析建立在这样一个判断上:虽然蒋介石打内战的决心已定,但是他面临的困难很多,国内反对内战的呼声他也无法忽视。更重要的是,此刻国民党军的精锐部队都集中在中国的西南和西北地区,运送这些部队进入华南、华东、华北乃至东北需要时间。正如美国总统杜鲁门所说:"蒋介石的权力只及于西南一隅,华南和华东仍被日本占领着,长江以北则连任何一种中央政府的影子也没有……事实上,蒋介石甚至连再占领华南都有极大的困难。要拿到华北,他就必须同共产党人达成协议,如果他不同共产党人及俄国人达成协议,他就休想进入东北。"

毛泽东起草了一封很长的电报,发至各中央局和各大战略区,电报将共产党人力争国内和平的态度表述得十分清晰:

……现在苏美英三国均不赞成中国内战,我党又提出和平、民主、团结三大口号,并派毛泽东、周恩来、王若飞三同志赴渝和蒋介石商量团结建国大计,中国反动派的内战阴谋,可能被挫折下去。国民党在取得沪宁等地、接通海洋和收缴敌械、收编伪军之后,较过去加强了它的地位,但是仍然百孔千疮,内部矛盾甚多,困难甚大。在内外压力下,可能在谈判后,有条件地承认我党地位,我党亦有条件地承认国民党的地位,造成两党合作[加上民主同盟等]、和平发展的新阶段。假如此种局面出现之后,我党应当努力学会合法斗争的一切方法,加紧国民党区域城市、农村、军队三大工作[均是我之弱点]。在谈判中,国民党必定要求我方大大缩小解放区的土地和解放军的数量,并不许发行纸币,我方亦准备给以必要的不伤害人民根本利益的让步。无此让步,不能击破国民党的内战阴谋,不能取得政治上的主动地位,不能取得国际舆论和国内中间派的同情,不能换得我党的合法地位和和平局面……

经过八年的抗日战争,中国共产党及其武装力量的地位得到空前的提高,共产党人认为自己已经具备了与国民党进行政治斗争的能力和资本——"现在要解决中国问题,必须估计到我们。"

> ……现在唯一挽救时局的办法,就是要求国民政府与国民党立即结束一党专政的局面,由现在的国民政府立即召集全国各抗日党派、各抗日部队、各地方政府、各民众团体的代表,开紧急国是会议,成立各党派联合政府,并由这个政府宣布并实行关于彻底改革军事、政治、经济、文化各方面的新政策。只有这样的新政府,但绝不是请客式的、不变更一党专政实质的、不改变政策的所谓新政府,才能一新天下之耳目,才能实行孙中山先生的革命三民主义,才能保障人民有充分民主自由的权利,才能发出积极抗战的军令与民主主义的政令,才能取得人民的信任,而把全国人民动员起来,增强抗战力量,停止敌人的进攻与实行我们的反攻,也才能实行真正由人民选举的国民大会与实现民主选举的政府。有了这样的新政府,国家统一也就可能实现了。

蒋介石的评述是:"组织联合政府无异于推翻政府。"

尽管在蒋介石看来组成联合政府是不可想象的事,但是在决定中国命运的历史关头,中国共产党人仍决心"以极大的努力和耐心领导人民来制止内战"。

毛泽东决定去重庆与蒋介石见面。他说:"我们还要钻进去给蒋介石洗脸,而不是砍头。"中国有"洗心革面"的成语,意为通过改过面目一新。毛泽东接着又说:"年纪愈大愈不愿意洗脸。"

那一年,毛泽东五十二岁,蒋介石五十八岁。

青春作伴好还乡

"这个在九年前经过四川的人,今天踏上了抗战首都的土地。"《大公报》记者这样描述道,"毛泽东先生,五十二岁了。灰色通草帽,灰蓝色的中山装,蓄发,似乎与惯常见过的肖像相似。身材中上,衣服宽大得很。"专车把毛泽东从重庆机场接到桂园,那里是国民党军事委员会政治部长张治中的公馆。毛泽东在公馆里"宽了外衣,又露出里面簇新的白绸衬衫。他打碎了一只盖碗茶杯。广漆地板客厅里的一切,显然对他很生疏。"一九四五年八月二十八日,日本宣布投降十三天后,重庆街头庆祝日本投降的狂欢痕迹犹在,遍地的彩色纸屑还未被风吹尽——"毛泽东先生来了!中国人听了高兴,世界人听了高兴,无疑问的,大家都认为这是中国的一件大喜事"。

中国最广大的知识和平民阶层,在刚刚过去的残酷的战争中,从精神到肉体都被折磨得支离破碎。尽管此时大地仍是满目疮痍,但如果这块土地上没有战争了,归乡之路再远总是可以走到的。那个妻儿老母倚门而立、泪眼望穿的地方,就是这个国家和平的梦境:都市午夜时分寂寞的街灯下传来的慵懒亲切的电车铃声,小镇酒馆里伙计在浓郁的酒香中露出的憨厚笑容;教室里乡音浓重的教授令人神思迷离的诗词吟唱,农家树荫下清凉的茶汤和纺线车的嗡嗡声,所有这一切不都随着日本的投降和毛泽东的到来有了实现的可能了吗?

毛泽东到达重庆的当天晚上,蒋介石举办了一个小型欢迎宴会。

毛泽东与蒋介石见面了。

他们至少有十几年没有见过面了。上一次见面可能是在广州,那时蒋介石是国民革命军的统帅,毛泽东则以国民党员的身份代理国民党中央宣传部长。一年后,随着国共两党的决裂,两个人从此成为政治上和军事上的对手,他们率领各自的武装力量所进行的较量,每一刻都关乎各自的生死存亡。因此,即使毛泽东来到蒋介石面前,国共双方的高级官员们还是感到他们握手的那一瞬间有点不可思议。

此时,两个人的威望都达到了前所未有的高峰。

作为二战中国战区的军事统帅,历经八年的抗日战争,蒋介石在国际社会已成为率领国民抵抗外国侵略的意志坚强的领袖。现在,他更有理由充满自信:他拥有四百万以上装备精良的正规军,苏、美援助中国抗日的所有武器都在国民党军队手中。而以他为核心的由联姻关系构成的四大家族,掌握并支配着大半个中国的财富和资源。他和他领导的政府在国际事务中得到广泛的承认,没有人怀疑他作为这个世界上人口最多、国土广袤的国家的首脑地位。尽管他向毛泽东发出邀请时有一种"恩赐"的感觉,也慷慨地公开表示他将对毛泽东"以诚挚待之",但是,在与毛泽东见面的那一瞬间,他还是感到了一种强烈的羞辱:"今日,我国最大的敌国——日本已经在横滨港口向我们联合国无条件地投降。五十年来最大之国耻与余个人历年所受逼迫与污辱,至此自可湔雪净尽。但旧耻虽雪,而新耻重重,不知此耻何日可以复雪?勉乎哉!"——近二十年来,他不断地表示一定要把"祸匪"共产党斩尽杀绝,甚至数次宣布毛泽东已被他的军队"击毙"。——恍如昨日的一切如何能与今天这个举杯问候的场面对应?眼前这个长期与他对抗的"匪首"如不受到惩罚谁人还能服从政府?他领导的国家还能称得上是有尊严的国家吗?

此刻,在长征途中面容憔悴、身体消瘦的毛泽东已经容光焕发、体态丰满,这个中国历史上最著名的革命者已经顺利地完成了创造伟业的一切准备。抗战后期在延安开展的整风运动,使中国共产党无论在组织上还是在思想上,都得到空前的统一,他在党内的威望和地位已是无可置疑。此时,他宽大的上衣口袋里揣着延安发来的"解放区实力政权"统计电报,这封电报犹如一份共产党人的"财产"清单:"全军已扩大到一百二十七万人[东北发展的三万在内],民兵发展到二百六十八万余人,地区扩大到一百零四万八千余平方公里,人口扩大到一万[亿]二千五百五十万,行署二十三个,专署九十个,县[市]政权五百九十个,县城二百八十五座[内反攻前八十九座]……"

由于蒋介石没有料到毛泽东真的会来,因此,在毛泽东抵达重庆的当天,他才匆忙召集会议讨论对策,会议临时确定了三条谈判方针:一,不得于现在政府法统之外来谈改组政府问题;二,不得分期或局部解决,必须现时整个解决一切问题;三,归结于政令、军令之统一,一切问题,必须以此为中心。蒋介石的核心意思是:"政治与军事应整个解决,但对政治之要求予以极度之宽容,而对军事则严格之统一,不稍迁就。"

共产党方面提出关于谈判的十一点意见。这份极具务实精神的历史文件,显示出共产党人的胸怀与眼界,今天依旧值得细细品读:

(1)在和平、民主、团结基础上实现全国的统一,建设独立、自由和富强的新中国,彻底实现三民主义。

(2)拥护蒋先生,承认蒋先生在全国的领导地位。

(3)承认国共两党及抗日党派的平等合法地位,确立长期合作,和平建国之方针。

(4)承认解放区部队及地方政权在抗日战争中的功绩和合法地位。

(5)严惩汉奸,解散伪军。

(6)重划受降地区,解放区部队参加受降工作。

(7)停止一切武装冲突,各部队暂留原地待命。

(8)在结束党治过程中,迅速采取必要办法,达到政治民主化,军队国家化,党派平等合法的地步。

(9)政治民主化的必要办法:国民政府召集各党派及无党派代表人物的政治会议,协商国事,讨论团结建国大计,民主的施政纲领,各党派参加政府,重选国民大会,由中共推荐陕甘宁边区以及热河、察哈尔、河北、山东、山西五省省府主席,绥远、河南、江苏、安徽、湖北、浙江、广东及东北十省副主席,北平、天津、开封、上海四特别市副市长;推行地方自治,实行普选。

(10)军队国家化的必要办法:公平合理地整编全国军队,确定分期实施计划;解放区正规军逐步编成十六个军,四十八个师,驻地集中于淮河流域及陇海路以北地区;中共及地方军事人员,参加军事委员会及其各部的工作;设立北平行营及北方政治委员会,任中共人员为主任。

(11)党派平等合法的必须办法:释放政治犯,取消一切不合理的禁令,取消特务等。

与毛泽东之前提出的政治主张相比,共产党人再次作出重大让步:不但承认蒋介石的领导地位,承认国民党政权,而且舍弃了"联合政府"的提法,只要求"参加政府"。当然,这份意见中包含着两个核心的政治问题,即军队国家化和结束党治。

看到共产党人的意见后,蒋介石的感受是:"脑筋深受刺激。"

蒋介石与毛泽东进行了单独谈话——陪同毛泽东前往重庆的胡乔木回忆,在重庆,蒋介石与毛泽东会面有十一次之多,大多是在公开场合,但两人的几次重要会谈都是秘密的,"有时甚至没有任何其他人在场"。蒋介石开出了价码:承认解放区事实上是绝对行不通的,在中共真正做到军令政令统一之后,各县的行政人员经中央考核后酌情留任,省一级人员乃至省主席可以考虑邀请中共人士担任。关于政治问题,国民政府正考虑把战时国防最高委员会改组为政治会议,各党派代表都可以参加,但是中央政府的组织和人事暂不变动。如果中共方面现在就想参加政府,可以考虑。也可以增加中共在国民大会的代表名额,但是现在的国民代表不能重选。关于军队问题,国民政府能够允许的最高限度是:中共军队整编为十二个师。

坐在蒋介石对面的毛泽东不置可否。共产党方面已经得到关于蒋介石谈判底线的情报,这份由中共南方局提供的情报相当准确:蒋介石在军队问题上最后可能让步到十六个师,国民大会的代表名额可以让步到百分之七。至于蒋介石说的省主席一职可以考虑邀请中共人士担任,情报援引国民党内部人士的说法是:到非让步不可的时候,蒋介石准备让毛泽东出任新疆省政府主席。无法得知,当毛泽东听说蒋介石准备让他出任中国一个偏远省份的"主席"时,是一种什么样的心情?

除了对共产党提出的"承认蒋先生在全国的领导地位"这一条表示"不胜赞佩"之外,国民党方面对其他问题没有任何让步的迹象:共产党要求以"和平、民主、团结为统一的基础",国民党则要求"民主与统一必须并重";共产党要求其领导的军队分期整编为四十八个师,国民党则要求只能编为十二个师,而且要"立即缩编至此数";共产党要求承认解放区的合法地位,国民党甚至拒绝讨论这一问题;共产党提出重选国民大会代表,国民党则认为已选代表资格仍然有效。就在国共两党艰难地讨价还价的时候,参与谈判的美国驻华大使赫尔利的态度突然强硬起来,原因是他必须带着国共谈判的某种成果回国述职。于是,赫尔利不耐烦地宣称:要么承认国民党统一,要么宣布谈判破裂。毛泽东对赫尔利说,我们的态度是:不承认,也不破裂,问题复杂,还要讨论。

赫尔利空手回美国去了。

蒋介石焦躁不安。在他看来,毛泽东和共产党人依旧是"匪"——"余以极诚对彼,而彼竟利用余精诚之言,反要求华北五省主席与北平行营主任皆要委任其人,并要编组其共军四十八万人,以为余所提之十二师之三倍,最后将欲二十四师为其基准数乎?共匪诚不可理喻也……"而之所以还要与毛泽东周旋,其目的,蒋介石在给各战区司令长官的密令中表述得明白无误:"目前与奸党谈判,乃系窥测其要求与目的,以拖延时间,缓和国际视线,俾国军抓紧时机,迅速收复沦陷区中心城市。待国军控制所有战略据点、交通线,将寇军完全受降后,再以有利之优越军事形势与奸党作具体谈判。彼如不能在军令政令统一原则下屈服,即以土匪清剿之。"

毛泽东也十分疲惫,但是只要和谈的期待还有,他就必须坚持下去。毛泽东出席了由孙中山之子孙科举行的盛大酒会,与宋庆龄、冯玉祥、邵力子、张治中、沈钧儒、郭沫若、傅斯年等一一举酒碰杯。他把《沁园春·雪》赠给了辛亥前辈柳亚子——这首一九三六年冬天写于共产党人艰苦转战中的诗作,以傲视群雄的气概再次令蒋介石"深受刺激"。他还出席了包括白崇禧在内的国民党军高级将领举行的欢迎宴会或茶话会。他主动宴请各界朋友,从政界、军界、文化界到产业界。他甚至看望了一向反共的陈立夫和戴季陶。毛泽东的观点是:共产党人来到重庆,就是为了与反共势力的代表蒋介石谈判。那么我们光找国民党左派不行,左派赞成与我们合作但是他们不掌权,要解决问题就不能放弃与国民党右派的接触。他接受了英国路透社驻重庆记者甘贝尔的采访:

问:是否可能不用武力而用协定的方式避免内战?

答:可能,因为这符合于中国人民的利益,也符合于中国当权政党的利益。目前中国只需要和平建国一项方针,不需要其他方针,因此中国内战必须坚决避免。

问:中共准备作何种让步,以求得协定?

答:在实现全国和平、民主、团结的条件下,中共准备作重要的让步,包括缩减解放区的军队在内。

问:假如谈判破裂,国共问题可能不用流血方法而得到解决吗?

答:我不相信谈判会破裂,在无论什么情形之下,中共都将坚持避免内战的方针。困难会有的,但是可能克服的。

问:日本投降后,你们所占领的地区,是否打算继续占领下去?

答:中共要求中央政府承认解放区的民选政府与人民军队,它的意义只是要求政府实行国民党所早已允诺的地方自治,借以保障人民在战争中所作的政治上、军事上、经济上与教育上的地方性的民主改革,这些改革是完全符合国民党创造者孙中山先生的理想的。

问:如果联合政府成立了,你们准备和蒋介石合作到什么程度呢?

答:如果联合政府成立了,中共将尽心尽力和蒋主席合作,以建设独立、自由、富强的新中国,彻底实现孙中山先生的三民主义。

问:中共对"自由民主的中国"的概念及界说为何?

答:"自由民主的中国"将是这样一个国家,它的各级政府直至中央政府都由普遍平等无记名的选举所产生,并向选举它们的人民负责。它将实现孙中山先生的三民主义,林肯的民有民治民享的原则与罗斯福的四大自由。它将保证国家的独立、团结、统一及与各民主强国的合作。

问:在各党派的联合政府中,中共的建设方针及恢复方针如何?

答:除了军事与政治的民主改革外,中共将向政府提议实行一个经济及文化建设纲领,这纲领的目的主要是减轻人民负担,改善人民生活,实行土地改革与工业化,奖励私人企业[除了那些带有垄断性质的部门应由民主政府国营外],在平等互利的原则下欢迎外人投资与发展国际贸易,推广群众教育,消灭文盲等。这一切也都是与孙中山先生的遗教相符的。

问：你赞成军队国家化，废止私人拥有军队吗？

答：我们完全赞成军队国家化与废止私人拥有军队，这两件事的共同前提就是国家民主化。通常所说的"共产党军队"，按其实际乃是中国人民在战争中自愿组织起来而仅仅服务于保卫祖国的军队，这是一种新型的军队，与过去中国一切属于个人的旧式军队完全不同。它的民主性质为中国军队之真正国家化提供了可贵的经验，足为中国其他军队改进的参考。

毛泽东对"自由民主的中国"的阐述，令所有关注中国前途的人满怀希望。

但是，令人担忧的事情还是出现了。

此时，美军不但占领了从广州湾到秦皇岛的沿海各大城市和交通要道，还动用飞机和军舰日夜兼程帮国民党军运送兵力。美国总统杜鲁门的解释是："由于共产党人占领了铁路中间的地方，蒋介石要想占领东北和中南就不可能。事情很清楚地摆在我们面前，假如我们让日本人立即放下他们的武器，并且向海边开去，那么整个中国就将会被共产党人拿过去。因此我们必须采取异乎寻常的步骤，利用敌人来做守备队，直到我们能将国民党的军队空运到华南，并将海军调去保卫海港为止。"更严重的是，国民党中统局拟定了以"蒋总统要经常咨询国事"为借口扣留毛泽东于重庆的计划。延安给毛泽东发来电报，建议毛泽东回来。毛泽东的态度是：继续留在重庆。同时，在有把握的情况下，反击胡宗南、阎锡山、傅作义向解放区发动的进攻，打几个大胜仗支援重庆谈判。

局部的军事冲突不可避免地爆发了。

在华美军在那个时刻所充当的角色充满戏剧性。他们在帮助蒋介石日夜运送兵力的同时，竟然也为共产党人做了一件至关重要的事，那就是用飞机把共产党的将领们送到了前线。就在滞留延安的共产党将领急需返回各解放区的时候，恰巧有一架美军观察组的运输机从西安飞到延安，于是共产党人便对美军飞行员说，能否帮助我们运送几个人去太行山？美军飞行员在没有询问究竟是什么人的情况下痛快地答应了。飞机离开延安的那天，中央外事联络科长黄华去机场给美军飞行员送行，看见机翼下准备登机的一群人时，吓了一跳，这些人是：刘伯承、邓小平、陈毅、薄一波、林彪、滕代远、张际春、陈赓、陈再道、陈锡联、萧劲光、宋时轮、杨得志、李天佑、邓华、王近山、傅秋涛、邓克明、江华和聂鹤亭。黄华当即向军委秘书长杨尚昆请求陪同飞行,因为一旦出了问题,他可以充当翻译。在小小的道格拉斯运输机的货舱里,二十一位共产党高级将领挤在一起——如果这架运输机真的出了事故,中国解放战争的历史也许会是另一种样子。

四个小时之后,飞机降落在太行山深处的一个简易机场。

共产党将领们立即奔赴各解放区。

晋冀鲁豫军区司令员刘伯承和政治委员邓小平等人赶往涉县赤岸村的军区司令部所在地。

十五天之后,一场战役打响了,战场位于山西省东南部的上党。

上党是以山西长治为中心的长子、屯留、襄垣、潞城、壶关等十余个县的总称。这里是共产党在抗日战争中建立的七个较大的解放区之一——晋冀鲁豫解放区的腹地。这个被毛泽东称为太行山、太岳山、中条山中间的"一个脚盆"的地区,向东可以钳制华北平原,向南可以控制黄河,自古就是兵家必争之地。日本投降后,国民党军阎锡山部配合沿同蒲线(大同至风陵渡)北上的胡宗南部,占领了这里的六座县城,犹如在晋冀鲁豫解放区的中心地带插入了一把刀子。如果不收复上党地区,不但晋冀鲁豫解放区不保,还可能导致国民党军向华北平原长驱直入。这就是刘伯承所说的"大门洞开":"平汉线、同蒲线(敌人)都来了,我们打哪一个呢?上党不打打平汉线,背上有把刀子,子弹也没有,不好办。打上党,把冀南部队调去了,大门(平汉线)洞开,真是拼命,要命!那时国民党正向北,我们这里是足球门。打,不行也要打!"

所谓"不行也要打",指的是当时共产党领导的军队还没有做好打大仗的准备。晋冀鲁豫解放区在抗日战争中多次受到日军"扫荡"式的进攻,部队一直处在分散打游击的状态,而且编制很不充实,武器也十分简陋。大多数的团在千人以下,仅有一半的团有迫击炮两三门,重机枪三四挺,而且炮弹奇缺,步枪子弹更是缺乏。上党战役开始后,刘伯承曾问太行纵队副司令员陈锡联:为什么枪声这么少?陈锡联回答道:没有子弹,不敢多放枪。连国民党军都感到有点怪异:冲锋而来的共产党官兵,大多数人穿着老百姓的衣裤,衣裤的颜色五花八门,不少人脑袋上和山西的放羊倌一样系着一条白布巾。当时,占领上党地区的国民党军,是阎锡山部第八集团军副总司令兼第十九军军长史泽波率领的第十九、第六十一军的四个主力步兵师和一个相当于师的挺进纵队,兵力一万六千人。

毛泽东说:"你们回到前方去,放手打就是了,不要担心我在重庆的安全问题。你们打得越好,我越安全,谈得越好。别的法子是没有的。"

于是,不但必须作战,而且必须打胜。

一九四五年九月十日,上党战役正式打响。李达、陈锡联指挥太行纵队主力攻击屯留以吸引长治之敌来援,陈赓、陈再道分别指挥太岳、冀南纵队主力埋伏在长治至屯留的公路边准备打援。

由于缺乏攻坚战的经验和能力,太行纵队对屯留的攻击十分艰难,最后把李德生的第四支队七六九团加强上去才冲进城池。国民党军城防司令、暂编三十八师副师长徐其昌弃城逃亡,被埋伏在城北的解放区的民兵俘获。国民党军战史对屯留一战的叙述是:"匪赓续向屯留围攻,以一部进出漳河西岸,截断我后方交通;经两昼夜鏖战,我军退守城垣。迄八日拂晓,匪集中五千以上兵力,先后爬城三十余次未逞,我乘机遴选奋勇官兵五百员,由第二团李团长文山率领出击,追至漳河左岸归还,毙敌千余。十日匪军再度来犯,战斗益烈,我官兵伤亡惨重,乃于十二日突围,翌日屯留遂陷。"

太行纵队占领屯留之后,太岳纵队开始攻击长子县城。担任主攻的三八六旅经过一整天的战斗,攻占了县城的西关和北关,国民党守军收缩入城。三八六旅旅长刘忠遂命令部队挖坑道,官兵们用了整整五天的时间把坑道挖到了城墙下,还专门买来一口棺材装炸药。九月十八日,长子县城墙西北角下那口装满炸药的棺材被引爆,一声巨响之后坍塌的城墙裂出一个大豁口,首先攻入城内的是三八六旅二十团。二十团以作战勇猛著称,团长楚大明。与二十团交过手的国民党兵都害怕他们,说"天不怕地不怕,就怕楚团戳一下"。长子城内的巷战异常惨烈,各攻击部队都伤亡很大,战斗一直持续到国民党守军的枪声停止。

接下来,太行、太岳、冀南纵队一起,从南、北、东三面向长治发起攻击。第十九军军长史泽波严令部队死守。长治城墙坚固,天降大雨,攀爬困难,加之国民党守军火力猛烈,三个纵队的攻击屡屡受挫,攻守双方进入艰难的战场僵持状态。在史泽波的急切催促下,阎锡山派出由第七集团军副总司令彭毓斌率领的第二十三、第八十三军以及省防军共八个师、两个重炮团从祁县出发来援。大雨阻断交通,援军只有步行。山岳相连,道路泥泞,在徒步行军异常困难的情况下,国民党军自带的弹药很多,还给长治守军带着增援的弹药,单兵负荷十分沉重,加上不断受到游击队的袭扰,一日仅可前进二三十里。但是,阎锡山严令增援部队不停顿地前进,同时给史泽波发电告之:"长治必守,援军必到。"

对于刘伯承来讲,战局到了严峻的时刻:援军不断逼近,长治守军很可能在援军到达时倾尽全力出击,两面夹击的局面一旦出现,对于晋冀鲁豫部队凶多吉少。九月二十八日,刘伯承和邓小平最后决定:由陈再道指挥冀南纵队继续围困长治;以陈锡联率太行纵队为右翼,陈赓率太岳纵队为左翼,立即北上迎击彭毓斌的援军。刘伯承在电话里对陈再道说:"长治这块骨头先不啃它,咱们先吃掉眼前这块肥肉。"

浑身泥泞的两军在屯留西北遭遇。

原来的情报说敌人兵力七千人,但是接敌后才发现援军竟有两万多人。晋冀鲁豫部队的一部不断后退,引诱敌军前进,主力则迂回至两侧发起进攻。在残酷的拉锯战后,彭毓斌部被包围。当得知粮食将尽,特别是水源被切断后,彭毓斌下令突围。但是,退路已被奔袭而来的楚大明的二十团截断。楚大明对他的官兵们说:我们这里是口袋底,就是打到只剩一个人,也不许让敌人突出去!楚团长话音未落,敌人的先头部队就顺着公路冲来了,双方顿时在夜色中厮杀在一起。到天亮时分,战死者的尸体堆积在漳河北岸,河水变成了猩红色。阎锡山的部队全部装备着日式步枪和山炮,弹药充足,火力猛烈,虽然机关和后勤人员惊慌地到处乱跑,但作战部队在严厉的督战下反复冲锋。楚大明在最后时刻命令团机关、卫生队和直属连队全部投入战斗,他亲自带领二营向敌人发动反冲击,三营则从另一侧扑向敌阵。十月五日傍晚,晋冀鲁豫各部队开始了最后的总攻。战斗于六日上午九时结束,阎锡山的八个师两万余人全军覆灭。彭毓斌中弹负伤后自杀,被俘的高级军官包括炮兵司令胡三余、暂编四十六师师长郭溶、暂编四十九师师长张宏、六十六师师长李佩膺等。

长治守军得知彭毓斌两万人的增援部队被歼后,绝望中弃城突围。

刘伯承、邓小平命令围城部队紧追不舍,同时命令其他部队急速前往合围。已连续作战月余的部队日夜兼程,终于在四天后将敌人包围在沁河以东歼灭。史泽波的部队除三千余人逃脱外,剩下的六千余人连同他本人以及暂编三十七师师长杨文彩、暂编六十八师师长郭天辛被俘。史泽波没有效法彭毓斌自杀,被俘后受到优待,并于一九四六年被释放。回到太原后不久,他重新加入阎锡山的部队,三年后在太原战役中再次被俘,并于一九四九年被再次释放。

上党战役是日本投降后国共的第一战。战役的结果完全出乎蒋介石的预料,他根本不相信手持简陋武器的共产党军队敢于发动如此规模的战役,这使他在重庆面对毛泽东的时候神情有些恍惚。更痛心疾首的是阎锡山,他苦心经营数年的精锐部队,总数也就九万有余,此役竟然一下子损失三万。而对上党一战失利之害,国民党军战史的总结是:

> 按上党区为晋、冀边区之锁钥,东屏太行,西障太岳,出东阳以瞰制冀南,扼天井以攫取豫北,形势险要,利于攻守。尤以交通上之影响,东控平汉,西扼同蒲,北制太正,南临黄河,战略之价值甚大。故是役我军败绩,即予匪回窜平汉之机,使华北、华中陷于分离,国军之北上受降,大受阻挠;而黄河以北晋、冀、豫地区之匪,自此连成一片,获得兵力运用之自由,使我豫东、鲁西时受威胁,晋南、豫北无法展开,影响而后之作战,实至深巨。

在国民党军失败的各种原因中,他们有意无意地忽略了一个关键点,那就是他们已经深入到解放区内部作战了。国民党军无法知道,与他们交战的三万多官兵的身后还有九万多的百姓。解放区的青壮年帮助共产党军队挖战壕、修工事、送弹药、押俘虏,就在国民党军官兵因为老百姓的坚壁清野而缺粮短水的时候,晋冀鲁豫各部队得到了老百姓送来的三百多万斤小米和面粉、三十五万斤马料和四万斤食盐。解放区的妇女、老人和孩子们把支援共产党军队作战,视为打理自家庄稼一样天经地义的事情,他们守护村口、封锁消息、照顾伤员、缝制军衣,仅军鞋就做了一百五十多万双。部队攻打长治的时候,城关村的妇女们冒着枪弹送上来白面馒头,她们的到来让官兵们很是吃惊,官兵们一个劲地喊:"快下去!枪子不长眼!"经历过残酷战争的百姓知道打仗要死人,他们的丈夫或是孩子就在共产党的部队里,曾在他们村里给他们挑过水磨过粮的官兵也让他们格外惦记,于是,在战役进行的时候,他们把牺牲在战场上的官兵抬回来,擦净血污,给他们穿上新棉衣、裹上新棉被,然后哭喊着把他们葬在自家的坟地里。

就在上党战役将要结束的时候,一九四五年十月十日,共产党代表与国民党代表在重庆桂园的客厅里签署了《国民政府与中共代表会谈纪要》,这就是中国当代史上著名的《双十协定》:

中国国民政府蒋主席于抗战胜利后,邀请中国共产党中央委员会主席毛泽东先生,商讨国家大计。毛先生于八月二十八日应邀来渝,进见蒋主席,曾作多次会谈;同时双方各派出代表,政府方面为王世杰、张群、张治中、邵力子四先生,中共方面为周恩来、王若飞两先生,迭在友好和谐的空气中,进行商谈,已获得左列(文件为自右往左竖写)之结果,并仍将在互信互让之基础上,继续商谈,求得圆满之解决。兹特发表会谈纪要如下:

一、关于和平建国的基本方针,一致认为:中国抗日战争业已结束,和平建国的新阶段,即将开始,必须共同努力,以和平、民主、团结、统一为基础,并在蒋主席领导之下,长期合作,坚决避免内战,建设独立、自由和富强的新中国,彻底实行三民主义。双方又同认蒋主席所倡导之政治民主化、军队国家化,及党派平等合法,为达到和平建国必由之途径。

二、关于政治民主化问题,一致认为应迅速结束训政,实施宪政,并应先采必要步骤,由国民政府召开政治协商会议,邀集各党派代表及社会贤达协商国是,讨论和平建国方案及召开国民大会各项问题。现双方正与各方洽商政治协商会议名额、组织及其职权等项问题,双方同意一俟洽商完毕,政治协商会议即应迅速召开。

三、关于国民大会问题,中共方面提出:重选国民大会代表,延缓国民大会召开日期及修改国民大会组织法、选举法和五五宪法草案等三项主张。政府方面表示:国民大会已选出之代表,应为有效,其名额可使之合理的增加和合法的解决,五五宪法草案原曾发动各界研讨,贡献修改意见。因此,双方未能成立协议。但中共方面声明:中共不愿见因此项问题之争论而破裂团结。同时双方均同意将此问题提交政治协商会议解决。

四、关于人民自由问题,一致认为政府应保证人民享受一切民主国家人民在平时应享受身体、信仰、言论、出版、集会、结社之自由,现行法令当依此原则,分别予以废止或修正。

五、关于党派合法问题,中共方面提出:政府应承认国民党、共产党及一切党派的平等合法地位。政府方面表示:各党派在法律之前平等,本为宪政常轨,今可即行承认。

六、关于特务机关问题,双方同意政府应严禁司法和警察以外机关有拘捕、审讯和处罚人民之权。

七、关于释放政治犯问题,中共方面提出:除汉奸之外之政治犯,政府应一律释放。政府方面表示:政府准备自动办理,中共可将应释放之人提出名单。

八、关于地方自治问题,双方同意各地应积极推行地方自治,实行由下而上的普选,唯政府希望不以此影响国民大会之召开。

九、关于军队国家化问题,中共方面提出:政府应公平合理地整编全国军队,确定分期实施计划,并重划军区,确定征补制度,以谋军令之统一。在此计划下,中共愿将其所领导的抗日军队由现有数目缩编至二十四个师至少二十个师的数目,并表示可迅速将其所领导而散布在广东、浙江、苏南、皖南、皖中、湖南、湖北、河南[豫北不在内]八个地区的抗日军队着手复员,并从上述地区逐步撤退应整编的部队至陇海路以北及苏北、皖北的解放区集中。政府方面表示:全国整编计划正在进行,此次提出商谈之各项问题,果能全盘解决,则中共所领导的抗日军队缩编至二十个师的数目,可以考虑。关于驻地问题,可由中共方面提出方案,讨论决定。中共方面提出:中共及地方军事人员应参加军事委员会及其各部的工作,政府应保障人事制度,任用原部队人员为整编后的部队的各级官佐,编余官佐,应实行分区训练,设立公平合理的补给制度,并确定政治教育计划。政府方面表示:所提各项,均无问题,亦愿商谈详细办法。中共方面提出:解放区民兵应一律编为地方自卫队。政府方面表示:只能视地方情势有必要与可能时,酌量编置。为具体计划本项所述各问题起见,双方同意组织三人小组[军令部、军政部及第十八集团军各派一人]进行之。

十、关于解放区地方政府问题,中共方面提出:政府应承认解放区各级民选政府的合法地位。政府方面表示:解放区名词在日本投降以后,应成为过去,全国政令必须统一。中共方面开始提出的方案为:依照现有十八个解放区的情形,重划省区和行政区,并即以原由民选之各级地方政府名单呈请中央加委,以谋政令之统一。政府方面表示:依据蒋主席曾向毛先生表示:在全国军政令统一以后,中央可考虑中共所荐之行政人选。收复区内原任抗战行政工作人员,政府可依其工作能力与成绩,酌量使其继续为地方服务,不因党派关系而有所差别。于是中共方面提出第二种解决方案,请中央于陕甘宁边区及热河、察哈尔、河北、山东、山西五省委任中共推选之人员为省府主席及委员,于绥远、河南、江苏、安徽、湖北、广东六省委任中共推选之人为省府主席及委员[因以上十一省或有广大解放区或有部分解放区],于北平、天津、青岛、上海四特别市委任中共推选之人为副市长,于东北各省容许中共推选之人参加行政。此事讨论多次,后中共方面对上述提议,有所修改,请委任省府主席及委员者改为陕甘宁边区及热、察、冀、鲁四省,请委省府副主席及委员者,改为晋、绥两省,请委副市长者改为平、津、青岛三特别市。政府方面对此表示:中共对于其抗战卓著勤劳,且在政治上具有能力之同志,可提请政府决定任用,倘要由中共推荐某某省主席及委员,某某省副主席等,则即非真诚做到军令政令之统一。于是中共方面表示可放弃第二种主张,改提第三种解决方案:由解放区各级民选政府重新举行人民普选,在政治协商会议派员监督之下,欢迎各党派、各界人士还乡参加选举。凡一县有过半数区乡已实行民选者,即举行县级民选。凡一省或一行政区有过半数县已实行民选者,即举行省级或行政区民选。选出之省区县级政府,一律呈请中央加委,以谋政令之统一。政府方面表示:此种省区加委方式,乃非谋政令之统一,惟县级民选可以考虑,省级民选须待宪法颁布,省的地位确定以后方可实施。目前只能由中央任命之省政府前往各地接管行政,俾即恢复常态。至此,中共方面提出第四种解决方案:各解放区暂维持现状不变,留待宪法规定民选省级政府实施后再行解决,而目前则规定临时办法,以保证和平秩序之恢复。同时,中共方面认为:可将此项问题,提交政治协商会议解决。政府方面则以政令统一必须提前实现,此项问题久悬不决,虑为和平建设之障碍,仍亟盼能商得具体解决方案。中共方面亦同意继续商谈。

十一、关于奸伪问题,中共方面提出:严惩汉奸,解散伪军。政府方面表示:此在原则上自无问题,惟惩治汉奸要依法律行之,解散伪军亦须妥慎办理,以免影响当地安宁。

十二、关于受降问题,中共方面提出:重划受降地区,参加受降工作。政府方面表示:参加受降工作,在已接受中央命令之后,自可考虑。

中华民国三十四年国庆纪念日于重庆

王世杰　张　群　张治中

邵力子　周恩来　王若飞

毛泽东要离开重庆了。蒋介石与毛泽东又见了一面,并进行了长谈。蒋介石说,国共两党,不可缺一,党都有缺点,也都有专长。我们都是五六十岁的人了,十年之内总要搞出个名堂,否则对不起人民。毛泽东向蒋介石谈起土地革命。蒋介石听后说,很好,将来这些事都给你们来办。最后,蒋介石再次劝告毛泽东,不要搞军队,如果专门在政治上竞争,可以被接受。毛泽东则表示,赞成军队只为国防不为党派。于是,蒋介石对毛泽东说,我们二人能合作,世界就好办了。

一九四五年十月十一日,毛泽东与蒋介石握手道别。

他们谁都没有想到,此一别便是他们的永别。

《双十协定》的签字令中国民众看到了和平的曙光。

在战时陪都重庆,因战争漂泊至此的人们都在收拾行装准备返回故乡,连国民党大员们也开始议论首都的回迁,因为对于国民党政客们来讲南京才是真正的国都。中国古代诗人杜甫的《闻官军收河南河北》出现在重庆的报纸上——公元七百六十三年春季里的一天,得知引发巨大动荡的安史之乱突然以幽州守将投降而结束,杜甫写下了这首七律:

> 剑外忽传收蓟北,
> 初闻涕泪满衣裳。
> 却看妻子愁何在,
> 漫卷诗书喜欲狂。
> 白日放歌须纵酒,
> 青春作伴好还乡。
> 即从巴峡穿巫峡,
> 便下襄阳向洛阳。

历尽苦难的中国就这样满怀希冀上路了。

尽管梦境萦绕,无论是共产党人还是国民党人,都难免焦虑犹存。

这个民族百姓的心灵已经流离太久,故园静谧的模样已是模糊不清。

闯关东

狭窄的公路淹没在中国北方八月末的秋色之中,两支武装相距三百米在公路上对峙着。武装的一方是一群外国人,汽车上架着重机枪,一门八十二毫米无后坐力炮和一门三十七毫米平射炮已做好射击准备,武装人员手中的轻机枪、手枪和转盘式冲锋枪均已子弹上膛。武装的另一方是中国人,灰色粗布军装上没有任何军衔标记,每人手中是清一色的日式步枪。

红了的高粱和黄了的豆荚将大地染得斑斑驳驳。

这是一九四五年八月三十日的上午,毛泽东在重庆湿热的暑气中正前去拜访孙中山的遗孀宋庆龄,一大批中外记者蜂拥跟随。而在距重庆数千公里的渤海西岸,在一个名叫"前所"的小火车站附近,具有历史意义的场面出现了。

苏联对日宣战后的第三天,朱德总司令发布了"第二号命令":

延安总部命令第二号

为配合苏联红军进入中国境内作战,并准备接受日、"满"敌伪军投降,我命令:

一、原东北军吕正操所部由山西绥远现地,向察哈尔、热河进发;

二、原东北军张学思所部由河北、察哈尔现地,向热河、辽宁进发;

三、原东北军万毅所部由山东、河北现地,向辽宁进发;

四、现驻河北、辽宁边境之李运昌部即日向辽宁、吉林进发。

总司令 朱德

一九四五年八月十一日五时

这个重要的军事命令中隐含着一个重要的地域名称：中国东北。

命令中提到的"现驻河北、辽宁边境之李运昌部"，是此时共产党武装距离东北最近的一支部队。尽管对这一命令的政治和军事背景了解不多，冀热辽军区司令员兼政治委员李运昌还是率领着这个小小根据地的全部人马——一万三千名官兵以及五个地委书记和两千五百多名地方干部，分三路开始向热河、辽宁和吉林进发。这是抗战结束后向东北开进的第一支共产党武装。其中由十六军分区司令员曾克林和副政委唐凯率领的东路军的行进目标是：沿辽西走廊向北，进入锦州和沈阳。曾克林和唐凯骑着属于冀东部队典型装备的毛驴，日夜兼程，尽管他们对此次开进的目的以及可能遇到的情况满头雾水。

四天之后，他们越过长城。侦察参谋董占林率领侦察班仅用几支手枪，就迫使山海关附近前所车站的四百多名伪军投降了。然而，在这个小车站，曾克林和唐凯焦虑起来：上级命令他们与进入东北的苏军会合以配合作战。但是，苏军现在哪里？在哪里能与他们会合？正在费尽思量的时候，十二团副参谋长罗文率领的另一路侦察小组带来了消息：一支看上去好像是苏军的侦察分队，从赤峰方向急速开来，距离这里已经很近了。果然，不一会，远处烟尘滚滚，五辆汽车冲进前所车站后戛然而止，苏军官兵随即展开了战斗队形。

这是进入中国境内作战的苏军首次遇到中国共产党领导的部队。尽管曾克林和唐凯判断对方就是苏军，但是苏军无法弄清眼前这些手拿武器的人是干什么的。侦察科长找来的一位曾在海参崴做过工的老汉前去交涉，但是，苏军的翻译竟然是个蒙古人，俄语和汉语的水平还不如"海参崴老汉"，双方无论如何都难以沟通。更糟糕的是，曾克林携带的唯一一部电台此刻与关内的联系中断了。

双方的持枪对峙持续了两个小时。

突然，曾克林对唐凯说：让他们看看你的胳膊！

唐凯恍然大悟，他把衣袖卷起来，露出右臂上一个醒目的印记：镰刀和斧头。

苏军军官看清楚这个图案后，愣住了。

唐凯，湖北黄陂一个苦命的孩子。父亲死后，在和母亲一起乞讨的日子里，他突然发现富人们开始惊慌起来，拉着装满财宝的车到处躲藏。乡亲们传言，孙中山正在追这些富人呢。可是，大总统孙中山不是已经死了吗？开到他家乡的国民革命军说：大总统永远不会死！他不懂革命是什么，街边的挑夫这样回答了他："革命就是杀他个龟崽子！抢他个龟崽子！让穷人吃饱饭！"一位领导穷人暴动的少共书记进入了他的生活，使他成为少年先锋队大队长和少共团支部书记。但是，没过多久，这个让他心中明亮起来的少共书记被地主民团用最残忍的方式杀害了。十三岁的唐凯在茅屋的油灯下，用钢针沾着草木灰，在自己的右臂上一针一针地刺出一个完整的镰刀和斧头图案。他说这是为了不忘少共书记说过的一句话：共产党指到哪里，我们就打到哪里！死也不反悔！自此，这个图案一直印刻在唐凯的身体和心灵上，直到后来成为共和国将军的他于八十三岁那年终老之时。

唐凯把手臂袒露出来，充满血性光泽的皮肤上，镰刀和斧头的图案熠熠生辉。

苏军军官大叫："格米尼斯特（共产党）！"

一个苏军士兵举着电报跑来，后贝加尔方面军发来的电报说，莫斯科已经联系上了延安，延安方面向他们解释了"冀热辽"是怎么一回事。

名叫伊万诺夫的苏军营长向唐凯伸出了双臂。

这个特殊的历史时刻极具象征意义。从军事角度看，这是出兵中国打击日军的苏军与共产党军队的首次会合；从政治角度看，这次会合在第一时间确定了共产党军队与苏军的同盟关系。

接着，两支武装开始了首次合作：攻击山海关。在与日军方面谈判无效后，苏军的大炮在后面轰击，曾克林和唐凯的部队在前面冲锋，战斗以共产党官兵牺牲百人和苏军牺牲两名士兵的代价胜利结束。

山海关，这个被中国人称为"天下第一关"的关隘，在中国历史上有着生死攸关的战略地位，它是中国北方一个重要地域分界处的门户，大门的外面就是面积广袤的黑土地。在这个星球上，有三块著名的黑土地：一块位于北美洲的密西西比河流域，一块位于欧洲的第聂伯河流域，另外一块就是位于亚洲东北部中国东北地区的黑龙江、松花江和乌苏里江流域。这块黑土地以土壤肥沃、资源丰富而名传天下，曾令无数中国人抛家舍子满怀着憧憬去"闯关东"；这块黑土地的东、北、西三面分别与朝鲜、苏联、蒙古接壤，南面的陆地与华北平原衔接，海上隔渤海湾与山东半岛遥望，战略地位十分重要。

一九四五年,伴随着日本投降,中国东北突然出现了政权真空。

国共双方都知道东北的重要性。

早在抗日战争时期,毛泽东就考虑必须从日本占领军手中收复东北,他把东北地区称为中国革命胜利的"巩固的基础":"如果东北能在我们领导之下,那对中国革命有什么意义呢?我看这就可以说,我们的胜利就有了基础,也就是说确定了我们的胜利。现在我们这样一点根据地,被敌人分割得相当分散,各个山头、根据地都是不巩固的,也没有工业,有灭亡的危险。所以,我们要争城市,要争那么一个整块的地方。如果我们有了一大块整个的根据地,包括东北在内,就全国范围来说,中国革命的胜利就有了基础,有了巩固的基础。"

而蒋介石之所以在日本投降前夕与苏联签订《中苏友好同盟条约》,最重要的原因,就是为了由国民党军从苏联人手中接管整个东北。代表国民政府在《中苏友好同盟条约》上签字的外交部长王世杰说:"当我们的政府决定签署条约时,我们在东北没有一兵一卒,而成千上万的苏联军队已经开进那个地区。如果我们拒绝缔结那个条约,我们仍不能收复东北,除非我们用军队去驱逐苏军并阻止苏军和共产党军队联合起来。"八月三十日,蒋介石任命熊式辉为东北行辕主任,公布将东北三省重划为辽宁、辽北、安东、吉林、松江、合江、黑龙江、嫩江、兴安九省及哈尔滨、大连两市,任命了九省省长和两市市长。蒋介石将中国东北地区称为"革命的归宿地":"东北不是中国革命的策源地,而是中国革命的归宿地。经过本党这三十年来不断的奋斗,我们中国革命已经快得到归宿地了。"

国共双方收复东北的命令几乎同时下达。

但是,国民党与共产党的差别立刻显现:国民党军主力集结在西南地区,那里与东北是中国版图的两极。此时,通往北方的铁路因为战争大多处在瘫痪状态,修复进度十分缓慢。即使请求驻华美军援助,仅仅依靠飞机和军舰,在短时间内也不可能运送过多的兵力。而共产党人在抗日战争中建立的敌后根据地,最近的距离东北南部边缘仅百公里。共产党武装兵力不多,但官兵执行命令坚决。这些穷苦人家的子弟,自他们投身共产党军队的那天起,就未奢望过搭乘任何一种交通工具,他们的奔袭转战只能依靠自己的双脚。他们没有辎重,除了一支步枪、少量的子弹和几颗土造的手榴弹外,最重的就是干粮袋,因为他们出发的时候,根据地的百姓往干粮袋里塞了不少可供路上充饥的食物。

九月五日,曾克林和唐凯的队伍到达沈阳。由于在山海关战斗中缴获颇丰,这支部队看上去还算威风:不但有机枪和崭新的日本步枪,而且官兵每人身上都挂着牛皮子弹盒。唐凯还骑着他的那头毛驴,曾克林却骑上了一匹黄色的高头大马。沈阳的百姓第一次看见八路军,欢迎与围观的人蜂拥而至,手里举的旗帜更是五花八门:镰刀斧头红旗、青天白日旗、美国的星条旗、英国的米字旗,甚至还有伪满洲国的龙旗和日本的太阳旗。——这就是那时候的中国东北,怪异的民众心理与混乱的社会秩序斑驳相交。

此刻,对于苏联,彻底打败日本关东军已不是问题,难题是如何处理国共两党在中国东北的利益。从意识形态和政治信仰上讲,苏军与共产党武装应该更亲近一些。但是,由于斯大林对中国共产党缺乏了解,更由于牵涉到未来的在华利益,苏联必须遵守《雅尔塔协定》和《中苏友好同盟条约》,将日本投降后的东北政权交给国民党而不是共产党。就在冀热辽军区一支规模不大的队伍突然出现在沈阳的时候,苏联方面得知了美国为蒋介石政府向中国北方运兵的庞大计划,特别是美国军舰已经进入渤海湾的情报,苏联方面感到了严重的不安——中国共产党领导的武装再微弱,终究是制约国民党政府与美国联姻的一种力量,苏联有必要在国共两党之间寻找一种有利于与美国抗衡的政治筹码。显然,用一种暧昧的态度容许共产党军队在东北地区存在,对于苏联来说或许有益而无害。

九月十四日上午,在延安没有得到任何通报的情况下,一架苏军飞机降落在那块已经成为机场的空地上。曾克林从机舱里一钻出来,就朝跑过来的警卫战士高喊:"快去报告!我从东北来!我把苏军代表请来了!"

驻扎在长春的苏军最高司令官马林诺夫斯基元帅的全权代表贝鲁罗索夫上校和翻译谢德明中校到达延安。

可以想象延安的惊讶与兴奋,朱德立即接见了苏军代表。

贝鲁罗索夫上校声明他的军阶不高且权力有限,此行仅为传达马林诺夫斯基元帅的四点声明:

一、按照苏军统帅部的指示,蒋军和八路军进入东北,应按照特别规定的时间。

二、苏军退出满洲之前,蒋军和八路军不得进入东北。

三、因八路军单独部队已进至沈阳、平泉、长春、大连等地,苏军统帅请朱总司令命令各部队退出苏军占领之地区。

四、未经苏军允许进入东北之蒋军部队,已被苏军缴械。苏军统帅部转告朱总司令,苏军不久将撤退,届时中国军队如何进入东北,应由中国自行解决,我们不干涉中国内政。

最后,出自同属共产党阵营的原因,贝鲁罗索夫上校礼貌地补充道:"我的上级马林诺夫斯基元帅,不论对总司令个人还是对八路军,均抱深厚之同情。"

午饭后,曾克林向中央汇报了他们进入东北的经过,随后详细描绘了当前东北的情景:社会秩序混乱,依旧由伪警察维持治安。苏军占领了东北的所有大城市,正忙着把重要的机器设备装上火车运往苏联。日本军队遗留下大量的军用物资,特别是大量的武器,没有人接收——曾克林汇报的具体内容,可以从第二天中共中央发给各中央局的通报中得知详细:

各中央局:

　　我冀东军区十六分区司令曾克林奉令率一千五百人于日寇投降后,向东北前进,曾配合红军打下山海关、兴城、绥中、锦州、北镇等城,于九月六日进入沈阳城,并被红军委曾为沈阳卫戌司令,昨日随红军代表由沈阳飞抵延安。据曾报告东北情况如下:(一)曾克林部队现已发展到二万余人,全为新式装备,从山海关到沈阳各城均驻有曾部。曾率四个连到沈阳一星期,即发展成四千人。并收编保安队万余人。(二)原在东北作(做)苦工我八路军之俘虏一二万人,已组织八路军游击队若干股,并进入长春。(三)国民党员从监狱释出后,甚为活跃,到处成立国民党部。(四)在沈阳及各地堆积之各种轻重武器及资财甚多,无人看管,随便可以拿到。曾克林已看守沈阳各重要工厂及仓库,据说有枪数十万支、大炮数千门及弹药、布匹、粮食无数。武器、资财落于民间者甚多。(五)扩兵极容易,每一号召即有数百人,并有大批伪组织武装均待改编。(六)红军只驻大城市及要道,各小城市及乡村无人管理,秩序很乱,伪组织等待交代或畏罪潜逃,土匪兴起并占领若干小城市。(七)红军不准许八路军及中央军进入满洲,但我们个别同志及我们部队不用八路番号者,都可帮助并委为卫戍司令、市长及其他重要职务。因而得以控制资财及发展武装。但凡打八路军旗子及公开用共产党员名义者,红军概不接洽,亦不给任何帮助。曾克林部因在沈阳挂上八路军臂章,即引起红军干涉,并派代表到延安要求八路军撤退。(八)现在满洲最自由,一切人只要不带武器,不用八路共党番号,即可自由进入满洲,乘火车不要买票。(九)我党在各大城市甚活跃,各地应设法抽调大批干部到东北工作。

中央

申(九月)删(十五日)

事后证明,曾克林关于"轻重武器及资财甚多,无人看管,随便可以拿到"的说法是夸张的,这给后来进入东北的部队造成不小的困难。但曾克林当时的心情可以理解:作为首批到达东北地区的指挥员,他深知此刻任何犹豫都将造成不可挽回的损失,他急切地盼望中央速下决心,立即派遣大批干部和部队去东北,使共产党人成为那片黑土地的主人。

晚上,中央政治局彻夜开会,最终形成一个重要决策:舍弃南方所有的根据地,全力抢占东北。这个"向北发展,向南防御"的战略思想,对后来解放战争的战略形态、战役样式和战争进程,具有极其重要的影响,对解读解放战争的历史——自北向南的战役走向——犹如一个重要的索引。会议决定:抽调四分之一以上的中央委员和候补委员,分别率领两万干部和十万部队开赴东北。同时,派遣彭真、陈云、伍修权、叶季壮以及报务员段子俊和译电员莫春和,立即跟随苏军飞机飞赴东北,在沈阳成立中共中央东北局,负责党在东北的一切工作。

会后,刘少奇对贝鲁罗索夫说,我们想派几个人去沈阳与苏军建立联系,希望能搭乘你们的飞机一起走。

贝鲁罗索夫答应了。

九月十六日,苏军的飞机从延安起飞。在山海关落地加油时,飞机冲出了跑道,机头插进一块稻田里,机尾高高地翘起,机舱里的人和物全部倒进前舱。伍修权、莫春和与段子俊受了轻伤,彭真的头部受到撞击,叶季壮受伤最重被抬出飞机,只有陈云奇迹般地毫发无损——他在那一瞬间被撞进最前面的驾驶室,从而使冲击力得到了缓解。在当地八路军部队的协助下,一行人改乘火车继续赶路。九月十八日,他们到达沈阳,随即成立了以彭真为书记的中共中央东北局,东北局的办公地点选在了张作霖的大帅府。

此刻,关内各解放区部队开始了向东北的急行军。

黄克诚率领的新四军第三师是当时进入东北人数最多、战斗力最强的部队。早在九月十四日,黄克诚就以个人名义给中共中央发去电报,建议立即派部队去东北"创造根据地"——"我党若没有联系一片的大战略根据地,就不会有大的胜利。"九月二十三日,第三师接到中央的命令后,四个作战旅和三个特务团共三万五千人立即从苏北淮阴出发北上。黄克诚没有轻信东北到处是武器和物资的说法,不但坚持让官兵把武器都带上,而且还带上了过冬的棉衣。事后证明,他的这个命令具有惊人的预见性。

八路军山东军区部队分别从陆路、海路进入辽东半岛。中央的电令异常坚决:"向东北和冀东进兵和运送干部是目前关系全国大局的战略行动,对我党和中国人民今后的行动,有决定的作用。在目前是时间决定一切,迟延一天即有一天的损失。"毛泽东更是心情急迫:"……务使每日不断,源源北运。山东应出之兵,请分别陆行、海运,下月必须出完,并全部到达辽宁省,那边需用至急,愈快愈好。"山东军区的所有部队昼夜兼程,六万多兵力先后到达东北:滨海支队支队长万毅率领的三千五百人,师长梁兴初率领的第一师七千五百人,师长罗华生率领的第二师七千五百人,鲁中军区政委罗舜初率领的第三师和警备三旅九千人,山东军区副司令员兼第五师师长吴克华率领的第五、第六师八千人,渤海军区司令员兼第七师师长杨国夫率领的第七师八千人,渤海军区副政治委员刘其人率领的三个团五千人,以及山东军区司令员兼政治委员罗荣桓和山东军区政治部主任萧华分别率领的军区机关与直属部队等约四千人。

从陆路进发的部队,在粮食短缺的情况下,连续徒步急行军,导致不少官兵因伤病而掉队。从海路进发的部队,乘的是临时征来的帆船,在没有任何气象预报和导航设备的情况下,有的船只不幸失踪。这些来自解放区的官兵大多没有想到,此一去他们将面临异常残酷的战斗;尤其是那些已经有了妻儿的官兵,别离时面对涟涟泪水谁也不曾想到一别竟是数年;而对于那些日后在解放战争中牺牲的官兵来讲,此一去便是他们与故土和亲人的永别。这些乡音不同、建制杂乱的共产党官兵,是后来被称为中国人民解放军"第四野战军"的最初基础。第四野战军以其巨大的规模、充实的装备、官兵们头顶上的各色狗皮帽子和勇敢强悍的战斗作风以及指挥他们的那个精于战术计算的著名军事将领而闻名于世。

林彪,中国当代史中奇特的人物。仅从单薄的外表上看,他不像一位军事指挥员,更接近一个书生。红军时期,年仅二十五的林彪就已成为共产党红色武装的主力作战部队——红一军团的军团长,与率领红三军团的军团长彭德怀一起,在艰苦卓绝的长征途中承担着冲锋陷阵的角色。全国抗日战争爆发后,林彪任八路军一一五师师长,让他的名字进入中国抗战史的平型关一战,也让他的身体因中弹受到损伤。一九四五年九月,处于休养状态的林彪被任命为山东军区司令员。他在延安登上一架美军飞机,飞机降落在河北的一个简易机场,林彪接着骑马向山东前行。九月二十三日,当他到达河南濮阳的时候,接到了中央让他北上的命令。林彪只好掉头,先骑马到了河北南宫,再换乘汽车到达河北固安,从那里徒步穿越封锁线,于十月中旬到达冀热辽军区司令部。此刻,他的身边没有任何一支部队,他也不知道自己将指挥哪些部队。就在这时,中央命令他迅速前往沈阳的电报到了,这位三十八岁的共产党将领在少数官兵的护送下继续北上。而几乎与此同时,将要成为他的军事对手的另一位将领——国民党军派往东北地区的最高军事指挥官,正在美国第七舰队代理司令巴贝中将的陪同下,站在美国军舰上的甲板上瞭望渤海岸边的一个登陆点。

杜聿明和林彪都是黄埔军校的毕业生,但是这个时年四十一岁的国民党军将领已经先于林彪到达了其军事生涯的顶峰。他指挥的国民党第五军,在抗日战争中是对日作战最强硬的部队之一,于著名的昆仑关一战中重挫号称"钢军"的日军第五师团第十二旅团,旅团长中村正雄被第五军郑洞国指挥的荣誉师第三团击毙。他曾是中国远征军的副司令长官,在缅北的热带丛林中与日军作战并率领部队九死一生的突围经历中国妇幼皆知。一九四五年十月十八日,杜聿明被任命为东北保安司令长官后,蒋介石当面交代:"你到长春去与苏军接洽,要他们根据中苏条约,掩护我军在东北各港口〔旅大、营口、葫芦岛等〕登陆,接收领土主权。"几天后,杜聿明与他的随从到达上海,他需要与美军联系自海路运送他的部队去东北。老部下郑洞国在上海机场迎接了他。军装笔挺、马靴闪亮的杜聿明热情地邀请郑洞国一起去东北。而正是因为杜聿明的这个邀请,也正是因为郑洞国没有拒绝,三年后他们都在战争中成为战俘。

接收东北政权的国民政府人员于十月上旬到达东北,其中有蒋介石的儿子蒋经国,身份是外交特派员。国民党官员到达东北,同样引发了东北民众的爱国热情,各色旗子同样打了出来。蒋经国看见两个东北孩子互相用日语说话,便问:"你是哪国人?"孩子用汉语回答:"我是中国人!"孩子回答时的表情让蒋经国心生感动。但是,接下来,在与苏军接洽时却遇到了麻烦。马林诺夫斯基元帅对国民党非军职人员不感兴趣,对蒋经国更是态度冷淡。然而,当杜聿明于十月二十八日飞抵长春后,他对这位赫赫有名的中国将领却极其友好。苏军不但表示"欢迎杜将军带领中国军队接收东北的领土主权",还同意杜聿明的军队在苏军管辖的营口港登陆。马林诺夫斯基元帅特别向杜聿明强调了中苏之间的友好关系:"我们苏联始终要和中国人民友好的……因为我们早就有了杰出的孙中山和列宁他们两人的友谊。"——对中国国民党人大谈无产阶级革命领袖列宁,从这一点便可以看出,包括斯大林在内的苏联政府官员和军事将领们,对中国国民党与共产党之间信仰分歧的了解是多么的含糊不清。

蒋介石在重庆听到这个消息后很兴奋。在接收日本占领区的问题上,作为国民政府首脑他受尽了大国的要挟。美国为了钳制苏联,以达到包办中国各地的受降权、用美械装备控制中国军队的目的,一而再地对国民政府提出各种条件,包括必须由美械装备的部队占领中国北方的大城市,否则美国就不提供运输上的帮助。为了迫使蒋介石答应,美国人甚至把原来允诺交给国民党军的三百多辆坦克,交给了驻扎在印度的英军;而对于战后停在中国云南境内的上千架军用飞机,美国人宁可将其破坏也不让蒋介石染指。蒋介石向美国妥协之后,美国才开始帮助国民党军大规模地运送兵械——这是一幅令所有中国人备受伤害的情景:在国民党军向中国北方开进的时候,毫无例外地处在美军的指挥和监督之下——这哪里是在自己的国土上"光复失地"?

杜聿明乘坐美国军舰到达辽河河口,在巴贝中将的陪同下,换乘小船前往苏军欢迎国民党军登陆的营口港,身后跟随着大批的记者。此时,即使数万共产党军队已经进入东北,但在官方记者的眼里,那支军队并不具备"收复主权"的价值,只有眼前这位将军的上岸才具有一雪国耻的意义。在记者们身后的海面上,二十多艘美国军舰满载着国民党军官兵,他们军装簇新,钢盔闪亮,全部的美式武器装备,嘴里嚼着美国口味的战地口粮。杜聿明的联络官已经上岸,杜聿明和巴贝在摇摇晃晃的小船中等待,记者们也在向营口港张望着。"远远的辽河入口处有一个大炮台,西岸出现了一群人,其中有两个着军装的,也用望远镜向我们看。营口这边有一幢未完成的大建筑,那时有一个中国军人指挥着一群人拆去木料,在搭一个工事。"等待了几个小时之后,联络官终于回来了,带来的消息是:"苏军卫戍司令不在,国军无法登陆。"

苏军已经撤走,现在占领这里的是来自山东解放军的吴克华部。

这些远道而来、人数不多、武器简陋的官兵,面对海面上庞大的美国舰队,依旧能从容地拆房子修工事,这让杜聿明和巴贝感到困惑不解和不明底细。于是,巴贝下令军舰掉头。在试图从葫芦岛登陆时,才知那里也被共产党军队占领了。经过侦察,发现秦皇岛只有五百日军和少量伪军——共产党军队曾经攻打过这里,但是没能占领——杜聿明和巴贝决定在秦皇岛登陆。

巴贝对杜聿明说:"美国才是中国真正的朋友,你相信了吧?"

蒋介石命令杜聿明的部队立即从山海关进入东北。

杜聿明要求给他十个军。

蒋介石说调动不出十个军,目前可供指挥的只有第十三军和第五十二军。

毛泽东已经从重庆返回延安,他把守住山海关的希望寄托在最早进入东北的李运昌的部队上。但是,李运昌的部队新兵多,武器严重缺乏,平均两名战士才有一支步枪,几门迫击炮仅有几发炮弹,且部队分散在辽西的各个地区,山海关那里只有不到三个团的兵力。李运昌请求增援。在增援部队日夜疾进的时候,国民党军的试探性攻击开始了。

国民党军对共产党军队的数量估计过高,因此攻击颇显迟疑,导致几次攻击都未见成效。就在僵持的时候,李运昌部的防御力量得到了加强:渤海军区司令员杨国夫率领的三个团步行一个月从山东赶到山海关。杨国夫部刚刚到达,立即主动出击,两个营在夜色中冲进国民党军八十九师的阵地。这些从山东解放区来的官兵,十分擅长打游击战,他们在敌人的阵地上四处打枪、投掷手榴弹,然后趁乱抢了一门炮和十几挺机枪。国民党军不知来了多少共军,猛烈地还击,天亮时才发现,整整一夜八十九师实际上在与国民党军的另一个师混战,混战导致一个团损失惨重,一个连几乎全部伤亡。侥幸逃出战火的连长惊恐地报告说,八路军火力非常强大,他们集中优势炮火把我们的工事在十分钟之内全部摧毁,阵地因此失守。杜聿明听了这个报告有些惊讶,因为他事先得到的情报是:"山海关共军武器破烂,没有炮火。"第二天,他亲自率领第十三军军官连同那个连长去了战斗发生地。那个连长一会儿说共军炮击的是这个村庄,一会儿又说是那个村庄。连续走了几个村庄,并没有发现遭受猛烈炮击的痕迹,只有几处手榴弹的弹痕。最后,一个躲在自家墙根下看热闹的老汉,向杜聿明描绘了他所看到的战斗情景:早听说八路打仗刁得狠,日本鬼子的大炮机关枪都打不过他们,这回看见了真八路!不知啥时候摸了过来,把村子围住,你们老总们跑出去,被手榴弹炸死不少,其余的缴了枪。然后一转眼的工夫,八路就没影儿了!杜聿明认定共军根本没有炮,是那个连长在谎报军情,这使他对第十三军的战斗力产生了质疑。第十三军是汤恩伯的部队,抗战时期汤恩伯为保存实力,一向惯用与日军接触听见炮声就撤退的伎俩。第十三军的这种作风不改,东北是谁的还说不定呢。

  杜聿明亲自制定了攻击山海关的作战计划。

  除了士气之外,共产党军队与当时的国民党军相比,没有别的优势。天气冷了,从山东长途行军而来的杨国夫师的官兵依旧穿着单衣,出发时听说的到处都是可以随便拿的新枪大炮根本没见到影子。而且,这里不是山东解放区,没有百姓往阵地上送食物,伤员也没有人往下抬。十一月十五日凌晨,国民党军两个师开始猛烈攻击,战斗持续到十六日清晨,杨国夫部官兵边打边撤,山海关外围防御阵地相继失守。天亮时分,国民党军的攻击又开始了,打前锋的是四师。美式重炮整整轰击了一个小时,也没看见四师发起冲锋。杜聿明来到前沿督战,四师师长石觉报告说,共军的阻击异常坚决,兄弟们打了半天都没打下来。杜聿明观察了一会儿,既没发现曾经激战的迹象,也没发现阵地上有什么动静,便严令四师攻击前进。国民党兵冲上去一看,杨国夫部早就撤没影了。十六日下午十六时,担任主攻的第十三军与负责迂回的第五十二军在山海关以东十公里处会合。

杜聿明占领了山海关。

对于国民党军来说,进入东北的大门已经敞开。

毛泽东在延安得知山海关失守的消息后,直接发电报给李运昌,命令他的部队必须在山海关至绥中一线坚守"至少三星期,多则两个月"。李运昌回电如实报告说,他的有限兵力分散,缺少武器弹药,怕是难以完成任务。毛泽东在命令他们不要轻易放弃阵地的同时,命令黄克诚、梁兴初部火速在锦西地区集结,准备阻击北进的国民党军。

但是,杜聿明没有给共产党军队集结的时间。

第十三军和第五十二军连续攻击前进,十八日占领绥中并接近了锦州。

锦州是辽西第一军事重镇,是东北与关内联系的交通枢纽。

这时候,林彪已经到达锦州。

林彪的身边依旧没有可供指挥的部队。十一月十五日他收到毛泽东的电报,毛泽东设想待黄克诚和梁兴初的部队到达后,由林彪或者罗荣桓亲自指挥,对进入东北的国民党军进行反击作战。可是,黄克诚和梁兴初的部队现在哪里?林彪离开锦州前往兴城和锦西,准备事先察看一下战场地形,等待黄克诚和梁兴初的到来。在兴城,林彪遇见撤到这里的杨国夫,部队的情况令他吃惊不小:伤亡很大,极度疲惫,没有棉衣,甚至没有鞋,官兵们得光着脚作战。二十一日,林彪终于等来了梁兴初率领的山东军区第一师七千多人的部队,他们从山东走到兴城足足用了一个半月的时间,艰苦的长途跋涉令官兵们根本没有立即投入战斗的可能。林彪遂致电延安,告之目前部队不具备作战条件,要有放弃锦州的准备:

……我部队已参加作战者皆极疲惫涣散,战斗力甚弱,武器弹药不足,而未得补充。自总部起,各级缺乏地图,对地理形势常不了解。通讯联络至今混乱未能通畅。地方群众则未发动,土匪甚多,故迂回包围时,无从知道。敌人利用我以上弱点,向我推进。我有一个根本意见,即:目前我军应避免被敌各个击破,应避免仓促应战,应准备放弃锦州及以北二三百公里,让敌人拉长分散后,再选弱点突击……

林彪发出电报的第二天,兴城、葫芦岛和锦西相继失守。

三天后,杜聿明的部队占领锦州。

从这时起,共产党军队再也没有占领过这一军事要地,直到三年后林彪指挥东北野战军的七十万大军再次对这里实施攻击。——那次攻击成为国共两军大决战的开端。

几天以后,进入东北的黄克诚与林彪见面了。他们商讨的结果是:就目前部队的状况而言,唯一能做的就是避战。寒冬已至,进入东北地区的官兵面临着极大的生存困难。苏军坚持不准共产党军队进入大城市,不准共产党军队接收日军留下的军用物资。没有地方党组织和地方政权的支持,东北民众又对共产党军队缺乏了解,近十万官兵的吃与穿面临着极其严峻的考验。黄克诚直接给毛泽东发电报,把当时部队的处境归结为"七无":"……部队五十多天行军,极疲劳。自华中及沿途动员,均说坐火车汽车、到东北背好武器等乐观心理。现在处于无党、无群众、无政权、无粮、无经费、无医药、无衣服鞋袜之困难情况,部队士气受到极大影响。锦州、山海关以西地区土匪极多,少数人不能通行,战场极坏。而敌人已占领锦州,将直达长春。我提议我军应暂不作战,进行短期休整,恢复疲劳,并以一部主力占中小城市,建立乡村根据地,作长期斗争之准备……"

尽管一个月后毛泽东发来了关于在东北建立根据地的电报,但是当时共产党人还没有形成一个能够在东北地区站住脚的切实可行的思路。面对看似唾手可得实际难以占领的大中城市,中央依旧指示"准备坚决消灭蒋顽在沈、长、哈三处的着陆部队,夺取三大城市,其中最有决定意义的是沈阳城。"——共产党人希望将国民党军阻击于东北地区之外。然而,面对国民党军不断地向北推进的强大攻势,无力阻挡的共产党军队只能一退再退。

死上梁山,活闯关东。

在中国人的心中,闯关东是情势逼迫下的铤而走险。

许多年之后,那些在解放战争中幸存下来的老战士,依旧对他们初到东北的那段日子刻骨铭心:那年冬天,冷得真邪乎啊!

此山是我开,此树是我栽

《戡乱战史》:

……当日本宣布投降之日,第十八集团军总司令朱德,即于延安擅以中国人民解放军总司令名义,于十二小时内,发布七道作战命令,指示各地匪军,全面暴动。当时奸匪所部奉命后之实际叛乱行动,概要如左:

一、匪林彪、吕正操、张学诗[思]、李运昌、万毅等率匪众约八万人,并纠集韩共军,分由山西、绥远、山东、河北、察哈尔、热河等地,齐向东北急窜,以配合俄寇进入中国境内之行动。

二、匪萧克纠集所部约六万人,由晋西北强行接收绥包,窜扰平绥路(北平至归绥)西段。

三、匪聂荣臻纠集所部约八万人,由察哈尔、热河现地出发,强行接收察哈尔,窜据张家口,向平、津进攻;进而配合外蒙军进入内蒙及绥、察、热等地区作战。

四、匪贺龙纠集所部约六万人,由晋西向太原攻击,企图接收山西全境,控制正太(正定至太原)、同蒲(大同至风陵渡)沿线,及汾河流域;进而配合外蒙军,进入内蒙及绥、察、热等地区作战。

五、匪刘伯承纠集所部约十万人,由太行山区强行接收平汉路(北平至汉口)及豫北地区。

六、匪陈毅纠集所部约二十万人,由山东、河北现地出发,强行接收胶济路(胶州至青岛)、津浦路(天津至蒲口),及陇海路(连云港至天水)东段两淮区,与江南苏、浙、皖边区,伺机袭取京、沪重要城市。

七、匪李先念纠集所部约六万人，由大别山挺进豫、鄂、皖，控制江汉地区，袭取津浦、平汉南段间之广大地域。

八、匪王震纠集所部约五万人，由九岭山地挺进湘、赣，强行接收两湖及赣北地区。

九、所有沿北宁路（北平至沈阳）、平绥路、平汉路、同蒲路、沧石路（沧州至石家庄）、正太路（正定至太原）、白晋路（白圭至晋城）、道清路（道口至清化）、津浦路、陇海路、粤汉路（武昌至广州）、沪宁路（上海至南京）、京芜路（南京至芜湖）、沪杭路（上海至杭州）、广九路（广州至九龙）、潮汕路（潮州至汕头）等铁路，及其他交通要道两侧之匪军或匪谍，积极进攻，或破坏、阻挠国军之运输。

十、匪另由苏北、山东、华北及晋绥一带抽调大批各级徒手匪干，从各方面偷运东北，准备利用东北人力，及俄寇所缴日本关东军武器，扩编新军。

在这段国民党军战史里，最频繁使用的一个词是"匪"。

日本投降后，中国境内共有一百三十万日军和六十八万伪军等待受降。问题是：谁是有权接受投降的"中方"？

国民政府军事委员会草拟了一份中方受降人员名单，由蒋介石侍从室一处主任林蔚和二处主任陈布雷呈送审阅。蒋介石看到名单上有第十八集团军总司令朱德的名字时，用红笔划去了。林蔚和陈布雷小心地解释说，如果这份名单上一个中共代表也没有，恐怕无法向国内外舆论交代。蒋介石坚持说："让朱德待命好了。"陈布雷事后忧虑道："先生连这点气量都没有，结果必然会弄巧成拙……"

蒋介石公布了他的中国战区受降代表名单：第一战区司令长官胡宗南，接收洛阳；第二战区司令长官阎锡山，接收山西；第三战区司令长官顾祝同，接收嘉兴、金华、杭州；第五战区司令长官刘峙，接收郑州、开封、新乡、南阳、襄阳、樊城；第六战区司令长官孙蔚如，接收武汉、沙市、宜昌地区；第七战区司令长官余汉谋，接收曲江、潮汕；第九战区司令长官薛岳，接收南昌、九江；第十战区司令长官李品仙，接收徐州、安庆、蚌埠、海州；第十一战区司令长官孙连仲，接收天津、北平、保定、石家庄；第十一战区副司令长官李延年，接收青岛、济南、德州；第十二战区司令长官傅作义,接收察哈尔、热河、绥远;第一方面军司令官卢汉,接收越南北纬十六度以北地区;第二方面军司令官张发奎,接收广州、香港、雷州半岛、海南岛;第三方面军司令官汤恩伯,接收南京、上海;第四方面军司令官王耀武,接收长沙、衡阳;台湾受降长官为陈仪。

不允许共产党领导的抗日武装接受日军投降,但是那些在战争中投靠日军的伪政府人员和伪军将领,倒被蒋介石列入了受降的中方人员名单:伪行政院副院长周佛海被委任为上海行动总队总指挥,伪海军部部长任援道被委任为南京先遣军司令,伪华北绥靖军总司令门致中被委任为北平绥靖司令。同时,蒋介石还把几十万伪军收编为国军,那些昨天还跟随日军与中国军队作战的伪军"军长"们,一夜之间便换了军服成为国军军长。更奇怪的是,华北和华东地区的日军,除被共产党武装缴械者外,二十六万日军反而开始"收复失地"——国民党军陆军总司令何应钦的命令是:"如果各地为股匪占领,日军应负责任,并由日军将其收回。"日本派遣军总司令冈村宁次的解释是:"中国的对日抗战是结束了,但今后难题尚多,主要的就是剿共问题。这是中国的心腹之患。我既受到天皇的命令投降了中国,我就应该忠实地找机会为中国政府效劳。现在我们驻在中国的完整部队还有一百几十万人,装备都是齐全的,趁现在尚未实行遣散,用来打共产党当能发挥一定的力量。这是替中国着想。"

美国总统杜鲁门说:"这种利用日本军队阻止共产党人的办法,是国防部和国务院的联合决定而经我批准的。"美国政府动用了六亿美元,将位于中国西南和西北的国民党军运送到华北、华中以及东北地区,其运送总兵力达到十四个军三十多万人。美国还直接派遣武装力量,抢先占领了中国北方的重要交通要地。后来出任美国总统特使来到中国的马歇尔将军说:"美国政府作为它和中国政府的战争合作的继续,并本着《波茨坦宣言》的精神,正在并将继续协助中国政府解除在华日军的武装和把他们遣返,美国海军陆战队在华的目的正在于此。美国参谋长联席会议下达驻华美军武装部队总司令的指令规定,美国武装部队在华占领的各地只许移交给中国之国民政府,而美国海军陆战队的使命是和这项指令相关联的。"——一个来到中国承担运兵任务的美军士兵道出了历史的真相:"我们应该有勇气说真话,我们正帮助国民党军队进行其反对共产党的战争。"

国共军事冲突已经不可避免。

国民党军大军向北,主要依靠平绥、同蒲、平汉和津浦四条铁路。

位于中国中东部的津浦线,是一条从天津到与南京一江之隔的浦口的铁路,由于铁路穿越山东和华中解放区,而且能够直接威胁南京,因此成为蒋介石的心腹之患。为了打通津浦路,分割解放区,国民党军在这个方向上投入了强大的兵力。驻守浙赣边的顾祝同部、驻守皖北的李品仙部、驻守豫皖边的李延年部、驻守鄂北的冯治安部等,在蒋介石的命令下,分别向宁、沪、杭地域和津浦线上的浦口、徐州段推进,以期占领徐州,并以徐州为基地控制整个津浦铁路。其先头部队李延年部的第十二军、第九十六军和由伪军收编来的吴化文的第五路军进占临城(今薛城)、滕县、兖州后,直趋济南。

此时,共产党将领陈毅已经来到微山湖东岸。

日本投降后,中共中央将陈毅派往华中,因为他曾在那里当过新四军军长。陈毅从延安飞赴晋东南的黎城,然后一路跋涉到达河南濮阳。在这里,他接到中央九月二十三日发出的命令:"取捷径直到山东",接替即将开赴东北的山东军区司令员兼政治委员罗荣桓的工作。陈毅时而步行时而骑骡,于十月初在临城与沙沟之间穿越了津浦铁路。这条贯穿南北的铁路线运输繁忙,向北开去的全是运兵的军列。陈毅对鲁南军区的干部说:不惜一切代价,把铁路彻底拆了!

中共中央下发了《关于破坏交通阻止国民党军向解放区伸进给华中等分局并各区党委的指示》:

>……敌人不肯向我军投降,顽军利用敌人和伪军反我,很快向我解放区伸进。各解放区除开集结部队在适当位置,准备打击前进之顽军外,必须切实破坏交通。凡被我包围之铁路及重要公路、电线等,必须彻底破坏。铁轨、枕木搬走,毁坏或掩藏,桥梁炸毁。应组织一切部队和民兵很有准备的去进行,并可联系铁路工人去进行,以便阻止敌、伪、顽军的行动,便利我军的行动……

陈毅到达山东解放区首府临沂。

此时,北进的国民党军已经进入解放区,随着山东军区的部队开赴东北,陈毅能够指挥的兵力严重不足——"截至今晚止(十月二十三日),我们手中只集中山东八师三个团,新四军九旅三个团,湖西一个地方团[六百人],新四军五旅两个团要有日(二十五日)才能赶到。山东二师本日开到我们附近,又奉罗(罗荣桓)令东开。三师因开东北而东撤。新四军二旅王必成部及十九旅谭希林部,本日从淮南、苏中动身,最快也得十一月十日左右才能赶到。顽敌利用我军来去未能接替的空隙,正陆续取道徐州北上。"

尽管兵力不足,也必须直接攻击津浦铁路沿线的要点,以阻止国民党军北进。第一个目标就是邹县。上万军民先把县城南北两边的铁路拆了四十多公里,然后开始攻击邹县县城。县城里驻扎着日军的一个中队和伪军的一个团,担任主攻的山东军区八师二十二团一营经过四次爆破,首先攻入东门。伪军没做过多的抵抗跑了,但是据守在碉堡里的日军十分顽固,以至于这座碉堡最终被炸的时候,三十多名日军全部葬身火海。与此同时,鲁中军区部队也对大汶口的伪四师展开了攻击。攻击中,三师七团一连七班副班长李安仁第一个冲进突破口,这个杀气腾腾的战士在昏暗的夜色中用刺刀连续刺倒了十五个阻挡他的对手,这使伪军的士气受到重挫。天亮时,大汶口被攻破,鲁中军区三师控制了一小段津浦铁路。

但是,对于国民党正规军的攻击艰难而残酷。

山东军区八师奉命阻击由徐州进抵临城的国民党军。在临城与夏镇之间一个叫柏山的据点,攻击持续了整整一个夜晚,虽然连续组织爆破,但由于敌人的碉堡十分坚固、火力异常凶猛而未能攻破。天快亮的时候,一个曾经当过和尚的名叫陈金合的班长站了出来。陈金合五岁跟着母亲乞讨度日,十岁给地主放牛和干杂活,终因不堪压榨跑进一座寺庙。他认为庙门里应该是一个公平的世界,可不久就因无法忍受方丈的凌辱而逃离。十八岁那年,提着个铁锤到处流浪打铁的他遇到了八路军,昔日的小和尚很快成为作战凶猛的战士,曾因身陷重围照样大量歼敌而立过战功,也曾因勇敢地近敌爆破而成为山东军区的英模代表。在部队攻击受阻时,陈金合知道该是他这个党员站出来的时候了。他提着四颗手榴弹摸上去,但围着碉堡转了一圈,也没找到安放手榴弹的合适位置。回来后,他向营长要了全营剩下的最后一颗手雷,在机枪的掩护下再次上去了。他把手榴弹和手雷捆在一起,放在碉堡唯一的一个小铁门下面,然后跑回来拉动了引爆的绳索。过了好一会儿,也没见有动静,原来绳索被敌人的机枪打断了。天大亮了,敌人碉堡里的火力越来越猛,团部的命令传了过来:"敌人的增援部队正在靠近,五分钟之内不能攻占柏山,就得立即撤出战场!"陈金合要求再上去一次。由于天色已明,碉堡里的火力都射向了他,他在弹雨中滚来滚去,战友们不知他是否中弹,只看见他终于再次接近了碉堡。上次安放的手榴弹和手雷还在那里,陈金合爬过去,但没有连接引爆的绳索,他觉得如果绳索再被敌人打断,一切就都来不及了。他朝天色明亮起来的远处看了一眼,然后低下头,用肩膀把捆在一起的手榴弹和手雷顶在小铁门上,直接拉响了引爆的拉弦。

这是解放战争爆发前夕,第一位留下姓名的与敌人同归于尽的士兵。

陈金合粉身碎骨的场面让他的战友们悲愤难忍。

陈毅同样是难耐悲情,他在参战部队团以上干部动员会上高声喊道:"此山是我开,此树是我栽,谁敢来摘果,把枪缴下来!"

到十一月下旬,山东军区部队控制了津浦线一百四十公里的地段以及临枣线二十公里的地段。

自津浦路上的临城沿着运河向南,便是共产党领导的华中军区的作战区域。这一区域紧邻国民党统治区的腹地,因此在重庆谈判中,共产党方面主动提出将华中解放区内的新四军北撤。当然,新四军北撤还有一个重要原因,就是补充山东军区部队开往东北后留下的空白。一九四五年九月至十月间,新四军各部队开始北撤的时候,遭到国民党军队的猛烈阻截。蒋介石深知共产党武装一旦在北方集结,将给国民党统一全国带来严重的后果。由苏浙军区副司令员叶飞率领的新四军一部的北移历尽艰辛,部队从金华地区出发后,于杭州湾陷于国民党军的包围,突出重围令这支部队付出伤亡二百一十三人的代价。接着,部队于深夜北渡长江时,租用的商轮不幸沉没,包括新四军第四纵队政委韦一平在内的八百多名官兵沉入江底。

此时,苏浙军区司令员粟裕正赶往淮安。

淮安和淮阴两城相隔十五公里,合称"两淮"。这里"阻淮凭海,控制山东",为"南北咽喉,江浙要冲",是中共中央华中局和新四军军部所在地。在淮安,粟裕以对未来战争走向的惊人预见,依据"进行大兵团作战"的需要,按照中央"必须首先在华中组织一个强大的野战军"的指示,把编制凌乱的部队组建为指挥统一的华中野战军。华中野战军下辖第六、第七、第八、第九共四个纵队,司令员粟裕,政治委员谭震林。但是,华中野战军的兵力状况令粟裕寝食不安:能够机动作战的部队只有近四万人,骨干只有第六纵队司令员王必成和第八纵队司令员陶勇率领的六个团,加上地方部队也不过六万人。而这时国民党军已经基本完成调动,于南线对华中解放区形成了分割之势,于北线阻隔着山东解放区与华中解放区的协同。

大战在即。

粟裕认为必须攻克并控制高邮、邵伯、泰州一线,以打破国民党军"沿运河北进分割华中解放区的企图"。这是一个军情混乱的时刻,陈毅的部队正在北面的津浦路作战,粟裕接到的指令多次变更:先是命令他率部悉数北进以配合陈毅部;当部队开始移动时,中央又命令他不要在重要的交通线上采取军事行动,因为重庆那边已经准备签署《双十协定》;待高邮邵伯战役就要发起时,命令他们返回津浦路方向的电报又到了。粟裕焦急万分,因为高邮之战,势在必打,"速战而胜,既利当前,又利长远,若失战机,后患无穷"。粟裕给中央发去一封长达千字的电报,力陈目前国民党军重兵集结于徐州、蚌埠地区,除警戒封锁此间的铁路线外,必会"利用淮北平原发挥其优势兵器"向两淮推进。如此一来,"不仅华中将被分割与孤立","华中对山东之配合亦将大减其效能"。而一旦夺取高邮、邵伯,就可解除国民党军"分割华中之威胁"。同时,淮北平原若在我军手中,将便于"大兵团机动",迫使国民党军在华中与山东两个解放区之间的"起伏地及半河川地区作战",令我军能够在运动战中大量歼敌。最后时刻,高邮邵伯战役计划被批准了。但是,新四军军部还是要求第六纵队待机协同津浦路作战。粟裕可以指挥的只有第七、第八两个纵队。

时年三十八岁的粟裕是个性格独特的共产党将领。这个参加过著名的南昌起义的湖南人,自跟随朱德和毛泽东开始其革命生涯后,以杰出的军事指挥才能留名于中国革命战争史册。在决定国共两党命运的战争中,粟裕曾数次直言要求中央改变对他的军事指令,并且对自己的见解执意坚持。令人惊讶的是,历史也数次证明,不但他的分析是正确的,而且他所坚持的战略意图对共产党人赢得战场胜利起到了至关重要的作用。新中国成立之后,毛泽东在天安门城楼上曾这样问粟裕:"你是少数民族吧?是不是苗族人?"不知毛泽东的疑惑是否与粟裕倔强的性格有关。粟裕告诉毛泽东自己是汉族人。一九八六年,粟裕去世两年之后,经过有关部门深入调查,最终确定粟裕为侗族——生活在湖南会同县的粟姓是那片荒凉山地间的一族贫寒山民。

邵伯位于高邮至扬州之间,是运河走廊上的一个军事要点。粟裕把指挥部设在距邵伯几里路的一个小村庄里,指挥第七纵队对驻守邵伯的日伪军发起进攻。部队从三面包围,留出一面缺口,诱使日军突围,突围的日军竟然从粟裕指挥部的门口混乱地夺路而逃。当他们逃窜到一片开阔地的时候,围歼的命令下达了,这股日伪军两千多人很快被全歼。几天之后,粟裕下令对高邮发起攻击。

高邮是封锁运河通道的要地,由于地理位置具有战略意义,当年占领这里的日军把城防工事修筑得十分坚固,高九米、厚七米的城墙上分布着几十个碉堡火力点。城里的日军是独立第九十混成旅团六二六大队和一个炮兵中队,伪军是已经被收编为国民党军的孙良诚部的两个师。华中野战军官兵一边挖接近城墙的交通壕,修筑几乎和城墙一样高的机枪阵地,一边向城内喊话展开政治攻势,官兵们用弓箭把劝降信射进城去,甚至还制作了一个巨大的风筝向城内撒传单。但是守敌依旧顽固,因为他们接到了上级"固守待援"的命令——从扬州方向增援而来的国民党军已经出发。高邮城内的日军拒绝向共产党军队投降;而伪军更是嚣张,他们把被共产党军队释放回去劝降的军官的脑袋砍下来,挂在了城墙上。粟裕的攻击命令下达后,各个方向的部队开始奋力攻城,官兵们冒着弹雨登着吱呀作响的云梯往上爬。经过混乱的城墙搏斗之后,城南和城西都出现了突破口。登上城墙的突击队员誓死不退,与日军进行着反复的肉搏战;攻入城内的部队逐街逐屋地与顽敌激战。当惨烈的巷战接近尾声的时候,高邮城内日军最高指挥官岩奇大佐终于表示愿意向共产党军队投降。这位年近五十的大佐在与第八纵队政治部主任韩念龙见面时说他只能把重武器和所有的军需物资交给共产党军队,而他本人则必须率领全体官兵携带轻武器去南京投降。韩念龙回答岩奇大佐:"你们只有无条件投降一条路,全体日本官兵将按照俘虏处理。不然,再接着打!"

就在陈毅和粟裕在津浦路北南两面阻击国民党军北进的时候,晋察冀军区司令员聂荣臻和晋绥野战军司令员贺龙接到了阻击沿平绥路进攻的国民党军的命令:

……必须立即组织察绥战役,消灭傅作义部,解放绥远,收复归绥,夺取雁北十三县。为完成这一战役计划,晋察冀军区须立即集结二万五千以上兵力,除一部巩固张家口守备外,余须集结休整,充分动员。如傅作义向张家口前进,应坚决消灭该顽于张家口附近;如傅顽军暂不立即向张垣进攻,亦须准备于十天后协同晋绥军区转向傅顽进攻,夺取绥远、雁北全部……

日本投降后,共产党领导的军队先于国民党军到达张家口,并从日伪军手中接管了这一地区。国民政府随即给日本派遣军总司令冈村宁次发出"备忘录",指出因为日方的"失职"才导致张家口被"不明番号之股匪占领"。在蒋介石的责问和严令下,国民党军第十二战区傅作义的部队自归绥(呼和浩特)大举东进,接连占领武川、卓资山、清水河、集宁、兴和、尚义以及绥东、绥南的广大地区。傅作义的进攻意图是:夺取张家口,控制平绥路,配合国民党中央军占领华北,进而夺取东北。

十月十一日,中央再次电令:"时机紧迫,绥远战役准备须迅速完成,最好在二十号以前开始行动。"此时,晋察冀部队急缺武器与棉衣,如留下一部分部队保卫张家口,能够机动作战的兵力十分有限,故认为十月下旬才能发动战役。但是,国民党军第一战区胡宗南的部队正沿同蒲路北进平津;第十一战区孙连仲的部队已经到达新乡,开始沿平汉路北进;第九十二、第九十四军已分别被空运至北平和天津。因此,中央要求尽快发动旨在"占领绥远全省"的战役,同时还要速战速决,以腾出兵力阻击胡宗南与孙连仲正在北进的十个军。毛泽东亲自致电聂荣臻:"平绥战役关系大局,望坚决执行。"

十八日,战斗在张家口的东面打响。傅作义兵力分散,为避免被各个击破,边打边退回归绥大本营。当傅作义的部队西撤时,留守集宁的一〇一师成为孤军,聂荣臻决心尽晋察冀部队全力歼灭该敌。尽管采取了迂回包围的战术,但敌我兵力火力极度悬殊,加之后续部队动作缓慢,一〇一师还是脱离了战场。此时,在归绥以东的卓资山,贺龙指挥的晋绥野战军对国民党军第六十七军军部和新编二十六师形成了包围之势。卓资山是平绥路上的军事要点,归绥以东的天然屏障。晋绥野战军三五八旅负责主攻,旅长黄新廷和政委余秋里亲自动员,官兵作战勇猛坚决,战斗从头一天黄昏一直打到第二天上午,第六十七军军长何文鼎还是率部突围而出撤离了战场。

聂荣臻和贺龙都感到,虽然完成了对归绥的包围,但傅作义大军避战必有名堂。果然,傅作义没有固守归绥,在修筑坚固防御工事的同时,不断主动出兵攻击晋察冀围城部队。十一月中旬,一个重炮团被空运至归绥,加上傅作义原有的六个师,归绥守军兵力已达两万四千多人。据此,聂荣臻致电中央,提出晋绥野战军全力进攻包头,晋察冀部队继续围困归绥。待包头被攻下后,晋绥野战军东移,与晋察冀部队继续合围归绥。这样,归绥守敌将"更陷孤立"。但也须预见到,不到万不得已,傅作义必坚守归绥,"围攻归绥之战役,将转为持久"。中央复电表示:晋绥野战军既攻包头,就不能打援,而围归绥"短期内不会获得结果",长期僵持"似非上策",因此希望晋察冀和晋绥部队主力"一同西进",这样既可有较大把握打下包头,又能有力地打击增援之敌。然而,在对包头的攻击中,缺乏攻坚作战能力的晋绥部队遭遇顽强阻击。四个营曾一度冲入包头城内,但终因敌我悬殊、弹药耗尽而撤出,部队伤亡数百人。十二月二日夜,晋绥部队再次以持续的冲锋猛攻包头,依旧没能打下这座防守坚固的城池。严冬已至,塞外极度寒冷,弹药、棉衣和粮食等各种供给十分困难,大量的伤员得不到及时救治,晋绥野战军司令员贺龙和副政治委员李井泉被迫决定撤离战场。至十四日,参加绥远战役的晋察冀和晋绥各部队先后撤离了包头与归绥。

北平至汉口——平汉路是贯穿中国南北的大动脉。

沿平汉路北进的,是国民党军第十一战区孙连仲部所属的第三十、第四十军和新编第八军,其中由战区副司令长官马法五(兼第四十军军长)和高树勋(兼新八军军长)率领的先头部队,已经越过河南新乡,计划用十天左右的时间到达石家庄,与已经占领那里的胡宗南部的第三军和第十六军会合,然后直趋北平和天津。来自国民党军国防部的命令是:"接受冀省,击破奸匪囊括华北企图之目的,使三十军及新八军等部,自丰乐镇强渡漳河,沿平汉路向北推进,击溃当面之逃匪后,迅速进出于保定、石家庄附近地区。"

在平汉路上阻击国民党军的共产党将领是刘伯承和邓小平。

还在刘伯承和邓小平指挥上党战役的时候,中央就要求晋冀鲁豫部队"必须以一切办法,阻碍孙连仲部在两个月以内不能进入平津"。

由于抽不出机动部队,只有命令当地的部队先行作战。在太行军区司令员秦基伟的指挥下,兵力单薄的部队攻击了平汉路上的邢台。向守志指挥的主攻部队十团勇猛作战,三营九连九班的十二名战士头顶湿棉袄,在猛烈火力的掩护下,将一百多公斤炸药送到了城墙下。由于他们第一次使用这种 TNT 炸药,不了解其爆炸威力,结果在引爆的时候没能撤到安全距离之外,十二名战士连同邢台北面的城楼一起被炸成了碎片。攻下邢台县城后,戏院为官兵免费演出三天,澡堂也优待官兵洗热水澡,付出巨大牺牲的官兵们初尝进城的快乐。接着,他们又攻占了邯郸,缴获大批物资。就在这时候,刚刚打完上党战役的晋冀鲁豫主力部队到达了战场。

沿着平汉路北进的国民党军先头部队的三个军矛盾严重。第三十军是战区长官孙连仲的基本部队,因孙连仲投靠蒋介石已基本嫡系化,而属于老西北军派系的第四十军和新八军仍属杂牌部队。其中新八军军长高树勋因长期受中央军和孙连仲的排挤,对蒋介石严重不满,部队还没从新乡北进,就派人与共产党方面联系,表示了不愿意打内战的态度。然而,老西北军部队普遍作战能力较强,火力也充足。相比而言,晋冀鲁豫部队无论兵力还是武器都处于劣势。

战场被选在了滏阳河以南、漳河以北多沙的河套里。

十月十四日,国民党军沿着平汉铁路向石家庄推进。由于没有遇到有力的阻击,其推进速度很快,先头部队于二十日渡过漳河并开始架桥。战区长官司令部的指示是:"两天到安阳,五天下邯郸,十天打到石家庄。"此时,晋冀鲁豫主力部队只有一纵到达了战场。刘伯承和邓小平立即命令一纵坚决阻击敌人,以保障其他主力部队顺利集结。当面的国民党军不但装备精良,且兵力是一纵的三倍以上。一纵奋力节节阻击,最后退守到崔曲一线。这一带村庄稠密,到处是杨树、枣树和桃树,距平汉路上的重镇邯郸仅十几里。退到这里,一纵就没退路了。二十五日,国民党军第四十军一〇六师向一纵的防御阵地发动了更加猛烈的攻击。一〇六师装备精良,作战凶悍,师长李振清外号"李铁头",打起仗来亲自带着两挺机枪督战。不间断的攻击持续了一整天,一纵各团阵地相继出现危机。傍晚六时,一纵四团与七团的接合部被撕开,导致七团的主阵地崔曲村失守。

二十七日,晋冀鲁豫主力部队相继赶到,并随即发起了反击,最终迫使敌人转攻为守,并对其形成三面包围的态势。二十八日,刘伯承下达总攻命令:第一、第二纵队和冀南、冀鲁豫军区部队以及太行军区的两个支队为北集团,由陈再道、宋任穷、王宏坤指挥,重点攻击国民党军第四十军,特别要打击突出的一〇六师;第三纵队和十七师以及太行军区的另两个支队为南集团,由陈锡联指挥,钳制国民党军第三十军,隔断其与新八军的联系,协助北集团歼灭第四十军;对高树勋的新八军则围而不打,静观其变。

攻击一〇六师的任务还是给了一纵,地点还是在一纵丢失的崔曲村。这个有着两百多户人家的村庄,四周已被两米多高的土围子围起,一〇六师不但修筑了交错的交通壕、地堡和射击掩体,而且还开辟了火箭筒等重火器射击阵地。由于交过手,一〇六师认为武器破旧的八路军不敢再强行攻击,但是,夜幕刚刚降临一纵的攻击就开始了。这是国民党军从没有见过的攻坚战法:第一波是身上挂满手榴弹的两百多人的投弹队,边冲击边投掷,战场上一时间弹如雨下。投弹队的后面紧跟着梯子队,冲到围墙下前仆后继冒死攀登。三个小时后,一纵攻进崔曲村,与国民党守军展开了残酷的白刃战。刺刀、枪托的格斗声持续一整夜,双方的伤亡都十分惨重。最后在一〇六师师部里双方开始了肉搏战,师长李振清在卫兵的掩护下夺路而逃。天亮的时候,赶来增援的第四十军三十九师到达崔曲村附近。一纵三旅二十团奉命阻击。团长王大顺、政委胡华居带领官兵与增援之敌展开了拉锯战。战斗中一营一连的阵地上除一名负伤的副排长外,全连其余官兵全部阵亡。团长王大顺和参谋长慕斌也相继牺牲。

崔曲村一战,一纵官兵以巨大的代价在国民党军的防御阵地上打开了一个缺口。就在这个生死攸关的时刻,一个突发事件令战局陡然逆转:国民党军第十一战区副司令长官兼新八军军长高树勋率部起义。

新八军的起义,动摇了平汉线上国民党军的军心,令国民党军的整体防线敞开了缺口,马法五遂决定渡漳河南撤。第三十、第四十军受命交替掩护逐次撤退。然而,就在他们开始移动的时候,晋冀鲁豫一纵和三纵多路出击实施侧翼包围,二纵和冀南军区部队则在后面紧紧追击,太行军区与冀鲁豫军区部队前出漳河以北进行阻截。马法五知道他的部队已处于绝境之中,更让他心惊胆战的是漫山遍野的民兵,这些跟随共产党军队作战的庄稼汉端着土造的火枪,或是从自家场院里抄起的一把锄头,成群结队地聚集在他们熟悉的乡村要道上,不断地袭击惊慌失措逃跑的国民党军队。最后,马法五率领的两万余人被分散包围在几个村落里。

刘伯承、邓小平命令一纵、二纵、三纵集中攻击马法五长官部所在的前旗杆樟村,攻击第三十军军部和三十师、六十七师主力所在的东、西玉槽村。西玉槽村守敌为六十七师师部和一九九、二〇〇团。六十七师撤退到该村后,砍伐树木设置鹿砦和障碍,同时在每一个街口都修筑了地堡,村里所有的民房全被相互挖通,每一座房顶上都布置了射击掩体。三纵八旅从村西发动进攻,占领村西沙丘高地之后,守敌退至村内。三连连长靳小瑞率部拼死冲击,控制了村西的一部分围墙,但守敌随即发动了坚决的反击。八旅二十二团在二十三团的掩护下,在村边沙丘上与守敌展开了殊死的搏斗。一营和三营营长相继负伤,九连连续换了三次连长,最后九连和七连的排干部全部阵亡。战斗进行到这时候,对前旗杆樟村的攻击成为关键。一纵三旅十六团的四个连突入村内,虽然没有后续部队跟上,但是官兵们浴血搏战,誓死不退。国民党守军用炮把他们占据的房屋炸飞,然后用火箭炮平射,最后再用大量兵力进行突击,但幸存的共产党官兵依旧在抗击。村庄的四面都发生着激烈的战斗,七团三营在付出巨大伤亡后,冲到马法五长官部所在的一座小庙前。已经打红了眼的官兵组成了敢死队。七连指导员石玉昌冲在最前面,国民党守军用机枪、手榴弹抵抗,用木棍、铁锨、砖头和瓦块向下砸,小庙的围墙上一时间血肉横飞。石玉昌被砸伤,从梯子上掉下来,挣扎着再次爬上去。此时,十团从另一个方向突了进来。小庙被突破后,唯独不见马法五。各部队官兵、民兵以及众多的百姓在方圆十里内展开了严密搜查,最后,国民党军第十一战区副司令长官兼第四十军军长马法五被一纵三旅二团警卫连俘获。

此役,共产党方面称为"邯郸战役",国民党战史称为"漳河战斗"。

战后,国民党方面公布的损失数字是:伤亡七千六百二十一人,失踪一万三千九百六十八人,被俘九百二十三人,其中二十七师七十九团"全团殉职"。

在总结惨痛教训的时候,国民党军把此役失败归结于三:一是战斗在"匪化区域"进行,百姓不但严密封锁消息,还不断把国军的动向向共军报告。二是战场村落"星罗棋布",在"匪情不明"的情况下,又"无坚固工事可资凭借"。三是"兵团指挥官高逆树勋叛变",从而"使战局急转直下,陷全军于危境"。而蒋介石本人感触更深,这次失败一是由于"高级将领指挥的错误和注意的疏忽",没有记住"土匪的惯伎,在于抄袭侧后";二是由于高级将领与中下级干部"精神意志不能贯通,以致临时一部哗变","整个军心就为之瓦解"。

这是国共两党签订《双十协定》后混乱而微妙的时期。

毛泽东认为,军事冲突不可避免,因为蒋介石要消灭我们的"主意老早定了",只是他发动全面内战的条件还不成熟,所以"不能把目前这种大规模的军事斗争误认为内战阶段已经到来",而只要我们"坚持又团结又斗争,以斗争之手段达到团结之目的"的方针,和平是可以实现的。毛泽东起草了"关于和平建设过渡阶段的形势和任务"的电文,对与国民党达成妥协从而赢得和平的前景充满信心:"只要战胜与大量歼灭向华北、东北进攻的顽军,争取我党我军在华北、东北的有利地位,迫使顽方不得不承认此种地位,然后两党妥协下来,转到和平发展时期,这是完全必要与完全可能的。"

与此同时,国民党召开了军事委员会会议,制定出向解放区全面进攻的计划。蒋介石特别要求对共产党人"必须除恶务尽":"我们革命军依照主义的领导,前进一步,奸匪的破坏,也必跟着凶狠一步,奸匪是要从四面八方想尽种种的办法,来威胁我们,困扰我们的!……我们回想这二十年来,奸匪始终是本党唯一的敌人。从民国十四年到现在,他用各种各样的方法,和本党纠缠鏖战,诚然是很凶顽的,很健斗;但他一切行动的结果,竟无意之间帮助了我革命彻底的成功……革命是必须经过痛苦的,革命的过程愈痛苦,则其成功愈彻底,愈伟大!希望大家认识这个道理,以抗战时代的决心,来完成剿匪的任务……"

所有的事实都表明,尽管《双十协定》墨迹犹新,毛泽东所说的"两党妥协下来,转到和平发展时期"显然是过于乐观了。随着国民党军精锐部队对中国北方各解放区的逐渐蚕食,被共产党人称为"解放战争过渡时期"的万分艰苦的日子来临了。

"活着的最伟大的美国人"

在军乐队演奏的《星条旗之歌》和《向总司令致敬》的旋律中,他接受了杜鲁门总统颁发的一枚特殊功勋橡叶勋章——服役四十二年的美国陆军总参谋长马歇尔退役了。

杜鲁门总统由衷地表示:"将军,您已经为国家做了这么多的事,我绝不打扰您的退休生活。"

第二天,退役的五星上将回到弗吉尼亚州的里斯堡老家,他在那里有一处名叫多多纳的宁静的庄园。"终于回家了。"夫人凯瑟琳的感叹声未落,电话铃响了。

电话是杜鲁门总统打来的:"将军,您愿意代表我去一趟中国吗?"

一九四五年末,中国国民党与中国共产党在《双十协定》签订后,依旧爆发了相当规模的军事冲突,这让美国人深感不安。不安的加剧来自美国驻华大使赫尔利关于中国形势的报告。报告称如果美国需要国民党统一中国,就要在现有基础上大大加强驻华美军的数量,因为国民党军队远远不能控制华北和东北地区。赫尔利的报告在美国政界引起轩然大波。美国军方认为:必须显示出对国民政府强有力的支持,如果美军撤出,中国的华北和东北都将被共产党领导的武装力量占领,这不仅直接损害了国民政府的利益,也将损害美国未来的在华利益。况且,遣返日军战俘仅靠中国自身的力量无法完成。但是,美国国务院认为:国民政府在这个国家已经失去民心,共产党武装虽然装备简陋但深得民心,美国应该避免卷入中国可能发生的内战。在通往中国北方的各条铁路线附近相继爆发军事冲突以后,赫尔利终于意识到,美国在国共两党之间的调解失败,源于他对国民党的一味袒护,白宫很可能要就对华政策和人事安排作出调整,与其被撤职不如自己辞职。当赫尔利向杜鲁门总统流露此意时,杜鲁门表示政府依旧支持他,希望他尽快回到中国去。总统的保证让赫尔利终于放心了。但是国会议员们却对他提出了严厉指责,认为正是他全盘支持蒋介石的立场,把中国的战后形势搞糟了——帮助国民党在尽可能广大的地区确立政权,在经济上和军事上给予国民党大规模援助,这一切都助长了国民党以武力消灭共产党的气焰。即使美国人的本意,是想让共产党向国民党屈服,以达成政治协商,但实际上国民党重兵在握内战已经无法避免。赫尔利突然想到:关于美国的对华政策,包括他给总统的报告,都是极端机密的文件,现在闹得满城风雨,如果不是国务院有人出卖了他还能是什么?恼怒之下,赫尔利发表了一个措辞强硬的演说,说他别无选择只能立即辞职,理由是美国的对华政策被国务院里的一帮亲共家伙左右着。消息传来,杜鲁门对赫尔利的出尔反尔难以置信,他感到是重新考虑一个更适合的人选的时候了。

此时,杜鲁门的对华政策仍然处为难之中:

> 中国的共产主义问题和其他地方的政治问题有很大的区别。蒋介石面临的不是一个分散在全国人民中的富有斗争性的政治上的少数派,而是面临着一个控制了一部分土地和大约四分之一人口的敌对的政府。我们在中国的处境很少有选择的余地。我们不能对这种局势简单地不加过问。在中国还有近三百万的日本人,其中约有一百万以上是军队。除非我们确知这股力量是被消灭了,否则,即使日本人被打败了,他们仍可以靠他们在争夺统治权中举足轻重的力量而控制住中国。另一个办法也是同样行不通的。这个办法就是,为了击败共产党人,把日本人从大陆上驱逐出去,并用实力迫使俄国人从东北撤退,美国人民是永不会赞成这样一种计划的。因此,我们断然认为,摆在我们面前唯一的行动途径,就是用一切办法在中国帮助维护和平,在政治上、经济上以及一定限度内在军事上支持蒋委员长。但是我们不能卷入中国的这场阋墙之争。

国务卿贝尔纳斯的看法很简单:国民政府必须容纳目前已具备完善组织的其他政党,在这一点上必须迫使中国国民党与中国共产党相互妥协。要让蒋介石知道,他要是不这样做,美国就会停止对国民政府的一切援助。同时也要让毛泽东知道,如果共产党不肯作出让步,美国就将全力支持国民党,包括按照国民党的需要把大量的军队运往中国北方,这对共产党显然没有任何好处。而能够得到美国朝野一致认同的对华政策是:美国不希望中国内战,也不希望卷入中国内战,应该努力把中国纳入民主政体的建国轨道,建立一个由国民党主政的、包括共产党在内的各党派参加的联合政府。这在战略上还可以"节制或遏制苏联在远东的影响"。其实,"美国的决策人……根本不愿意正视中国的实际情况。"美国记者杰克·贝尔登写道,"他们一味以为,只要整天念叨'自由'和'民主'之类的词句[再加上投入大量金钱],就可以像变戏法那样变出一个像俄亥俄州或者像新英格兰那样的政权。"内阁会议的讨论是:派去中国的人,要能够代表美国的地位,要能够得到英国和苏联的认可,要具备调解复杂问题的勇气和能力。还有,他不应该毫无保留地只支持蒋介石。最后,所有的人都认为,刚刚退役的马歇尔上将是出使中国的最合适的人选。

马歇尔重回华盛顿。

在与杜鲁门、贝尔纳斯谈话的时候,他问到一个关键性问题:"假如蒋介石不肯让步,美国真的要抛弃他吗?"

杜鲁门明确回答:美国出于战略目的也要支持蒋介石。但是,如果因为蒋不肯让步导致内战爆发,从而让共产党占据大半个中国,苏联人又能够控制满洲,美国由此失去太平洋战争的主要目的,这也是美国的失败或损失。

马歇尔又问:"那么,如果共产党不肯让步呢?"

国务卿贝尔纳斯的回答是:"那就全力支持国民政府。"

C-54专机在太平洋上朝着中国飞行。

一九四五年十二月二十日下午,马歇尔的专机在中国上海江湾机场降落。

马歇尔一到中国,就与魏德迈将军发生了冲突。魏德迈曾经是马歇尔的下级,其军阶提升一直受到马歇尔的关照,连他的出任美军中国战区指挥官都是马歇尔推荐的,而正是这一职务使他成为美国陆军中最年轻的中将。此刻,魏德迈坚持认为,马歇尔的使命是不可能完成的。他说他十分了解国民党,国民政府是一个典型的一党专制政府,执掌全部权力的蒋介石绝对不肯作出让步；同时，他也和许多共产党人交谈过，出于政治信仰的缘故，他们也不会作出真正的让步。一个要掌权，一个要夺权，把中国这两个政治和军事上的对手撮合在一起，犹如天方夜谭。被长途旅程折磨得十分疲劳的马歇尔告诉魏德迈：我们在二战中克服的困难比这难以想象得多！我们必须完成总统赋予的中国使命！——魏德迈卸职回国后写过一个《魏德迈报告》，里面有这样一句话：马歇尔将军抵达中国的第一个夜晚就走错了关键的一步。

对于美国人，蒋介石爱恨交加。

抗战时期，蒋介石的国民政府不得不依赖美国的大规模援助，但同时他与美国总统派来的驻华美军司令官、盟军中国战区参谋长史迪威矛盾重重。从维护美国和盟军的根本利益出发，史迪威坚持认为，只要是抗日的中国军队，不管是国民党军队、地方武装还是共产党军队，都应该得到美国的物资支援，以便让所有的抗日力量发挥更大的作用。他甚至提出应该把封锁解放区的国民党军调往抗日前线，因为那条封锁线"吸住了大约二十万最好的政府军队和五万共产党人的部队"。在国民党军队开始向中国偏远的大西南撤退的时候，史迪威建议罗斯福总统委任他全权指挥中国军队作战，以"阻遏日军的深入"。这个建议让蒋介石认为受到了前所未有的侮辱，他直接给罗斯福总统去电，要求明确史迪威在中国的职称、职责、权力以及他与国民政府之间的关系。为了不影响中国的抗日战局，罗斯福最终撤换了史迪威。回到美国的史迪威对中国的局势依旧关切，一九四四年七月他的判断是："中国在日本人离开后会马上爆发内战。"

毫无疑问，赫尔利得到了蒋介石的信任，因为当罗斯福总统对是否让史迪威离开中国而犹豫不决时，赫尔利的如果"支持史迪威将军，则将失去蒋委员长，甚至还可能失去中国"的判断对罗斯福产生了重要影响。但是，赫尔利来到中国没多久，就因为明显地偏袒国民党而受到美国朝野的激烈批评，这令蒋介石再次担心美国的对华政策有所变化。得知杜鲁门总统派遣马歇尔来华的时候，国民党内不少人持强硬的反对态度。国民党中央社会部长陈立夫认为，美国派任何人来都比马歇尔合适。他对蒋介石说："国共间问题，宜直接商诸苏联，反易解决，若由美国出任居间，使苏面子过不去，徒生阻碍，此其一。照我观察，共方利于拖延，俾有时间整军以待我。美方对于共党问题，见解不深，易受其欺,此其二。国共问题,据我推测,调解之机会极少,马歇尔将军英雄人物,为世所称,此番出任调人,只能成功不能失败,一旦失败,如何下场？其咎若诿之我方,我又将何以自处？此其三。"蒋介石听后最终选择了沉默。陈立夫说："将来得不偿失,悔之晚矣。"

十二月二十一日,马歇尔飞抵南京与蒋介石见面。他开门见山地表示:除非看到目前致力于和平的努力是有效的,否则美国就不能保证对中国继续给予经济和军事援助。蒋介石提醒马歇尔,中国统一的最大障碍是共产党不肯交出自己的军队,而苏联也有在中国扶持中共政权的意图。但是,马歇尔的看法是:国共冲突越激烈,越有利于苏联支持中共。

第二天,马歇尔飞往重庆。

毛泽东对马歇尔的到来寄予了极大希望。

重庆谈判期间严重的精力透支,使毛泽东一回延安就病倒了,这是他一生中极少出现的严重的身体不适。时任中央书记处办公室主任的师哲回忆说："十一月,毛主席的身体状况越来越令人担忧。我每天都要看他几次。他有时躺在床上,全身发抖,手脚痉挛,冷汗不止,不能成眠。"为此,斯大林专门派来了两名医生。经过检查,苏联医生认为是"负担过重,精神过于紧张"所致。可是,马歇尔来华的消息让毛泽东一下振奋起来。他从休养的医院中搬出来,没有回距离延安城较远的枣园,而是住进了八路军总部王家坪。

无疑,共产党人希望避免内战。因为一旦内战爆发,共产党领导的军队还不具备抵抗强大的国民党军的能力。要想生存下去,最切实可行的方针就是与国民党合作。可是,即使《双十协定》已经签订,军事冲突还是频繁发生。共产党人知道,蒋介石根本没有和平的诚意。而要化解这种紧张局势,目前只能依靠美国人的调解。一个被误读的历史真实是,中国共产党人并没有依靠苏联的意图。原因很简单:苏联靠不住。就在几天前举行的苏、美、英三国外长会议上,苏联外长莫洛托夫重申:苏军之所以还留在中国东北,是为了"蒋介石的军队争取时间进驻沈阳和长春"。斯大林在接见美国国务卿贝尔纳斯时,也对马歇尔使华作出了积极回应："如果有什么人能解决（中国）这个形势的话,那就是马歇尔将军,他是仅有的几个既是政治家又是军人的人。"而在蒋经国应斯大林之邀、以蒋介石私人代表身份访问苏联时,斯大林再次明确表示"支持国民政府",并拒绝充当中国问题的调解人,因为他"不相信中国共产党人会接受他的意见"——三年后,当中国的解放战争进行到最后阶段,中国共产党人的胜利已成定局时,斯大林承认了他的错误:"(当时)我们认为中国没有发展起义的前景,中国同志应该寻求同蒋介石的妥协,他们应当参加蒋介石的政府,解散他们的军队……在中国问题上,现在我们承认我们是做错了。"

在重庆,马歇尔会晤了中共代表周恩来、叶剑英、董必武。周恩来首先代表毛泽东对马歇尔来华表示欢迎,然后他直截了当地表示,中国共产党人认为不能有内战,主张立即停止一切冲突,组成联合政府,民主地解决国内的一切问题。马歇尔问及"如何解决中国政府民主化"的问题时,周恩来表示,共产党人可以保证蒋介石在联合政府中的领袖地位以及国民党在政府中的第一大党地位。马歇尔注意到国共之间的一个重要分歧:国民党要求共产党军队统编应在成立联合政府之前,而共产党认为"一个他们在其中有真正发言权的联合政府"是统编军队的"先决条件"。

整整三十年后,马歇尔使华期间为美国国务院撰写的报告公之于世,在这份报告中他已经清醒地认识到:"一方面,国民政府畏惧和不信任苏联,并确信中共是苏联的傀儡。国民政府不相信中共的诚意和真挚。另一方面,中共也同样不信任国民政府。在后者表示愿意放弃一党统治并建立一个联合政府时,中共并不相信他们的诚意和真挚。他们担心政府的特务机构。除非他们在政府里得到一种发言权,足以充分保证他们作为一个政党继续存在和他们的党派活动自由,他们就不愿交出他们的军队……这种由两个对抗的政党间的担心、不信任和怀疑所造成的障碍,已成为中国实现和平统一的最大障碍,这种障碍是国共两党之间经过多年的斗争逐渐形成的。"

十二月二十七日,中断一个多月的国共谈判终于恢复。

马歇尔希望,在来年一月十日中国政治协商会议开幕前,双方达成停战协议。但他一旦卷入中国的政治旋涡中,便立即感受到巨大的压力。谈判一开始,共产党方面提出"无条件停战",而国民党方面坚持"有条件停战",这个条件的核心就是"恢复交通",也就是共产党人在北方的解放区内给国民党军北进让出通路。

新年之夜,马歇尔彻夜未眠,同时给蒋介石和毛泽东写备忘录,他特别要求蒋介石作出妥协,但最终还是在自己一直坚持的"无条件停战"原则上做了艰难的折中,这种颇费脑力的思索并不是美国人所擅长的:

一、停止一切军事冲突;

二、停止一切军事调动,国民党军为接收东北及在东北境内的调动例外;

三、停止一切破坏交通的行为;

四、一切军队维持现时位置。

最后,马歇尔建议成立由国、共、美三方组成的谈判小组。

蒋介石在马歇尔的劝说下表示愿意停战。

毛泽东权衡了东北问题有苏联参与的特殊性后,也对马歇尔的备忘录给予了支持。

谈判小组成立了,成员是:美国总统特使马歇尔,国民党政府代表张群(四川省府主席),共产党代表周恩来。

当谈判小组坐下来的时候,张群突然提出华北的赤峰和多伦也属于东北范畴,这两处地方也必须由国民党军队接收。蒋介石的意图十分明显:赤峰和多伦是进入东北的陆路通道,占领了那里,就可以彻底切断华北解放区与东北的联系,使进入东北的共产党部队陷于孤立,也便于对华北解放区形成包围。这个要求传到延安,毛泽东作出了严厉的回应:共产党不反对部分国民党军队进入东北,但国民党始终拒绝协商军队进入东北的办法。如果国民党方面坚持自己的主张,一旦发生大规模的军事冲突,共产党方面概不负责。

此时已经是一九四六年一月九日,距离政治协商会议开幕仅仅还有一天的时间,心情恶劣的马歇尔在没有事先通报的情况下直接去了蒋介石在重庆的官邸。蒋介石态度强硬,说这一要求实际上是防止苏联染指华北的举措。马歇尔提醒蒋介石他是代表美国政府来华的,他目前的职责和权力是苏、美、英三国认可和赋予的,如果今天晚上达不成协议,对他的使命以及对蒋介石的切身利益都是不利的。尽管宋美龄将马歇尔严厉的语气尽可能翻译得柔和了一些,但蒋介石还是感受到了巨大的压力。在得到蒋介石暂且不提赤峰和多伦之事的许诺后,马歇尔回到寓所用电话通知了周恩来和张群。谈判双方的工作人员立即开始起草,停战协定文件终于在一月十日凌晨完成。

鉴于停战令传达到双方分散在不同地域的部队需要时间,协定规定一月十三日午夜十二时起停战协定生效,届时双方停止一切军事冲突。

蒋介石发布命令:

政府代表与中共代表对于停止冲突及恢复交通业经商定办法,并予公布,同时公布下开之命令:

一、一切战斗行动立即停止。

二、除下列五项附注另有规定者外。所有中国境内军事调动一律停止,惟对于复员、换防、给养、行政及地方安全必要军事调动,乃属例外。

三、破坏和阻碍一切交通线之行动必须停止,所有阻碍交通线之行动必须停止,所有阻碍该项交通线之障碍物,应即拆除。

四、为实行停战协定,应即在北平设一军事调处执行部。该执行部由委员三人组成之,一人代表中国国民政府,一人代表中国共产党,一人代表美国,所有必要训令及命令应由三委员一致同意,以中华民国国民政府主席名义,经军事调处执行部发布之。

五、附注。

甲、本命令第二节,对国民政府在长江以南整军计划之继续实施,并不影响。

乙、本命令第二节,对国民政府军队为恢复中国主权而开入东北九省或在东北九省内调动,并不影响。

丙、本命令第三节所云之交通线包括邮政在内。

丁、国民政府军队在上项规定之下行动,应每日通知军调处执行部。

六、上开命令应自即日起开始实行,迟至本年一月十三日下午十二时止,务必在各地安全实施,仰各遵行,不得违误为要。

国民政府主席 蒋介石
中华民国三十五年一月十日

毛泽东也同时发布了命令：

中国共产党各级委员会、中国解放区各部队首长、各级政府同志们：

　　本党代表与国民党代表对于停止国内军事冲突之办法、命令和声明，业已成立协议，并于本日公布在案。凡在中国共产党领导下之一切部队、包括正规军、民兵、非正规军及游击队，以及解放区各级政府，共产党各级委员会，均须切实严格遵行，不得有误。

　　全中国人民在战胜日本侵略者之后，为建立国内和平局面所做之努力，今已获得重要之结果。中国和平民主新阶段，即将从此开始。望我全党同志与全国人民密切合作，继续努力，为巩固国内和平，实现民主改革，建立独立、自由和富强的新中国而奋斗。

　　　　　　　中国共产党中央委员会主席　毛泽东
　　　　　　　　　　　一九四六年一月十日

　　虽然久盼的和平似乎即将到来，但是，双方作战部队都接到了于协定生效前迅速占领有利军事要点的命令。

　　晋冀鲁豫军区陈赓部已经攻进山西曲沃城，激烈的巷战正在进行，但是协定规定的停战时间到了，陈赓只好命令部队撤离战场。而晋冀鲁豫军区第二纵队正在攻击山东聊城，战斗自一月四日开始后，外围作战十分顺利，土工作业已经完成，总攻时间定在十三日。结果，十二日接到刘少奇发自延安的电报，要求战斗必须在十三日二十四时前停止。接着，刘伯承和邓小平的电报也到了，说若十三日二十四时不能攻克，部队就必须撤出战斗。司令员陈再道急了，命令五旅和六旅提前攻城。虽然炮兵把城墙轰开了一个缺口，但是战斗进行到天黑，双方依旧在突破口上进行着拉锯战。午夜十二时，二纵不得不撤出战场。十三日上午，距离停战协定生效还有十几个小时，冀晋军区政委王平和副司令员陈正湘突然接到各部队阵地相继受到国民党军进攻的消息。在向晋察冀军区司令员聂荣臻汇报之后，聂荣臻命令他们守住阵地，寸土不让。国共两军在大同以东二十公里处的遇驾山相遇。抢占这里的是阎锡山的骑兵第四师，师长田尚志已经向部队下达了悬赏令：打死一个赏三百元,活捉一个赏五百元,缴一支步枪赏三千元、机枪赏一万元。但是,当冀晋军区各团开始进攻并对敌形成包围之后,国民党兵开始溃逃。这里的百姓都出来帮助共产党军队作战,大批青壮年堵在通往大同的铁路和公路上抓俘虏,最后除了师长田尚志带领数百名官兵逃回大同外,冀晋军区官兵和老百姓打死打伤和俘虏千余人,缴获步枪数百支、机枪二十多挺。此时已经是十四日凌晨四时。

停战协定生效前,对津浦路的争夺更加激烈。在蒋介石星夜前进"抢占要点"的命令下,驻守徐州地区的国民党军分三路向解放区发动大举进攻。为了保卫解放区,山东野战军决定先打其先头部队——第五十一军一一三师。第二纵队四旅十二团负责攻击孤军深入到山东临城塘湖车站附近的国民党军三三九团。十二团的官兵正憋着一口气,因为自组建以来打了不少仗,却始终没有获得过荣誉称号,总觉得在兄弟部队面前很没面子。团长文盛森的战斗动员是:如果这一仗打不胜,我愿一降到底当战士。战斗开始后,十二团的官兵们果然进攻凶狠,阵地前沿的国民党兵刚挨了第一波密集的子弹和手榴弹,立即高喊着"我们也是穷人"纷纷投降了。二排长提着从一户人家里弄来的一把大煤油壶,把敌三三九团一营营部所在的房屋点燃了。在最后向三三九团团部攻击的时候,十几颗手榴弹一起向院子里投掷,然后官兵们拼死往里冲击。在冲天的大火中,国民党守军跑得漫山遍野。文盛森团长集中起十五把军号一起吹,田野里顿时喊杀声四起。在全歼三三九团之后,第二纵队司令员罗炳辉对文盛森团长说:"看来你不用降职当战士了!"十二团当场被授予了"钢铁团"的荣誉称号。

停战了!

北平的东单北大街上有座赫赫有名的协和医院,这座宫殿式的建筑,是在美国石油大亨洛克菲勒以十二万五千美金买下的一个破落王府的基础上修建的,由于有美国人的背景,这里被选为停战协定中规定的军事调处执行部的办公地点。

此时,协和医院俨然成了一座军营,大门口有两个士兵站岗,一边是穿着美式皮鞋、挎着美式冲锋枪的国民党军宪兵,另一边是穿着黑色布鞋、打着绑腿、挎着缴获的日式步枪的八路军战士。双方都佩戴着写有"军事调处执行部"的胸章。出出进进的国民党军人、共产党军人和美国军人从军装上很好分辨,但细心的北平百姓还是发现,八路军军官还佩戴着一枚圆形胸章,上面有两支麦穗,刻有"中共代表团"的字样。

军调部委员是:美国委员:美国驻华代办罗伯逊,国民党委员:国民政府国防部二厅厅长郑介民,共产党委员:八路军总参谋长叶剑英。马歇尔说:"军调执行部是世界历史上最奥妙的组织。"这个以调解中国军事冲突为目的的机构,其主席由美国委员罗伯逊担任。有外国记者对此评论道:"一个国家如此信赖外国的代表,这在历史上是少见的。"

就在停战协定签字的那天,国共两党在重庆谈判中达成共识的政治协商会议召开了。这个标志着中国国内政治和解的会议,从今天的角度看犹如一场梦幻。参加会议的三十八名代表成分复杂:国民党代表八人、共产党代表七人、民主同盟代表九人、青年党代表五人、无党派代表九人。蒋介石在开幕词中再次许下了"人民之自由"、"政党之合法地位"、"实行地方自治和普选"以及"释放政治犯"四项诺言。中共代表周恩来也致辞说,共产党人"欢迎这个公布,并愿为实现这四条权利而奋斗"。接着,拥有不同政治信仰和政治目的代表们就停战问题、军队国家化问题和政治民主化问题,展开了激烈而混乱的争论。最终,一月三十一日会议闭幕时,通过了《关于政府组织问题的协议》、《关于国民大会问题的协议》、《和平建国纲领》、《关于军事问题的协议》和《关于宪法草案问题的协议》。

仅就中国这样一个有着几千年封建历史的国家来讲,达成如上的政治协议已经是一个奇迹。此前,这个国家政治民主化打破封建专制的坚冰,也许只在一九一一年帝制被推翻的那一瞬间出现过。现在,突然出现的这个奇迹是在国共两党处于尖锐军事冲突的前提下发生的,这不由得令人心存忧虑。但是,此刻共产党人已把执政的国民党推向了一个被动的位置。"政治民主化"对于共产党人而言,实际上就是取得作为一个政党的合法地位,这个目的是关乎中国共产党生存与发展的第一要义。现在,这一目的至少在纸面上和舆论上已经实现,如此不但打破了共产党领导的解放区为"割据"之说,争取到将解放区问题纳入地方自治问题的范畴,而且还争取到了改组政府和实行"三三制"的承诺,即中共和民盟共占组成政府的三分之一名额,这已经达到了实施否决权的法定数字。为此,共产党人作出的最大让步就是"军队国家化"。

《关于军事问题的协议》所确立的"军党分立"原则,并不符合共产党人的基本建军原则。因为共产党人始终认为："无产阶级的军队，是执行革命的政治任务的武装集团，必须始终不渝地置于无产阶级政党的绝对领导之下。"特别是在随后由国、共、美三方达成的《关于军队整编及统编中共部队为国军之基本方案》中，规定国共两军的比例为五比一，规定共产党领导的军队要逐渐与国民党军队混编，还规定了中国军队（包括十个师的解放区部队）需使用美国装备，这无疑对共产党军队的生存已构成明显威胁——"装备虽好，但可把你集中起来，不给你汽油弹药，那你就没有办法。"而共产党人之所以作出如此重大的让步，其核心还是"合法化"问题，即共产党不但在政治上同时在军事上取得了与国民党平等的地位，这个地位与抗战期间国民党只承认共产党领导的军队是"国民革命军"的一部分完全不同。周恩来说："抗战八年，蒋以他的统帅地位来压我们，但在谈判过程中，马歇尔来后，为了套我们，在地位上也不得不承认我们与蒋军的平等地位，结果蒋成了一方面的统帅，而不是两方面的统帅。"

政治协商会议闭幕式之前，因为所有的协议必须通过延安批准，马歇尔专门为周恩来派了一架美军 C-47 飞机。大病初愈的毛泽东执意冒着严寒亲自去机场迎接周恩来，显示出共产党方面对于协议充满期待。

当晚，中共中央书记处听取了周恩来的汇报，大家都为"中国即将走上和平民主建设的新阶段"而感到高兴。共产党领导人的乐观心境，突出表现在他们初步商定了参加未来联合政府的人选：毛泽东、朱德、林伯渠、吴玉章、刘少奇、张闻天和周恩来。会议甚至还讨论了中共中央搬迁的问题，也就是说准备从偏僻的延安搬到富庶的江南去——这件犹如天方夜谭的事情，当时确实真切地发生过——共产党中央选定的搬迁地点是江苏淮阴。《周恩来年谱》："当时的中央会议还研究了新四军第五师撤到华中、恢复交通、东北问题、在行政院力取得三分之一名额、中央要考虑搬迁的问题。"《毛泽东年谱》：二月二日，"中共中央致电陈毅，指出必须巩固华中现有地区，因中央机关将来可能迁淮阴办公"。

从延安回到重庆，周恩来拜会了马歇尔，明确表示共产党人并不打算现在就将社会主义理想付诸实践，因为中国还不具备社会主义的政治和经济基础，在目前阶段应该学习美国的技术、工业化、自由经济和个性发展。周恩来带给马歇尔一封中共中央的信,信中表明共产党人赞赏他为贯彻停战协定所表现出的公正与合理,而如果美国在处理中国问题上能一直秉持完全公正的立场,共产党人准备与美国进行局部性的乃至全面性的合作。

政治协商会议闭幕的第二天,是中国农历的除夕夜。尽管周恩来给蒋介石拜年时转达了毛泽东的问候,并说毛泽东准备参加联合政府,蒋介石对此也表示了欢迎,但是,当他独自一人的时候,"心境之痛苦,不堪言状"。政治协商会议通过的一系列协议,招致了党内反对派的强烈不满,国民党组织部长陈果夫致信蒋介石:"共产党已得到好处,本党已受害。中国如行多党政治,照现在党政、军政未健全之际,颇有蹈覆辙之可能。请悬崖勒马,另行途径。"另外一种巨大的压力还是来自马歇尔。马歇尔刚到重庆的时候,与蒋介石一起住在林园里,当时蒋介石住一号楼,宋美龄住二号楼,马歇尔被安排在三号楼。但是,随着对马歇尔不满的加剧,蒋介石搬到曾家岩去了,原因是他不愿意在散步的时候碰上马歇尔。但是,蒋介石还是无法摆脱马歇尔的说服与胁迫。出于对美国式的民主政治的极端热爱,马歇尔给蒋介石起草了一份《中华民国临时政府宪章》,这个雄心勃勃的美国将军要亲自设计中国未来的政治样式了。当从宋美龄的口译中听到"非经国务委员会同意,政府不得发布影响各县各行政区纯地方事务的法令"时,蒋介石实在按捺不住心中的怒火了:作为国家最高领导人,发布政策和法令,难道还要经过有共产党参加的国务委员会的同意吗?蒋介石认为马歇尔说出了连共产党都不敢说的话,这个美国人难道已经被共产党收买了不成?蒋介石的愤怒从他的侍从室秘书唐纵的描述中可见一斑:"美国舆论对我最坏,压迫最甚;去年底杜鲁门声明,莫斯科公报,与马歇尔来华,对政府施用之压力,无殊前年。"

无论如何,马歇尔来华仅仅月余,就达到了他在中国声誉的顶点。他的言论和照片不断出现在中国各大报纸的版面上。从大洋那一边传来的一句话更是令中国人对和平充满期待,美国总统杜鲁门说:马歇尔将军是"活着的最伟大的美国人"。——自近代以来的中国历史证明,任何一个外国人或任何一种外国势力,无论是活着的还是死去的,从不曾给中国带来任何真正的福音。

马歇尔乘着那架美国陆军航空兵部专门为他改装的 C-54 专机,

在他认为已经迎来和平的中国上空,开始了堪称中国军事史上独一无二的大巡游。这个自我感觉良好的美国人无法知道,就在他的机翼之下,在这片古老的东方国土上,欢乐与悲伤、幻想与失望、对峙与较量正与严寒中流淌的热血剧烈地扭结在一起——纷争与争战在这个国度已经上演了数千年,无数想成为这片土地的救世主的英雄豪杰均已成为历史烟尘。

狭隘的关门主义

政治和解的气氛暖融融地弥漫在延安的窑洞里。

与此同时,在东北漫天的风雪中,东北民主联军的数万官兵正在混乱的局面中苦苦煎熬。

这是一块失去控制的土地。从贫寒的农民、城市平民、知识阶层,到乡村富农、地方军阀、山林匪霸,谁也不清楚这块土地最终会由谁来管理。在这样一个混乱的时刻,人人都可以认为自己是主人。于是,各种名目的"军队"蜂拥而起,各种"接收"的机关到处林立,所有的人都怀着发财的念头把行动目标直指日伪统治时期留下的一切。呼啸山林的各色土匪以抗日者的面目开始劫掠,一些伪军在国民党的策动下不断发动武装暴乱。

最剧烈的暴乱发生在吉林南部的通化县城。这个边境小城在日本人看来十分特殊,它坐落在山间盆地里,易守难攻,且战略资源十分丰富。日本人拟定了将通化开发成大城市的计划,不但运来了大量的机械设备,甚至还准备当日本本土危机时把天皇藏在这里。一九四五年八月,苏军出兵东北之后,逃到这里的日本关东军总部、伪满洲国的皇帝以及皇妃大臣们、关东军第一二五师团和第一三四混成旅主力、从沈阳和长春逃难来的日本侨民,一下子使这个边境小城成为拥挤混乱之地。长驱直入的苏军把能够占有的一切掠去之后走了,自关内开来的共产党部队进驻通化县城。尽管共产党尽一切努力维持社会秩序,但在国民党辽宁省党部的策动下,通化县城内开始了驱逐共产党的活动。武装暴动在农历大年初一凌晨发生,叛乱的日本官兵向电报局、专员公署和共产党军队驻地发起猛烈攻击。被关押的伪满王妃们目睹了异常惨烈的战斗:一群日本军人冲进看守所把她们抢出去,刚出门就遭遇剧烈的枪战,共产党官兵强行向里面冲击,双方都出现大量的伤亡。溥仪的弟媳嵯峨浩在混乱中跑回关押她的房间蒙上棉被,直到枪声平息她才伸出头来。那时,天色已亮,到处是日本人的尸体,她"从窗口向外望,能看见那座可以俯瞰全城的山。八路军漫山遍野,正在向山上冲"。

苏军运走了当时东北大量的电力设备以及鞍山、本溪等地的钢铁工业设备和绝大多数的矿山挖掘设备。马歇尔来到中国后曾问:"苏联人是否将中国东北的财产当成他们的战利品了?"国民政府行政院长宋子文的回答是:"他们运走了他们所需要的一切。"马歇尔说:"是这样!他们在德国就是这样做的。"苏军还把伪满洲国中央银行和多家私人银行的全部纸币、抵押品以及金银、外汇席卷一空,并强制东北地区流通苏军自己印制的"红军票"。个别苏军士兵军纪松弛,所作所为无人控制。东北民主联军松江军区司令员卢冬生深夜带警卫员外出办事,遇到几名苏军士兵拦路抢劫中国人,他立即上前制止,竟被苏军士兵开枪打死。这位参加过南昌起义的著名将领,长征后被送到苏联伏龙芝军事学院学习,苏军出兵东北时跟随苏军回国,死时身上还携带着苏军军官证。

苏军和国共两军在这块土地上混杂在一起。

苏军对国民政府接收东北始终冷淡,尤其是美国人插手中国东北问题后,苏军对国民党方面更是十分警觉。但是,苏军对中国共产党的态度也不明朗,他们坚持"不向八路军移交"的原则,不允许共产党军队进入其在东北地区占领的任何一座城市。

错综复杂的关系导致军事冲突频频发生。

此时,杜聿明因患肾结核到北平治疗,他一再致电蒋介石,要求任命第三方面军副司令长官郑洞国为东北保安副司令长官,并暂代司令长官之职。郑洞国来到北平他的病床前,杜聿明劝说他到东北协助自己指挥作战,并在万一他因病不能返回东北时接替他的位置。杜聿明对郑洞国说,东北的共产党力量,比原来预料的强得多,作战亦相当艰难。但是,除了国民党大员们在东北趁机发横财,一时间贪污舞弊成风使他头疼之外,整个东北的局势还是乐观的,因为共产党军队兵力少装备差,且在东北立足未稳,还没形成群众基础。所以,只要持续果断地对他们展开攻势,是有把握收复全东北的。

国共停战协定签字后,东北的国民党军并没有停止进攻。由于连续的退却,东北民主联军中的悲观情绪开始蔓延。林彪对国民党的和平诚意始终持严重的怀疑态度:"如我在这方面停战,而让敌人自由攻击东北,则对我党的后果是不利的,华北之暂安局面也决不会长久的。因此我们对现在所谓和平的实际收获,须清醒的(地)考虑之。"林彪认为,停战协定签字之后,共产党在东北面临的局面反而更加恶劣,进入东北的各部队都已被迫处于四处游走的状态中。"我入东北的部队目前完全处于无根据地的状态,与我军脱离中央苏区后到陕北以前的状况大体相同。"停战协定生效后的第三天,林彪致电中央,要求允许他向杜聿明部发动攻势:"我意最好利用国民党对东北问题拒绝谈判以前,我们开始攻击。"中央第二天回电,强调停战协定公布之后,如我军主动发起攻击,"将受到国内外舆论的严重责备",而国民党也会将"发动内战的责任将推到我们的肩上"。因此,即使"目前可能取得局部的军事胜利",也只有暂时放弃,"以服从目前全局的政治形势"。

当时,林彪的东北民主联军指挥部已经退到辽宁北部的法库,山东军区第一师和新四军第三师七旅两支部队也已撤到法库以西的秀水河子村。这些从关内解放区来的部队,为了让当地的百姓接受他们,使出了密切群众的所有办法,在终于得到当地百姓认可的时候,国民党军的追击部队来了。在严峻敌情的压迫下,部队只好撤出秀水河子村,同时向国民党军发出信函,要求他们遵守停战协定。但是,国民党军不但开始在秀水河修筑工事,而且还向东北民主联军指挥部所在地法库发动了进攻。林彪不再退让了,决定在这里打一仗——这就是第四野战军战史上著名的"秀水河子战斗"。当时的敌情是:国民党军第十三军八十九师二六六团与二六五团各一部,兵力共有四个营加师属山炮连和输送连。敌人兵力不大且远离主力,林彪集中了多达六个团的兵力,合力攻击国民党军的四个营。

但是,战斗一开始,却出现了令人担忧的战场僵持局面。

天黑之后,天寒地冻,等待出击的官兵个个手脚僵硬。二十二时,总攻的信号终于升起来了,梁兴初的一师和彭明治的七旅同时开始炮火压制,然后一师首先发起冲锋。二团三营为第一梯队,在八连连长张文祥和指导员张作民的率领下,官兵们从村北往里打。刚冲进去,就遭到守军的迎面反击,部队被压了回来。张作民喊:"共产党员们!生死关头！不能后退！"连队掉头再冲。冲在最前面的连长张文祥硬是从敌人手中夺下一挺机枪,他扭头向跟着他的战士们喊:"好东西！加拿大的机关枪！"话音未落,他一头栽倒在地。这位山东军区著名的战斗英雄的牺牲,令每一次都跟在他身后冲击的战士们怒火万丈,他们呐喊着迎着国民党军密集的子弹往前冲。营教导员赵从让带领七连增援来了,重机枪排占领有利位置后,进行了猛烈的火力压制,终于把守敌压到村庄的北墙边。当七旅也开始发动攻击的时候,守敌在调动防御火力配置时出现混乱,一师和七旅趁机突进村庄,开始了逐屋逐院的肉搏战。守敌集中起所有的轻重机枪和美式六十毫米火炮抵进射击。战场出现僵持的时候,前来增援的国民党军第五十二军一部推进到距秀水河子村仅十余里的太平庄。秀水河子村内的守军因为增援部队的靠近而更加顽固。一师二团指挥所在混战中被炮弹击中,团长江拥辉腰部和眼睛受伤,浑身是血。

一直在附近的一间民房中静观战局的林彪终于向攻击部队下达了命令:拂晓前如果不能解决战斗,迅速撤离战场。

七旅旅长彭明治很不舒服。仗打到这个份上,苦也吃了,血也流了,怎么能说撤就撤了？增援的敌人是从我七旅的屁股后面来的,一师只要坚持打,我七旅就没说的！此时,一师也决心孤注一掷。二团把预备队全部都拉了上来。一营营长刘海清经过仔细侦察,发现村东有一条沟可以利用,于是他建议改变突击方向,顺着沟插进村去。刘海清的这个建议成为化解僵持局面的关键。在他的指挥下,二连和三连连续冲击,最终突进守敌防御的核心。二营营长孙洪道也率领士兵冲了进来,在一个大院里与守敌扭打成一团。通信员向指挥所报告说:"孙营长和狗日的国民党摔起跤来啦！"秀水河子村被突破以后,增援之敌缩了回去,战斗于清晨六时三十分结束。

此战,东北民主联军共歼灭守敌一千五百多人,俘虏国民党军副团长以下官兵九百多人,缴获各种火炮三十八门,机枪近百挺,步枪七百余支,汽车三十二辆。一师和七旅共伤亡七百七十一人。

规模不大的秀水河子战斗,在解放战争史中具有重要地位。

这是共产党军队进入东北后,在不断的退却中首次主动作战,而且也是首次歼灭成建制的国民党军。

但是,局部的艰难取胜并不足以扭转全局的被动。

接下来发生的以东北民主联军遭遇重创为结局的沙岭战斗,再次显示出交战双方在武器装备和作战能力上的巨大差距。

沙岭位于辽河南岸,东北民主联军辽东部队所面对的是国民党新六军二十二师六十六团和师教导营。辽东部队集中了所有的主力共七个团,战场兵力已是敌人的五倍。指挥员动员时提出的口号是:这是和平前的最后一仗!这样的情绪无疑会导致官兵的急躁乃至轻敌。新六军是全副美式装备的部队,抗战期间曾是著名的中国远征军,在印度和缅甸与日军进行过残酷的血战,官兵中多是有七八年以上作战经验的老兵,不但善于在强大火力掩护下的攻击战,还善于依托坚固工事进行阵地防御战。接敌以后,辽东部队曾用三个营围攻该军的一个营,新六军的一个副营长被俘后依旧态度强硬,声称他们打过日军打过法军,这次到东北来连拉炮的骡子坐的都是飞机,论战斗力一个国军顶得上十个民主联军。

二月十六日黄昏,辽东部队开始向驻守沙岭的国民党军发动进攻。由于炮兵的发射技术差,两个小时的炮击效果不大,部队冲上去之后,遭到密集的火力扫射和炮火反击,轮番攻击的两个营营干部全部阵亡。在接下来的战斗中,官兵们前仆后继,但始终无法冲破国民党军严密的火力网,每一刻出现的伤亡都触目惊心。十八日,辽东部队的两个连在炮火掩护下终于冲进村子,但国民党守军以强大的火力拼死阻击,冲击部队因伤亡过大被迫撤出。十九日清晨,当得知国民党军增援部队即将到达时,辽东部队撤出了战场。

沙岭一战,国民党新六军二十二师伤亡约六百人,而辽东部队伤亡高达两千一百五十九人。

东北严酷的冬季即将过去的时刻,正是关内桃李含苞、柳烟渐浓的时候。

马歇尔认为连"和平前的最后一战"都没有必要,他现在要做的事就是飞遍这块国土,收获他所创造的"和平"之果,然后回到大洋另一边的农场去,享受不再有任何打扰的宁静生活。

有人称,五星上将的这次专机巡游,是一次典型的"马歇尔风格的飞行",因为这与他在柏林战役前从美国本土前往欧洲战场的那次飞行有类似之处。那次飞行,他乘坐的是罗斯福总统的专机,专机从华盛顿起飞,飞越浩瀚的大西洋后,几天之内分别在法国、荷兰、比利时、德国等地着陆。上将旋风般接连会见了艾森豪威尔、布莱德雷、巴顿、蒙哥马利和法国前线司令官等二战高级将领,检查和落实了盟军将要执行的旨在结束战争的作战计划。而这一次,飞行时间表也是马歇尔亲自制定的,他要在短短的五天之内飞行近万公里,中途在华北、西北、华中、中原、华东的近十个地方降落逗留。马歇尔说,上次的欧洲之行是为了战争,这次是为了中国的和平。

二月二十八日下午,马歇尔抵达北平,先到军调部听取汇报,然后出席鸡尾酒会,会见北平军政要员和文化界人士,晚上八点在京城著名的淮扬菜馆萃华楼出席军调部举行的宴会。第二天一早,他飞往由共产党人驻守的大城市张家口,晋察冀军区司令员聂荣臻在那里迎接了他。听完汇报后,他享用了一桌为他精心准备的由二十多道菜组成的中国筵席。接着,专机向北,飞往归绥以北国共两军反复争夺的集宁。在那里,马歇尔见到了叼着烟斗的共产党将领贺龙。因为寒风刺骨,马歇尔在专机上听了汇报,听到的依然是国共双方严格遵守停战协定的话,他很高兴。他不知道的是,眼前的这座小城于停战协定生效后被傅作义的部队攻占,而在他到来之前,晋绥野战军刚刚经过一场血战从国民党军手中夺回。因为不久前国民党中央社曾郑重报道贺龙"中弹死于绥远,尸骨已运回延安",于是随行的记者们对贺龙很感兴趣,而贺龙面对记者们谈笑风生,以证明自己不但活着而且还很健康。

从集宁再次起飞,在北平过夜后,第二天上午专机飞往济南。在这之前,身边的人曾对马歇尔提起,中国的山东有一个著名的哲学家叫孔子,还有一个强悍的共产党将领叫陈毅,再有就是山东解放区的物价很便宜,同样一条抽纱围巾,在解放区首府临沂只要两元钱,而在上海要付五百元。令马歇尔惊讶的是,前来迎接他的竟然有两个山东司令和两个山东省长:共产党省长是黎玉,国民党省长叫何思源;共产党领导的山东军区司令员是陈毅,而驻守济南的国民党军第二绥靖区司令官是王耀武。听取了国共双方的汇报后,两个司令和省长在宴请马歇尔的时候又是碰杯又是握手,马歇尔不禁感叹道:"这是山东具有伟大历史性的和平会餐。"但是,当马歇尔到达徐州的时候,双方的气氛又开始恶化,因为国民党军虽然控制了徐州和津浦路的部分铁路线,但还有长达二百六十公里的铁路在陈毅部队的控制之下,而且铁路两边的乡村全部属于解放区。国民党方面要求即使为运输民生所需物资考虑,也要尽快恢复交通,但共产党指出国民党沿着铁路线建起了比抗日时期还多的碉堡和工事,这对于恢复交通后的和平是最大的障碍和威胁。马歇尔离开后,陈毅问驻守徐州的国民党军将领顾祝同:"和平民主是否有希望?"顾祝同答:"这完全取决于美国。"陈毅说:"老头子(蒋介石)不是闹着要打吗?"顾祝同的回答令陈毅十分吃惊:"老头子能顶什么事!"

三月三日,马歇尔抵达河南新乡,在那里他受到晋冀鲁豫军区司令员刘伯承和驻守新乡的国民党军第三十一集团军司令官王仲廉的欢迎。会谈的时候,国共双方发生剧烈的争吵,因为孟县是晋冀鲁豫部队接收的,而国民党军在停战协定生效后攻占了那里。但是,在这一天,记者们却觉得另外一件事更有新闻价值,那就是国民党方面在重庆释放了新四军前军长叶挺,共产党方面在新乡释放了在邯郸战役中被俘的国民党军第十一战区副司令长官兼第四十军军长马法五。马法五对记者们说,在解放区里,他吃饭是特殊伙食,刘伯承将军常来看望他,在他之后担任第四十军军长的李振清将军也被允许派人来看望他。当马歇尔离开新乡的时候,他收到的礼物是一只大银鼎,他对这个奇特的东西充满好奇。有人对他解释说,鼎是中国古代的烹煮用具,在汉语中"鼎"有稳固和强盛的意思。

在山西太原与国民党军将领阎锡山和共产党将领陈赓以及在绥远与国民党军将领傅作义见面会谈之后,马歇尔最期待的时刻到了——一九四六年三月四日下午四时二十五分,他的专机在延安降落了。

延安这样呈现在这位美国五星上将的眼前:

在三个小时的飞行中,只见山丘越来越陡,山谷越来越窄,最后看到一片片光秃秃的山坡,就像月球上的山脉一样。从空中看不见人家,因为人们都住在山崖的窑洞里。许多山顶都削平了,后来才知道这些削平的山顶就是耕地……

这里既没有自来水,也没有下水道。饮水从井里打,所以要烧开。照明用蜡烛或小煤油灯,少数房子由美国发电机供电。中国农民发现蜡烛和煤油太费钱,他们把自制的菜油倒在小碟子里,再放上一根棉捻子点着当灯使。这种油灯已有三千年的历史,它发出的光在房间里可使人不致摔倒……

在延安,党的干部工作时间很长,吃的又很差,冬天还减为一日两餐,吃的主要是小米和青菜。他们在窑洞里,坐在木椅或木凳上,在小油灯的暗淡灯光下进行工作。然而看起来他们并不感到疲劳,甚至在敌人即将大举侵犯时也如此。这一方面是由于他们过着接近大自然的宁静而简朴的生活,另一方面也是由于这里的社会中充满同志式的友爱。但更重要的原因还是:他们已经检验了他们的全部理论并使之适用于原始的中国农村以及农民的日常生活,他们感到在人民家里就像在自己家里一样无忧无虑……

每逢交际场合,没有人梳妆打扮,也没有人换什么衣服。不管男女,都是一套公家发的粗蓝布服……冬天跳舞的时候窗户也是敞开的,因为跳舞的人都穿着棉衣……周恩来擅长跳华尔兹不过有时有点过于拘谨……刘少奇跳起舞来带着一种科学的精确性……朱德总司令跳舞好像进行举世闻名的长征一样……毛泽东大部分时间坐着不跳,许多人都想跟他聊天,他跳起舞来安然笃定,好像给乐队带来了"党的路线"一样……

在延安听到的最多的一个词,就是"人民"……中国人民如何,世界人民如何。"到人民中去","向人民学习",这些都是口号,但又包含着比口号更深的含义,代表着一种极深的感情,一种最终的信念……

显然,延安方面的准备十分隆重。搭建起欢迎的牌楼,训练了八路军仪仗队,毛泽东还破例做了一身呢子中山装,破例同意买一双黑色的皮鞋。尽管毛泽东新缝制的中山装"好似从一大堆衣服里捡来的",但马歇尔还是对这位有着非凡气质的共产党领袖产生了好感。马歇尔与毛泽东的会谈气氛融洽和谐,他们谈到停战协定和整军协议的履行问题、东北问题和解放区的地位问题,没有产生严重的分歧。和谐的气氛在中共中央举行的欢迎晚宴上达到高潮,毛泽东的祝酒词中包括了"中美合作万岁"、"国共合作万岁"和"全国人民团结万岁",以及"祝杜鲁门总统健康"、"祝蒋主席健康"和"祝马歇尔将军健康"。马歇尔对筵席上可口的新鲜牛奶十分满意,问这些牛奶是从哪里弄来的,坐在他身边的八路军总司令朱德告诉他:"我养了一群奶牛。"宴会之后,在杨家岭礼堂举行了欢迎歌咏晚会,晚会二十一点开始,礼堂里气温很低,虽然搭着毛毯,马歇尔还是被冻感冒了,但台上乐队演奏的美国国歌以及延安军民震耳欲聋的腰鼓表演依旧令他既兴奋又吃惊。

马歇尔的延安之行产生的最大效应,就是给予包括毛泽东在内的共产党人以极大的乐观情绪。虽然这种乐观情绪很快便给他们的处境带来极大的危险,但在当时这种情绪的产生似乎是难以避免,也是难以克制的。国民党代表张治中将军在晚宴上对毛泽东表示,一旦政府改组之后,中共中央应该搬到南京去。毛泽东说:"我们将来当然要搬到南京去,不过听说南京热得很,我怕热,希望常住淮阴,开会就到南京。"

第二天,马歇尔一行离开延安。毛泽东前去机场送行。记者们围住毛泽东问:"您准备什么时候去南京?"毛泽东的回答是:"蒋主席什么时候要我去,我就什么时候去。"马歇尔临上飞机前,毛泽东对他强调说:"再说一句,一切协定,一定保证彻底实行。"美联社记者约翰·罗德里克对毛泽东流露的乐观情绪记忆深刻,因为毛泽东对他盛赞杜鲁门总统的"主动精神对中美关系做出了重大贡献"。同时,罗德里克又惊讶于毛泽东身上"流露出的一种王者风范",因为他总能够使自己保持一种"自信与权威而又不露骄矜的态度"。

那时的共产党领导人认为:"中国革命的主要斗争形式,目前已由武装斗争转变到非武装的群众的与议会的斗争",而党内一部分同志还不能适应这一新的形势,对"国内问题由政治方式来解决"提出疑义,这无疑是"狭隘的关门主义":

> ……党内党外均有许多人不相信内战真能停止,和平真能实现,不相信蒋介石国民党在各方面逼迫下,也能实行民主改革,并能继续与我党合作建国,不相信和平民主新阶段已经到来,因而采取怀疑态度,对于许多工作不愿实行认真的转变,不愿用心学习非武装的群众的与议会的斗争形式,因此,各地党委应详细解释目前的新形势与新任务,很好地克服这些倾向。

后来的历史是:一年后毛泽东和中共中央确实搬出了延安,但不是被蒋介石请到南京去参政,而是在国民党军的大举进攻下撤到了比延安更加荒凉的北部山区。

共产党人期望与国民党人一起和平民主建国的诚意,突出体现在《关于军队整编及统编中共部队为国军之基本方案》签署后的积极行动中。一九四六年二月下旬,共产党人开始了裁减军队和官兵复员行动,行动之迅速,规模之庞大,与国民党方面日益加剧的运兵备战相比,令那一刻的历史显出了一些荒诞。中共中央给各解放区下达的缩编复员指标是:在三个月之内至少将官兵数量减少三分之一。根据这一指示,共产党军队三个月之内复员和转业官兵多达二十四万。这一行动给部队带来了思想上的混乱。从干部到战士都感到无法在"战"与"和"之间作出准确的政治判断。晋察冀解放区的复员工作最为彻底,军区从原来的九个纵队一下减少为四个,总计复员官兵近十万。有人报告晋察冀军区司令员聂荣臻,说在北平看到国民党军到处征兵扩编军队,而为什么共产党军队成群的复员人员在往家走?聂荣臻说:"我也有矛盾,一面担心内战再起,一面又看到中央的决心很大……国民党军无法打下去,美国也不支持他打下去。那就按中央的决心办吧。"

而关于"整军",蒋介石在国民党整军会议上说得十分明确:

> 我与共产党斗争了二十多年,是最了解共产党的。现在只有把我们的部队整编好了,才有力量,才能打胜他。否则,不仅你们抗战功劳没有,连你们的历史都完了。甚至你们会死无葬身之地。

在共产党采取整军复员行动的同时,国民党军也制定了"复员计划"。遵照蒋介石的"机密甲9269号手令",国民党军整军采取的是称谓缩小、人马照旧的办法,即将全部的国民党军队军改称为师,师改称为团。更有甚者,国民党军各军在整编中都要求扩充人员:第三军,扩充九千零三十六人;第十六军,扩充六千九百五十八人;第三十军,扩充六千八百七十五人;第四十军,扩充四千九百三十二人;第九十二军,扩充七千三百零五人;第九十四军,扩充六千九百二十二人。国民党方面宣布将对五万五千名军官和一百五十万士兵实行"集团转业",但是,这些官兵几乎全部被改编为实际上依旧是作战部队的"兵工建设总队",其中三分之二的力量被安置在了共产党各解放区的四周。即使这样，到内战爆发的时候，国民党军依旧还有三十个军连虚假的整编都没有进行。

事后，当国共两党代表就整军中复员数量进行核对继而发生争吵时，穷极名目保存军事实力的国民党方面竟然说，他们有五十七万官兵不应算在整编之列，因为这五十七万是准备今后十二个月内"逃亡消耗"的人数。"逃亡消耗"这一名称，连同"五十七万"这一庞大的数目，皆令人惊愕。

随即爆发的战争证明，共产党军队的大规模复员，严重影响了其作战能力。

★ 第二章 最大多数万岁

- 四平之战
- 中原突围
- "蒋若攻李,粟必攻蒋"
- 古老的中国战术和漂亮的美国帽子
- 最大多数万岁
- 和平已经死了

四平之战

一九四六年春暖花开之后,温斯顿·丘吉尔在美国密苏里州富尔敦城发表了有关"铁幕"的演说,要求英联邦帝国与美利坚合众国建立特殊关系,以应对全球范围内日益增强的社会主义革命。美苏之间的紧张关系由此升级。接着,美国在太平洋中一个名叫比基尼的热带珊瑚礁堡上,进行了水下原子弹试爆,巨大的"花冠似的水以子弹的速度射向空中"。而这时候的中国,正处在剧烈事变前的沉寂时刻。

在"战"与"和"两种模糊不清的前景中,这个国家民众的生活并没有多大的改变。乡村的春播正忙,都市里美国电影的放映海报多了起来,大学开始争论"苏联是否是个新帝国主义"国家。此时,国人并没有人注意到,在这片国土上有两个地区已经成为引发战争的火药库:一个是冰河开始解冻的东北地区,一个是麦苗已经返青的长江北岸。

尽管苏军一再拖延撤军时间,但是终究要大规模撤离了。

于是,一个始终没有解决的问题面临着最后的较量与抉择。

苏军撤离沈阳时,没有通知国民党军。驻扎在沈阳郊区的国民党军第五十二军二十五师师长彭璧生发现苏军开始移交监狱和工厂时,才感到苏军可能要走。他派出大量的便衣混杂在看热闹的百姓中,直到苏军全部撤离之后,他迅速指挥部队占领了沈阳市区。此时的沈阳城市破烂,物价飞涨,市场萧条,但是当街市上挂起青天白日旗后,饭馆的生意顿时火暴起来,国民政府的接收大员夜夜请客,几乎所有饭馆的门口都悬挂着"某某机关包席"的牌子。苏军一路向北撤离,国民党军乘火车一路向北推进,但是火车运载的兵力毕竟有限,顺着公路的徒步行军更是速度缓慢。这时候,国共两方代表正就东北问题进行谈判,虽然争吵激烈但尚未撕破脸皮。因此,中共中央给东北局的指示是:"苏军退出沈阳后,我军不要去进攻沈阳城。我军进去在军事上必会陷于被动,在政治上亦将处于极不利。不仅沈阳不必去占,即沈阳到哈尔滨沿线在苏军才撤退时我们都不要去占领,让国军去接收。"就在这封电报从延安发出的当天,苏军从沈阳至长春间的四平撤离后,黄克诚立即指挥部队攻占了那里,官兵们把四平城内的国民党地方官员赶上一辆大卡车轰出了城。

中共东北局在抚顺召开了会议。这个没有留下任何文字记录的会议,只能从当事人的回忆中复原原貌。会上,主张攻击大城市和离开大城市建立农村根据地的两种意见展开了直接交锋,而这两种意见关乎东北地区乃至整个中国的未来命运。在和平来临的乐观情绪的影响下,东北部队很多干部因留恋城市而不愿到农村去。后来,中共东北局书记彭真指出:"大家的注意力切不要被占领长齐哈等大城市的斗争所吸引,而忽略中小城市广大乡村的剿匪与发动群众工作。不把中小城市广大农村的群众充分发动起来,以建立之巩固后方根据地,我们便不能持久作战,已占大城市亦难于占稳。"迫于对形势判断的局限,抚顺会议没有形成任何明确决议,东北民主联军依旧试图在东北地区沿铁路线与国民党军争夺大城市的控制权。

国民党方面坚持认为,东北不存在共产党驻军问题,只有国民政府从苏军手中接收主权的问题。国共两党代表关于东北问题的谈判因而分歧严重。随着国民党军源源不断地到达东北,蒋介石的立场越来越强硬。没能取得任何斡旋效果的马歇尔回国述职去了。延安方面的态度也强硬起来:进入东北的国民党军,只能接收沈阳至长春沿铁路两侧三十里的地带。如想进入其他地区,必须得到共产党方面的同意——显然,共产党方面是不会同意的。

蒋介石在国民参政会上,阐明了他对东北问题的真实立场:

……我们可以说,东北九省在主权的接收没有完成以前,没有什么内政问题可言。如果有人在东北主权没有收回,外交问题没有解决期间,提出内政问题,作对中央交涉的条件,在这时候必要妨碍我们主权的接收,加重外交的困难,那就不知道他们的用意如何了……在日本占领东北的时期,共产党并没有什么武装力量,自日本投降以后,东北才有中共部队的发现,从热河方面开进东北的中共军队,乃持有少数武器,而从烟台渡海的中共军队,那都是徒手过去的,这几种部队合起来,就是他们所谓"民主联军",现在他们唯一的工作,就是妨害政府军队接收主权,要求特殊化的政治局面。要知道,阻碍国家主权的接收,就是妨害中苏友好同盟条约的实行,也就是威胁远东和平和世界安全……政府对于东北九省只有接收主权,推行国家的行政权力,军事冲突的调处只有在不影响政府接收主权,行使国家行政权力的前提之下进行……

东北民主联军抢在国民党军之前,占领了从沈阳北进长春和哈尔滨的战略要冲四平。蒋介石立即命令国民党军自沈阳兵分四路攻占四平。于是,数天前还强调不要与国民党军在接收问题上发生军事冲突的中共中央连续致电东北局,要求部队坚决作战。

三月二十四日:

……我党方针是用全力控制长哈两市及中东全线,不惜任何牺牲,反对蒋军进占长、哈及中东路,而以南满、西满为辅助方向……黄(黄克诚)李(李富春)部动员全力坚决控制四平街地区,如顽军北进时彻底歼灭之,决不让其向长春前进……

三月二十五日:

……你们至少还须经一二个星期也许更长时间的恶战才能实际达到停战。在此时间内顽方会拼命进攻,企图控制更多的战略资源要地,而你们应尽一切可能不惜重大牺牲,保卫战略要地……长春、哈尔滨、齐齐哈尔等地,你们必须在苏军撤退后一二日内控制之……

连日大雨,河水暴涨,已经化冻的黑土地一片泥泞。在沈阳向北的各条道路上,国民党军的坦克和汽车与徒步行军的东北民主联军官兵在泥泞中迎头而进,战斗相继发生。国民党军的北进一开始便显示出强劲的突击能力。三月二十一日,第五十二军突破东北民主联军万毅部的阻击,占领抚顺;新六军主力和第七十一军八十八师、第九十四军五师占领辽阳之后,突破东北民主联军吴克华部的阻击,于四月一日占领东北钢铁工业中心鞍山,第二天占领位于辽东湾的重要出海口营口;新一军于三月二十七日攻占开原后,向四平推进;而第七十一军主力则于四月四日占领法库,并拟从那里前出攻占四平以西的八面城。

四月四日,林彪到达四平街,在察看了战场地形之后,他向中央表达了"坚决与敌决死一战"的决心。毛泽东立即回电,表达的也是不惜一切的决心:

……集中六个旅在四平地区歼灭敌人,非常正确。党内如有动摇情绪,那(哪)怕是微小的,均须坚决克服。希望你们在四平方面,能以多日反复肉搏战斗,歼敌北进部队的全部或大部,我军即有数千伤亡,亦所不惜……本溪方面,亦望能集中兵力,歼灭进攻之敌一个师……如我能在三个月至半年内,组织多次得力战斗,歼灭进攻之敌六个至九个师,即可锻炼自己,挫折敌人,开辟光明前途。为达此目的,必须准备数万人伤亡,要有决心付出此项代价,才能打得出新局面……

一场为争夺铁路线上的重要城市而进行的血战已经不可避免。这就是后来颇受争议的"四平之战"。

八日傍晚,四平外围战斗开始。交战双方是:东北民主联军山东军区第一、第二师,第七纵队新四军第三师八旅和十旅、东满挺进纵队等,共十二个团;国民党军是新一军新编三十八师。新一军是国民党军主力部队之一,抗日战争时远征缅甸,为解救被日军包围的英军,新一军在当时新编三十八师师长孙立人的率领下奋勇杀敌,最终为远征军冲出一条血路,其顽强的战斗作风为盟军赞叹也为国人崇敬。战后,新编三十八师师长孙立人升任新一军军长。此时,孙立人正在伦敦接受英国国王的授勋,该军暂由东北保安副司令长官梁华盛指挥。两军激战一夜,虽然东北民主联军的两个营在包抄中因迷路没有完成断敌退路的任务,但是新编三十八师的三个连还是在共产党军队不顾一切的攻击中受到重创。共产党官兵爬上院墙,一边开枪一面高喊"缴枪不杀"。新编三十八师师长李鸿曾出征缅甸,作战经验丰富,在指挥部队发动逆袭之后,新编三十八师终于稳住了阵脚。

此战,新一军兵力损失不大,但是士气受到打击,梁华盛甚至向刚到东北代替杜聿明指挥作战的郑洞国表示:按照作战命令限定的时间攻下四平是不可能的。

在接近四平的国民党军各路部队中,第七十一军八十七师占领法库后,企图迂回四平的侧后,他们面对东北民主联军的节节阻击边打边推进,突然间,发现自己被引到一个早已布置好的大口袋中:先头团看到前面有个熙熙攘攘的集市,便向路上的老百姓打探情况,百姓们都异口同声地说八路早就走了,于是先头团解散休息。就在国民党军开始又吃又喝时,枪声骤起,原来集市上的不少百姓都是化装的八路军。伏击八十七师的部队,是从阻击新一军的战场上迅速移动而来的。林彪部署了"一点两面"的战术,即用主要兵力攻击敌人最薄弱的一点,其他方向以少量兵力助攻。同时,突击部队用在敌人的两侧,牵制部队则用在攻击正面。四月十五日,在东北民主联军的合力围攻下,八十七师被分割压缩在十几个村庄里。从各村跑出来的老百姓来到共产党军队的阵地上,详细报告了国民党军在各村的兵力分布情况。天黑之后,东北民主联军的围歼战开始了。至清晨时分,八十七师大部被歼,副师长和参谋长被俘,只有师长黄炎带领少数卫兵逃离。

就在国共两军在四平作战的时候,共产党东北局与苏军就东北民主联军接管长春达成默契。四月十四日,苏军撤离的最后一列火车驶出长春。一个小时后,东北民主联军第七师杨国夫部、三五九旅贺庆积部、东满二十二旅罗华生部和吉北军分区曹里怀部共十三个团,在联军副司令员周保中的指挥下向长春发动了攻击。官兵们拉来日军留下的大炮,轰击长春城内被空运来的国民党守军。战斗持续到十八日,包括长春城防司令陈家珍和市长赵君迈在内的八千多人被俘,长春被东北民主联军占领。中共东北局立即致电中央:"对于长春,我们决定采取巩固和确保的方针,争取成为我们的首都……"

同日,中央回电:

……(一)长春占领,对东北及全国大局有极大影响,望对有功将士,传令嘉奖。(二)杨师立即或休息数日南下参战,必须增加四平方向兵力,歼灭新一军主力,并准备继续打几个大胜仗,方能保卫长春。(三)用全力夺取哈、齐二市。(四)用全力发动长、哈、齐三市及长、哈、齐线东西两侧各二百里左右地区的数百万群众,帮助他们组织起来与武装起来,作为控制全满之中心区域,迅速准备一切,为保卫长春而战……

长春被东北民主联军占领的那天,马歇尔回到中国。美国人担心东北的战火会成为苏军继续滞留中国的借口。马歇尔听取了前往东北地区监督停战的三人小组的汇报,在与蒋介石和周恩来分别进行了多次交谈之后,得出了关于目前中国时局的结论,这一结论令蒋介石与马歇尔的矛盾公开化了。

> 目前的许多困难,国民政府早些时候本来是可以避免的,但是局势现在是逆转了;国共双方都完全缺乏诚意而且互不信任,每一方在对方所有建议的后面都看到邪恶的动机;国民政府阻碍了派遣执行小组进入满洲,而执行小组或许是能够控制局势的;共产党说停战令适用于全中国,而国民政府却反对停战令适用于满洲;当国民政府的军队开进满洲时,他们采取了鲁莽的行动,企图消灭在内地的共产党军队。我不得不作出结论:蒋委员长的军事顾问们所表现的判断力是低劣的。在许多事例中,国民政府当局给共产党提供了指责他们缺乏诚意的机会……自一九四五年开始谈判以来,政府曾有过几次满意地解决问题的机会,但是现在共产党却能够向政府提出过分的要求了。根据我听到的情况来看,国民政府所犯的大错包括对较小的事情采取强硬的态度,这种态度达不到有益的目的,却引起了严重的僵局。

同时,马歇尔也意识到,共产党人对长春的占领,"对于国民政府的影响甚至更是灾难性的",因为国民政府中"极端反动集团的势力"现在可以说,共产党"从来没打算坚持履行达成的协议"。而"确实地解释共产党进攻长春的原因是困难的。一个可能的解释是:共产党力图迫使国民政府结束在满洲的冲突,停止把他的军队向沈阳以北调动,并且从事谈判以求得一项解决办法"。

四平没有攻下,长春也失去了。

四月十六日,从北平回到东北的杜聿明所做的第一件事,就是不惜一切代价夺回四平。

四平血战开始了。

四平位于辽宁与吉林的交界处,当时是通往南满、西满和北满的交通枢纽,四洮(四平至洮南)、四梅(四平至梅河口)、中长(满洲里至绥芬河的中东铁路与哈尔滨至旅顺的南满铁路)三条铁路穿城而过。铁路把小城分为东西两区,东区是中国人居住的矮小平房,西区是日本人建造的坚固的楼房,这里还有一个小型飞机场。四平城北面山峦起伏,其余三面地势平坦,从地形上看无险可守。

在林彪的急令下,东北民主联军所有的主力部队昼夜奔袭,前后到达四平的总兵力近八万人。虽然没有大规模阵地防御作战的经验,官兵们还是开始紧急抢修防御工事。他们沿着小城外围挖掘了大量的交通壕,甚至把小城西南的河道全部堵塞,从而让河水漫出形成大面积的沼泽,以阻止敌人坦克的冲击。同时,四平城内囤积了大量的粮食、弹药和医疗用品。林彪的命令是:要使每一个前线指战员有战斗到最后一人的决心,要有与最后一个阵地共存亡的决心。

十八日,国民党新一军在郑洞国的指挥下发动了攻势,其新编三十师沿铁路由南向北,新编三十八师由西向东,五十师直指四平东南,三路大军在飞机和坦克的掩护下对四平正面展开轮番攻击。交战双方都表现出决死的斗志。在国民党军强大的火力轰击下,东北民主联军的防线多次出现危机,前沿官兵数次与进攻的敌人进入肉搏状态。双方不断派出突击队向对方阵地渗透,两军犬牙交错地混战在一起。国民党军的每一次进攻,都用优势火炮进行长达三个小时以上的火力准备,致使四平外围的阻击阵地上硝烟弥漫、弹坑累累,东北民主联军所有的防御工事很快就被夷平,官兵们只有利用钢板构成的堡垒做掩护,躲避炮弹的杀伤,然后待敌人冲锋到三十米处时,跳出工事用手榴弹和刺刀展开拼杀。经过反复的拉锯作战,新一军终于在东北民主联军的正面防御线上撕开一个缺口,进攻部队在坦克的引导下从缺口进入,并急速向纵深发展,占领了四平市区西南角的一座楼房。东北民主联军多次组织反击,但是在伤亡百人之后依旧没有夺回。在新一军五十师的进攻阵地上,百门以上的火炮以每分钟二十五发炮弹的火力向东北民主联军的防御阵地进行狂轰,但随后步兵的冲击依旧要面对共产党官兵的顽强坚守和寸土不让。战至二十二日,新一军重新协同火炮,前后配置,开始了毁灭性的轰击,致使东北民主联军的交通联络全部中断,各部队阵地都处在各自为战的情形中。这时候,战斗的焦点转向四平城西北一个叫三道林子的高地。仅二十二日一天之内,双方在高地上展开的拉锯战就有四次之多,而坚守在这里的东北民主联军的一个营伤亡达百人以上。二十三日,新编三十八师集中炮火轰击三道林子的北山阵地,东北民主联军阵地上平均每分钟落弹四百余发。新一军虽然武器优良、火力猛烈、战术精到,但是当白刃战和肉搏战来临时,国民党军官兵面对共产党官兵不惜生命的勇气不禁心惊胆战。四月二十六日,新一军在四平城东的一次攻击被打退,东北民主联军在城北的反击未能奏效,战场出现了暂时对峙。

郑洞国要求杜聿明增援。

二十七日,毛泽东为中央军委起草的电报到达:"(一)四平守军甚为英勇,望传令奖励。(二)请考虑增加一部分守军〔例如一至二个团〕,化四平街为马德里。"——"马德里",指的是一九三九年西班牙内战中国际纵队与西班牙人民一起为保卫马德里而战斗。

毛泽东的态度是"化四平街为马德里",林彪的态度则是"尽量化四平街为马德里"。东北民主联军政治部宣传部长陈沂后来回忆说:"就是林彪本人,当时也没有说过要在四平进行一个大战役,我们全军上下都觉得这样'且战且退'的打法是合算的。"四平八天的战斗,林彪已清醒地认识到目前我军作战的弱点:没有城市防御作战的基本经验,官兵们只知道向前方射击,缺乏与友邻部队策应的意识;火力配备的层次和纵深都不理想,无法形成有效的阻击火力;战场上没有统一的射击命令与信号,有的部队开火太早,致使敌人临近时弹药不足;部队交接阵地时没有顾及工事的交接,造成接手阵地的部队在工事已全部失效的情况下出现大量伤亡。而国民党新一军却在步炮协同、营连进攻和交替掩护方面都显示出老练的攻坚经验。如果他们在近战时顽强,而不是一拼刺刀就跑的话,此战打下去凶多吉少。

但是,毛泽东要求坚决保卫四平:

林:

感(二十七日)电悉。(一)前线一切军事政治指挥,统属于你,不应分散。如因工作繁忙需人帮助,则可考虑高岗等同志来助你,如前线机关以精简为便利,则照现状为好。(二)东北战争中外瞩目,蒋介石已拒绝马歇尔、民盟和我党三方面同意之停战方案,坚持要打到长春。因此我们必须在四平本溪两处坚持奋战,将两处顽军打得精疲力竭,消耗其兵力,挫折其锐气,使其以六个月时间调集的兵力、武器、弹药受到最大消耗,来不及补充,而我则因取得长、哈,兵力资财可以源源补充,那时,便可能求得有利于我之和平。(三)力戒轻敌,每战必须集结全力,打敌一点,以期必胜。此点你已充分注意,望深入教育,一体遵行。

       毛泽东
     辰(五月)东(一日)

  毛泽东的真实意图,不仅是以四平之战赢得谈判桌上的有利地位,而且还要在四平一线将国民党军的攻势彻底遏止,以期达到国民党占领沈阳以南,共产党占领长春、哈尔滨以北的平分东北的目的——既然独占东北已无可能,争取到一半也是胜利。

  但是,本溪失守的消息传来了。防守本溪的东北民主联军各部队,主力调到了四平方向,本溪城内只剩下萧华指挥的三个团。国民党军新六军、第五十二军、第七十一军的五个师,于四月二十八日向本溪发动全面攻击,萧华指挥各团拼死阻击,战至最后每团每连只剩下十余人,东北民主联军的防线被全线突破。五月三日,萧华命令放弃本溪。

  本溪失守后,解除了后顾之忧的国民党军迅速北上,向四平包抄而来。其中廖耀湘的新六军在右,陈明仁的第七十一军在左,已经回国的孙立人指挥新一军居中。东北民主联军本来就装备简陋,兵力不足,现在为防御国民党军的两翼包抄,防线又被拉长至五十多公里,兵力更见稀疏,火力更见单薄。而国民党军将领很清楚,这种攻防战拖得越久,对防御一方越是不利。由于防御的正面过于宽大,东北民主联军各部队主力都被置于阵地一线,惨烈的战斗导致的重大伤亡令各部队的兵力捉襟见肘。

  此时,指挥部队负责四平左翼防御的黄克诚提出了"适可而止,不能与敌硬拼"的建议。黄克诚先给林彪发电,提出目前敌人倾巢出动,"与我决战,而我军尚不具备进行决战的一切条件"。因此,可以"把四平及其他部分大城市让出来",尽快到中小城市及广大农村建立根据地。等敌人"背上的包袱沉重得走不动了的时候",我军再回过头"逐个消灭他"。黄克诚没有等来林彪的回音,更没有等来林彪撤退的命令。五月十二日,他直接致电中央,不但建议放弃四平,甚至建议放弃长春。黄克诚的这封电报,是后来对四平之战得失争论中最著名的电报(电文有删节):

(一)由关内进入东北之部队,经几次大战斗,战斗部队人员消耗已达一半,连、排、班干部消耗则达一半以上,目前虽尚能补充一部新兵,但战斗力已减弱。

(二)顽九十三军到达,如将大量炮兵及部分坦克用上来,四平坚持有极大困难。四平不守,长春亦难确保。

(三)如停战短期可以实现,则消耗主力保持四平、长春亦绝对必要。如长期打下去,则四平、长春固会丧失,主力亦将消耗到精疲力竭,不能继续战斗。故如停战不能在现状下取得,让出长春可以达到停战时,我意即让出长春,以求得一时间的停战也是好的。以求争取时间,休整主力,肃清土匪,巩固北满根据地,来应付将来决战。

(四)东北已不可能停战,应在全国打起来,以牵制国民党军向东北调动。东北则需逐步消灭国民党兵力,来达到控制全东北的目的。

(五)我对整个情况不了解。但目前关内不打,关外单独坚持消耗的局面感觉绝对不利。故提上面意见,请考虑。

黄克诚还是没有接到任何回音。他不知道,在远离四平战场的地方,国共正在谈判桌上就东北问题激烈地讨价还价,而四平无异是一个重要的筹码,共产党人在这样的时刻绝不能轻易放弃四平。十五日,毛泽东给东北局发来电报称:"四平街作战支持的时间愈长愈有利。"整整十三年后,黄克诚才明白当年在战场上林彪为什么没有回音。

然而,就在毛泽东发出这封电报的时候,东北民主联军保卫四平的最后时刻来临了。

廖耀湘指挥的新六军新编二十二师的一个团,在付出一个连的伤亡后,突破了东北民主联军第三纵队的防线。新六军由此乘胜推进。在泥泞的乡间小路上,国民党军用钢板铺路,六百多辆汽车、坦克和火炮强行通过,其推进速度之快,进攻强度之大,令负责阻援的第三纵队连连退守,新六军主力很快逼近四平地区。同时,东北民主联军在其他方向上的防御阵地也被相继突破,国民党军最后对四平防线的制高点塔子山形成三面包围。

塔子山距四平城仅十余公里,这里的阵地原由万毅部的五十八团防守,由于伤亡过大,阵地后来被移交给第三师七旅。为了加强防御,林彪命令第三师十旅前往增援。七旅在之前的战斗中已严重减员,塔子山阵地上只有十九团一个团。五月十八日,新六军在向塔子山进行了空前猛烈的炮击之后,步兵在飞机的助战下发动了强攻。十九团五连的阵地前突,八名机枪手全部伤亡,副班长杨甫南一个人轮流使用九挺机枪射击。防守核心阵地的三连和十连,面对敌人的集团冲锋,无一人后退。连续的激战令官兵们无法垒就工事和掩体,他们在犹如暴雨般倾泻的炮弹中血肉横飞。弹药全部用完之后,阵地上幸存的官兵们使用了石头和牙齿。最后,在这个不足百余平方米的小山头上,交战双方官兵的尸体达上千具。

林彪不断给塔子山方向打电报,先是命令"尽可能再坚持一天",然后命令"最少明天要顶半天"。但是,在塔子山防御阵地上,官兵几乎伤亡殆尽。而奉命增援的部队轻信了以为辽河水深难以徒涉,以至于没能及时赶到战场。林彪给毛泽东去电:"四平以东阵地失守数处,此刻敌正猛攻,情况危急。"电报发出几个小时后,十八日下午,传来塔子山阵地全部失守的消息。这时候,林彪想的已经不是坚守四平的问题了,而是一旦撤退的后路被封死就有全军覆没的危险。他没等中央回电,下达了全线撤退的命令。

十九日,毛泽东致电林彪:"如果你觉得死守四平已不可能时,便应主动地放弃四平……准备由阵地战转变为运动战……"

历时一个月的四平之战结束。

四平之战,以东北民主联军的重大损失成为一次失败的战例。不少人认为,四平之战是在对时局的错误估计下发动的,是在不宜进行大规模防御作战时进行的一次得不偿失的消耗战。在诸多要素均处于劣势的情况下,与优势交战对手争夺一城一地的得失,不但导致了八千多官兵的伤亡,而且在战略上也陷入了被动。

四平失守之后,东北民主联军继续向北撤退。毛泽东来电要求他们坚守长春,罗荣桓、林彪、彭真等东北局领导讨论后,还是作出了放弃长春的决定。罗荣桓说:"长春、吉林都是大城市,不利于防守,防线又宽,现在部队打得很疲劳,如果守长春,敌人从梅河口沿奉吉线插到吉林,就会把我们的后方打个稀烂,不但长春守不住,非退到西满蒙古大沙漠不可。"于是,林彪负责组织部队撤退,罗荣桓和彭真组织东北局机关撤往松花江以北。五月二十三日,毛泽东再次来电,还是要求坚守长春,原因是:"我们正在南京谈判让出长春,交换别的有利条件,但必须守住长春,方利谈判,否则不利。"可是,由于撤退已经实施,毛泽东的命令已无法执行。彭真致电中央:"长春方面幅员广大,周围地势平坦,我兵力不足,不可能固守。为避免被迫作战,我们决定撤出长春。我们昨夜退出,现已抵哈尔滨,林仍率主力在前线指挥。"

实际上,国民党军占领四平之后,并没有立即攻占长春的打算,原因是蒋介石担心杜聿明兵力不足,如果战线拉得太长,容易出现意外。同时,由于苏军还没有完全撤出东北,蒋介石还担心攻占长春会引起苏军的干涉。他派副总参谋长白崇禧去沈阳,指示杜聿明固守沈阳、锦州,确保东北与平、津之间的联络,不要轻易发兵北进。白崇禧在与杜聿明交换意见后,两人都认为蒋介石的顾虑没有道理:现在一旦放过林彪的部队,让他得以休整,等他坐大"倒真值得顾虑了"。况且,国民党军不惜一切打下四平,就是为了占领长春。杜聿明保证只用新一、新六两个军就能拿下长春,白崇禧随即表示只要"一周之内下长春,老蒋看打了胜仗,没有不高兴的"。五月二十一日,在杜聿明的命令下,国民党军多路纵队乘坐汽车和坦克,向撤退中的东北民主联军进行猛烈追击。林彪虽下令"各部队如遇敌时,向敌进路的侧面转移,避免单独决战"。但撤退中的部队在敌人凶猛的进击下建制均被打乱,已经无法形成有效的反击作战能力。这期间,发生了一件令林彪十分痛苦的事:掌握大量机密的东北民主联军作战科长王继芳背叛投敌了。王继芳少年时参加红军,走完漫长的长征路之后,毕业于延安抗大。部队从四平撤退的时候,这个作战科长突然失踪。国民党军有关资料说,王继芳之所以投诚,是"他在四平街爱上了一个女人"。王继芳所提供的东北民主联军目前军力的机密情报,是导致杜聿明穷追不舍的重要原因。

五月二十三日,国民党军占领长春。

蒋介石对国民党军的凌厉攻势感到万分惊喜,他在致东北军事三人小组和北平军调处执行部的电报中说:"甚望共产党军队能幡然悔悟,切念萁豆相煎之痛,同懔骨肉相残之耻,为国家多留一分元气,为人民保存一线之生机,从速履行停止冲突之协议,遵守整编方案,化干戈为玉帛,化戾气为祥和,团结合作,完成革命建国之使命。"

原想一鼓作气打到哈尔滨的国民党军,在松花江南岸突然停滞不前了。

这让原准备继续北撤的林彪都感到了意外。

蒋介石到东北来了,他的到来打乱了杜聿明的作战部署。

就在各部队停在松花江南岸,等待下一步作战命令的时候,蒋介石在杜聿明的陪同下出席了沈阳市民的欢迎大会。由于进入东北的国民党军各级将领都前来拜望,前线的战事自然也就被搁下了。紧接着,东北民主联军南满部队为牵制国民党军北上,突然向位于鞍山和海城的国民党军第六十军一八四师发动了攻击。鞍山若失,沈阳等于门户洞开。杜聿明限令孙立人的新一军"于二十六日前集结辽阳,迅速解海城之围,并收复鞍山"。但是,命令下达的第二天,蒋介石告诉杜聿明,说他已准许新一军休整三天,要求一八四师死守待援。三天之后,当新一军终于南下时,鞍山已被东北民主联军部队占领。一八四师师长潘朔端曾竭力阻击,甚至处决了作战不力的军官,但无论如何就是等不来援军,他终于意识到,再这样下去无异于置自己于死地。三十日,潘朔端在海城宣布起义。潘朔端是黄埔四期毕业生,蒋介石历来最看重的是黄埔一期和四期,国共两军中不少著名将领皆出于这两期学员:一期有胡宗南、宋希濂、范汉杰、陈赓、陈明仁、李仙洲;四期除林彪之外,还有张灵甫、胡琏、李弥、文强。但同是四期学员,张灵甫、胡琏和李弥等人早在抗战期间就是中将军长了,而潘朔端至今仍然是个师长。

蒋介石到了长春。在这里他告诉郑洞国和廖耀湘:"政府经与中共方面谈判,决定在东北战场实施短期停战,倘无情况变化,停战令可能在近日下达,你们务必做好充分准备。"所谓准备,即"整补军队,调整部署","提高警惕,严防中共"。

可是,令蒋介石吃惊的消息传来了:共产党将领陈毅集中山东野战军的全部主力,向山东战场上的国民党军发动了作战,先后解放了胶县、泰安、德州、枣庄、高密等城镇,不但扩大了山东解放区的地盘,而且威胁着国民党军控制的津浦和胶济铁路的畅通。蒋介石被迫把准备调往东北的两个军紧急调往了山东。林彪后来说:"一九四六年五平、长春撤退后,主力失去战斗力。如果敌人继续增加两个军,我们的军事情况是很危险的,因为主力来不及休息补充和装备。山东大打起来救了我们一手,使得我们能够缓过气来。"

随着各地战事频发,马歇尔对蒋介石的压力开始升级,他通过宋子文转给蒋介石一封措辞严厉的电报:"国民政府在满洲继续前进,你并未采取任何行动以停止冲突,使我作为一个可能的调解人的工作陷于十分困难,也许不久实际上陷于不可能了。"马歇尔的火气来自魏德迈写给他的一封信,信中说国民政府的舆论工具正大肆散布马歇尔中了共产党人的奸计,一家报纸上甚至登出一幅马歇尔穿着八路军军装、打着八路军绑腿的漫画。马歇尔郑重地告诉蒋介石,国民党军队如果不停止进攻,美国就立即中断对华援助。

国民党军对林彪部的追击就这样停止了。

一九四六年六月六日,国共双方再次就东北暂时休战问题达成协议。从此,东北民主联军与国民党军隔松花江对峙。东北的大城市之一哈尔滨始终由共产党人占据着,松花江以北地区因此成为共产党人在东北的坚固后方基地。

多年之后,国民党军将领只要一提起内战,依旧慨叹当年没有乘胜追击将林彪的部队彻底消灭,以致最终使国民党政权自东北开始倾覆。

就在中国东北地区的战火暂时平息,已经撤到东北最北边的林彪部终于得以喘息的时候,剧烈的枪声在中国国土的腹地再次响起——位于中原地区的共产党军队不但被迫放弃了自己赖以为生的解放区,而且,一场令所有幸存者刻骨铭心的生死大突围被迫开始了。

中原突围

一九四六年六月二十六日,中国当代史上一个重要的日子。

这一天,驻扎在湖北、安徽、河南三省交界处的中原军区李先念部,突然从国民党三十万大军的合围中突围而出。这一事件,被中国共产党党史、中国人民解放军军史认定为解放战争爆发的标志。

任何关于究竟是国民党一方还是共产党一方制造事端将中国带入了漫天战火之中的争论,都严重忽视了这样一个事实:无论当时国共两党的和平谈判多么的旷日持久,也无论国共两军无时无刻不发生着危险的军事冲突,但李先念部被围,确凿无误地来自国民党方面早已计划完毕的一个政治与军事的双重阴谋。有史料显示,对李先念部的围歼计划至少产生于五月十日之前,虽然那一天国民政府代表军令部部长徐永昌、共产党代表中共军委副主席周恩来以及美方代表军调部执行处处长白鲁德在汉口签署了停止中原内战的《汉口协议》。

命令是蒋介石向武汉行营下达的。

国民党武汉行营参谋处第二科情报参谋袁桓楚记录了那天在他办公室发生的事:

......

就在那天下午三点左右,卢济时(国民党武汉行营参谋处副处长)匆匆回到参谋处,向我和刘当阳[参谋]详细地了解共军的活动和态势。他并叫主管作战的第一科熊彭年[参谋]马上用电话告诉花园的第六绥靖区周嵒密令各部队"迅速占领有利地形,严密封锁共区,随时的待命行动"。同时告诉武昌的整编第五师、咸宁的整编二十六师待命行动。这时刘当阳笑眯眯地问卢济时:"副处长,已经签了字,为什么还要这样做?"卢济时冷笑了一声,马上沉下脸说:"你们晓得什么?"

大约在六月十四五的一个晚上八九点钟的时候,卢济时夹了一个皮包,匆匆来到第二科办公室内,对刘当阳和我说:"从现在起你们要值夜班,密切注意共军动态,随时将情况告诉我,我在德明饭店,如果找不到我,可以告诉王振旅[也是二科的参谋]。"又跑到第一科去密谈了一个多钟点走了。不久,熊彭年走来开玩笑地对我说:"好了,你们忙,我们失业了。"我鼓着两只眼睛望着他,并打着京腔"此话怎讲?"他悄悄地对我说"南京的电报来了",接着就谈起,那天蒋介石给武汉行营的电令的主要内容是(一)出动鄂豫皖边区外围所有军队,对共军严密封锁,分进合击,彻底消灭中原地区的共军。(二)为避免共方的责难与美方的为难,着令武汉行营所辖部队,均归郑州绥署[刘峙]指挥出击。这就可以使武汉行营推诿签字的责任。

第二天下午,我们就看到郑州绥署请武汉行营转达各师的所谓作战部署,并请武汉行营随时将共军动态通报郑州,其作战部署的主要内容如下:

"整三师进出于界首、周家店以南之线,阻击北窜之敌。整六十六师进出于五里店、礼山以东之线,重点置于左,进击宣化店以北之敌。整十一师主力进出于卫家店以东姚家集以北至黄安之线,进击宣化店以南之敌。整七十二师主力指向白雀园以东以北地区,进击新县以东以北之敌。整四十六师指向叶家集、金家寨之线,阻击东窜之敌。整七十五师主力进出于皂市以北桑树店之线,围击大洪山以南江溪地区之敌;一部开京山聊屋山之线阻敌西窜。整二十师枣阳之一个旅,向大洪山北麓攻击前进。阻击大洪山北窜之敌,主力集结于樊城待命。整五师集结于横店黄陂之线待命。整二十六师集结武昌待命。"

宣化店,共产党中原军区司令部所在地。

那天黄昏,晚霞灿烂,军调处驻宣化店执行小组成员美方代表哈斯克上校和国民党代表陈谦上校,在宣化店狭窄的街道上遇到了身穿灰布军装的中原军区司令员李先念和鄂东独立旅政委张体学。尽管四个人的表情在那一瞬间都显露出一种难以察觉的不自然,但他们很快就谈笑风生地攀谈起来。他们走上一座小桥,桥下的那条叫竹竿河的小河边有几个共产党官兵在洗衣服。

哈斯克与陈谦已经在不大的宣化店内外转了好几圈。他们的心情有些紧张,因为他们清楚地知道,国民党军对这个小镇及其附近地域的合围已经完毕。他们特别担心的是,在汉口举行的武汉行营记者招待会上,国民党发言人竟然当众宣布"未来二十四小时之内,湖北将有惊人的奇迹发生"。但是,眼下他们在这个小镇上假装闲逛的时候,并没有发现共产党官兵有什么异常举动:中原军区司令部的牌匾依旧悬挂在大门上,大门内外人进人出,里面传来寻常的电报键敲击声;佩戴着臂章的巡逻队如同往常一样在街上巡视;操场上的操练口号依旧响亮。不仅如此,他们甚至还接到了晚上在中原军区礼堂观看文艺演出的邀请。只是各部队的伙房里都显得格外忙碌,炒米的香气四处弥漫——共产党方面不是通报说近日要举行小规模军事演习吗?为演习部队准备些干粮也许是正常的吧?

中原解放区是由抗战时期的鄂豫皖解放区演变而来。

鄂豫皖解放区的前身,是原新四军第五师创建的抗日根据地。一九三九年,李先念等人带领新四军独立游击大队从河南南下,到达湖北与河南交界处的四望山,与在那里活动的游击队会合,组成新四军豫鄂挺进大队。一九四一年初,按照中央军委的命令,挺进大队与其他活动在河南、湖北两省的游击队共同组成新四军第五师。抗战胜利后的一九四五年十月,王震率领八路军三五九旅南下支队、王树声率领河南军区部队先后到达鄂豫皖边区与第五师会合。十一月,中共中央决定成立中原中央局和中原军区,任命郑位三为中原局书记兼中原军区政委,李先念为中原军区司令员,王树声为中原军区副司令员,王震为中原军区副司令员兼参谋长。中原军区成立后,中原解放区逐步发展为跨越鄂、豫、皖、湘、赣五省交界处的广阔地区,人口一千五百万,正规军五万余人,民兵三十余万。

抗战结束后,中原解放区面临极大的生存困难,原因很简单:这里是国土的心脏地带,又是国民党统治的腹地,交通的便捷使国民党军在日本投降后迅速到达这里,很快就对中原解放区形成了包围之势。而当时解放区内的武装依旧处在分散的游击状态中,因为来不及收拢部队形成大规模作战能力,所以难以在国民党军发起攻击时有效地巩固解放区。到一九四六年一月,中原解放区的面积已缩小到抗战胜利时的十分之一。当国共两党艰难地在重庆讨价还价的时候,中共中央根据"向北发展,向南防御"的战略部署,提出让出包括鄂豫皖解放区在内的八个解放区,以换取在北方部分省份建立民主政权的建议。但是,由于中原解放区的地理位置万分重要,如能坚持下去便可牵制国民党军相当的兵力,遏制国民党军沿平汉、津浦两路大规模北进和东进,因此,毛泽东回到延安后指示中原解放区还是坚持下去为妥:"中原迟早是要放弃的,因为你在蒋介石家门口走动,他是睡不着觉。但现在还不能走,要把他那几十万大军拖住,要有力地配合华北和东北的行动。"

在国民党军重兵包围中坚持下去,所付出的代价是巨大的。

此时,以宣化店为中心的解放区方圆不足五十公里,却聚集着中原军区数万人的部队和家属,还有四十万的百姓。国民党军的严密封锁令这里的给养"有朝不保夕之苦"。王恩茂在当时的日记里写道:"困难,就是搞粮的次数太多……百姓感到粮食负担不知要负担到哪一天;负担的分量也重,百姓感到负担不了……我们说过再也不借了,现在又借,则失信誉。"国民党军不但控制了所有可能运输粮食的道路,而且在边缘地区故意抬高粮价,以吸引解放区内百姓的粮食外流。虽然国民党方面在谈判桌上反复表示,对共产党的粮食采购人员"绝不加以阻拦",但是从解放区内派出去的粮食采购人员还是屡屡失踪。迫不得已,中原局书记郑位三以个人名义致电延安:"连日检查,三月一日全军无粮,即使有钱买,也要在五十里外至一百里以外运输。"可是,中原解放区根本无法运输任何给养。此刻,在解放区的北面是国民党军第四十七军,西北面是第六十六军,而在第四十七军和第六十六军的北面还有第四十一军,东面是第四十八军,南面是第七十二军,西面是第七十五军。国民党军将这个狭窄的区域围得铁桶一般密不透风,仅环绕解放区的碉堡就修建了六千多座,致使李先念部的数万官兵犹如在汪洋大海中困守于一叶孤舟。到《汉口协议》签订时,对中原解放区形成包围之势的国民党军已是中原军区兵力的五倍以上。

中原军区想尽一切办法生存下去。

八千多名编余干部和战士被要求复员——中央的指示是:"如果

你处只能养活五千人,那就只留五千人,其余不愿走者可令其隐蔽或遣散。"同时,富有作战经验的基层干部被秘密向外转移。王震说,他们是革命的宝贵财产,无论环境多么险恶,保存这些干部是第一位的。当时,由于黄河决口而流离长江沿岸的难民需要返乡,国民政府为这些难民专门开辟出一条北返的通道,很多共产党干部化装成难民通过了国民党军的封锁线。联合国救济总署在宣化店设有办事处,共产党人通过大量的工作,用救济署的名义和证件也转移出不少干部。中原军区还制造了大量惟妙惟肖的假证件,包括外国通讯社的记者证、国统区百姓的身份证,甚至还有国民党军队的军官证,这些假证件居然有效地掩护了一些转移干部的身份。为了化装转移,中原军区组织部专门设立了一个化装转移站,召集有敌后工作经验的同志传授化装技巧,并根据需要转移干部的年龄、口音、长相和气质,精心设计其化装后的身份与经历。仅这个化装站,就成功转移出四百多名干部。

中原军区还疏散了一些伤病员。尽管疏散是根据《汉口协议》的有关条款进行的,并且有美方的监督,但依旧险象环生。在湖北广水车站集合的时候,国民党军警林立,特务们跟随美方医务人员一起对上车人员进行严格审查,尽管不少化装成伤病员的女干部与担架上的伤员"结成"了掩护身份的临时夫妻,但依旧有近四百余人被要求不许上车。这是一列伤员呻吟、孩子哭泣的悲伤的列车,在拉货物的车厢里还有不少孕妇,其中一个女干部在接到转移通知时正要临产,为了转移她服用了大量的奎宁,硬是把已经足月的孩子打了下来。列车到达信阳的时候,站台上依旧军警林立,机枪对着车厢门口,不准任何人下车买食物。经过三天三夜的煎熬,列车终于到达华北一个叫观台的小车站。国民党和共产党两方军队的岗哨几乎挨在一起。在共产党岗哨的后面,站着当地的老百姓。当列车缓慢停下的时候,民兵们抬着担架,老人们赶着大车,孩子们举着食物,妇女们抱着棉被,列车被热情的人们围了起来。在吃了热饭又睡了一个好觉之后,列车继续北进一直驶入邯郸,那里是晋冀鲁豫解放区的首府。刘伯承和邓小平专门招待了这些中原军区的伤病员,还请他们观看了文艺晚会,一部名叫《逼上梁山》的京剧看得大家泪水涟涟。

转移出去的人究竟是少数,中央要求中原军区要与国民党方面进行"合法斗争"。所谓"合法斗争",就是国共两党旷日持久的谈判。

一九四六年初,军调部负责调处中原战事的第九执行小组与国共双方军队代表在靠近豫鄂交界处的罗山县开始谈判。参加罗山谈判的国民党军方代表是驻守罗山的第四十七军军长陈鼎勋和驻守信阳的第六十六军军长宋瑞珂,共产党军方代表是中原军区副司令员兼参谋长王震。王震指出:陈鼎勋部抢占光山县,"是全国最早破坏停战令的行动";宋瑞珂部在停战令下达之后,还来"抢占宣化店附近的村镇",难道不知宣化店是我中原军区司令部所在地吗?国民党军的两位军长连连说:"误会,纯属误会。"由于美方的努力斡旋,艰苦的谈判之后,最终签署了《罗山协议》。协议规定:"共产党能够领导之军队,得在其所驻地区之间运输给养,国民党军队不得阻挠干涉","双方军队在国共问题整个解决之前,均停于现在地区,不得向对方前进,唯无武器的运输部队除外"。同时"本协议应用于正规军、非正规军与民兵"。但是,协议依旧是一纸空文。王震离开罗山三天以后,他看到了中原军区的电报:"给养已到无米为炊的程度。"

三月,马歇尔一行到达汉口,李先念提出中原共产党军队"被政府军围困,粮食断绝,十分困难,请求移防就食"。国民党代表张治中反对,认为一旦移动部队,必将"惹起误会",已经达成的协议"必须遵守",移防之事可留待"执行整军计划时再行解决"。周恩来反驳说:"总不能坐以待毙嘛。"马歇尔主张为共产党军队供给粮食,国民党武汉行营参谋长郭忏说:"已允代为购粮,但共军必须说明购粮总数、价格及购运方法,可是共产党方面至今尚未答复。"为了解决中原军区官兵的生存问题,周恩来甚至争取与国民党方面做成一笔买卖:由晋察冀解放区和山东解放区拿出两万吨粮食,卖给国民党军位于北平、太原、新乡和济南等处的部队,换取现金,然后拿这些现金在武汉购买粮食再转运到宣化店。买卖还没做成,周恩来却得到一个惊人的消息:国民党军将在五月到九月间向中原解放区发动进攻。

中原局致电中央:

……

(一)中原局开了一次高干会,一致认为我们的处境是极其危险的,当地购粮之多只能坚持一月[前电说能坚持数月,事实上无可能];另一方面则敌人日益压缩,时时围困,企图严密封锁,以俟有机可乘时,向我包围袭击,达其歼灭我之目的。其次是身上已笨重［如干部家属千余之多］，处理时极其棘手。

（二）中原局认为，当前无合法转移之势，尽可能熬一个月，以后仍无合法转移时，只有图为作大的转移，如此达其保存主力之生存，但其顾虑者：敌人在一月当中就集中兵力向我猛袭，若如此局面就不可设想的难以收拾，但我们决心作熬一个月之打算，而后非法转移之。

……

中共中央特发表声明：

中共中央发言人声明：根据可靠情报，国民党军事当局即将对被围已久的我中原军区李先念将军所部六万余人实行凶恶的"围歼"计划。现中原形势非常紧急。国民党方面各种进攻的军事准备业已完成，如不即谋制止，势将演成绝大惨剧。中国共产党认为这是一个极端严重足以牵动大局的问题，特郑重要求国民党当局立即负责采取一切有效办法，制止这一重大流血阴谋的实现，并迅速允许李部安全转移与复员。反之，如果国民党当局竟纵容国民党内挑战分子掀起中原的血战，则中国共产党不能不认为中国全国范围内的内战，已由国民党方面再一次发动，其一切后果均须由国民党当局负其全责。

在周恩来的坚持下，马歇尔派出军调部三人小组前往宣化店。

周恩来到达宣化店对于中原军区的命运具有决定性意义。其重要性不在于在宣化店进行的国共和平调解，也不在于就对峙前沿阵地上谁进攻谁理论清楚，而在于周恩来到达宣化店的当夜即与中原军区领导人详细商讨了一个秘密突围计划。此时，跟随三人小组到达宣化店的美国记者李敦白，将他所掌握的关于国民党军即将发动军事进攻的情报，毫无保留地告诉了李先念。之前，李先念与李敦白在汉口相识，两人一见如故，李先念说他这个美国人挑选了和自己一样的姓氏，证明两人有缘；李敦白说自己还会木匠活，而他知道李先念从前也是个木匠，证明两人更有缘。李先念说他参加革命后，有人开玩笑说他是做棺材出身，他的回答是："我是给旧社会做棺材的。"——几十年之后，担任中国国家主席的李先念接到了老朋友李敦白来自美国的问候,李先念对往事记忆犹新,他说李敦白当年透露的情报令他"骤然清醒"。

六月十日,中共中央致电中原局书记郑位三:"目前时局虽还有由谈判获致协议,推迟全国内战爆发之可能,但全面内战亦有很快爆发之可能。我们方针是力争和平,但必须立即准备与国民党全面大打时能坚决粉碎之。"——全国内战不可避免,这是一九四六年六月中旬以后共产党人的判断。

蒋介石确实决心已下。

六月十日,他在国民党中央党部纪念周上讲话时说:"今天以前我是主张政治解决的,可现在我必须放弃政治解决了,已经给他们(共产党)十五天的反省期限。我在北伐时决定三年解决统一问题,结果不到三年便告统一。请同志们再次相信,我决于一年内完成军事,两年内恢复经济。"六月十四日,美国国务卿贝尔纳斯向国会提交了《拟予中华民国以军事顾问与军事援助法案》,依据这一法案,美国政府与国民政府签订了旨在充分提供军火装备的《中美处置租借法案物资协定》。三天后,蒋介石向中国共产党人提出最后通牒式的要求:退出华北的热河、察哈尔两省;山东的烟台、威海卫两地,以及六月七日以后中共军队在山东境内从日伪军手中解放的所有大小城镇;退出哈尔滨、安东、通化、牡丹江和白城子;退出山东胶济路沿线、苏北以及中共军队在山西、河北两省境内从日伪军手中解放的所有大小城镇。此时,国民党军在美军的帮助下基本完成调动和部署,位于内战第一线地域的总兵力已经达到一百九十三个旅,总兵力约一百六十万。

内战已呈一触即发之势。

毛泽东陷入两难的痛苦选择中。

胡乔木后来回忆道:"从一九四六年五月底开始,国内形势日趋紧张。我们不仅面临着与国民党破裂的问题,而且也面临着与美国破裂的问题……那个时候,我们党要下决心立即面对两个破裂并不是一件容易的事。一九五〇年派遣志愿军入朝作战,毛主席思考了三天三夜,最后才下了决心。这个情况传播很广,大家都知道。人们不大知道的是一九四六年年中我们准备同国民党彻底破裂,毛主席也反复思考了很长时间才下了决心。"——抉择的艰难在于:如果内战爆发,与国民党军作战实力相差悬殊,将令共产党领导的军队面临巨大的危险,至少要经过一个相当长的艰苦时期；而如果继续坚持和平政策，也许有可能遏制内战的爆发，但这在很大程度上要看其他方面的力量对蒋介石的制约。

毛泽东很重视美国人的态度。

但是，美国政府与国民政府签订的援助法案，以及蒋介石咄咄逼人的最后通牒，还是激怒了毛泽东。六月十九日，毛泽东致电晋察冀军区、晋绥军区、晋冀鲁豫军区、山东军区："观察近日形势，蒋介石准备大打，恐难挽回。大打后，估计六个月内外时间，如我军大胜，必可议和；胜负相当，亦可能议和；如蒋军大胜，则不能议和。因此，我军必须战胜蒋军进攻，争取和平前途。"接着，毛泽东指示《解放日报》发表社论，指出美国政府的军事援华法案"对中国的和平安定与独立民主有极为不利的影响"，"中国人民痛感美国运来中国的军火已经太多，美国在中国的军队已经驻得太久，它们已经构成中国的和平和安定与中国人民的生存和自由之严重巨大威胁"。——这是自一九四六年一月十日政协会议以来，中国共产党第一次公开谴责美国的对华政策。胡乔木后来说："毛主席在形势转折的关键时刻作出坚决斗争的决策，使中国新民主主义革命走上了通往最后胜利的道路。"

六月二十二日，面对中原军区请示立即突围的电报，毛泽东彻夜不眠。中原局认为"局势确已发展到必须迅速主动突围的地步"，因为截获的密电显示国民党军将于近日对中原解放区动手——"担任攻击部队统于巳月（六月）养日（二十二日）前秘密完成包围形势及攻击准备，待令实施攻击。各部应于攻击开始之日起，对敌一举包围歼灭之。"如果中原军区部队不能及时突围，"皖南事变"的结局也许将会重演。深夜，毛泽东为中共中央起草了这封具有历史意义的电报：

中原局：

（一）二十一日电悉。所见甚是，同意立即突围，愈快愈好，不要有任何顾虑，生存第一，胜利第一。（二）今后行动，一切由你们自己决定，不要请示，免延误时机，并保机密。（三）望团结奋斗，预祝你们胜利。

中央
六月二十三日

六月二十六日晚,驻宣化店的军调执行小组成员观看文艺演出的时候,中原军区部队秘密集结后开始突围了。

演出结束,国民党代表提交了一份"据了解共军正在集结突围"的备忘录,但遭到共产党代表的当即否认。接着,美方代表提出要见李先念,此时李先念已经离开宣化店十五公里了。共产党代表说李将军身体欠佳已经休息。而李先念接到报告后立即策马连夜赶回。二十七日一早,美方代表看见中原军区司令部里一切如常,操场上仍然还有士兵在操练——他看见的是根据突围计划秘密进入宣化店接防的鄂东独立旅的两个连和警卫排。而李先念躺在床上,美方代表问候了几句,放心地走了。他的身影刚一消失,李先念再次上马飞驰而去。二十八日,鄂东独立旅政委张体学继续与军调执行小组成员打了麻将,唱了豫剧,还上山打了猎。二十九日傍晚时分,中原军区主力部队已经突围至平汉路附近,张体学则在宣化店设宴,代表李先念将军宴请军调执行小组。宴会进行到高潮的时候,张体学站了起来,他告诉军调执行小组:鉴于国民党军屡屡践踏停战协议,甚至准备对中原解放区发动进攻,我中原军区主力部队已经被迫撤离宣化店。宴会立即就散了。张体学率领鄂东独立旅迅速离开宣化店,而军调执行小组也在中原军区一位营长的护送下乘汽车驶往汉口。

共产党方面称,中原军区被迫突围;美蒋方面称,共产党方面破坏了停战协议中双方军队"停于现在地区"的条款——无论如何,引发重大历史转折的事件就这样戏剧性地开始了。

中原军区的突围,选择了分散进行的方式,因为大部队突围既无法达到隐蔽性,也不利于最大限度地生存。李先念和王震率领人数最多的一支从宣化店向西,那是国民党军认为最不可能突围的方向,因为那个方向山高林密河流纵横。在国民党军调动部队企图围追的几天里,突围官兵以昼夜不停的急促行军冲过平汉铁路,在几乎筋疲力尽的时候到达了丹江岸边。头上虽然有国民党军飞机在盘旋轰炸,但是地面的拦截追击部队还不多,可湍急的江水让他们付出了代价。没有船,也没有时间和能力架浮桥,只能向江水中扑下去。伤员和跟随突围的家属孩子抓着骡子的尾巴,在战士们的护卫下在水流中挣扎前行,不断地有人被江水冲走。一个叫"小广东"的报社记者突然不见了,他是抗战胜利后参加革命的上海复旦大学的学生,平时戴着度数很深的眼镜,说着口音浓重的广东话,官兵们在漆黑的江面上焦急地喊着"小广东",但是这个年轻的学生兵永远地消失了。

从宣化店南面突围的王树声部由于绕了路,追击他们的国民党军走到了他们的前面。在突破封锁线的时候,先头部队连续攻下国民党军的几个堡垒。但是增援的国民党军乘坐铁甲列车沿着铁路线迅速围上来。王树声率领的是一批经历过抗战的老战士,尽管出现大量的伤亡,部队还是突了出去。他们转战到襄河岸边,八团抓到一个俘虏,一问是国民党军整编六十六师四十六团的参谋长。王树声听了一愣,整编六十六师在湖北应城,怎么跑到襄河这里了?俘虏说他们都是美式装备,这点路程只用抽袋烟的工夫,整编六十六师的三个旅离这里只有三公里了。没有退路,王树声立即命令部队强渡襄河,突围部队刚刚开始渡河,再次陷入国民党军的攻击之中。经过整整一天的血战,这支部队幸存的官兵被襄河分隔为两支。没有过河的部队由三旅旅长闵学胜带领向北突围,进入伏牛山区;已经过河的部队由王树声带领,最终进入了武当山的密林中。

向东突围的皮定钧部一开始的任务是掩护主力部队通过平汉路。三十二岁的皮定钧率领的是一支由太行山子弟组成的部队,这支部队作战勇猛顽强,老根据地的百姓都叫他们"皮司令的部队",而共产党军队内部称他们为"皮旅"。突围的时候,包括皮定钧在内,所有官兵都准备为掩护主力突围而牺牲。为了吸引敌人,他们向国民党军重兵防御的方向突围而出。三天之后,当掩护任务完成时,"皮旅"已经深陷重围。但是,最终"皮旅"却是整个中原军区最先成功突围、保存最完整的部队。他们的战法是:全线猛烈出击,然后突然收缩藏起来,等国民党军开始追击时,从眼皮底下把他让过去,再接着往外插。"皮旅"独立作战,左突右冲,国民党军布置的一道又一道的阻击没能让他们退却半步。进入位于鄂豫皖交界处的金寨时,因为一直无法与中原军区取得联系,皮定钧只好要求电台呼叫延安,延安的回电只有两个字:快走!"皮旅"官兵丢掉了所有的背包,甚至忍痛将伤员留在了当地,然后一边作战一边以惊人的速度强行军,五天五夜后穿过皖中平原,最终到达华中解放区的时候,全旅无大损失,只是数千官兵头发长如蓬草,身上衣衫褴褛,脚上是沾满污泥和血渍的破布,只有黑瘦的脸上一双眼睛依旧明亮。从此,英勇的"皮旅"成为华中野战军的一支劲旅,在皮定钧的率领下屡立殊勋。新中国成立之后的一九五五年,人民解放军授衔的时候,在最初拟定的名单上,皮定钧的军衔是少将,毛泽东看后在名单上批了六个字:"皮有功,少晋中。"

李先念、王震率领的突围部队在国民党军的围追阻截下,被迫分成了两股。王震部在强渡丹江之后陷入重围,部队在一个叫鲍峪岭的隘口再次被截成两半。在冲出包围圈的战斗中,七一九团团长吴刚、政委蒋洪钧和参谋长朱佐夫相继阵亡。身材魁梧的副团长颜龙斌接替了指挥位置,颜龙斌在率部冲击时右臂受重伤,王震当即命令旅卫生部长一定要保住他的性命。在没有麻药的情况下,颜龙斌的右臂硬是被锯了下来。战士们含着眼泪要用担架抬着他转移,但他死也不肯给已疲劳至极的战士增加负担。颜龙斌以惊人的毅力跟随部队继续作战。突围部队到达陕西西南部时,因伤口被雨水浸透而严重感染的颜龙斌摇摇晃晃地倒下了。安葬颜团长的时候,王震说:"他这样的人,天不怕,地不怕,敌人见他就发抖!"

就在王震部在鲍峪岭与国民党军激战的时候,李先念部遭遇了胡宗南部队的阻击。蒋介石担心李先念的部队"占据陕南,控制关中,影响陕北",于是连续三次电示胡宗南:"务于荆紫关以南将李部包围歼灭。"胡宗南的整编第一师一旅横在了李先念部进入陕南的路上,而在中原军区官兵的身后,国民党军整编第三师和整编十五师正在逼近。李先念说:"我们唯一的出路,就是拿下对面的这道山梁。"在向陡峭的山梁发起拼死冲击的时候,三十七团官兵在炽热的火网前一批又一批地倒下。一营教导员薛国斌腹部迸裂,肠子流了出来,倒在地上依旧呐喊不止。陡峭的山梁上没有树,官兵们把刺刀插进岩缝一寸寸地向上攀爬,在距离敌人阵地只有十米远的时候,官兵们投出了成捆的手榴弹。这个让中原军区官兵血流成河的地方叫南化塘,位于湖北与陕西的交界处。整整四十一年后,这里竖起一座"南化塘革命烈士纪念碑"。李先念重回此地,想及牺牲在这片土地上的年轻官兵,他说:"经南化塘激战,中原突围取得了决定性胜利。"

国民党军飞机沿着中原军区部队的突围路线撒下这样的传单:

中共中原军区李司令鉴:

第九执行小组及三十二执行小组业于七月二十三日到达西安,决做和平最后之努力,务请将军接到此信后,即刻发电与九小组贵方代表取得联络,同时派能全权负责之高级官一员于七月二十八日前来龙驹寨或者西安谈判停战及驻地给养等问题。如贵司令亲自来此,则更觉光荣,除请政府代表通知第一线,允许通过及保护外,盼先电复。专祝平安！

第三十二执行小组

七月二十四日,李先念看到这一传单。鉴于中原军区突围部队已十分疲惫,加之不断的战斗导致伤亡过重,还有就是那些与大部队失散的小股部队生死不明,李先念致电中共中央,建议利用这一机会促成暂时停战,以利部队恢复战斗力。尽管对国民党方面的谈判诚意心存巨大的怀疑和警惕,但是为了生存,中央还是同意了李先念部提出的恢复谈判的请求。延安派西安八路军办事处处长周子健前去联络,以表明共产党方面愿意谈判,"唯须国民党停止追击中原军"。但是,胡宗南的十几万大军已经做好了进攻延安的准备,国民党方面根本不想再与共产党方面商谈停战,周子健到达军调部第三十二执行小组时,国民党方面根本没让他进入会场。由于联络不畅,中原军区的领导并不知道周子健遭遇的情况。八月初,李先念部派出了谈判小组成员,他们是：中原军区干部旅旅长张文津、干部旅政治部主任吴祖贻和毛泽东的侄子毛楚雄。

毛楚雄是毛泽覃烈士的遗子。一九三四年中央红军离开苏区长征后,毛泽东的小弟毛泽覃被留下,六个月后,他在瑞金附近的红林山战斗中牺牲。毛楚雄从小由年迈的外婆抚养。一九四五年七月,王震率三五九旅南下支队从延安出发,毛泽东特别相托王震路过湖南时把毛楚雄带到队伍上。现在,部队在转移中生死未卜,谁也无法预料前面还有什么样的险境,王震担心毛楚雄的安全,建议他以谈判代表的身份从敌人的重围中转移出去。但是,十九岁的毛楚雄和张文津、吴祖贻离开部队后,在前去西安的路上,被胡宗南部在宁陕县东江口镇附近扣留。李先念和王震闻讯,立即请求中共中央设法营救。尽管周恩来、叶剑英等人想尽一切办法,包括向国民党方面提出抗议,并发动舆论界广泛呼吁,但胡宗南部始终矢口否认。从此,张文津、吴祖贻和毛楚雄三人再也没有了任何消息。三十多年后,经过坚持不懈的调查,真相才得以弄清：一九四六年八月二十二日深夜,国民党军六十一师一八一团少校团长韩清雅奉胡宗南之命,将张文津、吴祖贻和毛楚雄三人活埋于东江口镇城隍庙背后石坎下的水渠边——成都军事法庭一九五三年的历史案卷中,存有韩清雅的供词以及他被处决的记载。

中原军区的官兵转战在深山中,粮食断绝,李先念因犯胃病口吐黄水,只好将一根绳子捆在腰上,让骡子拉着他往前走。王震部的官兵也是断粮数日。在一条山沟里休息的时候,一个五十多岁的老乡前来哭诉,说有官兵把他没有长熟的洋芋挖出来吃了。身体虚弱的王震猛地抓起身边的步枪朝天连续射击。警卫员李树森正好拿着一把准备打草鞋的草从王震身边走过,盛怒中的王震抄起一根棍子朝他的屁股打去,边打边喊:"你也犯群众纪律!"警卫员争辩说:"我没犯群众纪律,你看这是草啊!"王震说:"草也不行!"官兵们一边把李树森拉开,一边给那个老乡赔钱。王震亲自给老乡写了张字条:"一九四六年七月,三五九旅路过此地,把这家老乡的东西吃光了,革命胜利后加倍偿还。"写完了他觉得还不放心,又写了张布告贴在树干上:"本纵队全体同志,务必遵守群众纪律,真正做到秋毫无犯,违者枪毙。"部队继续前行的时候,王震站在路边的一块岩石上,对着衣服破烂、鞋不裹脚的官兵们说:

> 我们革命战士今天为什么这样苦?这是因为中国人民身受的一切苦难,都集中表现在我们身上来了。为了解救苦难的中国人民,我们要咬紧牙关,奋勇作战,杀出一条血路,让中国人民永远摆脱苦难!

中原突围"拉开了全国解放战争的序幕"。

为了民族摆脱苦难而先承受苦难,中国共产党人不得不面对的规模巨大的战争由此开始了。

"蒋若攻李，粟必攻蒋"

一九四六年六月二十六日，李先念部开始中原突围的那一天，四十二岁的李默庵赴无锡接任国民党军第一绥靖区司令官一职。

这个在国民党军内颇具声望的将领心里十分清楚，在这种敏感的时刻，他所到任的战区将面临一场怎样的作战。

黄埔军校一期学员中流传着这样一句话："文有贺衷寒，武有胡宗南，又文又武李默庵。"李默庵出生于湖南长沙县一个贫苦农民家庭，少年时虽求学艰苦但学业优异，十九岁那年考进黄埔军校一期，他的同学有徐向前、陈赓、关麟征、胡宗南、宋希濂、贺衷寒、左权等人，这似乎预示着他未来的军人生涯将与共产党人有扯不断的关联。在黄埔期间，他和共产党人关系密切，甚至一度加入过共产党组织。一九二六年，国民革命军东征时，他在第一军六十团当过党代表，该团团长是共产党人叶剑英。一年后，国共决裂，他奉命率部攻击红军鄂豫皖根据地，对手是昔日的黄埔同窗徐向前。抗日战争中，他在卫立煌的麾下作战，在山西战场又与他的同窗共产党将领左权重逢，并一起参加了惨烈的忻口作战。

此刻，国防部向他下达的作战任务是：攻击并占领苏中和苏北解放区。

刚刚把首都从重庆迁回南京，蒋介石忙得连回家的时间都没有，况且他还没有"家"，夫人宋美龄正在军政官员的陪同下，在南京城里到处物色安家的房子。除了出席包括孙中山陵墓祭奠仪式在内的各种社会活动之外，蒋介石还要处理复杂的外交事宜以及更加复杂的国共关系，接见来自各战区的军队将领和南京的各界人物，这些人物中包括抗战时期"敌后工作的杰出人士"——收编汪伪政府遗留下来的数量巨大的军队,必须依靠和收买伪政府中的实力派。蒋介石有些体力不支,但依旧兴致很高。当他应夫人的请求终于回家的时候,心情一下子恶劣起来:宋美龄选中的房子,竟然是汪精卫的别墅。虽然在政治上对伪政府大员采取灵活策略是为了国家的前途大业,但一国首脑堂而皇之地住进伪政府主席的房子里成何体统?最终,蒋介石还是向夫人让步了。他住进这座舒适的别墅里,开始思考对共产党军队的作战问题。此刻,在这片国土上已经形成多条进攻战线,而距离南京最近的战场尤其重要,如果不能把盘踞在身边的共产党军队消灭,无论住在什么样的房子里都无法安然入睡。

与南京一江之隔,是共产党人的苏中和苏北解放区。

这片南靠长江的富庶的河网地带,是抗战时期新四军的根据地。这一地区含苏中、苏北、淮北、淮南,面积近十一万平方公里,人口两千多万,拥有城镇二十三座。新四军军部设在淮阴。这里盛产粮食、棉花、食油和海盐等重要物资,纺织业和商业都很发达,生存环境十分优越。抗战胜利之后,特别是一九四六年一月十日国共双方签署停战协定后,这里度过了一段和平的时光。但是,即使暂时没有军事冲突,这片解放区不论政治上还是军事上都对国民党统治中心区域构成了极大的威胁。就在中原枪声骤起的时候,这里的军民立即意识到,他们已经处在与国民党军对峙的前哨位置了。

当时,国民党军已经越过长江,占领了南通、江都、扬州等城市,但黄桥、如皋、海安等地依旧在共产党人手中。在两军隔江对峙的地段,往来于长江上的船只,国民党军方面的只能靠南边行驶,航道北边的江面由共产党人控制,双方仅为行船问题就摩擦频起,这让"南京政府感到极不安全,面子上也很不好看,所以,下决心要攻占苏中、苏北"。

李默庵一上任,就着手准备作战。他认为进攻还是有胜算把握的,因为对手只有两个师和两个纵队,共计十九个团,兵力三万多人,而他可以指挥的部队有五个师、两个旅,外加两个交通警察总队,兵力已达十二万人以上。而且他的部队装备优良,完全可以不把武器简陋的华中野战军放在眼里。在无锡召开的作战会议上,整编八十三师师长李天霞更是信心百倍:"我的部队没有问题,一个团就可以和共军干一下!"李默庵突然想到,自己的部队存在一个很大的缺陷,就是谁也没跟共产党军队真枪实弹地干过。而他自己有过与红军作战的经历,知道对共产党军队绝不可低估。所以,他告诫部下,共产党军队作战灵活,而且善于发动百姓,各部队之间要密切合作,力求稳扎稳打获得全胜。李默庵唯一没有想到的是:这一回,国民党军要深入到解放区内作战,而正是这一点将使他们面临在劫难逃的厄运。李默庵要求他的师长旅长们好好研究一个人——抗战时期,日军在南京设有专门研究这个人作战特点和规律的小组,但是直到战争结束也没有研究出任何眉目来——这个人就是第一绥靖区部队将要面对的作战对手:粟裕。

李默庵从陆军总司令顾祝同那里听到过对于粟裕描绘:个子不高,文质彬彬,寡言少语,面带杀气。抗日战争期间,顾祝同是第三战区司令长官,粟裕部曾在他管辖的战区发动著名的黄桥决战。一九四六年三月,国共停战调处期间,时任徐州绥靖公署主任的顾祝同曾与粟裕吃过一次饭。粟裕灰色军装,中将军衔,席间既不举杯,也不碰那些山珍海味。顾祝同陪着笑脸劝了半天,粟裕才说他要一盘炒辣椒。一碗米饭就着一盘炒辣椒吃完,粟裕又恢复了正襟危坐。顾祝同说:"粟将军,你很会打仗!"粟裕说:"这是讹传。我打的每一个胜仗都是毛主席的英明指挥和战士们英勇战斗的结果,我只是一名承上启下的执行者而已。"

一九四六年六月中旬,得知中原即将爆发军事冲突的时候,粟裕公开对新闻界表示:"蒋不攻李,粟不攻蒋;蒋若攻李,粟必攻蒋。"——几乎是话音刚落,中原李先念部突围的消息传来了。

敌人进攻在即。

粟裕与毛泽东在如何应对国民党军进攻的问题上发生了分歧。

毛泽东的来电显示,中央的战略设想是:如果国民党军发动大举进攻,山东、太行两解放区主力部队即刻"实行外线出击",从解放区内向南打出去。太行部队的主要作战方向是豫东,攻取陇海线开封至徐州段的重要县城,相机占领开封;山东部队的主要作战方向是徐州,攻取津浦路上徐蚌(蚌埠)间以及陇海路上黄(黄口)徐间的各要点,相机占领徐州;而苏中部队攻取蚌浦(浦口)之间的铁路线,"策应北面作战"。然后,"以太行、山东两区主力渡淮河向大别山、安庆、浦口之线前进"。将战线放置在外线的意图是:在交战之初就把战火引向国民党统治区,这样不但可以避免解放区遭受损害,还可以作战的胜利开辟出新的解放区。同时,我军着重向南,国民党军着重向北,相反的作战方向"可将很大一部蒋军抛在北面",令其在南北两面都"处于被动地位"。根据这一战略设想,在李先念部开始突围的六月二十六日,中共中央给华中局的指示是:粟裕率主力兵出淮南,配合山东野战军主力,攻取蚌埠至浦口间铁路,"歼灭由浦口北进之敌"。

中央的外线作战设想,充满了迎敌而上与之决战的气势。如果仅从这个角度审视,在保证后方的前提下,大规模出击攻敌要害,战略上无疑是正确的。但问题是,苏中部队如此倾巢出动,一旦作战陷入僵持,甚至是战场失利的话——从当时双方作战实力对比上看,这种可能性极大,而后的战争进程也证明了这一点——不但作战力量会受到巨大损失,而且身后的解放区也将不保,共产党人将陷于极大的被动。

粟裕也许没有想到中央的战略设想可能给全局带来的不利后果,但是他至少意识到华中野战军主力转往外线作战凶多吉少。因为如果按照中央的设想,主力部队开赴淮南作战,不仅每天需要的十万斤粮草需要苏中解放区供应,就连支前的民工也需要由苏中解放区供给。主力部队走后,面对国民党军的重兵攻击,留守部队很难确保解放区不被攻占。地富人稠的苏中解放区一旦沦入敌手,不但立即可为敌人利用,淮南的作战也将失去后方保障。而"淮南战局万一不能速胜",苏中部队将处于进退两难之中。且苏中大部分地区为河网地带,一旦被敌人占领夺回将会异常困难。更何况,驻守淮南地区的是国民党军最精锐的"五大主力"之第五军和第七十四军(国民党军整编后,第五军和第七十四军皆对外称"整编师")。强敌在前,又有后院失火之危,胜算有几?

六月二十九日,经过慎重考虑,华中局张鼎丞、邓子恢、谭震林和粟裕联名致电中共中央和新四军总部,提出华中野战军主力不出淮南外线,坚持苏中内线作战以牵制敌人,待山东与太行部队完成第一阶段作战后,华中野战军主力再前至蚌浦铁路线间,配合山东部队作战,最终完成中央的战略设想。毛泽东接到电报后,经过认真考虑,回电同意苏中部队暂缓调动,待与陈毅商酌后再作决定。

此时,国民党军已在山东、徐州、河南同时发动了攻势,蒋介石要与共产党人全面开战已不容置疑。七月四日,毛泽东改变了原来的战略设想,致电刘伯承、邓小平、陈毅及华中局:"先在内线打几个胜仗再转至外线,在政治上更为有利。"这是解放战争初期共产党人重要的决策转变,它将影响和决定未来的战争走势。当强大的战争对手开始猛烈进攻的时候,在军力对比中还处于劣势的共产党人,不惜承担解放区遭受巨大损失的风险,毅然决然地将战争引入解放区内部进行,这不但在政治上是主动的,而且从军事上讲解放区也是一个理想的战场。粟裕晚年回忆道:"我们部队营以下干部、战士基本上都是土生土长的;即使是团以上干部,虽然大都是外地干部,但是由于长期在苏中地区坚持,坚持了八年抗战,与人民结成了血肉关系,与地方党政关系也是很融洽,很密切的……大家曾经是生死与共,艰难困苦都是一道的,这是我们一个不可战胜的力量。我们部队对于当时的地形、地理、道路、人情、风俗习惯都很熟悉,这对我军作战也是一个很有利的条件。同时,我军的补给无所谓什么交通线很长的问题,到处都是我们的后方,到处都可以安置我们的伤病员,到处都可以得到补给,所以我们没有后顾之忧。"

七月九日,李默庵在常州又一次召开作战会议,会上确定七月十三日向苏中解放区发动进攻。但是,七月十二日,李默庵突然接到蒋介石暂时停止进攻的命令。原因是第一绥靖区的绝密作战计划不知什么缘故竟然到了马歇尔的办公桌上,马歇尔直接质问蒋介石这个向共产党军队进攻的计划是否属实?更严重的是,这份作战计划同时也到了粟裕的手上——在粟裕晚年撰写的回忆文章中,清楚地记载着他得知李默庵作战计划的时间是一九四六年七月十日——居然比马歇尔还早了一天。在那个万分敏感的时刻,绝密作战计划是如何泄露的?又是什么人泄露出去的?李默庵说"事后我始终也没有查清楚"。

绝密作战计划的泄露,导致国民党军没能按时发动攻击,而粟裕却因此先发制人了。十三日黄昏时分,让李默庵吃惊的消息传来了:粟裕部主力已经完成向宣家堡、泰兴方向的集结,准备对李天霞的整编八十三师进行攻击。

在解放战争初期有着重要影响的"苏中战役"开始了。

粟裕之所以选择宣家堡和泰兴为首攻目标,是有政治考虑的。宣家堡是停战协定生效后国民党军侵占的,泰兴则是停战协定即将签署时国民党军抢占的。而从军事上讲,驻扎在宣家堡的十九旅五十六团和驻扎在泰兴的十九旅五十七团,孤单地突出于整编八十三师的整个战线上,而且都因轻敌而工事不坚,苏中部队一旦拿下,便可以扩大泰州与南通两路国民党军的间距,有利于下一步作战。

粟裕在攻击正面投入了六个团的兵力。华中野战军第一师的一个团迅速扫清宣家堡的外围,第六师的三个团同时对泰兴发动围攻。战斗一开始,李默庵打电话给李天霞询问情况,李天霞报告说:"这两个团战斗力都不错,两个团长打仗有办法,请司令官放心!"但是,没过多久,他就接到"共军已经攻入城内,正在展开激烈巷战"的战报。李默庵立即命令李天霞派部队前往增援,但增援部队受到猛烈阻击而无法前进。十四日,持续攻击宣家堡的华中野战军第一师将攻击兵力增加到三个团,经过巷战歼敌大部,少量外逃者被外围的打援部队截击。同时,攻入泰兴的第六师在增强了一个团的攻击兵力之后,将守军大部歼灭,残余守敌退守核心阵地抵抗待援。此时,增援的国民党军整编六十五师已经逼近,粟裕遂命令部队结束战斗向东撤离。

国民党军整编八十三师,是整编前的国民党军第一〇〇军,抗战期间参加过长沙会战、长衡会战、桂柳会战以及湘西会战。全副的美式装备,是战斗力很强的中央军嫡系部队。李默庵百思不得其解:粟裕首战为什么要选择战斗力最强的这支部队?粟裕说:"首战打这个强敌是否没有根据?不,这个部队有一个很大的弱点就是骄傲,他们做梦也不会想到我军敢于主动向他们进攻,并且到他们的进攻出发地去打。我们定将收到出其不意、攻其不备的奇效。"

果然。听说粟裕打的是整编八十三师,毛泽东直接打电报给粟裕:"是否即八十三师?该师消灭多少?尚存多少?"粟裕回电:"歼敌整编八十三师敌十九旅的两个团和旅属山炮营及六十三旅的一个营,共计三千余人。"

李默庵也在急切地询问战斗结果,但李天霞师长的描述有点轻描淡写,只是说他的两个团吃了一点亏,但建制还在并没有大碍。此时,李天霞还不知道,跟随他多年的十九旅五十七团团长钟雄飞已经被俘。四十多岁的钟团长是个又高又胖的湖南人,身为小小团长佩戴的却是少将军衔,这在国民党军中实属罕见。日本投降后,他因率部偷袭泰兴成功,被委任为泰兴县县长。这个声称崇拜"闪电战"的团长兼县长被俘后一直不服,不断地唠叨说,打仗应该是一个团对一个团,人海战术算不得本事。看管他的共产党干部始终不吭声,他唠叨一句,那个干部就用手指一下贴在大门上的三个字:战俘营。

既然已经打起来了,李默庵立即重新部署作战。他判断集中在宣家堡、泰兴一带的粟裕部主力损失不小,不经休整无力再战。于是急令整编四十九师为主攻部队,由师长王铁汉率二十六旅和七十九旅星夜兼程奔袭如皋;整编六十九师九十九旅于泰兴方向助攻,整编六十五师师长李振率部在其右后跟进;李天霞的整编八十三师则向海安方向进攻策应。李默庵的作战目标是:拿下如皋,三路夹击,合围粟裕部主力。

但是,当王铁汉的整编四十九师两路迂回,对如皋形成两面夹击之势时,侧后突然枪声大作,有报告说攻击整编四十九师的是粟裕部主力。李默庵一时间不知所措。从地图上看,宣家堡到如皋,直线距离至少一百五十里,在宣家堡刚刚打完仗的粟裕部主力,怎么能如此迅速地移动到如皋并开始新的攻击呢?但是,情报是准确的。粟裕以多敌四倍的兵力将整编四十九师包围了。

宣家堡、泰兴的战斗还在进行的时候,粟裕就盘算下一步如何动作了:如果转身打增援而来的九十九旅和整编六十五师,优点是时间充裕,打的又是远道而来的疲惫之敌;缺点是来敌警惕性高,打不好在战场形成僵持,如皋也可能丢失。而如果迅速移兵,插到向如皋奔袭的整编四十九师的身后,优点是具备突然性,缺点是官兵在已经疲惫的状态下还要长途奔跑。粟裕的最后决定是:打整编四十九师。命令一下,官兵们立即开拔。皓月当空,夜风习习,路边传来水车灌田的声音。天亮的时候,华中野战军第一师截断了整编四十九师的退路,并开始攻击二十六旅的侧后。第六师从另一个方向攻击七十九旅,第七纵队则从如皋东南方向包抄而来。

李默庵不断地收到请求增援的报告,在命令各部队坚持下去的同时,他亲自与空军方面联系请求助战,但是王铁汉率领的整编四十九师直属队和二十六旅还是崩溃了。这个地方的地名叫鬼头街,王铁汉觉得自己确实碰上鬼了。他在报话机里往哪个方向调动部队,共产党官兵就往哪里打,原来他的报话机的通话频率被粟裕的指挥部寻找到并且对接上了。最后时刻,他带着少数官兵突出重围。王铁汉,辽宁人,时年四十一岁,东北讲武堂毕业,在东北军中当过连长、营长、团长,抗战中他因率部在上高战役中重创日军得以晋升。从苏中战场逃脱后,他再也没有卷入内战,回乡当了一段辽宁省主席,然后去了台湾,以潜心撰写东北军史料为晚年寄托。

遭到围攻的七十九旅依托有利地形支撑着,旅长乔文礼不断打电话要求增援。自二十一日起,增援部队整编四十九师一〇五旅、整编八十三师和整编六十五师相继到达战场。

二十三日拂晓,粟裕下令放弃攻击,向如皋以北撤退。

据粟裕部统计,此战"歼敌整编第四十九师的一个半旅,连同阻击中消灭的敌人,共歼敌一万余人"。华中野战军伤亡也达五千以上。

李默庵的说法是,此战虽然受了点损失,但已达到作战目的,即占领了如皋。国民党军参谋总长陈诚亲临南通祝捷,并与李默庵一起策划了向海安攻击的计划。

如皋以北的海安东临黄海,西达扬州,南望长江,北通淮中,是苏中重要的交通枢纽和战略要地。大敌当前,是守是弃,粟裕不能单独决定,必须与华中局和华中军区的领导一起商讨。但是,从海安到华中局及军区机关所在的淮安,直线距离就有一百八十多公里。粟裕带着一名警卫员即刻上路,他使用了一切可能利用的交通工具:先骑摩托车经盐城到湖垛镇,然后在水网纵横的乡间小路上跑步前进,半途弄了一辆自行车,但不久自行车就散了架,又雇了一辆黄包车,黄包车跑到一条河边,河上的桥断了,又被迫改乘小船,船无法行进的时候,上岸继续跑,一天一夜后居然到达了淮安。经过商量,华中局和军区领导认可了粟裕的意见:即使决心固守海安,面对敌人强大的进攻力量以及充足的后备力量,最后还是要被迫撤出。但这样一来,部队将付出巨大的伤亡。因此,在适当的时机撤出海安是必要的。粟裕说:"战争的胜败,决定于双方人力、财力、物力消长的对比,特别是人民站在哪一边,那一边最后是要胜利的,而不在于一城一地一交通线的暂时得失。"会议最后决定:在海安"实施运动防御,而后主动撤离,创造新的战机"。具体计划是:第七纵队负责海安防御,主力部队乘机休整。

第二天,粟裕返回海安前线。

海安外围防御战从七月三十日打到八月三日。粟裕后来回忆道:"第七纵队从苏中地方武装上升主力不久,补充了大量的解放战士,所属四个团只有一个团打过大仗。但是四天多的战斗,他们只用了三千多兵力,英勇抗击了五万多敌人的轮番猛攻。敌人兵力集中,炮火浓密,但第七纵队作风顽强,指挥灵活,奋战四天多,伤亡仅二百余人,杀伤敌军三千余人,创造了敌我伤亡十五比一的新纪录。仅七月三十一日夜对敌人的巧妙袭扰,就使敌军消耗了炮弹万余发。八月三日,海安运动防御战胜利完成任务,第七纵队主动撤出海安。"

李默庵说:"我部似乎没花费什么力气。经过两天时间,打了一下,整编第六十五师便占了海安,第一〇五旅占了李堡。从作战计划上来说,我部达到了目的。"李默庵不知道,他的部队在海安打得昏天黑地的时候,华中野战军三万多官兵正在距海安不到十公里的地方休整待命。

粟裕在等待出击的时机。

占领如皋、海安之后,李默庵认为粟裕部大势已去,开始调整部队建立防御线。驻守海安的新编第七旅十九团附属炮兵部队奉命前去李堡,接替原本驻守在那里的一〇五旅的防务。十九团一出发,粟裕立即意识到:"歼敌良机已到。"十九团到达李堡,警戒还没布置,就遭到粟裕部的分路围攻。两个小时之后,十九团仓促构成的防御阵地被突破,团长介景和带领残部突围未果。拂晓时分,十九团被全歼,介景和只身逃脱。而奉命向李堡增援的第七旅二十一团在一条两边都是玉米地的路上遭到伏击,正是玉米成熟的季节,道路两边的玉米秆高叶密,国民党军看不清四周的任何地形,伏击战打响后不到一个小时,二十一团便溃败了,旅长黄伯光在卫兵的掩护下逃回海安。

此战,新编第七旅损失九千多人。李默庵很是心疼,更让他恼火的是,尽管自己派出大量的便衣侦探四处搜集军情,但根本无法在当地百姓那里得到真实情报,致使自己对粟裕的三万人马在眼皮底下休整一无所知。新编第七旅副旅长田从云被俘后,向第一师副师长陶勇抱怨说:"老百姓躲开倒也罢了,遍地是民兵,分不清哪个是兵,那个是民,到处打冷枪,到处抓我们的谍报人员,捉得一干二净,去一个捉一个,去两个捉一双。我们都成了睁眼瞎,哪能不打败仗。"

由于兵力受损,李默庵放弃了建立防线的计划,决定固守已经占领区域。但是,八月二十一日,占领区腹地内的交通警察部队突然受到攻击,攻击他们的还是粟裕部主力。仗打成这样,李默庵简直是摸不着头脑了。三万多人的队伍在自己的防区里行军,怎么会如此无声无息?大部队半夜穿越村庄,怎么连狗都没有叫一声?真是让人匪夷所思。攻击开始的时候,李默庵打电话询问战况,指挥官的回答都是没什么要紧的,打上一两个小时就没事了,但是很快电话就不通了。这场袭击战被粟裕称为"钻到敌人肚子里去"。由于打的是由抗战期间的"忠义救国军"改编的警察部队,因此战斗干净利索,一天一夜的激战之后,歼敌三千多人,缴获大量的美式卡宾枪和机枪。

接着,李默庵在苏中受到的最大的打击来临了。

"苏中战役"的最后一战不仅让李默庵晕头转向,而且让他真正尝到了与粟裕作战的苦果。战斗是由国民党军第五军进逼苏中解放区首府淮阴引发的。当时第五军已占领睢宁,那里距淮阴仅一百多公里,"为策应第五军作战",驻守扬州的整编二十五师奉命"沿运河北上",攻击江都县的邵伯镇。本来以为粟裕必救邵伯,但在调动部队的时候,驻守黄桥的整编六十九师九十九旅正准备东进如皋,华中野战军却突然从公路两侧冲了出来。战场情报显示,还是粟裕部的主力。粟裕不去增援受到攻击的邵伯,为什么突然出现在黄桥附近?九十九旅旅长朱志席是黄埔第三期毕业生,北伐期间李默庵任团长时曾是其手下的一名排长。李默庵万分焦急,命令驻守海安的整编六十五师火速增援。但是,增援的六十五师一八七旅和七十九旅的一个团,在距离九十九旅仅仅几公里的地方,不但受到猛烈阻击且部队因被分割而联络中断。李默庵又急令二十五师派出部队乘汽车前往黄桥附近解救九十九旅。救援部队还没到达,九十九旅已全军覆灭,旅长朱志席被俘。增援的一八七旅和七十九旅的一个团也大部被歼,仅有部分官兵逃回如皋。攻击邵伯的整编二十五师从二十三日战至二十六日,依旧没能取得突破。邵伯地区河网纵横,攻击部队很难展开,九十九旅被歼的消息传来后,"二十五师深受震动",战斗已是难以取胜,被迫撤出战场返回扬州。到这个时候,李默庵才发现自己上了粟裕的圈套。此战,不但没有占领邵伯,而且官兵损失五千余人被俘一万两千有余。

"苏中战役"结束了。

李默庵后来说:"双方作战目的不一样,各自评价也不一样。我当时奉命作战目的主要在于收复地盘,以占领城市,驱走解放军,维护占领区的安全。所以,尽管损失了一些部队,但最终收复了盐城以南的大部分地区,保障了浦口至南京的铁路以及长江下游的交通,解除了解放军对南京政府的威胁。"同时,李默庵不得不承认粟裕也是胜利者:"从解放军方面看,他们作战的目的,不计较一城一地的得失,以歼灭我有生力量为主。经过几次战斗,粟裕部以较少的代价歼灭我较多的部队,从这一点上看,粟裕部也是胜利的。特别是他在指挥作战中的卓越的指挥艺术很值得总结。"

李默庵没有想到或是难以言表的是,国民党军队闯入解放区作战,必然会面临举步维艰的处境。苏中战役中,解放区民众提出了"保田保家"，甚至"毁家纾难"的口号。在三万多人的华中野战军主力部队身后，直接参与战斗的解放区百姓达到十四万人，支前民工人数更是高达五十多万。整个苏中战役期间，始终有一万多条转运粮食、弹药、兵员和伤员的民船跟随华中野战军穿梭于稠密的河网中。解放区的百姓在战火中不惧生死，不少人和官兵们一起倒在泥泞之中，倒在枪弹炮火之中。侥幸从战场逃脱的国民党军新编第七旅旅长黄伯光在给上级的报告中说："地方民众不问男女老幼皆为匪之军民，到处袭杀国军"，"我国军处处受袭，人人被俘，除少数外，无一漏网"。

苏中战役无疑是粟裕军事指挥生涯中的杰作之一。在中国人民解放军的战史上，这场战役被称为"七战七捷"。战后，毛泽东亲自为中央军委起草电报发至各战略区首长：

……我粟（粟裕）谭（谭震林）从午（七月）元（十三日）至未（八月）感（二十七日）一个半月内，作战六次（当时延安还没收到第七次作战报告），歼敌六个半旅及交通总队五千，造成辉煌战果。而我军主力只有十五个团，但这十五个团是很充实与很有战斗力的，没有采取平均主义的补充方式。每战集中绝对优势兵力打敌一部……故战无不胜，士气甚高；缴获甚多，故装备优良；凭借解放区作战，故补充便利；加上指挥正确，既灵活，又勇敢，故能取得伟大胜利。这一经验是很好的经验，希望各区仿照办理，并望转知所属一体注意。

只是，苏中战役并没有缓解解放区面临的严峻局面，苏中解放区的重要城镇不断丢失，面积也在不断缩小。共产党人的重要战争原则是：以消灭对手的有生力量为目标，而不计较一城一地的得失。但在内战爆发初期，在国民党军的猛烈进攻下，解放区的大片丢失给共产党人带来了巨大危机，因为解放区是他们赖以生存的基础。

就在苏中战役进行期间，集结于山东胶济铁路沿线的国民党军五个军十五个师共十五万人，在第二绥靖区司令官王耀武的指挥下，向山东解放区展开了大规模进攻。虽然山东野战军第一纵队叶飞部、胶东军区许世友部等进行了顽强阻击，但国民党军队最终打通了胶济铁路，山东解放区的军事要点相继丢失。山东野战军司令员陈毅计划大军南下淮北，在徐州附近寻找战机打几个胜仗，以迟缓国民党军对山东的全面攻击。此时,山东野战军第一纵队正在胶济线上阻击王耀武部的攻击,能够南下淮北的部队只有韦国清的第二纵队、谭希林的第七师以及何以祥的第八师,会同已经位于淮北的华中野战军张震的第九纵队,总兵力五万余人——从内战初起的那一刻起,位于华东和华中地区的陈毅部和粟裕部,实际上分别在苏中、山东和淮北三个方向上抗击着国民党军的进攻,这种违背共产党人集中优势兵力的现象,虽是因为保卫解放区的形势所迫,但面对强大的作战对手,分兵堵口的局面使危机从一开始便不可避免——大雨滂沱,淮北的河网地带一片汪洋,山东野战军在朝阳集地区与国民党军接战。陈毅部以绝对优势兵力包围的是国民党军整编六十九师九十二旅。九十二旅以抗日战争中参加台儿庄会战和长沙血战而闻名,但他们同样受到连日大雨的困扰,防御工事因遍地泥水无法修筑,结果,大雨中的交战只持续了一天一夜。第二天清晨,九十二旅丢弃全部辎重开始突围,散乱的部队在泥泞的田野上被陈毅部的三个团追歼,最终仅旅长艾瑗带着少数卫兵逃离战场。

但是,接下来的泗县战斗却以陈毅部的严重失利而告终。

按照原定计划,山东野战军准备攻击陇海线上的国民党军,但是这一线的国民党军四个师紧紧靠在一起,令山东野战军无从下手,于是改打驻守泗县、灵璧地区的国民党军主力——第七军一七二师的两个团。作战命令即将下达的时候,华中分局来电提醒:一七二师是战斗力很强的桂军,与桂军交手需慎之又慎。陈毅认为,集中十九个团打两个团,哪有不能取胜的道理?况且担任主攻的第八师有攻坚作战的经验,如果拿下泗县,就可以继续向徐州方向攻击。接着,毛泽东也来电,嘱咐雨季作战要小心谨慎。只是,攻击泗县的命令已经下达。

山东野战军的十九个团在没膝的雨水中急行军,在病员和掉队者甚多的情况下逐渐向泗县靠近。连日的大雨使环绕泗县的五条河流全部暴涨,河水四溢令又深又宽的城壕变成危险的阻碍,山东野战军的火炮因大水阻隔无法运到战场。第二纵队主力为截断泗县与外界的联系,迅速控制了灵璧公路上的一个要点——这个要点是一座古墓,据说里面埋葬着西楚霸王的那个名叫虞姬的美丽女人。泗县成为孤城之后,第二纵队的一部与第八师、第九纵队一起开始了攻击。尽管主攻部队有攻坚的经验,但是却没在大水中冲锋的经历,官兵们冒着城墙上射来的密集的弹雨,跳进深不可测的城壕游向城门,他们无法携带攀登城墙用的梯子,身上的炸药和手榴弹也都被浸湿。在各个方向的攻击部队相继靠近城门的时候,桂军的反击开始了。桂军先用炮火割断山东野战军攻城部队间的联系,然后以连排规模分成若干突击方向猛烈冲锋。浑身湿透、立足未稳的攻城官兵无法形成有效的反击。第八师二十二团二营向城外突围时,因退路被火力封锁出现很大伤亡;九纵七十七团一营的军事干部全部伤亡,七连只剩下一个班长在指挥作战;七十三团的干部在战斗前全都写了绝死书,但他们还是无法想象战斗进行得如此惨烈:携带的机枪泗水时已丢失,能拉响的手榴弹也用光了,后续部队被大水阻隔上不来,官兵们只有与敌人进行肉搏战。陈毅曾对桂军有过如下描述:"两广军队是很顽强的,是蒋军中战斗力最强的,硬不缴枪,真是蛮子蛮打,非打死不缴枪。伤兵还拿枪打你,伙夫挑起担子逃跑还骂'丢他妈'。你捉他,他放下担子就用扁担打。他们不做工事,一到村子排长就用刺刀在围墙上画几个圆圈,以重机枪架起来打,通通通就成了枪眼儿。十多分钟就把阵地摆好,射击很准确的。他们都是老兵,有的营、连长还是大时代的黄埔学生。他们封建团结很厉害,他们说:'广西人打败仗就没饭吃,打胜了老蒋还要我们。'他们战术好,可是纪律很坏,打开每个碉堡都关着三四个老百姓姑娘。我们消灭他一个班,打垮一个碉堡,要伤亡二三十人;消灭他一个营要伤亡四五百人,消灭他一个团要伤亡近千人,非常吃劲,要付相当代价。"

  战斗进行到第三天,泗县仍无法攻克,陈毅遂命令部队撤离。

  对泗县的攻击令山东野战军主力遭受很大损失。

  更为严重的是,国民党军集中重兵,在苏中、山东和淮北三个方向上同时并进。由于山东解放区首府临沂受到威胁,山东野战军一纵前去守卫,兵力单薄的鲁中解放区很快就被国民党军攻占。而在苏中地区,尽管粟裕部的成功歼敌迟滞了国民党军的进攻,但是解放区内部已消耗很大,兵源补充逐渐困难,在国民党军的持续进攻下,粟裕部难以再守。身在淮北地区的陈毅对去苏中还是回山东难以抉择,就在他与粟裕电报商讨未果之时,坏消息再次传来:国民党军向苏皖解放区首府淮阴开始了大规模进攻。淮阴无论如何不能失守,陈毅和粟裕立即部署保卫淮阴的作战。但是,陈毅部主力的正面有国民党军的阻拦,部队被缠在战场无法迅速脱身;粟裕部主力远在海安,距离淮阴至少有两百公里的路程,且一路上全是河网地带,雨季里道路泥泞不利行军,临时又无法调集大量船只。因此，无论是陈毅部还是粟裕部，都无法迅速集结形成作战能力。

向淮阴进攻的是国民党军整编七十四师，师长张灵甫。虽在整军后对外称师，但整编七十四师实力堪称为军，乃国民党军"五大主力"之一。这支全副美式装备、攻击意志强盛的部队，注定要在解放战争中与共产党军队有决死之战。此时，整编七十四师攻势迅猛凌厉，华中野战军的"皮旅"和九纵奉命阻击，尽管官兵不惜生命，英勇作战，依旧无法阻挡整编七十四师对淮阴的一再逼近。"皮旅"甚至把淮阴城边大运河的堤岸扒开，将敌人的攻击路线淹成一片汪洋，但是整编七十四师的进攻还是没有停止。九月十九日拂晓，整编七十四师以两个连的兵力轻装突进，捉到一个解放军士兵并获取了口令后，国民党军冒充共产党军骗过淮阴城的岗哨潜入城内。紧接着，整编七十四师的大规模攻击再次开始。内外夹击、里应外合的作战使淮阴城内瞬间陷入混乱的巷战。粟裕于下午十六时到达淮阴前线，他在那里电告陈毅和中央，敌人突入淮阴城内的部队已达一个团以上，其后援部队还在继续跟进，而我军激战一周已十分疲劳，"且主力尚未到达，故决定撤离淮阴"。

整编七十四师攻占淮阴后，继续南进，于二十二日占领淮安。

两淮相继失守，使共产党人在整个苏中和苏北地区失去了立足之地，大片的解放区由此变成了敌后游击区。严峻的形势考验着共产党人的意志，残酷的战争考验着共产党官兵的意志。事实证明，面对强敌的进攻，分散迎敌是不行的，必须勇于舍弃一些地盘，集中兵力击敌弱处，才有可能扭转被动局面。一九四六年九月间，粟裕与陈毅经过多次的商榷与争论，先后分别致电中央，建议山东野战军与华中野战军联合作战，共同坚持淮北地区以寻机歼敌。

十月十五日，中央电报：

……决心在淮北打仗，甚慰。南京息，蒋方计划，引我去山东，我久不去，乃决心与我在淮北决战。此种情况于我有利。望你们集中山野、华野全力［决不可分散］歼灭东进之敌，然后全军西渡收复运西，于二至三个月内务歼薛岳七至十个旅，就一定能转变局势，收复两淮，并准备将来向中原出动。为执行此神圣任务，陈（陈毅）、张（张鼎丞）、邓（邓子恢）、曾（曾山）、粟（粟裕）、谭（谭震林）团结协和极为必要。在陈领导下,大政方针共同决定[你们六人经常在一起以免往返电商贻误戎机],战役指挥交粟负责……

这就是促成解放战争中著名的"陈粟大军",即中国人民解放军第三野战军形成的历史文献。

毛泽东的电报到达三天之后,整编七十四师从刚刚占领的淮阴出发向涟水发动攻击。此时,连续的作战失利让华中野战军官兵憋了一肚子的火,于是,他们在迎敌的时刻表现出鱼死网破的决绝态势。守卫涟水城的部队顽强阻击,粟裕调集主力星夜增援。涟水城背靠黄河,交战双方在黄河大堤上展开了反复的争夺战,最终华中野战军以六千官兵伤亡的巨大代价迫使整编七十四师放弃攻击退回淮阴。战后,张灵甫致电黄埔同窗、整编十一师师长胡琏:"匪军无论战略战役战斗皆优于国军。数月来,匪军向东则东,往西则西。本军北调援鲁,南调援两淮,伤亡过半,决战不能。再过年余,死无葬身之地。吾公以为如何?"

就在涟水战斗进行的时候,除粟裕因指挥战斗未到之外,山东野战军和华中局领导人连续召开会议总结教训。陈毅不可避免地受到一些干部的责备,他们因解放区的连连丢失而十分痛苦。陈毅诚恳地承担了责任,表示愿意接受批评。但他同时指出,和平民主是难产的胎儿,现在是胎动的关头,胎儿是命定要出来的,这时是忍痛的时候。陈毅说:

> ……因为我们的仗还要继续打下去,许多地方还要放弃,地区可能更紧缩……现在只有一个目的,一个方向,一个意志,一个行动。这就要求同志们服从组织,约束自己,牺牲个人的一切,直至牺牲生命。在此伟大战争中,牺牲是无上光荣的。古语说:"皮之不存,毛将附焉?"又说:"一夫拼命,万夫莫当。"现在正是拼命的时候了,是用斗争来考验我们干部的时候了。战争首先靠勇气,就是拼,其次才是战术。所以我们要提倡自我牺牲的革命英雄主义,敌进我进,挺进到敌人后方去,准备杀个七进七出。我出来时就准备三条路:胜利回去开欢迎会,打败仗开斗争会,死了开追悼会!

但是,国民党军的大规模进攻重新开始了,华东和华中地区的战局前景更加扑朔迷离,陈毅与粟裕部的命运依旧无法预料——这个地区的共产党人和他们的军队进入了生存最困难的时期。

古老的中国战术和漂亮的美国帽子

自一九三八年一月,时任八路军政治部副主任的邓小平就任一二九师政治委员之后,他便和著名将领刘伯承共同指挥着一支部队,直至中国共产党人夺取全国政权。这种长达十三年的牢固合作关系,在中外战争史上十分罕见。在这十三年中,"刘邓"这两个字始终并列在一起,与"朱毛"一样成为中国人叙述历史的惯常使用词汇。他们共同指挥的部队在战争中被广泛地称为"刘邓大军",即中国人民解放军第二野战军。

日本投降后,在国民党军尚未向北方调动的时候,刘邓指挥部队迅速打通了太岳、太行、冀南和冀鲁豫四个解放区之间的联系。这四个解放区地盘虽略显松散,但基本上连缀成片,共产党人称之为晋冀鲁豫解放区。位于中国国土腹地的晋冀鲁豫解放区,是当时共产党人控制的面积最大、兵力最多的区域,它东起津浦铁路,西至同蒲铁路,南至黄河南岸,北至正太铁路和德石铁路,面积达到十六万多平方公里,区域内人口两千多万,县城百余座,首府设立在河北邯郸。

晋冀鲁豫军区司令员刘伯承、政治委员邓小平,总兵力二十七万,这些兵力包括在各解放区普遍采取的军区和野战军并列的体制之中。晋冀鲁豫军区下属四个二级军区:以王秉璋为司令员的冀鲁豫军区、以杜义德为司令员的冀南军区、以秦基伟为司令员的太行军区和以王新亭为司令员的太岳军区。晋冀鲁豫野战军下辖五个纵队:第二纵队辖四、五、六旅,司令员陈再道,政治委员宋任穷;第三纵队辖七、八、九旅,司令员陈锡联,政治委员彭涛;第四纵队辖十、十一、十三旅,司令员陈赓,政治委员谢富治;第六纵队辖十六、十七、十八旅,司令员王宏坤,政治委员段君毅;第七纵队辖十九、二十、二十一旅,司令员杨勇,政治委员张霖芝。

在晋冀鲁豫解放区内,交会着两条重要的交通动脉:平汉铁路和陇海铁路。因此,内战爆发后,国民党军在铁路沿线的重要城市和军事要点上集结了十一个整编师共三十万兵力。国民党军的作战计划是:整编五十五、六十八师守备陇海铁路开封至徐州段,并待命攻击鲁西南;整编三十、三十二、三十八、四十、八十五师于平汉铁路新乡及其以南地段,待命袭击豫北;第一战区胡宗南部的六个旅,在第二战区阎锡山部四个师的配合下,待命攻击晋南——国民党军的所谓"待命",是指待李先念部被歼灭后再发动攻势,因为不少部队此时已经被调往中原。在国民党军部署的这条攻击线上,最薄弱的部位是陇海铁路的开封至徐州段,那里的守备部队只有整编五十五、六十八师的六个旅和一些地方保安团。

在一九四六年那个多雨的夏季里,为了牵制国民党军对突围中的李先念部的追击,为了反击国民党军对各解放区发起的大举进攻,当粟裕已经在苏中的河网地带开始主动出击,陈毅也在山东与江苏交界处的遍地泥泞中寻找战机的时候,晋冀鲁豫野战军也开始了两个方向的出击:刘伯承和邓小平率领第二、第三、第六、第七纵队和冀鲁豫军区部队共五万人,向国民党军守备相对薄弱的陇海路开封至徐州段出击;陈赓和谢富治率领第四纵队和太岳军区部队共两万人,攻击胡宗南部已经占领的同蒲路南线的各要点。

共产党军队还不具备与国民党军进行大规模正面作战的能力,迟滞敌人进攻并打乱其军事部署的有效的手段,就是直接攻击其兵力和军火调动必须依赖的铁路线。

八月十日深夜,对陇海路开封至徐州段各要点的袭击开始。晋冀鲁豫野战军的攻击正面宽达一百五十公里,陇海铁路沿线的兰封(兰考)、民权、砀山等县城同时告急,几乎所有存储和运输军火物资的车站和列车都成为晋冀鲁豫野战军的攻击目标。杨勇的第七纵队二十旅负责攻击砀山。在旅长匡斌和政委石新安的指挥下,五十八团直接攻击东门,五十九团在炮兵的配合下将南门的城墙轰开一个缺口,突击营瞬间攻入城内。两个团分路夹击,砀山城里的两千多守军大部分被俘,砀山车站上三十多节车皮里的物资全部落入七纵之手,这些物资包括大量的弹药,四十多挺机枪,两百多辆自行车和一车皮的苹果、鸭梨和瓜子。

王宏坤的第六纵队趁夜晚雷雨交加之时潜入兰封城郊。然后,十六旅于城东和城北,十七旅于城西和城南,突然间对县城发起了猛烈攻击。担任南门攻击任务的十七旅四十九、五十团在副旅长尤太忠和参谋长赖光勋的率领下正向南门接近,迎面看见一列军车沿着铁路开来,于是三营被留下来负责解决这列军车。三营在列车经过一座铁桥的时候,拉响了设置在那里的炸药包,铁桥被炸断的那一瞬间,列车一头栽了下去,"车厢一节接一节地翻出轨外"。此时,十七旅主力已经在南门打响。兰封火车站就在南门外,车站上静静地停着两列军车。五十团二营五连长霍文炳带领士兵摸过去,发现车上有十几辆坦克和几百名国民党军官兵;再往前摸去,居然还有一列弹药车,列车的车头不断喷出蒸汽,看来随时可能开动。二营立即派人把车站外的一座小桥炸断了,然后官兵们在营长张孝烈的带领下发起攻击。国民党军立刻组织反击,坦克从列车上开下来就到处开炮,二营在猛烈的火力面前无法前进,于是双方在车站上形成僵持。十七旅炸开城门从西南方向冲进县城。十六旅在县城专署附近与国民党军展开巷战。突然,官兵们看见专署院子里跑出一群红男绿女,个个脸上都画着戏剧的脸谱,原来战斗开始前这里正在演戏。天亮的时候,兰封城内的战斗基本结束,但是一百多匹受惊的战马满街狂奔,六纵官兵在后面紧追不舍,枪声已经停息的兰封县城依旧骚动不安。此时,只剩下南门外的车站上交战双方还在僵持。就在六纵准备集中兵力解决车站的时候,那列弹药车被流弹引爆,爆炸声惊天动地,车站内外弹片横飞,土块四溅,断断续续的爆炸竟然持续了三个小时。爆炸停息后,十七旅重新发动攻击,躲得到处都是的国民党军已无心抵抗,四百多名官兵被追赶到城郊的一个大水塘里,人人站在齐腰深的水里不知所措。

配合六纵作战的三纵八旅攻击罗王车站后缴获颇丰,令官兵们觉得在战斗中所付出的一切都很值得:一车皮美式军装,让八旅人人都穿上了布料结实的衬衣和军裤,不少干部还分到了漂亮的大衣;炊事员用美国进口的面粉就地蒸馒头,官兵们都说美国的馒头有味道;八旅还缴获了六辆美式吉普车,由于没有人会开,用骡子拉着送给了纵队首长。

但是,三纵的七旅和九旅却打得有些被动。他们的任务是攻占民权县城。情报显示,县城里只有国民党军整编五十五师七十四旅二二〇团的一个营,加上地方保安队,守军兵力不过千把人。暴雨如注,七旅和九旅经过几天几夜的急行军到达民权外围。七旅负责攻击车站,九旅主攻县城。九旅官兵发起数次攻击,都被国民党军反击回来。防御民权县城的这支国民党军,前身是西北军韩复榘的部队,抗战中参加过台儿庄会战、武汉会战、常德会战、长沙会战,但始终不是国民党军的精锐部队。可是一九四六年八月间,驻扎在民权城内的国民党守军却出奇地顽强。在反复的攻击中,九旅伤亡官兵已达六百多人。小小的县城久攻不下,国民党援军已经靠近,三纵不得不分出兵力前去阻击,这使得攻城的力量更显不足。在持续数日的战斗中,九旅政委秦传厚负伤,七旅副旅长兼十九团团长刘文勇、二十三团三营营长徐仁远、二十五团一营营长苟楼德、二十六团一营教导员李义才、二十二团一营副营长苟再权等相继阵亡。在一次战斗中伤亡如此多的团营干部,第三纵队司令员陈锡联说"这是纵队成立以来从未有过"的。

在武器简陋、弹药不足和战术落后的情况下,直接攻击国民党正规军导致伤亡是预料之中的。尽管解放区十万支前民工支持着战斗,两万辆大车和两万副担架始终随军作战,每天运往前线的白面就达百万斤以上,但是,这场持续了十二天的陇海路袭击战还是令刘邓部付出了伤亡五千多人的代价。

二十二日,鉴于各路增援之敌都已接近,刘邓下令部队撤离战场。

陇海路袭击战,是内战爆发后晋冀鲁豫野战军的首次出击。陇海铁路线上的危机直接迟滞了国民党军兵力和物资的调动,并迫使蒋介石从追击李先念的部队中调回三个整编师,从攻击粟裕和陈毅的部队中抽回五个整编师,从而缓解了中原、华中和山东方向的军事压力。

但是,主动出击将刘邓主力的位置和实力暴露了。

因此,撤离战场的晋冀鲁豫野战军即刻处在了国民党军的重兵合围之中。

八月二十九日,蒋介石发布的作战命令是:"刘伯承部经各部反击,伤亡惨重,开始向北溃退。徐、郑两绥署各部必须予以彻底歼灭,续向三日指定之线推进,以绝匪患而利今后作战,限七日内完成。"

虽然严峻的形势在预料之中,但敌人于东西两面的大兵力夹击,还是令刘邓一时间进退两难:无论从实力对比上,还是战略态势上,都应该避敌退却,转移休整部队,以利寻机再战;但是,一旦撤到黄河以北,豫东和鲁西南这片战略要地就将迅速丢失,这对晋冀鲁豫野战军未来的作战发展不利。而且,苏北、山东和晋冀鲁豫解放区也将因此被割裂。可是如果迎敌而上,部队疲惫,弹药紧缺,无疑是凶多吉少,一旦面临全军覆没的危险,就只剩下撤往太行山这一条路了——刘邓别无选择,只有坚决作战,力求在避免重大损失的前提下取得局部胜利,以扭转危险的局势。

国民党军从两面合围而来,必须首先力挫其一路,使战场上的钳形攻势随之瓦解。刘邓选择的作战目标是:从郑州开来的国民党军整编第三师。这一选择是颇费思量的:虽然与晋冀鲁豫野战军作战的国民党军有三十万之众,但向豫东和鲁西南方向攻击的只有二十三个旅,二十三个旅中一线部队仅为十五个旅约十万人。十万人的部队兵出郑州和徐州两个攻击方向,每个方向又兵分三路,因此每一路的兵力仅为一至两个整编师。徐州和郑州的部队分属两个系统,指挥不一,嫡系与杂牌之间存在着复杂的矛盾。徐州方向的部队基本属于蒋介石的嫡系,其中的第五军和整编十一师是国民党军"五大主力"中的两支,全副美式装备,攻击力量强大,需要设法避开。而郑州方向的部队,除了整编第三师,基本上都是杂牌,其攻击阵形是:左路为整编四十一师,攻击方向东明,但该师因有防御任务不可能过分深入;右路为整编五十五师,攻击方向曹县,这个师曾在民权与共产党军队作战,因此存在着避战的可能性;中路兵力最强,整编第三师和整编四十七师齐头并进,攻击目标定陶。但是,这两个师之间相隔近十公里,在战场上留下了易被分割的裂缝。况且,整编第三师是从围困中原解放区的部队中抽调来的,战痕隐隐作痛,远道奔波劳顿,只要将其分割出来猛烈攻击,因为他是嫡系部队,包括整编四十七师在内的其他杂牌部队一般不会拼死救援。

这是一个大胆的作战设想。实现这一设想要具备两个前提:首先是整编第三师确实与其他杂牌部队存在着派系矛盾,足以导致他在面临危境时其他部队见死不救;其次就是不但要将整编第三师从他与整编四十七师构成的协同战线中割裂出来,而且还要引诱其大胆冒进成为孤军。

整编第三师与整编四十七师共同隶属于第五绥靖区司令官孙震指挥。该师师长赵锡田一向不把孙震放在眼里,彼此之间隔阂很深。赵锡田的地位确实有点特殊,他不仅是黄埔一期的毕业生,与郑州绥靖公署主任刘峙有师生关系,而且还是陆军总司令顾祝同的外甥。赵锡田率部路过郑州时拜见刘峙,刘峙不但给他补充了大量的弹药,还专门为他配备了一个野炮营和一个坦克连。一直想取悦顾祝同的刘峙的设想是：如果赵锡田能够在这次战斗中作为主力拔得头功，就为顾祝同提升赵锡田提供了最直接的理由，赵锡田取代孙震成为战区长官的梦想他们彼此心里都很清楚。在与刘峙密商之后，赵锡田认为胜券在握，他没有向孙震报告就率部队直奔定陶，大有独享战功之意。孙震得知后十分恼怒，刘峙、赵锡田与孙震之间的裂痕瞬间扩大，这种裂痕不久就让赵锡田尝到了难以下咽的苦果。

为了确保足够的攻击兵力，刘邓从冀南急调陈再道的第二纵队到达战场，加上已经结集的第三、第六、第七纵队，兵力是整编第三师的四倍。毛泽东对作战设想和兵力比例均感到满意，中央军委致电刘伯承、邓小平："望令我主力在一星期内休整完毕，俟第三师两个旅进至适当位置时，集中全力歼灭其一个旅，尔后相机再歼其一个旅。该师系中央军，如能歼灭影响必大。望按实情处理。"

六纵派出两个团负责引诱赵锡田，纵队主力则在前面布置了个大口袋。整编第三师在飞机和坦克的掩护下连续进攻，攻到哪里都会发现刘邓部刚刚撒离的痕迹。战斗进展令赵锡田十分得意。他的参谋人员提醒说，刘伯承是打仗的好手，如此顺利有些异样，小心中了共军的埋伏。而赵锡田的反驳听起来很有道理：你们这些年轻人与共产党打交道的年头不多。看看防御阵地上丢弃的这些东西就知道了，除了军装和背包之外，还有扔掉的枪支，如果是从容撤离的话，他们绝不会丢弃哪怕是一块擦枪布和一根烤火的柴火棍儿。况且，共产党军队一向离开村庄的时候，都会打扫院子挑满水缸，现在他们住过的村子里又脏又乱，不是仓皇逃窜还能是什么？

每占领一个村庄，赵锡田都向刘峙报一次捷，蒋介石的嘉奖电报不断地发来，赵锡田很有些飘飘然了。他给刘峙去电说："飞机不需要了，凭我现有的装备，不把共军赶下黄河，就让他们回太行山去！"刘峙显然也被胜利的前景冲昏了头，他竟然临时改变作战部署，放弃原定的整编第三师和整编四十七师共同攻击定陶的计划，改为由整编四十七师单独攻击定陶，整编第三师前去攻击菏泽——情报显示，刘邓的司令部设在菏泽，刘峙认为这个头功只能属于赵锡田，别人绝对不可染指——但是，这个改变却加大了整编第三师与整编四十七师之间的间隔。

九月二日，刘邓命令部队继续放弃前沿阵地，引诱整编第三师继续往大口袋里走;同时命令一部迅速楔入整编第三师与整编四十七师之间的宽大的缝隙,从而对整编第三师形成包围之势。刘邓的作战命令发布之后,解放区内八千多名民兵拿着土枪、大刀开始在田野的庄稼地里集结,近两万民工携带着一万多副担架、五千多辆装满粮食弹药的大车,浩浩荡荡地向这个狭小的战场蜂拥而来。

此时,整编第三师已经彻底进入刘邓布置的大口袋里。国民党军官兵一路看见集市上熙熙攘攘,百姓们忙着做生意,根本没有共产党军队的影子,于是他们变得无所顾忌了。整编第三师不知道,这里是解放区,刘邓的部队即使埋伏在附近,老百姓也不会告诉他们。此时,从郑州方向进攻的左路整编四十一师被冀南军区部队阻击于东明以西地区;右路整编五十五师被第三纵队一部阻击于曹县以南地区;原来与整编第三师齐头并进的整编四十七师已经被调动到四十里开外;而从徐州方向进攻的国民党军行军速度更为迟缓,距离战场尚有百里之遥。

五日,刘邓决定全力攻击,速战速决。

整编第三师的大难降临了。

午夜二十三点三十分,赵锡田的师部和三旅、二十旅所在地同时受到猛烈攻击,赵锡田急令炮火和坦克进行阻击,可是,外围二十旅五十九团的阵地已被突破,团长吴耀东被俘,全团只有少数官兵逃了出来。接着,旅部与五十八团也失去了联系。赵锡田赶紧向刘峙求援,刘峙急令整编四十七师向整编第三师靠拢。但是,由于受到陈锡联的第三纵队的拼死阻击,整编四十七师师长陈鼎勋不愿意再前进一步。赵锡田在师部和三旅的防御阵地被严重压缩后,命令二十旅旅长谭乃大放弃原阵地突围,尽一切可能向师部和三旅阵地靠拢。谭乃大旅长表示:自己的部队正与共军混战突围无望。迫不得已,赵锡田开始向孙震求援,要求速派援军和空投粮弹。孙震的参谋人员建议,让东明方向的整编四十一师出击刘邓的侧翼,这样即使不能最终解围,也可以给刘邓的部署制造混乱。孙震不置可否。孙震的盘算是:刘邓很可能有围点打援的准备,不能为了赵锡田损失自己的部队。另外,让总想取代自己的赵锡田吃吃苦头很有必要。但是为了应付刘峙,孙震命令一个团前往增援,而这个团没走出多远又退了回来。

绝望的赵锡田决定自己突围,向谭乃大的二十旅靠拢。他再次向孙震请求救援,说只要派一个团到天爷庙附近接应一下就可以。孙震说派出的部队受到共军阻击无法前进,第三师要突围就必须自己想办法。天爷庙,整编第三师师部所在地,被陈锡联的三纵和杨勇的七纵最后攻破了。赵锡田跑到一排汽车下面,正准备继续抵抗的时候,发现身前身后全是指向他的枪口。有史料记载,活捉赵锡田的是三纵七旅二十一团七连文书张敬孝,他把赵锡田从汽车下面拽出来的时候,这位国民党军师长正忙着换士兵的军装。也有史料记载,七旅一个连队的指导员给了他一枪,然后上去一面给他包扎一面问其职务,赵锡田说自己是军械主任,指导员拉来个俘虏把这位国民党军师长指认了出来。

刘伯承在电话里说:"派一个班把他送到我这里来。"

来到刘伯承面前,赵锡田问:"你们从一开始就撤退,辎重丢得遍地都是,难道是在骗我吗?"

刘伯承说:"你应该读过兵书,难道不知孙膑减灶赚庞涓的故事?"

公元前三五三年,魏、赵攻韩,韩向齐告急,齐出兵攻魏郡大梁,魏将庞涓弃韩回师。孙膑的计谋是:齐军入魏设灶十万,第二天五万,第三天三万。庞涓见齐军逐日减灶,认为齐军入已损兵一半,遂开始追击,结果全军遭遇埋伏。兵败之际庞涓自刎。

定陶一战,刘邓部伤亡三千五百人,国民党整编第三师死伤近五千,被俘者高达一万两千人。由于被俘的人太多一时不好看管,在国民党军飞机盘旋轰炸的时候跑了四千多。

消息传来,蒋介石震怒。

九月十五日,蒋介石下令撤销刘峙的郑州绥靖公署主任职务,同时被撤销职务的还有第五绥靖区参谋长赵子立。

但是,整编第三师未能占领的菏泽,很快就被从徐州开来的国民党军第五军和整编十一师攻占。

整编十一师在国民党军的序列中不是一般的部队。其前身是北伐时期的国民革命军第十一师,是国民党军现任参谋总长陈诚起家的部队。抗战期间,参加过著名的淞沪会战、武汉会战、枣宜会战、常德会战、湘西会战,其勇猛顽强在八年抗战中威震日军。该部有史以来的指挥官几乎全是黄埔军校的高材生,国民党军中的著名将领多有在该部任职的经历。现任师长胡琏,出生于陕西华县一贫寒农家,时年三十九岁,黄埔军校第四期毕业生,从当连长开始就服役于这支部队。国民党军内部对他的评价是:兼有张灵甫之凶悍和黄百韬之愚诚,狡如狐而猛如虎。胡琏带兵经验丰富,特别是在用人上,少国民党军唯亲的习气,对待下属也和气公平,在部队中威信很高。他指挥作战警惕性和企图性强;重视战前侦察和研究对手;面对强敌据险固守,顽强防御;若遇弱敌,则集中兵力猛冲猛打一气到底。此时,经过整编,十一师兵员充实,火力强劲,作战能力在国民党军中堪为精锐,成为解放战争中共产党军队必须面对的强硬对手之一。

定陶战役结束后,第五军和整编十一师从菏泽出发,向巨野方向攻击前进,企图打通菏泽至济宁的公路,与其他部队一起对刘邓部形成合围。九月二十八日,第五军到达龙固集附近,整编十一师突出于巨野以南的张凤集地区。刘邓下定的作战决心是:以第二纵队阻击第五军,集中第三、第六、第七纵队,吃掉整编十一师的十一旅。

夜幕降临,刘伯承和晋冀鲁豫军区副司令员滕代远一起,坐着一辆胶皮轱辘的大车来到二纵指挥部作战前动员。刘伯承说:"现在我们要打的是第三仗。第一仗出击陇海路歼敌一万六,第二仗打整编第三师等部歼敌一万七,现在要打的是第三仗。这一仗不会歼灭那么多敌人,主要是打打敌人威风,摸摸老虎屁股。"刘伯承讲到这里的时候,二纵的指挥员们都笑了,刘伯承认真地说:"不要笑,是真的,前面来了两只老虎,就是国民党军主力第五军和整编第十一师。"刘伯承告诉二纵指挥员,他们的任务非常艰巨,因为只有阻击住第五军,其他三个纵队才有可能吃掉整编十一师的一部。但是阻击第五军并非易事,绝不能死守,只能在运动防御中消耗敌人。

但是,这个"摸摸老虎屁股"的作战,令刘邓部付出了巨大代价。

胡琏很快察觉到刘邓主力合围他的企图,立即命令停止行军,各旅占领有利阵地,修筑坚固防御工事。

十月一日深夜,刘邓部的作战开始了。

六纵的任务是穿插侧后,负责割裂位于张凤集的十一旅与其他部队间的联系。穿插接敌的时候,六纵发现整编十一师已经事先收缩了部队,胡琏的谨慎致使六纵连续扑空。天亮的时候,六纵在一个叫王家垓的村庄发现了敌人——胡琏的师部和一一八旅驻扎在这里。这是一个不利于攻击的村庄,村庄地势高于附近的田野,由于刚刚下过大雨,田野里满是积水。虽然如此,六纵的攻击还是开始了。胡琏十分惊骇,一是共产党军队白天发起进攻的情况很少见,二是他摸不清刘邓是如何知道他的底细的———一一八旅是整编十一师中最弱的部队。但是，即使战斗力最弱的一一八旅，也让六纵的攻击出现极大的困难。一一八旅在短短的一天之内，在王家垓修筑起坚固的工事，其抗击强度足见其工兵的作业水准：第一道警戒是哨兵；然后是一圈照明设备；而后依次是绊发手榴弹区、地雷区、鹿砦和铁丝网地带；几道障碍之后，才是由壕沟和围墙共同构成的防御主阵地。即使是主阵地，也与村内的核心阵地相互隔绝，而核心阵地的前面还有更加坚固的围墙。六纵数次攻击无效后，一一八旅开始组织猛烈反击，六纵短时间内伤亡严重，仅攻击王家垓的主攻团伤亡近四百人。

与此同时，陈锡联的三纵和杨勇的七纵围歼十一旅的战斗进行得更为残酷。张凤集的守敌实际上仅有十一旅的三十二团。总攻开始之后，三纵和七纵两度突进村庄，但是，国民党守军依靠强大的火力迅速把突破口封锁了，导致突进去的部队与村外进攻的部队被分割。在激烈的肉搏战之后，突进去的官兵一部分突围而出，但还有一部分被困在村内。刘邓增强了攻击力量，力图再次突进去营救被困官兵，但是打了一夜，只打开村庄的一角。占领了村庄一角之后，三纵和七纵的攻击依然难以突破，而此时胡琏派出的增援部队突破二纵两个团的阻击，攻进了张凤集，与村内的守军会合了。然后，在飞机和大量火炮的掩护下，张凤集守军和增援部队一起撤出了战场。

这个叫张凤集的村庄终于寂静下来，村内所有的房屋都已被夷为平地，交战双方官兵的尸体交叠在一起，血水和雨水在残砖乱瓦中到处流淌。

此战双方损失近似。晋冀鲁豫野战军三纵、六纵、七纵共伤亡四千一百余人，被俘二百七十人，总计近四千四百人。国民党军整编十一师伤亡约五千人左右，其中防御张凤集的三十二团伤亡最为严重，战前兵力为三千余人的一个团跟随增援部队突围出去的仅有五百人。

这一结果是刘邓事先没有预料到的。

刘伯承后来说："与敌陷于牛犄角僵持的笨拙状态"，是因为未能大踏步进退调动迷惑敌人使其暴露弱点，"结果反陷于被动"，这种'牛犄角'式的打法甚为不智"。

就在刘邓与胡琏作战的时候，在战场的西面，国民党军另一位悍将也在与共产党军队作战。

中国的山西是一个地理位置十分特殊的省份。东面的太行山将它与河北隔断,西面与共产党人的陕甘宁边区仅隔一条黄河。山西省军阀阎锡山也是个十分特殊的人物,在中华民国的国土上,他的山西省犹如一个独立王国,在政治、军事和经济等诸多方面,他从来就没和蒋介石同心过,以至于他在山西省内修建的铁轨,都与相临的省份尺寸不一,阎锡山以为这样一来就没人能随便进入他的山西。而正因为如此,山西虽然在战区划分上属于晋冀鲁豫野战军的作战范围,但在整个解放战争的进程中,这里的军事行动却始终与西北战场密切关联。

西北战场最为广阔,包括陕西、甘肃、宁夏、青海和新疆在内,面积占中国版图的三分之一。在这片地域里,国民党军除了常驻各省的部队之外,还有青海的马步芳和宁夏的马鸿逵两个军事集团以及胡宗南的中央军嫡系部队。而共产党军队在这片区域里兵力始终没有超过五万人。军事力量对比如此悬殊,加之自然环境极其恶劣,致使西北地区的战争注定进行得格外残酷。

内战初起时,蒋介石没有力量顾及西北,陕甘宁解放区的晋绥联防军乘机向北扩张,占领了陕北无定河以南约五千平方公里的地区,并在这一地区建立起共产党地方政权——当时的共产党人不曾想到,就是这个小小的战果,在未来的战争进程中起到了预想不到的历史作用——当胡宗南的二十万大军进攻延安时,包括毛泽东在内的中共中央和中央军委,正是在这片干旱贫瘠的小小区域内得以回旋。

攻占延安,是胡宗南的梦想。

为此,他必须首先打通山西境内的交通命脉同蒲铁路,以便在晋南和陕南拥有一个稳固的后方基地——同蒲铁路位于陕甘宁边区的侧后。

胡宗南在战场上遇到的是他的黄埔同学陈赓。

胡宗南是浙江镇海一个办事员的儿子,中学毕业后当了几年国文和历史教员,由于父亲拆散了他与初恋情人,并强迫他与另一个陌生女子结婚,二十八岁的胡宗南离家出走。报考黄埔军校时,由于身高不足一米六未被录取,得到军校党代表廖仲恺的帮助才得以入学。在黄埔军校的日子里,他逐渐成为蒋介石的心腹。毕业后,从排长、副连长、营长、团长、副师长,直至三十一岁那年成为国民党军第一师中将师长。而后,他历任国民党军第一军军长、第十七集团军军团长、第三十四集团军军团长、第八战区副司令长官、第一战区副司令长官、第一战区司令长官。一九四七年六月,他升任西安绥靖公署主任,直接指挥国民党军第一、第十六、第二十七、第三十、第三十六、第三十八、第四十、第七十六、第九十军,拥兵共计十一个军,兵力五十万之众,人称"西北王"。

湖南人陈赓比胡宗南小七岁。他的祖父是当年湘军中赫赫有名的将军陈翼琼。毛泽东在湖南考察农民运动的时候,曾与其父陈邵纯有过交往,对这个声称把儿子陈赓"打发出去革命"的开明士绅印象深刻。一九二三年底,陈赓考入黄埔军校,与他一起报考的同伴,是后来成为国民党军著名将领的宋希濂。陈赓以作战勇敢闻名。国共决裂后,他参加了南昌起义,一九三一年成为中国工农红军第四方面军十二师师长。第二年的秋天,他在作战中负伤,在上海养伤期间被捕。黄埔校长蒋介石面见陈赓,并许以第三军参谋长和南京卫戍司令的高位,但是陈赓却越狱逃跑了。辗转到达中央苏区瑞金后,工农红军长征前他成为干部团团长。一九三七年,陈赓出任八路军一二九师三八六旅旅长,他的部队被美国驻华参赞卡尔逊誉为"中国最好的一个旅"。一九四五年抗日战争结束后,陈赓被任命为晋冀鲁豫军区太岳纵队司令员。太岳纵队编入野战军后,陈赓成为第四纵队司令员。

胡宗南的作战方针是:"以肃清同蒲南段沿线共军,恢复铁路交通的目的,决由第一战区派兵入晋,与第二战区分由铁路沿线南北夹击,一举而破共军主力。"七月三日,胡宗南部整编第一师和整编二十七、九十师的五个旅,从运城出兵沿着同蒲路向北攻击。十三日夜,陈赓的第四纵队突然间连续袭击了整编二十七师一部和整编第一师一部,国民党军立即收缩,退守闻喜和安邑。此时,位于山西北部的晋绥野战军贺龙部也发动了攻击,向南进攻的阎锡山部被迫北撤防御。陈赓抓住时机再次发动攻击,连续攻克赵城、洪洞等五座县城。就在陈赓部向北追击阎锡山部的时候,胡宗南紧急调集整编第一师一旅和整编三十师前出晋南,并亲自飞到运城坐镇指挥,重新开始了大规模北进。北撤的阎锡山部也停了下来,将第三十四军集结在介休附近,准备与胡宗南部一起对共产党军队形成南北夹击之势。

陈赓处于南北两敌之间,遂决定使用少量兵力阻击北面的阎锡山,在南面则动员地方武装和民兵迟滞胡宗南的北进速度,而将第四纵队主力集结隐蔽等待战机。

九月中旬,胡宗南的部队"陆续到达临汾地区",接着,整编第一师一旅二团沿着临汾至浮山的公路继续前进,位置逐渐突出。

战机已至,陈赓立即命令第四纵队一部佯攻浮山,主力合力围歼二团。

胡宗南的整编第一师一旅,号称"天下第一旅"。它是国民党军组建最早的部队,北伐时由黄埔教官刘峙为师长。胡宗南自己在这支部队中从连长一直当到师长。这支部队的士兵多为有战斗经验的老兵,军官也都是清一色的黄埔毕业生。抗战后经过整编,一旅依旧保持着师的规模,旅长为中将,团长为少将。旅长黄正诚不但出身黄埔,而且留学德国,学习过德军正规的军事操典。

陈赓很快就破解了胡宗南部的通讯密语,知道其部队代号组成方式是:取上一级长官的名或字的第一个字,与本部队长官的名或字的第二个字连起来。整编第一师因此被称为"介梅部",因为第一军军长董钊字介生,而整编第一师师长罗列字冷梅。其军事行动则用柴米油盐酱醋茶来代表,比如说去买酱,意思就是前去警戒。兵力规模的代号是:一个连称"三人组",一个营称"四人组",一个团称"五人组"。

九月二十日,陈赓在报话机中听到了董钊和罗列的对话:"下一步行动要注意南边那个高地方。"陈赓判断:"一旅要出动了,任务是策应攻占浮山县城。所谓南边那个'高地方',指的是塔儿山,是怕我们在那里设伏。"接着,电话线里传来第一军军部话务员的聊天:"你们过中秋什么都有,我们这里只有窑洞。"第二天,罗列对一六七旅旅长李昆岗说:"你们明天到浮山去买柴,临汾的人和你姐夫也去。"接着,一六七旅旅长和代号为"姐夫"的二十七旅通了话:"你们去几个四人组?"对方回答:"四个。"而这就意味着,胡宗南不但要攻占浮山,还要守住临汾至浮山的公路,以便以此为出击线北上打通同蒲铁路。

对于陈赓而言,胡宗南编制的密语如同儿戏。

此时,整编第一师一旅二团团长王亚武率部进至官雀村。

陈赓认为攻击时间已到。

四纵十一旅首先发起攻击。共产党官兵拼死冲击,国民党军凶猛阻击,两支作战能力都很强的部队撞在了一起。胡宗南和陈赓都明白,官雀村一战是两人相搏的关键,陈赓如果把二团歼灭了,会极大地增强自己的士气,同时极大地打击胡宗南的威风;而胡宗南想把二团成功地救出来,以此创造一个坚守待援的范例,让陈赓充分认识到他的作战实力。但是,胡宗南派出的两路增援部队受到顽强阻击,孤立的二团很快就垮了,少将团长王亚武死于乱枪之下。更严重的是,陈赓部接着又把胡宗南的一旅旅部和一团包围在了陈堰村。尽管增援部队拼死前突,还是难以靠近陈堰村。一旅旅长黄正诚的告急电话一个接着一个。正是闷热的初秋,田野里高粱旺盛玉米茂密,围攻一旅的共产党官兵从四面八方的青纱帐里汗流浃背地向陈堰村接近,干部们不断地向队伍里传话:"不能让第一旅跑掉一个人!"攻击陈堰村的战斗从白天打到深夜,双方在村子里一个院落一个院落地争夺,到处是手榴弹的爆炸声、拼刺刀的喊叫声以及伤员的呻吟声。一团团长刘玉树被逼得上了房顶,他在房顶上跑来跑去指挥的时候摔下来,被房下的共产党士兵捉住。刘玉树躺在地上大喊:"快把我枪毙了吧!我是国民党,你们是共产党,我们不共戴天!你们抓住我就算我倒霉!想消灭'天下第一旅',凭你们这几条烂杆子枪,梦想!"仗打到昏天黑地的时候,陈堰村里的百姓纷纷把自家的棉被拿出来浇上水,给共产党官兵当抵挡子弹的"土坦克"。陈赓在步话机里听见黄正诚向上级报告说:"正与共匪激战,蒋先生安然无恙。"陈赓立即告诉正在村内指挥战斗的十旅旅长周希汉,无论如何也要活捉黄正诚和那个"蒋先生"。黎明时分,陈堰村里的战斗基本结束,整编第一师一旅的副旅长和参谋长被俘,但唯独不见旅长黄正诚和"蒋先生"。有报告说黄正诚被炸死了,陈赓不相信,因为他刚才还听见黄正诚在步话机里向军长董钊求救。天大亮了,一旅的俘虏被全部集中在一起,其中一个自称"书记官"的俘虏样子很可疑:上身穿的是士兵衣服,裤子却是呢子将军裤,脚上是一双皮靴,而且鼻梁上有副眼镜,手也很白。士兵们立即认出他就是黄正诚。

四纵官兵告诉黄正诚:"我们的司令员马上就来。"黄正诚赶忙问:"是徐向前吗?"——直到此刻,黄正诚仍然不知自己在与谁作战。

陈赓来到黄正诚面前。黄正诚称陈赓为"黄埔老大哥"。陈赓首先问"蒋先生"是谁,现在哪里?黄正诚的回答令陈赓很是失望,所谓"蒋先生"原来指的是旅部院子里摆放的那几门山炮。陈赓问为什么这几门炮没有使用?黄正诚回答说院子太小无法使用。陈赓指着站在自己身边的第四纵队十旅旅长周希汉说:"这是我们的一位农民出身的旅长,没有进过洋学堂,是个'土包子',是在战争中成长起来的旅长。你是留过洋、受过西方军事学校教育的'洋包子'旅长,可是被我们的这位'土包子'旅长打败了。"接着陈赓说:"你要明白,仗不是我们要打,是蒋介石坚持独裁,主动挑起来的。"黄正诚听罢一脸疑惑:"老大哥这话我就不明白了,他那么大年纪了,还要搞独裁干什么?"

美国记者安娜·路易斯·斯特朗是这样记述临浮战役的:

> 共产党正规军"潜伏在胡的指挥部附近,对胡的每一个行动都了如指掌。第一师(整编第一师一旅)在第一天晚上刚扎营,就被地方民兵扩编成的共产党主力部队以压倒优势包围了。第一师师长黄将军(黄正诚)是蒋介石的亲信,他急电胡的指挥部求援,但不见援兵到来,因为所有可以派遣的军队都受到地方人民武装的袭击而被牵制住了……在考虑包围敌人哪一个师时,人民解放军总是挑选装备最精良的师来打,他们不喜欢打山西的老军阀阎锡山,因为他的军队装备很差,抓到他们没什么油水……一个前国民党军官在香港的报纸上透露说,中国人民解放军在山东他的驻地附近俘虏了两个美式装备的师以后,给他的师送去了新年祝词:'不要担心,你们不是我们的目标,因为你们没有美国武器!'在人民解放军缴获了更多更好的武器后,他们就改变了作战方式……陈赓在山西俘获了蒋军五个旅以后,他就能炮轰城墙,攻打五座城市了。

"天下第一旅"在四纵官兵的押解下离开战场,他们的脚下是共产党人的解放区的土地:

> 五千七百名俘虏穿着美制军服,戴着漂亮而无用的美军帽子,在尘土飞扬的路上,向北方行进。他们一路上受到中国农民的嘲弄:"看美国造的帽子,看美国养的兵,来杀中国人的!"到天黑时,这些俘虏都扔掉了他们的美式军帽,请求发给人民解放军的实用而不显眼的帽子。可以完全有把握说,在下一周内会有五分之四的人将成为共产党军队的新兵。

自己的"天下第一旅"就这样被陈赓歼灭了,胡宗南痛苦难言。但是他仍有足够的兵力继续北进,不断地占领县城和铁路线上的要地——共产党军队虽然能够给予进攻中的国民党军以局部的打击,可是解放区内的城镇和地盘依然在逐渐丢失和缩小——战事初起,谁是胜者?

最大多数万岁

就在中国内战爆发的那一刻,一个美国老人骤然卷入了中国政局。

没有哪一个美国人像他一样,在中国当代史上留下如此丰富的人生轨迹。他的大半生与中国的当代教育史密不可分,晚年的生活更与纷扰的中国政局密切关联。无论历史给予他什么样的评价,他那在中国北方一所著名大学里的雕像,至今依旧是一道令人心绪复杂的风景。

一九四六年六月二十四日是燕京大学校长司徒雷登七十岁生日。

蒋介石拟出了"陶铸群伦"的生日贺词,同时签发了一份国民政府褒奖令:

> 司徒雷登博士致力我国教育垂五十年,其所创办之燕京大学,为我国著名学府之一,历年以来,成材甚众。卢沟桥事变后,北平文化教育机关,尽陷敌手,司徒博士独任艰危,力维弦咏,不使中辍,直至太平洋军兴,身系囹圄而后已,临危不惧,守白不缁,其行谊殊难多觏等情,据此,查司徒博士热心教育,忠贞不贰,高节亮风,足资楷式,应予明令褒奖,用彰有德。

一八七六年六月二十四日——清光绪二年——司徒雷登出生于中国浙江省杭州市。司徒家族对教育和传教的热爱与执著在近代美国史上颇具盛名,家族成员先后独立创办或参与创办过五所学校,先后出了五位大学校长、学院院长和女子学校校长;同时,从司徒雷登的曾祖父开始,家族中曾有十三位男性成员成为传教士。一八六八年,约翰·林顿·司徒来到中国传教,几年后,他把一个名叫玛丽的美国私立女校校长也带到中国,他们在中国杭州城北的贫民聚集区盖起了一座教堂和一所学校,这就是日后在中国生活了整整五十年的司徒雷登的故乡。

有着与父亲一样惊人的耐心但更具社会干预欲望的司徒雷登,经历了中国近代史上所有的动荡岁月。在南京的一所神学院里当教师的时候,辛亥革命爆发,因为对革命十分向往他结识了孙中山。在孙中山宣布辞去大总统的演说会上,他是在场的唯一一位外国人。一九一九年五四运动爆发前夕,受教会委托他来到北平筹建燕京大学,筹款、选址、确定校名都是一手操办,他决心把这所风景如画的私立大学办成世界一流学府。他的努力成功了。燕京大学聚集了当时中国最优秀的学者,而学生多数成为开创中国新时代的先锋。因为频繁地往来于中美之间,他曾向威尔逊、罗斯福两任总统介绍过中国,也与孙科、李宗仁等国民政府官员私交很好。因为真心认为蒋介石是孙中山革命的继承人,所以他对蒋介石的倾慕几乎到了崇拜的地步:

> 他深知在与他最亲近的人相处的时候,也沉默寡言,时刻以公务为念,而不善于做应酬性闲谈。他具有中国上流人物必不可少的文雅与礼貌,但其处事的认真、率直和坦白,又非常合美国人的胃口……与各种各样人周旋的非凡才能,受过高度训练的智慧,当机立断的魄力与勇气,永不疲倦的精神,都是使他成为一个伟大军人和政府首脑的基本素质。这也是他之所以能够在国民党中始终处于群雄之首的原因所在。

他已是中国社会生活中的一个特殊符号。

美国对日宣战后的第三天,日军将司徒雷登逮捕。日方试图用他作为与美国和蒋介石讨价还价的人质,同时也是对燕京大学不接受"奴化教育"的一种威胁。但是,日方没能让司徒雷登低头,他宣布已把生命交给了他信仰的上帝和他热爱的中国。日本投降后第三天,被囚禁三年零八个月的司徒雷登出狱了,他立即被飞机送往重庆,流亡在那里的燕京大学的师生们看见面容憔悴的老校长,与他相拥而泣。

就在马歇尔为国共两党的难以调解感到万分苦恼的时候,司徒雷登在蒋介石夫妇的建议和安排下会见了马歇尔——他坦率地承认,在这之前,他只是听说过马歇尔的名字,之所以前去拜会,完全是因为他对这个承担着特殊使命的人有点好奇。司徒雷登并不知道,这种老年人的好奇心会给他的晚年生活带来巨大的麻烦。初次会见,他只是耐心地听马歇尔详细介绍了国共两党之间的矛盾和分歧。然而,两个月之后,他在北平接到了来自马歇尔的邀请,请他出任美国驻华大使。

他和蒋介石都感到吃惊。司徒雷登已经准备退休了,为此他已提出辞去燕京大学校长一职;同时,他根本没有任何从事外交工作的经验。而令蒋介石吃惊的是,虽然他与司徒雷登私人关系很好,但在中国政局万分敏感的时刻,司徒雷登并不是出任美国驻华大使的合适人选,坚决支持国民政府的驻华美军司令官魏德迈已经做好了就任的准备。更让蒋介石愤怒的是,马歇尔事前没有征求自己的意见,却征求了共产党方面的意见,周恩来鼎立推荐的人就是司徒雷登。而马歇尔选择司徒雷登的理由也让蒋介石有口难言:"我之所以要求他出任,是根据所有在中国的知情人士,无论是美国人还是中国人的反应,他是一位具有独一无二地位的、受到普遍尊重的外国人。他完美无缺的人格标准以及五十年来在中国的所作所为,乃西方世界最后的榜样,国民党和共产党都同样信任和仰慕他。"

一九四六年七月十日,美国参议院一致通过了对司徒雷登出任驻华大使的任命——消息传到大洋这边,司徒雷登说:"马歇尔将军随便要什么,都会得到美国人民的同意。"

四天以后,司徒雷登告别燕京到南京上任。他的首要工作就是和马歇尔一起制止中国的内战蔓延。

但是,在河南、湖北、山东、山西、河北以及东北地区,国共两军的军事冲突不断发生,而且已有愈演愈烈之势。司徒雷登立即感到自己几乎无能为力,他和马歇尔共同预感到,他们的调解面临着最后破裂的危险。马歇尔直接对蒋介石表示:"华北的冲突不久就会完全无法控制,一旦它蔓延到热河省,就会波及满洲,然后会扩展到全国各地。我的目标是促成一个统一的新生的中国,不是与蒋委员长的某些顾问所想象的那样——使共产党就范,而是完全相反……我从多方面所获得的情报表明,国民党的威信严重下降,对国民党政府所采取的措施的批评也与日俱增。"而司徒雷登对蒋介石的劝告是:唯一的办法是重新赢得民心——使用汉语比使用母语还熟练的司徒雷登深知,当内战即将来临的时候,在中国这块土地上"民心"决定着一切:

> 一切比我从美国报纸上所了解的还要糟糕……应该拿出当年追随孙中山先生参加国民党时的勇气和热忱,发动一场内政改革运动。这样一来,就能再度把学生和青年知识分子

团结起来,因为他们虽对现状不满,但却迫切希望有一位值得信赖的领袖。有了这些人做自愿的宣传者,就能重新赢回日见消沉的民心,再度成为民族意志的象征。

司徒雷登的劝告不是空穴来风。

在中国历史上,凡是发生巨大社会动荡之时,也是隐藏在官僚体制下的污浊泛滥之际。究其原因大体有二:一是官僚体制本身固有的诟病积重多时,二是动荡时刻约束机制骤然缺失。这是中国历史中的一种奇特现象:如果说从和平状态进入战争状态,必然会引发社会混乱的话;而从战争状态转入和平状态,混乱发生的几率竟然会更高——官僚阶层的贪污腐败是一剂导致政权倾覆的毒药。

日本投降后,国民党政府和军队的大员只关心两个字:接收。"接收"二字至少包括军事和经济两方面的含义:军事上,要与共产党军队拼速度,十万火急地开赴战争中的沦陷区和共产党人开辟的解放区,这就是"为国收复失地"的概念。而在经济上,所有的政府和军队大员甚至比蒋介石还心急火燎,因为小到汽车房产,大到金库银行,敌伪留下的巨额财产已经失去了主人,谁先贴上封条或者抢到手里财产就是谁的,这就是"个人发财致富"的概念。

几乎在日本宣布投降的同时,国民党军陆军部成立了"党政接收计划委员会",也就是以国民党的名义成立的接收机构。可能觉得以一个政党的名义这样做有点不合适,很快,"行政院派驻陆军总司令部收复区全国性事业临时接收委员会"成立了。各省市纷纷效仿,争先恐后地成立"敌伪物资产业处理局",国民政府的各级行政大员和驻扎在各地军队的高级将领混杂在一起,开始了空前的资财侵占。

从重庆返回南京的政府高级官员和军队各级将领,到处收集各种各样的高级小汽车,为给各种各样的别墅贴上封条而忙成一团。南京城内的公馆别墅集中在莫干山路、山西路、中央路和斗鸡闸一带,按照规模和档次,每一处建筑物上都直接挂上了从蒋介石到各级官员和将领的名字。处长、科长和科员们抢不到别墅,就抢民房、高级家具和名牌汽车,甚至连日伪办公楼里的地毯都扛走了。房产、财物到手之后,最有油水的查封"逆产"行动随即开始。"逆产"二字几乎无所不包,从银行、矿山、工厂,直到某户人家厅堂里的一件古董。南京原来的"伪中央政府"官员和重庆来的国民党大员互换名片之后,成为阶层一致、利益一致的朋友,像亲兄弟分家一样商量着如何把"敌产"变成"私产"、把"逆产"变成"民产"——本属于国家财产的巨大财富就这样流失了,究竟流失多少永远无法统计清楚。

为了不被追究自己在日伪统治时期的所作所为,各地的官员想出一个可以让重庆来的"同志"一夜暴富的好点子:以行政命令或者军事命令,将原来伪中央储备银行发行的纸币储备票,一律兑换成重庆国民政府发行的新法币。按照正常的兑换率,两种纸币价值大致相等,也就是说兑换率应是一比一,可是公布出来的兑换率竟然是两百比一——用两百面值的储备票,才能兑换一面值的新法币。结果,拥有大量重庆钞票的国民党大员和将领瞬间成为巨富,就连薪金很低的来自重庆的公务员也发现自己像中了彩票一样,手里的那点新法币的价值突然间膨胀了整整两百倍。有资料说,仅南京一地,国民政府大员在兑换中获得的暴利价值三十万两黄金。

由于"接收"已经成为致富热点,来自中央系统、行政系统、军事系统、地方系统,再加上行业系统的"接收"机构相继冒出,最后连国民政府也搞不清全国到底有多少个"接收"机构。根据官方有限的统计:天津二十六个,杭州二十八个,北平三十二个,上海八十九个……那些价值较高的"接收"目标,往往被地方机构抢先接收,但是随后又被开到这里的军队将领派兵抢走。于是,国民政府的接收大员到达后,不得不与军方展开讨价还价的谈判。最终,所有财产和物资殊途同归,统统进了军阀和大官僚的私囊。

野蛮的原始掠夺造成了社会生活的迅速崩溃。

一九四六年,国民党政府财政赤字高达三万五千八百八十一亿元,为财政总收入的一倍。而通货膨胀更是达到了惊人的程度,一九四六年一月,上海米价为每担六万元,六月上涨到每担五十万元,十二月涨到每担一百一十万元,物价比抗战结束时上涨了六万倍。

官富民穷的畸形统治终于面临着统治根基的倾覆。

两年以后,当蒋介石都已确信国民党政权垮台在即时,面对国民党军上百位高级将领,他有过这样直言不讳的检讨:

> 我们在军事力量上本来大过"共匪"数十倍,制空权、制海权完全掌握在政府手中,论形势较过去在江西"围剿"时还要有利。但由于在接收时许多高级军官大发接收财,奢侈荒

淫,沉溺于酒色之中,弄得将骄兵逸,纪律败坏,军无斗志。可以说,我们的失败,就是失败于接收。

为饥饿所迫,全国四十多个城镇,包括国民党政府首都南京,接连发生了抢米风潮,国民党无一例外地宣称这是共产党的煽动和组织,这些城镇的城门上因此挂着"共党首要分子"血淋淋的头颅。紧接着,中国的知识分子开始面对血腥镇压。一九四六年七月十一日,一个没有任何凶兆的平常日子,民主同盟第一届中央执行委员李公朴和夫人走在昆明的街道上。突然,李公朴跌倒在地。夫人以为他不小心摔了,企图把他搀扶起来,李公朴呻吟道:我中枪了。——一粒子弹由腰部射入至腹部穿出。他立即被送往医院,不久就停止了呼吸。气绝的那一刻,将"在中国办一份民主报纸"视为人生理想的李公朴连声说:"我为民主而死!我为民主而死!"李公朴被暗杀的第四天,在中国西南部的蒙蒙细雨中,数千民众为他举办了追悼大会。清华大学教授闻一多在追悼会上痛斥道:"公朴先生只不过是说了一些没有失掉良心的中国人的话,他不过是为了和平民主,他不过是写写文章,说说真话。大家都有笔,都有嘴,都可以说,都可以写,为什么不许人民说话?为什么用卑鄙的暗杀手段来杀害公朴先生?……想要以暗杀手段来镇压、扑灭和平民主运动,这说明统治者的末日就要到了!……我们都会像公朴先生那样,跨出门去,就不准备回来,民主是杀不死的!"当天傍晚,出门办事的闻一多真的没能回来。他在西南联大教员宿舍门前訇然倒地,那一瞬间出现在这位中国著名诗人和学者面前的,不是一个鬼祟的暗影和一声枪响,而是国民党特务光天化日下数支冲锋枪的猛烈扫射——"天真、任性、诚恳、勇敢、爱人民甚于爱他自己。"一介文人的鲜血涓涓而出。

马歇尔在给美国政府的报告中说:"中国最近的局势已引起美国的许多议论,即出版自由和言论自由正遭到禁止,知识分子,特别是在国外大学受过教育的那些知识分子受到蓄意的迫害,并且肯定地处于镇压措施之下,想要威胁他们并防止他们发表不利于国民政府的观点。这种情况所引起的最严重的后果,是对蒋委员长威望的极大损害。"而刚刚就任驻华大使的司徒雷登听闻这一"残忍的消息"后说:"怎么能向长袍里裹着的那颗心开枪?"

无法理解国民党政府频繁使用暴力手段来挽救信誉危机是出于怎

样的一种思维方式。在人类政治文明已经进步到二十世纪中叶的那段日子里,这种思维方式不但在中国这块土地上顽固地存在着,而且被国民党统治者当成巩固政权的一种强有力的途径,这无论如何让人匪夷所思,也让这个以出产温文尔雅的哲学经典而自豪的国度至少在那段日子里,显得极其虚伪和丑陋。

中国的民主人士高喊:"经过几百年的考验,民主是不怕暗杀的!"

中国的热血青年高喊:杀了李公朴、闻一多,杀不完全国的人民!人民是多数的,是最大多数的,最大多数万岁!

对于苦难的中国来讲,最大多数的人是谁?

中国三分之二以上的人口是农民。

这个生存能力最脆弱,生存条件最恶劣,政治和经济地位最卑微的群体,是这个苦难国家的基石。

在相当长的历史时期内,中国的经济模式决定了这个国家几乎没有出现过市民阶层,这也是孙中山领导的资产阶级革命最终没有达到目的的深层原因之一。占中国社会总人口绝对少数的统治集团、地方官僚、职业军人、买办商人和知识分子阶层,几乎无一例外都有纯粹的农民家庭背景,任何人都无法摆脱一个传统的农业大国给予他们的文化烙印,这种烙印与生俱来。尤其是中国的知识阶层,即使接受过西方的教育,他们身上的中式长袍依旧裁剪得中规中矩。他们所呼喊的"最大多数",除了包括他们身边的思想前锐的知识集团外,也隐约包含着依然在家乡的那片山水间劳作的父老乡亲——中国的知识分子们无法设想,他们一直梦想着将其从愚昧状态中解放出来的农民,会成为中国社会变革的主体。

农民出身的毛泽东对旧世界的"离经叛道",是对谁是中国变革中"最大多数"力量的最好说明。毛泽东从来没有怀疑过自己判断的正确性,即中国农民是实现共产党人社会理想的中坚力量。一九四六年,当外国记者来到延安,问及与国民党军队的战争是否能够取胜时,毛泽东在回答中甚至连"军队"这两个字都没有提到,他只是说:"那就要看我们的土地改革工作完成得好不好。蒋介石肯定要失败,因为他反对农民的土地要求,如果我们能够解决土地问题,我们就一定会胜利。"中国共产党人认为,"耕者有其田"是民主政治、自由经济和军事力量的基础。在中国这片土地上,赢得"最大多数"的最直接的办法就是土地改革——对于生活在旧中国的"千百万庄稼人来说","这是一个生死存亡的问题。他们起来闹革命不是为了改善生活,而是为了能活下去"。

中国共产党人在以往二十多年的革命实践中,创造了三种不同的解决土地问题的办法:在红军时期,没收地主和富农的全部土地分给农民。在抗战期间,放弃全部没收土地的做法,改为较温和的减租减息。抗战结束后,解放区内的农民要求土地改革的热情无比高涨,他们没收被官僚地主垄断的大量土地分配给赤贫的农户。共产党人随即制定了新的土地改革政策,即结合赎买、捐献、处罚、强制出售、没收等多种途径,把土地分配给农民;同时承认地主和富农们的土地拥有权,分给他们与一般农民一样的土地。让农民们感到惊讶的是,共产党人开始强调"保证并保护农民有权批评和控告政府和农会的工作人员侵犯民主权利的行为"。他们甚至还看到了共产党人颁布的这样的条款:家居乡村的国民党军队官兵、国民党政府官员、国民党党员及敌方其他人员,其家庭分给与农民同样的土地。土地的所有权完全由农民自己支配。

一个叫维克·斯尼尔逊的外国记者这时候正在中国的山东,陪同他的是一位名叫孔东平的解放区记者。孔记者对斯尼尔逊说:"土地改革是我们胜利的主要原因",因为"人民是世界的主人,是土地的主人","没有任何东西比武装起来的人民更有力量"。孔记者还告诉他解放区军民都是"一手拿枪一手耕地"。于是,斯尼尔逊认真地观察了那些正在耕田的农民:"古老的木犁翻过来潮润的土地,背上的那支旧步枪带子上镀铬的扣子,在阳光照射下闪闪发光。"美国女记者贝蒂·格兰姆在山东解放区向五十位农民提出过同样一个问题:"你难道不怕万一国民党夺回这个地区,你会因为刚得到土地而受惩罚吗?"中国的农民们是这样回答美国记者的:"我不相信国民党还能回到这儿来,因为我们得到自己军队的保护。即使他们真的回来了,我们也不怕。我们会尽量战斗下去。即使打不下去了,我们也会像日本人到达时那样跑掉。"

一九四六年的七月七日,撤退到松花江以北的中共东北局召开了一次具有历史性的会议,会议的中心内容是共产党人如何在东北站住脚并且壮大力量。会议最终形成的决议中有这样的表述:

……我们的方法,就是从战争,从群众工作,从解决土地问题改善人民生活,从其他一切努力,去增强革命力量,减少反动力量,使双方力量对比发生于我们有利的变化。其中最重要的就是充分发动群众,使我党与人民密切结合起来,只要广大人民的力量增加到我们方面,就会使敌我力量发生于我有利的变化,从而建立巩固的根据地,使敌人无法战胜我们……无论目前或今后一个时期内,创造根据地是我们工作的第一位……创造根据地的主要内容是发动农民群众……使乡村的政权确实掌握在农民手里……使东北自卫战争成为广大人民参加的战争……必须吸收在斗争中的积极分子加入我党,并在农村中建立党的堡垒——支部。只要广大的农民发动起来了,并积极参加自卫战争,我们就能建立不可战胜的阵地……目前应在干部中反复说明东北斗争形势,使干部认识到东北斗争的尖锐性和长期性,认识能否发动农民是东北斗争成败的关键,农民不起来,我们在东北有失败的可能……

就在国民党政府大员和军队将领忙着进城"接收"财富的时候,共产党人提出的口号是:"走出城市,丢掉汽车,脱下皮鞋,换上农民的衣服","一切可能下乡的干部要统统到农村中去",并确定以能否深入农民群众为考察共产党员品格的尺度——一九四六年底到一九四七年初,在东北凛冽的寒风和狂暴的大雪中,共产党的干部们敲开了一户户赤贫农民的家门。他们用恳切的语调描绘出人人平等的美好生活景象,去打动那些对他们心存疑惑的庄稼人;他们用最坚决的手段将垄断土地的大地主和大恶霸从深宅大院中拉出来,让他们面对世代遭受压迫的赤贫农民的控诉,这些残酷的利益盘剥、人身损害以及生活中的种种悲伤往事,几乎无一例外地都与土地的占有和归属相关。因此,当东北平原肥沃的黑土地上插上了张三李四的名牌,土地的新主人们兴奋得深更半夜蹲在地头上发呆,直至想及世道何以天翻地覆时,农民们终于明白了只有共产党人能让他们过上拥有土地的好日子,他们支持共产党建立农村民主政权的热情无法遏止地迸发了——中国革命史形容那时发生在中国北方农村的革命行动为"暴风骤雨"。

历史证明,共产党人在东北地区开展的大规模土地改革,对东北地区解放战争的胜利起到了决定性的作用。

"最大多数"一词出现在毛泽东笔下,是在解放战争进行到最困难的时刻。那时,陕甘宁晋绥联防军想把位于陕北与晋北交界处的佳县打下来,以缓解胡宗南大军进犯陕甘边区的压力,但临战却发现胡宗南部已将这一带抢掠一空,部队由于极度缺粮根本无法打仗。毛泽东计算了一下,如果仗打三天,部队就需要十二万斤粮食。他请来佳县县长张俊贤,让他想想办法。张县长说:"把全县坚壁的粮食挖出来,够部队吃一天;把全县地里的青玉米和谷子收割了,还可以吃一天;剩下的一天,就把全县的羊和驴都杀了!"战役打响了,佳县百姓的支前队伍扛着拉着从各家各户凑来的粮食、驴和羊,共产党官兵打到哪里他们就一步不离地跟到哪里;而在战场的后方,佳县的百姓吃的是树叶和树皮,这些都吃光了就吃观音土。战后很长时间内,这个县都看不到羊和驴。毛泽东十分感动,他给佳县县委写下了这样一句话:站在最大多数劳动人民一面。

毛泽东说:"所谓人民大众主要的就是农民,忘记了农民就没有中国革命,忘记了农民,就是你做一百万件事情,也没有用处,因为没有力量。"

中国幅员辽阔的土地接受了中国共产党人,中国共产党人由此获得了创建一个新中国的强大力量。

这一年的八月十日,美国记者安娜·路易斯·斯特朗在延安见到毛泽东。在一处幽静的窑洞前,在一棵苹果树下的石桌旁,毛泽东对斯特朗十分肯定地说:"如果蒋介石维护人民的利益,那么他就是铁老虎;如果他背弃人民,发动反人民的战争,就像他现在做的那样,那么他就是纸老虎,会被雨水冲跑……共产党有力量,因为它能够启发人民的觉悟。在我们中国这里,共产党只有小米加步枪。但是我们的小米加步枪最后证明比蒋介石的飞机大炮还要厉害。"斯特朗后来回忆道:毛泽东说这番话的时候,他的小女儿"穿着一身花布衣服围着他玩耍",当她把头伏到毛泽东的怀里时她便"受到父亲的爱抚"。

一九四六年底,在国民党军的步步进逼下,解放区危机不断,困难重重,但毛泽东和共产党人并没有惊慌失措,他们坚信自己置身于让他们充满信心的"最大多数"之中,他们有决心最终赢得战争。

和平已经死了

一九四六年十月十一日,晋察冀解放区首府张家口被国民党军攻占。

国民党军第十二战区司令长官傅作义特意致电延安:"击败聂荣臻、贺龙两部十万之众是人民意志的胜利。"

晋察冀解放区位于长城南侧,是一片东西走向的狭长地带。东自热河承德附近,西至山西北部的五台山,沿山西、察哈尔、河北和热河的边缘延伸,将国民党军占领的北平、天津、保定、大同等城市包裹其中。内战爆发时,晋察冀解放区的面积约五十五万平方公里,人口两千六百多万,拥有大小城镇九十六座,首府设在张家口。

晋察冀军区司令兼政治委员聂荣臻,副司令员萧克,副政治委员刘澜涛、罗瑞卿。下辖四个纵队:第一纵队,司令员杨得志,政治委员苏振华;第二纵队,司令员兼政治委员郭天民;第三纵队,司令员杨成武,政治委员李志民;第四纵队,司令员陈正湘,政治委员胡耀邦。同时下辖四个二级军区:冀晋军区,司令员赵尔陆,政治委员王平;冀察军区,司令员郭天民,政治委员刘道生;冀中军区,司令员孙毅,政治委员林铁;冀热辽军区,司令员兼政治委员程子华。总兵力二十四万。

在晋察冀解放区的西面,是共产党人创建的晋绥解放区。晋绥解放区包含吕梁、雁门和绥蒙地区,东与晋察冀解放区相连,西隔黄河与陕甘边区相望,面积仅有十六万平方公里,人口三百九十万,大小城镇十九座,首府设在兴县。

晋绥军区司令员贺龙,政治委员李井泉,副司令员续范亭、周士第,下辖晋绥野战军,司令员贺龙,副司令员张宗逊、副政治委员李井泉,以及吕梁、绥蒙、雁门三个二级军区,总兵力五万五千人。

晋察冀和晋绥解放区面对的国民党军是：第十一战区孙连仲部的五个军分布在北平、天津、唐山、保定和石家庄地区；第十二战区傅作义部的两个军以及马占山的东北挺进军分布在归绥、包头、大同地区；第二战区阎锡山部的三个军分布在太原和大同地区。另外，东北保安司令部指挥的两个军分布在热河地区。总兵力三十个师三十三万人。

一九四六年六月，内战初起的时候，国民党军在这个方向的作战意图是：占领承德和冀东地区，分割晋察冀解放区、晋绥解放区与东北解放区，集中兵力夺取共产党占领的张家口市。而中共中央给晋察冀和晋绥解放区部队下达的任务，恰与国民党军的部署针锋相对：夺取平绥路、同蒲路和平汉路，占领大同、太原、石家庄和保定。

夺占"三路四城"，这是一个以占领交通线上的主要城市为目标的庞大作战计划。但至少在历史的那个瞬间，这一计划严重脱离了敌我力量对比悬殊的现实。

一九四六年六月发动的晋北战役，其作战目的就是：切断同蒲路北段的交通，割断大同与太原间的联系，并"相机夺取大同"。

当时，无论是中央军委还是贺龙本人，都不想与作战力很强的傅作义部直接作战，甚至力图与傅作义保持自抗战以来建立的温和关系——"不要调动北线主力，不要惊动傅作义。"晋北战役的作战目标是阎锡山，如果能够达成战役意图，共产党人至少可以占领晋北地区。为此，晋绥军区组成了晋北野战军，周士第任司令员，廖汉生任政治委员。

晋北野战军首先攻击的是朔县。在当地群众的掩护下，攻城部队在侦察地形、爆破训练和扎制攀城云梯的时候，阎锡山部竟然没有察觉。六月十六日深夜，共产党官兵顺着云梯爬上朔县城头，攻击北门的部队把城墙炸开了两个豁口。一夜混战之后，朔县一千三百名守军被歼，县长也被活捉了。接着，部队南下攻打宁武县城。大雨之夜，枪声从四面骤起，宁武守军没有抵抗便弃城突围，七月一日，晋北野战军占领了这座县城。在开作战总结会的时候，听说部队出现了擅自没收粮店、面铺和商铺解决给养的问题，野战军司令员周士第立即查处，并甚为忧虑地提醒官兵们：以后还要夺取更多更大的城市，这样下去怎么得了！十一日夜，晋绥部队与晋察冀部队合兵攻击崞县。攻城时把每个团唯一拥有的一门山炮集中起来，与迫击炮和机枪一起抵进到前沿，以猛烈的火力掩护部队爆破。然后,攻击从县城的西面、北面同时发起,各路官兵从炸塌了城墙豁口处蜂拥入城,崞县守军在混乱中向城外逃跑。四个小时之后,晋北野战军占领了崞县。

阎锡山痛心疾首:

> 中共无论妥协与否,打山西是不成问题的。于此我们不能不痛心我们从今天以前的白过。明白地说不能不痛心我们工事筑的不圆满,军队补充训练的不圆满,以及兵器制造的不圆满。到今日已非痛心不痛心的问题了,而是生死存亡的问题。我们的同志一向在工作上是醉生梦死,在认识上是书生官僚。今后太原城下将是最残酷的战争,我们不努力无以存在。

阎锡山被迫决定放弃部分县城,立即收缩兵力开始重点防御。遂命令原平、忻口、定襄、五台等地的守军全部撤到铁路线上的重要据点忻州。阎锡山的意图很明确:以有限的兵力,沿着铁路线上的各据点分兵对抗,必是凶多吉少。忻州是太原的北大门,守住忻州就能确保太原的安全,便可以和共军继续周旋下去。为了表示死守忻州的决心,阎锡山下令枪毙丢失朔县的城防司令张文龙,同时关押了连失宁武、崞县的暂编四十师师长王乾元,然后命六十八师的两个团火速增援忻州。在向忻州方向增援的部队中,竟然还有五百多名日军——日本投降后,阎锡山不但收留了大批日军官兵,而且还给这些日本军人很高的待遇,成建制的侵华日军由此公开地成为阎锡山的地方军阀部队之一。无法猜度在其他地区的日本人急切地希望早日被遣返日本的时候,究竟是什么原因使这些身在山西的日本军人拼命为一个中国军阀效忠。增援的日本军人和六十八师很快就被晋北野战军的火力阻挡,在往回溃逃的时候又一路遭遇共产党地方武装的伏击,结果只有两百多名官兵逃了回去。

但是,即使忻州已成孤城,晋北野战军对这座县城的攻击,仍以失利告终。

大雨倾盆,河水暴涨,道路泥泞。为了攻击顺利,贺龙增派了两个团以强兵力。此时,忻州守军已达八千多人,由第十九军副军长于振河和日军一个名叫今村的少将指挥。因为是太原的门户,故在日军占领忻州时,曾环城墙修筑起密集的钢筋水泥碉堡,这种被共产党官兵称为"水萝卜"的碉堡体积巨大,每座可容纳一个排的兵力,火力配备十分强大。从架设着双层电网的城墙到碉堡之间,是又宽又深的外壕和护城河,外壕里有暗道与碉堡相连。外围开阔地设置了大量的绊雷、拉雷和触发地雷。此时,忻州城的西门和南门均被堵死,东门和北门被火力网封锁。

三十日晚十九时,攻击忻州的战斗开始了。大雨令炮兵无法向前运动,步兵用油布裹着炸药、端着步枪开始了冲锋。外围战进行得艰苦而残酷,攻击部队在付出巨大代价后,战事依旧没有明显的进展。天亮的时候,撤出战斗的命令到达。除了倒在泥水中的士兵遗体和在雨水中恣意流淌的鲜血之外,忻州的城墙依旧在迷濛的雨雾中矗立着——一夜的血战,共产党官兵没能接近城墙。

攻击忻州的战斗停止了十天之后,八月十一日晚,对忻州的第二次攻击打响。晋绥部队终于突破守军外围阵地上的几个要点,然后交战双方在这几个要点上展开了反复的冲锋和反冲锋,残酷的近距离拉锯战持续了一整夜,但是战场上始终处于胶着状态。凌晨三时,大雨又至,双方的作战动作明显地迟缓下来。天亮的时候,晋绥部队因难以取得进展再次撤出战场。

晋北战役结束了。

对于原定战役目的来说,晋北野战军仅仅控制了太原至大同之间的部分铁路段。

忻州之战的结局没有引起共产党方面足够的警觉,他们随之将夺取大同当作了新的战役目标。共产党方面坚持夺取大同基于这样的分析:与忻州不一样,忻州只是距离太原很近,而大同不是一般的县城,是中国西北的一座重要城市,平绥与同蒲两条铁路交会于此,占领它将打通晋察冀与晋绥两个解放区,在政治、经济和军事上都有重要意义。况且,目前大同是孤立的,由于铁路已被切断,阎锡山要想增援十分困难。大同虽距傅作义的地盘很近,但终究不属于傅作义的战区,即使他奉命增援想必也不会十分积极。

晋察冀军区与晋绥军区的战役设想是:第一步拿下大同,然后集中三个纵队出击平汉铁路,最后向正太路攻击,目标是另一座大城市——石家庄。

在大同西北方向的阳高县城里,聂荣臻主持召开大同战役作战会议。会议对拿下大同的时间估计为二十天左右,最后确定的攻击部队是：晋绥军区三五八旅，晋察冀军区第三纵队七旅和八旅、教导旅的两个团、炮兵团，冀晋军区第一军分区的两个团、第五军分区的一个团。为了统一指挥，会议决定组成大同前线指挥部，由晋绥野战军副司令员张宗逊为司令员，晋察冀军区副政委罗瑞卿为政治委员，晋察冀军区第三纵队司令员杨成武为副司令员。

七月三十一日，外围战斗开始后，攻击部队当日就切断了怀仁至大同的铁路。国民党军决定固守大同，开始收缩兵力，大同守军千余人在八辆坦克的掩护下出兵接应怀仁方向的友军，结果遭到伏击。怀仁方向的国民党军向北移动时也遭到截击，损失了一部后撤退到口泉。大同守军八百人再次乘火车向口泉方向前出接应，因火车被阻击接应未果。聂荣臻部多方出击阻截，致使国民党军全部收缩于大同城内，但是因为没有控制大同机场，国民党军从包头空运来一个大队的兵力，增强了大同城内的防御能力。

八月十四日，攻击大同城关的战斗开始。攻击部队连续攻克大同西北方向的两个军事据点，东北面攻占了白马城和卧虎湾，南面攻占了智家堡、七里村和水泉湾，并一度攻进了大同机场。攻击北面的部队遭遇守军顽强防御，双方都出现很大伤亡。尽管扫清外围的战斗比预想的艰苦，但攻城部队还是乐观地提出了"进大同吃月饼"的口号。部队开始挖坑道，并从四面同时攻击大同城垣。

由于外围守军全部退回了城内，大同城防兵力充沛，火力凶猛，工事坚固，攻城部队在初步攻击中就已显露出很可能"久攻不下"的迹象。此时，决定战场胜负的意外情况在战场之外发生了：就在共产党军队发起大同战役的四天前，蒋介石已经将属于阎锡山的地盘划拨给了傅作义——大同被从阎锡山的第二战区里划归给傅作义的第十二战区，蒋介石想以此为诱促使傅作义出兵大同。如果在平时，这一决定定会引起山西王阎锡山的勃然大怒，但是此时阎锡山不但一口答应，而且还主动请求配合作战——许以地盘城池，蒋介石这个小小的手腕，导致了晋察冀和晋绥部队的重大损失。

九月三日，傅作义出兵了。

聂荣臻部不但要继续与阎锡山的部队作战，而且还要面对他们一直想避开的傅作义的部队。

傅作义，一八九五年出生于山西荣河县安昌村一户普通农家。毕业于太原陆军小学堂和北京清河镇第一陆军中学,十六岁时曾以晋军学生军排长身份参加辛亥革命起义,二十岁入保定陆军军官学校。一九二七年,作为国民革命军第三集团军总司令阎锡山手下的一名师长,面对奉军的疯狂围攻苦守涿州三个月一战成名——国民政府的嘉奖令为:"涿州固守,弥见声威,立功殊伟。"一九三三年,率华北军第七军团于长城抗战。一九三六年发动绥远抗战。七七事变后与日军初战忻口,再战绥南,奇袭包头,大捷五原。曾写下绝命家书:"余自幼从军,为国为民。生,我所欲也;义,我所欲也。二者不可兼得,舍生取义者也。"一九四〇年,国民政府通电全国授予他"青天白日勋章",他称战功乃全体将士浴血苦战所为自己只有坚辞勋奖。

傅作义的六个师、四个纵队及一个保安旅和一个炮兵团兵分北、中、南三路向集宁发起进攻。此时,聂荣臻部对大同城的攻击还在艰苦而缓慢的进行中。傅作义的重兵增援令聂荣臻陷入两难的境地:如果坚持对大同的攻坚,从目前的战斗进展看,没有任何把握在傅作义部到达之前拿下大同;而一旦傅作义的援军到达战场,攻城部队必将面临十分危险的处境。如果放弃对大同的攻击,整个战局将在顷刻之间迅速恶化,后果对于晋察冀和晋绥解放区同样不堪设想。那么,只有一条路可走,就是留一部分部队继续保持对大同的围攻,迅速调集主力部队北上迎战傅作义。

但是,从大同前线转去打援的部队刚刚出发,前面就传来一个坏消息:卓资山阻击线已被傅作义部突破——原本在估计傅作义是否增援的判断上已经出现失误;现在看来,对傅作义出兵作战的决心、速度和能力的判断依旧存在失误。

在卓资山防御的只有一个旅,一个旅的任务是防御三天。但是战斗一打响,这个旅的官兵发现他们面对的是傅作义部的整整三个师!卓资山不是一座山,而是位于归绥(呼和浩特)以东七十五公里处、横跨平绥铁路的一个车站小镇,距离塞北重镇集宁直线距离不足五十公里,向西可以直达归绥和包头。傅作义并不清楚聂荣臻部在这个小镇上到底部署了多少阻击部队,为了使增援行动不在这里受阻,傅作义从一开始就投入了三个师的兵力猛烈冲击。打起来他才发现,小镇里的抵抗比想象的微弱得多,几个小时后枪声完全停止,小镇里遍布着五百多具阻击部队官兵的遗体。

卓资山失守,令聂荣臻感到了事态的严重。

中央军委在来电中对傅作义下一步的作战方向进行了预测:一是在卓资山停下来,二是攻击平凉,三是攻击集宁——从这个预测上看,是傅作义迷惑了共产党。就在傅作义大军出动的时候,他还在派人与共产党方面联络和谈事宜,这使共产党没能充分估计到他的作战的决心。而之所以判断傅作义失误,是因为共产党方面认为傅作义前来增援,仅仅是做个样子给他的老上司阎锡山看看而已——大同前线指挥部决定部队停下来,等局势进一步明朗了再行动。

等待的决定造成了再次失策。

从当时双方集结的兵力上看,晋察冀和晋绥部队一方仍占据优势,即使卓资山丢失,只要派出得力的侦察部队,严密监视傅作义的行动,保持各部队之间以及与大同前线指挥部的联络,随时对敌情作出反应,战场是存在寻找战机的可能的。但是,侦察既不严密,通讯也不畅通,整整两天都没判断出傅作义到底要在哪个方向作战。直到九月八日晚上,傅作义部主力已从平绥铁路的北侧秘密移动到集宁城下时,大同前线指挥部这才猛然醒悟傅作义要打集宁了。

塞外的九月,天寒草衰。

共产党官兵穿着单衣从四面八方火速向集宁疾进。

此时,傅作义部已经开始了对集宁的攻击。

集宁守城部队只有三个团。

九日,晋察冀和晋绥主力的先头部队经过上百里的急行军赶到集宁城下。十一日,晋察冀军区陈正湘的第四纵队赶到了,阻击作战于这天晚上打响。混战时刻,杨得志的第一纵队也到达战场。此时,傅作义攻城受阻,背后又遭到攻击,想往西撤,但是发现没有了退路。十二日早上,傅作义发现集宁的外围要点已经相继丢失,他的部队正处在即要阻击又要攻城的两面作战中。这时候,聂荣臻部主力实际上已经把傅作义的三个师分割包围了,如果以连续作战的气势对傅作义部发起最后攻击,将其主力部分歼灭是极有可能的。但是——也许是因为战役前线指挥部远在大同方向的缘故,通讯的不畅导致无法迅速掌握敌情,令战机稍纵即逝——十二日整整一个白天,聂荣臻部没有组织大规模的攻击,这让傅作义得到了宝贵的整顿部队的时间。

十二日傍晚,聂荣臻部的反击再次开始。已经重新部署兵力的傅作义部在空军的配合下攻进集宁城的西南角。傅作义想全力攻下集宁后固守待援,因此攻城的决心十分坚定。集宁城内的部队因兵力不足,逐渐收缩到难以支撑的地步。杨得志的第一纵队奉命向城内增援,结果,集宁战场上出现了聂荣臻部和傅作义部同时往城里打的局面。傅作义部冲进城后立即成为守军,与企图增援的第一纵队展开了激战。这时候,傅作义的精锐部队一〇一师到达了集宁附近。

大同前线指挥部命令:暂时停止对集宁的总攻,主力迅速集结向西,前去歼灭增援的一〇一师。

这是一个无论在当时还是在如今都让人难以理解的军事命令。

临时改变作战方向,令部队仓促间开始移动。事先没有必要的侦察,道路和地形陌生,各部队行动没有达成一致,结果攻击一〇一师的行动不但没有取得效果,反而让集宁城下的傅作义部迅速恢复了阵地,并开始了策应一〇一师的战斗。十三日中午时分,跟随一〇一师东进的新编三十二师和新编骑兵第四师也相继靠近,开始对共产党军队猛烈的合围攻击。战场形势急转直下,聂荣臻部由攻击转为阻击,当阵地全部被突破后,部队不得不紧急撤退。

十三日晚,聂荣臻部放弃集宁。

集宁的失守和主力的受损导致大同已无法攻克。

十六日聂荣臻部撤围大同。

大同、集宁战役的失败,是共产党人在战争初起时经历的切肤之痛。参战部队不但在兵力、武器、弹药和物资上损失巨大,晋察冀和晋绥解放区未来的前景更是不容乐观。

战后,傅作义曾这样说:

> 集宁会战,按当时的情形,我们是相当的危险,很有失败的可能,最后能够取得胜利,我认为是一个侥幸……第一〇一师参加战斗之后,共产党犯了一个错误,就是在十二日晚上,他没有去攻击新编第三十一师,而去全力打一〇一师,这是共产党失败的原因。如果他那天晚上去攻新编第三十一师,我们的情况就相当危险了。

傅作义仅从战术角度分析了局部作战指挥问题。实际上,战役失败原因很多:对敌情的判断一再失误,自身防御作战能力不强,大同外围作战时没能集中绝对优势兵力歼敌于城外,没有详细制定一旦大同攻坚受挫而傅作义又出兵增援时的应对方案。当然,更重要的是,发动大同战役本身就存在着问题。聂荣臻后来说:"发起大同战役,有考虑不当之处。因为,大同敌人的兵力虽不雄厚,而城防设施是颇为坚固的。当时,我军既没有重武器配备,又缺乏攻坚战经验,哪里有把握攻打大同?"——根本的问题是:当共产党军队还不具备与国民党军发生大规模正面作战的实力时,夺取大城市是否是冷静的、明智的、务实的战略选择?

贸然发动大同、集宁战役所带来的严重后果很快就显现出来。由于驻扎在承德地区的晋察冀军区第一纵队被调往大同前线,热南和冀东兵力空虚,位于东北的郑洞国部和位于河北的孙连仲部趁机联合发动进攻,共产党人与东北地区的林彪部保持陆路往来的唯一通道承德落入国民党军之手。接着,冀东地区的迁安、乐亭、丰润、遵化等十五个县城相继丢失。

集宁和承德丢失之后,晋察冀解放区首府张家口处在了国民党军于东西两面形成的夹击之中。

张家口北依长城,南依桑干河,是平绥路东段的重要城市,为河北与内蒙古交通要冲,自古就是兵家必争之地。抗战时期,这里曾是察哈尔省会,伪蒙疆政府所在地,日军驻蒙司令部也设在这里。日本投降后,一九四五年八月二十三日共产党军队将其占领。

九月十日,蒋介石下令向张家口发动攻势:"以第十一、十二战区之主力,沿平绥路东西并进,向张家口攻击。以东北兵团之一部围击张家口附近匪军而歼灭之,并折断其退路。"国民党军的作战部署是:东线,孙连仲的第十一战区第十六、第五十三军由南口、怀柔一线向张家口进逼,第十三军出沽源,作牵制性佯动,第九十四军在北平为战役预备队;西线,傅作义的第十二战区以四个师加上阎锡山的第二战区的一个师会攻张家口。

这一作战部署被打入国民党军的共产党地下工作者获得。因为情报重要,在北平军调处工作的晋察冀军区作战科长杨尚德专程回到张家口,他的突然出现让聂荣臻十分诧异。当聂荣臻看到从一支"顶球牌"香烟里取出的这份情报时,顿时感到形势的严峻。

是坚守还是放弃张家口?

在晋察冀军区高级干部中,持两种不同主张的人旗鼓相当。认为张家口守不住的理由是:敌人兵力火力强大,如果不是主动放弃,到作战失利时败退,损失将是巨大的。也有人认为西面有晋绥军区部队和杨成武的第三纵队阻击,东面有冀热辽军区部队和郭天民的第二纵队阻击,张家口可以守住。主张坚守的理由不是来自事实而是出于情感:张家口是日本投降后共产党人占据的唯一一座大城市,是晋察冀解放区首府,晋察冀解放区政治、经济和军事中心,怎么能轻易丢掉呢?

九月十五日,聂荣臻在晋察冀中央局干部大会上作了《不计一城一地得失,力争战胜敌人》的报告。从报告的题目便可以看出,共产党人的战略思想已经发生重大变化——会后,晋察冀中央局在给中共中央的电报中说:"在敌东西夹攻张家口的情况下,我拟在敌人进攻时只进行掩护战斗,不作坚守。"

第二天,中央军委回电:

……集中主力于适当地区待敌分路前进,歼灭其一个师[两个团左右],得手后看情形如有可能,则再歼其一部,即可将敌第一次进攻打破。依南口至张家口之地形及群众条件,我事前进行充分准备,各个歼敌,打破此次进攻之可能性是存在的……此种歼敌计划是在保卫察哈尔之口号下进行动员,但以歼灭敌有生力量为主,不以保守个别地方为主,使主力行动自如,主动地寻找好打之敌作战。如届时敌数路密集不利于我,可以临时决定不打。若预先即决定不打,则将丧失可打之机,对于军心士气亦很不利……希望你们聚精会神,充分准备,寻找良机歼敌一两个团。打第一个胜仗,即能振奋军心民心……同时张家口应秘密进行疏散,准备于必要时放弃之,这种准备和积极布置歼敌计划并不矛盾……

此时,张家口成了诱敌的一个诱饵,如果不出意外,不但可以在运动中大量歼敌,甚至有可能粉碎国民党军占领张家口的企图。按照蒋介石的本意,他希望占领张家口的是他的嫡系孙连仲部,他并不愿张家口落入与他存有隔阂的傅作义之手。聂荣臻在制定保卫张家口的作战计划时,也注意到了利用这一矛盾——"傅作义不可能出很多兵向东",晋察冀主力部队的布置因此偏重于东部。九月二十九日,张家口东面的战斗开始,晋察冀军区第一、第二、第三、第四纵队以及大量的民兵投入战场,不但将国民党军的二十二师、一〇九师、一三〇师和一一六师阻击于怀来一线,而且运用大规模的运动战,奇袭了一〇九师和一一六师,成功地遏制了国民党军凶猛的进攻势头。同时,晋察冀军区第三纵队第八旅等部向平汉铁路展开了大规模的破击战,迫使国民党军迅速抽调部队南下。果然,当得知孙连仲的部队进攻受阻后,本来就对东进张家口有所顾虑的傅作义更加犹豫不前,部队虽然大造东进的声势,实则坐观孙连仲的部队挨打。但是,蒋介石必须拿下张家口,除了军事上的目的之外,还有为即将召开的国民大会做铺垫的政治目的。为此,当国民党军东线进攻部队受阻后,蒋介石把张家口也划给了傅作义的第十二战区。

十月八日,情报显示,傅作义的主力部队出现在张北地区。

这是一个惊人的消息,令战场危险突然而至。

此时,晋察冀军区在张北方向上只部署了一个团,任务仅仅是"注意西面敌骑兵之扰乱"。

张北位于张家口长城以北。当孙连仲部出兵西进张家口时,晋察冀主力部队大多集中在张家口以东。张家口被明确地划归入第十二战区后,傅作义为了迅速制定作战计划,专门架设起电台测向仪器,根据无线电的方向和声音大小,得知了聂荣臻部主力的方位。他立即命令一部虚张声势东进,然后集中近两万兵力,避开聂荣臻部的西线设防地域,从集宁向东穿越了上百公里的大草原,以突然迅猛之势袭击了张北。负责监听并破译傅作义部电报的晋察冀军区司令部二局竟没能发现任何迹象,二局局长彭富九数年之后仍为此懊悔不已——傅作义为了达到突袭的目的,没有使用蒋介石的统一密码,而是自己另外搞了一套密码。十月八日攻下张北之后,傅作义部主力直逼张家口。

聂荣臻立即向张北派出增援部队。

张家口以北是平展的大草原,无险可依。增援部队遭到国民党军飞机的轰炸,部队被打散后官兵退守至狼窝沟。位于张北南面的狼窝沟距张家口直线距离仅二十多公里。此时,张家口市区内多数人还不知道危险已经临近,更不知道张家口北面没有主力部队设防,因此晋察冀解放区的党政机关和大批物资还没有转移。由于没有时间调动主力回援,只有派出担任市内防御任务的教导旅前往狼窝沟阻敌。狼窝沟的战斗进行得十分惨烈。教导旅官兵都是富有战斗经验的干部和老兵,但面对敌人强劲火力的攻击,特别是骑兵大兵力的冲击,阻击阵地连续失守。十月十日,傅作义部攻占狼窝沟。

张家口北面门户洞开。

蒋介石给傅作义的命令是:十一日占领张家口。

没有史料显示共产党人撤离时张家口时发生了混乱,多数史料都记载着十月十日那晚月亮高悬,月光如银。国民党军的轰炸机飞走之后,月光照耀着路上一连串的骡马大车,车上坐的是机关人员、医护人员以及伤病员,在他们的身边是钞票、布匹、药品、盐巴、罐头等生活物资。当时,有一群外国记者目睹了共产党人从张家口的撤离。他们对这个"面积和人口相当于一个波兰"的城市能够在敌人逼近时平静地撤离感到十分惊讶:"一切都是按部就班地进行,毫不慌乱。"有记者在这个城市里定制了一些信笺和皮大衣,居然发现在隆隆的炮声中工人们依旧在为他们从容地缝制。记者们看见有人耐心地把"漂亮的蓝地毯和缎被子"卷起来,装车的时候大家还在唱《八路军军歌》。工会组织甚至还为他们开了个欢送会,会上主持人建议在场的外国记者给美国产业工人联合会发电,电报的内容大约是:"我们是已组织起来的工人,现在在受到威胁的张家口集会,谨代表本地区的四十一万已组织起来的工人向你们致意……我们的一切成就都受到你们美国工厂所制造的炸弹、枪炮和飞机的威胁。"共产党的工会干部表示,他们多次发出这样的电报,"但从未得到过回电"——"也许是被蒋介石干扰了吧,要不就是我们的美国兄弟根本不相信我们还存在。"记者们来到大街上,看见一眼望不到头的"装着大卷新闻纸"的牲畜大车——"他们把半个日报拉走了",剩下的"半个"居然还在张家口印刷着。告别的时候,共产党干部与外国记者们一一握手,并平静地告诉他们:"张家口很快将变成一个战场了。"

机关撤离完毕,聂荣臻才乘坐一辆吉普车离开了张家口。然后是一辆载有电台的卡车,押车的是电台台长马萍和作战处长唐永健。

最后撤离的是教导旅官兵,时间是十一日上午九时,跟在他们身后冲进张家口的是傅作义的四个师。

张家口受到进攻的第二天,周恩来向马歇尔提交了一份备忘录:

在此三月中,政府已进占许多城市,摧毁了当地政府,进行了普遍的轰炸……他借口中共之围困大同而声言他们将进攻承德、张垣和延安。继承德之后又续占平绥路之重要城市集宁及丰镇,并发动对张家口的三路进攻。中共对大同的战役仅仅是牵制山西阎胡军之进攻,最近已正式宣布撤围,如此大同的威胁已不存在。而国民政府之进攻却在继续,他不惜以进攻中共解放区的政治、军事中心之一的张家口来迫使国共关系临于最后破裂之境。我兹特受命声明如下,请你转达政府方面:如果国民党不立即停止对张家口及其周围的军事行动,中共不能不认为政府业已公然宣告全面破裂,并已放弃政治解决之方针。其因此造成的一切严重后果,当然全部责任均应由政府方面负之。

张家口被国民党军攻占之后,中国民主同盟领导人梁漱溟绝望地说:"和平已经死了!"

十月十日,国民党军占领了共产党人在热河省内仅剩的一座城镇赤峰。二十三日,国民党军攻占高密,从而打通了胶济铁路。接着占领安阳并向邯郸推进。到一九四六年接近年底的时候,全国各解放区在国民党军的猛烈攻击下大片失守:长江以北的苏中解放区和豫皖解放区已全部沦为敌后;晋冀鲁豫解放区先后丢失四十六座县城;而张家口和承德地区一系列县城的丢失,不但使关内与东北地区的联系被完全截断,而且令共产党人的中枢——陕甘边区的侧后出现了巨大的威胁。在蒋介石看来,战场态势已经十分明确:共产党军队处于节节败退、处处被动之中,东北的林彪部,山东、华中的陈毅和粟裕部,华北的刘伯承、聂荣臻部和西北的彭德怀部,都已经被压缩在狭窄的区域里,只要继续实施猛烈进攻,把他们切割成若干小股,然后赶进荒僻地带予以消灭,似乎已经不容置疑。

于是,在国民党军占领张家口的那天,蒋介石不失时机地给予了中国共产党以政治上的最后一击:宣布召开国民大会。

按照一九四六年一月国共在政协会议上达成的协议,国民大会必须在内战停止、政府改组、训政结束、宪草修正完成之后才能召开,这是国共通过谈判达成的重要政治原则。现在。单方面宣布召开国民大会,等于否定了之前所有和谈的成果,等于宣布与共产党人在政治上彻底决裂——在军事形势已经明确的前提下,急于确立国民党统治地位的蒋介石已经不愿再与共产党人进行政治游戏了。

一九四六年十一月十五日,国民大会开幕。

马歇尔拒绝出席开幕式,因为他"不希望在人们心目中被看成是附和国民政府对待国民大会的方针"。而司徒雷登以美国驻华大使的身份出席了开幕式。国民大会的混乱程度连司徒雷登都感到惊讶:"孙科博士,作为临时主持大会的人,不能控制同时争着说话的人以维持大会秩序。代表们显然被西方新颖的麦克风所吸引,抢着发言,用武断的口气提出离题的问题。诸如争取妇女平权、蒙古自治、主席团内增加西藏人名额等等。对这些离题的过分的热情能起控制作用的是大元帅,他坐在前排,不时地向执行主席传达提示条子。"会议设置了五十五个主席团名额,国民党占了四十六个,剩下的九个名额中"五个留给中共,四个留给第三党派——"假如他们将来愿意参加的话"。

此时,周恩来已率领中共代表团撤离南京返回延安。

临行前,周恩来对马歇尔说:"由于国民大会的开幕,国民党已经关上了谈判的大门……国民党方面特别是蒋委员长本人醉心于武力可以解决一切的想法,但是共产党永远不会屈服于武力,而是相信,只有人民才能解决问题。"

马歇尔与蒋介石进行了一次长谈。他告诫蒋介石:"整个春季国民政府对共产党的善意的完全不信任,已经被共产党对国民政府为和平解决分歧而提出的任何一项建议的绝对不信任所代替。在最近举行的谈判中,我和司徒雷登博士发现,已经不可能使共产党相信国民政府的善意,甚至不可能使他们相信我们自己的公平正直。在我看来,国民政府提出的甚至是最宽大的一些办法……都已经由于军事行动而失去了作用……据传,军事开支正消耗着国民政府预算的百分之九十,从而在我被催逼着提出由美国政府提供各种贷款的同时,使国民政府为支持广泛的军事努力而造成了财力上的真空。一旦财政崩溃,国民党就将陷于危险境地,而共产主义的蔓延将获得肥沃的土壤。国民政府从事战争的军事将领们几乎不习惯考虑财政上的限制,在美国军人看来几乎具有决定意义的、也是我本人多年来念念不忘的国民经济这一因素,对他们却是无所谓的问题。共产党人能够对于迫近的危机十分清楚,而且在制订计划时是加以考虑的。与这种经济问题不相容的是,国民政府的军事将领们认为,这种问题是可以用武力加以解决的。我不仅从军事角度不同意这种观点,而且觉得,不必等到足够的时间来证明这种观点是否正确,彻底的经济崩溃就会出现。"

马歇尔最后着重提醒蒋介石:

> 共产党军队已经是一支大得不容忽视的军事和社会力量,即使不考虑为了摧毁他们而必须采取的手段的残酷性,要靠军事行动消灭他们也多半是不可能的……我认为在这个国家面临一场彻底的经济崩溃之前,国民政府已经没有能力把共产党摧毁。

马歇尔后来回忆说,当时他还没跟蒋介石谈及他认为"最值得忧虑的问题",即"国民党崩溃的可能性,以及人民对国民党对这个国家的地方政府管理不善所感到的显然是日益增长的不满"。

蒋介石对马歇尔的回答是:政府"有信心在八个月到十个月的时间内消灭共产党的军队"。

马歇尔彻底绝望了。

一九四七年一月八日上午,马歇尔从南京乘飞机离华返美。

美国国务院随即发表马歇尔关于中国时局的个人声明,声明说中国"和平的最大障碍是中国共产党与国民党彼此之间几乎是不可抗拒的完全的怀疑和不信任"。

马歇尔随即被杜鲁门总统提名出任美国国务卿。在这一职任上他经历了两次与中国有关的巨大的意外:一是中国共产党经过短短两年多的战争夺取了中国政权;二是在远东的朝鲜半岛上美国军队与中国军队进行了一场战争。当朝鲜半岛上战争进行到尾声的时候,马歇尔获得了诺贝尔和平奖,这是这个世界著名的奖项第一次授予一名职业军人。获得了这一奖项之后的一天,他在办公桌上看到了中国共产党授予十名军队将领以元帅军衔的情报,阅读之后马歇尔说:"这十个中国共产党人我认识其中的七个。"

一九四六年底到一九四七年初,在冬季寒冷的风雪中,马歇尔认识的这些共产党将领正率领着他们的部队撤向更加偏僻的乡村。随着驻上海的董必武和驻北平的叶剑英率领最后一批谈判代表团返回延安,这片国土上所有的和平大门都已彻底关闭。

战争就要全面开始了。

★ 第三章 **哀莫大于心死**

- 奇寒中的呐喊
- 哀莫大于心死
- 农民厌恶马师长
- 姑嫂二人忙点灯
- 囊形地带和中枢安全

奇寒中的呐喊

东北民主联军三纵七师二十团三营九连五班长房天静的双脚已被严重冻伤，即使在冰天雪地里溃烂处依然流着脓血。实在是疼痛难忍，房天静抓了一把雪把脓血处擦干净，然后从一只冻梨上切下一片来，贴在溃烂的伤口处。冰凉的感觉让疼痛减轻了一些，但他站起来没走两步便再次跌倒。房天静身边的几个战士因为冻伤已无法站起，此刻正在雪地上慢慢地向前爬，他们的脚上都没有棉鞋，脸被冻得纸一样苍白，上面是一块又一块青黑色的冻伤。那些没有大衣的人把草绑在身上，大风刮过来草被吹得纷纷扬扬，整个人像是一簇在雪地里滚动的蒿蓬。干部的喊声在风雪的呼啸中断断续续："同志们……看看枪栓冻住没有！快接近敌人了……都别当孬种！"正是东北长白山地区最寒冷的时候，气温降到零下摄氏四十多度，白茫茫的山林在风雪中一片迷蒙，所有的生命仿佛都已僵硬，只有这支队伍在凛冽的风雪中跌跌撞撞。

这支队伍迎接的战斗，几乎是一个孤注一掷的行动。

一九四七年初的南满部队正处在最艰难与最危急的时刻。

内战开始后，林彪率东北民主联军主力退到松花江以北，以萧华为司令员的辽东军区部队和以曾克林为司令员的第三纵队、以胡奇才为司令员的第四纵队仍然留在了南满。南满地处安东（丹东）、通化、临江一带，是邻近中朝边境的一片狭小区域。尽管共产党人力图在这里建起一个能够让他们有吃有穿的根据地，但是，孤悬一隅的南满很快就受到国民党军的大规模围攻。相对于共产党人在松花江以北建立的北满解放区来说，为避免战线过长，国民党军制定了"南攻北守、先南后北"的战略，即首先攻占南满，彻底消除长春与沈阳侧翼的威胁，然后全力进攻北满以占领整个东北。一九四六年十月,国民党军以九个师的兵力发起全线进攻,相继占领安东、凤城、宽甸、桓仁、通化等十七座县城,并逐步向南满根据地的腹地压缩。随着局势的日益恶化,大部分共产党地方政权陷入瘫痪,大部分共产党地方武装已经溃散。国民党军迅速恢复各级政权,实行保甲制度,布置情报网,建立地主武装,强行征兵征粮。到严冬来临的时候,南满根据地只剩下濛江(靖宇)、抚松、长白、临江、辑安(集安)五座县城和两条大山沟。这是一片仅有一百多公里的狭长地带,百姓因对共产党人心存疑虑而藏进了深山老林。大雪封山之后,聚集在两条山沟里的近四万东北民主联军官兵面临着严重的生存困境,南满这片小小的根据地能否坚持下去成了最现实的问题。

南满恶劣的生存环境令林彪焦急万分。他命令南满领导人把需要转移的军火物资及早转移到中朝边境地带,把伤员安排在远离重要道路的乡村中,然后集中兵力与敌人在山林中运动周旋。如果敌人过于强大,他们要占什么地方就让他暂时占着好了。我军最根本的原则是保存实力,提高战斗信心,作战部队绝不能越打越少。十月三十一日,林彪致电中央军委:

> 敌将进攻南满及进攻开始后,我们前后有七八个电报,总是叫他们集中兵力,各个歼灭敌人,反对分兵把口,反对打击溃战。但他们恰恰没有逃去这三个圈套,故打了很多击溃战,每次伤亡大缴获小,部队疲惫不堪,形势日益恶化。现决定陈云、萧劲光两同志担任南满的领导,免得南满垮台。该地区有我兵力九个师、四个炮团,占整个东北我军兵力五分之二以上,武装弹药比北满部队更好,地区全为山地,下层干部多,气候人口条件均好。故只要领导加强,才能好,有可为,否则影响整个东北局势甚大。

在初冬的寒风中,陈云和萧劲光从哈尔滨出发了。北满与南满是两个完全隔离的地区,从北满到南满必须绕一个巨大的圈子:先到牡丹江,然后折向昌图,进入朝鲜到达平壤,再从平壤进入中国吉林境内的临江。这条充满危险的路程两人走了整整一个多月,终于到达南满,已是深冬时节。

南满部队的困境令陈云和萧劲光万分吃惊。

冰天雪地,官兵由于没有棉衣和棉鞋出现大量冻伤;粮食极度短缺,只有冻得如同石头一样的杂面窝头和酸菜;有的部队因为没有房子,官兵整日整夜在野外的雪地里烤火。更严重的是,大部分官兵认为南满已经没有希望,认为仗没有打好是指挥上的错误和无能,如果在无法解决的饥饿和寒冷中继续守在这里,结局不是到鸭绿江喝水就是得流亡到朝鲜。陈云和萧劲光最终了解到,南满部队领导已经做好放弃根据地把部队带到北满去的准备。

陈云陷入了两难的境地。

陈云后来回忆说,这是他一生遇到的最艰难的时刻。

之前,陈云任中共中央北满分局书记、中共中央东北局副书记和东北民主联军副政治委员,是中国共产党著名的领导人之一,以不事张扬却遇事果敢著称,被舆论称为中国共产党内"处理麻烦事件的能手"。十二月十一日,中共南满分局书记的陈云和辽东军区司令员萧劲光(之前任东北民主联军副司令员)在南满召开了具有历史意义的"七道江会议"。萧劲光提出:以机动作战和敌后游击战配合,坚持南满斗争。南满部队师以上干部多持反对意见,认为这里地窄人稀,难以进行机动作战,更难以保障作战供给,去北满与大部队会合是唯一出路。最后时刻,陈云表态了,语气不容反驳:"我是来拍板的,拍板坚持南满。我们在背靠沙发(指苏联和朝鲜的支持)的形势下向前进,虽然是艰苦奋斗的前进,还是比退到北满最后被敌人打出国境线再打回来要合算……南满一定要坚持,三、四纵队全都留下,一个人都不走,坚持就是胜利。"

为什么要坚持南满?陈云的比喻是:东北的国民党军好比是一头牛,牛头和牛身子是向着北满去的,在南满留了一条牛尾巴。如果我们松开了这条牛尾巴,那就不得了,这头牛就要横冲直撞。南满保不住,北满也危险;如果我们抓住了牛尾巴,那就了不得,敌人就进退两难。如果我们不坚持,撤到北满去,过长白山要损失几千人,敌人追过来打,我们还会再损失几千人。国民党军一旦没有了南满的后顾之忧,就可以全力进攻北满,那时北满也就保不住了,我们只能继续向北一直撤到苏联去。"我们都是中国共产党人,不能总在苏联住",早晚还要打回黑龙江,打回北满和南满,这些战斗又会让从南满撤到北满的部队再损失几千人。如果我们坚持南满,"就不会失去掎角之势,就可以牵制敌人大批部队",敌人在南满兵力分散让我们完全有可能坚持下来。

陈云坚持南满的决定,具有重要的历史意义。虽然当时共产党人在南满处境艰难,但正是因为南满的存在,保持了东北民主联军在东北地区南北两线的存在,使得国民党军在进攻东北民主联军主力所在的北满地区时,不得不考虑到身后的威胁。随着战争进程的发展,共产党人于东北地区南北两边形成的相互依存的态势,日益显示出其对于赢得战争最终胜利的重要性。

留下来不走,首先要解决生存问题。当时,为解南满物资之急,东北民主联军总部筹措到一批粮食、药品和被服,由东满经火车运到朝鲜境内的惠山镇,这里与南满部队控制的长白县城隔河相望。河面结冰正好可以转运,但根据《雅尔塔协定》,两岸往来人员必须走桥,守桥人员一边是朝鲜士兵,另一边是苏军士兵。辽东军区副司令员萧华派政治部主任莫文骅前往疏通。在万分艰苦的条件下,莫文骅还是千方百计地筹到了一卡车通化葡萄酒和一卡车冻猪肉,他带着酒肉前往长白县城宴请守桥的苏联和朝鲜军官。对方毫不客气,在一位上尉的带领下,一下子来了二十多人,大家喝得兴高采烈,频频举杯祝斯大林、金日成和毛泽东万岁。第二次宴请后,苏军连长对莫文骅说:"守桥主要由我们负责,以后有什么事可以找我们。"朝军排长说:"这是朝鲜领土,过桥要经过我们才能放行。"莫文骅提出请给予东满运来的粮食、药品和被服放行,苏联和朝鲜军官均立即"慨然应允"。

"七道江会议"制定的战略方针是:四纵打出去牵制敌人,三纵担任内线作战保卫根据地。会后,四纵十师主动出击,向国民党军的侧后插去。在极端寒冷的气候下,战术动作无法充分展开,打的大多还是击溃战,被冻伤的官兵往往比战斗伤亡的还要多。但是,四纵的出击至少在某种程度上减轻了南满根据地的压力。林彪对南满部队主动出击感到高兴,他提出了一个违反战术常规、也违反他谨慎性格的决定:打硬拼战。林彪的解释是:在群众条件不成熟,"甚难秘密地接近敌人";敌人力量过于强大,做不到一打即溃;敌人距离交通线很近,便于机动增援等前提下,打各个击破的歼灭战还不具备条件。为了打击敌人的士气,只要"有六七成胜利的把握",就要下决心猛打,打就死打硬拼,不惜伤亡惨重。林彪甚至表示,在一定时期内,不但南满要这样打,北满也要这样打。陈云和萧劲光表示同意,他们认为为改变南满的严峻局面,"不得不拼掉几个棋子"。

"棋子"就是血肉之躯。

保卫临江的第一战来临了。三纵第七、第八、九三个师从不同方向抗击着国民党军的进攻。由于四纵的穿插,国民党军不得不暂时放弃临江回头防御。就在国民党军回撤的时候,南满前线指挥部命令三纵、四纵主力开始出击。国民党军弹药充足,武器精良,特别是御寒装备充足,而南满部队粮弹缺乏,在零下四十摄氏度的气温中,不少官兵还穿着单衣。战斗打响前,萧劲光通知旅长彭龙飞来指挥所领受任务,当彭龙飞顶风冒雪中赶到的时候,胡子和眉毛上都结了冰,因为没有大衣整个人围着火炉烤了很久还是哆哆嗦嗦地说不出话来,萧劲光"一阵心酸"。旅长都冻成这样,部队的情况可想而知。萧劲光立即让参谋连夜到临江取回五十万元北海票给了彭龙飞,他嘱咐这位旅长无论如何要带领部队坚持住。茫茫风雪中,南满部队与国民党军展开的是残酷的拉锯战。三纵七师向敌人发动攻击后,国民党军先是撤退,随即发起猛烈的反击。三纵再次发动攻击,国民党军还是在撤退之后再次发起反击。最后时刻,三纵难以继续僵持,只有以死硬拼,发动了不惜一切的进攻,国民党军终于向通化方向撤去。

无论是三纵还是四纵,都已无力追击,因为冻伤的官兵越来越多。黄昏时刻,天边的太阳如同一张白纸片贴在白桦林的梢头,枪油被冻结,枪栓拉不开,眼看着敌人在前边跑,但浑身已经僵硬,脖子向前伸着,陷在雪里的腿就是迈不开步。第三纵队中有许多新兵,大多是东北的穷苦青年,双脚被冻烂的房天静班长就是其中的一个。自从参加共产党的队伍,他没过上一天舒服日子,当国民党军进攻南满根据地时,部队连续转战,经常吃不上饭,晚上还会因为找不到宿营的房子而睡在雪坑里。一些新兵开始开小差,二十岁的房天静也想过一走了之,但好像又有点舍不得,他最终没有离开的重要原因是:共产党部队官兵一致。即使再苦,官兵有苦一起受,不打人不骂人,指导员对他就像亲兄弟一样。此时,房天静的指导员赵绪珍脸被冻烂,额头上的皮肤翻卷起来,眼睛被冰碴子完全遮盖,他躺在雪窝里断断续续地说:"咱们在诉苦会上咋说的?地主老财们是怎么欺负咱的?暖和的棉袄和皮大衣都穿在谁身上?大家都想想!"雪野上,九连的官兵开始哼唱《谁养活了谁》:

谁养活谁呀,大家来看一看,
没有咱劳动,粮食不会往外钻。
耕种锄割全是咱们下力干,
五更起,半夜眠,一粒粮食一滴汗,
地主不劳动,粮食堆成山。

谁养活谁呀,大家来瞧一瞧,
没有咱劳动,棉花不会结成桃。
纺线织布没有咱们做不了,
新衣服,大棉袄,全是咱血汗造,
地主不劳动,新衣穿成套。

谁养活谁呀,大家来谈一谈,
没有咱劳动,哪里会有瓦和砖。
打墙盖房全是咱出力干,
自己房,二三间,还有一半露着天,
地主不劳动,房子高又宽。

谁养活谁呀,大家来想一想,
创造世界,全是咱们的力量。
吃穿用着生活不能少一样,
不是咱,送上粮,地主早已饿断肠,
到底谁养活谁,不用仔细想。

此时,国民党第五十二军的一个师从辑安出动了,出动不久就发现侧后迂回着东北民主联军部队,于是立即往回收缩。三纵七师奉命无论如何要追上去。由于国民党军大部已经退回辑安,七师只追上了一个团。战斗中这个团被打散,其中的一个营被七师二十团包围在小荒沟。这是个只有四十多户人家的小山村,国民党军一进村就开始用积雪垒墙,垒一层往上面浇一层水,冰雪围墙冻得十分坚硬。傍晚,二十团在控制了村外的高地之后发动攻击,但连续攻击数次都没有效果。冬夜冰寒,风雪呼啸,水压重机枪因怕冻裂水箱不敢使用,轻机枪由于机油凝固已不能连发,步枪撞针冷缩后无法打响,手榴弹盖子也因官兵手被冻僵难以拧开。七师师长邓岳和政委李伯秋决定天亮再打,官兵们在寒冷的冬夜里苦熬天明。清晨时分,炮兵到达了战场,二十团的集合号吹响了,但号响了半天也不见几个官兵。三连连长一瘸一拐地走来报告说:"部队拉不出来了,全冻坏了!"尽管全团只有三分之一的人可以投入战斗,攻击还是开始了,在炮兵的支援下,二十团没有冻伤的官兵攻进小荒沟与敌人开始了混战。

九连跟随营主力由小荒沟北山向南穿插,双脚已经冻烂的班长房天静端着上了刺刀的步枪跑在最前面。当跑到一个小山包的时候,逃跑的敌人已经下了沟。沟里全是积雪,房天静抱着枪滚了下去。滚到沟底的时候,十几个敌人向他冲来,他连续扔出几颗手榴弹后继续追,最后发现自己已经远离了连队。房天静孤身一人,周围的敌人向他围过来,他跑到雪坡的高处喊:"一班在左,二班在右,三班跟我上!"在敌人犹豫的一瞬间,他打伤了一名带头喊"快下手"的敌人,然后厉声说:"谁不老实我就打死他!"房天静把一颗手榴弹攥在手里,准备与敌人同归于尽,但是敌人却投降了。房天静的战果是:击溃一个排,歼灭一个班,击毙两名,击伤一名,俘虏七名。他荣立了特等功,并被三纵授予"孤胆英雄"的称号。不久,三纵文工团根据房天静的苦难身世和杀敌事迹写出了五幕十七场歌剧《复仇立功》。房天静看完之后,流了一夜的眼泪,他告诉指导员赵绪珍他想念已经死去的母亲。

一九四七年的新年到了,毛泽东发表的新年献词中没有提及战争:

> 在一九四六年,战后世界的光明面和黑暗面,进行了胜利的斗争,战后中国的光明面和黑暗面也进行了胜利的斗争。战后的世界和中国都发展了争取和平与争取民主自由的规模极大的人民运动。这个运动必然走向胜利……在抗日战争结束以后,我们和全国人民在一起,曾经用一切忍耐的努力来阻止内战的发生和扩大。不幸这个努力是被反动派的全面进攻和国民党一党的"国大"所破坏了。但是中国人民仍在经过两种努力来继续争取和平,即解放区各阶层人民粉碎反动派进攻的艰苦卓绝的奋斗,和国民党统治区各阶层人民争取民主自由的日见高涨的群众运动。……只要全国人民团结一致,坚持不屈不挠的奋斗,那么在不久的将来,自由的阳光一定要照遍祖国的大地,独立、和平、民主的新中国,一定在今后

数年内奠定稳固的基础。

新年来临,蒋介石发布"侍天字第十七号密令"。回顾一九四六年诸战,蒋介石充满激昂的斗志:

> 本年一月之剿匪军事,全由我各级将领指挥有方,官兵忠勇奋发,为主义牺牲,为革命奋斗,多能达成艰巨任务,奠定统一基础,既足以安慰国家及阵亡将士之灵,亦足以湔雪我党国无穷之耻。唯念将士死伤之惨,以及冰天雪地之苦,不仅为之梦魂不安,兹将本年重要战役之关系与各地区经过得失,为我将士略述之:自四平街一役,奠定收复东北之基础,集宁血战,启导察绥全局之胜利,安东、承德与张垣之收复,重奠国防之锁钥。鄂北李匪之溃灭,豫北滑、濮之血战,苏北、鲁北、豫北、晋南及冀东各地奸匪之蹙败,以及平古、平绥、胶济、临枣与同蒲南段诸线之打通,使华北动荡不安之局势,渐告安定。此均足以配合政略之方针,达成国防大部之目的。迭闻战讯,衷心快慰。尤以暂编第三十八师之保卫大同苦战,二月第九十七军之固守临城为时十月,与冀省保安纵队保守保定勇毅坚守,确保重镇,使敌匪之丧胆,大局转危为安,军事反败为胜,更堪嘉赏……只要我将领在今后一年期内,淬励精诚,奋发努力,彻底消灭万恶之奸匪,扫除革命之最后障碍,则滔天大祸戡平于一旦,三民主义实现于全国,乃可告慰我总理与革命阵亡将士诸先烈在天之灵,我官兵之丰功伟绩,且将永垂于国民革命光荣灿烂之史页……

蒋介石在历数战场胜利之外,没有忘记巨大忧患的存在,那就是国民党政府官员和军事将领的腐败。他在新年发表的演说中,历数令人痛心的现象:"投机冒险"、"偷税走私"、"欺诈谋利"、"穷奢极侈,为所欲为,巧取豪夺"、"以致礼仪廉耻扫地无余",以致"近年以来"国外舆论对国民党政权的评价是:"一则曰贪污,二则曰腐败,三则曰无能,四则曰自私。"蒋介石深感"道德的沦丧"和"精神的堕落",是"任何国家和时代"所未有的。

与蒋介石有同样忧虑的是杜聿明。在东北的严寒中,杜聿明和他的副司令长官郑洞国一起消磨着漫漫长夜。酒酣耳热之际,郑洞国提醒杜聿明：东北国军占领区内的腐败，远比想象中的严重得多。在东北暂时休战的几个月里，共产党人只干了一件事，就是派大批干部和部队到乡村去，搞土地改革，建立基层政权，不但得到了民心，部队也由此有了兵员，目前总兵力已经达到二十三万。可这几个月我们干了什么？跟着军队进入东北的大小官员们忙着搜刮民财，官场上"派系之间激烈角逐，纷纷任用私人，排除异己，上下沉瀣一气，纲纪荡然"。更可怕的是部队内部的腐败，高级将领带头，中下级军官效仿，克扣士兵，贪污军饷，走私军火，倒卖黄金，然后到处购买房产和土地，再这样下去军队如何打仗？杜聿明沉默了很久才说出一句话来："人家共产党自有一套主张，懂得发动民众，争取民心，我们懂得什么？还不是大家都想着发财！你说我们在东北腐败，其实全国又何尝不是如此？这样下去，我们的天下不会有几天了。"

但是，一九四七年初，就东北的军事力量对比而言，国民党军依旧占据着优势：七个军的正规军，加上特种兵和地方武装，总兵力在四十万以上。更重要的是，国民党军装备精良，补给充足，而且占据着重要交通线和经济发达的大城市。

在占领了南满的安东、通化等重要县城之后，杜聿明认为必须尽快达成下一个作战目的：攻占南满共产党人的核心地带——临江地区。这次，杜聿明制定的是正面攻击和两翼迂回的攻击计划：左翼，第五十二军一九五师从通化出动；右翼，第五十二军二师由辑安北进；正面是新六军新编二十二师。杜聿明企图大军东移，构成重兵封锁线，以确保最终攻占临江。

一九五师推进的速度很快，四天之后就超出了掩护部队两天的路程。萧劲光和萧华认为战机已至，决定集中三纵和四纵主力，从敌人的侧后发起攻击，先吃掉独自冒进的一九五师。二月五日拂晓，战斗打响后气温骤降，东北民主联军官兵在没膝深的大雪中发起了冲锋。一九五师的先头营很快被歼灭，后续部队立即后撤，撤到一个叫高力营子的小镇时，被三纵官兵死死围住。由于极度寒冷，惯于夜战的共产党官兵不得不等到天明再发动攻击。夜幕降临，呼啸的狂风从雪野上掠过，一九五师在师长陈达林的率领下，从没有被封死的西南角开始突围。三纵发现后立即追击，两军在冰天雪地中混战在一起。天亮的时候，三纵清查战果：毙伤五百多，俘虏四百多。

就在南满部队主动出击的时候,北满部队为了配合南满的作战,以减轻南满部队的压力,也开始了主动出击。

退守松花江以北的林彪部,如果不是出于对南满的支援,无论从哪方面讲此时都不应出击作战。松花江以南的国民党军处在隔江防御的态势之中,如果他们不出现大规模的移动,就没有将其割裂并集中兵力歼灭其一部的有利战机。况且,此时是东北最寒冷的季节,并不适合作战特别是攻坚作战。寒冷给林彪带来的唯一有利条件是:松花江已经完全封冻,部队不但可以从江面上直接出击,还可以方便地撤回来。

一九四七年新年刚过,东北民主联军集中第一、第二、第六纵队和三个独立师,共十二个师的兵力,出其不意地跨越封冻的松花江,对吉林、长春以北、松花江以南的国民党军发动了攻击。林彪的作战意图是:采取"攻点打援"的战法,一纵三师攻击国民党军新一军新编三十八师一一三团一个加强营防守的重要据点其塔木,其他部队埋伏在九台、德惠至其塔木的公路要隘处准备打援。

一纵三师越过松花江后,在零下四十摄氏度的严寒中行军一昼夜,于一月六日下午十三时将其塔木守敌围住。其塔木是松花江南岸一个有五百多户人家的小镇,"南通吉林,北达德惠,西距九台县城五十多公里",是国民党军封锁北满的重要江防据点。这里的守军虽然只有一个营,但已得到一个辎重连和一个工兵排的加强,七百多人几乎都是富有作战经验的老兵。除设有炮兵阵地之外,守敌还沿着镇子四周挖了壕沟,架设了铁丝网和鹿砦,修筑了地堡,并在凡是可能成为攻击线路的地方用水浇出了一层厚厚的冰壳。黄昏时分,一纵三师对其塔木的攻击开始了,实施主攻的八团一营一连动作凶猛,炸开铁丝网后官兵们向镇内冲去,但是遭到地堡火力的猛烈拦截。冲击的道路是一片开阔地,没有任何可以躲避枪弹的遮挡物,冲在最前面的连长吴彩民中弹牺牲,官兵们在指导员金士庆的率领下继续冲击,晚十九时终于占领镇边的一个院落,一百多人的一个连队只剩了三十多人。一连已经无力推进。而此时,从镇西攻击的二营虽付出巨大的伤亡,但还是没能突破前沿。从东南方向佯攻的九团的两个连也无进展。如果不能拿下其塔木,就无法把援敌引来,整个战斗就可能无功而返。八团幸存的官兵疲惫不堪,极度的寒冷又令他们难以野地宿营,官兵们只有挤在几个院子里取暖。但是,八团人员集中的情况很快被守军发现,炮弹随即在寒夜里呼啸而来,八团顿时一片混乱,伤亡再度出现,被迫撤出了已经占领的阵地。三师领导震怒,命令七团加入战斗,其塔木的国民党守军顽强抵抗,被压缩在镇子的一隅之后,依旧不断地发动反击。战斗在僵持状态中又过了一夜。

其实,三师不必迅速地将其塔木拿下,因为攻击的最终目的是把援敌引出来。

果然,九台方向的国民党军增援部队终于出动了。

负责在公路上伏击这股援敌的是一纵一师。一师六日到达预定伏击区后,一时无法判断敌人增援的兵力和路线,于是派出侦察人员去摸情况。一师侦察队长吴道坤有办法,他在九台至其塔木的公路边,截听了国民党军的电话。电话是其塔木的营长打给九台的团长的,电话打了三次,都是求救,第三次的时候,其塔木的营长说:"……团座,情况紧张,共军攻得很厉害,今夜明晨增援不到,我们……"九台的团长不耐烦了,说:"……最重要的就是沉着,部队已有命令,今天下午六时分三路驰援……九台的一路由我亲自率领,今晚在芦家屯宿营,明日中午赶到……在这以前,我要求你做到两点,坚持和镇静……"黄昏时分,一师师长梁兴初选好了战场:"这里北距其塔木二十华里,南距九台六十华里",地势低洼,四周皆有制高点,而且紧邻公路。布置好一个袋形的伏击圈后,剩下就是等待出击了。

这是个令参战官兵终生难忘的夜晚。北风呼啸,大雪纷飞,低温把树干冻裂,在黑暗中发出咯吱咯吱的怪响。伏击战场不但不能烤火,连抽袋旱烟都不许,官兵们啃了几口根本啃不动的玉米棒子,然后就一动不动地蜷缩在雪窝子里。他们使用了一切可能的御寒办法,用毛巾裹住脸,用乌拉草把脚包上,或者索性把自己埋在雪里躲避狂风。他们把枪抱在怀里暖着,有人甚至把棉衣脱下来包住机枪。每隔一会儿,干部们就碰碰战士,看他们是否在严寒中出了意外。士兵们苦熬着每分每秒,就盼着敌人的增援部队赶快到达,哪怕自己在拼刺刀的时候死去。半夜两点,最难熬的时刻,前边的情报传来:芦家屯的老乡说他们屯子里来了很多中央军。侦察员截听电话时,听见芦家屯的国民党军向上级报告说"路上无甚情况,只有几十个土匪被我击溃"——看来一师没有被敌人发觉,援敌正照预定计划前进。

天终于亮了。梁兴初站在山头上用望远镜瞭望,没有看见敌人的影子;他又向部队隐藏的伏击阵地上看去,只看见了白茫茫的雪,这个经历过万里长征的师长知道他的官兵们具有"非凡的忍耐力"。

七日中午,援敌沿着公路出现了。

新一军是国民党军的"王牌",新编三十八师是"王牌中的王牌",而一一三团又是新编三十八师的主力。主力的装备和架势果然不同凡响,一一三团开进得非常缓慢,开路的装甲车不断地停下来四处射击,后面的一个步兵也前进几步就扫射一阵。整个队伍走到张麻子沟的时候停了下来,等着后面一一三团的大队人马——团部、二营、三营、山炮连以及九台县的两个保安中队。

仿佛是有意对共产党官兵的忍耐力进行考验,一一三团在张麻子沟磨蹭了好半天才继续往前走。走了一段之后又停下来四面开炮,然后再走。中午十二时,敌人终于全部进入了伏击圈。

梁兴初看了看表,身边的一师政委梁必业说:"可以开始了。"

当一师官兵在腾空而起的攻击信号中从雪窝里猛地站起来时,除了那些再也没能站起来的官兵外,每个人都僵硬得如同一根棍子,站在原地摇晃了好一会儿。接着,愤怒的火炮、机枪和步枪骤然吼叫起来,官兵们从公路两侧不顾一切地冲下去,很快就把一一三团的队伍切成了两截,退往芦家屯的路也被一师三团封死。一一三团混乱地退到公路边的村子里,但已无法阻挡来自四面八方的攻击。他们无法设想共产党军队能够在如此寒冷的野地里等着他们,因为任何一个活物在野地里过夜都会被冻死,可眼前的这些共产党官兵不但活着,而且向他们迎面冲来时还大喊大叫:"捉呀!捉'遭殃军'呀!"战斗进行了三个小时,一一三团基本被全歼。团长王东篱带着卫兵跑回张麻子沟,拼死抵抗后被围困在一个院子里,当弹药用尽的时候,王东篱不顾一切地往外冲,结果在乱枪之中栽倒在雪地里。

一师以包括冻伤在内的三百七十五人的伤亡,换取了被师首长称为"肥肉"的战果:毙伤俘虏国民党军一千一百余人,缴获山炮两门、迫击炮十三门、机枪六十四挺、汽车十二辆。

北满部队跨越松花江南下作战,歼灭了国民党军新一军的三个团,有力地策应了南满部队的战斗。南下作战还让林彪察觉到一个现象,那就是国民党军在遭到攻击的时候,无力调动强大的援军,这证明杜聿明因地盘占据得太大,交通线拉得太长,排兵布阵已经开始捉襟见肘。

但是,南下作战也令林彪部付出了巨大的代价。就在战斗即将结束的时候,松花江一带遭遇寒流的袭击,作战部队出现大批的冻伤冻亡:一纵冻伤多达两千六百七十八人,六纵冻伤更是多达三千一百二十四人……林彪在致中共中央的电报中特别提到部队的冻伤问题:"在最近行动中天气甚冷,各部冻坏的颇多,六纵十七日夜行军中冻坏七百余,轻者手足冻肿,重者既发黑,都有冻掉指甲的,有的可能残废。"一月十七日,已经达到零下四十摄氏度的气温再次下降,东北民主联军主力部队"一昼夜冻伤约八千人"。一月十九日,林彪下令部队全部撤回松花江以北。至此,东北民主联军"一下江南"战斗结束。

一九四六年底至一九四七年初的北满解放区是一个奇特的地方——"粮食的过剩成了东北人民的负担。农民们在堆积如山的粮食和大豆上面光着身子挨冻。"这片区域田野广阔,土地肥沃,是世界上著名的粮仓之一。与南满根据地不一样,北满解放区内的粮食足以供养大军。但是,因为气候寒冷,这里不能种植棉花,因此这片区域里严重缺乏布匹。在东北暂时休战的日子里,曾有外国记者团乘美军飞机到达黑龙江,他们目睹的粮食过剩而布匹奇缺的情形,可以解释林彪为什么无法给官兵筹备更多的御寒被服。"买六码棉布需要一吨粮食,买一匹四十码的布需要十吨大豆。作为世界粮食产地的东北却无法将打下的粮食运到市场上去。它遭到四面封锁:三面是关闭了的苏联边境,一面是蒋的战线。"外国记者们原本认为中国共产党会得到的苏联援助,他们对苏联此时关闭边境感到十分惊讶——"它比蒋介石的封锁还要严。"

毫无疑问,在战斗中受伤的官兵会得到良好的照顾,食物的丰富也会令他们年轻的体格再度强壮起来。但是,那些被严重冻伤的官兵不得不面临着终生残废。

这一年,中国的山东也被冰雪覆盖。胶东军区司令员许世友冒着凛冽的寒风骑马走遍了部队驻扎的每一个村庄,他对官兵们高昂的士气感到满意。在一个连队驻地的院墙上,许世友看见一幅宣传画,画面上有一座大山,两个人同时在往山顶爬,其中的一个人把思想包袱丢开后很快就爬到了山顶,而另外一个背着一大堆个人主义、家乡观念的包袱,累得满头大汗总是爬不上去。宣传画的下面还配有一首当时部队传唱的"爬山调":

> 一百里路走了九十九，
> 剩下一里还得向前走。
> 擦把汗，加把油，
> 爬到山顶胜利在前头！

"爬山顶"是共产党人新近提出的一个口号。

内战爆发后严峻的军事形势，在共产党内部造成严重的影响。毛泽东发表了《三个月总结》一文，针对"对斗争前途怀抱悲观情绪的人们"，总结了几个月来的作战经验和教训，特别强调淮阴、承德、集宁等城镇的丢失，"多数是不可避免地要放弃和应当主动地暂时放弃的，一部分是仗打得不好被迫放弃的。不管怎样，只要今后仗打得好，失地即可收复。今后还可能有一部分地方，在不得已时被敌占去，但是将来均可收复"。毛泽东指出："除了政治上经济上的基本矛盾，蒋介石无法克服，为我必胜蒋必败的基本原因之外，在军事上，蒋军战线太广与其兵力不足之间，业已发生了尖锐的矛盾。此种矛盾，必然要成为我胜蒋败的直接原因。"

一个月后，《解放日报》发表了具有毛泽东文风的社论《论战局》："蒋军由战略攻势转为战略守势，解放区军民由战略守势转为战略反攻的重大转变时机，已经不远了。今后几个月将是这个重大转变的关键，对于解放区军民，今后几个月，犹如爬山到了过山顶的时候，这是全程中最紧张的一段"。"四个月来的总结就是：蒋军必败，我军必胜。四个月的战斗，已使战局达到这样一个境地，即是只要继续过去的努力，大量歼灭敌人有生力量和在蒋军占领地区坚持游击战争，我们就有可能在短期内由战略守势转为战略进攻。四个月的经验告诉我们，必须根本铲除对于美蒋的一切和平幻想，以决死斗争的精神来奋斗……"

共产党领导人的决绝与战场上官兵的决绝是一致的。

蒋介石也在承受着与共产党人周旋和作战所带来的痛苦。一九四七年初，他在《反省录》中这样写道："本年实为余自革命以来最为艰难困苦之一年。二十年来共产党集其所有之实力与阴谋，向余作最猛烈之攻击，尤以其十年来竭尽一切破坏余在美国盟友心中之历史与地位，可无微不至。"就在蒋介石在写下这段文字的时候，一个令他更加伤感的消息传来了：他最钟爱的国民党军青年将领之一，整编六十九师师长戴之奇，在苏北与华东野战军作战时于战场上举枪自尽。

对于蒋介石来说，这个冬天也格外寒冷。

哀莫大于心死

一九四六年冬天来临时，山东军区司令员陈毅对战局的分析是："今冬明春，敌人可能登堂入室，占领主要城市，打通铁路线，并控制某些乡村，在我们腹地残酷纠缠。"

此时，在华东战场上，国民党军部署着二十三个整编师：淮阴一线六个整编师，苏中地区六个整编师，鲁南地区五个整编师，胶济铁路沿线六个整编师。陈毅部和粟裕部不得不分兵把口，节节阻击，以迟滞国民党军向解放区内部的逐步推进。山东和华中野战军的这种分兵态势，正是国民党军希望看到的，因为共产党军队武器装备差，只要在局部战斗中兵力不占明显优势，就无法阻挡国民党军的凌厉攻势。

十月五日，国民党军向鲁南解放区发起进攻。山东野战军节节阻击，先后放弃枣庄、峄县等地。二十七日，国民党军整编二十六师与整编七十七师从枣庄、峄县一线再次发起进攻，山东野战军又相继放弃了峨山、兰陵、傅山口、上桃园等地。为了遏制敌人的步步进逼，一纵司令员叶飞请示把敌人放进来，然后制造战机力求"歼其一部"，但是他的建议立即遭到了拒绝："如果把敌人放到向城，临沂震动，军区和省级机关就要跑反了，必须迅速出击，阻止敌人东进。"一纵只有强行出击。在包围了战斗力较弱的整编七十七师的一个团后，装备精良的整编二十六师开来了八辆坦克，一纵的包围圈在坦克凶猛的冲击下溃散。

国民党军距山东解放区首府临沂只有百公里了，危机令陈毅不得不将山东野战军第八师调至战场。何以祥的八师负责阻击整编七十七师，叶飞的一纵负责阻击整编二十六师，两支部队共为保卫临沂而战。八师包围了整编七十七师分散在几个村庄里的两个团。可是，即使一个团负责包围一个村子，八师在兵力火力上依旧不占优势，因此不敢贸然发动围歼战,交战双方就此形成僵持。整编二十六师的坦克又来了,三十二辆坦克形成集团冲锋。一纵三旅奉命阻击,共产党官兵没有打坦克的经验,只有用肉体在平坦的阻击阵地上与敌人的铁甲展开残酷的搏杀。三旅的官兵举着手榴弹、汽油瓶、炸药包向坦克冲去,前仆后继的身躯被坦克一一冲撞碾碎。包围着整编七十七师两个团的八师希望发起攻击,打破僵持,因此一再要求增援。而此时陈毅的兵力已捉襟见肘——"眼巴巴地可以消灭敌人的两个团,但就是缺少兵力,至少缺一个旅的兵力。"陈毅一根接一根地吸烟直至深夜,最后他说:"只好不打这一仗了!"

战斗结束后,整编二十六师师长马励武到战场视察,看见了令他"目击心伤,惨不忍睹"的情景:"在峄县东二十余里的圈沟镇沿着铁道线附近,新四军叶飞将军所部伤亡千余人,死者断臂残腿,尸体累累。"马励武下令"尽快掩埋"。

这时候,华中战场作战双方的态势是:

国民党军已形成胶济线、鲁南、苏中和苏北四个攻击方向,其中以苏北和鲁南为攻击重点。四个方向的国民党军被编组为四个攻击兵团:宿新兵团,司令官胡琏,辖整编十一、六十九师以及四十一旅和预备三旅,分别由曹家集、宿迁向沭阳、新安镇(新沂县)进攻;峄临兵团,司令官冯治安,辖整编七十七、二十六师和第一快速纵队,由峄县地区向傅山口、向城进攻;盐阜兵团,司令官欧震,辖整编八十三、四十四、二十五和七十师,由东台地区向盐城、阜宁进攻;淮涟兵团,司令官李延年,辖整编二十八、七十四师以及第七军一七一师,由两淮地区向涟水进攻。国民党军已从南、西、北三面对山东和华中野战军形成了包围。其作战任务是:"在本年度十二月底以前,歼灭陇海路东段及其以南地区匪军,并收复各县而确保之。"

而陈毅部和粟裕部在国民党军的强势推进下,逐渐由解放区边缘向中心压缩,两军在各个方向与国民党军对峙的部队是:胶济线方向:胶东军区聂凤智的第五师、刘涌的第六师,鲁中军区孙继先的第四师、钱钧的第九师以及渤海军区宋时轮的第七师。鲁南地区:山东野战军叶飞的第一纵队、何以祥的第八师以及鲁南军区贺健的第十师。苏中地区:华中野战军管文蔚的第七纵队、陈庆先的第十纵队。苏北地区:华中野战军粟裕(兼)的第一师、谭震林(兼)的第六师、张震的第九纵队、成钧的第五旅、山东野战军韦国清的第二纵队和谭希圣的第七师。

战场已经移到了解放区的纵深地带。

严峻的军事压力使陈毅和粟裕感到,山东野战军和华中野战军必须由配合作战改为协同作战乃至联合作战,只有集中兵力首先争取一个方向或是一个战区的重大胜利,才能迅速改变战局以掌握战争的主动权。这一认识,对于共产党人后来赢得令历史发生重要转折的淮海战役的胜利,至关重要——粟裕表示:"随着战争向解放区纵深发展,战线逐步缩短,敌我双方兵力更加集中,战役的规模越来越大,将是战争发展的必然趋势。两大野战军会师,为我军集中兵力打大歼灭战创造了必要条件。争取主动、改变战局的关键,在于集中更大兵力打更大规模的歼灭战。只有大量歼灭敌人的有生力量,才能打破敌人的战略进攻,掌握战争的主动权,使战局朝着有利于我的方向发展。"

华中局致电延安并陈毅:"为了改变华中局势,我们建议,以集中华中、山东两野战军攻下宿迁,得手后再向西扩展战果……"

陈毅致电延安并华中局:"同意华中分局皓日(二十日)夜建议,山野、华野集中由淮海区向西行动的办法,并主张两个野指合成一个。"

此时,对于山东野战军和华中野战军来说,由于苏中、苏北与鲁南解放区相互依存,"统一指挥"已成为"今后取胜的基本条件"——"合则俱存,分则俱亡"。

两天以后,毛泽东为中央起草致陈毅电:"山野、华野两军集中行动,两个指挥部亦应合一。提议陈毅为司令员兼政委,粟裕为副司令员,谭震林为副政委。如同意请即公布[对内]执行。"

摈弃分兵把守,两军合并作战,首战应在哪个方向?

粟裕认为,虽然目前鲁南形势严峻,并影响到华中的局面,但是"华中如不能坚持,则将使我大军局促于鲁中地区更为不利,造成山东莫大困难"。"为此,必须抛开次要,求其主要"。集中山东野战军和华中野战军的主力,"沿陇海路西进,威胁徐州,直逼津浦,迫使鲁南、淮海之敌回援"。而陈毅认为,两个野战军应全部进入鲁南——"目前行动以迅速出击鲁南为最宜。在淮北,敌有准备,工事坚固,敌火下渡河有困难,战场不好。去鲁南,战场好,供应便利,易求运动战,可避开桂系。山野、华野同去,胜利有把握。"

经过反复商榷,陈毅、粟裕取得一致意见:缓去鲁南,继续在苏北作战。

具体的作战方向是:歼灭由宿迁向沭阳、新安镇进攻的国民党军。

这是两个野战军会合后的第一战,作为战役指挥者粟裕重任在肩。此前,无论是山东还是华中,由于解放区不断缩小,干部战士产生了埋怨和怀疑情绪,化解这种情绪最有效的办法就是打胜仗。但是,参加战役的部队以山东野战军为骨干,粟裕对这些部队并不熟悉,部队指挥员们也不熟悉粟裕;两个野战军统一的指挥机关尚未建立,粟裕只身前来,对陈毅司令部的参谋人员很陌生,必须谨慎地处理好上下左右的关系;而且从抗战开始,粟裕一直在苏中地区指挥作战,对淮海地区的地形、民情缺乏了解,作战对手又多是粟裕以前从未交过手的——粟裕夜不能寐。在以后的岁月里,他曾经说过,在解放战争中,他参与指挥的有"三个最紧张的战役":宿北、豫东和淮海。

一九四六年冬,在江苏的北部,即将打响的就是宿北战役。

隐蔽待机的那两天气氛沉闷,粟裕在指挥部里整日盯着地图。在国民党军向华东地区进攻的四路纵队中,东台、两淮和峄枣这三路因为刚刚受到阻击,推进的速度必不会太快;只有从宿迁出动的这一路,因为陈毅的主力在陇海路以北,而粟裕的主力还在盐城以北,所以必会乘虚快进。此时,粟裕心里有两个作战方案:一是攻击来敌的左翼,将向新安镇进攻之敌歼灭于五花顶地区,然后再攻击向沭阳进攻之敌;二是如果敌人左翼进展缓慢,就攻击敌人的右翼,集中兵力歼敌于宿迁以东。十二月十三日,宿迁之敌左右两个纵队沿着宿迁至新安镇(位于宿迁正北)、宿迁至沭阳(位于宿迁东北)的公路齐头并进,左翼整编六十九师占领晓店子和嶂山镇,右翼整编十一师到达曹家集和高圩一线。

当面之敌已经接近战场,粟裕必须作出决断。

前线指挥所设在一户农家里,三间坐北朝南的草房,院子被一道矮矮的土墙围着。粟裕苦苦地思索:右翼的整编十一师是国民党军"五大主力"之一,装备精良,附属有炮兵团,师长胡琏毕业于黄埔,具有丰富的作战经验,兵多将悍,与其作战必是一场苦战。况且,该师刚从鲁西南调到苏北,在不熟悉地形的情况下必会十分谨慎。相比之下,左翼的整编六十九师冒进的可能性极大。

整编六十九师新任师长戴之奇是蒋介石的坚定崇拜者,是蒋经国在江西青年干部训练班培养的心腹。抗战时期,蒋经国在蒋介石的支持下组织起十几个师的青年军,戴之奇成为青年军的师长。抗战胜利后,国民党军界元老为削弱蒋经国在军队的势力,除几个师外将青年军的大部分解散,而这时戴之奇已经成为第十八军副军长。在国民党军内部,多数人对戴之奇不屑一顾,认为不过是蒋家父子的一个死党而已。但是,戴之奇毕业于黄埔,参加过北伐,又再次毕业于陆军大学,抗战中率部参加了淞沪会战、鄂西会战、常德会战等,平时谈起战略战术也是滔滔不绝。在向共产党解放区进攻的各路国民党军中,他的整编六十九师一直是急先锋。

粟裕想定的作战方案是:正面阻击整编十一师,把整编六十九师分割出来,集中优势兵力两翼夹击将其歼灭。

战场选择在宿迁以北公路两侧的几个小高地附近。

山东野战军和华中野战军的二十八个团奉命监视其他三路敌人;山东野战军第一、第二纵队,第七、第八师和华中野战军第九纵队,共二十四个团,奉命隐蔽向预定战场开进。

十二月十四日,整编十一师和整编六十九师继续分路推进。华中野战军第九纵队以少数兵力顽强阻击火力强大的整编十一师,同时把整编六十九师放进了预定战场。黄昏,整编六十九师师部和二六七团进入人和圩,其他各旅紧随其后,他们与受到猛烈阻击的整编十一师之间已经出现了间隔。

十五日,山东野战军和华中野战军各部队到达合围地点。

同一天,整编十一师师长胡琏以宿新兵团前线指挥官的名义召集作战会议。会上,胡琏指责整编六十九师轻举冒进,戴之奇指责胡琏的部队推进缓慢。就在两个人争执不下的时候,突然接到了整编六十九师遭受围攻的消息,紧接着传来整编十一师师部附近出现共军的报告,胡琏和戴之奇都感到非常吃惊。

山东野战军和华中野战军的攻击开始了。所有的官兵都知道,这是破釜沉舟的一战。打好了,生存条件就会改观;打不好,无论是往南去苏中还是往北去山东,日子都会更加艰难。

在对整编六十九师的合围圈上,作战重点是负责穿插分割的一纵和负责攻占战场制高点峰山的八师。

一纵刚刚进入出击地域时,命令传来,说当面之敌已经溃退,一纵必须立即追击,与二纵一起截住逃敌。司令员叶飞不敢怠慢,三个旅急速向纵深冲去。但是,部队跑出没多久,叶飞就感到情况不妙:敌人并没有溃退的迹象,甚至连撤退的迹象都没有,村庄边的篝火一堆连一堆,敌人正在修筑工事。更严重的是,二纵的出击方向没有任何动静。叶飞立即命令部队停止冲击,回到原来的出发地。天亮时,一旅和二旅回来了,三旅的两个前卫团冲得太猛,通信员徒步追上他们时已是上午八点,部队想撤也撤不回来了,因为这两个团已经深入到整编十一师的纵深地域——孤军深入,处境危险,叶飞焦急万分。到底根据什么说敌人溃退了?让一纵追击的命令又是谁下的?

但是,被困在敌人纵深区域的两个团不但没有惊慌,而且还起到了搅乱敌人部署的奇效:他们抓到敌人的几个电话兵,查明在他们附近运动的敌人恰好是整编十一师的部队——既然到了这里,不如冲它个鱼死网破,于是他们不顾一切地展开了攻击。两个团,一部掩护一部进攻,冲进了整编十一师师部附近的村庄,歼灭其工兵营和骑兵营大部,还把整编十一师附属的那个炮兵团打散了。接着,他们占领了运河上的一座桥,这里距十一师师部不足三百米,如果不是兵力单薄,仗还没有正式开打胡琏就该逃亡了。整编十一师指挥部不知共军如何到达这里的,也不知到底来了多少共军,整整一夜都在紧急调动部队向师部靠拢。天亮之后,终于发现这是一小股兵力,于是立即组织反击。一纵的两个团边打边撤,竟然又从敌人的纵深地域撤回来了。

就在叶飞终于松了一口气的时候,八师对峰山的攻击进入了艰难时刻。峰山是一个海拔只有八百多米的小山包,但却是整编六十九师防御的支撑点,一旦丢失整编六十九师将四面无依。戴之奇命令预备三旅七团死守,七团在一天之内把山包上的树全部砍光,以扫清一切射击障碍,然后紧急挖掘壕沟,布置了密集的火力配备。这里是宿北平原,山包下地势平坦,于攻击十分不利。八师赶到战场后,集中起五倍于敌的兵力从两面攻击峰山。西南方向的二十三团一营,在副教导员张明的率领下连续冲击三次,敌人猛烈的火力导致部队出现严重伤亡,冲击路线上遍布着遗体和伤员。天快亮了,如果拿不下峰山,势必影响整个战役进程,而此时原本有四百兵力的一营仅剩下四十多人了。副教导员张明决定最后再冲一次,在团炮火和机枪的支援下,四十多名官兵爬向鹿砦,撕开铁丝网,冒着敌人的机枪扫射,在壕沟里搭起人梯向山顶冲去。张明头部中弹,血流满面,视物模糊,但依旧冲在最前面。

终于，从另一面攻击的二十四团一营一连冲上来了，连长郭继胜与张明在峰山顶会合。

峰山被攻占后，一纵从峰山以南楔入整编六十九师的侧后，彻底割裂了整编六十九师与整编十一师的联系。二纵和九纵也完成了对整编六十九师的压缩和包围。戴之奇命令不惜一切夺回峰山。预备三旅和六十旅的两个团，在飞机和炮火的支援下，向峰山发动了一次又一次反攻，八师集中起所有的火力坚守不退。十六日晚，戴之奇请求胡琏救援。至十七日凌晨，胡琏除了哀叹"戴先生不堪设想了"之外，就是没有派出一兵一卒。戴之奇只好向南京求救："恳求校长派兵或催令胡部相援，拯危局于万难之时。"蒋介石严令胡琏出兵，告诉他如果救不出戴之奇，拿着自己的脑袋来南京。十七日上午，胡琏派出两个旅发动猛攻，企图靠近整编六十九师，但遭到一纵三旅七团的顽强阻击。整编十一师一一八旅在飞机和榴弹炮的支援下，向七团阻击阵地发动数次进攻，七团的前沿成为一片火海，负责指挥的三旅参谋长谢忠良不断地调动部队增强阻击力量，但是到下午十三时，蔡林一线阵地还是被一一八旅突破。一纵开始两面受敌——整编六十九师在往外突，整编十一师在往里打。危急时刻，指挥部命令一纵撤退，说峰山的八师已经撤了。叶飞顿时火冒三丈："大白天，开阔地，又处在敌人纵深，四面受敌，一个纵队万余人，怎么撤？"况且，敌人的炮火已经封锁了退路。叶飞决定坚决不撤，撤也要等到天黑。这是一纵最危险的时刻，叶飞命令七团无论如何都要确保最后的阵地。七团以巨大的代价拼尽全力阻击，一个营又一个营战至最后都仅剩下五六个人。天暗了下来，叶飞下达了撤出战场的命令，一团和二团端着刺刀排成方队迎着向七团阵地攻击的敌人冲了上去。首先溃退的是距离整编六十九师师部最近的十八旅。

胡琏的十八旅不顾友邻擅自撤退，促成了戴之奇的整编六十九师的最后覆灭。

此时，整编六十九师的阻击阵地已经破碎。六十旅在旅长黄保德的带领下率先突围，很快就被一纵和八师包围歼灭。师部以特务营为前锋也开始突围，但因遭到猛烈的阻击被迫退了回去。十七日下午十四时，陈毅、粟裕命令各部队"集中全力解决人和圩之敌"——人和圩，整编六十九师指挥部所在地。这里的守军工事坚固，而主攻的二纵和九纵只有三门火炮,炮兵的抵近射击摧毁了两个碉堡,进攻在敌人的强势火力面前连续受阻。十八日零时,粟裕下达了严厉的命令:坚决攻下人和圩!他打电话给第二纵队司令员韦国清:"二纵队继续突击,今晚把他解决。要严密几道包围网,不要使敌人跑掉。不要顾及疲劳,调四旅先去一个团,马上把人和圩搞下来。"在韦国清部署攻击的时候,粟裕的电话又到了:"你们要不顾一切代价把人和圩搞下来,拖下去不好,要注意联络,决心要贯彻。如果今天不能解决,明天敌人增援,情况可能发生变化。"二十七团一营一连爆破组连续爆破,终于在人和圩守军的工事中炸开一个缺口,三班长周杰发率领几名战士挺身而出,用手榴弹巩固了缺口,营长杜邵三率领一连迅速从缺口处向里穿插。几个小时之后,二纵突进去两个团,九纵突进去四个营。

枪炮声逐渐密集起来的时候,戴之奇知道自己的最后时刻到了。

十八日早晨,蒋介石亲自打电话给胡琏,再次严令他不惜一切增援整编六十九师。但是,在胡琏的指挥部里,所有与整编六十九师的联络都已中断,人和圩方向的枪声也渐渐平息。胡琏放下蒋介石的电话后,判断整编六十九师已经完了,立即命令部队就地构筑工事转为防守。

胡琏的判断十分正确,华中野战军官兵已经冲到了戴之奇指挥所的门口。

戴之奇在残部的簇拥下向村庄的东北角突去,当他终于意识到四面都是喊杀声时,朝自己的头部开了一枪。

宿北作战结束。

此战共歼灭国民党军两万一千余人。

人和圩打扫战场和清查俘虏的工作进行了整整两天。在俘虏中查出整编六十九师副师长饶守伟、参谋长张东彝、副参谋长章秉伊等人,并查实六十旅旅长黄保德自杀,三旅旅长魏人鉴和副旅长周绍宣等被击毙。可是,唯独师长戴之奇生不见人死不见尸。韦国清亲自提审了戴之奇的副官庞白林,庞白林说,混战之中他也不清楚师长的下落。提审的时候,韦国清身边坐着个名叫胡奇坤的随军记者,记者脚上的一双丝绒面料的棉鞋引起了庞副官的注意——记者向韦国清报告说,他随突击部队越过壕沟的时候,双脚陷入冰窟窿里,这双鞋是保卫科的高干事顺手从一个死尸的脚上扒下来给他换上的,如果需要上缴的话,他就立即脱下来——庞白林仔细端详了这双棉鞋后肯定地说,整个六十九师只有师长穿着这样一双棉鞋,这双鞋是人和圩区长吴飞天送给师长的礼物。沿着这条线索,清查人员找到了一具光着脚的尸体。拉开尸体上裹着的士兵棉衣,里面是国民党军中将军服,尸体的右太阳穴上有一个弹洞。

庞副官表情凄然:"这就是我们的戴师长。"

戴之奇的胸徽、日记和一把短剑被送到粟裕那里。

粟裕拿着这把"中正剑"端详良久。十个月前,粟裕作为华中军区的代表,曾去徐州与国民党军代表商谈"粟裕部与顾祝同部的摩擦问题",当时戴之奇是国民党军徐州绥靖公署副参谋长。粟裕离开徐州时,机场上引擎轰鸣,国民党空军正在进行美制P-51战斗机的飞行编队训练。戴之奇对望着机群出神的粟裕说:"现代的空军威力真是伟大!"粟裕板着脸说:"遗憾的是,天上的飞机不能到地面来抓俘虏!"

粟裕指示:找副好棺木把戴师长埋了。

国民政府国防部在检讨宿北作战时批评徐州绥靖公署:"全兵力于苏北、鲁南作扇形展开,采取全面攻势。致各兵团在战略上形成隔离之状态,在战术上呈现突出之弱点。同时,未事先控置(制)第二线机动兵团,致各兵团遭匪各个围攻时,竟无法补救,招致重大之损失。"

虽然宿北战役规模不大,但粟裕认为此战意义重大:首先是促成了华中和山东两支野战军从此合而为一:"这仗打胜了,兄弟部队之间就产生了彼此的信任,两支野战军合并后的新的领导机构和所属部队也就产生了上下之间彼此信任。这一切,都是无价之宝。相反,如果这一仗我们被打败了,上下之间和兄弟部队之间就容易相互埋怨,就要花上一个相当长的时期和相当大的努力,才能弥补过来。"其次是扭转了战场形势,并积累了打大规模歼灭战的经验:"继淮南、淮北被敌人占领以后,华中首府两淮又失守,敌人对我们形成半圆形包围的态势,敌人的兵力又处于很大优势,蒋家王朝的五大主力中的两个——整编第七十四师和整编第十一师也调到苏北战场来了,我们处于被动状态……这次战役将决定我们能否经过主观能力的活跃,将战役的主动权夺取到手……中央、军委要求我们打大规模歼灭战,这需要积累经验……这一仗打胜了,就可以成为两支野战军集中后战役规模越来越大的一个良好开端,成为歼敌由小到大的一块中间阶石,踏上了这块阶石,再上一步去踩更高的阶石,就比较好办了。"由此,粟裕将宿北战役称为"华东战区第一个转折的标志"。

在当时依旧严峻的军事形势下,"转折"二字用得十分奢侈。

出现"转折"的,还有远在东北的林彪部。

一九四七年二月,东北的国民党军在杜聿明的指挥下,集中五个师的兵力第三次向南满部队发动进攻。南满部队命令三纵正面迎敌,四纵深入敌后袭击安东至沈阳铁路线两侧。三纵的七师和九师迂回包围了进至金川以南的国民党军暂编二十一师六十三团和一个山炮营,经过六个小时的激战将其全歼,然后集中全部主力反击通化以北的国民党军,相继收复柳河、辉南。在攻击辉南时,八师二十二团八连因战斗伤亡仅剩下十八名官兵。部队冲进县城后,小炮班长陈树棠孤身深入街巷,连续制服多名抵抗的国民党兵,天亮时竟一人缴获机枪一挺、六〇炮三门,步枪四十三支,陈树棠班长因此获得了"孤胆英雄"称号,和银质"红星奖章"一枚。不久之后,他再次创造一人俘虏五十三名国民党军的战绩,获得了当时共产党军队中的最高荣誉"毛泽东奖章",并被提升为排长。六个月之后,陈树棠排长阵亡于辽宁开原八棵树。

辉南的丢失迫使进攻中的国民党军开始收缩。

为了策应南满部队的战斗,北满部队第二次跨越封冻的松花江南下出击。其作战方针依旧是远程奔袭以攻点打援,即先打九台以北的国民党军重要据点城子街,然后伏击从九台和德惠出动的援敌;歼敌之后围攻德惠,然后再伏击从长春和农安出动的援敌。然而,战斗一开始就出现了意外,北满部队刚刚越过松花江,城子街守军新一军新编三十师八十九团立刻弃城撤往德惠,攻点打援的计划眼看将化为泡影。林彪立即命令一纵二师和六纵十六师昼夜兼程将敌八十九团截住。二师在冰雪中一个夜晚奔袭六十公里,天亮时出现在撤退的八十九团面前。几番交战后,终于迫使八十九团主力返回城子街。城子街立即受到六纵的猛烈攻击。这是林彪部第一次在白天对设防坚固的城镇实施攻坚作战。国民党守军对共产党军队已经拥有的强大火炮十分恐惧,在南北两面的防线相继瓦解之后龟缩一角等待增援。二十三日,在最后的总攻中,八十九团及附属山炮营两千七百多人全部被歼,负责攻坚的六纵仅伤亡二百余人。

接下来的战局转变出乎了林彪的预料。

城子街受到攻击的时候,驻守九台和德惠的国民党军并没有增援。

于是,林彪决定直接攻击德惠县城,并部署了伏击长春援敌的作战计划。但是,攻击德惠的战斗却严重受挫。德惠既是长春北面的屏障,又是从长春进攻北满解放区的前沿,守军为国民党军装备最好、战斗力最强的新一军五十师附属一个山炮营共七千人。而林彪投入的攻击兵力已近四万,尤其是三个炮兵团,使攻击的炮兵达到守敌的八倍。但是不知出于何种原因,四个师被分散在德惠县城的四个方向,炮兵也被平均配属给四个师,结果大大削弱了突击力量。四个方向的突击部队虽然都先后突入城内,但国民党守军纵深防御十分严密,结果各路攻击部队在凶猛的火力压制下被迫撤出,战场上形成了对峙局面。更严重的是,国民党军十二个团的增援部队已节节逼近,一纵、二纵等部队虽顽强阻击但终难以坚持。攻坚不利,打援不成,主力面临守军和援军的两面夹击,三月二日林彪被迫下令撤退。

撤退命令一下,战局骤然恶化。

杜聿明终于抓到了可将林彪主力歼灭的战机。他一面命令部队全力追击阻截,一面命令把松花江上游的丰满水电站的水闸打开,企图用大水截断林彪部北撤的退路。如果大水顺江而下,将会把平坦的冰封江面冲碎,冰冷的江水加上破碎的冰块,几乎是一道无法逾越的屏障。林彪闻讯后,急令部队开始奔跑,争取在大水到达之前从冰封的江面上撤回江北。此时,东北民主联军主力已无暇顾及回击追兵,所有的官兵都在雪地里向着那条冰封的大江狂奔。就在大水已到眼前的时刻,大部分部队撤回了松花江北岸,但依旧有一些官兵被大水阻截。这些官兵不顾一切地扑进冰块翻腾的江水中,挣扎着向北岸游去。近两公里宽的松花江江面上,冰块在激流的推动下发出巨大的撞击声,形成一片迷蒙的水雾。在零下四十摄氏度的低温中,官兵们的头上很快就结起冰砣,眼睛被遮挡得什么也看不见。干部们奋力阻挡冰排为战士开路,不会游泳的官兵被战友用绑腿捆住腰,游在最前面的官兵用枪托刺刀推开浮冰。终于有人上了北岸,被冻得浑身僵硬趴在岸边的雪窝无法站立,干部们用棍子敲打着他们:"谁也不准躺下!快起来!快跑!"

林彪部的全线撤退,让杜聿明终于享受到胜利的喜悦,他立即发布新闻:德惠一战"歼灭共军十万"。然而,没过多久,蒋介石发来的一封电报让杜聿明吓了一跳。蒋介石没有通过杜聿明,直接命令新一军和第七十一军渡过松花江继续追击。杜聿明急忙打电话给新一军军长孙立人和第七十一军军长陈明仁,要求他们迅速撤回原来的防区。但是,本来就不服杜聿明的孙立人和陈明仁都表示要坚决执行委员长的命令。杜聿明焦急万分,亲自跑到德惠,当面劝告两位雄心勃勃的军长:"此次共军在德惠并未受到多大损失,这次撤退是受我军虚张声势所迷惑。现据情报,共军从我方被俘人员口中已了解到我们力量不大,很有可能卷土重来,你们必须迅速撤回原防,准备对付共军下一步的进攻。"

关于杜聿明坚持退回原防一事,事后国民党军内部,包括孙立人和陈明仁两位军长,皆微词多多。有一种说法是,如果当时杜聿明不加阻拦,两个军冲过松花江去,林彪部很可能受到重创,残部将被赶到苏联或蒙古去——但是,杜聿明的判断的确没有失误,因为,新一军和第七十一军还没有撤回原地,林彪部的反击突然开始了。

这一次,是东北民主联军著名的"三下江南"作战。

林彪部的突然出击,令国民党军向长春方向紧急收缩兵力。新一军撤回德惠,第七十一军撤回农安。东北民主联军紧追不舍,二纵五师首先在靠山屯围住了撤退中的第七十一军八十八师二六二团。军长陈明仁急令八十七师和八十八师主力回头解围,但两支部队还没到达靠山屯,就得到了二六二团已被歼灭的消息。八十七师和八十八师主力立即往回跑,这才发现退路已被封堵。

一纵一师奉命疾速向西,包抄第七十一军的退路。三月十二日,终于与八十八师和八十七师主力迎头撞上。三团先敌开火,把敌人一部压缩在郭家屯村,二团则把另一部敌人压缩在姜家屯村。林彪立即命令所有的部队向这两个村庄合围。郭家屯的战斗进行得十分激烈,守军数次突围,均被三团成功阻击,最后,三团一营从村西南攻了进去,三营从村东南攻了进去,迫使守敌从村庄的西北角突围,而三团投入早已准备好的预备队进行围歼,终于将残敌全部歼灭于野外。攻击姜家屯的二团在攻击受阻时,一营营长张立奎挺身向前,冲到村庄的围墙边时胸部中弹倒地。几乎与此同时,从东南方向攻击的三营营长也被守军的狙击手打死。二团政委胡云生正为两名营长的阵亡悲痛不已,一颗子弹迎面而来击穿了他的下巴。二团在副团长刘海清的指挥下,不惜一切再次发起攻击,打红了眼的官兵终于攻进村里的一个院落。院子外面枪弹如同暴雨般倾泻,官兵们在院墙上挖洞前进。守敌用机枪封锁洞口,士兵刘汉生冒死前冲,钻出洞一脚踹开敌人占据的一扇房门,把吓呆了的八个敌人逼在墙角处。指导员赞许地大喊："刘汉生是第一功！"官兵们纷纷爬上墙头，边扔手榴弹边喊："枪是老蒋的，命是自己的！快过来吧！"最后，守敌被压缩在一个大院子里，八连副指导员让机枪掩护，自己猛地跳进院子，用枪逼住了一名军官，让他下令缴枪。军官愣了片刻，然后喊道："兄弟们不要打了！缴枪！"这位军官就是八十八师二六三团团长兰松岩。

战斗结束了。

村外的雪地上摆放着阵亡官兵的遗体。

一营营长张立奎静静地躺在厚厚的雪上，副团长刘海清大喊："在俘房中把那个狙击手给我找出来！"营部书记在俘房集中的地方询问了很久，还特别问了团长兰松岩，可是谁也说不清楚当时是谁开的枪。一纵一师政委梁必业对身边的炮兵营教导员刘宗参说："你当指导员的时候，他是你的司务长，你负责把他埋了吧，一定找块干净的地方。"刘海清终生难忘一营营长最后的面容，那张年轻的脸比东北的大雪还要白——张立奎曾给梁兴初师长当过警卫员，小伙子长得漂亮，打仗机智而勇敢，平时爱干净，无论战斗行军多么艰苦，他总是努力穿戴得板板正正，出门胸前总挂副望远镜，进门习惯拍打裤脚和吹吹帽子上的灰尘——整整五十年后，年近古稀的刘海清再次来到姜家屯战场，当询问村庄里的老人们是否还记得当年打仗的事情时，老人们都说，那枪打得呀分不出个点，八路的枪不行，中央军的枪好，可八路还是打胜了。死的人呀，一片一片的，老鼻子啦，听说死的人里有两个特年轻的八路营长。刘海清问，还记得那两个营长埋在哪里了吗？老人们说，解放后，尸骨被起走，集中埋在郭家屯的烈士陵园里了。刘海清找到那个烈士陵园，但是大门上的锁已经生锈。镇政府的人用锤子把锁砸开，刘海清走进陵园，园子里满目荒草，荒草中矗立的全是无字的墓碑。老泪纵横的刘海清向那片墓碑深深地弯下腰去。

三月，松花江开始解冻。

杜聿明趁北满部队受江水阻隔不便南下作战之机，再次集中兵力向南满共产党部队发动攻势。此时，南满部队经过三次保卫临江的战斗，兵力消耗很大，每个战斗师已不足四千人。陈云在作战会议上说，坚持南满是我们的责任，再打下去，我们可能损失很大，但是会对全局有利，只要对全局有利，损失再大也值得。因此，"我们必须不惜以任何代价","打几个恶仗、硬仗、较冒险仗[乃是运动战]",哪怕"将三纵、四纵队打掉三分之二或四分之三"。

决死的官兵们再次迎敌而上,在红石镇将国民党军八十九师和五十四师的一六二团死死围住,三纵和四纵十师合力凶猛攻击,激战之后,国民党军彻底崩溃,包括八十九师师长张孝堂、副师长秦世杰在内的八千多官兵跑得漫山遍野。共产党官兵四处喊:"放下武器!都到三源浦集合开饭!"于是国民党军官兵纷纷扔下枪向三源浦方向会集。东北民主联军中自此流传开一首名为《筛豆子》的快板诗:

>国民党,兵力少,
>南北满,来回跑。
>北满打了它的头,
>南满打了它的腰。
>让他来回跑几趟,
>一筐豆子筛完了。
>
>筛豆子,大家干,
>咱把反动派筛几遍。
>南满消灭它几个师,
>北满消灭他几个团,
>机动兵力筛完了,
>可筐再打歼灭战。

虽然东北战局还未出现决定性的转折,但共产党人在东北的军事处境开始向有利的方向转化。由于占据的地域过于广大,需要守卫的交通线漫长,国民党军日益感到兵力匮乏的巨大压力。杜聿明坦率地承认,从一九四六年底到一九四七年初,他的部队在数次作战中屡遭"无谓的损失",最大原因是"兵力配布分散",机动兵力不足,"使匪得运用优势兵力,突破防区一点,而遭致军事上之失利"——杜聿明仅仅是从战略上进行了反思。而那位自杀身亡的国民党军整编六十九师师长戴之奇,生前在日记中写有这样一句令人心惊的话:哀莫大于心死。

内战刚刚开始,国民党军已经取得很大的军事进展。在这种局势下,一个无限效忠于蒋介石的战将,为何身未死时心已死?

农民厌恶马师长

"要吃苦,跟马励武。"

国民党军整编二十六师中流传着这样一句顺口溜。

官兵们除了抱怨转战辛苦,总在与共军打恶仗之外,还对他们的马师长带兵严厉和拖欠军饷严重不满。

宿北战役后,整编二十六师师长马励武在一九四六年的最后一天终于松了一口气。作为攻击山东解放区首府临沂的主力,他的部队已经推进到距临沂咫尺之遥的峄县、向城、傅山口一带,只等着与共产党军队进行最后决战以攻占临沂。眼下,新年就要到了,前线静悄悄的,没有共产党军队运动的任何迹象,想必陈毅和粟裕也是要过年的。于是,一九四七年新年的那天上午,马励武在师部和同僚们吃了顿年饭,把部队交给副师长曹玉珩和参谋长郑辅增,然后独自乘车回峄县县城去了。他还有很多应酬,包括出席地方官员的宴请以及与第二十七集团军司令李玉堂喝上几杯密切关系的酒等等。中午到达县城后,他把地方人士召集起来发表讲话,他讲了"新宪法的成就以及军民之间的合作",强调"剿匪是为了让百姓过和平的生活",同时还告诫各位:"共产党对人民就像猫对老鼠一样。他们把自己打扮成仁慈的人,你们不要上当受骗。"晚上,马励武在师后方司令部参加了新年晚会,看的是京剧《风波亭》。看戏的时候,他隐约感到今天演这出戏有点不吉利,看到岳飞遇害的时候心里更加不舒服,难道这出戏预示着战场真的要起"风波"?果然,京剧看到一半,李玉堂的电话来了:"前边已经打起来了。"

马励武时年四十三岁,毕业于黄埔军校第一期,曾经当过蒋介石的副官。抗日战争中,他先后出任第二十九军军长、第二十六军军长,率部参加豫中会战、长沙会战、衡阳会战等。一九四六年上半年,第二十六军整编为二十六师,他成为整编二十六师师长。国民党军整编二十六师,辖四十一、四十四、一六九旅,是国民党军在华中地区战斗力最强的部队,"配备有坦克、榴弹炮、山炮、反坦克火箭炮、机枪、步枪、无线电设备、地雷、卡车、吉普车、设有无线电装置的指挥车、弹药、汽油、筑路设备,甚至轻便金属船只"——所有这些都由美国提供,连官兵的鞋带都是美国制造的。特别是配属的第一快速纵队,由蒋经国亲自创建,是蒋介石最得意的装甲步兵混成部队,包括野战装甲车在内的所有装备都来自美国,官兵也都在印度受过美国教官的严格训练,并且经历过缅甸战役的实战考验。

此时,没人知道,武器精良、火力强大的整编二十六师在国民党军序列中彻底消失的最后时刻已经近在眼前。

新年之夜,马师长在极度的焦虑中度过。通往前线的电话已经中断,凌晨时分,他通过无线电命令前方部队出击侦察,侦察的结果却是:公路已被封堵,有共军大部队和大量民兵活动的迹象,通过公路回到师部将是十分危险的。马师长一下子不知所措了,唯一准确的判断是:自己不能返回前线亲自指挥作战了。

实际上,新年之夜,陈毅和粟裕并没有下达全面攻击的命令。

前线的慌乱,是国民党军与共产党地方武装发生交火导致的。

宿北战事结束后,国民党军国防部参谋总长陈诚来到徐州,与徐州绥靖公署主任薛岳一起研究华中局势。他们一致认为,向山东解放区首府临沂发动最后攻势是必要的和必须的。因为共产党中枢所在的陕北,地域狭窄供给贫瘠,目前已处在胡宗南部大军的围困之下,定难持久;东北的林彪部虽然近来有壮大的趋势,但终究龟缩于偏远的东北一角,对于关内战局不会造成重大影响。现在,只有陈毅部和粟裕部是国民党军真正的心腹大患。共产党在苏北的地盘已经一一失守,陈毅和粟裕的残部只能从苏北向鲁南撤退,如果一鼓作气寻找其主力展开决战,得手后中国的中心地域局势基本可定。

> 只有山东军区,地当中国心脏,山东半岛深入海中,沂蒙、崂山等山脉绵亘起伏于其间,地形错综复杂。共军自称前后经营达八年,根深蒂固,加以烟台、龙口与旅大仅一水之隔,易得外援,因此山东便成为共军最优良同时也可能守得最久的

根据地。山东之得失,在国内战局中,也便有决定性作用。

宿北战役给向苏北进攻的国民党军以严重打击,迟滞了国民党军的向胶济线、鲁南和苏中发起的攻势。但是,戴之奇的整编六十九师的崩溃,只是使国民党军的包围圈上有了一个缺口,一旦其重新调整部署,这个不大的缺口即刻便可以封闭。此时的陈毅与粟裕部依旧处在敌人的夹击之中:南面,沿运河两岸,胡琏的整编十一师驻宿迁、钟纪的第七军驻泗阳;东南面,李良荣的整编二十八师驻涟水,张灵甫的整编七十四师驻陈师庵;北面,与临沂对峙,王长海的整编七十七师驻台儿庄地区,周毓英的整编五十一、刘振三的整编五十九师驻枣庄地区,马励武的整编二十六师附第一快速纵队已突前至临沂西南三十公里处。对于陈毅和粟裕来说,要想冲破国民党军的包围,两面之敌必择其一作战。

新年来临之前,陈毅和粟裕经过慎重思考终于下定决心:"集中兵力歼灭鲁南之敌":

> 今后的一定时期,山东将是华东的主要战场。如果继宿北战役之后再在鲁南打一个大歼灭战,不仅能打破敌人的包围圈,使山东、华中两路野战军完全会合,而且能为今后在山东作战创造良好的战场条件。鲁南巩固了,以后南下、北上或西进,我军都会取得行动的自由。

毛泽东为中央军委起草了致陈毅、粟裕的电报:"鲁南战役关系全局,此战胜利即使苏北各城全失亦有办法恢复。"

问题是,先打刘振三的整编五十九师,还是先打马励武的整编二十六师?按照先打弱敌的常规,杂牌军整编五十九师好打。但是,目前在鲁南地区,国民党军主力是整编二十六师,只有将主力歼灭,局势才能真正好转,打弱敌一时解决不了鲁南解放区面临的严峻局面。况且,此时整编二十六师冒进突出,与左右两边的部队空隙很大,战场态势极其不利。

战役决心已下,山东和华中两野战军主力奉命秘密北上。参战部队被编成左右两个纵队:右纵队由第八、第九、第十师和第四师十团、滨海警备旅和鲁南军区特务团组成,兵力十二个团,由鲁中军区司令员王建安、政治委员向明,鲁南军区政治委员傅秋涛、副司令员郭化若指挥,任务是切断敌人向峄县、枣庄的退路,并阻击援敌,割裂整编二十六师一六九旅与四十四旅之间的联系,歼灭四十四旅于傅山口、台子堂地域;左纵队由陶勇的第一师和叶飞的第一纵队组成,兵力十五个团,直接归野战军司令部指挥,首先围歼卞庄(苍山),切断整编二十六师与整编五十九、七十七师的联系,歼灭一六九旅和第一快速纵队。鲁南第三军分区部队沿沂河东岸进行防御,保证战场侧翼安全,并派民兵武装深入台儿庄一带进行敌后骚扰和监视敌人动向。山东和华中野战军的兵力已是马励武的整编二十六师的四倍。

战役发起时间为:一九四七年一月二日午夜。

在此之前,整编二十六师已经侦察到了陈粟主力向鲁南开进的情况,马励武也预感到自己突出的位置很可能成为陈粟的攻击目标,他向国民党军徐州绥靖公署主任薛岳请示,要求全师收缩至峄县,但是请求未获批准。马励武只好命令就地压缩阵地,以师部所在的马家庄为中心,在一个东西长二十五公里的狭长地带构筑起防御阵地,并部署了以坦克机动火力为中心的防御体系。

被阻隔在峄县县城里的马励武忐忑不安,一月二日晚二十二时,从前方传来的无线电通报说,整编二十六师各旅同时受到了猛烈攻击。

右路,八师二十二团在攻击尚岩的战斗中,面对四十四旅一个营的拼死抵抗,官兵们连续炸毁了围墙、鹿砦和地堡,冲进村内与国民党守军展开混战。混战时令人担心的事情出现了:从马家庄方向增援来的坦克开到了村口。官兵们犹疑了片刻,正想着怎么对付这些钢铁家伙,发现坦克被村口的水沟阻拦了。坦克冲不过来,只能停在那里向村内开火。官兵们商量了一下之后,决定索性不理睬它,继续村内的战斗。国民党守军除了少数逃亡外,一个营大部被歼。村里的枪声平息之后,村口的坦克转身跑回马家庄去了。入夜,四十四旅不但遭遇重创,且与一六九旅之间已被分割,师部马家庄完全暴露。

左路,一纵首先攻击卞庄和塔山,攻击持续到黎明时分,突然天降大雨。本来马励武已于前夜得到薛岳的同意,准备三日拂晓撤出战场,薛岳还答应派出飞机掩护整编二十六师退至峄县。可是,大雨使飞机无法飞临战场,大雨还使得快速纵队的坦克和装甲车陷入泥泞。三日下午十五时半,一纵二旅占领塔山。卞庄的国民党守军开始大规模突围。雨云低垂,卞庄一带遍布河沟,突围部队行动受阻,遭到一纵毁灭性追歼。共产党士兵们围着不能动的坦克,一边用铁镐敲坦克的外壳,一边高声喊:"快出来,解放军优待俘虏!"一纵指挥部的一个参谋见此情景问:"怎么回事?"士兵们怕这个干部抢了他们的战果,说:"这是我们活捉的铁乌龟,与你无关。"参谋说:"我不抢你们的战利品,就怕它一发动跑了。"士兵中的一个班长狡黠地说:"它能跑得掉?烂泥地!再说,我们围了高粱秆,烧它!"国民党军的坦克驾驶员一听这话爬出来投降了。

这一天,左路的第一师已深深地插入整编二十六师与整编五十九师之间。

整编二十六师已被分割包围。马励武终于在峄县待不住了,三日一早,他带领两个连乘卡车冒险而出,企图回到他的指挥位置上,但是走到半路还是退了回来,因为他的侦察部队反复向他渲染前方战事的危急,令他最终失去了冲向战场的勇气。

此时,在瓢泼大雨中,山东和华中野战军左右两路纵队开始猛烈压缩,到四日凌晨,整编第二十六师师部和第一快速纵队被包围于陈家桥、贾头、作字沟等几个村庄里。

马励武战前预定的撤退方案是:在快速纵队坦克的掩护下,以卡车为主要交通工具快速移动,原则是坦克夹着卡车车队和炮兵车队沿公路滚动前进。马励武确信没有什么能够阻挡这样的铁流。

大雨逐渐变成了漫天雨雪,天地间一片朦胧。有参谋问粟裕是否改变总攻计划,粟裕回答:"不变,这是老天爷帮我们的忙。雨雪交加,道路难行,把敌人的重装备陷在那里,他就更难逃脱了。"

连续的雨雪确实帮助了共产党官兵。

四日上午十时,整编二十六师残部和第一快速纵队开始突围。坦克、汽车、炮兵和步兵混杂在一起,拥挤在通往峄县的公路上。在山东和华中野战军的四面围攻下,原来设计好的行军序列已完全混乱。更严重的是,由于公路被混乱的步兵和炮兵壅塞,同时公路上处处是民兵埋设的地雷和挖好的反坦克沟,比步兵行进速度快的坦克和汽车为了尽快逃离战场,纷纷开下公路想从野地里夺路而奔——这些钢铁机械一旦下了公路,末日也就到了。

这一带的地名叫"漏计湖",南北皆是沼泽洼地。连日的雨雪使本来就泥泞的田野更加松软。坦克、汽车和火炮下了公路之后,立即全部陷入泥沼，在绝望地不断轰鸣之后，只有不知所措地向四面开炮，柴油的烟雾和炮火射击的硝烟在寒风和雨雪中翻卷，使这一片田野成为一个奇特的疯狂之地。

共产党官兵与钢铁怪物的最后搏斗就这样开始了。他们在泥泞中奔跑虽然也异常艰难，身上的棉衣因被雨雪浸透而十分沉重，但战场上的奇景令他们热血贲张。两军的步兵扭打在一起，到处是咒骂和嘶喊，炸药包、手榴弹和手雷雨点般投向在泥泞中疯狂转动炮塔的坦克。有的官兵抱着点燃的秫秸往坦克的履带下面塞；有的爬上坦克，用铁锹、洋镐乱砸，或是把大团的泥巴涂抹在坦克的观察窗上。第一师三旅八连副班长李耀清爬上坦克后抱住了滚烫的炮筒，坦克炮塔急促地旋转，李耀清身体腾空但就是死不松手，这让他的战友们紧张得张大了嘴巴。坦克没能把他甩下来，里面的坦克兵突然掀开舱盖举枪就打，李耀清手快，顺势把一颗手榴弹塞了进去，接着就是一声闷响。战场上顿时响起了一阵欢呼："李耀清！李耀清！"燃烧起来的汽车和坦克如同一支巨大的火炬，浑身着火的战士如同一个个火球前仆后继地往坦克上扑，黑色的硝烟弥漫在白色的雨雪中。

整编二十六师和第一快速纵队的抵抗意志崩溃了。整编二十六师的几名军官下令官兵停止抵抗，第一快速纵队二三九团团长也率全团放下了武器。四日下午三时，战斗结束，国民党军整编二十六师四十四、一六九旅全部，第一快速纵队坦克营、工兵营、炮兵团、运输团和步兵八十旅，共三万余人全部被歼。

雨雪还在飘洒，但战场上充满欢乐。两个野战军的官兵、民兵和附近的百姓忙着收缴和清点战利品，这是他们前所未见的，令他们既惊奇又兴奋：数十辆坦克、成排的美式重型卡车拖曳的重型大炮；数百辆汽车上满载着弹药、被服和大米；各式吉普车，车上装满了子弹；还有满是洋文的罐头、饼干、糖果、香烟。成箱的重炮炮弹让官兵们犯了难，谁也不清楚这些涂着各种颜色的美国炮弹是干什么用的，赶紧找来懂点外国字的干部辨别，干部们把写有"H"标志的穿甲弹和"F"标志的燃烧弹分开，并且将它们与匹配的大炮放在一起。官兵们让被俘的国民党军坦克驾驶员加大马力，同时数十名官兵在坦克的前面和后面连推带拉，可就是无法将这个庞然大物从泥沼中开出来。"拉坦克比打坦克还难！"附近村庄里的百姓把自家的门板卸下扛来垫履带，最后终于把坦克弄上了公路。上千名国民党军的坦克驾驶员和汽车驾驶员被集合起来,一个共产党干部当场宣布他们从此成为共产党军队的一员,并且与他们每个人都握了手。这些几小时前还是国民党军的人,立即把坦克和汽车发动起来,往山东解放区首府临沂方向开去。当这个浩大的车队开进临沂城的时候,民众把坦克和汽车团团围住左摸右看,致使街道堵塞甚久。山东野战军后方兵站专门设宴招待了这些坦克驾驶员和汽车驾驶员,共产党干部在祝酒时说:"诸位在抗日战争的印缅战场上,曾有过光荣的功劳……今天来到人民的队伍之中,为人民的事业奋斗……人民欢迎你们!"这句话让被俘的国民党军官兵受宠若惊,他们随即表示从此要做一支"人民的快速纵队"。不久,华东野战军的"特种兵纵队"在此基础上诞生。

按照预定作战方案,解决了整编二十六师和第一快速纵队之后,部队应立即转向西南,攻击整编五十九师和整编七十七师。但是,这两支国民党军在整编二十六师遭到毁灭性打击后,立即从鲁南退缩到苏北运河以南,以背靠国民党军徐州战区进行防御。于是,陈毅和粟裕改变原定计划,决定攻击峄县和枣庄。峄县之敌不难打,难打的是枣庄,这里在日伪占领时期便修有坚固工事,现在是国民党军在鲁南的重要据点,攻击中难免会出现较大的伤亡。但是粟裕认为,要巩固鲁南,把威胁侧翼的枣庄打下来,才可能改变战场态势,不好打也要打。具体方案是:第八、第九师和第四师十团、滨海警备旅负责攻击峄县,第一师负责攻击枣庄,第一纵队等部队负责战场打援。

陈毅、粟裕部连续作战的决心,不但来自改变鲁南军事形势的迫切心情,也与自鲁南战役发动以来友军的配合作战有关。

国民党军徐州绥靖公署所属部队多达八十个旅,被毛泽东称之为"全国第一强敌"。早在陈毅、粟裕部进行宿北战役的时候,毛泽东就认为,如果位于徐州战场的邱清泉的第五军和胡琏的整编十一师被投入鲁南战场,将对我军作战形成巨大的压力,于是要求刘伯承、邓小平的晋冀鲁豫部队尽快组织战役,"打两三个大仗","以拖住邱胡不使加入鲁南为原则"。

为了在最短时间内最大限度地歼灭或拖住敌人,刘伯承超常规地采取了不理会敌人的一线防御、直接大纵深地插入敌核心部位的战法,晋冀鲁豫部队发动了滑县战役。在敌人毫无察觉的情况下,攻击部队悄悄地插入国民党军整编四十一师一〇四旅、整编四十七师一二五旅以及河北保安第十二纵队三路敌军的接合部,插入纵深达四十多公里,将敌分割在河南滑县以南的上官村、邵耳寨和朱楼等地。拂晓时分,晋冀鲁豫部队三纵主力和二纵八旅,在当地民兵的带领下摸进邵耳寨时,整编四十七师一二五旅的两千五百多名守军依旧在沉睡,直到爆破鹿砦的爆炸声接连响起时才仓促应战。由于寨内没有防御纵深,守军指挥部很快就被冲击而来的晋冀鲁豫官兵占领。与此同时,六纵已把一〇四旅旅部和三一一团的两个营压缩在上官村的一角,国民党军守军向南突围,被战场外围的二纵压了回去;随后他们又向北面突围,被二纵十六旅四十八团截住全歼。守军旅长杨显明和副旅长李克源被俘。驻守朱楼的河北保安第十二纵队的四千余人也被七纵全歼,总队长何冠三和副总队长邱立明在突围中被俘。

追击国民党军逃兵时,二纵将一二五旅旅部和三七四团包围在了黄庄。二纵四旅旅长孔庆德和五旅旅长雷绍康让被俘的国民党兵进村去送劝降信,但遭到黄庄守军团长陈筱文的拒绝。入夜,四旅从北面和西北面、五旅从南面和西南面同时发起了攻击。四旅十团一连组成的突击队,在连长郭登玉和指导员孙福元的率领下,冒着国民党守军的火力封锁冲过鹿砦和壕沟,冲到寨墙下时郭登玉连长头部中弹倒下。官兵们竖起梯子向围墙上攀爬,在围墙墙头,孙福元带领二十多名官兵与守敌进行了残酷的肉搏战,用生命维持着冲击线上的突破口。守军的防御决心异常坚决,在残酷的冲击与反击的拉锯战中,双方都付出了巨大的代价。十三团二营二十一岁的副营长吴金科在搏斗中阵亡,十五团二十九岁的团长曹光岩在围墙上身中数弹牺牲。三小时之后,黄庄守敌被全歼,守军团长陈筱文被俘。

至此,滑县战役结束,战役歼敌万余,俘敌八千。

被俘的整编四十七师一〇四旅旅长杨显明和副旅长李克源均为川军出身,曾是川军名将的刘伯承友好地款待了他们。刘伯承还向他们问起昔日川军中的旧友旧僚。得知他们两人希望返回故乡时,刘伯承叮嘱道:"旅途珍重,后会有期。"

当陈毅和粟裕在鲁南即将对整编二十六师发起全面攻击的时候,刘伯承和邓小平在鲁西南的巨野、金乡和鱼台地区进行了一场更大规模的战役,史称"巨金鱼战役"——这场战役距陈毅、粟裕部的预定战场仅两百余公里。在那段雨雪交加的日子里,陈毅和粟裕得知晋冀鲁豫部队就在自己的西面,该是多么的惬意,因为他们可以不用顾虑徐州方向国民党军的威胁,放心大胆地作战了。

巨金鱼战役于一九四六年十二月二十二日杨勇的七纵围攻聊城开始。接着,陈锡联的三纵越过黄河,向城高墙厚的巨野县城开始了攻击。从西门攻击的八旅二十四团进行山炮抵近射击后,七连二班班长康春和九班班长郭守忠等十八名战士仅用十几分钟就登上了城墙。二十分钟后,整个二十四团全部冲入巨野城内。从南门攻击的二十三团因炸药受潮,爆破城门未果,部队组织起猛烈的机枪和步枪火力,最终还是冲进了城。从城东门进攻的二十五团把城墙轰开了个缺口,经过激战开始向城内发展。一九四七年新年的第一天早晨,巨野县城被攻克。同时,七纵也攻克了聊城。

王近山的六纵对金乡的攻击不顺利。金乡守军为国民党军整编八十八师新编二十一旅,部队老兵多,装备精良,以善于防御和进行纵深作战闻名。六纵连日攻击未果后,三纵的七旅和九旅奉命加入战斗。金乡县城虽然不大,却有两层城墙,护城河又宽又深,城墙四面布满了地堡。六纵和三纵于一月四日二十三时发动总攻,但攻击数次还是未见成效,七旅参谋长兼十九团团长曹更修、二十六团三营副教导员邢成刚先后阵亡。这时候,整编第八十八师师长方先觉亲率刚刚调来的整编七十师一四〇旅从徐州出发,准备会合驻守鱼台的六十二旅开始北上增援。同时,国民党军整编六十八师、整编五十五师的三个团以及暂编第四纵队的三个团,也从菏泽、定陶出发东进增援。战场军情由于敌人大军逼近骤然紧张起来,刘伯承和邓小平经过紧急磋商决定"改夺城为围城打援"。鉴于整编六十八师前进速度缓慢,决定留少量部队继续围攻鱼台,集中七个旅的主力迎敌人而进,歼灭从徐州方向冒进增援的国民党军。

山东西南部的雨夹雪变成了鹅毛大雪。六纵在胡家海子、红庙和泮家庄一带截住了一四〇旅大部,将其二八〇团全部歼灭。三纵也捕捉到了六十二旅,双方随即发生激烈的遭遇战,战斗中七旅二十一团三营营长刘发康阵亡。六十二旅全部是日式装备,军官作战经验丰富,士兵军龄多为三年以上。他们在组织反冲击的时候动作凶猛,机枪手在前面扫射,后面投出密集的手榴弹,并且有榴弹炮的精确火力支援。八旅对杨庄的攻击几经反复,两个先头营终于突进村庄的时候,后续部队的前进道路被炮火封锁,已经冲进村的官兵被孤立包围,受到四面的疯狂射击。危急时刻,带领先头部队冲击的二十三团副团长张庆和、二十四团一营营长漆文富,二十三团二营营长杨汉中、教导员杨一年决定成立火线党支部,将还能战斗的官兵不分建制、职务重新编成战斗班组,人在阵地在!在受到炮火的集中打击和地面部队的反复围攻下,已经没有了弹药的两个营最后只剩下一百余人,而这一百余人也全部负伤。最后时刻,八旅旅长马忠全调来其他部队全力发动攻击。二十三团六连机枪手王振海被敌人包围在一座院子里。敌人占了南屋,他就跑到北屋射击;敌人占了房顶,他就隐蔽在墙角射击,接连打死二十余名敌人。敌人最后纵火烧房,王振海壮烈牺牲。炮弹打完了,炮班长杨长锁跟着步兵一路冲击一路投手榴弹,在连续投出两百多颗手榴弹后,杨长锁胳膊肿得已不能动,拉弹环的手上鲜血淋漓。整整一个小时的激战后,杨庄守军放弃阵地逃出了村。

一月十五日,晋冀鲁豫野战军又在定陶以东歼国民党第四绥靖区的三个团。

此战,不但使国民党军打通平汉路的计划受挫,更重要的是保障了在鲁南作战的陈毅、粟裕部侧后的安全。

国民党军在总结战斗失败的教训时,充满这样的字眼儿:"整四十一师曾(曾甦元)师长坐视"、"整四十七师陈(陈鼎勋)师长亦静待","未使各部队行动切实协调"。国民党军作战,往往是一支部队遭到攻击时,其他部队要么按兵不动,要么出兵迟缓,要么增援的路线莫名其妙:"当刘匪主力于老岸镇、上官村围攻整四十七师一二五旅及整四十一师一〇四旅时,不使五军直攻濮阳、濮县,断匪后路,以捕歼之于战场,乃绕长垣迎击,遂使劳师无功。嗣右翼再向匪进击时,亦以动作迟缓,致刘伯承主力反南窜鲁西,窜扰黄泛区,致陷徐州方向作战于不利之状态。"

对于战争而言,任何一点作战,均在全局的配合之下。

国民党军整编二十六师师长马励武一九四七年一月五日日记:

> 这真是一空前的失败……这是谁的过错?我的师承担了过重的任务,而且又孤立无援——这是个极其严重的错误,尤其是部队已经长期处于既不能进又不能退的状况。土匪们趁

机制定了一个完美的包围计划……土匪们一直非常痛恨我,怕我。我们攻下峄县和枣庄[在一九四六年十月间]之后,他们始终想打败我,可是没有找到机会。这次,我们战略上的错误给了他们机会。此外,突围那天下雨,也给我们增添了许多困难。我们在没有援兵的情况下,打了三天三夜[实际上只打了四十一个小时],弹药和汽油都用光了,我们怎么能不打败仗?这是否意味着天助匪帮?老天爷为什么对我们这样残酷?

这一天,马励武的心情恶劣到了极点。下午,侥幸从战场逃脱的副师长曹玉珩带领少数残兵跑回峄县县城。溃兵个个怒气冲天,伤兵们则是呻吟哀号,整个峄县县城顿时人心惶惶,秩序混乱。有军官向马励武建议,部队最好全部驻扎在城外,只允许司令部住在城内,结果遭到马励武的一顿臭骂。他向薛岳请示说,整编二十六师已经完全丧失战斗力,要求退到后方休整。薛岳一口拒绝,严令他立即整顿部队,坚守峄县。马励武看着眼前的残兵败将一下子不知所措了。

三天以后,入夜时分,陈毅、粟裕部攻击峄县的战斗开始了。战斗持续到天亮,防御外围的守军纷纷逃进城内,马励武顿时紧张起来,因为此时的一切征兆都表明,共产党军队已决心把他从这个县城里挖出来。更令他惊慌的是,十日,整整一个白天,射向城内的炮火格外猛烈,从爆炸的声音上判断,是共产党军队前所未有的重炮,城内的炮兵阵地因此受到了压制——马励武不知道的是,此刻,无论是美式大炮还是炮弹以及开炮的炮手,几天前还他在的指挥之下,现在这些士兵边打边喊:"看见那团火了没有?那是一一四旅的旅部,是我打的!"这些被俘之后参加共产党军队的士兵,炮轰他们昔日师长时的高昂劲头引起了共产党干部的兴趣,干部们问:"怎么前几天打仗的时候,这些大炮连响都没响?"炮手们回答说:"你们运动太快了,赶得紧,哪有心思开炮!"

一天的轰击之后,黄昏,对峄县城防的攻击开始了。炸开城门,解决了在城门洞里向外射击的两辆坦克之后,共产党官兵冲入城内。此时,马励武正在城南天主教堂里的师指挥部里,而他的指挥只剩下了一个内容,就是向徐州绥靖公署主任薛岳和第二十七集团军司令李玉堂请求部队增援和空投弹药,但是他得到的回答却是:"忍耐点老兄,总会有办法。"马励武恼怒到了极点,绝望到了极点,他在电话里吼着:"必须在我有办法之前,你们的办法才用得上!我现在已经快没办法了!"接近午夜,城防防线垮了,攻城部队开始南北夹击,峄县城里混乱不堪,那座天主教堂的尖顶已被炮弹炸开了几个大窟窿。

马励武的最后时刻到了。他带领少数随从刚从指挥部里跑出来,就眼看着共产党官兵冲了进去。官兵们在里面找到了他的日记本、作战地图、望远镜、照相机、信件和一张他与蒋介石的合影,但被俘的参谋们谁也说不清师长跑到哪里去了。天亮的时候,马励武穿着士兵的衣服混在俘虏队伍中往城外走,他对身边惊慌的随从说:"不要吭声,等有机会就逃走。"但是,虽然他把他的中将军服脱了,可身边的俘虏全是他的部下,当一位共产党干部站在他面前向他微笑的时候,他坦白了自己身份。

很快,马励武就在俘虏营里看见了整编五十一师师长周毓英。陈毅、粟裕部对枣庄的攻击颇费周折,周毓英部顽强抵抗了一个星期之久。由于枣庄城防坚固,攻击部队缺少爆破经验,致使陶勇的第一师付出了很大的伤亡。在粟裕加强了攻击兵力、爆破和炮火力量之后,第一师终于突入城内。一师宣教股长徐一丰率先冲进整编五十一师指挥部,他抓住一个军官便问:"你们的师长在哪里?"在那个军官的带领下,在这栋大楼的防空洞里,包括师长周毓英在内的师部人员全部放下了武器。

马励武哀叹:"此诚余带兵以来对内对外作战损失最惨痛一役也。"

被俘后的马励武在总结自己战败的原因时,强调了这样几个理由:首先是共产党官兵的士气比国民党军队要高,因为"共产党官兵大多是本地人,他们要保卫自己的土地。他们是'子弟兵'"。其次,国民党军队派系林立,彼此钩心斗角——"整个军官阶层弥漫着强烈的个人怨恨。"马励武坦诚地说自己属于何应钦派,因此他猛烈地抨击陈诚和薛岳的指挥无能,战役中不但没有对他进行有效的增援,而且坚持让他的部队孤立突进,大有故意把他推入重围之嫌——"孤军深入已属兵家大忌,而况孤军久立不进也不退。"再者,运气实在糟糕,马励武反复抱怨在他的关键时刻遇到了倒霉的天气——"雨雪把地面变成了一张可怕的粘蝇纸"。

马励武不会想到一个最重要的原因,那就是鲁南是解放区,解放区的贫苦农民不喜欢他和他的军队。有资料显示,山东解放区的贫苦农民,经过土地改革之后,土地占有由人均一亩半上升到近四亩,国民党军进入解放区之后,几乎每个村庄都提出了"保田保家乡"的战斗口号。只要战斗一打响,农民们不但在粮食供应、伤员护理和弹药运输方面全力帮助共产党军队,而且还直接参战。马励武指挥的第一快速纵队在撤退时,之所以将坦克和汽车开下公路,就是因为公路上的二十二座大小桥梁都被沂南县的两个民兵爆破队炸断了。战役开始前,为了保证共产党军队迅速渡过沂河向战场运动,在寒冷的雨雪中,几百名木匠、铁匠、瓦匠和青壮年农民聚集在河上,三天三夜后,沂河上出现了一座宽六米,承受能力达三吨的大桥,这座桥使得山东和华中野战军的炮车能够顺利开赴战场。在战役进行中,郯城民兵负责沿着沂河东岸进行防御作战,这些民兵的主要武器就是自己制造的地雷,这些地雷在公路、土路和国民党军驻扎的据点四周被埋得密密麻麻,国民党军队每前进一步都会遇到麻烦。令国民党军官兵极为恐惧的是,除了偶尔发现几个一闪而过的背影之外,他们从来没有真正看见过与他们作对的任何一个对手。但是,当他们逃跑的时候,那些民兵成群结队地出现了。他们会藏在路边的沟里射击,然后高声喊道:"你们被包围了!不要替老蒋送死了!"有时,堵住他们的竟然是乡村的孩子,这些孩子手里拿着粪叉或者镢头,居然也七嘴八舌地喊着同样的话,理直气壮地站在路的中央。不知为什么,面对孩子们因愤怒而涨红的脸,国民党兵往往把枪一扔,坐在地上对孩子们说:"别打别打!叫你们的八路来吧!"

"马将军在农民中的名声很糟糕。"在前线采访的外国记者这样写道,"他的部队占领兰陵地区十五天,把那里的鸡、猪、粮食全都拿走了。我采访过的每个农民,几乎都说受到过国民党官兵的打骂。"

鲁南战役结束后的一月二十二日,中国的传统旧历新年来临了,外国记者看见数百名农民给刚打了胜仗的共产党军队送来了新年礼物:宰好的猪堆满三个大房间:

> (我)问一些农民,他们的猪都被国民党军队抢走了,又到哪里去弄到这么多的猪呢?我了解到,几乎所有村庄都有现金捐款,每户拿出五十至五百元。他们用这笔钱到后方去购买生猪,并从五六十英里以外用扁担把猪挑回来。至于农

民自己的年饭——一年中最丰盛的一餐了,他们说,今年是"豆腐年"。我问一个农民,他在最近蒙受重大损失之后,怎么还能捐这样多的钱,他用惊奇的目光看着我说:"国民党军队在我们村待了三个星期,坏事干尽。要不是我们自己的军队那么快赶来救我们,我们就毁了,什么都没有了。即使我把留下的所有东西送给我们的士兵,也不算多,我还有土地呢。"

只要赖以生存的土地不丢失,解放区的贫苦农民愿意不惜一切地支持共产党军队。共产党人的这个优势,被外国记者称为"大大抵消了美国所能向蒋介石的国民党军队提供的任何数量的军事技术援助",而这种来自人民的力量是"推翻了正统军事公式的因素",是"军事公式里巨大的未知数"。

农民遭到虐待,老百姓变成了国民党军队的敌人。为什么共产党军队就没有这些问题呢?因为他们的做法正好与国民党军队相反。他们首先而且唯一考虑的,是人民的态度。他们每一个行动都要符合人民的利益。他们甚至有意使军队规模小于国民党军队,因为正如陈毅将军所说:"我们愿意有一支庞大的军队,可是这样,老百姓的负担就会太重了。"每个共产党士兵都是自愿当兵的农民,每个军官都知道他是为人民而不是为自己的军事前途去打仗。正因为这样,军民之间的关系是友好的,士气高涨,纪律严明,将领之间从未发生过纠纷。

马励武师长的下级,整编二十六师一位被俘的中层军官王昆上校说出了他们失败的真正原因:"军队的纪律已经垮了,百姓痛恨我们。"

姑嫂二人忙点灯

> 一更天,月似镰,俺娘看俺看得严。
> 二更天,月光明,心里有话说不清。
> 三更天,月中天,跟你跟到沂河干。
> 四更天,月昏昏,收下麦子就提亲。
> 五更天,月如灯,苦死也埋一个坑。
> ……

地处温带地区的中国农民对四季和时辰的变化异常敏感。他们对春种秋收更迭交错注入了太多的生活期待,祖祖辈辈的二更情暖、五更月寒的情感传承让他们既多愁善感又坚忍不拔。

本是春播的时节,三更月最亮五更霜更浓,催耕鸟叫得满山满谷清翠欲滴。可是,一九四七年春天,山东腹地的翻身农民们却心慌意乱:今年不但地种不上,还要拉着孩子背着老娘去跑反了。

山东解放区首府临沂已岌岌可危。

虽然国民党军在宿北和鲁南的进攻受到挫折和打击,但始终没有放弃与山东和华中野战军决战的企图。在鲁南战役尚未结束的时候,国民党军趁陈毅、粟裕部无暇南顾,大举向共产党兵力薄弱的苏北地区进攻,至一月二十六日,国民党军占领了苏北解放区的大部,并将战线推进到陇海路一线。国民党军认为,以损失二十多万兵力的代价,占领物产丰富的苏皖地区,并将陈毅、粟裕部全部挤进山东境内,完全可以视为"战略上的胜利"。山东和华中野战军在连续作战后必定伤亡巨大,所以在占领陇海路两侧的军事要点时,国民党军并没有遭到剧烈的抵抗。于是,参谋总长陈诚断言:"国军部队虽略受损失,但就全盘战局而言,实属莫大之成功。"

此时,由于陈毅、粟裕部主力全部集结在山东解放区首府临沂附近,国民党军因此判断,"共军大势已去",很难再实施回旋作战,只剩下死守临沂这一条路了。蒋介石严令要一鼓作气,迅速在山东境内与共产党军队决战,不但要占领临沂,还要完全占领山东解放区,以彻底平定山东战事。为此,国民党军决心发动一次以夺取临沂为目标的"鲁南会战"。为了会战成功,陈诚亲自前往徐州坐镇督战,宣称:"这次会战关系重大,党国前途,剿匪成败,全赖于此。只许成功,不许失败。"

国民党军调集了十九个整编师(军)共四十九个旅近三十万人,其中直接围攻临沂的部队达十一个整编师(军)共三十个旅。北线部队,由第二绥靖区副司令官李仙洲指挥,兵力三个整编师(军)共九个旅,自明水、周村、博山南下,攻击莱芜、新泰和蒙阴一线,目标直指山东解放区的后方基地。南线部队,由整编第十九军军长欧震指挥,兵力八个整编师(军)共二十一个旅,自台儿庄、新安镇和城头一线分三路向北攻击临沂。其他八个整编师(军)担负陇海、津浦和胶济铁路沿线的守备。同时,国民党军还从冀南、豫北战场抽调了四个整编师(军)集结于鲁西南地区,预备鲁南会战开始后,阻击刘伯承、邓小平的晋冀鲁豫野战军增援,或者是陈毅、粟裕部主力从临沂向西撤退。

一月二十八日,徐州绥靖公署下达作战命令。两天以后,欧震指挥的八个整编师(军)分三路开始大举进攻。国民党军攻击部队吸取了以往被共产党军队突袭分割的教训,采取集中兵力、稳扎稳打、齐头并进和避免突出的战法;而在兵力部署上,采取"烂葡萄里夹硬核桃"的战术,在三路攻击部队中,每一路中都有一个精锐的主力师作为骨干,大兵力谨慎地滚动前进,每天推进的行程不超过十公里。陈诚认为,如此庞大的兵力是陈毅和粟裕根本无力阻挡的,他对部下说:"即使全是豆腐渣,也能撑死共军!"

为了保卫临沂,陈毅、粟裕部主力在奋力阻击的同时,曾命令三纵"从正面坚决抗击中路之敌",企图诱使"敌之左右两路突出,以利我寻歼其中的一路"。但是,欧震不但没有冒进,在发现陈毅、粟裕部的意图后,左右两路部队反而立即向中路靠拢,甚至停止前进就地修筑防御工事。敌人这种极端的小心翼翼,使得陈毅和粟裕始终没能寻找到化解危急的机会,甚至在如何部署阻击上都感到万分棘手。南线的国民党军占领了郯城、码头镇、重坊一线后,欧震接到的作战命令是:"分别包围歼灭奸匪主力于李家庄(位于临沂东南)以南、沭(沭河)沂(沂河)两河畔地区。"

国民党军南线部队逐渐靠近了临沂。

欧震之所以采取这种稳健的攻击方式,意图十分明显:既然是南北两线夹击,北线部队目前距临沂战场尚有一段距离,而只有等待北线全面逼近之后,决战的态势才可能形成。目前,对时间的流逝感到焦虑的只能是共军而不是国军。

北线李仙洲的部队推进很快,二月四日,其先头部队占领临沂西北方向的莱芜。

以保卫与争夺山东解放区首府临沂为核心的生死决战已经迫在眼前。

就决战于临沂城下而言,无论是从正规军的兵力、一线作战部队的武器装备和双方所处的战场态势上看,陈毅、粟裕部都处于劣势。一旦死守硬拼,不但双方都将血流成河,而且陈毅和粟裕胜算的几率不容乐观。

此时,陈毅、粟裕部已完成两军合一的整编。

整编后的华东军区和华东野战军的编制是:

华东军区:司令员陈毅,政治委员饶漱石,副司令员张云逸,副政治委员黎玉,参谋长陈士榘,政治部主任舒同。华东军区辖苏中、苏北、胶东、渤海、鲁中、鲁南六个二级军区以及华东军区直属的两广纵队和华东军政大学。总兵力三十万人。

华东野战军:司令员兼政治委员陈毅,副司令员粟裕,副政治委员谭震林,参谋长陈士榘,政治部主任唐亮。华东野战军编为十一个步兵纵队和一个特种兵纵队。步兵纵队采取"三三制"的编制,即每个纵队辖三个师,每个师辖三个团:第一纵队:司令员兼政治委员叶飞,辖第一、第二、第三师和独立师;第二纵队:司令员兼政治委员韦国清,辖第四、第五、第六师;第三纵队:司令员何以祥,政治委员丁秋生,辖第七、第八、第九师;第四纵队:司令员陶勇,政治委员王集成,辖第十、第十一、第十二师;第六纵队:司令员王必成,政治委员江渭清,辖第十六、第十七、第十八师;第七纵队:司令员成钧,政治委员赵启民,辖第十九、第二十、第二十一师;第八纵队:司令员王建安,政治委员向明,辖第二十

二、第二十三、第二十四师;第九纵队:司令员许世友,政治委员林浩,辖第二十五、第二十六、第二十七师;第十纵队:司令员宋时轮,政治委员景晓村,辖第二十八、第二十九师;特种兵纵队:司令员陈锐霆,政治委员张藩,辖榴弹炮团、野炮团、骑兵团、工兵团、战车营和汽车大队。另外,华东野战军第十一、第十二两个纵队,下辖四个旅,留在苏皖地区打游击。整编后的华东野战军总兵力二十七万五千人(不含第十一、第十二纵队),这个数字是内战爆发时山东和华中两地兵力总和的两倍多。

在后来规模巨大的战争中具有重要地位的陈粟大军由此形成。

一九四七年初,刚刚组建的华东野战军必须面对这样的现实:由于歼敌的时机迟迟不出现,敌人从南北两面夹击推进,大军已经逼近临沂城下,下一步如何作战令陈毅和粟裕感到了巨大的压力。

二月四日,中央军委来电,电报提出一个惊人的建议:为了争取作战主动权,必要时可放弃临沂:"敌愈深进愈好,我愈打得迟愈好;只要你们不求急效,并准备于必要时放弃临沂,则此次我必能胜利。目前敌人策略是诱我早日出击,将我扭打消耗后再稳固地进占临沂,你们切不可上当……"

"必要时放弃临沂",并且"敌愈深进愈好",无论当时还是现在看,这都是一个令人惊奇的建议,这一建议最典型地体现了毛泽东的战略思想。共产党军民对解放区的向往和追求刻骨铭心,自两淮失守苏皖解放区全部丢失之后,如果山东解放区首府临沂再被国民党军占领,华东军民的家园和归宿将在何处?但是,"敌愈深进愈好",这又让人蓦然回想起共产党领导的军队无数次诱敌深入的成功战例,而无论是陈毅还是粟裕,都曾是诱敌深入后"运动待机、各个击破"战略战术的亲身实践者。

陈毅和粟裕发现:欧震的南线部队密集推进,谨慎缓慢;北线李仙洲的部队却孤军冒进,快速深入。虽然第二绥靖区司令官王耀武心存顾虑,但在蒋介石和陈诚的一再催促下,李仙洲率领的三个整编师(军)在占领莱芜后,继续强行向南,四日占领颜庄,六日占领新泰。由于深入到解放区内部作战,国民党军开始尝到种种苦处。莱芜地区的共产党地方政府组织起十万百姓,对国民党军必经的交通线进行了大规模的破坏——老百姓虽不能与国民党正规军作战,但他们把自家门前的道路破坏掉是轻而易举的事——连续七个昼夜,老百姓采取了分段包干的办法:"敌人在哪里修,就在哪里破;敌人修到哪里,就破到哪里;敌人白天修,我们晚上破。"由于交通线中断,李仙洲的部队越往解放区内部走补给越困难。王耀武命令粮食就地补充,弹药各部队自己负责运输,道路遭到破坏也由各部队自己修复——恶性循环由此开始:就地补充粮食,无疑就要向当地百姓征集或者抢夺,这再次加深了百姓对国民党军队的愤恨,结果道路被破坏得更加彻底了,直至让国民党军根本无法修复。而让各部队自己解决所有的困难,导致部队前进的速度开始放慢。李仙洲不断地向王耀武诉苦,王耀武只得派出三个师的兵力专门维护从吐丝口至莱芜、颜庄、新泰的漫长的补给线。

北线的国民党军走成了首尾不能相顾的一字形。

对于陈毅和粟裕来讲,战机终于出现了。

捕捉北线的战机就意味着:秘密移动北上,集中优势兵力,出其不意,歼灭北线的国民党军一部甚至大部,以瓦解敌人南北夹击的态势,消除来自侧后方的威胁。然而,前提是必须放弃临沂。

这个不惜打烂家里坛坛罐罐的决定,对于解放区内的翻身农民们来讲,是一个巨大的打击,因为他们必须承受家园被毁的一切后果。

鲁南的初春,形势动荡,人心浮动。

一个已经投诚的前国民党军将领再次倒戈。

郝鹏举,时年四十四岁,河南阌乡(灵宝)人。一九二二年参加河南督军冯玉祥的部队,曾任冯玉祥的机要传令员。一九二六年被派往苏联的基辅军官学校和莫斯科炮兵学校学习。回国后,先后任开封西北军官学校上校大队长和第二十五师炮兵团长。一九三〇年,蒋介石、冯玉祥、阎锡山之间爆发中原大战,这个二十七岁的年轻军官第一次倒戈,背叛了培植他的冯玉祥投靠蒋介石。当冯玉祥的部队被蒋介石收编后,他被任命为由西北军改编的第二十五路军少将参谋处长。抗日战争爆发后,他又投奔了在西安的胡宗南,靠着"聪明机灵,能说会道",很快当上了第二十七军参谋长。国民党军在对日作战中一再失利,一九四一年,自感前途渺茫的郝鹏举索性到南京投奔了汪精卫伪政府,先后出任伪军第一集团军参谋长、汪伪政府训练部次长等职。但是,随着日本战败趋势的日益显现,郝鹏举又一次重新考虑自己的未来,在投奔蒋介石还是投奔共产党两条路之间徘徊不定。

日本宣布投降后,国民党为扩充军力大量收编伪军,蒋介石任命郝鹏举为新编第六路军总司令,虽然他对蒋介石存着巨大的戒心,并依旧暗中与共产党人保持着联系,但蒋介石的任命究竟还是让他喜出望外。可是,不久之后他便发现,虽然他又送汽车又送金条,蒋介石的嫡系们还是对他和他的部队态度傲慢,常常以"惩办汉奸"的口气敲诈勒索,不但克扣他们的军饷,甚至连武器弹药也拒绝补充。更让他感到岌岌可危的是,一九四五年秋,他的部队被调到津浦铁路沿线,成为与共产党军队作战的前锋,而这无异于让他这种国民党军中的杂牌军变为炮灰。一九四六年一月,在共产党人的军事压力下,甚至是在陈毅将军亲自晓以利害下,郝鹏举率国民党军新编第六路军两万人投奔了共产党。他的投诚引起很大反响,陈毅曾说:"历史上国民党军队起义到我们这边来,比较大的有两次,第一次是一九三一年十二月十四日赵博生、董振堂领导的宁都起义,大约一万多人;第二次是不久前高树勋在邯郸的起义,也是一万多人。这次郝鹏举起义的人数最多,他自称两万人,我看至少也有一万七八千。"

虽然已经背离了国民党军,但郝鹏举始终把自己的部队当成一份"财产",一个与人民的军队"平起平坐"的特殊团体。他一面公开宣传自己决心和共产党人一起"为争取民族独立民主自由而奋斗",甚至还公开说他拒绝了蒋介石给他送来的第四十二集团军总司令的职务——"我今天给了蒋介石一个响亮的耳光!"但同时,因为害怕共产党在落实国共签署的整军方案时,对他的部队进行整编,所以又在官兵中煽动对共产党的不满,要求他的部队"官不离兵,兵不离官;总司令不离全体,全体不离总司令;弹不离枪,枪不离身,动我们一人,就全体自杀"。一九四七年一月,在国民党军向苏北解放区和山东解放区大举进攻之际,徐州绥靖公署主任薛岳派人给郝鹏举送来了国民党军第四十二集团军司令官兼鲁南绥靖分区司令官的头衔,诱劝他"立即正反,迅速占领房山至沭阳一线,配合由宿迁北上的国军,共同围剿苏北共军,建立奇功,报效国家。否则共军北撤,必将全力解决你们。深望切勿坐失良机,以免后悔"。郝鹏举终于动摇了,他认定这回共产党军队连同他们的解放区都会被国民党大军铲除干净,这个时候自己再不改换门庭就来不及了。一月二十六日晚,他率部进入国民党统治区。当时鲁南战役刚刚结束,蒋介石认为郝鹏举的举动足以抵消国民党军在作战中的损失——"还军于国""月缺重圆"。但是,准备领赏的郝鹏举立即发现,他在国民党军中地位更加低下了。参谋总长陈诚轻描淡写地告知他,答应他的第四十二集团军番号仅仅是个"号召","因为国军的战区和集团军番号均已取消"。所以,他只能"用鲁南绥靖分区司令的名义指挥"部队。接着,陈诚命令他立即参加与华东野战军在山东的决战。

就在陈毅和粟裕已经决定放弃临沂的时候,一九四七年二月六日,华东野战军二纵发起了围歼郝鹏举北进部队的战斗。战斗进行得果决而迅猛,到第二天结束战斗时全歼郝鹏举的两个师,俘敌六千多人。战斗发生的时候,虽然围绕在华东野战军周围有国民党十几万大军,但是没有任何一支部队来援救郝鹏举。他从战场上狼狈溃逃时几次从马上摔下来,直至把脚摔坏了。走投无路的时候,他脱下军装,换上了百姓的衣服,当他准备派人向陈毅乞降的时候,被二纵官兵包围了,那一刻他大喊:"我的脚痛,请原谅我不能起来。你们辛苦了!我早就说不打了,打什么呢?"

解放区军民准备撤离临沂前夕,郝鹏举被押到陈毅的面前。他抢先说自己"万分对不起人民,对不起军长"。陈毅厉声道:"从你叛变到被俘,前后仅十一天,这证明了干民主事业的需要有为人民服务的自我牺牲的革命精神,凡投机取巧必致身败名裂,最后难逃人民的惩罚,你就是一个投机取巧的示范,这是第一;又证明了一支旧式的军阀部队不经过彻底改造,绝不能担负伟大的民主斗争任务,这是第二;又从事实上证明从美帝国主义到蒋介石到陈诚、薛岳等人惨败之余,转而求之于你郝鹏举去参加,你们之间的关系太丑恶了,因而力量是更腐朽了,故不堪一击,又证明了中国人民的力量基于正义和爱国自卫,故名正言顺,力量伟大,一出手你们就纷纷落马,这是第三。"谈话结束的时候,陈毅告诉郝鹏举:"你既然到了此地,一切应由人民处理。"郝鹏举大喊:"我对不起人民!对不起军长!"

延安《解放日报》称:"郝鹏举是中国军阀中著名的反复无常的一个。"

不久之后,当山东的敌情进一步严重,中共华东局决定将之前历次战役中被俘的国民党军高级军官全部北撤时,为防止意外,负责押送的干部在没有得到上级批准的情况下将郝鹏举处决了。

郝鹏举就这样在一片漆黑的无名野地里结束了他的一生。

他是解放战争中第一个也是最后一个被俘后被处决的国民党军将领。

事后中共中央追查此事，陈毅主动承担了责任。

二月十日，华东野战军第一、第四、第六、第七、第八纵队分三路从临沂地区秘密北上，位于胶东的第九纵队和位于渤海的第十纵队也开始向莱芜方向开进，全部主力预定十六日前到达莱芜、新泰地区集结。同时，由野战军参谋长陈士榘指挥的第三纵队和刚刚打完郝鹏举的第二纵队，以及特务团、骑兵团和鲁南军区第十师共十八个团，伪装成野战军主力，在临沂以南宽大正面进行机动防御，迷惑和迟滞国民党军的南线部队。此外，地方武装奉命一路向西进逼兖州，并在运河上架桥，造成华东野战军拟向运河以西撤退的假象。

野战军主力放弃临沂北移，由于作战计划和意图不能详细对部队传达，很多官兵对避敌不战感到十分困惑。而临沂作为山东解放区首府，大批机关和政府人员也要同时撤离，原来为在南线与国民党军决战准备的粮草和弹药等大批物资，千辛万苦地转运到这里，现在这些物资还要跟随主力北上转运，路程遥远，困难重重。当部队离开后，临沂地区的贫苦百姓经受了巨大的考验，为了在国民党军到来的时候不至惊慌失措，老人、孩子、妇女不受地主还乡团的残酷报复，地方党组织事先组织农民们进行了大规模的坚壁清野——把财产和粮食统统藏起来，有的村庄甚至还进行了人员的转移演练：

> 打锣报警表示敌人来到了……顿时，全村响起了乒乒乓乓的关门声和上锁声。人们十分安静地列队走向预定的集合点。连小孩都没有出声，也没有婴儿的啼哭。他们在黑暗中走了大概一个小时，到达山后的一个地方。在那儿，我们与其他四个村的人相遇，一起开了一个会。主持会议的人要大家回去检查一下，留下了什么能让国民党军偷去的东西……这是一个寒冷的夜晚，那些缠足的老太太，为了躲避敌人，跌跌撞撞地在黑暗中走着；老头子则拉着他们宝贵的骡子和母牛，走在坎坷不平的狭道上……

从临沂到莱芜，直线距离一百四十多公里。鲁中山区道路崎岖，雨雪严寒中，华东野战军十几万官兵夜行晓宿，以最隐蔽的方式连续行军。沿途的地方党政部门尽全力保障着大军的食宿和交通——这是一幅官兵们从未见过的壮观景象:在蜿蜒不断的大军的两侧、身后,甚至是前面,由贫苦农民组成的几十万随军人流浩浩荡荡地向前滚动。他们推着独轮车,挑着扁担,或者是用自己的肩膀,把部队作战需要的多达亿万斤的粮草、弹药和物资全部承载起来,部队前进一步,他们便跟随前进一步。他们的家乡可能已被国民党军占领,他们的父母妻儿可能正在深山中躲避,他们的家可能已被地主还乡团挖地三尺或者放火烧毁,但是这一路上他们并不特别的牵挂,因为他们的土地、粮食,甚至娶上的媳妇生下的娃,都是共产党来了之后才得到的,他们相信只要共产党还在一切都会再有的。他们已经铁了心将自己的命运和共产党的命运联系在一起,与愿意和共产党官兵分享好日子一样,他们也心甘情愿与自己的部队一起承受苦难——生来便一无所有的他们在向战场走去的时候镇定而从容。

应该说,华东野战军如此规模的移动,是要冒行动过早暴露的危险的。一旦部队的北移被国民党军发觉,不但临沂必定不保,尚未完成北移作战部署的部队还会受到国民党军的猛烈夹击,这样的后果将比在临沂地区决战还要严重。但是,共军"主力作战略转移时,经由临沂、蒙阴、新泰、莱芜到东西山区小径,昼伏夜行,秘密前进,我空军既无法搜集,地面情报亦不易侦知,一时竟不知匪军主力所在。"——这里都是共产党解放区,解放区百姓对国民党军队守口如瓶是保守秘密的关键。

十五日,华东野战军主力秘密北进后的第五天,阻击牵制南线国民党军的部队撤出了临沂。

山东解放区首府临沂的陷落,令国民党方面大喜过望,这一事件被渲染为内战以来"最伟大的胜利"。蒋介石欣慰地说:"国军克服临沂以后,陇海路两侧军事暂时可以告一段落,以后的问题都在黄河以北了。"而被蒋介石派往徐州督战的陈诚,虽然此时已经捕捉到陈毅、粟裕部北移的风声,但他实在不愿意由此损害他攻克临沂的功绩。他在给第二绥靖区司令官王耀武的电报中说:"我军在苏北和鲁南与敌作战,歼敌甚众。敌军心涣散,粮弹缺乏,已无力与我主力部队作战,陈毅已率其主力放弃临沂,向北逃窜,有过黄河避战的企图,务须增强黄河防务,勿使其窜过黄河以北,俾便在黄河以南的地区歼灭之。"

就山东战场而言,在国民党军高级将领中,没有比王耀武更了解共产党军队的人了。他认为:国民党军在苏北和鲁南从来没有歼灭过共产党军队的"一个整师和一个整纵队"。陈毅、粟裕部虽因作战勇猛伤亡很大,但共产党军队一向补充迅速,士气旺盛。因此,陈诚所说的共军"已无力与我军主力部队作战"显然是夸大其词。况且,他已经陆续接到华东野战军北进的情报,陈毅和粟裕必定存着歼灭他的南下部队的企图。于是,王耀武没经陈诚批准就命令李仙洲收缩兵力,不得继续孤军冒进。但是,蒋介石的手谕到了,口气之大足见他受陈诚的蛊惑有多深:

> 匪军在苏北、鲁南地区作战经年,损失惨重,士气低落,现已无力与我主力部队作战,并有窜过胶济路、北渡黄河避战的企图。为了吸住敌人,不使北渡黄河得有喘息机会,而在黄河南岸将敌歼灭,以振人心,有利我军以后的作战,切勿失此良机,务希遵照指示派部进驻新泰、莱芜。新、莱两城各有一军之兵力,敌人无力攻下,敌如来攻,正适合我们的希望。

王耀武只得命令李仙洲继续推进——当王耀武命令部队收缩的时候,陈毅和粟裕着实紧张了一下,有部队怕走了这么远的路却让敌人逃脱了,建议追击或者截击,陈毅和粟裕因为部队尚未完成预定部署而没有采纳——蒋介石的命令让陈毅和粟裕松了一口气。

二月十九日,蒋介石在南京国民党军官训练团作了题为"剿匪战役之检讨与我军今后之改进"的演说,称"现在关内的匪军约可分为五部……此五部中,就我的观察,以陈毅一部最为顽强,训练最精,诡计最多,肃清最为困难。但自国军收复苏北攻克临沂以后,陈毅已失其老巢,就再不能发生过去一样大的作用了。"可是,就在这一天,航空侦察的情报被送到陈诚面前,他终于醒悟到华东野战军的真实意图,于是立即命令王耀武赶紧收缩部队。王耀武为了避免分散的兵力被华东野战军各个击破,命令第七十三军和整编四十六师星夜兼程紧急北撤,两军协同固守莱芜。但是,一切都晚了,华东野战军主力已于莱芜地区完成了对李仙洲部的战役包围。

首先受到攻击的,是从博山向莱芜收缩的第七十三军七十七师。十九日上午,师主力在师长田君健的率领下,沿博山至莱芜大道走到和庄附近时,突然间公路两侧枪声大作。鲁中军区警备五团首先截断了七十七师的退路,华东野战军第八、第九两个纵队同时向七十七师的行军队列展开了猛攻。七十七师慌乱中利用简易工事和村落进行顽强抵抗,并连续组织反击,但由于全师各部已被分割,七十七师很快便陷于首尾难顾的境遇中。战斗持续到黄昏,师长田君健和参谋长刘剑雄阵亡,副师长许秉浼被俘。

此战揭开了莱芜战役的序幕。

二十日晚,华东野战军向莱芜发起了全线攻击。

第六纵队负责切断莱芜守军的退路,他们攻击的目标是吐丝口镇。吐丝口位于博山、明水通往莱芜的"丫"字形公路的交叉点上,是国民党军出入鲁中地区的咽喉,设有李仙洲部的大型军用仓库,储有上百吨弹药和数十万斤粮食,驻守在这里的是国民党军第十二军新编三十六师。这个师原是伪军,对当地地形十分熟悉,配有大型火炮等重装备,因此战斗一开始便进入残酷的拉锯战中。担任主攻的六纵十六师的突击部队以偷袭的方式解决了国民党军的前沿哨兵,然后强占围墙,撕开了突破口,一个小时后先头团突入镇子。但是,由于受到地面火力的猛烈阻击和天上飞机的狂轰滥炸,突入部队无力支持又退了出来。二十一日晚,六纵十八师五十三团再次发动攻击,官兵们不畏生死地猛打猛冲,十六师的三个团也开上来,与五十三团并肩突击。天亮时,六纵占领了吐丝口镇三分之二的街区,与国民党守军形成对峙。二十二日夜,六纵以六个团的兵力向吐丝口镇发起最后的总攻,敌人发射了大量的燃烧弹和照明弹,民房一座座地被引燃,小小的镇子变成了一片火海。攻击部队从各个方向连续突击,逐条占领街道,最后把新编三十六师师部压缩在了一座关帝庙里,国民党军凭借坚固的围墙进行顽抗。

此时,由于第四、第七纵队没能及时插入颜庄至莱芜之间的预定战场,致使整编四十六师与莱芜城内的第七十三军会合。二十日晚,奉命攻击莱芜的一纵并不知道战场敌情有变,拿司令员叶飞的话讲:"原来由五个纵队担负包围李仙洲集团的任务不得不由我纵担当起来了。"一纵以迅猛的动作肃清了莱芜守军的外围据点,但随即便遭到敌人的猛烈反击。二十一日,在九架飞机的掩护下,两千国民党军向西关和北关突击,企图清除退路上的威胁,一纵官兵在血战中坚守阵地一步不退。就在一纵围困莱芜之敌的时候,身后却来了整编四十六师。面对腹背两面之敌，一纵决心抓住敌人纠缠到底，为主力的合围赢得时间。战士沙纪被敌人的炮弹炸得双目失明，他摸索着爬到正在投手榴弹的副连长身边，把自己的枪交给了副连长，然后握着手榴弹向敌人枪声最猛烈的地方冲去……直到二十一日晚上，一纵才将整编四十六师放入莱芜城。一纵以巨大的代价确保了野战军主力对莱芜的战役合围。战后粟裕说，一纵"在整个战役中起了决定作用，应算是第一功"。

根据战场敌情的变化，华东野战军立即调整部署，决定以第一、第二、第七纵队组成西突击集团，第四、第八纵队组成东突击集团，于二十三日向莱芜及以北地区的两侧发动强攻。

猬集在莱芜城内的几万国民党军犹如惊弓之鸟，军官们对或是固守待援、或是向北突围意见不一。李仙洲不断地向王耀武发去求援电报，王耀武认为根据以往的作战经验，指望援军到莱芜解围是不可能的。即使陈诚派出部队前去解围，也会在半路遭到共军的截击。那么没等援军到达，莱芜守军就会被歼。同时，莱芜守军粮弹缺乏，几万人的部队指望空投无济于事，如果弹尽粮绝，莱芜守军还是死路一条。此外，被围困在吐丝口的新编三十六师一再请求解围，但目前那个方向已无兵可派，新编三十六师的下场也很可能是被歼。分析之后，王耀武的结论是：莱芜距离北面的补给站吐丝口镇只有十三公里，既然固守莱芜极为不利，与其坐等被歼，不如突围而出，与新编三十六师会合，这样东可支援淄博，西可保卫济南，又可以解吐丝口之围，难道李仙洲的几万大军连十三公里的路都走不出去？王耀武不信。他派他的副参谋长罗幸理飞往南京，将突围部署当面送请蒋介石审定。蒋介石给王耀武回了一封亲笔信，由于预感战局不妙，口气里有了一丝悲凉：

> 罗副参谋长带来的信已收阅。敌前撤退如部署不周密，掌握不确实，就会受到挫折。应作周密部署，并派强有力的部队担任后尾及侧尾的掩护。固守吐丝口的新编三十六师必须坚守原阵地，以作北撤部队的依托。我当严令王叔铭指挥空军集中力量轰炸扫射，竭力掩护部队转移。并祈上帝保佑我北撤部队的安全和胜利。

李仙洲接到命令后，立即部署，决定二十三日开始北撤。

也许李仙洲心里明白，此时撤退是极其危险的举动，因为陈毅和粟裕的部队必定会在他撤退的路上等着他。但是他依旧心存侥幸,认为他的两个军总兵力并不比陈毅和粟裕部少,而且自己的火力强劲,只要动作坚决迅速,损失是免不了的,但冲出去还是有把握的——纵然共产党军队一向胃口很大,也没听说他们一口吞下过国军的两个军。

　　李仙洲不知道的是,企图把他全部消灭的,除了华东野战军的官兵之外,还有跟随共产党军队作战的无数贫苦农民。如果李仙洲知道此刻支持着陈粟大军的农民的确切数量,不知他还有没有勇气走出莱芜城。

　　战后根据有关方面的粗略统计,莱芜战役中,鲁中地区参加各种战勤的农民已达到五百万之多,而直接在战场为华东野战军提供作战服务的就有五十多万。由支前民兵组成的四十多个"子弟兵团"随军行动,由青壮年组成的战场救护队抬着一万六千多副担架和一万多辆小车,华东野战军移动到哪里,他们便一步不离地跟随到哪里。莱芜县的十万农民,已经把以莱芜为中心向南北延伸而去的数百公里的公路完全破坏,使得国民党军的坦克和汽车根本无法通行。莱芜四周所有的大路小路上,布满了民兵的岗哨,国民党军队派出的任何一支侦察部队都会落入他们之手。战后统计,仅民兵抓获的国民党军侦察人员就有近四千人。与之相反的是,莱芜战役中,仅给华东野战军带路的农民就多达八千余人,其中不少是老人和孩子,有的妇女甚至背着孩子带领部队穿越蜿蜒的山路。陈粟近二十万大军云集狭窄的歼敌地域,官兵吃饭和骡马吃草是一个大问题。在那些日子里,鲁中大地到处是石磨和碾子的滚动之声,农民们自己吃野菜,把自己家中仅有的粮食奉献出来,男女老少,村村户户,碾米磨面,昼夜不息。莱芜县朱家宅子是一个仅有一百二十户人家的小村子,但仅在一九四七年二月十五日这天,全村就摊了一千八百五十斤煎饼,烙了一千二百斤白面饼,碾出了两千八百斤小米,磨出了一千八百斤面粉,还筹集了近六千斤的柴草,然后男人、女人、老人和孩子一起推起木制的小推车将这些东西送上前线。

　　从那时起,鲁中地区一直流传着一首名为《快办给养送前方》的歌谣:

　　　　一更里来黑通通,
　　　　姑嫂二人忙点灯。
　　　　小姑推磨嫂烙饼,

赶办给养手不停。
二更里来月满窗,
嫂嫂淘米妹烧汤。
放上几碗煎锅豆,
干饭煮得香又香。
三更里来月正南,
干饭烙饼都办完。
拾掇拾掇快去送,
挑担样样准备全。
四更里来月儿歪,
姑嫂二人出庄来。
同志们前线多辛苦,
咱送给养理应该。
五更里来天露明,
前线将士正冲锋。
首长一见给养到,
夸着要给俺立功。

  二十三日晨,李仙洲部集结在莱芜城北,决定以第七十三军为左纵队,整编四十六师为右纵队,指挥所与全部辎重跟随整编四十六师,在飞机的掩护下并行向北突围。危急时刻,又传来了一个令李仙洲万分惊骇的消息:整编四十六师师长韩练成突然"失踪"——原来,早在抗日战争期间,韩练成就与共产党人建立了联系。莱芜战役开始前,华东野战军派人深入到整编四十六师内部秘密开展工作。于是在整个战役中,韩师长都对李仙洲采取了敷衍和拖延的态度。在准备突围的关键时刻,他干脆在共产党干部的引导下,在莱芜城里藏了起来,放弃了对他的整编四十六师的指挥。

  忐忑不安的李仙洲出了莱芜城,莱芜城立即被华东野战军第四纵队占领,而此举意味着国民党军的后路已被截断。

  李仙洲采取两个军四个师齐头并进的队形,企图依靠小纵深加强突击力量,一鼓作气迅速冲出华东野战军的包围。但是,当他的部队走到莱芜至吐丝口镇的路途中时,华东野战军部队从两侧的山地间排山倒海般冲了出来,拥挤在狭窄公路上的辎重、马匹和车辆以及惊慌失措的步兵立即被截成数段。国民党军空军副总司令王叔铭既是李仙洲的同乡,又是他的黄埔同学,在蒋介石的一再催令下,王叔铭派出了几十架战斗机和轰炸机,并且亲自驾机飞临战场上空,对华东野战军部队进行轮番轰炸扫射,企图掩护李仙洲部冲出重围。但是,当双方地面部队混战在一起后,王叔铭的空军再难发挥效力。王耀武反复请求王叔铭加强空中打击力度,王叔铭在飞机上回答说:"我指挥着飞机轰炸,一直没有中断,可是敌人不怕死,阻止不住他们的前进,我有什么办法?"李仙洲被分割包围的各部已被压缩成一团,战场上到处是"缴枪不杀"的喊声。下午十四时,国民党军第七十三军和整编四十六师被歼于东西约三公里、南北约两公里的狭窄地域内。

李仙洲的指挥所已经溃散。他在与第七十三军军长韩浚逃离时左腿中弹。混乱的战场上谁也顾不上他,韩军长带领一部分官兵逃入吐丝口镇,而李仙洲在距离镇子仅剩几里路的地方摔倒,他再也跑不动了。吐丝口镇中的新编三十六师在华东野战军对撤退中的李仙洲部发起攻击时,并没有出兵相援,而是在师长曹振铎的率领下趁机向淄博方向逃窜了。倒在地上的李仙洲被换上了士兵军装,然后在几个军官的搀扶下企图继续逃亡,但是很快就被追击上来的华东野战军官兵发现了,因为他们认为几个国民党军官扶着一个"士兵"逃跑是一个古怪的举动。李仙洲被带走了。

几天之后,华东野战军司令员陈毅特意来看望他。交谈中,陈毅拿个小板凳垫在他的伤腿下,说受伤的腿垫高点能减少疼痛。陈毅还对炊事员说:"李仙洲是山东人,爱吃水饺。"

莱芜战役歼灭国民党军一个军、一个整编师、一个新编师,约六万余人。国民党军第二绥靖区副司令官李仙洲、第七十三军军长韩浚、副军长李琰、参谋长周剑秋、第七十三军十五师师长杨明、副师长徐亚雄,第七十三军一九三师师长萧重光、副师长柏柱臣,整编四十六师副师长陈炯、副师长兼整编旅旅长海竟强、整编旅旅长甘成城、整编旅代旅长曹威等被俘。

莱芜战役使国民党军鲁南会战计划遭遇重挫,位于南线的欧震部鉴于李仙洲部已被歼,只有暂时放弃进攻,被迫采取守势。第二绥靖区司令官王耀武感叹道:"莱芜战役,损失惨重,百年教训,刻骨铭心。"

战斗结束之后,王叔铭驾机降落在济南机场,他立即用电话向蒋介石报告说:"地面上已无战斗,看样子我军已被全歼。"蒋介石惊恐地问:"你看清楚了吗?"王叔铭回答说:"我对地面上业已详细侦查,确未见地面上有战斗。"蒋介石只好说:"你再派飞机去看看!"

没等王叔铭再次起飞,蒋介石自己飞到了济南。听完王耀武的汇报后,他的心情恶劣到了极点:

> 你们只是在莱芜这个战役里就损失了两个军另一个师,损失了这样多的轻重武器,增加了敌人的力量,这仗以后就更不好打了。这样的失败真是耻辱。莱芜既已被围,你为什么又要撤退?遭到这样大的损失,你是不能辞其咎的。这次你选派的将领也不适当,李仙洲的指挥能力差,你不知道吗?撤退时他连后卫也不派,这是什么部署?你为什么派他去指挥?如派个能力好的人指挥,还不致失败。李仙洲已被敌人捉去,你们要知道,高级人员被捉去,早晚会被共产党杀掉的!

李仙洲被俘后受到共产党方面的优待。一九六〇年被特赦后,他在山东政协秘书处任专员。一九七八年当选全国政协委员,一九八八年在济南逝世,享年九十四岁。周恩来一直称他为"李大哥",与陈毅一样曾嘱咐工作人员说:"李大哥是山东人,爱吃水饺。"

那些在敌人的枪林弹雨中负伤的华东野战军官兵,被从战场上一一转运下来。在伤员们转运的路上,鲁中大地每个村子的村口都设有村民观察哨,伤员还没进村,妇女和孩子们就跑出来迎接了。他们把伤员领回自己家里,大嫂赶忙把一直热着的米汤端上来,不能自己进食的重伤员被大娘揽在怀里一点一点地喂,老人的眼泪一滴一滴地掉落在米汤里。无数子弟兵就这样在乡亲们的照料下,愈合了伤口、强壮了身体,重新走向了远方的战场——在中国的这片土地上,那布满如同沟壑般皱纹的笑脸、那如同老树般粗糙硬实的双手,那在所有无几的境遇里甘愿倾其全部的百姓,是共产党官兵刻骨铭心的依靠和难以忘怀的归宿。

囊形地带和中枢安全

国民党军第一战区司令长官、西安绥靖公署主任胡宗南至今还没有成婚。

早在进入黄埔军校学习之前,他在家乡奉父母之命娶过一房媳妇,但自从进入黄埔一期之后,他似乎把这个媳妇忘记了,不久这个女人在家郁闷病逝。在以后的日子里,曾有不少人给他做媒,但他自己却并不着急,对外宣称"国难当头","谈何私事"。话是这么说,其实他一直在寻找适合自己的女人。一九三六年,胡宗南在杭州探望已经成为军统头目的戴笠时,在戴公馆意外地见到一位名叫叶霞翟的女军统,她是戴笠的学生,是第一位获得留美博士学位的中国女性。胡宗南和戴笠是生死之交,两人不分彼此,戴笠决定把这个女子作为一份大礼送给胡宗南。在戴笠的有意安排下,两人的关系迅速升温,直到胡宗南以一块白金手表作为定情物送给叶霞翟,胡宗南的终身大事总算有了些眉目。但是,抗日战争爆发了,沉默寡言的胡宗南上了前线,与叶霞翟不但很少见面,连书信都很少来往,他与这个军统女成员的关系好像又似有似无了。抗战中期,他相了一次亲,这件事由国民党中央社会部长陈立夫牵线,女方是大名鼎鼎的孔祥熙的二小姐。据说,孔二小姐很是乐意,而胡宗南虽然还没见过孔二小姐,对这个豪放不羁的女子逸闻却听说过不少。思来想去,胡宗南还是不想放过个攀龙附凤的机会。相亲的时候,他故意穿一身破破烂烂的棉布军装,显出一副刚从沙场冲杀出来的样子,可还没与孔二小姐说上几句话,胡宗南就印证了关于这位小姐的所有传闻都是真的,他即刻打消了娶孔二小姐的念头。在给陈立夫的回信中,胡宗南还是以国家为挡箭牌谢绝了这门提亲:"国难当头,正我辈军人抗敌御侮、效命疆场之时,强虏未灭,何以为家?"

没人确切知道这个"西北王"的意中人到底是谁。

一九四七年,五十一岁的胡宗南立下誓言:等为党国建立"殊勋"之后,将庆功和结婚喜宴合在一起办。

胡宗南心目中的"殊勋",就是占领共产党人的中枢——延安。

共产党人的政治、军事中枢——陕甘宁解放区首府延安在胡宗南统辖的战区之内。

陕甘宁解放区东临黄河中游,西抵环江,南至渭北山地,北靠长城,包括陕西北部、甘肃和宁夏东部约二十个县,面积近十万平方公里,人口约一百五十万。驻守在这里的陕甘宁晋绥联防军的防御部署是:第一纵队驻守延安地区,担任迎击国民党军进攻的主力;教导旅和警备第三旅七团驻茶坊、南泥湾、临真、固临一线,担任延安以南的阻击任务;警备第一旅、新编第四旅驻守关中军分区所辖区域;警备第三旅旅部率五团驻守陇东军分区所辖区域。整个陕甘宁解放区防御部队仅有五个旅,兵力总计两万八千人。

如果从兵力上讲,包围陕甘宁解放区的国民党军总兵力,几乎是陕甘宁晋绥联防军的十倍。其中第一战区胡宗南部的十五个旅,驻守陕甘宁解放区的南线,负责由宜川、洛川、宜君一线向北主攻,兵力十四万;晋陕绥边区总部主任邓宝珊部的两个旅,驻守陕甘宁解放区的北线,负责自榆林向南助攻,兵力一万二千人;西北行辕马鸿逵、马步芳部十个旅,驻守陕甘宁解放区的西线,负责由宁夏的银川、甘肃的镇原向东进攻,兵力五万四千人。而陕甘宁解放区的东边就是黄河,隔河是国民党军第二战区司令长官阎锡山的地盘。

胡宗南认为,从战场地形和态势上看,共产党的老巢延安已被紧紧地围困于弹丸之地;而从兵力和武器装备上看,陕甘宁解放区内的共产党军队绝不是他的对手。只要时机成熟,一次大规模的攻击之后,不但延安势在必得,如果毛泽东等中共首脑人物来不及向北逃到外蒙,向东又过不了黄河的话,他就很可能把毛泽东等人一一俘获——作为戎马一生的党国军人,难道还有比这更显赫的战功吗?在荣耀的极点迎娶美人,难道还有比自己更成功的男人吗?

早在几个月前,胡宗南已奉蒋介石之命,对延安进行了一次大规模偷袭。胡宗南采取的是三面压缩和重点进攻的战术:从晋南和陕南抽调六个旅,会同封锁陕甘宁解放区的四个旅加一个装甲团,自南向北担任主攻;同时,马鸿逵的五个旅由宁夏向东助攻,阎锡山部晋西南地区总指挥杨澄源在东面和北面策应。

延安方面发现胡宗南的偷袭意图后,鉴于陕甘宁晋绥联防军兵力太少,急调晋冀鲁豫野战军第四纵队陈赓部和晋绥军区第一纵队张宗逊部开赴延安。

位于太岳地区的第四纵队取直线昼夜兼程,从胡宗南与阎锡山两军的接合部直插黄河岸边,准备迅速渡河进入延安地区布防。这支本属于刘邓大军的部队一进山西就发生了意外:先头部队为给主力开路攻占了汾西县城,但当主力部队将要到达的时候,纵队训练科长葛来文率侦察排前往县城联络,不料却突然遭遇国民党军的伏击,葛来文阵亡——原来,先头部队把县城交给了当地的吕梁军区部队,而吕梁部队在阎锡山部的反击下又把县城丢了,这个消息没能及时通报给正奔袭而来的陈赓的纵队。在黄河东岸,陈赓接到中央军委的电报,电报称张宗逊的两个旅已到达延安,延安的防御力量已得到加强。目前陈赓部位于胡宗南的侧后,胡宗南担心受到侧击,已将其整编第一师从陕北调回黄河东岸。这样看来,对延安更有效的防御,是在胡宗南的侧后展开一系列战斗,迫使其回援,从而瓦解国民党军对延安的攻击。同时,毛泽东还赋予了陈赓部开辟吕梁地区的任务:"必须说服全体指战员,不要讨厌吕梁区居民落后,物质困难,应使人人明白发展吕梁区是保卫延安巩固太岳的重要条件。目前是蒋军与我军争夺吕梁时期,望全体努力取得胜利。"

为此,陈赓的晋冀鲁豫野战军第四纵队和王震的晋绥军区第二纵队合成了一个战斗集体。陈赓对自己司令部的人强调:"王震同志对党忠诚,斗志顽强,在我们党内是出了名的。大家一定要尊重他。他直爽坦白,爱批评人,在党内也是出了名的。在今后的工作中,如果发现你们的错误而批评你们,甚至骂两句,你们一定要好好接受,不许不高兴……三五九旅是我们党的一支英雄部队,中原突围贡献很大,消耗也很大。才到吕梁山不久,没有什么补充,等于是个干部旅,都是老资格,有的战士比我们的连长资格还老。今后配合作战,不能叫他们打伤亡大的仗,因为他们伤亡一个战士就等于我们伤亡一个干部,你们可不准讲怪话。"王震来了,说话异常直率,他告诫陈赓部的官兵要准备在吕梁山里吃苦受罪:"我们吕梁地区物质条件很差,有些地方刚开辟不久。我们尽量动员一切力量保证部队作战,但也要说清楚,就是党政军民都动员起来,由于物质基础差,部队又多,很难让大家满意。我相信你们会把开辟吕梁作为我们共同的任务,决不会想在吕梁得到什么。你们先打了几个仗,装备改善了,但我们这里还是很穷、很苦。你们应当为吕梁山留下点什么。"陈赓说:"今后我们缴获的武器弹药,要尽可能的留给吕梁部队。"

两支部队联合指挥后,首先被攻克的是大宁县城,接着完成了对隰县的包围。

隰县是晋西南的战略要地,是阎锡山在抗战时期建起的一个工事坚固的军事重镇,国民党军第二战区晋西南总指挥杨澄源的指挥所设在这里,攻克隰县必然会给胡宗南和阎锡山都带来震动,将对国民党军偷袭延安的行动具有极大的破坏和牵制作用。一九四六年十一月二十七日,陈赓部对隰县发起攻击,战斗进行得干净利索。在迅速拿下县城东南的一个高地之后,部队兵分三路从三面攻城,七十团三营突击队首先搭梯爬上城墙,营长张鉴和教导员徐肇基带领全营突进城内展开巷战,并直插守军筑有三重围墙的指挥所。八连连长解全威连续投出用罐头盒制造的土燃烧弹,然后带领官兵在黑色的硝烟中发起冲击,班长焦子玉一头冲进指挥所,枪口直接顶在了上将总指挥杨澄源的胸口上。杨澄源的手里还拿着阎锡山刚刚发来的电报,电报上写着:"援军无望,固守城垣。"杨澄源的副官连连说"不要开枪!我们投降!"

接着,王震部攻击中阳县城的战斗开始了。县城已被围困了十几天,但始终没能拿下,因为这座县城建在山上,当年日军在这里修建了大量的碉堡,最为坚固的是一座石筑的联体碉堡,碉堡由厚达两米的石拱石墙筑成,直达城内。刚刚被授予少将军衔的国民党军暂编四十五师一团团长张居乾严厉督战,王震部由于弹药不足和火力不够攻击始终不顺。陈赓部派出十三旅七十二团增援,王震命令这个团专门攻击那座联体碉堡。入夜,七十二团悄悄潜入前沿,黎明时分,在炮火的支援下,官兵们突然从阵地上跃起,对联体碉堡发动了猛烈的进攻。纷飞的弹雨中,七十二团团长、政委和参谋长先后倒下,但身负重伤的他们一步不退,坐在阵地上继续指挥作战。王震部的爆破队更是表现勇猛,官兵们对坚固的碉堡进行了前仆后继的反复爆破,先后使用的炸药达到两千多公斤。十二月十二日凌晨,两军合力攻克了中阳县城,拿下了守军指挥部,少将团长张居乾被俘。二纵官兵在这个指挥所里缴获了一封张居乾发给阎锡山的电报底稿,上面有这样的文字:"共军使用了原子性炸药,装置于数米之外,即可将碉堡完全炸毁。"——可以肯定,这个团长已经被持续不断的、撼天动地的爆炸震得精神恍惚了,不然他何以认为共产党军队使用的是"原子性炸药"?

战后,王震对身负重伤的七十二团团长和政委说:"果然是能打硬仗的好部队!"

为了更多地牵制、歼灭偷袭陕甘宁解放区的国民党军,十二月二十二日,陈赓和王震部又向位于晋西南的蒲县发动了进攻。

蒲县周围多是阎锡山部驻防时修建的断绝地,部队机动十分困难,且这里的国民党军布防密集难以分割。陈赓和王震决定主动放弃隰县,将敌人诱至隰县附近,断其后方补给线,再给其严重杀伤。同时,"主力转攻蒲县,吸引敌人回援",然后在运动中大量杀敌。蒲县的战斗打得异常艰难,久攻不下。三十日拂晓,陈赓部十旅副旅长楚大明率领一个连发起持续不断的冲锋,终于占领了可以俯瞰蒲县全城的一个高地,十旅官兵利用过去阎锡山部留在高地上的工事,居高临下,以猛烈的火力扫射城内的国民党守军。

一九四七年一月一日,蒲县被攻克。

至此,吕梁战役结束。

吕梁战役不但成功地迟滞了胡宗南偷袭延安的行动,还使太岳、吕梁和陕甘宁三个解放区基本上连接起来。战役之所以选在了胡宗南的第一战区与阎锡山的第二战区的接合部,是共产党人看准了国民党军不同派系之间从来相互不配合的弱点。山西原本是阎锡山的地盘,但上党战役之后,蒋介石以阎锡山的部队无力防守为名,让他的嫡系胡宗南接管了山西南部。阎锡山明明知道这是蒋介石蚕食他的手段,但因作战失败而无力抗拒。因此,只要是胡宗南的部队与共产党军队作战,他一律采取"坐山观虎斗"的态度。按照国民党军的战区划分,以山西南部中间地带的灵石为界,灵石以南是胡宗南的战区,灵石以北是阎锡山的战区。当蒋介石命令胡宗南接手晋南防务时,胡宗南不愿自己的兵力过于分散,并没有积极出兵灵石以南地区;而阎锡山竟然在胡宗南还没有接防的情况下,径自将自己部队北撤达五十公里,致使两个战区之间出现了一条宽大的防务空隙。战后,国民党军才醒悟到,陈赓部正是利用这个空隙打了进来:"越同蒲路、西渡汾河,窜犯晋西","连陷永和、大宁……隰县、蒲县、中阳等地","使延安与晋西、晋东连成一气,构成平遥、太原间之威胁,劳师费时,良为失策"。

由于侧后受到严重威胁,胡宗南不得不从陕北抽兵稳定晋南局势,整编第一师、整编九十师、整编三十师六十七旅、整编二十七师四十七旅被相继调至山西西南部的临汾、吉县一线。

胡宗南的部队收缩在几个重要的军事据点中,而陈赓、王震部因云集在贫瘠的吕梁地区给养很快出现困难。在这种情况下,势必会对补给能力弱的我军造成被动局面。为此,陈赓向中央军委建议,部队转兵北上,攻击阎锡山部守备相对薄弱的汾阳和孝义地区,开辟粮源和兵源,然后再待机南下与胡宗南周旋作战。这一建议得到中央军委的同意。

从战斗力对比上看,阎锡山部较之胡宗南部相对较弱。

但是,接下来攻击汾阳和孝义的战斗结果却出乎了陈赓的预料。

汾阳、孝义位居山西中部,土地肥沃,村落稠密,地势平坦,田畴开阔,两座县城均建有完备的防御工事,易守不易攻;且这一地带一直是供给阎锡山大军的"粮仓",加之直线向北便可迅速抵达山西首府太原,因此,阎锡山势必要全力抗击。

陈赓和王震的部署是:王震纵队的独立二旅和独立四旅攻击孝义;陈赓纵队的十、十一旅攻击汾阳,十三、独立二十四旅进至两城之间准备打援;王震纵队的三五九旅为总预备队。

阎锡山很快就判明了陈赓、王震部的企图,立即命令:"第六集团军集结于文水以南地区,第七集团军集结于平遥地区,第八集团军集结于介休地区,形成三路钳形攻势,并配合原汾阳、孝义的我军,将共军拘限于汾阳、孝义中间地区而歼灭之。"

陈赓本来拟定迅速攻占汾阳,但是部队到达时才发现,汾阳外围守军已经收缩入城,而汾阳城城墙坚固,城壕宽阔,部队在准备登城工具时因木料奇缺难以实施攻击。鉴于这种情况,陈赓和王震临时决定:围困汾阳,攻击孝义,准备打援。

驻守汾阳的国民党军将领叫刘效增。陈赓和王震联名给他写信,劝他弃暗投明。刘效增予以拒绝,还把送信人的耳朵割下来一块示众。这一举动令陈赓怒火万丈,发誓一定要严惩刘效增——两年以后,当中国人民解放军大军云集长江北岸准备发起渡江战役的时候,陈赓得到了刘效增率部起义的消息,心绪复杂的陈赓说:"他现在起义了,好呀!我们不念旧恶,他割我们人耳朵的事,我们不追究了。让他自己进行自我批评吧。"

刘效增固守汾阳,但孝义却打了下来。

孝义城墙高达十米,护城河就有两道,碉堡群构成了一个立体火力网,王震部的攻击部队把山炮推到距城墙仅七十米的地方开始猛烈轰击,冲击部队的大小梯子、爆破杆、扫雷杆、炸药包也准备得十分充足。总攻开始后,爆破组和突击队配合密切,半小时就突破了城垣,经过一夜巷战,孝义城内两千守敌被全歼。

孝义失守让阎锡山很是吃惊,因为一旦晋中门户敞开,太原就直接暴露在共产党军队面前了。阎锡山本想向蒋介石求援,但鉴于上党战役失利后胡宗南趁机进占晋南的教训,阎锡山决心自己亲到平遥地区指挥九个师共二十五个团,分三路发动反击作战以夺回孝义,以免蒋介石这一次再派嫡系部队来"保卫太原"。

如此众多的兵力聚集在如此狭窄的地域里,难以各个击破的局面令陈赓和王震不容乐观。一月二十日,阎锡山的大军已推进至孝义十五公里,中路赵承绶的第七集团军暂编四十六师抢先冒进,被陈赓部的十一旅三十三团打了个反击。此时,守在汾阳城里的刘效增不断提醒阎锡山的参谋长郭宗汾:"不要向孝义冒进,陈赓十分诡诈,不要上他的当。"一直在窃听刘效增通话的陈赓很是着急,一旦阎锡山听从了他的劝告,那么只有放弃作战这一条路了。庆幸的是,郭宗汾很不以为然:"你不必顾虑,我们这么多部队,陈赓有什么办法,最多采取打了就跑的战术,跑到南山上去。"汾阳城里的刘效增还是不放心,再次打电话给阎锡山:"陈赓是个成了精的人,他蹲在南山上察看我们的活动,我估计他今天晚上就要行动了,请总座无论如何提醒各部队加强戒备。"此时,中路赵承绶的第七集团军由于挨了打,放慢了推进的速度,南路第八集团军司令孙楚部的八个团位于前出位置。二十一日下午,陈赓和王震部的十旅、十一旅、独立四旅、三五九旅一起发起了大规模反击。刚刚向阎锡山报告过"黄昏前占领孝义没有问题"的孙楚部即刻溃乱,孙楚在电话里声音越来越惊慌:"……突然发动反击……已经到了村前……我要转移了!"

在追击溃退的国民党军的时候,十旅副旅长楚大明率领二十九团官兵依旧冲在最前面,他直接冲进孙楚的指挥所,抓住了孙楚的副官杨纶元。杨副官向东一指说:"司令刚刚跑过这条小河。"楚大明大喊:

"追！活捉孙楚去！"官兵立即奔向文峪河。北风呼啸，大雪漫天。楚大明带着一个连的官兵跑得满身热汗。文峪河上有一座小桥，敌人在桥头修了个碉堡。楚大明距离那座桥仅有百米了，如果他开枪孙楚定会栽倒在雪地里，但官兵们执意要追上他将其活捉。桥头碉堡里的敌人为掩护孙楚开始阻击，官兵们就从岸边跳到小河的冰面上企图过河追上孙楚，不料冰面并不像他们想的那么结实，跑到河中间冰面突然裂开，几个官兵掉到冰窟窿里，待将他们救上岸，迷蒙的风雪中孙楚早已没了踪影。

二十六日，赵承绶第七集团军七十一师和暂编四十六师被围在了中街村。

但是，陈赓和王震部对中街村的攻击却并不顺利。

由于怕各部队指挥员的钟表不准确，指挥部以通信科在屋顶上点燃火把为总攻信号。火把燃烧起来，自己的部队看见了，敌人也同时看见了，并由此确定出共产党军队指挥部的位置。于是，战斗还没有正式开始，陈赓的指挥部就受到了炮火轰击和飞机扫射。中街村背靠汾河，其他三面都是开阔地，攻击持续整整两天，在守军强大的火力面前未能奏效。十一旅三十二团九连由于攻击路线没选择好，官兵陷于守敌暗堡的交叉火网之中，导致这个连队的官兵全部牺牲。二十八日，十旅副旅长楚大明来到阵地前沿指挥战斗，当攻击在敌人强大的火力面前依旧受阻时，楚大明抓住一个冲击的时机，从掩体中一跃而起，他大声喊道："跟着我，冲啊！"喊声未落，一排子弹倾泻在他身上，楚大明一头栽倒在阵地前沿。这是他自参加革命后，第二十九次也是最后一次在战场上中弹。

楚大明，一九一七年出生于河南省商城一个贫苦农民家庭。一九二九年当革命风暴席卷大别山的时候，这个小牛倌当上了县苏维埃常委和赤卫营营长。赤卫营被编入红军序列后，他从通信员逐渐成长为一名英勇善战的指挥员。他是著名的战斗英雄，在所有的战斗中每一次都冲锋在前。楚大明阵亡的消息传到指挥部，陈赓悲痛难忍。他交代："把他的遗体保护好，随部队回我们太岳区安葬，要开隆重的追悼会。"

中街村四周工事坚固，村里有敌人的两个整师。天寒地冻，在开阔地上挖掘战壕向守军靠近十分困难，且阎锡山的各路援军正在接近，再战下去部队会遭遇更大的伤亡。

陈赓最终决定放弃攻击。

中街村中的国民党守军在增援部队的接应下,全部撤离了战场。

陈赓带领旅、团干部进入中街村,走到村北时,看见了十一旅二十三团九连的冲击地,在这条冲击地的两侧遍布着敌人的侧射地堡,其中还有三个重机枪地堡。陈赓说:"严防敌人的侧射火力,是指挥进攻战斗的常识,可是我们的指挥员却没有注意到。这是置九连于死地的关键。"接下来,陈赓看见了他的九连官兵,全连的牺牲者依旧呈战斗队形,所有倒在雪地上的身体头部都冲着冲击的前方,陈赓哽咽了:"这样好的连队,这样勇敢的战士……"

陈赓向军委写了战斗总结报告,主动承担了战斗失利的责任。

一九四七年二月,陈赓的第四纵队奉命返回晋冀鲁豫野战军。

王震很想弄点猪肉慰劳一下第四纵队。他对陈赓说:"你们不必走得那么急,两个节(新年和春节)都在打仗,没有过,再住几天,补过一个年吧!吕梁虽苦,给每人弄上斤把肉吃吃,还是能做到的。"陈赓谢绝了:"每人一斤,就是上万斤肉,这可不是个小数字。吕梁是个新解放区,底子薄,我们还是回太岳区过年吧。"陈赓命令把缴获的重武器全部给王震留下,为此他还亲自检查了移交武器的情况,要求留下的武器必须是完好的,如果机枪缺少零件或者坏了,就用自己部队的好机枪换下来。

在晋南遭受挫折之后,胡宗南把攻击重点转向了陕西境内的关中地区,为从陕中直接攻击延安做扫清侧翼的准备。

二月九日,胡宗南来到位于三原的整编第二十九军军部,召集旅长以上将领参加作战会议。除了整编四十七旅旅长李奇亨和整编一六五旅旅长李日基因事未赶到之外,参加作战会议的有:西安绥靖公署副主任裴昌会、副参谋长薛敏泉、参谋处长汪承钊,整编第二十九军军长刘戡、参谋长文宇一,整编三十六师师长钟松、整编七十六师师长廖昂、整编十二旅旅长陈子干、整编二十四旅旅长张新、整编四十八旅旅长何奇、整编一二三旅旅长刘子奇等。

胡宗南首先讲话,大意是:我们要消灭共党,必须首先消灭他的武装力量。要达到这一目的,最重要的是拿下延安,消灭陕甘宁边区的主力,摧毁共党的首脑机构。我相信,我们可以在两个月内解决陕甘宁边区的军事问题,六个月内解决全国的作战问题。现在,我们必须首先夺取囊形地带,这关系着我军向延安进军是否能够顺利进展的问题,希望大家努力达成任务。

所谓"囊形地带",是国民党军作战部门对陕甘宁边区关中地区的称谓。这一地区位于胡宗南攻击延安的出发地洛川、宜川的侧后,是陕甘宁边区自北向南插入胡宗南战区的一个突出地带。这一地带的存在,给胡宗南带来了很大的烦恼,因为它对关中和陇东两大地区内的各个城镇以及陇海路西段和陕甘公路都能构成威胁,而共产党人正是利用这一突出地带秘密进出物资,使国民党军对延安的经济封锁存在着一个巨大的缺口。同时,这一地带的存在,无形中使国民党军对陕甘宁边区的封锁线延长了近三百里,牵制着胡宗南的大量兵力。

为了达成对囊形地带的有效进攻,胡宗南拟订了一个作战方案。不料,这一方案遭到整编第二十九军军部的强烈反对。军参谋长文于一认为,胡宗南制定的从东、南、西三面发起进攻的方案,有把囊形地带里的陕甘宁晋绥联防军赶走了事的意思,不符合消灭敌军有生力量的作战原则。他主张先把突出的囊形地带的"袋口"封闭,然后主力部队再从三面迅速进击,一举把这一地带里的陕甘宁晋绥联防军全部歼灭。整编第二十九军的方案得到了大多数将领的支持,然而胡宗南断然地说:"按绥署意见执行,一切责任由我负。军预备队置于三原附近,决定十四日拂晓开始攻击。所有参战的部队,统归刘军长指挥。"

将领们各自回部队准备去了。大家都清楚胡宗南的真实意图:既要占领延安,把陕甘宁晋绥联防军赶过黄河,平定陕甘宁的战事,又不能使自己的部队损失过大。那么,就只有自南向北大军平推,只要占领了延安和整个陕甘宁,就是胡宗南的最大战功。至于是否消灭了共产党人的有生力量,是否把陕甘宁晋绥联防军全部赶到阎锡山或者傅作义的地盘里以至对全国的战局产生什么不利影响,这一切和他胡宗南有什么关系?

十四日,整编第二十九军各部队自东、南、西三个方向开始集结。

三天之后,胡宗南的五万大军对囊形地带的全面进攻正式开始。

无论战场态势,还是兵力对比,囊形地带内的陕甘宁晋绥联防军都无力进行有效的战斗。这一地带过于狭窄的地形难以用兵迂回,在三面受敌的情况下,如果迎战胜算的可能很小。为了保存有生力量,在胡宗南发动进攻的第二天,除了留下少量的地方武装骚扰敌军之外,关中地区的陕甘宁晋绥联防军掩护党政机关主动撤离了。

几乎没有经过什么战斗,胡宗南就占领了囊形地带,这令他感到他迫切希望建立的那个"殊勋"已经可望可及了。

囊形地带的丢失,使延安面临的军事压力进一步加深。

至此时,华中解放区首府淮阴、华北解放区首府张家口、山东解放区首府临沂已先后丢失。如果延安失守,共产党人除了林彪部所在的哈尔滨外,全国范围内其他的政治、经济和军事中心已全部丢失。

局势确实令人不安。

此刻,在延安的东北方向,晋察冀野战军也在进行反击作战。这是一连串异常艰苦的军事行动,被动作战往往伤亡大而歼敌少,国民党军始终保持着对北平、保定和天津这一三角地带的控制。

张家口失守后,晋察冀野战军已经退守山区。国民党军打通了平绥铁路,并计划采取钳形攻势一鼓作气合击易县、涞源一线,以分割晋察冀解放区的腹地,进而寻歼晋察冀野战军主力。国民党军以第九十四、第五十三军两路并进。晋察冀野战军决定集中第一、第二、第四纵队主力歼其一路,而第三纵队八旅二十三团一营担任将两路敌军分割开来的穿插任务。

一营营长朱彪是条血性汉子。打绥远时,国民党军守在集宁外围的一个山头上,部队仰攻不利,朱彪把通信班的几匹马集中起来,自己跨上一匹马带领战士往山头上冲,他的视死如归的气势把国民党兵吓坏了,扔下阵地跑了。事后,他受到纵队司令员杨成武的严厉批评。杨成武说,叫你当营长是指挥全营作战的,不是让你单枪匹马打冲锋的。打大同时,他率领一营杀进国民党军的一个据点,据点外围的部队听见枪声响了一会儿就停止了,因为担心一营遭遇不测,所有的部队合力冲击,冲进据点才发现一营与守军拼上了刺刀,据点里的三百多名守军已全部倒在一营的刺刀下。

但是,这一次,朱彪和他的一营遇到了残酷的战斗。当他们深深插入敌军攻击阵形的腹地时,总共二百四十人的队伍被国民党军两个团三千多人包围在了一个叫刘家沟的小村庄里。战斗进行得昏天黑地,朱彪派出通信员向团部求援,可派出一个牺牲一个,最后派出的一名年龄最小的通信员还没跑出去一百米就被密集的子弹射倒了。部队退守到村庄东北角和西北角的两个院落里时,朱彪要求官兵们再坚守一天,为主力部队歼敌创造条件。国民党军以十个连的兵力不断地发动冲击,密集的炮火把一营藏身的那两个院落几乎翻了个,所有的围墙和房屋全部被炸塌,大火熊熊,浓烟滚滚,一营各连的伤亡不断增加。这时候,二连指导员站出来请求让他冲出去向上级求援,朱彪答应了,然后他眼看着这个指导员仅跑出去两百米就倒下再也不动了。国民党军在最后时刻出动了坦克和飞机。一营还活着的战士开始撕平时节省下来的钱,教导员曹良已经把所有的文件和自己的日记烧了。朱彪将一挺机枪压满子弹,再把剩余的枪支集中在一起,在上面堆了些柴草,重伤员被抬倒柴草堆上,轻伤员也纷纷爬了上去,他们准备在敌人冲到跟前时点燃柴草,与身下的枪支一起化成灰烬。敌人的炮火已经完全集中在他们坚守的这个点上,一千多发炮弹暴雨般落下,教导员曹良的眼睛被炸坏,朱彪的大腿和胳膊都被弹片打穿,浑身是血。接近黄昏的时候,一营仅剩的几十名官兵与敌人在院落内外进行着反复的拉锯战。天渐渐地黑了,朱彪发现攻击的敌人有点慌张,原来团长张英辉亲自带领部队冲进来了。

不久,当地百姓在易县西北角的南山上建起一座石碑,碑上刻着"钢铁第一营"血战刘家沟的经过以及在这场战斗中阵亡的所有官兵的名字。

尽管朱彪的一营付出了巨大的牺牲,但由于各参战部队没能很好地协同,晋察冀野战军的歼敌目的没有达到。司令员兼政治委员聂荣臻说:"那时候,我们的一些作战行动,往往为敌人的行动所吸引,费力气不小,歼敌却不多,有些仗打得不痛快,根本问题在于没有掌握主动权。"

胡宗南占领囊形地带之后,立即命令整编七十六师、整编十七师四十八旅以及骑兵第一旅等部队,攻击陕甘宁解放区位于陇东的庆阳、合水地区,企图吸引陕甘宁晋绥联防军主力西援,以利于在延安地区正面防御兵力单薄之时突袭延安。

三月一日,整编七十六师二十四旅占领庆阳。

二日,整编十七师四十八旅占领合水。

陕甘宁部队主力开始向西移动。

胡宗南立即命令四十八旅向南回撤,以加强从正面突袭延安的兵力。

整编十七师四十八旅旅长何奇,绰号"何大炮"。这个黄埔八期的毕业生曾在日本学习过炮兵指挥,回国后又在国民党军陆军大学进修过,满腹的作战理论,他自认为是国民党军中罕见的"孙吴之才"。当奉胡宗南之命率部向宁县回撤时,部下提醒他,占领合水的时候,合水已是一座空城,部队搜遍全城只发现了一个老汉和一只山羊,看样子共军不像是败退,所以我军行事需特别小心。但是,何奇不以为然,坚持命令部队走捷径,他说这条路上即使有共产党军队,也根本不敢拦截他的部队。

何奇不知道,他选择的这条捷径,是结束他生命的一条捷径。

三日,何奇命令焚毁合水县城的物资和粮库之后,率部出发。下午十五时,先头部队进入西华池镇。西华池镇是陕、甘两省物资进出的集散地,商业发达,市场繁荣,镇子里有居民千户以上。何奇进入镇子的时候,立即觉得自己选择的这条行军路线十分正确,因为镇上的居民不但没有躲避大军的意思,而且茶楼酒馆座无虚席,熙攘的人们神情自若,与惯常大军一到百姓逃散的景象完全相反。但是,何奇的部下还是感到了异样,军官们再次提醒说,情况好像不对劲,最好尽快通过。可何奇却进了一家饭馆准备摆宴吃饭,还命令部队今晚就在镇上宿营。宴席上酒喝到一半的时候,有侦察员来报告说,距此地大约二十里的山沟里,发现大批共军正在集结。何奇再一次很不以为然,说这个地区的共军只有三五八旅和少量地方部队,哪里来的大批共军?实际上,就在何奇喝酒的时候,陕甘宁野战集团军第一纵队已经对西华池发动了进攻,只不过由于地形不熟和敌情不明,在何奇部署在西华池镇外围部队的阻击下攻击受阻。

第二天,双方形成对峙,何奇命令部队立即抢修工事。

晚上,巨大的爆炸声接连响起,陕甘宁野战集团军的攻击开始了。

这是个混战的夜晚。攻击何奇部的陕甘宁野战集团军,除第一纵队的两个旅之外,还加强了新编第四旅的一个团,但何奇部的阻击异常猛烈,共产党官兵虽然数次冲进镇子,并一度占领了部分街道,但始终无法扭转整个战局。整整一个晚上,何奇不断地接到防御阵地出现危机的报告,致使他连发数电向胡宗南告急。当镇子的东北角陷入白刃战时,辎重营的防御阵地被撕开一个缺口,何奇命令镇子外围的一四二团进镇增援。一四二团也正处在被攻击中,一营刚向镇子的方向运动,三营的阵地就受到了突袭。天亮的时候,一四二团靠近了西华池镇,但竟猛然发现自己暴露在一片没有任何遮挡的旷野中,埋伏在两侧的交叉火力、马克沁重机枪特有的尖锐的射击声令人毛骨悚然。胡宗南派来的飞机投下了大批弹药和干粮,但双方已经混战在一起,于是双方都抢到了一些。何奇得到一四二团的加强之后组织起反击,冲进镇里的共产党官兵开始后撤。但是,令国民党军意外的是,陕甘宁野战集团军紧接着又发动了一次更大规模的攻击。一四二团团长陈定行认为他们最后的时刻到了:

> 夜幕降临之后,共军发起全线总攻,炮声隆隆,硝烟滚滚,杀声震天,顿时血肉横飞,陈尸遍野。许多阵地得而复失,告急之声,纷至沓来。第一四三团正面阵地亦被突破,团长杨荫寰急电求援。而我的一四二团已千疮百孔,自身难保,虽拼凑了一个连驰援,但杯水车薪,已无济于事了。此时整个形势令人沮丧,而共军愈迫愈近,"缴枪不杀"的喊话声清晰可闻。正在此时,有人主张突围,为了轻装逃命,立即火化文件,捣毁装具,顿时风声鹤唳,乱作一团,睹此情景,大有全部被俘之势。

何奇的指挥所向外延伸的电话线被剪断,何奇只有爬上旅部的房顶观察战况。天黑,风大,除了枪炮的闪光之外他什么也观察不到。突然,一颗机枪子弹穿透了他的大腿。何奇被抬进指挥所之后,数发炮弹又击中了旅部的房屋,连续负伤的他很快没有了气息。

即使如此,西华池镇依旧没有被彻底攻占,旅长阵亡后的四十八旅依旧在顽强抵抗。五日天亮的时候,增援的整编七十六师二十四旅已经接近,陕甘宁野战集团军围攻西华池的战斗被迫停止,各部队先后撤离战场。

西华池一战,是在敌情不明、地形不熟的情况下仓促发动的。虽然在局部战场我军兵力四倍于敌,但事先连四十八旅的驻扎位置都没有弄清楚,导致大部分兵力分散于攻坚战斗之外,没有形成有力的歼敌拳头。同时,四十八旅此前从未与共产党军队交战过,士兵战斗力强也是导致战斗失利的重要原因。

就在延安周围不断发生战事的时候,一九四七年二月一日,中共中央在延安召开了政治局会议。毛泽东在会议上提出一个惊人的论断:

中国革命的新高潮将要到来。

此刻,中国共产党人正处在最困难的时期。毛泽东的论断不仅为党内一般干部难以理解,即使在党的高层领导中也存有相当的疑虑。毛泽东的论断被传达下去之后,有干部给延安打电报,直接问"高潮"到底是什么意思?

毛泽东所说的"高潮"指的是什么?依据又是什么?

毛泽东解释道:"总的形势是:革命高潮快要到来。这种高潮在近半个世纪的中国历史上有过三次,第一次是辛亥革命,第二次北伐战争,第三次是抗日战争,这三次都是全国规模的……现在全国规模的第四次革命高潮,可能很快到来。第一次革命高潮无产阶级没有参加领导……第二次、第三次是共产党和国民党共同领导的。这一次高潮是由共产党单独领导的。"

毛泽东的依据是:一、内战爆发以来,大举进犯解放区的国民党军已被歼五十六个旅,平均每个月被歼六个旅。如果再继续下去,中国的战场形势就会发生重大变化。二、蒋管区人民运动正蓬勃发展,全国各大城市的反对内战和团结自救运动的规模超出以往任何时期,反蒋的统一战线不但已经形成而且正在不断扩大。

就在毛泽东在延安的窑洞里勾勒革命"高潮"的前景时,二月七日,蒋介石在南京的"国府纪念周"上发表了一个讲话,对军事形势的判断也是非常乐观:

> 至于军事,我党确有把握击灭共产党,以实现中华一统。我从历史上观察,历代的叛贼,妄图拖垮政府,不外有两个途径。其一,割据一方,负隅自固。其二,四处流窜,极力扩大其影响,试图引起各地骚乱。但流寇不能成功,负隅则确是可怕。如今共产党无法负隅,我军要打到哪里,就能够打到哪里,所以共产党绝不能成功。

至少在一九四七年二月里,毛泽东和他的同志们在延安开会的时候,也许谁都没有意料到,这是中国共产党人在这个被称为"红色首都"的小城里召开的最后一次政治局会议了——不久之后,毛泽东就撤离了延安。直至一九七六年离世,他再也没有返回他住了十年之久的那间充满烟草味道的窑洞。

★ 第四章 **战场的腰部**

- 胡宗南：为人民服务处
- 孟良崮
- 黄土沟壑
- 战场的腰部
- 夏季攻势

胡宗南:为人民服务处

一九四七年三月十三日,国民党军飞机分别从西安、太原和郑州机场起飞,对延安及其附近地区实施了猛烈轰炸。

国民党军出动的作战飞机数量惊人,其规模甚至超过了对日作战时期。包括从南京调来的八架 B-24 重型轰炸机、二十四架 P-51 战斗机,加上之前已部署在西北战场的 C-46、C-47 运输机,P-40、P-47 战斗机以及 B-25 轰炸机,仅西安机场就聚集了各种作战飞机近百架。国民党空军军官们认为,从作战的角度上看,延安地区面积不大,且共产党军队没有防空能力,集中如此大的空军军力绝对是小题大做。

一颗炸弹落在了毛泽东的窑洞前面,爆炸掀起的气浪冲进窑洞,冲倒了桌子上的热水瓶,正在伏案批阅文件的毛泽东一动未动。

之前,国民党政府已发出通告,限中共驻南京、上海、重庆办事处的谈判代表和工作人员于三月五日前全部撤离。对此,中国共产党的表态是:"蒋方这一荒谬措施,无论是出于蒋介石本人的命令或是其他地方当局的胡作非为,都是表示蒋方已经决心最后破裂,放手大打下去,关死一切谈判之门……妄图内战到底,实现其武力消灭中共及全国民主势力的阴谋。"

蒋介石将胡宗南召至南京,详细商定了直捣延安的作战计划。

胡宗南意识到他建立"殊勋"的时刻到了。

自内战全面爆发以来,国民党军在各地战果不大,部队却损失不小,而共产党人的军事力量并没有明显削弱。在这种情况下,蒋介石决定放弃全面进攻,改为重点进攻,在东北和晋察冀转取守势,加强对陕北和山东的进攻——"我们在全国各剿匪区域中,应先划定匪军主力所在的区域为主战场,集中我们部队的力量,首先加以清剿,然后再及其余战场……凡是匪军的老巢……及其发号施令的首脑部的所在地,必须犁庭扫穴,切实攻占……在主战场决战时期,其他支战场唯忍痛一时,缩小防区,集中兵力,以期固守。"——至少在一九四七年初,蒋介石心目中的"主战场"已经走火入魔地集中在了延安这一个点上。

"摧毁匪方党、政、军神经中枢,动摇其军心,瓦解其意志,削弱其国际地位"。胡宗南最终制定的作战计划是:右兵团由整编第一军军长董钊指挥,率整编第一师三个旅、整编二十七师两个旅,整编九十师两个旅,由宜川北面的平陆堡至龙泉镇之间进入攻击位置,占领临真、金盆湾等地,然后沿着金延大道两侧向延安的东北方向攻击前进;左兵团由整编第二十九军军长刘戡指挥,率整编三十六师两个旅,整编十五师一个旅,整编十七师一个旅,由洛川北面的段仙子至旧县之间进入攻击位置,占领鄜县(富县)、茶坊、甘泉等地,然后沿着洛河东岸和咸榆公路向延安西南地区攻击前进。总预备队为整编第十师主力、整编七十六师的两个旅、整编十七师的两个旅等部队,集结在洛川、咸阳、平凉等地待命。另外,由整编七十六师的一个旅和陕西保安部队、甘肃保安部队组成陇东兵团,在攻击行动开始后,以营为单位伪装主力向保安、安塞、延安方向佯攻袭扰。整编十七师的两个旅负责保护后方交通线和前方的粮食与弹药补给。前进指挥所位于洛川,由西安绥靖公署副主任裴昌会中将任指挥所主任。

三月六日,胡宗南秘密登上了前往洛川的专列。

与他同行的,还有他的机要秘书熊向晖。

踌躇满志的胡宗南无论如何也想不到,他十分信任的这位年轻的军官,竟然是一名中共秘密党员。熊向晖的这一身份直到一九四九年十一月五日才暴露出来。那一天,周恩来在中南海勤政殿中的宴会上指着熊向晖向出席宴会的原国民党军高级将领张治中说:"认识吧?"张治中说:"这不是熊老弟吗?你也起义了?"周恩来说:"他不是起义,是归队。"张治中正茫然惊愕时,周恩来解释说:"他是一九三六年入党的共产党员,是我们派他到胡宗南那里去的。当年,蒋介石的作战命令还没有下达到军长,毛主席就先看到了。"

就在熊向晖跟随胡宗南前往洛川之前不久,他刚刚经历了一次风险。负责与国民党进行和平谈判的周恩来,在一次乘坐马歇尔的专机去南京时,把自己的笔记本丢在了专机上。笔记本中记有熊向晖的地址,在地址的旁边注有一个"熊"字。马歇尔的副官很快就以传递绝密文件的方式把笔记本送了回来,但是周恩来无法判断其内容是否被照相并送给蒋介石过目。周恩来立即设想了几个应急措施以保证熊向晖的安全,包括把他秘密转移到解放区去,或是让他申请结婚并出国留学。但是,观察了数天之后,熊向晖并没有发现胡宗南对他有任何怀疑的迹象。胡宗南还特意把熊向晖召去,对他说:"你的婚期推迟三个月。要打延安了。打完这一仗,你再走……你写信告诉新娘子,就说我有急事要你处理,对她不要提打延安。"然后,胡宗南给了他一个公文包,让他根据里面的文件准备一份作战草图,同时草拟一份占领延安后的"施政纲领"——公文包里放着经过蒋介石核准的进攻延安的作战计划和一份陕北共军兵力配置表。此时,熊向晖才确定,他的身份并没有因为周恩来的一次严重疏忽而暴露。按照中国人的判断,马歇尔肯定会翻看周恩来的笔记本,但是此事呈现的结果却仿佛是马歇尔并没有看过其中的任何一个字——美国人的心理不好猜测。

熊向晖,这位后来成为新中国著名外交官的共产党人,一九四七年当胡宗南全面进攻延安时,他给延安方面不断提供的绝密情报,由于事件的极其特殊,无疑对中国革命产生了潜在的巨大影响,尽管后来绝少有人提及那段往事。

毛泽东曾说,熊向晖顶几个师。

胡宗南要求"军事进攻和政治进攻同时进行"。他责成熊向晖起草"施政纲领"时"要比共产党还革命",以"彻底实行三民主义"为主旨,要点包括:"实行政治民主,穷人当家做主";"豁免田赋三年,实行耕者有其田";"普及教育,村办小学,乡办中学,县办大学";"不吃民粮、不住民房、不拉民夫、不征民车"以及"拥护国民党"和"拥护蒋主席"等等。关于文件的名称,胡宗南说:"不要用'收复'、'光复',那不是革命的字眼儿。要用'解放',这才是革命的字眼儿。"于是,纲领全名为"国军解放延安及陕北地区后施政纲领"。同时,根据胡宗南的要求,熊向晖还准备了一台可以随时收听延安广播的收音机,并带上了《水浒》、《三国演义》、《西游记》和《精忠说岳传》等长篇小说——胡宗南说,仗打起来,就是军长师长旅长们的事了,他只需要等着看捷报。于战火中阅读小说方能显出大将风度。

胡宗南在铜川下了专列,换乘吉普车继续前行,于三月九日到达洛川前进指挥所。第二天,胡宗南在洛川召开旅以上将领作战会议,会议最后确定的攻击时间是十四日拂晓。

"毛主席很想守住延安,粉碎蒋介石进犯延安的计划。"胡乔木后来回忆说。虽然毛泽东已做好放弃延安的最坏打算,但他仍对保住延安的前景持乐观态度。当有外国记者问他国民党军是否有进攻延安的企图时,毛泽东的回答是:"进攻延安的计划早已定了,还要打,但有很大可能是我们把进犯的军队打垮。"毛泽东的乐观基于他对形势的如下分析:向延安进攻的国民党军虽然强大,但终究是在向全国解放区进攻失利之后,士气不免沮丧。西北地区的国民党军派系复杂,矛盾重重,各自为保存实力不会积极协同作战。而陕甘宁边区经过共产党人近十年的经营,民众有较高的战斗决心。西北部队虽兵力不多,装备也差,但具有高度的政治觉悟、良好的军事素质和高昂的战斗士气,西北的地形也有利于我军的防御作战。只要充分利用一切有利的因素,采取积极防御、内外结合的方针,是可以粉碎胡宗南的进攻,胜利地保卫延安的。

三月六日,毛泽东电令陈赓率五个旅南渡黄河,袭击陇海铁路洛阳至潼关段胡宗南部侧后的重要据点,以调动胡宗南的主力部队回援。为配合陈赓部作战,毛泽东又电令晋冀鲁豫野战军同时攻击平汉路:

刘(刘伯承)邓(邓小平)并告陈(陈赓)谢(谢富治),王(王新亭)孙(孙定国),韩(韩钧),滕(滕代远)薄(薄一波)王(王宏坤):

鱼(六日)午电谅达。陈谢率五个旅寅(三月)皓(十九日)渡河袭占陇海潼洛线,为调动胡(胡宗南)军、保卫延安最好办法。你们休整务于寅删(十五日)前结束,期于寅皓与陈谢渡河同时攻击平汉线。第一个战斗结束后,应会合太行兵团连续举行第二个、第三个及更多战斗。你们应将后方移至太行一个时期,面向平汉、道清(河南道口镇至清化镇)作战,直接援助陈谢。此役关系重大,望速做准备。胡宗南指挥第一师三个旅、九十师两个旅、二十七师两个旅〔一个团位于大宁〕、三十六师两个旅、十七师两个旅、七十六师三个旅、十五师一个旅及一个保安旅、一个骑兵旅共十七个旅,除一部守备陇东、关中外,主力正向宜川、洛川、中部(今黄陵)之线急进,寅灰(十日)可集中完毕,寅删可能开始进攻[亦有可能延至寅删、寅号(二十日)之间]。我现布置内线纵深防御可能迟滞十天时间,主要依靠陈谢从外线解围。估计陈谢五个旅切断潼洛必能引起变化,即使突入延安亦难持久。而陈谢在潼洛之行动又需你们积极援助。此次胡军攻延带着慌张神情,山西仅留四个旅,西兰(西安至兰州)公路及陇海线均甚空虚,集中全力孤注一掷。判断系因山东及冀鲁豫两区失败,薛岳去职,顾祝同调徐,胡宗南实际上主持郑州军事。急欲抽兵进攻豫北,故先给延安一个打击。而我们则须保持延安及边区,以便钳制胡军。只要延安及边区存在,即能钳制大量胡军不敢东调。你们准备情形盼告。

军委
寅鱼亥(亥时)

保卫延安的防御部署全面展开了:以教导旅、警备七团在富县、临真以北地区进行运动防御;以第一纵队和新编第四旅于富县西南地域待命出击;以警备第一旅和警备第五团在关中及陇东地区寻机打小的歼灭战。后来临危受命指挥西北战场作战的彭德怀说:"中央命我负责西北。有的同志说,队伍只两万多人,是不是太少了呢?我在会上讲了,不是人少的问题,问题在于我能不能代表这两万多人的勇敢,做他们的表率。"

十日,局势发生了变化。当负责外线作战的刘邓部和陈谢部还没准备就绪的时候,胡宗南的近十五万大军已经集结完毕,国民党军对延安发起的攻击近在眼前,毛泽东设想的以"内线防御,外线解围"的战略保住延安的计划似乎已经没有了实施的时间——胡宗南调动部队的数量和速度显示出他占领延安的决心异常坚决。

春寒料峭,彭德怀奉毛泽东之命前往防御前沿金盆湾、三十里铺和富县视察。这一线是胡宗南部自南向北进攻的必经之路,距离延安仅有四十多公里。高高的黄土坡间夹着深深的沟壑,放眼望去,天高云淡。在金盆湾,彭德怀问教导旅旅长罗元发能坚持几天,罗旅长回答说能坚持五天。彭德怀知道这个回答已经很有勇气了,因为部队的兵力实在太少,且平均每支枪不足十发子弹。彭德怀命令罗元发尽量阻击,但不是死守,要在保存自己的同时尽力迟滞敌人,在这个前提下争取把敌人阻挡一个星期。

彭德怀预感到：放弃延安已经不可避免。

几天前，彭德怀曾提出放弃延安，诱敌深入，将胡宗南主力部队消灭在内线。但是，毛泽东对他的建议没有表态。

十一日，中共中央召开书记处会议，是否放弃延安的问题被明确提出。在决定急调晋绥军区王震部的两个旅自吕梁地区西渡黄河加入延安防御作战之后，毛泽东第一次提出了放弃延安的设想，并表示同意彭德怀关于在内线打击胡宗南的建议。毛泽东说，战场可以选在延安以北的山区。

中央书记处办公室主任师哲对放弃延安忧心忡忡，他骑马从枣园赶到毛泽东的住处王家坪，问毛主席"可否设法保住延安"，毛泽东对师哲说的"你既然可以打到延安来，我也可以打到南京去"的一番话堪称经典：

你的想法不高明，不高明。不应该拦挡他们进占延安。你知道吗？蒋介石的阿Q精神十足，占领了延安，他就以为自己胜利了，但实际上只要他一占领延安，他就输掉了一切。首先，全国人民以至全世界就都知道了是蒋介石背信弃义，破坏和平，发动内战，祸国殃民，不得人心。这是主要的一面。不过，蒋委员长也有自己的想法：只要一占领延安，他就可以向全国、全世界宣布："共匪巢穴"共产党总部已被捣毁，现在只留下股匪，而他只是在剿匪，这样，也就可以挡住外来的干预。不过这只是蒋委员长自己的想法，是他个人的打算，并非公论。但此人的特点就在这里。他只顾想他自己的，而别人在想什么，怎么想的，他一概不管。另外须知，延安既然是一个世界名城，也就是一个沉重的包袱。他既然要背这个包袱，那就让他背上吧。而且话还得说回来，你既然可以打到延安来，我也可以打到南京去。来而不往非礼也嘛。

但是，对于陕甘宁解放区的百姓来讲，延安确实是让他们舍不得丢弃的无价之宝。一位农民给毛泽东送来了一担粮食，他说这些粮食够毛主席吃一年的，这样毛主席"就不必参加生产劳动了"。这位农民先在毛泽东的窑洞里住了一晚，毛泽东送给他一包糖；他又在朱德的窑洞里住了一晚,朱德送给他一些自己种的西红柿。毛泽东还收到一位农民的来信,这封被外国记者写成英文的原件再翻译成中文,读起来有点拗口,但内容是真实的。信件来自距延安不远的一个叫朱宁的村庄:

> 亲爱的毛主席:我们开始了崭新的生活。我们清算了十一家地主和恶霸,夺回了所有我们祖先开垦的大好土地——肥沃平坦的河边土地——现在这些地又是我们自己的土地了。我们算清并夺回了地主夺走的血汗钱。我们买了牛,买了驴,还有取暖用的燃料。我们炕上都有了枕头。农历除夕那天,几乎家家都有人去赶集,买羊肉包饺子,买红纸写春联,买布娃娃送给孩子。我们还都买了您的画像!当我们想起往年春节藏在山洞里,爬进地道躲债的时候,再想到今天有肉馅饺子吃,我们打心眼里感到幸福。春节之后,我们一定按照您的教导,搞好生产。我们听说卖国贼蒋介石将要进攻您居住的地方——延安,他的企图绝不能得逞。我们即使掉脑袋,也要和他拼到底……

毛泽东在向百姓解释为什么要放弃延安时,他把延安比喻成一个装满金银财宝的大包袱,而把蒋介石和胡宗南比喻成半路打劫的强盗:

> 譬如有一个人,背个很重的包袱,包袱里尽是金银财宝,碰见了个拦路打劫的强盗,要抢他的财宝。这个人该怎么办呢?如果他舍不得暂时扔下包袱,他的手脚很不灵便,跟强盗对打起来,就会打不赢,要是被强盗打死,金银财宝也就丢了。反过来,如果他把包袱一扔,轻装上阵,那就动作灵活,能使出全身武艺跟强盗对拼,不但能把强盗打退,还可能把强盗打死,最后也就保住了金银财宝。我们暂时放弃延安,就是把包袱让给敌人背上,使自己打起仗来更主动,更灵活,这样就能大量消灭敌人,到了一定的时机,再举行反攻,延安就会重新回到我们的手里。

共产党人早在几个月前就把重要的物资进行了转移和疏散,仅高级干部交上来的重要文件和机要处保存的机密电报就达五万多份,根据毛泽东下达的"片纸只字也不要落在敌人手里"的指示,除了集中烧毁的十几箱文件之外,不能销毁的重要档案在万分机密的情况下于保安县的一个农场里藏了十六箱,于清涧县的十家塬子村藏了十三箱。延安还展开了完全彻底的坚壁清野,包括搬不走的家具桌椅也要一根木条不留。最难藏的是粮食,在村干部的带领下,百姓一袋袋地往山上背,实在背不动了,想出个就地掩埋的办法,先挖个又大又深的坑,把粮食埋起来,再用秫秸伪装好。在延安方圆二十里的范围内,农民们连碾米磨面的石磨都藏了起来,他们决心把胡宗南饿死在延安。

十三日,胡宗南对延安的大规模轰炸开始了。之后,便是地面部队分多路以密集队形发起的攻击。战斗最激烈处在金盆湾一线,国民党军整编九十师以五十三旅和六十一旅分两路发动持续冲击,但始终进展缓慢,原因除了陕甘宁晋绥联防军的层层阻击之外,还有民兵埋设的大量地雷给国民党军官兵造成了极大的心理恐慌:

> 金盆湾以南约有十里一段的地区,解放军到处埋设土造地雷,进攻部队在前进途中不时发生触雷事情,炸伤炸死人马不少。每前进一步,都要先派工兵进行搜雷扫雷工作,因之,行动甚为缓慢。占领金盆湾后,发生触雷事情更多,每一房舍或窑洞,门槛下、灶火里、坑洞里、水缸里、门背后、窗户上都有埋设或拴上地雷的可能,只要走进房内,谁要粗心大意,一举手一投足之间,就会被炸伤炸死。弄得人人精神紧张,谁也不敢进屋,谁都不敢动手。

十六日,胡宗南部全线突破保卫延安的第一道防御阵地。

同日,毛泽东命令陕甘宁边区所有部队统归中央军委副主席兼总参谋长彭德怀和中共西北局书记习仲勋指挥。以张宗逊的第一纵队、王震的第二纵队、罗元发的教导旅、张贤约的新四旅共同组成西北野战兵团,彭德怀任兵团司令员兼政治委员,习仲勋任副政治委员。

为给党政机关和群众撤离尽量争取时间,彭德怀调整部署,白天以少量部队死守要点,夜晚出兵袭击敌人的主力,迫使胡宗南部每日推进不足五公里。此时,依然留在延安的几个外国记者,就放弃延安一事询问表情严峻的彭德怀和神态轻松的毛泽东。彭德怀说,蒋介石除了一点面子之外,什么也得不到,"如果他把他的军队全都消耗在面子上,他就完蛋了"。毛泽东则说:"延安当然能守住好,丢了它我们照样能过。"

十八日,延安城里已经可以听见清晰的枪声。胡宗南的主力部队逼近了延安南面的三十里铺。刚刚率部赶到延安的王震立即去看毛泽东,他充满担忧地问:"敌占领延安后,是不是想用重兵把我们击溃,消灭我们?"毛泽东说:"不会的。他是想把我们赶过黄河去。胡宗南可不是你王胡子,没有那么大的本事!"

下午,毛泽东、周恩来与西北野战兵团领导一起开会,研究撤出延安后的作战部署,毛泽东说:"敌人要来了,我们准备给他打扫房子。我军打仗,不在一城一地的得失,而在于消灭敌人的有生力量。存人失地,人地皆存;存地失人,人地皆失。敌人进延安是握着拳头的,他到了延安就要把指头伸开,这样就便于我们一个一个地切掉它。要告诉同志们:少则一年,多则二年,我们就要回来,我们要以一个延安换取全中国。"

敌人大军压境,枪炮声越来越近,延安的大规模撤离却没有发生任何混乱。外国记者感叹道:"延安的孩子们在撤离城市的时刻都懂得'城市无关紧要',主要任务在于'消灭有生力量'。他们一边像美国孩子计算全国棒球决赛的场次一样热切地计算着被消灭的蒋介石军队的数目,一边若无其事地跟随着母亲转移到山里。"记者问一个没有跟随母亲转移的孩子"为什么不和妈妈一起走",这个正在自己准备小行李的孩子安静地回答:"妈妈不在我们的组里。"

傍晚,延安城里响起了一连串的手榴弹爆炸声,彭德怀冲进毛泽东的窑洞大喊:"主席还不快走!一分钟也不能待了!"毛泽东说:"我说过,我是要最后一个撤离延安的。我还要看看胡宗南的兵是什么样子呢!"

此时,胡宗南的先头部队距延安只有七公里了。

一九四七年三月十八日晚二十时,毛泽东离开了延安。

最后离开延安的是彭德怀。十九日拂晓,将执行阻击任务的各部队撤退路线部署完毕后,彭德怀率兵团指挥机关顺着王家坪后沟的一条小路上山了。

十八日,整编第一军军长董钊命令部队全力攻击,黄昏时分,整编九十师推进到距延安七公里处。这时,师长陈武接到先头部队六十一旅旅长的报告,说刚刚窃听到共军的电话,延安正在命令部队迅速脱离战场。陈师长异常兴奋,立即命令参谋准确核实左翼整编第一师的位置。不一会儿,他得到报告,整编第一师在杨家坪的左后方,从距离延安的路程上算,比整编九十师落后了十五里。陈师长猛然醒悟到:如果按照既定速度推进,明天,等第一师到达自己现在的位置时,他的整编九十师早已进入延安了。陈武不禁庆幸自己的命运竟然如此之好,整个国军有多少个师长,而占领延安这个天大的功劳就这样神差鬼使地落在自己头上了!能得到的赏赐自不必说,胡宗南已经承诺,首先攻占延安的部队赏法币一千万元;更重要的是,自己很快就会名扬全国,然后直线晋升,高官厚禄,说不定还会永垂青史。

陈师长正兴奋得难以入眠,夜半时分,军长董钊的命令到了:明日上午九时,整编九十师由现位置出击,"攻击目标为宝塔山至清凉山之线及其以东地区"。——陈武顿感天塌地陷。军长的命令至少有两层意思:一是不让整编九十师进入延安城,二是让整编第一师赶在自己前面占领延安。

陈师长的愤怒无以言表:"为将帅者要取信于人,最贵的是待下公平,其次是赏罚严明。如果存私心,图私利,必然招致上下不和、士不用命的恶果。我们九十师从十七日起连续两天担任强攻,牺牲很大,而第一师未遇激烈战斗,并且行动迟缓,落后十五里。这时眼看延安唾手可得,却来限制九十师的行动,偏袒第一师要它去立功,真他妈岂有此理!"

果然,第二天凌晨一时,整编第一师赶了上来,插到了整编九十师攻击的正面,强占了整编九十师前进的道路。陈武派出参谋前去阻挡,但却被整编第一师的人骂了回来。整编第一师的一个团长说:"我们奉命去占领延安,如果贻误军机,小心你们的脑袋!"陈师长知道占领延安不是个小事,不敢再轻举妄动。然而,紧跟在第一师后面,还有大量的行李和辎重,人马一齐上来壅塞了道路。这下陈武不干了,派出师警卫队挡住了整编第一师的行李和辎重。结果两个部队全部拥挤在一条小路上,乱成了一团。

让整编第一师首先进入延安,是胡宗南的命令。他的命令还包括:首先进入延安的部队只能是整编第一师的第一旅。胡宗南必须让自己起家的部队独占战功。

十九日上午十时,整编第一师和整编九十师拥挤着接近了延安城。整编第一师一六七旅首先占领了宝塔山,胡宗南的参谋人员请示说,是否向蒋介石报捷？胡宗南说等一等。等了一会儿,前线又传来报告说,陈武的整编九十师已进入延安城郊。胡宗南依旧没有向蒋介石报告。此刻,陈武已经站在宝塔山上,从这里可以看见延安城的全貌,听得见山沟里还有零星的枪声。陈武对身边的人说:"过去有人出胡宗南的洋相,说他只是个做连长的材料,今天我看董钊的才能只配当一个排长,不配作军长,更不配作兵团司令。今天如果敌方有一支强大部队进行反击,我看延安城下非闹出大笑话不可。"说话的时候,陈武看见第一师的部队猬集在西山的山腰处,胡乱打机枪就是不敢前进。当西山山顶上几个彭德怀部的官兵撤走后,所有的枪声终于停止了。

消息传来:整编第一师第一旅"经过血战",已经首先占领延安。

胡宗南在洛川指挥所得到的前方报告是:延安是一座空城,没有人,也没可以缴获的东西,整个战斗"歼敌"大约千余。

胡宗南经反复推敲,向中央社发出两则电讯稿,同时向蒋介石报捷:

[中央社西安十九日下午四时急电]陕北共军自企图南犯以来,国军即予以猛烈反击,昨[十八日]下午进抵距延安十公里处,经一度激烈战事后,今[十九日]上午十时,已收复延安,同时占领该县东南郊之宝塔山,战果正在调查中。

[中央社西安十九日下午五时急电]共军为配合莫斯科会议向西安发动之大规模攻势,今已为国军完全摧毁。共军之老巢延安,于本日上午十时为国军完全收复……据初步统计,共军伤亡约一万余,投诚二千余。国军乃于本日上午十时,完全占领延安。

很快,胡宗南接到了蒋介石的嘉奖电:

宗南老弟:将士用命,一举而攻占延安,功在党国,雪我十余年来积愤,殊堪嘉赏!希即传谕嘉奖,并将此役出力官兵报核,以凭奖叙。戡乱救国大业仍极艰巨,望弟勉旃。中正

胡宗南由中将晋升为上将。

享受荣耀的胡宗南很快就接到了蒋介石新的命令:十天后,中外记者团要来延安参观,必须做好一切接待准备,以让全中国人"领略中央实为其解放之救星也"。

三月二十四日中午,胡宗南进入延安城。

国防部组织的记者团就要来了,如何落实蒋介石的接待指示,让胡宗南费尽了脑汁。胡宗南命令工兵在延安近郊赶挖"坟墓",以示战况之激烈;又把自己仓库里的旧武器和旧装备运到延安,以布置战利品展览。最头疼的问题是"俘虏"。当初占领延安时,对外编造了"生俘万余"的新闻,后来的宣传越来越走样,逐渐变成了"生俘两万余"。而共产党广播电台不断地声称,如果真是俘虏了两万人的话,你们敢不敢也像我们一样,把俘虏的姓名、职务在你们的电台上一一报告呢?经过研究,胡宗南命令整编二十七师完成一项重要的"政治任务":挑选一部分士兵充当共军的俘虏,还要挑选出三名军官,其中两个充当共军的团长,一个充当共军的旅长,并抓紧对这些"俘虏"进行对答问题的训练。胡宗南表示,他并不赞成弄虚作假,但是为了"革命",不得已而为之。

几天之后,胡宗南亲自检查了"俘虏"的准备工作。在查问一个冒充共军被俘旅长的军官时,胡宗南火了。这个精心挑选出来的湖南人,见了胡宗南不停地点头哈腰,胡宗南厉声说,满口的国军腔,哪有一点像共军,真是统统不懂革命!共军要"骂娘",就是骂蒋介石是卖国贼,骂国民党是刮民党。要用共军的语气,要表现出"被俘不屈"的样子。这个湖南籍的下层军官无论如何不敢骂蒋介石,也装不出大义凛然的样子。胡宗南板着脸说:"做得好,升官;如果说出这是谁布置的,砍头。"胡宗南走后,这位军官开始享受旅长的伙食,并被装上了胡子,安排在一间光线较暗的房间里等着记者们到来。

一九四七年四月十三日《中央日报》记者龚选舞报道:

> 屋子里住的是中共一个旅的副司令员,胖胖的,腮下黑黑的,是二十天来没有"清算"过的胡子。他不愿讲话,讲起话来却是一大堆硬派的名词:"斗争"、"消灭国民党军"、"你们阵地战,我们就运动战","你打进我们的延安,我们也可以打下你们的西安"。当记者向他透露瓦窑堡已被国军克服的消息时,仍是摇头喷鼻,表示不相信这是事实。

胡宗南想出了种种花样,在彰显他的功绩的同时,更重要的是彰显他的思想。为了迅速把延安"布置"起来,他下令动用大型军用车队把西安那些想趁机捞上一把的商家们拉到延安来开业,他甚至还派人从西安招来一些说评书和唱大鼓的艺人。延安的南关很快就形成了一个新的市场,茶馆和饭馆开张的时候很是热闹,但是陆续回来的延安居民始终不过两千,有一条名为铁匠街的街道始终没有一个人回家——没有居民,市场再热闹有什么用?胡宗南派人去南京国民政府内政部活动,强烈要求将延安改名为"宗南县",而且决定把未来的"宗南县"开辟成一个著名的避暑胜地,把全中国的游客从庐山吸引到延安来。他指示有关部门赶快修建通往延安的铁路,还准备把西安的碑林搬到宝塔山来,然后让蒋介石题写"直捣黄龙"四个大字,刻在石碑上立于宝塔山山顶。胡宗南最得意的创举,就是在延安开设了一个"为人民服务处"。胡宗南曾派人到民众中调查"是国民党好还是共产党好",得到的回答大多是"谁让我们安居乐业谁就好";而问到一群孩子的时候,孩子们竟然唱起了"东方红"。胡宗南还听说,自国民党军占领延安之后,有共产党人经常潜回延安,尽管他张贴了奖赏布告,但就是没有一个民众前来告密。为什么延安被共党"赤化"得如此之深?胡宗南思考的结果是:共产党的"为人民服务"很有煽动性。于是,他立即命令成立"为人民服务处",服务内容包括发放赈济、免费治病、代写书信等等。"为人民服务处"挂牌那天很是热闹,因为张贴的通告说,延安城内不管男女老幼,只要来就发给救济金法币二十元,或者布二尺,或者米二升。"为人民服务处"门口拥挤了几天之后,胡宗南发现这样下去实在难以承担,更重要的是民众依旧不说国民党的好话,所有的服务内容只好停止。

接着,一个惊人的消息传遍了全中国:胡长官要结婚了。

新娘还是戴笠介绍的那个军统女成员叶霞翟。

《观察》周刊评论道:"胡宗南这个神秘的不娶将军,居然因为延安攻下,素志得偿而结婚了。他该是如何兴奋,以为从此西北可以稍定了,十年戍守自此可以稍松一口气了。"

对于五十一岁的胡宗南来说,他的结婚和他的"为人民服务处"一样,象征意义大于实际需求——"我和琴斋(胡宗南,别号琴斋)的婚恋,既是马拉松,又是闪电式。马拉松,光恋爱就谈了十年;闪电式,我头天在南京接到电报,第二天就飞西安结婚,第三天他又把我送回了南京。"叶霞翟说。

被莫大的荣耀、纷乱的幻想和无边的憧憬折磨得有些神经质的胡宗南,眼下最大的苦恼是:共产党在西北的主力军怎么说也有几万人,走到哪里也应该是浩浩荡荡的队伍,但是空军就是说他们没有发现任何踪影,难道数万人马辎重能钻到地下去?中共首脑机关,男男女女,老老少少,大小电台,车辆随从,别说隐蔽不易,就是美国最新式、最灵敏的电台测向设备也没能找到他们的踪迹,难道中共首脑以及他们的机关散伙了不成?

胡宗南进入延安的第二天,他来到毛泽东住过的枣园窑洞,在窑洞里的桌子上他看见一张字条,上面写着:胡宗南到延安,势成骑虎。进又不能进,退又退不得。奈何!奈何!

这张字条出自谁手?

走出窑洞,胡宗南举目望去,三月的陕北高原,乍暖还寒,草木萧疏,远方风沙弥漫。

毛泽东到底去哪里了?

孟良崮

支前干部吴相林带领着一支运粮队,昼夜兼程地走在山东腹地崎岖的山路上。走了好几天,他们进入一个村子,村里的景象让运粮的农民们瞪大了眼睛:村庄里的房屋全被拆了,院子和院子之间的围墙已被推平,所有的树也全都被砍了,房屋被烧得只剩下残破的墙壁。到处是鸡毛,猪圈里全是血,猪头和鸡爪子扔在路边。全村空无一人,能够喘气的东西,就剩下一条狗了。

不一会儿,村后的山上下来个大娘,见到他们就哭起来。大娘说,中央军在这个村子里住了七天,可把全村祸害苦了。六十多岁的她跑得慢,被中央军捉了,让她带路去刨窖找粮食,她刚说不知道,一脚就踢在了她腰上,她趴了一天也站不起来。中央军捉来个小伙子,先是打,叫他说出民兵活动的地方,小伙子始终不说,他们就从村里找来旧棉花套裹在他身上,点着火又不叫起火苗,用阴火烧着,小伙子惨叫了半个多钟头,就再也叫不出来了,三四个钟头后活活地疼死了……大娘正说着,一支担架队抬着伤员下来了,民工们冲吴相林喊:"前边围了老蒋好几万,你们还在这歇着?"

运粮队的农民们眼泪汪汪地推起小车继续赶路。他们从家乡出发的时候,每个人都把小车装得满满的,最多的装了三百多斤粮食,小推车被压得吱扭扭地响。一路爬山过河,他们已经疲惫不堪,肚子也饿得厉害。前边大炮又轰隆隆地响起来,农民们对吴相林说:"哥!咱接着走吧,上去帮着咱部队打那些狗日的去!"

一九四七年春天,莱芜战役之后,山东战场态势复杂,在解放区腹地进行的战争进入了万分残酷的绞杀状态。

内战爆发以来,国民党军侵占了山东解放区的大片土地,尤其是山东解放区首府临沂的丢失,以及山东境内主要交通线和重要城镇为国民党军所控制,迫使共产党人的生存区域逐渐向山东东北部压缩。但是,国民党军在不断发起的进攻中已损失了二十四个旅的兵力,加上地方武装,国民党军在山东战场的兵力损失已达三十万。而华中军区部队却增长了百分之十二,包括地方武装在内,兵力总人数达到了五十七万之众,成为当时共产党领导的军队中最为庞大的一个军事集团。尽管山东解放区政府大力推广土地改革,构建起一个较为完整的生产和供应体系,但是,如此庞大的军事集团和巨大的战争消耗令解放区内的负担能力达到了极限。一九四七年春天,原华中野战军、华中解放区政府工作人员以及他们的家属,全部转移到了山东,加上原山东野战军、山东解放区政府工作人员以及他们的家属,还有在宿北、鲁南、莱芜三个战役中被俘的近十万国民党军官兵,一下子使山东解放区必须供养的人数超过了当时全国范围内的任何一个解放区。每一场战役的消耗也是惊人的,鲁南战役和莱芜战役的参战人数达到几十万,除去弹药、战地物资、救护物资等消耗,仅官兵每天需要的粮食就在五十万公斤以上。

山东共产党人的生存形势十分严峻。

一九四七年春,蒋介石重点进攻的目标除了延安,就是山东——"匪军的主力集中在山东,同时山东地当要冲,交通便利,有海口运输,我们如能消灭山东的主力,则其他战场的匪部就容易肃清了。"为执行蒋介石的重点进攻战略,三月,国防部撤销了徐州绥靖公署和郑州绥靖公署,在徐州组成了陆军总司令部徐州指挥部,由陆军总司令顾祝同统一指挥原徐州和郑州两个绥靖公署所属的所有部队,并将在冀鲁豫战场上的整编第二十七军和驻扎在武汉的整编第九师调往山东。

此时的山东战场上,集结着国民党军"五大主力"中的"三大主力",即张灵甫的整编七十四师、胡琏的整编十一师以及邱清泉的第五军。以"三大主力"为骨干,国民党军编成了三个机动兵团:第一兵团司令官汤恩伯,指挥整编二十五、二十八、五十七、六十五、七十四、八十三师;第二兵团司令官王敬久,指挥第五军以及整编七十二、七十五、八十五师;第三兵团司令官欧震,指挥第七军以及整编十一、二十、四十八、六十四、八十四师。再加上原来驻扎在山东的以王耀武为司令官的第二绥靖区和以冯治安为司令官的第三绥靖区的部队,国民党军的总兵力已达到二十四个整编师（军）六十个旅，共计四十五万人。

蒋介石的作战设想是：打通津浦铁路徐州至济南段和兖州至临沂段的交通，占领鲁南解放区，然后集中主力向泰安和莱芜方向强行推进，迫使陈毅、粟裕部主力进入鲁中山区与之决战，至少要把陈毅和粟裕赶到黄河以北去，从而占领整个山东解放区。

三月底，国民党军打通了津浦铁路的徐州至济南段和兖州至临沂段。大规模的作战开始向山东解放区的纵深地带推进。

陈毅和粟裕拟以三个纵队迅速南下，诱使敌军回援，然后以五个纵队的兵力或打南线之敌，或打增援之敌。但是，部队刚刚南下两天，作战意图就已暴露。当面的国民党军第一兵团紧急向后收缩，第二、第三兵团向南下的华东野战军三个纵队展开了战役合围，陈毅、粟裕部被迫停止在新泰、蒙阴一线。

在山东战场上，国共双方的战略意图都已十分明确。

国民党军誓要攻占山东，而对于共产党人来讲，一个不容争议的前提是：山东解放区绝不能丢失。如果山东丢失，共产党人就损失了面积最大、兵力最多、地理位置最重要的生存空间，那么势必在全国战场的总体态势上陷于极其被动的地位，尤其是这个局面发生在延安已被放弃之后。

毛泽东致电华东野战军："不论什么地方，只要能大量歼敌，即是对于敌人之威胁与对于友军之配合，不必顾虑距离之远近。"——这是利用解放区内部优势的民情和有利的地形进行大规模运动作战的设想。在敌强我弱的形势下，原地不动肯定是危险的。陈毅和粟裕制订了一个围点打援的"蒙泰战役"计划：攻击孤军防御泰安城的整编七十二师，诱使国民党军回援并相机伏击援军。

四月二十二日晚，华东野战军的三个纵队开始围攻泰安，以期吸引整编七十五、八十五师北援，但是战斗打响整整两天以后，不但泰安守军的阻击异常顽强，整编七十五、八十五师仿佛也已判断出华东野战军的意图，就是按兵不动，根本没有增援泰安的任何动向，这就迫使陈毅和粟裕的围点打援很快就演变成了对泰安城的攻坚战。

年初的时候，整编七十二师曾把被刘伯承部包围的整编八十五师救出战场，战后师长杨文瑔得到蒋介石的通令嘉奖。三月，杨文瑔来到山东战场后，他一心想再立新功。当他得知泰安已被包围的时候，并没有惊慌失措——"以现有兵力固守泰安,即使共军以三倍兵力来攻,也并不感到单薄。"杨文瑔认为,泰安的防御工事十分稳固,附近的友军都在二十多公里的范围之内,只要自己守住泰安,把共军主力拖在这里,然后各路大军纷至,必定会把共军全部歼灭。

华东野战军攻击泰安城的战斗进行得十分艰苦。第三、第十纵队的联合攻击自外围开始就始终处在残酷的近距离搏斗中。交战双方都显示出极强的战斗决心,一个阵地往往需要反复争夺才能分出最终胜负。战斗进行到白热化的时候,双方的官兵相互交叉在一起,战场呈现出混战状态。经过反复的拉锯战之后,蒿里山据点被第三、第十纵队官兵攻占。负责防御的杨文瑔部三十九团急于脱离战场,被阻之后向南逃窜,一直逃进了兖州城。接着,泰安城南门被突破,杨文瑔部四十五团团长田其丰指挥部队沿着街道节节抵抗,一直退到防御岱庙的新编十三旅的阵地上。当岱庙附近发生混战的时候,杨文瑔的信心终于动摇了,他一面严令把攻进城内的共军反击出去,一面带领几个亲信企图由北门逃上泰山。但是,由于必须通过一段七百米的火网地带,杨文瑔向北门的突击没有成功。

返回师部后,杨文瑔开始向周围的友军急切地求救,但是南面的整编八十五师距泰安还有十五公里,西面的整编七十五师距泰安还有三十公里,也就是说,在战斗开始后的整整四天里,这两支奉命协同整编七十二师作战的友军只前进了二十公里。而杨文瑔的整编七十二师此刻已是"粮弹告缺","伤员拥挤","士气颓丧"。最后的战斗在古建筑群岱庙里展开,华东野战军展开了声势浩大的喊话,有的干部甚至不畏生死从围墙上跳进去,近距离地宣传共产党优待俘虏的政策。跟在干部后面的"解放战士"也跟着喊:"弟兄们!我们原来是李仙洲的下属!现在在解放军里过得很好!"岱庙守军设置在院子里的四门榴弹炮和十六门迫击炮停止了射击,炮手们眼看着共产党官兵坐在了他们的炮位上。此时,新编十三旅旅长杨本固已放弃指挥,在卫兵的簇拥下奔出西门。

杨文瑔躲藏在师指挥部里,把最后的希望寄托在从泰安以西的肥城方向赶来的新编十五旅上。新编十五旅在旅长江涛的率领下,已经前进到泰山上的南天门,并在那里与杨文瑔通了电话。杨文瑔在电话里说:"赶快下山吧!不然咱俩就没有见面之日了!"江涛立即命令部队强行下山。走到半路再与杨文璪联络时,刚说了几句,就听见电话那头一声巨响,江涛知道一切都晚了。晨曦中,新编十五旅的官兵已能清楚地看见泰安城,全旅却处在了前进不得的境地,江涛满心的悲凉陡然而生,他喃喃自语道:"杨先生!对不起了!"最后时刻,杨文璪命令特务营爬到师部前面的一座大牌坊上不惜一切阻击,而他自己换上士兵服混进了溃散的人群中。天大亮了。第十纵队司令员宋时轮命令清查俘虏,杨文璪很快就被指认出来。

杨文璪,毕业于黄埔二期辎重科,在国民党军中历任排长、连长、营长、团长、旅长、师长,率部参加淞沪会战、常德会战、鄂西会战、长沙会战。一九四六年初上任整编七十二师师长,同年十一月被晋升为少将军衔。一九四七年四月二十六日在泰安被俘。一九七三年病逝于抚顺战犯管理所。

泰安战斗结束后,华东野战军沿津浦路西侧南下攻击宁阳,意在把国民党军第五军调动起来以创造战机,并威胁国民党军的补给基地兖州。经过两天的战斗,宁阳虽被攻克,但国民党军并没按陈毅、粟裕所期待的那样调动。此时,在山东腹地大范围的地域内,国共两军开始了捉迷藏般的机动,双方都试图发现对方的破绽以寻求战机。四月二十八日,国民党军占领蒙阴,华东野战军趁敌未稳,以四个纵队的兵力实施反击,国民党军立即退踞蒙阴山区。陈毅、粟裕不甘战机失去,拟攻击退守中的整编七十四、二十五、六十五师。但是,未等主力集结,国民党军第七军和整编四十八师已经靠拢过来,华东野战军只有撤退。五月三日,战机再次出现,华东野战军对刚刚占领新泰的整编十一师形成包围之势,这一次,邱清泉的第五军迅速推进,以期与整编十一师协同吃掉将被夹在中间的华东野战军,陈毅、粟裕只好再度命令部队撤退。

四月三十日国民党中央社徐州电:"逆沂河两岸北上的国军汤恩伯兵团,以压倒之势向前挺进,战果辉煌。"

五月四日国民党中央社徐州电:"临沂蒙阴道上国军汤恩伯兵团,又在青驼寺北造成空前大捷……国军正挟连胜雄姿,向共军夹击中。"

五月九日国民党中央社徐州电:"北上国军,九日晨进抵蒙阴要塞雁翎关一带地区,对集中莱芜之共军主力,即时展开决定性之歼灭战。"

战机一失再失,部队来回调动,这种被称为"耍龙灯"式的作战,引起了部队官兵的焦躁情绪,官兵中间开始流行一个顺口溜:"陈司令的电报嗒嗒嗒,小兵们的脚板啪啪啪。"陈毅、粟裕也十分焦急:如果再不寻找到歼敌战机,打一个像样的歼灭战,等到国民党军完成重兵调动,山东战场的形势只能更加恶化。

五月四日,毛泽东来电,强调"要有极大忍耐心":

……敌军密集不好打,忍耐待机,处置甚妥。只要有耐心,总有歼敌机会。你们后方移至胶东、渤海、胶济线以南广大地区均可诱敌深入,让敌占领莱芜、沂水、莒县,陷于极端困境,然后歼击,并不为迟。惟(一)要有极大忍耐心;(二)要掌握最大兵力;(三)不要过早惊动敌人后方。因此,请考虑一六两纵是否暂缓南下为宜,因南下过早,敌可能惊退,尔后难于歼击……

五月六日,毛泽东再次来电,要求"忍耐待机":

……第一不要性急,第二不要分兵,只要主力在手,总有歼敌机会。凡行动不可只估计一种可能性,而要估计两种可能性,例如调动敌人,可能被调动,亦可能不被调动,可能大部被调动,亦可能只有小部被调动。凡在局势未定之时,我主力宜位于能应付两种可能性之地点……当着不好打之时,避开敌方挑衅,忍耐待机,这是很对的……山东地区狭窄,你们兵力甚大,转动不易,自应因地制宜……

为让国民党军放心大胆地前进,华东野战军主力又向后退了一点,撤至莱芜、新泰、蒙阴以东地区。这一带多岩石山地,山中小路崎岖狭窄,其间的沂河和汶河夏天雨季来临前可以徒涉,对于机动能力强的我军来往不受制约,而却极其不利于国民党军重型装备的通行。

十日,国民党军推进到莱芜、新泰、蒙阴一线。第一兵团司令官汤恩伯遵照顾祝同的攻击部署,命令其整编七十四、二十五师自垜庄、北桃墟继续北进;第七军和整编四十八师各一部策应整编七十四师的行动;整编八十三师以一部保证整编七十四师侧翼的安全;整编六十五师在蒙阴守备,并负责掩护整编二十五师的左翼。

大敌当前,负责军事指挥的粟裕彻夜不眠。此时,进至沂水以南的国民党军第七军和整编四十八师一部在右翼似乎显得有些孤立,虽然该敌属于作战顽强的桂系,但这总是个分割歼敌的机会。就在部队已经开始调动的时候,粟裕接到前方的报告:九纵在坦埠以南受到整编七十四师的攻击。这一情况立即引起粟裕的警觉。接着,侦察部门截获了汤恩伯的一个作战命令,内容是:十一日攻击坦埠,整编七十四师主攻,整编二十五、八十三师为其左右翼,除以一部控制孟良崮等要点外,限于十二日拿下陈粟指挥中心所在地坦埠。同时,粟裕还查明王敬久兵团的第五军,欧震兵团的整编十一师等部,也于同日开始由莱芜、新泰向东出击。

经过分析,粟裕认为,国民党军的攻击计划有所调整,即采取中间突破的方式,直接攻击华东野战军的指挥中心,企图令华东野战军陷于混乱,最后形成决战态势。对手虽然来势凶猛,但是粟裕意识到,几个月来苦苦寻找的战机也许近在眼前了。"因为在此以前,敌军密集靠拢,行动谨慎,一打就缩,很难捕捉"。现在既然敌人已开始全线进攻,"并对我实施中央突破",那么,"我应立即改变先打敌第七军和第四十八师的计划,以反突破来对付敌人的突破,即迅速就近调集几个强有力的纵队,以'猛虎掏心'的办法,从敌战斗队形的中间楔入,切断对我威胁最大的中路先锋敌第七十四师与其友邻的联系",然后将整编七十四师吃掉。

可以想见参谋人员的吃惊程度。

整编七十四师是国民党军最精锐的部队,全部的美式装备,被誉为蒋介石手中的"王牌"。况且,目前整编七十四师居于敌人攻击阵形的中间部位,粟裕的设想显然违反了我军打击薄弱环节、孤立歼灭翼侧之敌的原则。而粟裕的依据是:如果继续攻击第七军和整编四十八师,敌人很可能置我军的行动于不顾,继续执行中央突破的计划,那样我军将陷入两面作战、进退两难的境地。同时,虽然敌人的攻击阵形十分密集,一百二十多公里的攻击线上摆放了八个整编师(军),而且在兵力对比上我军处于劣势,但是整编七十四师已经处在我军的正面,我军不需要过多的调整就可以在局部达成五比一的兵力对比优势。只要在分割、包围、阻击等各方面部署严密,作战信心坚决,歼敌是有一定把握的。而且,战场上的强与弱是相对的。整编七十四师虽然强大,但它的弱点也是致命的,那就是重装备进入山区后机动能力将受到严重限制,使优势装备反成累赘。再有就是,整编七十四师是众所周知的蒋介石的嫡系,师长张灵甫年轻气盛,不可一世,这造成了该师与其他国民党军部队芥蒂很深,在我军坚决阻援的情况下,友邻未必会拼死援救。如果我们能将整编七十四师歼灭,将是对国民党军的一个沉重打击。

陈毅听完粟裕的阐述,说:"好! 我们就是要有从百万军中取上将首级的气概! 不走了! 打!"

决心下定,首先要把奉命攻击第七军和整编四十八师的部队追回来。部队已经出发,为了保密,电台都已处在静默状态,于是野战军指挥部的所有参谋奉命出动,有的骑摩托车,有的骑自行车,有的骑马,有的干脆跑步前进,总算把前进中的第一、第四、第八、第九纵队全部追了回来。

华东野战军随即召开了各纵队首长参加的作战会议,决定以第一、第四、第六、第八、第九纵队以及特种兵纵队担任围歼任务,第二、第三、第七、第十纵队担任阻援任务。具体部署是:第一、第八纵队从整编七十四师的左右两翼迂回穿插,会同第六纵队断其后路。第四、第九纵队从正面出击。第一纵队以一个师阻击西面的整编六十五师,主力从整编七十四师和整编二十五师之间狭窄的缝隙楔入,割断这两个师的联系,并阻击整编二十五师,同时协同第六、第八纵队攻击整编七十四师的侧后。第八纵队从整编七十四师和整编八十三师之间楔入,以一部阻击整编八十三师,主力迅速攻占南面的万泉山,与第一纵队一起攻击整编七十四师的侧后。第四纵队在北面阻击向坦埠前进的敌人,然后攻占孟良崮。第九纵队在北面攻击雕窝。第十纵队在西北方向钳制莱芜的第五军并阻其南援,第三纵队也位于西北方向阻击新泰一线的整编十一师。第七纵队在东面阻击河阳方向的第七军和整编四十八师。第二纵队在东北面保障第八纵队的侧翼,并策应第七纵队的行动。同时,地方武装和民兵沿着公路进行破坏和骚扰。

从陈毅、粟裕的角度看,这确实是一个十分新奇、十分大胆的作战计划,因为在敌军密集的阵形之中把整编七十四师"挖"出来并实施围歼,要冒被四周的敌人实施反包围的巨大危险。

华东野战军战役发起时间被确定为十三日黄昏。

五月十二日晚,蒋介石在其官邸召开了军事会议。

这是一个置整编七十四师于死地的会议。

蒋介石的官邸军事会议,在国民党内被称为"官邸会报",一般是以作战会商开始,以晚宴结束。能参加"官邸会报"的将领和官员,向来被认为是享有参与高层决策的最高荣誉。高层军政大员们在国防部旁边那座两层西式小楼的内走廊里脱下外套和帽子,然后在一副曾国藩手书的屏联下走进堂皇的大客厅。大客厅里一根一米多长的象牙,每每让国民党军高级将领们津津乐道。十二日晚,在这间大客厅里,蒋介石和他的高级幕僚们像谈论一次出游计划一样,作出了在山东战场继续全面推进的决定,蒋介石特别强调要首先攻占坦埠。晚宴菜式不多,但都很精致。餐后水果是刚从广东空运来的新鲜木瓜。蒋介石和他的高级幕僚们万万没有想到,在这个傍晚,他们制定的看上去并没有什么特殊内容的作战计划,却导致了一个让共产党人永远津津乐道的著名的战例——孟良崮战役。

国防部第三厅向山东战场下达了作战计划。

五月十二日,整编七十四师开始向坦埠方向攻击前进。拂晓时分,其先头部队五十一旅以炮击为先导,向当面华东野战军第九纵队许世友部的阻击阵地实施攻击。九纵的任务是牵引整编七十四师前进,既不能让其攻击速度过快,以便给穿插的部队争取时间,但也不能把他打回去或是令他原地不动。部队在坚守阵地的同时,适当反击,然后放弃阵地撤退,致使整编七十四师始终认为当面的共产党军队根本无力阻挡。十三日拂晓,整编七十四师依旧以五十一旅为前锋攻击前进,在马山和佛山等地又遭到许世友部的阻击。中午,马山阻击阵地被整编七十四师攻占,九纵七十四团扼守的大崮阵地也丢失,但黄昏时华东野战军经过反击又将其夺回。在这样的拉锯战中,整编七十四师两天之内仅仅前进了四公里。

在九纵阻击整编七十四师的同时,华东野战军各纵队按照各自的战斗任务迅速开始了行动。第一纵队叶飞部以小部队阻击整编二十五师的同时,主力从整编二十五和整编七十四师之间的缝隙向敌纵深迅猛穿插,先后攻占了蛤蟆崮、天马山和界牌等要点,另一部则逼近蒙阴城,构筑起阻击整编六十五师的阵地——连夜的大雾,不但给迅猛穿插的一纵带来了辨别方向的困难,也给国民党军带来了巨大的灾难:整编七十四师的军官们曾经发现侧翼出现了运动中的大部队,但是由于大雾看不清,竟然主观地认为那是友军整编二十五师在向他们靠拢。其实,那是王建安的八纵刚从整编七十四师与整编八十三师之间的空隙穿过去。

第六纵队王必成部攻击垛庄的战斗十分关键,垛庄是整编七十四师的后方补给点,攻击是否得手关系到能否最终完成包围。担任攻击任务的六纵是从鲁南赶来的——不少军史家都把陈毅和粟裕在鲁南"埋伏"了整整一个纵队的兵力称为"神来之笔"——两万多官兵在四十八小时之内急行军一百二十公里,六纵于十四日下午开始了对垛庄的攻击。垛庄受到攻击,这令第一兵团司令官汤恩伯感到事情不妙,立即命令死守垛庄。整编七十四师也派出一个团,紧急加强垛庄的兵力。这个团在前往垛庄的路上与六纵十八师五十三团相遇,战斗的结果是这个团的团长被活捉。之后,六纵一举将垛庄拿下。

整编七十四师的退路已断。

张灵甫终于意识到自己有被包围的危险,下令全师向孟良崮和芦山地区收缩。

至此,华东野战军已基本完成对整编七十四师的分割包围。

低估张灵甫的军事才能是危险的。他知道孤军退守几座光秃秃的山冈是无法最终取胜的。张灵甫的设想是:凭借整编七十四师的实力,共军根本啃不动,只要整编七十四师用顽强的防御把陈粟牢牢地吸引住,四周的友军乘势合围,就能为与共军在山东决战创造出一个最佳时机。蒋介石显然也发现了这一绝好的态势,他立即命令整编七十四师坚守阵地,吸引共军主力;命令位于新泰的整编十一师、位于蒙阴的整编六十五师、位于桃墟的整编二十五师、位于青驼寺的整编八十三师、位于河阳的第七军和整编四十八师,分别从西北、西、南、东四个方向上火速向整编七十四师靠拢。同时,命令位于莱芜的第五军全力南下,命令位于鲁南的整编六十四、二十师迅速北上。

于是,孟良崮战场陡然显出惊人的战役格局:陈毅、粟裕部的五个主力纵队虽然包围了整编七十四师,但国民党军却以十个整编师(军)的大兵力对陈毅、粟裕部实施了反包围——以孟良崮这座小石山为中心,在整编七十四师的外围,是华东野战军形成的包围圈;在华东野战军作战部队的外围,国民党军形成的一个更大范围的包围圈。狭窄的地域内聚集着数十万大军,交战双方的战斗距离如此接近,敌中有我,我中有敌,层层交错,扭成一团。

对于陈毅和粟裕来讲,关键是要在最短的时间内,迅速全歼整编七十四师,同时还要最大限度地阻击多路增援敌军。

而国民党军的希望则在于:整编七十四师多坚持一天,外围部队对陈粟的合围就压紧一天,直到华东野战军无力承担两面作战时为止。那时,便是歼灭山东共产党军队的最后时刻。

十五日下午,华东野战军对整编七十四师发起总攻。粟裕率领少数参谋人员和机要人员组成前线指挥所,从坦埠移动到靠近前沿的一个山洞里。留在坦埠的陈毅不断地给各纵队司令员打电话,强调要尽快把整编七十四师这个"硬核桃"敲掉,阻击部队要坚决顶住增援之敌。陈毅知道"胜败在此一举"。

孟良崮,位于蒙阴东南约六十公里处的芦山之中。芦山是一片方圆约五十公里的山群,万泉山、雕窝、芦山、孟良崮等山峰起伏相连,主峰孟良崮海拔五百米。崮,为山东腹地特有的一种坡度陡峭、怪石林立、草木稀疏、石质坚硬的石山。整编七十四师收缩在这里后,由于无法挖掘战壕,官兵们或用石块筑起掩体,或在巨大的岩石缝隙间设立射击阵地。华东野战军从陡峭的岩壁上仰攻,没有任何隐蔽物可以利用,而整编七十四师虽然在上山时丢弃了部分重型装备,但其步兵武器的火力依旧十分凶猛。攻击部队采取波次攻击的方式,一轮接一轮地前仆后继,整编七十四师不但组织起密集的火力拦截,而且还多次发动大兵力的反击,双方在陡峭得几乎站不住脚的石坡上混战在一起。因为占领和防御每一道岩石棱线都要经过反复争夺,肉搏已经无法避免,岩石间血肉横飞,到处是嘶哑的喊声和痛苦的呻吟声,岩石缝隙中很快塞满了双方士兵的尸体。

张灵甫,一个性格冷峻的职业军人,在十五日接近中午的时候,他平生第一次感觉到什么是恐惧。

张灵甫原名钟灵,字灵甫,生于陕西长安一个普通的农民家庭,十八岁入西安第一师范,国文成绩优良,对古诗词、书法、历史尤其喜欢。师范毕业后入河南军官训练团,不久经同乡同盟会著名人物于右任的推荐,入黄埔军校第四期。一九二六年毕业后,以排长身份参加北伐,右腿负伤,被提升为连长;后又参加中原大战,右臂负伤,被提升为营长。一九三四年率部追击长征中的红四方面军,因作战顽强得到陆军第一师师长胡宗南的赏识,升为中校团长。不久,张灵甫制造了一件轰动全国的新闻:他与原来由父母撮合的夫人离婚之后,娶了漂亮的四川姑娘吴海兰。由于婚后一直在外作战,当他听说有人在西安看见夫人和别人看电影时,立即向师长胡宗南请假,然后带着一把手枪回了西安。进家便吩咐夫人给他包韭菜馅饺子,当夫人走到菜地里蹲下割韭菜的时候,他向夫人的后脑勺开了一枪。开枪之后,夫人陈尸自家菜地,他径直返回了部队。张灵甫杀妻之事传出后,吴海兰的家人将其告上法院,在强大的社会舆论压力下,蒋介石电令胡宗南将其押解至南京监禁。张灵甫是胡宗南军中最得力的军官,胡宗南没有派人押解他,而是给了他路费,让他自己去南京面见蒋介石。结果张灵甫经洛阳、郑州、徐州一路闲散游玩,刚走到半路盘缠就用光了,好在他模仿恩师于右任的书法足以乱真,就此一边卖书法一边继续游玩,半年之后才到达南京。张灵甫被关进模范监狱,除了不能走出大门外一切自由,而他大多的时间都在研习书法。一年后,经第七十四军五十一师师长王耀武请求,张灵甫被秘密释放投奔第七十四军,从此舍"钟灵"名而以字"灵甫"行世。一九三七年,抗日战争爆发,张灵甫率五十一师一五三旅三〇五团参加上海保卫战和武汉保卫战,并在德安一战中率部仰攻日军山地阵地。他亲自带领突击队先从崎岖的峡谷间偷渡,再从陡峭的悬崖上攀爬,与正面攻击部队对日军形成夹击之势。日军发动猛烈反击,张灵甫腿部中弹却誓死不退,血战五天五夜后将日军击退,并与友军一起收复九江以南全部失地。德安一战令张灵甫名传天下,战后升为旅长,继而参加南昌战役、长沙会战、常德会战、衡阳保卫战,每每勇猛善战,一九四〇年升任五十八师师长,一九四四年秋升任第七十四军副军长,一九四六年夏升任第七十四军军长兼南京首都警备司令。国民党军整编后,第七十四军称整编七十四师,但兵力仍在三万人左右,全师装备精良,战斗力极强,被蒋介石誉为"国军模范",参谋总长陈诚也在多个场合说:"全军多几个七十四师,战事就会平定了。"

整编七十四师开赴山东后,张灵甫的攻击行动十分踊跃,强占头功的架势令各路友军侧目。即使在孟良崮被包围之后,师参谋长魏振钺一再提醒:"此乃孤山,为兵家大忌,不易固守。"但张灵甫依旧认为,军人打仗要的就是置之死地而后生,华东野战军决不敢贸然攻击赫赫有名的整编七十四师。但是,战事进行到十五日下午的时候,他发觉陈毅和粟裕这次决心要将他置于死地,特别是得知各路友军合围的速度十分缓慢时,他知道事态不是一般的严重了。张灵甫开始向友邻部队呼叫增援,让他万分恐惧的是,被包围在中间的明明是他,可各友邻部队竟然向他发出了请求增援的呼叫。

华东野战军阻援部队的战斗同样打得极其艰苦。阻援部队的顽强战斗和不惜代价的反击,竟然让国民党军受阻部队纷纷以为自己是陈毅、粟裕部攻击的焦点,于是才出现了请求张灵甫出击救援的怪事。在攻击孟良崮战斗进行得万分残酷之时,阻援部队在十五日这天成功地阻击着各路援军:十纵把第五军钳制在莱芜方向;三纵把整编十一师阻挡在蒙阴以北;从蒙阴出击的整编六十五师被一纵和六纵队纠缠得一天之内只前进了不到十公里;而七纵在南面拦截着第七军和整编四十八师;从鲁南北上的整编二十、六十四师则陷入了地方武装和民兵的有力钳制中。

张灵甫的一世孤傲终于让他在危难之时面临着孤军作战的绝境。

就在张灵甫向坦埠发动进攻的时候,他曾与位于自己左前方的整编十一师师长胡琏通过电话:

张:请你们一起动!
胡:上级叫我们等你们动了之后我们再动。
张:我们已经动了。
胡:上级让我们等你们打了之后再动。
张:那么你们将动到哪里?
胡:坦埠以北约八十华里的地方。

离孟良崮最近的整编二十五师和整编八十三师,距张灵甫的整编七十四师仅仅只有五公里,两个师的炮火完全可以与整编七十四师构成交叉火力。由于整编二十五师和整编七十四师被编在同一个攻击纵队中,负责指挥的整编二十五师师长黄百韬因此不敢怠慢。他采用密集的人海战术,向华东野战军第一纵队的阻击阵地发动轮番攻击,在一纵队前沿阵地官兵伤亡殆尽的情况下,整编二十五师占领了浮山和界牌,但依旧与张灵甫的整编七十四师隔着一座天马山。

与黄百韬相比,整编八十三师师长李天霞的心情就复杂得多了。张灵甫和李天霞同为黄埔毕业,又同是第七十四军军长王耀武的亲信。一九四六年,国民党军整编时,两人暗地里竞争"王牌"师师长的位置,结果张灵甫因得到原第七十四军两任军长俞济时和王耀武的支持而把李天霞挤了下去，李天霞对此一直怀恨在心。两人的芥蒂在山东战场上又一次显露，按照攻击计划，整编七十四师归属第一纵队李天霞指挥，但是张灵甫坚持要归黄百韬指挥，因为他对李天霞极度不信任，认为一旦遇到困难黄百韬总比李天霞靠得住。

张灵甫发觉被围之后，曾向第一兵团司令官汤恩伯请求命令李天霞部火速增援。李天霞受命之后，仅派出一个团，冒充旅部番号，进至沂水西岸，可最终还是把沂水西岸的阵地丢了，导致张灵甫的一个旅被华东野战军分割出去。张灵甫在电话里向李天霞的一位团长发火了，说他已经禀报国防部，整编七十四师的右翼要是出了事，整编八十三师要负责。李天霞顺水推舟，立即命令这个团归张灵甫指挥。可是，他同时又给他的团长打去电话，暗示部队遇到情况就撤退。这还不算完，李天霞的整编八十三师不但没有再向孟良崮靠近一步，而且主力开始全部向东收缩，最终与整编七十四师拉开了一段无法弥合的距离。李天霞说："张灵甫不是顶有办法吗？"

在蒋介石的严厉催促下，十五日，汤恩伯离开临沂前往孟良崮前线。走到半路，碰见刚从孟良崮跑出来的兵团副司令官李延年。李延年对汤恩伯说"七十四师现在很狼狈"，劝汤恩伯不要再向前走了，因为垛庄已经被共产党军队占领，一旦陈毅、粟裕部掉头南下就麻烦了。汤恩伯立即返回了临沂。

此刻的孟良崮战场上，阵地几乎全部是呈四十五度角的陡峭而坚硬石坡，无论对于守方还是攻方，都足以令最勇敢的士兵生畏。岩石上无法挖掘战壕和掩体，仰面攀登上去，双方相互发现的时候枪口都已经近在眼前了。

十五日，国民党军战地报告：

> 十五日拂晓前，匪军陆续增加，不断扑犯，枪炮（弹）如雨，火光烛天……战斗惨烈，素所未见……拂晓，倾万泉山失守，匪即猛攻雕窝高地。同时，东北麓方面之匪蚁聚麇集，于其炽盛火力之下，逐波冲锋，势如潮涌……午间，垛庄方向窜到匪之第六纵队，便沿西麓进犯，于是战况更形紧迫。午后迄夜间，匪军更番迫近，我军抵死搏斗，反复冲杀……战斗尤为惨烈。

一向冷静的粟裕记述道：

> 围歼战是一场剧烈的阵地攻坚战。我军于十五日下午一时发起总攻,从四面八方多路展开突击。敌第七十四师和第八十三师十九旅五十七团麇集于孟良崮、芦山及附近山地,依托巨石,居高临下,不断对我发动反冲击。从战术上来说,依托阵地的反冲击,可以给对方以相当的杀伤,何况我军为了争夺每一个山头、高地,要从下向上仰攻,每克一点,往往经过数次、十数次的冲锋,反复争夺,直到刺刀见红,其激烈程度,为解放战争以来所少见。

十五日黄昏,整编七十四师已被压缩于东西三公里、南北两公里的狭窄山地间,人员、马匹和辎重全部密集地暴露在华东野战军的炮火打击之内,一颗炮弹就能造成惊人的伤亡。时值盛夏,石山坚硬,寸草不生,水源奇缺,国民党军飞机空投的粮食、水囊、弹药大多落在外围华东野战军的阵地上,张灵甫的数万官兵饥渴难支,疲惫不堪,伤亡惨重。下午,在飞机轰炸的掩护下,整编七十四师先向垛庄方向突围,被六纵阻击回来;再向西北方向突围,被一纵队堵了回来;又转向雕窝方向,一度占领雕窝,后又在九纵的凶猛反击下被迫撤回。在残酷的战斗中,整编七十四师头顶烈日,向九纵控制的地域发起冲击以争夺水源,九纵的一个连誓死不让国民党军接近水源,拉锯般的残酷争夺战中这个连几乎全部伤亡,双方官兵的尸体布满了水源四周。

死尸的味道和硝烟的味道混合在一起,在炽热的高温中弥漫。

晚上,张灵甫转移到孟良崮上的一个山洞里,微弱的烛光映在黑黢黢的石壁上,张灵甫再次向汤恩伯呼叫请求迅速解救。汤恩伯要求张灵甫主动向万泉山方向突围。张灵甫的回答是:"本部已无力向万泉山实施攻击。"入夜,张灵甫给仍在阵地上的五十七旅旅长陈嘘云打电话,要他撤到师部这边来,张灵甫说:"嘘云,我们最后也要在一块。"那时,整编七十四师师部与五十一旅的联系已经中断,而华东野战军从五十一旅阵地上发射的炮弹已经打到五十七旅的阵地上。

十五日夜,阴云遮蔽星月。

支前干部吴相林的运粮队已经接近激战中的孟良崮,他计算了一下,余下的路程大约还有十五公里。此时,运粮队的农民们都把外衣脱了,他们把衣服全盖在了粮食上,因为怕粮食被浓重的夜雾打湿了。前面是座大山,路窄山陡,车子无法推了。大伙说,去晚了,仗打完了,说不定能缴获很多大米白面,队伍就吃不上咱庄的粮食了,这等于没完成任务呀。于是,把粮食卸下来,把小推车藏好,所有的人把粮食背在了自己背上,多的背了一百多斤,少的也有七八十斤。吴相林扛着粮食口袋走在最前面,远远地看见天上盘旋着飞机,他数了数有十来架。

此刻,在战场上奔波的外国记者发现了共产党军队打胜仗的根本原因:孟良崮战役期间,国共双方的部队都在紧张秘密的调动之中。通常认为,军队路过村庄的时候,百姓们都会藏起来。"可是,这种概念是再错不过的了。"美国记者贝蒂·格兰姆说,当共产党军队开来的时候,"沿途的每个村庄都喜气洋洋,每一家的门前都有一盏把油盛在浅碟里点燃的油灯,从土墙的一些缺损处发出微弱的亮光。所有村民都站在那儿迎接队伍……"

……半夜以后,部队开始到达。先是四五个人组成的一个个小组,接着,一次来十个或十五个人。农民们拥到村外,在道路两旁列队,放在地上的油灯在他们激动的脸上投下古怪的、忽隐忽现的影子。一支由两面鼓、一对钹、一个喇叭和一支笛子组成的乐队,只要见到一位士兵从黑暗中突然走进那小小的光圈,就立刻演奏起来,让那吓人而又激动人心的喧闹声在夜空里回荡……无论部队已经如何疲惫,每个士兵仍然加快了脚步,就像马拉松比赛即将到达终点时那样。农民们一张张被稀奇古怪的影子扭歪了的脸,只要看见一支支闪闪发亮的美国机关枪,或者一架巨大的美国电动机车(汽车),就变得格外兴奋。人们一次又一次像举标枪似的伸出拳头,朝士兵们高呼:"打败蒋介石!""你们是我们的子弟兵,我们是一家人!"

共产党的部队进村了,妇女们给官兵们洗衣服,官兵们给房东挑水劈柴。农民们聚集在官兵们身边,想听听外面发生的大事情。他们对武器格外感兴趣,一个共产党干部决定让乡亲们开开眼,他端起美国机枪打了一梭子,巨大的声响让农民们惊慌地向后躲闪,然后他们热烈地鼓起掌来。队伍离开村庄后,一个农民在官兵们住过的房子里发现了一支钢笔。这个农民竟然步行追了两天,把他认为与革命有着重要关系的钢笔送还给了部队——"他认为这样做有助于取得胜利和和平。"但是,农民们对国民党军队决不会这样做,"如果有什么值钱的东西丢失了,老百姓就只会把它留在自己手里,作为对他们从部队那里受到损害的一种赔偿"。

孟良崮的战斗打响以后,在通往战场的各条山路上,密集地行进着支前的独轮小车。农民们的小车上装载着战争所需要的所有物资:粮食、枪支、弹药、柴草、木料、药品、挖战壕的铁制工具、攀登用的木制云梯、棉衣棉被和大量的布匹,甚至还有给牺牲官兵准备的衣服和棺材。农民们冲上前沿抢救华东野战军的伤员,对面的国民党军朝他们喊:"别抬了!丢下吧!小心被子弹打着!"但农民们依旧不顾一切地往下抬,他们中的不少人真的死在了弹雨中。在战场四周的山路上,到处可见由青壮年组成的担架队,妇女和老人们则跟在担架旁,不断地给伤员们喂水和干粮。伤员进村了,女人们看着浑身是血的官兵一边抹眼泪,一边用秫秸量伤员的脚,她们想让伤员穿上一双鞋底绣有"大吉大利"字样的新鞋。那些急需动手术的伤员要紧急转运,大娘把昨晚上她眼巴巴地守了一夜的伤员送到村口,唠叨着嘱咐担架抬得稳一点,然后俯下身子对伤员说:"孩子!你命大!咱娘俩日后见!"

孟良崮战役期间,随军常备支前民工七万七千人,二线常备支前民工十五万四千人,后备支前民工四十五万九千人,整个孟良崮战场上支援华东野战军作战的支前民工多达六十九万人——美国记者赫伯特·安布德从孟良崮回到美国以后说:"我预言共产党将要取得胜利。"

十六日晨,张灵甫藏身的山洞开始遭到炮击。

华东野战军已经攻到咫尺之遥,整编七十四师到了它的最后时刻。

华东野战军的炮火发挥出最大的杀伤力,拥挤在一起的整编七十四师官兵密集地暴露在裸露的岩石上,炮弹在岩石上爆炸,飞溅的弹片和岩石的碎片令无处隐蔽的他们大片伤亡。华东野战军官兵从各个方向蜂拥而上,最后的白刃战在孟良崮山顶上展开。

上午八时,蒋介石发来急电:"山东共匪主力今向我军倾巢出犯,此为我军歼灭共匪完成革命唯一之良机。凡我全体将士应竭尽全力,把握此一战机,万众一心,共同一致,密切联系,协力迈进,齐向当面之匪猛攻,务期歼灭共匪,以告慰总理及阵亡将士在天之灵。如有萎靡犹豫,逡巡不前或赴援不利,中途停顿,以致友军危亡,致匪军漏网逃脱者,定必以畏匪避战,纵匪害国贻误战局,严究论罪不贷。希望奋勉勿误。"在蒋介石的严令下,汤恩伯发电各部队:"我张灵甫师连日固守孟良崮,孤军苦战,处境艰危。我奉令应援各部队,务须以果敢之行动,不顾一切,星夜进击,破匪军之包围,救胞泽于危困,以发扬我革命军亲爱精诚之武德与光荣,其有徘徊不前,见危不救者,决非我同胞所忍,亦为恩伯所不忍言也。"整编二十五、六十五、八十三师等部队被迫发动猛烈的攻击。

负责阻援的华东野战军各部队拼尽最后之力誓死不退。而在围攻孟良崮的战场上,陈毅和粟裕不断给各纵队指挥员打电话:"谁拿下孟良崮谁就是英雄!"

雨云密布,天昏地暗。

山洞里的张灵甫已经绝望,决定与他的军官们集体自杀。副师长蔡仁杰拿着夫人和孩子的照片痛哭不已;副参谋长李运良把脸上涂上血污藏了起来,当初就是他一再向张灵甫表态:"军座,此虽孤山,但地形险要,我们要置之死地而后生,临险境而逢生。"

张灵甫开始给结婚不到两年的夫人王玉龄写诀别信:

十余万之匪向我猛扑,今日战况更加恶化,弹尽援绝,水粮全无。我与仁杰,决以最后之一弹诀成仁,上报国家与领袖,下答人民与部属。老父来京,未见痛极,生善待之,幼子望养育之,玉龄吾妻今永诀矣!灵甫绝笔,五月十六日孟良崮。

同时,张灵甫还给蒋介石写诀别信,诉说由于友军先是贻误战机,后又见死不救,尤其是李天霞部没有保证整编七十四师右翼的安全,从而导致了现在的战场结局。之后,张灵甫将整编七十四师副师长以下、团长以上的军官姓名一一在诀别信中报给了蒋介石,请求蒋介石给予其家眷以照顾。最后,张灵甫再次痛斥了国民党军各部队"各自为谋,同床异梦,胜则争功,败不相救"的现象以及对蒋介石赏罚不明的严重不满:

以国军表现于战场者,勇者任其自进,怯者听其裹足,牺牲者牺牲而已,机巧者自为得志。赏难尽明,罚每欠当,彼此多存观望,难得合作,各自为谋,同床异梦……匪诚无可畏,可畏者我将领意志之不能统一耳。

十六日下午十七时,首先冲到张灵甫藏身的山洞口的,是华东野战军第六纵队特务团一营。官兵们在副团长何凤山的率领下,突破山洞西侧的阻击阵地后,与整编七十四师参谋长魏振钺率领的阻击部队展开了激烈的肉搏战,反复的搏杀中魏振钺被俘。一营继续向山洞逼近,冲在最前面的三连指导员邵至汉中弹牺牲。官兵们越过指导员冒着血的身体,呐喊着拼死向前,在击毙了张灵甫的卫队长后,他们开始向洞内扫射。

与张灵甫一起躺在血泊中的有:整编七十四师副师长蔡仁杰,五十八旅旅长卢醒、副旅长明灿、团长周安义等。整编七十四师参谋长魏振钺、副参谋长李运良,五十一旅旅长陈传钧、副旅长皮宣猷,五十七旅长陈嘘云,五十八旅副旅长贺诩章等被俘。

倾盆大雨狂泻而下。

雨水夹杂着血水到处流淌。

吴相林的运粮队终于登上了孟良崮,已经断粮的华东野战军官兵老远就跑来迎接。卸下肩头的粮食,农民们就去看俘虏,俘虏之多令他们惊讶不已,密密麻麻地足足坐了大约八亩地的地方。大伙议论说:"这些人比咱那两三个庄的人还多!"其中有个农民突然想起来了,忙说:"得问问他们,是谁在那个庄用阴火烧死那个小伙子的!"

孟良崮战役,华东野战军全歼国民党军整编七十四师和整编八十三师的一个团。国民党军伤亡一万三千余人,被俘一万九千六百七十六人。华东野战军伤亡一万两千一百八十九人,其中除其他原因的减员外,阵亡两千零四十三人,负伤九千三百余人。

交战双方的伤亡人数几乎相等,战斗的残酷程度由此可见一斑。

华东野战军的伤员和阵亡官兵的遗体被百姓们转移和安葬了,只剩下国民党军阵亡官兵血肉模糊的尸体横陈在孟良崮的岩石上。

四十四岁的张灵甫死了。

蒋介石获悉整编七十四师被歼灭后,认为是内战以来"最可痛心,最可惋惜的一件事"。为此,第一兵团司令官汤恩伯被撤职,整编二十五师师长黄百韬被撤职留任,整编八十三师师长李天霞被撤职押送军法处查办。

华东野战军在山洞中找到张灵甫的尸体。官兵们用担架抬着这具遗体开始转移,两天之后,由于天气炎热尸体开始腐烂,华东野战军政治部决定就地掩埋。官兵们花了四百块大洋买了口上好的楠木棺材,将张灵甫的遗体擦洗干净,给他穿上了新衣服,安葬在沂水县野猪旺村后的一座小山冈上。跟随第六纵队转移的整编七十四师被俘军官要求最后看一眼他们的师长。经纵队司令员王必成同意,在纵队副司令员皮定钧的陪同下,九名将校军官在张灵甫的遗体旁跪成一圈,泣不成声。华东野战军在张灵甫的坟前立了一块木牌,上面写着:张灵甫之墓。

之后,共产党方面广播了埋葬张灵甫的地点,希望他的家属到该处收尸。不久,张灵甫的棺椁被国民党方面挖走,重新安葬于南京玄武湖樱洲之上。

一九四九年四月,中国人民解放军攻占国民党政权首府南京,解放军官兵们冲进城后,在玄武湖边看见了一座高大的墓碑,墓碑上写着:整编第七十四师师长张灵甫将军之墓。

五月二十日,新华社发表评论《祝蒙阴大捷》:

>……从去年七月到现在,华东人民解放军已经歼灭了蒋介石正规军五十个旅……蒋介石以一百个旅使用于华东战场,欲以此决定两军胜负,这个主观幻想已接近于最后破灭。这次蒙阴胜利,在华东解放军的历史上更有特殊意义。因为:第一,这是打击了蒋介石今天最强大的和几乎唯一的进攻方向;第二,这是打击了蒋介石的最精锐部队;第三,这个打击是出现于全解放区全面反攻的前夜……

黄土沟壑

一九四七年三月二十五日,国民党《中央日报》载:"毛泽东、周恩来等已迁往佳木斯,或已潜逃出国。"

毛泽东一行撤离延安后,径直向北偏东方向转移,三月十八日傍晚抵达延川县永坪镇以南的一个小山村。第二天上午九时左右,正准备继续上路的时候,停在村口的汽车被国民党军飞机发现,在猛烈的轰炸和扫射中,毛泽东乘坐的那辆汽车被打穿了几个窟窿,但所幸没有人员伤亡。又走了两天之后,二十一日晚,一行人抵达清涧县境内的一个名叫高家岭的小山村,这个只有二十多户人家的小山村位于咸阳至榆林公路以东约五公里处。

毛泽东打算在这里住几天。

胡宗南部已经从延安向北追击而来。

胡宗南将前进指挥所由洛川移至延安之后,站在作战地图前面对广袤的黄土沟壑,终于认识到无论获得了多么大的荣耀,现在他必须继续作战。毛泽东和彭德怀都还没有捉住,西北的共产党部队还没有受到重创,如果不把他们赶出陕西,或者把他们全部歼灭,自己的"殊勋"并不牢靠,说不定哪天此前所有的荣耀都会化为一场梦幻。虽然没有任何可靠的情报证明毛泽东和他的部队到底在哪里,但是胡宗南判定,共军主力一定固守在延水以北地域,并会聚集在绥德至延安的公路两侧,一为掩护中共首脑机关,二为"趁机窥复延安"。于是,他下达的作战命令是:"以一部佯击共军正面,牵制共军主力,而以主力由延川、清涧地区先切断黄河各渡口,而后向左旋回,包围共军于瓦窑堡附近而歼灭之。"

胡宗南的战役部署是:以整编第一师和整编九十师共五个旅为右

兵团,归董钊指挥;以整编三十六师、整编十七师十二旅、整编十五师一三五旅共四个旅为左兵团,归刘戡指挥;另以整编七十六师二十四旅、一四四旅为右支队,掩护主力的右翼,共同完成攻占延川的任务。同时,整编二十七师三十一旅、四十七旅负责守备延安;整编十七师四十八旅、八十四旅和整编三十八师五十五旅调至延安附近,以确保延安的安全。这是胡宗南在没有得到确切情报的情况下,主观计划出来的作战方案。其核心内容是:采取两翼包抄的战术,向他猜测的彭德怀部集结地域实施合围。

与毛泽东分手后,彭德怀率西北野战兵团到达梁村,梁村位于延安东北方向和青化砭西北方向两条公路的交叉点上,西北野战兵团指挥机构在这里正式组成:彭德怀任野战兵团司令员兼政治委员,张宗逊任副司令员,习仲勋任副政治委员。彭德怀深知自己责任重大:无论是中共中央的安全,还是西北战场的成败,都直接关系到全国战争的进程,稍有不慎,就可能造成重大的历史缺憾。他对身边的参谋们说:"中央把这么重的担子交给我,我要是指挥不好,犯了错误,那就是我彭德怀无能,对人民犯了罪,对不起中央的重托……带兵打仗是十分严肃而责任重大的事,稍一不慎就要死人,人命关天呀!"

在部队撤离延安的时候,彭德怀已经命令主力在青化砭、甘谷驿、茶坊一线集结待机,同时派出三五八旅二营佯装主力与胡宗南部保持着若即若离的接触——彭德怀试图把胡宗南逐步引向延安以北的安塞方向,目的是让敌人距离毛泽东一行远一些,然后在敌军的调动中寻找破绽创造战机。

果然,三五八旅二营的边打边撤让胡宗南进一步认定:共军主力确实在向安塞方向溃退。他随即命令整编第一师和整编九十师沿延河两岸向安塞方向攻击前进,整编第二十九军一部从正面向北攻击,同时命令整编二十七师三十一旅由临真向青化砭前进,保障主力侧翼的安全。

三月二十一日晚,彭德怀得到当地百姓的报告,说三十一旅正在准备粮草,计划二十四日占领青化砭。

彭德怀立即意识到:吃掉一股敌军的战机来了。

西北野战兵团指挥部制订了一个在青化砭伏击相对孤立的三十一旅的作战计划。

彭德怀将指挥部由梁村移动到青化砭西北的左家庄。

青化砭位于延安东北约三十公里处,小镇坐落在一条南北走向约二十公里的山谷中。两面是高高的黄土山崖,咸阳至榆林的公路和一条小河蜿蜒其中。从地形上看,走到青化砭,就如同走进一个狭长的口袋里,只要口袋的两头一堵,袋子里的人便无路可走。这的确是个打伏击的好地方。战前,彭德怀反复强调,这是撤离延安后的第一仗,胜败关系到今后的作战,一定要打得干净利索。因为黄土山崖上植被稀疏,彭德怀还特别强调了部队的隐蔽,因为一旦暴露或者走漏了风声,打伏击的计划就会泡汤——"一定要注意隐蔽,敌人来了就不顾一切地杀下去!要突然,要猛,一鼓作气把敌人歼灭在这沟槽子的公路上!"

二十三日,作战命令下达:第二纵队和教导旅埋伏在房家桥至青化砭以东,敌人进来后负责断其退路;第一纵队埋伏在西面的阎家沟至白家坪,新编第四旅埋伏在青化砭东北方向的高地上,敌人进入后迅速截击将袋口紧紧扎上。

二十四日,各部队进入伏击阵地。

春寒料峭的黄土高原,黄土还没有完全解冻,山头背阴地上还留有残雪。从拂晓开始,官兵们在寒风中一动不动地隐蔽着,一直到黄昏时刻也没看见敌人。一些官兵沉不住气,纷纷议论说,这里距离延安这么近,部队调动时走过那么多村庄,也许已经走漏了消息?或者老百姓的情报有误,敌人根本没打算从这里经过?彭德怀对官兵们说,敌人一定会来,情报不会有错,这里是老解放区,咱们的群众决不会向敌人告密的!况且,胡宗南不是个草包,他的主力北上安塞,他不会不派部队保障侧翼的安全。况且他有大炮坦克,不会不走陕北这条唯一的公路,他一定能来!

彭德怀命令部队撤下去,明天天一亮再来埋伏。

让彭德怀空等一天的是整编二十七师三十一旅少将旅长李纪云。胡宗南的命令是让他二十四日占领青化砭,部队出发时间应是早上八点半,但是到上午十点钟他还在睡觉。前进指挥所打来电话,询问部队推进到何处,李纪云干脆回答说,干粮没有准备好,出动计划推迟一天。实际上,李纪云不按时出动的真正原因,是他心里不怎么踏实。前几天,他认为距离延安如此近的青化砭一带不会有共军主力,但情报显示,他的作战目的地并不像军座想象的那么安全。他给胡宗南发去了"势单力薄,恐有不测"的电报,结果遭到胡宗南的严厉训斥:"贪生怕死,畏首畏尾,非军人气魄,绝对要按规定北进,迅速占领青化砭,否则以畏缩不前论罪。"

李纪云以准备干粮为由推迟出动的情报很快被彭德怀得知。

西北野战兵团各部队于二十五日拂晓前再次进入伏击位置。

拂晓六时,三十一旅的便衣侦探和搜索连分别在公路两侧小心开路,旅长李纪云率领旅部和九十二团随后跟进。搜索部队在公路两侧的半山腰上不断地用机枪无目的扫射,飞机在低空盘旋,但无论是火力侦察还是空中侦察,一切都表明这里根本没有共军——即使没有百姓欺骗他们或者向他们封锁消息,三十一旅的搜索队和天上的飞行员确实眼力不够。同时这也再次证明,共产党官兵具有不可思议的与光秃秃的黄土完全融为一体的本领。既然没有敌情,三十一旅便走得掉以轻心,机枪连枪衣也没有卸下,迫击炮还装载在骡马背上的驮子里,长长的队伍缓慢地走进了青化砭附近的深壑之中。

在沟壑两侧埋伏着的西北野战兵团官兵紧张而兴奋,刚才还又冷又饿,现在个个浑身热汗。干部们按捺不住,请示彭德怀:敌人进入我攻击位置!是否可以攻击?彭德怀回答:"一定要等敌人全部进来了再关门!"

上午近十时,李纪云部官兵包括勤杂脚夫共三千人全部进了口袋。一颗信号弹腾空而起,沟壑两侧的军号声骤然响成一片。口袋的两头很快就被封堵,山头上的西北野战兵团官兵杀声震天地冲了下来。包括旅长李纪云在内,三十一旅还没有反应过来,潮水般的攻击已近在眼前。李纪云的部队完全被压缩在沟壑底部,瞬间被截成数段,手榴弹和炮弹密集地在沟壑间爆炸。由于两军官兵混战在一起,天空的飞机无法投弹,盘旋了几圈之后,赶快飞回去报信去了。一小股国民党军企图占领一个小高地,但很快就被打了下去。二纵司令员王震跟随官兵们冲到沟底,他看见公路两侧到处是国民党军的尸体,而他的官兵们有的在抓俘虏,有的在收集弹药,个个兴高采烈。三十一旅旅长李纪云被西北野战兵团官兵捉住的时候,像根木头一样在公路上站着,嘴里正嘟囔着什么。

战斗持续了不到两个小时。三十一旅旅部和九十二团官兵无一漏网。被俘的军官除了旅长之外,还有副旅长周贵昌、参谋长熊宗继、九十二团团长谢养民等。

青化砭一仗,是典型的伏击战。伏击战的前提是战前不得泄露半点风声。万人以上的大部队,从各个方向向一个狭窄的地域集结,中间还撤下来休息了一个晚上,第二天再次来到战场上。战场距离延安如此之近,必定不是人烟稀少之地,西北野战兵团集结时不可避免地会经过一些村庄,即使在小路上秘密行军也难免会碰上当地的农民、牧羊人、商贩以及各色人等。虽然国民党军使用了空中侦察和地面侦探的双重方式,搜索和盘查不可谓不小心细致,但是,他们居然没有得到一点西北野战兵团移动的消息,这是一件难以想象的事情——"这是中国内战一个最为显著的特色。"美国记者贝蒂·格兰姆说,"大多数农民本来可以告诉国民党军附近有解放军的埋伏,但是,至少我采访过的被俘的国民党军官这么认为:这里的老百姓完全有本事不让他们知道对手在何处。"对此,彭德怀在战后感叹道:"古人写信,信封上写'如瓶'二字。边区群众对敌人真是守口如瓶,不是自己人就不会给你说真话,青化砭这一仗,要不是在陕北,是很难打的。"

就在国民党《中央日报》说毛泽东等人不是到东北找林彪去了,就是已经跑到外国去了的时候,在清涧县高家崄村住了四天的毛泽东获悉青化砭战斗胜利的消息,致电彭德怀:"庆祝你们歼灭三十一旅主力之胜利,此战意义甚大,望对全体指战员传令嘉奖。"之后,毛泽东从高家崄出发到达了子长县任家山村。

在这个距离延安仅百公里的小山村里,毛泽东萌生了一个念头:留在陕北,哪也不去。他在三月二十七日发给彭德怀的电报中,表达了自己的这个决心:

> 宥(二十六日)电悉。积极歼敌方针极为正确,部署亦妥,已令陈(陈赓)、谢(谢富治)积极动作。现在不怕胡军北进,只怕他不北进,故陈、谢迟几天行动未为不利。傅作义的一〇一师等部向晋西北进攻,左云失守。阎锡山攻克孝义、兑九峪,有向中阳、石楼出扰之可能。数月内贺(贺龙)、李(李井泉)处局面将较紧,但只要陕北及陈谢在南线胜利,即有办法对付阎、傅。中央决定在陕北不走。

同日,毛泽东在给晋绥军区司令员贺龙和政治委员李井泉的电报中强调:"中央率数百人在陕北不动,这里人民、地势均好,甚为安全。

目前主要敌人是胡宗南,只要打破此敌,即可改变局面,而打破此敌是可能的。"

二十八日,毛泽东一行转移到清涧以北石咀驿附近的枣林子沟。这个小山村只有十来户人家。毛泽东住的窑洞的主人叫吴进增,他看见毛泽东时显得有些拘谨。毛泽东问:"老乡,我们住在这里很打扰你,如果我们住进去,你住在哪里?"吴进增说:"坡上是我兄弟家,我可以住在那里。"

二十九日晚,毛泽东在陕北农民吴进增的窑洞里主持召开了中共中央书记处会议。这是一个极其重要的会议,会议正式讨论了中共中央是继续留在陕北还是东渡黄河进入山西的问题。

毛泽东详细阐述了决定留在陕北的理由:一、中共中央在延安十多年,一直处于和平环境中,现在一有战争就走了,如何向陕北人民交代?二、有人说陕北的敌我力量对比是十比一,敌人过于强大,出于安全考虑也要离开这里。但是,我们留在陕北,就可以牵制住胡宗南的二十三万大军,蒋介石就不能轻易地把这些部队投到全国其他战场上去,就可以减轻其他战场的压力。三、有人主张派军队进入陕北,加强中共中央的保卫工作。不妥。"陕甘宁边区巴掌大块地方,敌我双方现在就有几十万军队,群众已经负担不起。再调部队,群众就更负担不起了。"

任弼时主张不留在陕北,希望中央及部队全部东渡黄河到山西去。他认为,中央是指挥战争的中枢,各解放区的领导都主张中央转移到晋西北或者太行山等比较安全的地方去,以指挥全国战争,这个建议是从全局考虑的。现在中央在陕北的处境极其险恶,一面是黄河天堑,三面是敌人,军事上讲这样的位置如同绝地,万一让胡宗南一网打尽怎么办?

毛泽东说:"哪里最安全?人民拥护我们的地方最安全,我看中央在陕北的安全有保证。"

争论到最后,大家说,要留在陕北就都留下。

但毛泽东又不同意,说不要让胡宗南真的把我们一网打尽。

第二天,会议形成最后的决定:毛泽东、周恩来和任弼时继续留在陕北,主持中央和军委工作;刘少奇、朱德、董必武组成中央工作委员会,以刘少奇为书记,东渡黄河前往华北,担负中央委托的工作。

决心已定,立即行动。

刘少奇、朱德、董必武前往晋绥解放区,毛泽东一行则离开枣林子沟前往子洲县。毛泽东主张只留下一个警卫班,其余官兵全部跟随朱总司令过黄河。但是朱德坚决不同意,命令警卫团的手枪连、骑兵连和两个步兵连留下来跟随毛泽东。

四月五日,毛泽东到达靖边县境内的青阳岔。

此时,留在陕北的中央机关,按照军事编制实行轻装,并编为四个大队,成立统一指挥的司令部,任弼时任司令员,陆定一任政治委员。为了保密,周恩来建议给每个人起个代号,任弼时叫史林,陆定一叫郑位,毛泽东叫李得胜,周恩来叫胡必成。多年后,周恩来回述往事时说:"我们领导革命战争时,在全国、在中央决定问题的只有三个人。当时中央书记处共有五个人,分散在两个地方:一个地方是刘少奇同志和朱德同志,他们领导全国土改,搞根据地;在中央只有三个人,毛主席、周恩来与任弼时同志。所谓中央,就是这三个人嘛。"

就在毛泽东在黄土沟壑中不停地转移的时候,胡宗南也在艰苦地寻找着毛泽东和彭德怀的踪迹。在延安的东北部地区,胡宗南的八万兵力拥挤在一起,排成绵延数十里的方阵,行则同行,宿则同宿,"不走大道平川,专走小道山梁,不就房屋设营,多在山头露宿,不单独一路前进,而是数路并进",就这样密集地在黄土沟壑中滚过来滚过去,胡宗南说这是"小米碾子式的战法"。青化砭一战令胡宗南吃惊不小,他命令部队各路之间互相靠拢,每天只走十至十五公里,虽然笨拙但能确保没有缝隙。彭德怀几次想歼灭其中的一股,都因为敌人太密集而无法下手——"以致三面伏击已不可能,任何单面击敌均变成正面攻击。"四月初,胡宗南占领了延川、清涧和瓦窑堡等要点,但依旧没有找到彭德怀主力的踪迹。部队在黄土高原的一道道山梁间爬上爬下,被拖得精疲力竭,给养也发生了困难,于是胡宗南命令一三五旅驻守瓦窑堡,整编七十六师驻守延川和清涧,主力则南撤至蟠龙镇和青化砭地区休整补充。

彭德怀立即决定再打一场伏击战,歼灭撤退中的敌人之一部。按照彭德怀的设想,撤至永坪地区的只有刘戡的整编第二十九军军部和一个旅,西北野战兵团集中主力是可以全歼敌人的。但是仗一打起来却十分不顺利,参战部队战前准备不足,没有很好地勘察地形,也没有修筑好工事,攻击时间也选择不当,结果刘戡部很快占据了有利地形,并开始实施猛烈反击,而且董钊的增援部队也迅速向战场推进,彭德怀只好命令部队撤离。

永坪的战斗使胡宗南捕捉到了彭德怀主力所在的位置。胡宗南下达了新的作战命令:"以主力由蟠龙镇附近地区逐次扫荡牡丹川(延安市)以北各山沟,并向右回旋,会同瓦窑堡南下之一部,包围共军而歼灭之。"在胡宗南的命令中,有一个信息引起了毛泽东和彭德怀的注意:驻守清涧的整编七十六师二十四旅七十二团将前往瓦窑堡接替一三五旅的防务。毛泽东电示彭德怀:"清涧之二十四旅一个团本日调赴瓦窑堡。该团到瓦后,一三五旅很可能调动,或往安塞,或往蟠龙,望注意侦察,并准备乘该旅移动途中伏歼之。"

十三日,西北野战兵团司令部在瓦窑堡桑树坪村召集干部会议。彭德怀住的那间小窑洞的门窗,被曾在这里驻扎过的国民党军拆走修工事了,眼下门窗用草帘子遮挡着,各纵队和各旅的干部们把黑乎乎的窑洞塞得满满的。彭德怀说,从青化砭和蟠龙镇出动的整编第一军的五个旅和整编第二十九军的三个旅,都被阻击在夏家沟、安家崖底和张喜沟一线。从该敌前进的态势上分析,一三五旅很可能经子长、蟠龙大道南撤,以便向北进的主力靠拢。我们要在这个旅还没有靠近主力的时候,对其实施围歼。彭德怀在地图上用手指画出了围歼一三五旅的那块地方,那个地方叫羊马河。

羊马河的地形很像青化砭。

会议确定的各部队的任务是:三五八旅以积极防御,把整编第一军吸引到西边去;独立第一旅和警备第七团负责阻击整编第二十九军;二纵、新编第四旅和教导旅在羊马河伏击。彭德怀特别强调:"一是要坚决挡住南线敌军主力的进攻,不让他同一三五旅会合;二是要速战速决,不能拖延时间。否则敌人增援上来,不但不能歼灭一三五旅,我们自己还会陷于腹背受敌。"

十四日清晨,一三五旅在瓦窑堡南郊集合完毕,沿着瓦窑堡至蟠龙的大道按照战备行军的序列开始向羊马河前进:四〇五团为前卫,旅部、特务连、通讯连、工兵连、化学炮连、四〇四团、辎重营和卫生队为本队,后卫部队由四〇四团的两个连担任。一三五旅旅长祝夏年因腿部骨折正在西安住院,该旅现在由副旅长麦宗禹代理旅长职务。上午九时左右,旅部行进到三郎岔以北地区时,突然听见了枪炮声,搜索部队报告在大道两侧发现了西北野战兵团大部队。代旅长麦宗禹和参谋主任朱祖舒立即登上了西面的山坡,麦宗禹清楚地看到自己的部队已经进入了共军的伏击圈。他立即下达了一系列作战命令:四〇五团占领东山,掩护主力向蟠龙方向前进,主力通过后,该团迅速脱离战场,作为全旅的后卫掩护。四〇四团以一个营向蟠龙攻击前进,另两个营抢占西山的各要点,巩固现有阵地。炮兵开设射击阵地,重点支援四〇五团,用火力阻击共军的对该团的攻击。旅指挥所设在西山半腰上。通讯连立即与延安指挥所取得联系报告我旅遭遇共军伏击。

此时,以宽大正面向北"扫荡前进"的董钊和刘戡的八个旅也遇到了猛烈的阻击。实际上,阻击这九个旅的仅仅是王震部的三五八旅。但各部队的报告都称遭遇共军主力,于是司令部的通报说,我军正面出现共军主力,各部队要慎重行动,每一小时用无线电互相联络一次。整编九十师师长陈武认为"这下可把共军主力兜住了",因此对每一小时就要联络一次很是不满意:"为寻找共军主力,不知跑了多少冤枉路,现在好容易追上了,却又胆怯起来,这不是故意放走共军的主力部队,要他们跑掉吗?真让人恼火!这样胆小还能同共产党打仗吗?"三五八旅采取逐次阻击的战术,打一阵撤一段,让胡宗南也认为总算抓住了彭德怀的主力,于是命令董钊和刘戡猛烈攻击前进——三五八旅果然把胡宗南的主力向西牵引而去。

在羊马河,新编第四旅十六团首先冲下去截断了一三五旅的退路,接着各部队从四面八方的山梁上冲击下来。接到一三五旅遭遇伏击的电报后,胡宗南立即命令一三五旅就地构筑工事,同时命令董钊和刘戡迅速回转,不惜一切向羊马河推进。但是,董钊和刘戡部已经被彭德怀的阻击部队死死缠住。离一三五旅最近的整编三十六师派出一六五旅驰援,一六五旅攻下一道山梁又面对着下一道山梁,最后仅仅与一三五旅隔着两道山梁,就是无法突破西北野战兵团的阻击线。下午十六时,彭德怀命令首先集中兵力攻击一三五旅四〇五团,教导旅负责正面,独立第四旅和三五九旅负责左右两侧,新编第四旅负责牵制一三五旅旅部方向。四〇五团无法抵挡潮水般的攻击,所支撑的山头一个个失守,最后团长陈简被俘,四〇五团停止了战斗。接着,王震集中了二纵的全部炮火猛烈轰击四〇四团和一三五旅旅部的阵地,炮火下各部队迅速突破敌人的阻击前沿。黄昏时分,总攻开始,被俘的国民党军炮兵也调转炮口协助二纵官兵进攻,四〇四团团长成耀煌被俘,一三五旅被全歼——"我被迫退到了沟里。"代旅长麦宗禹回忆说,"没想到这里正集合着大部解放军。在沟里我遇到一个战士,我随着这个战士到了他的部队,我就这样被俘了。"

战斗结束了,麦宗禹站在路边,他见到了王震司令员。他们"互通姓名,一如朋友相见"。麦宗禹随即跟着王震的部队一起转移。晚上在一个小村庄里休息,麦宗禹和王震一起吃了晚饭,谈了一会儿天,都感到十分疲劳,于是挤在一条土炕上睡下了。刚刚打完仗的王震很快就发出了鼾声,麦宗禹彻夜难以入睡。几个小时之前还和身边的这个人拼死厮杀,而现在却如同兄弟一样睡在一条炕上——麦宗禹后来说:"共产党人的胸怀令我非常敬佩","我一生是永远不会忘记的"。

十七日,新华社播发了题为《战局的转折点——评蒋军一三五旅被歼》的社论。胡宗南仔细地阅读了这个社论的抄写稿。社论说:"一三五旅的被歼灭,标志着胡宗南从此走下坡路","胡军所集中的兵力,像瞎子一样,只能到处扑空,白天武装大游行,晚上几万人集中大露营","由于粮食缺乏,将士疲劳,减员异常巨大。据俘虏供:胡军每天只吃一顿稀饭一顿干饭"。"在陕甘宁边区军民方面,情况完全相反。游击战争很快发展,人民解放军的战斗力很快提高,军民团结很快加强,歼灭敌人有生力量的作战方法很快被领会,因而愈战愈强"。"一三五旅的全部被歼灭"是"西北战局的转折点,同时就是全国战局的转折点","可以预料,四月开始后的两三个月内,蒋军将由攻势转变为守势,人民解放军将由守势转变为攻势","历史事变的发展表现得如此出乎意料,敌人占领延安,将标志着蒋介石灭亡;人民解放军的放弃延安,将标志着中国人民的胜利"。

胡宗南的心绪恶劣起来。身边的人小心地提出了"放弃延安"的建议。胡宗南认为这一步对国内外观瞻影响太大,蒋介石不会同意。经过反复商量,他筹划出了一个对付目前局势的方案:借口陕北地形复杂,部队不易展开,筹粮十分困难,且共军时聚时散,主力不好捕捉,拟以自己的部队固守延安,让青海的马步芳部和宁夏的马鸿逵部前出至陇东,背靠晋陕绥边区邓宝珊的部队守备榆林,东面以黄河为屏障,共同围歼共军于陕北。胡宗南思索着如何让蒋介石同意这个方案而自己又不受质疑。

此时,蒋介石正忙于对国民党军各级军官们发表讲话。而他的滔滔不绝之所以到了不厌其烦的程度,是因为国民党军的腐败和无能已经使他深感不安。

四月十五日:

……就我一年来的观察,指出我军各部队几个重要的缺点,希望大家特别注意,将来回到部队之后,更要切实改正。第一,国军装备笨重,运动困难,缺乏机动性,成为处于被动地位之"呆兵"……第二,国军将领精神被匪军所威胁,又慑于匪军的惯伎,不敢夜间行动,尤不敢与匪野战,因此处陷于被动地位,时时为匪所困扰……第三,国军在收复区内不能组织民众,训练民众,以收军民协力根本清匪的效果,是我们军事进展迟缓的一大原因……第四,忽视经济斗争与文化斗争的重要,以致不能确保军事的胜利。要知道经济斗争与文化斗争,是匪军欺骗人民重要的手段……第五,国军长官行动不能秘密,各级指挥部目标处处显著,为我军将领遭受伤与被俘的最大原因……第六,国军高级指挥官对于密码本与通讯机构,不能严密保护与监察,随便遗弃与泄露,实无异以情报间接供给匪军,这是我们军官最大的罪过……第七,国军情报侦探技术的拙劣,以致敌情不明,作战失败……第八,现在匪军往往用佯动突击来欺骗我们国军,使我们不能捉摸他主力的所在。而我们则行动呆板,不知使用佯动、突击的方法来迷惑匪军……我们检讨最近一年来剿匪的经过,发觉匪军最大的长处,就是他能专找我们高级司令部和高级指挥官的所在地。凡是我们主力的调动,团长以上官长的行动,几乎都被他们发觉。结果我们前方的高级司令部,往往遭受袭击,高级指挥官往往被他们俘获。这是他们八年以来,处心积虑、聚精会神所研究出来对付我们的特种战术。他们认为运用这种战术,就可以少胜多,以弱灭强,威胁我们精神,瓦解我们国军。而事实上一年以来我们最吃亏、最损失的地方也确实在于这一点……

四月二十日:

……我们剿匪军事战术上还有一个失败之点,就是当友军被匪包围,所派的赴援部队往往在中途即为匪所阻挠、伏击,因而不能达成赴援的目的。或且被匪包围,甚至有时竟遭不测,全部覆没。这种失败的情形,在我们剿匪军事中发现的次数最多,因之我们不但在一二百里以外不敢勇于赴难,就是二三十里以内的地区,例如莱芜到吐丝口的距离,不过三十华里,整个一军兵力亦不敢单独赴援,必要两军并进才行。最后结果还是两军同时覆灭,你看兵多有什么益处?这可证明各将领怕匪,无勇气,无决心,则兵愈多失败愈大愈快的一个铁证,也是我们国军将领最可耻的一件事。大家要知道,在战事进行的当中,赴援部队能否达成任务,关系整个战局的胜败与全军的生死存亡,何可疏忽大意,而任其中途挫折,毫无意义的失败?即令前途非常险阻困顿,我们授命赴援,必须事前做精密的研究,顾虑周到,准备切实,一经出发,则就要不顾一切,勇往直前,非达成任务决不终止……以后我军如被匪军包围,部队长即应决心固守,立即依照所部兵力之多寡,选择适当的地形,构筑坚固的工事,静待敌来,予以歼灭。不到敌人之溃败,决不退走,万不可做突围侥幸之想,唯有如此,才是唯一的生路……

四月二十七日:

现在中外人士对于国军的观感,总以为我们军官没有一个不是贪污的,没有一个不是吃缺额的,经理的业务没有一个不是腐败的,国家发给士兵的粮饷,士兵总不能全部得到,而被军官从中克扣。外人对我们有这种观感,这真是我们革命军人的奇耻大辱!我们每一个革命军人对于这种讥评,一定都不能忍受。但是反观我们军队的事实怎么样呢?事实上我们上面发下去的经费,是不是都能到达士兵的手里呢?现在前方有些士兵没有饭吃,只能以小米充饥,衣不蔽体,鞋袜俱无,尤其是伤病的士兵,缺乏担架,缺乏医药,许多长官不加过问,听其自生自灭,痛苦非凡!这种情况,怎么能使士兵信仰长官?怎么能使他们见危受命,赴汤蹈火?如此下去,我们长官不但不能担负剿灭匪军的重大使命,而且要成为国家民族和革命先烈的罪人……你们如果不能与士兵同甘苦,甚或自己吃空,贪污营私,则不但军心涣散,不堪一击,不能达成剿匪任务,并且在危急的关头,你这样没有人格的上官,所部士兵一定会要断送你的性命。目前我们军队的精神和纪律,实在已经堕落到了极点,官长和士兵之间的生活和情感完全脱节了,简直如同路人,漠不关心,甚至官兵同赌,各怀敌意。这真是我们国民革命军最恶劣的现象!……

毛泽东在王家湾已经住了一个多月。

王家湾在青阳岔的西南方向,村子很小,双羊河绕村向北流去。毛泽东住在半坡上薛如宪老汉腾出的窑洞里,窑里除了一张土炕、一张柳木条桌、两个小木坐墩外,还挤着满满一排酸菜缸。毛泽东在土炕上放了一个小炕桌,用来看文件草拟电报。五月四日,在这间昏暗的窑洞里,毛泽东收到了西北野战兵团攻克胡宗南重要的补给基地蟠龙镇的电报。毛泽东说:"我彭习[只有六个不充实的旅]对付胡宗南三十一个旅的进攻,两个月作战业已将胡军锐气顿挫,再有几个月,必能大量歼敌,开展局面。"

六月六日清晨,国民党军飞机飞临王家湾村上空——一支蒋介石亲自派来的电台侦测小组发现了王家湾地区存在一个电台群,于是判定毛泽东就在此地。蒋介石命令胡宗南不惜一切代价围追捕杀,一直犹豫不决的胡宗南只好下了决心:"就是牺牲两个师也要捉到中共首脑!"

六月七日,刘戡部三万兵力从西、南两个方向向王家湾直扑过来。

此时,负责警卫中共中央和中央军委机关的作战部队仅有四个半连,兵力二百多人。而彭德怀部的主力远在几百里之外的陇东。

形势顿时危急起来。

晚上,就向哪个方向转移的问题,毛泽东与任弼时再次发生争论。毛泽东主张向西转移,任弼时坚决反对,他认为,彭德怀部主力尚在陇东无法赶来,敌人目标明确,数量巨大,而且就是从西边来的,如果往西走,万一与敌人迎面相遇怎么办?此外,西边除了刘戡的部队之外,还有马鸿逵的八个骑兵团,向西显然回旋的余地很小,甚至有被包围的危险。况且,"越往西,人烟越稀少,粮食也越困难"。只有向东走才相对安全,万不得已还可以东渡黄河进入山西。毛泽东一听过黄河就火了。他说,敌人估计彭德怀在陇东回不来,我们只好向东转移,他从西面和南面围过来,就是要把我们往黄河边赶,即使不把我们消灭,赶过黄河就是他们的胜利。"过黄河,我们迟早要过的,现在不是时候,现在向东是绝路,因为这是敌人早已算好了的,就是要我们落入陷阱。"

雷声隆隆,要下雨了,这是干旱的陕北少有的夏雨。

为转移而提前出发探路的人员已经向东走去,毛泽东坚决不走,持续了一整天的争论依旧在激烈进行。最后,周恩来提出一个折中的办法:先向北走一段,然后再向西北方向转移。

毛泽东说:"我不过黄河。"

大雨倾盆而下,在王家湾住了五十六天的毛泽东再一次踏上转移之路——"党中央决定留在陕北以后遇到的第一次最大的危险降临了。"

战场的腰部

　　一场春季风沙覆盖了中国的中西部地区,黄色的沙尘从陕西北部一直弥漫到黄河中下游。当毛泽东迎着滚滚黄尘艰难地翻越黄土沟壑的时候,在中国国土腹地的黄河北岸,二十五岁的二连副连长王汝汉在残酷战斗中因失血过多而奄奄一息。

　　一九四七年四月一日,晋冀鲁豫野战军主力开始攻击位于黄河北岸的河南汲县。选择这个攻击目标的原因是:经过共产党地下工作者的努力,防守县城的国民党军整编三十二师有全部或者部分起义的可能。整编三十二师参谋长王启明和四二三团团长刘荣宗都是中共地下党员,攻击时他们将里应外合。

　　二连的任务是和兄弟连队一起扫除汲县东关的外围碉堡,以保证攻城部队的顺利登城。作战勇敢的王汝汉几天前才被任命为副连长,二连在最近的战斗中表现不佳,得了个"豆芽子连"的绰号,上级想以他的勇敢精神改变一下这个连的面貌。战斗开始前,王汝汉对二连官兵们说,这次无论如何要"打出个名堂来"。

　　国民党守军在东关方向集中了八门榴弹炮,坚固堡垒中的火力也十分凶猛。王汝汉带领二连接连拿下两个堡垒之后,第三个碉堡却迟迟拿不下来,数次爆破都因爆破手伤亡而未能成功。敌人的炮火封锁了他们前进的道路,可以隐蔽的房屋已全被炮火炸毁,整个东关是一片火海,砖头瓦片在腾空而起的硝烟中到处横飞,二连被压缩在一个狭小的空间之内。就在这时,国民党守军突然发动反击,两翼的连队遭遇极大伤亡。与王汝汉最近的那个连,所有的干部都伤亡了,活着的官兵因顶不住退了下去。这一下,本来就位置突出的二连骤然孤立地处在了敌人的纵深带。国民党守军很快就发现了这个孤立的战斗单位,随即发动了猛烈的围攻,二连还活着的官兵被压缩在东关附近的一座院子里。炮火密集地射向这个小院,到处是战友的尸体和伤员的呻吟。王汝汉把大家集合起来交代了两件事:第一、万一我牺牲了,由一排长史彦清代理指挥,并从司务长那里把我存的两千元钱(旧币)取出来为我交党费;第二、如果我负伤了,就把我打死,不要把我留给敌人。两件事交代完了,王汝汉堵在院墙的一个缺口处,一边射击,一边把六〇炮弹当手榴弹一颗颗地往外扔。子弹和炮弹用完之后,他就扔砖头和石块,最后用守军的尸体把缺口堵上了。

必须突围了,能出去几个就出去几个。王汝汉和一排长史彦清负责掩护,官兵们抬着伤员往外冲。第一次突围被国民党守军打了回来,重新选择方向之后再次冲击。这次突出去了十几个人,包括已浑身是血的王汝汉。史彦清没能活着出来,王汝汉眼看着他被机枪打倒,然后被一颗炮弹炸得身体碎裂飞扬起来。

晋冀鲁豫野战军对汲县的攻击以失利告终。

原因不仅仅是城外的卫河突然暴涨,河水漫出河床使攻击路线上沼泽一片;更重要的是,有情报显示,中共地下党员、整编三十二师四二三团团长刘荣宗突然叛变,共产党地下组织遭到破坏,虽然整编三十二师参谋长王启明率领少数起义人员冲了出来,但多数守军的起义已无可能,而且国民党军的增援部队已经接近。

在汲县战斗进行的同时,晋冀鲁豫野战军的另一支部队几乎迷失了方向。在令人睁不开眼睛的风沙里,官兵们无论如何也寻找不到准备攻击的目标,甚至连那条与昏黄的天地一般颜色的黄河也找不到了,而他们袭击的目标是黄河上的大铁桥——控制甚至炸毁这座重要桥梁的目的是截断平汉铁路,以切断国民党军北援的通道,保障野战军主力在黄河以北的作战。直到第二天晚上,这支部队才最终确定了袭击目标的位置,但国民党军整编六十六师先头部队的一个旅已经乘火车由河南的驻马店先于他们抵达铁桥,攻击的时机因此而丧失。

连续的失利之后,晋冀鲁豫野战军主力开始向北移动,以寻找新的战机。

此时,由于国民党军集中优势兵力对陕北和山东同时展开重点进攻,战争在这片国土上呈现出一个"哑铃"状的态势,即集中在东、西两端的大量兵力在不断地作战,而处于中间地带的交战双方均在采取守势——这个中间地带就是所谓"战场的腰部"。

"战场的腰部"包括河南、河北全境,山东的鲁西南地区,山西的太行山地区、南部地区和西北部地区——这一范围大致与黄河流域相契合,是中国战争史上兵家必争的中原地区。从中国的版图上看,谁控制了中原,就等于控制了战争的主动权。此时,国民党军却把这个几乎可以决定战争胜负之地设定为"守势地区",而把绝对优势兵力放在了荒凉的陕西北部和中国东部临海的山东半岛上,这一违反战略常识的思维方式至今令人百思不得其解。如果勉强寻找解释的话,也许是因为蒋介石已把占领延安的意义膨胀为击败共产党人的关键——稍微具备战略常识的人都会认为,这个"关键"是表浅且危险的。

处于"战场的腰部"的共产党一方的军事将领有一个强烈的愿望,那就是在这个"腰部"狠狠地戳国民党军一下。将领们是这样想象的:一个人如果腰部被狠戳一下,头和脚就会自然地猛烈收缩。他们认为这是对陕北和山东战场所能做到的最好的帮助。如果此时共产党军队集中全力攻击中原,蒋介石立即会尝到令他懊悔不已的苦果——实际上,这一设想正在毛泽东的心里日渐成熟,过不了多久,一个具有战略转折意义的巨大事件就会发生,而这一事件与国民党军在总体战略上暴露的中原空虚密切相关——国民党军应该庆幸的是,至少在一九四七年的春季,蒋介石的重点进攻还没有完全形成军事上的彻底偏重,共产党一方的军队还没有来得及大规模地迅速调动,位于"战场的腰部"的将领们的愿望依旧停留在"狠戳一下"的阶段。

自内战爆发以来,晋冀鲁豫野战军和晋察冀军区部队在八个月的作战中,歼灭国民党军近三十万人,自身伤亡近六万,放弃了三十多座城镇,但始终没有让国民党军打通平汉铁路和同蒲铁路。在这一地域,国共双方的军事力量已大致相等,但质量开始出现差别。

在晋冀鲁豫战区,双方总兵力都在三十万左右。刘伯承、邓小平指挥的三十万兵力中,野战军已达到十二万人,共六个纵队。随着战场缴获的增加,部队的装备有所改善,特别是炮兵和工兵得到了加强。而国民党军方面,由于十七个旅被调到陕北和山东战场,总兵力仅剩下三十一个旅。其战略目标是依托黄河防线、交通要道和重点城镇进行防御。主要部队是:整编第二十六军王仲廉部的三个整编师、第五绥靖区司令官孙震部的两个整编师,连同地方部队共计十万人,沿平汉铁路和道清铁路守备豫北;西安绥靖公署主任胡宗南部的三个旅外加四个团,连同太原绥靖公署主任阎锡山部的地方武装共约三万人,沿同蒲铁路南段守备晋南;第四绥靖区司令官刘汝明部的两个整编师连同地方部队,沿黄河南岸和陇海铁路守备鲁西南;第五绥靖区司令官孙震部在二十个团的地方武装的配合下,包围豫皖苏解放区;整编第二十七军王敬久部的四个整编师约八万人分割晋冀鲁豫解放区和山东解放区。

在晋察冀战区,聂荣臻部的总兵力约二十八万余人,国民党军的总兵力为三十四万四千人。国民党军主力部队的分布是:第三军驻守石家庄;第五十三军驻守保定;第九十四军驻守徐水至涿州一线,第二〇八师驻守北平附近;整编六十二师驻守天津和沧州;第九十二军驻守冀东,第十三、第九十三军驻守热河;暂编第三军、第十六军和第三十五军驻守察南地区。国民党守军因战线过长而布局分散,由于平汉铁路的保定至石家庄段始终在聂荣臻部队手中,津浦铁路和平绥铁路也时常被切断,因此,晋察冀战区内的国民党军大多处在被割裂的状态,很难组织起大规模的攻势。

豫北地区是"战场的腰部"的核心。这个以新乡为轴心的地带位于黄河北岸,是连接陕北与山东的枢纽。自蒋介石发动重点进攻以后,国共双方都意识到了这一地带的重要。国民党军部署十万重兵,修筑了大量坚固的工事,以保证东、西两个重点战场的连接。共产党一方的军事将领则决定对这一地带实施攻击,吸引国民党军增援,以缓解山东和陕北两个战场的压力,特别是缓解陕北所面临的军事压力。

战斗还没有开始,双方的作战意图已不是秘密。

正当晋冀鲁豫野战军的十万余人编成四个野战集团,在十万民兵、二十万支前民工的配合下,准备发动豫北战役的时候,国民党军陆军总部郑州指挥部根据情报作出的判断几乎与刘伯承、邓小平的作战计划吻合:"刘匪伯承自黄河归故后,因对东西策应作战,均不可能,乃乘我豫境国军东调,豫北空虚之际",以其主力"共五万余众倾巢向我平汉路北段进犯。企图以有力部队破坏我黄河铁桥,截断豫北交通,再以全力分别击破我豫北守军,打通晋冀鲁豫边区,而挽回共匪延安失败之颓势"。据此,各部要"确保辖区内各要点,并于滑县、汲县、新乡各附近地区,控制有力部队,捕捉好(战)机,求匪主力而歼灭之"。

刘伯承和邓小平决心继续作战,向"腰部"的核心位置狠戳下去。

晋冀鲁豫野战军兵力不占优势,只能依靠大规模的运动来调动对手。战区的南面是黄河,运动只能向北。刘伯承和邓小平的意图是:沿着国民党军视为命脉的平汉铁路两侧,攻击处于分散状态的敌人兵力薄弱的据点,彻底破坏平汉路上的安阳至汲县段,掌握卫河以北以西和平汉路以东地区的主动权,诱使国民党军王仲廉部跟踪北进,在其调动的过程中寻找战机歼敌。具体作战计划是:第一野战集团,由第一纵队司令员杨勇、政治委员苏振华指挥,部队直指平汉线上的汤阴;第二野战集团,由第二纵队司令员陈再道指挥,部队强渡卫河,袭击沿路各据点并控制卫河的淇门渡口;第三野战集团,由第三纵队司令员陈锡联指挥,部队攻击汤阴以南的淇县;第四野战集团,由太行军区司令员秦基伟指挥,部队除以一部向汲县和新乡佯攻外,主力分别配合对汤阴和淇县两城的攻击。

四月三日,晋冀鲁豫野战军开始向北移动,国民党军陆军总部郑州指挥部迅速作出判断,并立即制定了首先控制平汉路两侧、卫河两岸的新乡、汲县、辉县地区,然后尾追刘伯承、邓小平部主力继而将其歼灭的作战计划。就在晋冀鲁豫野战军向北移动的第三天,国民党军也开始了急促的大规模调动:整编第九师从山东乘火车到达徐州,整编三十二师归整编第二十六军指挥,军长王仲廉亲率整编六十六师、整编四十一师的一个旅、整编四十师的一个团和第二快速纵队,由新乡地区沿着平汉铁路的东侧北进,唐永良的整编三十二师紧随其后。

十日,晋冀鲁豫野战军完成了对汤阴的围困。

剩下的问题就是王仲廉部是否按照刘伯承和邓小平的设想向汤阴增援了。

国民党军汤阴守军将领孙殿英,是中国当代史上名气不小的人物。这位时年四十八岁的国民党军中将是河南永城孙家集人,早年收容土匪横行乡里,被收编后便成为职业军人。其人生中多变的政治立场令人眼花缭乱:先投靠地方军阀与国民军作战,再投靠国民军与地方军阀作战,然后脱离国民军投靠大军阀张宗昌。中原大战时,他先投靠冯玉祥和阎锡山与蒋介石作战,战局不利后又改换门庭投到了张学良麾下。蒋介石为了防范这个反复无常的异己,曾经任命他为青海屯垦督办,而他在西进路上与宁夏的马鸿逵打了起来,战败后被阎锡山收编。七七事变后,他先被察哈尔省主席宋哲元任命为冀北民军司令,接着被蒋介石任命为新编第五军军长。当时,他一头跪倒在地,称蒋介石为"再生父母",表示自己从此将"忠心不贰"。他的部队在冀北和豫北多次与日军作战,虽无突出战果,终究是真枪实弹。但是在抗战最艰苦的时候,他竟率部投靠了日军,并出任伪第二十四集团军副总司令。日本投降后,他的部队再次被蒋介石改编。一九四六年,国民党军整军时,他的部队被缩编为暂编第三纵队,驻守汤阴。这个翻云覆雨的人物制造的最著名的事件,是炸开乾隆和慈禧的陵墓,用了整整三个夜晚偷盗财宝,那一年他二十九岁,任国民革命军第十二军军长。这个典型的胆大包天的土匪行为,使他的巨盗之名一夜之间出现在全中国的报刊上。有史料证实,他之所以成功地逃脱了举国声讨,是他把弄到手的皇家稀世珍宝分别送给了国民党的高层人物。

当晋冀鲁豫野战军第六纵队向汤阴发起攻击的时候,孙殿英立即向蒋介石求救:"今晚能否支持过去,尚在不可知之数,请饬援军,飞驰前来,则职与均座或有相见之日。"在蒋介石的命令下,驻守新乡的王仲廉部分三路沿平汉路东侧北进增援。为了给主力赢得集结的时间,刘伯承、邓小平命令第三纵队九旅在汤阴以南阻击其前进,九旅二十七团战斗坚决,王仲廉的先头部队数次攻击都被击退。或许是阻击过于猛烈了,发觉有些不对头的王仲廉竟然率部退回了淇县。这一退,就没有了消息。接连数天,王仲廉部没有任何继续北进的迹象,这让等待打伏击的晋冀鲁豫官兵有些焦急了。唯一的办法就是更加猛烈地攻击孙殿英,再次迫使国民党军前来援救。

第六纵队再次向汤阴发动了猛烈攻击。

果然,由于孙殿英不断告急,陆军总司令顾祝同严令王仲廉再次北进增援。十三日,由整编六十六师(欠八十五旅)、整编第三师、整编四十师三一六团、整编四十七师一二七旅和第二快速纵队组成的第一梯队,在六十六师师长宋瑞珂的指挥下,沿着平汉路东侧又一次开始向北移动。整编三十二师作为第二梯队随后跟进。

晋冀鲁豫部队除留少数攻击汤阴之外,其余大部队全部参加打援。伏击战的战场选在淇县东北二十公里处的河套地区。以平汉路为界,参战部队被混编为东、西两个集团,东集团自浚县的屯子、白寺一线向西打,西集团依托淇县以北的山地往东打。

十五日,王仲廉部的第一梯队进入了刘伯承、邓小平预设的伏击圈。根据预定作战部署,晋冀鲁豫野战军第一、第二纵队立即从两侧兜击,官兵们不分昼夜急促前进,迅猛迂回到敌人的身后,从敌人的第一梯队序列中把最前面的第二快速纵队分割了出来,包围在卫河以北、淇河以东的河套地区。

王仲廉发觉后,立即向后收缩,但是退路已被切断。

十七日,在王仲廉的指挥下,援军以坦克前冲后堵的阵形开始全线突围。被分割出来的第二快速纵队确实"快速",黄昏时已经跑到了范庄和东、西郭村附近,大有一步冲出包围圈的趋势。

太行军区独立第二旅是刚刚成立的部队,战斗开始的时候,作为第三纵队八旅的预备队使用。经过一夜的穿插行军,部队到达巨桥村附近时,三纵副司令员曾绍山来电话说,原定八旅抢占屯子山截断敌人,但那里已被整编六十六师抢占,八旅插不进去了。现在,你们的正东方向,恰好是整编六十六师与第二快速纵队的接合部,那就由你们旅火速向东插,把敌人撕开,并坚决把第二快速纵队阻击住,直到黄昏时主力赶到为止。

独立第二旅的指挥员在急促的行军中对部队进行了简短的动员:"既然硬杠子让咱们扛上了,就要好好干它一场!"部队赶到一个名叫郑岗的村庄时,发现第二快速纵队正在滚滚烟尘中向南逃,整编六十六师紧跟其后,两支部队大约相隔三公里。副旅长张显扬决定率七十六团从这个缝隙间插进去。张显扬把七十六团分成了两路,二营为一路,由七十六团团长和政委带队,强占范庄;一营、三营为一路,由他亲自率领直扑东、西郭村。白天,已经穿过东、西郭村的第二快速纵队立即发现了他们,敌人掉头试图重新占领村庄,双方在平坦的田野中开始赛跑。张显扬率领部队沿着麦田弯着腰快速前进,第二快速纵队的阻击火力铺天盖地倾泻而来。一营跑在最前面的是个矮个子副排长,名叫张小堆,在接近西郭村村口的时候突然倒下了,独立第二旅指挥部顿时紧张起来,以为他光荣了,掩护火力全部转向了这个方向。然而,片刻之后,张小堆突然重新站了起来,并率领尖刀班冲进了村庄。他们从村西跑到村东,正赶上第二快速纵队刚刚占领村东头的一座小庙,张小堆和尖刀班的战士们没有犹豫就扑了上去,把这股国民党军赶跑了。

接下来,在主力部队没有到达之前,独立第二旅残酷的阻击战开始了。这支小小的部队处在整编六十六师和第二快速纵队之间。急于摆脱困境的国民党军在炮火和飞机的协助下展开了猛烈的进攻,企图把独立第二旅从战场上挤出去。在伤亡不断增加的战斗中,独立第二旅官兵感觉时间已经停止,有的连队全连都是伤员,有的连队连伤员也只剩下几个人了。"处境越来越困难。太阳似乎在空中不动。今天的黄昏为何如此姗姗来迟?"多年之后,独立第二旅政委余洪远依旧对那一天的鏖战记忆犹新。终于,地平线上出现了大部队的影子。三纵司令员陈锡联还没赶到就在电话里说:"你们抗得硬!纵队决定照顾你们,让你们多吃点肉,晚上总攻的时候专门给你们旅留个口子,让大家进去抓俘虏,搞点武器改善一下!"

国民党军第二快速纵队被分别压缩在大、小湖营两个村庄里。两个村庄"房屋多是砖墙平顶,少数为旧式楼房,高约八米以上",有利于部署防御火力。此时,第二快速纵队已把村庄周围的低矮房屋全部点燃,以期扫除晋冀鲁豫野战军进攻路线上的所有掩蔽物。负责总攻的三纵各部队在做最后的准备,正患阑尾炎的司令员陈锡联捂着肚子听取了汇报:七旅旅长赵兰田说他们已经占领大湖营村西北角的二十多间民房和一座楼房,总攻准备可在凌晨四时前完成;九旅旅长童国贵说官兵们正在抢修工事,随时可以发动攻击;只有担任截敌退路的八旅一直没有消息。午夜时分,八旅旅长马忠全打来电话,说他的旅和独立第二旅已经在大湖营以南地区展开,部队正在挖防坦克壕,只要敌人突围他们就和敌人决一死战。

十八日凌晨四时三十分,晋冀鲁豫野战军第三纵队对国民党军第二快速纵队的总攻开始了。炮弹的爆炸声、炸药的爆破声、手榴弹的炸裂声响成一片,三纵官兵迎着密集的火网不顾一切地迅猛穿插,将守敌分割成一块块地包围歼灭。当突击队冲入大、小湖营村后,激烈的战斗在每一处房屋附近展开。十九团三营官兵直奔敌指挥部,将第二快速纵队司令李守正,副司令蒋铁雄、袁峙山活捉,同时还缴获了这样一份由李守正签署的,第847号命令:"如有将刘伯承捕捉到部,赏洋一亿元。"三营的官兵们说:"这下他可以带着这张纸去见刘司令了。"官兵们还说:"快速纵队真是快,来得快,跑得快,灭亡得也快!"

蒋介石获悉第二快速纵队被歼,如同听到整编七十四师战败:"豫北四十九旅(第二快速纵队)李守正旅长的挫失,乃是由于指挥官在撤退时缺乏周密的计划和部署,致使优秀的将领和忠勇的官兵们作了无谓的牺牲,这都是我们的奇耻大辱。"

第二快速纵队覆灭后,王仲廉率部退回了新乡。

国民党军豫北防线已经破碎。

刘伯承、邓小平决定再一次重兵出击,目标是没有等来增援的汤阴城。

平汉路上的汤阴是一座古城。孙殿英把城防工事修筑得异常坚固,在高十米、宽二十五米的城墙上设有三层射击孔,没有水的护城壕挖得很深,壕底有暗堡和暗道与城内相通。城壕外围,修有二百四十多个梅花形的子母堡,设置着四道鹿砦和地雷区。城外围的张庄、石家庄、马沟、杜庄等村庄都修有能够单独防御作战的"土围子"。拥有三个步兵师六个直属团的孙殿英自称他的汤阴城防是真正的固若金汤。

晋冀鲁豫野战军的计划是:一纵休整,二纵攻击崔桥,三纵和六纵联合攻击汤阴。

扫清外围"土围子"的战斗比最后的攻城要艰难得多。这些"土围子"的内部大多以铁轨为梁,然后覆盖上泥土,有三层射击口,里面一般都有两至三个连的兵力。不但火力强而密集,且凭借相互火力支援,里面的士兵经常冲出来反击。爆破手在平坦的开阔地上无法前进,三纵和六纵采用挖坑道的方式逐渐向前推进。几乎每攻克一个"土围子",都以鲜血四溅的肉搏战结束。外围战斗持续了整整八天才平息下来,攻守双方都付出了惨烈的代价。

虽然汤阴城墙已完全暴露,但接近城墙仍存在着困难,因为从任何一个可以隐蔽自己的外围支撑点到城墙下,都要经过约两百米的毫无遮拦的开阔地,这片开阔地是孙殿英守军的重点火力封锁区。于是,攻城部队再次采取挖坑道的方式,挖一段,建起一个攻击出发阵地,然后接着再挖一段,再向前建起一个攻击出发阵地。共产党官兵挖坑道的情形,孙殿英站在城墙上看得很清楚。在国民党守军的密集扫射下,坑道还是挖到了城墙下。孙殿英开始向王仲廉求救。刚刚因为增援汤阴而受到打击的王仲廉对是否再次北进犹豫不决,但蒋介石一再来电催促王仲廉率整编三十二、六十六师火速增援,同时又命令位于安阳的整编四十师南下与孙殿英部会合,共守汤阴。王仲廉部行动缓慢,安阳方向的整编四十师刚一出动就受到晋冀鲁豫野战军的坚决阻击。南北两路增援的国民党军还在半路的时候,汤阴城已成一片火海。

晋冀鲁豫野战军在汤阴城下修筑了一百多个地堡火力点,开设了五十多处炮兵阵地,一万多米长的坑道和战壕蜘蛛网一样挖掘到了城墙之下。一贯奉行"打得赢就打,打不赢就降"的孙殿英这一次没有投降,他绕着坚固的城墙来回转圈,事情怎样到如此境地令他恍惚不解。夜晚,炮击骤然而起,炮弹大雨般落在城墙上,砖石飞舞,烟尘翻滚。随着一声雷鸣般的巨响,自东北方向攻城的六纵把城墙炸开一个二十多米的大缺口,攻击部队蜂拥而入。同时,从西面攻城的三纵八旅的爆破组已经把大量炸药堆在了西门并点燃了导火索,由于炸药用量极大,汤阴城坚固的西门被炸得四分五裂,来不及撤离的爆破组所有官兵全部阵亡。城内的巷战持续到五月二日上午,汤阴国民党守军大部被歼。

孙殿英没了踪影。清查尸体和俘虏时都没有发现他。晋冀鲁豫野战军将清查范围扩大到城外的每一个地堡,最后,六纵参谋长武英带领五十四团侦察排在城东南石家庄村一个昏暗的地堡里发现了孙殿英。瘫在角落里的孙殿英虚弱得几乎无法站立,不久,受到极大精神刺激的他在牢房中抑郁而死。

五月七日,刘伯承、邓小平通电晋冀鲁豫野战军各纵队:

> 汤阴战役中,第六纵队以极不充实的部队,不惜以最大牺牲精神,勇敢突击,击退了敌十余次的反扑,终于圆满的无遗的达成彻底歼灭孙殿英所部的任务,特予嘉奖。另三纵八旅以果敢机敏的动作,不失时机炸开西门,突入城内,起了积极配合作用,特通报。

为了不给国民党军以喘息之机,刘伯承、邓小平接着下达了自汤阴北上攻击安阳的命令。晋冀鲁豫野战军主力全部扑向了这座平汉路上的大城市。此刻,由于共产党军队的进攻,这一地区的土豪都已逃到安阳,安阳城里城外连同周围的村镇已是人满为患。安阳守军整编四十师严令各村各镇死守。于是各村各镇日夜抢修工事,不但强迫贫苦农民出工,连学校的教员和学生以及逃亡到这里的地主和家眷都被赶出来挖战壕。

安阳外围战斗进行了半个月,战事进展艰苦而缓慢。在城北安阳河上的安阳桥附近,争夺尤为激烈。平汉路西侧是大司空村和广益纱厂,东侧是三府村和袁世凯的故宅,交战双方对桥梁附近各村的争夺反反复复,袁世凯的故宅和陵墓由于建筑高大坚固成为国民党守军的防御阵地,当晋冀鲁豫官兵付出巨大牺牲攻克这里的时候,故宅豪华的花园已成一片废墟。至五月二十五日,鉴于安阳城池过于坚固,晋冀鲁豫野战军决定放弃攻城,同时撤离安阳外围战场转入休整。

周旋于"战场的腰部"的豫北战役历时两个月,牵制了蒋介石对山东和陕北发起的重点进攻,破坏了国民党军联系东西两面战场枢纽地带的防御部署。战役中,晋冀鲁豫野战军付出的巨大代价是旅团干部的伤亡。尽管战前各纵队都发出了旅团指挥员应该坚守指挥岗位掌握全局的指示,但是,每一次战斗一旦打响,这些年轻的干部很快就和他们的士兵融为了一体。在豫北战役中阵亡的旅团干部有:冀南军区独立第四旅旅长赵海枫、独立第五旅副旅长查茂德、第一纵队二十旅六十二团团长杨光义,第二纵队四旅十团团长王俊、十团政委柳润亭,第六纵队政治部保卫科长王信文,太行军区第五分区四十八团政委杨延桃。

在豫北战役进行的同时,晋冀鲁豫野战军第四纵队和太岳军区部队,在四纵司令员陈赓和政治委员谢富治的指挥下,在山西南部对胡宗南部和阎锡山部进行了反击作战。

由于胡宗南部主力此时集中在陕北,阎锡山为了太原的安全也将主力回缩至晋中,因此晋南地区的国民党军仅有四个旅又四个团三万多人。陈赓部对这一地区的出击具有横扫一切的气势:第一阶段连续攻克翼城、新绛、浮山、河津、万泉、荣河、猗氏、曲沃、绛县等十座县城,控制了百余公里的同蒲路,夺取禹门口,先头部队直抵黄河东岸。第二阶段连续攻克临晋、永济、虞乡、芮城、解县、平陆、闻喜、夏县、霍县、洪洞、吉县十一座县城,控制了黄河上重要的渡口风陵渡。

晋南作战的意义在于:山西南部,除临汾和运城外,几乎所有县城都被陈赓部所控制,特别是控制了禹门口和风陵渡,已有前出潼洛之势,直接威胁到胡宗南部的侧后,极大地配合了陕北彭德怀部的作战——作为"战场的腰部"的一部分,陈赓部对晋南的控制,等于切断了国民党军东西两面战场的联系。

从黄河北岸向北约两百公里,以铁路枢纽石家庄为核心,这一地区是"战场的腰部"的要害,因为这里南接晋冀鲁豫军区,北接东北战区,东、西两面紧邻山东战场和陕北战场。国民党军在这一地区驻有十个军,主要任务是确保北平、天津、保定等重要战略要点,保持关内与东北地区的联系。其军事部署的薄弱环节是石家庄外围和正太(河北正定至山西太原)铁路沿线,这一地带分属保定绥靖公署孙连仲部和太原绥靖公署阎锡山部管辖,因为是两军的接合部,一旦有了战事,出于各自保存实力的需要,两军相互增援的可能很小。

无论出于支援东西战场的需要,还是摆脱被动局面的需要,聂荣臻部都必须有所行动。三月三十一日,晋察冀军区部队对驻守石家庄外围和正太铁路沿线的国民党军发起了攻击。正太战役作战计划分为两个阶段:第一阶段集中主力,攻击孙连仲部驻守的石家庄外围,孤立石家庄守军第三军,沿正太铁路东线作战;第二阶段向西发展,攻击阎锡山部管辖的正太铁路西段,如果阎锡山自太原增援,就相机打援。

战役尚未展开,就出现了意外:孙连仲部在第九十四军军长牟庭芳的指挥下,十三个团加上地方武装,由高碑店、定兴一线向晋察冀解放区大清河以北地区发起了攻击。

聂荣臻认为,国民党军的进攻是"围魏救赵"的把戏,企图把晋察冀军区主力吸引回去,于是命令部队继续向石家庄外围集结。

四月三日,在电台一律静默的情况下,杨得志、李志民指挥的二纵和杨成武指挥的三纵向石家庄以北,陈正湘、胡耀邦指挥的四纵向石家庄以南,经过三天的急促行军,两支部队分别到达无极、行唐、新乐和藁城东南地区。

九日凌晨,晋察冀军区部队对石家庄外围各目标发起了猛烈的袭击。二纵和三纵各自攻克了攻击线上的据点,冲击到正定城下,攻占了正定火车站、炸毁了滹沱河铁桥,切断了国民党军向石家庄撤退的道路,将正定城紧紧地包围。

距离石家庄仅十六公里的正定城,是石家庄北面一座有着高大城墙的古城。守军为国民党军第三军七师及地方武装共六千余人,城防工事在当年日军设防的基础上不断加修因此十分坚固,城门、城角、突出部和城腰有高低碉堡和射击孔三百余处,城外一条十米宽的河流经正定的西、南、东三面,形成一道天然的防御屏障。

十一日黄昏,晋察冀军区第二纵队从东、南两面,第三纵队从西、北两面,向正定城发起了攻击。炮兵团的两个营首先对正定城墙进行了猛烈的炮火轰击,之后在二纵五旅马龙旅长和李水清政委的指挥下,十四团七连率先在东南角爆破突破,官兵们在班长刘海的带领下,抬着长达十二米多、重达六百斤的大云梯,通过了一百二十米宽的开阔地以及护城河,冒着国民党守军密集的子弹把大云梯架在了城墙上。突击组副班长王儒奋勇当先,第一个登上城头。城墙上的敌人拼命地射击,往下扔手榴弹和大石块,并用力向外推云梯,梯子组的官兵不断有人负伤倒下,被石头砸中掉下来的战士满脸是血。官兵们一边死死地顶住云梯,一边向上扔手榴弹,七连长紧随突击组登上了城头,突破口得以巩固。但是,仅有一个突破口无法支撑整个攻城战斗。七班长黄树田带领几名战士抱着炸药包拼死抵进,在自身中弹的情况下还是把巨大的炸药包靠在了城门上。一声巨响之后,正定城门倒塌。凌晨,各路攻击部队冲入城内,激烈的巷战到十二日上午九时结束,第三军七师少将副师长刘海东和部下四千余人被俘。

与此同时,位于滹沱河南岸的部队攻克了栾城。

之后,聂荣臻部迅速转兵,从河北进入山西,直指阎锡山的地盘——阳泉。

阳泉是阎锡山的重要工业原料产地。为了不让矿区落入共产党之手,阎锡山立即命令赵承绶的第七集团军东援。三月二十四日,赵承绶率领第三十三军七十一师、暂编四十六师由太原和太谷乘火车紧急出动,并于二十五日到达阳泉。此时,阳泉以及四周的国民党守军兵力已达到两万多人。

聂荣臻迅速调整部署,将预备队第四纵队也投入战场,最终从西北、南和东南三个方向把阳泉围住。

阎锡山认为,聂荣臻的真正目的必是攻击太原,于是决定放弃阳泉,将赵承绶的第七集团军从阳泉收缩至寿阳,而后西进,在太原以东构成防线,与正在东进的孙楚的第八集团军一起,对聂荣臻部形成夹击之势。他发电给赵承绶,这样表述了他的意图:"敌已西侵,攻省城的征候甚显。我已令第八集团军集结第三十四军和第十九军向东打;你速将阳泉部队集中寿阳,阳泉只留下几十个敌人打不了的力量即可,大敌来了能跑。等你把部队集中到寿阳,东西夹击敌人。"

赵承绶立即命令阳泉守军独立第十总队的荆谊部向寿阳转移。荆谊接到命令后,八千多人的队伍浩浩荡荡沿着铁路向西跑。晚上,先头部队在阳泉至寿阳之间的测石驿附近与暂编四十六师会合。荆谊以为自己安全了,但他还没有来得及喘口气,聂荣臻部的总攻击开始了。荆谊向西北,赵承绶向西南,彼此不顾地分头逃亡。二纵在太行军区部队的协助下追歼荆谊部,也许是带着大量的阳泉政府人员和他们的家属的缘故,荆谊部很快就被二纵在孟县以西地区围住,荆谊本人被俘。五月二日,趁敌空虚,晋察冀军区部队攻克阳泉,全歼阳泉守军。

战斗基本平息后,只有阳泉以西四公里处狮脑山的守敌还在顽抗,这让共产党官兵很是诧异,后来得知这是一支五百人的日军——日本投降已经两年,在中国的国土上居然依旧存在日本武装力量,他们被阎锡山收编并与共产党军队拼死作战,这是阎锡山颇为得意的"治国治军宏才大略"之一——三纵八旅二十三团的攻击持续整整两天,这股日军依旧不放下武器,直到三纵官兵完全切断了日军的水源之后,日军大队长藤田信雄才派代表送来一封信,内容大致是:敝国战败之后,兵无斗志,因回不了国,混碗饭吃,有些问题可以研究。从送信人那里,三纵官兵得知,这些日军担心的不是自己的生死,而是他们妻子儿女的安全。二十三团团长张英辉对送信人说,共产党领导的军队纪律严明,不但保证你们人身和财产的安全,还保证你们下山之后有吃有住。二十三团三营营长马兆民跟随送信的人来到山上,藤田信雄向他致军礼,并表示愿意投降。日本军人列队架枪,捧上一本详细记载官兵名单、伤亡名单和武器清单的花名册。在交出电台的时候,日军军械官对电台仪表玻璃上的裂缝表示抱歉,说这决不是故意破坏,而是这个仪表玻璃早就裂了。藤田信雄再次表示出对他们的妻子儿女的安全的担心。马营长火了:"我们和什么敌人作战,都没残杀过妇女儿童!"藤田信雄犹豫了一会儿,向身边的军官示意了一下。在一个看样子只能容纳十几个人的小小的岗楼里,陆续走出来一百多名衣衫污秽、面容惊恐的日本妇女和孩子,这一情景让性格强硬的马营长突然感到一阵心酸——狮脑山上投降的日军,是日本发动侵华战争后"向我军投降的最后一支军队"。

正太战役歼敌三万五千余人,晋察冀部队伤亡六千人。

战役使晋察冀和晋冀鲁豫解放区连成了一片。

一九四七年的夏天来了,中国北方的田野里到处弥漫着麦子成熟的气息。南京城里的蒋介石得到报告:在东北茂盛的玉米地里,林彪的部队也开始对国民党军发起攻击了。

夏季攻势

蒋介石的重点进攻并没有把杜聿明的东北战场包括在内,这让杜聿明有一种不祥的预感:蒋介石根本没有意识到东北战场是影响全国战局的关键——南京的大员们普遍认为,东北距离南京很远,只要南京不受到威胁,就证明了国民党军处在战胜者的地位上——这是蒋委员长的短见,还是那帮幕僚的低能?杜聿明百思不解,苦恼万分。

一九四七年夏季来临时,东北战场的形势已发生微妙的变化。

首先,国民党军总兵力已不占优势,主力只能用于占领大、中城市和主要的交通线,所控制的地域越来越狭窄,面积仅为整个东北地区的百分之十二。兵力不足,除了国防部非但没向东北增兵,反而向华北调走一个军外,主要原因有二:一是作战消耗严重。内战爆发一年多,东北地区的国民党正规军已损失三个师十六个团五十一个营,总计二十二万五千多人。二是战斗力严重下降,作战时被俘和投降官兵比例大大增加。国民党军刚进入东北地区时,官兵大多是参加过抗日战争的老兵,战斗力很强,不轻易缴枪,但随着兵员的严重消耗,补充的新兵不但人数不足且士气低落。至一九四七年五月,东北地区国民党军正规军有新编第一、第六军,第十三、第五十二、第六十、第七十一、第九十三等共七个军二十一个师,连同非正规军在内,总兵力约为四十八万。

一九四七年六月,东北民主联军的总兵力已经达到四十六万余人。野战部队共有十五个主力师、九个独立师、八个独立旅、七个骑兵团。这些部队由大量的翻身青年农民和改造过的俘虏兵补充,员额充实,每个师都在万人以上。同时,由于缴获甚丰,武器装备得到极大改善,特别是重武器的数量大大增加,炮兵连已达一百六十个之多。经过土地改革,共产党人在东北占据着多数面积的土地,拥有绝大多数农民的支持,农业和工业生产得到恢复,这为进行战争提供给了物质保证——五月二十日,毛泽东致电东北民主联军总司令兼政治委员林彪和副政治委员高岗:"东北在你们领导之下,改革了土地,发动了群众,建设了一支强有力的军队。在全国各区中,就经济论你们占第一位;就军力论你们已占第二位[山东为第一位]。"

杜聿明很清楚,在这种情况下,林彪绝不会偏居北满一隅,东北民主联军必定要大举攻城。

五月上旬,杜聿明让郑洞国亲自到南京去一趟,面见蒋介石晓以东北局势之利害攸关:"现在局势非常严重。据情报判断,北满共军很可能不久又要举行大规模攻势,依我们现有的这点兵力,很难对付。那时不仅南满守不住,连整个东北都有沦落共军之手的危险。你这次去见委员长,一定要陈明利害,无论如何要请委员长再给我们增加两个军的兵力。如果这一点做不到,那至少也要把第五十三军调回东北。"

但是,郑洞国在南京蒋介石的官邸里遭遇了挫折。蒋介石面容憔悴,表情严肃,当郑洞国将请求增兵东北的理由说完之后,他态度十分坚决地答复:"东北的情况确实很严重,你们一定要设法稳定住局面。但目前我派不出军队到东北去,你们要自己想办法。东北固然重要,南京更为重要。现在各个战场的兵力都不够用,我不但不能给你们增加两个军,就是第五十三军也不能调回东北。你回去告诉熊主任(熊式辉)和杜长官(杜聿明),根据目前情况,我军在东北应当采取收缩兵力、重点防御、维持现状的方针,将来再待机出动。现在要增加兵力是绝对没有办法的。"

第二天,郑洞国见了国防部长白崇禧,希望他能明白东北之重要,然后设法说服蒋介石增兵。令郑洞国没有想到的是,白崇禧和蒋介石的观点一致——"白将军认为华北比东北重要。"郑洞国不由得哀叹道:"东北守不住,华北更守不住。"

心情黯淡的郑洞国回到沈阳。"东北固然重要,南京更为重要",这句话深深刺痛了杜聿明,他沉默良久之后长叹了一口气,对郑洞国说:"眼下也只能按照委员长的指示精神办了,我们在一起苦撑吧。"

杜聿明制定了机动防御的部署,这个具有丰富作战经验的将领此刻万般无奈,他既要确保已占领地区和主要交通线的安全,还要继续分割共产党人的各个解放区,这导致了他的兵力严重分散,最终基本处于各自为战的状态:新一军守备怀德、长春、农安、德惠、吉林、老爷岭等地,借助松花江防止东北民主联军北满部队南下;第七十一军和第十三军五十四师一部,守备四平、公主岭、昌图、清原、辽源等地,借助西辽河控制中长铁路的长春至沈阳段;第六十军和第十三军五十四师一部,守备梅河口、盘山、海城等地,控制沈吉铁路北段;第五十二军守备安东、通化,控制安沈铁路及其两侧地区;二〇七师守备沈阳、抚顺;新编二十二师、十四师在新宾、凤城地区机动;第九十三军暂编十八、二十二师守备赤峰、阜新、锦州;暂编二十师守备清原;第十三军四师守备承德、隆化。这是一个连不成体系的、构不成协同的防御系统,特别是其防御要害中长铁路长春至沈阳段两侧兵力明显薄弱。

精于计算的林彪清楚地看到了这一点。

杜聿明最担心的事就要发生了。

中共东北局制定的夏季攻势的计划是:北满八个主力师和两个炮兵团越过松花江南下,在东满、西满、南满和冀察热辽部队的协同下,从各个方向向长春至沈阳铁路的中段展开攻势,歼灭两侧分散孤立之敌,打通南满与北满的联系并实现会师,彻底结束各解放区被分割的状况。如战斗进展顺利,便集中更大的兵力攻击中等以上的城市,彻底改变东北的战场态势。

平时沉默不语的林彪战前亲自向干部们传授了他创造的战术:"一点两面"——战场上,兵力要集中于主要一点,即我军的主攻方向,而不是敌人的主要方向。"我们应以我们的要点来对付敌人的弱点"。"两面的战术要求,不在一个方面,而是两面,有时三面、四面。特别提出两面,主要是为了要同志们注意搞敌人的后路或侧翼"。"通常敌人遭受一面攻击时仍能安心抵抗,但遭受两面或三面四面的攻击,就不行了,就动摇了,这就促成了我主力的突破"。所以,"一点"是打垮敌人,"两面"是将打垮的敌人消灭。"三种情况"和"三种打法"——对有防御的敌人不能打莽撞仗,必须经过必要的准备才可以攻击;对退却的敌人则要打莽撞仗,要猛打猛冲;对欲退未退的敌人,既要打莽撞仗,又不要打莽撞仗,应先以小部队将敌人粘住并断其退路,待主力到齐准备后再歼灭敌人。

林彪事无巨细的战术指导,令东北部队的官兵受益匪浅:

第一,须注意莫太打急了,而应迅速侦察地形、敌情,选择冲锋目标与冲锋道路。第二,为实行一点两面战术,将九分之七的兵力与火力使用在主要突击方向,将此绝对优势兵力区分为三个梯队或两个梯队,在狭窄地段上突击,切戒主攻方向正面拉得太宽的大毛病。另外以九分之二的兵力用在另一个正面,在宽广的地段上攻击敌人。我之主力用在敌后面或侧面或正面,须依具体情况决定,何处便利于主力之突击,即用于何处。攻击开始时间不可太仓促,必须等待攻击点业已选好,兵力与火力皆已到达攻击准备位置,然后再突然开火,猛打猛冲、猛追……部队发现敌人时,须如猛虎扑羊群,猛打、猛冲、猛追,越迅速猛烈就越好,不必详细侦察敌情和部署兵力……在这种战斗中,须反对动作迟缓和发现敌人时只打枪不猛冲的缺点。

一九四七年五月八、九两日,东北民主联军北满主力渡过松花江,由扶余、大赉地区出发,向中长路长春至四平段西侧迅猛奔袭;南满主力由通化以北之三源浦、柳河地区出发,奔袭沈阳至吉林铁路的中段地域。南满、北满主力以四平为中心南北对进。同时,东满、西满和冀察热辽部队也分别从吉林以东、郑家屯以北和热河西部及冀东地区发起攻击。

林彪的夏季攻势具有一定的风险性,因为兵力依旧占据微弱优势的对手拥有主要交通干线,而此时东北大地上的江河都已解冻,万一战斗失利,北满主力已无可能从解冻的松花江面上撤回安全地带。

越过松花江的北满部队主力相继攻占农安西北和西南的哈拉海、三盛玉、伏龙泉地区,其中第二纵队包围了怀德。

怀德是长春至沈阳铁路线西侧的重要屏障,北距长春约五十公里,南距四平约一百公里,一旦被攻克,长春和四平都将处于暴露状态。此时,怀德驻有国民党军新一军一五八师九十团、保安十七团,兵力五千。在距怀德还有十里路的地方,第二纵队司令员刘震与政治委员吴法宪分手了,刘震率部对怀德实施包围,吴法宪则带领直属队布置兵站运输、粮食接济、设置野战医院等事宜。五月十四日,两人在怀德城下会合。怀德建在地势较高的半坡上,四周平坦开阔,易守难攻,国民党守军建有一道四米宽、三米深的环城外壕,壕外设有屋脊形铁丝网、地雷场等,五米高的土筑城墙上则是密密麻麻的工事。刘震带领攻城部队指挥员前去察看地形,所有的指挥员面对如此森严的城防皆沉默不语。刘震发现城西南角有一条天然土沟,而这里恰恰是一五八师九十团与保安十七团的接合部,于是决定以这里一段一百五十米宽的城墙为进攻突破口。一切准备就绪之后,情况突然复杂起来:负责打阻击的五师师长钟伟报告:国民党军第七十一军八十八师的先头部队正向我急进,已与我师前哨阻击部队接火。第七十一军来援早在意料之中,但预料之外的是增援之敌来得如此迅速,万一攻城和阻援其中有一面失利,就会全局陷于被动,即使两边都黏住也不是好事。总攻时间迫近,刘震最终下定了攻城的决心。

关键是五师必须阻挡住第七十一军的增援。

同时,攻城部队必须尽快拿下怀德。

担任攻击的六师说:"请纵队转告五师,只要今晚挡住敌七十一军,怀德一定能拿下来!"

五师说:"叫四师、六师放心打,只要五师还有一个人,敌七十一军休想越过二十里堡一步!"

五月十六日十八时五十五分,炮火准备开始了。这是二纵首次使用大口径火炮,炮火的猛烈程度让趴在前沿等待冲击的官兵都十分惊讶。随着持续不断的剧烈爆炸,炮火开始向纵深延伸,形成一个半圆形的阻拦火墙,四师从西南向东北,六师从东北向西南,官兵们在炮火的掩护下开始向前冲击。冲在最前面的十二团七连六班管国仁小组连续爆破了几个工事,十七团一连长李希全率部迂回成功,十六团的一个名叫赵泽南的战士与国民党守军的一个少校在一座大庙的殿堂上追打了两圈后终于将其按在地上,然后炸开了大庙附近的碉堡。突破成功后,第二梯队投入纵深战斗,巷战开始了。二纵使用小部兵力沿着大街吸引守军火力,大部兵力则在街道两边的民房里逐屋挖洞前进,守军的防御体系很快就被打得支离破碎。夜半,守军团长项殿元率部退守城东北角的关帝庙,企图凭借高大的围墙和坚固的房屋顽强抵抗。二纵的攻击部队两次攻击未果,重新部署火力和兵力之后,再次发动凶猛的攻击。团长项殿元被乱枪打倒之后,守军决心动摇,残部开始从东南角突围而出,被二纵的外围部队歼于城郊旷野。

攻击怀德的战斗进行之时,负责打援的一纵和二纵五师拼死阻击着第七十一军八十八师和九十一师。当怀德已被攻克的消息传来后,八十八师和九十一师的步兵和卡车拥挤在一起不知当进还是当退。就在这时,东北民主联军的攻击部队蜂拥而来。混战持续了整整六个小时,山坡上、村庄里、公路边和田野上到处是混战在一起的两军官兵,这让国民党军的支援飞机因分辨不出敌我而无法射击投弹。八十八师和九十一师的官兵在肉搏战中听见这样的喊声:"兄弟们!我们也是七十一军的!去年在大洼战斗中被解放过来的!这里宽大俘虏,愿意当兵的欢迎,不愿意的发路费回家!枪是老蒋的,命是自己的!缴枪别打了!"国民党军官兵果然放下了武器,自动集中起来听候发落。激战中,第七十一军参谋长冯宗毅、八十八师师长韩增栋身亡,国民党军的精锐之师在这个名叫大黑林子的战场上一下子崩溃了。第七十一军军长陈明仁还不知道八十八师和九十一师的悲惨处境,为了自己的主力师不致全军覆灭,他亲率八十七师急速赶来力图解围。部队刚刚达到公主岭,杜聿明的电话打来了,陈明仁这才知道八十八师和九十一师已经完了。陈军长立即率领部队乘火车往四平方向撤退。正撤退时,共产党军队冲进了公主岭,陈明仁连同八十七师在被围的最后一刻跑了出来,其危机情景犹如杜聿明的描述:"陈明仁之免于被围,真是间不容发。"

怀德失守令新一军慌忙向长春撤退。

自此,长春城门紧闭,商店关门,全城戒严,一时人心惶惶。

林彪没有下达攻击长春的命令。

一纵沿着铁路绕过四平继续南下,切断了沈阳至长春的铁路。

二纵则直逼四平城。

在北满主力南下作战的同时,南满部队的进攻方向是山城镇和梅河口。

五月十日,南满部队在司令员萧劲光、政治委员陈云的率领下,沿着四平至梅河口的铁路向西南发展,十四日全歼山城镇和草市守军,切断了吉林至沈阳的铁路。在杜聿明的严令下,国民党军新六军军长廖耀湘指挥一五五师发动反击,南满第三、第四纵队在南山城子地区与其展开激战。四纵十师三十团三营七连在夺取大华山阵地时连续五次冲锋,全连百十号人仅幸存一名副连长和三名战士,手中仅剩三支步枪和一枚手榴弹,但这四个人依旧发起了第六次冲锋。南满部队的决死精神,令号称"国军之花"的新六军一五五师官兵感到了前所未有的恐惧。国民党军拥挤在公路上,用重炮四处轰击,在数次突围未果的情况下,放弃辎重向辽宁境内的新宾方向撤退,南满部队官兵开始追击。三纵八师二十二团八连一排副排长陈树棠率领战士冲入混乱的敌军中,俘敌五十二人。二十五团炮兵连炊事班长带领两名炊事员往前沿送饭,半路上用一支步枪和一条扁担俘敌四十人。四纵十师二十八团班长薛得国和战士杨焕喜、鲍勇跑得飞快,用手榴弹炸毁了一辆坦克,致使敌人的退路堵塞,九辆坦克因此落入南满部队官兵之手。一五五师的溃败,致使通化守军弃城逃跑,战略要地梅河口暴露出来。

梅河口镇是吉林至沈阳铁路中段的一个大车站,是杜聿明的"东北五大战略要点"之一,他曾给守备这里的国民党军第六十军一八四师下达过"坚决死守,不准突围"的命令。一八四师用了一年的时间在梅河口镇修筑环城工事,城内储备了大量的作战物资,准备无论发生什么情况坚决固守。

二十四日,南满部队第四纵队在副司令员韩先楚的指挥下,对梅河口镇发起攻击。下午十五时半,炮火准备开始。在炮火的掩护下,二十八团和二十九团连续爆破,打开了战斗通道,各突击部队经过激战,占领了外围的三六七、三六八两个高地。然而,从这两个高地到敌人的核心防御阵地,中间还有约五百米的开阔地。二十八团和二十九团在没有炮火支援的情况下,仓促发动了攻击,结果在敌人三面火力的压制下,冲击一次次失败,开阔地上布满阵亡官兵的遗体。

此时韩先楚才得知,情报称守军为五个营,但实际是七个营,兵力约七千人。夜晚,韩先楚召集会议研究战况。与会者认为攻击失利的重要原因是:对地形和敌情不熟悉,守军工事坚固,我军炮火发挥不够,选择的主攻方向不妥当。会议最后决定:放弃在开阔地的攻击。另外选择一个突破口,只要突进去,守军防御就会全线动摇。

被选择的突破口是火车站。

担任对火车站正面攻击的是三十团。

虽然进行了炮火掩护,三十团的攻击依旧伤亡很大。突击队每冲击到前沿,后续部队的通道都会被守军火力封堵,增援兵力和弹药无法跟上,突破最终以失利告终。最后,三十团把未伤亡的官兵编成两个连发起连续攻击,在侧翼二十九团的配合下,于二十六日上午九时占领了火车站。伤亡巨大的三十团从火车站向街区发展,官兵们用打穿房屋墙壁的办法接近守军火力点,然后实施连续爆破,随着进展道路的逐一打开,官兵们逼近了守军的核心防御阵地。

二十八日下午十六时,四纵所有的火炮都推进到距守军核心阵地仅四百米处,各团也选择好了各自的攻击出发地。最后的攻击开始后,被巨大伤亡激怒的官兵们奋勇冲锋,残存守敌最后退守到一座楼房内抵抗,二十八团官兵连续爆破,终于把楼房炸开了一个缺口,官兵们冲进大楼,与负隅顽抗的敌人展开了近距离肉搏。核心阵地附近的守军两千余人逃出城,被三纵七师十九团围歼。

艰苦的梅河口战斗进行了五天四夜,国民党守军一八四师被全歼。南满部队乘胜相继攻占了海龙、辽源、西丰、清原等城镇。

至此,松花江以西、吉林到梅河口之间以及长春东南的广大地区全部被东北民主联军占领,南满解放区与东满解放区连成了一体。更重要的是,南满、北满主力部队在彼此隔绝了一年多后,终于会师于四平城下,林彪朝思暮想的将两个拳头合成一个拳头以扭转东北战局的梦想至此成真。

捷报传到陕北,毛泽东异常兴奋,致电林彪和高岗,设想未来如何发动"全面反攻",以夺取北平和天津这样的重要大城市:

……出师顺利,甚慰……目前你们以八个师南进,希望能于夏秋两季解决南满问题,争取于冬春两季向热河、冀东行动一时期,歼灭十三军、九十二军等部,发动群众,扩大军队。该两区共有人口一千五百万,为将来夺取长春北宁两路、长、沈、平、津四城必不可少之条件。夺取两路四城必须具备的条件有三:你们已在北满建立了强大的根据地,解决了第一个条件;现在正向南满作战,估计不要很久即可解决第二个条件,建立强大的南满根据地;第三步还要解决冀热辽地区的根据地问题。关内方面,我苏鲁军(华东野战军)负担最大,在他们面前,集中了三十二个整编师八十五个旅[包括被歼者在内],直至此次歼灭七十四师,才使敌进攻发生了困难,今后再歼二三个师[军],即可转入全面反攻。我刘邓军现攻安阳,六月间可以十万人渡黄河向中原前进。我彭习军[只有六个不充实的旅]对付胡宗南三十一个旅的进攻,两个月作战业已将胡军锐气顿挫,再有几个月必能大量歼敌,开展局面。陈赓部四个旅拟使用于西北。聂（聂荣臻）萧（萧克）罗（罗瑞卿）军上月正太作战歼敌三万余，缴枪一万五千以上，现须休息半月，约下月中旬拟打津沧（天津至沧州）线，配合你们作战。纵观全局，目前大部分地区已转入反攻作战，只待山东再打一二个胜仗，即可转入全面反攻。

与毛泽东相反，此时的蒋介石心绪复杂而凌乱，情报部门给他送来了林彪部队普遍使用的两本小册子，这两本小册子既令他沉迷又令他恼怒："我得到这两个小册子之后，把它看得比任何兵书都宝贵，废寝忘食，昼夜钻研，逐字逐句的细心玩味，现在已读过五遍了。"这两本小册子，一本是东北民主联军总司令部在哈尔滨编印的《目前的战役问题》，印发团部两份，师部四份，纵队六份，为高中级干部战术教材。另一本是《战斗手册》，供基层干部阅读使用，内容包括"指挥要则"、"打胜仗的根本办法"、"硬拼仗"、"运动战"、"一点两面战术"等。

五月十九日，蒋介石对国民党军军官发表了情绪激愤的讲话。他首先对"共匪"的小册子里要求"官兵一致"发表了阅读心得：

> 最近我们在东北作战，拿到了共匪的两个重要小册子，今天已印发给大家……你们必须逐字逐句细心地研读……上次美国军官二人被共党俘去，带到哈尔滨，后来据这两位军官回来说：他们在哈尔滨的时候，天气严寒在零度以下，共匪士兵既无手套，亦无好的鞋袜，共匪的政工人员看到士兵瑟缩不安，便立刻自己把衣服脱下说："没有手套算得什么，我们不穿衣服也一样可以行动呀！"他这样以身作则，为人表率，士兵当然无话可说。反观我们的长官和连指导员是否也能做到这样呢？我们的官长不但不能做到与士卒同生活，共艰苦，而且对于下级干部如何训练士兵，如何管教士兵，看也不去看他们一下，下级干部以为官长既然不来看我们，不来考核我们，我们也不妨懈怠一点。好逸恶劳，人之常情，现在既然是勤劳者无赏，怠惰者无罚，谁愿意去特别吃苦？这样一来，军队当然不能同心协力，与敌人做殊死的斗争……

接着，蒋介石痛斥了国民党军中自私自利乃至作战无法"协同一致"的现象：

> 我们高级将领……还有一个最不好的习惯,就是自私自利,保存实力,看到友军在艰苦作战,而自己袖手旁观,视若无睹。这样一来我们革命军亲爱精诚的精神,同甘苦、共患难的情意,就完全丧失了!这简直是亡国奴的心理,是万万要不得的!要知道我们战斗的基本条件是什么呢?就是"协同一致"!我们在同一战场上同友军并肩作战,友军的存亡就是我们的存亡,友军的胜败,就是我们的胜败,友军遭遇了危险,我们一定要千方百计,不顾一切,前往救援。这才是军人的本分。如果以为匪军现在没有进攻我们,我们就可苟安一时,置友军的成败于不顾,试问友军消灭,我们难道还可以幸存,不被匪军各个击破吗?所以,"协同一致"是我们战胜求存必要的条件……

五月三十日,蒋介石飞临沈阳。

林彪的夏季攻势让他感到了东北局势的不妙。在沈阳召开的高级将领会议上,他要求东北地区的国民党军收缩兵力,重点控制大城市以保持住现状。会议显示出蒋介石与杜聿明之间的不协调:当蒋介石主张把长春以东的永吉(吉林)也放弃时,抱病参加会议的杜聿明不但当场坚决反对,而且再次提出将第五十三军从华北调回,但这一请求再一次遭到蒋介石的断然拒绝。

蒋介石走后,东北地区的国民党军先后放弃了安东、通化等中等城市,开始固守长春、吉林、四平、沈阳、锦州等几个大城市及周边城镇。

不久,一个严重的消息传来了:开原失守,中长铁路被切断,沈阳与四平失去了联系。

杜聿明对林彪的心思猜得很透:去年,东北民主联军守了一个月,也没能守住四平,部队最终被分割在南满与北满两个互不联系的地域。这一次,林彪部主力全线出击,既然已经打到四平城下,林彪势必想让国军也过过被拦腰截断的苦日子。稍有军事常识的人都清楚,四平位居东北中部交通枢纽,连接沈阳、梅河口、长春、吉林,谁占领了这里谁就握有东北战场的主动权。

一方势在必夺,一方誓死不让,自内战爆发以来,东北战场上最惨烈的一场血拼已是不可避免。

六月初,双方开始战斗调动。廖耀湘的新六军一五五师和十四师向开原发动反击,重新打通了四平与沈阳之间的联系。与此同时,林彪部主力大规模地向四平集结,共十七个师的兵力机动于四平以南、东南及以北地域,准备阻击自沈阳北上和自长春南下的敌人的援军;而另七个师配属五个炮兵营,负责对四平实施攻击,攻击部队前线指挥为第一纵队司令员李天佑、政治委员万毅。

李天佑的对手,是四平国民党守军总指挥,第七十一军军长陈明仁。

陈明仁毕业于黄埔一期,是一名执著强悍的军人,以指挥果断、作战坚决、身先士卒著称于国民党军中。抗日战争中,他率部参加桂南会战,上级要求会战一旦失利,各部队可自行撤退。陈明仁认为如此部署极其不妥,他拒不执行这一命令,在万分艰难的情况下,指挥部队与日军血战七天七夜。此战,他的部队伤亡七千多人。战后,陈明仁率部进入昆明休整。蒋介石到达昆明时,看见一些衣着破烂的士兵在修工事,得知是陈明仁的官兵后大为震怒,认为这副样子真是"有损国格"。陈明仁来到蒋介石面前,他说:"我的部队衣服没穿好,不怪我而怪你,衣服是你发的,质料这样差,只穿一星期就破了,并且去年发给我们的还只有四成新。"蒋介石说:"总是你不行,你为什么不想想办法?"陈明仁回答道:"巧妇难为无米之炊,我不认为我不行,我认为我什么都行。"果然,陈明仁率部进入滇西,攻克日军最坚固的松山、龙陵、回龙山阵地以及中缅边境重镇畹町。陈明仁强硬的性格不但让蒋介石觉得不好驾驭,连杜聿明对他的指挥都需颇费心思。在东北战场上,陈明仁的亲信对杜聿明总是让第七十一军处在冲锋陷阵的位置上牢骚满腹,因为谁都知道他在千方百计地避免自己的老部队新一军和新六军遭受损失。可是,陈明仁却一直得到他的部属的敬重,第七十一军团以上军官大多是他一手提拔的,部下们普遍认为跟着他不会吃亏。

蒋介石致信陈明仁:"四平乃东北要地,如失则东北难保。斯时为吾弟成功成仁之际,望砥砺将士,严行防守。"

陈明仁深知四平之战不可避免,同时也知道自己的第七十一军无路可退。此刻,他指挥的四平守军是个大杂烩,除了因八十八师和九十一师遭遇重创而残缺的第七十一军和前来增援的第十三军五十四师外,五个保安团以及公主岭保安大队都是地方杂牌军。但是,四平城因之前被日本人占领,整个城市建筑布局完全符合防御要求,且各建筑物之间都有彼此相通的交通盖沟。陈明仁将四平全城划定出五个守备区域,各防御部队都有清晰的作战地点,各作战地点彼此又能构成协同,每处阵地都布置了两道防御线。而城西的中心地带被布置为核心守备区,这个区域内有中央银行、电力局、市政府等高大建筑,这些坚固的楼房组合起来犹如接连不断的工事群。陈明仁决定吸取林彪部坚守四平失利的教训,三万五千多兵力被集中部署在市区的重点部位,形成了一个让任何攻击者都会感到头疼的防御体系,即"陈明仁堡垒"。

李天佑的参谋人员绘制出四平守军的兵力配备和工事位置图,东北民主联军对陈明仁的布防情况有着惊人的准确了解。唯一遗憾的是,攻击部队,包括林彪在内,此刻存在着严重的轻敌现象。他们不知道四平守军在兵力和火炮数量上占据着绝对优势;更为重要的是,他们严重低估了四平守军的作战决心,认为第七十一军兵退四平,士气低落,只要猛打猛冲,敌人必垮无疑。各纵队充满必胜信心的请战书雪片一样到达林彪处,战士们纷纷把"三战四平,再立战功"的口号贴在了自己的炸药包和枪托上。

轻敌导致的后果极其严重。

总攻时间确定为六月十四日二十时,作战预定三至五天之内拿下四平。

六月十一日,先头部队占领了四平外围的几处重要据点之后,攻城部队在大雨中陆续近敌。十四日十六时,攻击部队进入了待命冲击位置。突然,二十架飞机飞临战场,低空盘旋之后,开始了密集的轰炸,轰炸重点是攻城部队的炮兵阵地和冲击前沿。这不是一个好征兆,如果不是攻击时间已被泄露的话,至少可以看出国民党军对四平战场的投入规模和作战决心。

攻击部队埋伏着,没有理会敌机的轰炸。

天色渐暗,二十时,攻击四平的战斗打响。

攻城部队从西北、东北、西南三个方向突击,官兵们不顾一切地冲锋,但国民党守军工事坚固,火力凶猛,攻城部队一再冲上去又一再被迫退回来。只有在西南角,一纵二师四团一营连续爆破,在火力的掩护下,三连三排长史德红首先登上城墙,撕开了一道突破口,并占领了保安十七团团部所在的楼房。但是,这个被撕开的突破口太狭窄了,在其他方向都没突破的情况下,国民党守军大量部队向突破口蜂拥增援,飞机、炮火和各种火器也都向这里集中,狭窄的突破口上一时间弹片翻腾,血肉横飞。十五日、十六日两天,攻守双方在这个狭窄的口子上反复争夺,敌人的顽强出乎了攻城部队的预料。第七十一军八十八师新任师长彭锷亲临前沿,中弹负伤后依旧不退,前锋营两名营长先后战死,他们的士兵也全部阵亡在突破口上。而林彪部仅第一纵队就负伤五千人,阵亡一千四百多人,有的连队的干部全部负伤,全连一百多名官兵仅剩下七八个人。由于无法得到及时的救治,或无法被及时地抬下前沿,有的干部竟然连续负伤十一次,仍在作战的他们已是浑身血肉模糊。一纵一师师长江拥辉和政委梁必业冲上突破口,一颗炮弹落下来,掩护他们的一个班的战士瞬间全部阵亡。国民党守军的炮火轰击和飞机轰炸令前沿指挥员陷入两难:扑上去人多了,突破口狭小,一颗炮弹落下就能导致大量伤亡;扑上去人少了,又无力阻止敌人凶猛的反击。白天作战,攻击部队暴露,头顶上的飞机不停地盘旋,哪怕发现一人一马也要俯冲轰炸,因此不敢发动进攻,甚至不敢在白天调动部队。而东北地区日长夜短,全天二十四小时中只有不到八个小时是黑夜,黄昏时开始调动部队组织攻击,没打多一会儿天就亮了。李天佑在指挥所里接到的报告称,即使白天不进攻,部队伤亡的人数比晚上攻击时伤亡的人数还要多。

十七日晚,受阻四天的四平城西北角终于被突破,因只有一个突破口而艰难平推的作战局面得到缓解。李天佑投入了预备队,国民党守军稍稍后撤,攻城部队开始向城内核心地带压缩。共产党官兵一座楼一座楼地进行艰苦的爆破,国民党守军一条街、一座楼、一间屋地进行顽强的阻击。在攻击交通宿舍大红楼的时候,攻击部队数次强攻未果,于是一部分兵力挖沟强行接近,一部分兵力迅速跑向已被占领的四平飞机场,从航空炸弹里挖出三千多斤炸药,再抬着炸药火速跑回大红楼前。一连八班副班长李广正带领爆破组连续爆破十二次,终于把这幢两百米长的联体大楼炸塌了一半,守军二六三团的一千一百多名官兵多半被埋在倒塌的废墟之中。

接下来的战斗缓慢而残酷。围绕着每一座坚固的建筑物,攻守双方的战斗始终处于胶着状态。国民党守军在楼房和工事内顽强抵抗,猛烈的火力组成立体火网,并在两军接触线上投掷燃烧弹。守军的炮火更是片刻未停,一边对前沿支援轰击,一边对东北民主联军攻击部队的后方实施封锁,其轰击的猛烈令攻城部队官兵大量伤亡。

陈明仁征用了一切可以投入作战的人员,包括政府官员、警察以及四平城内的平民百姓,他发给他们武器,要求他们立即参战。第七十一军直属队兽力营的两百多名马夫,在陈明仁的严令下,由一名五十多岁的老马夫率领,赶到战斗前沿参战,这些马夫在八十七师与五十四师的接合部坚守了四天,最后活下来的马夫不到三十人。

陈明仁决心与四平共存亡——"生死关头,欲走无路,唯有合力奋战,以战图存。"他先是立下遗嘱,然后把自己的棺材抬出来给大家看。他的命令是:独立死守,打光为止,转移和放弃阵地的命令只有军长一人有权发布。如果有人请示是否可以转移阵地等此类的问题,不答复就等于不批准。第一道防御线的部队一律不准撤退,凡是后退者,第二线防御部队有权射杀他们。

十九日,东北民主联军把不久前缴获的七门美式火箭炮推了上来,对准中央银行和市政府大楼进行轰击,两座大楼很快就被占领。在攻击电信局大楼时,守军指挥者为第七十一军军法处长,攻击部队虽然已经占领大楼的下层,但国民党守军据守上层拼命射击,坚决不肯投降。最后,攻击部队在大楼下安放了大量炸药并且引燃导火索。巨响之后,大楼和守军一起毁灭。

电信大楼被炸毁的时候,陈明仁突围而出到了城东区。

西区核心区的守军并没有因为军长的转移而放弃抵抗。攻击军部大楼的是六纵十七师四十九团一营三连和五十一团的五连、六连,一营三连在指导员刘梅村的率领下冲进楼内,与国民党守军反复争夺十余次,残酷的肉搏战致使大楼内遍布着战死者的尸体。三连战到最后只剩下八个人,两个通信员冒死扛上来两大包炸药,瞬间将大楼炸得砖瓦飞迸,烈焰冲天。

二十一日,四平城西区被东北民主联军占领。

战斗已进行到第八天,李天佑的攻击部队付出八千余人的代价占领了四平城内的一半城区。

该日,林彪命令:"决付出一万五千人的伤亡,再以一个礼拜的时间,将此仗打到底,达到完全歼灭敌人和打垮敌之守城信心。"

林彪向毛泽东报告后,得到了毛泽东的赞同:"八天作战占领四平一半,你们决心再以一星期时间歼灭四平之敌,占领此战略枢纽,极为正确。四平占领,不仅对我军建立攻坚信心关系甚大,而且对全国正在斗争的广大群众是一大鼓励。"

但是,不但攻击四平东区的战斗依旧进展缓慢且伤亡巨大,而且杜聿明的部队已经开始从沈阳和长春南北两面增援而来。

四平危急令蒋介石十分震惊,他终于决定将第五十三军从华北调回东北,并严令杜聿明在六月三十日之前解四平之围。

在郑洞国的指挥下,第五十三军首先占领了本溪,解除了沈阳侧翼的威胁,然后一路向北直扑四平。杜聿明所能调出的全部增援兵力共九个师,很快就在四平以南、以北与林彪早就部署好的打援部队接火了。尽管林彪部顽强阻击,但终究兵力不足,难以在运动中歼灭来敌,只能迟缓其增援速度。郑洞国留下战斗力最强的新六军与林彪的打援部队周旋,然后亲率第九十三、第五十三军和第五十二军一九五师顽强地向四平靠拢。

担负掩护任务的新六军很快就遭到猛烈的攻击。一六九师在八棵树附近丢失了阵地,军长廖耀湘大为光火,严令师长郑庭笈迅速收复阵地。一六九师在飞机和炮火的掩护下发起不顾一切的反击,战斗终以林彪部队因伤亡过大撤出战斗而结束。

二十六日,向四平急速推进的郑洞国突然发现,一直监听中的林彪部的电台信号减弱了。郑洞国判定林彪的部队已处在转移之中,于是迅速命令部队全部投入正面进攻。

这一天,攻击四平东区的战斗虽在继续,但东北民主联军的攻势已经减弱。

林彪面临的局面是:攻克四平希望渺茫,增援之敌兵力强大,不但没有将其包围歼灭的可能,连将其阻截都无法有效地做到。而且,无论是攻城部队还是阻援部队此刻都面临着分兵两面作战的处境。

二十八日,郑洞国和第九十三军军长卢浚泉亲临前沿。第二纵队官兵拼死阻击,一步不退,激烈的拉锯战进行了整整一天,第九十三军全线没有任何突破。郑洞国正万分焦急时,突然接到侦察队的报告,说四平方向的枪炮声逐渐稀疏。郑洞国以为四平已经陷落,而一旦如此,无论是对苦战中的陈明仁,还是对于蒋介石的严令,他都感到没法交代。郑洞国要求卢浚泉的第九十三军黄昏之前必须突破林彪部的阻击线。

下午十三时,第九十三军的左前方突然传来猛烈的炮声,原来左翼的第五十三军在军长周福成的率领下突击成功。在联络了空军和炮兵的火力支援后,卢浚泉下令集中所有的坦克,向二纵的阻击阵地发起大规模的攻击。当敌人的坦克冲进二纵的防御阵地之后,二纵奉命撤出战斗。

郑洞国立即命令全线追击。

四平城内的陈明仁得到增援部队接近的消息,立即派出部队从城内向城外突击接应。

二十九日,增援四平的第九十三军先头部队到达四平南郊,第五十三军和新六军的一六九师到达四平西北的八面城。

林彪下达了全线撤退的命令。

六月三十日凌晨,一纵三师最后撤离四平战场,历时半个月的四平攻坚战结束。

这一天,是蒋介石严令解四平之围的最后期限。

四平之战,林彪部付出了伤亡一万三千余人的代价。

东北民主联军在东北地区发动的夏季攻势结束了。

军事科学院军事历史研究部编著《中国人民解放军全国解放战争史》:"四平保卫战,是中共中央从战略全局出发,为配合与国民党谈判斗争,阻止国民党军扩大军事进攻而进行的一次较大规模的城市防御战。在此次战役中,东北民主联军在装备较差的情况下,依托工事,英勇顽强地抗击国民党军在飞机、坦克、大炮掩护下轮番疯狂的进攻,歼灭了国民党军大量有生力量,显示出东北民主联军的战斗力。"

至于四平攻坚失利的原因,长期以来争论不断,但所有的争论似乎都过于具体而丧失了反思的力量。四平之战结束十三天后,林彪给李天佑写了一封信,信中所言值得注意:

……要把实事求是的原则,一切决定于条件的原则[这个原则我同你谈过],革命的效果主义的原则,实践是正确与否的标准的原则,加以很好的认识……凡一切主观主义的东西,无论他是美名勇敢或美名慎重,其结果都要造成损失,而得不到胜利的。

林彪部从四平全线撤退的那一天,南京国民党政府最高法院发布了"采取紧急措施"的训令,其中的"紧急措施"之一是:全国通缉共匪首脑毛泽东。

此刻,毛泽东正在陕北近在咫尺的敌情中转战着。

这是一九四七年六月,是内战正式爆发整整一年的日子。

如同毛泽东眼前绵延曲折的黄土山路一样,此时中国的内战前景依旧让人捉摸不透。

★ 第五章 **破釜沉舟**

- 共产党是否失败了？
- 战略进攻
- 破釜沉舟
- "领导爬起来"
- "共军北渡黄河公算最大"

共产党是否失败了？

一九四七年六月八日晚，雷电交加，大雨滂沱，国民党军整编第二十九军刘戡部的追击部队距毛泽东所在的王家湾仅隔一个小山头了。无论任弼时如何急切地催促，毛泽东就是不肯动身。毛泽东说，我看到敌人再走也不迟。

周恩来、任弼时和陆定一凑在一起紧急商量，商量的结果是：既然他要看到敌人才走，是否可以找一个同志留下来替他看？

毛泽东听到这个建议后，问三支队副参谋长汪东兴："敢不敢留下来等着敌人？"

汪东兴说："主席让我留下来，我就留下来，不看到敌人我不离开。"

毛泽东说："给你一个排，看到敌人再走，还要打他们一下。"

九日凌晨三点，毛泽东终于离开王家湾，在大雨中顺着村后的小路向西。

在陕北的黄土沟壑中来回转移的共产党中枢，与其所指挥的战争的巨大规模完全不成比例。相比之下，这个小小的指挥部就像一支深陷困境的孤独的游击队。但是，一直跟随着毛泽东的美国记者李敦白并没有因此感到恐惧：

> ……（毛泽东）与他的对手玩讽刺的猫捉老鼠的游戏。毛泽东故意将他的行踪以对方可以收到的电报送出……他刻意跟国民党追兵保持绝不超过一天行军路程的距离。毛知道胡宗南想要亲自抓住他，以成为蒋介石心中的英雄，他充分利用胡宗南的这层心态。在每个驻扎地，毛泽东都会等他的侦察兵带来追兵仅剩一个小时的路程的消息，然后再慢条斯理地将外套穿上，骑上马，然后再领着他的小总部迅速冲下小路……

山路泥泞,毛泽东浑身被雨淋透。驮电台的骡子滚下山沟摔死了,警卫战士摸黑下山把电台拖了上来。山头的那一边枪声不断,警卫战士看见山头上人影晃动,那是刘戡的电台测向分队正举着天线侦测毛泽东的电台方向。

天蒙蒙亮的时候,毛泽东走上一条简易公路,他问身边的王家湾村民兵队长老白:"附近有什么村子?"

老白说:"最近的村子叫小河村,但距离公路太近,怕不安全。"

毛泽东说:"就进这个村。"

民兵队长老白无意间指出的这个小村庄,注定要在中共革命战争史上留名。数天之后,共产党中央在这个村里召开的一次会议,决定了解放战争的一个重要转折。

毛泽东本想在小河村休息一下,至少把衣服烤干,但警卫战士刚把电台架设起来,侦察兵就报告说,刘戡的部队正朝着这个方向迂回。

一行人只好继续向西转移。

此时,刘戡正坐在王家湾村毛泽东住过的那间窑洞里。他的部下抓来了一个七十多岁的老汉和一个十多岁的女娃。被吊在树上的老汉紧闭双眼,滚在泥水里的女娃尖声哭叫,但刘戡最终还是没有得到任何关于毛泽东去向的信息。

大雨断断续续。

远处的山沟里和山头上,国民党军追兵的人喊马嘶之声清晰可闻。"隔了一个山,就像隔了一个世界哩。"毛泽东对身边的警卫战士说。在当地老乡的带领下,毛泽东一行在敌军的缝隙中绕来绕去,十日早晨天亮时,到达靖边县天赐湾村。

火升起来,人们忙着做饭和烤衣服,但是侦察兵的报告又来了:刘戡的部队已经越过小河村追过来;另一支国民党军追兵,董钊的整编第一军也自南而来,两支追兵现距天赐湾都不足十公里。机枪声从不远的地方传来,人们迅速收起电台,紧急准备转移,警卫战士被分成几个小组分别跑向村外,连毛泽东的内卫排也被派出去侦察了。

雨过天晴,刚刚露出的太阳瞬间就成为一轮烈日,撤出天锡湾的毛泽东走进一条山沟里。他说:"敌人向山上来,我们立刻就走。敌人顺沟过去,我们就住下。我估计,敌人并没有发现我们。"然后,毛泽东作出一个惊人的判断:敌人"十二点钟以后可能要退"。没有人认为毛泽东的判断有令人信服的理由,毛泽东开始罗列他的一系列理由:一、老百姓不喜欢国民党军队,不会对他们说实话,别看他们追得凶,实际上刘戡和董钊都不知道我们到底在哪里。二、他们从延安和安塞来,是为了执行蒋介石部署的袭击小河村的命令,他们既然已经占领了小河村,就算执行了命令也完成任务了,他们只要能向蒋介石交差就行。三、他们只带了四天的口粮,走到小河村就吃光了,老百姓又不给他们,他们不撤退大队人马吃什么呢?四、我们现在位于胡宗南与马鸿逵防线的接合部,他们两人向来钩心斗角,都想保存实力和削弱对方,他们谁都不会到这个接合部来与我们真枪实弹地打。

中午十二时刚过,各路侦察分队纷纷报告说,追兵顺着山沟向保安方向去了。

毛泽东一行在天赐湾住了七天。

电台架好之后,毛泽东给各解放区首长发了平安电报:

> 本月九日至十一日刘戡率四个旅至我驻地游行一次,除民众略有损失外无他损失,中央仍在卧牛城附近不远地方工作。我主力现在陇东作战,并准备于下月初调陈赓纵队过河,与边区部队协力歼灭胡宗南,夺取大西北。

此时,内战爆发整整一年。

国共双方都称已取得战争胜利。

国民党方面的舆论认为,经过一年的战争,共产党人丢失了绝大部分城市和几乎所有的重要交通线和交通枢纽,国民党军已经深入到解放区的内部,共产党军队连同他们的首脑机关都已被赶到乡村野外。即使在残存的解放区内,也因为土地面积的减少而发生了严重的生存困难,特别是自然灾害不断几乎导致经济的崩溃。在陕甘宁边区,粮食产量减少一半以上,军工生产的重要物资棉花的产量更是减少了百分之七十。当战争被推向解放区内部时,共产党军队必须依靠区域内的人力和物力资源支持作战消耗,由此造成解放区百姓的战争负担越来越重。在山东战场,由于作战双方投入兵力近百万,又有一百三十万民工赶赴战场支前,"人力、物力的消耗空前巨大,山东的水都几乎要喝干"。而在晋冀鲁豫解放区,战争进行了一年以后,百姓承担的公粮份额与其收入比,由原来的百分之十二点三上升到百分之十四点九,"农民的鸡、猪、牲口看见的不多了,村庄的树也不见了"。

"共产党是否失败了?"

中国内战爆发一年之后,世界舆论就这个问题作出大量评述,似乎都倾向于认为蒋介石打了胜仗——"他占领了共产党在整个华北的大城市和约一百六十多个中小城市,你从地图上——地图上只标出城市——就可以看到他占了多少土地。甚至一九四七年夏在莫斯科,我也听到了这种流行的说法:'太不幸了,中国共产党人不能取胜,因为他们没有重工业。'……当我向莫斯科外交学院的一些学生保证,中国共产党正在取得胜利,他们坚决表示:'不可能,他们把城市都丢光了。'"

显然,中国共产党人并不这么认为。

毛泽东"对城市的丢失表现得很镇静",他认为蒋介石占领大城市的结果,仅仅是得到了一些"空荡荡的大楼和美国的大号新闻标题",重要的是国民党军队为此"损失了有生力量"。

朱德声称,共产党人要放国民党军进入大城市:"我们放他们进来,他们驻在城市里,一派队伍出城要粮,我们就把他吃掉。吃得差不多了,我们就收复城市。"

而陈毅则说:"按传统的军事战略,我们应该调最精锐的部队去保卫城市,并考虑我们能据守多久。但是,我们根本不这样做。我们所考虑的是,我们能消灭掉多少出动的蒋军,他们遭到重创之后,将于什么时候撤退,以及在他们溃退时,我们将如何进一步消灭他。"

刘伯承的理论是:"得人失地,地可夺回;得地失人,人地两空。"他认为一年来的战争于共产党人很是合算:"我以十七座城市换取了蒋介石六万军队,据说蒋喜欢这笔买卖,他还要继续干下去,我也乐于奉陪。"

国际舆论如果不是在政治上褊袒国民党政府的话,也因地缘文化的差异无法理解中国共产党人独特的计算方式。实际上,中国共产党人自建立自己的武装以来,始终在以这种计算方式来衡量着自己的得失。内战爆发一年,国民党军在总兵力上的损失证明了这一点。一九四六年六月至一九四七年六月,国民党正规军已在战争中损失七十八万人,约合二百九十三个团;非正规军损失三十四万人,约合一百二十八个团。由此,国共双方兵力对比发生了微妙的变化。共产党军队总兵力由内战爆发时的一百二十七万人,增加到一百九十五万人,野战军兵力从六十一万人增加到一百零三万五千人;而国民党军的总兵力从内战爆发时的四百三十万人下降到三百七十万人,其中正规军兵力从两百万人下降到一百五十万人。共产党军队兵力的增加显然受益于经过土地改革翻身青年农民的参军热情,同时也得益于相当数量被俘国民党军士兵的立场转变。

国民党军总兵力的下降至少给他们带来两个危险:第一、缺乏战略机动兵力。其二百二十七个用于进攻解放区的作战旅中,因为要担负漫长的交通线和大量的大中城市的守备,能够投入战场进行机动作战兵力不足五十个旅。第二、后方守备空虚,由于战场集中在中国的北方,长江以南以及新疆、青海、宁夏等十九个省,仅仅驻防着二十一个旅,其中的湖南、广西、贵州、福建、浙江和江西六省间竟然没有一支正规军,这导致了战争必备的二线部队几乎不存在。

由于战争规模巨大,国民政府的军费开支已经占其全部收入的百分之六十以上,沉重的战争负担让国民政府感到了空前的财政压力。抗日战争结束时由于得到美国大量的装备、物资和资金而实力充足的黄金时期已经过去。一九四七年,美国资本在华投资占各国在华投资总额的百分之八十,这些外国资本和官僚资本一起控制着中国经济,民族资本遭到毁灭性打击,中国经济发生了前所未有的严重萎缩,全国的工业产量在一年中急剧下降近百分之四十。在国民党政府控制的农村地区,封建土地所有制使农民生活日益悲惨,大量的农民逃离土地而选择流浪,一九四七年,仅河南、湖南和广东三省弃耕的农田就达五千八百万亩以上。美国驻华大使司徒雷登在五月三十日写给国务卿马歇尔的信中说:"由于粮食问题,中国的经济形势普遍比已知的情况更加糟糕……在长江流域的华南,百分之八十的农民现在完全没有大米,大米都在富裕的地主手里。"

经济的恶化导致严重的通货膨胀。一九四七年,国民政府财政收入为法币十四万亿元,而支出却高达四十三万亿元。转嫁巨大赤字的办法,一是向民众增加捐税,二是大量印刷纸币——"民国万税,百姓只有放屁方不纳税。"内战爆发时,国民政府的纸币发行量是三万七千亿元,而到一九四七年便猛然增到三十三万亿元,以至中国的印刷厂无法承担如此巨大的印刷量,需要美国和英国的印刷厂协助印刷。货币的大量发行引起物价飞涨,物价平均价格已是抗战胜利时的六万倍。有人因此推算出国民政府发行的一百元法币的购买力演变过程:一九三七年可以买两头牛,一九四五年可以买两个鸡蛋,一九四六年可以买六分之一块肥皂,一九四七年只能买到一颗煤球。

人民的生活得不到保障,抗议风潮四起,抗议的内容多是"反饥饿"、"反内战"。一九四七年五月二十六日,国民党军界元老冯玉祥发表了一份《告全国同胞书》,称"玉祥是国民党员,在国民党的每个党员,都应该本着自己的天良来说真话":

> ……自去年推翻政协决议,开始打内战以来,在国际上,美国的报纸没有一天不说:南京是坏政府,南京是独裁政府,南京是最贪污的官僚集团;又说世界不和平完全由中国打内战惹出来的,非共管中国不可……美国人要共管我们,我们自己还打什么?……经济的事,由二百二十元法币换一元美金,内部打起来了,就涨到一万二千换一元美金,最近到了两万八千至三万了。公务员的薪水,怎么长,也赶不上米价长得那么快。这样,人民怎么活呢?还怪人民抢米吗?……团有团的历史,军有军的历史,随意乱拨,残废的、受伤的和阵亡的官兵,怎么考查呢?故意地弄糟糕,军心涣散到了极点,许多有知识、有功劳的军官去哭灵,世界各国无不大声失笑……为什么许多军人,成军、成师、成团、成营到共产党里头去?就是拿着军人太不当人看。这样下去,赏罚不公,是非颠倒,还要出更大的乱子。政治全在用人得当,全在亲民,不拿人民当主人,还是什么民国?……人民是中华民国的主人,胜利(抗战)之后,又随便征粮,随便征兵,粮征走了,人民吃什么?儿子抓走了,他这一家人怎样过呢?人民都死光了,政府还有什么用?"天视自我民视,天听自我民听",违背了民意,就是违背了天意,违背了天意,还有能不失败的吗?

无论是国内还是国际舆论,谈论最多的还是国共双方军队的士气。

战争已经进行了整整一年,蒋介石在各种场合反复强调的是士气问题——"剿匪军事,到现在已经荏苒一年,我们不但尚未把匪军消灭,而且不能使剿匪军事告一段落,这究竟是什么缘故呢?……匪军何以能用劣势装备而且毫无现代训练的部队来击败我们整师整旅的兵力?此其原因何在?结症何在?……主要的必然不在物质方面,而是在士气精神上面。"蒋介石认为,国民党军高级将领不把与共产党军队作战"当作生死攸关的一件事",这无疑是最危险的"失败的朕兆":

> ……现在一般高级将领对于统帅的信仰,可以说完全丧失了! 我亲口说的话,亲手定的计划,告诉前方将领,不仅没有人遵照实行,而且嫌我麻烦觉得讨厌! 以为委员长年纪老了,过了时代,好像家庭里的一个老头子,唠唠叨叨,什么都管,尽可不必重视他……对于统帅的信心如果不能恢复,那我们今后作战不仅不能胜利,而且还要陷于更悲惨的境遇——大家都要作土匪的俘虏!

而在美国驻华大使司徒雷登写给国务院的报告中,对国民党军队的士气问题有如下描述:

> 目前的军事行动,已超过了许多月以来的规模。国民党政府显然想要,而且非常需要在山东获得一次大的军事胜利,但他并未得到这个胜利……政府军有日益不愿打仗的迹象……当敌人是日本人的时候,不断的打仗似乎还有些道理,而这是打中国人的时候,就没有多大斗志了。这种士气的消沉,似乎反映军队中并不了解内战究竟为了什么。而在某些场合,他们就容易接受共产党要他们放下武器的呼吁。

美国记者葛兰恒访问了设在山东半岛深山里的一所"解放军官招待所"——实际上就是一所战俘营——"招待所"里住着五十多名被俘的国民党军高级将领。

到达"解放军官招待所"需要步行穿过许多险峻的山谷和隘口。这里是一个极其秘密的地方,也是一个风景优美的地方——"犹如香格里拉的缩影"。八间房屋分布在两个院子里,还有一个院子是俱乐部和食堂,窗户上都安了阻挡蚊子的纱布。这里吃得不错,每天有两斤四两粮食,两斤半蔬菜,每个月有四斤肉,而负责警卫的解放军干部和战士一律吃粗粮和咸菜。这里甚至还可以享受到"一个小小的奇迹",即两个"与人体一样大的外国搪瓷洗澡盆",澡盆是解放军官兵靠人力千辛万苦才运进山里的。这里禁止使用"战俘"或"犯人"这样的字眼儿,被俘人员一律被称为"解放军官",他们的被俘日被称为"解放日"。他们由一个自己民主选出来的委员会管理自己,"只要他们不捣乱不逃跑,就会享受到充分尊重,有充分的言论和集会的自由"。这里的学习安排得十分紧张,内容包括"孙中山的三民主义和毛泽东的新民主主义之比较"等等——只有一位将领不愿意参加学习,他就是原国民党军整编二十六师师长马励武——"马将军除了学英语外,顽固拒绝学习任何别的东西。"

美国记者给这些被俘的国民党将领开列出需要调查的问题。在回答"什么人应该为这场内战负责"这一问题时,记者得到的结果是:认为"蒋、宋、孔、陈"四大家族应该负责的有二十一人;认为陈立夫兄弟应该负责的有十八人,认为陈诚应该负责的有十五人;认为乔治·马歇尔将军应该负责的有十一人;认为蒋介石和毛泽东应该共同负责的有三人,认为蒋介石应该单独负责的有六人,认为毛泽东应该单独负责的有一人,对此不发表意见的有三人。令美国记者感到吃惊的是,在这些国民党军高级将领中,"很少有人,也许根本没有人"认为国民党能够在这场内战中取得胜利。一位国民党军的师副参谋长告诉记者:"早在山东战役开始之前,我们军官就都认为,国军很快就会打败……不是为了下面的三个理由,我早就离开部队了:我在部队人事关系很好;我曾向部队借了款,我要还债;我的家完全靠我的薪水生活。"当被问及他们的部队失败的原因时,四十五票认为国民党军战略错误,四十四票认为国民党军情报工作差,三十八票认为低估了共产党军队的力量,二十四票认为国民党军最高统帅领导无方,同样的二十四票认为解放区百姓憎恨国民党军队,十八票认为国民党军队供应线太长,十七票认为国民党军士气低落,十二票认为国民党统治区人民对内战漠不关心,同样的十二票认为装备差,十一票认为气候恶劣,九票认为国民党军官之间存在矛盾,七票认为国民党军官被打死后士兵立即投降。

倔强的马励武将军终于愿意与记者交谈了。他首先对共产党在解放区搞土改的作法表示赞赏,认为只要坚持搞下去,必会取得更大的社会成果。但他对停止内战、实现和平的前景表示悲观:"蒋介石本人知道战争必须停止,但是我认为他不会放弃战争。即使是错误的政策,他也会执行到底。因为他认为他就是政府,他必须维护他本人和国家的共同威信。而且,战争结束,他的事业可能也就结束了。"

"共产党绝不能打败我们。"虽然对国民党军无法遏止的腐败和普遍低迷的士气感到无比愤怒,但蒋介石依旧认为他有把握赢得战争,他的理由是军队和武器的强大:"比较敌我的实力,无论就哪一方面而言,我们都占有绝对的优势,军队的装备、作战的技术和经验,匪军不如我们,尤其是空军、战车以及后方交通运输工具,如火车、轮船、汽车等,更完全是我们国军所独有,一切军需补给,如粮秣弹药等,我们也比匪军丰富十倍,重要的交通据点,大都市和工矿的资源,也完全控制在我们的手中。"

一九四七年六月十九日,蒋介石召见美国驻华大使司徒雷登,试图在内战爆发一周年之际再次探询一下美国政府的立场。司徒雷登的具体立场是:中国的内战已到非解决不可的时候了,委员长绝不能再犹豫不决,要不宣布与共产党重新开始谈判,要不宣布共产党是武装叛乱集团已危害民族利益,没有第三条路可走。司徒雷登敦促蒋介石立即做三件事:

一、采取紧急措施,发布宣言,向全国人民说清楚:"如果共产党人拒绝最近的和平建议",应该让他们对中国人民负责;如果共产党希望维护在立宪政府下出现的民主生活,他们就应该与国民党人一起工作,"从危险中解救国家";

二、政府应该尊重公民的自由,"危机时期需要政府以极大的勇气和无私的态度厉行改革。否则政府不得人心,将为人民唾弃;

三、委员长本人应该"游历全国,发表演讲,唤起民众团结在新的运动周围",一旦获得人民的支持,就不必"因共产党的军事力量或其他行动而担惊受怕",同时还能"赢得美国及世界各国的充分同情"。

蒋介石接受了司徒雷登的建议。

司徒雷登所建议的"新的运动"是什么?

随着国民政府连续宣布和采取的一系列措施,这个"新的运动"终于有了一个新名词:"戡乱总动员"。

六月三十日,国民党中央常务委员会和中央政治委员会召开会议,讨论是否对共产党"正式颁布讨伐令"的问题。结果是与会者一致表示:"极应明令剿办,戡平内乱。"紧接着,七月四日,国民政府国务会议通过了蒋介石"交议"的《厉行全国总动员,戡平共匪叛乱,扫除民主障碍,如期实施宪政,贯彻和平方针案》,并以国民政府名义颁布了《厉行全国总动员戡平共匪叛乱训令》。之后,又颁布了《立即实施动员戡乱完成宪政大纲》和《动员戡乱完成宪政实施办法》。

至此,无论是国内舆论还是世界舆论,一直以来对中国前景的种种猜测,终于有了明确答案,那就是战争。

从这一时刻起,国共两党已经没有任何和谈的可能,共产党领导的军队为保卫解放区而进行的战斗已被明确定性为"武装叛乱",共产党人已成为实现民主和实施宪政的最大"障碍和敌人"——蒋介石的心情畅快了一些,因为该明确的事终于明确了,这样一来,消灭共产党的战争"就简单多了,对于民众的号召也便利多了"——"国务会议通过总动员令,实为对共匪的重大之打击,不仅军心一振,而民心亦得一致矣。"

这是中国当代史上的一个严重事件。

内战爆发一年以来,即使国民党军对各解放区大举进攻,即使共产党领导的军队在不同的战场都在进行反击作战,国共两党之间依旧存在着沟通的渠道,甚至还保持着沟通乃至和谈的态势,至少国民党方面没有如同一九二七年国共决裂时那样公开宣称对共产党人斩尽杀绝。同时,无论战争进行得如何惨烈,国民政府虽将绝大部分正规军都派往了各解放区战场,但终究没有宣布全国进入战争状态。

但是,这一切都随着"戡乱总动员令"的发出彻底改变了。

七月十三日,新华社发表了题为《总动员与总崩溃》的社论,言辞之尖刻,显然是毛泽东的文风:

> 七月四日蒋介石的"戡平共匪叛乱动员令"丝毫没有令人惊异。蒋介石早已决心与全国人民为敌到底,背叛政协路线到底,把内战打到底,把任何和平妥协之门关到底,所有这些人民都早已知道了。所以美联社说:"这个命令的实际意义没有象征的意义那么多。"它有什么象征的意义呢?它象征蒋管区的人民将要遭受更大的压迫。蒋介石既然正式宣布共产党和解放区人民为"共匪",正式宣布任何和平运动为"法外之滋扰",那么一切要求民主的人,要求和平的人,包括国民党内日见增多的倾向和平的人,就都可以公开逮捕残杀了。它象征蒋管区人民将要遭受更重的征兵、征粮、征税、派款、通货膨胀、物价飞涨、破产和饥饿的灾难。蒋介石把这些灾难叫做"全国人民的基本生存权利",因此说如果今日削弱了国军,就是动摇了"全国人民的基本生存权利"。它象征蒋介石将要进一步卖国,以获得美帝国主义的进一步援助,蒋介石的发言人已经暗示南京将要接受"与希腊相同的财政、政治和军事的监督"。但是最重

要的,它是象征着蒋介石的统治将要总崩溃!事实上,蒋介石的真正总动员老早实行过了,在以前他是只做不讲;现在他已经没有什么可以总动员,只等着一个总崩溃了……

七月初,获悉国民政府宣布中国全面进入内战后,杜鲁门总统决定"就中国现在及未来的政治、经济、心理和军事情况,作一估量"。十一日,抗战期间曾担任过中国战区参谋长的魏德迈将军率调查团到达中国,调查团成员包括来自美国国务院、财政部、陆军部、海军部的军事、政治、经济、新闻和公共事务等方面的专家和顾问。杜鲁门总统对魏德迈的指令是:只有得到中国政府对中国复兴计划提出令人满意的证据以及美国的援助能够切实做到被美国政府所监督的保证之后,美国才考虑对中国的援助。

自从下飞机开始,魏德迈就没有给蒋介石任何一种友好的表示。他首先声明他不是来旅游的,不接受任何应酬,因此拒绝了蒋介石的欢迎宴会,然后在简单听取了宋子文、孙立人等人就中国目前局势的介绍后,立即率领调查团离开了南京。一个月内,调查团走遍沈阳、抚顺、北平、天津、青岛、济南、上海、武汉、广州和台湾等地,会见当地的政府官员和各界人士,召开了一连串的座谈会。八月二十二日,魏德迈宣布考察结束。蒋介石准备了盛大的饯行宴会,魏德迈却要求把宴会改为他的演讲会。魏德迈的演讲让蒋介石和国民党高级官员目瞪口呆:

> 中央政府不能以武力击败中国共产党,而只有立即改进政治及经济状况以争取人民群众忠心的、热烈的、至诚的拥护。中央政府在共产党的猛攻之下能否屹立或倒台,将决定这种政治与经济状况改进的效率与时机……根据我的调查,我发现不少政府官员将他们的兄弟子侄安置于政府,任职于国营或私营公司之中,利用职权不顾国家与人民的福利而谋取巨利。假如诸君对各种大银行组织及其他新设的商业组织做一调查以确定这些组织已经赚了多少钱,这些钱已付给何人或何种人的集团,那是很有趣而且足以暴露真相的。

即使登上了返回美国的飞机,魏德迈对国民党官员的憎恶依然未消:"大多数人的品行是特别表现出贪婪、无能昭著,或者二者俱全。"

尽管对国民政府的种种腐败和无能了如指掌,魏德迈回国之后还是向杜鲁门总统提出了给予国民政府大规模援助的建议,他的唯一出发点是:为了防止苏联控制中国——"一个与美国友好或结盟的统一的中国,不但可供给重要的海空军基地,而且从它的幅员与人力来看,也是美国的一个重要盟友。"为此,魏德迈甚至提出按照联合国宪章"将满洲置于五强监护制度之下",他担心由于国民党军队在中国东北的失败导致那一重要地域为苏联所控制。美国政府支持国民党军队与共产党军队作战的另一个原因,司徒雷登说得悲伤而无奈:"我们无法把所有的部队再运回来。光是把其中的一部分运到现在的阵地,美国已经花费了三亿美元。"

此刻,远在陕北的毛泽东又返回到靖边县的小河村。

小河村里一个穿着件粗白布褂子的十四岁女娃兰兰给毛泽东做了一双新布鞋。毛泽东穿了,很合脚。

兰兰的母亲问毛泽东:"苦日子啥时候能到头?"

毛泽东回答说:"快啦快啦。"

七月二十一日,在小河村,中共中央召开了一次重要会议,史称"小河会议"。

天气热了,警卫战士在院子里搭起一个很大的凉棚,几乎把整个院子都遮住了。参加会议的除毛泽东、周恩来、任弼时、陆定一、杨尚昆之外,还有从前线赶来的彭德怀、习仲勋、马明方、贾拓夫、张宗逊、王震、贺龙、张经武、陈赓等将领。所有人都坐在从百姓那里借来的板凳上。

会议一开始,毛泽东提出一个考虑甚久的"战争时间表",即赢得战争的最后胜利大约需要五年时间:

> 我们说对蒋介石的斗争计划用五年来解决,这也用不着讲出去,还是要作长期准备,五年到十年甚至十五年,而不要像蒋介石那样,先说三个月要解决共产党,又说几个月,到了现在又说是才开始。

后来解放战争的历史证明,从毛泽东提出这个时间表开始,到共产党人赢得战争的最后胜利,其进程仅用了不到三年。毛泽东主张从现在开始,各主力部队要从解放区内打出去,将战争从战略防御转为战略进攻。毛泽东认为,尽管军事形势依然严峻,但改变形势的条件已经形成,战争不能按照蒋介石的计划继续在解放区内打下去,不能让战争使解放区民众的负担一日甚过一日,不能让土地改革后的解放区遭到彻底的破坏和毁灭。毛泽东说:"蒋介石搞了个黄河战略,一个拳头打山东,一个拳头打陕北,想迫使我们在华北与他决战。可他没想到,自己的两个拳头这么一伸,他的胸膛就露出来了。所以,我们呢,给他来个针锋相对,也还他一个黄河战略:紧紧拖住他这两个拳头,然后对准他的胸膛插上一刀!"由战略防御转到战略进攻,共产党领导的军队的基本任务是:

> 我军第二年作战的基本任务是:举行全国性的反攻,即以主力打到外线去,将战争引向国民党区域,在外线大量歼敌,彻底破坏国民党将战争继续引向解放区、进一步破坏和消耗解放区的人力物力、使我不能持久的反革命战略方针。我军第二年作战的部分任务是:以一部分主力和广大地方部队继续在内线作战,歼灭内线敌人,收复失地。

这是一个惊人的决定。

此时,共产党军队无论在数量上还是装备上依旧处于劣势,国民党军队占有其广大控制区内丰富的人力和物力,美国政府继续对其进行着军事和经济上的援助,战争所需要的巨大资源的天平依旧在向国民党一方倾斜。国民党军队的三十一个旅压在陕北战场上,五十六个旅压在山东战场上,在东北战场也保持着相当规模的兵力,而在这些区域里的共产党军队正在与国民党军队艰苦作战。陕北解放区首府延安、山东解放区首府临沂和华北解放区首府张家口等重要城市相继沦陷敌手,全国范围内的解放区面积都在逐步缩小——无论从哪一方面讲,对于共产党一方来说,战况好转的迹象并没有显露。那么,毛泽东主张的进行全面反攻的依据何在?大兵团离开解放区,"将战争引向国民党区域",这一大胆设想的令人担心之处是:自创建以来就依赖根据地生存的共产党军队,一旦离开解放区人力物力的依托,离开了解放区民众的支援,粮食弹药如何筹措?支前民工从何而来?官兵负伤安置在哪里?遭到包围后往何处突围?从战争爆发以来的态势上看,蒋介石不正在处心积虑地要把共产党领导的军队从其控制区里赶出来加以消灭吗?

毛泽东站在被连绵的黄土高原所环绕的小河村里极目远眺。

解放战争的重要转折时刻就要来临了。

战略进攻

一九四七年六月三十日,冀鲁豫大平原上皓月当空。

在黄河中下游河南与山东交界处,一声炮响之后,自临濮至张秋镇约一百五十公里的河段上,晋冀鲁豫野战军十余万人马开始由北向南强渡黄河。

横亘于中国国土中部的这条大河,以浑黄的河水举世闻名,更以凶险的水情让任何一支试图跨越它向对岸实施攻击的军队望而却步。因为中原地理位置的格外重要,这条大河自中国的春秋时期起,便目睹了无数次惨烈的战争景象。但是,对于一九四七年六月间的那个夜晚,无论事后的叙述使用了怎样壮怀的词汇,当时的情景却完全出乎晋冀鲁豫野战军将领们的预料。

新华社记者李普现场报道:

> 沿岸八个县的水手,都参加了渡河工作。自从解放军开始渡河以来,蒋介石的飞机日夜频繁骚扰,但未能阻止我大军前进。船只分大小两种,于去年十一月开始建造,大的可以载运十轮大卡车两辆,小的可以载运三四十个人。水手们兴奋地谈说三十日晚上的动人情景:那天,第一次载运突击队的时候,大家悄悄地、紧张地动作着。河这边看着表,从开始到突击队抵达对岸放信号枪,恰恰是五分钟。有许多渡口是在猛烈的炮火下强渡的。在我经过的这个渡口,由一部分蒋军和还乡团防守,那天晚上蒋军们逃得很快,蒋介石的忠实走狗还乡团还在做梦。等到他们知晓的时候,已经做了俘虏。解放军就是这样在五分钟之内粉碎了被蒋介石吹嘘的黄河天险等于四十万大军的神话。当记者和水手们谈起蒋介石的这个神

话的时候,他们都莫不哈哈大笑。他们都是黄河上乘风破浪的老把式,他们展开了立功运动,看谁的船快,谁渡的次数多。十年前他们驾着船来往于济南、开封之间,他们说:等到把这两个地方解放后,就有生意做,黄河又要活跃起来了。

黄河的临濮至张秋镇段,是国民党军分割山东解放区与晋冀鲁豫解放区的边界。至少就防御而言,他们有充分理由在此部署巨大的兵力,以利用黄河天堑"防止共产党军队在被压缩得很狭窄的区域中流窜出来"。但是,由整编五十五师和整编六十八师共同构成的河防防线形同虚设。

晋冀鲁豫野战军主力强渡黄河的那天,国民党方面正在开会讨论是否对共产党"正式颁布讨伐令"。没有史料确切地表明国民党的高官大员们对黄河岸边发生的军事行动有过分的惊骇。蒋介石最初的判断是:"刘、邓向北流窜不成,企图向南夺路。"参谋总长陈诚的语气更是轻描淡写:"共军刘伯承回窜鲁西,对战局稍有影响。"倒是毫无作战经验的美国驻华大使司徒雷登预感到了什么,他坚持认为共产党军队在这个月圆之夜南渡黄河的行动"绝非好兆头"。

这确实是共产党人精心策划的一次意义重大的军事行动。

为了"将战争引向国民党区域",共产党人制定了三军挺进,"经略中原"的战略部署:以晋冀鲁豫野战军主力,由司令员刘伯承、政治委员邓小平指挥,从国民党军南线的中部实施突破,攻占鲁西南,跃进大别山,以淮河以南、长江以北、平汉路以东、淮南铁路以西为作战范围。这路作战部队通称"刘邓大军"。以晋冀鲁豫野战军一部,由第四纵队司令员陈赓、政治委员谢富治指挥,从晋南南渡黄河,挺进豫西,以黄河、渭水以南、汉水以北、平汉路以西、西安以东为作战范围。这路作战部队通称"陈谢大军"。以华东野战军主力,由司令员兼政治委员陈毅、副司令员粟裕指挥,挺进鲁西南,进军豫皖苏边区,以黄河以南、淮河以北、平汉路以东、运河以西为作战范围。这路作战部队通称"陈粟大军"。

共产党人的三路大军呈"品"字形配合作战,目标直指国土腹地的国民党控制区域。

从解放区内部向外线出击,从战略防御转为战略进攻,突击的矛头首先指向哪里?共产党人的选择是:大别山。刘伯承说:"大别山,雄峙于国民党首都南京与长江中游重要城市武汉之间鄂、豫、皖三省交界处,是敌人战略最敏感而又最薄弱的地区。这里又曾经是一块老革命根据地,有经过长期革命斗争锻炼的广大群众,多年来一直有我们的游击队坚持斗争,我们容易立足生根。我军占据大别山,就可以东慑南京,西逼武汉,南扼长江,瞰制中原。'卧榻之旁,岂容他人鼾睡'?蒋介石必然会调动其进攻山东、陕北的部队回援,同我们争夺这块战略要地,这就恰恰可以达到我们预期的战略目的。"

毛泽东致电刘邓大军:采取跃进的进攻形式,"下决心不要后方",长驱直入,一举插进敌人的战略纵深,"占领大别山为中心的数十县",建立革命根据地,"吸引敌人向我进攻打运动战"。

不要后方的军事行动是孤注一掷的行动。

七月四日黄昏,刘伯承和邓小平在寿张县蔡楼渡口乘坐一条大木船渡过了黄河。星垂旷野,月映中流。半渡时,天上来了飞机,投下的照明弹将黄河河面照得如同白昼。刘伯承和邓小平让船工们别害怕,说这是蒋介石怕咱们夜间渡河看不见特地来点灯了。船工们起劲地划桨。船靠南岸之后,刘伯承和邓小平立刻消失在夜色中。船工们聚集在一起,很是感慨了一番,说共产党队伍里有这样的将军定能成大事。正说着,一个小兵跑了回来,怀里抱着一大块猪肉,说这是刚才渡河的首长给船工们的谢礼。

晋冀鲁豫野战军主力强渡黄河后,为堵塞黄河南线已被扯开的防御缺口,国民党军紧急做出应对部署:从豫北调整编三十二、六十六师,从皖西北调整编六十三师一五三旅,从豫皖苏地区调整编五十八师的两个旅,连同鲁西南地区的整编七十师,统一归属从鲁中调来的第二兵团司令官王敬久指挥,分两路向鲁西南的定陶、巨野方向推进。同时,命第四绥靖区司令官刘汝明部的整编五十五师和整编六十八师,死守黄河以南的郓城与菏泽地区。国民党军的军事调动出自一个简单明了的目的:以一部死守定陶和郓城,吸引刘邓部主力,待其久攻不下时,东、西两路展开钳形攻势,将刘邓部主力压缩于陇海路、黄河与大运河的三角地带,使之或者背水决战,或者退回黄河以北。

此刻,蒋介石并没有判明刘邓大军主力南渡黄河的真实意图。

刘伯承和邓小平渡过黄河后,住进一个名叫河西的村子。房东是个老实忠厚的农民,叫包承章,全家四口,六间砖泥房。主人把其中的四间腾出来,打扫干净,摆上了一张八仙桌和一把茶壶、几只茶碗。刘邓大军指挥部的电话和电台设在包承章家旁边的包承全家里,两家之间是一小片茂盛的桑树林,指挥部的汽车就隐蔽在林子里。刘伯承穿着灰色的军衣,邓小平穿着白色的衬衣,俩人坐在包承章家院子里的大槐树下,战士们向主人讨来些开水,并在桌子上的茶盘里放了些冰糖块。一群衣衫破旧的孩子在他们身边玩耍吵闹,刘伯承和邓小平偶尔停下正在商量的事,招呼着孩子们,往他们黑乎乎的小手里塞块冰糖。

此时,晋冀鲁豫野战军主力已全部渡过黄河。他们是:第一纵队,辖一、二、十九、二十旅,司令员杨勇、政治委员苏振华;第二纵队,辖四、五、六旅,司令员陈再道、政治委员王维刚;第三纵队,辖七、八、九旅,司令员陈锡联、政治委员彭涛;第六纵队,辖十六、十七、十八旅,司令员王近山、政治委员杜义德。还有晋冀鲁豫军区独立一旅,旅长蔡爱卿、政治委员崔健功。

刘伯承、邓小平向中央军委报告了南渡黄河的总兵力:十二万三千五百一十八人。

十二万大军渡过黄河,向国民党军迎面扑来,发生于中原的剧烈战斗已是不可避免。

刘邓大军的意图是:利用东路来敌尚未到达作战区域之机,抢先攻击兵力较弱的西路来敌,以使突入中原的部队建立一个能够站住脚的战场。具体作战部署是:一纵四个旅攻击郓城,六纵和二纵的一个旅攻击定陶,二纵的两个旅攻击曹县,其余部队担负穿插掩护任务。

郓城是鲁西南的一座古城,作战双方都对这座古城感兴趣的原因是:晋冀鲁豫野战军希望以攻击行动吸引国民党军主力来援,以创造各个击破的战机;而国民党军企图通过对郓城的顽强防御,将晋冀鲁豫野战军主力牵制于城下,给东、西两路部队赢得形成钳击的运动时间。

郓城城防工事坚固,砖质城墙高七米以上,四座城门都建有碉堡群,街巷中的火力体系也相当完备。守军为国民党军整编五十五师。

七月四日黄昏,一纵对郓城发起了猛烈的攻击,国民党守军很快就发现,利用郓城的坚固工事迫使晋冀鲁豫野战军盘桓于此的希望十分渺茫。攻击的炮声骤然响起时,正在召集军事会议的整编五十五师师长曹福霖立即命令军官们迅速返回部队,但往回跑的军官近三分之一因被炮火所伤未能到达指挥位置。侥幸安全返回城南关的八十七团代理团长余克浚立即部署防御作战。他把他的部队分成三个梯队,还特别为可能发生在壕沟里的肉搏战做了准备。八十七团的作战部署刚刚下达,猛烈的炮火就把团部的围寨轰开了,紧跟着一纵的官兵冲了进来,余团长几乎还没有反应过来就被俘了。余克浚放下武器走出团部,看到十几名共产党士兵整齐地站在门外,"四周的工事里也整齐地伏着战士的行列"。——"这使我十分佩服,这是我理想中的好队伍,二十年来我所梦想的就是这样的队伍。"

在一纵二十旅拿下南关的同时,一旅也占领了城西关。

七日黄昏,当接近城墙的交通壕全部挖好之后,总攻开始了。在炮火掩护下,一纵二十旅突击队突上了城墙,但是遭到守军的凶猛反击。一旅一团六连连续爆破,终于把城墙外的鹿砦炸开一个大缺口。八班长温好然头部中弹,依旧抱着炸药包往上冲,冲到外壕边沿时,他的手部再次中弹。连长命令他下去包扎,他死也不肯。在随部队登城时,温班长的腰部再次中弹,倒下去的时候他朝战士们喊:"赶快进去打敌人!进去千万不要犯纪律!"温班长平时对战士很好,新战士哭了起来。副班长万祥勋说:"别哭!找敌人算账去!我只要不死就一定领着大家干!"守军的反击十分顽强,打到跟前还不肯放下武器。九连一排长孙先居带领的小组伤亡很大,他恼火了,一跃而起,竟然抓起正在射击的两挺机枪的枪管,硬是把守军的机枪抢了过来。

一纵各旅相继突破后,进入城内沿着街巷顽强攻击,目标直指设在城中教堂里的整编五十五师师部。

当师部受到攻击的时候,师长曹福霖换上便衣,与少数随从一起,秘密地从城东关逃出,一路向东逃到了嘉祥。但副师长理明亚没有如此幸运,他潜逃出去之后,在城外的庄稼地里被配合作战的民兵发现。他说他是伙夫,民兵们不信,因为他有一支漂亮的美式手枪,民兵们说:"如果不说实话就用刺刀穿了你。"理副师长立即坦白了自己的身份。当他交出财物时,民兵们拒绝了,说共产党有政策,只缴他的枪不缴他的金子。民兵们将他带回村里,给他做了一碗白面面条,理明亚吃面条时,看见这些支持共产党军队作战的民兵们啃的是粗粮野菜馍馍,一时间感动得难以言表。第二天他被送到了晋冀鲁豫野战军司令部。

郓城战斗结束后,刘伯承、邓小平总结了城市攻坚作战的制胜要点:"攻城突击点的选择,应在敌人最忽略的地方。为使选定之突击点不过早被敌发现,他方以积极佯动吸引敌人"。"步炮兵指挥员均架有电话,交通情报非常顺畅灵通及时;步兵与炮兵在进展中,炮兵火力始终保持在步兵前面二十公尺的地方,轰击敌人为步兵开路"。"为防止一个突破口不能成功,亦可选定数个突破口,但于一个突破口成功后,位于其他突破口的突击部队,应立即转向成功之突破口,协同夹击敌人,扩大此一突破口","如此即须事先令各突击部队对每个突破口之地形道路有详慎之侦察与熟悉"。

一纵攻击郓城之时,六纵开始攻击定陶。定陶国民党守军为整编六十三师一五三旅。七月十日晚,六纵十六旅四十七团从东门、十八旅五十二团从北门同时发起进攻,五个小时后,部队攻入城内将守军分割围歼。

战斗中,一位被子弹击中跌下云梯的排长的伤势令包括刘伯承、邓小平在内野战军官兵们格外牵挂。这个农民出身的大个子排长二十六岁,曾在国民党军中当了六年机枪手,抗战胜利后,在一次国共军队冲突时被俘,随后留在了共产党军队里。他不善言辞,性格憨厚,高兴的时候喜欢摆弄自己的机枪,能蒙着眼睛把一挺最新式的机枪快速分解成零件,然后又飞速地重新装配起来,不高兴的时候,他就说些"共产党就几条破枪,根本打不过国民党"和"共产党干部就会收买人心,明天上战场还不是拿着匣子枪逼你去拼命"之类的怪话。官兵们都说他是"最难改造的那种大头兵"。一九四六年冬季里的一天,连队指导员让他讲讲曾经受过的苦,大个子顿时哭了起来。他是安徽阜阳水围子人,五岁那年,父亲因拖欠租子被地主打断腿,爬回家没几天就死了。他家的房子被地主顶了租,母亲带着他和弟弟到处流浪讨饭。十七岁那年,保长把他抓到国民党军队里。因为担心母亲和弟弟,他逃过三次,每次被抓回来都被打个半死。他有生以来第一次对别人倾诉自己的苦难,官兵们说一定要找到那个地主算账。部队打兰封时,他的机枪枪管都打红了。战后指导员表扬他作战勇敢,他坦诚地说战斗开始前他想溜号,因为在国民党军队时长官说共军打仗都让俘虏兵打头阵送死。但是,他亲眼看见了,战斗中干部们都冲在最前面。他说:"人心都是肉长的,以后看我的。"很快,他当了班长入了党。在一次战斗中,他带领全班面对国民党军的疯狂攻击,坚守阵地一个昼夜,不但守住了阵地,而且全班无一伤亡。他的班被评为"模范战斗班",他被评为"杀敌英雄",他的名字出现在一九四六年十二月十日的《解放日报》上。报纸上写道:"党的教育,使王克勤从一个蒋介石手下的愚昧的奴隶,转而与广大人民相结合,很快地变成一员智仁勇全备的人民战士。"部队强渡黄河前,行军到一个村庄,由于这里是游击区,百姓们对共产党军队不了解,房东大娘带着儿媳妇躲了起来。王克勤和战士们睡在院子外,连房东家的一根草都没有动。第二天出发的时候,他发现自己的挎包里多了十二个煮鸡蛋和一包香烟。他把一块银元留在房东家的桌子上,还留下了一张字条:"我们知道您的儿子被国民党抓去当兵了,我们一定把他救出来!"在把鸡蛋和香烟分给战士们的时候,王克勤想起了自己生死不明的母亲,他说:"记住,咱们要为人民打仗,要当人民的儿子!"七月十日晚上,他提着一筐手榴弹往城墙上爬,国民党守军的子弹击中他的胸部,他一下子从云梯上跌下来,腿也摔断了。王克勤坐在地上,一只手捂着冒血的伤口,一只手握着信号枪,直到看见突破口被打开,在发射了报告突击成功的信号弹之后,他才倒下。战士陈群背着他往救护所跑,在救护所他醒来了片刻,他对陈群说:"我包袱里的几件衣服,分给大家吧,战斗打下来,大家缺衣服穿。"由于伤势严重,救护所紧急安排担架往后方转运,王克勤在担架上又苏醒了片刻,这一次,他对陈群提出了个要求:"替我给毛主席写封信,就说是共产党把我救了……"立志要当人民的儿子的大个子排长王克勤死在了担架上。

一九四七年七月十八日,晋冀鲁豫野战军司令员刘伯承撰写了《悼念王克勤同志》一文:"王克勤同志一年来建立了很多战功,树立起战斗与训练、技术与勇敢结合的为我全军所学习的新的进步的范例。我们对于他这种为人民立功不顾一切奋勇杀敌的牺牲精神和高尚品质,表示无限的崇敬。"

"做人民的儿子",这是无论从伦理上还是从道理上,都令国民党军困惑不已的说法。而更令国民党军恐惧的是,成千上万的贫苦百姓宁愿牺牲一切,也要支援共产党军队作战。刘邓大军强渡黄河南下的时候,黄河北岸解放区的支前民工多达百万,仅随军行动的担架队员和运输队员就达八万。鲁西南的百姓自己吃糠咽菜,却为晋冀鲁豫野战军准备了数量充足的物资,仅巨南县,三天之内就把一百四十万斤面粉送到了前沿。百姓们说:"哪怕十天不睡觉,也要让部队吃饱饭!"巨南县的妇女十五天内缝制了两万两千多双鞋子送到官兵们手中。共产党军队攻打郓城的时候,由民兵组成的战场外围封锁线长达百余里,村村设岗,昼夜巡逻,令溃败的国民党官兵几乎无路可逃。

郓城、定陶失守之后,国民党军收缩了战线。第二兵团司令官王敬久判断:共军不是西取菏泽,便是东取济宁。于是,他将整编七十师调到巨野东南的六营集,将整编三十二师调到金乡以北的独山集,将整编六十六师调到金乡西北的羊山集,自己则率指挥所和炮兵营到达了金乡。国民党军在菏泽与济宁之间摆成了一条长约五十公里的长阵。

此时的第二兵团是临时拼凑在一起的,王敬久对自己指挥的部队基本都不了解。但是,金乡离他的老家丰县很近。这令王敬久心情不错,因为他修建的一座新居已接近完工。七月十二日,就在他大宴宾客庆祝新居落成的时候,突然传来消息,晋冀鲁豫野战军已出现在整编七十师驻地六营集附近,有分割国民党军的企图。王敬久立即命令整编七十师南移,向位于独山集的整编三十二师靠拢。可是,没过多久,传来了整编七十师移动受阻的消息。王敬久立即改变主意,命令独山集的整编三十二师北移,向六营集的整编七十师靠拢。王敬久的意图是:不管刘邓部的意图是什么,先让自己的部队收拢了再说。

王敬久摆出的长蛇阵是个容易被各个击破的部署,而且他为他的部队选择的集结位置同样危机四伏,除了整编六十六师所在的羊山集外,其余各部队都驻扎在地形狭窄的村庄里,即使装备优势也无从发挥。于是,晋冀鲁豫野战军主力决定对王敬久部展开攻击:一纵负责切割王敬久部各师之间的联系,然后攻击位于独山集的整编三十二师;六纵协同一纵作战。二纵协同三纵围歼位于羊山集的整编六十六师。独立第一、第二旅负责阻击金乡的整编五十八师可能的增援。

王敬久比自己的部队收缩得快,他很快就跑到济宁城里去了。

七月十三日,整编三十二师从独山集出动,企图向六营集的整编七十师靠拢,但却受到一纵的猛烈阻击。由于一纵的兵力不足,整编三十二师除一三九旅遭遇重创外,师部和一四一旅终于进入六营集,与整编七十师会合。

六营集是个仅有两百多户人家的小村子,房屋多为土筑,根本无法抵挡炮火的攻击。时值酷暑,国民党军两个整编师的数万人马挤在一起,缺粮少水,未战先乱。整编三十二师师长唐永良与整编七十师师长陈颐鼎商量,决定向东北面的嘉祥突围。但是,王敬久指挥部来电,命令"坚不准动"。十四日早晨,指挥部再次来电,命令"两师并进",经独山集解整编六十六师羊山集之围。十四日整整一天,突围战斗没有取得任何进展。傍晚,王敬久的命令再次到达,这次是要求唐永良和陈颐鼎死守待援。然而,就在这时,一纵和六纵的总攻开始了。

这是一个闷热而混乱的夜晚。

六营集的北、西、南三个方向同时受到攻击。在持续不断的剧烈的枪炮声中,唐永良发现东面的战斗似乎微弱一些,于是认定那里是共军攻击的薄弱环节,立即命令所有部队集中向东突围。六营集的东面是一片很大的开阔地,国民党军蜂拥而出的时候并没有遭遇猛烈的拦截。但是,没有走多远,唐永良就后悔了:这里是共军有意留出的一个缺口,缺口外是一个早已布置好的大口袋。

"兵无斗志,将帅恐慌,是整个国民党军的膏肓之症。"在战斗中被俘的整编七十师上校参谋处长刘学基说,"刘伯承渡河后,我们王(王敬久)兵团的参谋部就手忙脚乱,朝令夕改,莫知所措了。弄得我们各级参谋人员,日夜拿着小红旗面对军用地图,不知该往哪里插。上下一样,两眼漆黑,人人皆知有敌情,但谁也不知解放军意图何在。有人说攻下郓城取菏泽,有人说攻下郓城取济宁,直到四日郓城被围吃紧,我师集结金乡后,将帅依然争论不休。五日奉命转进嘉祥,但夜达纸坊街时,忽又命令转到济宁。连夜马不停蹄,六日赶到济宁,人困马乏。九日又奉命进驻嘉祥。待十一日进抵杨官屯后,忽闻羊山集六十六师被围,于是全部人马大吃一惊。"——整编七十师接受美式装备训练足足一年半,刚上战场就陷入慌张混乱的调动中,它最终覆灭的时刻来临了。

当时天黑,大家争着往外跑,一出六营集不到十公尺,班长就找不到士兵了。人喊马叫,枪声从四面八方打过来,乱兵像疯人一样,向东跑一阵,一听枪声,又转身向西跑一阵,炮车、弹药、驮骡、马骑、牛车全部失掉管制,那真是乱兵、乱将、乱人、乱马、乱车、乱炮、乱冲、乱撞、乱喊、乱叫。彩号病号和被撞倒挤倒了的人,都来不及重新站起来,就被人马活活踏死……一七七团二营营长江树屏负伤卧倒,被师长的马踏死,而正副师长也终于丢掉了帽子之后,身边只剩下一个卫兵而被俘。

十五日天亮时,除整编三十二师师长唐永良带领少数随从突出去之外,包括整编三十二师一三九旅旅长唐化南在内的三千五百名国民党军被打死,被俘者达一万五千人之多,其中有整编七十师中将师长陈颐鼎和少将副师长罗哲东。

没过多久,惊魂未定的陈颐鼎和罗哲东接到了赴宴的邀请。宴请他们的是晋冀鲁豫军区副参谋长王世英,王世英与他们两人是黄埔军校的同学。酒过三巡,罗哲东回忆起大革命时期的生活:"那个时候,革命军的士气是什么样子?与现在你们一样。革命军的人数很少,只有几杆破枪,把北洋军阀打垮了……那时候黄埔同学一见面,就问谁当了烈士,没有一个人怕死,以死为光荣。可是今天,这些东西都一去不复返了。"

接下来,攻击羊山集的战斗异常残酷。

蒋介石认为,刘邓部队连续作战,伤亡巨大,已是强弩之末。只要整编六十六师在羊山集把共军主力牵制住,待各路增援部队迅速到达后,就可形成与刘邓主力决战的态势。于是,他一面命令整编六十六师师长宋瑞珂死守羊山集,一面命令国民党军各路增援部队向羊山集快速集结。

羊山集的名字来自羊山。本是一马平川的鲁西南平原,在金乡和嘉祥一带突隆起几个小山包,羊山便是其中之一。小山下是个有着上千户人口的大村子,村庄四周是日伪占领时期修建的很深的壕沟。整编六十六师进入羊山集后,连日的大雨使壕沟里灌满了水,依山环水的地势使这里易守难攻。

对于刘伯承和邓小平来讲,迅速攻下羊山集就可掌握战场主动,如果久攻不克,就会面临被各路国民党军增援部队围歼的危险。国民党军陆军总部徐州司令部参谋长郭汝瑰在日记中记述道:"羊山集命运决于此数日内,如共军不能将其攻下,则鲁西会战共军即系失败。"

七月十一日,王敬久亲赴羊山集检查防御。

十五日,晋冀鲁豫野战军第二、第三纵队开始了对羊山集的攻击。

整编六十六师系国民党军嫡系部队,老兵多,作战顽强,火力强劲,当晋冀鲁豫官兵已经攻进村时,整编六十六师组织起猛烈的反击,很快就夺回了被占领的阵地。为了尽快解决战斗,二纵和三纵不断加强攻击力量,不顾一切地反复冲锋,部队出现巨大的伤亡。三纵八旅二十二团屡次攻击无效,二营长吴锡山决心一死。他给团长徐学忠打电话说,如果我牺牲了,所有的钱都交党费,还要通知我的母亲。放下电话,吴锡山便率领全营再次发起冲锋,冲在最前面的他很快中弹身亡。二十三团和二十四团也在占领阵地后因无法坚持退了下来。二纵六旅曾在羊山集的西南角打开了突破口,国民党守军一度退到十字街的核心阵地,但是由于没有控制制高点,突击部队受到敌人侧射火力的猛烈射击。旅长周发田组织人员冲上去,去抢牺牲烈士的遗体,从他面前抬走的每一个人他都异常熟悉:十八团一营营长刘佩均、副营长王春成,二营教导员马瑞昌,三营副营长马金柱,作战参谋曹振东……

负责打阻击的六纵十六旅被紧急调来羊山集。在向羊山集开进的途中,尤太忠旅长看见沿途的玉米地里躺着二纵的伤员还没有转运下去,就命令部队组织抢运,而自己先去二纵指挥所向陈再道司令员报到。十六旅的官兵抢救伤员时心神不定,因为他们的任务是攻击羊山集,干部们催促战士快走,战士们却舍不得把伤员扔下。尤太忠旅长知道二纵和三纵这几天攻击受挫,但十六旅此刻的作战条件也不成熟,至少部队连地形都还没弄清楚呢。可是,当听说国民党军的增援部队就要赶到时,尤太忠毫不犹豫地决定当晚发动攻击,并指定作战能力很强的四十六团担任主攻。

四十六团对羊山集的攻击过程,成为这支部队幸存者终生都感到遗憾的一件往事。炮火还没有上来,团长唐明春要求准备之后再发动攻击,但是他得到了"大局之下准备牺牲"的命令。国民党守军的火力十分凶猛,没有炮就只能用炸药包去炸。一营十几个人的工兵班轮番爆破,敌人的火力点没有炸掉几个,这个班很快就全班阵亡了。整整一个晚上,尤太忠的望远镜就没有放下过,他反复交代前沿部队:抓住了阵地就要巩固!不要被反下来!能占多少算多少!

四十六团二连长张天才,长脸,大眼睛,样子憨厚,打起仗来却胆子奇大,动不动就要刺刀见红。在攻下两个前沿阵地后,由于后续部队没跟上来,张天才奉命原地等待。此时,他的连队抓的七十多名俘虏成了累赘,由于牺牲,连队人已很少,既要看守阵地,还要看管俘虏。敌人再次进攻的时候,俘虏突然开始抢夺枪支,国民党守军趁机冲击,年仅二十一岁的张天才连长被乱枪击中。连长的阵亡令早已严重减员的二连无法组织起有效的作战,还活着的官兵开始往下撤。正向这里赶来的后续部队看见前面撤了,也开始往回撤,他们不知道,国民党守军的火力跟着就追射过来——这是令四十六团老兵不堪回首的往事。四十六团拼尽了全力。全团阵亡排以上干部十三人,战士六十五人,干部受伤三十四名,战士受伤四百四十八人。挑着白馒头往阵地送饭的炊事员,看见遍布在战场上的尸体号啕大哭,任谁劝也劝不住,这个老兵坐在地上哭了很长时间。

天像被连日的炮火打漏了一样,大雨数日倾泻不止,整个羊山集一片泥泞,壕沟里的水已经齐胸高。攻击部队的官兵只穿一条裤衩站在壕沟里,个子矮的只在水面上露出一个脑袋。伤员的伤口被雨水泡得发白溃烂,大雨令运送工作无法进行。那些战死者的尸体在积水中很快腐烂,发出令人窒息的气味。

大雨中,蒋介石的专机降落在开封机场。

蒋介石严令宋瑞珂死守羊山集,严令王敬久立即率整编五十八师和整编六十六师一九九旅北渡万福河增援羊山集。同时,从西安和潼关急调整编第十师、骑兵第一旅,从洛阳急调青年军二〇六师,从豫北急调整编四十师、从武汉急调整编五十二师八十二旅,从鲁中急调整编第五、第七、四十八、八十五师,由第四兵团司令官王仲廉统一指挥,驰援羊山集,蒋介石知道战事已经到了最后关头,抓住刘邓部久攻不利的机会,就有可能制造一个将十多万共产党军队彻底歼灭的军事奇迹。

刘伯承和邓小平调整了作战部署,决定在继续攻击羊山集的同时,抽调一纵十九旅和冀鲁豫军区部队在万福河北岸阻击援敌,适时放开一个缺口,让从金乡增援而来的整编六十六师一九九旅北渡万福河,然后立即切断该旅与随后跟进的整编五十八师的联系,集中主力将敌一九九旅全部吃掉。

二十二日,王敬久对整编五十八师师长鲁道源说:"六十六师是陈诚的基本部队,你必须去解围,否则陈参谋总长不会饶恕你。"同时,王敬久还向一九九旅旅长王仕翘下达了最后的命令:限即日十二时到达羊山集,否则军法从事。鲁道源师长在传达这个命令时还附加了一句:"不按时到达,就枪毙旅长。"旅长王仕翘在前进不能后有督战的情况下心情绝望:"还是让我自杀了吧!有我在你们也跟着下不了台,我死了你们可以自己去寻找出路!"向羊山集开进的王旅长没有自杀,当他发现万福河北岸出现了一个缺口时,立即命令部队攻击前进。一九九旅刚过万福河,就发现与后面的鲁道源师长失去了联系,连一直紧跟在身后的督战队也没了踪影。王仕翘意识到:自己的后路被堵死了。这时,他接到报告说,羊山集里的一个团已经突击而出迎接他了。王旅长只好率领部队硬着头皮继续前进。滂沱大雨中,一九九旅受到晋冀鲁豫野战军突然发起的猛烈攻击。只一会工夫,五九五团团长王鸿诏被打死,副旅长何竹负伤后被俘,王仕翘只身一人藏在一片高粱地里,很快就被搜查出来。王旅长对共产党官兵说:"昨晚我算了卦,知道今天不吉利!"

整编五十八师见势不妙,退回金乡去了。

刘伯承、邓小平的对手已处于不利之势。国民党军各路援军虽多,但或被阻击,或尚在途中,或消极观望,而羊山集里的宋瑞珂部已是弹尽粮绝。蒋介石感慨宋瑞珂坚守羊山集整整两个星期,"实属党国中坚"。七月二十五日,深陷绝境的宋瑞珂接到了蒋介石的电报:"羊山集苦战,中正闻之,忧心如焚。望吾弟转告部下官兵及诸同僚,目前虽处于危急之际,亦应固守到底。希吾弟赖上帝庇护,争取最后五分钟之胜利。"

刘伯承和邓小平上了羊山集前沿。

刘伯承问纵队指挥员"看了地形了没有"?有人回答"没有"。刘伯承火了:"歼敌三千,自损八百,仗打得太蠢!一个指挥员不仅要负歼敌三千之责,也要负自损八百之责!"

二十七日,连绵的大雨骤然停止。傍晚,晋冀鲁豫野战军主力对羊山集的最后总攻开始了。野炮、山炮、榴弹炮集中火力猛烈轰击,轰击的时间长达四十分钟,羊山集变成了一片火海。各路攻击部队在炮火的掩护下,相继突破了国民党守军当面防线。整整一个晚上,交战双方的官兵纠缠在一起奋力厮打,咒骂声、呼喊声、呻吟声直至凌晨才稍有平息。天亮后,在飞机的助战下,国民党残余部队开始突围,但是,羊山集已经被晋冀鲁豫野战军围得密不透风。

伤亡巨大的二纵六旅官兵一心要抓到宋瑞珂。十八团一营教导员韩镜发现羊山集村东北角一座带院墙的楼房像是指挥所,立即命令二连指导员葛玉霞带领这个连仅剩的三十多名官兵前去攻打这座楼。二连的攻击刚刚开始,楼里面就跑出来一个军官,喊:"不要打了!我们投降!"这个名叫郭雨林的军官是整编六十六师的参谋长。他投降后对葛玉霞说:"里面还有长官。"

一个小个子军官走了出来,向葛玉霞敬了个礼,他就是整编六十六师中将师长宋瑞珂。与宋瑞珂一起走出来的还有:副师长王开石、一八五旅旅长涂涣陶、一八五旅参谋长马权之、五五三团团长罗玉腾、五五四团团长李祝生。

二十七日夜半,羊山集北侧石头山之制高点被攻占。当即召集各旅、团长及幕僚人员、直属营长研究对策。一八五旅旅长涂焕陶说,逐屋守备,还可支持三天。我说羊山集制高点已被占领,全村情况了如指掌,已成瓮中之鳖,最多支持到次日中午。涂乃坚持逐屋守备。通信营长陈光复原想建议于天亮之前突出去,见涂坚持要守,未便说出。天亮之后,大雨倾盆,仍继续战斗。到二十八日下午,西北方向已被突破。我认为继续战斗下去,徒招致双方更多的伤亡,乃派一中尉附员浙江嘉善人某[姓名记不起]由羊山集东端出去找解放军的一个连指导员进来,表示停止战斗。

宋瑞珂,一九四六年四月内战爆发前,他在汉口与共产党代表签订"中原停战协定";但是,仅仅两个月后,他率部首先围攻中原军区李先念的部队。宋师长被俘后说:"你们包围得太紧,简直无路可走。炮火猛烈得使我们抬不起头来。我住的房子也落了很多炮弹,只差这么一点一切都完了……如果不是抱着'固守待援'的心理,早就不打了。可是援兵呢?一纸空文。"

羊山集战斗,国民党军整编三十二师距整编六十六师只有五公里,整编七十师距整编六十六师只有十公里,但是,各路友军临阵脱逃致使整编六十六师被歼。蒋介石下令将第四兵团司令官王仲廉撤职查办,将整编三十二师师长唐永良送交军事法庭。国民党军陆军徐州总司令部参谋长郭汝瑰说:"宋瑞珂在此支持两星期之久可谓难能。王敬久以两师距宋十公里而不能救,王仲廉二十二日即已集中完毕开始前进,徘徊于冉堌集数日,如两王均于二十四日以后真面目攻击,则局面必大异于今日。余深知国民党腐败,王仲廉等均只知弄钱。"——谁都知

— 354 —

道,一旦到了"文官贪财,武官怕死"的地步,任何事情都不可挽救,可是现在国民党军的武官不但怕死,而且"只知弄钱",这仗还怎么打?

历时二十八天的鲁西南战役,晋冀鲁豫野战军共歼灭国民党军四个整编师师部及九个半旅,收复黄河南岸的大片地区。

此战,在中国人民解放军战史中被称为"战略进攻的序幕":"鲁西南战役,是刘邓大军外线出击、进军中原的首战。它的胜利,粉碎了蒋介石的黄河战略,迫使其从陕北、山东、豫北各地抽调八个整编师驰援鲁西南,从而打乱了国民党军的战略部署,有力地配合了陕北、山东两战场人民解放军粉碎国民党军重点进攻的作战,揭开了全国解放战争由战略防御转入战略进攻的序幕。"

攻克羊山集的当日,刘伯承、邓小平鉴于部队连续作战,消耗很大,尤其是弹药消耗一时无法得到补充,致电中央军委,提出在陇海路南北机动两个月左右,同时积累南下所需物资和经费,之后直下大别山。

一天以后,毛泽东发来一封被邓小平称为"极秘密的电报",电报的抬头很是郑重:刘伯承、邓小平,陈毅、粟裕、谭振林,华东局,邯郸局,并告陈赓、谢富治及彭德怀。毛泽东在电报中基本同意刘伯承、邓小平提出的"保持后方接济,争取大量歼敌,两个月后看情况",但是接下来的话却令他们颇为震动:

……现陕北情况甚为困难[已面告陈赓],如陈谢及刘邓不能在两个月内以自己有效行动调动胡军一部,协助陕北打开局面,致陕北不能支持,则两个月后胡军主力可能东调,你们困难亦将增加……

局势的危机很清楚:如果陈谢部和刘邓部不能及时向外线出击,以调动向解放区进攻的国民党军,特别是不能调动正在全力进攻陕北的胡宗南部主力,则很可能导致"陕北不能支持"。

"陕北不能支持",共产党中央将到哪里去?

七月三十日,刘伯承、邓小平回电:

连日我们再三考虑军委梗(二十三日)电方针,确好顷奉艳[七月二十九日]电,决心于休整半月出动,以适应全局之需。照现在情况,我们当面有敌十九个旅,至少有十个旅会尾我行动,故我不宜仍在豫皖苏,而以直趋大别山,先与陈谢集团成掎角势,实行宽大机动为宜。准备无后方作战。

多年后,邓小平回忆说:"当时我们二话没说,立即复电,半个月后行动,跃进到敌人后方去,直出大别山。"

从鲁西南到大别山,直线距离也在一千公里以上。沿途必须通过的是国民党控制区,目的地是国民党控制区的腹地。刘伯承和邓小平把可能遇到的困难预想了一遍,但是他们依旧没能料到即将开始的大军南下将是怎样一段艰辛而危险的征程。

破釜沉舟

在陕北的小河村，毛泽东问陈赓："你听说过'破釜沉舟'的典故吗？"

陈赓回答："我明白主席的意思，是叫我们过了黄河，只能前进不能后退。当然，打运动战是要大进大退，但不能退到黄河北岸来。"

毛泽东说："两千多年前，在你们将要渡河的渡口以东，项羽去巨鹿打秦军章邯，他率部一过黄河，就把船沉了，锅也砸了，向全军表示只能胜利不能后退。你们这次过黄河南征就要有这样大的决心。刘、邓挺进大别山，搞得敌人手忙脚乱，到处调兵去追堵，胡宗南又被钳制在陕北。这样，豫西的敌军不多，是个空子。你师出那里，具有战略意义：东向配合刘、邓和陈、粟，西向配合陕北，东西机动作战，大量歼灭敌人，开辟豫陕鄂新区。"

小河会议结束后，毛泽东将陈赓送至小河村外。陈赓劝毛主席过黄河以东躲避一下。毛泽东说："不要担心。你们打得越厉害，打的胜仗越多，陕北人民的安全越有保障，我的安全也就越没问题。"他再次交代陈赓："弹药不足，由蒋介石来'补充'，伤员的安顿靠群众，我们从来是这样办的。根据地是创造出来的，不是一切都搞好了才去革命。"

一九四七年七月十九日，中央军委电：

（一）为着协助陕甘宁击破胡宗南系统，同时协助刘、邓经略中原，决将陈谢纵队使用方向改为渡河南进，首先攻占潼洛郑段，歼灭该区敌人，并调动胡军相机歼灭之。尔后，向豫西、陕南、鄂北进击，创建鄂豫陕边区根据地，作为夺取大西北之一翼。陈谢纵队仍属彭（彭德怀）习（习仲勋）序列不变，同时仍属晋冀鲁豫建制。（二）提议赵基梅纵队（第十二纵队）、秦基伟纵队（第九纵队）及孔（孔从周）汪（汪锋）三十八军与陈谢纵队一同南进,统受陈、谢指挥。（三）上述陈、赵、秦、孔四部统于电到二十天内完成一切政治、军事、经费、干部等项准备工作,未（八月）皓（十九日）以前渡河。

七月二十七日,晋冀鲁豫野战军主力对羊山集发动总攻的那天,中央军委正式下达命令:以晋冀鲁豫野战军第四纵队、第八纵队二十二旅、第九纵队以及西北民主联军第三十八军,共二十九个团八万余人,组成"陈谢集团"以执行南渡黄河挺进豫西的作战任务。

此时,除了彭德怀的西北野战军之外,陈谢集团是最靠近陕北的一支部队,他们出击的路线是:从晋南和豫北的现集结地向南渡过黄河,直接攻击陇海铁路,威胁胡宗南重要的后方补给线。一旦陈谢集团出击成功,胡宗南不可能不调动攻击陕北的部队回防,而这正是毛泽东试图解决陕北危机的最直接的办法。

八月十一日晚,陈谢集团各部队从驻地向黄河岸边出发了。

部队刚一上路,便遇瓢泼大雨,本来常年干旱的晋南地区突降如此猛烈的大雨令官兵们惊讶不已。暴雨导致山洪突发,山路全被冲断,行军变得异常艰难,三天之后,队伍才走到阳城以西的一个镇子,这里距离黄河还有很远的路程,陈赓预定十五日赶到黄河岸边的计划已无法完成。

就在他们出发的第二天,中央军委催促渡河的电报到了,原因是刘邓方面压力甚大需要配合,更为严重的是陕北的局面也面临着危险:

陈谢韩（韩钧）并告刘邓:

真日（十一日）二十时电悉。现敌大军向刘邓追击,若你们于刘邓出陇海线后半个月之久方能渡河完毕,则对刘邓援助过于迟缓。又胡宗南主力正向榆林增援,三十六师两个旅本日到横山、榆林间,刘戡五个旅本日到石湾。彭习亦甚盼你们早日渡河,变动局势。

军委

未（未时）文

陈赓同时致电中央军委和刘伯承与邓小平:"深感不能如期过河,万分焦急。只要河水降到打不翻船时,就坚决渡河。"陈赓开始督促部队克服一切困难向黄河岸边突进。刘伯承、邓小平回电:"我们开进顺利,并不太紧张,你们晚些天过河没有关系。渡河要确保安全,不要急躁。"陈赓见电,万分感动,因为此时在晋冀鲁豫野战军周围,有国民党军三十多个旅,陈赓知道这是野战军首长为了宽慰他才这样说的。在以后的岁月里,每逢想起南渡黄河的往事,陈赓总是说:"我们吃的是刘邓的饭。"

二十日,四纵和九纵先后到达河南济源县黄河北岸的官阳渡口,第三十八军和八纵二十二旅也到达了山西平陆县的茅津渡口。

陈谢集团的渡河部署是:四纵各旅为左路,从官阳至青河口、大教至马湾段实施渡河,尔后主力迅速向陇海路突击,相机夺取洛阳;第三十八军和八纵二十二旅为右路,从茅津以东渡河,尔后一部向东奔袭观音堂车站,策应左路的攻击,主力则向西南发展;九纵为第二梯队,尾随四纵渡河,尔后向东南发展。

陈赓选择的渡河地段,是黄河的孟津至潼关段。这里自古便是黄河要冲,河道狭窄,水流湍急,两岸地势险峻,陡壁高耸,沟壑纵横。古老的渡口原本往来密集,但自抗战以来,北岸成为共产党控制区后,国民党军封锁了渡口,在南岸加筑起河防工事,部署了长达两百多公里的防御线。同时,在洛阳至潼关之间,国民党军还有两个师外加一个旅的二线防御部队。当刘邓大军在黄河下游突破河防强渡黄河后,这一河段的国民党军急忙赶修堡垒和交通壕,并开始昼夜在南岸巡逻。

陈赓站在黄河北岸心急如焚。连日的大雨使黄河暴涨,河水流速更加迅猛,北方籍的官兵会泅水的不多,依靠小木船在如此汹涌的水流中强渡,一旦翻船,人船都难以自救。况且,如果行动在此受阻,难免被南岸的国民党守军发觉,一旦敌人增强防御兵力,渡河将更加困难。

二十一日,四纵情报科长从上游来电报说:黄河上游的陕北和晋绥地区都没有下雨,因此涨水持续不了多久。

陈赓下达了强渡的命令。

二十二日,各部队秘密移动到河边的泛水线。

南岸的国民党军守军没有异常——黄河水急浪高的时候,不要说是共产党军队,就连有经验的船工都歇了。

二十三日凌晨,大雨。左路先头部队四纵十旅的突击队员下河了。一般情况下,陈赓是不同意指挥员跟随突击队行动的,但在周希汉旅长的一再要求下,陈赓不但破例同意了,而且对周希汉说:"你过去,就只有前进,不要回来了。"突击队乘坐的是小木船。跟随他们下水的,是一群由济源县民兵组织的"葫芦队"。这些身上绑着葫芦的青年农民,个个是泅渡好手,他们在湍急的浊流中游在木船的前面和两侧,用充满血性的年轻的生命为突击队探水护船。船到河中央时,南岸的国民党守军发觉了,但是船上突击队员的机枪响了,"葫芦队"员手上的枪也响了。霎时间,黄河黑暗的河面上火光迸溅,爆炸声大作。突击队员和"葫芦队"的青年农民们不顾一切地向对岸靠近。

三十分钟后,第一批突击队员上了黄河南岸。

北岸部队开始了大规模的强渡。

因为船只很少,绝大部分官兵直接跳进河水中。不会水的官兵抓住的是一种黑糊糊的东西。这种奇特的渡河工具是当地老百姓帮忙做的,他们说元宵节耍龙灯的时候他们玩过这玩意儿,即用油布把棉花和秫秸包裹起来,分量轻但在水中浮力很大,而且即使中了子弹也仅仅是钻个孔。小船、油布包、木筏,甚至是门板,夹杂着巨大的胆量和勇气在黄河的急浪中翻滚。两岸的炮火都很猛烈,河面上水柱冲天。先上岸的突击队人数不多,但都是精选出来的官兵,他们勇猛地冲向国民党守军的防御据点。

在左路部队强渡的同时,右路先头部队二十二旅六十六团的两个连用偷渡的方式登上黄河南岸,之后迅速强占了五公里宽的滩头阵地,后续部队蜂拥而渡。

二十四日拂晓,陈赓乘船渡过了黄河。

这个夜晚陈谢集团的渡河行动引起了当地百姓的啧啧称奇,以至多年以后这一带还流传着"骑龙过黄河"的传说,说是陈将军的队伍到了河边,只见狂风怒号,河水翻腾,正无策的时候,一条巨龙自云中而落,颔首领命,大吼三声,驮起十万将士直飞南岸。

在战争中幸存下来的四纵官兵,长久地难忘那天晚上游在他们身边的那些"葫芦队"队员。这些青年农民知道自己的队伍为什么要离开丰衣足食的解放区,为什么要冒着枪林弹雨渡河到国民党统治区去,于是,这些精壮的青年汉子舍弃妻儿父母跟随至此,并决心为自己的队伍冒死一拼。在四纵官兵的心中,这些侠肝义胆的乡亲就是无所不能神通广大的"龙"。

二十四日,渡过黄河的四纵十旅二十九团突袭了石头山国民党守军,主力逼近洛阳外围的横水镇。十三旅三十九团仅以伤亡八人的代价攻克了新安县城。二十六日,十三旅三十七团冒雨强渡洛河,全歼宜阳城守敌。二十七日,十三旅三十八团沿陇海铁路急行军三十公里,与三十九团一起攻占渑池县城。随着右路第三十八军和八纵二十二旅攻击张茅镇和观音堂车站的成功,陈谢集团突破黄河天险之后,以伤亡千人的代价,将陇海铁路截断,开辟了洛阳至陕县之间的战场。

洛阳,古都老城,豫北重镇,此刻已被陈谢集团包围。

不论是陈赓还是谢富治,面对洛阳城,都不禁陡生攻占的欲望。

二十七日,蒋介石急令胡宗南将董钊的整编第一军和刘戡的整编第二十九军从陕北的米脂、绥德南撤,以加强西安的防守。同时,命令追击刘邓大军的整编第三师、整编十五师、整编四十一师和青年军二〇六师各派一个旅向西增援,连同原来驻守洛阳地区的四个旅,组成由李铁军为司令官的第五兵团;以分布在灵宝、陕县地区的新编第一旅、一三五旅、二十七旅、一六七旅以及青年军二〇六师一部组成陕东兵团,由西安绥靖公署陕东指挥官谢甫三指挥。两路大军的作战计划是:从东西两面形成夹击之势,歼灭陈谢部于立足未稳之时。

中央军委的电报连续到达。电报明确指出陈谢集团渡河后,主攻方向不应该向东,而应该向西,洛阳地区不应该使用主力,应该趁敌尚未部署完毕之时,出击陕东南地区,迫使胡宗南向陕南布防:

陈谢:

艳(二十九日)十五时电悉。(一)西面空虚,攻取较易,洛阳附近敌所必争,不应使用主力。(二)速以四纵全力、三十八军及二十二旅抢占陕县、灵宝、阌乡、洛宁、卢氏,相机抢占洛南、商县、商南。秦(秦基伟)纵位于新孟洛(新安、孟津和洛阳)地区,牵制洛阳之敌,以一部攻占宜阳、嵩县。(三)避开强固设防据点,专打守备薄弱据点,并力求运动战,求达机动迅速、广占敌区、多歼敌人之目的。(四)你们现在作战比在晋南时环境大不相同,每一大的行动计划必须事前报告军委,必须迅速报告敌情、我情、民情,我们方能及时帮助你们。此次渡河将重点放在东面,现在改变,丧失几天宝贵时间,给了胡宗南在西面完成部署的机会,极为可惜。但胡军主力尚在绥米（绥德和米脂）地区为我军所抑留,洛川以南只有几个旅及若干特种部队[炮兵等],这点对于你们极为有利。

军委
三十日十三时

陈赓、谢富治立即意识到问题有些严重:"当时我们的主力在洛阳附近,如果攻洛阳,虽然敌人的第三师等部还未赶到,但亦无必克的把握。即使攻克,也不能巩固。"且"东西两面的敌人一旦靠拢,我们就很难展开,难于大量歼灭敌人。主力向西,乘虚歼灭陕县以西敌人,斩断敌人的东西联系,既能有利配合西北野战军作战,又便于多路向陕南、豫北挺进,开辟广大新区,更好地配合挺进中原的主力作战"。

陈谢集团立即全力向西。

九月七日,主力部队到达陕县地区。陈赓将指挥部设在陕县东南的菜园镇。这时,第三十八军和八纵二十二旅也前来会合了。

就在陈谢集团陈兵洛阳的时候,国民党军陕东兵团已经向东推进,到达了潼关以东地区,其兵力分布是:一三五旅和两个保安团重点防守陕县;新编第一旅和青年军二〇六师的一个团在灵宝东南一线防守,二十七旅的一个团由潼关增强灵宝方向,另一部和一六七旅的一个团在洛南和朱阳镇一带布防;整编三十六师的一个营和保安团防守卢氏县城。

陈赓决定:以一部监视陕县,另以一部奔袭卢氏,主力则绕过陕县,奔袭灵宝,割断潼关、陕县、卢氏之间的联系,创造各个歼敌的战机。

夺取灵宝,首先要攻克中国战争史中一个著名的要隘:函谷关。唐《元和郡县志》:"函谷关城,路在谷中,深险如函,故以为名。其中略通,东西十五里,绝岸壁立,岸上柏林荫谷中,殆不见日。东自崤山,西至潼津,通名函谷,号曰天险。"

攻击函谷关的是四纵十一旅。十一日夜,官兵们趁黑摸上去,接近关下的时候,国民党守军发觉,但是攻击已近在眼前。十一旅连续发起冲锋,最终把敌人压下山头,攻击中带头冲锋的三十三团一营营长熊广模阵亡。占领了函谷关,灵宝城尽收眼底。国民党守军为了稳定军心,加之认为共产党军队兵力不多,于是贸然离城出击,试图夺回函谷关上的高地。十一旅乘机发动全面攻击。混战中,新编第一旅旅长黄永赞及其部下五千六百余人被俘。

十一旅攻击灵宝的同时，十旅和第三十八军十七师攻占阌乡，十二旅攻克卢氏。陈赓一鼓作气，命令十旅、二十二旅和十七师逼近潼关，十二旅向洛南发展，十一旅和十三旅包围陕县。

十七日，在扫清陕县外围之后，十一旅攻东门，十三旅攻南门，五十五师攻北门，陈谢集团三路部队对陕县发动了全面攻击。国民党守军拥有十五门大口径榴弹炮，炮火被集中起来封锁东门，十一旅爆破组在仅有的六门山炮的掩护下，前仆后继，把两百公斤炸药送到了城门下。炸药引爆之后，整个陕县地动山摇，修筑城门工事的钢铁、木料、水泥、石块和大量的砖瓦在黑色的硝烟中飞溅起来，城墙被炸出了一个巨大的缺口。排长王荣泰大喊一声"上"，突击队员扑了上去。从突击出发地到被炸开的城门之间，有一片百米左右的开阔地，敌人在开阔地的一端构筑了工事和碉堡，机枪火力构成了密集的子弹封锁线。王荣泰的突击队中不断有人倒下，先是袁万才，然后是景文明，接着二班长包国士的胳膊被打断了。王荣泰喊："我们要是英雄，敌人就是狗熊！"他把官兵们分成两个小组继续冲击。宁子清的四班占领了两个方形碉堡，然后掩护后面的两个班夺取残存的城楼。城楼上的守军拼命往下扔手榴弹，第一个冲上去的二班长包国士再次负伤倒下，副班长萧金来命令一个俘虏把班长背下去。班长刚被背走，他自己也中弹了。已经攻到城楼跟前的四班，只剩下副班长谭连城和战士袁竹林，两个人顽强地与国民党守军对峙着。王荣泰突击队打开了开阔地上的冲击道路，后续部队蜂拥而上。三个小时之后，陕县被攻占，国民党守军一三五旅旅长蒋公敏以及四千七百名官兵被俘。

陈谢集团主力西进之后，在东线留下了秦基伟的第九纵队，目的是给敌人造成主力仍在豫西的错觉，以牵制国民党军东线李铁军兵团。

第九纵队的转战历尽艰难。

对于第九纵队来讲，黄河以南完全是新区。这里"没有群众基础，没有后方支援，没有情报来源"，走到哪里都有枪声，朝他们射击的除了国民党正规军外，还有大量的土匪和地主武装。

在伊河附近，九纵险遭灭顶之灾，拿秦基伟的话讲是"差点被李铁军的整三师包了饺子"。当时，九纵前指率二十五、二十七旅冒雨南渡洛河，并开始攻击宜阳，而秦基伟率领的纵队机关和数千民工正在伊河以北等待渡河。晚上，秦基伟亲自带人查看水情，夜间实在看不清楚，加上只有两只小木筏,于是只好在河边宿营,等待天亮。宿营的时候,秦基伟很不放心,因为这里距离洛阳城仅十五公里左右,一旦有情况,驻守洛阳的整编第三师个把小时就能赶到。白天的时候,部队受到飞机轰炸,虽然敌人不一定知道伊河边的部队是九纵的首脑机关,但我军的行踪肯定是暴露了。另外,已经过河的二十七旅收缩了警戒,秦基伟身边只有一个警卫营。为了安全,秦基伟让警卫营营长任登仕派一个排前出三里之外,向洛阳方向侦察警戒。第二天,天还没亮,秦基伟就带着警卫员沿着河边查看水情,天上飞来的飞机让他骤然紧张起来:如果是轰炸的飞机,应该是从东往西飞,但此刻的飞机却是南北横飞,显然是为地面部队侦察来的。秦基伟正在琢磨,远处枪声响了,是警卫营派出侦察排的那个方向。

最不想与敌人接触的时候,敌人来了。

秦基伟和警卫员跑回宿营地,大喊:"有情况!"还在睡觉的人匆忙穿衣服拿起枪。作战处长连图钉都来不及取就把作战地图从墙上抓了下来。

短促间部署的分工是:秦基伟组织警卫营抵抗掩护,政委黄镇组织其他人员撤退。

秦基伟给警卫营下的命令是:"就地抵抗,一步也不能退!"

营长任登仕带着两个连钻进青纱帐,副营长王德远带着一个连上了北山制高点。很快,警卫营就与围过来的一个营的敌人接火了。

在黄镇的指挥下,机关、文工团和民工队不顾一切地渡河。

夜幕再次降临时,九纵所有的人都已转移到韩城附近,警卫营却一直没有消息。秦基伟派出寻找警卫营的人仍旧没有回音,如果天亮之后还找不到他们,弄不好就是一个营全打完了。秦基伟既焦虑又难过。半夜时分,突然有战士闯了进来,是警卫营的!战士刚喊了一声"司令员",眼泪就掉了下来。不一会儿,营长任登仕也回来了,说伤亡一大堆,仗打得太窝囊。秦基伟说:"谁说窝囊?这是胜仗!你们掩护了纵队机关和这么多人安全过河,你们立了大功!"

九月上旬,九纵二十七旅分东西两路攻击嵩县。东路由副旅长唐万成指挥,部队先克白杨镇,再克鸣皋,但是打到田湖的时候,遇到了大麻烦。田湖是个大寨子,守军是由一个叫宋天才的国民党军退役师长指挥的一群土顽和保安部队,这些人打仗光着脊梁,双手驳壳枪左右开打,一股不要命的劲头,加之寨子工事坚固,二十七旅攻击三次均未成功。最后,一个连用打穿寨墙潜进去的办法才解决了战斗,但是攻击部队伤亡很大。二十七旅的西路部队在攻击西赵堡的寨子时,也遇到同样的麻烦。国民党守军大喊:"当年日本人没打开西赵堡,八路皮定钧也没有打开西赵堡,你们更不行!"部队连续攻击三次均没奏效,晚上的强攻也没能得手。第二天重新部署,八十一团三营营长刘占华率队连续突击,最终打了进去,但同样伤亡巨大。

"离开了解放区,我们就变成了没爹没娘的孩子,唯一能帮助我们渡过难关的只有我们的弟兄姐妹——来自太行山的七千多名民工。"——第九纵队离开太行山南下的时候,解放区的数千翻身农民随军作战——"部队打到哪里,参战民工就跟到哪里,太行人民要用全力支援部队打出去!"这些民工每人负重八十斤以上,在连绵的阴雨中长途行军,战斗打响时既要上前运送弹药又要向后转运伤员,每天都会遭到土匪武装的骚扰和敌人飞机的轰炸,但是他们的坚定而无畏令秦基伟终生难忘:

> 坦白地说,当时部队都有逃兵,但民工队伍中没有一个开小差的。形势那样紧张,那样混乱,但民工没有丢一点弹药,没有一个人掉队,没有一个人说怪话,那真是不穿军装的军队,甚至比军人还要过硬。毛主席写了一篇《愚公移山》,论起籍贯来,愚公也是太行山人。较起真来,太行山人何止能搬掉太行、王屋两座大山?在几十年风火血雨的革命斗争中,太行儿女同全国人民一道,搬掉的是整整一个黑暗的旧世界。

九月二十日,陈谢集团主力向西安方向前进,计划夺取潼关、华阴、华县、渭南、临潼、蓝田、商县、洛南、商南和山阳诸县,建立陕东根据地。

该日,蒋介石到达西安。

前一天,胡宗南从陕北回到西安。

无论是蒋介石还是胡宗南都认为,陈谢主力西进威胁西安乃是心腹大患。蒋介石命令:"三个月内彻底肃清陕北共匪,半个月打通陇海路。"胡宗南要求增加军力。无奈之下,蒋介石命令刚刚调往大别山的整编六十五师、位于晋南运城的整编第十师八十三旅和整编十七师八十四旅一部、位于陕北榆林的整编三十六师二十八旅等部队紧急空运西安。

如果陈谢集团主力继续向西,势必会与兵力强大的国民党军相遇。

刘伯承、邓小平来电,命陈赓部破坏洛阳至潼关间的陇海铁路,切断陕北战场与中原战场之间的陆路联系。部队奉命出击,炸毁观音堂附近的一座铁路大桥。陈赓亲自骑马到现场查看,指示工兵不要把大桥完全破坏了,只要炸掉两三个桥孔就可以了,他的理由是:现在不是抗日战争时期,而是我们的战略进攻时期,这个地区经过反复争夺最后定是我们的,因此炸桥时"既要使敌人不能在短期内修复使用,也要考虑到我们将来修复时方便"。

陈赓已经把这一带当成自己的区域了。

但是,继续西进的道路已被蒋介石紧急调来的几万大军封堵。

二十五日,中央军委发来电报,指示陈谢集团改变部署,主力秘密折回向东,打东面的李铁军兵团的六个旅。两天后,中央军委再次来电,强调说明如果打李铁军成功,不但对陈谢自己有利,对陈粟和刘邓也是有利的:

……你们南渡后第一个月作战成绩很好,歼敌二万余,控制渑(渑池)、陕(陕县)、灵(灵宝)、阌(阌乡)、宁(洛宁)、卢(卢氏)六县。原定第二步打西潼线(西安至潼关)上之敌,第三步出汉水、豫西南。因西潼敌已先我集中兵力,把握较少,故改变计划,东打李铁军,并相机占领郑洛(郑州至洛阳)以南、平汉以西若干县。包括作战与休息在内,估计大约一个月左右时间。如此举成功,不但对你们有利,对陈粟、刘邓亦有利[陈粟现正在曹县打十一师,估计罗广文十师将向曹县增援,刘邓主力亦在豫东南作战]。在你们打李铁军期间,胡宗南可能集中三四个旅向陕、灵、阌、卢进扰,援助李铁军。故在打李铁军之后,你们还要准备回头打可能进至陕、灵、卢之敌,以期在几个月内,歼灭几万敌人,控制新(新安)、渑、陕、灵、阌、宁、卢数县于我手。此数县群众,看见我军歼敌这样多,胜利这样大,加上你们的群众工作,就会敢于起来向地主斗争,并援助你们[群众最快要几个月内才能广大发动起来,不要企图在几星期内就能发动]。那时你们就可以一部留在北面,主力南进,攻占豫西南及汉水流域,把局面向前开展一大步……

部队之所以要从解放区打出来，目的就是在国民党控制区里开辟出一片新的根据地，建立支持持续作战的基地，这就是"将战争引向国民党区域"的真实含义。

二十六日，陈谢集团主力开始隐蔽东进。

这个举动完全出乎李铁军的预料。蒋介石正在西安督促胡宗南在潼关一线布防，东面的李铁军认为，共产党军队将从潼关附近继续西进，于是他命令整编十五师六十四旅占领铁门、整编第三师进占宜阳。他的部队一路向西推进，是为了配合胡宗南向东设防，以对陈谢部实施东西两面夹击——然而，陈谢部隐蔽东进，正是为了寻机作战，他自己却迎面而来了。

十月一日，四纵十三旅在新安以西的铁门附近与国民党军整编十五师六十四旅遭遇，当时整编十五师师长武庭麟正跟随着这个旅行动。双方都对如此迅速地接触没有思想准备，十三旅仓促攻击，六十四旅仓促防御，战斗很快形成僵持。六十四旅发觉陷入包围后决定突围，但被十三旅顽强地打了回去。第二天，十三旅和刚刚赶到的十一旅一起再次对六十四旅展开攻击，六十四旅支持不住突围溃败，四纵官兵紧追不放，除师长武庭麟带领少数人逃脱外，六十四旅两千一百余人被俘。

李铁军获悉六十四旅被歼，顿时醒悟，立即命令整编第三师放弃洛宁，向洛阳收缩。陈赓决定趁热打铁，命令官兵不顾一切前扑，将整编第三师截住。十月三日，陈谢集团主力逼近韩城镇。这时候，天降暴雨，伊河水猛涨，部队无法渡河，致使整编第三师的三个旅在韩城镇靠拢，并与位于伊河南岸的宜阳守军形成掎角之势。

两军隔着伊河对峙数日。

陈赓盘桓良久，决定以佯攻洛阳的办法调动当面之敌，寻找战机。

此时，洛阳城内国民党守军力量薄弱，只有青年军二〇六师和少数保安部队。

十月八日，陈谢集团十三旅、二十六旅向洛阳以西迂回，分别攻击偃师、孟津；九纵攻击伊川和宜阳；十旅、十一旅攻击洛阳西部的工业区。陈赓的真实想法是：如果不好打，就算是佯攻，吸引韩城镇的敌人回援，然后组织打援；如果好打，索性就把洛阳打下来。

洛阳受到攻击，城内的国民党守军不断告急，韩城镇的整编第三师匆忙回援。由于陈谢集团没有有效地控制洛河渡口和桥梁,致使整编第三师很快就到达洛阳城郊,接着一二四旅突破陈谢集团的阻击进入洛阳城内。

洛阳已经失去被攻克的可能。

陈赓果断决定停止对洛阳的攻击,将部队转移到铁门、新安一带。

至此,陈谢集团自南渡黄河以来,连续攻占县城十二座,歼灭国民党军四万余人,控制了陇海铁路两百五十公里的地段,割断了国民党军胡宗南与顾祝同两大军事集团间的联系,调动了进攻中原和进攻陕北的国民党军回援,并先后在嵩县、栾川建立起豫陕鄂第三军分区;在新安、渑池地区建立起太岳第五军分区;在卢氏、灵宝地区建立起豫陕鄂第一军分区,为豫陕鄂边根据地的创建奠定了基础,初步实现了中央军委预定的作战目标。

胡宗南的侧后被彻底搅乱了。

蒋介石也许此时才真正意识到,刘邓、陈谢南渡黄河从解放区出击的行动,远不像一些平庸的军事参谋们所说的那样,是共产党军队走投无路的绝望逃窜;也不像一些军事将领们所分析的那样,是共产党人为克服控制区内部的军事和经济危机而进行的攻城掠地,这实在是一次带有战略意图的协同军事行动。尽管蒋介石对这一行动将导致的后果还无法清晰地判断,但排解不开的复杂心绪却是异常真实的:毛泽东是个极难对付和揣摩的莫测之人。一九三四年秋,他从江西瑞金的根据地跑出来,国军上下都说赤匪在末路穷途之时开始仓皇逃窜。可是,结果呢?让蒋介石至今想起来都心惊胆寒。

"领导爬起来"

酷暑七月,陈粟不利。

让陈毅、粟裕感到十分突然的,是毛泽东六月二十九日发来的电报:

> ……蒋军毫无出路,被迫采取胡宗南在陕北之战术,集中六个师于不及百里之正面向我前进。此种战术除避免歼灭及骚扰居民外,毫无作用。而其缺点则是两翼及后路异常空虚,给我以放手歼击之机会。你们应以两个至三个纵队出鲁南,先攻费县,再攻邹(邹县)、滕(滕县)、临(临城)、枣(枣庄),纵横进击,完全机动,每次以歼敌一个旅为目的。以歼敌为主,不以断其接济为主。临蒙(临沂至蒙阴)段无须控制,空费兵力。此外,你们还要以适当时机,以两个纵队经吐丝口攻占泰安,扫荡泰安以西、以南各地,亦以往来机动歼敌有生力量为目的,正面留四个纵队监视该敌,使外出两路易于得手。以上方针,是因为敌正面既然绝对集中兵力,我军便不应再继续采取集中兵力方针,而应改取分路出击其远后方之方针。其外出两路兵力,或以两纵队出鲁南,以三个纵队出鲁西亦可……

在这封电报中,毛泽东突然改变了一个月前要求陈粟不要分兵、坚持内线歼敌的方针——五月二十二日,毛泽东曾为中央军委起草致陈毅、粟裕电:

> ……歼灭七十四师,付出代价较多,但意义极大,证明在现地区作战,只要不性急,不分兵,是能够用各个歼击方法打

破敌人进攻,取得决定胜利。而在现地区作战,是于我最为有利,于敌最为不利。现在全国各战场除山东外均已采取攻势,但这一攻势的意义,均是帮助主要战场山东打破敌人进攻。蒋管区日益扩大的人民斗争,其作用也是如此,刘邓下月出击作用也是如此。而山东方面的作战方法,是集中全部主力于济南、临沂、海州之线以北地区,准备用六七个月时间[五月起],六七万人伤亡,各个歼灭该线之敌。该线击破之日,即是全面大胜利之时,尔后一切作战均将较为顺利……

在这封电报中,中央军委明确指出:山东战场的作战"于我最为有利,于敌最为不利",其他战场的攻势均是为了"帮助主要战场山东打破敌人进攻"。但是在后来的电报中,中央军委要求华东野战军采取的分兵行动,目的是为了配合即将出击中原的刘邓大军作战——"我军必须在七天或十天内,以神速动作攻取泰安南北及其西方、西南方地区,打开与刘邓会师之道路,如动作过缓,则来不及。"

此时,就全国战场而言,山东依旧是国共两军对峙最严重的地区。就军事形势而言,陈毅、粟裕承担的压力最大。

孟良崮战役虽使国民党军队损失惨重,但蒋介石并没有放弃在山东实施重点进攻的计划:"沂蒙山之战,是我们革命军人生死存亡所关的一战,挽回颓势,把握胜利,就要从这一战开始。我决定把全副精神用在这个战场上。"蒋介石采纳了他的日本军事顾问提出的"并进不如重叠,分进不如合进"的建议,将山东战场上的攻击兵团重新编组,九个整编师共二十五个整编旅被部署在莱芜至蒙阴不到五十公里的战线上,以三四个师为一个方阵,"前后重叠,交互前进,企图迫使华东野战军在鲁中山区狭窄地带迎战"。

陈毅、粟裕仔细研究了要求他们分兵出击的电报。电报虽然只提到山东当面的敌情,但既然刘邓大军即将出击,全国战局必有重大发展,于是陈毅、粟裕决定:将华东野战军主力分成三路向敌人发动攻击。具体部署是:由叶飞、陶勇率第一纵队和第四纵队组成左路兵团,越过临蒙公路向鲁南挺进;由野战军参谋长陈士榘、政治部主任唐亮率第三、第八、第十纵队组成的右路兵团,向鲁西的泰安、大汶口方向挺进;陈毅和粟裕直接指挥第二、第六、第七、第九纵队和特种兵纵队集结在沂水、悦庄公路两侧,各以少部兵力与北犯之敌接触,主力待机出击。

此作战部署于七月一日开始执行。

这就是华东野战军战史上著名的"七月分兵"。

"'七月分兵'是在未经充分准备的情况下开始的。"粟裕后来回忆道,"在接到军委六月二十九日分兵指示前,我们是按照军委五月二十二日指示,准备以七八个月时间,即在一九四七年底之前,集中全部主力在内线各个歼敌的。接到军委六月二十九日分兵指示,到全军开始行动仅有一天多时间。"

"七月分兵"导致了一系列作战不利的后果,因此也成为华东野战军战史上颇具争议的行动之一。

从当时战场局势上分析,毛泽东在大敌当前的情况下,违反一贯主张的集中优势兵力打歼灭战的军事原则,冒着被各个击破的危险而采取分兵出击的举动,无疑是配合刘邓大军强渡黄河出动中原所必须。按照当时陈粟大军所处的战场态势,坚持内线作战的可能性是存在的,因为五十多个县城在手且连成一片,又有胶东、渤海和滨海三个地区可以周旋,如果组织得当,再取得一个如同孟良崮一样的胜利不是不可能的。山东战场的大规模作战势必牵制国民党军,抑或造成国民党军为增援而进行频繁调动,若能在机动中寻机大量歼敌,将是对刘邓大军最有利的配合。但是,毛泽东担心的是时间:刘邓大军的出动时间已无法更改,必须按时对其进行强有力的军事配合;虽然陈粟大军目前还无法预测战机到来的时间,可刘邓大军已是不能等待。

六月二十八日,叶飞、陶勇的左路兵团出发了。天降大雨,官兵在泥泞中向鲁南奔袭五百华里,深深地插入了国民党军的侧后。十天之后,左路兵团开始攻击费县,一夜之间便将国民党守军全歼。天亮的时候,国民党军的飞机来了,密集的炸弹把费县炸得天翻地覆。轰炸不但给左路兵团攻击部队造成伤亡,连被俘的国民党军三十三旅旅长翟紫封也被炸死了。

左路兵团接着攻击枣庄和峄县,迫使当面国民党军退守运河。但是,当左路兵团继续西进,试图攻击滕县和邹县,控制津浦铁路徐州至兖州段时,巨大的麻烦来了。

滕县和邹县位于津浦铁路中段,是国民党军重要的物资补给站,战略防御工事极其坚固,两座县城里的守军均兵力充沛,粮弹充足。叶飞和陶勇同时对两座县城实施攻击,导致本不充裕的兵力被分散,加上攻城器材严重缺乏,弹药也因连日大雨被淋湿而失效,结果攻击持续了整整四天毫无效果。叶飞和陶勇决定放弃邹县,集中主力全力攻击滕县,但国民党军七个整编师已增援而来,左路兵团只有迅速撤离战场。

右路兵团的任务是攻击济宁和汶上。由于向泰安、大汶口攻击前进时一路顺利,于是认为攻击济宁时守军也会望风而逃。但是,在包围济宁城并占领了外廓城之后,突然发现守军不但兵力比预料的多,而且强劲的火力显示出顽强的守城决心。济宁守军为国民党军整编七十二师全部以及整编三十二、七十师各一个团,总兵力达两万余人。三纵八师奉命对内城实施攻击,守军炮火猛烈,城中街道狭窄,攻城官兵缺少防炮经验,没有在街道中筑起防御工事,结果伤亡巨大。在主攻方向东门,连续爆破连续失利,守军将城门堵塞得异常坚固,炸药根本无法接近城门,而城墙上的阻击火力密集而凶猛。三纵决定使用云梯强行攀爬城墙,部队准备了一天,七月二十日晚上继续攻城。临时制作的云梯不是太短,就是不坚固,不断被守军打断,有的云梯由于上去的人多而折断,攻击再度失利。在东南角攻击的九师一度攀登成功,突进城内七个连,但很快遭到守军的猛烈反击,突进去的部队被压缩在城内一角。守军集中炮火封锁突破口,攻击的后续部队无法增援,结果突进去的七个连的官兵全部战死。

济宁一战,三纵伤亡三千二百余人。

十纵的任务是攻击汶上县城。汶上守军为国民党军整编八十四师的两个团及地方武装,总兵力约四千余人。攻击部队认为守军战斗力不强,战斗开始前急促接近,生怕守军弃城逃跑,部队打不了歼灭战。但是,战斗一打响,守军不但没跑,而且死拼死守,这使于十五日开始的攻击连续受挫。十八日凌晨,大雨倾盆,各个方向的突破都没有进展,不得不停止攻击。十九日再攻,八十七团攻东关,突击队被守军火力压制,爆破组派出的爆破手全部在中途阵亡。八十七团的参谋长叫雷英夫,是半年前从延安总部调来的。他在延安抗大学习的时候被毛泽东看中,并推荐给了周恩来做军事秘书。雷英夫在前沿再次组织爆破,一个名叫王金石的班长请缨出击。王班长不顾一切地打开了突击道路,但他随后便在冲击中中弹牺牲。东关被占领了,但其他攻击方向依旧没有进展。在西关方向攻击的八十二团官兵抱着的炸药包冲击时,手中的炸药包被守军密集的子弹击中爆炸,全团的攻击被迫停止。二十日晚上,十纵再次组织攻击,仍然无效,天亮时,得知国民党援军已经到达。

小小的汶上县城,十纵连续攻击六天未下。

作战严重失利的还有陈毅、粟裕亲自指挥的由第二、第六、第七、第九纵队和特种兵纵队组成的正面部队。

南麻,鲁中山区的一个小小的盆地,一个令华东野战军官兵刻骨铭心的地方。

驻守南麻的是国民党军"五大主力"之一整编十一师,全师装备精良,训练有素,在宿北战役、鲁南战役、莱芜战役和孟良崮战役中都曾与共产党军队交手,从未吃过大亏。师长胡琏以作战勇猛又工于心计闻名,国民党军中对他的评价是：带兵用人唯能；作战警惕性高,企图性强；重视战前侦查；注意对手的作战特点和指挥特点,能够依据对手的不同,或是选择有利地形顽抗,或是集中兵力猛攻。

六月中旬,胡琏从新泰向东推进,中途曾发生几十名官兵因为踩上地雷而身亡的事件,也曾遭到华东野战军小股部队的阻击,但这些都没能阻止胡琏推进的决心。占领鲁村之后,原准备驻扎在这里,但是张灵甫的整编七十四师在孟良崮被歼,令胡琏变得格外小心谨慎。他认为鲁村四面环山,环山构成防御线需要众多兵力,兵力不足即会造成处处薄弱,麇集村中的数万部队一旦遭遇袭击,将面临四面受敌的危境。因此,胡琏请示徐州司令部要求移驻南麻。

迅速进驻南麻的整编十一师没有急于推进,而是在这里驻扎了二十天之久,胡琏作出十分周密的防御部署,然后督促官兵昼夜赶修工事。南麻北、西、南三面是山地,东北面是通往悦庄方向的小丘陵。北面山地上有一隘口通往博山,隘口狭窄,一个营的兵力就可以封锁自北而来的通道。这样地形可谓易守难攻。胡琏亲自带四个团驻守南麻,另外两个旅分别驻守在北麻、高庄、北刘家庄、吴家官庄等要地,这些要地靠得很近,各部队因此得以彼此靠拢。在胡琏的命令下,南麻四周方圆五公里的范围内,所有重要据点都修筑了以子母堡垒为中心的工事。这些隐蔽而坚固的工事依地形呈不规则形状,各地堡之间都有交通壕相连,交通壕上盖有厚厚的土石足以抵挡炮火的打击。每一处阵地前五百米内,所有的树木和庄稼都被砍光。在子母堡垒外围,设有三至四道鹿砦和铁丝网,还埋下了大量的地雷。由两千多个子母堡垒组成的南麻防御体系筑成后，胡琏组织了一次抗攻击演练，演练结束后他致电蒋介石，声称整编十一师是一座攻不破、摧不毁的堡垒。

应该说，选择打战斗力很强的整编十一师，是陈毅、粟裕有意为之，目的是"为了配合刘邓大军作战"，打一个像孟良崮"那样的大胜仗"。当时的战场态势也支持他们的设想，因为叶飞、陶勇和陈士榘、唐亮两路部队的分别出击，已严重威胁国民党军的后方基地，迫使鲁中的国民党军停止东犯转为西援，鲁中山区只剩下了整编第九师、整编十一师、整编二十五师和整编六十四师。陈毅和粟裕认为围歼敌人的战机已经出现。同时，孟良崮战役后，华东野战军上下士气高昂，官兵们把国民党军主力称为"硬核桃"，把杂牌部队称为"烂葡萄"，都想寻找国民党军的精锐部队作战，说是"宁啃一个硬核桃，不吃三个烂葡萄"。

如果啃掉整编十一师这个"硬核桃"，战果可就更大了。

战后，陈毅和粟裕都承认，骄傲轻敌后果严重。

华东野战军主力围歼南麻国民党守军的部署是：第九纵队在北面以一个师进至南麻与鲁村之间，断敌退路，并向东攻击，纵队主力向北麻、南麻攻击前进；第六纵队在东面以一个师控制凤凰山一线，阻击南麻可能突围之敌，纵队主力向北刘家庄和南麻攻击前进；第二纵队在东北面以一部沿悦庄向儒林集攻击，主力则向吴家官庄和南麻攻击前进；第七纵队在东面以一个师控制青泉山、于家崮一线，另一部担任阻击任务，保障攻击南麻部队的侧翼安全；鲁中军区地方武装、胶东军区和渤海军区部队在外围钳制敌人，配合主力作战。

从兵力上讲，陈毅和粟裕占据绝对优势。

七月十七日，暴雨，近敌行动因恶劣天气而受阻。第二天一早，各纵队刚一到达指定位置，还未进行充分准备，攻击就开始了。

韦国清指挥的二纵奉命攻击南麻、吴家官庄的正面阵地。十七日上午，部队向攻击位置接近的时候，暴雨肆虐，积水成河，二纵的全部人马、枪械和弹药全被泡在了水里。十八日，韦国清命令五师和六师肃清南麻外围之敌，两个师经过一天的苦战逼近了守军的主阵地。

许世友指挥九纵奉命从西北山地攻击南麻，二十五、二十六、二十七三个师冒着大雨发起进攻。二十六师一部插入南新村与鲁村之间，试图分割南麻与鲁村的联系。十八日凌晨，七十七、七十八团攻占了南麻以西的荆泉山之后，七十八团二营在七十六团的配合下攻击高庄西北的岗山高地。岗山高地是鲁村通往南麻的必经之地,周围都是不易接近的开阔地,整编十一师十八旅旅长覃道善认为有险可守,仅派出一个工兵营在此守卫。这个工兵营从来没与共产党军队作过战,缺乏实战经验和指挥经验,且官兵手中主要是工兵器材,战斗武器很少。该营营长孙敬山接到命令十分为难,但还是硬着头皮上去了。战斗一开始,工兵营就发生了混乱,当九纵官兵冲上高地时,孙营长带着他的官兵逃跑了。岗山高地可以俯瞰十八旅的全部防御阵地,岗山瞬间失守令覃道善旅长大为吃惊,急忙向胡琏报告,承认自己用兵失误,请求处分。胡琏立即乘吉普车赶到十八旅指挥所。了解情况之后,胡琏怒火满腔,说在整编十一师历史上还没有过这种临阵逃跑的先例,下令将工兵营营长枪决示众。十八旅全旅骇然,自此拼死防守。九纵各师在各自的攻击方向上都未能突破,与国民党守军在战场上形成僵持。

王必成指挥的六纵奉命攻击南麻南面的马头岗,十六师四十六团连续攻击均未奏效。再次攻击时,各连搭人梯向上攀爬,二连首先冲上岗顶,为后续部队开辟出通道。四连一班长陈来富只身突入阵地,用刺刀刺死几个敌人后,带领全班向岗顶冲击,但被岗顶的猛烈火力所压制。陈来富调整战术,绕到一座悬崖下攀登绝壁,从侧后登上了岗顶,守军因受到两面冲击而混乱。在一个小山洞洞口,陈来富发现了几具守军尸体,从尸体胳膊上的臂章上判断,这里是敌人的一个指挥所,陈来富立即组织全班对山洞展开攻击。在用手榴弹炸毁了洞里的机枪之后,一班的官兵冲进山洞,查实他们打死了胡琏师长的一个副官。战后,陈来富被六纵授予了"马头岗战斗英雄"称号,被华东野战军授予了"华东二级人民英雄"称号。

六纵十七师五十一团强渡沂河时遭到数倍守军的反击,敌人配合反击的火炮多达二十门,五十一团全团被迫卷入残酷的背水一战中。一连长张家富牺牲,接替他指挥的三位排长都相继负伤。二连长给营长写了张字条,表示宁可战死不后退一步。八连和七连被敌人分割,战至最后仅剩两名战士,两名战士打光子弹后也牺牲了。当交战双方都付出了五百多人的伤亡时,五十一团幸存的官兵开始后撤。王必成调来四百多副担架抢运伤员,担架队白天过河时遭到飞机轰炸,伤亡的人数再次陡增。

与此同时,十八师各团向柴粮山的攻击也严重受挫。大雨滂沱,夜色漆黑,攻击部队被恶劣的天气和守军的火力所压制,天亮之后又遭到飞机的猛烈轰炸。攻击持续整整三天,柴粮山高地四周到处是逐渐腐烂的尸体。

华东野战军主力对南麻的攻击已显露出失利的迹象。

南麻受到攻击之后,胡琏向徐州司令部求援,国民党军整编二十五师和整编六十四师的四个旅奉命向南麻增援。增援部队指挥官黄百韬记取了在孟良崮增援缓慢的教训,深知如果这次再不全力推进,必定受到严厉制裁,于是面对七纵的顽强阻击,国民党军在猛烈炮火的掩护下,采用三个营为一个冲击单位的滚动式战法,一批垮下来,另一批立即出动,持续不断,昼夜不停,导致七纵官兵每分每秒都陷于苦战之中。

此时,攻击南麻正面阵地的二纵也陷入了极大的困境。胡琏的子母堡垒给攻击带来的困难远远超出他们的预想。这种堡垒的特点是外围利用鹿砦、铁丝网、照明设备以及大量的地雷和集束手榴弹给予攻击部队极大的杀伤,而在堡垒的中心则隐蔽着大量的反击兵力,当攻击势头减弱之后,以中心堡垒为引领的反击立即开始,与其相连的小堡垒则进行两侧的火力打击。胡琏制定的防御策略是:当受到攻击时,利用外围阵地,以小兵力向攻击部队进行袭击,迫使攻击部队过早展开,等到攻击部队占领前沿之后,立即组织纵深优势兵力集中一点进行反击,反击时必须使用炮火反复延伸射击,以密集的火网给予攻击部队严重杀伤,然后坚决恢复前沿。胡琏甚至还鼓励部队使用假投降等手段,配合阵地内的隐蔽火力突然开火射击。二纵官兵在以往的战斗中从未遇到这样的子母堡垒,也很少遇到如此顽强的作战对手,一时间攻击面临着严重的困境,部队的伤亡远远超出歼敌数量。六师师长滕海清指挥部队攻击石线山,瓢泼大雨中,爆破组在敌人密集的火力网中向子母地堡接近,伤亡惨重。十六团二营四连在向子母堡实施爆破时,一个排的守军突然手持冲锋枪从侧面的地堡中反击而出,四连在两面夹击下同样伤亡惨重。六连奉命前往支援,二排长孙继先率先冲入敌阵展开肉搏战,战士们在他的带领下与敌人混战在一起。子弹打光了就拼刺刀,刺刀弯了就拉响最后一颗手榴弹与敌人同归于尽,血水和雨水在泥泞的战场上横流。十几个敌人把孙继先围住,高喊"抓活的",孙继先拉响了一颗燃烧弹,然后纵身扑向敌人。二排还活着的官兵在大雨中眼看着他粉身碎骨,心如刀绞。十五团六连班长李志远在相继炸毁四座子母堡后牺牲,他被泥浆包裹着的身体因多处被炸已经无法辨认。十三团三营长冯福林脱下满是泥和血的军衣,赤膊上阵,连续爆破,最后也中弹倒下。

南麻战役是解放战争中代价十分惨重的一次战役。

战斗结束后,九纵伤亡四千多人,六纵伤亡两千多人,负责正面攻击的二纵伤亡四千多人,其中六师十六团二营只剩下二十多人,十七团有的连队从战场上只下来六七个人,其中的八连只活下来两个人。

南麻战役进行了整整五个昼夜,歼灭国民党守军一个团。

七月二十日,国民党军增援部队突破华东野战军阻击部队的防线。

二十一日晚,陈毅、粟裕下达了撤出战斗的命令。

撤出南麻地区的部队奉命北移到临朐西南地区休整。

但是,此时临朐已被国民党军整编第八师占领,陈毅、粟裕向胶济线以北转移的通道被阻断了。

情报显示,进入临朐的是整编第八师的先头部队,师主力尚未到达。而且,敌人还没有来得及构筑防御工事。陈毅、粟裕认为,应该抓住此一战机,将整编第八师的先头部队歼灭,以鼓舞士气。于是,命令第六、第九纵队围攻临朐,第七纵队负责阻援——一向作战周密谨慎的粟裕,在部队刚刚遭遇重大伤亡的情况下,决定再次发起攻坚战斗,这不仅具有相当大的冒险性,还显示出一种无法克制的急躁。

临朐三面环山一面环水,平时可以徒涉的沂河和弥河因天降大雨河水暴涨,导致临朐城外一片汪洋。

二十四日,离南麻战役结束仅仅过去两天,攻击部队在大雨中再次准备出击。二十五日拂晓,第六、第七、第九纵队到达临朐城外时,获悉整编第八师主力已经先于他们进入临朐——如果说在整编第八师主力尚未到达的时候,对临朐的攻击还具有趁敌未稳的突袭性,那么在敌人主力到达之后依然发起攻击就显得十分冒险了。但是,粟裕的决心没有改变。

二十六日,攻击开始。

临朐外围守军营长在剧烈的枪声中逃回城内,即刻被整编第八师师长李弥枪毙——李弥决心拼尽全力死守临朐。

攻城部队突击南关,对城墙实施爆破时,因炸药受潮,连续五次送上去的炸药包都没有响。夜晚,部队再一次实施突击爆破,终于将城墙炸开了一个口子,十四团一下子冲进去七个连,但突破口很快就被守军封堵,两个团的守军进行猛烈反击,突进去的部队坚持了三小时后全部伤亡。

二十九日,二纵、六纵、九纵队联合发动攻击,但攻击依然受挫。

此时,国民党军整编第九师和整编六十四师已经临近。

三十日,部队经过五天五夜的战斗,极度疲劳,伤亡巨大,已面临所承担的作战任务的极限,且"平地水深过膝",粮食供应和伤员转运都十分困难。粟裕被迫下达撤出战斗的命令,部队开始向诸城方向转移。

临朐成为又一个南麻。

南麻、临朐战斗的接连失利,使原来设想的左、右两路部队南北夹击国民党军的计划已无法实现,不但令陈毅和粟裕的正面战线出现前所未有的危机,也给侧翼出击的兵团带来了极大的危险。

左路兵团一纵和四纵,因孤悬于敌后,被国民党军紧追不放。叶飞和陶勇在监听国民党军的无线电话时,发现一纵被称为"西瓜",四纵被称为"面包",而敌人来往通话中充斥着"吃西瓜、啃面包"之类的狂妄之言——国民党军的五个整编师开始合围一纵和四纵,后续赶来的三个整编师也在急速接近。可以说,左路兵团已经身陷重围。

陈毅和粟裕万分焦虑,迫切希望他们东返。从当时的情况看,向北、向南突围无望,西面是敌人重兵把守的津浦路,只有向东渡过沂河进入沂蒙山是唯一的出路。但是,此时,山洪暴发,沂水上涨,无法徒涉,况且国民党军也知华东野战军只能向东,已经做好了迎击的准备。叶飞和陶勇彻夜研究,认为绝不能向东进入敌人的伏击圈,遂决定出敌意外,向西突破津浦路,寻求与右路兵团部队会合的可能。

为了顺利地向西突围,必须先让一支部队向东佯动,"这支部队必须是强有力的,这才能造成主力东去的声势;而且又必须是具有牺牲精神的,在敌人重围之中,很可能遭受重大伤亡,甚至为主力突围而牺牲"。陶勇提出让四纵彭德清的十二师承担这一危险的任务。叶飞后来回忆说:"一、四纵队的部队,过去经常吵架。有时狭路相逢,少不了争前恐后,互不相让。互相有点看不起,因为都是主力部队,什么时候总要争个高低。但配合作战一直很好,总感到同是新四军的部队,不能丢人现眼。这种感情确是微妙得很。它绝不是山头主义,也不是小团体主义,也不是风头主义,而是渗透着阶级友爱的革命英雄主义。所以在严重关头,团结一致,显示了自我牺牲精神。"

七月二十四日,两个纵队开始向东移动,并与国民党军整编第七师和整编四十八师激战一日。国民党军急调增援部队一齐向东压来。大部队向东突围的假象已经造成,彭德清师继续向东接近沂河,而一纵和四纵主力则趁机掉头向西而去。二十八日晚,在滕县以南,他们跨过津浦铁路进入了鲁南。

  ……那是独山湖水网地带,七八十里路汪洋一片。部队全部暴露,任由敌机疯狂扫射。连绵阴雨,被服装具全部湿透,鞋袜全无,赤脚在水荡或泥泞里行进。村庄已被国民党军队和还乡团抢掠一空,粮秣无着。到处散布着还乡团的地主反动武装,不时响起冷枪,突然飞来流弹。确是吃尽了苦头,受到了考验,部队遭受很大损失,非战斗减员不少。有一次过河,水流湍急,谭启龙(一纵副政治委员)同志骑的马力气小,加上过度疲劳,一个浪头涌来,连人带马都给冲走了。刚巧我在一边,顺手一把拉住,否则,恐怕他就见马克思去了。部队极为狼狈,空着肚子行军作战,疲劳程度是无法形容的,倒在路边的泥坑里就睡着了,炮弹和炸弹的交替爆炸也唤不醒我们……

八月一日,突围部队终于在鲁西南泗水附近与和右路兵团部队会合时。野战军参谋长陈士榘看到一纵和四纵的官兵"身上除了短裤、背心和枪支子弹袋之外,什么都没有了。他们浑身泥水,脚板都泡烂了,许多人还流着血。"在这种情况下,一纵和四纵的战士们仅仅提出了这样的要求:"发一双鞋子,睡一个好觉,吃一顿猪肉。"

此时,右路兵团的第十纵队奉命在梁山地区阻击国民党军整编第五师和整编八十四师。他们得到的指令是:"你们十纵队的屁股只能朝北,不能朝南。"以一个纵队对付两个整编师,十纵兵力明显处于劣势。但是这支部队以打阻击闻名,孟良崮战役中,就是他们挡住了整编第五师的增援。

梁山,唐宋时黄河溃决,形成大泽,故又称"梁山泊"。如今,虽然八百里水面已经消退,但大雨又使这里成为一片沼泽。在阻击国民党军的战斗中,十纵水里跑火里钻,阵地在残酷的拉锯战中反复易手,官兵们撤退了又粘上来,与敌人的两个整编师围着梁山纠缠不休。最后,他们被强敌挤进黄河与运河交叉的狭窄的三角地带。整编第五师师长邱清泉向蒋介石报告说,共军的第十纵队已在五师囊中。

十纵的突围行动十分壮烈。面对只有北渡黄河才能脱险的绝境,官兵毅然决然地向那条在暴雨狂啸的大河扑去。没有渡河器材,也没有船只,背后三面敌人合围而来,天上的敌机狂轰滥炸。担任阻击的部队誓死坚守,决心打到最后一个人,主力部队则在轰炸下拼死强渡。十三日,敌人终于冲到黄河南岸,纵队的侦察营、部分机关干部、勤杂人员、大量的伤员以及四千多民工、数百匹骡马被国民党军截住。除了侦察营少数官兵突出来之外,其余大部分人员被俘或失散。

"七月分兵"以来,山东战场各部队连续作战失利,导致国民党军占领了胶济线,作为华东野战军重要的物资基地和数万名伤员安置地的胶东地区也面临被占领的危险。特别严重的是,在持续近两个月的战斗中,陈粟大军战斗减员和非战斗减员总计高达五万人,是华东野战军组建以来前所未有的损失。

八月六日,毛泽东亲自起草了中央军委电报:

刘邓,陈粟,并请转告陈(陈士榘)唐(唐亮)叶(叶飞)陶(陶勇):

  目前整个形势对我有利,敌已分散,我已集中。敌机动兵力分置于鲁中、运东(运河以东)、陇海三处,加以鲁西敌新受巨创,士气不振,我则以一部牵制鲁中之敌,主力位于鲁西南;敌虽想从运河陇海两线向鲁西南进攻,但估计短时间内尚不可能;敌目前既怕你们全力向东攻邱(邱清泉)欧(欧震),又怕你们全力向南攻陇海。在此情况下,你们全军可以安全休整十天内外,鼓励士气,整顿队势,以利争取新胜利。此次华东各部虽有几仗未打好,但完成了集中兵力、分散敌人之巨大任务。待陈粟率野直及六纵到郓(郓城)巨(巨野),我军实力更厚,领导更强,对于争取新胜利极为有利。中央特向你们致慰问之意,并问全军将士安好。

               中央

            未(八月)鱼(六日)

八月四日,粟裕起草了关于南麻、临朐战役的初步总结电报。电报详细分析了"七月分兵"后,华东野战军在战略战术上的不足之处;同时强调,对整个反攻局势和前途过分乐观的估计是造成失利的重要原因——"……认为敌之重点进攻已被粉碎……在具体部署上亦着重于截断敌人退路。但敌人并未退窜……七月分兵,失去重点……既无足够打援部队,即不能取得充分的攻坚时间……过去九个纵队集中使用时,每战只要求歼敌一个整师,与歼其援队之一部或大部。但此次分兵之后,由于过分乐观和轻敌所致,仍作歼敌一个师[南麻]与对付其援队之打算,故兵力与要求不相称,致不能取胜……过去敌人不敢增援,但近来……较前大为积极,其增援队攻击甚猛。而我军之重心则又置于攻坚方面,故南麻临朐两役均因援队逼近而撤回。"陈毅和谭震林看后,都有不同意见,认为在战略上没有问题,是"军事部署上的错误与战术上的不讲究"。因为意见不一,粟裕起草的初步总结电报未能发出,他当即另行起草了一封短电发给中央军委。作为战役的主要指挥者,粟裕认为自己应对作战失利负责:

中央军委并华东局:
  自五月下旬以来,时逾两月,无战绩可言,而南麻临朐等役均未打好,且遭巨大之消耗,影响战局甚大。言念如此,五内如焚。此外,除战略指导及其他原因我应负责外,而战役组织上当有不少缺点及错误,我应负全责,为此请求给予应得之处分。至整个作战之检讨,俟取得一致意见后再作详报。

                粟
              八月四日午时

陈毅为粟裕的自责深感不安,认为作战不利不能让一人承担责任,有必要与谭震林、粟裕坐在一起把这个问题谈清楚。

但是,谭震林要率第二、第七纵队去胶东休整。临走,谭震林给粟裕留下一封信,他在信中指出"数十万大军的指挥,如果不能看远是很危险的";同时认为"如果拿五仗未打好的主要原因放在乐观这点上去检讨是不能把问题彻底弄清的"。

粟裕在给谭震林的回信中,承认军事指挥和作战部署上存在错误,但他坚持认为"过分乐观"是作战失利的主要原因之一:"由于过分乐观而发生轻敌,由于轻敌而企图'啃硬核桃',企图'一锅煮',企图歼灭十一师后乘胜歼二十五、六十四等师,而与叶陶各纵会师蒙阴。因此部署上就以攻坚为主,而不以打援为主……"在回信的最后,粟裕表示:"一切军事部署上、战术指导上的缺点、弱点和错误,我应负其全责。今后当遵照你的来信及时地加以改正,并诚恳地接受你对我的帮助……"

野战军指挥部转移到郭店之后,陈毅与粟裕做了彻夜长谈。

史料中没有那夜长谈的记录,但可以肯定,长谈尽显共产党人知人克己的气度,这从档案里留存的八月六日陈毅发给中央军委的长电中即可看出:

(一)……最近粟、我共谈,粟态度可佩,昨夜长谈,对今后共同工作很有好处。

(二)我认为我党二十多年来创造杰出军事家并不多。最近粟裕、陈赓等先后脱颖而出,前程远大,将与彭[德怀]、刘[伯承]、林[彪]并肩迈进,这是我党与人民的伟大收获。两仗未全胜,彼此共同有责,不足为病。谭、我本此观点,互相研究教训,粟亦同意……

(三)我本挽三人共谈,谭因东行,故谭未参加。谭临行遗书,此书临别我看了一遍,对粟有帮助……我们对战役指导部署历来由粟负责。过去常胜者为此。最近几仗,事前我亦无预见,事中亦无匡救,事后应共同负责,故力取教训以便再战。军事上一二失利实难避免,虚心接受必为更大胜利之基础……

陈毅只有一个目的:领导爬起来。

胜败交替是战争的一般规律。陈毅说:"先打几个胜仗,又碰了钉子,又打了几个胜仗","我党二十余年的历史也是胜败的反复,胜利了便轻敌,种下栽跟头的因素,失败又是胜利的因素。领导上主要是在栽跟头之后,如何领导爬起来"。

三十日,毛泽东给陈毅、粟裕发来了一封绝密电报。电报措辞严厉地批评陈粟大军"在惠民留驻时间太久","二十多天毫无积极行动"。而当前国民党军各部"均向刘邓压迫甚紧,刘邓有不能在大别山立脚之势,务望严令陈(陈士榘)唐(唐亮)积极歼敌,你们立即渡河并以全力贯注配合刘邓"。

毛泽东的电报令陈毅和粟裕清晰地理解了此刻关系到战争全局的作战意图:除留下内线部队坚持与国民党军纠缠之外,华东野战军主力要和刘邓大军一样直插中原,搅乱国民党控制区,完成战争的战略转变。

华东野战军立即于鲁西南发动了沙土集战役。

九月三日,华东野战军第一、第三、第四、第六、第八、第十纵与特种兵纵队以及晋冀鲁豫野战军第十一纵队,全部云集在菏泽以东的沙土集地区。

战役目标是:围歼沙土集附近的国民党军整编五十七师。

陈粟部的连续失利给国民党军造成一个巨大的错觉,认为山东的共产党军队"已溃不成军,不堪再战",且"南有陇海路,东有津浦路,北面和西面有黄河",共产党军队已处在"四面被围,无路可走"的境地。于是,自孟良崮失利以来国民党军的谨慎变成了骄狂——"一个团也敢成一路尾追我们。"此时,国民党军依旧认为陈粟部在向北逃窜。于是,以整编第五师为中路,整编八十四师为右翼,整编五十七师为左翼,其余部队为策应,协同向北追击。九月五日,整编第五师进至郓城以南一线,整编八十四师到达巨野附近,整编五十七师六十旅进至郓城西南一线,其一一七旅位于六十旅的右侧。七日,整编五十七师与整编第五师之间拉开了大约二十公里的间隔。

粟裕的部署是:北线第三纵队,以一部钳制整编第五师,切断该师与整编五十七师的联系,主力由东北向西南方向攻击;第六纵队在第三纵队右侧攻击,以求夹击围歼整编五十七师于新兴集以北地区;南线第八纵队由南向北攻击沙土集;第四纵队负责阻击整编第五师可能的西援,以求彻底割裂整编第五师与整编五十七师的联系;晋冀鲁豫第十一纵队对整编六十八师所在的菏泽方向进行警戒;第十纵队控制郓城以南阵地,协同第四纵队阻击整编第五师。第一纵队为战役预备队。

七日黄昏,攻击部队对整编五十七师形成合围。

八日,总攻开始。沙土集四周地势平坦开阔,攻击部队没有任何掩护,官兵们冒着敌人的炮火冲击前进。这是没有悬念的一战。华东野战军的攻击兵力至少大于整编五十七师四倍以上。夜幕降临时,三纵从北面破寨。接着,八纵从东南方向、六纵从西北角相继突入。三个纵队的猛烈攻击致使守敌迅速压缩,整编五十七师中将师长段霖茂率百人卫队化装突围,刚一出村便成为俘虏。凌晨三时,守军因无心再战纷纷投降。

沙土集一战,歼灭国民党军整编五十七师师部和两个旅共九千五百余人,其中俘虏七千五百余人。华东野战军攻击部队伤亡和失踪两千三百人。战后,国民党方面检讨道:"本作战,国军在各战场抽调兵力,逐次投入鲁西南地区……但因协调联络不足,多次形成孤立,遭匪袭击,整五十七师更因友军救援不及,在沙土集覆没。"

沙土集战斗结束三天之后,毛泽东致电陈毅、粟裕:"郓城、沙土集歼灭五十七师全部之大胜利,对于整个南线战局之发展有极大意义,特向西兵团全军将士致庆贺与慰问之忱。"

沙土集一战改变了陈毅、粟裕部的被动局面,迫使国民党军从山东内线战场和刘邓大军周围抽调回四个整编师。此后,在中国辽阔的中原地带,一个影响到整个战争进程的新局面产生了。

"共军北渡黄河公算最大"

"我这一生,这个时候最紧张。听见黄河的水要来,我自己都听得见自己的心脏在怦怦地跳!"——四十多年后,邓小平依旧对那个时刻记忆犹新。

羊山集战斗之后,晋冀鲁豫野战军主力南下,准备进行休整。

然而,战场形势突变。

国民党军各路部队开始向鲁西南战场移动而来。一九四七年八月六日,整编第七师和整编四十八师进至定陶、曹县之间地区;整编第三师和整编四十师及骑兵第一旅进至红船口和临濮地区;整编六十八师进至郓城以南;整编五十八师进至巨野以南;整编第五师和整编八十四、八十五师已西渡运河。国民党军大兵力快速推进,于鲁西南的一角,对晋冀鲁豫野战军主力形成钳形攻击态势。

更严重的是黄河南岸老堤即将决口的传闻。连日的大雨使黄河水位猛涨,滦口附近的水位已经由平时的两米猛增到三十米以上,每秒流量已达到两千零三十四立方米。这一惊人的水情数据表明决口的传闻并不虚妄。如果国民党军要炸毁黄河大堤,那么,刘伯承和邓小平一方面要面临兵力占据绝对优势的敌军的合围,另一方面要面临黄河之水滔天而来,这对于聚集在狭窄地域里的晋冀鲁豫野战军来讲无疑是灭顶之灾。

所以,跃进大别山必须越早越好,越快越好。

晋冀鲁豫野战军政治委员邓小平说:"中原的战略地位非常重要,正当敌人的大门,其中大别山是大门边。"

兵分三路跃进大别山的部署是:西路由杨勇的第一纵队组成,并指挥中原独立旅,沿曹县、宁陵、项城之线以西南进,直插河南南部;东路由陈锡联的第三纵队组成,沿成武、虞城、鹿邑、界首之线以东南进,直插安徽西部;中路由中原局、陈再道的第二纵队和王近山的第六纵队组成,沿单县、虞城、界首、临泉之线以西南进。

刘伯承催促参谋人员迅速了解黄河水情,确切了解陇海路以南、淮河以北、津浦路徐州、蚌埠段以西、平汉路郑州、信阳段以东地区的地形、河流、交通和道路情况,并在地图上准确地标示出来。刘伯承说:"当前陇海路南至长江边广大地区,敌兵力薄弱,后方空虚,正是我跃进大别山的大好时机……机不可失,时不我待,我们要立即行动了!"

大雨还在下,刘伯承指挥部的院子里涨满了水。已经来不及与陈毅、粟裕详细沟通了,刘伯承只与他们通了一次电话:

"我们上马了。"

"牌怎么打法?"

"一张鹅牌。"

"鹅牌",牌九中的一张牌,一边一点,一边三点。刘伯承的意思是:以少数兵力牵制敌人,掩护野战军主力出发。

为了掩护刘邓大军跃进大别山南下作战,毛泽东命华东野战军第一、第三、第四、第八、第十共五个纵队,暂由刘伯承、邓小平指挥。华东野战军的任务是:在刘邓大军跃进的反方向,坚持内线作战,以牵制国民党军。

一九四七年八月七日黄昏,刘邓大军兵分三路,开始了中国革命史上一次著名的军事行动——千里跃进大别山。

为了保密,野战军各纵队都更换了代号,代号是以纵队参谋长的姓加上村庄地名组成的。野战军直属纵队参谋长是李达,纵队代号就叫李家庄;一纵参谋长是潘焱,纵队代号是潘店;二纵参谋长是王蕴瑞,纵队代号是王家园;三纵参谋长是曾绍山,纵队代号是曾家庄;六纵参谋长是姚继鸣,纵队代号是姚关屯。是夜,西路的第一纵队和中原独立旅,从马楼和孟庄之间约八公里的缝隙间,钻出了国民党军的合围线;东路的第三纵队避开独山集和羊山集之间的敌人,向南绕行,顺利穿越封锁线;中路部队在略有小战之后,也开始向陇海路急促接近。

蒋介石接到刘邓部大规模南移的情报后,立即命令各路部队迅速南追。但是,在徐州的陆军总司令顾祝同的判断却是:刘邓部要渡黄河北退。于是,命令各部队立即向北阻截。顾祝同的判断来自空军的情报:"黄河边有共军甚多,正纷纷北渡黄河。"——空军的情报无大失误,因为刘伯承特别命令第十一纵队和冀鲁豫军区部队在黄河边架设浮桥,佯作大规模渡河之势——陆军总部徐州司令部因此认为:"共军主力似已北渡黄河,如未能渡过,明日必在郓城一带发生战斗……"蒋介石和顾祝同一南一北的作战命令,让国民党军各路部队不知所措。八日,当顾祝同终于明白刘邓部北渡黄河是虚晃一枪的时候,急令部队掉头南下追击。但是,此时蒋介石又判断刘邓部主力南下必是佯动,隐藏着"北渡黄河北窜"的目的,因此下令各部队再次掉头向北,赶在刘邓部之前到达黄河岸边。对此,陆军总部徐州司令部参谋长郭汝瑰深为不满:"蒋介石这些处置,都是代替前方指挥。前方报了情况,他才决定处置;等到命令下达,情况又已变化。他毫无统帅的越前处置,徒追随情况下命令干涉琐事,除拘束指挥员外,绝不能适应战况……"

八月十二日,刘邓大军各路部队全部越过陇海铁路。中央军委特发来电报,电报中提到了共产党人十几年前的长征:

刘邓,并告陈粟:

　　有三点请你们斟酌:(一)鉴于二万五千里长征时期休息太少,疲劳太甚,减员太多,而那种性急有许多是不必要的;此次我军南进,必须减少不必要的性急,力争少走路、多休息;情况紧急时应当走几天长的,但应跟着休息几天,恢复疲劳。(二)在目前几个星期内,必须避免打大仗,专打分散薄弱之敌,不打集中强大之敌,待我军习惯于无后方外线行动,养精蓄锐,又在有利于我之敌情、地形条件下,方可考虑大仗。(三)不要希望短期内就能在大别山、豫西、皖西等地建立巩固根据地,这是不可能的,这些都只能是临时立足点。必须估计到我军要有很长时间[至少半年]在江河之间东西南北地区往来机动,宣传群众,发动群众,并在歼灭敌人几十个旅之后,方能建立巩固根据地。(四)以上三点,如刘邓认为可行,则请告知陈(陈士榘)唐(唐亮)、叶(叶飞)陶(陶勇)一体遵行,使大家有精神准备,以利战胜蒋介石。

　　　　　　　　　　　　　　　　军委
　　　　　　　　　　　　　　　未(未时)文

在陇海路以南休整两天之后，十六日十一时，刘邓大军开始向黄泛区前进。

此刻，蒋介石依旧认为"共军北渡黄河之公算最大"，而刘邓部越过陇海路不过是"北渡不成向南流窜"，下一步刘伯承的企图必是"越过平汉路西窜"。国民党军国防部新闻局局长邓文仪称："山东共军败北，已了如指掌。为策应山东而窜鲁西南之刘伯承残部又陷入泥潭，一部在黄河南岸成了死棋，一部在单县、曹县、虞台彷徨，一部抱头鼠窜误入睢杞包围圈，强大的国军已经完全控制鲁西南局面，最后决战即将展开，聚歼顽敌计日可待。"

造成蒋介石与顾祝同判断失误的根本原因是，国民党方面知道共产党人往往不按常规出牌。但是，他们无论如何也没有想到，刘邓大军的十万人马会不要后方，孤军从黄河边直下国民党统治区的腹地。国民党方面认为共产党人还没有这个胆量与实力，况且这种类似自杀的举动也违背基本的军事常识。

刘邓大军陷入了黄泛区散发着腐烂气息的泥沼中。

一九三六年，国民政府为阻挡日军南下，在黄河郑州段的花园口掘开了大堤，人为地迫使黄河改道，由安徽北部注入淮河。黄河决堤，给河南、安徽和江苏三省一千多万百姓带来空前的灾难，中国国土中部的辽阔平原变成一片汪洋——"洪水猛溢，尸浮四野，赤地千里，饿殍载道。"十年后的一九四七年，蒋介石下令将黄河恢复故道，其真实意图是以黄河天险阻止共产党军队南北机动。结果，黄河大水一退，在豫东鹿邑至项城之间，出现了宽约四十里的沼泽地域，沼泽内，积水浅处没膝、深处齐腰，如逢雨季寸步难行。

夜晚，步兵、骑兵、炮兵、辎重、担架、大车一齐踏入泥浆，官兵们在齐膝深的泥沼中艰难地移动，炮兵、辎重和担架队很快陷入困境。平日，野炮都是由大车拉的，最重的榴弹炮得用十轮卡车拉，现在官兵们只能把那些炮卸下拆散，再用人力扛着或抬着通过泥沼，但仍有十分沉重的部分无法移动。马匹嘶鸣，挣扎着往下沉，眼看着就没了踪迹。大队人马整整走了一夜，天亮时，发现仅仅前进不足十公里。在薄明的天色下，逐渐清晰起来的大沼泽让官兵们心惊肉跳：一眼望去，茫茫一片，除了泡在泥水中的三四棵枯树或一两个房屋的屋顶外，四野荒凉，空气中弥漫着从污泥里冒出的腐腥味。

第六纵队排长刘占魁回忆说：

敌人的飞机飞过来了，几乎贴着水面飞，机枪子弹嗖嗖地射着，扔下的炸弹一掀就是几丈高的水柱，没有地方隐蔽的骡马、大车被轮番轰炸，趴在车下的许多战士，连同车辆和牲口一起被炸死了。炮兵连的一个战士腿被炸断了，抱着断腿在叫："排长！排长！"我顾不得头上的敌机嗡嗡地叫，爬到他身边，刚从衣服上撕下一块布，要给他包扎伤口，这个战士头一歪在我怀里牺牲了。

许多年后，刘伯承也回忆说："有的地方，明明看着水已干涸，但一脚下去，却是稀烂的胶泥。前脚起后脚陷，使劲越大陷得越深，甚至拔不出来，马匹的驮鞍早就卸下了，各种炮也都尽可能地拆散，扛着涉渡。马匹吼叫着，越挣扎越下沉。炮车轮越旋转越往下钻。"

十八日夜，刘邓大军终于走出黄泛区，在河南东部渡过了南下途中的第一条大河——沙河。

此时，有关刘邓部动向的情报被不断地送到蒋介石面前，刘邓大军沿途所过之处的地主民团也不断地纷纷告急。最令蒋介石吃惊的是，一张地图被十万火急地送到南京，说是河南某县的官员在共军宿营的地方捡到的，而这竟然是一张湖北省地图！刘邓的部队已经渡过沙河，蒋介石从地图上顺着河南、湖北一路看过去，他终于醒悟到：刘邓部并非是在向南逃窜，而是有目的地在向湖北的某个地方奔袭，而这个地方只能是大别山，因为那里是共产党武装的老巢。蒋介石立即部署各路部队火速赶往河南南部，以阻止刘邓大军渡过汝河。

汝河，"河床深陷，河堤陡峭，水深丈余，无法徒涉"，是刘邓大军南下需要面对的第二条大河。

二十二、二十三日两天，第一、第二、第三纵队顺利渡过了汝河。而由纵队副司令员韦杰率领的第六纵是最后一支渡河部队，其先头部队是十八旅。刘伯承和邓小平率野战军指挥部跟随六纵抵达汝河北岸的黄刘营。十八旅旅长萧永银并不认为渡过汝河有什么难处。河不宽，水不急，对岸只有一些零星的枪声。萧永银命令五十二团立即渡河，上岸后抢占地势较高的大、小雷岗村，构筑掩体，以待掩护后续部队渡河。二十三日拂晓，五十二团顺利地过去了一个营，占领了小雷岗村，并向大雷岗村延伸。

二十四日上午,河岸四野一片寂静。中午时分,汝河南岸突然烟尘滚滚,在西侧的公路上,黑压压的国民党军蜂拥而至。五十二团参谋长沈伯瑛顿时紧张起来,立即请示旅指挥所,建议趁敌不备之时冲击一下,但是他没有得到同意的答复。这时候,国民党军开始炮击小雷岗村。

十八旅的官兵冒着敌机的轰炸在汝河上架起了浮桥。

天黑了,纵队副司令员韦杰赶到了,萧永银将旅指挥部前移到汝河北岸一间距渡口只有百米远的草房里。

国民党军把汝河南岸一线的村庄都点燃了,大火将夜空照得黑里透红。

十八旅陷入进退两难的境地:对岸敌情不明,不敢贸然打过去;可如果继续等待,一旦敌人在南岸布防完毕,后续部队渡河将面临巨大危险。

韦杰和萧永银均举棋不定。

深夜,刘伯承和邓小平来了,他们对十八旅整整一天没有采取有效行动感到十分不满。野战军参谋长李达说:现在,我们的前面有整编十五师和整编八十五师,后面追击的是整编第七师和整编四十八、五十八师,敌人追击部队的前锋已经与我们的后卫部队四十六团接上火了。

韦杰和萧永银这才感到情况的严重。

刘伯承说:"如果让后面敌人赶到,把我们夹在中间,不但影响战略跃进,而且还有全军覆灭的危险。自古狭路相逢勇者胜!从现在开始,不管白天黑夜,不管敌人的飞机大炮,我们要以进攻的手段对付进攻的敌人,从敌人阵地上杀出一条血路冲过去!"

邓小平说:"现在除了坚决打过去以外,没有别的出路。桥断了,再修!敌人不让路,就打!今天过不去汝河,后面敌人明天就赶到了。我们决不给敌人以时间……我们要不惜一切代价和牺牲,坚决打过去!"

刘伯承亲自部署了渡河方案:"十八旅从中间杀出一条路,抗住两边敌人,作为野司、纵直的前卫,奋力攻击前进。十六旅接替五十二团的防务,固守大、小雷岗村,保护浮桥,保护大军安全渡河。十七旅继续在左翼迟滞敌军西援。"

尤太忠的十六旅立即接防了大、小雷岗村阵地,萧永银的十八旅开始准备冲击。旅政委李震率五十二团为左翼,萧永银率五十三团为右翼,共同组成第一梯队,沿着大雷岗村向南杀出一条路来。五十四团为第二梯队,前后各一个营,保护野司和纵直过河。萧永银对官兵们说:"刘司令员和邓政委就在五十三团,他们要和我们一起冲锋。我们要誓死保卫首长,我们要准备牺牲。大家枪上刺刀,手榴弹开盖,遇到敌人就打,打完了再往前冲。我们旅打剩一个团,团打剩一个营,就是全部打光,也要打开一条通路!"

子夜二时,十八旅的冲击开始了。

炮火冲天,弹雨横飞,腹背受敌,决死一战。十八旅官兵攻下一个村庄,接着又向前面的村庄扑过去。刘伯承守在电话机旁,萧永银不断地打来电话报告说:"还在继续打!"泥楼、大杨庄、王庄、车桓庄,冲击迅速向南延伸,一条长约五公里、宽约三公里的通路被打开了。

有史料说,十八旅之所以能在国民党军重兵布下的防线上打开南渡汝河的通道,当面整编八十五师一一〇旅旅长廖运周有意避战起到了重要作用——廖运周,中共地下党员,在后来的淮海战役中率部于战场起义。新中国诞生之后,有人曾问及廖运周当年在汝河边的战事,廖运周回答说他的部队"根本就没怎么打"。他曾向团长们交代:"共军打到哪个村庄,你们就撤出那个村庄",共军要是"不要命地往前冲,我们就把枪往天上打,不能去硬碰硬。"战后,当他的上司指责他有意放走共军时,廖运周声辩说他这是为了保存实力。

当十八旅不顾一切冲击的时候,在河边担负掩护渡河任务的十六旅承受着巨大的作战压力。十六旅的当面,是国民党军整编八十五师六十四旅。十八旅政委李震战后回忆说:

> 他们任务显然比我们艰巨。我们现在是从敌人的薄弱部位打开一条通路,把部队掩护出去,而他们则要遏住桥头堡垒里的敌人,使其不能前进一步。这样他们就得受敌人的三面火力夹击,并一直要坚持到天黑……部队伤亡很重,有的连队三分之一,有的连队三分之二,营长牺牲,派作战参谋前去指挥,刚到营指挥所,就又牺牲了,于是教导员代替指挥。有的连队没有干部了,战士便独立作战……

此时的汝河渡口一片混乱。机关人员、炮兵部队、后勤部队和大量辎重拥挤在狭窄的浮桥上。抢渡的队伍中还有野战军文工团的队伍。出发前,文工团员们每人发了一张面饼,并通知他们渡河后的集结地是彭店。指挥部怕他们把这个地名忘了或是失散后需要寻找部队,特别要求文工团员们把地名写在手背上。后来成为中国当代著名作家的徐怀中,曾是抢渡汝河的晋冀鲁豫野战军文工团中的一员,他记下了当时的情景:

> 路上看到机要部门在焚烧文件地图,一辆吉普车在燃烧,人喊马叫,气氛相当紧张。文工团队伍登上汝河浮桥,浮桥是由小船排列搭成的,上面铺了木板和秫秸,踩上去便剧烈地摇晃,许多人一上桥就摔倒了,爬起来又跑。数架敌机轮番向浮桥投弹扫射,河里不断冲起高高的水柱,两个男同志架一个女同志,脚不挨地,很快冲过河去。抬头看,刘伯承司令员站在岸边,他保持着素有的军人姿态,在看着部队通过浮桥,时不时挥一挥手,示意跟紧队伍。大家很受感动,又担心着,希望刘司令员尽快离开渡口才好。

二十五日下午十六时,刘邓大军后续部队四万多人和两百多辆大车渡过了汝河。

第六纵队副司令韦杰最后一个通过浮桥。

然后,浮桥被后卫部队四十六团的工兵炸毁。

一年零四个月之后,率部在汝河当面阻击刘邓部的国民党军整编八十五师师长吴绍周,已经升任国民党军第十二兵团副司令官兼第八十五军军长。在淮海战役中,吴绍周在双堆集乘战车逃跑时被中原野战军俘虏。刘伯承和邓小平在战俘所见到了他,提到汝河边的战斗往事时,吴绍周说,当时双方兵力悬殊,我们又有飞机大炮,阻挡你们很有把握。但是,还没等我部署完毕,你们就冲过来了。刘伯承告诉他,自己是二十五日早晨从大雷岗村方向渡过汝河的。吴绍周听后大为吃惊,当时他的指挥部就在大雷岗村附近。他对刘伯承说:"天呀!幸亏没有打上你们任何一位!"

追击到汝河边的国民党军看见河边躺着不少刘邓部的伤员。

在前有阻击后有追兵的情况下,付出巨大牺牲的十六旅只带走了部分轻伤员。这里不是解放区,没有百姓跟随在部队的后面转运伤员,而部队还要长途奔袭作战,重伤员只能被遗留在战场上——"部队要走了,带不上你们,只能靠自己,能回家的先回家,回不去的将来再去找部队。"那些身负枪伤、弹伤的重伤员躺在依然缭绕着硝烟的汝河边,看着自己的队伍迅速远去;而那些因鲜血即将流尽而奄奄一息的官兵,很快就长眠在了这条大河的岸边。

刘邓大军一路南下,国民党军的布防形同虚设,怒不可遏的蒋介石斥责国军追击部队"迟出早归,形似旅行"。为此,他撤销了陈诚的参谋总长职务,这一职务由他自己亲自兼任。

二十六日,刘伯承、邓小平到达淮河北岸。

淮河是这支十万人的大军千里跃进大别山的最后一道关口。

此时,这条位居中原的大河正值高水位期。刘邓大军到达岸边,只找到十几条小船。十几条小船如何把全部人马短时间内渡过河去?刘伯承亲自来到渡口,拿根竹竿试探水情,认为完全可以架设浮桥。部队正在架桥的时候,一个小个子马夫连同他喂的马徒涉过河的情景引起了刘伯承的注意,他立即命令各部队:停止架桥,按照马夫过河的路线迅速徒涉。

大队人马部队就这样浩浩荡荡渡过了淮河。

二十七日晚,在汝河边未能截住刘邓大军的整编八十五师追抵淮河北岸。师长吴绍周命令部队立即在刘邓部过河的地方徒涉,不料,国民党军的前卫人马刚一下水就被陡然暴涨的河水冲走了。

淮河的洪峰到了。

吴绍周哀叹道:"共产党有命,刚刚过去水就涨了。"

之后到达淮河边的国民党军十多个旅全部停在了北岸。陆军总部徐州司令部参谋长郭汝瑰说:"追击刘伯承各路国军均为淮水所阻。据云:刘军渡淮河系徒涉,国军一到即涨水,可谓奇矣。刘部进入大别山,陈赓部进入伏牛山,已形成犄角之势,从此中原无宁日矣。"

如果说在国民党军的眼里,刘邓部向南纵深跃进的举动不合军事常理,而在兵力、武器和机动手段上均占据优势的国民党军队,竟然让刘邓部在其控制区内冲过了千里征途,这一现实更加不可思议。

刘邓大军看见了前面高耸的山峰——大别山。

连绵的山脉是共产党军队永远的家园。

大别山,绵亘于鄂、豫、皖三省交界处,平均海拔千米,是淮河与长江的分水岭。山脉的北部荒山耸立,南部漫坡上植被茂盛。腹地的潜山、霍山、英山等县境内崇山叠嶂、人烟稀少、土地贫瘠,是共产党领导的红色武装的发源地之一。土地革命时期,红四方面军在这里建立根据地。自那以后,一九三二年,由张国焘率领的红四方面军在受到严酷"围剿"时从这里西撤四川;一九三四年,由吴焕先和徐海东率领的红二十五军在这里转战之后撤向陕北;一九三八年,由高敬亭率领的新四军第四支队曾从这里东进;一九四六年由李先念率领的中原军区主力被迫从这里突围而出。这里是中国腹地的战略要地——"中原形势决定于两个山,一个是大别山,一个是伏牛山。敌人最关切的还是大别山,它比伏牛山更重要,中原要大定就要把大别山控制起来。大别山是一个战略上很好的前进的基地。它靠近长江,东面一直顶到南京、上海,西南直迫汉口,是打过长江的重要跳板……"一九四七年八月下旬,万分疲惫的刘邓大军循着共产党红色武装的足迹,第五次踏上了这块承受了太多血雨腥风的土地。

刘邓大军中的一部分官兵,当年在这里参加红四方面军,经过万般残酷的转战之后,他们再一次回到了故乡。

十七旅旅长李德生出生在大别山中李家洼村,母亲早逝,他十四岁参加红军,红四方面军撤离鄂豫皖根据地后,整整十五年他没有见过自己的父亲。部队向大别山腹地行进途中,有两个小时的休息时间,李德生决定回家看看。到了李家洼村,李德生找到自家门口,别说家人,连老屋都没有了。好不容易找到叔伯嫂子家,叔伯嫂子认出他后惊喜地喊:"是德生回来了!德生回来了!"叔伯嫂子告诉李德生,因为他当了红军,父亲被国民党军抓走折磨死了。围过来的乡亲摸着李德生的满是补丁的灰布军装,啧啧感叹道:"穿得这么好啊!"叔叔给李德生做了面条,面条上有一块不知道放了多少年的又黑又硬的鸡肉。跟随李德生的参谋张方山费了很大的劲才把鸡肉嚼烂吃了。离开李家洼后,李德生对张方山说:"穷人家来了客人,要面子,上面放块肉,客人都知道这块肉不能吃,主人下次还要用的。你吃了,他们上哪里再弄鸡肉去?"张方山参谋的眼泪一下子涌了出来。

三纵司令员陈锡联听说母亲找到他的司令部来了,有点不相信。参谋们对他说,六纵昨天行军时找了个向导,向导说他哥哥当红军走了快二十年了。六纵就问你哥哥叫什么,向导说叫陈锡联。参谋们正说着,一个战士用一辆木制手推车推进来一位老太太,陈锡联一看,正是他的母亲。母亲和陈锡联说了三天的话,整整三天,母亲一边说话一边流泪,因为她找自己的儿子找了整整三年,直到有人说她的儿子已经死了。部队又要走了,陈锡联把自己的毛毯和被子留给了母亲。几年以后,部队攻打襄阳的时候,有人对陈锡联说,在炮火最猛烈的城西北角,有位讨饭的老人到处打听陈锡联,因为战场上太危险,老人被战士们劝走了。陈锡联始终没有弄清楚这件事是怎么一回事,但自在大别山里与母亲见了一面之后,此生他再也没见过万般惦念他的可怜的母亲。

刘邓大军进入大别山后所面临的生存困境,比他们预想的要严重得多。

大别山一直是桂系的地盘。

蒋介石一生除了无法战胜共产党人外,另一个心腹大患便是桂系。一九二六年,在北伐战争中不断扩充的桂系已经兵强马壮。因对桂系庞大的势力深感不安,蒋介石密令第一军军长何应钦解散桂系的第七军,何应钦认为极其不妥难以执行。消息走漏后,八月,桂系军队总指挥李宗仁联络武汉、浙江、湖南的军力开赴南京外围,重压之下蒋介石第一次被迫辞职下野。一九二八年一月,蒋介石复职,为了统一中国,以忍让的态度借桂系之力讨伐北方军阀,而此时桂系已经发展到十六个军外加七个独立师。一年以后,国民党统一了全国的军队,桂系各部队虽然番号改变,但其强大的实力在国民党军中依旧咄咄逼人。一九二九年三月,蒋介石下令兵分三路会攻桂系控制的战略要地武汉,蒋桂战争终以桂系兵败而结束。但是,桂系在这一年的年底重组"护党救国军",联合粤军起兵反蒋。正当起兵因粤军首先撤退而面临危境时,北方的阎锡山和冯玉祥也起兵反蒋了,桂系军队立即成为阎锡山反蒋大军中的一部分,中原大战就此爆发。虽然桂系在大战中因内部分化兵退广西,但是一九三一年五月,一个与蒋介石的南京国民政府相对立的广州国民政府成立了,李宗仁出任广州国民政府委员及军事委员会常委。抗战爆发后,桂军参加了空前惨烈的台儿庄会战与武汉会战,以凶悍的战斗力和顽强的意志力威震日军。抗战胜利后,李宗仁被任命为北平行辕主任,白崇禧被任命为国防部长,桂系的两大军事首领均位居要职。一九四八年秋,当林彪的百万大军从东北南下入关后,国民党政权已经岌岌可危,李宗仁和白崇禧立即重组军力,于一九四九年一月再次逼迫蒋介石下野。在桂系的历史上,诸多起伏与诸多征战皆有赖于桂军的实力。桂军以治军严格、作风顽强著称于国民党军中。

桂系经营大别山区的时间长达二十多年,建立了周密完善的保甲联防制度,并培植起大量的地主民团武装组织,不少军官和老兵甚至已在这里娶妻生子。

大军所至,必需粮草。如果没有群众的支持,数万官兵的吃穿将成为最紧迫的问题。因为共产党领导的武装曾经四进四出大别山,这里的百姓不再相信共产党军队进来就不走了,所以刘邓大军每到一村,村中的百姓皆躲避一空。不要说征粮,即使拿钱买都买不到。而如果进入敌占区买粮,官兵们的北方口音只要一说话就会暴露。更为严重的是,追击刘邓大军的国民党军也随即进入大别山,国共双方的军队在大山里来回周旋,当地百姓无以供给如此众多的部队,他们要活命就必须保护自己的粮食,唯一的办法就是"坚壁清野"。六纵十八旅副政委刘昌回忆道:"我们虽然说不走了,但谁相信你?老乡们就看你能不能待下去。我们来了,敌人也跟着来了,老乡知道你的部队好,但你不占优势,再一拍屁股走人,他们就要遭罪。国共斗争可是生死之争,没有半点含糊,搞不好是要掉脑袋的。所以,老百姓怕国民党,也怕共产党,不敢和解放军接触。这个我们没有估计到,以为是老根据地,有群众基础,实际上不是这样的。"

刘邓大军千里跃进大别山,官兵们一路奔袭作战,脚上的鞋子都已经烂了。可这里不是晋冀鲁豫解放区,没有人给队伍上的官兵缝制军鞋,即使官兵们想买贫穷的大山里也买不到,于是只好赤着脚行军。六纵政委杜义德指着自己脚上的一层层稻草对官兵们说:"这叫草鞋,红军长征就是穿着它走过来的,我们在大别山里再苦,能有长征苦吗?"他号召南方的战士教北方的战士打草鞋。六纵十七旅参谋陈品德刚参军,因为不会打草鞋,只好找来些破布用绳子把脚包起来,可是没走多远绳子就散了架,双脚被山石磨得直流血,为了不掉队只能忍痛坚持着。陈品德回忆说:"正走着,我看见路边有一只胶鞋,就是国民党兵穿的那种,上面有个破洞,可能是人家觉得破,不要了。我那个高兴呀,忙捡起来穿上,鞋小,挤得脚难受,可是好多了。只有一只鞋,我就两只脚轮流穿,走了四十多里鞋也没破。我就想,这鞋真好,将来能有一双多好,起码能穿好几年。我还想,这个国民党兵扔了一只鞋,总不会也像我一样只穿一只鞋吧,另一只鞋说不定也会扔掉。我就很注意路两边,希望再捡到一只,可注意了两三天也没发现另一只……"

面对部队在困境中出现的动荡,邓小平说:"我们必须打几个大的胜仗,也只有这样,我们才能在大别山站住脚,群众才能真正发动起来。不然,你再说绝不再走了,他也会怀疑的。"

十月初,三纵盯上了追踪他们的国民党军整编八十八师六十二旅,并经过七个昼夜的急行军把敌人围住了。战斗打响之后,美式装备的六十二旅拼命突围,三纵官兵拼死阻击,战斗从早上打到晚上。三纵打六十二旅的时候,桂系的整编四十六师前来增援,三纵七旅二十一团拼死阻击。攻击六十二旅的九旅和八旅加紧攻击,最后突进对方阵地,六十二旅副旅长唐家楫被俘。

接着发生的高山铺战斗战果巨大。这次刘伯承盯上的是国民党军整编四十师和整编五十二师的八十二旅。整编四十师在刘邓大军南下途中,一路追击纠缠。最近,这个师又加强了八十二旅,八十二旅原属黔军序列,虽然拥有美式装备,但终究来自国民党军中战斗力最弱的部队。整编四十师和八十二旅在蒋介石的命令下拼命追击,以至于孤军深入。刘伯承和邓小平认为机会来了,送上门来的不但是块"大肉",而且是块上好的"臀尖肉"。

战场选在一个叫高山铺的山谷里。

一纵和中原独立旅占领了山谷两端的制高点,布置了一个大口袋;六纵尾追敌人并负责系紧口袋嘴,二纵和三纵待机歼敌。十月二十五日,大雾弥漫中,整编四十师的队伍行走在公路上。中原独立旅的四团九连化装成游击队,穿着各色服装,拿着老旧武器,引诱敌人上钩。上午九时,进入山谷的整编四十师遭遇突然攻击,一下子乱了的队伍不久就摆成了反击阵形,双方在公路两侧反复争夺,伤亡巨大的战斗一直持续到夜晚。国民党军的侦察情报称"高山铺最多只有共军一个旅"。位于蕲春城里的师长李振清开始催促部队全速前进。第二天上午,整编四十师在各种火力的掩护下,向一纵的阻击阵地发起猛烈攻击,在洪武垴阵地阻击的官兵全部阵亡,后续部队用刺刀和手榴弹又把阵地夺了回来。中午,国民党军开始分两路迂回前进,遭到猛烈阻击后,决定回撤时已经无路可撤。夜幕再一次降临,六纵十八旅旅长萧永银命令五十四团官兵:"冲上去,与敌人混战,用刺刀、手榴弹把敌人的敢死队搞垮。"五十四团扑了过去,即刻与敌人开始了肉搏战,四十分钟后敌人溃退。二十七日早上,大雨,整编四十师和八十二旅多方向组织突围,但均没有成功。刘伯承命令六纵投入战斗,此刻的战场兵力对比已达到我十七个团对敌五个团。下午十四时,战斗结束,共歼灭国民党军一万三千多人,其中俘虏九千五百余人。

面对丰富的缴获,官兵们纷纷把敌人尸体上的鞋扒下来,穿在自己已经磨烂的脚上。

国民党军方认为,疲惫不堪的刘邓部无论如何都打不过兵强马壮的整编四十师。二十八日早上,高山铺的战斗已经结束,武汉行辕还在为整编四十师准备馒头和大饼。李振清师长在蕲春城内一再给武汉行辕发电报,说他的部队坚持下去绝对没有问题,要求派飞机去空投弹药。但是,空军飞行员却报告说,高山铺一带没有发现任何人影,反过来询问李振清的部队到哪里去了。

围困大别山的国民党军总指挥是白崇禧。

十一月三日,国民党军"大别山作战会议"在南京国防部召开。蒋介石说:"共军刘伯承部自强渡黄河,配合陈毅作战以来,屡遭我军重创,以逃逸大别山区,意图苟延残喘。为彻底剿灭刘伯承部共军,阻止其负隅顽抗,死灰复燃,进剿大别山已刻不容缓。须知战机稍纵即逝,不能有半点迟疑。希望诸位,制定出切实可行的作战计划,彻底肃清刘伯承部共军,则全国军事即将进一步改观。"会议制定的作战方针是:"集中主力先于大别山击破刘伯承部,同时并在鲁中、鲁西、胶东、黄泛区各方面以一部兵力追剿,不让陈毅部恢复或妨碍我大别山方面的作战。"在讨论大别山战区的作战指挥时,蒋介石的心腹们都主张大别山作战不同一般,应该由国防部统一指挥,至少也得让陆军总司令顾祝同指挥。但是,当有人提出让国防部长白崇禧指挥时,蒋介石竟然同意了。

> 我听到这一意见时,心中一惊,认为蒋介石平时不愿意白崇禧掌握兵权,未事先得他同意而在会议上提出,必使他尴尬不堪,这时我特别注意蒋、白二人的表情。这天蒋坐会议桌顶端正中的一把椅子上,这把椅子靠背比所有椅子的靠背都高些,据说这是由于他在西安事变时腰部受伤,要高背椅子使他

坐直才不疼痛。这时,他的右边坐的是白崇禧,蒋听见这一建议后,并不烦恼,从容地扭转身问白:"健生兄,你看如何?"
"看主席怎么决定吧,我服从命令。"白崇禧也满不在乎似的,脸上毫无表情地回答。

于是,白崇禧在九江设立了国防部长九江指挥所。

面对国民党军的向心合击战术,刘邓采取了"敌向内,我向外,敌向外,我亦向外,将敌牵到外线,以小部牵制大部,以大部消灭小部"的战略战术,打击或拖散敌人。一九四七年底,野战军第十、第十二纵队分别向桐柏、江汉进击,随之成立了桐柏军区和江汉军区,让淮河和汉水变成了中原解放区的两条内河。

白崇禧始终没有足以集中进攻大别山的兵力,因为此刻国民党军的精锐部队都在陆军总司令顾祝同手中。

不久,国防部长九江指挥所后移到了武汉。

冬天到了,刘邓大军的十万官兵还没有棉衣。中央军委为他们筹措了十五万套棉衣、一百万银元和大量的药品物资,但是无法运进敌军围困的大别山。大别山区不种植棉花,部队就地筹措布时,不惜违反纪律向店铺"借布"。四十九团到达团风镇,发现镇上有一家布店,官兵们要求向店主借布,店主小心地问:"借几尺?"官兵们说,店里所有的布都要借走。店主急了,说:"我们全家要靠这些布吃饭呀!"官兵们只好说可以给他写借条。可是,借条并不能让百姓维持生存。二纵六旅政委刘华清的部队到了广济县的周家湾村,干部们对百姓说:"我们来这里征集棉花和棉布,请你们积极支持我们,现在谁帮助了我们,将来全国解放了,人民政府是不会忘记他的。"一个叫李玉秀的大娘把自己准备做寿衣的黑土布送来了,大娘说:"你们打老蒋是为我们穷人好,这块布说啥你们也得收下。"好容易有了布,但是颜色不一,就用稻草灰、黑锅烟或是黄泥水做染料,把布放在大锅里用染料煮。染出灰黑色的军装布,队伍中却没有人会裁缝。刘伯承要求官兵自己动手,并亲自给大家做示范,他用个碗扣在布上,画出个大圆圈,然后说:"这就是领口!"于是上上下下都照着裁,但还是有人把领口开在了胸口或者后背。

一九四八年新年,晋冀鲁豫野战军官兵穿着自己做的各式各样的棉衣,在寒冷的晨雾中列队站在高低起伏的山坡上。晨曦初露的时候,他们看见了身材高大的司令员刘伯承和矮个子政治委员邓小平。邓小平面容消瘦,走路很快,穿着一件肥大的军棉袄,他对全体官兵们喊道:"紧紧把敌人拖住!坚持到最后胜利!给大家拜年了!"

刘邓大军千里跃进大别山,吸引了国民党军近九十个旅的兵力,打乱了国民党军向山东和陕北进攻的计划。与此同时,陈谢大军挺进豫皖鄂边区,并向伏牛山完成展开;陈粟大军挺进豫皖苏边区,直接威胁着陇海路沿线。至此,解放战争中"三军鼎立,经营中原"的局面已经形成。

毛泽东撰写了《目前形势和我们的任务》:

> 中国人民的革命战争,现在已经达到了一个转折点。这即是中国人民解放军已经打退了美国走狗蒋介石的数百万反动军队的进攻,并使自己转入了进攻……现在,战争主要地已经不是在解放区里进行,而是在国民党统治区里进行了,人民解放军的主力已经打到国民党统治区域里去了……这是一个历史的转折点。这是蒋介石二十年反革命统治由发展到消灭的转折点。这是一百多年以来帝国主义在中国的统治由发展到消灭的转折点。这是一个伟大的事变。这个事变所以带着伟大性,是因为这个事变发生在一个具有四万万五千万人口的国家内,这个事变一经发生,它就将必然地走向全国的胜利。这个事变所以带着伟大性,还因为这个事变发生在世界的东方,在这里,共有十万万以上人口[占人类的一半]遭受帝国主义的压迫,中国人民的解放战争由防御转到进攻,不能不引起这些被压迫民族的欢欣鼓舞……

解放战争刚刚进入第二年,无数共产党官兵为了战争的转折付出了生命。刘邓大军进入大别山时约十二万四千余人,转出的时候仅剩下五万八千多人。但是,即使在最艰难困苦的时候,中国共产党人依旧坚定这样一个信念:"建立一个爱国、民主、不贪污的政府"和"一个独立的、自由的、富强的国家"。

★ 第六章 **朗照边区胜利花**

- "打他三个钟头再走不迟"
- 半岛之争
- 朗照边区胜利花
- 打倒蒋介石才有饭吃
- 瑟瑟秋风中的反腐与作战
- "他们也未必愿意永久打仗"

"打他三个钟头再走不迟"

要说苦,彭德怀的西北野战军最苦。

西北野战军的称谓来自一九四七年七月三十日周恩来的一封电报:"西北野战兵团定名为西北人民解放军野战军,彭为司令兼政委。"西北野战军副司令员张宗逊,副政治委员习仲勋,参谋长张文舟,政治部主任徐立清。

西北野战军下辖三个纵队以及两个旅和一个山炮营:第一纵队,司令员张宗逊、政治委员廖汉生,辖独立第一旅、三五八旅;第二纵队,司令员兼政治委员王震,辖独立第四旅、三五九旅;第三纵队,司令员许光达、政治委员孙志远,辖独立第二、第三、第五旅。另外的两个旅是:新编第四旅,旅长张贤约、政治委员黄振棠;教导旅,旅长兼政治委员罗元发。西北野战军总兵力约四万五千人。

陈毅过去曾有个疑问,为什么中央在一九四七年夏秋间的来电中常常表扬西北野战军?"好像中央对华野领导颇有不满,特意抬高西北压华东似的"。但是,一九四八年一月,当陈毅辗转到达陕北杨家沟之后,才明白"西北野战军是作战条件最苦的一个野战军"。

麦面有一年多没有吃到了,小米也很难吃到,主要是吃黑豆,过去是喂马的马料,有时还要吃野菜吃糠……他们每打一仗每门山炮只准打五发炮弹,迫击炮每门只能配五到十五发炮弹[华东每门山炮过去三百发炮弹,每门迫击炮二百发,外线出击后炮弹少了。山炮每门一百五十发,迫击炮一百发,就感觉不能打仗了],他们听了我的报告,说你们这样大的家务,给我们可以打一年……

西北野战军以数万兵力对付胡宗南的几十万大军,所承受的军事压力可想而知。但是,为了配合陈谢、陈粟和刘邓三路大军出击外线作战,彭德怀还是决心不顾压力把胡宗南的部队尽可能牵制在陕北。

彭德怀选择的作战目标是向北攻击榆林。

榆林地处陕西、山西和绥远三省交界地,自明代起就是著名的边塞重镇——"榆林府,习弓马,好战斗。兵民参半,以饷为命。"自古即为兵城的榆林,北倚长城,三面环山,多为沙丘。无定河、榆林河绕城冲积出开阔地,土壤肥沃,物产丰富,商旅繁华。城垣为砖石结构,城南的凌霄塔高地可以俯瞰全城,并控制一个小飞机场。

自内战爆发以来,榆林一直是国民党军包围和进攻共产党陕甘宁边区的重要据点。榆林一旦失守,"不仅晋、绥、陕边区之匪可连成一气,且将予匪囊括河套,直接沟通俄、蒙国际通路之利,于是榆林成为匪我必争之要点"。

至少在彭德怀准备攻击榆林之际,榆林国民党守军的作战心态正处在复杂微妙的时候。

民国初期,榆林是陕北镇守使井岳秀的地盘,井岳秀后任陕北国民军总司令,镇守榆林二十多年。一九三六年,井岳秀因手枪落地走火身亡。抗日战争爆发后,井岳秀的陕军被蒋介石收编,国民党军事委员会把驻扎在兰州的邓宝珊的新编第一军、驻扎在岷县的鲁大昌的一六五师、驻守榆林的高双成的八十六师(井岳秀部)等部队合编成第二十一军团,任命邓宝珊为军团长率部进驻榆林。邓宝珊在榆林经营十年,联络地方,扩展部队,连年加固城防工事,建立起稳固的社会和军事根基。但是,邓宝珊不但不是蒋介石和胡宗南的嫡系,而且在他统领陕军的历史上还曾与共产党人过从甚密。内战爆发后,蒋介石在榆林设立了"晋陕绥边区总司令部",邓宝珊出任总司令。为了确保包围共产党首府的包围圈不出现军事或政治缺口,蒋介石和胡宗南都认为,有必要向榆林派驻嫡系部队。胡宗南了解到,他的心腹将领整编第一军军长董钊与当年井岳秀的部下现任第二十二军军长左世允是同乡,于是派董钊到榆林任晋陕绥边区总司令部副司令官。左世允军长外迎内拒,董钊在榆林待了半年,除了视察过一次部队和在城郊主持修筑了一些防御工事外,无事可做,最后只好返回西安。一九四六年十一月,国民党军已准备进攻延安,胡宗南奉蒋介石之命,拟将整编三十六师二十八旅派驻榆林,除加强防务之外,最要紧的是监视榆林守军。这一次,胡宗南为让榆林方面接纳这支嫡系部队,特地将一个名叫徐保的团长提升为二十八旅少将旅长,因为他了解到徐保的父辈与邓宝珊有交情。国民党军空军动用了二十多架C-46型和C-47型运输机,将二十八旅官兵空运至榆林。

此时,邓宝珊指挥的部队约一万五千余人。

彭德怀的攻击计划为:二纵、新编第四旅和教导旅攻击鱼河堡、归德堡和三岔湾等地,然后包围榆林城的西面、北面和东南;一纵并指挥绥德军分区四团和六团攻击响水堡,掩护二纵渡过无定河之后包围榆林城的南面和西南;三纵和独立第五旅攻击流泉河和青云山,独立第二旅攻击高家堡和乔岔湾,上述部队包围榆林城东。彭德怀攻击榆林的兵力达八个旅又两个团,总计约四万五千人,几乎是西北野战军的全部兵力,同时也是榆林国民党守军的三倍。

邓宝珊想不到共产党军队会攻击他,他认为自己是共产党人的朋友。

邓宝珊,甘肃秦州直隶州(天水)人,十三岁父母先后辞世,十六岁即到伊犁从军。一九一〇年成为同盟会员参加了辛亥革命,后参与国民军西北军的组建,直奉战争中已升任师长。一九二四年,李大钊领导的中国共产党北方组织开始在国民军中活动,邓宝珊自此受到共产党政治主张的影响。第一次国共合作时期,他与共产党人邓小平、李子洲都有来往,与后任红五军团政治部主任的刘伯坚更是有着深厚的友情。一九三二年,邓宝珊出任西安绥靖公署驻甘行署主任,面对省内武装林立、民生凋敝的景象,他决计整编军队,不扩一兵,专心生息,安抚百姓。由于军政成就显著,国民党元老于右任、邵力子等人鼎力推荐他出任甘肃省府主席,但因蒋介石对他猜疑很深未果,他被任命为陆军新编第一军军长,而第一军的兵力只有两个旅。"西安事变"后,国共抗日联合统一战线建立,他派兵驻守鱼河堡并叮嘱:"维护陕甘宁边区到榆林这一段公路的交通安全,保护来往车辆和人员顺利出入。"在整个抗日战争中,邓宝珊的部队一直与共产党人的陕甘宁边区保持着和睦相处的关系,他本人还多次到延安与毛泽东、朱德等中共领导人晤谈。一九四三年十一月,邓宝珊从西安返回榆林途中来到延安,因偶感风寒在延安停留半个月,毛泽东给他送去了十张狐皮让他做件大衣。邓宝珊走后,十二月,毛泽东又给他去信,信中说:"去年时局转换先生尽了大力,我们不会忘记……八年抗战,先生支撑北线,保护边区,为德之大,更不敢忘。"

八月二日,邓宝珊接到了彭德怀部主力正向榆林挺进的情报。他笑着对同僚们说:"共产党对榆林还用得着这样大的兵力?他们真的要进榆林也不一定要使用武力嘛。"邓宝珊确信彭德怀部不会攻击榆林,如果真的要进攻,至少事先也会和他打个招呼。但是,情报连续到达,而他并没有接到共产党方面的任何解释。邓宝珊有一种严重的不安——他不愿意和共产党打仗,但又不能不备战了。

五日,西北野战军逼近榆林。

邓宝珊召集了军事会议,会议决定放弃外围据点,集中兵力固守榆林城。具体作战部署是:二十八旅八十三团守南城,八十二团守南门外的凌霄塔和三义庙据点;总部特务营一部和第二十二军的工兵营、辎重营和补充营守西城;八十六师炮兵营、工兵连和军通讯营守北城,二五七团和八十六师直属队守东城。

晚上九点,突然下雨,雨越下越大,彻夜未停。

大雨中一个消息传来:奉命从三岔湾紧急调回榆林的新编十一旅一团和二团以及防守高家堡的二五六团遭到猛烈攻击,损失巨大,一团团长王永清和二团团长周效武均受伤被俘。

七日凌晨,榆林已被包围。

蒋介石飞到了延安。

国民党军的最高统帅以占领者的姿态进入共产党人的"巢穴",这一事件在国民党方面看来极具象征意义。于是,接到蒋介石来延安的指令后,胡宗南立即忙碌起来。飞机在西安与延安之间往来多次,洋瓷脸盆、澡盆、马桶、沙发、钢丝床、山珍海味、西餐用具以及西餐厨师等等一应俱全地被运抵贫苦的延安。八月七日上午,"美龄号"专机在延安简易机场尘土飞扬的跑道上降落,蒋介石被安排住进延安最好的边区外交宾馆里。

彭德怀部对榆林的攻击,令蒋介石深感不安。一方面,他始终认为西北的共产党军队已无力作战,特别是进行坚固城池的攻坚作战,因为他们不仅兵力少得可怜,而且武器简陋、弹药缺乏,在国民党军的追击下,于贫瘠的黄土高原上来回转移必定人马困顿;另一方面,他最不放心的正是陕西的北面,邓宝珊本来就不可靠,加之榆林防御兵力有限,一旦榆林不保,则宁夏孤立,胡宗南失去北面的作战配合,必将影响整个陕北的战局。

到达延安的当天下午,蒋介石亲自主持召开了旅以上军官会议,专门研究出兵增援榆林的问题。与会者有罗泽闿(国防部作战三厅厅长)、王叔铭(空军副总司令)、胡宗南(西安绥靖公署主任)、裴昌会(西安绥靖公署副主任)、薛敏泉(西安绥靖公署副参谋长)、董钊(整编第一军军长)、刘戡(整编第二十九军军长)等将领。罗泽闿首先介绍了当前国民党军在山东作战的情况,要求胡宗南部主力趁陕北共军胶着于榆林城下之际,迅速寻求与彭德怀部决战,最低限度也要迫使陕北共军主力东渡黄河。胡宗南表示接受这一作战任务,但他强调了两点困难:一是目前正值雨季,汽车运输补给困难;二是要集中主力与彭德怀部决战,咸榆公路的守备就会兵力不足,长途运输补给将面临危险。蒋介石当即表示,空军把运输机集中在西安机场,为作战部队进行空投补给。他要求胡宗南不要担心补给问题,尽快按照国防部的意图拟定作战计划。会议接着讨论了几个重点作战问题:(一)榆林守军必须固守,以待援军;(二)由整编第二十九军军长刘戡指挥整编十七、三十六、九十师沿咸榆公路前进,到达瓦窑堡补给后继续北进;(三)整编三十六师迂回行动,避开绥德、横山正面共军的阻击,走保安、靖边一线,沿着伊盟南端边缘前进,限令十一日抵达榆林,与榆林守军形成合力内外夹击;(四)整编三十六师一路上的补给由空军负责逐日空投;(五)由整编第一军军长董钊指挥整编第一师和整编三十八师,跟随整编第二十九军保持一天的行程,随时准备配合作战。

晚上,蒋介石单独与胡宗南再次研究了榆林作战问题。当胡宗南说此次共军打榆林的真正意图,也许是准备在米脂以北伏击我增援部队时,蒋介石说,今后陕北作战,不必再强调稳扎稳打了,要用急进猛打的战法,弥补以前与共军作战显露出的缺陷。蒋介石特别强调,迂回增援的整编三十六师不但要隐蔽,而且行动要快,要达到出乎共军意料的奇效。蒋介石告诫胡宗南:"陕北为主要战场,为匪之首脑所在,如不肃清,后患无穷。本令七月底肃清,现延长一个月,八月底定须肃清。"

第二天一大早,蒋介石开始在延安城里转悠。没有人知道他此时此刻的感受。在枣园,蒋介石终于看见了他的对手毛泽东曾经住过的那间窑洞,与当地农民的窑洞没有任何区别,门窗是没有油漆过的陈旧的木头做的,窑洞内墙面剥落,靠窗的那张榆木桌的桌面坑洼不平,简陋的床也是榆木钉起来的。窑洞外面的院子里有棵树,树下有个石凳,还有架纺线的纺车。随从告诉他,这间窑洞的旁边和下面,是周恩来、朱德和刘少奇等人的窑洞,这些窑洞无论外观还是内设都是一样的。尽管从一九二七年国共决裂开始,蒋介石就知道共产党人已被逼进了山林和乡村;特别是一九三四年,国民党军通过五次大规模的"围剿"占领了共产党人的首府江西瑞金,迫使他们千里万里地走向中国西部人烟稀少的地带之后,毛泽东与他的部队面临危境、身处绝境的情报从来就没有中断过。可是,此时,面对破败的延安小城和这些近乎原始的窑洞,蒋介石还是感到十分震惊。他无法想象毛泽东何以在如此恶劣的生存环境中保持着旺盛的斗志,有效地指挥着他的军队在全国的战场上与政府军对抗,并且能在这样的桌子上把文章写得既尖锐犀利而又文采飞扬。

蒋介石回到边区外交宾馆,审定了胡宗南送来的作战计划后,当天就离开了这个让他心绪不宁的地方。

这是蒋介石一生中第一次也是最后一次来到延安。

蒋介石离开延安的时候,榆林城墙上每一个垛口都悬挂起一只装满炭火的铁丝笼子。邓宝珊奉命固守待援,而他面前的榆林城已是烟火缭绕,满城通明。八月七日晚上,彭德怀的三五八旅七一六团和独立第一旅二团开始攻击榆林城外唯一的制高点凌霄塔。凌霄塔四周是开阔地,加上炮火有限,官兵们只能用挖壕的方式一点点接近。从七日黄昏到八日凌晨,壕沟终于挖到塔下,冲锋随即开始。凌霄塔守军是二十八旅八十二团三营,战至又一个黄昏,三营包括营长古遂东在内全部伤亡,西北野战军占据了这一制高点。消息传来,邓宝珊亲自到南门找到二十八旅旅长徐保,声色俱厉地命令他必须把凌霄塔夺回来。徐保知道此战如果打不好,无法向提拔他的胡宗南交代,于是严令八十三团副团长王宗义带兵出城向凌霄塔反击。王宗义出击的时候,徐保命二十八旅的炮兵全力支援,邓宝珊也令第二十二军的炮兵同时开炮,凌霄塔四周顿时弹片横飞,烈焰升腾。在优势火力的掩护下,王宗义率一个营的官兵不顾一切地冲击,三小时之后,守卫凌霄塔的两个连的官兵全部伤亡,王宗义收复凌霄塔阵地。

向榆林城西发起攻击的三五八旅七一五团三营遇到了难题。攻击的路线是一片沙漠,无遮无拦,无法构筑攻击工事,官兵们只能把自己埋进沙子里,只露出眼睛面向城墙。沙土在太阳的烘烤下能把鸡蛋烤熟,官兵们很快就因为缺水而支持不住了。风刮起来的时候身上的沙子刚被吹走,前面的城墙上就飞来了子弹。连城墙都不能接近,还谈什么攻城?官兵们万分焦急。九日中午,守卫城西门的辎重营二连长杨谦之接到报告,说哨兵发现城外西沙梁的共军正在摇动白旗,看样子想投降。杨连长立即命令一名排长带领二十名官兵出城接受投降。一排长还没走到西沙梁,突然遭到射击,杨谦之这才明白共军在诈降。诈降的是埋伏在炽热的沙子中的三营九连。二十多名国民党官兵拼命往回跑,九连的百十名官兵拼命追击,双方在松软的沙丘上开始了赛跑。城墙上的杨连长知道受骗了,但城下双方混杂在一起无法开枪。直到自己人接近城门的时候,城墙上的机枪才开始不分敌我地射击,残存的国民党官兵跑进了城,九连还活着的官兵挤在了城门洞里。半夜两点,一声巨响,小西门附近的城墙被炸开一道缝隙。藏在城门洞里的九连官兵呐喊着往城里冲,瞬间就与国民党守军厮打在一起。但是,很快他们就发现后续部队没能上来——三五八旅指挥员无法判断炸药把城墙炸开了多大的口子,也无法判断七一五团三营是否占据了突破口,派上去查看情况的人因为负伤未能及时报告,随后派出去的一个排绕来绕去也没与九连接上头,因此后续部队始终没有跟上去。而就在这个时候,邓宝珊派出的两个连的增援部队到达,同时所有的炮火开始转向西门轰击,九连最后被迫撤往城外,撤出来之后这个上百人的连队只剩下四人。

攻击城北的部队也进展不顺。在占领大部分外围阵地后,遭到守军猛烈的反击,从七日黄昏到八日拂晓,双方在城外阵地来回拉锯,彼此伤亡都很大。九日夜半,国民党守军退回城内,走前将北关的民房全部点燃,大风之下,火势凶猛,北关一片火海,彻夜燃烧。

十一日中午,毛泽东致电彭德怀:"……榆林非急攻可下,而钟松仍有可能迅速增援,似宜决心暂停攻城,集结部队,准备于十二日夜或十三日打钟松。"可是,彭德怀已无法执行这个部署,因为钟松的整编三十六师绕过彭德怀预设的阻击阵地,其先头部队已经接近榆林。

钟松,国民党军整编三十六师师长,黄埔军校第一期毕业生,是胡宗南的同学，在西安绥靖公署所属各部队中，他是资历最深的长官，具有丰富的作战经验。整编三十六师也是国民党军嫡系部队的主力，下辖三个旅，每个旅三个团，全部美式装备，兵力万人之众。

因预想到彭德怀部很可能围城打援，整编三十六师以极快的行军速度长途跋涉，从榆林以北长城之外的沙漠地带绕道，于八月十二日到达距榆林不足十五公里的苏庄子、天鹅海子一带。

彭德怀对榆林的攻击以及围城打援的设想，都因整编三十六师的迅速机动和出其不意而失去了战机。

十二日黄昏，彭德怀下达了从榆林撤围的命令。

钟松进入榆林城，邓宝珊设宴款待。

彭德怀部攻击榆林失利的客观原因是：榆林城防坚固，守军抵抗顽强，援军增援迅速，而攻击部队缺乏攻城兵器，特别是弹药奇缺，攻击时间也不充裕。主观原因是：攻击官兵缺乏攻坚作战的经验，多次出现第一梯队与第二梯队失去联系，从而导致攻击行动相互脱节。同时，对国民党军增援部队的行军速度估计不够，部署阻援措施不力。

榆林失利，给毛泽东带来了危险。

就在钟松的整编三十六师迂回榆林的同时，刘戡率整编第一军和整编第二十九军主力全力向绥德、米脂推进，虽然目标依旧是寻找毛泽东的行踪，但其行动已对位于无定河与黄河之间的西北野战军后方机关和野战医院构成威胁。毛泽东要求彭德怀立即控制归德堡与镇川堡之间无定河两岸，同时要求"我无定河、黄河间各后方机关，必须迅速移至黄河以东，望贺（贺龙）、习（习仲勋）立即部署移动"。

一直盼望毛泽东在持久的军事压力下不得不东渡黄河的胡宗南，立即被贺龙、习仲勋率领的中共西北局、边区政府、野战军机关和野战医院强渡黄河的行动迷惑了。尽管大雨倾盆，但是通过电台测向、空中侦察和地面侦察，黄河上共产党人的庞大队伍确实在顶风冒雨地渡河，这一情景令胡宗南异常兴奋，他认定彭德怀北攻榆林不克，损失巨大，只有掩护着毛泽东一行东渡黄河，以免被歼。于是，胡宗南立即命令整编第一军军部指挥整编第一师守备绥德，整编第二十九军以及整编九十师向葭县（佳县）急促推进，同时命令钟松的整编三十六师由榆林向镇川堡方向前进，"协同第二十九军压迫彭匪主力于葭县附近黄河地障而歼灭之"。

整编三十六师刚刚进入榆林城,官兵因为长途迂回跋涉极度疲惫,原本打算在榆林城内休息几天,但是,胡宗南要求他们迅速南下的命令到了,并说将派飞机给整编三十六师运送给养。当时,邓宝珊正忙着处理榆林战斗的善后,掩埋死亡人员,筹集军民急需的粮食,哪里还顾得上整编三十六师。钟松向驻榆林的中央银行分行借了点钱,分给各旅解决急需的吃饭问题,然后,全师于十四日上午从榆林出发了。出发前,从西安飞来的四架飞机投下了一些因为天气炎热而发酸了的面饼,对于一万多人的整编三十六师来讲这无异于杯水车薪。钟松把补给的希望寄托在各旅团留下来的辎重营和运输队上,命令他们接收到胡宗南空投的补给之后立即追赶部队。钟松不曾想到的是,胡宗南答应的补给直到他的部队被全歼也没有运到榆林。

此刻,指挥着百万大军的共产党中枢在国民党军的追击和围捕下,其颠沛之艰辛与危险,是当时各个战区的共产党将领以及包括蒋介石在内的国民党军将领无论如何都难以想象的——毛泽东的这段历史往事之所以令人感叹,是因为当这一小队人马在荒凉的山谷间由于命悬一线而来回转移之时,毛泽东仍旧指挥着分散在全国各个战区的部队作战,而且,各个战区的共产党将领不断地听到毛泽东发出"蒋介石很快就要完蛋了"的呼声。

小河会议后,毛泽东一行开始向东转移。为了保密,他们的代号由"三支队"改为"九支队"。八月一日晚,毛泽东到达靖边县青阳岔,这是自离开延安毛泽东第二次来到这个村子。住了一夜后,第二天在闷热的天气里继续赶路,到达横山县的小水沟村。这是一个贫苦的小村子,因为窑洞很少,大部分人睡在了露天。毛泽东住进村长李文运的家里,战士们在李家的石炕上支起一扇门板给毛泽东当办公桌。但是,情报显示刘戡的部队很快就要接近了,于是再走。下雨了,他们在一个叫石湾镇的村子里弄了点饭吃,没来得及烘烤一下淋湿的衣服,就接着向肖崖则村方向行进。刘戡的部队始终跟在后面,毛泽东刚离开火石山,刘戡就进了村;毛泽东刚离开石湾镇,刘戡跟着就进了镇,这个国民党军将领总是能在毛泽东睡过觉或者歇过脚的窑洞外摆出姿势留个影。八月三日,到达肖崖则村时,毛泽东已浑身湿透,鞋里灌满了泥浆。听说刘戡的部队在石湾镇宿营了,毛泽东说:"那好,我们也陪他住下吧。"他和周恩来挤在农民李俊成的窑洞里睡了一夜。第二天,走到子洲县的巡检寺村,寻找住处的人还没回来,毛泽东一行人就在雨中等着。这时候,西北野战军攻击榆林的战斗打响了。九支队先到了绥德的李家崖,然后又到了黄家沟,在大雨和泥泞中不断地与刘戡的部队周旋。毛泽东盼望着攻击榆林得手的消息,但最终传来的是整编三十六师从北面的沙漠绕路增援导致攻击榆林失利的报告。西北野战军从榆林撤退的那一天,毛泽东一行急促地离开了黄家沟,因为他们必须赶在国民党军前面渡过无定河,通过绥德城。在泥泞的路上走了大半夜,到达无定河边,一座九孔大桥横跨在河上,当时还有民兵守着。过桥之后,毛泽东听说要炸掉大桥,表示了不同意见,他说刘戡要用这座桥就让他用,他是暂时用用,我们可是要永远地用。抢在刘戡前面通过绥德城后,八月十四日,毛泽东一行到达米脂县的井家坪。

这天,整编三十六师离开榆林,开始全速南下。

局势陡然间危机四伏:黄河以西,无定河以东,南北约二十公里,东西约三十公里,在这样一片狭长的地带内,毛泽东已处在国民党军十几万兵力的南北夹击之中。

毛泽东致电彭德怀,提出了攻打整编三十六师的设想:"钟松本早在榆林接受投粮,估计本下午可能向南走二三十里,明日必向镇川前进,其目的是占米脂。刘戡五个旅十六(日)上午可到绥德。明日集中八个旅打钟松于归德、镇川线以东以北山地是好机会,不知部署来得及否。"

这时西北野战军主力正集结于榆林东南、沙家店西北地区,北面是沙漠,东面是黄河,西南面是无定河,虽然回旋的余地很小,但正处在整编三十六师南下的必经之路上。彭德怀当日回电,决心打整编三十六师。但是,富有作战经验的钟松南出榆林后,并没有直接走鱼河堡至镇川堡的公路,而是改走无定河西岸,绕过了彭德怀预设的伏击阵地。西北野战军官兵眼看着国民党军从河对岸走了过去,隔河却无法展开攻击。

为了摆脱危险,也为了令彭德怀不要顾及中央放手作战,九支队决定自行转移。原定的路线是渡过无定河向西,再次返回小河村一带,绕到敌人的后面去。但是,连日大雨,河水暴涨,无法徒涉,又没有找到船只,无奈之下只好向东北方向转移。毛泽东疲惫之极,但坚持不坐担架。在陈家岔住了一晚之后,第二天过乌龙铺,继续向东。雷电交加,白昼如夜,到达葭县西面的曹家庄时,百姓已睡,不便打扰,战士们找到一个无人居住的破窑洞,毛泽东立即召集会议。战士们站在村口的大槐树下避雨,都说这里离黄河很近,看来很可能要过黄河了。但是,刘戡的部队已从乌龙铺出动。九支队立即再次上路。黑暗中只能借助闪电的光亮辨路,耳边是山洪暴发的隆隆声响。黎明时分,毛泽东到达葭芦河边,原来细小的水流现在已是一片汪洋,根本无法通过。河的两侧是高山,后面是刘戡的追击部队。毛泽东和任弼时商量了片刻,决定向西北方向前进,那里是绝壁山峰。毛泽东挥挥手说:"咱们上山!"汪东兴嘱咐战士上山不要留下任何痕迹。毛泽东说:"不用不用,竖块牌子,上面写上'毛泽东由此上山!'"山顶上有个小村庄,叫白龙庙。毛泽东往石头上一坐,说:"不走了!就在这里休息,等敌人上来,打他三个钟头再走不迟!"站在这里,可以看见远处的葭县县城,刘戡追到葭芦河边仍没找到毛泽东的踪迹,于是架起大炮开始猛轰葭县县城。

八月十八日清晨,九支队继续转移。雨下得更猛,天像漏了一样。下山的时候,被洪水推着走,大家挽着手,免得被水冲走。下到山谷里,向北走到葭芦河上游,找到河面相对较窄的地方开始架浮桥。警卫战士在湍急的河水中几次架桥都没有成功,毛泽东坐在河边石头上低头看文件,山顶上白龙庙方向枪声密集,是后卫部队与追击的敌人打上了。汪东兴建议将毛泽东设法弄过河去,毛泽东不愿意。在当地百姓的帮助下,浮桥终于架成了,周恩来在桥上来回走了几趟,然后让毛泽东过河。毛泽东坚持让机要人员、电台和文件先过,自己最后才上了桥。他刚一过去,轰隆一声,浮桥被洪水冲垮了。第二天,毛泽东一行到达梁家岔。

晚上二十三时,彭德怀来电:"拟于明日拂晓包围沙家店附近敌之两侧而歼灭之,因此不能到中央住地去,请中央转移到刘全塌[离梁家岔二十里]以靠近主力。"毛泽东命令九支队轻装,准备七天的干粮,把文件烧毁,准备随时向西突围。他说:"沙家店一带要打大仗,两军主力都集中在这里,地区狭小,打得好,我们转危为安,不走了;打不好,我们就往西走,出长城,进沙漠。"

形势所迫,对国民党军整编三十六师的作战,将决定共产党人在陕北的命运。

在必须破敌一路,并给予坚决打击时,选择整编三十六师为攻击目标的理由是其孤军深入的态势。钟松成功地增援榆林,得到蒋介石的褒奖,再次从榆林出发向刘戡靠拢时,整编三十六师的行动果断而急促,其一二三旅和一六五旅四九三团为第一梯队,由镇川堡绕过沙家店向乌龙铺前进,其师部和一六五旅(欠四九三团)为第二梯队,在沙家店以西跟进,拟于乌龙铺与刘戡部会合,然后两军合力一举将彭德怀部消灭在黄河边。

彭德怀决心集中主力,趁钟松与刘戡两部的夹击之势尚未形成,利用整编三十六师一字排开孤军深入的时机,坚决迅猛地插入两部之间狭窄的缝隙,在沙家店地区伏击整编三十六师。西北野战军的部署是:许光达的第三纵队并指挥绥德军分区第四、第六团进至当川寺南北的高地,牵制钟松的第一梯队,并阻击刘戡可能的增援;王震的第二纵队和教导旅、新编第四旅进至东沟、高家圪塔、宋家井地域,攻击钟松的第二梯队;张宗逊的第一纵队在高柏山、老虎圪塔地域,由西南向东北方向实施攻击,先配合第二纵队打钟松的第二梯队,然后集中兵力打其第一梯队。

大雨滂沱。

陕北是中国著名的干旱地区,连日不断的瓢泼大雨令当地百姓十分惊异,认为雨水是共产党带来的——"胡宗南是旱老虎,共产党是及时雨。"

但是,雨下得太大了,四野汪洋,山洪暴发,向预定战场开进的官兵步履维艰。更严重的是部队已断粮多日。西北野战军之所以兵力很少,与中国西北地区无法养活大军有关。部队作战时,让彭德怀最感困难的还不是敌众我寡,也不是弹药缺乏,最要紧的是官兵们吃什么。连续的转战,各部队携带的粮食已消耗殆尽。听说有个部队连黑豆都没有了,年近五十的彭德怀让警卫员把自己仅有的四斤小米送过去,他自己则以粗糠和压碎了的黑豆充饥。陕北的贫苦百姓曾倾尽全力支援共产党军队作战。民兵封锁道路,埋设地雷,组织担架队,老人、妇女和孩子们把家里能吃的南瓜土豆都拿了出来。担架队里有个叫金有发的青年农民,父亲是陕北的老红军,一九三五年红军东征时战死在黄河边,弟弟刚刚参军,几天前攻击榆林时死在了城墙下。金有发参加担架队上前线后,他的妻子把自家藏在山里的十几斤谷子挖出来,连夜推碾子磨米。小米碾好的时候,发现背上的孩子已经饿死了。女人把孩子的小尸体埋在草丛中,背着小米循着枪声找到了部队。彭德怀知道后眼泪汪汪:"没有老百姓,哪有中国革命?边区人民对我们恩德如山,咱们要惜民命,再也不能增加人民的负担了!哪怕是杀马杀骡子吃,也要坚决打好这一仗!"

二十日,彭德怀发布歼敌动员令:

> 彻底消灭三十六师,是我西北战场由战略防御转入战略进攻的开始;收复延安解放大西北的开始。为着人民解放事业,继续你们无限勇敢精神,立即消灭三十六师,活捉钟松,号召你们本日黄昏以前胜利完成战斗任务!

拂晓,攻击在瓢泼大雨中开始。

一纵和二纵首先将整编三十六师师部和一六五旅包围在沙家店地域,随之发动了猛烈的攻击。不是说彭德怀部主力连同共产党首脑机关已经退到黄河边,正在仓皇渡河吗?钟松对突然遭到攻击有些不知所措,立即命令部队在泥沟以北、张家坪以东迅速构筑防御工事进行抵抗,同时急令前面的第一梯队一二三旅迅速向沙家店靠拢。

乌云低垂,大雨时断时续,天昏地暗之中,西北野战军的攻击异常凶猛,一六五旅各团没来得及筑起工事,西北野战军官兵已经冲到眼前了。钟松不断地催促一二三旅赶快靠拢,可就是不见一二三旅的影子。战斗持续到黄昏时,一六五旅待援无望已斗志全无,官兵在泥泞中跑得满山遍野都是,西北野战军官兵忘记了肚子空空,大叫大喊地追击着,喊声和雨声混合在一起让钟松听起来毛骨悚然。天黑了,钟松终于意识一切都完了。他和一六五旅旅长李日基脱下军装,换上早就准备好的老百姓的衣服,准备丢下部队独自逃离战场——至少李日基旅长有着丰富的逃亡经验,十二年前的一九三五年七月,工农红军准备穿过大草地北上甘南时,李日基奉胡宗南之命前往草地边缘的毛尔盖阻击红军。那时他是西北补充旅一营营长。在遭到红一军团二师四团的攻击后,李日基砸了电台带领少数士兵开始逃跑,在原始森林中流浪了数日之后,才得以回到松潘县城——这一次,他和钟松师长再次在大雨和黑夜的掩护下成功逃脱,但是他们的部队彻底垮了。

一二三旅旅长刘子奇是个心事重重的军官。当时,他的旅距离师部约十五公里的路程,之间需要经过几座山梁和几道沟壑。刘子奇认为,如果没有侧翼的保护,又是夜晚,贸然回援沙家店凶多吉少。可是,师长的命令又不能不执行。在与参谋长罗秋佩商量之后,决定先把配属他指挥的一六五旅四九三团派回去——他们的旅受到了攻击,有什么理由不去解救?至于自己的一二三旅,等天亮以后再行动不迟。第二天拂晓六点,一二三旅出发了。夜里先出发的四九三团已经到达乌龙铺南面的山梁,一二三旅主力刚刚通过乌龙铺,刘子奇听见了沙家店方向传来的密集的枪炮声。刘子奇立即开会研究,最后决定离开前面的四九三团,抄近路直接向攻击三十六师师部的左翼前进,以三六八团为先导,先行抢占常高山制高点,以掩护主力推进。

三六八团对常高山的攻击,立即遭到西北野战军的阻击,阻击部队是新编第四旅七七一团的一个营。这里是彭德怀部攻击整编三十六师师部的侧面,战前没有料到一二三旅主力会跨越山梁直接增援,如果让一二三旅从这个方向突进去,战场局面就会朝不利于西北野战军的方向陡转。于是,阻击一二三旅的战斗突然成为能否全歼整编三十六师的关键。七七一团一个营的官兵死守阵地,一次又一次把冲锋的国民党军压下去。刘子奇旅长也知道这里是战场的薄弱地带,遂命令部队反复冲锋,显示出坚决突破的决心。但是,反复冲锋都未能奏效。刘子奇突然发现,西北野战军有从他的两翼延伸战线的意图,于是命令三六七团派一个营到左侧山梁担任掩护。这个营刚一爬上山梁,就遭到隐蔽在那里的西北野战军的袭击,营长当场死亡,其余官兵除死伤之外立即全部跑散了。中午的时候,刘子奇与师部的联络中断,他猜想师指挥所可能受到攻击,于是提出是不是可以撤了?谁知,三六七团团长同意撤退,三六八团团长不同意。刘子奇知道两个团长争吵的原因:如果撤退,三六八团必须担任掩护全旅的任务,这个团的团长怕一旦掩护完毕自己却撤不下来,于是坚决主张要死大家一块死。争执不下之际,胡宗南的电报到了:"固守待援,将派飞机参加战斗。"

刘子奇只有指挥一二三旅拼死攻击了。

这时,罗元发率领的教导旅出现在常高山附近。

教导旅的任务是从常高山以西新编第四旅与二纵之间的战斗缝隙插进去,配合二纵攻击钟松的整编三十六师师部。他们到达这里的时候,罗元发旅长发现情况十分紧急,绝不能让一二三旅从这里突过去。他立即命令二团团长王季龙带部队冲上去,抢占制高点,配合新编第四旅的阻击。罗元发爬上常高山,在山顶上找到了指挥作战的七七一团副团长,两人商量了一下,决定教导旅从右翼出击,不但要阻击住一二三旅,还要将它包围吃掉。

教导旅主动改变预定作战计划,并勇敢地承担起更为艰巨的作战任务,成为沙家店战役取得最后成功的重要因素。

此时,刘戡的部队距离整编三十六师仅十几公里。虽然他在电报中说他的五十五旅已经"就近来援",而他本人则亲率主力"继后即到"。但是,他派出的部队始终没能突破许光达率领的第三纵队的阻击线。

十九日下午,对一二三旅的最后攻击开始了。

战后刘子奇回忆道:

> 解放军由正面和右侧同时发动反攻,以压顶之势从两面高山杀下,向整第一二三旅全线阵地猛冲,有的阵地被轮番连续冲击发生白刃肉搏,死伤枕藉,干部伤亡很多,炮兵营长亦遭炮火击毙,山炮一门被击毁,两门因无炮弹已成瘫痪,骡马被打得四散乱奔。派往后面掩护并与援军联络的一个加强排也无踪无影。在战斗紧张时候,虽由西安派来三架次飞机参战,投下几枚小炸弹,对解放军丝毫没起作用。首先第三六八团阵地全部被毁,团长失踪,官兵没退回一人。由于一个团被消灭后,旅只残存三个小山头的阵地,解放军的火力更加猛烈地集中在这块狭小的阵地上,更显得锐不可当。第三六七团的大部官兵伤亡,阵地失守,电台被炮弹打得粉碎,同各方联络断绝,情况不明。各路援军均被解放军阻击未到,而解放军则不断向阵地周围拥来。这时候我看到前途已经绝望,立即带着残部突围,多次冲击俱未成功,混战到将近黄昏时,终于全军覆灭。

刘子奇突围未成被俘。

沙家店一战,西北野战军毙伤国民党军整编三十六师两千余人,俘虏四千余人,总计六千余人。西北野战军伤一千四百三十五人,亡三百七十九人,失踪二十五人,总计一千八百三十九人。

沙家店战斗在危急的情况下扭转了西北战局,基本改变了西北战场上的敌我形势。战斗结束后,毛泽东、周恩来和任弼时一行亲临沙家店战场,毛泽东对官兵们说:"沙家店这一仗确实打得好,对西北战局有决定意义,最困难的时期已经过去了。"

是夜,胡宗南在日记中写道:

> 本夜作战会报判断匪以全力攻三十六师师部,其对五十五、一二三、一六五各旅皆为牵制隔绝,使眩感于眼前形势,不敢奋进,使三十六师师部陷于孤立而被消灭。夜不能睡。

半岛之争

陈粟大军出击外线之后,地主武装杀回沂蒙山区。

地主武装对翻身农民实施的报复,暴露出人性中最黑暗的一面:

> 这支代表着中国最腐朽、最黑暗势力的反动武装,像一股凶恶的"泥石流",由西向东向胶东大地倾泻。敌人所到之处,一片血海,一片废墟,一片荒芜。还乡团屠杀人民之多,杀人手段之残忍,更是闻所未闻:刀铡、水淹、开水烫、火烧、绞刑、刀子割、断肢、活埋、剖腹挖心、用烧红的铁锅烙烤……种种酷刑无所不用其极。他们活埋群众时,还把人头露在外面,然后用铲刀铲去,说是"平均地权"。井里填满了尸体,水塘被染得猩红,不少村庄成了"无人村"。在林泉庄,全家被杀害的七十五户。小朱洞村三十户人家,除三户恶霸外,其余二十七户全被杀绝。在莱阳城外,他们一次就屠杀群众三千余人。当时真是村村遭劫,户户蒙难,尸曝旷野,十室九空……左村一军属官大娘是军属模范,被拉去枪决,敌人先一气杀死十八个人,还打着问她:"现在你积极吧?拥军吧?"在骑马埠一个村敌人就杀七十二人,每逢一个沟,就看见血淋淋的人头、断腿、被折断的骨头……

疯狂的报复源于共产党人发动的土地改革运动。在中国这个以农民为主体的国家里,土地问题远远超出了均贫富的范畴,它涉及推翻封建制度、确立民生权力以及重建道德伦理等一系列社会变革。如同大革命时期爆发于中国南方的农民运动一样,极少数垄断土地并大比例占有财富的官僚地主与绝大多数赤贫农民之间不可调和的生存矛盾,已成为这个国家革命与反革命两种势力水火不容的阶级死结。

一九四七年八月十六日,被胶东军区授予"支前模范"称号的贫苦姑娘解文卿被地主武装捉住了。这个半年前刚刚加入中国共产党的村青妇会和妇救会会长,从她生下来那天起就饱受苦难,直到共产党人来到她的家乡,她才知道只有把天底下的地主老财都消灭干净穷人才能活下去。解文卿身材瘦小,但在帮助共产党军队作战时却表现出极大的热情,她组织妇女缝制军鞋军衣,昼夜磨米磨面,前线打起来了,她像男人们一样冲上去往下抢运伤员。在华东野战军攻击掖县的战斗中,她和七名青年妇女往返战场三次,一双赤脚磨得血肉模糊。躺在担架上的伤员喊:"大姐!别为我遭罪了!把我扔了吧!"解文卿递给伤员一只煮熟的鸡蛋,说:"兄弟!你得活着!穷人指望你呢!"土改开始后,她勇敢地冲进地主家,把粮食财物抬出来,分给最贫苦的乡亲。当华东野战军转移外线作战后,村里的大地主解保国带领保安队回来了,一口气活埋了八个人,说不把解文卿交出来就把全村人都埋了。解文卿站了出来。她被吊在房梁上,手指和脚趾被剪断,四肢被打断,牙被一颗颗撬掉。最后,大地主解保国在她身上绑满了谷草点着了。

贫苦姑娘解文卿死的时候刚刚年满十九岁。

地主武装是跟在国民党军的后面进入解放区的。

陈粟大军出击外线之后,山东解放区兵力空虚,国民党军队发动了旨在彻底清剿山东解放区的"九月攻势"。

"九月攻势"是一次声势浩大、军种齐全的军事行动。参战的陆军部队有整编第八、第九、二十五、四十五、五十四、六十四师,共六个整编师二十个旅,配属重炮十三团,工兵第二、十五团,装甲炮兵营、战车营、宪兵十七团以及四个保安队组成的胶东兵团,由陆军总司令部副总司令范汉杰兼任司令官。参战的海军军舰有"永积"号、"永顺"号、"长治"号和其他配属舰只。国民党军空军青岛、济南和徐州三个基地的部队几乎倾巢出动,其中青岛基地出动P-51型飞机十五架、B-25型飞机六架、C-46型飞机八架、C-48型飞机一架、PT-19型飞机两架;济南基地出动P-51型飞机十二架;徐州基地出动P-52型飞机四架、P-51型飞机二十四架。空军总部还派出一个侦察机中队参战。

此时,在山东战场上,除了胶东兵团之外,曹振铎的整编七十三师和霍守义的整编十二师部署在济南及其周围;胡琏的整编十一师和沈澄年的整编七十五师集结在莱芜和济南;周志道的整编八十三师和李振的整编六十五师一八七旅负责清剿鲁中山区;杨干才的整编二十师、刘振三的整编五十九师、余锦源的整编七十二师、王长海的整编七十七师防守兖州、徐州一线,并负责清剿鲁南山区;李良荣的整编二十八师防守临沂以及陇海铁路徐州至海州段。

无法理解蒋介石为什么要将如此规模的兵力集中在国土东部的一个半岛上,尤其是在共产党领导的军队已经开始向国民党控制区实施大规模移动作战之后。这种军事上的大规模移动,显示出共产党人在最后时刻不惜放弃解放区的决心,其战争目的已经超越了"保卫解放区每寸土地"的阶段。此刻,全国各个战场上的共产党军队的战争目标已直指国民党政权。在这种情况下,如果蒋介石依旧固执地认为山东半岛,特别是胶东地区,必须由国民党军队完全占领,那么只能有一种解释,即临海而又富裕的胶东半岛对于共产党人来讲是生死攸关的地方。

胶东地区,指的是山东胶河以东的那片半岛地域。这片深入到渤海与黄海之间的半岛,东、北、南三面环海,呈牛角形,东西约一百二十公里,南北约九十公里,胶济铁路贯穿其中。半岛的北部是丘陵,南部是开阔的平原,这里人口稠密,物产丰富,河流纵横,交通便利,半岛南部的中间地带是胶州湾出海口。

胶东解放区拥有烟台、掖县、招远、莱阳和海阳等十几个县,这里的十几万民兵是华东野战军最重要的后备兵员。其中的烟台,是当时由共产党人控制的少数几个城市和港口之一,烟台港与仍在苏军控制下的大连港货物往来频繁,共产党人在东北地区组织生产的炮弹、炸药、枪支、药品和布匹等物资,都是通过大连与烟台两港之间的运输转运到内地的。胶东解放区本身还拥有十几处兵工厂和被服厂。这一切都使胶东成为支援华东和华北战场的重要军事供应基地。山东战场上的伤员也大多集中在这里休养,连同后方机关和干部家属,结集在这里的共产党人有五万之多。

"九月攻势"的最终目的是:截断烟台与大连之间的运输线。完全控制胶东半岛,封锁渤海湾,断绝共产党华东野战军的后方供给,断绝华东联系东北与华北的海上通道。

南麻、临朐战役之后,根据中央军委的指示,陈粟大军分成外线和内线两个兵团。外线兵团由陈毅、粟裕指挥,挺进鲁西南,协助刘邓大军的作战。内线兵团由许世友任司令员、谭震林任政治委员,指挥第二、第七、第九、第十三共四个纵队,在山东解放区内坚持作战。

国民党军队发动"九月攻势"的时候,内线兵团的四个纵队正处在分散状态:许世友、饶漱石率第九、第十三纵队在掖县、平度、招远一带休整,谭震林率第二、第七纵队和第一纵队的独立师、第四纵队的第十师在胶济线以南的诸城地区休整。

"九月攻势"令山东战场的形势又一次紧张起来。

八月二十三日,陈毅、粟裕致电谭震林、许世友:"胶东为我全军军事供应之主要基地,冀鲁豫亦部分供给,如果敌向胶东腹地进犯,对我战争供应影响甚大。因此我东兵团四个纵队及胶东、滨北之地方所有地武应立即紧急行动,齐心协力,单独负起保卫胶东基地光荣任务,以彻底粉碎敌人进攻。"陈毅、粟裕建议:第二、第七、第九及第十三纵队,应立即靠拢于铁路线附近,集中力量,求得先歼敌之薄弱一部,以打开胜利之序幕。

位于胶济路以南地区的谭震林对如何作战有不同看法。谭震林认为,只有通过胶济路以南的作战,才能打破国民党军对胶东的进攻。理由是:胶东的地形难以打歼灭战,现在范汉杰只知道胶东有九纵,二纵和七纵一旦北进就会暴露目标。如果国民党军集中起几个师围过来,就很可能打成正面消耗战。在刚刚结束的南麻、临朐战斗中,二纵、七纵、九纵伤亡很大,损失的都是连排干部和老兵老骨干,战斗力一时难以恢复,因此绝不能再打消耗战了。目前,山东内线部队的作战目的是拖住敌人,而不在于歼灭多少。十三纵如果积极阻击,坚持一个月没有问题。即使丢了胶东,只要主力在,胶东就可以恢复;如果主力严重受损,胶东则难以确保。谭震林主张,由他率领二纵和七纵南下鲁中,打国民党军整编二十八师和整编八十三师,许世友率九纵前来会合,留下十三纵在胶东地区阻击敌人。总之,谭震林不同意在胶东内部作战。

位于胶东内线的许世友和饶漱石也处在困难之中。九纵正忙着补充新兵、恢复建制、鼓舞士气;十三纵刚由地方武装组建,只有一个旅的编制,战斗力未完全形成。因此,饶漱石不同意谭震林的意见,他希望谭震林率第二、第七纵队前来胶东会合,以加强胶东内线的作战实力。

而陈毅和粟裕也坚持认为,必须坚持胶东内线作战。他们在给谭震林并报中央军委的电报中表示,胶东是唯一的军火、医药、电料和各种军需器材的补充地,兵员也比其他地区丰富,如果胶东遭到破坏,对今后的战争进程影响巨大。内线兵团的四个纵队,官兵基本上都是胶东人,眼看着自己的家乡被敌人占领而部队则要南调作战,对士气会产生很大打击。况且,国民党军的整编二十八师和整编八十三师也不是那么好打的,即使攻击取得一定成效也不见得能调动胶东之敌。陈毅、粟裕希望内线兵团集中兵力在胶东内部作战,争取先歼灭冒进的敌整编二十五师一部或大部。战斗过程往最坏处想,即使被敌人封锁,四个纵队近十万人杀出一条血路也不成问题。

二十五日,毛泽东亲自致电华东军区政治委员饶漱石、副政治委员黎玉:

饶黎,并告陈粟,刘邓:

敬(二十四日)亥(二十三时)电悉。蒋介石似乎判断我主力必守胶东,企图以四五个师向胶东进攻,吸引我主力进入内线后,即在青岛、平度、掖县线建筑坚固工事加以封锁,以两个师左右守备该线,然后以三四个师向东攻击。彼似希望此计迅速成功,以便抽出两三个师用于他处。目前彼在临沂以北使用了二十个旅,与向大别山对付刘邓之兵力约略相等,而在鲁西南对付陈粟之兵力则甚薄弱,在陕北对付彭习之兵力,自三十六师被歼后已甚感不足[仅有七个机动旅],在豫西对付我陈赓之兵力则完全没有。在此情况下,蒋介石必在胶东方面力求速决,以便抽兵。因此,我们完全同意你们以一部位于内线,以主力[二、七、九纵]位于外线,以利持久之方针。只要许谭率三个纵队位于外线[诸城一带],寻机打一二个小胜仗[不打无把握之仗],敌即不敢向胶东深入,胶东大部至少一部可保全。

毛泽东
未(八月)有(二十五日)申(十七时)

据此,许世友的第九纵队必须离开胶东南下了。

但是,连日暴雨,无法行军。

二十九日,中央军委来电,改变了二十五日电报中的作战设想:

饶黎[转震林],陈粟:

接饶黎二十八日十时电,华东局及九纵被迫留在胶东,震林率二、七两纵在诸城,这样,实际上比饶黎许率九纵到诸城或震林率二、七纵到胶东都要好些。这样,胶东有九纵、十三纵及广大地方部队,可以逐步形成有力的内线作战兵团,直接保卫胶东,可以采取于运动中半歼灭半击溃之作战方针[即对敌一个或二个旅,以歼灭其一部、击溃一部为目标而部署战役作战,注意多打小胜仗]。震林在诸城应完全遵照饶黎指示休整待机,在胶东外线直接配合内线,目前不要南下临沂或陇海。作战时应注意打小规模歼灭战,每次以歼敌一团一旅为目标,不打无把握之仗。

军委
二十九日十二时

这个电报的含义是:许世友的第九、第十三纵队不要南下与谭震林部会合,谭震林的第二、第七纵队也不进入胶东腹地与许世友会合。同时,不同意谭震林部南下打敌整编二十八师或整编八十三师,而是让他们在诸城一线配合胶东内线的作战。

山东内线兵团分兵两处的现状没有得到解决。

这种现状在国民党军重兵压境之时显然不利。

胶东阻击作战就这样开始了。

范汉杰的进攻部署是:以李弥的整编第八师一部固守沙河,主力集结于昌邑、岞山地域担任左翼;阙汉骞的整编五十四师(欠一九八旅)集结于胶县、高密地域,担任右翼;黄百韬的整编二十五师和王凌云的整编第九师为中央突击部队,黄国梁的整编六十四师跟在整编二十五师的后面担负策应;整编五十四师一九八旅控制铁路枢纽蓝村,由范汉杰的兵团指挥部直辖。

国民党军以火炮飞机轰炸开路,地主武装跟在后面一路狂杀。

许世友的第九、第十三纵队不但要面对绝对优势的敌人,而且还身处密不透风的合围之中,无论阻击的决心如何坚定,作战的斗志如何果敢,结局似乎没有悬念。十三纵队是由胶东军区新编第五、第六、第七师组建起来的。三个新编师,组建时间最长的不到七个月,最短的才仅仅十天。纵队、师、团领导尚未配齐,机关不健全,武器装备很差,官兵作战经验不足。九月六日,国民党军三个整编师向平度发起大规模进攻。整编二十五师在火炮和飞机的支援下,猛攻十三纵三十九师一一七团一营和二营的阻击阵地。十三纵官兵陈旧的枪支很多打不响,还没有多少作战经验的胶东子弟用刺刀和手榴弹与敌人顽强对抗。战斗到七日下午,一营和二营的阻击阵地被国民党军突破,十三纵官兵退守平度城关。八日,整编二十五师集中主力向平度城发动攻击,同时以优势兵力猛烈攻击蟠桃山、金花山、紫荆山,平度失守。

与此同时,由十三纵三十八师一一三团坚守的掖县城西阻击阵地丢失。十六日,战况急转直下。整编五十四师一九八旅和整编二十五师的四十旅开始攻击莱阳。十三纵三十九师在莱阳的西、南两面同时阻击,终因兵力火力悬殊阵地很快失守。十八日,黄百韬的整编二十五师占领了胶东解放区的中心城市莱阳。

莱阳失守后,整编第九师进占招远以南的夏甸,整编第八师一六六旅到达夏甸以北四十公里的道头。道头一带是许世友的第九纵队主力集结地域。许世友部已经被逼到了东西仅七十公里、南北不足四十公里的沿海一角,如果道头失守就会被赶下大海。

九月九日,得知国民党军占领诸城之后,位于胶济路以南的第二、第七纵队发动了攻击诸城的作战。谭震林决定乘敌未稳发动反击,以调动胶东内线的敌人,配合许世友在胶济路以北的作战。当天午夜,二纵五师十三团分两路突击东门,在连续爆破之后占领了门楼,接着三个营全部投入战斗向城内发展。十日拂晓,七纵十九师占领了西关,二十一师占领了南门外的村庄。中午,二纵和七纵队已经控制了诸城东、西、北三面的城楼。国民党守军整编六十四师一五六旅旅长困守在核心工事里不断地向师长黄国梁呼救,黄国梁亲率一三一、一五九旅由高密南下解围。谭震林命令二纵六师前去阻击,但敌增援部队行动迅速,在六师尚未到达时就已越过了六师预定的阻击地。十一日拂晓,二纵和七纵主力已经占领诸城城内的大部分阵地,并接近了一五六旅指挥部。眼看战斗就要取得最后的成功,但由于攻城部队没有及时向上级报告,不清楚城内战斗进展的谭震林认为敌人的增援部队马上到达,城内的攻坚作战又一时结束不了,于是下令放弃攻击部队撤退。

谭震林部的作战没能调动胶东的敌人,被压缩在海边的许世友必须突围自救。突围只剩了一个方向,就是与大海相反的道头方向。许世友决定,以十三纵阻击国民党军整编第九师,以九纵实施反击作战。九纵二十五师和二十七师担负反击任务。十八日,二十七师八十一团控制了道头以北的三个村庄,将整编第八师一六六旅四九八团一营分割并展开围攻。村庄里的国民党军凶猛突围,双方在旷野之中展开混战,午夜时分国民党军的这个营基本被歼。与此同时,八十团控制了道头以东的村庄,协同担任主攻的二十五师七十三团、二十七师七十九团一起向道头发动攻击。国民党守军武器精良,火力猛烈,但无法阻挡九纵官兵的决死一战。道头外围很快被突破,守军设置在西门阁楼上的重机枪阵地连同阁楼一起被炸毁。凌晨,四九八团团长亲自提枪督战,团督战队据守着每一个路口,战况开始残酷起来。九纵官兵对道头外围唯一的制高点反复攻击未果,天色将明,再战不利,二十五师师长聂凤智下令撤离。

与诸城的战斗一样,许世友部对道头的攻击也没有达到全歼守军的目的。不同的是,道头一战令国民党军整编第八师向后收缩了阵地,这使得它与整编第九师之间的距离被突然拉大了。这是许世友部突围的最后时机——部队处在敌人重兵合围中,身边还有五万多伤员与干部家属,大批的胶东百姓为躲避国民党军跟在部队的后面,这一切都令许世友无法组织机动作战。他决定向敌人两军之间稍纵即逝的缝隙迅速插进去。二十二日黎明,先头部队将遭遇的整编第九师侧翼部队击溃,九纵二十六师顽强地阻击尾追的敌人,华东局和内线兵团机关人员及主力部队官兵一昼夜行军一百八十里,终于进入大泽山区。

国民党军继续向胶东半岛的尖角压缩:二十六日占领龙口,三十日占领蓬莱,接着,共产党人控制的唯一港口城市烟台被占领。范汉杰的胶东兵团以伤亡近一万五千人的代价,先后占领了胶县、高密、平度、昌邑、掖县、荣城、栖霞、招远、龙口、黄县、蓬莱、福山、烟台、牟平、诸城等十五座城镇。至此,共产党人失去了胶东解放区的大部分地区——从全局而言,这是共产党领导的军队由战略防御转为战略进攻所必须付出的代价。

饶漱石、许世友和黎玉联名致电中央军委,报告他们撤离胶东、转移敌后的理由:"内线已坚持三个星期,为减少尔后作战困难,决向敌后转移。今晚敌已发觉我主力一部转出,飞机不断在上空搜索轰炸,估计敌人除有一部分迅速占领我海口城市外,另一部分将西返尾追,造成我愈集中敌愈分散,便利歼敌局面并逼敌无法深入农村,可减少我损失。逼敌无法从胶东抽兵,加重其他地区压力。在我主力转到敌后,尚留十三纵三十七师并配合地武四个团坚持斗争,掩护疏散。我们电谭率二、七纵到路北与我们会合,以便集中歼敌。为不使我们位置暴露,我们电台全部暂时停止工作数日……"

九月十六日,中央军委致电陈毅、粟裕、饶漱石、黎玉、许世友、谭震林,要求必须坚持在胶东,不求他们打胜仗,"只要不打败仗就好",并反复强调"一个月至多两个月,局势就会变化":

> 我们认为震林所率二、七两纵目前不宜离开滨海,只要该区有粮食,就应留在该区打些小胜仗,即使一二月不打胜仗,只要不打败仗就好。如地区狭小,不便集中行动,则以纵队或旅为单位,暂时分散在诸城、莒县、沂水、临朐、日照等县广大乡村也有利,一可钳制八十三师、二十八师、四十五师等部,二可策应胶东内线。大约坚持一个月至多两个月,局势就会变化。如二、七纵出鲁南或苏北,则八十三师、二十八师等部必跟去,亦不见得容易歼灭,对于胶东则减少直接配合作用。胶东方面敌至多使用十二个旅进攻,而在占领平度、掖县、莱阳、龙口、招远、蓬莱、黄县诸城,留出大量守备兵力之后,其机动兵力就不多了,利于我军各个歼敌。一个月后,敌有很大可能调走一部兵力,故该方面只要我军不打败仗,局势亦可能好转。

接到电报后,谭震林率领第二、第七纵队开始北上,向许世友部接近。许世友的第九、第十三纵队在大泽山停留四天后,留十三纵继续与国民党军周旋,九纵在胶河与潍河之间南下。十月一日,山东内线兵团的第二、第七、第九纵队终于在胶济路以北的朱阳会合。

范汉杰发现山东内线兵团主力向西跳出了包围圈,立即命令整编第九师尾追九纵和十三纵队深入大泽山区,整编六十四师(欠防守诸城的一五六旅)由高密向北阻截。

谭震林和许世友决定集中主力打上一仗,以扭转被动局面。作战计划是:以二纵和九纵攻击脱离高密、孤军北进的整编六十四师于胶河西岸的饮马镇地区,以调动胶东的国民党军回援,减轻胶东解放区的损失;同时,以七纵和独立师等部担任阻援;十三纵由大泽山向北攻击掖县,策应主力在胶河的作战。

十月二日,整编六十四师主力进至范家集、流河一带,先头部队到达了预定战场饮马镇。由于情报有误,谭震林和许世友误把先头部队当作了整编六十四师主力,于是命令部队全线出击。整编六十四师先头部队受到攻击后,师主力急忙收缩,在范家集、三户山地区构筑工事,准备固守待援。二纵和九纵队没能实现分割敌人主力的目的,但是当晚他们就把整编六十四师主力围住了。

三日夜,二纵对三户山发动了攻击。由于缺乏攻击子母碉堡的经验,火力使用不够集中,在伤亡严重的情况下撤出了战斗。四日,二纵再次发起攻击,官兵们冒着敌机的轰炸冲锋,在九纵的配合下,最终突破了守军的防御工事,于五日拂晓攻占三户山,歼灭整编六十四师一五九旅的一个团,为后续部队攻击师部所在地范家集夺取了有利阵地。

五日下午,九纵攻击范家集,二纵攻击西侧的林家庄。二纵在几百米的攻击正面集中起五个迫击炮连、一个重迫击炮连以及多门山炮,进行集中火力压制,战斗至午夜,驻守林家庄的整编六十四师四七五团被全歼。九纵对范家集的攻击虽然进展缓慢,但昼夜持续不断,被困范家集的整编六十四师师长黄国梁向范汉杰紧急呼救。但是,范汉杰派出的三路援军都受到了猛烈阻击。整编第九师在东面发动了轮番进攻,战斗持续到十月九日,依旧无法突破当面的阻击阵地。整编四十五师二一二旅和整编六十四师一五六旅,在南面沿着五龙河两岸向范家集方向攻击前进,遭到七纵主力和独立师一个团的顽强阻击。整编四十五师的二一一旅,从西面由潍县东渡潍河增援三户山,由于奉命阻击的西海军分区部队没有按时占领阻击阵地,二一一旅得以渡过潍河占领山阳庄地区,对许世友和谭震林部的侧背形成巨大威胁。情急之下,许世友和谭震林果断改变了攻击范家集的计划,调二纵主力立即向西迎击。战斗由此变成了围点打援。从战场态势上看,只要九纵把整编六十四师围紧,东、南两个方向的阻击坚决,从西面来的敌二一一旅兵力单薄,二纵主力完全有将其一口吃掉的把握。

为了彻底歼灭二一一旅,韦国清的二纵制定了一个一网打尽的作战计划:四师和五师一部攻击青龙山,由北向南和东南攻击;六师以奔袭的方式迂回到二一一旅的背后,攻占潍河东岸的二八八高地,控制潍河渡口,对二一一旅实施合围。六师十八团的先头部队抓到了二一一旅搜索排长,十八团团长沙风从俘虏口中弄清了二八八高地的基本情况:高地位于范家集以西十八公里的潍河东岸,俯瞰山阳庄和潍河渡口。高地上的守军是一个连,还有一个排控制着渡口。十八团二营急速行军,于凌晨四时到达高地南侧,秘密接敌之后猛打猛冲,一举攻占高地并控制了渡口。二一一旅的后路因此被截断。二一一旅得知后路被断,立即组织突围。负责正面攻击的十六团相继突破外围阵地,国民党守军反击猛烈,十六团团长孙云汉果断决定一、二、三营合力直捣守军旅部。十六团官兵分成小组,运用小炸药包的威力,边爆破边推进。入夜,经过两个多小时逐房逐屋的争夺,十六团攻占了二一一旅旅部所在的西圩子。二一一旅残敌在最后时刻向西北和西南两个方向突围,分别被六师十八团,四师十、十一、十二团分割歼灭。十八团的一名战士从一堆尸体的下面俘虏了二一一旅旅长张忠中。

二一一旅七千多人马,除三百多人在援军的接应下逃回潍县,其余伤亡三千人,被俘四千多人。

此时,在胶东解放区内部抗击国民党军的任务全部落在了十三纵身上。胶河战役开始后,十三纵主力奉命攻击掖县,这是这支由翻身农民组成的部队第一次打县城攻坚战。

十三纵联络了当地的民兵组织,民兵们得知要收复掖县,爆破队和地雷队纷纷集中起来,把国民党军埋设在十三纵攻击路线上的地雷挖出来,再埋到敌人的地盘里去。民兵们还和十三纵的侦察员一起,化装进城侦察守军的防御部署,民兵们只有一个要求:把残害百姓的地主还乡团全部抓起来。

十月三日凌晨,第二纵队对三户山发动攻击的那天,十三纵对掖县的攻击同时开始了。巨大的爆炸声将掖县守军惊醒,等他们冲上阵地的时候,发现城防已经被炸开了三个大缺口。率先突进去的是一〇九团二营,官兵们沿着东门大街向钟鼓楼攻击前进。一一〇团突破后,沿着城墙攻击北城楼。一一四团一营沿着城墙向南发展,三营直插西门。一一一团除留一个营在城西北的烟潍公路上警戒之外,主力也冲进了北门和西门。国民党守军在核心阵地组织起猛烈的抵抗。十三纵各团从不同的方向开始逐屋争夺,激烈的战斗在不断的伤亡中向前推进。四日上午十时总攻开始,战至下午六时,掖县城区里的两百多个碉堡全部被摧毁,守军团长刘其凡和副团长杨子明等被俘。

范汉杰急调胶东地区整编第八师和整编五十四师昼夜兼程回援。

十三纵撤离掖县,收兵转移,决定到栖霞以南地区休整。

胶河战役令共产党人在胶东面临的危机得到了极大的缓解。

然而,蒋介石也认为胶东战局说明国民党军已取得决定性的胜利。十月十九日,蒋介石带领国民党军联合后勤总司令部副总司令黄维、国防部第二厅厅长郑介民和第三厅厅长罗泽闿到达青岛,召集了"胶东军事检讨会议"。会上,蒋介石连续发表了题为《剿匪军事之新阶段与新认识》和《范家集战役之讲评与国军今后应注意之事项》的讲话,讲话中充满了不知从何而来的乐观情绪:

> ……这次胶东半岛的作战,可以说是我们国军第一次大规模作战,参加战场的有陆军、空军和海军……在整个剿匪战事中有极其重大的价值,占极其重要的地位……这三个月零六天的时间,可以说是国家转危为安,革命事业转败为胜的关键……是决定我们剿匪胜利一个重要的转折点……我们剿匪的军事亦随之而告一段落,从明天(十月二十一日)开始,已经进入一个新的阶段了。

蒋介石认为,他亲自制定的三个战略目标:占领延安、占领山东解放区首府临沂和封锁共产党军队海上交通,现在都已实现了。他之所以强调"我们剿匪的军事亦随之而告一段落",是准备将整编第九师空运徐州或石家庄;将整编二十五师从烟台海运至大别山。因为此时共产党三路军队进军中原已造成中原地区国民党军兵力匮乏。为此,范汉杰拟定了胶东地区的全面防御部署:整编第八师守备烟台、蓬莱和龙口;整编五十四师一九八旅守备平度,并以一个团加强莱阳;整编六十四师在蓝村和马山一带休整待命;整编四十五师退回潍县地区。

这就是胶东解放区最困难的时候,毛泽东曾经强调:"大约坚持一个月至多两个月,局势就会变化。"毛泽东的预想正在成为现实:在刘邓、陈粟和陈谢三路大军主力跳到外线作战的同时,留在解放区内部的部队只要顽强坚持,把国民党军的主力吸引牵制住,当国民党军不得不撤出解放区回援外线战场的时候,他们的被动就不可避免地出现了,共产党军队在战争全局上赢得主动权的时候就不可避免地到来了。毛泽东甚至电示谭震林和许世友,要求他们不要急于回到内线去,因为他们的任务是把蒋介石准备调出山东的部队尽可能拖住。毛泽东特别指出,对于守备胶东的敌军不要忙着去打,而准备调走的整编第九师和整编二十五、六十四师应该成为首要打击对象。

谭震林和许世友决定先打那个准备空运徐州或石家庄的整编第九师。这实际上是一场追击战,即使没有力量将整编第九师包围歼灭,也要尽可能消耗其实力,拖延其时间。十一月六日,整编第九师到达朱阳镇地区。由于侦察有误,谭震林和许世友将整编第九师运送棉衣的两个团当成了师主力,七纵和九纵贸然出击,不但没有将敌人分割,反而导致了整编第九师有组织地开设了防御阵地。十一日,在整编六十四师的接应下,整编第九师掉头东返,开始向胶县方向撤退。谭震林和许世友紧追不舍,在命令二纵围攻高密的同时,七纵和九纵沿胶济线紧紧地跟着整编第九师。二十六日,二纵一鼓作气把高密打了下来,因为整编第九师迅速收缩,七纵和九纵顺势收复了胶县。

这时候,担任牵制任务的十三纵在胶东海阳地区包围了整编五十四师的主力。消息传来,范汉杰立即命令该师位于平度的一九八旅增援。谭震林和许世友认为机不可失,决定不再追击整编第九师,转而攻击孤立的一九八旅。二十四日,一九八旅被九纵包围。范汉杰又调整编第九师的五十七旅和七十六旅增援,结果七纵一部将五十七旅阻击在灵山,另一部将七十六旅包围于南阡。范汉杰见海阳之围未解,又有两个旅被围,急调在蓝村、马山一带的整编六十四师增援,同时将整编第八师四十二旅的三个团由烟台海运至青岛。在敌人重兵云集的情况下,谭震林和许世友将主力撤到莱阳以南。

国民党军整编第九师最终也没能被空运至徐州或石家庄。十一月底,这个师和整编二十五师一起,通过海运到达上海,再从上海被转运到中原。

谭震林部和许世友部以伤亡五千的代价,严重迟滞了国民党军向中原的调动,迫使占领胶东地区的国民党军孤守着青岛、滨海、莱阳、即墨、烟台、福山、蓬莱和龙口等据点,这些据点沿海岸线分布成狭长的一线,其中只有莱阳处在胶东解放区的腹地,谭震林和许世友决定把两个多月前丢失的莱阳夺回来。

十二月四日,七纵对莱阳城发动了攻击。当晚,二十师攻下南关,二十一师控制了东关,十九师控制了西关大部。第二天,莱阳城内的国民党守军发起全面反击。攻城部队在城墙下开始进行坑道作业,由于不断受到炮火袭击,部队出现较大的伤亡。

范汉杰立即对莱阳实施增援。但是,整编六十四师的两个旅、整编五十四师的一个旅、整编第九师的一个旅均被二纵阻击于水头沟以南。

九日凌晨,攻城战开始。二十师利用坑道破城未成,官兵随即强行登城。六十团率先于南门附近突破。中午,二十师占领守敌的榴弹炮阵地,十九师占领了山炮阵地,五十七团冲进北门向南发展,守军退缩至城隍庙核心阵地。城隍庙核心阵地工事复杂、堡垒坚固、火力凶猛、粮弹充足。七纵久攻不下,国民党援军逐渐接近。中央军委电示,如没有攻克的把握,应放弃攻击改为打援。但是,谭震林和许世友决心已下,一定要收复这座城池,不然无颜见解放区父老。他们决定由熟悉莱阳城的十三纵三十七师接替七纵继续攻击。此时,三十七师距莱阳城二十多公里,在师长高锐的率领下,官兵多为胶东子弟的三十七师迅速开进,一鼓作气冲进莱阳城,接着就发起了攻击。一一一团爆破组把城隍庙围墙炸开了缺口,突击队蜂拥而上。接着,一〇九团在南面、一一〇团在西南角先后突破。莱阳城被收复。

在收复胶东的作战中,解放区的农民倾注了巨大的战斗热情。他们筹集起大量的粮草,冒着炮火,送到山东兵团的阵地上。掖县上万民工在七天之内向前线运送了七百多万斤小麦,平度县的百姓在几天之内就筹集了八十多万斤面粉和一千多万斤柴草。潍北县张氏村的农民得知部队急需柴火,而方圆几十里的树木都已被国民党军队砍去修建工事了,村长王日光和村里的老人们商量的结果是,只有砍自己家两块老墓地里的树了。张家本族墓地里长的松柏在潍北和潍南一带十分著名,树木的树龄都在百年以上,人称"张氏松"。在老人们的支持下,村长召集全村开会,参加会议的千名农民都同意把松树献出来。砍树时的气氛十分悲壮,墓地里香火缭绕,全村男女老少跪倒拜了祖先之后,刀砍斧劈之声彻夜不绝。天亮的时候,上千方木材装上大车,浩浩荡荡地运往了前线。

从战争全局上看,山东位于战场的右翼,陕北位于战场的左翼。

左右两翼牵制,皆是为了中原。

因此,就整个战争的演变而言,共产党领导的军队与国民党军在陕北与山东同时进行的艰苦作战,绝不仅仅为了半岛之争。

没有人知道蒋介石是否看出了这一点。

朗照边区胜利花

晋察冀军区所处的位置,是当时全国战场的中间地带。东是陈毅、粟裕的山东战区,西是彭德怀、习仲勋的陕北战区,北是林彪、罗荣桓的东北战区,南是刘伯承、邓小平立足的大别山战区。至少在一九四七年夏秋,相对于国共两军在各个战区进行的大规模战斗而言,这个中间地带显得有些平静。

一九四七年七月二十一日的小河会议上,周恩来就战区歼敌成绩排了个队:华东、晋冀鲁豫、东北、晋绥、陕甘宁和晋察冀。

这次排队对晋察冀军区来讲很丢面子。

聂荣臻在总结内战爆发一年以来晋察冀军区作战不理想的原因时说:"军事指导上犯了一些错误,执行大踏步前进、大踏步后退的运动战的方针不够大胆。那时有一种保守性,'怕失地盘'……在这样的思想下,主动性不足,集中主力主动进攻敌人,大量歼灭敌人,这种指导思想不明确,因而运动战的思想就不能很好贯彻。这使得我们的自卫战争,在这一年中胜利是很不足的……比起晋冀鲁豫等友邻区来,我们还是落后的。"

之前,中共中央决定重组晋察冀野战军指挥机构:杨得志任司令员,罗瑞卿任第一政治委员,杨成武任第二政治委员,耿飚任参谋长,潘自力任政治部主任。野战军下辖第二纵队,司令员陈正湘、政治委员李志民;第三纵队,司令员郑维山、政治委员胡耀邦;第四纵队,司令员曾思玉、政治委员王昭。同时还成立了由野炮、山炮和迫击炮三个团合编成的炮兵旅。

晋察冀军区二级军区也做了调整:冀中军区,司令员孙毅、政治委员林铁,辖四个军分区和三个独立旅;冀晋军区,司令员唐延杰、政治委员王平,辖四个军分区和两个独立旅;察哈尔军区,司令员郑维山(兼),政治委员刘杰,辖三个军分区和一个独立旅。

新组建的晋察冀野战军面对着两个对手:一个是保定绥靖公署孙连仲集团,拥有四个军以及整编六十二师和青年军二〇八师,主要分布在北平、天津和保定的三角地区;另一个是张垣绥靖公署傅作义集团,拥有八个师又四个旅,主要分布在平绥铁路沿线。国民党军的作战要点是:重点守备北平和天津,对平、津、保三角地带主动出击。以保定绥靖公署的主力编成机动兵团,利用铁路和公路机动作战。罗历戎的第三军守备石家庄。

晋察冀野战军决心打个翻身仗改变排名最后的现状。

只是,翻身仗不是那么容易打的。

杨得志、罗瑞卿、杨成武、耿飚等人经过反复研究,于八月十九日向中央军委上报了两种作战方案,中央军委回电同意其中的一种,即以三纵攻击北平西南方向的涞水、涿县和定兴,调动敌人主力西援;二纵和四纵进至保定东南的任丘以南地区待机,待敌人调动后,进至大清河地域歼敌。针对野战军官兵因急于歼敌而略显浮躁的情绪,朱德和刘少奇专门打电报给杨得志,嘱咐要有作战不利的思想准备,还要具备足够的耐心:"部队行军宿营都要紧缩、灵敏,避免笨重累赘,善于利用群众掩护及地形熟悉的条件,即能寻求在运动中突然袭击或打埋伏的好机会,去消灭敌人。如多次布置无效亦不必灰心,下级亦不宜说怪话,能长此灵活运用,一年内能一二次收效亦可算成功,或可大量歼灭敌人。"

领受作战任务后,三纵司令员郑维山和政治委员胡耀邦决定:奔袭平汉路上徐水至保定间的国民党军的两个营,得手后破坏这段铁路,调动国民党军主力西援。如果不能调动敌人,就直接向北攻击涞水县城,为主力创造打援的战机。

九月二日,三纵急促行军七十里奔袭徐水至保定间,结果除攻克保定北面的漕河以及附近的几个小堡垒外,其他的攻击行动均未能取得进展,部队只好按预定计划向北攻击涞水县城。六日,郑维山率第八、第九两个旅抵进涞水城,当晚就发动了攻击。涞水城是国民党军平、津、保三角防御体系西翼的重点警戒据点,也是平汉铁路保定以北的一个护路要点。守军为第九十四军五师十三团。十三团装备好、火力强;

涞水城防工事坚固,城西又有拒马河之阻,易守难攻。八旅和九旅打了一个晚上,只占领了县城外围的两个据点。一天之后再次组织攻击,也只占领了县城的东南两关。

但是,对涞水的攻击调动了敌人。第九十四军四十三师已抵达涞水以东的高碑店,五师十五团和一二一师三六一团开始向涞水增援。同时,第十三军四师、第十六军二十二师奉命集结于平汉路北段准备增援,第十六军一○九师也有增援的迹象。此时,三纵七旅奉命在拒马河东岸的南、北义安村之间守河上的便桥,以保障第八、第九两旅对涞水的攻击。七旅的行动出现重大疏漏,他们只对北义安村进行了防御,南义安村被国民党军顺利占领,拒马河便桥因此失去控制,导致国民党军增援部队蜂拥而来。二十四日,三纵被迫撤离战场。

涞水之战正打得别扭的时候,位于大清河以北的国民党军第十六军九十四师兵分两路渡河增援,晋察冀野战军认为战机已至,遂决定吃掉该敌收复大清河以北地区。但是,当第二、第四纵队主力渡过大清河后,发现情报有误,当面只有九十四师的一部位于崈岗和板家窝。而国民党军第十六军二十二师主力到达霸县之后,在雄县和开口各前出了一个营,于是野战军指挥部决定改打这几处孤立之敌。敌人看似好打,攻击却均以失利告终。二纵虽一度突进了板家窝,但暴雨猛烈,攻击受阻。再攻击时,守军已经压缩,组织起严密的防御线。四纵对崈岗的突击也因暴雨一度中断,后来又发动数次攻击,终因守军工事坚固、火力猛烈被迫终止。

晋察冀野战军出击涞水和大清河的战斗得不偿失。

战后统计,歼敌五千二百七十八人,部队伤亡高达六千七百七十八人。

国民党军增援涞水的各路部队逐渐靠近,二十多个团在大清河北岸摆出了决战的架势,而晋察冀野战军第二、第四纵队总计才十八个团,加上冀中军区的五个团,兵力上并不占据优势,武器装备上更处于劣势。为了避免被动,二纵和四纵队全部撤离了战场。

聂荣臻和杨得志都向中央军委发出了检讨电报。聂荣臻认为,战斗失利的原因是"决心太厚,包围敌人过多,兵力分散,不能速战速决"。杨得志认为,主要原因是战前侦察和搜集情报不够,对敌人工事的坚固和火力的猛烈估计不足。朱德在给中央军委的电报中说,他准

— 434 —

备亲自去野战军指挥部指导作战——"大清河北战役因围敌过多,不能最后解决……但此次士气旺盛,干部之有牺牲精神,较以前不同。罗(罗瑞卿)因病未去,聂(聂荣臻)初离开,杨(杨得志)、杨(杨成武)初出马,未获大胜,后方干部难免浮言。朱拟去野战军一时期,随同杨、杨等打一两个好仗,将野战军竖立起来。"

毛泽东以中央军委的名义回电晋察冀野战军,显示出极大的宽容,甚至嘱咐他们不必顾及配合全国战局的问题:"此次大清河战役,歼敌一部,虽未获大胜,战斗精神极好,伤亡较多并不要紧。休整若干天,按照该区具体条件部署新作战,只要有胜利,无论大小,都是好的。一切按自己条件独立部署作战或休整,不要顾虑东北或别区配合问题。"

秋日的华北平原一片金黄。

杨得志、杨成武和耿飚日夜寻找着可能出现的战机。

此刻,林彪已在东北发动秋季攻势。为增援东北战场,蒋介石先后抽调第九十二军二十一师、第十三军五十四师、第九十四军四十三师等部队出关增援,国民党军在华北战场因而显出兵力空虚之势。为此,蒋介石全面调整了华北战区的兵力部署,以防备晋察冀野战军乘虚而入:第十六军驻守大清河以北的雄县、定兴、涞水;第九十四军五师驻守北河店、固城和徐水;新编第二军的两个师驻守保定。这一部署表明,除主力第三军继续镇守石家庄之外,国民党军位于晋察冀战场的部队将全部移动到保定以北的铁路沿线,以确保华北乃至东北铁路线的畅通。

经过反复研究,晋察冀野战军决定再次出击保北。

出击保北的作战意图依旧是调动敌人准备打援:二纵配属独立第七旅围攻徐水,破坏徐水至徐河桥之间的铁路,扫清沿线敌人的碉堡,诱使国民党军出动增援;三纵和四纵在徐水以北和以东地区集结,准备在运动中歼灭可能从北、东两面出动的援军;独立第八旅负责监视石家庄方向的第三军。

所谓"保北",指的是涿州到徐水的那段铁路线。晋察冀部队之所以一而再、再而三地攻击这里,是因为这一地段对于国民党方面十分敏感——驻华北的国民党军大都分布在平汉铁路沿线,晋察冀部队的作战目的,很大程度上是要在华北牵制国民党军,以配合林彪部在东北的作战。而保北地区是国民党军调兵出关的主要集结转运地,一旦位于保定与北平之间的徐水受攻,国民党军绝不会见死不救,否则徐水失守将导致平汉铁路线中断。

关键是,对徐水的攻击一定要狠,否则无法调动敌人增援。增援的敌人可能来自两个方向:一是徐水以南的保定,一是徐水以北或东北的固城和容城。当然,如果能够把驻守石家庄的第三军调出来加以伏击则更理想,这样不但能打击国民党军在华北的主力部队,还能使孤立的石家庄防御更加薄弱,为今后攻打石家庄创造条件。虽然从目前的态势上看很难调动第三军,但关键还是对徐水的攻击是否坚决。

就在晋察冀野战军决意再战保北时,十月六日,蒋介石来到北平召集华北军事会议。出席会议的有北平行辕主任李宗仁、副主任王叔铭,保定绥靖公署主任孙连仲、张垣绥靖公署主任傅作义以及各军军长、各师师长共四十多人。本来是研究作战的会议,但军长和师长们在报告情况时却纷纷诉苦,强调本部队粮食和被服供应所面临的困难。此时,在华北地区,国民党军各部队基本上都驻扎在被解放区包围的孤立城市里,除了靠运输接济外,供给似乎别无办法。蒋介石提出要节制使用配发的物资:"对于本地的粮食和物资要能切实控制";同时,他暗示可以到解放区里去抢:"对于附近二三百里匪区内的粮食,亦要派军队去搜集","第三军现在驻石家庄,四面为匪军所包围,交通阻绝,真是孤军远戍,试问中央有什么办法来接济你们"?会议最终也没能针对华北共产党军队可能发动的攻击制定出有效的军事对策。

徐水守军,是国民党军第九十四军第五师的一个团和一些地方保安队,配有一个榴弹炮营。徐水城防经过多年修筑,防御工事十分完备,城墙上有碉堡,墙腰上还有三层射击孔,城角筑有地堡,形成了以城内钟楼为核心的严密的火力体系。在城墙防御线的外围,宽七米、深六米的护城河里灌满了水,护城河前设置有铁丝网和大量的地雷。

十月十一日,二纵在司令员陈正湘和政治委员李志民的指挥下,迅速清扫外围据点后直逼徐水城下。十三日下午四时,攻城战斗打响。二纵官兵深知攻击力度对整个战局的影响,因此战斗一开始就显示出誓夺徐水的凶狠阵势。猛烈的炮火轰击后,各路爆破组蜂拥而上,徐水城四面城墙顿时弹片横飞,硝烟弥漫。机枪集中火力掩护云梯队强行架梯,巨大的云梯被运送到城墙下,城墙上的子弹、手榴弹和砖瓦石块雨点般倾泻下来,城下的机枪手拼命地射击,力图把城墙上的火力压制下去。在不断的流血伤亡中,巨大的云梯竖立起来,转眼间云梯上便爬满了强行登城的官兵。城墙上的国民党守军用持续而猛烈的火力将云梯打断,上面的二纵官兵们落叶般纷纷跌下。已经登上去的部队是十团一营,他们没有站稳就遭到敌人的猛烈反击,后续部队没能跟上,一营在城墙上殊死搏斗,最后全部伤亡。入夜,修好的云梯被再次竖起来,直至拂晓,攻击部队终于攻占了南关和北关。第五旅的三个突击连甚至一度冲进入城内,但由于第二梯队受到火力压制,得不到后续支援的三个连被国民党守军打了回来。

二纵对徐水不惜牺牲、意在必夺的反复攻击,令国民党军意识到再不增援徐水就完了。孙连仲命令整编第二十八军军长李文率第九十四军的两个师和独立九十五师各一部共六个团,在战车第三团的配合下,由高碑店、定兴,经固城南下;第十六军的两个师共四个团从新城、霸县出发,向西经容城增援。

晋察冀野战军三纵、四纵和独立第七旅等部队奉命立即插入固城与徐水之间拦截。命令要求无论飞机大炮的火力如何凶猛,各部队必须死守阵地一步不退。

李文深知他的部队必须紧密靠拢,绝不能孤军冒进,更不能让晋察冀野战军寻找到分割他的缝隙。为此,他宁愿与阻击的共产党军队打成僵持也不分兵。而这时,二纵对徐水的攻击举步维艰,伤亡不断增加,国民党守军表现出固守待援的极大的耐心和决心。

攻击和阻援都处在了僵持状态,这种状态拖延下去对晋察冀部队极其不利。晋察冀野战军迅速调整部署,决定二纵继续围攻徐水,主力则立即向平汉路以西地区转移,引诱北路援敌西进,迫使敌人分散兵力。野战军指挥机关当时位于徐水至保定以东白洋淀附近的东西马庄一带。机关人员在政治部主任潘自力的率领下跟随主力部队先行出发了。杨得志、杨成武和耿飚带着几个作战参谋和警卫员随后上路。

离开东西马庄不一会儿,就听见身后有人大喊:"首长停一下!首长停一下!"气喘吁吁的骑兵通信员送来一封电报,电报是正在完县参加土地会议的晋察冀军区司令员兼政治委员聂荣臻发来的:"石门(石家庄)敌七师并六十六团由罗历戎率领于昨(十六日)晚渡河北进,当晚停止于正定东北之蒲城一带。今(十七日)续北进,上午在拐弯铺一带休息。"——野战军负责情报工作的二局局长彭富九截获了孙连仲发给罗历戎的电报,电报要求第三军派一师北上保定,另一师留守石家庄。

这一消息令杨得志、杨成武和耿飚先是大吃一惊,接着便是喜出望外——想把罗历戎的第三军从石家庄调出来,原来只是一个奢望,现在突然变成了现实,而这意味着整个战局也许会发生重大变化。

第三军在国民党军中算是老牌部队,其前身可追溯到一九一五年护国战争时驻粤滇军序列。一九二五年八月该部被改编为国民革命军第三军,朱培德任军长。从那时起,无论国民党军的编制序列如何变化,第三军始终保持着北伐时的番号,这在国民党军中独一无二。抗战爆发后,第三军参加晋南中条山会战,坚守阵地,遭遇日军重兵包围。在惨烈的突围战中,第三军军长唐淮源、十二师师长寸性奇相继阵亡。至突围战结束,第三军十二师官兵无一生还,第七师官兵只有少部分突围出去。一九四五年八月,重组后的第三军十二师留守甘肃兰州,军部率第七师开赴石家庄。

罗历戎,四川渠县人,毕业于黄埔军校第二期。从在国民革命军第一师当见习排长开始,他就是胡宗南的部下,因此也是蒋介石嫡系军官中的一员,参加过蒋桂大战、蒋冯战争、中原大战。一九三五年十月,他在胡宗南的第一军七十八师任副师长,曾与长征后到达甘肃山城堡的红军激战。抗战爆发后,他跟随胡宗南参加淞沪会战,当淞沪守军在日军炮火与飞机的猛烈轰炸下,因伤亡惨重而全线撤退后,他率七十八师在无锡苦战三天三夜不退,将从金山登陆后一路向北的日军击退。一九三九年升任第一军副军长,一九四二年升任第三十六军军长,一九四五年一月升任第三军中将军长。

第三军驻防石家庄后,罗历戎的日子很不好过。周围的县城已被一一攻占,他被迫放弃了石家庄外围据点,收缩部队固守市区和机场,准备应付聂荣臻部对他的最后一击。部队开赴石家庄前,他曾向胡宗南请求补充装备,胡宗南回答道:"武器装备要重庆运来,时间不许可,目前不会有什么大战事。你们到华北有了海口,一切补充均无问题,有的是美械装备。主要的是争取时间,行动越快越好。"但是,当罗历戎的部队在石家庄集结完毕时,却归属保定绥靖公署主任孙连仲指挥了。石家庄已经成为一座孤城,四周都是华北解放区的地盘,罗历戎曾请求孙连仲派兵增援,但由于国民党军在华北的总兵力已经捉襟见肘,孙连仲对罗历戎说,现在全国各个战场都吃紧,没有多余的兵力支援石家庄,只能再加强一个团,剩下的事就只有靠你自己了。罗历戎又向他的老上级胡宗南求救,胡宗南的部队深陷于陕北战场且至今没能寻到毛泽东,他回电罗历戎:"增加兵力就近向北平请求,石家庄现有一军兵力和加强工事,防守应有把握,否则只有毁灭。"罗历戎真正成了左右无援的孤军,当石家庄最后一个外围据点正定被晋察冀军区部队攻克后,他产生了离开石家庄到保定去的想法。

十月初,在北平参加华北军事会议时,罗历戎特意面见蒋介石,陈述了石家庄守军粮食弹药补给的困难,建议减少石家庄的守备兵力,加强机动兵团的力量——罗历戎知道此时蒋介石正为缺少机动兵力而发愁。蒋介石说:"石家庄应该固守,可将第三军抽调一个师到保定,加强机动部队。"罗历戎想到孤守石家庄无异于坐等攻击,于是自告奋勇地表示他可以亲率部队北上。蒋介石当即批准了。

几天之后,共产党军队攻击徐水,孙连仲命令第三军北上保定增援,罗历戎所盼望的离开石家庄的机会终于来了。

除留三十二师固守石家庄外,第七师与二十二师六十六团以及军直属队均被命令北上保定。罗历戎知道,在这种时候,他率部离开石家庄不是没有危险性。因为从石家庄到保定,虽然只有一百八十公里的路程,但必须通过解放区。孙连仲建议用空运的方式运兵,被罗历戎拒绝了,不是他胆子大,而是他想到了部队到达保定以后的日子——空运可以把部队连同自己安全地运走,但不可能把营具辎重全部带走。到了保定,部队要什么没什么,找谁去解决?罗历戎侥幸地认为,从石家庄到保定的路上,也许会遭到民兵甚至是解放区老百姓的袭扰,好在晋察冀野战军主力此刻正在保定北面作战,不可能在这么短的时间内跑到他跟前来,他的大部队一路扫荡,安全地到达保定应该没有问题。

谨慎的罗历戎严密封锁了部队出动的消息,一时间整个石家庄城只准进不准出。十月十五日下午,第三军出动了,所有的营具都被装上大车,连私人的箱笼也被全部带上,仅牲口大车就装载了两百多辆。罗历戎的保密工作起到了效果,第三军浩浩荡荡的队伍离开石家庄整整一天之后,聂荣臻才得到了有关情报。罗历戎没有想到的是,自己本想离开晋察冀野战军必定要集中全力攻击的石家庄,转移到一个相对安全的地带去,结果却是他的出动不但使第三军这支历史悠久的部队遭遇灭顶之灾,而且他个人的后半生也将彻底改变。

在空旷的乡村土道边,杨得志、杨成武和耿飚三个人蹲在地上看地图。他们心里很清楚,这一仗要是打好了,与国民党军在这一地区的对峙局面就可以打破,一再面临失利局面的野战军就会因此"竖立起来"。眼下,部队必须停止西进,立即掉头向南,在运动中将罗历戎部歼灭。问题是战场应该选择在哪里?参谋长耿飚说:"我们既不能让罗历戎到达保定,也不能让他到达方顺桥。必须把围歼战场选择在方顺桥以南,甚至望都以南。"望都、方顺桥自南向北位居平汉铁路线上,是从石家庄北上保定的必经之地。司令员杨得志同意,他说:"如果让他接近保定,驻在保定的敌刘化南部就会接应他。"政治委员杨成武紧跟着说:"至少要把罗历戎部阻击在保定以南五十里处,围歼才有把握。否则,我们围歼罗部时,屁股后面就会受到威胁。"耿飚伏在地图上看了很久,最后他用手指头在地图上画出个圆圈说:"就在这里打!"

耿飚选择的战场名叫清风店。

清风店北距保定和南距新乐各为九十里,正好处于目前罗历戎部和刘化南部所在位置的中间。如果把战场往北移至望都和方顺桥之间,那就离保定近,我伏击部队就有后顾之忧。如果把战场往南移至定县以南,则离新乐太近,罗历戎率部经过该地时,现在保北战场的我军主力必然不能及时赶到,这样就将导致伏击落空。而清风店离我们现在的位置为二百余里[直线距离为一百八十多里],但是距离最南面的我野战部队约一百五十里,按照我军的行军速度,加一把劲,可以争取在十九日拂晓先于罗历戎赶到这个地区,及时布设伏击圈,包围和消灭敌人。因此,从南北距离来衡量,清风店是理想的战场。另外,从地形上看,虽然总的来说这一带是平原地区,但是清风店的地形略有起伏,且其南面有条唐河,等罗历戎一过河,我军就控制渡口,将敌军包围于较低处,这样有利于全歼敌人。

战场已经选定,制胜的先决条件是:不能让罗历戎早于晋察冀野战军到达清风店。为此,杨得志、杨成武和耿飚仔细地计算了敌我双方的行军速度,甚至把我军行军中吃饭和休息的时间都计算得很具体:通常部队强行军速度最多为每小时七公里,但这个速度难以长时间保持,且每四个小时就要吃饭和暂短休息,不然很难保证达到战场后能有体力立即投入作战。而因为新乐到清风店一路都是解放区,罗历戎部晚上不敢行军,他们携带着辎重和家眷,每小时能走五公里就不错了。如果再有解放区内民兵的袭扰,他们的行军速度定会被严重迟滞。杨得志、杨成武和耿飚的计算结果是:晋察冀野战军主力必须在二十四小时内走完一百二十五公里左右的路程,这样才能赶在罗历戎的前面到达清风店地域。

耿飚蹲在地上起草了作战命令:除了攻击徐水的部队不动外,其余各部立即掉头南下,不惜一切代价赶往方顺桥以南的清风店。

政治委员杨成武开始起草战斗动员令。数十年之后,这个动员令依旧令当时的野战军司令员杨得志记忆犹新,他认为这个动员令写得"气势磅礴,火药味浓,鼓动性强,似乎千军万马就在眼前":

前线全体指战员:

配合兄弟地区反攻,打大胜仗的机会到来了!我们面前是蒋匪忠实走狗罗历戎亲率第七师和六十六团四个团。敌人轻率远逃,行军疲劳,孤军深入,心理恐慌,已经给我们造成打大歼灭战的充分条件,我们已调了绝对优势兵力和炮兵来歼灭敌人!一、集中一切兵力、火力,猛打!猛冲!猛追!发挥三猛战斗作风。狠打、硬打、拼命打,毫无顾虑地冲垮敌人!包围敌人!歼灭敌人!二、不顾任何疲劳,坚决执行命令!不顾夜行军、急行军!不管没吃饭、没喝水!不管连天、连夜的战斗!不怕困难!不许叫苦!不许怠慢!走不动也要走!爬着滚着也要追!坚决不放跑敌人!全体干部以身作则,共产党员起模范作用。三、高度发挥作战机动性,哪里有敌人就冲向哪里,哪里枪响就冲向哪里,哪里敌人没消灭就冲向哪里!各连、各营、各团、各旅,步兵、炮兵在统一命令和指挥意图下,要积极主动,密切协同作战!谁消极观望就是犯罪!敌人顽抗,必须坚决摧毁;敌人溃逃,必须追上歼灭!同志们!坚决、干净、彻底、全部歼灭敌人!活捉敌人军长罗历戎!活捉敌人师长、团长!创造晋察冀空前大胜利,看谁完成任务最多、最好,看谁胜利果实最大。打胜仗的比赛!缴枪捉俘虏的比赛!为人民立大功!

二纵四旅原来的任务是攻打徐水,之后奉命到容城一线去打阻击,然后又奉命撤离战场向西转移,现在的命令是不惜一切向南奔袭,这种急行军的状态已经持续了八个昼夜,杨得志站在路边喊:"能坚持住吗?"官兵们回答:"胜利就在咱的大腿上!"九旅二十五团一营三连也已连续作战行军七个昼夜,连队向南奔袭后不久,有的战士跑着跑着睡着了,因而扑通一声倒在地上。干部们只好队前队尾地来回跑。这不是平常的行军,无法顾及出现掉队,跑不动跟不上的基本就不管了,让后面的官兵收容,能带上几个就带上几个。也不管什么建制了,跑得最快的战士放在全连的最前面,跑得最快的连放在全营的最前面,跑得最快的营放在全团最前面。不管白天黑夜,天塌下来也不能停步。为了不走冤枉路,派出去的侦察员必须每隔十里就找个新向导,也顾不上礼貌了,半夜翻墙跳进老乡的院子,然后喊:"有壮实的吗?快点出来带个路!"

天亮了,摇摇晃晃奔跑着的队伍只听得一片粗重的喘息声,没有人说话。三纵九旅二十七团二营有个又高又胖的战士,山西人,名叫殷勇,体重至少在一百八十斤以上,外号"大洋马"。马克沁重机枪要用大骡子驮,没有骡子也要把机枪拆开两个人扛,可他一个人抓起来就跑,加上他打仗不要命,战斗最激烈的时候,只要"大洋马"的机枪上来了,战士们就大喊大叫地来了精神。有一次他在战斗中负了伤,上去好几拨民工都没能把他抬下来,后来弄了副大担架又上去了,民工们拼命抬就是抬不动。指导员急了,增加了四名战士,与民工一起终于把他从阵地上弄了下来。殷勇还有一点让官兵们十分喜欢,就是他能唱山西民歌。他人高马大肺活量大,嗓子亮堂堂的,九旅大部分官兵是山西人,于是只要有空大家就闹着让他唱。在这个万分疲惫的时候,指导员命令殷勇开唱,只要是山西民歌,什么哥哥妹子,什么大溜溜二溜溜,放开嗓子唱。为了让他唱得响亮些,营长让通信员把干粮都集中给他吃,不够就去给他找红薯。殷勇,这个高大且勇敢的战士,扛着他的马克沁重机枪,边跑边唱,嗓子大得出奇,一个营前前后后的官兵都听得见。

继续向南,绕过保定,就进入解放区的地盘了。天大亮的时候,官兵们眼前出现的景象让他们又惊又喜:乡亲们早就为部队做好了饭。"沿街两侧摆满了粗瓷大缸、陶瓷小盆、柳条编的挎篮、苞米叶子织的箩筐,农家所有盛食物的家什全摆开了,里面盛着新出锅冒着热气散发着油香的葱油饼、红皮沙瓤的红薯、香喷喷的烫面包子,不凉不烫的茶水,冒着腾腾热气的盐茶鸡蛋以及花生、核桃和红枣。"杨成武回忆说,"真难以设想,他们是以什么样的速度准备好早餐的,因为从冀中军区到基层,中间隔着那么多层次,就是把消息传到村一级,也得几个钟头啊!"

杨得志晚年回忆起那天的情景依旧心头滚烫:

> 大路上每隔五十米左右就有一口大缸,缸里分别装的是开水、带枣的小米稀饭、加了糖的玉米面粥。为了保温,有些大缸的外面包上了厚厚的棉被,想得多周到呀!缸与缸之间是临时架起的锅灶,锅里贴着当地老乡爱吃的玉米饼子。乡亲们把带着黄腾腾"锅巴"的玉米饼子,送到战士们的手里还是热乎乎的哩。这是人民的心哪!守候在路两旁的大部分是妇女同志。她们提着篮子,端着簸箕,里边不仅有馒头、大饼、烧鸡、鸡蛋和大红枣、黄柿子,还有军鞋、毛巾、慰问袋和撕成绑带那么宽的新布条。有的鸡蛋是染红了的。老大娘一边往战士们的口袋、挎包里塞,一边念叨着:"这是俺儿媳妇坐月子用的,带上吃吧!多杀顽固军,保俺过好日子。"看到有的战士鞋子破了,用绳子绑在脚上,大嫂们一拥而上,争着给战士换新鞋。有的战士脚跑肿了,新鞋穿不上,她们便把战士的脚揽在怀里,轻轻地挑泡、挤水,然后一层层地包上布条。战士含着热泪继续前进,她们追上去,把新鞋挂在战士脖子上,疼爱地说:"拆布的工夫脚要先见水,湿透了再拆,要不,会疼呀!这新鞋等脚消了肿,再穿,不要紧,里边有垫子,软和的!"姑娘们把绣了花的慰问袋送到战士手里,说:"里边有吃的有用的,还有信。"有的大胆的姑娘问战士:"你叫什么名字?能当英雄吗?"我们的战士红着脸,跑了。有的老大爷把烧鸡撕成碎条,紧跟着脚步不停的战士,一边往战士的嘴里送,一边嘱咐:"孩子吃吧,打起仗来就没有工夫了。记住,千万小心,躲着点枪子呀,那东西不长眼。"

杨得志和杨成武遇到了冀中区党委和行署支前指挥部的吴树声,他们对这位共产党地方干部印象极其深刻。吴树声说:"区党委书记林铁同志让我转告野司首长,冀中两千万人民决心做到,前线要什么,我们有什么,部队有什么要求,我们保证做到!"吴树声果然说到做到,仅仅一夜之间,冀中地区组织起支前民工十万,担架一万一千副,牲口九千六百头,大车三千四百辆,成千上万的支前百姓跟随在晋察冀野战军的后面,连绵百里,浩浩荡荡。

杨得志接到情报:罗历戎已经接近定县。

从新乐到定县,二十五公里的路程,罗历戎走了不只一昼夜。

罗历戎严重低估了他的部队进入解放区可能遇到的困难,严重低估了在这片土地上贫苦农民对国民党军队的厌恶程度。

自从石家庄出动以来,一路冷枪冷炮就没停过。每经过一个村庄,哪怕是一个很小的村子,部队都会因为受到袭击而被迫停下来。路上随时有踩上地雷的可能,村口往往是遭到民兵突袭的鬼门关。没完没了的、没有规律的袭击让他的官兵们个个神经紧张,最终军官们一致认为只有停下来才最安全。谁想宿营之后更不安宁,整个晚上土炮轰轰地响,手榴弹不时地飞进宿营地。最困难的是吃饭喝水的问题,不是说可以到解放区里抢粮食吗?现在到了解放区可粮食在哪里呢?所到之处,老百姓都进行了最彻底的坚壁清野,别说粮食柴草,就连水井都填死了。

史料显示,直到被包围的时候,罗历戎对晋察冀野战军的动向一无所知,或者知之甚少。可晋察冀野战军对他的一举一动都了如指掌。共产党军队拥有数量众多的耳目,农民们给杨得志送来的情报内容丰富得五花八门:罗历戎部队的宿营位置,张三李四家各住了多少兵,炮架在了村东还是村西,士兵手上拿的什么枪,中午吃的是什么饭,做饭的锅看上去有多大尺寸,长官坐的小汽车停在谁家的院子里,大部队是几点出发的,走的是哪条路以及现在走到了哪里。农民们甚至从第三军指挥部宿营的那个村子为杨得志和耿飚弄来了一大堆他们称为"帖子"的东西,这些帖子实际上是第三军宿营时,在各单位住宿的房门上贴的写有单位名称的字条:参谋处、副官处、军务处、军法处、军医处、新闻处、人事室、野战医院……让杨得志惊讶的是,有一张"帖子"上竟然写的是"魔术团"三个字——农民们报告说,顽固军带的"魔术团",都是十三四岁的娃娃,晚上还搭台子演戏哩!

十九日,罗历戎自定县向清风店方向继续北进,中午,部队渡过唐河。下午的时候,他接到飞机接连投下的两封信件,信件的内容是一样的："我们发现共军大批密集部队南来，距你们很近，请第三军急急做战斗准备。"

罗历戎简直不相信自己的眼睛，他无法理解"共军大批密集部队"是从哪里来的。紧接着飞机又来了，空投下大量的弹药和饼干，这一下罗历戎觉得真的不妙了。他决定放弃到望都宿营的计划，命令部队进入清风店附近的南合营、高家佐、东同房、西同房、东南合村、西南合村、小瓦房等二十多个村庄内，第三军军部和第七师师部以及两个团进入西南合村，紧急构筑工事准备作战。同时，他急电北平行辕李宗仁和保定绥靖公署孙连仲派兵支援。

此时，虽然双方都无法确定对方的具体位置，但晋察冀野战军以惊人的行军速度赶在罗历戎之前到达了清风店战场。到达战场的部队没有在预定位置发现敌人，战后才知道杨得志他们把罗历戎的行军速度计算快了。没有发现敌人的先头部队一个村子、一个村子地向前搜索，摸索了十几里后与罗历戎的部队接火了。

驻扎在保定的孙连仲得知罗历戎部遭遇晋察冀野战军后，也有点想不明白。二十四小时前还在攻击徐水的共军主力，怎么会突然出现在百里之外的清风店？况且现在的徐水城不是依旧处在被攻击中吗？这样看来，也许共军不是仅仅冲着罗历戎的第三军来的，很可能是想攻打他的保定。所以，如果出动主力增援，保定就成了一座空城，这岂不正中了共军的诡计？于是，接到罗历戎的请求后，孙连仲并没有马上派兵，而是派空军出动飞机对南下的晋察冀野战军实施轰炸和扫射，企图迟滞其前进的速度。

仓促进入防御状态的罗历戎认为，即使共军向他包抄而来，远距离奔袭后必定疲惫不堪，而在同一时间里，共军需要在徐水和清风店两面作战，那么最终谁吃掉谁还很难说呢。他又给孙连仲去电，提醒他的司令官：这是歼灭共军主力的良机，如果增援部队行动迅速，就有望获得空前的胜利。

十九日晚，晋察冀野战军将罗历戎所在的村庄包围。

第二天拂晓，攻击开始了。杨得志、杨成武和耿飚命令部队猛打猛冲，不要顾虑敌人的增援，即使增援的敌人很近了，对罗历戎的攻击也要继续下去，坚决把第三军吃掉。但是，急切的攻击除了付出伤亡之外，进展并不理想。罗历戎部集中在以西南合村为中心的几个村子里，形成了梅花形的协同防御体系,加上这支国民党军嫡系部队火力强劲,晋察冀野战军在没有分割敌人的情况下,连续急行军后马上发起的仓促攻击严重受挫。

晚上,杨得志、杨成武和耿飚分析了战场情况,认为战斗必须速战速决,拖延下去很可能发生不利的变化。而要想得手,必须分割敌人,打破罗历戎的梅花形防御体系,具体战斗部署是:十一旅主力攻击东、西同房;九旅攻击高家佐;四旅和六旅攻击第三军军部所在的西南合村。

二十一日,战斗进入白热化。南合营村首先被二十九团七连突破,守军十九团一千多人放下了武器。接着,东、西同房也被攻占。高家佐村打得艰苦,九旅二十六团二营冲击的时候,与正往村外突围的敌人迎面相撞,激烈的混战随即爆发。打到最后,二十六团所有的干部都冲到了前沿,率领官兵死打硬拼,终于拿下了这个村庄。

部队攻击西南合村时,遭到罗历戎部守军的顽强抵抗。此时,第三军已全部退入西南合村,一万多人拥挤在一个村庄里,形成了一个坚硬的死疙瘩。罗历戎期待着援军的到来,他相信援军到达的时刻,也就是他出击反攻的时刻,共军定会在两面夹击下迅速溃败。因此,必须坚守,等待援军。他亲自上阵督战,企图封堵被共军撕开的口子,以使西南合村的防御阵地保持完整。

晋察冀野战军指挥部就设在距西南合村不远的一个村子里。在激烈的枪炮声中,杨得志、杨成武和耿飚知道守住突破口对战役取得最后胜利意味着什么:北面部队的阻击打得十分艰苦,敌人的援军正拼死向这里突进。只要攻击部队在突破口上坚持到总攻开始的时刻,罗历戎的末日也就到了。而如果突破口丢失,就得重新组织突破,不但时间不允许,是否能重新撕开缺口不可预知,况且部队将会面临更大的伤亡。

第二纵队四旅上去了。

四旅是野战军南下奔袭部队中距离最远的,当罗历戎距清风店还有四十五公里的路程时,四旅距清风店尚有一百多公里,然而他们硬是靠自己的两只脚提前到达了战场。

杨成武给四旅旅长萧应棠打电话:"一定要守住突破口,为主力最后总攻创造条件。部队有伤亡,等打完仗给你们补齐,给你们补整建制的老兵!"

四旅十团和十二团立即冲了上去,官兵们以巨大的生命代价坚守着突破口。十团二营营长平秀茂阵亡,五连连长和指导员相继牺牲,其他连排干部全部负伤。在没有干部指挥的情况下,班长黄树英指挥官兵坚守阵地,团政委钟云先代表团长郑三生在阵地上宣布了黄树英的任职命令——黄树英后来成为中国人民解放军一个军的副军长。十二团副团长张清润阵亡后,政治处主任和平接替指挥。他原来是十团的政治处主任,十二团原政治处主任几天前在攻击徐水的战斗中牺牲,他因此被调到十二团,接替指挥后不久他也牺牲了。接着,三营教导员段延苟、九连连长岳中也倒在了布满战死者尸体的突破口上。危急时刻,旅长萧应棠命令十二团使用预备队:"有多少用多少,都拿上去,不要怕伤亡,守住突破口!"预备队一上去,就与国民党守军展开了肉搏战。

这个时候,保北一线的阻击战也进行得异常残酷。

主力部队南下后,二纵司令员陈正湘和三纵司令员郑维山手里只有四个旅,而北面的援军是整编第二十八军军长李文率领的五个师。陈正湘和郑维山留下第五旅继续攻击徐水,指挥第七、第八旅和冀中独立第七旅,在没有任何遮挡的大平原上与数倍于己的敌人展开了殊死战斗。从十八日开始,二纵的阻击阵地始终被猛烈的枪弹覆盖,被硝烟包裹得几乎无法喘息的官兵退守到村庄里,利用每一座民房、每一堵墙、每一棵树与企图突过去的国民党军纠缠。二十日,李文投入了所有的预备队全力攻击,所有的火炮都参加了战斗,仅在何家庄阵地上,一小时内就落下了一万多发炮弹,而一旦炮火停止,二纵的官兵就像死不绝一样又冒了出来。二十一日,孙连仲乘飞机飞临战场上空,这里距离清风店只有一个小时的汽车路程,蒋介石在电报中训斥孙连仲无能,命令他必须全力增援第三军。飞机上的孙连仲一面骂罗历戎突围不利,一面埋怨李文指挥不利。但是,被二纵和三纵封锁的道路就是无法打开。三纵第八旅死死地卡在南下的道路上,敌人枪炮猛烈,阵地上硝烟弥漫,白天被遮蔽得如同黑夜。在国民党军攻击部队的后面,数百辆汽车上坐满了官兵,只等道路被打通后向第三军被围困的村庄急驰。

下午三点,二纵和三纵的阻击开始显出难以支持的迹象。先是史各庄阵地失守,然后是西留营、半壁店和山东营等阵地丢失。更严重的是,漕河以南的阻击阵地也丢失了,保定的国民党军开始出动,北上接应南下的增援部队,南北两军相距仅剩六公里。清风店那边还没有总攻的消息,这里的阻击还要坚持下去,陈正湘命令部队不惜一切占领新的阻击阵地,决不能让这里的敌人接近清风店。

杨得志担心北线以少对多的阻击战,去电询问战斗情况,陈正湘和李志民的回答是:"打下去,熬下去,阻住敌人就是胜利!"

共产党官兵必须用血肉与敌人熬时间。

在清风店的西南合村里,罗历戎有点熬不住了。他向李文报告说,部队不得不准备突围了。李文回电说他的汽车队很快就到,让罗历戎坚持住。罗历戎将李文的电报用大字抄出,张贴在西南合村里以鼓舞士气,但他本人的士气已是十分低落。他曾想向石家庄逃跑,但因路途远而凶险被迫放弃,他不知道的是:唐河渡口已被晋察冀野战军控制。罗历戎不断打电报给李文,诉说他与共军作战之惨烈,要求增援部队快速抵达,要求派空军进行大规模轰炸。他还用报话机直接向孙连仲喊话,说这里没有饭吃,如果援军再不来,他就准备自杀了。孙连仲回答说,只要再坚持两昼夜,援军必到,那时第三军就可以为党国立大功了。

二十二日凌晨,晋察冀野战军对清风店的总攻终于开始了。西南合村遭到空前猛烈的炮火袭击,从村庄四面响起了杀声。罗历戎跑到第七师指挥所,在那里他换上了一套士兵军服,然后与李用章师长一起向西南方向逃窜。晋察冀野战军官兵知道这是决死的一战,因此显示出了不顾一切的决斗精神。指导员李德胜抱着一个十公斤的大地雷,冲进西南合村一个堆满弹药的院子里,拉响地雷后,又扔出十颗手榴弹,整个院子飞上了天,他自己却安全地回来了。班长高老二率领六名战士端着刺刀冲锋,把一个连的敌人吓得都举起了手。战至二十三日上午十一时,西南合村的战斗基本结束。

二局局长彭富九来到野战军指挥部,看见司令员杨得志正在用旧报纸糊信封。杨得志说:"老彭,你来了,好,这次你们的情报搞得很好。"彭富九说他是赶来搜查密码的,得早点去,晚了敌人会烧掉。西南合村内还有零星的枪声,杨得志派一个排跟着彭富九进了村。彭富九在俘虏房中查出电报员,电报员说密码已经烧掉。彭富九看了他一眼,说:"你再说烧,我就枪毙你。"国民党军电报员自己走到一间屋子里,从顶棚上把电报密码本拿了出来。彭富九回到野战军指挥部时,杨得志送给他一把手枪、一支卡宾枪、一件国民党军的军大衣。

罗历戎没逃出多远,就被晋察冀野战军独立第八旅官兵俘虏。他自称是炊事员,认为在巨大的俘虏群中共产党方面没人能认出他来。可是,当独立第八旅官兵查找哪一个是罗历戎时,一个俘虏兵将一块小石子丢到了他跟前。

罗历戎立即要求见聂荣臻。

身为黄埔军校第二期毕业生,他曾是时任政治教官的聂荣臻的学生。

七天之后,在定县野战军指挥部,聂荣臻见到了国民党军第三军被俘高级将领,除军长罗历戎外,还有第三军副军长杨光钰、副参谋长吴铁铮、第七师师长李用章。聂荣臻对罗历戎说:"你愿意留下,我们提供学习机会;愿意回家,我们放你走。但是,不管留下还是回家,都要认识过去的罪行。"

罗历戎留了下来。经过十二年的关押,一九六〇年冬被特赦。后任全国政协文史专员。

清风店一战,晋察冀野战军以九千一百九十二人的伤亡,俘敌一万一千零九十八人,毙伤敌六千一百五十五人。聂荣臻说:"这次歼灭战打得很干脆,从军长到马夫没有一个逃跑掉。"

战后,朱德赋《贺晋察冀军区歼蒋第三军》诗一首:

南合村中晓日斜,
频呼救命望京华。
为援保定三军灭,
错渡滹沱九月槎。
卸甲咸云归故里,
离营从此不闻笳。
请看塞上深秋月,
朗照边区胜利花。

打倒蒋介石才有饭吃

将米糠、秕谷、瓜菜和几把碾压成片状的黑豆,加水熬煮,就制成了当地叫"糠菜糊糊"的粥状食物。沙家店战役后,毛泽东、周恩来和任弼时主要依靠这种食物充饥。

一九四七年夏秋以来,陕北先旱后涝,庄稼严重歉收。贫瘠的土地即使在风调雨顺的年份,也养活不了当地百姓,天候稍微有些变化便会导致饥馑遍地,更不要说供养军队了。于是,是否有粮食,决定着西北战场上兵力不多的西北野战军能否打仗、打什么规模的仗和仗打得怎么样。

八月三十一日,彭德怀致电毛泽东:"本世(三十一日)以备战伏击姿态,积极筹带两天粮食,半月以来给养不定,艳(二十九日)遇雨,有些疲劳现象⋯⋯"几小时之后,彭德怀再次致电毛泽东:"本日筹粮,两天敌亦未动,野战军明拂晓前出发南进。"

九月三日,毛泽东致电彭德怀:"敌人南进甚快,如陇东三县有粮,又有歼敌机会,则打一二仗再出去也好⋯⋯"第二天,毛泽东再次致电彭德怀:"如粮食情况许可,请考虑在九里山地区歼灭九十师一部⋯⋯"

沙家店战役之后,胡宗南的部队已经深陷于陕北战场。八月二十三日,陈赓、谢富治率部南渡黄河,沿豫北边界一路向西,相继占领新安、灵宝等地,逼近豫陕交界处的潼关,威胁着胡宗南的战略基地西安和关中地区。胡宗南不得不将董钊的整编第一军和刘戡的整编第二十九军从陕北回援南撤。为了继续拖住胡宗南部主力,配合陈谢集团作战,中央军委命令西北野战军拦截向南撤退的国民党军:"我军似宜扭住刘、董于大小劳山以北、永坪以南地区,协助陈、谢得手,削弱董、刘,使其恐慌动摇,进退维谷,至时机成熟时,各个歼灭之,或与陈、谢直接会合于渭水以北根本解决之。"

但是,西北野战军没有粮食,加之连续作战官兵疲惫,彭德怀要求大部队休整两天,抓紧时间筹粮,先派第二纵队南下抢占先机。九月九日,王震率领二纵在延川西北伏击了国民党军整编七十六师和整编第一师一六七旅一部。仗打得很勉强,原因还是缺粮。饥饿的官兵体力不足,加上大雨不断,战斗伤亡很大。王震要求官兵们与敌人"比忍受困难的能力",但无论如何人是要吃饭的,哪怕是糠菜糊糊。

九月十日,毛泽东致电彭德怀:"延长一带有粮,利于我军在此地区寻机灭敌。"——作战的地区有粮食甚至比有敌人还能鼓舞战斗力。彭德怀立即决定:以张宗逊的第一纵队为左兵团,以张贤约的新编第四旅和罗元发的教导旅为右兵团,以许光达的第三纵队为中央兵团,向陕西北部靠近黄河的交口地区开进,在关庄、岔口一带阻击胡宗南部主力。

胡宗南的部队从米脂以北出发,沿着榆林至咸阳的公路南撤。为了避免途中遭到彭德怀部的袭击,南撤部队分成四个梯队,紧密靠拢,梯形交替,"小米碾子式"地相互掩护前进。胡宗南规定:每天行军十至十五公里,集团宿营。如果遭到袭击,立即收缩,固守待援。

十四日上午九时,西北野战军发起了攻击。南撤的国民党军各部立即停止前进,集结在延安东北的关庄、岔口、上刘家河一线,部署出纵横八公里的防御阵地。战斗持续到黄昏,天又下起雨来,彭德怀部在战场上与敌人形成僵持。

十六日,国民党军居然不再顾及西北野战军的阻击,大部队前后左右构成防御队形继续向南行军。在放过两个旅的先头部队后,彭德怀部再次发动攻击,但当面的国民党军过于紧密,且火力十分强劲,彭德怀部既难以分割又阻截不住,战斗再次被迫停止。

持续六天的阻击作战,毙伤敌人三千三百余人,自己伤亡一千五百零三人。彭德怀总结道:"开始以为敌人只有一个旅,结果越打越多,打出来五个旅。二纵队又想一口吞,生怕敌人跑了,把敌人出路一堵,结果啃不动,只好放开一个口子,让他跑掉。"

三天之后,南撤的国民党军到达延安以及富县地区。延安以东以北百公里的交通线上,仅留下整编七十六师师部、二十四旅一部和整编三十六师一六五旅一部,西安西北的黄龙地区也仅有六个团分散驻守。此时,胡宗南部主力集结在延安和西安周围,其他地区均防御薄弱。彭德怀因此制定了一个兵分内线、外线的作战计划:第一、第三纵队和新编第四旅、教导旅继续在陕北内线作战,攻击延川、延长、清涧等孤立据点内的国民党军;第二纵队南下出击外线,开辟黄龙解放区,配合内线作战,同时解决日渐紧迫的粮食问题。

中央军委致电彭德怀、贺龙、习仲勋:

彭并贺习:

二十三日二十时电悉。(一)决定你军主力[六个旅]在内线一个月至一个半月,完成歼敌休整补充三项任务,然后打出去,望按此部署一切,主要是筹粮一万五千大担。(二)王震两个旅相机攻占劳山、甘泉等地,阻敌数天后,即可先出渭北。

军委
二十三日二十四时

为了加强西北野战军的力量,中央军委批准以警备第一、第三旅和骑兵第六师组成西北野战军第四纵队,王世泰任司令员,张仲良任政治委员,全纵队兵力一万一千人;以新编第四旅和教导旅组成西北野战军第六纵队,罗元发任司令员,徐立清任政治委员,全纵队兵力一万二千人。

此时,毛泽东已在朱官寨停留快一个月了,他住在村边的一孔窑洞里。令人惊异的是,整日以糠菜糊糊饱口的毛泽东,此时却以飞扬的思绪和高涨的斗志,撰写了一篇又一篇充满才智与激情的文章——山村荒凉偏僻,土窑四壁斑驳,柳木炕桌粗糙不平,煤油灯忽闪忽闪,粗瓷碗边沾着糠菜残渣,空气里弥漫着劣质烟草的味道,毛泽东头发长长的,下笔犹如龙飞凤舞:

……七月间我们冀鲁豫及山东人民解放军开始出击,在鲁中、鲁南各地取得胜利,特别是在鲁西南连续歼灭敌人九个半旅,获得空前的大胜利。八月十一日我刘伯承、邓小平、徐向前、李先念诸将军所部,越过陇海路,接着渡过涡河、黄泛区、颖河、沙河、洪河、汝河、淮河,如入无人之境。八月二十七日到达大别山地区,威震长江南北。八月十二日我苏北人民解放军大捷,于盐城歼灭蒋伪军四十二集团军第一师全部。八月二十日我彭德怀、贺龙、习仲勋、王世泰诸将军所部西北人民解放军,在米脂以北歼灭胡宗南之整编第三十六师,西北战场我军转入反攻。八月二十三日我陈赓、谢富治、韩钧、孔从周、秦基伟诸将军所部,在洛阳、陕县间南渡黄河,进入陇海以南、平汉以西、汉水以北广大地区。九月八日我陈毅、粟裕、陈士榘、唐亮、叶飞诸将军所部华东人民解放军进入鲁西南,在菏泽以东、郓城以南之沙土集歼灭蒋军五十七师全部。我人民解放军在南线诸战场上,东起苏北,西至陕西,南抵长江,已经转入反攻。长江以北诸省的伟大解放战争已经揭幕了,我们已经打到蒋介石的后方去了。人民解放军在南线诸战场的攻势,加上我晋察冀人民解放军现在正在进行的对平汉北段的攻势,以及我东北、热河、冀东人民解放军早已于五月间就开始了的伟大攻势,组成了人民解放军全面反攻的总形势。

  人民解放军的大举反攻,标志着战争情势的根本改变……

  蒋介石匪帮的兵力,其正规军被歼灭的,到八月底止已达到一百十四个旅九十万人,伪军、地方军和特种部队被歼的三十五万三千人。这就是说,蒋介石的正规军已有一半曾被歼灭、或受到歼灭性打击,其伪军、地方军和特种部队已被歼灭三分之一,因而大大地削弱了蒋匪的军事地位。匪军中不但士气低落,而且在一切高级文武官员中,在整个反动派阵营中,都充满了失败情绪。没有前途,没有出路,灰心丧气,慌乱动摇,风声鹤唳,草木皆兵,贪污腐化越陷越深,互相埋怨见死不救,这就是整个匪军营垒的现状。再打一年、两年,蒋介石匪帮就离全军覆没不远了……总起来说,人民反对,兵力削弱,后方空虚,这就是蒋介石的三个致命弱点……蒋介石在以往还处于战略攻势地位,还能以进攻一地来鼓励他的士气,但是从今以后,战略攻势既然属于人民解放军方面,蒋介石的崩溃必然加速……

因为朱官寨距国民党军盘踞的榆林很近,同时又难以搞到粮食,在佳县县委书记张俊贤的建议下,九月二十三日,毛泽东一行向南又向西,转移到佳县境内的神泉堡。

神泉堡村坐落在佳芦河以南,东面是条大川,南面有条又长又深的沟,全村只有三十多户一百五十多人,十分宁静。在这里,中央军委颁布了《中国人民解放军宣言》:

……

本军是中国人民的军队,一切以中国人民的意志为意志。本军的政策,代表中国人民的迫切要求,主要有如下各项:

(一)联合工农兵学商各被压迫阶级、各人民团体、各民主党派、各少数民族、各地华侨及其他爱国分子,组成民族统一战线,打倒蒋介石独裁政府,成立民主联合政府。

(二)逮捕、审判与惩办以蒋介石为首的内战罪犯。

(三)废除蒋介石统治的独裁制度,实行人民民主制度,保障人民言论、出版、集会、结社等项自由。

(四)废除蒋介石统治的腐败制度,肃清贪官污吏,建立廉洁政治。

(五)没收蒋介石、宋子文、孔祥熙及陈立夫兄弟等四大家族及其他首要战犯的财产,没收官僚资本,发展民族工商业,改善职工生活,救济灾民贫民。

(六)废除封建剥削制度,实行耕者有其田的制度,乡村田地,由乡村人民按照人口及田地之数量质量,平均分配使用,并归其所有。

(七)承认中国境内各少数民族有平等自治及自由加入中国联邦的权利。

(八)否认蒋介石独裁政府的一切卖国外交,废除一切卖国条约,否认内战时期蒋介石所借的一切外债,要求美国政府撤退其威胁中国独立的驻华军队,反对任何外国帮助蒋介石打内战和使日本侵略势力复兴,和外国订立平等互惠通商友好条约,联合世界上一切以平等待我之民族共同奋斗。

……

周恩来说:"在去年七月就提出打倒蒋介石,行不行？还不行。当时提的口号是武装自卫,还不能公开提出打倒蒋介石的口号,因为当时主客观条件还不具备。"现在为什么可以提而且必须提？"一方面,我们已用事实证明给老百姓看,我们有力量打倒蒋介石;另一方面,老百姓也不要蒋介石,就连上层分子、中产阶级也不想给蒋介石抬轿子了,也要推翻他了。"为什么要全国进行战略反攻？"因为在全国他还占有四分之三的土地、三分之一的人口。只有战略进攻,才能彻底消灭他。口号一提出,战争行动就要配合,就是全国性反攻,就是打出去,突破解放区的界线,我们的行动完全是为实现这个口号的。"

不提便不提,一提就排山倒海。

在同时颁布的由六十七条口号组成的"中国人民解放军训令"中,打头的十五条口号全是关于"打倒蒋介石"的:

　　打倒蒋介石,建立新中国!
　　打倒背叛政协协议的蒋介石!
　　打倒破坏停战协议的蒋介石!
　　打倒内战祸首蒋介石!
　　打倒独裁者蒋介石!
　　打倒反革命的蒋介石!
　　打倒屠杀人民的蒋介石!
　　打倒欺骗人民的蒋介石!
　　打倒摧残人权的蒋介石!
　　打倒横征暴敛的蒋介石!
　　打倒美帝国主义走狗蒋介石!
　　打倒蒋介石才有和平!
　　打倒蒋介石才有饭吃!
　　打倒蒋介石才有民主!
　　打倒蒋介石才有独立!

黄龙山,位于洛川、黄龙和白水三县交界处。黄龙地区东有黄河,西有洛河,北依陕北高原,南通关中平原。西北野战军如果能在这里立足,不但可以解决粮食问题,而且还能占据西北战场的战略要地。

黄龙同样是胡宗南进攻陕北的重要军事基地,驻扎在这一地区的国民党军是:新编第九旅(欠二十七团)和陕西保安第三、第七团守备铜川、耀县;整编第一师第一旅三团守备澄城、合阳;整编九十师五十三旅一五八团和师属野炮营守备韩城;整编第一师一六七旅五〇一团守备宜君、中部(今黄陵);整编九十师六十一旅一八二团和整编十六师新编第九旅二十七团守备宜川。

九月下旬,西北野战军外线部队第二、第四纵队向黄龙山地区进发。二纵司令员王震和四纵司令员王世泰决定攻击韩城。位于陕西东部的韩城,是黄河西岸的一个重镇,是黄河与汾河汇流的三角地带,这里有禹门口、芝川镇等渡口,是晋陕两省间的交通要道。第二、第四纵队首先攻占芝川,接着于十月十日拂晓包围了韩城。官兵们一直等到夜幕降临才发起攻击。国民党守军利用厚实的城墙,组织起炮火与轻武器协同的防御线,二纵和四纵攻击一夜未能达到作战目的。这时,国民党军两个团的增援部队已经靠近,二纵和四纵得到情报后遂决定围城打援。可是,刚准备调动部队迎击援敌时,韩城守军突然弃城逃跑了。十一日上午二纵和四纵控制了韩城以及禹门口、芝川镇渡口。

下一步如何作战,王震建议挑选国民党军物资储存丰富的城镇打,以便解决部队急需的粮食和过冬的棉衣。十三日,王震、王世泰致电野战军司令员彭德怀、副司令员张宗逊并告中央军委,决心从韩城北上攻打宜川:

> 目前胡匪有如长蛇,首尾不能自应。建议集全力攻歼洛川、耀县线守备薄弱城镇之敌,准备野战中歼灭胡匪败疲之师。其条件:(一)该线粮食多[特别是洛东],群众及运输方便。(二)一二三旅是残部补充部队,战斗力弱。(三)洛、宜、耀、同(同官)敌人资财甚多。(四)敌冬装尚未北运,南撤时霜夜露宿高原山头,绝难维持战斗力。(五)野炮即可使用两门,炮弹有七百多发,带二百发。如我野战军主力南下攻洛川,一部顺便打下宜川,则二、四纵队主力休息两天后,相机于运动中打敌二十八旅,或消灭合阳之敌后,迅速转回袭占耀县或同官。

宜川并不好打,因为这座县城是国民党军封锁陕北的重要堡垒,多年以来始终驻有重兵,城防工事轮番加修,县城内外堡垒层层叠叠。特别是城墙外围地雷密集,一批批的守军不断地埋雷,到底埋了多少连他们自己也说不清楚。那么,为什么要打这座县城?王震认为:"敌人自以为枪弹充足,工事坚固,地形险要,我军会望而生畏,不敢来攻。可是,敌人有敌人的打算,我们不但不怕,恰恰相反,还要好好利用敌人的这种心理,给予狠狠打击,将他们全部消灭掉。"

部队官兵对攻打宜川也顾虑重重。相当一部分人认为,自保卫延安以来连续作战,部队已经相当疲劳,粮食严重短缺,伤亡还没有来得及补充,许多连队只有二三十人,最多的也不过四五十人,"连不成连,营不成营"。第二纵队副政委王恩茂在十九日的日记中写道:"王司令始终未改变攻宜川计划,但我一直到今天认为攻宜川把握不够,守城敌人有三千多,而且并不是那样没有战斗力,有三个山头,工事比较坚固,敌刘戡所率七个半旅已到延安附近,还有增援的可能,我们部队人数不太充实,受不起伤亡……"

王震的作战部署是:二纵独立第四旅攻击城西南的七郎山主阵地;三五九旅攻击城北的老虎山和虎头山;四纵警备第一、第三旅攻击城东南的凤翅山。

担任主攻任务的独立第四旅旅长顿星云和政治委员杨秀山去宜川周围看地形,亲眼看见了国民党守军的工事有多么复杂,回来杨秀山直接对王震说:"这一仗不能打。我们部队减员很大,攻击力量不足,敌人防御巩固,攻击费时。"独立第四旅因作战伤亡严重缺员。顿星云旅长告诉王震,以十三团三营为例,每个连队只剩十五人左右,十连全连只有八个人六支枪。

王震说:"你们可以把勤杂人员动员起来,把炊事员、通信员、马兵统统补充到连队去,打他个冲锋嘛!"

杨秀山说:"敌人工事太坚固,一般的冲锋恐怕不行。"

王震说:"我带两门野炮放在河滩里,专门打七郎山西南角,掩护你们。"

打下物资丰厚的县城,解决部队急需的粮食弹药,这对王震来讲是头等重要的事。

十月二十日晚,二纵和四纵对宜川的攻击开始了。

王震集中了所有的火炮轰击掩护,他在炮兵阵地上挽起袖子亲自操炮。这些野炮基本上都是前几天打韩城时缴获的,炮手大多是被俘的国民党军士兵,现在他们依然穿着国民党军军装,但战斗热情很高。接着,王震又跑到独立第四旅十四团,与官兵们一起射击冲锋。攻击前,他对率领十团冲锋的旅长顿星云和政治委员杨秀山说:"咱们比赛,看谁先打上去!"——"要对敌人仇恨,像王胡子那样一说打仗满身都是劲,恨不能一口把敌人吞下去。"杨秀山战后回忆说,"他到十四团,趴在那里射击,那真是冒险啊!可是谁把他也没办法。"

当三五九旅消灭了老虎山守军之后,七郎山的侧射威胁消除,秘密潜伏在敌人阵地下面的独立第四旅的一个连奋力攀登,正面攻击的部队也开始全线冲锋,国民党守军出现了混乱。紧接着,七郎山三个营的守军连同一个重机枪连全部被歼。这个突破口的撕开,极大地鼓舞了士气,各个方向的攻击部队不顾伤亡硬打硬拼,将敌人的堡垒一个一个攻下。虎头山和凤翅山的守军丢弃阵地逃跑,宜川城里的守军一看外围阵地失守,开始向外突围。二纵和四纵队狂追猛打,最终以伤亡百人的代价,毙伤俘虏国民党守军三千三百余人。二十一日,二纵副政治委员王恩茂在日记中写道:"我原想宜川打不下,今天中午将宜川打下了,心甚愉快。王司令始终未改变攻宜川决心,这是很好很对的。"

国民党军增援部队由延安向宜川急促赶来。由于没有战机可寻,王震决定四纵撤往固临地区休整,二纵东渡黄河进入晋南。缴获的大量弹药都给了四纵,这支新组建的部队顿时装备起来。由于战斗缴获太多,王震命令所有的战利品都要带走,不管是司令员还是战士,都要背上几发炮弹或者扛上一箱子弹。独立第四旅旅长顿星云背了四发迫击炮弹,二纵副政委王恩茂的坐骑上驮了两箱子弹,他还和纵队宣传部长刘英轮换背一发野炮的炮弹。王震本人则扛着一发炮弹兴冲冲地走在官兵们中间。

就在第二、第四纵队在黄龙作战的同时,西北野战军内线部队第一、第三纵队开始了对延长、清涧地区的攻击。

十月四日,他们包围了清涧县城。

清涧是榆林至延安公路上的要点。在陕北,北上绥德和榆林、南下延安和西安必须经过清涧。县城的城墙一半建在山谷里,一半建在山腰上,地势险要。城防面积达八十平方公里,筑有大量碉堡和坚固工事。守军为国民党军整编七十六师。

整编七十六师是中央军嫡系部队,现任师长廖昂。胡宗南占领延安后,该师奉命驻守延长、延川和清涧一线。廖昂不得不从守备清涧的部队中抽出一个团去三十公里外的瓦窑堡。虽然整编七十六师大兴土木修建防御体系,但官兵们仍对防守清涧信心不足。廖昂曾与参谋长刘学超、二十四旅旅长张新商量,考虑到清涧和瓦窑堡均兵力不足,一旦遭遇攻击,各顾各都难逃厄运,相互增援更是无从谈起,因此想将部队从清涧和瓦窑堡撤到延安附近去。但是,胡宗南没有批准。廖昂只有退而求其次,建议从瓦窑堡调回一个团加强清涧防御,胡宗南最后的批示是:只准调回一个营。这个营被布防在延长,当受到三纵攻击的时候,营长傅瑞光请求廖昂派兵增援,廖昂怕增援部队遭到伏击借口拖延,二十四旅旅长张新也要求该营"保持师的荣誉,牢记军人魂,牺牲小我,成全大我"。结果,这个营很快就没有任何消息了。

发现自己被围之后,廖昂向胡宗南建议放弃清涧,让整编七十六师转移到绥德,与驻守在那里的整编三十六师一六五旅会合。胡宗南依旧不同意。廖昂又提出,驻守绥德的一六五旅南下,驻守瓦窑堡的七十二团西进,重兵集结于清涧,共同防御彭德怀部的进攻。这下胡宗南火了,指责廖昂是在有意为彭德怀创造打援的机会。

结果,清涧处于孤立之中,廖昂的整编七十六师四面无援。

十月六日黄昏,彭德怀下达了攻击清涧的作战命令。攻击部署是:第一、第三纵队攻击清涧县城;新编第四旅在青化砭和甘谷驿一线阻击从延安方向来的援敌;教导旅在清涧北面切断清涧与绥德的联系,并准备阻击绥德方向的援敌;绥德军分区四团和六团围困子长之敌并相机歼灭。彭德怀确实下定决心,不让廖昂跑掉,他要求官兵做好包括夜间爆破和白刃搏斗在内的一切准备。

秋雨连绵,攻城部队逐步扫清了清涧城的外围据点。尽管胡宗南派来飞机进行猛烈的轰炸和扫射,但未能减弱廖昂的压力。城外的防御阵地一旦发生危机,阵地上的军官就会报告"粮弹即将告罄,如不派兵增援将陷弹尽粮绝境地"。然而,廖昂知道,阵地上无论粮食还是弹药都十分充足。胡宗南就是不答应派部队增援,廖昂给胡宗南发去一封充满绝望情绪的电报:"能战则战,不能战则守,不能守则走。既不能战,又不能守,又不能走,唯死与降耳。"这封电报似乎起了作用,七日胡宗南回电称,已命令刘戡率五个旅火速增援清涧;同时还说要再派飞机前来助战,让廖昂注意对空联络。飞机真的来了,廖昂以为投下的是粮食和弹药,谁知道竟是三十亿元法币,既不能当弹药使用也不能当粮食充饥。但是,毕竟援军要来了,廖昂认为凭借清涧的防御体系和他为数不少的部队,解清涧之围并不是没有希望。

九日,刘戡的五个旅到达永坪,这里距清涧只剩了一天的路程。如果刘戡突破我军的阻击线,清涧之战就不是打廖昂了,而是一纵和三纵将受到县城内外之敌的两面夹击。彭德怀意识到战役必须速战速决,可是,清涧外围的重要制高点笔架山还没有夺取。

彭德怀一面命令教导旅和新编第四旅前去阻击援敌,一面命令一纵司令员贺炳炎立刻拿下笔架山。贺炳炎认为部队已经伤亡过大,再去攻击陡壁上的据点十分困难。彭德怀亲自上了三五八旅的阵地前沿,与旅长黄新廷和政治委员余秋里一起察看地形,调整部署。弹片横飞,大家让彭德怀下去,彭德怀说:"你们不怕,我怕什么?"他要求三五八旅十日白天拿下笔架山,攻城部队十日夜晚发动总攻,十一日拂晓前一定结束战斗——"决不能功亏一篑!要在敌援军到达前攻下清涧,活捉廖昂。"

十日拂晓,清涧城里的廖昂没有听见太多的枪声,却看见城西笔架山上的防御部队蜂拥下逃。有人报告说,共军拂晓时爬上了绝壁,大喊"缴枪不杀",守兵惊慌逃跑,军官们根本制止不住,笔架山已经丢失,整个清涧因此失去了西面的屏障。

一个被俘的士兵被释放回来,带来了西北野战军副司令员张宗逊的一封劝降信。廖昂和张宗逊在黄埔军校时是同期同学。见信后,二十四旅旅长张新力劝廖昂投降,参谋长刘学超态度暧昧,但廖昂却态度强硬:"那怎么可以?再怎么说也不能放下武器!"

廖昂再次与援军联络,下午十六时传来消息,援军先头部队已到达清涧西南高地,并说明了联络号音。廖昂立即派人前去联络,结果人刚一出城,就遭到猛烈射击,再派出的人要么被打死要么负伤逃回。

天黑了,廖昂感到了恐惧。

一纵和三纵以连续爆破炸开了清涧城的东门和北门。攻击部队从这两个突破口潮水般涌入,激烈的巷战在黑暗中展开,整个县城里到处回响着枪弹声、刺杀声、奔跑声和呻吟声。二十四旅旅长张新再次向廖昂建议投降,廖昂仍是不肯。突然,电话线和电线都断了。通信营长薛明道去抢修线路,从此一去不复返。七十团团长彭晓棠被抬进指挥部,廖昂看不清楚他哪里负伤了,只听得一阵阵的惨叫,于是用手摸过去,竟满手是血。没多一会儿,七十团一营长王定超也被抬了进来,抬他的兵说营长的下颚被手榴弹炸烂了。

午夜,城内的枪炮声愈加激烈,而且越来越近。廖昂说只有拼死突围了。但参谋长刘学超认为突围的时机早已错过,不突围还可以凭借工事抵挡一阵子,眼下只要一出去就会被打死。刘学超说完,回到自己的窑洞,他的窑洞里已躺满伤员,根本无处容身,他只好转身又走出窑洞。刘学超先是看见廖昂换上了士兵的军装,接着看见廖昂开始烧东西。一开始他以为是在烧文件,但走过去仔细一看,廖昂烧的是胡宗南空投的三十亿元法币。廖昂没有将这些钱分发给官兵以鼓舞士气,他更不想让这些钱落在共军手里,危机近在眼前的时刻,他竟然十分耐心地一张张地烧钱,这让刘学超感到了害怕。

拂晓时分,廖昂给胡宗南发出最后一封电报,大意是"所有兵力全部投入,但很难固守"。然后枯坐着一动不动。刘学超想着他的同事被共军俘虏受到优待的传闻,竟然倒头躺在炕上睡着了。不一会,巨大的声响把刘学超惊醒,他听见廖昂喊:"赶快把门顶上!"外面的枪炮声震耳欲聋,"缴枪不杀"的喊声和"我们不打了,愿意缴枪"的叫声混杂在一起。一个军官在喊:"都集合!都集合!"看来是集体投降了。接着,门被撞开了,西北野战军官兵冲了进来。廖昂穿着士兵军装,面色惨白,窑洞的地上散落着他平时喜欢戴的那顶皮帽和他的私人牙章。

当天下午,西北野战军就押着俘虏,带着战利品撤离了清涧。

刘戡的增援部队被阻击在距清涧约十公里的地方。西北野战军撤离清涧后,刘戡还是没敢进城,他围着清涧绕了一圈儿,把守备绥德和子长的部队接了出来,然后一起回延安去了。

听说廖昂被俘后吃不下睡不着,彭德怀找他谈了一次话并留他一起吃饭。警卫人员端上来一盆面条,廖昂惊讶地说:"副总司令太艰苦了。早听说彭副总司令生活俭朴,万万没想到你就吃这样的饭,名不虚传!"彭德怀沉下脸说:"这样的饭不好吗?中国老百姓吃不上这样的饭的有的是。我彭德怀吃这样的饭已经是享受了。你们这些达官显贵看到这样的饭大惊小怪,觉得难以下咽,正说明国民党腐朽透顶,注定要被人民打倒!"

清涧战役后,西北野战军主力北上,对陕北重镇榆林发动了第二次攻击,可最终还是以失利告终——数十年后,彭德怀在其《自述》中写到:"第二次打榆林,只想到中央在米脂、绥德一带不安全,打下榆林就放心了,未考虑其他方向。"

鉴于胡宗南已把榆林地区的一部分兵力空运回西安,榆林只有守军九千余人,彭德怀认为再次攻打榆林的条件已经成熟。理由是:"马军(马鸿逵部)不会怎样积极增援,胡(胡宗南)军来不及,以后又没有多少机会来打;打开了又可以得很多东西,这样一想,便以为大概可如意而得。"

最实际的动机,还是想得到粮食和弹药,解决部队的困难。

事实证明,彭德怀的判断有误。

十月二十七日拂晓,西北野战军内线主力部队开始了对榆林外围的攻击作战。

这时候,晋陕绥边区总司令邓宝珊在北平。接到驻守榆林的第二十二军军长左世允的急电后,他立即飞往张家口与傅作义商量对策。傅作义认为,胡宗南已经自顾不暇,而自己这里要防御的察绥防线过长,难以抽出更多的兵力增援榆林。最后,两人商定,从第三十五军中抽出暂编十七师的一个加强团,六千兵力由副师长梁泮池率领,与邓宝珊一起由包头乘汽车前往榆林。同时,傅作义亲自飞往宁夏,要求马鸿逵派兵东进陕北增援。

十一月二日黄昏,西北野战军第一、第六纵从城南、第三纵从城东和城北对榆林发动强攻。上次攻击榆林之后,国民党守军在城墙上加修了许多火力点,加上攻城部队准备的云梯长度不够,攻击刚一发起便严重受挫。用来攀城的二十多架云梯都被夺走,攻击部队出现很大伤亡。拂晓,从城北突进去一部分官兵,但国民党守军在军官的督战下挥舞大刀疯狂砍杀,突入的部队被迫退出。

三日凌晨,攻击部队强攻不成,改为坑道作业,试图以此接近榆林城墙实施爆破。此时,邓宝珊的增援部队已经到达榆林西北方向的扎萨克,马鸿逵的部队也已经向榆林出动。傅作义给榆林守军空投信件称:"援军已到,正计划包围匪军。我们不仅要保卫榆林,并要将匪歼灭。此次榆林军民英勇坚决,固守名城,作义谨向诸君致深切慰问,并祝成功。"

西北野战军的第二次强攻开始了。由于测量不准,新编第四旅挖好坑道后,爆破点距离城墙还有四米,结果城墙没被炸开。独立第一旅的坑道爆破效果巨大,在城东南将城墙炸开一个宽二十米左右的缺口,但是缺口被炸开的瞬间,并没有部队进行冲击,突破口随即被敌人密集的火力封锁,攻城部队难以突破,缺口很快就被守军用沙袋补上。但是,两处爆破已使城内守军惊慌失措,以为共军顷刻就要攻进来了,一个士兵在混乱的大街上大喊:"八路进城了!八路进城了!"他的排长随即命令士兵射击,造成了城内居民的极大恐慌。在弄清楚共军并没有进城后,大喊大叫的士兵和命令开枪的排长都被枪毙了。

两次攻击不成,增援之敌接近,彭德怀不得不考虑打援了,于是决定留少量部队继续围城,第一、第三、第六纵队主力北进打邓宝珊部。但是,部队走到半路发觉情报不准,邓宝珊距离榆林尚有一段路程,而西面马鸿逵部已经到达泥河,并仍在迅速向东推进。彭德怀立即改变作战部署,命令部队向榆林西北约三十公里处的元大滩迎击——两次攻城之后,向北急行军,再急促折向西,进入陕北与宁夏交界处的沙漠地带,部队官兵疲惫,粮食极度短缺。

国民党西北军政长官公署副长官马鸿逵部本非国民党军嫡系。马鸿逵长期割据宁夏,盘踞一方,从来以拥兵自卫保存实力为原则。但是,这一次,因意识到榆林失守必会危及宁夏,在蒋介石的反复催促下,加上傅作义亲自请兵,十一月七日马鸿逵部主力出动了。增援部队为一六八旅、暂编第九旅、骑兵第十旅、宁夏保安第一总队的两个团以及炮兵和工兵等,总计三万五千余人,由马鸿逵的次子、整编十八师师长马敦静率领,辎重和给养由一千多匹骆驼组成的运输队驮运随行。

马军出动后,行军速度不快,但中途接到蒋介石空投的命令:"此次援榆,关系西北全局和贤世侄(马敦静)父子前途,希加速进军。"马敦静顿时不敢懈怠。部队再往前走,与彭德怀部的一小队侦察骑兵遭遇,短促的激战后,侦察骑兵全部牺牲,马军在一个侦察员的遗体上找出一张字条,上面写着:"马匪到达巴兔湾一带,只是骑兵一部,已停止前进,似不再东犯。"马敦静认为,由此看来,增援行动还没被彭德怀发觉——"老汉(马鸿逵)这步棋走得高,共产党到现在还不知道咱们的真实情况,今天夜里若平安无事,明天来个急行军,一冲就可以进入榆林。等共产党知道我们来了,想调集兵力打也迟了。"于是命令部队急促前进。

马敦静的先头部队很快就在元大滩与彭德怀部主力遭遇了。

十四日,马敦静部进入元大滩,依托沙梁建起环形防御线。天一黑,却发现部队已被三面包围。晚十九时左右,西北野战军主力向马军开始了全面攻击。双方的步枪和机枪交叉互射,短兵相接后拼了刺刀、铁锹和洋镐。马敦静请求胡宗南派飞机支援,胡宗南回电说晚上飞机不能起飞。午夜,残酷的肉搏战仍在继续,核心阵地内部突然乱枪响起,过了好一会儿才知道,是一六八旅五〇二团营长李寿春的马脱了缰,饲养员追马时没有回答口令,结果自己人和自己人混战起来。凌晨两点,核心阵地附近的肉搏战逐渐平息。马敦静在惊恐中熬到天亮,拂晓时分西北野战军官兵撤退了,于是他立即命令部队西撤至巴拉素。

在巴拉素,马敦静给左世允军长发电报,询问榆林战况,并希望第二十二军出城接应。左世允回电说:"战况虽趋缓和,但共军仍兵围城下,榆林守军尚感不足,实无迎接之力。我们以大张出击之势,牵制共军以迎贵军。共军已成强弩之末,实不堪贵军一击。共军主力位于城东和城南两方面,榆溪河以西也有大部队。唯城北兵力薄弱,贵军从城北方面突进榆林较为容易。如从芹河沟之路突进,将共军压迫于西河方向,内外夹击,奏功更伟。即请垫高,以便策应。"马敦静看完电报,大为不满,对部下说:"他们已叫共军吓破了胆。我们自己干吧,万一进不去榆林就回宁夏。"马敦静决定部队由乌拉尔林滩方向绕道向榆林前进——对于彭德怀的打援计划来讲,这就意味着敌人从侧翼绕走了。马军在执行这个命令的时候,因为乌拉尔林滩在西北方向,官兵发现部队向西走以为是撤退了,先是掩护前进的骑兵团发生了混乱,接着是步兵纷纷夺路而逃。当面监视他们的西北野战军主力突然向担任掩护任务的宁夏保安总队发动了袭击,当即俘敌两千多人。激战中,保安第四团团长弓长舒带百人往宁夏方向逃去,当晚在一个村庄里全部被俘。保安总队司令马全良带着几个随从从战场上逃脱,见到马敦静,哭喊着说:"部队改变路线,为啥不告诉我?让我在那里孤军作战,这是对我有意陷害。"马敦静说:"牺牲了小部不要紧,救出了大部还是你的功劳。"此战,马敦静损失了四千三百二十六人。

但是,马敦静绕道增援榆林的计划出乎彭德怀的预料,致使西北野战军主力围城打援的作战计划落空。

十八日,在榆林守军的接应下,马敦静部进入榆林城。

同时,邓宝珊部也从伊盟十八里台到达榆林。

至此,无论攻城,还是打援,战机已失。

第二次攻击榆林,西北野战军伤三千三百三十三人,亡六百六十八人,失踪三百三十四人。毙伤邓宝珊、马鸿逵部约五千人,俘虏一千八百零六人。

围困虽解,但心有余悸,蒋介石、胡宗南、邓宝珊、左世允都希望马敦静部留下来,"屯兵榆林,以观后变"。但是,马鸿逵坚决不同意,为了确保自己的地盘和实力,他要求马敦静立即回师宁夏。马敦静认为自己增援榆林建有大功,想借机向蒋介石和胡宗南取宠,所以并不愿意马上撤军,父子之间发生了激烈口角。邓宝珊为了防止马军擅自撤离,以控发给养为手段,吃一顿发一顿,让马军想走都走不了。当得知彭德怀移军三边之后,马鸿逵的态度强硬起来,他在报话机中对马敦静说:"你是我的儿子,就马上返宁。他们不发给养也要走,沿路可以宰骆驼吃,宰马吃,征蒙民的牛羊吃,我这边即派马承贤骑兵队驮运粮食接你们。如果父命不受,咱们就从此断绝关系,我再也不管你了。"此刻,马鸿逵已经为出兵榆林感到了后悔,因为他的部队伤亡太大了,为此他抓紧实行"一官罚五"和"一兵罚三"的措施:凡是有战场失踪的,所在家庭必须加倍出丁入伍。普通百姓家哪有那么多的壮丁,于是出现了老老少少拼凑起来的部队,当地百姓称之为"冤柱团"。许多百姓为了证明自己的儿子不是逃兵,竟然不远千里跑到元大滩战场去寻找尸首。

马敦静带着部队回到了宁夏。

毛泽东走进了佳县县城。正逢赶集日,街上很热闹,他在羊肉摊边吃了碗羊杂碎,然后到白云山上的庙宇去赶庙会。他被一台山西梆子戏的唱腔吸引了,坐在板凳上看,后来人太多挡住了他的视线,他就站在板凳上看。他对随行人员说:"这戏叫《三官排宴》,戏里的老生就是杨四郎,老旦是佘太君,都唱得不错!"

山上的道观香火旺盛。毛泽东对身边的汪东兴说:"神学把神的意志无限夸大,说什么上帝创造和主宰着世界,说上帝用六天时间创造了天地万物和人,第七天造物完毕休息去了,你相信吗?"

毛泽东的口气显示出他是绝对不信的。

此刻,毛泽东只有一个信念:打倒蒋介石,创建新中国。

瑟瑟秋风中的反腐与作战

作为国民党中权倾一时的人物,陈诚在国民党内部始终处于毁誉参半的漩涡中。

陈诚,字辞修,号德馨,一八九八年出生于浙江省青田县高市乡外村。他的祖上世代为农家,父亲是晚清秀才,戊戌变法后在家乡任新式小学校长。身为长子的陈诚自幼身材矮小,体弱多病,但性情顽皮,天资聪慧。小学毕业后,步行百里考取了省立第十一师范学校。毕业那年已经十九岁,经同乡同学吴子奇介绍,与吴子奇的妹妹吴舜莲成婚。婚后他决心继续闯荡人生,以备取生的名义进了保定军校第八期炮科。直皖战争爆发后,保定军校停办,陈诚南下广州在粤军第一师服务。保定军校复课后,他拿到毕业文凭,被分配到浙江绍兴浙军第二旅六团三连当见习官,不久补为少尉排长。两年后,曾为保定军校教官的邓演达奉孙中山之命组建新军,陈诚前往投奔被任命为上尉连长,担负孙中山大元帅府的警卫。一九二三年,他跟随孙中山西征时胸部中弹在医院养伤,身材瘦长并同为浙江人的粤军参谋长到医院慰问伤兵,对他抚慰有加,这是陈诚此生第一次见到蒋介石。

一九二四年,黄埔军校成立。经任教练部副主任的邓演达推荐,陈诚入校任教育副官。由于他出身炮科,后又调任炮兵科教官兼炮兵队区队长。一天晚上,他正独自危坐攻读《三民主义》时,巡视路过的校长蒋介石推门而入,为其苦学精神十分感动,蒋介石拍着陈诚的肩说:"好,好。诗曰'风雨如晦,鸡鸣不已',你努力吧!"黄埔军校成立炮兵营,陈诚被任命为第一连连长。一九二五年二月,国民革命军东征,蒋介石亲临炮兵阵地,见到陈诚出色地指挥炮兵轰开了淡水城城墙。三月,叛军陈炯明部以两万兵力反击,黄埔教导第一团千余人在棉湖附近抗击。蒋介石和苏联顾问鲍罗廷跑上炮兵阵地,朝陈诚喊:"你的几门山炮都哑了吗?你这个炮兵连长也不想想办法,把炮架起来打打看!"右臂已经负伤的陈诚奔向炮位,亲自操作,连发三炮,炮炮击中陈炯明的大本营。蒋介石对鲍罗廷说:"这个炮兵连长不错!"这一年九月,为了统一广州,国民革命军第二次东征,陈诚再次指挥炮兵为攻克惠州城建立殊功。战后,他被蒋介石提升为炮兵第二营营长。次年,再升第一补充师三团团长。国民革命军开始北伐,他率队攻克杭州、苏州、南京,升任二十一师少将副师长。一九二七年,国共决裂,二十一师师长严重因不愿屠杀共产党人解甲归田,陈诚却向蒋介石表示"与钧座共进退",七月他被提升为二十一师师长。一年后,又被蒋介石任命为总司令部中将警卫司令兼炮兵总指挥。

从进入黄埔军校到参加北伐战争,并非出身名门的陈诚由一个上尉连长升任中将司令,其间只用了短短四年的时间。

一九二九年,年仅三十二岁的陈诚任第一集团军十一师师长,他公开选拔军官,条件是:不贪财,不怕死,会带兵,能打仗,没有不良嗜好,忠于蒋介石。他的严肃治军使得十一师后来成为国民党军精锐主力之一。同时,他大量网罗黄埔军校毕业生,在国民党军中形成了日渐强大的黄埔势力。一九三〇年,当蒋介石与冯玉祥、阎锡山之间的中原大战决战时,陈诚率部首先攻克郑州,这时候他已升任第十八军军长兼十一师师长。反蒋战事暂时平息,由蒋介石夫妇做媒,辛亥元老谭延闿的三女谭祥嫁给了陈诚,已有家室的陈诚当即表示:"一切听从领袖安排。"他迅速与原配吴舜莲解除了婚姻关系,并在蒋介石夫妇的主婚下,于一九三一年十二月在上海再次结婚。

陈诚对国民党军有着深刻的认识,他曾向蒋介石荐言:国民党军中派别复杂,编制混乱,各自为政,流弊百出,人事上多有门户之见,作战上多怀异己之心。"溯自袁世凯滥政以来,养成割据称雄、拥兵自卫、不顾国家民族之痼习"。这样的军队"实于国军统一团结有甚大之影响",而且前途"不卜可知"。

"西安事变"发生,他随蒋介石同被张学良扣留在西安。他质问张学良:"你把老头子扣起来,把中国交给你,你有什么办法搞好?"张学良无言。日军侵入华北后,他向蒋介石坦言:"我国因军事落后,且未有充分作战准备,不宜实施迅速决战之战略。但我国国土广大,人口众多,经济资源分散在各地,具有长期作战之条件。故我国对日作战之最高指导方针,不能不根据优劣相反之客观条件,实施持久消耗战略。在此大方针下,国军作战之具体运用,可分为三期:第一期为持久抵抗时期,第二期为敌我对峙时期,第三期为我总反攻时期。在抗战第一时期,国军对日寇之攻势,仅作有限抵抗;而后主动转进,以消耗敌人战力,保存我军主动,借以空间换时间,扩大战场,分散敌军兵力,以求达成提早阻止敌人前进,建立长期抗日力量之目的。"

陈诚被任命为第三战区前敌总指挥兼第十五集团军总司令,指挥淞沪会战。一九三八年六月,他又被任命为第九战区司令长官,指挥武汉会战。一九三九年七月,他上任第六战区司令长官,驻守鄂西、鄂南、鄂北、湘西、川东等地,拱卫国民政府之陪都重庆,率部先后参加长沙会战、桂南会战、南昌会战、上高会战、鄂西会战、常德会战。一九四三年二月,他成为中国远征军司令官。当日军向河南、陕西、山西发动大举进攻时,蒋介石调任陈诚为第一战区司令长官,于是他从滇西南急赴豫西指挥作战。

抗战结束后,作为国民政府军政部长,陈诚负责整个受降工作和对国民党军的整编工作。一九四六年六月一日,他出任国防部参谋总长。不久,四十五岁的陈诚晋升为陆军一级上将,这是国民党军中除蒋介石外的最高军衔。

陈诚早已认定自己的一生必定要与蒋介石共命运。因此,他要求国民党军各级军官听到"蒋总司令"或"蒋委员长"的时候,都要立即肃静立正。他在国民党军中呼吁"服从统帅,信仰领袖"。但他强调:"我们认识领袖,信仰领袖,并不想利用领袖。"他把蒋介石比喻成"一块宝石":"大家都是爱护宝石的,可是爱护宝石的出发点各人有不同,珠宝商想把它做成装饰品去赚钱,强盗想把它抢去变卖发财,只有正人君子,才能以晶莹坚润的宝石之种种德性为法而涵养其高贵的人格,完成其事业。"在国民党军中,陈诚素有"苦干、强干、硬干、快干"之称,他给自己制定了"三不主义":"不耻过,不敷衍,不贪小便宜"。在长期的军事将领和高级幕僚的生涯中,他每每被蒋介石派往军纪混乱、战绩不佳的部队和战区去,所到之处皆全心全意尽心尽责,成为国民党军中唯一与蒋介石没有任何间隙的高级将领。

一九四七年八月,陈诚再次充当了这样的角色。

这一次,蒋介石需要整肃的战区是东北。

林彪发动夏季攻势之后,国民党军在东北的军事形势每况愈下。

美国驻沈阳总领事馆在给国务院的报告中,充满着对中国东北地区前途的悲观情绪:"处于惊惶失措中的国军正狂热地在各处构筑壕堑,心目中图以仅有的'马其诺'式的战略防御自卫。并有充分的证据证明:冷淡、怨愤与失败的情绪正在国军士兵中迅速扩展,造成投降主义与逃亡现象。""国军既遭损失又感精疲力竭、国军军官的豪华生活与士兵饷金和生活菲薄,待遇间的不均引起的愤恨日增,以致他们毫无兴趣在远离乡井的异乡与不友好的人为伍作战。"美国人对东北地区的行政长官熊式辉和军事将领杜聿明均不满意:"熊式辉工作不得力,不能指挥所辖军队,杜聿明将军是中国东北部队的总指挥,可是他完全不能胜任。"如此一来,"危害已经造成,而且无法挽回。"美国记者杰克·贝尔登的评论更是充满了讥讽:"国民党可以炫耀自己在东北取得了以下三大成就:一、它已经把美国所训练和装备的七个军的兵力至少断送了一半,并且还大大削弱了剩下部队的战斗力。二、它继续俄国人的洗劫之后,进一步把日本人遗留下来的强大的工农业经济破坏殆尽。三、它丧失了许多满洲人的好感,这些满洲人并未像台湾人那样起来造蒋介石的反,而是倒向共产党那边去了。"

为了挽救东北的战况,蒋介石决定:一、缩小控制地区以迁就现有兵力;二、归并东北军政指挥机构,以便统一权责。所谓缩小控制区,就是放弃一些外围据点,集中兵力固守大城市;而所谓归并东北军政指挥机构,就是将东北行辕和东北保安司令长官部两套指挥机构合二为一。

蒋介石最初考虑,让华北和东北两个战区合并,让北平行辕主任李宗仁兼任东北行辕主任。陈诚奉蒋介石之命数次到北平劝说,但是李宗仁坚决不干。

此时,陈诚正处在失意状态。多年来的得势使他在国民党内树敌颇多,特别是就任参谋总长以来,顾祝同、熊式辉、刘峙、汤恩伯、杜聿明等高级将领对他更添嫉恨,认为他目中无人,排除异己,偏重他的嫡系部队而对其他部队多有为难。内战爆发后,随着国民党军在全国战场上的接连受挫,作为参谋总长,陈诚不得不为作战失利承担舆论上的责任。虽然没有证据表明陈诚早存去东北之心,但是,这一年的四月间,他已秘密派人去东北调查熊式辉和杜聿明"贪污腐化"的证据。为此,熊式辉提醒杜聿明："陈诚这个家伙现在窘极无聊,出坏主意。据可靠消息说,陈诚在关内指挥作战都失败了,想来东北出出风头,挽回他的面子,现在正想打我的主意。我走了你也难顶他,我们两人要想法子对付这个小鬼。"

一九四七年七月十二日,陈诚到达东北召集军事会议。当时,国民党军中盛传陈诚将要主政东北,但陈诚本人对此只字不提。在此期间,陈诚做了一件令熊式辉和杜聿明十分尴尬的事:在四平作战时,杜聿明曾请求蒋介石为坚守四平的第七十一军军长陈明仁和增援四平的第五十三军军长周福成,分别颁发青天白日勋章和云麾勋章。由于当时新六军没有按照杜聿明的命令完成任务,因此他唯独没有为廖耀湘的新六军请功。而陈诚这次来东北,专门亲赴铁岭为新六军举行了补授勋章仪式,拉拢部队的意图十分明显。同时,在记者招待会上,陈诚用刻薄的语气表明,政治腐败和指挥失当是导致东北国军成为"瓮中之鳖"的主要原因。

熊式辉认定自身难保,连续给蒋介石写了七封辞职信。蒋介石一再复信,安慰熊式辉"以国事为重,继续主政东北",同时表示"决不更动东北人事"。收到蒋介石的回信,熊式辉踏实了一些,正准备整军备战,国民政府的命令到了:撤销东北保安司令长官部,长官部机构与东北行辕合并,任命杜聿明为东北行辕主任、郑洞国为东北行辕副主任。又过了几天,国民政府的命令又到了:撤销熊式辉的职务,陈诚兼任东北行辕主任。此时,杜聿明因病情加重已离开东北。熊式辉深感被蒋介石和陈诚所捉弄:"我历来认为蒋是一个权谋家,但未料到会这样整我,以后谁再为他卖命?……陈诚是想在东北出风头打几个胜仗,以挽回他在蒋介石面前丢掉的信任。东北共军不是陈诚想的那么容易打……等着瞧他的好戏吧!"

八月初,陈诚带着从保定军校就一直追随他的亲信将领罗卓英到东北上任。没有人认为在治理东北军政事务上,陈诚会比熊式辉和杜聿明干得更好,尤其是东北籍的军官和士兵们。但是,陈诚自己决心大干一场。

陈诚做的第一件事是"反腐败"。

腐败是国民党军政官员的痼疾,无官不贪已是公开而普遍。陈诚连续撤换了包括辽宁省府主席徐箴,第五十二军军长梁恺、副军长刘玉章等人的职务。有人提醒,撤换将领也许会导致部队投奔共产党。陈诚的回答是:"谁要投,就让他去投。他今天投,我现在就缴他的枪!"针对东北部队纪律败坏、买卖武器、暗中经商、贪污勒索和滋事扰民的现象,陈诚派出督察组和点验组日夜严查,无一疏漏,最终将一批贪污腐败分子查了出来:汽车团团长冯恺倒卖军车汽油,日俘管理处少将处长李修业在办理日本人回国手续时大肆勒索钱财,少将参议刘介辉收编伪军时吃空额等等。这些人统统都被陈诚或是查办囚禁,或是拉到野地里枪毙。

　　陈诚对东北国民党军中的一种古怪现象大为惊讶,这就是各部队都在大城市里私设了"留守处"。所谓"留守处",实际上是由各级军官派武装士兵看守的私人公馆或秘密住所。这些私人公馆或秘密住所里养着太太或者情妇,藏着贪污抢夺来的财物,还经营着各种各样的生意。陈诚发现,不管长官本人以及他的官兵驻扎在哪里,东北的每一支作战部队在大城市中都设有这样的"留守处",上到司令、军长,下到营长、连长,仅沈阳市里为"留守处"服务的官兵竟多达两万五千余人。陈诚下令解散所有的"留守处",其人员限期返回作战部队。陈诚还查出了很多只挂牌子和领取经费的"地方干部",他们都是从被东北民主联军占领的乡镇流亡到大城市里来的,但仍以原来的地方机关名义"办公",这些只拿钱不干事的"干部"统统被陈诚集中到了干训团,强迫他们接受政治和军事训练。还有大量被东北民主联军俘虏又释放回来的官兵让陈诚十分头疼,这些官兵游荡在沈阳等国民党军重点防御的大城市里,惹是生非不说,还为共产党做宣传。陈诚规定,所有被俘官兵必须接受集训,然后统一分配到一线部队,任何部队不准私自收留,更不允许在城市里游荡。

　　整顿风气的同时,陈诚开始了整军。他砍了许多由收编伪军组成的虚报编制坐吃空饷的保安队,把东北原有的九个保安司令部、十一个保安支队以及交警部队等扩编为十个暂编师,把骑兵支队扩编为骑兵师,并从苏北把第四十九军调入东北。这样,连同东北战场上原有的八个军,国民党军在东北地区的作战部队已达九个军。而且经过大力抓捕壮丁,原来缺额的部队也基本满员。陈诚将整个东北战区的部队重组为四个兵团:第一兵团,司令官孙渡,辖第六十、第九十三军以及秦葫港口司令部,一七二、一七四师,东北保安独立第一师,热北骑兵第九支队、骑兵第三军等;第二兵团,司令官陈明仁,辖第七十一军、新一军以及一七三师,骑兵第十师,保安第一、第二旅等;第三兵团,司令官周福成,辖第五十二、第五十三军以及一七一、一七七师;第四兵团,司令官廖耀湘,辖新六军、第六军以及一七五、一七八师和骑兵第二军;东北行辕直属部队为:第十三、第四十九军,保安第六支队,暂编五十四师,第六补给区司令部以及炮兵、装甲兵、通信兵和辎重部队等,总兵力约五十万。

反腐整顿完毕,陈诚决心采取主动进攻的战略,迅速打破僵局,积极寻机与东北民主联军主力作战,以期收复整个东北。他的军事部署是:第六十军主力驻守长春外围之吉林、九台;新一军驻守长春、德惠、农安、公主岭地区;新六军驻守铁岭、沈阳和抚顺;第七十一军驻守四平;第五十二军一九五师驻守四平外围的梨树和八面城;第五十二军主力驻守营口、辽阳和本溪;第五十三军驻守昌图、西丰和开原;第六军驻守沈阳东面的抚顺和营盘之间;第四十九军驻守锦州;第九十三军驻守朝阳、北票和阜新;一八四师驻守沟帮子和大虎山;第十三军驻守承德、平泉、隆化和丰宁。

"陈诚很好,无畏而正直……能干而廉洁的将军,可惜去晚了,一年前就该把他派去。"美国人魏德迈说。

"东北的败征已见,全部沦陷只是时间问题,任何人都不能起死回生,陈诚更不是能够挽狂澜于既倒之材。"李宗仁说。

"很难说他有什么过人的天才,尤其在指挥大兵团作战方面,他是远不如杜聿明将军的,这一点在后来的东北战场上得到了更加充分的验证。"郑洞国说。

然而,陈诚对自己、对东北战局皆充满自信。

无法得知陈诚的自信来自何处。没有史料表明他在美国人或是蒋介石那里得到了什么具体的承诺,也没有史料表明他在物资和兵力上得到了特别的支持——陈诚良好的自我感觉的危险之处在于:他严重低估了自己的对手。

此时,东北民主联军的实力远远超出了陈诚的预想。

东北民主联军从建制零散、兵力薄弱、武器落后的被动状况,仅仅经过两年的艰苦时光,就已发展成为一支无论兵力、装备和作战能力都已具备惊人实力的部队,这在世界战争史上也堪称奇迹。

陈诚和蒋介石一样,完全忽视了这样一个基本现实:在东北,国民党军只占据着少数大城市,就整个东北地区而言,广大的县镇乡村都在共产党人的掌控之下。于是,东北民主联军完全可以依赖东北得天独厚的人力和物力资源,迅速壮大自己的力量。就在陈诚扩充军队的时候,林彪也在迅猛地扩大着他的部队:原西满军区部队被编为第七纵队,司令员邓华、政治委员陶铸、参谋长高体乾、政治部主任袁升平,辖十九、二十、二十一师;原冀察热辽军区三个独立旅被编为第八纵队,司令员黄永胜、政治委员刘道生、参谋长黄鹄显、政治部主任邱会作,辖二十二、二十三、二十四师;原冀东军区三个独立旅被编为第九纵队,司令员詹才芳、政治委员兼政治部主任李中权、参谋长彭寿生,辖二十五、二十六、二十七师;原独立第一、第三师和东满独立师被编为第十纵队,司令员梁兴初、政治委员周赤萍、参谋长黄炜华、政治部主任刘型,辖二十八、二十九、三十师。经过扩编,东北民主联军已经拥有第一、第二、第三、第四、第六、第七、第八、第九、第十野战纵队,共二十七个步兵师,另外还有八个独立师、两个骑兵师、五个炮兵团,总兵力已达五十一万八千多人。

东北民主联军的总兵力,已与陈诚扩军之后的国民党军兵力大致相等。

更重要的是,东北民主联军的扩军一发不可收拾,其兵力增长速度十分惊人。

陈诚无法拥有的是林彪部强大的后备兵员。在整个东北,拥护共产党的所有翻身农民,都是东北民主联军潜在的士兵。在中共东北局的指导下,地方政权组织训练了大量的二线部队,数量达到七十多个团二十万人之众,这些二线部队可以在任何时候、任何地方参加战斗或补充兵员。同时,东北乡村广袤而肥沃的土地为东北民主联军提供了充足的粮食,官兵们个个新军衣、新棉袄,戴着暖和而又神气的皮帽子。一旦与国民党军接火,国民党军官兵对东北民主联军几乎使不完、用不尽的炮弹子弹感到十分奇怪,他们无法想象,共产党人在东北地区已建立起强大的军用物资筹集、生产和供应体系。东北民主联军的军工干部,都是政治坚定、性格坚强的共产党人,他们白手起家,艰苦创业,迅速建立起一大批能够有效地支撑战争进程的军工企业。一九四七年秋,从中共东北局写给中央军委的报告中可以看出其军工企业的规模:

佳木斯以北的兴山：子弹厂、手榴弹厂和炼钢厂；鸡西：手榴弹厂、迫击炮弹厂、机械厂；东安：化学厂、电器材料厂；珲春：迫击炮弹厂；图们以北的石岘：手榴弹厂；齐齐哈尔：六零炮弹厂；牡丹江：修炮厂；哈尔滨：炮弹厂；辽东辑安：手榴弹厂、九二步兵炮弹厂、山炮弹厂。

八月，陈诚调兵遣将准备作战，以实现他对蒋介石的承诺："用六个月时间恢复国民党军队在东北的优势地位。"陈诚知道，如果不把北宁路锦州至沈阳段以西的东北民主联军部队彻底肃清，关内关外的联系就随时有被切断的危险，所以作战首先要从扫荡北宁路开始。郑洞国等将领认为："陈诚将军的意图从军事战略角度上讲，在一定意义上是有道理的。"

八月二十九日，毛泽东致电林彪、罗荣桓：

林罗：

　　未（八月）巧（十八日）电悉。（一）计划甚好，甚慰。（二）希望你们能于九月下旬开始作战，配合南线。（三）新的作战，似宜以有力兵团进攻山海关、沈阳线上之敌，以另一有力兵团进攻中长线（哈尔滨至大连）上之敌，以求分散敌人，各个击破，重点放在中长路或山沈（山海关至沈阳）路，由你们酌定。（四）十分希望你们能于明年四月底五月初，以三至四个有力纵队开始平绥线（北平至包头）上之作战，首先在张家口、北平间打开一个缺口，将大量山野炮弹及黄色炸药向南线各军输送。他们对此如大旱之望云霓。（五）最艰苦之战争是在南线，这里负担了对敌军主力一百五十七个旅之作战〔北线为七十个旅，其中东北占二十六个旅〕，而山东、苏北大部已被敌占。中央必须留在关内，我亦暂时不能离开。

毛泽东
二十九日十七时

林彪、罗荣桓决定发起秋季攻势：首先以冀察热辽军区主力向北宁线发动攻击，切断关内与关外的联系，然后趁国民党军西援之机，出动北满和西满部队主力攻击中长铁路，在长春与四平之间寻找歼敌战机。为了加强作战指挥，林彪、罗荣桓决定成立两个前线指挥部：辽东军区组成第一前线指挥部，司令员萧劲光、政治委员萧华，统一指挥南满的第三、第四纵队以及三个独立师;冀察热辽军区组成第二前线指挥部,司令员程子华、政治委员黄克诚,统一指挥第八、第九纵队以及北宁线上的作战部队。

辽西走廊,一片狭长的丘陵地带,北宁线和锦承线穿越而过,是连接东北与华北的交通要道。九月六日,陈诚为"确保辽西走廊之安全,彻底解除北宁铁路之威胁",以暂编五十师(欠一个团)为左路,以暂编二十二师(欠一个团)为中路,以暂编六十师为右路,分别从绥中、锦西、义县向建昌方向攻击前进,以肃清北宁线上锦榆段附近的东北民主联军部队。

东北民主联军第二前线指挥部决定,以第八纵队歼灭暂编二十二、五十师,吸引锦州外围方向的第九十三军增援,然后投入第九纵队,合力围歼第九十三军主力。

东北民主联军第八、第九纵队,都是刚刚组建的部队。这两个纵队之前一直处在东北与华北之间的咽喉地带,长期以来,既要保持关内关外联系通道的畅通,又要保障出入东北的干部、家属和部队的安全。因为生活艰苦,战斗频繁,供应不足,特别是丢失了承德和赤峰等城市之后,部队一直处境艰难,无论兵力还是装备,都无法与北满主力相比。官兵们心里憋着口气,总是觉得仗没打好,总希望能打个胜仗提提气。划归东北民主联军总部之后,要打组成新纵队的第一战了,官兵们个个劲头十足。

八纵的部署是:以二十四师和二十二师的一个团等部队,由二十四师师长丁盛指挥,歼灭三道沟、大小白石水之敌,限十三日黄昏开始行动;以二十三师进至药王庙,十四日凌晨派出一个团到黄土岭一线控制高地,保障丁盛部侧翼的安全;以独立第一师集结于六家子,伸展部分兵力至青石岭、香炉山一线监视敌人;以二十二师主力两个团在十八台一线集结待命。

十三日夜,二十四师七十二团在预定战场三道沟没有发现敌人,而二十二师六十六团因为走错了路不知战场在哪里。两个团正在彷徨之中,梨树沟门村方向传来激烈的枪声,于是来不及等待命令,部队便往发生战斗的方向奔跑。原来,二十四师师部在梨树沟门村与国民党军遭遇了。侦察员判断敌情后报告说,遇到了敌人的"花子队"(地方武装),顶多两千多人。丁盛立即命令部队扑上去。官兵们打起来才发觉情况不对,在猛烈的火力阻击和有组织的反复冲锋下,先头部队的一部分官兵竟然被敌人冲散了。紧急核实情报后才知道,当面的三千多敌人就是预定的攻击目标:敌暂编五十师的主力。丁盛正焦急的时候,七十二团和六十六团先后到达战场,八纵在局部形成了兵力上的绝对优势,丁盛遂下令发动进攻。暂编五十师支撑不住向大屯方向退却,丁盛集中三个团围歼了暂编五十师的第二团,然后又集中兵力围歼第一团,结果混乱中让第一团跑了一部分。这一仗让八纵司令员黄永胜有点后悔,如果情报准确,在梨树沟门村投入两个师,肯定就把暂编五十师包饺子了。

暂编五十师在梨树沟门村吃了亏,已经到达新台边门村的暂编二十二师急忙撤退,一下就退到了距锦西不远的杨家杖子。这里是山间谷地,谷地里有一大片当年日本人开铝矿时留下的房子。暂编二十二师在这里集结后准备撤往锦西。

八纵跟踪而来。

十五日夜,二十三师首先赶到杨家杖子,立即以一部兵力胶着敌人,主力相机占领外围要地,切断了暂编二十二师的退路。但是,二十三师的电台与纵队失去了联系,第二天早上纵队才知道情况。黄永胜立即命令二十二师和独立第一师赶往杨家杖子,与二十三师合力吃掉暂编二十二师。同时,他命令刚在梨树沟门村打完仗的二十四师迅速进至杨家杖子以东,阻击可能从锦州方向增援的敌人。

十六日下午,八纵从三个方向向杨家杖子发动了攻击。各攻击方向的爆破组连续爆破之后,暂编二十二师仓促构筑的防御工事纷纷被毁,国民党军只抵抗了一会儿便开始向南突围。由于迂回包抄的部队速度不快,部分敌人逃出了八纵的包围圈。两小时后,战斗基本结束,暂编二十二师(欠一个团)大部被歼,少将副师长苏景泰和少将参谋长宁坚以下两千五百余人被俘。

消息传来,陈诚既意外又吃惊,决定驻守锦州的第四十九军向杨家杖子出击。郑洞国等大部分将领都反对这个出击计划,认为此时共军大部兵力集结在锦西地区,第四十九军孤军深入有被歼灭的可能。作战会议就此争论激烈,最后陈诚寡不敌众,被迫收回了自己的命令。但是,军事会议结束之后,陈诚还是向第四十九军军长王铁汉下达了出击杨家杖子的作战命令。

十九日,王铁汉率第四十九军的七十九、一〇五师(各欠一个团)共一万余人到达杨家杖子。

东北民主联军第二前线指挥部责成黄永胜统一战场指挥,并命令詹才芳的第九纵队火速赶到战场参加战斗。

二十一日,杨家杖子第二次战斗开始。

八纵各路攻击部队向当面敌人展开了攻击。但是这一回官兵们感到对手不太一样。国民党军第四十九军的前身是东北军警卫部队,"九一八"事变后改编为一〇五师,张学良任师长。抗日战争中,该部参加过淞沪会战、武汉会战和长沙会战等战役,颇有战功。内战爆发后,该部先在苏北地区与陈粟部作战。一九四七年八月,陈诚到东北上任后,将该军调至东北战场,驻守锦州。与暂编二十二、五十师相比,第四十九军战斗力强劲,火力也十分猛烈。

八纵各部队爆破均未成功,反复攻击也没有进展,第四十九军用强大的火力封锁住前沿,而且还不断发起猛烈的反击。战斗进行了一个下午,八纵仅仅攻占了杨家杖子周边的几个外围阵地。晚上,天下起了雨,八纵借着雨势重新发动攻击。二十三师六十九团二营击溃了当面敌人的一个营,占领了第四十九军侧后的高地,对王铁汉的军部构成了威胁;二十二师在夺取杨家杖子东北和西北的外围堡垒之后,一部分官兵一度突进了杨家杖子。王铁汉的部队被压缩在杨家杖子和毛家屯两个村庄里,防御体系并没有受到致命的破坏,依旧有相当强大的防御和反击力量。王铁汉要求把共军的攻击部队放进前沿之后,立即组织猛烈的反击,逐次消灭共军的有生力量。第四十九军作战经验丰富的老兵懂得军长的意思,仗打得一退一进很有节奏,与八纵和九纵形成了残酷的拉锯战。

二十二日,在陈诚的命令下,防御锦州的国民党军全部主力——第四十九军二十六师、暂编六十师和暂编二十二师各一个团出动,增援杨家杖子。陈诚的意图很明显:用王铁汉的第四十九军把共军黏住,等增援部队到达后进行猛烈夹击,将共军辽西地区部队就地全歼。

陈诚的增援部队走到虹螺岘、五岭山一线时,遭到八纵二十四师和九纵二十六师的顽强阻击。

这时候,八纵对杨家杖子的围歼战已进行了一昼夜。这一带人烟稀少,粮食接济不上,官兵们只能在战斗间隙挖红薯和弄点生玉米吃。

敌人的增援十分坚决,如不迅速解决战斗,很可能会陷入被动。黄永胜意识到,战斗还没到山穷水尽的地步,敌我双方就看谁能坚持到最后一刻了。他给各部队下达了"完不成任务者,按级执行军纪"的最严厉的命令,要求部队立即再次对杨家杖子发动攻击。八纵集中了所有的火力掩护突击部队向前运动,在投入两个团的预备队之后,二十二日下午十七时,八纵官兵将国民党军逐渐压缩在了狭窄的地段内。第四十九军开始突围,后面是八纵的穷追猛打,前面是九纵二十五师的拼命截击,国民党官兵纷纷缴械投降。

王铁汉带着百人卫队,脱离战场侥幸逃生。

从梨树沟门村到杨家杖子,八纵和九纵连打三仗,总计歼敌一万两千多人,除各种物资之外,缴获的武器足够装备两个团。战斗结束后,他们在当地民兵的配合下,"采取铁路大翻身破坏法",彻底破坏了锦州至山海关之间的铁路,再次切断了国民党军关内与关外的联系。

本想使北宁路更加安全,没想到现在反被截断了,愤怒的陈诚再次部署打通北宁路,与东北民主联军于辽西地区进行决战。但是,部署还没有落实完毕,林彪部主力第一、第二、第三、第四、第六、第十纵队突然开始了突袭中长路的战斗。就在第八、第九纵队在辽西发动攻势的时候,陈诚命令驻守铁岭的新六军的两个师乘火车增援锦州,同时请求华北的傅作义派兵北上。新六军主力的出动,造成了中长线的兵力空虚,林彪认为战机已至,遂命令各部队轻装向中长线奔袭前进。

韩先楚的三纵日夜兼程一百公里,于十月一日攻击了开原以北的威远堡,在夺取外围阵地之后,七师十九团主攻第五十三军一一六师师部所在地——天王山高地。连续攻击未果之后,二日傍晚,十九团重新组织战斗。三纵所有的火炮向一一六师师部轰击,攻击主峰的是一营三连。三连的两个排负责迂回,一个排担任正面攻击,班长庞国兴率领突击组奋勇冲锋,冲上主峰后俘敌二十余名,缴获机枪三挺。战后三连立大功,奖旗上写的是"攻下险要阵地,决定全面胜利"。一一六师师长刘润川见大势已去,率残部向西南方向突围,但遭到猛烈的阻击。刘润川换了便衣逃进高粱地,很快就被三纵官兵搜查了出来。

接着,第三、第四纵队逼近了开原和铁岭。

国民党军开始迅速收缩,收缩的速度十分惊人,新六军主力一天之内返回了铁岭,林彪随即放弃了攻击开原的计划。

在陈诚的请求下,蒋介石将原驻守华北的第九十二军二十一师,第九十四军四十三师,第十三军五十四师,暂编第三军十、十一师以及骑兵第四师调出增援东北。华北国民党军北上增援部队由第十七兵团司令官侯镜如指挥。侯镜如吸取了王铁汉的教训,大部队缓慢推进,绝不分散兵力,致使东北民主联军始终没有战机可寻。

十月中旬,国民党军重新打通了北宁路。

十一月九日,林彪下令东北民主联军秋季攻势结束。

林彪于一九四七年秋发动的一系列作战,共歼灭国民党军正规军三个师部、两个师、九个团,总计四万七千余人,非正规军一个师部、两个师、十个团加三个营,总计两万两千余人,合计六万九千余人。缴获各种火炮一千零五十一门,各种枪支近八万支(挺),各种枪弹二百七十六万发,手榴弹十二万枚,汽车三百一十一辆。东北民主联军再次把控制区域扩大了近四万平方公里。

一九四八年元旦,陈诚在他发表的"告东北军民书"中说:"目下国军已经完成作战准备,危险期已经过去。"

他的话音未落,林彪部的新一轮更加猛烈的攻势又开始了。

也许陈诚真的不清楚,此时不仅仅是东北地区,在整个中国的各个战场上,国民党军的"危险期"已经来临。

东北凛冽的风雪使陈诚这个浙江人感受到从未有过的寒冷。

陈诚不会想到,这是他在中国东北的第一个也是最后一个冬季。在林彪大军的席卷下,他很快就丢了东北军政最高指挥官的职位,被蒋介石派到遥远的台湾去建立"后方基地"——而蒋介石对陈诚的这一任命,已经成为诠释国民党政权"危险期"是否来临的一个极具意味的象征。

"他们也未必愿意永久打仗"

一九四七年冬天来临的时候,共产党人萌生了攻击和占领一个国民党军设防坚固的大城市的念头。这种念头在过去的一年中还是不可思议的,因为那时他们在国民党军强大的军事压力下,被迫退出了所有已经占据的大城市。

令聂荣臻产生这一念头的那座大城市是石家庄。

石家庄那时名为石门,它犹如揳进华北解放区腹地的一颗钉子。可以说,自正太战役开始,晋察冀部队在华北地区发动的每一场战役,都有孤立它的意图。聂荣臻对夺取这座城市几乎到了朝思暮想的程度,因为拔掉这颗钉子,就割断了国民党军队山西与中原、华北与山东之间的联系,就可以把晋察冀和晋冀鲁豫两大解放区连接起来。那样一来,共产党领导的军队就真的可以在华北地区自由驰骋了。

清风店战役刚刚结束,聂荣臻立即意识到,石家庄四周全是解放区,这座城市已经成为深陷于解放区内部的一座"孤岛"。十月二十二日,他与萧克、罗瑞卿、刘澜涛四人联名向中央军委发去了攻打石家庄的电报:

> 敌第三军军部直属队,率第七师全部及第二十二师之第六十六团[共四个团及一个军部和一个师部]在定县、望都之间被我包围,经两昼夜激战,已于今晨被我全部歼灭[内第三军军长罗历戎已被活捉]。现石门仅有三个正规团及一部杂牌军,我拟乘胜夺取石门。军委是否批准此方针,请即复。

他们的作战理由是:"石家庄没有城墙,守军只有三个团,周围二十公里长的战线,第三军正、副军长被俘,内部动摇,情况也容易了解。

乘胜进攻,有可能打开,即使打不开,如能诱使第十六军等部南援,在石家庄、保定之间将其消灭,也是十分有利的。"

但是,石家庄终究是国民党军自内战爆发以来重点防御的大城市。

对这样规模的城市发动攻击,晋察冀野战军并没有十分的把握。

更重要的是,晋察冀野战军在清风店战场上缴获了一份《石家庄半永久防御工事、兵力部署及火力配系要图》,从这份要图上看,石家庄的防御不像想象的那么薄弱。

石家庄之所以没有城墙,是因为它是近代才逐渐形成的一座城市。一九〇〇年平汉铁路穿过这里,并设立了一个小车站。而此前,这里仅仅是河北获鹿县的一个小村庄,相传只有十来户人家,十来户人家都姓石,所以名叫"十家庄"或"石家庄"。一九〇三年这里成为正太铁路的起点,一九〇七年铁路通车后设立了铁路局,自此商贾云集地面繁华。石家庄在华北地区具有重要的战略位置,平汉、正太和石德三条铁路交会于此,这里西出太原、东接山东、南连豫鄂、北通北平,扼守着太行山和华北平原。内战爆发后,石家庄成为国民党军在华北战场的重要战略依托,驻守城中的第三军连年修筑城防工事,虽然该城没有城墙,但第三军还是围绕城市边沿修筑了三道防御体系,碉堡总数达到六千多个。第一道防御体系,是当年日军修筑的封锁沟,沟深三米、宽两米、周长约为三十多公里,沟外设有地雷群、铁丝网、鹿砦等防御设施,沟内设围墙、电网,每隔数十米筑有碉堡一座,碉堡、暗堡和交通壕、散兵坑彼此相连。第二道防御体系,是以环绕市区的大建筑物和北兵营为依托构成的内市沟,内市沟宽五米、深五米、周长为十八公里,沟内修筑有碉堡和地堡组成的工事,还筑有一条周长二十五公里的铁路,上有铁甲列车昼夜巡逻,犹如活动的堡垒。第三道防御体系,是以市区的正太饭店、大石桥、铁路工厂、电灯厂和火车站构成的核心阵地,阵地上部署着严密的火力网。

虽然第三军军长罗历戎已率主力离开了石家庄,但城内的留守总兵力依然高达两万五千多人。其中,三十二师主力和第三军直属的两个坦克连、一个山炮连、一个汽车连和一个野炮营配置在第二、第三道防线上;外围的第一道防线由石家庄外围十九个县的地主武装防守;国民党河北省保安第五、第九、第十团分别负责防守元氏、获鹿以及大郭村机场等要点。守城部队由三十二师师长刘英统一指挥。

刘英认为,晋察冀部队没有飞机、坦克和重炮,就连山炮和野炮都不多,想攻下石家庄这样的大城市,不是那么容易的事——"凭石家庄的工事,国军可坐守三年。"刘英的自信还来自蒋介石对他的承诺:"共军若敢进攻石家庄,兄当亲率陆空大军前去支援。"——刘英也知道这种承诺不可能兑现,但这无疑是一个小小的师长能够得到的最高礼遇了,他已经受宠若惊。还是身在保定的孙连仲做了点实在事,他给刘英空运来了一个步兵团、一个炮兵排以及八吨弹药。

二十三日中午十二时,毛泽东复电晋察冀野战军:

> 清风店大歼灭战胜利,对于你区战斗作风之进一步转变有巨大意义。目前如北面敌南下,则歼灭其一部,北面敌停顿,则我军应于现地休息十天左右,整顿队势,恢复疲劳,侦察石门,完成打石门之一切准备。然后,不但集中主力九个旅,而且要集中几个地方旅,以攻石门打援兵姿态实行打石门,将重点放在打援上面。

毛泽东设想的是"围城打援",与聂荣臻的设想有出入,但是聂荣臻下定决心要占领石家庄:"我们也知道石家庄是设防城市,可是设防再坚固,也要兵来守,兵不多是不行的,再说即使打不下来,也没有什么危险,四周都是解放区。何况不论从兵力上、士气上看,打下的可能性很大,所以决心打石家庄是对的。"

二十五日,晋察冀野战军召开旅以上干部会议,讨论和部署攻打石家庄的作战计划。三十一日,年过六旬的朱德亲自来到会上,他对野战军的干部们说:"今天到会的都是旅以上干部,你们如何学会攻坚战术,对这次作战将起重要作用。要把石家庄当作一所难得的大学校,从战争中学习战争。"他如同老教员一样,讲授如何打地堡和暗堡,如何迫近作业和坑道作业,如何集中火力支援突击队,如何避免过大的伤亡。朱德说:"打下石家庄,可以学会打攻坚战,学会打大城市。"为了加强攻击时的炮兵力量,他还特地从华东野战军调来一个榴弹炮营。朱德对晋察冀军区炮兵旅的干部们说:"炮兵很重要,为步兵开辟道路,可以减少伤亡,炮不打,口不开,打开缺口可以胜利向纵深推进,扩大战果……打炮时要猛,要突然,火力齐整集中,集中里面还要再集中,还要注意运用不同地形实施射击,不打则已,一打就打得猛,打得准,打得狠。步、炮协同好,胜仗不断打。"

晋察冀野战军制定了周密的作战计划:攻击石家庄后,如果国民党军抽调主力南下增援,就在半路歼其一部,然后继续攻城;如果国民党军不增援,则一举攻克石家庄。为此,决定集中第三、第四两个纵队和冀中军区独立第七、第八两个旅、冀晋军区独立第一、第二两个旅和炮兵旅,共五万六千人攻打石家庄;以第二纵队和独立第九旅、第三、第九军分区部队在定县南北地区展开,构筑阻击工事,准备阻击援敌。攻击石家庄的具体作战部署是:第三纵队从西南、第四纵队从东北担任主攻;冀中军区部队从东南、冀晋军区部队从西北担任助攻。炮兵分成四个炮兵群,第一炮兵群以山炮、野炮和迫击炮二十四门配属第三纵队攻击方向;第二炮兵群以山炮、野炮、战防炮、重迫击炮和榴弹炮十七门,配属第四纵队攻击方向;第三炮兵群以野炮和迫击炮十五门,配属独立第七旅;第四炮兵群以山炮、野炮十二门,为炮兵指挥所机动火力。

晋察冀野战军的精心准备,体现出他们首次攻击大城市前谨慎的心态。官兵们反复斟酌攻坚作战的每一步:如何挖掘坑道、如何把炸药送上去,如何破坏鹿砦和电网,如何巩固突破口……登城的云梯如何才能轻便而结实更是让他们彻夜难眠,最后他们研究出一种可以折叠的"合页云梯",下半部靠在沟的外沿,上半部可以折到内沿的墙上,上面铺上木板,可以迅速通过大量人员。三纵一个名叫刘维春的战士琢磨出一种巨大的弹弓,可以把炸药包弹射出去,对破坏铁丝网和碉堡效果奇好。而何增奎排长发明的九二重机枪夜间瞄准器,实际上就是个白铁皮卷成的大喇叭,但确实好用,不用标尺但准确度极高。听说守军的内市沟里有铁甲列车,列车是快速活动的,很不好打。侦察员多次潜伏侦察,最后计算出提前瞄准的办法:列车的速度是每秒八至十米,一千二百米的射击距离,炮弹飞行时间约两秒,事先瞄准沟内的一棵大树,等列车到达二十米之外另一棵大树的时候开炮,炮弹就能与列车正好撞上。为了让炮火更猛烈和更突然,炮兵们竟然把火炮秘密地推到了最前沿,不但将炮身埋入了地下,上面还铺上了各种伪装,只待攻击命令一下,炮口就能突然伸出来射击——这些年轻的战士,都是解放区内的翻身农民,他们身上聚积了太多的战斗热情,当他们把自己的发明和建议向朱德总司令汇报时,朱德微笑着对他们说:"我们很快就要接二连三地攻打全国所有的大城市了,你们的每条建议都是革命的宝贵财富!"

此刻,同样在进行作战准备的是解放区内的几十万百姓。不到十天,近十万民兵、民工和万余副担架、万余头牲口、四千多辆大车、八万多发各种炮弹、一百五十多万发各种枪弹、六万多斤炸药、二十多万斤各种攻坚器材以及二十四万斤主副食被送到了前线。

十一月三日,晋察冀野战军攻击部队相继渡过滹沱河,完成了对石家庄的包围。

六日凌晨,外围攻击战开始。冀晋军区独立第一、第二旅猛烈攻击机场,国民党守军在飞机的掩护下数次反击,但最终无法控制局面。七日拂晓石家庄机场被独立第一、第二旅占领。同时,四纵十旅的攻击目标是外围的云盘山据点。云盘山不是山,是距离外市沟仅六百米的一个大土堆,是石家庄外围唯一的制高点,顶部平坦并建有一座庙宇,守军仅为一个连,但筑有三层钢筋水泥地堡,还有地道直通市区。四纵十旅第一次攻击时,爆破组用二十五公斤炸药把云盘山地道口炸开了一个缺口,突击组刚一冲上去,就受到国民党守军的猛烈火力压制。十旅政委傅崇碧换了个突击连,连夜组织挖壕沟,直至在守军的地堡下放置了几百斤炸药。八日凌晨,十旅再次攻击,在炮火的配合下,伴随着巨大的爆炸声,突击部队冲上了山顶。傅崇碧亲自走上山顶察看守军的地堡,发现果然坚固,炮弹只在地堡上打出了一片白点,而自己的部队得以冲上来是因为炸药威力巨大,地堡里的国民党守军一个不落都被震昏了。

石家庄外围据点被肃清之后,攻击部队采取土工作业的办法逐步迫近守军的第一道防线。外市沟防线实际上就是石家庄的外围地下城墙,环行的开阔地沟里布满了地堡和电网,并有地面和空中的交叉火力配合拦截。八日晚,三纵七旅首先在西兵营爆破成功,将外市沟炸开了一个大缺口,二营突击进去夺取了守军的前沿阵地。接着,四纵十旅在云盘山以西突破,十二旅也从西北方向突破,冀晋军区部队突破后占领了高柱村、市庄、柏林庄,冀中军区部队自东南方向突破,包围了元村和彭村。至九日,除了少数据点之外,石家庄外市沟防线已被全部突破。

野战军司令员杨得志命令,派少数兵力继续围困和攻击剩下的几个据点,其余所有部队迅速向第二道防线推进。

内市沟的第二道防线由国民党军三十二师主力防守。

为了接近守军前沿,大规模的土工作业又开始了。无法设想那是一个何等奇特的景象。从上千米之外向攻击目标挖壕沟和坑道的攻城战法,在人类战争史上极其古老。挖掘的过程中没有枪炮之声,夜幕下四野一片寂静,但挖掘却以巨大的规模进行着。支持晋察冀野战军作战的民兵都是精壮的农民,他们拿着自家打理田地的农具,带着母亲或媳妇准备的干粮,从四面八方会集到石家庄城外。与他们一起挖掘的还有晋察冀野战军官兵,这些官兵本来就是农民,他们与土地打交道的本领几乎是天生的。在石家庄第二道防线外侧约两千米的开阔地上,成千上万的战士和农民挥汗如雨,却悄无声息。晋察冀野战军官兵把这种作业称之为"改造地形":他们挖出又宽又深又长的坑道,密密麻麻地伸向国民党守军的前沿,挖出的土则用来填塞守军的防御壕沟。他们还要在坑道中挖出各种各样的掩体,挖成单人掩体后再挖成井筒再掏成丁字形,使通道与掩体互相连接。当坑道挖到靠近守军防御阵地和防御壕沟时,他们就挖出一个巨大的炸药室,然后放进去数千公斤的黑色炸药。工兵部队的技术人员趴在坑道上面一遍又一遍地计算着土层的厚度和炸药的威力,以达到他们设想的最理想的爆破效果。

第二天天亮的时候,国民党守军从前沿的壕沟里探出头来一看,不禁魂飞魄散,有人立即进城向师长刘英报告。刘英无论如何难以置信,等亲自来到前沿着实吓了一跳。他弄不明白共产党军队到底用了什么办法,到底使用了多少人力,一夜之间在他的第二道防线外侧挖出了如此密集而绵长的交通壕。更可怕的是,一夜之间自己的部队竟然没有捕捉到任何动静。刘英知道大事不好,他立即跑回指挥部,向石家庄周围各友邻部队连续发出四十多封求救电报。然而,等天大亮的时候,刘英更加恐惧了,因为除了保定的孙连仲回电让他"固守待援"之外,北平和南京方面竟然没有任何回音。

炮声响起来了。

爆炸声惊天动地。

大口径榴弹炮压制守军纵深,山炮打碉堡,平射炮和步兵炮打地堡,迫击炮轰击守军前沿。攻击部队炮火准备的猛烈程度,在晋察冀野战军历史上前所未有。

一个名叫魏巍的前线记者记述了二十三团突击四连的战斗:

> 十一月十日,暗淡的落日,照着石家庄。尽管敌机来回地扫射轰炸,我军已经以各种形式的阵地,迫近了敌第二道防线

五十多米的距离。四点,总攻的炮声开始响起。密集的炮火连续排射,引起了整个战壕兴奋的骚动。大家挤着、看着、指着、叫着。眼看这道两丈多深,布着电网的深沟的里沿上,那些用铁轨构成的密密的地堡和密密的枪眼,顷刻都被烟雾罩住。这时,同志们纷纷脱下棉衣,有绑鞋带的,紧腰的,还有人就在鞋底上磨起刺刀来。战壕里贴满了花花绿绿的标语:"坚决解放石家庄!""打到哪里占到哪里!""打进去就不出来!"

三纵八旅二十三团首先爆破成功。他们的地道是斜着向下挖的,一直挖到国民党守军内市沟的下面,官兵们用一口大棺材把炸药运了进去。炸药被引爆的那一瞬间,深深的内市沟先是土石向天空腾起,然后纷纷落下使沟壕变成了缓坡。冲击部队的官兵蜂拥而上,刚刚落下的泥土十分松软,前面的官兵一踏上便陷了进去,后面的官兵停不下来,只有踩着他们的身体前进。在血肉铺成的突破口上,八旅的四个团潮水一样冲击上去。傍晚时全旅攻入第二道防线,占领了东里村和西南兵营。

四纵十旅二十九团二营六连指导员王鸿禧,是晋察冀野战军著名的战斗英雄,六连长在保北战役中牺牲之后,连队军事指挥员的职位一直没人接任,王鸿禧决心带领全连再立战功。战前,他带着三排长阎连喜和八班长张喜顺到内市沟前沿侦察,阎连喜和张喜顺都曾在驻守石家庄的国民党军第三军里当过兵。张喜顺说,当年在国民党军当兵的时候,他"在内市沟里垒过砖头",因为站岗的时候他的连队跑了三个兵,连长说是他放跑的,在禁闭室里关了半个月,拷打的伤口溃烂化脓,疼得他死去活来。巧的是,逃跑的三个士兵中,一个被打死了,一个被抓回来枪毙了,只有一个成功地跑到了解放军队伍里,这个士兵就是现在的三排长阎连喜。侦察的时候,王鸿禧就觉得八班长的情绪不对劲,果然,战斗一打响,张喜顺打疯了一样,挎着只装满手榴弹和炸药包的荆条篮子拼命往上冲。攀登的梯子被炸断了,他跌落下来浑身是血,但爬起来继续投手榴弹,边投边喊:"同志们!冲呀!别让王八蛋们跑了!"卫生员上来了想给他包扎一下,他把卫生员推到一边,顶着火焰喷射器喷出的火焰一寸一寸往前爬。六连的官兵个个打红了眼,一个战士从一个死去的国民党兵身上扒下军装穿在自己身上,然后孤身一人跑进敌人的一个大碉堡里,碉堡从里面爆炸了,砖石瓦块冲天而起。爆炸声平息下来,指导员王鸿禧冲过去查看了一番,他把一支手枪递给了已经站不起来的张喜顺:"你恨的那个连长被打死了,这是他的枪。"

随着各路攻击部队的全面突破,战斗随即在城中的第三道防线展开,交战双方逐屋逐房地争夺。十旅政委傅崇碧带领两个侦察连深入市区。他们在混乱陌生的市区里摸索了两个小时,午夜时分占领了一座高高的水塔。傅崇碧命令其中的一个连继续向前摸索。不久,侦察员气喘吁吁地跑回来报告说,他们捉到了三十二师的师长和副师长。傅崇碧不相信,战斗还在激烈进行,怎么就捉到了最高指挥官呢?他急忙赶过去,用手电筒一照,俘虏中确实有两个将军,一个是三十二师师长刘英,另一个是副师长杉定颐。原来这个连向前摸索的时候,竟然摸到了大石桥附近的守军指挥部。

傅崇碧对刘英说:"我代表解放军前线指挥部命令你,立即写信让你的部队投降。"见刘英没有理睬,傅崇碧火了,拔出手枪哗啦一下顶上子弹:"不写就枪毙你!"刘英写了,并让他的参谋给各部属送去。

十二日中午十一时,石家庄国民党守军停止抵抗。

接着,冀中军区第七、第八旅攻克了元氏县城,毙伤俘获守军河北保安第五团五千余人,击毙团长魏永和。

至此,石家庄及其附近地区全部被晋察冀野战军攻占。

此役,晋察冀野战军伤五千零九十人,亡九百八十八人,失踪六十九人。国民党军死伤三千一百五十六人,被俘两万一千一百三十二人。

蒋介石说:"这是我们重要都市第一次失陷。"

共产党人将这座城市由"石门"更名为"石家庄"。

从军事角度讲,在晋察冀野战军攻击这座地理位置极其重要的大城市的行动中,国民党军方面竟然毫无作为,不但没有任何增援的举动,甚至连这个想法都没有,这着实令人不可思议。稍有军事常识的人都会知道,华北这个重要的铁路枢纽一旦丢失,将对全国战局产生攸关影响,况且这里是距北平最近的一个重要军事堡垒。国民党方面如果不是决定放弃的话,他们的无所作为还能有什么更合理的解释呢?问题是:在全国战局正处于极其微妙之际,石家庄如此轻易地失守,军事上的理由又是什么呢?

共产党领导的军队第一次走进了大城市。

晋察冀野战军发布了进入石家庄的"约法九章":

……力争解放石家庄与保证入城纪律优良,此为各参战部队的两大中心任务,望各级首长负责,全军努力,充分顺利同时完成。为此发布入城纪律要项如下:

一、实行一切缴获归公,增加边区财政收入,统一分配胜利品,坚决反对本位主义、自私自利、发洋财及贪污腐化现象。高度提高政治自觉性,不受各种形色所引诱,保持艰苦奋斗的光荣传统,发扬人民军队为劳动人民服务的精神与作风。

二、一切行动服从命令、听从指挥,入城后卫戍机关为维护秩序所公布的一切纪律和规定,任何部队人员必须切实遵守,并自觉的(地)成为遵守与维持秩序的模范,防止居功骄傲,不听指挥。一切物资的没收与处理,户口的清查、反革命的逮捕,均由地方党政机关负责,调查材料可交有关机关,不得私自动手,以求处理完善。

三、严禁破坏机器、工厂、医院、电灯、自来水、电话电线、玻璃及一切城市建筑和设备[除军事行动必须]。向全军深入说明,城市一经解放,即为人民的城市,为人民所有;深入思想教育,教育全军爱护物资,爱护建设,反对破坏行为。解放后的石家庄,对发展解放区生产建设,繁荣经济,支援前线,作用极大,任何损失将为人民的损失,必须加以爱护。

四、不许自行动用与搬运一切物资资财及房舍用具,对仓库、贮藏室只有爱护的任务,报告的责任,没有动用的权利。一切军用物资,除战场缴获者外,统归军区机关处理。

五、不侵犯城市工商业,不侵占学校、不私入教堂,尤应保护城市贫民的生命财产,讲话和气,买卖公平,对于新从蒋介石与日寇长期统治下解放出来的人民,应给予同情和帮助,加强对广大人民的宣传解释工作。

六、于战斗结束之后,除逮捕奸犯外,严禁私自鸣枪或投掷炸弹等。凡试枪试炮,必须经卫戍机关或高级军事机关之批准。

七、加强战斗团结,防范部队之间、部队与地方人员的不团结、闹纠纷等现象的发生;强调互助、互让,如发生问题,均应以冷静态度寻求解决。

八、严禁个别人员徘徊闲游茶楼酒馆，尤其娼寮地区，不许大吃大喝，注意军风纪与军装整齐。

九、非因军事特殊需要，不准民工、民兵进入城市，并予以善意的说服解释。

但是，还是发生了"争缴获、争功劳"等问题。十二月一日，朱德在晋察冀野战军团以上干部会上作了讲话：

> 凡是依靠党的力量、群众的力量，就能取得胜利。相反，个人英雄主义，一切听我的，就不行。这次开展了立功运动，动员了群众，但争功就要不得。人家的功，你争来有什么用？功是谁的？是战士和工人、农民的，领导人不经过他们，就一点功也没有。中国的工人、农民在革命战争中流了许多血，世界上晓得他们英勇，但不晓得那样多的名字，那样多的详细的事迹，有时就记住了他们的领导人。比如我是总司令，有时把我当作他们的代表，把他们的功挂在我的名字上。如果我因此而夸功，那岂不可笑！不经过工农群众，哪里来的功！纪律很重要。打开了城市，缴获的东西，第一不能打烂，第二必须归公，决不能归私。以后大城市打下来以后，一个时期内应该实行军事管理。一面打仗，一面建立家务，新民主主义的国家要这样建立起来。

"一面打仗，一面建立家务"，共产党人自这一时刻起清醒地认识到：一个崭新的任务也许比打仗还要艰难，解放大城市之后管理大城市将是一个重要的任务。

毛泽东致电晋察冀野战军司令员杨得志、第二政治委员杨成武、参谋长耿飚："庆祝晋察冀我军攻克石家庄歼灭两万余人之大胜利。"

一九四七年就要在开始解放大城市的紧张而兴奋中结束了。十二月二十五日，中共中央扩大会议在陕北米脂县杨家沟召开。杨家沟是一个很大的村子，全村二百七十多户人家，仅地主就有七十二户。这里不通大道，偏僻安静，窑洞很多，适合召开较大的会议。参加会议的有毛泽东、周恩来、任弼时、陆定一、彭德怀、贺龙、林伯渠、张宗逊、习仲勋、马明方、叶剑英、张德生、甘泗淇、王维舟、李井泉、王明、谢觉哉、李维汉、赵林、李涛等。

中国共产党人的这次会议,在解放战争史上具有重要意义。

作为中央军委副主席兼代总参谋长,周恩来所作的军事报告用大量的统计数字说明了共产党方面令人乐观的前景:"战争的第二年,各条战线无例外地转入主动。开始于七月的刘邓渡河,使南线形势根本改变。现在,南线不但是大别山,就是江汉、桐枣地区也已站住了脚。比小河会议时不同,敌已完全被动。敌二百四十八个旅中,受过歼灭或歼灭性打击的达到一百四十五个旅。地区则发展得更快。停战令时原有二百三十万平方公里,现已恢复,约占全国的百分之三十二。解放区人口现有一亿五千万。在蒋管区群众斗争方面,学生运动在全面内战爆发后发生了三次高潮:抗暴、反饥饿、反内战、反暴行。这在历史上是空前的。工人斗争也是如此。农村游击战争在粤、闽、浙、皖有很大发展。""我军到十月份已发展到二百二十万以上。而敌人作战部队下降到二百五十六万。"

而毛泽东所作的主题报告名为《目前形势和我们的任务》。为了将解放战争进行到底,毛泽东在这篇报告中提出了"十大军事原则。"——这是值得毛泽东一生骄傲的军事论述,是指导共产党军队赢得解放战争胜利的军事法典:

一、先打分散和孤立之敌,后打集中和强大之敌。

二、先取小城市、中等城市和广大乡村,后取大城市。

三、以歼灭敌人有生力量为主要目标,不以保守或夺取城市和地方为主要目标。保守或夺取城市和地方,是歼灭敌人有生力量的结果,往往需要反复多次才能最后地保守或夺取之。

四、每战集中绝对优势兵力〔两倍、三倍、四倍、有时甚至是五倍或六倍于敌人之兵力〕,四面包围敌人,力求全歼,不使漏网。在特殊情况下,则采用给敌以歼灭性打击的方法,即集中全力于敌正面及其一翼或两翼,求达歼灭其一部、击溃其另一部的目的,以便我军能够迅速转移兵力歼击他部敌军。力求避免打那种得不偿失的、或得失相当的消耗战。这样,在全体上,我们是劣势〔就数量来说〕,但在每一个局部上,在每一个具体战役上,我们是绝对的优势,这就保证了战役的胜利。随着时间的推移，我们就将在全体上转变为优势，直到歼灭一切敌人。

五、不打无准备之仗，不打无把握之仗，每战都应力求有准备，力求在敌我条件对比下有胜利的把握。

六、发扬勇敢战斗、不怕牺牲、不怕疲劳和连续作战[即在短期内不休息地接连打几仗]的作风。

七、力求在运动中歼灭敌人。同时，注重阵地攻击战术，夺取敌人的据点和城市。

八、在攻城问题上，一切敌人守备薄弱的据点和城市，坚决夺取之。一切敌人有中等程度的守备、而环境又许可加以夺取的据点和城市，相机夺取之。一切敌人守备强固的据点和城市，则等候条件成熟时然后夺取之。

九、以俘获敌人的全部武器和大部人员，补充自己。我军人力物力的来源，主要在前线。

十、善于利用两个战役之间的间隙，休息和整训部队。休整的时间，一般的不要过长，尽可能不使敌人获得喘息的时间。

美国驻华大使司徒雷登读后，不仅惊讶于毛泽东对战略战术的精通，更不解的在于国共战争正处在决战前夕，共产党人竟然把自己的战略战术公开给对手，这在世界战争史上十分罕见。他在给国务卿马歇尔的信中说："就大使馆所能断定的来说，毛氏的详尽分析共产党战术与战略是对共产党军队确定如何作战的一个非常率直的解释。共产党毫不迟疑地说明他们的战略，也许是表示共产党对国民党军事思想与情报之鄙视，应该承认这种战略到现在为止并不是没有成功的。"

无法得知蒋介石如何看待毛泽东用以战胜他的军队的战略战术。不久前，美国国务卿马歇尔在出席参议院和众议院联席会议时，呼吁美国政府承认蒋介石领导的政府为中国唯一合法政府，并呼吁必须将经济援助给予中国国民政府。——马歇尔的呼吁让蒋介石心情复杂：美国人这个时候发表这样的呼吁至少有两层意思：第一，盟友明确地感到自己的政府已经摇摇欲坠，而共产党人也许会赢得胜利；第二，没有美国人的援助，自己面对的局面会迅速恶化。蒋介石写出了"本月反省"：

全国各战场皆陷于劣势被动之危境,尤以榆林(陕西)、运城(山西)被围日久,无兵增援;十二日,石家庄陷落之后,北方之民心士气尤完全动摇;加之,陈毅股匪威胁徐州,拆毁黄口(江苏)至内黄(河南)的铁路,而后进逼徐、宿(安徽);陈赓股匪窜扰豫西,南阳、安阳震动;江南各省几乎遍呈风声鹤唳之象;两广、湘、豫、浙、闽伏匪蠢动。李济深、冯玉祥且与之遥遥相应,公然宣告叛国,以诚存亡危急之秋也。

蒋介石开始冷遇美国驻华大使,因为司徒雷登在接受《燕大双周刊》采访时主张:中国民众应该和蒋介石一起,采取"积极的办法"挽救危局。他开列的"积极的办法"有三:一、人民应该行使自己的权利,民主不能单靠政府来负责,否则就会出现严重的腐败问题。二、美国应继续向中国提供各类援助并派遣专家,以帮助和刺激中国政府,使其觉得有存在的希望才会进行改革,反之,在现在的情况下让政府自动改革是根本不可能的。三,政府内部应进行革新。政府也有自由分子,但遭到了压制。这些人应该得到大家的帮助,以便有所作为。司徒雷登说:"国共问题靠武力是解决不了的,和谈现在已无希望,只有用这种积极的办法试一试。如果实现了,共产党方面一定有好的反应,他们也未必愿意永久打仗。"

毛泽东终于决定离开陕北了。

毛泽东要去的地方,是河北境内一个名叫西柏坡的村庄,村庄距离晋察冀野战军刚刚攻占的石家庄很近很近。

以往,毛泽东的电报里常常出现"南线"和"北线",这只是毛泽东心中以黄河为界的战场划分,并不具备地理上的"南"与"北"的概念。毛泽东不在乎黄河是如何弯曲流淌的,他把黄河以北以东的东北、华北、山西等战场皆称为北线,把黄河以南以西的山东、河南,直至长江北岸,乃至包括黄河以西的西北战场都称为南线。毛泽东离开陕北去河北,等于从南线战场转移到了北线战场。

"他们也未必愿意永久打仗。"

共产党人渴望结束战争的愿望空前强烈,因为他们渴望着建设一个新的中国。但是,此时结束战争的方式在他们心中已发生决定性的变化,那就是以更加猛烈的作战把对手彻底铲除。

★ 第七章　**一个极其危险的信号**

- 黑发美少年
- 卫立煌:"我参加共产党好吗？"
- 一个极其危险的信号
- 沉重的门板
- 麦子是个好东西

黑发美少年

一九四八年元旦来临的时候,东北民主联军中开始传唱一首歌,歌名叫《黑发美少年》:

冷万中是个卫生员,
十七岁的黑发美少年。
战士们冲锋陷阵,
他紧跟随在身后边。
……

十七岁的黑发美少年的作战地点在彰武,时间是一九四七年十二月二十八日。

东北民主联军结束秋季攻势后,十月十三日,毛泽东致电林彪提出了更大规模的冬季作战设想:

林:

十二日十时电悉。关内除李宗仁系统可能抽调少数出关外,各战场蒋军均感兵力不敷应用,很难抽援东北。胶东整八师及某部前有抽调说,是否实行,尚待证明。你们攻克吉林后,应将主攻方向转至北宁平绥两线。沈阳、锦州间,锦州、山海关间,山海关、天津间,天津、北平间,北平、张家口间均为很好作战地区。依据关内各战场经验,在敌尚有能力举行大规模进攻时期,因敌高度集中前进,我集中的大军很难求得运动战机会。在现时敌已被迫分散于黄河、长江间六七个战场上,采取战略守势时期,我集中大军更难求得运动战。但如我兵力不太大,则尚有许多运动战机会,且可大量歼灭分散守备之敌。故目前南线各军的野战机动兵团,大体都是以五个旅至十个旅的兵力组成之,其余则以纵队以旅为单位分散作战。你们今后野战兵团之组成,除若干特别情况外[例目前打吉林,将来打锦州或他处],亦应注意此种经验。依你们现有兵力,可以组成一个有九个师左右的头等野战兵团,几个有四个或五个或六个师的二等三等野战兵团,同时在几个区域机动作战。

毛泽东
十三日十六时

林彪拟订了作战计划:第一步,以四个纵队进攻锦州、沈阳一线;以两个纵队进攻锦州、山海关一线;以两个纵队进攻营口、沈阳和开原一线;以一个纵队加两个独立师进攻开原、四平、长春、吉林一线。第二步,以三个纵队、必要时使用四个纵队,进入冀东攻击平绥线。

但是,林彪很快就意识到目前他的部队出关作战是不现实的,他回电毛泽东,建议将出击冀东的作战推迟到一九四八年春天:"我军拟利用锦州到沈阳一带河流皆已结冰,便于大部队行动,投入最大兵力,在锦州和沈阳间作战。为适应打大据点和打大增援作战的需要,'我们拟明年四、五月,再扩大一百个新兵团'。关于到冀东和平绥路作战,林(林彪)、罗(罗荣桓)、刘(刘亚楼)认为:'目前如去大军,则补充供给困难,去不大的部队,则分散兵力,打小仗仍不易找,打大仗感兵力不够。故暂时不去,拟在明年开冰后,再看形势动作。'"

毛泽东就东北战场发动大规模战役的设想,目的是在"张家口、天津间打开一个至两个缺口"——这一设想,是后来林彪部发动辽沈战役,并首先突破锦州的最初动因。毛泽东回电,同意东北部队暂不出关的建议,但再次强调了打开张家口与天津间的缺口,打通东北与华北战场的作战设想:

……

(一)结冰期内,你们集中全力在山海关、辽河地区作战是完全正确的,你们明年建军计划也是正确的。(二)现时到解冰尚有三个月,在此期内,如果我军只在许多战斗之间进行若干短时间的休息补充,而不进行大休整,待解冰以后再进行大休整,则估计可能利用冰期歼灭大量敌人,可能将沈阳、铁岭、抚顺、本溪、锦州、葫芦岛、秦皇岛等几个大据点之间的中小据点、广大乡村及锦州以西、以北地区的全部或大部归于我手。只要办到这一点,尔后就只剩下打大据点的问题了。(三)不论冬季作战胜利大小,解冰以后,你们可将冀热辽的两个纵队派至冀东作战,而以主力在满洲打据点。(四)你们两个纵队派至冀东,配合晋察冀全力在明年春夏两季,不但占领北宁路津榆段的大部,而且可能在张家口、天津间打开一个至两个缺口,使东北、华北开始打通联系,从东北输送炮弹、炸药至华中、中原和西北,此种任务极为重要。

……

林彪决定首先攻击东北国民党军的要害:北宁铁路线上的沈阳至锦州段。因为这里是"敌人与关内的唯一的陆上联络线和输血管,同时也是敌人素来薄弱的地区"。东北国民党军集中兵力固守大城市的状况,迫使林彪只能打大仗,即集中四至五个纵队发动城市攻坚作战,或集中六至七个纵队打大规模的运动战,因为可供攻击的小的据点已不存在。林彪期望着"大的战果":"在东北,由于过去的客观情况,从没有超过两个纵队以上的兵力用于攻城和三个纵队以上的兵力用于打援。所以今年冬季是我们最能集中最大兵力作战的良好时机,因而我们能举行大的运动战和大的攻城战,能把东北作战提到空前未有的大规模,预计可能获得伟大的战果。"此时,经过整训和扩充,林彪部的兵力比秋季作战时多了近二十二万人,总兵力已经达到近七十四万,共产党领导的军队在东北地区兵力首次超出了国民党军,而且一超就是近十六万人。

东北民主联军发动秋季攻势后,因为铁路交通已被切断或时通时断,盘踞在大城市中的国民党军,不但陷入了断粮断电的困境,兵员补充也面临极大的障碍。为此,国民政府外交部长王世杰告诉美国国务卿马歇尔,说目前国民党军在中国东北地区武器弹药"严重短缺",原因是这里的军队大多是由美国训练和装备的,在过去这是一大优势,现在美国的装备运进东北已极为困难。美式武器所需的弹药中国自己又不能制造,如果美国方面再不想办法,国民党军队的美式装备就将成为一种劣势。而主政东北的陈诚认为,除了武器弹药之外,关内不能及时补充兵力、筹集不到大军所需的粮食也是问题,而最令人担忧的头等问题是部队普遍士气低落。

东北民主联军政治部主任谭政在给中央军委的电报中也说到士气问题:"士气都是饱满与旺盛的,一部分部队因四平一仗,元气损伤过大,略见减退,但不久即告恢复,现部队已建立起一种好的斗争意志与战斗作风,在连续作战、远距离的奔袭、气候严寒与大兵团行动、给养、住宿困难等情形下,已养成忍苦耐劳的习惯,过去顾虑伤亡、喜欢叫苦、不愿走路、不愿待机、不习惯于大踏步进退的心理与现象,现在是一般的消失了。现在没有打上仗或未能担负主攻的部队,常常表示不快意,每一战斗开始,部队争相请命,要求给予艰巨任务,以担负艰巨任务为荣。"

等待河流结冰是令人焦急的。

十二月初,东北地区气温终于降到了零下二十多摄氏度。

河上的冰冻结实了,载重车可以通行了,东北民主联军官兵穿上厚厚的棉衣,脚上是垫着新鲜乌拉草的靴子,在一尺多深的积雪中出动了。

十二月十五日前后,二纵和十纵包围了沈阳以北的法库,七纵包围了法库以西的彰武,八纵包围了彰武以南的新立屯,一纵、三纵、六纵进至法库、新民与沈阳之间,四纵逼近沈阳,九纵到达沈阳西北方向的新民附近。

东北民主联军全线出动,陈诚骤然紧张起来,他立即命令驻守铁岭的新六军新编二十二师增援法库。新编二十二师的出动给林彪带来了战机,他命令十纵二十九师围困法库,不得使守军逃窜;二纵和七纵主力迅速转向法库东南,从侧翼发起进攻;三纵迂回至铁岭,切断新编二十二师的退路,割断其与新三军十四师的联系。

十六日,新编二十二师进至铁岭与法库间的镇西堡、娘娘庙一线,向法库以东的二纵阵地发动了进攻。二纵当即反击,并以五师向敌人侧后迂回。新编二十二师发觉自己成为攻击对象之后,急忙趁后路未断之际向铁岭回撤。十七日,二纵五师在调兵山附近抓住了新编二十二师的后卫一部,官兵们立即冲了上去,果断而勇猛的出击给敌人造成巨大混乱。但是,让五师师长钟伟焦急的是,各友邻部队没有一支前来助战,结果战斗打成了个击溃战,还是让敌人跑了。钟伟给林彪发去电报:"……此次调兵山战斗,我们十七日十二时包围敌人,除报告纵队外,即时出击敌人。当时四师在沙后所东北,六师在锁龙沟东南,他们不仅可以听到,而且可以看到。除四师一部包围沙后所以外,其他部队均未自动截击敌人,放过了应得的战果……大规模运动战中,各师、团指挥员切实负责照顾战斗的胜利,做到机动配合策应是非常重要的,否则要放弃许多可能争取的胜利……"

新编二十二师的被打,再次调动了国民党军。二十日,陈诚急调驻守长春的新一军五十师和暂编五十三师、驻守四平的第七十一军八十七师和九十一师、驻守开原的第五十三军一三〇师和暂编三十师、驻守辽南的第五十二军第二师赶赴沈阳和铁岭地区,以解除林彪部对沈阳构成的军事威胁。

国民党军的大规模调动,是林彪一直等待的,他决定放弃攻击四面环山、工事坚固的法库,以二纵和七纵向西攻取彰武,进一步调动并分散国民党军。作战部署是:二纵、七纵和东总直属炮兵主力统一归二纵司令员刘震指挥,负责攻击彰武;一纵和十纵二十九师进至石佛寺西北地区;三纵和六纵主力进至法库以南,阻击沈阳地区出援之敌;一纵三师继续佯攻法库;十纵三十师监视四平之敌;四纵向沈阳城郊进逼;辽东军区部队牵制沈阳守军;八纵除留二十四师继续包围新立屯之外,主力和九纵一起在锦州至沈阳铁路线以北准备阻击国民党军增援部队。

彰武是沈阳以北铁路线上的一个重要据点,由国民党军第四十九军七十九师的三个团据守,兵力约万人。

二十二日,二纵进至彰武城的东南和东北,七纵进至城西和西北,共同对彰武形成合围之势。随后,七纵二十师攻占城西南的制高点高台山;二纵六师十七团攻占沙坨子地堡群,为炮兵准备了射击阵地;七纵十九师夺取了车站以西地带,二纵五师肃清了城东北的各据点。外围战斗结束后,林彪没有催促部队对彰武实施攻击,他希望总攻准备进行得细致而周全。二纵司令员刘震经过反复勘察地形,最终决定了两个突击主方向,每个方向上重叠部署三到四个突击团,对彰武城发动持续而猛烈的突击。

二十八日,总攻开始。

炮火准备异常猛烈,参战的八个炮兵营集中起六十六门火炮轰击城墙,仅二十分钟就打开了一个宽大的突破口。然后,炮火逐步延伸,每次延伸距离两百米,每次延伸为两分钟急袭射击,每门炮发射炮弹八发。这是东北民主联军首次实施炮兵计划射击,不间断的炮火支援步兵纵深作战,标志着这支部队在炮兵火力运用和射击技术上有了巨大飞跃。随着炮火的延伸,二纵五师十四团、六师十八团为第一梯队,五师十三团、六师十七团为第二梯队开始向城内突击。一梯队的正副班长都配备了汤姆式冲锋枪,加上每个班配备的重机枪,攻击火力十分凶猛。在二纵的突击方向上,十七岁的卫生员冷万中紧跟在突击队员的后面,他在弹雨中奔跑,扑向每一个负伤的战士,为他们包扎伤口,然后护着他们向下转移。炮弹的爆炸声震耳欲聋,子弹在身边呼啸而过,冷万中充满稚气的脸涨得通红,军帽下露出浓密的黑发。他呼唤着官兵们的名字,少年的声音穿透嘈杂的枪炮声在战场上回荡。在城防突破口,冷万中连续抢救了七名伤员,突然间,他的叫喊停止了。敌人的第一颗子弹划过他的额头,血遮住了他的眼睛;第二颗子弹打碎了他的耳朵,他的军衣被染红了;第三颗子弹穿进他的喉咙,他抽搐了一下,一头栽倒在阵地上,手里的纱布飞扬起来。

黑发美少年死了。

五个小时后,彰武城万余守军被歼,国民党军第四十九军七十九师少将副师长李佛态以下官兵近七千人被俘。

这是林彪部第一次在白天发动城市攻坚战。

自此以后,东北民主联军对城市的攻击大多在白天。

彰武的战斗刚刚结束,林彪即命令一纵、八纵、九纵继续向北宁路前进,准备彻底切断锦州至沈阳间的交通联络。三十日,八纵主力攻占黑山县城,并开始向沈阳西郊逼近;九纵在一纵的配合下进占大虎山和台安,之后一纵转进辽中地区。

陈诚认为,林彪部伤亡过大难以再战,于是部署了在法库以南地区与林彪部主力作战的计划:新六军军长廖耀湘指挥新三军和新六军主力为右路,由沈阳、铁岭一线向西推进;新五军军长陈林达率四十三师、一九五师为左路,由沈阳向北推进;第七十一军军长向凤武指挥第七十一军和新编第一军为中路,由沈阳向西北推进。国民党军共五个军东起铁岭,西至新民,沿着辽河两岸百公里的正面呈扇形全面出击。

陈诚大军出击的那天正是一九四八年元旦。

他不知道,自这一天起,他的对手的称呼变了。

林彪和罗荣桓在给中央军委的电报中说:"李济深所组织的军队

亦称民主联军,为了使我党领导的武装的名义,不与别党武装的名义混淆,和使我党所领导的武装有统一的名义,我们建议将东北民主联军的名称取消,而改称东北人民解放军。"两天后,中共中央和中央军委复电:"望即由东北民主联军经新华社发表通电,声明该军是在中国共产党领导之下为中华民族解放与国家独立人民民主而奋斗的东北人民军队,兹为与全国人民解放军的称号取得一致,特向全国人民及各地解放军宣布,自某月某日起东北民主联军改称东北人民解放军,总司令改称司令员。你们照此办理即可,中央不需对外发表公告。"一九四七年十二月二十七日二十时,林彪、罗荣桓致电中共中央:"我们拟利用元旦日,宣布东北民主联军改名为东北人民解放军。"十二月三十日十七时,东北民主联军总部发出通令:"东北民主联军总司令部于一日起改为中国人民解放军东北军区司令部,其简称'东总'亦改为'东司'。"

就在这一天,林彪发现陈诚的三路大军中,左路的新五军因推进快,位置已经突出出来,且新五军力量相对薄弱。东司立即部署:六纵在路上阻击新五军并诱其深入;二纵、七纵火速到达新立屯以北、以西地区集结,待命攻击;三纵插到新五军的右翼,切断其向新民的退路;十纵、一纵、独立第二师、四纵共同切断国民党军右、中两路与左路新五军的联系;八纵、九纵从辽中地区返回新民以西待命参战。

新五军军长陈林达,黄埔第四期毕业,他率部出动的时候,绝对想不到自己将成为东北战场上第一位被俘的国民党军军长。

元旦那天,新五军从沈阳乘火车出发,到达巨流河车站下了车。寒风凛冽,陈林达向四野望去,雪原茫茫,他深为陈诚命令他的部队在新年之际出动而不快。陈林达的理解是,这次作战顶多是一次驱逐行动,把沈阳附近的共军主力赶得远一点而已。林彪的部队刚在彰武那边打完一仗,绝对不会立即主动迎战五个军的兵力,他需要休整就必定会再向北面转移。作为三路大军中的侧翼,新五军只要推进到预定位置,就算完成了任务。临行前,陈诚调拨给他十天的粮食弹药,而驱逐行动根本用不了十天。于是,陈林达命令各部队临时雇用当地老百姓的大车,拉上三天的粮弹上路,剩下的都存在巨流河车站,必要时再用汽车往上送。准备完毕后,新五军沿着公路向巨流河北面的公主屯方向推进。

第二天,陈林达的军部到达安福屯。这时候,已经推进到公主屯和黄家山附近的前锋部队报告说:遇到了共军的阻击。陈林达认为,这也就是少量共军为迟滞他的推进而进行的骚扰性阻击,他命令四十三师向黄家山、一九五师向十里堡和五家子攻击前进,并且开始与右路和中路的友邻部队寻求联络。

阻击新五军的就是负责诱敌深入的六纵。为了给包围新五军的主力部队赢得调动的时间,六纵顽强地抗击着新五军不断发起的集团冲锋,阵地上厚厚的积雪很快就被灼热的枪弹融化了,六纵官兵在泥雪中滚来滚去,前沿阵地上的拉锯战反复进行着。三日黄昏时分,新五军四十三师终于巩固住了一个小高地,但就新五军全部主力部队来讲这一天几乎是原地未动。

三日的阻击战至关重要,因为正是这一天,二纵、三纵、六纵、七纵和炮兵第一、第二、第四团开始急促地向公主屯地区开进。四日,新五军对六纵的阻击阵地加强了攻击力度,但是陈林达发现,尽管炮兵火力猛烈,但只要一冲上共军的阻击阵地,部队很快就会像雪球一样滚下来,他终于知道自己的部队不敢与共产党军队近距离肉搏。数次攻击之后,依旧没有进展。黄昏又至,陈林达猛然发觉附近有林彪的大部队正向他接近,他立即命令用重炮攻击当面共军的阻击阵地,然后严令各部队迅速地突击过去。但是,当面的阻击不但越来越强,而且六纵还向他发动了反击。位于前沿的一九五师遭到猛烈攻击后,丢弃阵地一直后撤到安福屯,与陈林达的军部挤在了一个村子里。

陈林达不知道,攻击一九五师的,是已经赶到战场的第三纵队。

五日拂晓,新五军被包围在了公主屯及其西南地区。

陈林达立即向陈诚请求退守设有坚固防御工事的巨流河车站。陈诚召集幕僚紧急会商对策,东北行辕副参谋长赵家骧主张新五军放弃公主屯,会同各路大军据守辽河以南和沈阳——如果按照赵副参谋长的建议,立即命令三路大军一齐收缩,林彪歼灭新五军的计划很可能落空。但是,陈诚犹豫再三,还是向陈林达下达了"改取守势,在原地固守三天,以吸引匪军主力"的命令。同时,他命令新六军变更行军方向,向公主屯进击,"以解救新五军之危";命令第七十一军立即转向西北,"支援新五军之作战"。

陈诚命令新五军固守待援,是因为他不相信林彪能够吃掉他的一个军。而这正是林彪所期待的战场态势——无论是关内还是关外战场,但凡国民党军下达"固守待援"的命令之后,鲜见哪支被围部队最终能够等来增援而将其解救出去——尽管有四个军的兵力距离陈林达仅咫尺之遥。

"固守待援"的命令决定了新五军覆灭的命运。

六日拂晓,呼啸的狂风刮得雪尘漫天飞舞,气温已经降至零下二十五摄氏度。二纵六师的前卫十七团到达王道屯,和他们一起到达的还有七纵五十七团。情报显示,这个只有三十多户的小村子里驻扎着新五军的野战医院,二纵和七纵占领这里的目的是切断前、后闻家台村的联系。两支部队都抢着发动进攻,而他们不知道,他们攻击的已不是一个野战医院,而是一九五师退到这里的一个整团。国民党军锯倒大树,在村外构筑了防御工事,在村内的房屋墙壁上也挖了很多射击孔。五十七团最前面的二营没有任何防备,首先发动进攻的五连遭到密集火力阻击,伤亡严重。六连接着冲了上去,也没有火力的掩护,带头冲击的营长中弹牺牲,教导员也负了伤,二营只好撤了下来。从另一个方向攻击的十七团一营也不顺利,他们虽然组织了火力掩护,但三连冲上去的时候,由于突破口过于狭窄,官兵们拥挤在一起,遭遇敌人大量杀伤。接替三连冲击的一连依然被阻击在突破口附近。这个时候,两个团的指挥员才搞明白,村子里有敌人的大部队而不仅仅是一所医院。调来增援兵力后,再次组织攻击,村内守军开始夺路而逃。后来才知道,王道屯内的守军是新五军一九五师五八五团——这次战斗被林彪列入"打莽撞仗"的教训战例之一,但他对二纵和七纵官兵猛打猛冲的战斗作风还是表示了赞赏。

这天上午,困守安福屯的陈林达接到报告,说存放在巨流河车站的粮弹已经装上卡车和大车,但是公路已被共军切断,如果这些物资出动肯定要被共军截获。陈林达开始后悔没把粮弹全部带上,而此时各师阵地不断被突破压缩,共军的炮火已经打到安福屯了。陈林达被迫率新五军军部和一九五师一起退守闻家台村。到了这里之后,军部与四十三师的联系彻底中断了,陈林达被困在一个孤零零的村庄里。

是守还是撤?

到了这时候,陈诚仍是犹豫不决,原因是各路增援部队都报告说他们在"顽强前进"。

林彪把攻击闻家台村的主攻任务交给了二纵。二纵前指副司令员吴信泉认为晚上攻击容易让敌人跑散,遂与副政委李雪三决定天亮后发动总攻。

　　三纵的任务是向沈阳方向警戒和阻击增援之敌。司令员韩先楚认为与其被动地等着打援,不如主动向闻家台村发起攻击。三纵侦察科长郑需凡是个胆子奇大的人,他穿着美式军服、骑着一匹高头大马竟然在闻家台村里大模大样地转了一圈。回来,郑需凡向韩先楚报告说,村子里有好几千人,而且不少是机关模样的人。韩先楚听了更加心痒。有人认为三纵是负责打阻击的,不能抢人家二纵的主攻任务;也有人认为,眼皮底下的敌人不打说不过去。究竟是打还是不打?最后韩先楚和政治委员罗舜初拍了板:打!他们的理由是:八师和九师继续警戒沈阳方向,七师连夜攻击闻家台村将国民党守军黏住,这更加有利于天亮后二纵发起总攻。

　　漆黑的冬夜,风雪猛烈。七师迅速制定了战斗方案:十九团和二十一团在两侧助攻,集中全师所有的炮火全力支援二十团主攻。二十团将突击任务交给了三营。命令一下,三营的爆破手们轮流冲上去爆破,在连续牺牲了八名爆破手后,终于将敌人的防御工事炸开了一个突破口。突击队员随后跟上,国民党守军火力密集,七连二班长公方臣腹部中弹,肠子流了出来,他坐在雪地里不停地喊口号,直到没有了声息。九连冲到距守军指挥部仅一百多米的地方,官兵们占据了一个小院子作为继续冲击的依托。敌人拼死反击,想把他们打出去,九连誓死不退,连长和指导员都身负重伤,战斗英雄侯成安站出来代理指挥。小院几乎被敌人的炮火炸平,房屋和柴草被点燃,四周烈焰冲天,九连官兵利用断墙残壁死打硬缠。敌人组织起"敢死队",把战场上的尸体叠起来当掩体,推着尸体向前移动,然后突然跳起来边扫射边冲锋。随着侯成安的负伤,九连最后只剩下一个班的战斗员了,一个班中只有三人没有负伤。

　　一营上来了。一营长赵兴元,久经沙场的战斗英雄,但他还是被小院里的情景惊呆了。院子里摞满了伤员和尸体,院外也躺满了国民党守军的伤员和尸体,伤员和尸体密集得令人插不进脚。地面已经被鲜血染红,然后被炮火烘干。赵营长发现了奄奄一息的三营教导员张林经,张教导员挣扎着想向他交代战场情况,被赵营长制止了。赵兴元叫来担架,对张林经说:"老张!放心!我的一营也不含糊!"

　　赵营长决定不但要把这个据点守住,并且还要把附近的一座平房攻占了。凌晨两点,一营二连开始向平房冲击。守军的两挺机枪疯狂扫射,突击队不顾一切地前进,甩出的手榴弹如同大雨落下。冲到平房门前,官兵们上了刺刀,守军转头就跑。二连端着刺刀追,但是守军黑压压的拥挤在一起如同一堵墙,追击的官兵挤都挤不进去。平房被攻占,一营教导员负伤,二连伤亡过半。

黎明来临了。

国民党守军开始反攻平房阵地。在一次又一次的拉锯战中,平房的一角轰然倒塌。然后,那里突然没有动静了,好像二连突进去的官兵已全部阵亡。二连指导员带领一个班前去增援,但途中全部倒在了一片开阔地里。副连长齐继忠又带着一个班上去了,国民党守军迎面反击,齐继忠被子弹打倒,他推着个大炸药包开始一点点地往前爬,身后是长长的血印。平房那边,守军的反击队已经摸到门边,正要冲进去的时候,门里面突然站出一个人,是二连党龄最长的战士老张。老张叉着腿,端着一挺机枪,吼:"谁也不许进来!"话音未落,老张拉响了绑在身上的三颗手榴弹。

爆炸过后好一会儿,国民党军官兵大喊:"平房里的共军死光了!"喊声未落,平房里又冲出一个人来,这是二连坚守平房的最后一名战士,名叫常学理。已经负伤的常学理是被手榴弹的爆炸声震醒的。他的棉衣已经着火,拖着一挺机枪,靠在了平房的门边。敌人组织起军官反击大队,二百多人一律穿美式军大衣,戴美式钢盔,端着崭新的美式冲锋枪,他们喊着口号开始朝一个人防守的平房冲锋。

新五军的军官们喊:"誓死保卫军部!"

常学理也喊:"坚决消灭新五军!"

突然,军官大队的军官们掉头就跑,原来赵兴元营长率领一连冲过来了。

二十团政委刘振华也跟上来了,他说:"老赵,新五军让咱打残废了!兄弟部队就要发动总攻了!"

沈阳城里的陈诚彻夜不眠,他还在为是否命令新五军突围而犹豫不决。情况显示增援部队确实在进攻,但各路都没有多大进展。

负责打阻击的十纵始终处于血战之中,他们当面是国民党军新三军和新六军的五个师。十纵是新组建的部队,林彪特别嘱咐司令员梁兴初:"抗击敌人必须沉着,顽强防御,并机动进行小规模反击,坚决反对不敢硬拼的游击习气。敌人攻击精神差,只要能抵住几次冲锋,敌人就不敢再前进。"但是,十纵的对手兵力充沛,火力强大,且有十多架飞机进行战场支援。六日,战斗整整持续一天,八十七团在两小时之内先后伤亡两百多人。在三营的阻击阵地上,六小时内先后伤亡四名连长。七日,国民党军集中四个师的兵力,在二十架飞机和八个炮兵营的火力支援下,再次对十纵的阻击阵地发动攻击。十纵的阻击前沿一片火海,阵地失而复得,又得而复失。在几个阵地丢失之后,梁兴初到三十师指挥所亲自组织反击。黄昏,在正面宽大的阻击战场上,各部队同时发起冲击,两小时后失去的阵地再次被恢复。

六日晚,陈诚终于下达了让新五军向沈阳撤退的命令。

但是,一切都晚了。

七日,天亮起来的时候,东北野战军的总攻开始了。攻击部队集中了六十多门火炮,向被压缩在闻家台、黄花山两个村庄里的新五军残部进行猛烈的轰击,接着二纵和三纵从不同的方向发起了最后冲击。

苦战一夜的三纵官兵直接冲击陈林达的军指挥部。二十团一营一连三排副排长李永凤踢开大门,举着一枚拔出保险针的美式鸭嘴手雷,大声喊:"谁动一下,我就撒手!"

新五军指挥部里一片惊慌:"别撒手!我们投降!"

李永凤问:"谁是陈林达?"

角落里走出来一个换上了士兵军服的小个子军官:"鄙人就是陈林达。"

二纵打得十分凶猛,一路冲进闻家台村,当他们冲进新五军指挥部时,发现陈林达已经被三纵抓住了。二纵的一个干部厉声问:"你们是哪个单位的?"刘振华政委回答:"我们是三纵七师二十团的。"那个干部又问:"谁让你们来打的?"刘振华说:"韩司令让我们来打的。"二纵的那个干部不由分说把陈林达押走了。

刘振华将此事报告韩先楚,委屈地说:"我的二连和九连都打光了!"

韩先楚司令员说:"都是解放军,谁抓了陈林达都一样。"

与陈林达一起被俘的,还有一九五师师长谢代蒸、四十三师师长留光天等一万三千余名官兵。加上被打死打伤的七千多人,新五军全军两万余人全部被歼。东北野战军缴获了大量的优良装备,包括各种火炮二百余门、轻重机枪七百多挺、步枪和冲锋枪六千多支以及各种车辆一百三十多辆。

国民党军战史对此战的叙述是："七日午前,军长陈林达中将,亲率第一九五师主力,向南突围,不料行至黄家山以南之艾家屯,又遭匪埋伏截击,增援之国军,亦分别被阻,俱无进展,战至七日正午,新五军竟陷于覆没。"

陈诚心力憔悴,在把驻守辽阳的第五十二军主力和驻守四平的第七十一军主力紧急调回沈阳后,他就因胃病病倒了。

一月十日,蒋介石到达沈阳。

东北行辕召开了师长以上将领参加的军事会议。谁都知道这种时候召开这样的会议只能是追究责任和处分将领。行辕副司令长官郑洞国很快得知,蒋介石一下飞机就与陈诚谈了话,陈诚已把新五军的覆灭归咎于众将领不服从他的指挥,并要求蒋介石惩办新六军军长廖耀湘。郑洞国立即找到随同蒋介石前来的国防部参谋次长刘斐,请他必要时为廖耀湘说几句求情的话。距离开会时间还有两分钟的时候,大家看到蒋介石在陈诚的陪同下脸色铁青地走进了会议室:

> 会议一开始,蒋先生便大发脾气,痛责在东北的众将领指挥无能,作战不力,把好端端的队伍都一批批送掉了。他愤愤地责问众人:"你们当中绝大多数是黄埔学生,当年的黄埔精神都哪里去了?简直是腐败!像这样下去,要亡国了!"蒋先生的浙江口音本来略显尖细,此刻由于过于愤怒,声音都有些发颤了。在场的人吓得无一人出大气。蒋先生足足骂了约十几分钟,大家以为骂也骂得差不多了,岂知他话锋一转,又接着大骂起廖耀湘将军和李涛将军来,切责其不服从命令,拥兵自保,见死不救,致使新五军全军覆没。

出乎在场人的预料,廖耀湘和李涛突然站起来,申辩说他们根本没有接到增援陈林达的任何命令,他们不能为新五军的失败承担责任。陈诚立即反驳说,他曾让罗卓英将军给廖耀湘打电话,命令新六军就近解新五军之围。双方在罗卓英是否打过这个电话上针锋相对,措辞激烈,争吵不休,而其他将领则一声不吭。这种高级将领们当面吵架的情形以前并不多见,蒋介石一时也不知如何是好。

争吵到最后,陈诚将军在无可奈何中,神情沮丧地站起来说:"新五军的被消灭,完全是我自己指挥无方,不怪各将领,请总裁按党纪国法惩办我,以肃军纪。"蒋先生原本打算惩办廖、李二人,现在见陈氏自己承担了责任,只好改口说:"仗正打着,俟战争结束后再评功过吧。"说罢即离席而去。蒋先生离席后,陈诚将军接着又说了几句自我检讨的话。最后表示:"我决心保卫沈阳,如果共党攻到沈阳的话,我决心同沈阳共存亡,最后以手枪自杀。"言毕即宣布散会。

会后,蒋介石做出重大决定:将第五十四军的两个师由山东调往沈阳,同时成立"东北剿匪总司令部",并在锦州成立冀热辽边区作战机构,以连接东北和华北两个战区。

一九四八年一月十七日,国民党军陆军副总司令卫立煌被任命为东北行辕副主任兼东北"剿总"总司令,郑洞国、范汉杰、梁华盛、陈铁、孙渡任东北"剿总"副总司令,赵家骧任参谋长,彭杰如任副参谋长,范汉杰同时兼任冀热辽边区司令长官。

蒋介石刚刚回到南京,就接到了东北战事恶化的消息:在新立屯被林彪部围困了近一个月的第四十九军二十六师共九千余人,在弹尽粮绝、冻伤很多、士气低迷之时突然受到猛烈的攻击。一月二十六日,二十六师师长彭巩英率部分路从新立屯东北、西北和西南三个方向实施突围,但除彭师长带领的约五百余人逃到阜新之外,其余全部被东北野战军围歼于突围途中。国民党军二十六师突围的方式出乎预料,全体官兵学着共产党军队的样子:反穿大衣,头裹毛巾,一声不响,秩序井然。往外走的时候,遇到哨兵询问,回答说是八纵的。后来居然在途中与八纵的一支部队擦肩而过。他们过去了好一会儿,八纵的干部们觉得有点不对头,怎么仗还没怎么打就有部队往外撤?这才醒悟到是敌人想跑,于是各部队掉头便追,追出去几十里终于追上了。二十六师的官兵也没有乱,数千人呼啦一下坐在雪地里缴枪投降了。

忧心忡忡的蒋介石在一周反省录中写到:

东北新立屯与沟帮子各要点相继失陷,共匪紧逼锦州,沈阳形势孤立,国军若不积极出击,做破釜沉舟之决心,则沈阳二十万之官民皆成瓮中之鳖;故分致各军、师长手书,望其团结一致,同仇敌忾,以九死一生之志冲出一条血路。

蒋介石致手书首先安抚的,是敢于当面争辩的新六军军长廖耀湘:"惟吾弟益加振奋自勉,为各军之模范,须知东北国军乃以弟部为骨干",故应"有难当先,有急必援,先人后己"。接着,他又手书给二〇七师师长罗友伦:"此次在沈相晤,以时间匆促,仍未能面询详情","尚望益自奋勉,雪耻灭匪,依照昨日会中指示,努力发扬革命精神,时时以彻底执行命令,誓死达成任务。"

陈诚寝食不安,如坐针毡,他一反矜夸自傲的态度,开始与东北的高级将领们亲近起来。他劝说郑洞国陪他去了南京,面见蒋介石时,再次陈述国军在东北的失利确实由于各将领不服从命令所造成,而不是他的指挥无能。他着重申述东北的高级将领们如何难以调动,如何自私自利只求自保,如何腐败堕落等等。其间又不断地说"不信可以问郑副司令"。郑洞国面带难色,"垂首不语",他后来回忆说:"当初你把持一切,凡事不容别人过问,现在却要我来证明这个证明那个,岂不可笑?"——陈诚终于知道自己的军事生涯就此结束了,因为蒋介石在听完他的陈述之后说了这样一句话:"你安心养病,别的事就先不要管了。"

当众发誓"同沈阳共存亡",否则"以手枪自杀"的陈诚以病重为由,向蒋介石提出了辞呈。

一九四八年二月五日,陈诚黯然离开沈阳,此时他主持东北军政不足六个月。

在国民党内一片"杀陈诚,谢天下"的呼声中,陈诚住进上海陆军医院,同时辞去了参谋总长职务。

东北野战军冬季攻势第一阶段作战结束。

此战,歼灭国民党军约五万八千余人,切断了北宁铁路,致使国民党军据守的东北要地沈阳门户洞开。

天寒地冻,气温常常降至零下四十摄氏度,东北野战军官兵在野外作战时,身体暴露的部分很快就会冻伤,手一摸到金属枪管就会被粘下一层皮。即使穿着大衣和棉鞋,也会在雪地里冻得爬不起来。加上很少能吃上热饭,东北野战军在冬季攻势中出现大量的冻伤:"特别因为东北村庄散小,大兵团集中作战,有时不能宿营。战士棉衣鞋袜被汗水及雪打湿,停止或宿营时往往得不到烤干和温暖休息,部队遇到大的非战斗减员。自冬季攻势以来,不到半月,已冻伤八千余人。其中很重的约三分之一,有一部分将成残废。"除非战斗减员外,战场上的减员数字也显示出战斗之残酷,仅在歼灭新五军的战斗中,东北野战军伤亡高达一万多人。

成千上万的东北翻身农民倒在了冰天雪地里。

这些北方少年身材匀称魁梧,鼻梁高而挺直,他们性格朴实直率,他们为人仗义豪爽,他们倒下的时候年轻的黑发和养育他们的黑土地永远融在了一起。

卫立煌："我参加共产党好吗？"

一九四八年一月二十二日,卫立煌到达沈阳。

此时,无论是国民党还是共产党,都对卫立煌的上任心绪复杂。因为在国民党军高级将领中,卫立煌是一个另类人物。

时年五十一岁的卫立煌,出生在安徽合肥东郊卫杨村,十五岁那年因家贫无以为生,应招到庐州军政府当兵,后进入湖北学兵营,结业后投奔粤军,成为孙中山的一名卫兵。跟随孙中山的时光,被卫立煌称为一生中的黄金岁月,他终生都以孙先生的信徒自居。一九二四年,孙中山将广东军队改编为建国粤军,随后蒋介石又将粤军改编成国民革命军第一军,蒋介石亲任军长,何应钦任副军长,王懋功任参谋长,周恩来任政治部主任。此时,卫立煌已是第一军第三师九团团长。一九二六年,国民革命军北伐期间,他升任第一军十四师师长,与他一起提升的还有第二师师长刘峙、第三师师长顾祝同。这一年的秋天,北方军阀孙传芳兵分三路渡过长江直指南京,卫立煌的十四师血战四昼夜,为保卫南京立下殊勋。但是,战后何应钦提拔刘峙为第一军军长,顾祝同为第九军军长,他仅为第九军副军长——卫立煌不是黄埔出身,这是国民党军中称他为"嫡系中的杂牌"的缘故。蒋介石任用高级将领常以黄埔出身为标准,仅这一点就让卫立煌对蒋介石含恨终生。

虽然卫立煌与蒋介石有解不开的芥蒂,在政治上他也有自己的独立见解,但是出身贫苦的他必须为社会地位的提升而努力,因此他的人生似乎已经无法与蒋介石剥离,他们之间形成了共同进退、荣辱相连的依附关系。

一九三二年,蒋介石对鄂豫皖苏区发动第四次"围剿",时任第十四军军长的卫立煌奉命率部向黄安(今红安)七里坪增援。途中,遭遇红军的突袭。当红军冲到距军部不足两百米的地方时,卫立煌产生了就要成为俘虏的恐惧。身边的特务连用上了最精良的二十响快慢机,卫立煌也把携带的英国自动步枪拿出来,密集的火力挡住了红军的冲击。在以后的日子里,卫立煌多次说起他差点就被红军捉去。他没有畏惧不前,率部继续向鄂豫皖苏区核心地带攻击。红四方面军开始转移,卫立煌带着一个师从小路迂回直插鄂豫皖苏区的军政中心金家寨。国军占领金家寨的消息传来,蒋介石喜出望外,除了巨额赏金以外,国民政府特别颁布:将安徽的六安、霍山、霍邱与河南的固始、商城五个县的部分地区划出,以金家寨为中心建立一个新的县,并以卫立煌的名字命名为"立煌县"——在国民党执政中国的日子里,以人名命名县名者,在此之前只有一个,即孙中山的故乡广东中山县。

但是,卫立煌的战功再一次没有与他的升迁联系起来。顾祝同早就当上江苏省府主席了,原本认为安徽省府主席非己莫属的卫立煌被调到鄂东任清剿总指挥,接着又被调到皖西任清剿总指挥,最后又被调到江西任清剿纵队指挥官。他对这样的不公极其愤怒,干脆撂挑子回南京了。有人问他战事正紧怎么回来了,卫立煌说:"仗打赢了,全是别人的功劳;输了,全是我的责任。我又不愿意与那几位(陈诚等)共事。"蒋介石一气之下准备撤他的职,但驻守福建的十九路军突然倒戈,卫立煌被任命为第五路军总指挥,率领他的第十四军、宋希濂的三十六师、冷欣的第四师和汤恩伯的八十九师,沿闽江而下直扑福州外围,伏击了十九路军并与其达成接受改编的协议。"福建事变"结束之后,卫立煌当上了国民党中央执行委员,并被国民政府授予陆军上将军衔。

抗日战争爆发,平津危机,卫立煌主动请缨率第十四军北上与日军作战。日军在山西遭到严重打击后,聚集十四万兵力猛攻北进太原的战略要地忻口。国民政府军事委员会任命卫立煌为第二战区前敌总指挥,统领晋北全部中央军和晋绥军近十万兵力在忻口以北建立防线阻击日军。中国抗战史上著名的忻口大战爆发。日军的三个师团和特种部队发动猛攻,卫立煌指挥部队奋勇阻击。数日后,阻击防线在南怀化以南被日军撕开一个战役缺口。卫立煌严令部队实施反击,中国军队与日军展开了殊死的肉搏战,第九军军长郝梦龄、五十四师师长刘家麒、独立第五旅旅长郑廷珍先后殉国,卫立煌的部队官兵伤亡数千人。

忻口战役持续二十三天,日军付出伤亡四万多人的代价,始终未能突破中国军队的防线。卫立煌写下了《第十四集团军军歌》:

> 这是我们的地方,
> 这是我们的家乡,
> 我们第十四集团军英勇坚强。
> 为祖国的生存而奋斗,
> 团结得好比钢一样。
> 服从命令,保卫边疆,
> 联合民众,抵抗暴强,
> 把自己的力量献给祖国,
> 完成中华民族的解放。

一九三八年四月,卫立煌率部向中条山转移时,借道延安——部队向中条山转移,本不用绕道陕北,之所以借道延安,是卫立煌有意为之。尽管在国共分裂后他坚决地站在蒋介石一方,并且在与红军作战时毫不手软,但没有任何证据表明卫立煌对共产党的政治主张有过明确的反对言论——卫立煌在政治上的"不坚定"始终是蒋介石的一块心病。那年春天的延安之行,对卫立煌的人生影响深刻。国民党军的庞大车队出现在陕北,立即成为当地的一大奇景。车队最前面是两辆黑色的小汽车,卫立煌与第二战区参谋长郭寄峤、副参谋长文朝籍以及戴着金丝眼镜的副官罗香山坐在第一辆车上。让卫立煌感到惊讶的是,距离延安城至少还有三十里,他就看见了"欢迎卫副司令长官"的标语。车至延安城外,欢迎的队伍排列在道路两边,副官罗香山告诉卫立煌,从欢迎的人数上看应该是延安倾城出动了。前来迎接卫立煌的是八路军参谋长滕代远和陕北留守处主任萧劲光,他们一起在欢迎队伍的夹道中步行走进延安城。远远地,卫立煌看见前面有个人似乎在等他,那个人一看见他便热情地迎上来,卫立煌认出来了那人是毛泽东。

这是卫立煌第一次见到共产党领袖毛泽东——自那以后,渡过坎坷人生的他再次见到毛泽东时,已经是共产党夺取政权之后的一九五五年了——延安的共产党领导人设宴款待他,毛泽东面色不那么丰润,但谈锋极健乃至滔滔不绝。毛泽东称赞卫立煌抗日坚决,与八路军相处友善。毛泽东还谈到山西战场的重要以及日本在中国的战略。卫立煌参观了延安抗日大学，副校长罗瑞卿介绍说，现在学习的是第四期学员，有四五千人之多，一起吃小米杂粮，一起住简陋的窑洞，除了西藏和新疆以外全国各省的学员都有，不但有爱国青年，还有少爷、小姐和太太，甚至有国民党党员，都是经过千山万水来到延安的。从大后方和沦陷区来的学员们为什么如此清苦而精神愉快？为什么他们对创造一个新中国的政治远景抱有如此巨大的信心？受到感染的卫立煌应邀上台讲话，他讲述了自己与日军作战的经历，强调没有八路军的合作他杀不了那么多鬼子，面对四五千名爱国青年他发誓决不退过黄河。离开抗日大学后，卫立煌想去看望林彪，因为这位八路军师长在与日军作战时被他指挥的晋军误伤，现正在延安二十里堡养伤。走到半路，他突然意识到自己身上没带钱，于是就让随行的军官们凑，但大家都没带过多的现金，这让卫立煌感到很尴尬，因为按照国民党军队的规矩，上司看望受伤的师长时至少要送数千元的现款。卫立煌只好空着手去了。他无论如何也不会想到，十年之后，在中国的东北，他将与眼前这个躺在病床上的共产党将领成为血拼的对手。

晚上，毛泽东陪同卫立煌观看文艺晚会。

……毛泽东氏陪卫入场时，全场鼓掌数分钟之久，由李富春宣布大会意义，毛致欢迎词，首先说明卫是坚持华北抗战的领导者，此次过延安，希卫对边区工作加以指示，请卫训话。全场掌声雷动。卫姿态英伟，身着普通军衣，在不断掌声中讲话：此次奉命赴某地，系指挥黄河南北两岸部队，继续领导抗战，直到最后胜利。这次抗战中已把我国的弱点缺点完全暴露出来了。第一是不团结现象，因而受到了局部失利，但由于抗战继续坚持，我们的弱点逐渐消失了。第二没有组织，没有坚强的领导，今后要把全国人民组织起来，筑成一道万里长城，来打击日本强盗的进攻。最后他称边区各地的人民组织实为全国的模范，应该把边区的好的例子更加发扬起来。

当晚，卫立煌下榻在延安城里唯一的"洋房"——一座耶稣教堂里，共产党人给他准备的夜餐是雪白的馒头和红色的广式香肠。

第二天，卫立煌离开延安向西安方向开进。到达西安后，他以第二战区副司令长官和前敌总指挥的名义，签发了一道手令："即发十八集团军,步枪子弹一百万发,手榴弹二十五万发。"临发货时,卫立煌又命令加上一百八十箱牛肉罐头。当时,国民党军后勤部调拨给第二战区的牛肉罐头只有几百箱——这是抗战期间,国民党方面给予共产党方面的最大的一次补给。

卫立煌与共产党军队总司令朱德私交甚厚。他在自己的军事生涯中见过各种各样的"司令",朱德的谦虚朴直和信仰坚定令他万分崇敬。朱德曾毫无隐讳地向他讲述了自己的人生经历,包括滇军生活、留学海外、信仰共产主义的过程、在井冈山打游击的艰苦、长征时的艰险以及共产党人的理想。卫立煌对周恩来也很敬重。一九二五年,国民革命军东征时,周恩来担任东征军政治部总主任,是卫立煌的上级;一九二六年北伐开始,周恩来是国民革命军第一军政治部主任,卫立煌是第一军的一名团长。共产党夺取全国政权之后,流亡香港的卫立煌在是否回国的问题上犹豫不决,周恩来辗转带信给他,信中有这样一句话:"你在太原结识的朋友欢迎你回来。"

一九三九年一月,卫立煌调任第一战区司令长官。第一战区是当时中国抗日战场上最大的战区,所辖范围东至山东及江苏、安徽的北部,北至冀察两省与晋东南,西至潼关,南至信阳和淅川,战区统辖十个集团军,并可调动第二、第三、第九、第十战区的部队,兵力达到两百万人。按照国民政府惯例,凡是战区司令长官,都兼该战区内最大一个省的省府主席。但是,自卫立煌任战区司令长官以来,许久未接到省府主席的任命。忍无可忍的时候,他直接向蒋介石提出要求,说他的战区范围太大,军政统一迫在眉睫。九月,河南省府主席的任命终于下达。在卫立煌的辖区里,凡有国民党军与共产党武装发生摩擦,他都保持着中立态度,这使他受到蒋介石的严厉训斥:

  蒋介石:八路军三年中大大有了发展,编制如前,人数剧增,由四万人增加到四十万人。我多次要你注意,你没有认真对待。

  卫立煌:八路军力量增强,有利于抗日。他们一部分在防区,一部分在敌后作战,虽归我指挥,但其力量的发展,我们无法限制。

  蒋介石:你发一百万发子弹给八路军,数量这么大,事先怎么不请示?

卫立煌:我军北伐以来,凡是对敌作战的部队,所用弹药都是实报实销,不用先向上级请示。八路军若无弹药,如何去打仗?他们归我指挥,我怎能下令让没有弹药的部队去打仗?八路军如果把弹药积存起来,不去打日本,那我就要负责。据各部汇报,他们打灵巧战术,又在敌后打游击战,现在没有任何实据说他们只游不击。

朱德告诉卫立煌,说延安知道卫先生处境不太好,让他"必要时骂骂八路军"。但卫立煌表示,他宁可保持缄默也决不会骂八路军。

一九四三年除夕之夜,蒋介石设家宴辞岁,卫立煌接到邀请但是他没有赴宴。一月,卫立煌被革去上将军衔,同时被免去河南省府主席职务,调任国民政府军事委员会西北行营主任。这一年冬天,中国远征军在缅甸作战失利,卫立煌被蒋介石召到重庆,他的上将军衔得到恢复,蒋介石希望他接替陈诚出任中国远征军司令官。卫立煌再创荣誉,自忻口指挥中国军队发动抗战中第一次大规模阵地战后,他再次指挥中国军队发动了抗战中最大规模的反攻战。中国军队强渡怒江,翻越高黎贡山,继而攻占腾冲、松山、龙陵、芒市、畹町,并最终打通了中印公路。卫立煌获得一枚青天白日勋章,他的照片登上了美国《时代》杂志,盟军中国战区参谋长史迪威称他是国民党军中最能干的将领。

一九四五年初,国民政府任命卫立煌为陆军副总司令,而总司令是北伐时就与他有间隙的何应钦。他十分不满,先是称病,不久就开始了长达一年的出国旅行考察。

一九四七年十月,卫立煌回国后,立即被蒋介石召见。蒋介石希望他接替陈诚,挽救东北的危险局面。

卫立煌说:"辞修已在东北,驾轻就熟,现在换人恐怕不好。"

蒋介石说:"他要是胜任,我就不借重你了。"

蒋介石选择卫立煌去东北的动因是:在国民党军高级将领中,卫立煌能拼善打,以资历和声望论他能担当这个职务;而论人事关系,东北的杜聿明、郑洞国、范汉杰、廖耀湘,都曾是远征军中的将领,而卫立煌统领远征军的经历令他在美国军界有较高的声誉,他的上任肯定会得到美国的支持。卫立煌犹豫不决。此时,共产党领导的军事力量在东北已有七十万正规军,地方武装将近百万,而国民党军作战部队不足五十万。更为严重的是长春至沈阳、沈阳至锦州的铁路都已中断,这就意味着据守在几个大城市里的国民党军都已成为孤军。蒋介石单独宴请了卫立煌,特别向他说明:如果不能挽救危局,卫本人没有责任;政府绝无放弃东北之意,三四月间将有三至四个军增调锦州;目前先派二十架大型运输机专为长春、沈阳、锦州运送给养。

卫立煌决定上任。

蒋介石的这番话感动了他:

> 东北是一个比西欧大国还要大的地方,那里重工业占全中国一半以上,是我们民族复兴的生命线,得失影响国际视听和全国的人心。"安危须仗出群才",没有得力的人才是镇守不住的。过去几十年,有几次靠你挽救了危险的局面,我都记得清清楚楚。现在到了这个紧要关头,我看只有你能担任这个艰巨重任,才让你去东北,相信你一定能够挽回不利形势……我看你用不着顾虑,你一定能把这个事办好。万一战局失利,责任也不能由你来负。

卫立煌的夫人对他决定上任东北十分恼怒,说人人都知道东北快要完了,连我这个没有军事头脑的人都看得清清楚楚,你为什么偏偏"去替陈诚当替死鬼"?卫立煌的回答是:"要革命就不能怕死。"没有证据表明,卫立煌在政治上倾向了共产党方面。从他的人生轨迹上看,只有他对蒋介石不满是真实的,而且是刻骨铭心的——"将来我有了兵力非把这个不讲信义的人搞垮不可。"卫立煌一再受到蒋介石政治集团的排挤时,他的选择"多少有点利用共产党与蒋介石的矛盾来反蒋的意味"。但是,作为国民党军高级将领,卫立煌的政治胆量可谓惊人,他确实提出过参加共产党的要求。抗战时期,他曾向他的秘书赵荣声说:"我参加共产党好吗?怎么参加呢?"提出这个问题后,他要求赵秘书立即到西安八路军办事处去找林伯渠当面问一问。听了赵秘书转达的卫立煌的请求后,林伯渠的答复是:"卫先生若能作为一个执行孙中山先生三大政策的国民党员,比他参加共产党对中国革命更为有利。"

卫立煌为什么要提出这样一个要求?

也许除了他自己别人永远无法得知。

一九四八年一月二十二日,卫立煌飞抵沈阳。

卫立煌的战略是:固守沈阳,以待事变。他对他的副参谋长彭杰如说:"共军目前采用的战法是围城打援,我们绝不能轻举妄动,上其圈套。只有蓄积力量,固守沈阳,以待时局的变化。"所谓"时局的变化",就是鉴于中国东北特殊的地理位置,美、苏两国必然会争夺这一势力范围,只要固守到第三次世界大战爆发,不要说东北问题,整个中国问题也就迎刃而解了——"沈阳非长期固守不可!美国人是坚决反共反苏的,沈阳系东北重镇,有战略价值,决不会坐视不理。现在东北问题,苏、美等国利之所在,势在必争。第三次世界大战大有一触即发之势。只要我们保存实力,占据地盘,事情即有可为。"

卫立煌认为,固守沈阳还是有把握的,因为他有足够的守备力量和坚固的防御工事。况且,他知道林彪攻击四平的失败已证明共军还不具备攻坚大城市的能力。固守沈阳的策略被卫立煌坚持到了极致:无论林彪打到什么地方,无论各地守军如何告急,甚至蒋介石一再电令催促他出击,他都一概不为所动。

卫立煌到东北上任不到十天,林彪发动了辽南战役:第四纵司令员吴克华指挥第四、第六两纵队以及辽南独立第一师攻击辽阳和鞍山;第一、第二、第七纵队阻击从沈阳出援之敌;第八、第九纵队以及热河独立师、骑兵师牵制和打击从锦州出援之敌。

位于沈阳以南的辽阳,是沈阳外围防御线上的一个重要据点,守军一万五千余人,由暂编五十四师师长马辙指挥。东北野战军的攻击部署是:四纵自城东、南、北三面攻击。十一师为主攻部队,主攻点是城东的高丽门;六纵自城西攻击;两纵队突破城垣后向市公署和转盘街发展并求得会合。

二月一日,四纵开始扫清外围的战斗。

六日凌晨,总攻击开始。十一师在六十多门火炮的支援下,撕开了高丽门附近的突破口,各团顺势冲入,城内国民党守军向城中心收缩。在城南方向,十二师三十四团爆破组炸开了小南门,仅用了十分钟便突入城内。城北的十师二十八团、城西的十八师五十二团也先后爆破成功,突进城垣。五十二团猛攻国民党县政府,四十九团实施迂回切断了守军的退路,五十一团则向火车站发动攻击。几小时之后,守军五十四师师部被包围,师长马辙率特务连突围。下午十五时左右,辽阳战斗结束,守军万余人被歼,其中俘虏九千五百余人。

卫立煌没有出援。

东北野战军第二、第六纵队休整四天之后,又对鞍山发动了攻击。鞍山四面环山,城市被穿城而过的铁路分为东西两区。西区为平地,是日本统治时期的制钢所所在地;东区有几处小高地,楼房较多;东南面的神社山和东北面的对炉山可以鸟瞰市区。鞍山守军主力是国民党军第五十二军二十五师,兵力一万三千余人,城防重点是神社山核心阵地,师指挥所位于西区的制钢所,守军指挥官是二十五师师长胡晋生。

十九日清晨,东北野战军对鞍山的攻击一开始就十分猛烈。二十五师师长胡晋生命令神社山、对炉山的部队死守,主力向师指挥所靠拢。敌人的移动给攻击部队带来攻击战机,四纵和六纵先后将守军包围于制钢所、中央银行、市政府等地。中午,六纵主力和十一师攻击制钢所、十二师攻击市政府和中央银行,十师攻击对炉山。至午夜,守军被全歼。

鞍山受到攻击时,驻守沈阳的国民党军只向浑河以西和沈阳以南作了象征性的增援。

接着,第三、第十纵队开始攻击开原,第一、第二、第六、第七、第八纵队开进新民地区,以吸引沈阳的国民党军出援,四纵则与辽东独立第一师一起迅速南下直扑营口。

新民是沈阳至锦州间的重要据点,如果失守,沈阳与锦州两地将彻底失去联系,卫立煌被迫出援。出援部队新六军新编二十二师、新三军十四师和暂编五十九师进至巨流河以东时,遭到了东北野战军的阻击而不得前进。卫立煌接到出援部队受阻报告的同时,陆续接到了开原失守和林彪主力逼近铁岭的消息,他担心铁岭失守会危及沈阳,急令出援部队撤回铁岭。但是,他接着又收到了营口方面传来的消息:守军第五十二军暂编五十八师师长王家善,在内缺粮草、外无救兵的情况下,率部八千余人宣布战场起义。拒绝起义的第三交警总队和第五十二军营口前进指挥所警卫连约三千余人被歼,营口丢失。

上任短短的二十多天,辽阳、鞍山和营口相继丢失,三个师的兵力损失殆尽,卫立煌眼看着沈阳由此成为一座孤岛。

鞍山失守的那天,蒋介石做出一个重要决定:将驻守沈阳的国民党军主力撤至锦州一线,与原在锦州、山海关等地的部队连接为一体。

这个决定让决心"固守沈阳"的卫立煌大吃一惊。他上任之后,是把沈阳当成战略基地来经营的,各方面都下了很大的本钱,他没想到蒋介石这么快就改变了当初全力保住东北的承诺。卫立煌无比愤怒。但又无法抗拒命令。他认为如果蒋介石坚持这样做,当然只有服从,但是把部队从沈阳撤至锦州谈何容易?途中不但要跨越几道河流,更重要的是要突破林彪主力的全力阻击,就目前东北国民党军的士气而言,很可能没走到锦州就会全军覆没——"这样不行,我们都知道共产党惯用的方法,总是'围城打援',我们已经上当多次了。如果我们的主力由沈阳远出锦州,正好循着共军辽北、辽西根据地的边沿,他们早已埋伏好了。何况我们要经过三条大河——辽河、大凌河和绕阳河,我们的大部队又带着重武器和很多辎重,有被节节截断、分别包围、各个击破的危险。我方在沈阳的部队残缺不全,非经过相当时期的整补不能用,因此我们只有坚守沈阳,等待部队整补完毕,才能找一个合适的机会打通沈锦路。"卫立煌建议郑洞国去一趟南京,向蒋介石当面陈述利害,说服蒋介石收回决定,允许东北"剿总"固守沈阳,坚持到扭转战局的那天——"沈阳有兵工厂,抚顺有汽油,本溪有煤炭,粮食也可以想办法,完全能够坚持下去。"

  郑洞国以为,东北的国民党军分散据守在孤立的城市里,无异于等着林彪的部队分而歼之,这在战略上是极其被动的。如果能够"正视战争失利的事实",先将主力设法撤出,保存实力,休整补充,或许能够卷土重来。但是,他也清楚卫立煌强调的困难和危险确实存在,目前东北的国民党军"一旦失去城市依托",很可能还没撤到锦州就会全军覆没。二十三日,郑洞国飞抵南京。蒋介石正在庐山休养。郑洞国又飞抵九江,换汽车到庐山脚下,然后乘轿子上山。在景色秀丽的"美庐"别墅里,他终于见到了神情疲惫的蒋介石。郑洞国将卫立煌的请求陈述之后,蒋介石立即拒绝了:"这样不行,大兵团靠空运维持补给,是自取灭亡,只有赶快打出来才是上策,况且锦州方面又可以策应你们。你回去再同卫总司令商议一下,还是想办法向锦州打出来吧。"郑洞国赶紧强调说:"解放军已占领锦州至沈阳间要隘沟帮子,巨流河、大凌河等河流已解冻泛浆,大兵团的辎重行李很多,很难通过。加上沈阳的部队缺员很多,战力尚待恢复,非经一段时间整补,否则很难战胜解放军。"蒋介石不耐烦地挥挥手,用很不高兴的腔调责备说:"北伐前,樊钟秀带几千人,由广东穿过几省一直打到河南,难道你们这些黄埔学生连樊钟秀都不如吗?"

蒋介石忽略了一个事实:卫立煌不是黄埔生。

这是蒋介石第一次命令卫立煌将东北国民党军主力撤至锦州。

蒋介石于一九四八年三月间作出这一决定,从战略上讲,应该承认是富于远见的:此时,国民党军在东北只占据着个别大城市,相互间的联系以及补给的道路几近完全中断,国民党军在东北扭转战局的可能已经微乎其微。在这种局势下,唯一正确的策略,就是立即退守锦州、山海关一线,加强这一具有重要战略意义的形状狭窄的"走廊地带",这样既可以与华北的部队保持相互配合,彻底切断共产党军队关内与关外的联系,还可以把林彪的部队彻底关在长城以外,以确保华北的安全。诚然,兵出沈阳南下是危险的,但无论如何也要比半年之后林彪占领锦州的时候再出来要安全得多。

军事危机将至,将领各有所思,对于国民党军队来讲这是致命伤。

如果卫立煌迅速执行了蒋介石的决定,中国解放战争的进程——具体地说,就是后来决定国民党政权命运的辽沈战役和平津战役——是否能够如历史已经呈现的状态发生,从而使战争在一九四九年基本结束,将很难预料。当然,历史无法预料。卫立煌没有执行蒋介石的指令,执意将国民党军置于林彪的枪口下,并最终导致其全军覆灭于东北地区——虽然身经百战,却坚持固守沈阳,在可能查阅到的史料中,无论是政治上还是军事上,始终无法找出卫立煌这样做的具有说服力的原因。

郑洞国回到沈阳,向卫立煌报告了蒋介石的态度。卫立煌立即召集高级军事将领会议,大家都觉得没有把握打通锦州,何况也不能丢下长春和四平等地的十几万部队不管,于是一致同意卫立煌的主张。

见东北的军事将领都不想撤,蒋介石被迫同意"暂保现状",但还是强调待条件许可,"由沈阳、锦州同时发动攻势,打通沈锦路,将主力移至锦州"。——东北的几十万军队,大都是美式装备的精锐部队,在全国战局日渐吃紧的情况下,保全他们对于蒋介石来讲至关重要。

但是,林彪没容卫立煌喘息,就向四平下手了。

一九四六年五月的四平保卫战和一九四七年六月的四平攻坚战,给林彪留下了不可磨灭的印记。现在,他虽然准备再次对战略要地四平发起攻击,但不能否认依旧心存顾虑。林彪制定了两套作战方案:

能打下来更好,打不下来就改打援——东北野战军对四平的再次攻击,改变了国民党军两个高级将领的人生命运,这两个人就是郑洞国和曾泽生。

卫立煌与蒋介石的争执令郑洞国倍感前途渺茫,因为在撤与守这一战略决策上拖延时日,"势必要将东北的几十万军队葬送掉",郑洞国萌生了从东北战场脱身的愿望。他以治病为借口,向卫立煌请假,得到了准许。但是,林彪部主力向四平的集结使卫立煌改变了决定,他担心四平失守会导致长春和永吉失守,于是取消了准许郑洞国离开东北的决定,苦留他与"剿总"参谋长赵家骧一起去长春维持局面,同时命令永吉守军第六十军撤至长春。郑洞国自觉身为军人,在这种时刻"不容讨价还价",遂决定先飞赴永吉部署撤退事宜。临行,他面见卫立煌,恳切建议"在放弃永吉的同时也放弃长春",因为"长春距离主力太远,被解放军吃掉的可能性很大,与其将来坐待被歼灭,不如主动提早放弃,将东北的国民党军主力集中于沈阳锦州之间,这样尚能战、能守、能退,还可以保存一部分有生力量"。

三月八日清晨,郑洞国、赵家骧秘密飞抵永吉,向曾泽生军长传达了撤至长春的命令,并要求第六十军当天晚上开始行动。曾泽生有点不知所措,希望时间稍微宽限。赵家骧说:"曾军长,永吉距长春二百余里地,周围都有共军出没,万一走漏风声,第六十军就出不去了。兵贵神速,还是出其不意,马上就行动好些。"曾泽生只好服从命令。为避免引起混乱,他采取了严格的保密措施,但是由于第六十军官兵散居在民房里,撤退的消息很快传遍了全市。军队还没有完全撤出,永吉市区已是一片混乱,国民党政府官员、军官家属、地主商人拖家带口,汽车或马车把出城的道路完全塞。军特务营奉命维持秩序,以保证部队通过,但是路上积雪很厚,行进依旧缓慢。曾泽生没有按照上级的指令炸毁小丰满水电站,城外响起的巨大爆炸声只是在销毁不能带走的弹药。冰天雪地,在长达上百公里的路上,撤退简直成了一场灾难。先头部队过了河就炸毁桥梁,根本没人顾及后面的部队。跟随逃亡的地方官员和家属哭天喊地。财政厅长携带着大量钞票,由于桥梁被炸汽车无法通过,钞票被路上的官兵一抢而光。第六十军的突然出逃使林彪大为吃惊,他立即命令部队火速追击。追击的部队兵力有限,曾泽生亲自组织掩护战斗,结果只有落在后面的运输团遭到东北野战军的打击。

第六十军侥幸撤进长春的时候，重武器和大量辎重都已损失殆尽，被长春守军新七军接应进城后，官兵们这才大大地松了一口气。——包括曾泽生军长在内，没有人知道，第六十军自进入长春起便开始了他们噩梦般的日子。

尽管第六十军出逃了，四平还是要打。

四平坚固的城防还在，但国民党守军气数已尽。年初的时候，陈诚把第七十一军军部和八十七、九十一师调走了，四平城里只剩下八十八师和一些保安队，总共才有一万八千多人。八十八师师长彭锷对自己拥有的精良武器和坚固工事很有信心，但官兵们的议论还是传到了他的耳朵里："四平是口没有盖上盖子的棺材，共军早晚要来打。"彭师长把全部希望寄托在了长春和沈阳的增援上。

卫立煌根本没有增援四平的打算。

东北野战军一九四八年三月间发动的四平之战没有任何悬念。三月十二日清晨，猛烈的炮火把四平城防打成一片火海，第一、第三、第七纵队和独立第二师从五个方向同时突破，当天就攻占了大部分市区，严重压缩着国民党守军。第二天天亮之后继续攻击，竟然连二十四小时都没到就结束了战斗，一万八千守军被打死打伤四千余人，其余的全部缴械投降。

四平之战，证明了东北野战军作战能力的迅速提升，也证明了东北国民党军战斗力的严重下降。华东野战军司令员陈毅和副司令员粟裕发来贺电，兴奋之情溢于言表：

> 在速战速捷东北战场中，又悉四平街之大捷，创我军攻占现代化永久筑城地带之先声，使反动派胆寒而民主人士欣慰，自此东北全部光复指日可下，除继候捷音外，得与你们并肩作战，为光复全中国而努力并学习你们攻坚战术，彻底粉碎蒋匪乌龟政策。谨驰贺，并向东北解放军全体同志致亲切的敬意。

有确凿的史料显示，到东北上任之初，卫立煌接到过一封绝密电报：

> 前次在巴黎发出的电报，已到达目的地，对方有回信，谓可以利用目前情况相机行事。

这是一个鲜为人知乃至有些令人匪夷所思的事件。

抗战胜利后，卫立煌偕夫人出国旅行考察，在英国见到了夫人的姨女婿汪德昭。汪德昭是法国科学研究中心高级研究员，法国原子能委员会顾问，一九三三年到法国勤工俭学，是法国著名物理学家保罗·郎之万的学生，也是居里夫人的女儿约里奥·居里的学生。受法国共产党员郎之万的影响，汪德昭成为中国留法学生中的左派领袖。令汪德昭感到意外的是，卫立煌对蒋介石的不满竟然不加掩饰，他们之间很快就无话不谈了：

卫立煌说："将来回国，蒋还是要用我的。"

汪德昭说："那你就起义么？"

"我决心这样干！"卫立煌说，"现在感到难办的就是我的意见，没法传到延安方面去。"

汪德昭说："回到巴黎，我可以找到适当的关系，取得联系，寻求配合。"

卫立煌上任东北后，邀请汪德昭回国到他身边工作。身为研究自然科学的学者，舍弃优厚的物质条件，跑到遍地战火的东北，去做自己并不了解的军事工作，汪德昭究竟为了什么？汪德昭的职务是：东北"剿总"副秘书长兼办公室主任——"可惜的是，汪德昭多年旅居外国，和中国的共产党素无来往。返国之后，找不到解放军这一方面的线索，倒不如以前在巴黎找外国共产党方便。"但是，卫立煌和汪德昭都清楚曾经有过的"回音"："可以利用目前情况相机行事"。

此段史料出自卫立煌的秘书赵荣声的回忆，而毕业于燕京大学的西北战地服务团员赵荣声是共产党派往卫立煌司令部的，那时他的名字叫任天马。

历史真是让人摸不透。

唯一明朗的是，自卫立煌上任之后，国民党军在东北的军事局势急转直下。

一个极其危险的信号

从陕北米脂县杨家岭村向东,大约走到绥德县吉镇附近,毛泽东遇到了一群当地的农民。

农民们显然认出了毛泽东,纷纷围过来搭话。

毛泽东问:"这里离黄河有多少路?"

农民们大声回答:"五十里!"

毛泽东这次向东移动,不再是与追击他的国民党军兜圈子,而是要离开他住了十多年的陕北。两天后,毛泽东看见了黄河。当地的百姓把他送到河边,他顺着黄河西岸向下游方向走了大约十几里,在吴堡县川口以南河神庙附近一个叫园则塔的渡口上了船。船靠东岸之后,毛泽东回头朝西望了好一会儿,他说:"陕北是个好地方!"

那一天,是一九四八年三月二十三日,春天温暖的阳光照射着中国西部连绵起伏的黄土沟壑。

自那一天起,毛泽东此生再也没有回过陕北。

国民党军在东北连续丢失城镇和损失军队的消息传到南京后,美国驻华大使司徒雷登在写给国务卿马歇尔的报告中得出了这样的结论:国民党"政治与军事的崩溃现在正迅速地接近早已预料的高潮。这方面最显著的证据就是:军队士气的涣散,不仅在无精打采和消极漠不关心上面可以看得出来,而且也在拒绝服从命令或者甚至做出违反命令的行动等上面也能看得出来。中国人称后者从民族利益来讲是自取灭亡的做法"。

在遭受一系列挫折与失败后,国民党军开始检讨和反省,并制订出名为"总体战"的新的战略——不知在各个战场都已手忙脚乱的蒋介石是如何观察出"总体"来的?

为什么在兵力和装备均处于优势的情况下,国民党军却"常遭失败,甚至将领被俘,造成革命军前所未有的耻辱"?蒋介石得出的结论是:共产党打的是"人民战争",而国民党打的是单纯的"军事戡乱",没有发挥"政治的、经济的、思想的和军事的总体威力"。国民党军参谋总长顾祝同对此解释说:"戡乱军事,进行已近两年,而匪祸蔓延,匪势仍甚猖獗,检讨我们所以不能迅速消灭共匪的原因,一方面由于共匪组织严密,能够控制其占领区一切人力物力财力,竭泽而渔,从事全面叛乱,并深入我后方,大肆破坏活动,秘密传播毒化思想,瓦解人民战意;一方面由于我们军事政治经济各方面配合不够,未能将全体人力物力动员起来,以致不能发挥军事政治经济的总体力量。"

蒋介石认为,若要挽救危局,就必须做到共产党军队的四个长处,即宣传、组织、主动和保密:"这四个长处都是属于精神方面的,决不是单凭武器和物质所能做到的。我们要赶上他,压倒他,也要从精神方面努力,也就是先要从政治工作做起。我以前在江西剿匪的时候,曾经提出过'三分军事,七分政治'的口号,这个原则不仅适用于地方行政与军事相配合,同样也适用于军中政治工作与作战业务相配合。"蒋介石严重忽略了一个基本事实,那就是作为一个政党和一个政权,所代表和所依赖的是哪一个社会阶层。一九二七年国共分裂是一个政治分水岭,从此国民党与共产党所依靠的社会阶层已划分清晰。在二十世纪上半叶的中国,大地主和官僚资本阶层显然无法代表中国民众的绝大多数,站在少数阶层的立场上追求关乎一个政权和一个国家命运的"总体"效益,近乎梦呓。

这一点,足以解释当这片国土上爆发内战时,中国民众为什么对国共两军采取的是截然相反的两种态度。共产党领导的军队几乎生存在贫苦农民中间,其密切的军民和军政关系,使得每一场战斗都有数量巨大的农民支撑着。一个在林彪发动的冬季攻势中被俘的国民党军营长被他所看见的景象惊呆了:成千上万辆牲口大车从战场的边缘铺天盖地而来,大车上装着给东北野战军准备的大饼、窝头、大葱、猪肉和咸菜。当这些东西被运到战场上之后,农民们又帮东北野战军装载缴获来的美式炮弹。那些在作战中负伤的官兵被抬上担架,农民们用自家厚厚的棉被把他们包裹起来。大车上甚至还拉上了和丈夫一起被俘的国民党军官的太太们,农民们招呼着:"上来暖和一下吧!以后别跟着他们遭罪了!"一些大车的牲口被从车辕上卸下来,帮东北野战军拉缴获的汽车和大炮,大炮和汽车陷在融化了的泥雪里,附近村庄的妇女和孩子抱着垫车轮的柴火甚至门板蜂拥而至。这个坐在雪地上的国民党军营长站起来就参加了东北野战军,他说他总算弄明白了国民党军为什么没什么希望。

曾驻留在华北战场的美国记者杰克·贝尔登看到过令他震惊的悲惨场面,他为自己把这些场面记述下来向他的读者表示歉意,但他同时认为不记述下来读者就不会真正了解内战中的中国。在华北平原一个叫秦德沟的村庄里,只有二十八户人家,跟随国民党军返回的地主武装杀绝了二十四户,原因是这些农民在共产党人主持的土改中分了地主的土地。屠杀是半夜开始的,"他们把十个人投到一个枯井里活埋。又逼着另外十四个人躺在一条沟里,然后填土活埋。被活埋的人当中有一个刚两个月的婴儿、一个十岁的男孩和一个八十岁的老太太"。一个年仅二十二岁的妇女,她和她的丈夫都是极端贫困的农民,共产党人给他们分了土地,女人当了村里的妇女主任。后来,丈夫跟着共产党的军队出去打仗了,这个年轻女人的厄运来了:

> 当国民党进村,逃亡地主也跟着还乡了。这个地主亲自跑去把这个妇女交给国民党军队说:"她是八路。""你就是共产党。"一个军官说,"你一定会唱歌。"接着,那个军官把她带到兵营里,强迫她唱歌。一连三天,她被迫从一个班到另一个班,唱的是能记得的童年时的歌。一些士兵糟蹋她,但也有些士兵见她哭泣而感到羞愧,就走开了。天黑的时候她被关起来,夜里被带去供国民党军官泄欲。第四天,她被送进监牢。他们不给她东西吃。她的叔父给她送饭。有一天,叔父看到饭留在牢房外没动,才知道她已被杀害。他到处寻找,在附近的一座桥下找到了她和另外三个人被肢解了的尸体。

一九四八年三月十八日,国民党军"华中绥靖会议"在南京召开,国防部长白崇禧对"总体战"进行了说明:共产党有很强的组织能力,能以党的力量控制政治军事,"可称是党政军一体化"。解放区的男女老少都是战斗力,壮丁都是民兵,由民兵升入军区部队,再由军区部队升入野战军。他们采取囤粮于民的政策,使用粮草就地供给,并不需要辎重补给,可谓运用社会全部人力物力支持作战。因此。国军仅凭军队对抗是绝对不能及的——"现在戡乱战争,由于未实现坚壁清野,未能把战地的人力、物资确实控制起来,散在各处的群众和物资,为敌军所利用,所以刘伯承能率大军闯过黄河,陈毅胆敢于孤军深入苏北,袭击我军后方。'总体战'方案,在军事方面,使要以国军主力进行机动作战,以一部分兵力扼要固守,来对付共军的窜扰。这就要求政治方面,加强基层组织,能对付敌军的裹胁。在经济方面,实行坚壁清野,使敌无从掠夺。这样密切配合起来,就可以打击共军的求兵、求食、求战的'三求政策'了。"总之,"必须军事、政治、经济、文化紧密配合,军队与民众协同一致,全面动员起来,才能发挥总体战的力量"。

"总体战"的内容是什么?

首先在军事上,将西北、中原和华东战场重新划为二十个绥靖区,撤销原来战区的司令长官,绥靖区司令官统一指挥辖区内的军事、政治、经济和党务,实行自卫自足政策,彻底控制辖区内兵员粮食等物资,大力组建保安团等地方武装,清查户口,实行联防。绥靖区的建立,意味着国民党军防御战略的调整:"对东北方面,持久消耗打击匪军,使其战力不能成长。对华北方面,采取主动攻势,使东北之匪陷于孤悬分离,截断其补给。在华中方面,为匪我作战重心,首以建立封锁,阻止匪继续扩大窜扰;次为划建绥靖区,控制战场,争取人力物力,使匪无法生存活动;三为编组有力而机动之兵团,穷追猛打,以击灭匪军主力;四为挺进匪区,捣其巢穴,以断绝匪之生力。"

其次是政治战,其基本内容是"强化保甲制度"——"组训民众,人必归户,户必归甲,甲必归保,而不遗漏一人,不散失一分力量。"政治战的目的是:全面控制一切人力物力财力,枯竭共产党军队的兵源和粮源。为此,国民党提出"四自"政策:自清:组织自卫队,严格保甲制,进行乡镇户口总检查,切实做到廓清闾里;自剿:"有民皆兵,人不离枪,枪不离手",发现共匪随时痛剿;自卫:"不论男女,无分老幼",全体动员卫家卫乡,不容共匪入境活动;自富:"寓兵于农,寓农于兵",农闲训练,竭力耕耘,"开辟合理外源,减少中央负担"。

经济战内容的有趣之处在于,国民党决定仿照共产党的做法实行土地改革。国民党执政中国以来,不但没有实行孙中山平均地权的主张,反而使土地更加集中在地主富农手中——占农村人口不到百分之十的地主富农,掌握着全国百分之七十多的农村土地。对于这一点,蒋介石也承认:"我们没有实行总理的土地政策,无异于表示我们没有实行三民主义的能力,这是人民对于政府不能真正拥护,对于本党不能真正信任的最大原因。"于是,国民党决心进行土地改革。蒋介石说,可以由国民政府贷款给佃农,使之向地主分期还本,若干年后佃农即可领得耕地成为自耕农。"这个办法,地主与佃农双方都可以接受,是很好的方法"。问题是,这个暗藏陷阱的"土地政策"会使佃农更加贫困,心知玄机的地主们当然愿意接受,但是佃农们呢?

蒋介石在主张"总体战"的时候,再次回顾了自己当年"围剿"中央红军时实行"三分军事,七分政治"的成功。但是,他忘了一个至关重要的问题:当年他的对手并不是毛泽东。

渡过黄河之后,毛泽东骑马沿黄河东岸南下,又循湫水河上行,三月二十四日到达山西临县交镇三塔村。虽然国民党"总体战"战略已隆重推出,但是毛泽东依旧对共产党人赢得战争胜利充满信心,他说:"同蒋介石的这场战争可能要打六十个月。六十个月,五年也。这六十个月又分为两个三十个月:前三十个月时我们'上坡'、'到顶',也就是说战争打到我们占优势;后三十个月叫做'传檄而定',我们是'下坡',有的时候根本不用打仗,喊一声敌人就投降了。"——仅仅十三个月后,中国人民解放军渡过长江,一路向南追击溃逃的国民党军,那时候果真是"根本不用打仗"了。

四月十二日,毛泽东在翻越五台山的路途中,与周恩来一起去看了山上的寺庙。在寺庙里,毛泽东看见一尊菩萨的胸前被挖出一个洞。寺庙里的人说,土改时农民与寺庙清算土地和财产,说菩萨的胸膛里藏着黄金,于是就挖出洞找金子。毛泽东说:"原来菩萨得了心脏病,群众是来给他施行手术治病的。你们要把他好好保护起来,原封不动,以便对日后来参观的群众解释,说他害了什么病,为什么给他实施手术。"走到山下,毛泽东看见一座龙王庙,里面香火缭绕,很是热闹。毛泽东问住持这庙是否也遭到了破坏,住持回答说,这庙不但没有遭到破坏,农民们还曾专门派人来护庙。毛泽东说:"你们看,从这里应得到的结论是多么明显!群众对山上的菩萨和山下的这位龙王的态度是多么的不同。山上的那位菩萨同农民群众的利益距离太远了,而龙王管着天雨,对农民关系太密切了。群众就是这样认识,这样对待问题的。"

当毛泽东离开陕北,向全国战场的核心地带走去时,国民党的"国民大会"开幕了。国民党决定要以"民主国家"的惯例,为中国人民选举出"合乎民意"的总统和副总统来,"使整个国家走上民主和法制的轨道"。或者说,蒋介石希望以此使国民党政权合法化。当然,合法化的前提要把共产党排除在外。美国总统杜鲁门发表谈话称,希望中国的"自由知识分子"被容纳到国民政府中去,而"如果可能的话,我们不愿意在中国政府中或任何其他地方的政府中有任何共产党人"。

包括蒋介石在内,国民党军政大员们没有一个人会料到,此届"国民大会"连同"首届总统"只有短短不到两年的寿命,但当时的"国民大会"还是开得天翻地覆——所有政治阴谋中的拉帮结派、明争暗斗、钩心斗角很快就会变得毫无意义,大会的唯一历史作用是,为国民党政权的最后倒台埋下了又一个祸根。

首先是谁当总统的问题,没人怀疑蒋介石是当然人选,但蒋介石本人却提出他不愿意当总统,他主张首届总统应该由一位党外人士担任,并且应该符合下列标准:一、在学术上有成就,二、在国际上有声誉,三、对国家有贡献。蒋介石当众宣布自己无意竞选总统,之后就退出了会场,结果与会者的思维顿时陷入混乱。有人揣测蒋介石的意思是要推选北大教授胡适当总统,甚至揣测也许蒋介石已经征求了胡适的意见。混乱之后,出自黄埔的多数国民党军政大员认为,蒋介石实在不愿当总统也好,但是要当有实权的行政院院长。而戴季陶等国民党中的强硬派坚决主张由蒋介石来当总统,认为除了蒋介石之外别人都没有这个资格。争论的结果是:"一致推举蒋做总统候选人",由陈布雷打电话向蒋介石说明。

陈布雷的电话打了,蒋介石还是推辞。

十分棘手的问题上了国民党中央常委会。蒋介石到底当不当总统候选人?两种对立的意见开始重新争论。可是,已经没有多少时间争吵了,行政院院长张群索性道破了天机:"并不是总裁不愿意当总统,而是依据宪法规定,总统是一位虚位元首,所以他不愿意处于有职无权的地位。如果常委会能想出一个补救办法,规定在特定期间,赋予总统以紧急处置的权力,他还是要当总统的。"高官大员们恍然大悟,当即推举张群、陈立夫和陈布雷三人去面见蒋介石,转达中央常委会的意见：如果他愿意担任总统,就在宪法外另立条款,赋予他以必要的特殊权力。

蒋介石立即同意了。

所谓赋予总统必要的特殊权力,就是"国民大会"后来通过的《请制定动员戡乱时期临时条款案》。根据这个条款,未来的总统将被"授予总统采取紧急措施之权力",从而拥有一切军政大权,而只要共产党还没被彻底清除,都可以算作是"动员戡乱时期",虽然大家心照不宣的是：共产党根本不可能被彻底消灭。

果然,蒋介石顺利"当选"为总统。

四月十三日,走过艰辛的路途,毛泽东到达河北阜平县一个叫城南庄的村庄,他准备在这里住些日子歇歇脚——就是在这里,毛泽东电请陈毅、粟裕前来共商"在黄淮地区打几个大仗的问题"。而后来的历史证明,正是这几个大仗导致了国民党政权的最终倾覆。

南京的"国民大会"仍在轰轰烈烈地开着,总统的选举搞妥之后,副总统的选举开始险象环生。副总统的主要竞选者是李宗仁。李宗仁是国民党军桂系的领军人物,是蒋介石一生最大的政治夙敌。抗战结束后,李宗仁任北平行辕主任,这是一个"上不沾天,下不着地"的虚职,因此副总统选举对他来讲无异天赐良机。有充分的史料表明,李宗仁竞选副总统,得到了美国人的支持。美国人的意图很明确：蒋介石政权衰败的趋势日渐明显,美国在中国利益的代表需要更换人选,而合适的人选是在抗战中因指挥台儿庄战役而颇得中国民众口碑的李宗仁。司徒雷登大使在给国务卿马歇尔发去的电报中说："蒋介石作为国民党统治的象征已光辉大减",而"李宗仁将军正博得舆论信任"。李宗仁"博得舆论信任",与他的竞选口号有关："肃清贪污、改革政治、实行民主主义、铲除豪门资本。"——对于蒋介石的统治集团来说,这样的口号颇有揭老底的性质。于是,司徒雷登大使感慨地说："现在需要的是能感召人的领袖,而这似乎是蒋委员长所不能做到的。"

李宗仁公开了竞选副总统的决定,并在南京成立了他的竞选事务所。

竞选对手随即出现,国民党立法院院长孙科说他也要竞选副总统。而之前当李宗仁一一估量可能出现的竞争对手时,也曾想到过孙科,为此他特意请白崇禧私下探问一下孙科,孙科的回答是："副总统在宪法上无权,我无意参加竞选,祝德邻(李宗仁)先生胜利。"

孙科,中国民主革命的先行者孙中山先生的儿子。

孙科的出现令李宗仁意识到,蒋介石准备与他作对了,因为国民党内部谁都知道孙科对蒋介石唯命是从。同时,李宗仁也感到了自己处境不利:孙科是孙中山之子,容易得到人们的支持;在总统非蒋介石莫属的情况下,自己与蒋介石都是军人,让一位不是军人的文官和一位是军人的总统搭档更容易被人们接受。果然,当李宗仁飞到上海和南京进行竞选活动时,蒋介石在南京黄埔路官邸召见了李宗仁,明确表示已决定提名孙科为候选人,希望他放弃竞选以免党内分裂。李宗仁当即表示:"我之前向你请示过,你说是自由竞选,那时你如果不赞成我参加,我是可以不发动竞选的,可是现在就很难从命了。"——李宗仁的理由是:"如今已经粉墨登场",如何"掉头逃到后台去呢"?

蒋介石说:"你还是自动放弃的好,你必须放弃。"

李宗仁说:"委员长,这事很难办。"

蒋介石说:"我是不支持你的。我不支持你,你还选得到?"

李宗仁不快了:"这倒很难说。"

一九四八年,蒋介石已是威风不在。

李宗仁、白崇禧等桂系首领开始了紧锣密鼓的竞选活动。为了筹集竞选经费,李宗仁、白崇禧都贡献了自己的部分私产,而凡是以往借助桂系势力发财的那些门下故吏,如安徽省府主席李品仙、安徽地方银行行长张岳灵等也都纷纷解囊。桂系起家之地广西,更是把省府的大部分公款拨到了李宗仁的竞选事务所,以支持庞大的竞选开支。桂系在国民党内和社会中的所有文武官员全体出动,拉票声势之浩大弄得蒋介石与他支持的孙科寝食难安。李宗仁将竞选主张整理为:实行民主主义、清算豪门资本、征用外国存款、实施土地改革、耕者有其田、战士授田、保障人民四大自由。很快,整个南京城开始盛传"李宗仁通共"。李宗仁在宴请千余名"国大"代表时慷慨声称他"不怕戴红帽子",此话出于此人此时此种场合着实令人吃惊,更何况立法院刚刚通过了一个阴森森的《特种刑事法庭组织条例》,其目的在于"依法制裁共产党和同情者"。——"特种刑事法庭之成立即在制裁共军。今日吾人已不允许对共军再有同情心理,凡同情共军者请退出去!"于是,南京城里的中外记者们纷纷感到中国的政治颇有些光怪陆离。

四月二十二日,毛泽东就攻打长春乃至锦州的问题致电东北野战军,同时要求晋察冀野战军做好一切准备配合东北野战军即将发动的大规模作战——聚集在南京的国民党高官大员们并不知道,令国民党政权开始倾覆的战役已经在中国的东北蓄势待发。第二天,周恩来、任弼时先行离开河北与山西交界处的城南庄,向解放战争最后的指挥中心西柏坡走去。

就在这一天,"国民大会"的副总统选举开始了。李宗仁、孙科、程潜、于右任、莫德惠、徐傅霖,所有候选人得票都没有超过半数,只有让前三名即李宗仁、孙科和程潜进入第二次选举。第二天,四月二十四日,副总统选举进行第二次投票,结果是:李宗仁得一千一百六十三票,孙科得九百四十五票,程潜得六百一十六票。还是没人超过半数。

第三次投票前风波骤起。二十四日下午,蒋介石一面召见"国大"代表指示要把票都投给孙科,一面派人暗示程潜放弃竞选,并许诺说只要程潜把他控制的选票投给孙科,不但将来可以起用程潜一派的人,而且还可以补偿程潜花费的所有竞选经费。程潜当即予以拒绝,愤然决定放弃竞选。程潜的退出引起了轩然大波,因为这意味着李宗仁必须单独面对蒋介石和孙科了。桂系要员们连夜在白崇禧的寓所召开紧急会议,第八兵团司令官汤尧说:"既然老蒋这样无道理,不竞选也罢,花这多钱,惹这多气,真划不来。而且一张票要送旅费几千元,德公为竞选费快破产了,又何必呢?到下届大选再参加不好吗?"白崇禧说话了,一句反问很有意味:"下届又要过六年,你看老蒋还能支持到六年以后不倒吗?"会议最后商量出一个以退代进的策略:李宗仁和程潜一起宣布退出竞选——我们相继退出,"选举便流产了"。"蒋先生既不能坐视选举流产,只好减轻压力恢复竞选常规,则我就必然当选"。

第二天,南京各大报纸纷纷刊载出李宗仁放弃竞选声明:"因受压迫不能竞选,所以即日退出竞选。"为了给公共舆论指明谁是幕后指使,李宗仁还特别补充说,有人说他参加竞选的目的是"逼宫",为了"肃清流言,消除误会",他"不得不放弃竞选,以免影响大会的进行"。

蒋介石和孙科顿时成为众矢之的。

处境尴尬的孙科也突然宣布放弃竞选,原本定于二十五日举行的第三次投票无法进行,"国民大会"竟然面临被迫停开的局面了。一天之后,蒋介石被迫召见白崇禧:"你去劝劝德邻,我一定支持他。"——从千方百计阻止他竞选,变成许诺一定支持他,李宗仁希望的局面终于出现了。更重要的是,经过明争暗斗的政治博弈,李宗仁竟然成了国民党内争取民主改革的代表人物,他得到了几乎所有对蒋介石心有不满的人的同情和支持。

二十八日,"国民大会"终于复会,第三次投票结果是:李宗仁一千一百五十六票,孙科一千零四十票,程潜五百一十五票。虽然这个结果表明蒋介石依旧在全力支持孙科,但李宗仁依旧占据着得票第一的位置。根据选举法,淘汰第三名,只剩前两名。那么,在第四次投票中,即使一票之差,也可以决定胜负。因此,双方都在最后时刻使出了一切手段:

> 那时南京的大饭店、大旅馆,如中央饭店、首都饭店、安乐酒店、龙门酒店、广东酒家、大三元等等都被李宗仁、孙科包了,用以招待国大代表。人们进出吃饭可以不要钱,不过要凭着国大代表的徽章才能享此权利。各处都有李、孙专派的招待员招待,这些代表吃完就走,派头十足。

二十九日上午,第四次选举开始。唱票的时候场面热闹,每唱到孙科的时候,孙派代表就热烈鼓掌;唱到李宗仁的时候,李派代表就热烈鼓掌;当李宗仁的票唱到一千四百张时,孙科和支持他的代表纷纷离开了会场,会场里只剩下李派代表更加热烈的掌声。投票结果是:李宗仁一千四百三十八票;孙科一千二百九十五票。

李宗仁当选国民政府首届副总统。

第一个上门祝贺他当选的是美国驻华大使司徒雷登。

白崇禧的话暗含玄机:"老蒋不听美国分治的办法,所以现在美国很希望德公出来与共产党议和,南北分治。我们就利用这个机会取蒋代之,才能成为美国支援对象。不然美国援华,总不能援桂吧。再说整个局势由老蒋弄垮了,还怎样议和呢?共产党也就不肯议和了。所以现在势所必争,得不着副总统,就全军覆没了。"

而刚从东北战场脱身的陈诚,会后在家中宴请国防部所有部、司长以上官员。他毫不掩饰自己的愤怒:"现在桂系军阀极度猖獗,但我认为这是回光返照。不过道路传闻,他们有逼宫企图。我现在特提出警告,如果他们不自量力地胡作非为,须放着我陈辞修不死。"

一九四八年五月一日,"国民大会"闭幕,蒋介石在闭幕词中说,我们现在正处在戡乱建国最艰难的时期。

中国共产党人发出了"打倒蒋介石,解放全中国"的口号。

就在国民党设想用"三分军事,七分政治"的办法弥补他们与中国民众之间日益扩大的利益裂痕,并准备与共产党人展开一场包括改善民生的"总体战"的时候,大规模的流血事件发生了。

一九四八年一月十七日,上海青年学生为反对美国支持中国内战举行了近两万人参加的示威活动,学生们高举的标语是:"替千千万万死在美国援助下的中国人报仇"。几乎是同时,上海申新纺织厂近八千名工人为争取改善生活待遇而罢工,罢工引起连锁反应,五千多名舞女和她们的家属因为国民党当局"禁舞"而捣毁了国民党设在上海的社会局。紧接着,在昆明发生的事情更加恐怖,云南省府当局袭击了云南大学,当场打死五名学生,抓走了一千多名学生,其中的三百多人被关进"感化营",七百多人被直接关进了监狱。一位美国记者说:"西方人恐怕很难想象这些情景。要做一个合适的比较的话,美国人需要想象一下,凌晨三点钟,哥伦比亚大学的学生们正在宿舍里酣睡之际,全副武装的纽约市警察加上几十名民主党(即执政党)的特务,突然闯进校园,杀死几名学生,还逮捕了一大批,以'叛国'、'共产党'或者干脆就以'危险分子'的罪嫌,不经审判关入监狱。这在中国是常事。"令美国记者感到奇怪的,国民党当局何以在内战爆发仅仅两年中就显示出了军事上和政治上的双重危机。

本来想对学校实行思想统治,结果事与愿违。在学校以及被拘留被捕学生的"感化营"里,宪兵、特务和三青团都不断攻击中共,恣意渲染它的罪恶。这样大肆宣传的结果,产生了两方面的作用。身受恐怖统治之苦的学生心想,为什么那些如此可恶的家伙偏偏要当着他们攻击共产党呢?为什么亲手打过他们的人却偏偏要声嘶力竭地宣传共产党的野蛮?为什么恰恰就是那些思想最开明的老师被骂为共产党?为什么那些年过三十、身穿大褂、腰插手枪、横行霸道的"学生",会突然之间跳出来,硬说一个经常在图书馆里埋头读书的学生是共产党?……一言以蔽之,一切进步的思想的行动——都成了"中共"和"八路"的同义词。学生们不免要问：难道这一切都是共产主义吗？蒋介石迫使人民把自己的思想和要求，以至自己内心的希望都同共产党的口号联系起来。如果你老是把一个人说成是共产党，久而久之，很可能最后他自己也会说："莫非我就是个共产党？……如同一个魔术师凭空变出兔子来一样，中国的秘密警察硬是从本来没有共产党的地方制造出共产党来……成千上万的学生从国民党地区投奔解放区，为共产党人数不多的队伍提供了十分需要的知识分子……

毛泽东已经到达河北某处的情报送到蒋介石面前，这是一个比学生们的抗议口号声更令他惴惴不安的消息。

蒋介石已经无法有效地控制中国的政治局面，对于一个政权来讲这无疑是一个极其危险的信号。

沉重的门板

一九二四年的一天,每个月都要找十名学生当面测试和谈话的黄埔军校校长蒋介石问站在他面前的那位年仅二十三岁的学员:

"你叫什么名字?"

"徐象谦。"

"你是什么地方人?"

"山西人。"

"在家干过什么?"

"当过教员。"

蒋介石显然不感兴趣,他挥挥手,谈话就这样结束了。

蒋介石无法预料到,这个看上去身材纤瘦根本不像军人模样的学生,将成为一个以毕生的军事才能与他作对的人。

一九四七年夏出任晋冀鲁豫军区第一副司令员时,徐向前的病还没有完全康复。他在抗战后期得了严重的结核性胸膜炎,在缺少医疗器械和有效药物的环境中,这种病几乎等于必死无疑的绝症,在延安它已经夺走了另一位共产党将领关向应的生命。曾经指挥红四方面军十万大军的徐向前虚弱得无法站立,病痛令他长时间地辗转于病床和担架之上,但他最终以指挥作战的决心和意志奇迹般地挺了过来。

一九○一年十一月八日,徐向前出生于山西五台县永安村,乳名银存,表字子敬,号象谦。以"向前"为名是在大革命失败以后。这个看似瘦弱的山西人终生都有坚定的信仰和不屈的意志,自三十岁那年成为红四方面军总指挥后,他的名字长久地出现在国民党当局"通缉匪首"的名单中。历史注定他要与另外一个著名的山西人对抗到底,这个人就是阎锡山。一八八三年,阎锡山出生在山西五台县河边村,与徐向前的家乡仅隔一条小河。虽然大了整整十八岁,但阎锡山和徐向前是真正的同乡。徐向前平生第一次穿上军装,就是在阎锡山创办的太原国民师范学校里,那所学校的军事教官全是阎锡山队伍里的营级军官。抗战时期,徐向前是八路军一二九师副师长,如果从国共合作抗日的战区划分上讲,他接受的是第二战区司令长官阎锡山的指挥。在随后爆发的解放战争中,徐向前的主要作战对手还是阎锡山,他指挥部队一直战斗到把阎锡山赶出他盘踞了整整三十八年的山西。

一九四七年底,拖着病体的徐向前把攻击目标对准了山西南部的运城。运城位于晋南平原的同蒲路上,西可出击关中,南可威胁陇海,为连接晋、陕、豫三地之战略要冲。这里原来是阎锡山部队的防地,内战爆发后,胡宗南派整编第一军军长董钊率四个整编师进入晋南配合阎锡山部作战,南京国防部随即便将临汾以南划归成胡宗南的西安绥靖公署辖区。徐向前对这座城市耿耿于怀,因为晋冀鲁豫部队曾经打过两次,都没有把这座城市打下来。

第一次攻击是在一九四七年五月。当时运城的守军是整编十七师四十九团,外加四个连的炮兵和保安团,共约四千余人。陈赓率晋冀鲁豫野战军第四纵队十、十一和十三旅以及太岳军区部队,先后攻占了机场和西关、北关,胡宗南急令整编第十师十旅和青年军二○六师的一个团由韩城东渡黄河增援,陈赓被迫放弃了攻击。

第二次攻击是在这一年的十月,当时陈谢兵团已经南渡黄河向外线出击,为了不使晋南地区的国民党军牵制陈谢部的行动,晋冀鲁豫军区奉中央军委之命对运城实施攻坚。担任攻坚任务的是晋冀鲁豫野战军第八纵队,司令员兼政治委员王新亭。运城城墙坚固,堡垒密布,堑壕连绵,防御纵深达十余里,守军为整编三十六师一二三旅三六九团、整编十七师八十四旅二五○团以及阎锡山的保安部队等,兵力已达万人以上。十月八日,王新亭指挥攻击部队从东、西、北三面将运城包围。艰苦的攻坚战随即开始。当时,八纵不但兵力不多,装备也差,对一座工事坚固的城池发起攻坚,攻击部队竟然只有两门火炮,"其中一门还是牛车拉的,撞针很短,要用镢头撞一下炮屁股,才能打出一发炮弹"。于是,只有采取挖掘坑道迫近城墙实施炸药爆破的办法,这使得作战进行得十分缓慢,攻守双方皆伤亡很大,战斗始终在运城城墙外壕外围胶着拉锯。徐向前不断地给王新亭打电话,希望攻击部队不怕伤亡,"专心致志地攻城"。这种"专心致志"的外围战斗持续了一个月之久,虽然最终拿下了七座碉堡并占领了飞机场,但只将攻击前沿推进到距运城外壕一百米左右的地方,而准备爆破城墙的坑道距离城墙还有数十米的距离。整编三十六师在师长钟松的率领下,从太阳渡和茅津渡北渡黄河,于十一月十二日到达距运城仅几十里的杜马村和柳沟一线,只要他们翻过中条山主峰,就可以居高临下直扑运城。王新亭的八纵没有能力一面攻城一面打援,遂决定在运城周围只留下五个团监视守军,八纵主力与王震的西北野战军第二纵队联合打援。

主力一旦撤离攻城前沿,战场局面立刻险象环生。前往打援的部队必须跨越中条山南北走向的鱼脊形沟壑,这些沟壑沟深壁陡,黄土高梁之间只有羊肠小道相连,大部队行动非常困难。况且,在这种地形上,谁占据主梁的脊线,就能得地形之利。整编三十六师在渡过黄河后,已完全控制有利地形。尽管如此,十五日黄昏,王新亭的八纵和王震的二纵还是分别对柳沟和杜马村的援敌展开了攻击。战斗持续数日,双方伤亡都在三千以上,战斗打成了一场消耗战。最终,整编三十六师突破防御阵地,大队人马到达运城。战后,王新亭向徐向前检讨说:"我们在指导上的主观错误,乃对此南北横断、东西水阻、绝壁深沟、天井窑(之地形);对在杜村、马村、七里坡有敌来时挖的工事之利害关系认识不足。我预伏在敌通过道路东西两侧十五里地左右,夹击敌二十里行军纵队,敌发觉我即成密集队形,跑进村落防御,我跟着猛扑,不得手,伤亡甚重。"更严重的是,增援部队到达之后,运城守军发动了大规模反击,王新亭留下围城的五个团无法控制战局,之前挖好的攻城阵地遭到严重破坏,对运城的攻击已无可能。

八纵攻城的时候,老百姓给予了大力支援,不但运送粮食弹药和转运伤员,听说攻城部队需要木料,运城周边几十里的百姓家家都把门板卸下来送上阵地,这些门板在运城守军发动反击时全部被烧毁。

战后统计,老百姓送上阵地的门板总数达到十七万块之多。

门板没有了,家还能叫家么?

部队撤离战场的时候,官兵一路看着百姓家家不能闭户,低落的心情难以言表。中央军委发来电报:"……运城未克,打援又未全歼,在指战员中引起一时情绪不好,是很自然的,但我军精神很好,一二次仗未打好并不要紧,只要你们虚心研究经验,许多胜仗就在后头,望将此意向指战员解释……"但是,晋冀鲁豫官兵坚持认为,必须打下运城,不然无颜见父老——官兵们一再期望打下运城的另一个原因是:"城内物资极丰,武器弹药甚多。"

第二次攻击运城失利之后,王新亭和王震的部队都在运城以北地区休整。十二月一日,他们一起去了晋冀鲁豫军区司令部所在地河北武安县冶陶镇,向徐向前提出了第三次攻打运城的请求。徐向前遂与军区第二副司令员滕代远、第一副政治委员薄一波将战斗计划报给中央军委,表示部队战斗热情高涨,装备也得到了应有的改善,攻击时可以使用的榴弹炮、山炮、野炮和重迫击炮已有四十门。四日中央军委复电:"(一)同意你们打运城。(二)王震纵队应位于黄河北岸的要点,确实保证河南敌不能北渡,方有把握,否则敌必增援,攻运仍无把握。(三)彭(彭德怀)张(张宗逊)主力本月休整,下月上旬向渭北出动。王震纵队须于该时西渡,勿误。"

此时,运城及其周边守军已达一万三千多人,由国民党军整编三十六师一二三旅三六九团团长覃春芳指挥。

王新亭和王震将他们能够指挥的三万多兵力全部投入了战场,主力被部署在运城西、北两个方向上:二纵的两个旅由西关地段实施突击,八纵的两个旅加上独立第三旅的两个团由老北门实施突击。同时,独立第三旅的一个团和二纵独立第六旅的一个团在东北和东南担任钳制任务,二纵独立第六旅的另两个团与周边五个县的游击队围攻运城东面的安邑县城,太岳军区的三个团和各县地方武装在黄河北岸的茅津、太阳、沙窝、风陵、吴王等渡口负责阻援。从这一作战部署上看,如果敌人的援军北渡黄河增援,因为阻援部队兵力不强,依旧必须停止攻城转而打援。这样,攻城和打援都面临相当的风险。

十六日,大雪纷飞,晋冀鲁豫部队第三次攻打运城的战斗打响。

攻城依旧采取的是人工爆破的办法。敌人的外围碉堡巨大而坚固,负责主攻的二纵接连受挫。这一次,官兵们决心拼到底,前仆后继的爆破一直持续到二十一日,独立第四旅十二团把十二号大碉堡炸毁了,负责从城西南发起攻击的三五九旅也把九号大碉堡炸哑了。运城守军急忙向胡宗南和阎锡山去电,形容共军攻击兵力与火力异常强大,他们只能"绝对殉城,以报国家"了:

养(二十二日)黄昏前,匪复开始以步枪协同向城北、城西两面猛攻,烟雾障天,手掷弹如雨,并携带大量炸药到处爆炸,城内外落多型炮弹达千余发。匪以十倍以上兵力硬与我拼,激战彻夜,北门外最坚固之十九号碉及西门外最坚固之西大碉均经陷落,其他各点亦多残破不完,守军弹药缺乏,又无空军助战,大部壮烈牺牲,匪已迫近北城及西南角数十公尺,危在旦夕。设有不幸,职等绝对殉城,以报国家,所有物资,除尽量使用外,余当竭力破坏,免资匪用,敬请释念,并早定收复晋南之策。但为挽救一线生机,仍请飞电胡主任及中央,立即投送大量弹药,日夜派机助战,尤其黄昏及拂晓前后,大量轰炸,并立即派军救援,为祷。

总攻时间原定为二十五日黄昏,但是,二十四日这天,胡宗南四个旅的增援部队已在陕县渡过了黄河,王新亭和王震遂决定将总攻提前,争取在援敌到来之前突破运城城防。

二十五日拂晓,总攻提前开始。接敌的坑道还没有完全开辟,坚固的城墙还没打开缺口,攻城突击队拥挤在外壕边缘,掩护火力不足以压制守军密集的枪弹,尤其是城墙下守军的重机枪阵地事先没有被发觉,导致突击部队伤亡巨大。两天两夜之后,攻击仍没有进展。这个时候,如果时间拖延,致使增援之敌过于靠近,就必须抽调攻城部队前往迎敌,攻城很可能面临再次失败。徐向前给所有攻击部队下达了死命令:"坚持到最后五分钟,一定要把运城拿下来。"但是,缺乏炮弹的火炮根本无法把城墙轰开,最有效的办法还是把坑道挖到城墙下,然后进行大规模爆破。王新亭和王震研究的结果是:在火力封锁下强行接近城墙外壕,在外壕下挖掘放置炸药的坑道。

任务交给了八纵二十三旅。王新亭要求二十三旅在一昼夜内完成爆破坑道的挖掘。二十三旅旅长黄定基把任务交给了六十九团。团长张国斌认为七连的交通壕已经挖到距城北外壕二十多米,况且这个连有很强的土工作业能力,于是把任务交给了七连。七连接受任务的是二排长刘明生。刘排长挑选出九名官兵并分成战斗小组。第一组:排长刘明生,战士乔永亮、郭海顺和李少贵;第二组:班长崔有福、战士郭宪章和常豫恭;第三组:副排长申士功,战士车元路和张有才。这是一个十分危险的行动,他们每人不但要带上土工作业的工具,还要背上一块铺着湿棉被的沉重的门板,以抵挡国民党守军密集的子弹。

夜晚,风雪交加,第一组出发了。通过铁丝网的时候被敌人发现,城墙上扔下来手榴弹和照明弹,乔永亮牺牲,刘明生、郭海顺负伤,行动被压制在开阔地上。第二组接着上去了,郭宪章负伤,崔有福和常豫恭通过铁丝网冲到外壕边缘,在那里,他们看见已经负伤的李少贵正一个人拼命地挖着。

到了预定的联络时间,张国斌团长拼命拉联络绳,但就是没有回音。第三小组战士车元路请求让他上去看看,张团长答应了。

车元路消失在黑暗中。张团长趴在雪地里焦急地等着,拉联络绳依旧没有反应,直到凌晨几乎被冻僵的时候,他听见有人小声说:"团长!前面爬过来一个人。"车元路浑身都是冰碴,血浸透了军衣冻结在冰碴里,张团长赶紧叫卫生员包扎,卫生员发现他竟然有五处枪伤。车元路报告说:在外壕里挖掘坑道,不断受到炮火射击,挖好的坑道被炸塌了,现在正用门板支撑坑口拼死往里挖。报告完毕,车元路要求返回,张团长不准他再上去,车元路说他就是根联络绳,只要他活着,指挥所与外壕的联络就中断不了。

车元路,山西晋城常家庄一个孤苦的流浪儿。父亲给地主当长工病死,母亲被国民党军打死,哥哥被抓走从此没了消息。在国民党军进攻延安的时候,他参加了共产党军队。他所在的那个排,所有的战士,没有一个年龄超过十八岁的,在六十九团被称为"小鬼排"。但是,这些贫苦孩子打起仗来十分勇敢。车元路刚到部队,就赶上攻打曲沃的战斗,他的腿被子弹打穿,竟然还追上了一个逃跑的国民党军官。为此,小战士车元路荣立了特等功。

再次上去,车元路遭到猛烈的射击拦截。子弹围着他呼啸,手榴弹在四周爆炸。他终于滚进外壕的时候,身上不知道哪里又负了伤。在城墙外壕下挖坑道的人几乎全部负伤,国民党守军知道这些跑到外壕里的士兵在干什么,因此所有的火力都射向这里,坑道不断地被炸塌,人员不断地负伤,但坑道依旧在顽强地向前延伸。作业工具坏了,战士们就用手挖,每个人的指甲都掉了,血淋淋的双手不停地在坚硬的冻土上抠着。车元路又要返回了,外壕三米多深,因为再一次负伤,他仅爬出去就使出了全身的力气,刚登上梯子,几颗手榴弹在身边爆炸,这一次他伤在头部。车元路回到指挥所的时候,张团长一把把他抱在怀里。他一边报告情况一边说:"没伤到我的骨头!"报告完毕,他带着两名战士再次返回。守军的机枪封锁更加猛烈,城墙上点起了大火,国民党兵在上面喊:"你们打不进来!别送死了!"车元路在这片开阔地上往返了五次之后,依旧活着,他让六十九团所有的官兵感到十分惊讶又十分崇敬。最后一次回来时,他给指挥所带来了好消息:坑道已经挖了近六米深,可以容纳三千公斤炸药。为了运送炸药的人的安全,在通往坑道的交通壕里,每隔几米还挖了避弹坑。

增援的国民党军距运城仅有一天的路程了。

二十七日黄昏,八纵二十三旅爆破队仅用四十分钟就把三千多公斤炸药送了上去。十七时三十分,天崩地裂般的爆炸声响过之后,运城城墙被炸开一道二十多米宽的缺口。八纵的突击队员乘势拥入,与守军在突破口上展开拉锯战。敌人发动了猛烈的反击,第二梯队被截断,王震命令独立第四旅增援。第四旅在旅长顿星云和政委杨秀山的率领下,冒着守军的侧射火力,向突破口拼死突击。第四旅十四团副团长吴智光阵亡,三五九旅七一八团团级干部全部负伤。在付出巨大代价后,八纵突击队从城北突进城区,二纵突击队从城西突进城区。二十八日拂晓,国民党守军终于支持不住了,开始从东门和南门向外突围,四千多人在永济附近被追歼,三千多人在平陆县七里坡附近被追歼。

蒋介石获悉运城失陷的消息,认为有碍整个晋南战局,命令胡宗南立即"从速收复"。但是,胡宗南得知运城失守后已经收缩了增援部队。

徐向前认为:"打下运城的意义,是非常重大的,不仅把守运城的一万多敌人全部歼灭,消灭了敌人有生力量,可以说是典型的攻坚歼灭战。而且,在精神上摧毁了敌人防守这种城市的信心,打破了敌人固守据点的信心。同时,我们创造了攻坚的宝贵经验。"

国民党军在山西南部固守的城市,只剩下一个孤零零的临汾了。

此时,就整个北线战场而言,蒋介石已无法顾及战区的广泛地域,特别是在华北地区,国民党军的兵力更显得捉襟见肘。

为什么兵力超过聂荣臻部队的北平行辕作战总是失利?蒋介石认为,重要的原因是行辕下属的张垣和保定两个绥靖公署不听指挥、互不合作,而且保定绥靖公署主任孙连仲缺乏指挥才能。一九四七年十二月二日,蒋介石下令:"保定、张垣两绥署即行撤销,另成立华北剿匪总司令部,调傅作义、孙连仲兼北平行辕副主任,并特任傅作义为华北剿匪总司令,冀、晋、热、察、绥五省军队归华北剿匪总司令管制。"蒋介石的这一变动最终还是出现了机构重叠的尴尬局面:首先是总部设在北平的总司令部与北平行辕的关系极其微妙,国防部的解释是:"总部负责指挥军事,行辕负责军政,对总部亦有监督之权。"其次是傅作义与阎锡山如何相处的问题,国防部的解释更加含糊:"总部辖区包括冀、晋、热、察、绥五省,惟太原绥署仍保留。晋省战区之划分,系太原绥署指挥太原附近军队作战,华北总部指挥雁北军区。"——这个解释不但让表面上拥有山西军事指挥权的傅作义感到别扭,阎锡山自然更加不满,因为这个山西霸主的军事管辖范围仅限于他的家门口"太原附近"。

傅作义上任之后,大力贯彻"总体战"的思想,将所能指挥的正规军编为由第十六、第九十四军组成的平汉兵团,由第六十二、第九十二军组成津浦兵团,以及原属于他的各军组成的平绥兵团。三个兵团分守三个方向,"以主力对主力","以集中对集中",分别实施"机动防御"。

而就各野战军的实力而言,晋察冀野战军规模排在倒数第二,总兵力不足十三万。聂荣臻对指挥员们说:"你们不断打胜仗,缴到武器大量上交,加上土改搞好,兵源问题解决了,我们就可以扩编和装备新的纵队,我们的力量就会大大加强。"

打下石家庄后,晋察冀野战军的作战区域依旧局限在保定附近。因为以攻坚作战难以取胜装备优势的敌人,所以他们大力破坏平汉、平绥铁路,试图迫使傅作义的部队分兵作战。但是,傅作义坚守"集团推进"的策略,将主力集结在保定以北地区,晋察冀野战军始终没有找到战机。为调动和分散敌人,一九四八年一月中旬,郑维山的第三纵队对保定以北的涞水发动了攻击,傅作义既要顾及救援涞水,还要确保保定,于是被迫分兵——傅作义命令第三十五军军长鲁英麟率新编三十二师和一〇一师北援涞水。这一命令铸成了一个无可弥补的大错。

国民党军第三十五军是傅作义起家的部队,一九三一年他成为这个军第一任军长。而新编三十二师和一〇一师又是傅作义最珍爱的两个主力师,他把一〇一师称为"一块金子",把新编三十二师称为"一块银子"。

一月十二日拂晓,"一块银子"在寒冷的大雾中刚渡过拒马河,就与晋察冀野战军第三纵队九旅三营遭遇。三营的任务是作为预备队保障主力围攻涞水,大雾中,他们弄不清楚河东来敌有多少,但随着阻击阵地被凶猛的攻势相继突破,这才感到情况有点不对劲,部队退入河西的庄疃村西北角。第三十五军军长鲁英麟率领军部到达河东,他怕已经过河的新编三十二师孤立前出,遂命令他们暂时撤回来,等天亮以后一起向前攻击。师长李铭鼎曾率部与共产党军队作战,打大同、占张垣都是胜仗,因此认为军长的命令实在没有必要,新编三十二师就这样在庄疃村驻扎了下来。李铭鼎不知道,就在他的部队安营扎寨的时候,三纵司令员郑维山严令九旅夺回庄疃村——因为这里一旦被敌人占领,就会对攻击涞水的部队构成严重的后方威胁。

九旅突然发动了攻击,遭到新编三十二师的猛烈抵抗,仗打了整整一天未见进展。三纵司令员郑维山和政治委员胡耀邦立即决定缓攻涞水,调三纵主力全力攻击庄疃村。同时,野战军指挥部命二纵在庄疃村以南、拒马河以西对一〇一师进行钳制性进攻,命一纵一旅在涞水至高碑店的公路北侧占领阵地准备阻援。

十二日黄昏,三纵开始了歼灭新编三十二师的战斗。"一块银子"果然是支老练的部队,夜战时冷静地埋伏在工事里,等攻击部队冲到跟前五十米时,才投掷出大量的手榴弹,然后在各种火力的掩护下发起反击。三纵各营突击队都是一波倒下第二波接着上,一夜之间攻击往复发起,倒在血泊中的官兵难以计数。国民党军官兵边打边喊:"是野战八旅咱们就打,不是就滚开!"在他们心里,华北的共产党军队中只有第三纵队八旅算是能打仗的部队。

打他们的就是八旅。

八旅二十二团二连从村庄的西北角首先突破新编三十二师的防御线,七旅和九旅的部队跟着占领了守军的前沿阵地。

但是,战斗持续了一夜,三纵没能把新编三十二师分割开。

天亮的时候,拒马河上游枪声大作,国民党军骑兵第四师从一纵一旅阻击阵地的北面绕道,向三纵的背后杀了过来。地平线上太阳初升,骑兵的马刀在晨曦中挥舞成一片耀眼的旋风。三纵的前面是一个步兵师,后面是一个骑兵师,一个纵队对付敌人的两个师显然力不从心。但是,已经没有退路了,杨得志给郑维山打来电话,命令三纵"一步也不许后退,谁退则诉诸军法"!

八旅的二十二团和二十三团处在骑兵冲击的正面。两个团在继续攻击庄町村的同时,所有的机枪都原地掉头集中向骑兵射击。冲在前面的骑兵连人带马扑倒后,冲击的阵形显出了迟疑。这时候,战场到了谁能坚持到最后的关键时刻。郑维山将三纵所有的大炮都调到了庄町村战场上,三纵各旅各团开始拼死向村内突击,二十二团一营营长阎同茂带着突击连冲在最前面,官兵们把敌人投掷过来的手榴弹扔回去,然后就冲上去拼刺刀。战至上午九点,除一部被渡过拒马河增援的两个营接应而出之外,新编三十二师驻扎在庄町村内的两个团基本被歼。此役,晋察冀野战军伤亡近万人。在村内一户百姓家的菜园里,躺着一具盖着棉被的尸体,俘虏辨认说:"这是我们的师长李铭鼎。"

"一块银子"完了。

第三十五军军长鲁英麟得知新编三十二师覆灭的消息时,几乎无法相信自己的耳朵。在没有任何征兆的情况下,一夜之间"一块银子"就这样突然丢了,这让他回去如何向司令长官交代?六神无主的鲁英麟正不知所措,他的车队突然混乱起来,这一次他的耳朵听得很真切——枪声从四面响了起来。

攻击鲁英麟军部车队的是一纵一旅,他们原来的任务是阻击可能增援庄町村的敌人,当发现公路上出现一列长长的车队时,旅长曾美毫不犹豫地下达了攻击命令。这是一次短促的攻击,几辆汽车燃烧起来之后,没有战斗力的军部立即散了伙,各级军官争相逃命,很快就被打死二百多、俘虏四百多。一旅缴获甚丰,军部的八十多辆汽车上拉满各种物资,跟随军部的一个榴弹炮连的全部装备也被缴获了,特别是他们头一次有了三门美式一百五十毫米大口径榴弹炮,而傅作义的第三十五军全军才有四门这种"命根子"一样的重型武器。

第三十五军参谋长田世举被打死,只有军长鲁英麟活不见人死不见尸。

第二天,国民党中央广播电台播发了一条消息:第三十五军军长鲁英麟自杀殉国,地点是在涞水以东高碑店火车站的一节空车厢里。

没有人确切知道鲁英麟为什么要自杀。当他的军部受到袭击的时候,他向前来增援的新编骑兵第四师师长李春方要了几匹马,带着少数亲信逃到高碑店火车站,住进车站内的一个小邮局里。整个晚上,他拿着打开保险的手枪在房间里来回踱步,边走边嘟囔着:"总司令起家的三十五军断送在我手里了……"一旁的副官劝他睡觉他不听,政工处长夺他的手枪几次都没能夺下来。半夜时分,傅作义从北平打来电话,副官只听得鲁英麟连续说"是,是,是",没人知道傅作义在电话那头说了些什么。第二天天刚亮,在站台上徘徊的鲁英麟趁副官不注意,突然跳进一节空车厢,等副官赶上来的时候,车厢内传出一声沉闷的枪声。

鲁英麟和傅作义同是保定军校第五期学员。

虽然第三十五军损失惨重,但鲁英麟的死还是让傅作义十分痛苦。

傅作义说:"胜利是在顿挫不逶、再三再四反复冲杀中得来的,不牺牲就不会有胜利。"

一个月之后,在傅作义管制的战区内,重创再一次降临。

三月,徐向前指挥部队开始攻击那座孤零零的城市——临汾。晋冀鲁豫部队对晋南重镇临汾的攻击,成为解放战争中耗时最长,伤亡最大的城市攻坚战,战斗的残酷显示出共产党领导的军队将作战重心转向城市之初所遭遇的艰辛。

临汾位于汾河谷地中的同蒲铁路线上,是晋南著名的军事重镇。依自然地形砌在黄土高坡上的城墙周长约十公里,基部厚达三十米,倾斜的墙面高达十四米,顶部宽达十米,可以并行三辆大车。整座城市西傍汾河,城内地势高于城外,西、南、北三面均为开阔地,城墙东南加修有护卫城,称为东关,面积有主城的三分之一。临汾城防工事经过日军和阎锡山军队的逐年加修,成为一座易守难攻的坚固堡垒。城防由四道防线组成:第一道是外围警戒阵地:以城市周围较大的村镇为依托,筑有碉堡、明暗火力点、鹿砦、电网和地雷区,各点驻有一个连至一个营的兵力,配有火炮、机枪,可以单独作战,也可以相互支撑。第二道是护城阵地:以环城的二十七座堡垒构成,其中三座一组呈品字形,距离城墙五十至八十米,碉堡周围配备有地堡、火力点、铁丝网和地雷,各主碉堡内既有暗道通往城内,又能与城墙上的防御工事构成立体火力网。第三道是外壕和城墙阵地:外壕深二十米、宽三十米,紧贴城墙;城墙上设置着火炮以及机枪射击阵地和防御火力据点;城墙的腰部修筑有机枪、步枪和喷火器的发射掩体;城墙的根部挖有地堡,地堡上布设有射击口。第四道是城内纵深阵地和地道工事。城墙内有内壕,壕内每隔十五米修有暗堡,城内的主要街道和建筑上设有大量的巷战据点。临汾守军,由胡宗南的两个团加一个炮兵营和阎锡山的六十六师组成,再加上各种杂牌武装、还乡团、保安队、保警队约八个团,总兵力三万余人。守军指挥官是第六集团军副总司令兼晋南武装总指挥梁培璜。

晋冀鲁豫军区组成了以徐向前为司令员的前线指挥所,统一指挥第八纵队的三个旅、第十三纵队的三个旅、太行军区的两个旅、吕梁军区的两个旅、太岳军区的八个团,总兵力约五万三千余人。

临汾是国民党军在晋南的最后一个军事据点。如果攻击得手,便可以使晋冀鲁豫和晋绥、吕梁解放区连成一片,徐向前的部队就可以北上晋中直指阎锡山的老巢太原了。

徐向前在战前动员会上说得更明确:以后与国民党军的作战,在本战区内,就是要肃清敌人遗留的城市据点;将来打出去解放全中国,要收复很多很多的大城市,从现在起就要积累城市攻坚的作战经验,要把"晋冀鲁豫军区的野战军培养成为专门的攻坚部队"。徐向前要求以攻击运城的经验来指导此战:一、注意攻击准备;二、强行坑道作业;三、采用连续爆破;四、巩固突破口向两翼发展;五、步炮协同延展纵深;六、兵力使用反对平均主义;七、坚决执行命令,不打滑头仗;八、要有忍劲,坚持最后五分钟。

攻击临汾的时间定于一九四八年三月十日。

但是,接连发生的两件事令徐向前警觉起来:首先是十三纵奔袭阎锡山的六十六师一个团的时候,竟然扑了空,六十六师师长徐其昌率增援部队绕道汾河西岸,最终带领一个团的正规军和三个团的保安部队顺利进入临汾城;接着,胡宗南为加强西安守备,决定将他的三十师三十旅从临汾撤出空运回西安,而且已经运走一个营了——徐向前领略了阎锡山的狡猾,同时认为,如果让战斗力最强的三十旅跑了,攻打临汾的行动就无法达成牵制胡宗南主力以支援西北野战军的作战目的。

徐向前决定将攻击时间提前三天。

七日,晋冀鲁豫部队首先用炮火封锁了机场,使得胡宗南的三十旅无法继续撤出临汾。接着,八纵和十三纵在雨雪交加中开始了肃清外围的战斗。梁培璜将主力逐渐调回主要城防阵地,用杂牌武装在外围各据点与晋冀鲁豫部队拼死纠缠,这使得外围作战进行得缓慢而艰苦。战斗中八纵连遭不幸,先是连日阴雨导致交通壕坍塌压死数十名官兵,接着因看地形隐蔽不好伤亡了两个营长和一个副营长,最后二十四旅旅长王墉在前沿阵地上中弹阵亡。三十三岁的王墉旅长是大学生,文武双全,智勇兼备,战时身先士卒,果断坚定,平时军衣整洁,仪表堂堂,他的死令徐向前万分痛惜。他写信给晋察冀军区参谋长王世英:

> 这次攻临尚未进入决定作战,八纵因干部看地形不隐蔽,亡营长一,副营长一,伤营长一,挖交通壕因土质松,连日阴雨天又解冻,又挖得大与宽,致土塌下,压死者数十人,我已下了一个训令纠正这一现象,但昨天二十四旅旅长王墉同志又到前方地堡看地形,被敌冷枪击中头部而牺牲,真正令人不胜悲愤……

晋冀鲁豫部队兵临城下,阎锡山抽不出兵力增援,只有不断地打电报给梁培璜,命令他"人尽物尽,城存成功,城亡成仁",因为"保卫临汾,就是保卫太原"。梁培璜复电阎锡山:"本人已下决心与临汾共存亡。"

临汾西靠汾河,城南、城北的城防工事之外均是深远的开阔地,易守难攻。二十二日夜,攻击部队开始猛攻临汾东关。担任攻击任务的是刚刚组建不久的十三纵,其三十八旅从东南方向突击护卫城垣,三十九旅从东北方向突击电灯厂。但是,攻击不断失利。炮兵曾把城墙轰开一个小口子,因射击技术不熟练,轰开的时间过晚,导致步兵在敌人猛烈火力的拦截下伤亡重大。

至三十日,攻击临汾的战斗进行二十二天,攻城部队已付出伤亡近四千人的代价。徐向前不得不改变攻击战术,各攻城部队奉命即刻转入隐蔽挖壕作业。十天以后,四条通向临汾城防外壕的坑道挖好。

四月十日,八纵二十三旅被调过来攻击东关。两小时的火力准备之后,一万六千斤炸药被点燃了,刹那间,整个东关砖石横飞,火光冲天,临汾城外壕被炸开两处大缺口,一个宽五十七米,另一个宽二十五米,二十三旅的两个突击营开始急速突进,六十六师师长徐其昌被迫带领少数卫兵退到主城内。

东关失守后,临汾守军陷于危机。三十旅伤亡了四百多人,六十六师也只剩下七百多人。阎锡山告诉梁培璜:"依现有力量死守,不要希望援兵解围。"梁培璜只有强令临汾市民参加战斗,男女老幼日夜加固碉堡工事。由于长时间处于被围状态,临汾城内物资严重匮乏,更危险的是满城无论兵民皆人心慌张。为了维持战斗力和城内秩序,梁培璜下达了严厉的命令:"奉令进攻迟缓者杀;奉令赴援迟缓者杀;未奉令放弃阵地者杀;邻阵被攻有力不援助者杀;邻阵被陷不坚持本阵地者杀;滥行射击、虚报弹药、阵前无敌尸者杀;谎报军情企图卸责者杀;主官伤亡次级不挺身而代行职务者杀。"让梁培璜心惊胆战的是共产党军队的大规模挖掘,他登临城墙看见四野泥土翻飞,但却不见一个人影。他命令在城墙下挖防御坑道,坑道底部放置水缸,监听城墙外面挖掘的声音。结果,水缸一个接一个被放置在城墙下,"吭吭"的挖掘之声无处不在无时不在,梁培璜听后寝食难安。

晋冀鲁豫官兵挖掘坑道的作业异常艰苦。在与临汾守军"对挖、对听、对炸"的对峙中,坑道几乎是一寸寸地向前延伸着。为了尽量不被敌人发觉,官兵们使用了很小的工具,甚至用手挖掘,手破了缠上棉絮接着挖。敌人的反坑道挖得很密集,晋冀鲁豫官兵们不得不时常改变挖掘方向,这使坑道因为弯曲而进展得更加缓慢。

攻击临汾的战斗正处在艰苦的僵持中,战局陡变,傅作义和阎锡山集中兵力准备偷袭石家庄。中央军委认为必须保住石家庄,询问徐向前是否能在短时间内攻克临汾,是否能抽出两至三个旅的兵力北上,在太谷附近阻击阎锡山的主力部队。在尽可能调动周边兵力支援石家庄方向后,徐向前坚持认为,对临汾的攻击已经持续一个多月,部队已经伤亡近万人,如果放弃攻击不但功亏一篑,更重要的是损害攻击部队的斗志,还会使晋南战局陷入复杂化。徐向前坚持攻击临汾的决心得到了朱德的支持。朱德写信给晋冀鲁豫军区第一副政治委员薄一波和第二副司令员滕代远:

> 我很顾虑你们怕伤亡,又打不开,不如不打。这样决心,那就前功尽弃,敌人守城更有信心,我们攻坚的信心又会失掉,部队也学不会攻坚。如此损失更大,又毫无代价。请你们考虑,如向前有决心,应支持他一切,如炮弹炸药手榴弹之类,源源供给向前,撑他的腰。我在军委动身时已告剑英,打临汾决不可自动放弃,更不可由后方下命令叫他放弃。

四月底,十五条进攻坑道和四十条掩护坑道都已经靠近城墙。

国民党守军开始了近乎绝望的破坏行动,炮火轰击、飞机轰炸持续不断,挖壕的坑道一次次被炸塌,晋冀鲁豫官兵一面反击一面修复,一个连全部伤亡后就再换上去一个连……还是门板！还是需要大量的门板！这种近乎原始的攻城方式,需要如此巨大数量的门板,实为解放战争中的战争奇观。临汾城附近数十里的百姓尽了最大的努力,他们不但日夜做军粮、抬担架、护理和转运伤员、输送弹药补给,而且人人都把自家的门板卸下来送上前沿,数量和打运城时一样达到了十几万块之多。这些上面还贴着门神画的门板,不但能够支撑被炸塌的坑道,而且是掩护官兵作战的"土坦克",背着铺上了湿棉被的门板在弹雨中爬行,官兵们觉得安全多了——百姓将自家门板送给军队攻城的行为具有巨大的象征意义:对于百姓来讲是真正的毁家助战;对于共产党领导的军队来讲,百姓的家门是他们的生命归宿,不打下临汾如何能在进门的那一刻看见百姓的笑脸？

　　徐向前给夫人黄杰写了一封信:"昨日整夜未睡成觉,但今天精神亦不算坏,近来因事多、说话多,时常感觉胸背有些酸困与痛,但只要注意休息后,可少恢复,勉强下去还可以,只要不走路、不久坐即可支持下去。"接着,徐向前对八纵司令员王新亭说:"就是胡子打白了也要把临汾打下来,打不下来我和你到五台山当和尚去！"

　　五月初,八纵二十三旅的三条主坑道与巨大的爆破洞终于挖掘完毕。从政治部主任到战士,长长的队列开始传送炸药。为了防止炸药潮湿,所有的人都把衣服脱了盖在炸药上面。炸药的堆积数量十分惊人,看来徐向前和他的官兵决心把临汾城炸上天:一号主坑道装黑色炸药六千一百多公斤,二号主坑道装黄色炸药二千五百公斤以及硝氨炸药五百公斤。徐向前发布了解放临汾《紧急动员令》,号召"全体指战员以百倍紧张的精神紧急动员起来,扫除一切倦怠、松懈、烦腻、迟疑的现象,坚决、勇敢、积极、顽强,坚持最后五分钟的精神,争取解放临汾的最后胜利"！

　　一九四八年五月十七日傍晚的那场爆炸是古城临汾从未经过的。

　　惊天动地的巨大爆炸声还未停止,临汾城墙已被炸出了两处近四十米宽的大口子,八纵突击部队蜂拥而入。徐向前给中央军委发去电报:"八纵全部十九时五十分已攻入临汾,刻已进入三个团,正巷战中。"

　　十八日,天明时分,临汾城被攻占。

　　八纵二十三旅官兵战功卓著,战后被中央军委授予"临汾旅"称号,这一称号至今仍在中国人民解放军的序列之中。

临汾守军六十六师师长徐其昌和整编三十师三十旅副旅长谢锡昌逃出城后被捉。临汾守军总指挥梁培璜当晚也逃出城,过了汾河藏进一片麦地里,第二天早上太阳出来后,他被晋冀鲁豫官兵俘虏了。

梁培璜被带到徐向前面前时,光着脚,徐向前让人给他拿来了一双鞋。

徐向前问:"你是保定军校第几期的?"

梁培璜答:"第三期。"

徐向前问:"打了几十年仗,难道没记住'无必救之军者,则无必救之城'这条城防法则吗?"

梁培璜答:"知道。"

徐向前问:"明摆着临汾是座孤城,阎锡山远水救不了近火,胡宗南自顾不暇,蒋介石更帮不上手,你为什么还要死守?"

梁培璜无话。

临汾攻坚战斗之难,时间之久,消耗之大,战况之惨烈,在晋冀鲁豫军区战史上前所未有。在历时整整七十二天的攻坚中,部队伤亡一万五千三百余人,消耗各种炮弹九万五千余发,子弹一百六十四万余发,炸药五万公斤。战后,徐向前一一察看了临汾城外壕、城墙、火力配备据点、被炸药炸开的突破口。在后来的临汾战役总结中,他说:"假如说我们指导得好,打得好一些,是不是可以不需要七十天时间,早一点打下呢?是可能的。是不是不需要伤亡那样多?也是可能的。"

攻打临汾的攻坚部队,大多是新组建的部队,官兵也多是本地子弟,他们在父老乡亲的注视下艰苦作战,不畏牺牲。而如果没有百姓倾尽全力支援,耗时之长、伤亡之大的战役难以支撑。战后统计,临汾城周边动员支前民工二十万人,运送门板二十六万块、梁木十万根,粮食几百万斤。当付出巨大代价的百姓看见徐向前的队伍向北开去的时候,他们觉得包括自己孩子的性命、自己家的粮食和门板在内,所有的付出都很值得。

北边,是阎锡山的老巢太原,打下太原就意味着山西全境的解放。

麦子是个好东西

时年六十五岁的阎锡山,是国民党山西省政府主席、太原绥靖公署主任,在中国历史上这是一位沉潜阴鸷、复杂多变的奇异人物。

他的祖上原是贫苦人家,家道的转机是从曾祖父经商开始。曾祖父通文字、工心计、巧计算,从粮食店学徒逐渐升到了掌柜,可惜积劳成疾,四十一岁壮年即病逝,但他已使阎家从贫困者跻身于资产拥有者之列。从祖父开始,阎家开始购置田地,做小生意和放高利贷,成为一户家境殷实的地主。阎锡山的父亲叫阎书堂,喜欢算卦卜占,热衷于观察天象变化。他的墓志铭中有这样的记述:"方在乡塾,即耽玩易象卜筮,涵濡既久,于阴阳否泰、盈虚消长之理,深有所悟而善观时变。"阎书堂十四岁便弃学经商,他雇佣佃农耕种购置的农田,自己则跑到县城开了家钱庄,号"积庆长"。钱庄在放高利贷的同时,利用银两和制钱的比价不稳买空卖空,进行金融投机,一时间生意兴隆。

阎锡山六岁时,母亲因病过世,他被寄养在外祖父家,这个生性顽劣的孩子受了儒家文化教育——"摘抄古圣贤修己治人之名言要语,自题曰《补心录》。"十五岁那年,阎锡山被父亲带到县城,当了钱庄的少东家兼伙计。这是阎锡山人生中的重要时期,他站柜台、开票据、做交易、算得失,参与高利贷发放和金融买卖投机的所有公开和秘密的活动,这个比父亲多读了几年儒学的青年很快就适应了市场变幻、人情冷暖、金钱万能的氛围,也学会了投机取巧、唯利是图、尔虞我诈和逢场作戏的本领。要不是一九〇〇年间的一场大变故,阎锡山很可能沿着一个金融商人的道路一直走下去了——一笔大生意由于判断失误导致钱庄破产,父亲无法应付上门兑现的人群,带着儿子开始了狼狈不堪的逃亡生涯。阎家钱庄的命运与当时国家的命运惊人的一致:那一年,八国联军进入北京,光绪皇帝和慈禧太后以及整个大清朝廷开始逃亡。钱庄少东家一夜之间成了饥寒交迫的游民,阎锡山卖过烧饼,为清军出过兵差,做过马夫和各种帮工,备受屈辱的生活令他第一次把国破和家危联系在一起,他对繁华城市里的高官贵人和显赫权势愤恨不已:"公虽年未及冠而对社会不平了解颇深,更感于清廷政治窳腐,军事失利,外交无能,遂有改革社会、挽救危亡之大志。"

十九岁,阎锡山考入山西武备学堂,一年后被选赴日本士官学校留学。他先入日本振武学校,学习日语和近代科学,后入日军弘前步兵第三十一联队实习,再入日本陆军士官学校第六期。日本留学的经历,给阎锡山的人生留下深刻印迹,他崇尚日本军国主义,同时结识了孙中山先生,成为孙中山、黄兴组建的"铁血丈夫团"中的一员,并参加了同盟会。回国之后,他先在山西陆军小学任教官,然后一路高升,辛亥革命前已是新军第四十三混成协八十六标标统,其兵权相当于一个团长。当时,整个山西新军混成协只有两标。辛亥革命中,他成为山西革命首领之一,清廷的山西巡抚被杀后,他先投靠袁世凯成为山西都督,后又投靠段祺瑞成为山西省长。至此,这个五台县里的钱庄少东家完成了人生的重大转变,开始了他经营山西的毁誉参半的漫长历史。

"他的态度古板,说话慢条斯理,他的双手像舞蹈者一样,有节奏地做着各种姿势,俨然在用他的双手主宰着万国的兴亡,划出时间和空间,爱抚着城市和村庄。"这个说话时喜欢手舞足蹈的一方霸主,在连年的军阀混战中立场摇摆不定,唯一的目的就是确保他在山西的统治。他始终如一地把中国的山西省当作自己的私人地盘来经营,如同当年经营他的阎家钱庄一样。他大力发展山西经济,建立完善的教育体系,甚至不惜采取贸易保护主义,把山西境内的铁轨缩短间距,使山西成为任何政治、军事和经济势力都无法自由侵入的堡垒式的私人领地。阎锡山的"保境安民"策略让山西始终置于战火之外,直到日本军队攻占娘子关和雁门关一线。日军兵临山西,一向反共的阎锡山出自保卫山西的目的,与坚决抗日的共产党人拉上了关系,他甚至主动请共产党人到他的地盘里成立抗战组织。但是,当中国的抗战进行到最艰苦的时候,他又开始与日本方面私下媾和——"一切事情都不能做得太绝对,抗日要准备联日,拥蒋要准备反蒋,联共要准备反共。"阎锡山从不在乎国家利益,在他看来只有山西才是他的"国家"。日本军队眼看就要垮了的时候,他再次转变回到反共的政治轨道上来,将自己与蒋介石的命运捆绑在一起,因为他知道,共产党人的军事力量已经强大到仅靠他一人无法抵挡的程度。

"如果阎锡山在他的战区内死掉,或者活下来,而没有用他那做着各种姿势的双手去折腾老百姓,那么,他死后或许可能变成一位受人尊敬的人物,但到最后,山西农民却恨阎锡山比恨蒋介石更甚。"美国记者安娜·路易斯·斯特朗说,"阎锡山喜欢高谈阔论社会变革的哲理,他对玩味乌托邦的空想,远比对抗日战争中令人厌恶的苦差事感兴趣得多。"——阎锡山"折腾老百姓"的手段与中国其他军阀有很大的区别,区别的根本在于他有一套自创的"理论系统",这个"理论系统"可谓千奇百怪,标新立异,乃至令人匪夷所思。

阎锡山认为,世间的真理之一就是"以贱养贵",贱者不但要尽"养贵"的天生职责,而且在"养贵"的过程中受到伤害恰是贱者体现价值的必须:"理之生贵于情之生,有情之生贵于无情之生,生贵于无生。以贱养贵,是用之也,非伤之也。因用而伤之,所以成其用也。且也,植物吸取万物而发挥其精华,动物吸取植物及无生物而发挥其精华,人则吸取万物而发挥其精华,是贱者之用,借养贵者而更显著也。"

阎锡山认真研究过共产党的理论,心得颇多,他声称自己的理论与共产党的不一样,共产党运用的是辩证唯物主义和历史唯物主义,而且"共产主义不能说它没有,但看不见它何时可能"。他的理论法宝是"中的哲学"。所谓"中",即在事事物物中"不偏不倚,无过不及",且不能离开事物讲"执中",而要"针对事物的发展变化讲'时中'"。阎锡山认为,这是世界上唯一靠得住的理论——"唯心偏,唯物也偏。撂了物的心,等于腐物的微菌;撂了心的物,就是毒害人的蛇蝎。咱不唯心,也不唯物,咱是唯中。"

阎锡山主张"按劳分配",认为资本主义和共产主义都不是最好的社会制度,宣称自己搞的"社会主义"才是最合理的。他宣称"生产资料是资,生活资料是产。资供生产,应归公有;产供生活,仍应私有。资本主义病在资私有,不病在产私有;共产主义不病在资公有,却病在产公有。按劳分配是资公有、产私有的社会制度,既利生产又利生活,是人类合理的社会制度"。至于共产主义,阎锡山认为"有其理无其事"。——"共产党是以共产主义作号召,他不能放弃共产主义,放弃共产主义就不成其共产党了。假如仅以此为号召,其祸人类犹小;若强行之,其祸人类必矣。"

理论无法挽救逐渐显露的统治危机,阎锡山又提出一个崭新的口号:"兵农合一"。他宣称,这一新理论超过了他以往的任何理论以及世界上任何一种社会学说,是全宇宙间最合理的理论,"是走向大同社会的不二法门",能够"俱利无损地解决了社会问题"。他甚至认为正是因此他补救了马克思主义的不足,如果马克思"死而有知,一定可以得到个安慰"。所谓"兵农合一",实际上是中国周代的"井田制"和唐代的"府兵制"的改版,是阎锡山为了应对共产党人的土地政策给他的统治带来的压力而想出的控制农民的手段。这个手段的核心,就是把农民军事化编组,平时耕田上缴赋税,战时出壮丁上战场。土地由政府从地主那里租来,再转租给农户:"地是谁的还是谁的,由国民兵出租种地,公家担保租子必须照缴。"事实证明,这种极其彻底的剥削理论进一步把农民束缚在土地上沦为赤贫。孔祥熙等七十多名国民党高级官员联名打电报给阎锡山,明确反对"兵农合一",因为"地方及乡村干部组织庞大,职权太高,分工复杂,生杀予夺,勒索凌辱,人民不堪其苦",从而导致山西境内的百姓纷纷逃至北平、天津、洛阳、西安等处,逃离家园者"大多衣食无着,颠连困苦,其状甚惨"。然而,山西百姓越民不聊生,阎家就越富有。阎锡山的父亲不但大肆强买好地,同时大搞商业和金融投机,去世时这个老太爷积累的钱财达六百多万元。阎家的祖宅也日益扩大,成为山西境内最豪华的建筑群。阎家开办的各种企业和商号更是遍布全省,财富无数。

阎锡山对被共产党军队俘虏后释放回来的官兵,采取了严格的审查制度,强迫他们必须写自传和交代材料。他还在被俘官兵中开展"自白转生"运动,会场上竖立着绑人的立柱,上面挂着绳索,旁边放着棺材、木棍、刀枪,火炉、烙铁和各种皮鞭,然后强迫被释放的官兵跪着交代被俘经过。暂编第十总队团长张国栋被酷刑折磨致死;副团长邓自立被刺刀刺死;炮兵团长郭如彬因自白不彻底,又有人揭发他说过"阎锡山已成瓮中之鳖",竟被当场活埋了。"自白转生"运动扩大到山西全省,各县县长不断把县、区、村干部集中起来,连续三天不准吃饭和睡觉,交代自己是否与共产党有关系。结果,这样的运动导致了山西全省的杀人竞赛,口号是"有关系的交关系,没有关系的找关系,找了关系交关系,交了关系没关系"。暂编四十九师一团团长赵俊义的做法,被阎锡山标榜为"俊义奋斗法"。这个团长最突出的本领就是杀人,在盂县他把抓来的三十多名农民全部刺死,在寿阳他杀了一百四十多名疑为共产党侦探的农民。一九四七年一月十二日,文水县云周西村被第六十一军七十二师二一五团一营包围,共产党员刘胡兰被抓后拒绝"自白",阎锡山的部队用铡刀将这个年仅十六岁的女子铡成两截。

阎锡山的末日就要到了,这一点他自己很清楚。

因为不但共产党领导的军队壮大了,而且山西的百姓对他恨之入骨。

阎锡山需要帮助。虽然他曾经奉承蒋介石:"公留党在,公去国危。"但是他也曾致电蒋介石:"礼让为国",赶紧下野。历史上的恩怨离合令他无论如何也不敢指望蒋介石,于是他想到了美国人。晋南重镇临汾被共产党军队围困时,阎锡山派人去北平面见美国驻华武官包瑞德,然后又去南京面见美国驻华大使司徒雷登。司徒大使询问:"在共军的进攻之下,阎将军的地面越来越小,军队越来越少,阎将军的最后办法是什么?"阎锡山的手下描述了太原大保卫战的设想,并提出阎将军希望得到美国方面的直接帮助。司徒雷登表示,美国不可能直接参加对共产党军队的作战。况且,现在国民党军队到处失利,国民政府必须自己想办法挽救局面。阎锡山决定亲自与美国人直接交涉,他给司徒雷登发去一封电报,时间是一九四八年四月一日,电报可谓句句语出惊人,皆在陈述他的"最后的办法"是推行"平等",以便让共产党丧失煽动民众的理由:

> 美大使询山西戡乱实际有效办法,我们很惭愧,实在不够个彻底有效办法;不过自从新办法实行之后,不至于如已过的束手无策。实际有效办法的原则为四平等。就是是非平等、生活平等、劳动平等、牺牲平等。因共党是由不平等处来煽动人民,由残杀来强制人民,一变已过历史上比如以舟碰舟的两军决胜的办法,为如以水覆舟面的战法,遂成为有胜无败政略性面的战略。我们戡乱欲实际有效,是先人民去了不平,使共党无法煽动;再使人民持上武器,使共党无法强制。破了他的如以水覆舟政略性的面的战法。

阎锡山准备给予人民的"四平等"是：一、在乡村建人民座谈会,讨论施政得失,有绝对纠正之权,使人民得到是非平等；二、实行平民经济,贫富能得到同样的生活物品,做到生活平等；三、实行兵农合一,解决土地问题,去掉地主剥削,做到劳动平等；四、实行编组优待,抽签当兵,除去认为当兵是贫人保护富人不平等的反感现象,做到牺牲平等——司徒雷登对这样的怪论不感兴趣,让秘书将这个"实际有效办法"翻译成英文存档。

看来司徒雷登是指望不上了。

临汾被晋冀鲁豫部队攻占后,阎锡山手中大约还有十三万军队,他最忧虑的是自己控制的地盘日益缩小,经济来源几乎全被切断,而十三万兵力每月所需的军粮高达五百八十五万斤。如何解决粮食问题？阎锡山认为,唯一的办法就是抢。如何才能抢到手？阎锡山思考的结果是："军队要学会跑",也就是说向共产党军队学习运动战。为此,他专门发表了一个"对各干部唯一活路的指示"：

> 共匪一贯的到处拆碉拆城,我们到处建碉建城。共匪不要碉不要城是有道理的,因为他们没有飞机大炮,所以他要拆碉拆城。我们因为有飞机大炮,我们要建碉建城。共匪不要城可是想出了个不要城的办法,就是会跑,使我们打他,百打百空。因此,他能以少数的兵力控制住大的地面,要粮有粮,要人有人,要衣有衣,要鞋有鞋,且有大量的手掷弹地雷。我们的兵去了,他跑了；我们的兵住下,他调上一百里、二百里、五百里、六百里,甚至一千里八百里的兵来打我们,他能调上绥远的队伍打中阳,调上四平街的队伍打忻县,你住的多,他调的多。他这个会跑不只是有政权、有壮丁、有粮食、有衣、有鞋、有手掷弹、有地雷,他并且有情报,能调多数打我们的队伍,俘虏我们的官兵,缴我们的枪支,把我们的部队作成他们的兵役大队,枪械弹药的输送队,此即他们所谓之"一跑万有,一跑万胜"。共匪能把孙子的"善攻者,动于九天之上；善守者,藏于九地之下"这种从来未实现的兵法,实现在他们的军队中……
>
> 我们有飞机,有大炮,占了这飞机大炮的光,学下个守,受了飞机大炮的害,没有学下个跑。非有兵不能控制村庄。没

有兵的地方,行政人员不敢再地方行政;有兵的地方,反成了为敌人送礼。我们派上一连兵住一个村庄,他拿上三连两连来打;我们派上一个营兵控制一个村子,他拿上二营三营来打;甚至我们住上一师二师,他拿上三师五师来打……这证明了我们有飞机大炮,反造成了两个死路:就是分散开叫敌人打死,集结回来自己饿死,这真成了子弟靠祖产,不只把吃苦耐劳没有了,把闹家业的志气也丢了。我们要想分散开不叫敌人打死,集结到一地,不至于饿死,也必须学会跑。这面的战法上跑,就等于饿了吃饭,冷了穿衣,谁也不能例外,且也无法在这跑之外另想一个办法……优势的敌人来了,我们跑了;敌人要聪明,他也跑了,他跑了,我们再回去;敌人要不聪明,他住下了,我们调上三倍五倍的兵力把他消灭了。可以说,能跑,多少县城也是我们的,多少村庄也是我们的;不能跑,多少县城也是敌人的,多少村庄也是敌人的……我们今天万事俱备,只欠东风。什么是东风?就是只要我们军政能迅速配合起来跑,我们即可打通临汾、打通大同……

根据学会跑着打仗的策略,阎锡山把忻县、太原、榆次、太谷、汾阳和平遥六城列为"死守城",意为任何时候都不能撤退;其余各县为"固守城",必要时可以放弃;然后,以主力部队组成"闪击兵团",担负跑起来机动作战的任务。其具体部署是:第四十三军暂编三十九师和第十九军六十八师驻守太原以北的忻县和黄寨;第三十四军七十三师,暂编四十四、四十五师位于平遥、灵石地区;第十九军暂编三十七、四十师,第三十三军七十一师、暂编四十六师以及暂编第九、第十总队位于榆次、太谷、祁县一线;第四十三军七十师和第六十一军七十二师位于汾阳、孝义地区;第六十一军六十九师位于文水和交城;工兵师位于晋源、清源;第四十三军暂编四十九师、暂编第八总队和各种特种部队守备太原。阎锡山集中了第三十四、第四十三、第六十一军的共十三个团组成担任机动任务的"闪击兵团",任命第三十四军军长高倬之为"闪击兵团"司令。

一九四八年夏,山西的麦子熟了。

阎锡山所属各部队都挂出了"军食司令部"的牌子,制定了在晋中"快割、快打、快交、快运"的抢麦子计划。

徐向前决定:攻击晋中,保卫麦收。

一九四八年五月九日,中央军委决定将晋冀鲁豫和晋察冀军区合并,成立华北军区,任命聂荣臻为司令员,薄一波为政治委员,徐向前为第一副司令员,滕代远为第二副司令员,萧克为第三副司令员,赵尔陆为参谋长,罗瑞卿为政治部主任。

华北军区调整下级军区为:北岳军区,司令员唐延杰,政治委员赵振声;冀中军区,司令员孙毅,政治委员林铁;太行军区,司令员鲁瑞林,政治委员赖若愚;太岳军区,司令员刘忠,政治委员王鹤峰;冀南军区,司令员徐深吉,政治委员王从吾;冀鲁豫军区,司令员赵健民,政治委员潘复生。

同时,以晋冀鲁豫军区前方指挥所组成野战军第一兵团,司令员兼政治委员徐向前,兵团下辖三个纵队:第八纵队,司令员兼政治委员王新亭;第十三纵队,司令员曾绍山,政治委员徐子荣;第十四纵队,司令员韦杰,政治委员甘渭汉。以晋察冀野战军指挥部组成第二兵团,司令员杨得志,第一政治委员罗瑞卿,第二政治委员杨成武,兵团下辖四个纵队:第二纵队,司令员陈正湘,政治委员李志民;第三纵队,司令员郑维山,政治委员李水清;第四纵队,司令员曾思玉,政治委员王昭;第六纵队,司令员文年生,政治委员向仲华。

原晋察冀军区第一纵队仍属北岳军区,司令员唐延杰,政治委员王平;第七纵队仍属冀中军区,司令员孙毅,政治委员林铁。

华北军区总兵力约二十四万。

六月下旬,徐向前派第一兵团副司令员兼副政治委员周士第前往西柏坡,当面向毛泽东汇报晋中战役计划。毛泽东留周士第一起吃饭,他边吃边说:"保卫麦收这个口号很好,可以调动广大人民参加战斗的积极性。晋中人民要收麦子,阎锡山要抢麦子,这是一场极其严重的斗争。敌人要抢粮就要出动,你们就有机会在运动战中消灭敌人。"毛泽东最后说:"此次战役是保卫麦收的战役,但是战役的重心还是要放在消灭敌人方面,消灭了敌人就是最有效地保卫麦收。"

华北军区第一兵团发动晋中战役的作战部署是:一部进至太原以北,切断忻县至太原的铁路,保卫忻口至太原铁路线两侧地区的麦收;一部进至文水、汾阳、孝义地区,切断汾阳至太原的公路,压缩阎锡山的部队,保卫平原地区的麦收;一部逼近介休、灵石地区,切断灵石至平遥的铁路,保卫这一地区的麦收;一部逼近榆次,向北切断榆次至太原的铁路和公路,向南切断榆次至太谷的铁路和公路,保卫榆次地区的麦收;一部切断太谷至祁县的铁路,保卫这一地区的麦收,主力则集结于东观镇地域,待机歼灭阎军主力;一部扫除平遥以东、以南地区之敌,保卫麦收,主力集结于该地域以东,待机歼灭阎军主力。

第一兵团总兵力约六万人。与阎锡山相比,无论兵力还是装备都处于劣势。

徐向前认为晋中作战有三大困难:一是敌人兵力多,装备好,工事坚固,机动性强;二是我军经过两个多月的临汾攻坚战,消耗大,特别是干部缺口大,官兵疲劳,部队新,缺乏大兵团野战经验;三是平原作战烧柴极缺,初步计算,部队和民工每天烧水做饭就需要烧柴三十万斤,而平原地区无法供应。即便如此,徐向前还是把作战目标定在歼敌四至六个师上,他的理由是:一,战役目的是为将来解放太原创造条件,应尽可能地利用野战机会多多歼敌;二,敌人为抢收麦子大部分兵力都已分散,只要指挥得当,分次大量歼敌是可能的;三,二十万民工支前,可以解决作战部队生活问题。晋中百姓对阎军十分痛恨,只要喊出"保卫麦收"的口号,就能够大量动员民众。

六月四日深夜,徐向前电告中央军委:

> 战役第一步,以分进合围态势,割裂阎匪防御体系,斩断其交通,分割包围其要点,肃清外围某些据点,清剿地方杂匪,确保晋中收麦;第二步,相机攻取某些要点,诱敌主力与我决战,而于野战中求得消灭其主力一部,以达削弱阎匪实力,缩小阎占区,创造攻取太原之有利条件。

晋中平原纵贯山西中部,汾河与文峪河流淌其间,自北向南是太原、榆次、祁县、汾阳、平遥、孝义、介休等河谷盆地,盛产小麦、谷子、玉米、棉花、大豆、烟草等作物。此刻,号称山西粮仓的晋中平原上到处飘荡着成熟的麦香。

徐向前命令地方部队伪装主力进至风陵渡,造成主力将要渡过黄河支援西北战场的态势,同时命令吕梁部队进入孝义和汾阳地区活动,自己则率领第一兵团主力向晋中敌人的侧背方向隐蔽开进。

十一日,吕梁军区部队突然出现在孝义、汾阳以西的高家镇地区;

第二天,太岳军区部队沿同蒲路北上占领了灵石县城。十三日,因判断徐向前部主力已向西北开进,阎锡山下达了出兵合击高阳镇的命令。奉命率部前去歼灭高阳镇"土共"的部队,是"闪击兵团"司令高倬之指挥的十三个团。阎锡山的主力被诱调出巢,祁县、平遥、介休一带兵力空虚,徐向前立即率领主力向预设战场前进,他决心首先歼灭高倬之的第三十四军。十八日,八纵、十三纵相继对介休至祁县之间的各据点发起攻击,之后绕过坚固的子洪口要塞,迅速迫近同蒲铁路。同时,吕梁部队趁势发动反击,以两个团的兵力袭击了阎锡山派去合击高阳镇的七十师,打死了师长侯福俊。

徐向前主力的突然出现,令阎锡山感到十分意外,他再次尝到了"共军能跑"的厉害。为了确保太原的绝对安全,他立即命令"闪击兵团"回师东"跑",并命令榆次、太谷的部队快速南下祁县,与高倬之部靠拢。

徐向前决心围歼回窜的第三十四军于介休与平遥之间。

大雨倾盆,部队埋伏在野外阵地上,等了一夜,却没有看见敌人。

高倬之的第三十四军没走通常的路,而是从汾阳以东渡过汾河直插平遥县城。与第三十四军一起增援高阳镇的第六十一军七十二师和炮兵团则正沿同蒲铁路返回介休。

徐向前当即改变作战计划,火速调动主力北移进行拦截。

八纵终于在介休与平遥间的张兰镇包围了七十二师和炮兵团。

七十二师和炮兵团不是普通的部队,在阎军中他们被叫做"亲训师"和"亲训团"。所谓"亲训",就是由阎锡山亲自训练出来的部队。这支部队是内战爆发后阎锡山亲自组建的,他把最好的武器配备给这支部队,把最贴身的军官安插到这支部队做督导,把军事指挥最优秀的军官配置到这支部队。七十二师师长陈震东更是他认为忠诚可靠亲自选定的,因为一九三〇年他与蒋介石打仗时陈震东曾出任敢死队队长,后来阎锡山把自己二儿媳的妹妹嫁给了他。

当"亲训师"和"亲训团"进入八纵的伏击圈时,纵队司令员王新亭判断了好一会儿,因为他远远地看见队伍里有不少人骑着大洋马,他知道在后面追击敌人的吕梁部队里也有大洋马,怕打错了。位于最前面的二十三旅旅长黄定基举着望远镜仔细观察,直到看清队伍中的步兵每人都背着一个柳条编的、形状如同一个筐的背囊时,才判定是阎锡山的队伍,于是开火了。八纵官兵把当面敌人压缩在铁路与汾河之间狭窄的河滩上,然后开始猛冲猛打,因为眼前的不少大炮实在令他们眼馋。"亲训师"和"亲训团"打起仗来就乱了套,虽然装备好人员足,从官到兵都神气得很,但终究是刚成立一年多的部队,从没与共产党军队打过大仗,除了能够背诵阎锡山的古怪理论之外,极度缺乏实战经验。因此,三小时之后,三千多人被打死,四千多人被俘虏。师长陈震东负伤,在少数卫兵的保护下从战场上逃脱。二十四门崭新的山炮和十二门崭新的重迫击炮全部落在八纵手里,几个旅长纷纷要求把炮留在纵队,司令员王新亭大着胆子向徐向前打电话请示,结果遭到严厉的批评。但批评之后,徐向前还是给八纵多分了几门炮。

高倬之见势不妙,率"闪击兵团"迅速逃进平遥县城。

二十二日夜,第一兵团指挥所侦听到,阎锡山部第十九军军部将率暂编四十师和"亲训师"残部由平遥向北开往祁县。徐向前立即命令十三纵主力在祁县与平遥之间的洪善以北实施伏击,同时命令吕梁部队渡过汾河实施堵截。二十三日清晨,这股敌人开始由平遥向祁县"跑",但是刚一动身就遭到阻击。由于汾河涨水,吕梁部队没能及时渡河,导致暂编四十师的一个团和跟随他们的太原民卫军一部跑进了祁县,其余部队则被十三纵主力压缩在北营村内。夜晚,第十九军军长温怀光和暂编四十师师长曹国忠丢下部队,带领少数亲信逃回了平遥县城。第二天天亮之后,北营村里的敌人试图突围,但很快就被歼灭在村外的野地里,第十九军参谋长李又唐被俘。

精锐部队的损失令阎锡山非常痛心。

蒋介石严令"大胆决战","死保晋中",于是阎锡山决定与徐向前拼了。他命令第七集团军中将司令官赵承绶指挥决战。赵承绶命令被困在平遥的高倬之率第三十四军的两个师立即北上,命沈瑞率第三十三军的两个师由祁县南下,而第十总队由祁县北面的榆次出击。自二十六日起,阎锡山的部队向祁县与洪善一线发起猛攻,第三十三军拼命向南,试图迅速与从平遥北上的第三十四军靠拢。担负切断两军的吕梁部队压力巨大,在遭到数倍于己的敌人连续猛攻下,最终无法支撑,撤出了阵地,退往汾河以西。同时,八纵因动作缓慢,没能及时出击,导致第三十三军终于与第三十四军会合。自此,交战双方在平遥与祁县一带形成"顶牛"状态。

晋中战役第一阶段战斗结束。

阎锡山部被歼一万七千余人，徐向前部伤亡四千余人。

无法得知阎锡山又总结出了什么新的"理论"，但有一点可以肯定，那就是他终于意识到自己的军队绝对打不了"运动战"，还是大兵力聚集在一起安全些。问题是，共产党人把成熟的麦子守得严严的，老百姓家家都在大平原上日夜抢收。如果麦子抢不到手，部队聚集在一起吃什么？

徐向前认为，阎锡山虽然摆出了决战的架势，但他不敢让赵承绶部再向南走，因为那将距离太原过远，而如果我军继续向北靠近太原，反倒可能创造战机。此时，太原周边的太谷、榆次地区，麦收正在紧张地进行。徐向前决定大军北上，一方面保卫麦收，进一步断绝阎锡山的粮源；一方面诱敌调动，实现野外歼敌目标。作战要点是：拦头切断敌人逃往太原的通道，在预设战场聚歼赵承绶部主力。

六月，骄阳如火。部队连续作战，体力消耗很大，八纵司令员王新亭请示让部队休息两天。徐向前回答得很严厉："不行，走不动，爬也要爬到指定的位置上！现在还不是休息的时候。运动战，要求动作要快，等歼灭了敌人才能休息！"

赵承绶很快就发觉了徐向前部正向他的侧后运动，于是立即命令部队停止对洪善一线的攻击，回师北撤太原。七月二日，第三十三军主力进至太谷地区，第三十四军和第十总队也开始向祁县集结。

徐向前急令八纵紧紧咬住第三十四军，并以一部攻占徐沟；十三纵则袭占东观镇，力争把敌人逼进徐沟、太谷和榆次之间的三角地带予以包围。

三日至六日，是太岳部队官兵经受巨大考验的日子。他们的任务是切断榆次至太谷间的铁路，封堵赵承绶部主力逃往太原的通道。赵承绶为了撤回太原大本营，不至于在外成为孤军，连续投入七十一师全部，暂编四十六师一个团，第九、第十总队等共计十个团的兵力，在大量火炮和数架飞机的助战下，向太岳部队阻击阵地发起猛烈攻击。阻击防线是否能守住，是能否全歼赵承绶部主力的关键。徐向前对太岳部队司令员刘忠说："再疲劳也要打，把钉子钉在那里，坚持最后五分钟，坚持到最后一个人，也要守住阵地！"惨烈的阵地争夺战持续了四个昼夜，双方都付出巨大的代价。太岳部队官兵在兵力和武器装备都处于劣势的情况下,凭借着慨然赴死的决心,用血肉之躯筑起一道敌人始终无法逾越的铁壁铜墙。阵地上不断发生肉搏战,战死者的尸体在酷热的气温中散发出刺鼻的味道。

突围无望,赵承绶决定放弃沿着铁路线北撤的计划,命令部队离开铁路从榆次与徐沟之间夺路北返。他不知道,如此一来,他便一头闯进了徐向前预设的包围圈。此时,十三纵和八纵的一部已插入徐沟以东,断其归路;太岳部队向西接通了十三纵的预定战场;吕梁部队已东进到榆次西南;八纵主力则北上徐沟东南。至此,赵承绶三万余人的部队将陷入东西不足十公里、南北不足五公里的狭长地带中。

徐向前已经病得无法走路,他被担架抬到位于徐沟以南的兵团指挥部张家庄。到达张家庄后,他发出的指示是:赶快收拢部队,如果一时无法收拢,能收拢一个班就收拢一个班,能收拢一个连就收拢一个连。旅长走前面,追上去加强包围,包围起来两面做工事,先不要打,但必须守住,敌人要来就把他们打回去。

如果说徐向前有忧虑,那就是兵力不足。经过长时间的连续作战,部队严重减员的情况他很清楚。为此,徐向前曾专门给中央军委和华北局写了份报告:

> 临汾战役伤亡一万五千余,另逃亡两千余人,晋中战役伤亡五千人,共减员两万三千人。临汾战役后,补充新兵一千六百人,俘虏六千余人,伤员归队六千人,共一万三千六百人。至晋中战役,俘虏大部尚不能补充,因须进行一定教育。现部队三个纵队轻重武器及炮兵已大体配就,但连队极不充实。八纵一个主力团,每连战斗员最多者六十六人,少者二十七人。十三纵三十七旅为人数最多者,每营多只两个步兵连,每连两个排,每排两个班。部队目前正连续作战,不给敌以喘息机会,力争在野外歼灭阎军主力,及攻取某些必要据点,以造成围攻太原之有利条件。否则,增加今后攻太原很多困难,支付更大代价。但连续战斗必将大伤部队元气。为此,恳请迅速补充新兵一万五千人[每纵五千人]。

八纵虽已将敌人包围,但敌人的建制基本完整,在兵力严重减员的情况下,纵队领导们都认为这个仗不好打,只有徐向前毫不动摇,他说:

"非打不可,有意见打完仗再提。做好工事可以吃饭睡觉。总之有一条,不准让敌人突围,谁让敌人跑了就找谁是问!"

十日清晨六点,总攻开始了。

晋中平原上的村镇都很大,一般都筑有坚固的围墙,房舍也多是青砖结构,被围里面的敌人非常集中,可借助围墙后的房屋和野战工事进行抵抗。于是,战斗只能从最艰苦的逐屋爆破开始。

十三纵、八纵二十二旅、太岳部队攻击太常村,第三十四军军长高倬之就在这个村子里。一天激战之后,第三十四军军部和七十三师全部被歼,但换上农民衣服的军长高倬之跑掉了,七十三师师长王檄祖被俘。八纵二十三、二十四旅攻击南庄,战斗进行得异常艰苦,南庄的碉堡火力极其凶猛,部队伤亡巨大,直到炮兵赶来支援,攻击部队才冲进村。敌人被压缩在几个村庄里,携带的粮食已经吃光,连骡、马、羊都吃光了。十五日,徐向前组织了一百多门火炮向残敌猛烈轰击,各部队拼死向核心地带冲去,守军在最后时刻施放了毒气弹,十三纵三十九旅的两个突击连全部中毒。最后时刻,第三十三军的两个师和第十总队约万人被压缩在小常村一处,已经无法组织起有效的抵抗,战斗持续了一天一夜后,十六日下午小常村被攻克。第七集团军司令官赵承绶,第三十三军军长沈瑞、参谋长曹近谦等被俘。

徐向前问赵承绶:"还认识吗?"

赵承绶说:"认识。"

十年前,为了与阎锡山协商联合抗日,徐向前作为中共代表曾到过太原,那时赵承绶向他的官兵介绍说:"请俺们五台徐向前将军训话!"

徐向前问:"你看我们指挥作战上还有什么缺陷?"

赵承绶说:"要能看出来,哪会走到这一步。"

徐向前问:"太原还有多少粮食?"

赵承绶说:"阎锡山历来是不准管粮的问枪,管枪的问粮。不过,估计只能维持几个月的样子。"

晋中一役,徐向前部歼敌正规军七万余人,非正规军三万余人,俘敌赵承绶以下将官十六人,毙敌师长以上军官九人,缴获各种火炮三千七百零四门,步机枪三万余支,火车头十五个,车皮二百零七节,其他军用物资和粮食无算。

赵承绶部覆灭后,阎锡山给晋中各县守军下达的命令还是那个

"跑"字：一跑万有，一跑万胜，谁跑得快就能活着回来。晋中各据点的守军纷纷逃往太原之时，徐向前将各部队撒出去乘胜狂追，往往几个士兵就能追上上百个敌人。晋中的百姓也纷纷跑出来抓俘虏，清源县的一个老头用条扁担就缴了十九名敌军的枪。三位新华社记者俘虏了三十七个敌人，缴获两挺机枪和十几支步枪——"敌人只知道拖枪跑，不知道停下来射击，直至累倒在地……什么笔杆子、锄把子、伙夫、马夫，都跑去抓俘虏，抓都抓不赢。"

至七月二十一日，徐向前部已经占领了除太原以外晋中地区的全部县城。

共产党军队直逼太原城下。

阎锡山距离最后覆灭的日子不远了。

在这个麦子成熟的夏天，在比邻山西的河北战场上，东北野战军十一纵三十二师九十六团二营在接近隆化中学的时候，教导员宋兆田发现连接隆化中学北门有一座横跨沙河的桥，桥北的敌人驻守在一个桥形碉堡里，而攻击部队战前没有发现这座非常隐蔽的碉堡。

两个战士奉命爆破。

他们抱着炸药包冲上去了，可宋教导员迟迟听不到爆炸声。

桥下没有可以放置炸药包的地方。两名爆破手中一个负责掩护，一个冲到桥下用手托起炸药包拉开了导火索。

桥形碉堡在剧烈的爆炸声中被炸毁。

在二营工作的师宣传干事程抟久对宋兆田教导员说，负责掩护的战士叫郅顺义，那个牺牲的爆破手叫董存瑞。

部队冲进了隆化中学，程干事与宋教导员在被炸毁的碉堡前看着一大堆断砖残瓦谁都没有说话。几十年后，程抟久回忆说："我们多想找到一点儿他留下的东西啊。"年轻的爆破手什么也没留下来，只在中国革命史中留下了一个名字，这个名字至今为全中国人民所熟知——十一纵三十二师九十六团二营六连班长董存瑞在生命的最后时刻喊道："为了新中国，前进！"

在战争中倒下的所有的士兵，在这些翻身农民子弟的心中，"新中国"这个名词与世世代代弥漫在土地上的麦香有着不可分割的联系。为了这个梦想的实现，他们情愿去死，哪怕粉身碎骨。

★ 第八章　把汉江变成内河

- 烽烟起洛阳
- 只准活着打下去，不准活着退下来
- 泾渭河谷
- 打龙亭
- 把汉江变成内河

烽烟起洛阳

南线局势依旧不乐观。

问题的核心还是大别山。

大别山位居中原,中原地跨河南、湖北、江苏、安徽、陕西五省,平汉、津浦与陇海铁路贯穿其间,对于全国战场而言,中原的战略地位异常重要。

刘邓大军进入大别山后,立即遭到白崇禧的大军围攻。历来与蒋介石矛盾重重的白崇禧,这次执行蒋介石的命令异常坚决,因为华中地区是他的老巢。白崇禧动用了三十万兵力,攻击的势头十分猛烈,随着包围圈逐渐压缩,刘邓大军面临着严峻的局面。

这是一个巨大的矛盾:千里突进敌人据守的战略要害地域,是典型的外线作战,其目的是尽可能大量地吸引国民党军主力,以利全国其他战场的战局;但是,从刘邓大军所处的局部上讲,面临的又是新的内线作战,因为必须在强大的攻击下生存下去,否则建立和巩固根据地无从谈起。令刘邓和他们的官兵们痛苦的是,生存下去的唯一的办法不是作战而是避战,因为无论从兵力还是装备上讲,他们都无法与合围而来的国民党军抗衡。

在大别山里到处转战的日子危机四伏。

为了不至于陷入国民党军的合围,重要的军用装备就地掩埋,轻装下来的东西都给了老百姓。刘伯承和邓小平决定把指挥机关分成前方、后方两个指挥部:邓小平与野战军指挥部副司令员李先念、参谋长李达带领第二、第三、第六纵队在大山里与国民党军兜圈子;刘伯承与野战军指挥部政治部主任张际春带领第一纵队争取跳到包围圈外面去,扰乱国民党军的进攻阵形。

雨雪交加的黄昏,刘伯承与邓小平在大悟黄站附近分手。

考虑到前程莫测,刘伯承对身边的人说:"如果我们北上受阻,不幸被敌人冲散,大家就原路向南集中,到文殊寺去找邓政委。"

部队走了没几天,就被国民党军追上了。一纵二十旅五十九团侦察参谋吴晨给旅长吴忠送来两个俘虏。俘虏说他们是整编十一师搜索连的,任务是侦察设营。吴忠看到俘虏身上的设营地图时,吓了一跳:整编十一师的设营地,正是刘伯承准备宿营的小寨村!"我带了一辈子兵,打过无数次仗,从没怕过,可那一刻,我真正是怕了。"吴忠立即派旅作战科长陈雷去向刘伯承报告。可陈雷一会儿就回来了,说没有找到刘司令员。纵队司令员杨勇急了,派参谋处长李觉再去找:"一定要找到!背也要把老先生给我背出来!"过了一会儿,杨勇得到报告说,找到了,刘司令员在六十二团。

跟随六十二团行军的刘伯承太累了,一进小寨村,警卫员还没给他准备好房子,他就躺在一间满是稻草的房间里睡着了。机关刚架好电话,侦察员报告说,这一带发现了敌人。接着,一位当地的老人也凑过来说,你们怎么能住在这儿?周围全是国民党兵。这个寨子四边都是水,只有进寨的一座桥,昨天下午国民党兵还来看过,看完就走了。这时,远处有零星的枪声传来,军政处长杨国宇把刘伯承推醒,刘伯承无论如何也不相信,他问那位老人,你怎么知道是国民党军队的?老人说,你们的部队不带锯子和斧子,不砍我们的树。国民党军走到哪都带着锯子和斧子,在村边挖大坑,然后把砍下的树搭在大坑上。刘伯承知道这是在修工事,他再问老人,他们穿的什么衣服?老人说,比你们整齐,是黄的。杨国宇催促刘伯承快走,刘伯承叫来作战参谋王文祯,让他去找二十旅旅长吴忠。王参谋按照地图去找,结果闯进国民党军的一个团部,机警的他撒腿就跑。王文祯还没有回来,四周的枪声已密集起来,刘伯承上了马。

军政处长杨国宇回忆:

> 刘给了我一个大指针说:一百八十度。我说没有桥。他不管,还说朝一百八十度走。结果硬是朝一百八十度走到河岸,又转来朝二百七十度过桥,又不走了。问:张际春在哪里?李雪峰在哪里?还有什么二局到了没有,他们知不知道在哪里集合。我一一做了回答。说军政处的参谋全派出了,接引

他们到集合点。快走吧！这时已听远处有机枪声，但不激烈。但我们到集合点时，二局、通信、区党委的、政治部的都比我们先到集合点。真快！……我们刚集合好，向南行时，飞机来了。在我们上空，因为浓雾笼罩着，什么也看不见。刘在马背上对我们说：天助我也！天助我也！并说西游记的作战思想确有独到之处，每当走到绝路之时，就是腾云驾雾……走了不到十里，刘突然找我问：邓政委现在在哪里？天呀，只有马克思知道。

白崇禧的大军已占领大别山区的所有县城和重要村寨，但始终没有追上刘邓部主力，于是对这一带采取了更为严厉的封锁策略。刘邓部长期处在敌人的追击中，官兵日日都在辗转跑路，得不到休整和补充，战斗力与供给都面临巨大考验。六纵十七旅旅长李德生后来回忆说：

敌七师、四十八师是桂系精锐，善于山地作战，在大别山地区长期盘踞，各地都建有谍报网，反动势力盘根错节，他们用残酷的手段胁迫群众空舍清野，使我军吃不上饭，找不到向导，给我们的生存立足带来严重困难。敌人几倍于我，紧追不舍，企图扭我作战……部队每到天黑就行动，走到凌晨两三点宿营。由于敌人也在山里乱窜，常常不期而遇。有时饭还没煮好，发现敌情，就将没煮好的米带上又走……有一次一夜走了一百五六十里。由于净走山路，草鞋穿上半天就磨穿一双，打草鞋来不及，战士们就用破布包在脚上走，更多的战士是打赤脚行军……我十几万大军，千里跃进，深入敌人纵深地区，远离后方依托，所遇到的困难，非身历其境，是难以想象的……痢疾、疟疾流行，造成大量减员；阴雨连绵，道路泥泞，山高路窄，重炮和大车都不便行动；山地、水网作战，大家没有经验；因无安全后方，伤员难以安置，成了指挥员打仗最大的顾虑……

一九四八年二月七日，中央军委致电刘伯承、邓小平：

刘邓：

你们指挥所现在何处？如果尚在大别山，似宜移至淮河、陇海、沙河、伏牛山之间，指挥你们三个纵队、陈（陈士榘）唐

(唐亮)四个纵队、陈(陈赓)谢(谢富治)一个半纵队,共八个半纵队,在淮河、汉水、陇海、津浦之间集中,机动打中等的及大的歼灭战。这是因为:(一)粟裕准备机动;(二)你们准备派两部机动;(三)将敌人主力吸引至淮河、汉水以北,利于粟等机动,并利于大别山、江汉等地放手发展;(四)北面缺乏指挥中心;(五)北面有巩固后方,可为依托,利于打歼灭战;(六)必须打歼灭战才能解决问题。以上望统筹见复……又你们三万五千新兵,似宜分作两批补充各纵,头一批补充二万至二万五千,留下一万至一万五千,几个月后在歼灭战中补充那些损失较大的部队,因为今年再无新兵。

军委

丑(二月)虞(七日)

这是中央军委第一次要求刘邓大军从大别山区转移出来。

"现在南线最要紧的战场是大别山,该区是否能站住脚的问题,尚未解决。"毛泽东认为,战争发展到这一阶段,不打大的歼灭战,是不能解决中原问题的;而要打大的歼灭战,刘邓、陈粟、陈谢三军必须协力。刘伯承和邓小平都赞成将部队移出大别山:"我野战部队在大别山内,一时很难打到好仗,辗转消耗亦不合算,集中做宽大机动,并利于粟的行动,实属必要。"

二月二十四日,邓小平率前方指挥部北渡淮河,在安徽临泉县南部的韦寨与刘伯承率领的后方指挥部会合。四月初,他们开始一路向西,至五月下旬,移动到河南中部的宝丰县境内。与此同时,二月二十八日,陈再道率第二纵到达河南新蔡以南的谢家集;三月二十七日,陈锡联的第三纵队九旅和王近山的第六纵队渡过淮河到达安徽阜南一带;二十八日,第三纵队司令部和七旅、八旅进至安徽西北部与河南交界处的双碑湖地域。

至此,刘邓大军主力全部转出大别山区。

刘邓大军千里跃进大别山,一举突入国民党统治区纵深,使解放战争由战略防御转入战略进攻。他们拖着国民党军辗转作战,部队付出了巨大的代价。一九四七年八月,大军南渡黄河时,全军辖第一、第二、第三、第六纵队,总兵力十二万四千余人。七个月后,一九四八年三月,部队转出大别山时,野战军直属队减员四千四百三十二人,第一纵队减员一万六千三百一十五人,第二纵队减员一万八千五百八十二人,第三纵队减员一万三千二百六十人,第六纵队减员一万二千三百零六人,总兵力仅剩五万八千六百人。

刘邓部主力顺利转出大别山,这令蒋介石十分恼怒,他认为几十万部队追击合围,即使不把刘邓部全歼,至少关在大别山里饿死冻死是可以做到的。蒋介石立即命令胡琏兵团(整编第十八军)一部自豫中的漯河向东压缩,对休整中的刘邓部主力进行袭扰;同时命令张轸兵团(辖整编十、二十、五十八师)配属整编四十八师进驻豫东南的固始、潢川一线,控制淮河,切断刘邓部主力与大别山区的联系。

为了掩护刘邓部休整,中央军委命令华东野战军陈士榘、唐亮的部队以及陈赓、谢富治的部队采取行动:"目前两星期内你们的任务是钳制十一师及其他平汉郑信(郑州至信阳)段之敌,使其不能威胁刘邓主力在沙(沙河)、淮(淮河)间集结及补上新兵。"

此时,彭德怀指挥西北野战军正在攻击宜川、洛川等地,山西的徐向前指挥晋冀鲁豫部队正在围攻临汾城,胡宗南为确保西北地区的大本营西安,令驻守在洛阳至潼关线上的主力部队自新安、宜阳、洛宁、陕县、灵宝地区全部回缩,除以一部驻守河南与陕西交界处的潼关外,大部队全部撤回西安外围一线。于是,在郑州至潼关之间,四百多公里的地段上,只剩下了驻守洛阳的孤军——青年军二〇六师。

陈士榘、唐亮、陈赓、谢富治提出攻打洛阳。

三月七日,中央军委一天之内连续致电陈士榘、唐亮、陈赓、谢富治。第一封七日凌晨二时到:

> 你们率三、四、八纵应以夺取洛阳并准备歼灭孙元良(整编第四十七军)援兵之目的,迅速对洛阳及洛郑线(陇海线上的洛阳至郑州段)发起攻击,希望能于两周内外完成此项任务。

第二封七日午夜二十四时到:

> 洛阳这样的重要城市,顾祝同决不会不增援。你们占领黑石关、偃师、新安后,应以一部攻击洛阳,吸引敌人来援,集中全力歼灭援敌,重点放在打援上面。致援兵可能主要是孙元良,十一师亦可能来一部。请刘、邓令十一纵速向十一师伴

攻以钳制之。

中原重镇洛阳位于黄河中游,北依邙山,南近洛水,地扼陕西、山西、河南三省要冲。国共双方都知道这座城市对中原战局的影响。对于共产党人来讲,夺取了洛阳,就意味着在国民党军中原战线上撕开了缺口,以切断国民党军中原与西北两个战场间的联系。同时,夺取了洛阳,还能把中原解放区与山西解放区连在一起,使中原战场有更为广阔和深远的后方依托。而对于国民党军来讲,洛阳是连接郑州与西安的枢纽,枢纽一旦失去,中原和西北两个战场都将陷于孤立,两个战场如需相互增援就要绕行秦岭,如此一来不但中原被动,西北也将陷入危境。

青年军二〇六师,洛阳国民党守军主力,配属有陆军总司令部郑州指挥部的榴弹炮连、战防炮连、野战炮连和重迫击炮连,加上地方武装,总兵力约两万余人,总指挥为青年军二〇六师师长邱行湘。所谓"青年军",是蒋经国根据蒋介石"一寸山河一寸血,十万青年十万军"的口号,在抗日战争期间动员知识青年参军组建的几个师。蒋经国组建青年军的目的,一方面是国民党军扩军的需要,另一方面是要与共产党争夺青年,因为当时许多中国青年纷纷跑到延安去了。蒋氏父子试图把青年军办成培训干部的学校,青年军各师师长均由蒋介石亲自挑选。二〇六师是内战爆发后在洛阳新组建的,官兵大部分是从中原各城市招来的青年学生,嫡系将领邱行湘被蒋介石任命为师长。

邱行湘,黄埔第五期毕业生,在校期间,校长蒋介石曾讯问:"你来黄埔是为什么?"邱行湘答:"革命,革命,还是革命!"蒋介石赞赏道:"邱行湘是黄埔的模范生,日后定是模范将领。"他曾给参谋总长陈诚当副官处长,率部驻守洛阳前是第九十四军五师师长,在国民党军中以作战凶悍著称。当时,二〇六师只有三个团,邱行湘到任后,从郑州、开封、许昌等地又招了三千多名青年学生,将部队扩充为六个团。他效仿共产党军队的做法,在全师上下进行连队评比以励斗志,还办了本名为《革命青年》的师刊。

蒋介石用专机将邱行湘接到南京谈话,着重强调了"军事的成败,关系到党国的安危。如果不打败共产党,我们都将死无葬身之地"。当听邱行湘说洛阳没有警备司令部时,蒋介石当即写了张字条加封邱行湘为"洛阳警备司令"。蒋经国也在南京亲自宴请了邱行湘,并表示

"装备方面,你可以与愚兄我经常联系"。返回洛阳时,邱行湘说他准备为党国"鞠躬尽瘁,死而后已"。

邱行湘知道"洛阳的安危关系整个战局的成败",但是自己兵力有限,学生兵又吃不得苦受不得累,这样的部队实在不适合打野战;而优势则是学生兵政治性强,不会轻易缴枪投降,可以依靠坚固工事顽强坚守。因此,邱行湘放弃了洛阳外围邙山、龙门等险要阵地,决定在城内修筑火力覆盖周密的城防体系,让每一处地方皆成为能够独立作战的"小而坚"的据点,让洛阳全城堡垒化。邱行湘认真勘察了洛阳城的地形后,请大学土木工程系毕业的新闻处长赖钟声绘制图纸,然后开始了大规模的城防建设。他的第一道防线是城边的九龙台、潞泽会馆、大王庙、发电厂、周公庙和火车站一线。在这条防御线上,邱行湘修筑了一系列既能独立作战又能相互支援的堡垒,堡垒的周边是犬牙交错的壕沟和铁丝网,主要功能是护卫城墙,保卫城门。第二道防线是守备城垣,在城墙上下、瓮城内外,邱行湘修筑了无数明碉暗堡,射击孔密如蜂窝,构成的立体火力网可以阻拦来自任何方向的攻击。第三道防线是核心阵地,以洛阳中学为中心,除了更为坚固的碉堡之外,还修筑了一个水泥钢筋的大隐蔽部作为指挥所。邱行湘把每一个重要据点都设计成三层:上层俯瞰射击;中层与地面齐平射击;下层则在地下,专门对付攻击方的架梯手、爆破手和挖坑道者。他还下令拆毁城墙外的一千五百多间民房,以防这些民房被作为进攻掩体。满城百姓哭跪,邱行湘说:"事关洛阳的存亡,顾不得那许多了。"他下令将存放在郑州的弹药全部搬运到洛阳,并把二〇六师的军官家属也从郑州统统搬迁到洛阳,以此断绝军官们临阵脱逃的后路。

该做的事全做完后,邱行湘亲笔写下"固若金汤"四个大字,悬挂在洛阳东城门的正中央。

蒋介石的指令是:"固守一个月。"

二〇六师副师长赵云飞忧心忡忡,以为洛阳防御线过长,四周防域面积过大,六个团的兵力实在难以坚守。邱行湘说:"我知道守不住。但是,我们必须尽力而为,战斗到最后时刻。"邱行湘认为,只要洛阳能坚持一段时日,郑州、西安、许昌方向的援军便会大规模到达,那时候如果共产党军队还不撤,洛阳地域将成为两军决战的战场。

果然,二月底,当发现共产党军队有"进犯洛阳的企图"后,蒋介石除命令二〇六师"固守洛阳既设阵地,协同外围兵团聚歼来犯之敌"外,同时命令驻守在驻马店一带的胡琏兵团向许昌集结,命令已从郑州南下的孙元良兵团回撤郑州集结,两军统归陆军总司令部郑州指挥部主任孙震指挥,以"确保洛阳"。

陈赓、陈士榘担心的是久攻不下:部队缺乏攻坚大城市的经验;攻城打援的老办法已被国民党军熟知;小部队佯攻洛阳敌人会不为所动,而我久攻不下将给敌人增援的时间;大规模的援军一旦到达,我军打援是否能得手很难预料。如果要避免攻城失利又打援不成的局面,唯一的办法就是趁敌还未形成增援态势的时候,迅速攻下洛阳。陈赓、陈士榘决定投入优势兵力攻城,力争三至五天解决战斗。因为胡宗南的部队已经西去,无力东顾;孙元良兵团固守郑州,虽然靠洛阳很近,但因不是蒋介石的嫡系部队,且孙元良一向只求保存实力,所以估计不会孤军出动积极增援。在这种情形下,一旦洛阳战役打响,蒋介石只能调动他的嫡系胡琏自漯河北上增援。胡琏兵团是国民党军在中原战场的重要机动部队,但是他要么途经郑州与孙元良兵团一起西进增援,要么孤军自临汝、登封沿道路崎岖、易遭伏击的小路直驱洛阳,而无论胡琏兵团如何行动,以最快的速度到达洛阳至少也要五天时间。

中央军委命令,洛阳战役由陈士榘和唐亮统一指挥实施。

三月七日,陈士榘、唐亮发布洛阳战役作战部署:华东野战军"第三纵队应于九日二十四时前完成对洛阳车站、北关、东关之敌的包围,力求首先解决洛阳北站和东关之敌,以便主力迫近攻城";晋冀鲁豫野战军第四纵队和华东野战军第三纵队主力于"九日二十四时前完成对洛阳西宫及飞机场及西关、南关之敌的包围,应首先切断西宫与洛阳城之间联系,或首先解决西宫及西关之敌,使其不能退缩城内";华东野战军第八纵队"除以一部夺取并控制黑石关至偃师之间的两侧阵地之外",主力于八日黄昏前进至郭镇、堤东、府店镇一带作预备队,"负责阻击可能由郑州西援洛阳之敌";晋冀鲁豫野战军第九纵队一部攻占新安、宜阳一带,监视潼关方向的敌情。部署规定:"十日开始攻击,力求于十二日午前解决全部战斗。"

九日黄昏,华东野战军第三纵队强渡伊河、洛河,在一〇五榴弹炮和八五山炮的掩护下逼近洛阳城。入夜,三纵八师二十三团偷袭城东关,九师同时攻击北关方向的东西车站。三纵在占领西车站后,继续突进,在九龙台据点受到挫折。九龙台是洛阳城东北的一个土台子,顶部面积不过一百多平方米。传说在洛阳建都史上,九个皇帝曾到上面游玩,土台子因此得名。八师对九龙台发起连续冲击失利后,决定监视这里的守军,集中主力攻击东门。陈谢集团第四纵攻击周公庙和发电厂时也不顺利。周公庙是袋形双层工事,是邱行湘发明的"小而坚"的典型堡垒,由于这里是攻击西门的必经之路,因此国民党守军达一个团之多。四纵十旅三十团在攻击路线上遭到来自地面堡垒和地下暗堡的猛烈阻击,没有任何隐蔽物可以利用,即使付出了巨大牺牲冲进碉堡群,也如同进入迷魂阵一般,正不知何处可进可退,攻击部队的官兵大多被火力射杀。发电厂是洛阳城防体系中最复杂的外围防御阵地,四纵十一旅多次攻击未能得手,也决定改为监视,然后集中主力攻击西关和南关。占领两关之后,十旅回头再打周公庙,官兵搭起人梯攀上壕壁,连续爆破,工兵排除了所有的地雷,山炮摧毁了两个最大的堡垒,周公庙守军终于支持不住,千余名官兵缴枪投降。至此,洛阳城的第一道防线除几个坚固据点之外,大多数堡垒基本肃清,洛阳城外与城内的联系已被切断。

邱行湘不断致电蒋介石,号称洛阳守军"士气旺盛,连挫凶锋,斩获甚众"。

蒋介石严令孙元良和胡琏昼夜兼程驰援洛阳。

陈赓鉴于未扫除的外围据点会威胁攻城部队的侧后,建议将攻城时间推迟一天。陈士榘不同意,因为国民党援军已在急进洛阳的路上。陈赓不再坚持。陈士榘、唐亮决定十一日开始攻城:三纵八师二十三、二十四团攻东门,二十五团攻北门,四纵十旅攻西门,十一旅攻南门。炮火准备于黄昏十七时开始。

十一日黄昏,三十多门火炮的炮火开始了。早有准备的邱行湘立即命令炮火反击,洛阳城内外顿时成为炮战战场。国民党守军炮火猛烈,且有位置极佳的炮兵观察所,因此攻击部队的炮兵阵地很快就受到猛烈轰击。但是,攻击的炮兵也测出了国民党守军炮兵阵地的位置,轰击的准确度逐渐提高,不但压制了守军的反击炮火,还把各个城门前的防御碉堡轰掉不少。

炮火准备之后,雷声滚滚而来,天地间一片昏暗,洛阳城的四个城门同时受到了猛烈的攻击。攻击西门的四纵十旅处境困难,因为他们身后还有没被占领的发电厂据点。山炮运不上来,只能用轻武器掩护爆破组对城墙实施爆破。但是西门的外壕又宽又深,只有一条通道可以接近城门,通道被国民党守军的火力严密封锁,致使爆破小组的接近多次受阻。陈赓下决心先将发电厂据点拔除。半夜,发电厂终于被攻占,山炮开始上运,但大雨倾盆,道路泥泞,牲口无法使用,人力推炮十分艰难,直到天亮,才把山炮推到西关。

担任东门主攻第一梯队的是三纵八师二十三团。二十三团决定以一营为突击队,二营、三营继后。八师把山炮、战防炮、步兵炮、迫击炮、六〇炮组成两个火力队,为一营提供火力掩护和火力支援。一营把作战方案报了上来:一连突破,二连为第二梯队,三连为预备队。团长石一宸和政治委员王良恩对这个方案不满意,说这个方案打小县城和土围子还可以,现在咱们打的是防守坚固的大城市洛阳。营长张明感到了压力,他不断观察地形,与官兵们反复讨论。一营的一个年纪很小的理发员很想为战斗做点什么,他到老百姓中间搞了个调查,竟然画出一张东门敌情图,图上画满了各种奇怪的符号,甚至还画着一条死去的狗。这张图被送到营指挥所,把张明营长看糊涂了,他找来小理发员询问,小理发员解释说,长线条是外壕,上面的短线是桥,老百姓说上面有座桥可以过去。桥头的圆圈是百姓们说的"大坟包",可能就是敌人的暗堡。张明营长特意问到那条狗,小理发员说,百姓们说前几天有条狗跑上去莫名其妙地死了,估计是碰上了电网。张明最后的计划是:三连负责爆破火力点和铁丝网等障碍,一连攻击城门,二连攻击瓮城。这一次,团长同意了他们的攻城计划。突击开始后,张明带领二连向前运动。爆破员马景春在弹雨中抡着缠着绝缘胶带的大铡刀猛砍电网,连续破开了三条通道,后面的爆破员抱着炸药包扑上去,炸毁十三道障碍物和数座碉堡后,二连接近了瓮城。大雨倾盆,天地漆黑。二连侦察员回来了,说小理发员画的那座桥果然在。张明立即命令二连发起攻击。命令刚一出口,一颗子弹击中了他的后背,鲜血顿时染红了军衣。二连迅速通过小桥,在炮火和机枪的掩护下,十三名爆破队员前仆后继连续爆破,终于把城门炸开一道三米宽的口子。排长宋苍富率第一突击组冲向缺口。已经负伤的张明趴在冲击阵地上,他知道必须迅速突破东门,强占城楼,准备迎击国民党守军的反击,如果动作稍慢,部队很可能被压制回去。他果断地命令预备队投入战斗,与二连一起扑向第二道城门。即使在大雨中,敌人的炮火仍旧十分猛烈。一个爆破队员在冲击的时候,怀里的大炸药包被铁丝网意外地拉响。后续的爆破队员拼死向前运动,把四个大炸药包放在了城门下,一声巨响之后,东门的第二道城门被炸开了。副连长沙培琛和七班副班长陈福才率先冲进城门,投弹组和爬城队跟了上来,东门的城楼终于被占领。凌晨四十分,陈士榘在指挥部接到三纵的报告:"张明这个营攻得好,东门已被炸开突破了!已占领城楼,城里电灯还亮着呢!"但是,敌人的炮火越来越猛烈,后续部队受到火力压制,无法及时跟进,张明的一营只控制着城楼左右百十米的阵地。

这个时候,邱行湘犯了一个致命的错误:除了命令炮火封锁被突破的东门之外,他并没有组织预备队进行大规模反击以及时封堵城墙防御线上的突破口。漆黑的雨夜中,洛阳四面的城门同时受到攻击,邱行湘无从判断哪个方向最危急。更严重的是,平时表决心很有一套的青年军此时陷入了极度的惊恐之中,学生兵纷纷偷偷逃跑躲进城中的民房里,邱行湘已无法有效地指挥他的部队。

坚持在东门的一营终于迎来了大部队。

十二日凌晨,三纵二十四团跟随二十三团突进城内;二十二团和二十一团奉命暂时停止在东北方向的攻击,迅速转至东门战场跟随二十四团突入;随后,二十五团和二十七团也从东门冲进城。至此,攻入洛阳城内的部队已达六个团。在西门和南门攻击的陈谢集团四纵午夜再次发动攻击。洛阳城的东门距离南门很近,攻入城内的华东野战军三纵二十三团转向南门,从里面打,四纵的部队从外面打,十二日下午,南门被突破。接着,担任突击队的十旅二十八团二营五连,在弹药消耗殆尽的情况下冲开了西门。

战后,突破东门的华东野战军三纵八师二十三团一营被授予"洛阳营"的光荣称号,营长张明被评为"甲等战斗英雄"。突破西门的晋冀鲁豫野战军四纵十旅二十八团二营五连被授予"洛阳英雄连"称号。

十二日黄昏,"固若金汤"的洛阳城四门已全被突破。

蒋介石给邱行湘发来电报:"已饬外围兵团兼程驰援,希激励三军,坚守阵地。"邱行湘遂带领残部五千余人退守核心阵地,他希望自己创造第二个"四平街奇迹":战至一兵一卒,等待援军到来。

大雨越下越猛。

十三日晚,对核心阵地的攻击开始。国民党守军依托有利地形和坚固工事,火力之猛,特别是重武器火力之密集,出乎攻城部队的预料。三纵和四纵连续发动进攻,各部队都受到猛烈阻击。十四日,战场局势复杂起来。尽管孙震曾反复陈述增援的困难:"我四十七军自三十八师临时奉命西调后,仅有四个团的兵力,黑石山守备至少需一个团,尚余三个团,实无力出击;十八军因连日大雨,道路泥泞,十一日由许昌到禹县,已行九十里,十二日可抵登封附近。至速须十三日可到府店镇附近,与孙军会合,发生策应作用。"但是,蒋介石严令必须不惜一切增援洛阳,甚至命令整编三十八师停止西调,归孙元良兵团指挥,"与胡兵团并肩向洛阳急进"。孙震只好一面命孙元良的部队快速增援,一面命胡琏的整编第十八军由登封附近跃进洛阳。

陈士榘决定十四日下午对洛阳城内的核心阵地做最后一击。

这是最后的时刻,也是最后的机会,如果攻击失利只能撤军,否则,时间拖延下去等来的只能是敌人大队援军到达战场。

邱行湘将青天白日旗高高地悬挂在核心阵地大楼的楼顶,以示坚守到底的决心——"连日阴雨,气候恶劣,飞机很少活动,援军更无消息。但我自恃工事坚固,粮弹充足,士气旺盛,解放军即使付出两千人的代价,也不一定拿得下我们的核心阵地,而久攻不下,势将撤退。我认为只要守住核心阵地,就可以打出第二个四平街来。"

攻击部队把所有的火炮集中起来,包括刚刚从外围阵地缴获的火炮,不下达轰击目标,不规定发弹数量,只是命令"各炮急促射击一小时"。邱行湘的核心阵地,是一个不足两百平方米的正方形小圩子,南北两面排列着五座楼房,四周是高大的围墙和深壕。邱行湘登上楼房观察,发现共产党官兵正在抢运城里的物资,汽车、大车与大量的官兵和百姓满街走来走去,像搬家一样,其阵势如同要把整个洛阳城搬走。除此之外,一切寂静,这种寂静令他害怕,他正准备看看共产党军队是否在挖地道,炮声响了。猛烈的炮火持续了两个小时,万余发炮弹打到不足两百平方米的圩子里,工事炸塌,碉堡炸飞,楼房点燃。邱行湘的头部被弹片击中受伤,身边的四团团长朱驱被当场炸死。狭窄的小圩子里面拥挤着近五千人,在炮火的打击下血肉横飞,呼喊惨烈,整个核心阵地成为一片火海。

三纵八师和四纵十旅从两个方向向核心阵地突击。

一个小时的激战后,核心阵地成为废墟,守军全部被歼。

在洛阳守军即将覆灭的时候,一架小型飞机飞临洛阳上空,这是蒋介石派来的,想把邱行湘师长接走,但是整个洛阳火光冲天,浓烟蔽日,飞机根本无法降落,盘旋了一会儿飞走了。

四纵十旅二十八团十连的官兵冲进一座楼房,里面还活着的国民党官兵都举起了双手。官兵们问:"师长在哪里?"其中一个军官说:"这里没有师长,我是参谋长符绍基。"十二连官兵在一个暗堡里俘虏了五十多人,又在一座楼房里俘虏了八十多人,集合俘虏的时候,其中一个头戴士兵帽的俘虏突然逃跑,立即被十二连指导员按倒在地,这就是青年军二〇六师赫赫有名师长邱行湘。

一九四八年三月十五日,国民党中央通讯社播发消息:"国军坚守核心阵地,寸土必争,屡建功勋。现我国军劲旅已进抵洛阳,共匪处于内攻失利,外受包围,有被歼之命运矣!"

国民党中央通讯社播发这条消息的时候,邱行湘已被押送到四纵十旅的司令部里。陈赓把手里邱行湘的照片与当面的这个人对照了之后,说:"你是邱行湘吧,黄埔五期的?我是陈赓。"

邱行湘说:"久仰,久仰。"

陈赓说:"你是哪里人?"

邱行湘说:"江苏溧阳。"

陈赓说:"那里是我们新四军的老根据地。"

邱行湘说:"是的。我家是贫农,陈毅将军在我家住过,你问陈毅将军就知道了。"

陈赓说:"你的家庭成分倒还不错,可惜你是为大地主大资产阶级服务。"

陈赓对二〇六师的那些死去的学生兵感到非常惋惜:"这次战斗,你们打得很苦,死伤很重。我们本来不需要使用这样大量的炮火,但你们固执不放下武器,而我们又想早点解决战斗,想使洛阳人民早点过安定的生活,所以不得不把这样猛烈的炮火加在你们身上。现在你们大概体验到了,你们工事做得再好,也无法阻挡解放军的进攻。"

南京很快获悉洛阳失陷,立即宣布邱行湘"殉国",并准备给他开"忠烈追悼会"。此时,邱行湘正在被送往太岳解放区的途中,他在路上给家人写信说:"旧的邱行湘已经死去。"

增援的国民党军到达洛阳城郊的伊河和洛河。连日大雨,河水暴涨,渡河器材没有着落,一整夜没能渡过一兵一卒。胡琏打了工兵团长一个耳光,但架桥速度依旧缓慢。十七日,胡琏的整编十一师和整编三十八师终于到达洛阳。

华东野战军和晋冀鲁豫野战军作战部队已撤至洛阳以西休整待命。

洛阳已是一座空城。

洛阳的城防工事完全被毁,共产党军队就在洛阳城外,兵力少了守不住多了又拿不出。此时,平汉路和陇海路东段都很吃紧,三月底,胡琏的部队又被调回驻马店,洛阳只剩下了整编三十八师的一二四旅。四月三日,一二四旅主力开往偃师,洛阳城内只剩下三七一团和一个保安团。

陈赓决定再打洛阳。

这次打洛阳,陈赓决心永久占领这座中原重镇。

四日,攻击开始,洛阳守军跑得漫山遍野。至五日十一时,歼灭国民党守军四千六百余人。

洛阳之战,是转入战略进攻以来,共产党人在南线战场夺取的第一座城市。

为了攻占这座城市,六千多名官兵付出了年轻的生命。

为了永久占领这个城市,四月八日,毛泽东为中共中央起草了《再克洛阳后给洛阳前线指挥部的电报》,提出共产党人管理好新解放的城市的具体政策。电报说:"极谨慎地清理国民党统治机构,只逮捕其中主要反动分子,不要牵连太广";"对于官僚资本要有明确界限,不要将国民党人经营的工商业都叫做官僚资本而加以没收……一切民族资产阶级经营的企业,严禁侵犯";"严禁农民团体进城捉拿和斗争地主。对于土地在乡村家在城里的地主,由民主市政府依法处理";"一切作长期打算。严禁破坏任何公私生产资料和浪费生活资料,禁止大吃大喝","城市已经属于人民,一切应该以城市由人民自己负责管理的精神为出发点。如果应用对待国民党管理的城市的政策和策略,来对待人民自己管理的城市,那就是完全错误的。"这封电报同时发给了其他战区的领导,因为这些政策不但适用于洛阳,"也基本上适用于一切新解放的城市"。

中共中央任命的市委书记和市长上任,洛阳这座古城开始了新的历史。

此时,中共中央作出了一个影响未来解放战争进程的重大决定:再建中原军区和组建中原野战军。

刘邓大军转出大别山,与陈粟大军、陈谢集团齐聚中原,准备在平汉路以西、汉水以北、陇海路郑州至潼关段以南的广大地区机动作战,如何统一指挥三军的问题随之显露出来。

五月九日,中共中央发出《华北、中原两解放区的辖区和人选》的通知。其中关于中原区的领导任命如下:

(一)除华中解放区现辖境地外,凡陇海以南长江以北直至川陕边区均属中原解放区。(二)中原中央局以邓小平为第一书记,陈毅为第二书记,邓子恢为第三书记。以刘伯承、邓小平、陈毅、邓子恢、李先念、宋任穷、粟裕、李雪峰、陈赓、张际春、谢富治、刘子久十二同志为委员。在中原局下,建立豫皖苏分局,以宋任穷为分局书记。(三)刘伯承为中原军区及中原野战军司令员,邓小平为政委,陈毅为军区及野战军第一副司令员,李先念为军区及野战军第二副司令员。陈毅仍兼华东野战军司令员及政委,粟裕为副司令员,宋任穷为副政委。苏北兵团仍属华东军区建制,但在作战上受华东野战军指挥。

中原野战军由刘邓部和陈谢集团组成,下辖第一、第二、第三、第四、第六、第九、第十一纵队。原晋冀鲁豫野战军的第十、第十二纵队已于一九四七年十二月分别改编桐柏军区和江汉军区部队,原陈谢集团中的西北民主联军第三十八军已于一九四八年五月并入豫西军区。中原野战军分为两个兵团:以原属刘邓大军的第一、第二、第三、第六纵队组成第四兵团,李先念为兵团司令员兼政治委员,陈锡联为第一副司令员,陈再道为第二副司令员,苏振华为副政治委员;以原属陈谢集团的第四、第九纵队成立第三兵团,陈赓为兵团司令员,谢富治为政治委员。第十一纵队仍归华东野战军指挥。

中原军区的重建以及中原野战军的编成,形成了南线战场的指挥中心。而陈毅加入中原局和中原野战军领导层的意义在于:刘伯承、陈毅、邓小平不但可以一起指挥中原野战军,也可以一起指挥华东野战军。中原野战军与华东野战军——即后来的第二野战军和第三野战军——的协同配合,将对解放战争赢得最后胜利起到至关重要的影响。

一九四八年春夏之交,洛阳战役的结局令国民党军在中原战场上出现了不可弥补的漏洞,而随之发生的是共产党领导的中原野战部队指挥系统的调整完毕,这两者共同构成了中原巨战的先兆。

只准活着打下去,不准活着退下来

客观地说,从一九四八年开始,"解放区"这一名称就已经成为历史。共产党领导的军队深入到国民党统治的广大地域作战,共产党人渡过了必须建立根据地以求生存的艰难时期,将领们已经把作战目光移向了更广阔的战场,他们指挥的军队对解放区的依赖逐渐减弱。昔日生死攸关的解放区,已经变成一个"实际控制地域"的普通军事概念,甚至成为一个钳制国民党军主力的"拉锯地带"。在解放区坚持内线作战的部队数量有限,他们以极强的军政素质以及与贫苦农民的血肉联系,顽强地履行着所承担的战略任务。

令人不解的是,国民党军仍热衷于对解放区的清剿和占领。当外线的广大地区已经频现危机的时候,包括蒋介石在内的国民党高层官员,仍固执地持有自一九三〇年以来形成的对付共产党人的思维定式——那一年,国民党军对共产党人创建的中央苏区开始了第一次大规模"围剿"。国民党方面认为,只要占领共产党人的根据地,就是赢得了与共产党军队较量的胜利。这一思维定式令国民党军的行动在一九四八年春天呈现出一种古怪的偏执状态。

一九四八年春,国民党军占领山东解放区后,重新划分了山东战场的绥靖区,除原有的第二、第三绥靖区外,又增加了第九、第十、第十一绥靖区,使山东战场的总兵力达到十三个整编师:第二绥靖区司令部驻山东济南,司令官王耀武,辖整编第二师、整编四十五、七十三师,防区为济南周围地区、胶济铁路中段和西段以及莱芜、新泰、蒙阴等城镇。第三绥靖区司令部驻江苏贾汪,司令官冯治安,辖整编五十九师和整编七十七师三十七旅,防区为临沂、韩庄、枣庄、台儿庄、贾汪等地。其整编七十七师一三二旅驻防徐州。第九绥靖区司令部驻江苏海州,司令官李良荣,辖整编八十三师和整编四十四师(欠一六二旅),防区为沂水、新安镇、海州和日照等地。第十绥靖区司令部驻山东兖州,司令官李玉堂,辖整编十二、七十二师和整编三十二师一四一旅,以及保安第一、第三旅防区为滕县、兖州和大汶口等地。第十一绥靖区司令部驻山东青岛,司令官刘安祺,辖整编三十二、五十四师,防区为青岛、城阳、即墨等地。隶属于这一绥靖区的整编第八师一〇三旅防守烟台、威海卫。

一九四八年一月三十日,中央军委致电华东局,决定将内线兵团改称山东兵团:"许(许世友)谭(谭震林)率七纵、九纵、十三纵为山东兵团,担负山东战场作战任务,受华东局节制,其作战、休整、补充等计划,经过华东局考虑向军委提出意见,得军委批准然后执行。目前应争取于丑号(二月二十日)以前完成休整任务,丑月(二月)下旬开始新作战行动,以一部监视胶东之敌,主力向胶济西段机动。"

山东兵团司令员许世友,政治委员谭震林,所辖部队:第七纵队,司令员成钧,政治委员赵启民,下辖十九、二十、二十一师;第九纵队,司令员聂凤智,政治委员刘浩天,下辖二十五、二十六、二十七师;第十三纵队,司令员周志坚,政治委员廖海光,下辖三十七、三十八、三十九师。总兵力八万一千六百七十四人。山东兵团组成后,许世友捕捉的第一个战机是:袭击济南至潍县间的胶济铁路西段。

在这段铁路线南北两侧,分散着桓台、邹平、周村、张店、淄川、博山等地,而居于中心地带的周村显然是关键点。对于如何作战,大多数纵队指挥员主张逐渐推进,一层一层地打进去,最后集中主力攻占周村。只有九纵司令聂凤智主张不在外围与敌纠缠,而是以主力直接攻击周村,揳入敌人内部来个中心开花。许世友和谭震林采纳了这个看似有些冒险的方案,因为虽然中心突破容易四面受敌,但这一带的国民党军"逢城必守,逢镇必防",造成兵力部署"活像一只岔开八只脚的大螃蟹",这里搁一个营那里放两个营,周村由于处在外围防御的腹地,因此守备松懈,只部署着整编三十二师的五个营。况且,如果采取由外向内层层突破的作战方式,必会导致战时的延长和伤亡的增加。

三月十日,山东兵团各纵队在大雨中从胶东向西急速开进。十一日,七纵十九师攻击张店,国民党守军弃城逃跑。十二日,渤海纵队攻占邹平,次日占领周村以西的章丘。但是,本该于十日午夜主攻周村的九纵,直到十二日才抵达攻击出发地,他们耽误在泥泞的路上。大雨淹没道路，无法分辨方向，九纵一夜只走了十几里。就在他们艰难开进的时候，整编三十二师师长周庆祥察觉到了危险，他立即命令新编三十六旅和一四一旅放弃邹平、长山等地，连夜收缩至周村，从而使周村的国民党守军由三千人骤然增加到一万五千余人。战场局势的突变令决心打个"中心开花"的聂凤智陷入两难。有人认为，敌情已经发生变化，要打也要等重新调动其他纵队到达后再打，不然万一打成消耗战，兵团要追究责任。电台被大雨淋湿无法使用，与兵团的联系处于中断状态。聂凤智思考甚久，天快亮的时候，他终于做出决定："打他个立足未稳措手不及！错了我负责！"

国民党军一四一旅还在向周村收缩，九纵各师奉命迅速向周村隐蔽接近。大雨滂沱，都在抢时间的双方居然撞上了。九纵二十六师七十八团发现有一支队伍正与自己平行前进，仔细一看对方戴的是大盖帽，于是偷偷抓回来一个，一问才知道是一四一旅的部队。七十八团的官兵立即冲过去，混乱中抓了一部分，其余的国民党兵疯狂地朝周村跑去。七十六团也在大雨中发现前面有支队伍，前面的国民党军也发现了后面的部队，但判断是同去周村的友军，七十六团见敌人未行动也就未动，尾随着这支国民党军一直到周村。

十二日凌晨四时，九纵对周村发起了攻击。整编三十二师师长周庆祥仓促召集军官会议，但是部署异常混乱，急忙赶至周村的各旅、团之间的联络电话线瞬间就被炮火打断了，周庆祥的指挥就此失灵。七十三团七连攻击周村北门，因梯子被打断，攻击两次受挫，在连长刘奎基的率领下，爆破手用炸药炸塌了北门，部队突了进去。七十五团在东门突破顺利，开完军官会后还没能返回指挥位置的团营长们被截在了半路，周村内的守军因为没有指挥，抵抗一阵后便失去了斗志。战场上到处是"缴枪不杀"和"我们优待俘虏"的喊声。七十九团八连四班的喊话让三百多名守军放下了武器。敌四二二团团长决定投降后，让勤务兵把解放军官兵叫进驻地的院子里，满院子的国民党兵竟然呼叫起来："解放军长官来啦！可好啦！"

二十二个小时后，周村被攻占。

除师长周庆祥化装逃跑外，国民党守军一万五千余人全部被歼。

关于聂凤智决定连夜对周村发动攻击一事，在战后的总结会上有人认为"仗虽然打赢了，但军事上是冒险的"。兵团司令员许世友坚决地表示:"打是对的!我怕的是你们不打!"政治委员谭震林表情严肃:"军事斗争本身就带有一定的冒险性,兵团就是让你们打!谁要是不打,我就送他四个字:机会主义!"

张店和周村被攻克后,胶济线西段的国民党军防线全线动摇。许世友期待的"中心突破,四面开花"的局面终于出现了。二十日,七纵攻占淄川。同时,鲁中军区部队攻克桓台。蒙阴、沂水、莱芜、博山等地的国民党守军惊悉张店、周村、淄川一一失守,纷纷望风而逃。至此,渤海与鲁中两个解放区连成一片,济南至潍县之间的铁路线被切断。

驻守济南的第二绥靖区司令官王耀武判断:共产党军队很可能趁势南下,攻击济南附近的兖州,切断津浦线上徐州至济南间的联系。出于重点防卫济南和津浦铁路的需要,他抽调胶济线上的兵力,向兖州方向增派了两个师。这样一来,胶济路中段的潍县孤立地暴露了。

山东兵团请示中央军委:东进攻占潍县。

三月九日,蒋介石偕国防部第二厅厅长侯腾、第三厅厅长罗泽闿、第四厅厅长杨业孔等人到达徐州。在听取了第三绥靖区副司令官郭汝瑰的汇报后,蒋介石面无表情地说:"赤化区人民都同情共匪,我军进剿时,可以烧毁房屋,杀戮附敌的人民,以破坏他们的根据地。"郭汝瑰听后,"顿觉毛骨悚然":"伊训示对赤化区烧、杀,余甚不同意。烧杀不过引起人民反感而已,此非为国为民之道也。"

自国民党军大举进攻解放区以来,坚持在山东内线战场的部队,一直处在艰苦的移动作战中,由于兵力和武器都与国民党军相距悬殊,面对国民党军对解放区的侵蚀和占领,被迫地周旋作战令他们十分痛苦,因为这支部队的绝大多数官兵都是当地贫苦农民的子弟,他们对父老乡亲因为他们的离开而遭受苦难倍感不安。而解放区内贫苦农民遭受的蹂躏,其残忍程度令人难以置信。"一旦他们开了口,就很难制止那泉涌般的痛苦回忆",美国女记者葛兰恒记述道,"即使表情冷漠的农民,也会泣不成声,没法再接着往下讲。"山东兵团九纵接到潍县百姓写来的一封信,这封信被许世友保存到二十多年后的一九七〇年,那时,他已成为中国人民解放军南京军区司令员。这位经历过残酷战争的将领把这信重新拿出来给部队官兵看,是想让在和平时期生活甚久的他们了解,军队在任何时候的作战都具有"复仇"的含义,军队的作战意志永远不能消沉——

……国民党伪军自占领潍县后,烧、杀、抢劫、抓丁、抢粮,无所不为,潍北全县被拉去牲口两千余头,粮食被抢精光,被抓壮丁难以统计。更残酷的是广大群众被残杀。两年多来,潍北人民被残杀者已有千余,直到今天寒亭据点周围的死难同胞仍曝尸旷野,无人收拾。纸房区李家营一村,即被活埋七十余人。残暴手段更令人闻之毛骨悚然,铡刀铡和活埋已成为蒋匪的普遍手段。有的先割耳、舌,而后活埋;有的妇女被拔去头发铡死;有的妇女被剥光衣服,绑在树上轮奸,并用烧红了的枪条插入阴户,活活搞死;有的被剥光衣服绑在树上用开水浇,把全身烫起水泡,再用竹扫帚扫,名为"扫八路毛";有的用剪刀剪碎皮肉,名为"剪刺猬";有的全身被刀子割开,丢在火红的锅里,叫做"穷小子翻身"。纸房东庄蒋匪在街口安下十二口铡刀,按户抓人铡死。邢家东庄一次被铡十二人,妇救会长一个四岁小孩,也被铡成三段。贫农韩在林兄弟三家十五口,有十四口被铡死,剩下一个老母苦苦哀求给她留下一个后代而不得,她看到自己的孙子全部被铡死,悲痛得自己也上吊而死。高里区清景村一次被杀被铡十二人,军属尉传姊之母被敌人用钳子拔去头发,又割开腿肚子,再加上盐,活活地被折磨死了……自去年三户山战役后,才迫使敌退出部分据点,我全县党员及广大群众,始含泪忍痛收拾了死难同胞的尸体,但都骨折肉烂,不可辨认。这是潍北人民的血海深仇,永世难忘!死难的穷哥们,在临死时都殷切盼望为他们报仇,杀尽蒋贼。高里区一个妇救会长,死时曾对大家说:"告诉共产党、解放军,一定为我们报仇!"亲爱的同志们:你们是华东野战军的主力军,你们是胶东的子弟兵,你们屡打胜仗,有了你们就有了希望,有了依靠。你们是我们的救命恩人,我们不能让你们走,要你们给咱们报仇。要求你们坚决彻底消灭蒋匪军和"还乡团",要求你们像在孟良崮一样消灭敌人,在潍县留下英雄的胜利,立下大功,这是我们对你们高贵的信仰,也是人民对自己军队的命令!……

"人民对自己军队的命令"——这种激愤的请求尚无前例。
第九纵队发布的攻打潍县的政治命令,其措辞到了咬牙切齿的地步:

……为保证战斗的胜利,要求所有进攻的部队只准进不准退,有我在,不准敌存,发挥你手中武器的最大效能,大量的(地)杀伤敌军……只准活着打下去,打到胜利,不准活着退下来。告诉敌人,不投降,就坚决消灭!为了保证战斗胜利,要有高度的自我牺牲精神,最高度的克服困难的毅力,任何困难都要克服,绝不低头!革命的英雄主义肯在困难面前低头?毛主席、朱总司令的队伍是从来不怕困难的,因此就要保持常胜的素质,不叫苦,不气馁,叫苦、气馁就是耻辱!为了保证战斗胜利,要求各级干部同志们站紧(稳)你们的岗位,深入指挥和工作,战斗如有挫折要亲自侦察组织;政治工作者要保持战斗中部队思想的健康,当必要时,你们要身先士卒打开局面……如果我们在阵营中发现个别的怯战分子、动摇分子,要以有效的方法给(使)他们勇敢,否则就要严厉地制裁。为了保证战斗胜利,要求炮兵同志们,火力队准确射击,保证步兵的成功,要像步兵一样的为胜利忘记一切、为胜利贡献一切!……同志们!攻城令下了,立功的时间到了,报仇的时间到了,各按照你的战斗计划,按照你的立功计划,在统一命令下,行动起来吧!只准前进,不准后退,只准胜利,一定要胜利!胜利的(地)歼灭潍城守军万岁!……

潍县号称"鲁中堡垒",是国民党军重兵设防之地,城防经过常年修筑,已形成三道永久性和半永久性的防御体系:城壕深五米、宽八米,城墙全部由青石砌成,高达十三米、厚达六米。城墙外筑有约两米高的矮墙,距城墙最远处二十八米、最近处六米,其间设置了密集的火力点,并以交通壕连接。矮墙外,挖有宽、深各六米的护城河,在距离城墙两千米的距离内,九十多座堡垒密布,碉堡前附设有地雷、鹿砦。潍县城内分为东西两城,之间有白浪河穿过,河宽约十米,上面有五座桥梁贯通。两城的突出部或制高点,已全部筑有火力堡垒和炮兵阵地,城垣里挖了大量的屯兵洞。其中西城高出东城五米,是整个潍县的城防重点。此刻,潍县仅西城留有一个小洞,其他所有城门都被堵死,西城与东城联系只能靠城关把文件扔下来,外围守军几乎没有逃回城里的后路。

潍县国民党守军指挥官,是整编第九十六军军长兼整编四十五师师长陈金城。内战爆发后,整编第九十六军一直驻守在济南附近,除陈金城的基本部队整编四十五师之外,其他部队归第二绥靖区司令官王耀武指挥驻守济南,因此陈金城在潍县的总兵力只有两万四千余人。

四月一日,王耀武飞抵潍县与陈金城商讨防御问题。王耀武没敢进城,只在机场与陈金城匆匆见了一面。王耀武强调:放弃不重要的据点,实施兵力集中;多做城墙下的地堡,以利"地平线以下作战";一旦潍县受到攻击,济南和青岛会两路增援。陈金城头疼的是兵力不足,因为在他指挥的部队中,大多是杂牌武装。他告诉王耀武:"有工事还得有兵来守。过去第八军在此处是按三个旅九个团兵力构筑工事的。现在我们因兵力少,不能利用,只好放弃。"王耀武说:"到必要时我可空运一个旅来。"陈金城的回答是:"等到必要时机场也就无法保持了。"

就在王耀武抵达潍县的时候,二一二旅旅长汪安澜与张天佐吵了起来,张天佐曾是国民政府昌乐县县长,现在是潍县地主武装的头目。汪旅长不愿意和杂牌部队一起作战,主张他的部队与张天佐的杂牌武装各守一地,打起仗来相互不发生关系。东西两城,汪旅长大度地让张天佐挑选一地。平时总是吹嘘"保安总队对于打共产党军队比国军的正规军有经验"的张天佐已经吓坏了,坚决要求他的部队完全听从陈军长的统一调遣,而他自己决心与陈军长的军部"共存亡"。两人争吵到陈金城那里,陈金城偷偷给汪旅长写了张字条,汪旅长看后不吭声了。陈军长的字条上写着:"我们现在的军粮非完全依赖他不可,否则目前就有断炊的危险。"

此时,山东兵团已向潍县开进。

许世友的战役部署是:以第九纵队、渤海纵队和鲁中军区部队主攻潍县县城;渤海军区第三军分区部队包围潍县以西的昌乐;胶东军区西海军分区部队包围潍县以北的寒亭;第七纵队和渤海军区新十三师担任西面的阻击打援;第十三纵队三十九师和胶东军区新五师、滨北、南海军分区部队担任东面的阻击打援;第十三纵队三十七、三十八师为兵团预备队。

关于东西两城,先打哪一个的问题,第九纵队指挥员提出先打西城。潍县的东城低于西城,守备力量相对薄弱,易于攻城部队突破。但是,许世友也明白,潍县的东西两城相距很近,如果先下东城,攻击部队就会处在西城国民党守军的瞰制之下,将在极其不利的态势中再攻城墙高大、工事坚固的西城。于是,兵团决定:集中兵力先攻西城,打掉陈金城的指挥机关,然后以西城为依托,居高临下攻击东城。

四月十日,九纵二十六师开始扫清城关外围据点的作战。七十六团采取炮轰母堡、爆破子堡、小组突击的战法,连续扫清了一系列碉堡群。七十七团出击城外北面的北宫据点失利后,迅速转入土工作业,挖掘坑道逼近守军据点的核心。白天看见共产党官兵拼命挖掘,晚上不断有报告说地下有挖掘声,恐惧逐渐蔓延,北宫据点内的国民党守军营长决定逃跑。命令一下,一个营的官兵一哄而散。天亮的时候,七十七团顺利占领北宫。七十八团同时攻占了东北关。接着,为逼近敌人重点防守的西城,攻击部队开始了大规模的土工作业。从十五日开始,官兵们一连挖了八个昼夜,挖掘交通壕七万多米、坑道两百多米、地堡四百多、防炮洞两万多个,总作业长度达到七十多公里。国民党守军从来没有见到过如此大规模的挖掘,心惊胆寒之中使用各种火炮猛烈轰击,但是眼前的坑道还是在不断地向城墙接近。

陈金城体味到了许世友打下潍县的决心。

然而,共军挖掘八天八夜之后,不但没有发动攻击,反而向后撤退了,至少站在城墙上已经看不见共军的影子。陈金城认为,共军在他的炮轰之下"伤亡惨重",定是已经"无力攻城"了。这个消息被报告给绥靖区司令官王耀武,王耀武立刻在济南召开庆祝大会,宣称"潍县十里内已无敌踪","昌乐之围预计日内可解"。二十二日上午,大喜过望的陈金城竟然命令部队在飞机的掩护下开始"追击"。但是,整编四十五师刚一出城,就遭到猛烈的火力打击,部队仓皇地逃了回来。这一下,陈金城迷惑不解了:共军到底是撤了还是没撤?正在迷惑的时候,二十三日晚,潍县城外炮声骤起。这不是一般的炮击,而是他与共产党军队作战以来听到过的最惊天动地的炮击:"炮声震耳,瓦屋齐鸣,弹雨如注,血洒遍地。因城厢人众,弹着集中,守军伤亡,日益增多。当时据军医报告,负伤官兵在两千两百人以上,骡马被炮火击毙者甚多,尸横狼藉。"接着,更大的爆炸声持续传来,山东兵团攻城部队埋设在坑道里的几千斤炸药将潍县城垣炸出数个缺口。

陈金城知道,潍县的最后时刻来临了。

九纵二十五师七十三团和七十五团迅猛突到城下。二十七师七十九团在团长彭辉和政治委员陶庸的率领下,冲过外壕,对城墙外的矮墙和地堡连续爆破,不顾一切地向城墙靠近。这个夜晚,七十九团被写进了中国人民解放军英雄谱。这是一支全部由胶东子弟组成的部队,想必潍县百姓写给九纵的那封信对他们的冲击最强烈。战前,官兵们专门准备了一面大旗,上面写着:"把胜利的旗帜插上潍县城"。七连长王保凤率领突击排冲入守军阵地,在六连的支援下很快就占领了矮墙。八连排长赵永斌指挥爆破手刘庸亭、栾子明、王官钧、宋文章扛着顶端绑着大炸药包的长木杆,连续六次爆破,终于将突破口炸开。八连长曲日平率领两个排扑向突破口,战士王定文用肩膀顶着云梯,上面扔下来的石块下雨一样,他浑身血肉模糊但始终未倒。班长王玉荣第一个爬上城头,接着,战士张义德也上来了,他手里高举那面写着战斗口号的大旗。国民党守军立刻将所有的子弹倾泻过来,张义德被打倒,副连长王义成再次举起大旗。八连上去了,另一侧的四连也上去了,冲在四连最前面的是已经三次负伤的排长左思甲。

潍县城墙的顶面很宽,可以并行两辆汽车。首先登城的四连和八连拼死阻击扑上来企图封堵突破口的敌人。所有的官兵都已负伤,弹药接济不上,他们使用了砖头、石头、铁锨和铁镐。八连副连长已经六次负伤,浑身是血,但仍站在指挥位置上,所有的战士都能听见他的呼喊。九连终于突上来了。接着,七十九团参谋长丁亚跟着五连也上来了。城墙很高,下面很黑,国民党守军发现他们要下城向城内突,机枪子弹狂风一样扫射过来。放下去的梯子被打断了,他们又放下软梯,但还是不够长,五连副连长已经顺着软梯下去,这会儿悬在半空,正在软梯上接绑腿。丁亚参谋长很着急,因为如果不迅速下去,后面的部队上不来,天一亮就前功尽弃了。五连长孙端芝把驳壳枪一插,喊了声:"跟我往下跳!"官兵们不顾一切地跳下去。西城城墙有五层楼高,五连半数官兵严重摔伤,那些还能站起来的官兵,立即在城墙下开始了殊死的战斗。他们连续攻占二十多幢房屋,最后,近两个排的官兵被国民党守军压缩在一所学校里。干部大多已经负伤和牺牲,三排长杨学良站出来指挥战斗,他们在潍县城内孤军坚持了近二十个小时。

此时,二十七师的后续部队上来了五个连。陈金城判明突破口的方位后,调集一个团的兵力开始猛烈反扑。这是七十九团的关键时刻,城里的五连仍在孤军坚持,城墙突破口已经拥上来敌人,而且天亮了。敌人的六架飞机加入战斗,掩护步兵营轮番进攻。七十九团政治委员陶庸在城墙上高喊:"七十九团就是打完了,也要守住突破口!"二营长孙宝珍率领官兵冲上来,三营教导员孙洪文也带着一个排上来了,他的身后跟着七十九团团长彭辉。敌人成堆地往突破口上拥,炮弹落在二营指挥所,指挥战斗的团参谋长丁亚被砖头瓦块埋起来,警卫员把他扒出来后,电话铃响了,他只听见一句"主力快上来了"电话就断了。七十九团坚持到了纵队主力登城的那一刻。

战后,山东兵团第九纵队二十七师七十九团被授予"潍县团"荣誉称号。

为了增援七十九团,九纵司令员聂凤智命令二十五师七十三团白天强行攻城。许世友说:这个决心下得好,"我们困难,敌人更困难,当前的关键是千方百计迅速投入后续部队。要克服一切困难,向纵深打进去!"二十五师也是胶东解放区的老部队,七十三团在团长孙同盛的率领下,一营主攻城阁,三营在突出部掩护攻击,二营为预备队。一营调集了十名特等射手封锁守军反击的射击口,接着,三连长率领爆破组炸开突破口,后续部队扛着云梯奋力爬城。二十四日中午十三时三十分,一排首先登上城头,三连也紧跟着上来了。至十五时,二十五师已有九个连登城,并控制了城墙制高点。

西城防御大势已去。陈金城率部进入东城。

蒋介石亲自打来电报:"吾弟固守名城,激战兼旬,备极艰辛,已饬王司令官率队和青岛派队星夜驰援,务望坚守阵地,并须多控制机动部队以便夹击,而竟全功……"本已绝望的陈金城顿时感到莫大的荣耀,他立即复电:"……亲电奉悉,已传令三军,士气为之一振,连日激战,官兵前仆后继,奋不顾身。现在潍县附近共军已增加有五个纵队之多,钧座若能速派大军前来东西夹击,不难歼灭鲁东南共军之主力。生等将战至一兵一卒,奋斗到底,以报党国……"回电以示效忠之后,陈金城意犹未尽,于是召集旅长汪安澜、专员张天佐、县长张哲等人肃立于孙中山和蒋介石像前宣誓:"我等受党国培植多年,丁兹大难,甘愿以身献国,决心与城共存亡,如有偷生怕死,畏缩不前,愿受党纪国法严峻处分,此誓。"

但是,东城的防御很快就瓦解了。

二十六日黄昏,九纵对东城发起攻击,鲁中部队在南北两面钳制助攻,炮兵阵地被布置在西城,炮弹从高高的城头直落东城。而在东城的东门,许世友则虚留着一条"生路"。九纵二十七师八十团一营一连,在连长史洪田的带领下渡过白浪河,连续爆破东城城墙,二十分钟后全连突进了城内——山东兵团参谋处《阵中日记》:"潍东城战斗至今晨八时已突进七个团,占领该城二分之一,当即俘虏敌三团长以下两千余人,至十二时战斗结束,全占该城,全歼守敌。"

二十七日凌晨三时,"决心与城共存亡"的陈金城电告王耀武,说他准备突围:"战局危急,拟即向仓上转移,希即转饬青岛方面即时派飞机来潍县掩护突围。"然后,他跟着汪安澜和张天佐率领的约三百人的队伍冲出东门。预伏在潍县东郊的西海部队开始了追歼,旷野里四面响起杀声,炮弹密集地在身边爆炸。天亮的时候,三百人的队伍被兜堵聚歼。张天佐死于乱枪,汪安澜逃到济南,陈金城躲在铁路边的洼地里,不知什么原因突然昏迷,等他醒过来的时候,已经在俘虏群里了。

四月二十七日,潍县战役结束。

战役消耗炮弹两万九千零三十八发,轻重机枪子弹四十四万八千余发,炸药一万八千六百八十三公斤,山东兵团伤亡七千九百八十人,歼敌四万五千六百七十人。

美国驻南京军事顾问团团长巴大维对潍县战役的评价是:

> 当潍县争夺战开始的时候,政府军便奉命自济南与青岛移调军队去解救潍县之围。从济南调去的政府军三个多师,遭遇劣势的共军,因为无心奋力作战,未能冲到潍县。从青岛调去的政府军没有与敌人作战,就返回青岛了。政府在潍县的失败实足以显示:政府军的不忠、士气低落和缺乏作战意志。

潍县战役的胜利具有重要的战略意义和巨大的政治影响。首先,国民党军在山东仅剩下济南、青岛、兖州等为数不多的据点,共产党领导的军队控制了山东的广大地域,山东战场的军事优势已完全倒向共产党人一方。同时,张天佐等地主武装头目被打死,对被他们残害的山东贫苦百姓来讲,"其意义甚至超过了蒋介石主力的被歼",因为以张天佐为首的反动地主武装"给以山东的灾难是十分深重的"。

经过短暂的休整补充,山东兵团又开始了津浦路中段的作战。

五月二十九日,鲁中军区部队逼近泰安,国民党守军整编八十四师一五五旅不战而退,弃城逃跑,鲁中军区部队随即向泰安南北两面扩展战果,相继占领大汶口和泗水。六月九日,七纵围攻曲阜,国民党守军突围逃跑。十五日,七纵一部和鲁南军区部队攻占邹县。当山东兵团的一系列作战完成后,津浦路上的重要据点兖州已处于被围态势中。

兖州南屏徐州,北护济南,是国民党军坚守山东战场的防御要地。

七月十二日黄昏,山东兵团对兖州发起攻击。攻击的第一炮,就将兖州城墙西南角的碉楼轰出个大窟窿。炮兵们高兴地喊:"誓把碉楼打成灰!"在强大而猛烈的炮火轰击下,兖州城墙的城楼、城垛纷纷倒塌。七纵的攻城部队乘势发起冲击。通过外壕时,架桥未成,六十团一连班长杨树宽带领架桥班的十名战士站在齐肩深的水里,冒着敌人的炮火用肩膀顶住浮桥,直到九个连的攻城官兵顺利通过。突击排长王玉胜率领爆破班将二十多斤重的炸药包送到城墙下,巨大的爆炸声混合在炮火声中惊天动地,高大的兖州城墙被炸开一个高八米、宽十米的缺口。晚上二十时四十五分,七纵二十师六十团一营一连一排一班长高振才第一个登上城墙,而后七纵和十三纵主力相继突入。战至第二天黄昏,国民党守军开始突围,被早已埋伏在泗河东岸的部队聚歼于兖州城东南郊外。整编第十二军中将军长霍守义突围出城后,见遍地都是自己部队的伤亡官兵,又适逢国民党军飞机不分敌我地疯狂扫射,霍守义自觉部队跟随自己多年,"今天落得这样的残局,好不凄惨"。遂让副官邓超叫来解放军,表示整编第十二军缴械投降。

是役,歼灭俘虏国民党守军两万七千余人,唯第十绥靖区司令官李玉堂化装潜逃。

战后,霍守义向记者谈了兖州战役的基本经过,发表在一九四八年八月十七日的《大众日报》上:

> 兖州被围后,我指挥防御,一直没有安稳地睡过觉。那些日子真像是过了十几年,到今天脑筋尚未恢复过来,还时常发愣。在不大利于进攻的城东面作战时,突出点大铁桥与金口坝甚至一夜争夺三次,算是没有丢,满以为守得不错。谁知以后,突围的溃军也就在那一带被歼。解放军攻击防御重点的西关后,我才知道糟了。三个点经几次反扑无效,终于收缩兵力,只好放弃。我又连忙在西关外加修了能容纳一营人的临时据点。十号晚上,解放军向这里进攻,我伤亡八十多,也就撤进了城。同时我急调三三四团来守城墙,我叫马团长留一

个营做机动,他怕来不及策应,把两个营都放上,经不起解放军的炮火,马振铎自己负了伤,并向我报告兵员伤亡了三分之二。十二号晚上,解放军拥进城。始终主张死守的李玉堂也不得不承认大势已去——在抗守中,十二军已经被歼灭一大半了。天明的时候,他命令我支持到天黑突围,可是步炮攻势凶猛,败兵一片混乱,七零八落,第二线根本控制不住。要是能早些突围,伤亡也就不会这样大了……兖州是徐州、南京的大门,这在前年莱芜战役李仙洲被俘时,南京就这样指示过的。现在兖州解放了,济南孤立了,更处于易攻难守之势,难以保住。兖州战事一开始,第十绥靖区司令官李玉堂就天天向徐州剿总电告战况,每天都要求"速派援军"。我们夸大了城外解放军的数量,希望能早到援军。同时,我又通过电报直接电请蒋介石,我在抗战中曾出过力,为什么不救?我现在被围,又无援军到来,是故意要消灭我吗?但是,南京方面气都不吭。徐州的刘峙,为了保住大门,接连来电:援军已由鱼台、济南、徐州出动,不日即可合围。刘峙又电王耀武,限吴化文部的援军十二日晚到达,否则有意外,由吴负全责……在鱼台的邱清泉也来电:"请准备弹药,不日可到。"但是,从徐州出来的黄百韬部,本来说两天即可赶到,后来又转到豫东去了。这次的援军不出来犹罢,中途折回,困守中的士气一落千丈。从济南出来的援军,第一天到了界首,王耀武即说济南吃紧,于是所谓的援军就回头了。第二次以每日七八里的速度出来援助,被解放军阻歼于大汶口。王耀武的援军只是装模作样的,而邱清泉方面更没有下文。

共产党领导的军队作战也需要增援,而从战争的广义上讲,增援共产党军队作战的是人民。潍县战役时,支前的百姓达十五万人。正是春夏交替粮食困难时节,潍县方圆百里所有的村庄倾其所有,家家户户昼夜碾米磨面。仅担任主攻任务的九纵就收到门板五万块、土工作业工具两万件、粮食四百五十万斤、牲口大车和手推车一千辆,九纵的两千三百多名伤员被百姓的担架抬下战场。兖州战役时,沂南县六十二岁的钟德安老人报名支前,村干部劝他年纪大了不要去了,老人说:"你们说俺老,瞧着,运粮行军,要是咱落后,算白活了!"老人和年轻人一样,推着一百五十斤粮食上路了。几天后,家里人赶上支前队伍想把他换回去,老人硬是要留下来,他说:"打国民党反动派是俺的事,俺从来没有充过孬。"直到战役结束,老人和其他民工一起"光荣地复员了"。

山东百姓自发组织的武装更是具有惊人的战绩:

> 民工们正在执行转运任务,忽然,从高粱地里钻出五个穿军装的国军,抬着一个负伤的人,看样子是军官。一分区民工一营二连指导员郝子恒同志喝令站住,进行盘查。他们解开自己的包袱,打开提包,里面全是关金票,大约有四十亿元,每人身上还带着金表。郝指导员又叫他们包好,原封未动。蒋军们声言:"已经过几次查验,准许放行到邹县去疗养。"机智的郝指导员,看看蒋军伤兵的穿戴,又带着这样多的关金,心想一定是个不小的头子,就对他们说:"我们各村都驻有部队,你们没有通行证走不开。你们可跟我们到团里去,给你们开个路条,才能通行。我们团部有卫生队,也能给你们上药,过去我们已治好很多俘虏伤兵了。"他们只得无可奈何地跟着走。抵团部后,经过检查,根据蒋军伤兵身上所带的证明文件及蒋介石的委任状,才知道他叫周北翔,在蒋军内历任上校及少将参谋长等职,现任蒋军联勤总部第十三分监部少将分监。

潍县战役刚刚结束,军民正忙着打扫战场,突然有命令传来,通知所有的军民离开城墙附近,然后就传来了轻重机枪的射击声、火箭筒和炸药炮的爆炸声,潍县城墙再次笼罩在硝烟烈火之中。潍县的百姓很奇怪:这是干什么呢?难道又打上了?——九纵司令员聂凤智请示许世友同意,举行了一次真枪实弹的攻城演练,目的是巩固部队攻坚战的作战能力。而这种需要消耗大量弹药的事情,以往的任何时候都不曾发生过。

聂凤智说:"这就是攻克济南城的预演。"

没有什么比这一事件更能显示山东部队不可遏止的作战渴望了。共产党官兵决心不再放弃家乡的每一寸土地,从今往后,用鲜血和生命攻克的每一个村庄城镇都必须永久占有,决不能让国民党军带着地主还乡团再回来。而在山东部队的作战渴望中,最迫切的是攻占国民党军在这片土地上的指挥中心——济南。

泾渭河谷

把西北地区归于南线战场,在地理概念上是勉强的,但在一九四八年上半年,这一概念专指陕西境内发生的战事。

在毛泽东率领中共中央离开陕北之前,西北野战军已经开始战略进攻,部队逐步发展为五个纵队,总兵力七万五千多人,装备也得到一些改善。但是,在西北战场上,国民党军仍有四十四个旅,总兵力达三十多万,其中有十七个旅分布在陕甘宁解放区周围,其他各旅分布在豫西、晋南和陕南,国共两军的兵力对比仍是五比一。

从解放战争整个进程上看,彭德怀率领的西北野战军,无论是兵力还是装备从来没有占据过优势,甚至在向西北纵深地域发起攻击的时候,这支部队在军事力量上仍然处于劣势——西北地区不是中国政治经济的重心所在,从自然地理的角度上看,贫瘠的西北地区若没有地面和空中运输线的维持,便不可能供养大量的军队,而这正是西北野战军的薄弱环节。

但是,在一九四八年一月召开的杨家沟会议上,彭德怀还是提出了开辟西北外线战场的建议。毛泽东也认为:"陕北和其他战场的我军主力都要转入外线作战,到国民党统治区去,打它、吃它,不让敌人得到喘息的机会。"周恩来也清楚西北野战军面对的困难,但他依旧强调必须打到外线去:

> 把战争引到外线,要在全军动员,说明在边区内部把敌人消灭了很多,配合了全国反攻,十个月来你们负担的任务最重,敌人比任何地方要多,我们能够把敌人消灭,并且能够到外线消灭敌人,这是指挥的正确,大家的努力得来的。我们打出去时会遇到在内线所没有遇到的困难问题,如减员等,我们

要克服这个困难,我们要在外线生根,我们不但要发展大西北,还要往西南发展,在这点上我们西北野战军当仁不让,后来居上,因为我们参战最晚,而打出去又是最后。

打出去,就意味着迎战胡宗南乃至马步芳的数十万大军,就意味着西北野战军必须在脱离后方的情况下孤军作战。

最大的困难还是官兵吃什么。

西北野战军召开旅以上干部会议,彭德怀提出三个转入外线的出击方向:一、向北攻击榆林,二、向西攻击陇东,三、向南攻击陕中。向北再攻榆林,一路粮食困难,攻城任务艰巨,况且驻防榆林的邓宝珊已经派人来和谈,再打不合适;向西打陇东,路远缺粮,而且不见得能够抵挡马家军的骑兵部队,如果打成战场僵持,胡宗南趁势再来夹击,局面就更困难了;那么,唯一可以考虑的出击方向是向南,南面的宜川、韩城一带国民党军防御薄弱,特别是宜川只驻守着整编七十六师二十四旅的两个团,如果战斗打响后胡宗南出兵增援宜川,黄龙山道路曲折便于打伏击战。更重要的是,打开南进的通道,不但可以威胁西安,而且沿途多是产粮区,可以解决部队紧迫的粮食问题。

宜川战役计划的要点是:"先以一部兵力围攻宜川,调动黄陵、洛川等处敌军来援;野战军集中优势兵力,在运动中先歼援敌,然后再夺城。"

二月十二日,西北野战军第一、第三、第四、第六纵队分别由志丹、绥德、米脂地区向宜川开进,王震的第二纵队则由晋南西渡黄河向宜川靠近。

二十四日,第三、第六纵队形成了对宜川的包围态势。

彭德怀电告第三纵队司令员许光达和第六纵队司令员罗元发:"攻城要猛,但攻而不克,以逼敌呼救求援。"

宜川守军二十四旅旅长张汉初事先接到过关于彭德怀部正在南下的电报:"共军主力部队由延川南下,经延长集结在临真镇一带,意图不明;同时由禹门渡口渡河的王震纵队有向西北进攻的模样。"但是,由于刘戡的整编第二十九军三万多人的部队已经集结在洛川、黄陵一线,所以张汉初万万没料到宜川会受到如此猛烈的攻击。二十七日,宜川外围阵地太子山、七郎山、老虎山相继失守,二十四旅被迫全部压缩在城内。张汉初认为彭德怀部这次非把他消灭不可,于是十万火急的求救电报一封接一封发出。

胡宗南终于沉不住气，下达了增援的命令："（一）整二十四旅应坚守待援，吸引匪军主力，以为我攻势之支撑。（二）整二十九军军长刘戡即率整二十七、整九十师（实共四个旅十个团）沿洛川、永乡、瓦子街向宜川疾进，歼灭犯匪，并解宜川之围。"

胡宗南部向宜川增援，只能走三条路：第一条是经过瓦子街到宜川，这是一条公路，道路好走，距离又近；第二条是经过石堡到宜川，道路条件差，距离也远；第三条是翻山越岭的小路，辎重不容易通过。

彭德怀判断，胡宗南要兼顾守军和援军，必定要选第一条路。

国民党军整编第二十九军军长刘戡是一个苦命的将领。自从胡宗南大军占领延安以来，他的任务就是专业救援：救蟠龙、救榆林、救清涧，无论何时何地哪个部队被围，都是他带兵前往救援，但是至今还没有成功援救的先例。刘戡是黄埔一期毕业生，蒋介石极为欣赏的一名战将，抗日战争中曾率部北上冀晋，在紫荆关、阳泉等地与日军血战，后转至晋南中条山一带与日军周旋作战。一九三九年出任第九十三军军长，一九四四年升至第三十六集团军司令官，率部在洛阳以南的龙门抗击日军的三路进攻，之后在河南灵宝和卢氏一带顽强阻击，迫使日军付出巨大代价之后撤退。当时日军在往来电报中称："遭到有力敌军阻截，前进更加缓慢，甚至秦岭山脉的山路也被敌军占领。要突破该地，无论付出多大牺牲和时间也难奏效。"抗战结束后，刘戡被提升为整编第二十九军军长，奉命驻防陕北，在胡宗南的西安绥靖公署指挥下与共产党军队作战。刘戡的苦日子由此开始了。

接到增援宜川的命令时，刘戡正在西安过春节，与他同在一起的还有整编二十七师师长王应尊、整编九十师师长严明和副师长邓钟梅。命令一来，大家都很扫兴，但都认为彭德怀就那么点部队，不会有什么大仗可打——刘戡和他的师长们并不知道，他们不但将面临一场大战，而且他们永远也回不了西安了。

二十五日，刘戡约两万人的增援部队由洛川出发，按照整编二十七师、军部和整编九十师的序列，沿着洛宜公路向宜川急进。

这正是彭德怀判断的敌军增援的那条路线。

第二天，整编二十七师到达永乡附近。侦察员报告说，在东北方向约二十五公里处的观亭发现大量共军。师长王应尊立即命令派出搜索营前往侦察。果然,搜索营不但受到攻击而且损失大半,跑回来的人说弄清楚了,共军是彭德怀的第一纵队主力。王应尊立即将情报报告给刘戡,建议先集中兵力攻打观亭,然后由观亭前去宜川解围。理由是共军既然包围了宜川,又集结大兵力于我增援的半路,显然是想围城打援,如果不先把这股共军打掉,不但不能完成解围宜川的任务,自身也会有遭遇伏击的危险。况且,顺着观亭附近的一条山梁可以直达宜川,从迅速增援的角度讲也是有利的。刘戡赞同王应尊的想法,他在西北战场上与彭德怀交过手,十分熟悉西北野战军的战法,他不愿意为宜川把自己的部队葬送掉。因此,他致电胡宗南说准备先打观亭。

刘戡等着胡宗南的回音,在永乡附近停了一天。

这让彭德怀很是焦急,他担心刘戡退回去,使打援的作战计划落空;更焦心的是刘戡走得太慢,而西北野战军的粮食已经不多,多等一天就多消耗一天,万一刘戡三天不动,即使最后敌人进入了伏击圈,官兵们饿着肚子如何作战?

二十七日晚上,刘戡等来了胡宗南的回电——回电如此迟缓的原因是胡宗南的参谋长盛文跳舞去了,命令是由一个处长转达的:不准停留,兼程推进。

刘戡虽然感到危机四伏,但是他无法抗拒命令。第二天,在向公路两侧派出掩护部队之后,整编第二十九军的主力上路了。

刘戡的命令是:今日必须到达宜川。

天空开始飘落小雨,雨中夹杂着雪粒,天地间潮湿而阴冷。

部队刚走出不远,前面就响起了枪声。先头部队一八一团在向一座山梁攀爬的时候,遭到阻击。一八一团奉命突破阻击,掩护后续部队前进。但是,当整编九十师师部走到瓦子街附近时,来自南面的枪炮声和手榴弹声开始密集起来,看来后路是否通畅成了问题。不一会儿,北面也枪声大作,部队在公路上拥挤在一起走不动了。刘戡命令接通与二十四旅的电台联络,驻守宜川的张汉初旅长报告说:"围城之敌分向西北和西南方向逃窜"了。这个报告令刘戡恍然大悟:彭德怀的主力冲这里来了。

雨夹雪已经变成了漫天大雪,四野一片迷蒙。

严明主张赶快撤到瓦子街以西去,不然部队就真要被围在这里了。但是这个建议显然与胡宗南的命令相违背,因此没有人吭声附和。王应尊主张趁公路南侧尚未发现共军,部队可向黄龙山撤退,然后绕路去宜川,这样不但不违背胡宗南的命令,还可以跳出眼前的包围。刘戡比较认同这个建议。但是,如果绕路的话,本来打前锋的整编二十七师就成了后卫,雪大路滑,大部队走出去之后,谁也无法预料整编二十七师是否会遭遇危险。刘戡对王应尊师长说:"要待深夜十二点以后才能行动。天降大雪,道路泥泞,等大部队走完了,恐怕你的部队走不出去,因为你的部队正在前面打,势必你要担任掩护任务,走在最后。"王应尊当即表示:"我走最后没关系。"这让刘戡颇有些感动。刘戡让军参谋长刘振世给严明打电话,想征求他绕道黄龙的意见,谁知道严师长正在睡觉,参谋长曾文思接电话时很不耐烦:"仗还没打,就想跑,这种仗我们还没打过。"刘戡被迫下达了"就地宿营"的命令。

暗夜里,雪落无声。刘戡思索良久,最后决定:"明日拂晓前继续沿公路前进,一举突到宜川。"

第二天早上,严师长睡醒了,他给王应尊打来电话,说如果突围的话,他手上还有两个营可以用。王应尊马上报告了刘戡,刘戡一下子火了:"算了,打完了事!"

彭德怀部已经完成了对整编第二十九军的包围。

彭德怀不能再等了,因为部队已经断粮。他给中央军委打电报:"敌整编二十七师、九十师进到宜川西南之王家湾、任家湾以南高地。昨晚大雪数寸,本晨敌未先动。我无粮不能等待,故向该敌围攻。"——无法想象彭德怀的官兵在大雪之中是如何度过饥寒的长夜的。二十九日早晨六点,一纵独立第一旅在旅长王尚荣的率领下开始攻击瓦子街,堵塞了刘戡部的退路。战斗一打响,刘戡立即指挥部队突围,整编九十师一面争夺瓦子街,一面向瓦子街东南的高地派出部队,试图抢占向南逃跑的通道。彭德怀立即意识到,战斗刚开始就出了问题:由于"无粮不能等待",而担任控制瓦子街以南高地任务的二纵因距离远目前尚未到达阻击阵地。如果高地让刘戡部占领,就等于战场上开了个口子,战斗很可能打成一个不成功的击溃战。一纵司令员贺炳炎和政治委员廖汉生几乎同时意识到了这个危险,他们立即命令三五八旅一部向瓦子街东南高地发动攻击。这个旅的一个团负责洛川方向的警戒,一个团是纵队的预备队,只有七一四团可以投入。黄新廷旅长和余秋里政委从七一五团调出一个营给了七一四团团长任世鸿,命令他不惜一切代价守住那个可能导致战役失败的口子。任世鸿立即率领部队冲了上去,与前来抢占高地的整编九十师五十三旅的两个团撞在一起。

这是西北野战军军史上罕见的一场混战。

天色昏暗,大雪纷飞,两军搏杀,分外眼红。

彭德怀在当天的一份电文中写道:"每攻一山峰,须反复数次,用刺刀才能取得。"为了突破阻击阵地,打开南逃的生路,整编九十师在各种轻重火器的掩护下,以整连整营的规模向七一四团展开猛烈的冲击。在七一四团二营的阵地上,经过三十多次的攻击与反击之后,所有连队的建制都已不完整,特别是干部伤亡巨大,老战士纷纷站出来接替指挥位置。突击排长陈占元连续投掷手榴弹,最后身中数弹阵亡。副营长陈占彪带领官兵继续突击,最后也中弹倒在雪地里。六连二班长刘四虎带领七名战士刚冲过山脊,就有四名战士中弹牺牲,刘四虎被守军投过来的手榴弹压制得不能动弹,他趁敌人封锁火力的空隙突然跃起,最后的冲锋中又有两名战士倒下,刘四虎独自一人端着刺刀冲上敌阵,吼叫着一连刺倒七个敌人。敌人发现上来的只有他一个人,十几名士兵端着十几把刺刀将他围起来,刘四虎跌倒在战壕里,围过来的敌人一起用刺刀朝他刺下来。战斗结束后,战友们在战壕里发现了浑身是血的刘四虎,由于脸已经被刺刀刺烂,开始的时候大家根本认不出这是谁,还是营长认出了他,营长抱着刘四虎满脸是泪:"全身一共十一处,光是头上和脸上就有五处,全是刺刀伤啊!"营长下令一定要救活刘四虎。

刘四虎活了下来,被誉为"英雄的战士"。

但是,刘四虎的团长任世鸿没有活下来。

任世鸿,第一纵队赫赫有名的团长。他身经百战,勇敢坚毅,深得彭德怀信任。青化砭战役时,任世鸿的团打伏击又狠又猛;羊马河战役时,任世鸿带领一个连吸引敌人,灵活机动;蟠龙战役时,任世鸿是最后一个撤离战场的。彭德怀得知任世鸿阵亡的消息后,不禁失声道:"怎么是他?怎么是他?"一年后,中国人民解放军全军统一番号,彭德怀指定任世鸿曾任团长的西北野战军第一纵队三五八旅七一四团为中国人民解放军第一军第一师第一团。

七一四团在不到两百平米的山头阵地激战十个小时,与任世鸿一起牺牲的还有参谋长武治安,团政治委员徐文礼、副团长薛长义负伤。

入夜,刘戡发现经过二十九日一天的战斗,整编第二十九军已经损失了一半兵力,已经没有可以机动的部队了。王应尊和严明都知道,停在此地不走,结局一定是被歼。刘戡认为明日共军将继续猛攻,趁夜突围尚有逃生的可能。但是,一个严重的问题是:如果部队突出去了,只能撤往西安方向,那么谁对胡宗南的增援命令负责呢?刘戡希望师以上指挥官共同负责,可整编九十师师长严明坚持要刘戡下达命令。结果是,全军原地不动,等到明天再说。

三月一日拂晓,彭德怀部发动全线攻击:二纵由南向北,四纵由北向南,三纵和六纵的一部由东向西,一纵沿瓦子街公路及南北两山自西向东。刘戡部的阵地逐渐缩小,三十一旅旅长周由之和四十七旅旅长李达已经阵亡。整编九十师各旅都已失去控制。师长严明和参谋长曾文思撤退到一个高地上给胡宗南发了封电报:"部队已损失三分之二,战局极为严重,我等团长以上决心成仁,以报校长及钧座培育之恩德。"曾文思认为师长过于悲观,严明说:"现在谁肯为我拼命?赶快把电稿传到团,团长以上人员一律要坚决自杀!"电报文稿被传给了部队,不知结果是提高了士气还是削弱了士气。此时,各个阵地上的厮杀已进入白热化,团长以上人员似乎用不着自杀,五十三旅副旅长韩指铖、一五八团团长何怡新被打死,一八一团团长吴汝熙失踪。下午,随着各个阵地相继瓦解,刘戡的军部和师部都已处在被攻的境地。

严明不断地逼迫曾文思和他一起自杀。曾参谋长借口观察战局,始终与他保持十米以上的距离。曾文思对严明当通信营长的儿子严守礼说:"你要特别注意,防止师长自杀!"严守礼说:"咱们突围吧!"曾文思说:"你们把师长拖到山下军部去,我随后也下去。"于是,严守礼和副官架着严明下山,曾文思也跟了下去,两人在山沟里会合了。严明埋怨说:"你真害死人!在山上我手头还有几个连,可以找机会冲出去,现在叫我怎么办?"曾参谋长说:"你为什么不早说?再上山吧!"严明说:"还来得及吗?就在这里动手自杀吧!"曾参谋长说:"为什么?到军部去,要死大家死在一块!"这时,公路上人头攒动,混乱不堪,只见人流向西涌,一阵激烈的枪响之后,人流又像潮水一般向东涌去,很快又被挡了回来。严守礼将严明扶上滑竿(去年三月严明率部进攻延安时,翻车腿断,愈后行动不便,随身备着一乘滑竿),曾参谋长有意慢慢落在后面,然后他与严师长脱离开,自己到公路边的山岩里藏了起来。严明乘坐滑竿往山上行进时,被机枪子弹打死。

刘戡烧毁了机密文件、砸毁了电台之后,准备自杀,但手枪被军参谋长刘振世夺了下来。刘振世要求军长突围,刘戡在突围中捡着一颗手榴弹,他看了一眼随即拉响了手榴弹上的拉环。

也许除了刘戡本人,整编第二十九军并没有哪一位团长以上军官自杀。整编二十七师师长王应尊在警卫营长刘中甫的带领下突围时被俘,王应尊混在俘虏队伍里,天黑的时候跑进山,两天以后回到西安。被俘后逃脱的团以上军官还有:整编二十七师参谋长敖明权、五十三旅旅长邓宏仪、六十一旅旅长杨德修、五十三旅参谋长宫润章、一五七团团长王公堂、一八一团团长吴汝熙等。被俘的团以上军官是:整编第二十九军参谋长刘振世、军部参谋处长吴正德、整编二十七师副师长李奇亨、整编九十师参谋长曾文思、五十三旅副旅长李秀岭、六十一旅参谋长张缉熙、一四〇团团长邢志东、一五九团团长安梗南、一八三团团长刘侗夫。

躲在山岩中的曾文思看见一个解放军小战士向他招手,于是他走了出来。在血流成河、尸横遍野的战场上,这个没有留下姓名的小战士勇敢而自信,他从容的姿态是那一段峥嵘岁月里的奇异瞬间:

一个第三五九旅的战士,大约有十六岁的样子,单独从公路东边走过来,背着一支步枪,一面招手,一面呼唤着:"同志们!出来集合,有枪的自己送过来。"我为了自己的安全,便和我的卫士跑到这个小战士的跟前站着,不一会儿就集合了三十多个,一半有枪的把枪机交给这个战士,仍旧背着枪。但这时枪声还很急,流弹乱飞,我向小战士建议我们这一队暂时疏散隐蔽,听他的哨音再集合,他同意了。然后又从东边过来一小队战士,成单行慢慢地走过去,轮流地喊着:"同志们!不要怕!欢迎你们!我是整第三十一旅在青化砭解放的;我是整第一三五旅在羊马河解放的;我是整一六七旅在蟠龙解放的;我是整第一二三旅在沙家店解放的……"到了下午四点钟的样子,战斗全部结束,凌乱的枪声还是继续着,我们原来那一队又集合起来,跟随小同志到丁家湾去。

刘戡陷入重围的时候,胡宗南已无兵救援。

三月一日早晨,固守宜川县城二十四旅旅长张汉初听见"瓦子街任家湾方向炮声隆隆,清晰可闻。五个小时后,炮声慢慢沉寂下去,接着机枪声也听不到了"。张汉初判断刘戡部凶多吉少,宜川更是危在旦夕,遂决定率部突围。

二日晚,西北野战军发起总攻击,战至三日上午八时,全歼宜川守军五千余人。宜川全城被猛烈的火力覆盖时,张汉初身边只剩了两名卫士,绝望之中他跳城而下摔伤腰部,被两名解放军的饲养员俘虏。

宜川一战,西北野战军以伤四千一百九十三人,亡一千零五十九人的代价,歼灭胡宗南一个整编军军部、两个整编师师部、五个整编旅的十个团,总计两万九千余人,其中毙伤七千五百二十三人,俘虏两万一千九百六十二人。

新华社通过广播通知国民党方面:刘戡和严明的遗体已经妥善装殓,希望派人前去接收。

胡宗南派人把两人的遗体运回西安。

刘戡和严明被蒋介石追认为陆军上将。

三月十三日,蒋介石致电胡宗南:"宜川丧师,不仅为国军剿匪最大之挫折,而其为无意义之牺牲,良将阵亡,全军覆没,悼痛悲哀,情何以堪!"

蒋介石将西安绥靖公署参谋长盛文撤职了。

宜川战役后,彭德怀的部队仍是缺粮。

彭德怀决定继续南下,围攻洛川,控制陕西中部的黄龙地区,筹备粮食。

三月四日,作战部署发布:第一、第四纵队攻击洛川西南方向的宜君和中部,第二纵队攻击洛川南面的澄城和白水,第三、第六纵队合力攻击洛川。

九日,在一纵和四纵的攻击下,中部国民党守军新编陕西保安十五团第一大队投降,宜君守军也弃城逃跑,中部和宜君被攻占。十日,二纵攻占白水后,在向南面的蒲城推进时,纵队司令员王震胃部出血,被紧急送往黄河以东的晋绥军区后方医院。

洛川位于西安与延安之间,是胡宗南重要的物资储备基地和战略集结地,守军主力为整编九十师六十一旅。旅长杨荫寰在宜川遭到围攻时就不断地向延安和西安求援，胡宗南急令西安绥靖公署副主任兼第五兵团司令官裴昌会率部火速从豫西回撤洛川。

彭德怀还是决定一边围城一边打援。

大雪变成了持续的冷雨，部队没有充足的火炮，而且炮弹奇缺，只能采用炸药爆破的手段艰难地发动攻击。第三、第六纵队两次冲击洛川城防均未得手，彭德怀面临着无论攻城还是打援都异常艰难的局面。他知道部队冒着大雪、忍着饥饿攻打宜川，伤亡很大，未能休息和补充即南下继续作战，战斗力较宜川战役时必有所下降。但是，他急切地想拿下洛川，因为洛川城内有大量的物资，特别是囤积着大量的粮食。能弄到粮食，关乎西北野战军下一步作战的实施。彭德怀在给毛泽东的电报中再次提到粮食问题，他为计算粮食消耗所付出的精力甚至大于指挥作战：

> 洛川地主少，富农多，且存粮不少，拟可筹一万三千石，可供攻城部队一月半。中部、宜君拟只筹一万石，缴敌一千一百石，可供一纵队两月。四纵现在同官西，就三原、淳化、关中地区粮，估计两月不成问题。二纵须从白水、澄城、合阳筹粮一万五千石。以上筹粮计划争取在三月底完成，如确能完成，四月份粮食不困难，三、六两纵攻克洛川后，即开至南线，休整就食，主要靠河东接济。一、二两纵攻延安，求得四月底至五月上半月解决延安之敌，然后出陇东、陇南就粮。唯打延安需要粮食至少一万二千石，须河东从小船窝、马斗关运输五千石，山西筹一千石，如属可行时，野战军在黄龙区再筹六千石，即可解决打延安战役粮食问题。否则，只有暂时放弃打延安的计划。

但是，对洛川城的攻击一再失利，导致彭德怀的筹粮计划落空。更严重的是，胡宗南汲取了宜川战役的教训，命令增援的裴昌会兵团各部队齐头并进，步步为营，互为掩护，决不允许冒进和分散，白天前进十五公里，晚上再后退七公里宿营，整整七天的行军，第五兵团仅仅向前推进了五十二公里，而且到达宜君之后就原地不动了。彭德怀不断要求部队诱敌调动，但裴昌会一概不予理会，延安方向的守军更是坚守不出。这边洛川久攻不下，那边打援无从下手，局势逐渐严峻起来，因为数万人马集中在黄龙山区,既没粮食又无战机,如果不适时撤离的话,人马饥饿之时很可能遭到国民党军的南北夹击。彭德怀决定放弃这次围城打援的计划,迅速撤离,去寻找一个可以筹集到粮食、可以把胡宗南打疼的作战地域。

他看上了西府地区。

西府是古称,指的是西安以西、泾河与渭河之间的地区,包括宝鸡、咸阳等市县。由于胡宗南把主力置于西安以东的洛河东西两岸地区,西府地域的兵力相对薄弱。特别是胡宗南的重要后方基地宝鸡,仅有整编七十六师师部、一四四旅四十团和陕西保安二十一团防守,兵力一共两千多人。

四月初,除留第三纵队继续包围洛川之外,西北野战军主力分为左、中、右三路进军西府。二十五日,第一、第二、第四、第六纵队控制了陇海铁路长约七十五公里的地段,对宝鸡形成了包围。

胡宗南急调裴昌会兵团自宜君驰援宝鸡,并将驻守在西安附近的青年军二〇三师主力用火车运抵泾河一线。同时,南京国防部命令青海马步芳部的整编八十二师自甘肃东进,增援西府西北面方向的长武和彬县。到了这时,胡宗南才突然发现自己的兵力已是捉襟见肘,陕北的战局已不再任由国民党军掌控,特别是孤悬于陕西北部的延安,牵扯着西北战场的大量兵力,但是随着毛泽东已经东渡黄河,重兵防守延安在军事上和政治上都失去了必要。

解放战争中的一个具有象征意义的事件由此发生。

国民党军准备放弃延安。

驻守延安的整编十七师师长何文鼎多次来电,请求他的黄埔同窗胡宗南放弃延安。他强调说,延安与后方仅有一条"毫无保障的补给线",从延安到洛川上百公里的路上,一支警戒部队都没有,如果现在不主动放弃,说不定哪天整编十七师就会让彭德怀包了饺子。何文鼎甚至已经制定了撤退方案:用飞机把重装备运走,部队轻装绕道宁夏和甘肃回到关中。他的理由是:虽然路途遥远,但相对安全。

何文鼎已是度日如年。彭德怀攻打宜川时,他曾奉命派一个旅增援,但是部队刚一出动,就传来了刘戡自杀的消息,他立即把自己的部队撤了回来。宜川距离延安咫尺之遥,何文鼎心惊胆战地等着大战降临。但是,彭德怀没有攻打延安,而是西进宝鸡了。何文鼎立即再次打电报给胡宗南,认为这是从延安安全撤退的最后时机。

他的请求终于被胡宗南批准了。

胡宗南没有批准的是他绕道撤退的建议。

四月二十一日凌晨四时,延安四周的防御阵地上响起了破坏工事的巨大爆炸声,城内销毁物资的火焰也随之冲天而起,滚滚浓烟遮蔽了渐渐亮起来的天色。医院忙着转移伤员和病号,警察局长忙着布置潜伏特务和安置秘密电台。南关的仓库被点燃,里面储存的面粉、小米、布匹和药品等被混乱的人群哄抢一空。在通往城南门的路上,地主、官吏、下级军官和他们的家眷们拥挤在一起夺路而逃,有人甚至将孩子弃之不顾。延安满城惊恐的景象令何文鼎万般无奈,他对参谋长梁文铁说:"不要走了,叫回来吧,改日再行动。"梁参谋长说:"已经不可能了,走吧。"

所有的路上都挤满了人,重机枪手把机枪全扔了,一门重炮陷在沟里拖不出来,炮手索性把炮炸毁了。走到延安以南的甘泉附近时,前面突然响起枪声,山头上出现了一支阻击部队。何文鼎赶快派出部队驱逐,主力进入甘泉城里宿营。第二天,没有遭遇阻击到达茶坊。第三天也没有遭遇阻击,甚至连枪声都没有,沿路的村镇都没有人迹,下午整编十七师到达洛川。在与驻守洛川的整编九十师六十一旅会合后,两支部队一起南下。前边的道路出现了被破坏的痕迹,部队的行进速度因此迟缓。二十六日,何文鼎发现落在后面的炮兵没跟上来,派人去联络却一直没有回音,致电胡宗南请求派飞机空中侦察,飞行员报告说没有发现炮兵的踪迹——炮兵肯定已被共军弄走了,何文鼎突然感到有些恐惧,就在这时候前面枪声大作。

前来阻击整编十七师和杨荫寰的六十一旅的,是西北野战军许光达的第三纵队。许光达的部队虽在兵力上不占优势,但官兵打起来毫不手软。由于没有作战准备,整编十七师出现了混乱。散乱的官兵、行李辎重以及跟随撤退的陕北行署的行政人员拥挤在公路上,手榴弹在人群中爆炸,然后就是密集的机枪子弹。何文鼎指挥十二旅的两个团拼死冲击,双方在三十米的距离内僵持下来,谁也不肯后退谁也没再攻击。最后,何文鼎调来坦克发动冲击,谁知对面的三纵官兵并没有惧怕,他们竟然爬上坦克用手榴弹把坦克上的装甲连长砸得满头是血——国民党兵搞不懂那个共产党士兵为什么不拉响手榴弹而仅仅把手榴弹当成一只铁锤使用。

二十八日,整编十七师开始渡洛河。前天就命令工兵营先行到渡口架桥,但是由于河水上涨,架桥有困难,那个工兵营长居然带着部队跑了。愤怒而无奈的何文鼎命令十二旅掩护,主力部队徒涉过河。虽然身后还没有追击部队,但整编十七师仍笼罩在形同溃败的巨大恐慌中。下午,河水突然暴涨,重武器和车辆都已无法过河,正在北岸商量办法的时候,侦察飞机投下信件,说有共产党军队追击而来,催促整编十七师赶快渡河。何文鼎立即命令按照十二旅、师部、直属单位、杨荫寰部和四十八旅的顺序强行徒涉,重武器和车辆抬着过河。此时,西北野战军已经接近北岸,洛河渡口乱成一团,国民党兵扔下重武器纷纷抢渡,负责掩护的四十八旅也放弃掩护任务参加到抢渡中。不少官兵在踩踏中被淹死,几乎所有的重武器和各种车辆辎重全部被西北野战军获得。何文鼎因怕丢失全部重武器受到处分,致电胡宗南请求派飞机把那些重武器炸毁。胡宗南命令他打回去把重武器夺回来,何文鼎没有执行。

五月一日,整编十七师撤到蒲城之后做了清点:被俘虏或者自动投降三千人,负伤五百人,死亡三百七十人。重炮两门、山炮十三门、野炮八门、坦克八辆、汽车四十八辆、吉普车七辆全部丢失。

几天以后,蒋介石来西安,见到何文鼎,蒋介石给了他四个字:"怕死!无耻!"

国民党军占领延安的时间是:一年零一个月又三天。

合众社南京四月二十二日电:"延安失守,对国民党军说来,是士气上的大失败。因为延安曾是共产党中国的象征几乎有十年,而政府于去春占领延安为反共战争的转折点。"

路透社南京四月二十三日电:"延安败走基本上标明了一个事实:国民党永远不能期望仅依靠军事以赢得对共产党的胜利。"

与此同时,彭德怀部攻击宝鸡的战斗可谓势如破竹。

对于驻防宝鸡来说,胡宗南太大意了,他没想到彭德怀部会从洛川急速南下攻击宝鸡;当然,他也并不了解宝鸡丰富的物资对于彭德怀的部队来讲是值得付出代价的。

防守宝鸡的国民党军,除地方杂牌部队外,主力是整编七十六师师部和一四四旅,师长徐保。徐保的部队残缺不全,二十四旅在宜川战役中受到重创,正在整补之中;新一旅此时也正在汉中整训,徐保能够指挥的作战部队极其有限。徐保的大名在胡宗南的部队里人人皆知。他嗜赌如命。当团长的时候,刚领到全团的军饷,一夜之间就输个精光。天亮的时候,军需主任向他要钱,他让军需主任集合部队说要亲自发饷。他走到全团官兵面前说:"这个月的饷,团长领来了!"士兵们面露喜色,他又嬉笑起来,"我们团运气不好,昨天晚上团长把钱统统输光了。兄弟们,不要急,团长今晚再去把钱翻回来,明天全团发双饷,好不好?"全团官兵听见"发双饷",竟然齐声高喊:"好!"更奇怪的是,胡宗南知道这件事后,把徐保叫去训斥:"我问你一个问题,古来名将,谁是赌棍出身?你答复!"见徐保不吭声,胡宗南走了。直到天黑回来时,徐保依旧笔直地站在那里。胡宗南说:"没用的东西!还不出去!到经理处再领全团一个月的饷,下次不得胡来!"被提升为整编七十六师师长后,徐保根本不住在宝鸡,所有的事务都交由参谋长袁致中处理,而他则远在西安的公馆里醉生梦死,除了赌钱就是召妓。二月里的一天,他突然想起自己是师长,于是到宝鸡的师部去了一次,对师直属部队的官兵讲讲话,算是履行了一次职责。

四月二十四日,宝鸡陷于危境,徐保来了。他没到师部去,就在他的休息室与参谋长袁致中和警备司令刘进商讨对策。刘进的警备部队实际上是个空架子,没有任何可以支配的作战部队,因此他建议放弃宝鸡,撤退到南面的秦岭上抵御共军。徐保一听就火了,他决心坚守宝鸡,并调整了守军的部署,命刘进率领一个步兵团(新一旅的一个新兵团)撤至宝鸡以南的益门镇,确保渭河桥的安全,宝鸡专署、警备司令部、县政府和其他行政人员一律跟随刘进撤离。这个决定正合刘进的心意,当夜,宝鸡警备司令就跑了。

晚上,胡宗南来电,命令徐保固守,并告诉他国防部已令马家军星夜驰援。徐保似乎更有底气了,大骂刘进是胆小鬼,对不起胡长官的栽培。骂完了,他又将师部重新调整一番,只留下几个作战参谋,其余人员统统撤出宝鸡。他还让警卫部队给他准备好一辆吉普车,加足汽油,把他的全部行李都放在车上。最后,他觉得再没什么可做的了,开始静等。一直等到二十五日深夜,炮声骤起,徐保知道他回报胡长官栽培的时候到了。

先是外围战况不断地报来,都是一连串的糟糕消息:城西北的马家原、何家原以及西堡子被共军突破,守在那里的保警队炮声一响一哄而散。接着,飞机场和北安堡相继失守。天亮的时候,西北野战军已经开始进攻城关了。徐保没有料到他的部队就这样让共军进了城,统统没有任何抵抗的决心和斗志。他的指挥部在全城地势最高的金台观,徐保放眼看去,觉得攻城的共军远比胡宗南向他通报的多,宝鸡城四周已全是共军。这时,从西安开来的铁甲列车队长向他建议,把师部转移到铁甲车上去,铁甲车上有火炮和机枪,弹药充足,还储存有三天的给养,坐在里面不但安全,还可以横冲直撞。徐保立即采纳了这个建议,命令一个叫连奎筠的参谋去通知工兵营坚守东堡子河车站,掩护师部向车站里的铁甲车转移。但是,连参谋没跑多远就被打死了。徐保带着一个连仓皇跑到铁甲车上。上了车徐保就命令往西开,但没开多远就发现了共军,前面的铁轨已被拆了,于是又往回开,开到车站以东的木桥附近,桥东的铁轨也被拆了,铁甲车陷于既不能退也不能进的危境之中。徐保向窗外看去,看见一群解放军官兵跑了过来,把他的铁甲车围住,有的爬上车顶,有的钻到车底,他还听见了"欢迎投降!优待俘虏!"的喊声。

这是徐保师长的最后时刻:

参谋一科科长李如彬向徐建议,速带少数人跳车突围,涉渭河向南逃跑。徐同意了这个办法,就和他的参谋长袁致中商议说:"眼看大势已完,我先撤出,你在车上继续作战。"袁致中则哭丧着脸说:"师长,我的家小在西安,万一我尽忠了,请师长多加照顾。"这话激起了徐保的愤怒,厉声大喊:"那么你突围渡河去,我留在车上,一个革命军人还怕死吗?"袁致中听后只好说:"师长,你快准备吧,再迟一会儿更不好突围了。"徐保匆忙换了一身士兵服装,又给胡宗南拍了电报,大意是:"我决心尽忠……"然后令无线电排将密码烧毁,又将身上带的党员守则、军人读训一本一本地都撕毁,还说:"不想我徐保今天会落到这个地步。"他手持手枪,刚走到铁甲车的门口。一颗炮弹轰的一声,他就倒在车厢内,满身是血。这时战斗更为激烈。包围铁甲车的解放军在铁甲车底已满积柴草,并再三警告,如不投降,就要放火烧车。至此,袁致中才被迫表示愿意全部投降。在解放军允许他们投降以后,铁甲车上所有的官兵统统放下武器,跳下车来,排队投降。而东堡子的工兵营早在两小时以前也被缴械投降。战斗遂告结束。被炮弹击伤的徐保经急救无效,于数小时后死亡。徐保的尸体被解放军送到北边山上掩埋了。还指令他的随身副官李玉林要记清这块地方,好让胡宗南和徐保的家属来找。

占领宝鸡的西北野战军官兵被堆积如山的物资惊呆了!他们从来没有见过这么多的战利品,从生活物资到武器弹药应有尽有,而且物资多得根本无法在短时间内搬运完。就在官兵们在宝鸡城内忙着搬运物资的时候,不利的消息传来让彭德怀大吃一惊:从君宜增援而来的裴昌会兵团突破了四纵的阻击,四纵未向上级请示,也没通知友邻部队,自行撤退到岐山县东北的山里去了,从而使裴昌会兵团正向宝鸡长驱直入,现距野战军司令部仅十多公里了。同时,青海马步芳的整编八十二师的四个骑兵团也突破了六纵教导旅的阻击,已经到达彬县,正向宝鸡急速推进,而且还切断了野战军向陕甘宁解放区撤退的退路。

形势骤然紧张起来。野战军主力已处于国民党军队西、北两面的夹击之中,特别是第一、第二纵队此时的位置几乎是背水侧敌,从野战司令部所在的凤翔南屈家村已经可以听见国民党军攻击的炮声。彭德怀为四纵阻击不力震怒,也为眼前足够西北野战军使用两年的物资弹药不能搬走而十分痛惜。他下令将搬不走的物资弹药全部销毁,然后各部队迅速撤出宝鸡。但是,部队正分散在各处搬运物资,需要电台逐个通知,还要迅速制定撤离的计划和路线。彭德怀交代第一、第二纵队指挥员:情况紧急,能集中一个团就撤走一个团,能集中一个旅就撤走一个旅。野战司令部的人催促彭德怀迅速转移,因为还有部队没有联系上,他就是不走,彭德怀说:"只要部队撤出去,我个人没什么,我带警卫营去打游击!"

五月三日,匆忙撤出宝鸡的西北野战军主力在甘肃平凉、泾川之间的花锁镇通过西兰公路,涉泾河向陇东开进,准备夺取屯子镇后,歼灭青海马步芳的部队,以彻底摆脱敌人。五日,六纵机关和教导旅进入屯子镇,准备策应一纵夺取肖金镇。但是,马步芳早就盯上了六纵,六纵在不明敌人意图的情况下,被马步芳的骑兵团包围。

六纵在屯子镇里拥挤不堪,马步芳的骑兵旋风一样冲杀过来,同时密集的炮弹将小镇轰成一片火海,六纵官兵因无处躲藏伤亡巨大。危急之下,彭德怀亲率野战军司令部指挥第一、第四纵队向屯子镇攻击,最终对马步芳的三个骑兵团实施了反包围。被包围的骑兵拼命突围,双方以白刃战来回拉锯数次。马步芳的骑兵第八旅增援而来,被阻击在屯子镇的西南方。由于原来围攻六纵的骑兵转身突围,六纵趁机出击,在镇子的西南角打开突破口冲了出来。

五月六日,彭德怀命令主力向甘肃东部的宁县、正宁方向转移。

整编八十二师师长马继援亲率部队截击,战斗持续一天之后双方都付出了巨大代价。马继援回忆道:

> 在为时八小时的战斗中,第一线部队死伤惨重,尤其韩小侠营有一大半被打死,营长韩小侠、副营长沙万青、连长铁万良等负重伤,连长李成让毙命。杨修戎团全团排以下官兵死伤不计其数。团长杨修戎在惊恐万状之中竟冒险逃出第一线,到马继援处放声大哭,诉说部队损失很大,解放军居高临下,火力猛烈,特别是右翼阵地无法攻击前进。因为右翼阵地面前的解放军,利用几棵大柳树,树上架设着三挺机枪,火力封锁严密,打得他们伏地不敢抬头。马继援看到杨修戎这副狼狈相,便声色俱厉地斥责说:"你说我怎么办?我们向沟底退吗?阿大(指马步芳)对你栽培多少年,没有薄待你吧?从来养兵千日,用兵一时,在这千钧一发之际,你擅离阵地,不顾全局。你看,在敌人的炮火下,连我藏身之地也没有,我的大乘马(原是马步芳最爱惜的一对新疆大青马,在马继援赴陇东时送的),也被打伤不能行动。今天你向我要援兵,我从何处调?你要赶快上阵督战!无论如何,在今天黄昏前攻上马头坡,若不能完成任务,你不要与我见面。"……马继援面如土色,满头大汗,忙于在报话机上拼命喊话,向外线告急。正在这紧急关头,谭呈祥率领整编第一〇〇旅,从屯子镇转头赶到马头坡西南芦家岭地区,与解放军后卫部队接触,使马头坡解放军受到严重威胁,解放军看到形势不利,主力向三不同(地名)方向撤出战斗……

彭德怀部艰苦转战,终于在五月十二日回到关中地区,摆脱了国民党军的追击合围。

五月二十六日，彭德怀主持召开了西北野战军第二次前委扩大会议。在会上，他对第四纵队干部进行了严厉的批评："你有电台，完全可以请示报告，敌人力量大抗不住也可以报告，而你既不抗击于岐山之东，又不抗击于岐山之西。你撤，既不通知友邻部队，又不告诉我们，总该打个招呼吧？部队在行军路上住老乡的房子，走时还给房东打个招呼，你们的组织纪律性哪里去了？"接着，彭德怀检讨了自己的错误：怕暴露我军企图，过分强调战役的突然性；因粮食困难，战役准备不充分；对四纵内部存在的问题了解不深；对胡宗南增援宝鸡的力度和速度判断不足；对马步芳的实力估计过小；尤其对胡宗南与马步芳能够配合作战认识不够——一生都在最艰苦的战场上作战的彭德怀不徇私情，他说："你不恨敌人，我就恨你。"他也承认自己脾气不好："我是阎王老子开饭店，鬼都不上门。"但是，就在彭德怀痛骂四纵指挥员的这次会上，陕甘宁边区政府主席林伯渠最后说："彭德怀同志是有德可怀，有威可畏啊！彭总坦荡的胸怀，你愈了解他，甚至受到他的批评越多，便越能深刻地感受这一点。"

　　西府陇东战役，国民党方面称为"泾渭河谷战役"，并且认为国民党军取得了"大捷"。实际上，国民党方面明白，如果兵力最少、装备最差的彭德怀部也出击到外线作战了，说明共产党领导的军队已经能够在全中国的任何地方发动相当规模的战役。而就在西北野战军艰苦地进行战场牵制的时候，刘邓和陈粟大军在中原打响了一场大仗。

打龙亭

一九四八年初,粟裕改变了毛泽东提出的一个重大战略计划。

尽管所有关于解放战争的记述都涉及此事,但仍有评价不足之嫌。因为后来的历史证明,粟裕的判断和建议,对整个解放战争的进程具有至关重要的影响,这是一位杰出的军事将领对中国人民赢得解放战争的胜利所作出的巨大贡献。

在军队的高级将领中,极少有人敢于和善于对毛泽东的决断提出反对意见。毛泽东一旦作出决定,特别是经过深思熟虑作出的重大战略决定,鲜有改变的先例,他不是一个能够轻易被说服的人。

三月十日,毛泽东尚在陕北米脂县杨家沟,他致电刘少奇:"我们拟于三月二十日动身东移,约于四月十五日左右可到你处,届时拟约粟裕一商行动计划。"四月二十一日,毛泽东已到河北阜平城南庄,他再次致电陈毅、粟裕:"为商量行动问题,请陈毅、粟裕两同志于卯有(四月二十五日)至卯世(四月三十一日)数日内同来平山中工委开会为盼。"

四月二十五日,陈毅和粟裕从河南濮阳出发,日夜兼程,于三十日赶到城南庄。毛泽东一改会见党内同志从不迎出门迎接的习惯,大步出门与粟裕握手。"我们的英雄回来了!欢迎你,粟裕同志!"毛泽东显出了一些激动,"十七年了呀,有十七年没见面了吧?"

粟裕说:"是的,十七年不见了,主席。主席好吧?"

毛泽东和他的一个兵力甚众的方面军最高军事指挥员竟有十七年没有见过面,这实在令人难以置信。

十七年前,应该是一九三一年,那时粟裕二十四岁,担任中央红军六十四师师长。俘虏国民党军师长张辉瓒的战斗,就是粟裕率领六十四师打的。龙冈的山雾之中,六十四师将"围剿"红军的国民党军十八师不漏一人一枪全部歼灭,战后全师官兵的梭镖和土枪都换成了五响快枪汉阳造。"万木霜天红烂漫,天兵怒气冲霄汉。"——毛泽东如此赞誉年轻的师长粟裕和他率领的同样年轻的红军士兵——"雾满龙冈千嶂暗,齐声唤,前头捉了张辉瓒。"在之后的第二、第三、第四、第五次反"围剿"作战中,粟裕先后担任红十三师师长、红四军参谋长、红一军团教导师政委、红十一军参谋长、红七军团参谋长兼二十师师长。在残酷的第四次反"围剿"作战中,一颗子弹从左臂穿过,粟裕的骨头、血管和神经都受到严重损伤,被送到包扎所的时候,胳膊已经肿得粗过大腿。医生要锯他的胳膊,粟裕不同意,只同意做手术。没有麻药,医生用麻绳把他捆在长凳上,一刀一刀地切开,将子弹取出。治疗只能靠盐水,每天把满是脓血的布团从伤口抽出来,然后再把另一个浸着盐水的布团塞进去。在巨大的痛苦中养伤的时候,医院受到国民党军袭击,粟裕一口气跑出二十里得以逃脱。一九三四年七月,他被任命为红军北上抗日先遣队参谋长,率部离开中央苏区,向闽浙赣皖边区进军。中央红军开始长征后,他出任红十军团参谋长。一九三五年初,红十军团在皖北遭国民党军重兵"围剿",粟裕脱险后在浙江南部的大山里打了三年游击,那时毛泽东已落脚在遥远的陕北。抗日战争中,粟裕成为新四军和苏中战略区的领导人。抗战结束,内战爆发,粟裕在前线指挥的苏中战役、宿北战役、鲁南战役、莱芜战役、蒙阴战役、孟良崮战役等,连续给国民党军以沉重打击。一九四六年秋,当山东野战军与华东野战军统一行动时,毛泽东曾明确指示:"战役指挥交粟负责。"

虽然十七年没有见过面,但毛泽东对粟裕信任有加。

一九四七年夏,毛泽东在考虑扭转战略局面的时候,提出派一支得力部队南下,去长江以南开辟新的战场。关于这支得力的部队,毛泽东选定的是粟裕的纵队:"叶、陶两纵出闽浙赣,创立闽浙赣根据地。"毛泽东认为,刘邓挺进大别山,粟裕深入江南,必定能迫使大量国民党军从长江以北向长江以南回援,我军便可以转守为攻。粟裕对毛泽东这一惊人的计划持谨慎的态度。鉴于当时华东野战军经过几次大战急需休整,短时间内不可能执行如此重大的任务,于是他请示并得到军委同意将南下的计划推迟半年执行:"迅速插入敌后作大发展,是能逼敌迅速回头,减轻正面压力及解放区人民痛苦,但完全没有根据地作依托,在目前大规模作战是困难太大。叶(叶飞)、陶(陶勇)进入鲁南则受此困难特大,故不能久停寻机歼敌,加之雨季,到处皆水,对我军行动限制甚大。"

七月,刘伯承、邓小平开始执行挺进大别山的计划,九月,陈毅、粟裕指挥华东野战军主力同时进军豫皖苏,共产党领导的军队大举进入国民党统治区,这让国民党军不得不重新调整战略部署。十月十五日,毛泽东亲自致电陈毅、粟裕,再次筹划南渡长江之事:"……战局可能发展得快,六个月内[十月至三月]你们各纵在河(运河)淮(淮河)之间作战,另准备以淮南独立旅恢复淮南。六个月后[约在明年四月],你们须准备以一个或两个纵队出皖浙赣[不是闽浙赣]边区……"毛泽东同时催促说:"我们发给你们电报中,有许多未接你们复电,不知你们是否收到及是否同意。嗣后,你们收到我们电报,请复电说明收到某日某时电,同时对该电内容哪些可以实行,哪些与情况不符不能实行,表示你们具体意见。"第二天,粟裕回电,表示刚到豫皖苏,需要巩固根据地,如果根据地不巩固,南下作战将没有依托。且叶飞、陶勇两纵队在此前的作战中都伤亡万人有余,至少需要半个月的时间补充休整。几天后,毛泽东致电陈毅、粟裕:"你们全军除休整者外,酉(十)戌(十一)两月均依现态势分散作战及工作。"渡江南下的事情又一次搁下了。

一九四八年初,国民党军在对陕北和山东发动的重点进攻中损失重大,于是蒋介石改变了战略部署,在中原集结了六个机动兵团,在加强长江防线的同时,对进入大别山区的刘邓部进行大规模"清剿"。刘邓部在处境异常艰难的情况下,不断要求其他战场和部队的策应和支援。毛泽东认为,扭转战局的最好办法,还是派一支部队向江南实施战略跃进,迫使国民党军从北向南回援。于是,渡江南下一事再次提出。一九四八年一月二十七日,中央军委致电粟裕,明确指示:

  关于由你统率叶(叶飞)、王(王必成)、陶(陶勇)三纵渡江南进,执行宽大机动任务问题,我们与陈毅同志研究有三个方案:(甲)就现态势再休整半月,你率叶、王、陶三纵乘敌不备从宜昌上下游渡江。陈(陈士榘)、唐(唐亮)指挥三、八两纵及陈赓主力进入汉江地区,打入十五师等部,掩护你们渡江。此举缺点是新兵与干部来不及送上。(乙)丑(二)、寅(三)、卯(四)三个月照原计划进入伏牛秦岭以南、长江以北、平汉以西地区。除作战外,你率叶、王、陶三纵在该地区争取休整一个整月,然后渡江,陈、唐指挥三、八两纵及陈赓主力在江北任掩护。此举好处是新兵和干部可以送上,缺点则敌人可作(做)准备。(丙)丑、寅、卯三月至伏牛、长江之间作战,辰(五)月全军北返,你率叶、王、陶择地休整两三个月,秋季渡江。此举好处是准备充分,缺点是要到秋冬之间才能实现调动敌人之任务。以上三案各有优劣,请你熟筹见复……

毛泽东判断,粟裕率部渡江南下,"势将迫使敌人改变部署,可能吸引敌二十至三十个旅回防江南"。因此,粟裕"以七八万人之兵力去江南,先在湖南、江西两省周旋半年至一年之久",然后"以跃进的方式分几个阶段到达闽浙赣,使敌人完全处于被动应付地位,防不胜防,疲于奔命"。

三十一日,粟裕回电,表示执行中央指示,着手准备渡江事宜,并提出了三月和五月两个出动时间供中央决定。但是,粟裕同时提出,渡江后需要相当长的时间,才能转战到闽浙赣地区,"如是恐将有半数之减员",且伤员"沿途无游击区安插,只任其置于民家",官兵这样损失"甚为可惜"。粟裕认为,我军在战略反攻中已经取得优势,"但在数量上和技术上并非优势"。而如果三个野战军能够合力在中原打几个歼灭战,"使敌人机动兵力大为减少",那么"我军在机动兵力的数量则将逐渐走向优势"。一旦我军在"数量上及技术上取得优势,则战局的发展可能急转直下,也将推进政治局势的迅速变化"。

粟裕的电报措辞委婉,但能够显露出他对南下渡江作战的不同看法,相信毛泽东能够读懂。但是,毛泽东坚持进入长江以南开辟战场的计划。

三月上旬,粟裕率领三个纵队转移到黄河以北的濮阳,并派出干部准备船只同时探查渡江路线。

粟裕明白毛泽东的战略决策,是为将战争引向敌人的后方,以配合我军在中原战场的行动。但这一行动是否能够达成战略目的?是否能够改变中原战场乃至整个战争的态势?到底是分兵南下渡江作战有利,"还是集中兵力在中原作战有力"?毛泽东曾经说过:"中国历史告诉我们,谁想统一中国,谁就要控制中原。"粟裕经过反复思考得出的结论是:只有在中原打大歼灭战,才能从根本上改变战争态势。

首先,三个纵队加上地方干部近十万人,孤军进入江南国民党统治区,渡江后要在敌占区转战数省,行程几千甚至上万里,在远离解放区和没有后方的情况下,面对国民党军的围追堵截,必将需要连续作战,但是兵员补充、粮食和弹药供应以及伤员的安置都会遇到不可克服的困难。而如果沿途留下一些部队建立小的游击区,又会导致兵力分散,不仅无力攻击大城市,即使出现战机也不能贸然去打。

其次,三个纵队的兵力渡江南下,必定调动国民党军回防江南,但不可能如预料的那样有二三十个旅之多,因为国民党军在中原战场上多为精锐的机械化和半机械化部队,蒋介石不会把这样的部队调往江南去打游击,只能让一些二三线的部队来与我周旋,这样就起不到瓦解中原重兵的目的。

再者,目前在中原战场,特别是在黄淮地区,我军打大歼灭战的条件逐渐成熟。中原地区幅员广阔,铁路干线和大中城市坐落其间,需要国民党军重兵守卫,敌人的机动兵力因此相对减少,这就给我军带来了在运动中调动敌人打歼灭战的机会。况且,黄淮地区地势平坦,虽"便于敌人互相支援,但也有利于我军实施广泛的机动作战"。尤其是在铁路和公路已被破坏的情况下,"敌人重装备的机动将受到很大限制",我军则可发挥徒步行军的长处"实现战役上的速战速决"。更重要的是,中原地区靠近山东和晋冀鲁豫解放区,部队打大仗可以及时得到人力物力的支持,伤员的治疗和安置能够得到较好的保障。

最后,要在中原战场打大歼灭战,"就必须组成强大的野战兵团",既要有足够的兵力"担负突击任务,各个歼灭敌人",又要有足够的兵力"担负阻援和牵制敌人的任务"。中原野战军和华东野战军的十个主力纵队此时都位于中原地区,完全能够承担打大歼灭战的任务。如果华东野战军的三个纵队前去江南,结果又没能将中原战场上敌人的精锐部队调走,则势必造成我军的兵力分散,造成在中原战场大量歼敌的困难,那么将"难以在短时间内改变敌我兵力对比"。

总之,应该集中优势兵力,依托有利的条件,将国民党军的有生力量封锁在长江以北,在北方的广阔战场上将其精锐主力歼灭,以改变整个解放战争的态势。

历史将证明粟裕的判断具有惊人的预见性。

但是,"要不要向中央提出建议",粟裕心存顾虑,"主要是担心自己看问题有局限性,对中央如此重大的战略决策提出不同看法,会不会干扰统帅部的决心"。最终,粟裕还是下决心将自己的判断上报中央:"作为一个战役指挥员,在即将执行上级赋予的作战任务时,应当结合战争的全局进行思考,从全局上考虑得失利弊,把局部和全局很好地联系起来。全局是由许多局部组成的,从局部看到的问题,也许会对中央观察全局、作出决策有参考价值。"

四月十八日,粟裕以个人名义向中共中央和中央军委发出了他此生写下的篇幅最长的电报。电报长达两千多字。主要内容是:建议第一、第四、第六纵队暂不要过江,集中中原野战军和华东野战军主力,在中原黄淮地区打几个大规模的歼灭战。向敌人的近后方,淮河以南长江以北地区,派出几个旅或团作为游击部队,配合正面战场作战;向长江以南敌人深远后方,派出多路游击部队,消灭敌人地方武装,破坏敌人的兵源、粮源和其他战争资源,策应我军在中原地区的行动。电报最后说:"如中央认为上述意见可行,则建议集中华野之大部佯攻[或真攻]济南,吸引五军来援而歼灭之。而后除以一部相机攻占济南外,主力则可紧逼徐州,与刘邓会师,寻求第二个歼灭战。"——不久之后,华东野战军就发动了改变华东战场态势的济南战役,以及最终决定整个中原战场胜负的淮海战役。

粟裕的长电令毛泽东陷入深深的思考。

毛泽东以中央军委的名义电请陈毅和粟裕来城南庄当面讨论。

见到粟裕,毛泽东说:"你们打了那么多漂亮的大胜仗,我们很高兴呀!你们辛苦了。这次要好好听听你的意见哩。"

城南庄会议从四月三十日开到五月七日,会议的第一天毛泽东、刘少奇、周恩来、朱德、任弼时听取了粟裕的汇报。随后会议立即研究决定:华东野战军三个纵队暂缓渡江南下,集中兵力歼敌主力于长江以北,为未来渡江南下作战铺平道路。

毛泽东也同意粟裕的建议。五月五日,他致电刘伯承、邓小平和华东局,通报了中央与陈毅、粟裕商讨的结果。毛泽东虽对自己的想法有所保留,但基本上采纳了粟裕的建议。他命令粟裕的部队不过长江,但是要过黄河:

> 将战争引向长江以南,使江淮河汉地区之敌容易被我军逐一解决,正如去年秋季以后将战争引向江淮河汉,使山东、

苏北、豫北、晋南、陕北地区之敌容易被我军解决一样,这是正确的坚定不移的方针。惟目前渡江上有困难。目前粟裕兵团[一、四、六纵]的任务,尚不是立即渡江,而是开辟渡江的道路,即在少则四个月多则八个月内,该兵团,加上其他三个纵队,在汴徐线(开封至徐州)南北地区,以歼灭五军等部五六个至十一二个正规旅为目标,完成准备渡江之任务。在此期间,由该兵团派出十个营,附以地方干部,陆续先遣渡江,分布广大地区,发展游击战争。以上计划,是我们和陈粟及一波、先念所商定者。粟裕兵团,待陈粟由中央回去,结束政策学习及军事训练,约本月底渡河作战……

有一点是可以肯定的,那就是连毛泽东都没有想到,随着中原战场上的战役越打越大,粟裕的建议竟然成为包括淮海战役在内的一系列巨大战役的最初蓝图。毛泽东还没有想到,令他朝思暮想的打到长江以南去的渴望得以实现的时候,中国人民解放军已经不是去开辟根据地,更不是去打游击战争,而是摧枯拉朽地占领整个南中国了。

既然粟裕认为可以在中原战场打大歼灭战,毛泽东就向粟裕提出了歼敌十一二个旅的作战目标。当时中原战场上的国民党军,其一个作战旅相当于一个师的兵力约八千人,毛泽东要求粟裕的歼敌数约为十万人,这与粟裕当时指挥的总兵力数相等。粟裕说:"我深感自己肩上担子沉重,觉得这次是向中央立了军令状,一定要把仗打好,用战场上的胜利来回答党中央和毛泽东同志的亲切期望。同时通过实践来检验自己的战略构想,证明在中原黄淮地区集中兵力打大歼灭战是切实可行的。"

粟裕的压力可想而知。

中原地区,国共两军重兵对峙,其态势是:

国民党军有正规军二十五个整编师,共五十七个旅。其中十三个整编师担任重点城市和铁路线的守备,十二个整编师和四个快速纵队被编成四个兵团执行机动作战任务。其作战意图是:控制陇海铁路东段、津浦铁路和平汉铁路南段的交通线,以郑州、信阳、蚌埠、开封、商丘和徐州等城市为据点,趁共产党领导的中原部队处于分散整训之机,集中一切机动兵力寻找决战战机。同时,监视和堵截在濮阳地区整训的华东野战军第一兵团(粟裕部)渡黄河南下进入中原战场。

中原野战军和华东野战军的十个纵队,此时正在河南境内移动。其中华东野战军第三、第八和第十纵队在河南中部的许昌和襄城一带休整;华东野战军第一、第四、第六纵队以及两广纵队、特种兵纵队在河南北部的濮阳整训;中原野战军第九纵队位于郑州西南地区,第十一纵队位于豫皖苏地区。

无论在兵力还是在装备上,粟裕都没有优势可言。

毛泽东认为,解决中原问题,关键是歼灭国民党军的精锐主力:邱清泉的整编第五军和胡琏的整编第十八军——"夏季作战的重心是各方协助粟兵团歼灭五军,只要五军被歼灭,便取得了集中最大力量歼灭十八军的条件,只要该两军被歼灭,中原战局即可顺利发展。"当时,整编第五军驻守鲁西南,整编第十八军驻守驻马店。鲁西南是一个由黄河、运河以及陇海铁路徐州至开封段构成的地区,邱清泉的整编第五军位于这一地区的中心定陶一带,其守备任务就是堵截华东野战军于黄河以北。

为了指导中原作战,朱德到达濮阳。他对华东野战军官兵们说,对付整编第五军这样的精锐部队,要采用钓大鱼的办法,"他来攻,我就退,有条件就阻击一下,没有条件就不阻击,把他拖得很疲劳,弹药也消耗得差不多时,再用大部队去奔袭歼灭他"。你们一定要下决心钓到一两条大鱼。官兵们毫无拘束地递上来一大堆字条,总司令戴上老花镜一张张地看,然后一个个地回答问题。官兵们的提问五花八门:

"咱们几年能够打败蒋介石?"

"只要吃掉几条大鱼,就很快了!"

大家鼓掌。

"我们掌了权首都定在哪里?"

"南京、武汉都可以考虑,我看还是北平好些,那是明清两朝帝王之都,气派大得很哩!"

大家再次鼓掌。

"全国解放了谁来当总统?"

朱德笑起来:"我们不叫总统,叫主席。主席吗,当然是毛主席!"

大家热烈地鼓掌。

五月二十三日,华东野战军发布求歼整编第五军的作战部署。第二天,陈士榘、唐亮指挥第三、第八纵队,从许昌地区向东南方向的淮阳移动——"使五军被诱至淮阳地区再北返,以疲劳敌之兵力,而便利于我们于鲁西南首先歼灭一些敌人。"整编第五军立即做出反应,南下前往淮阳迎击,准备在胡琏兵团北上增援时,协力歼灭第三、第八两纵队。就在这时候,粟裕率华东野战军第一、第四、第六纵队和两广纵队、特种兵纵队乘机南渡黄河,到达山东菏泽、巨野一带,进入了中原战场。

粟裕的行动出乎预料,国民党军立即北移,向鲁西南地区集结。至六月十五日,包括北返的整编第五军在内,鲁西南战场上已有十一个整编师,国民党军以密集的阵形决心在鲁西南与粟裕决战。

粟裕还不具备决战的条件。主力尚未集中,打援兵力不足,地形于我不利,无法分割敌人。粟裕计算了一下,要歼灭整编第五军这样的精锐部队,突击集团至少需要四至五个纵队,另外还需要同等的兵力负责打援。华东野战军有三个纵队远在许昌和南阳地区,短时间内难以集中,即使把第三、第八纵队从河南东部紧急调来,再加上中原野战军的第十一纵队和华东野战军的两广纵队,粟裕手中的全部兵力也不足六个纵队。如果这时候打第五军,只能派出一至两个纵队负责打援,在无险可守的大平原上,一至两个纵队的兵力是难以阻击国民党军的大规模增援的。而突击部队在三至五天内不能解决战斗,一旦增援部队到达战场,局面将不可收拾。同时,鲁西南地区的重要交通线几乎全部在国民党军的控制之下,我军作战区域狭窄,距离黄河很近,处于背水一战的地势,因此没有绝对把握不能贸然作战。

但是,这是留在中原作战的第一战,不但必须打,而且只能打胜不能打败。

粟裕最终决定:先打开封,后歼援敌。

粟裕的依据是:开封是省会城市,攻克将对中原战局产生重大影响,所以一旦开封面临危机,蒋介石绝不会按兵不动,势必会调兵增援,而无论敌人从哪一路增援,我军都可以在运动中寻机歼敌。特别是,开封守敌相对孤立,可能增援的国民党军主力大多在上百公里之外。开封守军虽号称三万,但除了一个正规旅之外,大多是地方部队和特种兵部队,仗打起来,指挥不统一战斗力便会打折扣。况且我军经过攻打洛阳等城市的战斗,积累了攻坚大城市的作战经验,爆破技术、炮兵技术都有了空前提高。

六月十六日,粟裕下达了攻打开封的作战命令。

国民党军对粟裕改变作战意图毫无所知,国防部和徐州"剿总"认定粟裕的部队企图夹击邱清泉的整编第五军,于是加紧了向鲁西南地区的调兵速度。

十七日凌晨,第三、第八纵队开始了对开封城四关的攻击。

粟裕的攻击部署是:三纵"首先肃清南关东部及城东宋关、曹关守敌",尔后依托宋关、曹关从东、北两面实施攻城;八纵"首先肃清南关西部及西关守敌",尔后依托南关、西关从南、西两面实施攻城。

开封,中原古城,有六门四关,城墙高大而坚固。城防名义上归国民政府河南省主席刘茂恩指挥,实际上他只能指挥地方部队,正规军由整编六十六师师长李仲辛指挥。整编六十六师刚从商丘调来,负责守卫城内制高点龙亭,下属的三个团分别防御曹关和西关,刘茂恩的地方部队则负责防守南关和宋关。由于国民党方面认为粟裕不会轻易攻击开封,因此城内并没有储备足够的弹药和粮食,城防工事也没有最后修缮完成。

粟裕对开封的攻击起到了奇袭的效果。在三纵的猛烈攻击下,曹关和宋关的防守很快就支持不住了,国民党兵纵火烧关之后溃退。李仲辛师长命令封堵城门,不许地方部队往城里逃,但是刘茂恩却强行命令打开城门,结果地方部队溃败进来,三纵的官兵也跟着冲了进来。攻击曹关的八师因大火无法靠近,眼见着曹关被完全烧毁。占领宋关的九师接着对宋门发动了攻击。十九日凌晨一时,二十五团在炮火的掩护下实施爆破,爆破手把炸药送上去,还没来得及点燃导火索,炸药包就被守军的子弹击中,爆破手牺牲在巨大的爆炸声中,冲击的通道被打开。后续的爆破手直接爆破城门,连续爆炸之后,宋门城门被炸开一个大洞,突击队员蜂拥而入。城关内的大街上布满了碉堡,天黑无法辨别敌与我。由于没有控制住宋门城楼,国民党军在城楼上向下射击,后续部队的冲击被阻断,突击队困守城关坚持不退。八纵的爆破组在南门连续爆破,午夜突破南门,但突击队冲进去后,突破口被守军火力封锁。八纵再次组织起由二十三人组成的爆破突击队,连续爆破了十一次,终于炸毁了南门城门。后续部队与反击而来的国民党守军激战数小时,巩固了突破口,使大部队冲进城内。

李仲辛师长终于明白自己在火炮的部署上出现了不可挽回的错误。他本来认为北门外的沙丘高于城墙,必是共军首先攻击的方向,于是他把炮兵主阵地设在了城北。没想到共军攻击的是城南和城东。而共军的炮火准确度高,城内据点大多在步兵到达之前就已被摧毁。李仲辛不断向郑州指挥部告急,郑州指挥部除了让他坚守待援之外,还命令他使用"特种手榴弹"——一种含毒的黄磷手榴弹。

激烈的巷战开始了,国民党军从郑州和徐州派出大量飞机对开封城进行猛烈轰炸。这是没有任何目标的毁灭性轰炸,这种对一座城市的毁灭性破坏令解放军官兵十分震惊。成吨的炸弹直接倾泻在人口稠密的居民区,民宅、商店、学校和著名的古建筑相国寺都在熊熊燃烧。开封女子师范学校的七百多名学生,有四百多人在飞机的轰炸中死伤。大量的市民为躲避轰炸拥向城门逃生,占领城门的解放军官兵接到了打开城门的命令。有官兵说,打开城门守军也会逃跑,混乱中根本无法鉴别。纵队首长再次下令:必须打开城门! 解放军官兵敞开城门,开封市民扶老携幼而出。但是,国民政府河南省主席刘茂恩也混在市民中逃跑了。

国民党军飞机的猛烈轰炸迟滞了粟裕部的攻击。

但是,随着河南省政府和开封绥靖公署被攻占,城内只剩下核心阵地——整编六十六师指挥部龙亭。

龙亭,坐落在宋代故宫的遗址上,台基高达十三米,四周围墙坚固,潘家湖、杨家湖和西北湖从三面环绕,正北面开阔的运动场上是国民党守军炮兵的主阵地。攻击龙亭,只有潘家湖与杨家湖之间的一条道路,这条道路已被台基上布设的密集的火力点严密封锁。

三纵和八纵数次攻击龙亭都没有成功。

二十一日,粟裕重新调整攻击部署。火炮抵近轰击,摧毁了大部分工事。在步兵冲击的时候,围墙下巨大的地堡里冲出大量守军,占领有利地形后居高临下地射击。攻击部队冒着密集的火网前仆后继攀上围墙,然后在台基上与守军开始激烈的肉搏战。肉搏战持续了整整五个小时,残余的国民党守军终于投降。

整编六十六师师长李仲辛带领卫兵企图翻越围墙逃跑,被乱枪打死在龙亭的围墙上。

二十二日天亮的时候,国民党军飞行员向郑州指挥部报告:"龙亭附近遗尸甚多,并有汽车向南门开。城西北汽车纵横,似已破坏。体育场附近汽车向北门开,全城已无我军符号,东西两门开放,城内安静。"

他们看见的是共产党官兵打扫战场的情景。

就在第三、第八纵队全力攻打开封的时候,粟裕用了"近三倍于攻城部队的兵力,由野战军直接指挥,担任阻援和牵制敌人的任务"。华东野战军的第一、第四、第六纵队在开封以东,阻击邱清泉兵团西援开封;中原野战军第九纵和豫皖苏军区一部插入开封至郑州之间,阻击从郑州出动企图东援的孙元良兵团;中原野战军第一、第三纵队和华东野战军第十纵队在上蔡地区猛烈地阻击北援的胡琏兵团;中原野战军第十一纵队和晋冀鲁豫独立第一旅位于巨野地区,从侧后牵制邱清泉兵团。

开封一战,国民党军死伤一万二千一百二十二人,被俘两万六千一百一十三人,共计损兵三万八千二百五十三人。华东野战军阵亡、负伤加上其他减员共计一万一千六百二十三人。

开封失守,南京震惊。

六月二十四日,国防部长何应钦出面解释开封何以失守,他解释的原因是"匪军突破得太快":

> 参谋部配备开封之兵力,原有国军三团、保安队六团、临时又加入国军一团,共十个团。原期至少能守十天以上,预计我援军击破沿途匪军,到达开封城外,则不需十天。在开封地区之内外夹击,定可形成。不料匪于十七日开始攻城,十八日即突破城垣,发生巷战,此事实出意外。参谋部得此消息后,顾总长即飞郑州,最高统帅亦飞往巡视,期能使援军早日到达,终以开封城被匪突破太快,援军赶救不及,至二十二日城内电讯中断,情况不明。

蒋介石严令邱清泉兵团和驻守山东菏泽的第四绥靖区刘汝明部加速向开封推进,另以整编七十五、七十二师由第六绥靖区副司令长官区寿年指挥,由鲁西南与河南交界处的民权地区迂回开封,迫使粟裕在开封地区决战。

这正是粟裕愿意看到的战场态势。

粟裕攻打开封的主要目的便是诱敌来援,现在敌人兵分两路向开封开来,这正好给了粟裕在运动中寻机歼敌的机会。他果断地命令部队放弃开封,把城市的包袱甩给国民党军,以使我军能够迅速机动,集中力量寻歼来敌。

粟裕盯上了战斗力相对较弱的区寿年兵团。

现在的问题是,敌人的两路援军靠得太近,要想办法把他们分开。

粟裕的部署是:以第一、第四、第六纵队和中原野战军第十一纵队组成突击兵团,由第一纵队司令员叶飞指挥,负责围歼区寿年;以第三、第八、第十纵队和两广纵队组成阻援兵团,负责将邱清泉兵团与区寿年兵团隔离,防止邱清泉东援;中原野战军第九纵队负责阻击郑州方向的援军;冀鲁豫军区和豫皖苏军区部队破坏陇海路徐州至民权段,配合野战军作战。

六月二十六日,第三、第八纵队撤离开封。

第二天,邱清泉的部队进入开封。

邱清泉重占开封,国民党军认为,粟裕部经过开封战役,"似无积极企图","必向津浦路前进",于是命令邱清泉和区寿年两兵团全力出击,尾追第三、第八纵队寻机围歼。但是,区寿年性格多疑,他认为在没有摸清粟裕的真正意图时,还是谨慎为妙。所以,虽然奉命追击,但是他的部队推进很慢,最后在开封东南方向的睢杞地区停了下来。而邱清泉兵团对此一概不知,依旧在快速前进,结果两军之间一下子拉开了约四十公里的间隙。

二十七日下午,粟裕致电刘伯承、陈毅、邓小平并报中央军委:

职部明晚与睢(睢县)杞(杞县)地区发起对区兵团作战,此间可能集结部队已全部用上,恳请钧座以有力一部钳制十八军之北来。此间各部要分割邱、区联系,又要实施战场分割,故无法抽出部队对付南面。据敬(二十四日)息蒋已令胡琏进至周家口堵击我军。如何请示遵。

当天傍晚,中原野战军回电:"我们决以一部监视整编第十八军,主力主动进攻北进之吴绍周兵团,吸引十八军回援。"

粟裕下达了围歼区寿年兵团的作战命令。

二十九日晨,区寿年兵团部、整编七十五师和新编二十一旅被包围。

区寿年呼叫邱清泉,得到的回答是:他们也遭到大批共军的猛烈攻击——粟裕的阻援兵团已经割断了邱清泉与区寿年的联系。

邱清泉这才意识到,粟裕丢下开封不是在撤退,而是挖了一个巨大的陷阱,现在共军要向区寿年下手了。邱清泉不是一个见死不救的将领,得到区寿年被围的消息后,他立即命令部队向区寿年靠拢。

邱清泉兵团的推进速度十分惊人,当粟裕的阻击部队还在构筑工事的时候,他先头部队已经冲到了眼前。粟裕命令三纵在陈皮岗和许岗一线、八纵在许庄和高阳集一线、十纵在桃林岗一线坚决阻住邱清泉,保障叶飞指挥的突击兵团对区寿年兵团的围歼。

阻击战斗在残酷的拉锯中开始了,危机频现。邱清泉的整编第五军是国民党中央军嫡系主力,攻击凶狠,作战顽强。二十八日,整编八十三师攻击杞县,阻击部队面对敌人强大火力的凶猛进攻一退再退,最终邱清泉占领杞县县城。二十九日,九十六旅和一三九旅对八纵展开更加猛烈的攻击,在炮火的掩护下,步兵从正面冲击,坦克和装甲车从侧面迂回包抄,八纵的前沿阵地再次被突破。晚上,八纵发动反击,与敌形成战场对峙。这一天,邱清泉兵团推进了五公里。

七月一日,邱清泉获悉粟裕将对区寿年发动总攻,便督促部队不惜一切向区寿年兵团靠拢。阻击战斗因此达到了空前惨烈的程度。整编八十三师趁三纵九师接替四纵十二师阵地的时机,突然发动攻击,九师二十五团的阵地被突破。在陈士榘的严令下,二十五团调集了九个连的兵力从下午开始反击,傍晚才夺回阵地。在许岗阻击的三纵二十四团在打退四十五旅的一次攻击后,指挥员麻痹大意,在当面国民党军突然发动的第二次突击时措手不及,许岗阵地失守。入夜,二十二团开始顽强反击,反击在付出巨大的伤亡后失败,三纵撤到藤店一线重新建起阻击阵地。

最艰难的阻击战,发生在宋时轮的十纵阵地上。十纵的阻击线在桃林岗,这里是邱清泉兵团东援开封的必经之路。战斗一开始,整编第五军的飞机和大炮就将桃林岗阵地轰成了一片火海,在坦克的前导下,二〇〇旅的攻击采取了"肉弹战术",督战队在后,前面的冲击队一波倒下一波又上,当国民党军冲上十纵的主阵地后,两军士兵混乱的肉搏开始了,双方的尸体叠堆在一起。十纵官兵已经两天没有吃饭没有睡觉了,不断报来的伤亡数字令粟裕万分担心,他指示十纵在万不得已的时候可以放弃一线阵地后撤,但要在二线阵地再守一天。可是十纵的一线阻击阵地就是没撤。最后,二〇〇旅集中两个团的兵力发起集团冲锋,地上炮火猛烈,天上的飞机俯冲扫射。桃林岗阵地上已经没有任何可以燃烧的东西了,仍然冒着火焰的是双方官兵的尸体。十纵的顽强令国民党军十分吃惊,战后他们认为"十纵队应列入华野之头等部队"。

华东野战军的阻击战持续整整十个昼夜,国民党军国防部战报称:"连日经五军猛烈攻击,因匪逐村顽强抵抗,尤以桃林岗据点匪我反复争夺,得而复失者数次。尤许岗据点亦经我连日猛攻,七月二日始得攻占,唯我伤亡甚重,匪军抵抗顽强,无法进展。"

就在阻击部队顽强作战的时候,叶飞的突击兵团对区寿年兵团开始了艰难的围攻。

四十六岁的区寿年人生经历颇为曲折。这个广东人不是蒋介石的嫡系,他是国民革命军将领蔡廷锴的部下,曾随蔡廷锴参加"八一"南昌起义,后因政见不同脱离起义军回到国民党军集团。中原大战后,他所在的部队被改编为第十九路军。在国民党军中,第十九路军颇为特殊,曾因不愿"围剿"红军、坚持联共抗日而发动"福建事变",宣布成立与蒋介石对抗的"人民革命政府",区寿年出任"人民革命军"第一方面军第三军军长。"福建事变"遭到蒋介石的军事镇压后,第十九路军番号被取消,区寿年离开军队远赴欧洲。抗日战争爆发后,他回国投奔李宗仁,出任第五路军一七六师师长,率部参加徐州会战、武汉会战,一九三八年被晋升为陆军中将。抗战胜利后,他任国民党军第六绥靖区副司令长官,驻守河南商丘。

区寿年作战一向谨慎。这一次,他在睢杞地区停下来,是因为他获悉共军正在西面移动,他停下来是为等着与邱清泉会合。区寿年不知道,他不但没有把邱清泉等来,而且此处将成为他军人生涯的终结地。

刚受到粟裕部围攻的时候,区寿年并没有太多的慌张,他认为自己兵力上万和武器优质,至少短时间内粟裕拿他没办法,而只要等来邱清泉的整编第五军,两军合力定能把粟裕部打退或者歼灭。

果然,叶飞突击兵团的外围战打得很艰苦。打杨拐村的是六纵十六师四十八团。一营发动攻击的时候,以为村子里只有一个连的守军,结果一个营伤亡过半,一营长牺牲。二营再次攻击又一次失利。四十七团三营接着攻击,营长也牺牲了。六纵副司令员皮定钧上了前沿,这才弄清楚守军是一个团。先是调来火炮支援,接着又组织了突击队和爆破队,连续攻击之后,一度冲进了村,但国民党守军立即发动反击,突击队又被反击出来。杨拐村面积不大但地势很高,控制着四周开阔的平畴,如果攻不下来,总攻发起时将成为挡在冲击路上的巨大火力点。二十七日夜,粟裕打来电话,说话异常严厉:"明天打下杨拐,如果打不下来,送脑袋来!"此时,双方已打得筋疲力尽,都明白到了咬紧牙关的最后时刻。皮定钧决定:攻三面,放一面,一个团从三面猛攻,两个团埋伏在放的那一面,把敌人歼灭。十八师侦察连为第一梯队,四十六团三营为第二梯队,攻击连夜发起,天亮时杨拐村守军终于崩溃。

陈小楼村守军是新编二十一旅旅部和六十二、六十三团加一个山炮营,这里是区寿年兵团东北方向的支撑点。六纵十八师、四纵十一师和中原野战军十一纵一部先是迫近作业,然后开始强攻。双方在村庄围墙附近进行着反复争夺,突破口几次被打开,又几次被封锁。最后,十八师五十四团三营打得只剩下一个连的兵力,营长负重伤,七连二排长陈廉接替指挥,但很快陈廉也中弹倒下。五十四团已经没有了完整的建制,村庄里的战斗还在逐屋进行,最后二营四连指导员尤学仁率领战士冲进新编二十一旅旅部,俘虏了旅长李文密。陈小楼村残余守军投降。

随着杨拐村、陈小楼村等外围村庄相继被攻占,收缩到龙王店的区寿年决心死守待援。他拒绝了整编七十五师师长沈澄年的突围建议,他想凭借着自己的实力坚持到与邱清泉一起夹击粟裕部的时刻。此刻,他还有兵团直属队、整编七十五师师部、十六旅四十六团可以指挥,还有四辆坦克和上百门火炮,弹药也很充足。龙王店是个大镇子,四周有坚固的围墙,围墙外是开阔的平原,地形易守难攻。区寿年命令加固围墙,同时还在围墙外挖了壕沟,砍光所有的庄稼设置鹿砦。在镇子里,国民党军拆了民房,用大量木料门板修筑起纵横交错的防御工事,把老百姓的柜子箱子装上泥土变成障碍物。区寿年等待着最后的一拼。

六月三十日,粟裕部致电中央军委及刘伯承、陈毅、邓小平:

> (一)我艳(二十九日)晚发起攻击,已歼七十五师六旅直及一个团、新二十一旅旅直一个团。本晚拟肃清六旅、新二十一旅之后,东(一日)晚会攻区寿年指挥部、七十五师师直、十六旅与战车营。邱清泉率五师、七十师、八十三师仍与我在杞

县附近对峙中。蒋令邱兼程东援,以解区之围。

（二）胡琏现已到何处？此战役可达全歼区兵团[七十二师、七十五师、新二十一旅]之任务,唯须迟至冬(二日)晚才能结束。因我兵力已全用上,对胡琏北援顾虑甚大,恳请尽力滞留,并将胡部动态随时示知。

（三）为使徐（徐州）商（商丘）之敌不能西援,请军委令许（许世友）谭（谭震林）有力一部迫近滕县,求得歼二十五师一部[因西援仅二十五师],威胁徐州。如何请考虑决示。

军委回电告诉粟裕,西援的国民党军整编二十五师"二十九日开始车运,估计本日可达商丘、柳河之线",许世友的山东兵团出动阻援已经来不及,因此要求粟裕部自己"速以一部防御二十五师"。至于胡琏部,本日中原野战军已发动作战,因此粟裕部战场的"南面顾虑不大"。

时间异常紧迫,七月一日晚,粟裕下达了对区寿年兵团发起总攻的命令。

一纵南攻,四纵西攻,六纵东攻。

炮火轰击了一个小时,三个方向的突击同时开始。国民党守军的第一道防线很快被撕开,冲击到第二道防线前,十八师官兵受到火焰喷射器的拦截,数道火龙扑射过来,数十官兵当场被烧死烧伤。五十一团团长彭光福命令第二梯队拼死向前,在守军更换火焰喷射器燃烧器的时候,五十一团的官兵已经冲了上来。晚上二十二时,三个方向的突击向着区寿年的兵团指挥部合围而来。

大势已去,区寿年决定突围。

十八师五十二团从东门突进去后,看见四辆坦克从街上迎面开来。由于没有打坦克的准备,官兵们一时不知如何是好。就在这时候,坦克遇到了问题,敌人构筑东门防御工事的时候,用大量装满土的草袋把东门堵得死死的,这道障碍果然坚固,坦克企图撞开冲过去,但连续撞了几次都没有撞开。四辆坦克也不知如何是好了,一辆沿着围墙向南开,一辆向北开,其余的转着圈不知道往哪里开才好。五十二团的官兵立即围了上去,一阵敲打之后,两辆坦克投降了。八连二排长印永鑫追上那辆南逃的坦克,跳了上去。坦克停下来,炮塔急速旋转,印永鑫被炮筒扫了下来,左胳膊摔得鲜血直流。他倔强地爬起来,让战士托着他又爬了上去,这回他趴在炮塔上,任炮塔如何旋转也掉不下来了。他摸到炮塔盖子,咣当一声掀开了,追着坦克的战士们欢呼起来。炮塔里伸出一支手枪,并且开了一枪,这一枪正打在团作战参谋周启贤的肚子上。官兵们愤怒了,高喊:"打死他们!打死他们!"印永鑫举起手榴弹喊:"不投降我就炸死你们!"炮塔里伸出两只手,一只手里举着块白手绢,另一只手举着一双白手套。印永鑫拽出来一个人,后面的三个人自己爬了出来,其中一个穿着将军服的人说:"送我到你们粟司令那里去,我和他是朋友。"受伤的周启贤参谋捂着肚子给了他一脚:"你算什么玩意儿!我们司令哪会有你这样的朋友!"

这个自称与粟裕是朋友的人,就是区寿年。

与区寿年一起被俘的还有兵团参谋长林曦祥和整编七十五师师长沈澄年。

印永鑫被授予"一级战斗英雄"称号,并荣获"人民英雄奖章"一枚。

区寿年被俘的时候,蒋介石给邱清泉下达了一纸手令:

雨庵军长弟勋鉴:

龙王店失陷,区寿年、沈澄年二同志若非阵亡,必已被俘。中原战局严重万分。两日来连电令弟全力东进增援,而弟违令迟滞,视友军危急不援,以致遭此最大之损失。得报,五中惨裂,不知所止!故今午特飞杞县,甚望与弟空中通话,督促急进,以救榆厢铺与铁佛寺友军之危!此时,唯有弟军急进,一面救援七十五师在榆厢铺之一旅与铁佛寺之七十二师;一面与西进之二十五师会合,方能挽坠势,亦所以保全弟军不致孤危被歼也。二十五师今午已攻克王老集,刻正攻击董店,距铁佛寺仅四公里之遥,则七十二师或可在今晚与二十五师会合。但弟若再不全力东进,则该两师已受龙王店失陷的影响,仍觉兵力单薄,孤危可虑。总之,无论战局如何变化,仍须以弟部与二十五师、七十二师会合作战,方有转败为胜之望,否则必被各个击破。如此次中原失败,则国家前途不堪设想!而此责任全在吾弟所率领第五军负之。以弟部不唯中原之主力军,而且为全国各军中之主力也。因未能在战场上空与弟通话,故在徐州停机,写此一函空投,以期吾弟能负重责,挽回全局,将功赎罪也!
　　　　顺颂
　　　　　戎祉
　　　　　　　　　　中正手启

此信空投时被华东野战军一纵官兵缴获。

按照战役计划,粟裕部在歼灭区寿年兵团后,应该迅速撤离战场。但是,部队还没行动,意外发生了:黄百韬的整编二十五师突破中原野战军第十一纵队的阻击防线,已经推进到距龙王店以东仅二十多公里的帝丘店,此刻仍在攻击前进中。

如果让黄百韬靠近,我军就很难携带大量伤员安全撤离战场。即使能够撤出,也必被大量敌军尾追,战场态势将恶化。

必须趁黄百韬长途增援,部队尚未展开之际,迅速给以歼灭性打击,为我军撤离战场创造条件。

粟裕命令第四、第六两纵向东跑步迎击。

七月三日,叶飞指挥一纵一师向王老集反击,三师切断帝丘店与王老集之间的联系,四纵攻击田花园,六纵攻击刘楼,两广纵队配合四纵包围黄百韬。官兵在极度疲劳的情况下迅速行动,四日对黄百韬所在的帝丘店形成合围。黄百韬登上坦克率领部队反攻,将田花园和刘楼丢失的阵地又夺了回来。五日,粟裕部对帝丘店的总攻开始,由于发动仓促,官兵连续作战十分疲惫,除一纵外,四纵、六纵、八纵都没有达到战斗目标。

黄百韬所在的帝丘店是个小村子,全村只有一眼水井,盛夏时节,烈日当空,整编二十五师的粮食和水都发生了危机,而空投的药品根本不够近万名伤员使用。六日上午,杜聿明飞到战场上空与黄百韬通了话。黄百韬充满悲伤:"二十二年庐山训练时,我俩是上下铺,彼时我名黄新。我自十九年剿匪以来,从未叫过苦,但是我今天不能不告急,免误全局。"他要求杜聿明赶紧转告邱清泉施加压力,牵制共军。然后,黄百韬便开始焚烧文件,并下令枪杀所有俘虏。在给前沿的团长打电话时,他要求官兵和他一起"成仁":"你不要希望我有一兵一弹之增援。黄昏后,空军更是爱莫能助。共军由何处突入,即在该处死拼到底,向天高呼'领袖万岁',卧在原地死而后已。"

但是,黄昏后,黄百韬突然发现攻击减弱了。

粟裕部已不具备歼灭黄百韬的基本条件了,因为邱清泉正向粟裕部的背后迂回,北上的胡琏的整编第十八军已经到达太康,刘汝明部也到达了商丘,粟裕意识到自己有被合围的巨大危险。

七月六日下午十八时,粟裕下达了向陇海路以北转移的命令。

黄百韬在最后一刻得以解脱,他获得了蒋介石亲自颁发的青天白日勋章。

邱清泉因增援不力再次受到训斥,他一气之下请假回浙江永嘉老家休养去了。

持续二十个昼夜的豫东战役结束。

豫东战役,被粟裕称之为"最复杂、最剧烈、最艰苦"的战役。参战的华东野战军和中原野战军以及冀鲁豫地方部队达二十余万人,国民党军参战部队更是多达二十五万余人。华东野战军以三万三千人伤亡的代价,歼灭了区寿年兵团,打击了黄百韬兵团,削弱了邱清泉兵团,歼敌总数为九万四千人。

战役初步改变了中原战场国共两军的战略态势。

毛泽东由此看见了集中主力在长江以北与国民党军决战的前景。一九四八年十月十日,他亲自起草了中共中央对党内的通知:"人民解放军第三年仍然全部在长江以北和华北、东北作战。"这是一个具有重大历史意义的决定,它导致的结局不仅仅是大量地歼灭国民党军,而是奠定了赢得解放战争最后胜利的基础。

华东野战军打下开封之后,粟裕曾经进城认真看了看龙亭,没有人知道这位具有优秀军事指挥才能的将领是否会想到——"龙亭"具有登临其上俯视天下之意。

把汉江变成内河

当豫东硝烟未落之时,在湖北的北部,"长于攻坚"的六纵开始攻击"有山有水有坚城"的襄阳和樊城了。

襄阳和樊城于汉水中游隔水对峙。两城地处桐柏山、武当山孔道,北通关中、洛阳,东连武汉三镇,西扼川陕大道,南接沙市、宜昌。清代地理学家顾祖禹称襄樊为"天下之腰膂"。"膂"者,脊骨也。这是一座可以俯视疆土之城。

一九四八年六月五日,从大别山中转战出来的中原野战军在河南南阳彰新庄召开纵队干部会议,刘伯承说,从战争进程的角度看,国民党军五个最重要的军事集团(卫立煌集团、李宗仁集团、胡宗南集团、顾祝同集团和白崇禧集团)中,白崇禧集团将是国民党军的最后防线。现在,国民党军有三怕:怕林彪入关,怕打过长江,怕大军入川。在这"三怕"中,中原的国民党军就占了"两怕",因为这个区域既可渡江也能入川。而在中原国民党军的防线上,汉水区域是其最大的弱处:

> 中原区有三山(泰山、大别山、伏牛山)、四河(长江、淮河、黄河、汉水)。我们依托三山逐鹿中原,把四河变成我们的内河。黄河、淮河已变成内河。应背靠武当山向东南发展,白河、汉水流域是古战场。将郧阳、均县、房县划归鄂豫陕,南漳、保康、谷城划归桐柏,当阳、远安、荆门划归江汉,就是将汉水变为我们内河的开始。长江也会像黄河一样变为我们的内河。

刘伯承的"内河理论",是个把拓展解放区的咄咄逼人与山水情怀的豪迈热烈融合在一起的战略设想——"我们中原区的任务就是将战争引向蒋管区,利用敌人的人力、物力消灭敌人的有生力量,并把这个区域变为向东、向南、向西进攻的基地。"

为了实现这一战略设想,刘伯承认为将战场选择在豫鄂陕交界处为最佳,因为这里既有伏牛山、武当山为依托,又有桐柏、江汉可做前进阵地,而国民党军因长江、汉水和大巴山的阻碍,机械化大军难以快速调动。

十三日,刘伯承、邓小平下达了襄樊战役作战部署。襄樊战役,将举中原野战军全军之力:第四纵队司令员陈赓指挥第二、第四纵队组成西兵团,奔袭豫鄂边界处的老河口和谷城,控制汉水西岸,直趋襄阳和樊城;桐柏军区司令员王宏坤指挥军区主力部队以及第六纵队组成南兵团,奔袭襄阳,并在汉水西岸形成对敌兜击。第一、第三纵队组成东兵团,或向北面的南阳移动,或尾击可能从南阳南犯的国民党军王凌云兵团,或侧击可能从信阳西犯的国民党军张轸兵团,或转至驻马店地区作战策应襄樊。

襄樊战役正在准备,粟裕部在豫东与邱清泉的整编第五军开始鏖战,中央军委两次致电中原野战军要求他们出兵策应。

刘伯承、邓小平除命令第九、第十一纵队直接归粟裕指挥外,立即停止了襄樊战役的实施,集中中原野战军第一、第二、第三纵队和华东野战军第十纵队赶赴河南上蔡地区,全力阻击从驻马店北上的胡琏兵团,以消除粟裕部侧翼的威胁。

一直被刘伯承"藏"在桐柏山解放区腹地的王近山的第六纵队出动了。刘伯承决心以六纵的六个团、桐柏军区二十八旅的三个团、第三军分区的两个团、陕南军区十二旅的两个团和两个地方武装独立团,共十五个团约两万兵力,由桐柏军区司令员王宏坤统一指挥,先打老河口,再攻襄阳和樊城。

七月二日夜,六纵在瓢泼大雨中自豫南与鄂北交界处的新野出发,向老河口奔袭。官兵一个昼夜奔跑了近八十公里,当先头部队抵近老河口时,国民党守军一六三旅正向谷城撤退。六纵渡过汉水追击,追至谷城以北,一六三旅又放弃谷城向南逃跑。此时,陕南军区十二旅已经攻占谷城,截断了一六三旅的退路,并随即发动袭击,歼灭了一六三旅的一个营。桐柏军区第三军分区的两个团歼灭一六三旅的一个连后,强渡汉水,截击并全歼一六三旅辎重营。四日,六纵和陕南军区部队沿汉水两岸向襄阳和樊城逼近。

襄阳和樊城是国民党军第十五绥靖区的防地。

第十五绥靖区司令官康泽,副司令官郭勋祺。

康泽在国民党内是一个名人。他虽然毕业于黄埔,却长期从事政治工作,曾任南京《中国日报》社长,国民党中央训练委员会委员、军事委员会政治部第二厅厅长,三民主义青年团中央干事会干事兼组织处长等职。他出身贫苦,学习勤奋,性情刚强。自黄埔军校毕业后,因成绩优异被选派苏联莫斯科中山大学留学,与后来成为共产党将领的邓小平是同班同学。回国后,出任国民革命军第三师政治部主任。一九三〇年中原大战爆发,蒋介石成立宣传大队,他被选任为大队长,在战争中显示出出众的宣传才华,得到蒋介石的特别信任。抗日战争中,他先后在南京、武汉、重庆忙于国民党的青年干部培训。一九四五年,受蒋介石指派赴欧洲考察,一九四六年秋回国,年底被授予陆军中将军衔。一九四七年夏,国民党军按防御区设立绥靖公署和绥靖区,康泽被任命为第十五绥靖区司令官,隶属武汉行辕,归华中"剿总"总司令白崇禧指挥。

康泽实战经验不足,也没有嫡系部队,能够指挥的只有一〇四、一六三、一六四旅以及炮兵十四团七连和三个保安团。其中,一〇四旅几乎全是新兵,虽然武器好但战斗力差;一六三旅和一六四旅老兵多,有一定的战斗力,但这两支部队是川军将领刘湘的旧部,与川军没有任何渊源的康泽根本指挥不动。

为此,康泽特别推荐原川军将领郭勋祺来当他的副手。

郭勋祺在国民党军中也是一个独特的人物。他十七岁入川军,二十六岁已升至旅长。一九二二年,陈毅自法国勤工俭学回国,在四川万县与郭勋祺结识。由于与陈毅来往密切,郭勋祺政治上逐渐倾向共产党,与吴玉章、刘伯承等人也交谊日深。一九二七年四月,陈毅暴露了共产党员身份,去重庆寻找郭勋祺求助,郭勋祺让陈毅在自己家里住了一晚,第二天送给陈毅三百块大洋和一套西服,并派副官和卫兵护送陈毅上船离开重庆。一九三一年,郭勋祺被川军将领刘湘起用,率独立第二旅参加围攻洪湖根据地的战役。他与共产党人最激烈的一次作战,是在一九三五年一月。当时,毛泽东率中央红军到达贵州北部,试图西进四川,然后北渡长江,与位于川北的红四方面军会合。蒋介石严令刘湘出兵入黔堵截。刘湘左右为难：川军没有必要与红军硬拼，但如果红军真的进了四川，还必须死打硬拼把红军赶出去。刘湘考虑再三，选定了郭勋祺，因为他认为郭勋祺对自己忠诚，同时又有些同情共产党。郭勋祺率教导师第三旅进入贵州，当中央红军来到赤水河边的土城时，遭到郭勋祺部的猛烈阻击——眼看着红军要入川了，郭勋祺决定死打硬拼。在此之前，中央红军从未与川军交过手，川军的凶狠令红军官兵记忆深刻。美国记者哈里森·索尔兹伯里的记述是："到了上午十时左右，敌人显然没有仓皇溃逃。红军固然打得很好，但敌人打得也不错，实际上敌人反而越战越强了。中午时分，毛和他的部下意识到他们正在进行一场危险的战斗。敌人并不是不堪一击的黔军，而是驻守宜宾的川军总司令刘湘手下的精锐部队，前线指挥员是外号'熊猫'的郭勋祺。敌人的兵力也不是他们原来所想的两个团，而是两个旅即四个团，至少一万人……"——郭勋祺的阻击令中央红军被迫放弃了北渡长江的计划。抗日战争中，郭勋祺是国民党军中著名的爱国战将。一九三七年十一月，他率一四四师在武汉与日军血战，左腿重伤后坐在担架上继续指挥战斗。战后，郭勋祺升任第五十军军长。国民党军第五十军与共产党领导的新四军驻扎在同一地区，因为他与新四军军长陈毅的旧谊，两军相处甚洽。郭勋祺的"亲共"倾向逐渐引起蒋介石的警觉，一九三九年冬，蒋介石以"作战不力"为由撤掉了他第五十军军长一职。内战爆发后的一九四七年，应康泽的请求，蒋介石命他出任第十五绥靖区副司令官。

康泽孤军驻守襄阳和樊城，最大的苦恼不是他的副手的政治倾向问题，而是兵力不足。一六三旅守老河口，一六四旅守樊城，一〇四旅守襄阳，襄阳的防守兵力显然不够。他请求白崇禧把吴绍周的整编八十五师二十三旅调来，以加强襄阳防御，可是二十三旅仅在襄阳待了两个月，就被吴绍周调走去与粟裕作战去了。康泽只好从一六三、一六四旅中各抽一个团来加强襄阳。

一六三旅已经遭受重创，这是康泽实战指挥经验不足的证明。当一六三旅报告说他们受到袭击，并说袭击他们的部队多是晋南和豫北口音时，康泽判断可能是刘邓部的主力从豫东战场回来了，而且很可能是陈赓的部队。于是，他命令一六三旅向襄阳收缩。这一命令是在敌情不明的情况下草率作出的，结果导致一六三旅一撤就停不下来了，不但中途受到严重打击,而且残部最终竟没敢撤回襄阳,而是往沙市方向跑了——本来就兵力不足,这一来又损失了大半个旅。

六日,刘邓部的攻击部队并没有到达,驻守樊城的一六四旅却不知为什么开始往襄阳城里跑。渡过汉水的官兵混乱地拥挤在襄阳北门,要求打开城门让他们进去。根本没有下过撤退命令的康泽询问郭勋祺,郭勋祺说这是一六四旅的擅自行动。康泽勃然大怒,严令一六四旅回去守城。一六四旅官兵只好重回樊城,但是很快旅长就打来电话,说樊城已经无法守了,因为就在他们撤出去的这么一会儿工夫,城里的民心变了——"我们回来以后,老百姓对我们很冷淡,民心已经变了呀!"

襄阳城是刘邓部攻击的重点,也是国民党守军防御的重点。

襄阳三面环水,一面靠山,山是城防居高临下的据点,筑有大量的防御工事。城南和城西南的凤凰山、羊祜山等高地以汉水为屏障,可以俯瞰全城,控制通向城南和城西的通道。城垣和大山都修有坚固的地堡和碉楼,城垣四周的开阔地、道路和死角埋设了大量的地雷。康泽的防御部署是:一〇四旅十五团加十四团的一个营守城南和城西的羊祜山、真武山、琵琶山、虎头山、凤凰山、文笔峰、铁帽山等高地;十四团(欠一个营)守襄阳城垣;十三团一营担任河防和前哨部队,主力集结在东门机动;一六三旅四八八团残部守万山和大山头等阵地;一六四旅的一个营守老龙堤。

对于襄阳,必要"先攻山后攻城",因为不占领城外的诸山,就连城墙都接近不了,更谈不上攻城。

王近山决定先包围襄阳,断其水陆退路,然后攻占城南诸山。

七日,六纵十八旅袭占南漳和宜城后,没有发现增援的迹象,于是六纵十七旅、陕南军区十二旅和桐柏第三军分区部队对城南诸山开始了轮番攻击。尽管对强攻工事坚固的山头有充分的思想准备,但因没有远射程火炮的支援,攻击还是遇到了巨大的困难。十七旅五十团二营攻击的琵琶山,山上的防御兵力是守军的一个连。八日,二营的攻击受挫。九日。经过一个白天的准备,旅长李德生命令四十九团三营再次实施攻击。在有限的炮火支援下,七连副连长率突击队冲过两百米的开阔地,三班长赵存虎挥动铡刀去砍铁丝网,铁丝网又粗又密无法砍断。七连的两个排已经上来了,敌人的火力集中在这里,每一秒钟都有人伤亡。赵存虎急了,轮刀猛砍支撑铁丝网的木桩,砍倒数根木桩之后,铁丝网整体倒下。突击部队冲过铁丝网,分两路冲向山头,与守军展开近距离肉搏战,最后以伤亡三十多人的代价占领山头阵地。敌人发动反击的时候,三营官兵冒着飞机的轰炸和火炮的轰击连续打退六次冲锋。到第二天黄昏时,坚守主阵地的九连全连仅剩十六人,但琵琶山主阵地仍旧在我军手中。

与此同时,四十九团二营向真武山发动了攻击。真武山是外围城防的主阵地,山上大庙里有敌人的一个团指挥部。二营趁真武山守军抽出部分兵力增援琵琶山之际,经过猛烈的火力准备,六连在连长胡玉海的率领下,迅速突破了第一道防线。指导员郭松珍带领二排冲击地堡,六班长指挥正面火力掩护,副班长许心喜带着爆破小组迂回到地堡侧后,炸哑了地堡的机枪,刺杀了反抗的守军连长,活捉三个士兵。在不到半个小时的时间里,二排连续解决十八座地堡,占领了第二道防线。接着,跟上来的五连和六连集中力量向上头的大庙攻击,官兵每占领一处就点火为号,两条火龙最终会合于大庙,真武山被攻占。

但是,国民党守军依旧占据着虎头山、羊祜山等山头阵地,王近山各部面对坚固的工事和猛烈的炮火攻击进展艰苦而缓慢。

九日,白崇禧电令康泽:"匪众我寡,守备襄樊则更单薄,着即放弃樊城,秘密集中,全力固守襄阳待援"。"已令整编第七、第九师主力分道兼程来援,因抽调兵力需时,务须能固守到七月二十二日"。

一六四旅在飞机的掩护下放弃樊城,于九日下午十六时渡过汉水进入襄阳。

可以看出,王近山的兵力定是捉襟见肘。不然,他决不会让一六四旅轻易渡过汉水移至襄阳,一六四旅的到达令对襄阳的攻击更加困难。

王宏坤提出"襄阳作战须重新考虑"。

王近山不同意放弃攻击。

这是一个严重的时刻。

攻击部队的顾虑是:国民党守军的策略是凭借险要地势和坚固工事固守,待增援部队到达后出击反攻。敌人以主力部队守大山,就是要与攻击一方拼消耗,只要拖延足够的时间,援军必定到达,守住襄阳城不成问题。而对于王近山的部队来讲,不夺取城南诸山,就很难接近城关;但是与敌人逐一争夺外围山地,既消耗时间又损耗弹药和兵力,这样攻下去似乎正中守军下怀。

此时,交战双方都已到了体力和心力即将消耗殆尽的时刻,这种时候制胜的关键只有战斗意志。

刘伯承命令王宏坤继续攻击:"不许顾虑伤亡,不准讲价钱,以求彻底胜利。"

十二日,襄阳作战命令下达,其核心要义是:绕过尚未攻占的虎头山和羊祜山等山头,使用地方部队对这些山头进行佯攻钳制。主攻部队六纵攻击西门,桐柏军区二十八旅攻城东南,陕南军区十二旅攻城东北,三路攻击部队最后会合于城内的康泽司令部。

这是王近山的建议。

这个建议意味着不攻山先攻城。

王近山认为,根据襄阳城的地形特点,如果坚持攻城必先夺山的战法,只会扬敌之长露我之短。襄阳城西南高地与汉水之间有一条狭长的走廊,直通西门。这条走廊距虎头山和羊祜山的距离超出了守军火力封锁的范围,襄阳城内的守军火力也不足以完全封锁。六纵如果把主攻方向放在西门,就可以避开敌人山头主阵地的火力,直接打击康泽守军的要害。总而言之,要断然改变攻襄阳必先夺山的惯例,采取猛虎掏心的战术,打开城西走廊,从西门一竿子插进城中。

王近山宣布,打襄阳开特例,为三件事设三个特等功:登城第一名、缴获四门化学迫击炮、活捉康泽。

十三日,六纵四十九团和五十团控制了攻击西门的唯一通道大石桥。六纵十八旅同时攻占了城东北角阵地,将桐柏军区二十八旅接应过汉水,从而对襄阳城形成了钳形合围态势。

就在襄阳城岌岌可危的时候,蒋介石给康泽发来电报,命令康泽把城外各山头全部放弃,守军退入城内坚守待援:"共军必无远射炮和重武器,弃山守城,固守待援。"蒋介石的这一命令给襄阳守军带来了灾难性的后果。令人吃惊的是,蒋介石不但认为襄阳的"危险期已将过去",而且还信誓旦旦地说"只要信赖余言"定会逢凶化吉:

> 南北两方援军最迟必于二十日前赶到襄阳,中正负责督促,勿念。至电中(指康泽致蒋介石电报)所述匪部装备与战况,以余判断,认为危险期已将过去。匪逼至襄樊外围各据点,激战恶斗已达数昼夜。匪部攻势之损失,将比我军伤亡更大。而且对方作战皆无后方,弹药之接济,照屡次战役之经

验,匪部弹药决不能持久三日至五日时间。尤其各种炮弹之补充更为缺乏。在过去数日之激战,其枪炮攻势虽甚凶猛,但其炮弹必因争夺外围山地消耗殆尽。何况山炮之威力并不能轰破我坚固城墙耶!故此次如我决心退守城内,集中全力防御匪部来攻之办法,则必能击退匪部,确保安全;有时且可乘机转为攻势,歼灭疲乏之残匪;况且有我空军昼夜来助战,非匪之可能及也……只要信赖余言,坚忍镇定,匪虽凶横,其如何乎!

白崇禧坚决反对弃山守城,认为有违"居高临下,恃于形势"的军事原则。他严令康泽立即夺回丢失的真武山,恢复城南山头的防御阵地。但是,康泽是蒋介石的亲信,是蒋介石专门派来坐镇襄阳的,他没有理会白崇禧的命令,于十四日中午将外围虎头山、羊祜山的守备部队全部撤进了城内。

导致襄阳城防最后瓦解的致命决策生效了。

战后,白崇禧司令部的战役总结将矛头直指蒋介石:"襄阳城西南各高地能瞰制全城,羊祜山离我城西南角仅四百公尺,轻重机枪及火炮可以纵射西南城垣,瞰制南面城垣,诚为阵地之锁匙部。自放弃西南各高地之次日晚,匪即突破城防工事。守山地几十日匪攻不下,退守城内一日即被攻陷,足证放弃西南高地之失策。"

但是,襄阳终究是白崇禧的地盘,一旦失守会对他的后方构成威胁,因此他还是决定派兵增援。就白崇禧的兵力部署而言,驻守南阳的王凌云兵团距离襄阳最近,所辖整编第九师和整编十五师也有战斗力,但是白崇禧顾虑刘伯承围点打援的惯用战术,担心刘伯承的主力正在某个地方等待王凌云出动呢,于是不敢从南阳出援。唯一可以出动的是驻守信阳的整编第七师和驻守确山的整编二十师。这两个师如果出动,从信阳向西北走泌阳,再折向西南走唐河、新野,五天即可到达襄阳,但是这条路线要经过解放区,且中途还有唐河和白河阻隔——敌前渡河乃兵家之忌,白崇禧认为也十分危险。于是,他选择了一条怪异的增援路线:由河南的驻马店、确山和信阳乘火车到湖北的孝感,然后从孝感一路向北,步行经应城、京山、钟祥,过蛮河,由宜城到达襄阳——这条路线乘车至少两天,步行至少七天,即使衔接迅速,行军急促,到达襄阳也需十天。白崇禧对这个决策的解释是:远敌渡河出乎共军预料,且增援部队沿途只过他的控制区,定会十分安全。其实,白崇禧的真正意图是:一旦襄阳失守,增援部队可以控制宜昌一线,以防共产党军队南渡长江——襄阳是白崇禧的地盘,守军长官却是蒋介石的人,想守地盘又不愿意救人,白崇禧在这种矛盾中很难下定必救襄阳的决心,也许这才是导致他的增援路线十分怪异的根本原因。

刘伯承命令江汉军区部队在钟祥一带发动攻势,致使白崇禧的先头增援部队一七二旅不敢孤军冒进,在京山、钟祥一线停了下来,等待整编二十师的主力——这种散漫行军式的增援,几乎等于放任刘邓部攻击襄阳。

十五日黄昏,襄阳总攻战打响。六纵十七旅由旅长李德生指挥担任第一梯队,四十九团一营从西关经大石桥攻击西门,其余兵力为预备队;十六旅由旅长尤太忠指挥纵深战斗,其四十七团三营为主攻,由城西北配合十七旅攻城。四十六团为第二梯队,由西门攻击;十八旅为第三梯队,准备巷战;陕南军区十二旅攻击东北角,桐柏军区二十八旅攻击东南角,策应西门主攻。

二十时二十分,火炮抵近轰击西门城防工事。爆破组在炮火中连续爆破,把城墙炸开了一个大洞。突击队员趁硝烟未散迅速跨过大石桥,竖梯登城。梯子很快就被守军炸断了,第一批攀梯的官兵全部摔下,其中的一部分官兵牺牲。一营三连李发科排长发现炸开的大洞距离地面不太高,他蹲下身让战士踩着他的肩膀上去,战士岳秀清和冯秀林两人因此率先登上城头,后续部队不顾伤亡在突破口击退守军的数次反击,将突破口牢牢巩固。战后,四十九团因打开西门的战功被授予"襄阳特功团"称号。

西门被突破后,在西北角攻击的四十七团也转由西门突入。

巷战在黑暗中开始了。四十九团向十字街,四十六团向十字街东南,四十七团向西北角,五十团向北街,五十二团向米花街,五十四团向南门里。攻击部队不与少数守军纠缠,迅速分割穿插将城内守军割裂。天蒙蒙亮的时候,守军阵地只剩下东街杨家祠堂内的绥靖区司令部和鼓楼两处了。上午十点鼓楼守军投降。攻击部队把康泽的绥靖区司令部包围得水泄不通。杨家祠堂是个四进院落,四角筑有坚固堡垒,中心是一座三层主堡,互相有坑道相连。此时,康泽在坑道里,郭勋祺则在中心碉堡里负责指挥作战。康泽司令部里的特务营和宪兵队数百人在郭勋祺的督战下拼死顽抗。僵持至下午十六时，王近山指挥部队开始了最后的攻击，炮兵射击，工兵爆破，步兵冲击，杨家祠堂的围墙被轰垮，塔楼工事被炸塌。八十三团三营教导员张景纯和五十四团二营副教导员要秉仁率部冲进了康泽指挥部的核心区。

五十四团二营六连指导员王秀斌跟着俘虏找到康泽进入碉堡的坑道口，战士高鸿岭和杨凤臣钻了进去，他们沿着狭窄潮湿的坑道，想在横七竖八的尸体中寻找康泽，但是没有找到。二营副教导员要秉仁决定再细找一遍时，看见陕南军区十二旅三十四团的官兵押着一个微胖的军官过来了，战士们说他是康泽，但被俘的军官说："我不是康泽，我是郭勋祺。"

要秉仁带领战士又下了坑道，他觉得没有捉到康泽，战役等于白打了。他们扒开每一具尸体辨认，当他拉开一具尸体的时候，发现里面有一个洞口，洞里有四五具尸体，尸体有人为摆放的痕迹。要秉仁踢了几脚，一具"尸体"的腿抽搐了一下，战士们一拥而上将这具"尸体"拖出来。要秉仁认定这个人不但活着，而且看上去与康泽有点像。"尸体"来到院子里后，集合在那里的俘虏们说："康司令也来了！"要秉仁这下松了一口气。

襄阳攻坚战于七月十六日黄昏十八时结束。

刘伯承命令将郭勋祺送至河南宝丰中原军区政治部。自一九二六年在重庆分别，刘伯承与郭勋祺已有二十二年未见了，刘伯承见到郭勋祺不禁感叹道："从那时分别到现在，这中间的变化多大啊！"郭勋祺没有忘记一九三五年的土城战役，他慨叹那一仗令红军损失惨重，于是对刘伯承说："过去战场上的对抗，我很惭愧。"刘伯承说："明打不算，不要介意。"陈毅收到了郭勋祺要求见面的信，信封上写的是"仲弘兄"收，参谋们不知道"仲弘"是谁，陈毅拿过信说："鄙人也。"接着，他专程从山东赶到宝丰来看望郭勋祺。一见面，陈毅便对郭勋祺说："你呀你，大炮是没有眼睛的，你怎么跑到襄阳去了？"刘伯承和陈毅共同劝郭勋祺"从现在做起，为人民立新功"。刘伯承要求他回四川，做川军上层将领的工作，为日后解放四川做准备。

康泽于十五年之后的一九六三年四月九日，作为第四批特赦战犯从北京昌平秦城监狱被释放。此后，他任全国政协文史资料委员会委员，一九六七年六十三岁时病逝于北京。

襄樊战役历时十四个昼夜,中原野战军以伤亡三千七百人的代价,毙伤、俘虏国民党军约两万一千人。

襄樊战役不仅令中原野战军控制了汉水中游,更重要的是威胁了国民党军的总后方,对国民党军主力白崇禧集团形成了牵制,这一战役的重要性在未来的淮海战役中将真正显现出来。

刘伯承在《襄樊战役总结》中写道:

一、这一战役的胜利,是由于敌我两军对战于豫东、平汉线,将敌主力吸走,襄樊孤立,蒋、白两敌初判断我无力攻襄,襄阳可以固守,发援迟缓,一到我攻下,援兵已来不及。这与六月刘邓与胡琏对战,粟裕与邱清泉对战,陈士榘得钻隙攻克开封相类似。极似打篮球,双方相互牵制,以一人乘机钻隙投篮的方法。二、攻克老河口、谷城等地,是三个兵团东西对进,配合得宜,使敌一六三旅大部被歼。陕南部队截断谷城起了初战胜利的决定作用。三、攻城指导上是集中绝对优势兵力的钳形突击,十三日后,我鉴于虎头山、羊祜山永久筑城不易攻下,襄阳城东西两面守备薄弱,乃变计划以郧(郧县)白(白河)独立团伴攻该两山之敌,以六纵全力攻襄阳西门,孔庆德全力攻城东南,刘金轩(陕南军区司令员)五个营攻城东北,而将三军突击队会合于城内杨家祠堂康泽司令部,此乃襄阳全胜的关键。在攻城中王近山指挥和第六纵起主导作用。

接着,刘伯承严厉批评了攻占襄阳之后,六纵与地方部队之间为抢夺俘虏和战利品发生的冲突。在这一事件中,两支部队甚至相互开火出现了伤亡。刘伯承责令六纵向陕南军区和桐柏军区部队写信认错,并通报全军。刘伯承特别表扬了桐柏军区副司令员孔庆德,入城之初他就命令部队不得争夺战利品,并带领官兵们去城垣阵地捡国民党军丢弃的子弹,竟然捡得子弹二十四万发、黄色炸药几十箱。

对于共产党领导的军队来讲,攻占大城市还是新鲜事,他们不但缺乏攻打的经验,更缺乏占领的经验。

但是,无论如何,"长江也会像黄河一样将变成我们的内河"。

解放军官兵和他们的高级将领们,此时已经具备了足够的勇气和力量,他们就要开始大规模的攻城作战了。

★ 第九章　**决战的序幕**

- 群众的集体意识
- 黄土黄
- 济南战役：一次严重作战
- 济南战役：不停顿地攻击
- 济南战役：决战的序幕

群众的集体意识

"我认为共产党阴险暴戾,深刻精到,机警疑忌,严密笃实。但是共产党没有什么了不起,只不过懂辩证法,你们以后对辩证法要好好研究,才能应付他们。这次我发一本辩证法给你们,希望你们回去认真研究。"——一九四八年八月,国民党军"军事检讨会议"在南京召开,蒋介石给每一位与会者发了一本黑格尔的著作。

这是蒋介石在中国大陆召开的最后一次军事会议。

南京,六朝市井,秦淮金粉,这座长江下游的古都在一九四八年的夏天溽热难耐。国民党军高级将领从全国各控制区乘飞机向这座城市聚集,南京机场顿时格外忙碌。由于彼此的战区已被共产党领导的军队阻隔,长时间未见面的高官们纷纷在楼馆中觥筹交错,南京各大饭店和餐馆无不高朋满座生意兴隆。军政大员的府邸前尽管有军警守卫,但访客依旧昼夜不断,无论如何谁也不会错过这个联络上司、处理私密的绝佳时机。尽管会议事先严格保密,但依旧没能躲过记者们的耳目。军事大员们如此整齐地聚集在一座城市里,记者们被来来往往的金灿灿的将星弄得眼花缭乱:笔挺的军服,铿锵的佩剑,英武的随从,闪亮的皮靴,每位军中翘楚的头发都在不同牌子的头油打理下纹丝不乱——这真是一个疆域广袤的国家,眼前的排场很符合一个大国的风范。

共产党人也在开会,毛泽东召集的会议,是自撤离延安之后参加人数最多的一次。会议在河北平山县西柏坡召开。玉米灌浆,高粱初红,中国北方天高气爽,秋色斑斓。除了置身东北战场的林彪和西北战场的彭德怀因为战事紧张未能前来之外,中共中央几乎所有的政治局委员都在向那个庄稼掩映的小村聚集。已经不是从前去陕北的时候了,现在交通便利了很多,他们变换着乘汽车、骡马或者牲口大车等交通工具,虽然有些地段仍需要步行,但这些共产党领导者大都经历过长征,走路对他们来讲不是什么艰难的事情。如果中途没有自己的部队或地方政府所在地可以驻扎,他们就在路边的百姓家里喝上碗面糊糊吃上块烙饼,然后在房东的大炕上沉沉地睡上一觉。他们的棉布军装颜色稍有差异,这是各地被服工厂染料配方不同的缘故。老战友见面交换的礼物,比从前阔绰了一些,可能是一支缴获的自来水笔、一支手电筒,或者是几盒美国产的香烟。警卫战士掀着门帘,他们先后进屋,柳木桌上是房东送来的红枣和花生,墙角火炉上大铁壶里的水已经烧开,正呼呼作响。略带喧哗的寒暄刚起,茶香和烟草气味就混合在一起弥漫开来——这是一个已经空前强大的政党,她的领导者们面色黝黑,神情自信,言谈之间充满对未来的憧憬。

国共两党会议的召开,不是时间上的巧合,而是决战的先兆。

战争进行到第二年,国民党军的总兵力在急剧减少。两年间,国民党军共损失兵力约二百六十四万,其中被俘一百六十三万,毙伤九十六万六千多,还有数万部队倒戈,再加上溃散和逃亡的人数,到一九四八年六月底,算上重新补充的兵员,其总兵力从内战初期的四百三十万下降到三百六十五万。其中正规军一百零五个整编师(军),共二百八十五个旅(师),约一百九十八万余人;非正规军五十三万余人,特种兵、海军和空军约四十五万余人;后方机关和军校约六十九万余人。而其部署在第一线的正规军仅有二百四十九个旅(师),共一百七十四万人。具体分布是:东北战场卫立煌集团三十四万余人,连同非正规军四十四万九千人;华北战场傅作义集团二十八万四千人,连同非正规军三十九万七千人;西北战场胡宗南集团二十六万八千人,连同非正规军三十一万四千人;华中战场白崇禧集团二十六万七千人,连同非正规军三十五万七千人;徐州战场刘峙集团五十万四千人,连同非正规军七十万五千人;山西战场阎锡山集团七万人。在东北、华北、华中、华东和西北战场上,国民党军正规军只能担任战略要点和交通点线的守备以及附近地区的防御作战任务,能够进行战略机动的部队所剩无几。除上述五大战场之外,在长江下游、大巴山以南、兰州和贺兰山以西的广大地区,国民党军正规军的驻守总兵力不超过三十六个旅,共约二十三万八千人。

两年来,共产党领导的军队共损失兵力约八十万。但是,因为有近一百一十万解放区青年农民参军,加上四十五万伤愈归队官兵,并且有近八十万国民党军俘虏兵穿上了解放军的军装,连同在战场上倒戈的国民党军部队在内,总兵力已由战争初期的一百二十余万,发展到近二百八十万。其中,野战军四十九个纵队(军),一百六十八个步兵师(旅),五个骑兵师(旅),三个炮兵师(旅),二十个教导团、九个补训团、一个工兵团、一个战车团,总兵力一百四十九万;地方军区有五个一级军区、三个二级军区、二十八个三级军区和一百一十三个军分区,总兵力一百二十五万。南方各省游击队约四万人。

共产党领导的军队与国民党军的军力对比为一比一点三,其中正规军军力对比为一比一点三二。

蒋介石真的要全面认真的检讨了。

参加国民党军"军事检讨会议"的人数是空前的,除了蒋介石、何应钦和顾祝同之外,各主要战区的司令官以及陆海空军的主要将领几乎悉数到会:白崇禧、林蔚、刘斐、萧毅肃、关麟征、周至柔、王叔铭、桂永清、郭忏、汤恩伯、范汉杰、杜聿明、宋希濂、黄维、李默庵、霍揆彰、孙立人等,只有战区局势十分紧张的胡宗南、刘峙和黄百韬派来了代表。再加上国防部各厅厅长、各局局长,各"剿总"、绥署参谋长,各军军长和参谋长等,共计一百二十多人。会议由蒋介石、何应钦、顾祝同三人轮流主持,会议内容是全方位的一系列"检讨":一、剿匪军事之总检讨;二、对匪军战法之研究及我军战法之检讨;三、我军机械化装备及后勤之检讨;四、华中作战之检讨;五、总体战之检讨;六、兵员征补之检讨;七、提高士气之办法。国防部长何应钦陈述的会议主旨是:"对当前剿匪应有全盘性之重要决策,对于政府各部门需要如何协力应主动提出切合实际之办法。过去剿匪失败,由于没有实行总动员,仅系纯军事的剿匪,虽有完备之总动员令,但无执行机关,以致政治经济各方面均未动员。今后如何运用全国人力、物力以及政治经济用以配合军事行动,应提出完善方案。"

八月三日,蒋介石在开幕式上的讲话,可谓痛心疾首:

> 过去两年来的剿匪军事,我们全体官兵牺牲奋斗,固然有若干成就,但就整个局势而言,则我们无可讳言的是处处受制、着着失败!到今天不仅使得全国人民的心理动摇,军队将领的信心丧失,士气低落,而且中外人士对我们国军讥刺诬蔑,令人实难忍受。这是我们革命历史最大的污点,更是我个人最大的耻辱!今天趁大家集会一堂的机会,我要求大家认

清我们目前剿匪首要的急务,是改造我们一般官兵的精神和心理,要恢复我们革命的自信心,加强我们精神的武装,才能真正发扬我们革命军奋励无前的士气,来消灭背叛国家民族的共匪。因此大家在会议期中,对于自己平时的精神思想、生活行动,必须彻底反省,彻底检讨,在会议以后,能真正有一番起死回生的改革,才能达成此次会议的任务,也才能完成我们军人剿匪戡乱救国救民的使命!

"生无立足之地","死无葬身之所",这样的措辞严重刺激了与会将领们的自尊。尽管他们对形势的判断大多不持乐观态度,其中相当一部分人甚至十分悲观,但大家依旧对蒋介石的话感到难以接受。特别是蒋介石表示:"本来抗战胜利后,我个人的事业可以告一段落,但是我担心你们搞不赢共产党,不是共产党的对手,会生活不下去,没有饭吃,为使党内同志和广大官兵能有生存权利,我才又被迫勉强带领大家干,谁知道我军许多将领信心不足,士兵士气低落,作战屡次失败,很不争气,使我非常为难。"——形势是很严峻,国民党不但军事上屡屡失利,政治上也问题重重。但是,如果把失利的原因全部归结于在前方作战的将领和他们的官兵,仿佛只有包括蒋介石在内的南京大员们才是正确的,这是什么道理?——国民党军将领们的议论是:"话很沉痛,但说怕大家没饭吃,说得有失体统。"

蒋介石警告他的高级将领们"死无葬身之所",毛泽东则要求共产党的高级将领们想出一个经过几年作战才能彻底打败蒋介石的时间表,同时想出新政权建立初期的那些必须程序。显然,这是一个令人愉悦的议题。

之前,毛泽东刚从城南庄来到西柏坡。而他之所以滞留在城南庄,是因为他准备去苏联会见斯大林。毛泽东此前从来没有走出过国门,他似乎从来没有产生过离开他的祖国的愿望,但是战争进行到如此地步,毛泽东必须下决心去遥远的苏联,因为这是时势的需要:中国共产党人赢得战争已经不是悬念,但最后夺取政权和建立政权,建立更广泛的政治联盟是必须的,尤其是与社会主义苏联的联盟。

毛泽东的出访之事,只有少数人知道,包括杨成武。毛泽东当面要求杨成武准备一个战斗力最强的师,由杨成武亲自率领护送他去东北,然后从东北出境转道去苏联。在聂荣臻的主持下,杨成武挑选的部队是二纵四旅,他们详细研究了行动路线,甚至选择了过平绥路的地点。但是,有史料表明,包括聂荣臻在内,凡知道这件事的人,大多不同意毛泽东去,理由很简单:战争已经到了最关键的时候,毛泽东不宜离开。不久,杨成武被通知那个机密任务取消。毛泽东从城南庄转移到一个名叫花山的村庄。他改变了去苏联的路线,准备自花山出发,经内蒙去外蒙,再由苏联方面派飞机来接。毛泽东在花山等待斯大林的最后回音。五月十日,斯大林致电毛泽东,大意是:我们欢迎你来访,但中国解放战争正处在紧要关头,在这个时候,统帅不应离开自己的岗位太远。如有重大问题需要同我们商量,我们可以派一位负责同志——中央政治局委员——来听取你的意见。毛泽东随即取消了出访苏联的计划,并于五月二十七日到达西柏坡。

斯大林派来的负责同志——苏共中央政治局委员米高扬到达西柏坡的时候,已经是一九四九年一月三十一日,那时中国解放战争的进程已经发生巨大的变化,米高扬到达西柏坡的那天正好是北平和平解放的那天。

从历史发展的进程上看,毛泽东是否出访苏联对中国的命运来讲并不是一件重要的事情。客观地说,苏联方面在中国解放战争中并没有像国民党方面宣传的那样起到关键作用。在那段日子里,最令人担心的却是毛泽东自身的安全问题。至少在五月里,蒋介石每天都焦急地等着空军报告好消息,他期望着一个准确的报告,说毛泽东已经死了。如果这个消息真的传来,"军事检讨会议"上弥漫的就会是另外一种气氛了。然而,毛泽东没有死。五月十八日,国民党军的飞机突然飞临,航空炸弹准确地击中了毛泽东住房。毛泽东不但没有受伤,甚至连惊慌都没有,他所困惑的是国民党军轰炸的准确程度。

聂荣臻当时的秘书范济生回忆道:

> 一天早饭时,冀晋军区电话报告,有六架国民党飞机,沿阜平西大庄大道飞往阜平城上空,现拐向史家寨。我接完电话马上报告了聂总,聂总要我保持与冀晋军区的联系。我刚回到房间,冀晋军区又电告,六架飞机转向南飞。再报聂总后,时间不长,就听到敌机声。一架野马式战斗机飞临我们驻地城南庄上空,对着城南庄到易家庄之间几个驴驮子扫射。聂总得知敌机转向我们驻地方向飞来,随即到院中观察。敌

机一到,聂总就去动员毛泽东去防空洞。毛泽东工作了一夜,刚刚上床休息,不肯去。敌机对驴驮子一扫射,聂总急了,要我搬来行军床,要几个人用担架把毛主席抬到防空洞去。毛主席见此情景,说"自己走,自己走"。这时,先来的那架战斗机刚走,又来了一架B-25轻型轰炸机。聂总等人陪同毛主席刚到防空洞,敌机就投下了第一枚炸弹。我到防空洞时,看到聂总、赵尔陆(华北军区后勤部司令员)用身体挡着毛主席,毛主席从他两人身体之间向外看。听不到敌机声了,聂总才请毛主席回房休息。这次敌机共投了四枚杀伤弹,其中一枚落在聂总住房前面,一枚落在营门前没有爆炸,聂总曾要工兵来把炸弹拆走。饭后,毛主席出去散步,见到没响的炸弹,蹲在旁边观看。聂总在院中见此情景,急步跑到毛主席跟前,拉起毛主席就走,一边走一边说"不能在这里看!"我从没见聂总急成那个样子。聂总扯得快,毛主席也没争,但莫名其妙。毛主席走后,聂总要我再催工兵来拆走。

直到解放战争接近结束的时候,才从缴获的国民党档案中查明,当年在城南庄的时候,司令部小伙房的司务长刘从文竟然是国民党特务,是他向国民党空军报告的轰炸目标。

九月八日,在西柏坡中央机关小食堂,毛泽东主持召开了中共中央政治局会议。出席会议的政治局委员有:毛泽东、刘少奇、周恩来、朱德、任弼时、董必武、彭真;中央委员有:徐向前、饶漱石、贺龙、邓小平、陆定一、曾山、叶剑英、聂荣臻、滕代远、薄一波;候补委员有:廖承志、陈伯达、邓颖超、刘澜涛。重要工作人员罗迈、杨尚昆、胡乔木、傅钟、李涛、安子文、李克农、冯文彬、黄敬、胡耀邦等列席。

此时,共产党人对未来乐观展望的根据是:通过两年的战争,人民解放军不但大量歼灭了国民党军的有生力量,大大加强了自己军队的数量、武器装备以及战斗力,而且将解放区扩大到二百三十五万平方公里,约占全中国总面积的四分之一。解放区内拥有城市五百八十六座,占全中国城市总数的百分之二十九;解放区内人口约为一亿六千八百万,占中国总人口的百分之三十六。在长江以北的战场上,国民党军已经完全处于守势,其龟缩的大城市和主要交通枢纽已成为人民解放军的直接攻击对象。

毛泽东还强调了他对国际形势的乐观估计：没有必要担心新的世界大战爆发，也没有必要担心美国会干涉中国内政。美国与苏联之间迟早会达成某种妥协，美国不会大规模地直接卷入国共之间的战争，他们既没有这个意愿也没有这个能力。如果美国迫于某种压力硬要干涉中国内战，最坏的情况是少量出兵帮助国民党军控制一些大城市，这只不过要我们前去攻打的时候组织更大的兵力和多费点时间而已。

共产党人开始设想将要建立一个什么样的新国家。毛泽东说，我们要建立的是无产阶级领导的、以工农联盟为基础的人民民主专政。这个政权不仅仅是工农，还包括小资产阶级、民主党派，甚至包括从蒋介石阵营里分裂出来的资产阶级分子。政权制度采用民主集中制，即人民代表会议制而不是采用资产阶级的议会制。各级政府都要加上"人民"二字，各种政权机关也要加上"人民"二字，如法院叫人民法院，解放军叫人民解放军，"以示与蒋介石的政权根本不同"。毛泽东说，我们要建立人民民主专政的国家。

那么，战争还要进行几年才能彻底打败蒋介石？

毛泽东在内战爆发时就计算过，他认为战争持续的时间在三至五年之间，最坏的情况下也许要打十五年。一九四七年七月，在陕北小河会议上，毛泽东肯定了五年的估计，并解释说，根据过去一年的战绩，这个估计是可能实现的。现在我们有九十万野战军，六十万地方军，如果把野战军发展到一百五十万，就足以解决问题——"对蒋介石的斗争计划用五年来解决，但不对外宣布，还是准备长期作战，五年到十年甚至十五年。不像蒋介石那样，先说几个月消灭我们，不能实现又说再过几个月，到了现在又说战争才开始。"一九四八年三月，毛泽东在为中共中央起草的《关于情况的通报》中，使用数学方式进行推论，再次提出五年消灭国民党军的估计："我们的方针是稳扎稳打，不求速效，只求平均每个月消灭国民党正规军八个旅左右，每年消灭敌军约一百个旅左右。事实上，从去年秋季以后，超过了这个数目；今后可能有更大的超过。五年左右〔一九四六年七月算起〕消灭国民党全军的可能性是存在的。"

周恩来从兵力对比上进行了计算。他认为，我军现有兵力两百八十万，根据现在的歼敌进度，以收容俘虏兵百分之六十计，今后三年内可收容俘虏兵一百七十万，同时动员两百万翻身农民参军，除去消耗，我军的兵力可能接近五百万，那时攻一城即得一城。而国民党军在战争第一年损失约一百五十万,仅仅补充了一百万;第二年损失约一百五十二万,补充了一百四十四万,两年实际损失六十五万;第三年,国民党军估计要损失一百五十二万,按补充一百万计,兵力将减少到三百一十二万左右;第四年减少到二百六十万人左右;第五年将减少到一百五十二万人。国民党军补充兵力递减速度为每年八十万,那么第五年国民党军将实际减少至一百八十八万人左右,除去近一百万的机关人员,实际作战兵力将不足九十万。九十万兵力只能勉强防守个别大城市。到这个程度,国民党军可以算是最后崩溃了。

为了实现这个战略目标,会议制定了详细的建军和作战计划。建军的核心内容是:充实野战军,增加特种兵,整顿地方部队,减少后方机关。共产党人计划在今后三年内发展到二十个野战兵团,七十个步兵纵队,共两百一十个步兵师,再加上九十五个炮兵团,三十个骑兵团,四十七个工兵团以及五百个团的地方部队。作战计划的核心内容是:战争第三年继续发展外线进攻,深入国民党统治区,准备打具有决战性质的大会战。

战场重心在长江以北,重点战场在中原和东北。

会议制定的歼敌指标是:三年内歼灭国民党军正规军三百个旅以上。这一歼敌任务按照战区进行了分配:华东野战军歼敌四十个旅左右,并攻占济南、苏北、豫东和皖北地区的大中城市;中原野战军歼敌十四个旅左右,攻占鄂豫皖三省若干城市;西北野战军歼敌十二个旅左右,钳制胡宗南集团使之不能施行战略机动;华北军区第一兵团(徐向前部)歼敌十四个旅左右,攻占太原;东北野战军和华北军区第二、三兵团(杨得志部、杨成武部),歼敌三十五个旅左右,攻占北宁(北平至沈阳)、平绥(北平至绥远)、平承(北平至承德)、平保(北平至保定)各铁路沿线"除北平、天津、沈阳三点之外的一切城市"。

国民党方面已经没有任何依据来计算什么时候打败共产党了,"军事检讨会议"不得不深究无法逆转的军事危机。进入一九四八年以来,西北战场刘戡部的五个师被歼于宜川战役,中原战场区寿年兵团六个师被歼于豫东战役。对于前者大家谈得很少,因为谁都知道胡宗南是蒋介石最信任的人,说多了也许会引出麻烦,于是与会者集中火力直指邱清泉的整编第五军在区寿年被围时见死不救的"无耻行为"。会议还研究了与共军作战的战法问题。前线的将领们并没多说什么,倒是从来没有打过仗的南京的高官们不断地夸夸其谈。陆军大学教育长徐培根提出"包围不如突破",前线的将领们一致反对:共军通常没有固定战线,遵循的是"打不赢就走"的战法,他们根本不接受攻击,也不给你攻击的机会,战前连鬼都没有一个,你突破什么?等他"打得赢就打"的时候,找准弱点环节,集中数倍兵力猛烈袭击,你还没稳住阵脚,战斗就结束了,然后跑得又是鬼都没有一个,你向谁突破?

"军事检讨会议"翻印分发了三本共产党军队的小册子。一本是华东野战军的《攻坚战斗》,这是专门针对国民党军的堡垒防御而写的战术指导文件。其中有以炽盛火力压制后,封锁敌方射击孔,掩护梯子组和突破组进行突击等实战内容。国民党军修筑的堡垒一般高出地面,目标暴露,纵深很浅,只要一点被突破便会全线崩溃,导致阵地和城市丢失和大批官兵被俘,这是国民党军防御上的很大弱点。但是,与会者对这本小册子并没有特别重视。第二本是东北野战军编印的《目前的战役问题》,这是蒋介石专门批示印发的。小册子里基本上是毛泽东的战略观点的集中,特别是其中变内线防御为外线进攻的阐述,蒋介石感到十分重要。但是,前线的军事将领们认为,蒋介石连具体战斗的细节都横加干涉,现在让大家关心整体战略转变问题又有什么意义?第三本小册子是华东野战军编印的《战斗手册》,基本内容是要求基层指挥员必须掌握的战术技巧和战役原则。这本小册子是国防部决定翻印的,翻印之前专门让参谋们对《战斗手册》中的每一条都加上了批注和对策。比如,"农村包围城市"这一条,参谋们加上了"打破以农村包围城市"的批注和"把农民争取过来"的对策。国防部第三厅厅长郭汝瑰看后眉批道:"如果能把农民争取过来,仗不用打就胜了,战争也根本不会发生了。"

"军事检讨会议"进行到第三天,何应钦在他的军事报告中抛出了"重磅炸弹",他公开了两年来国民党军的实际作战损耗,而这原本属于万分机密的数字:死伤、被俘和失踪总计三百万人,损失步枪一百万支、轻重机枪七万挺、山炮野炮重炮一千多门、迫击炮和各种小炮一万五千多门,再加上损失的战车、装甲车、汽车、通讯器材和各种弹药,惊人的数字引起极大的震动。有人悲观地说,这仗无论如何不能再打下去了;有人指责国防部指挥无能,南京的大员们都是饭桶;有人呼吁政府赶快请求美国干涉,不然中国就是苏联的天下了;也有人开始攻击陈诚,因为陈诚在战争初起时曾保证过在三个月内消灭共军,现在应该把他揪出来问问。何应钦在这个时候把这些数字披露出来,用意很清楚:一九四四年蒋介石和陈诚不但迫使他交出了军政部长的职位,还让他去纽约当联合国军事参谋团的中国代表团团长,完全剥夺了他的实权,军政大权都在蒋介石和陈诚手中,因此军事上的失利不但没有他的任何责任,谁该负责自有公论。

蒋介石那天没有到会,听说何应钦的讲话后,十分震怒。

第二天,蒋介石特地穿上军装走上了讲台,说他二十多年来经历过许多艰难困苦,但总是抱着大无畏的精神和百折不挠的决心。两年来与共军作战虽然受到挫折,但大家要同心同德,共度时艰,绝不可以散布悲观失败的论调以至影响国军士气。说到士气问题,蒋介石的态度比何应钦直率得多:

> 我体察一般高级干部的情绪,大多数对于革命前途信心丧失,心理动摇,以为本党的地位,真是岌岌不可终日,这种现象的发生,是我个人最感惭愧痛心的一件事。因为今天一般高级将领,不是我亲自领导出来的干部,就是我亲自教育出来的学生,我不能使他们对主义建立生死不渝的信心,对革命抱定百折不回的志愿,这就证明我个人领导无方,教育失败,我对国家就不能辞其责任!……现在我们大多数高级将领精神堕落,生活腐化,革命的信心根本动摇,责任的观念完全消失!这样的将领,如何可以领导部下,和万恶的共匪来作战呢?尤其使我痛心的,这两年以来,有许多受我耳提面命的高级将领被俘受屈,而不能慷慨成仁;许多下级官兵被匪军俘虏,编入匪部来残杀自己的袍泽,而不能相机反正。这真是我们革命军有史以来所未有的奇耻大辱!我一想到这些人都是我多年领导的部下,我心中更觉沉痛万分,无地自容!……如果今天我们一般高级将领对于自己的精神思想还不能彻底觉悟改革,对于过去那种失败主义的心理还不能扫除净尽,不能重新建立革命的信心和决心,那无论我们有多少军队,有怎样精良的武器,将来总要被共匪所消灭。我们一般高级将领固然要生无立足之地、死无葬身之所……那我们真是上无以对总理和先烈,下无以对全国人民和万世子孙了……

就在蒋介石讲这番话的时候,国民党军高级将领阵亡和被俘数字已经达到令人惊骇的两百一十六名之多。

究竟是因为我们的武器不如敌人精良,部队不如敌人众多呢?还是因为我们一般高级将领自己的精神堕落,生活腐化,以致部队情感隔阂,士气消沉,战力消失呢?我要求今天在座的各位高级将领反躬自问一下,你们今天是不是还能保持东征北伐时代的革命精神,对于敌人无所畏怯,对革命的前途具有信心呢?你们对于主义是不是还能像过去一样的绝对信仰,对于上官的命令是不是毫不犹豫的彻底执行呢?对于部下是不是还能像过去一样亲爱如家人兄弟,与之同甘苦、共生死呢?你们对于自己的同胞,是不是还像过去一样的休戚相关,荣辱一体,协同动作,赴援必先呢?

但是,国民党军队的信念和士气丧失,远不是高级将领们"反躬自问一下"就能够挽回的。

军队的主体是士兵,士兵的处境和状态决定一切。

"军事检讨会议"的最后几天,在前线打仗的将领们终于获得了发言的机会。几乎所有的发言者都在申诉各自的困难,要武器、要新兵、要军粮、要器材、要车辆、要弹药,当然还要钱。新疆警备总司令宋希濂说,他见过的绝大部分基层官兵都十分厌战,大家都不明白为什么要打仗。现在几百万法币还抵不上一块银元,物价的飞涨使士兵的待遇严重降低,士兵开始吃不饱穿不暖,许多中下级军官每月所得已不能维持其家用最低限度的生活。宋希濂认为,蒋总统既然说政府还有九亿多美元的基金,那就应该自八月起,所有官兵的副食费一律改发现洋,每人每月三元;将校尉级的薪金也改为发现洋,自每人每月五元起至三十元不等,借以维持官兵的生活。宋希濂后来回忆:"我的发言尤以我的建议得到与会者许多人的同情。"

世界上任何一支军队都面临着如何保持高昂士气的问题。

在即将到来的决战前夕,共产党人也意识到了这一点。

共产党人从不讳言自己所领导的军队是一支农民军队,也承认在这支军队里农民习气浓重,并认为如果这种习气不改变,对于即将到来的巨大战争能否打赢至关重要。

为此,毛泽东严肃地提出了部队整训问题,要求部队努力克服存在的以下问题:一、组织不纯问题。共产党领导的军队在发展壮大中混进来一些不良分子,特别是大量俘虏兵的进入给部队带来很大的问题。战争进行到一九四八年,军队的大多数连队中,俘虏兵已占到一半以上,有的连队甚至占到百分之八十。这些战士大多是贫苦出身,但不可否认的是,其中的一些人依然沾染着旧军队的习气,特别是不懂得为谁打仗的道理,"吃谁家粮就当谁家的兵"的雇佣思想严重。对于战争性质的认识更是混淆:"打内战是不应该的,其责任国民党蒋介石要负,共产党毛泽东也要负。"二、思想不纯问题。一些官兵对战争的长期性和艰巨性认识不足,不愿意过艰苦的战争生活,不愿意到国民党控制区作战,尤其是怕打到长江以南去,认为会遇到巨大的困难。还有人惧怕美国出兵援蒋,怕引起第三次世界大战,怕战争没完没了地打下去。三、对党的政策不理解或理解不深,政策水平低,违反政策和纪律的事时有发生。有人执行命令不彻底,缴获不完全归公,个别人搜俘虏腰包甚至杀害俘虏。特别是对土地改革政策,不少人缺乏全面深刻的认识,不了解土地改革与解放战争、与中国革命的关系。四、部队内外关系问题。有些干部存在着严重的军阀主义倾向,对下级干部和战士缺乏阶级情感和平等思想。而在同级关系上表现为本位主义,没有整体观念。有的干部计较个人名誉、地位,争功诿过。战士中也存在着绝对平均主义思想,不尊重干部,不服从指挥。在军政关系上,不尊重地方政府,不爱护群众的人力物力,有的甚至打骂百姓和政府干部,搞"枪杆子主义"。

对此,共产党人开展了具有时代特征的"新式整军运动"。

毛泽东特别批评了林彪。他以中共中央的名义给林彪和东北局发出一封长达两千字的电报,批评林彪没有按照中央规定的报告制度做出综合性报告。林彪的理由是:"常委各同志均极忙碌,事实上只各顾自己所分的工作,并皆对各部门的工作难求于全部了解,对做全貌的报告遂甚感困难。"毛泽东说:"你们收到中央规定报告制度六个月以后才声明理由,是不对的,并且这些理由是不能成立的"。因为"像大别山那样严重的环境,邓小平同志尚且按照规定向中央主席做了综合性报告,并将邓小平来电转给你们阅读。你们的环境比大别山好得多,何以你们反不能做此项报告"?"我们认为所以使你们采取此种态度的主要理由,并不是你们所说的一切,而是在这件事上,在你们的心中存在着一种无纪律思想"。

林彪当即作出检讨并写来了综合性报告,毛泽东在回电中所阐述的观点,可以视为共产党军队所以进行新式整军运动的目的:"你们这次检讨是有益的",否则,"就不可克服完全不适用于现在大规模战争的某些严重地存在着的经验主义、游击主义、无纪律状态和无政府状态"。在即将与国民党军进行大决战的前夕,"这一问题的性质是如此重要,即只有解决这一问题,才能由小规模的地方性游击战争,过渡到大规模的全国性的整个战争,由局部胜利过渡到全国胜利"。

国民党军"军事检讨会议"结束后,蒋介石命令下发的小册子名为《为什么要剿共》——题目就显得颇为奇怪:二十年前国民党就致力于剿共,甚至在抗战时期也没有停止过,现在还在阐述"为什么"。

蒋介石的这个"为什么"不只是说给军队听的,他还想告诉国民党统治区内的百姓,因为他对这个国家的民心所向已经甚为忧虑。一九四八年下半年,国民政府的军事预算已经达到四百六十九万八千六百亿元,这是一个天文数字,而一九四八年上半年的财政赤字已经达到二百六十万亿元。为了弥补财政赤字,除了加重田赋、税收和大举外债内债之外,国民政府决定增发货币,到一九四八年八月十九日止,增发的货币达到六百零四万五千亿元,从而引发严重的通货膨胀,物价与一九四七年相比已经上涨了五百万至一千万倍。

英国传记作家菲利普·肖特对那时中国形势的叙述可谓经典:

……政府滥印钞票以支撑内战,造成通货膨胀和工薪贬值;渗透性的普遍腐化使得合法的工商业无法生存——所有这一切使得曾是国民党核心支持者的那些集团转而反对它了……这些都是国民党病入膏肓的征兆。但这种无可救药却是根植于蒋介石创建的统治体系的实质之中。它太衰弱太多派系倾轧以至无法以暴力强加其意志了,它也太腐败太漠视公众福利以至掌握不到基础广泛的支持了……与之相反,毛(毛泽东)依靠的是"群众的集体意志",而它却是足够了。

"群众的集体意志",就是军心和民心所向。

国民党人和共产党人在战争进入第三年的时候,都明白了"群众的集体意志"对于一个政党和一支军队的生死攸关重要性。但是,当大决战即将来临之际,共产党人和他们的军队已经成为了中国"集体意志"的拥有者。

黄土黄

对于决战在即的国共两军来讲,西北战场始终是块鸡肋。

从政治、军事和地理的角度看,这是一个必须保持相当控制实力的地带,因为它不但是内地与广阔的西北地区联系的枢纽,而且还是东部决战战场的侧翼。但是,地广人稀和粮食匮乏又使得西北战场没有决战的条件,于是也就没有必要投入大量的兵力。此刻彭德怀指挥着不足十万兵力的部队,在那片黄土地上艰苦地游战,他们最主要的任务似乎不是歼灭多少敌人,而是把西北地区的国民党军牵制在那里。当一九四八年中原战事紧张起来之后,蒋介石不止一次命令胡宗南,让他抽调兵力东进增援中原战场,但是每次都因为彭德怀部的攻击而没能成功调动——只要彭德怀的部队还在那片黄土地上,蒋介石的主力军事集团之———胡宗南的部队——似乎连潼关都逾越不了。历史的进程证明,在国共两军于东北、华北、山东、中原进行大决战时,不但彭德怀指挥的西北野战军始终转战于西北一隅,而且胡宗南部也一直被牵制到战争几乎快要结束的时刻。这就是西北战场微妙而独特之处。

对于规模宏大的解放战争来讲,没有任何理由忽视西北战场的重要性,尤其是在两军决战即将开始的时候。

胡宗南是在蒋介石召集"军事检讨会议"的前夕发动攻击的。有人认为胡宗南是奉蒋介石之命不得不主动进攻,也有人认为他是为了拖延或者拒绝抽调几个主力旅去中原而发动攻势的。实际上两者皆有之。西府、陇东战役后,胡宗南部经过休整,仍有约二十五万兵力,再加上宁夏马步芳部和青海马鸿逵部以及榆林地区的邓宝珊部,西北战场上的国民党军共有十九个整编师、五十个作战旅,连同特种部队和非正规军,总兵力约四十万。即使彭德怀部也在不断的扩大之中,到一九四八年六月,西北野战军总兵力也仅仅有五个纵队,兵力约六万八千左右,加上地方部队,总兵力依旧没有超过十万。胡宗南有充分的理由认为,经过西府、陇东之战,彭德怀部已被歼过半,元气大伤,没有六个月以上的休整,无法再次投入作战,这正是他发动新攻势的好时机。

胡宗南的判断影响了国防部,蒋介石电令:"应捕捉千载良机,西安绥署应彻底轻装不分地域越境穷追,使西北战局获得决定之好转。"

但是,正在这时候,中原战场告急,蒋介石又命令胡宗南抽调兵力增援中原。为了保存实力,胡宗南只空运了整编三十师至太原,然后将整编十三、二十七、六十五师调到陕西与河南交界处——与其说是在增援中原,不如说是为防止中原的共军西进自己的地盘。同时,趁着彭德怀部战后休整,胡宗南虽不能像蒋介石说的那样"不分地域越境穷追",但是将彭德怀部向北面挤压的确是他所期望的。因为宝鸡一战,胡宗南感到彭德怀距离西安实在是太近了,西北野战军大有直接攻击西安的可能。为此,他调集整编第一师以及整编十七、三十六、三十八、九十师约十万兵力,集结于渭河北岸,以三原、蒲城、大荔这三个相互距离约百公里的城镇为支撑点,构筑工事,互相依托,在巩固西安、屏障关中的前提下,逐步向黄龙山南麓蚕食,以期将彭德怀部封锁在粮食困难的黄龙山区伺机歼灭。

彭德怀再次面临大军压境被迫作战的局面。

根据敌情,彭德怀、张宗逊(西北野战军第一副司令员)、赵寿山(西北野战军第二副司令员)、甘泗淇(西北野战军政治部主任)提出,建议华北第一兵团(徐向前部)暂缓与阎锡山的作战,协助西北野战军与胡宗南打上一仗。但是,鉴于华北第一兵团很难抽调出来;同时,兵力过于集中粮食也没法解决,中央军委没有同意。毛泽东来电通报敌情,说胡宗南原有两种动向:一种是奉蒋介石的命令以两至三个整编师南下中原,一种是分路进攻黄龙。虽然最初毛泽东不大确信第二种动向,但是现在胡宗南竟然这样做了。而胡宗南如此做法,"必是他不愿出兵中原宁可冒险北犯。无论他出哪一着均于你们有利,均可歼击获胜。你们首先准备歼击可能北犯之敌是正确的。"

没有兵力支援,彭德怀也决定作战。他确定了一个"两翼牵制,中央突破"的作战计划:四纵骑兵六师吸引整编第一师北上,四纵再以一个团在洛河东岸阻击整编第一师可能东援;三纵独立第二、第五旅各一个团,二纵独立第六旅的一个团以及黄龙军分区十团等部,组成左翼兵团,由三纵参谋长李文清指挥,抗击整编十七、三十八师的进攻,保障野战军主力的左翼和运输线的安全;一纵、二纵、六纵以及三纵、四纵主力共十一个旅,组成右翼兵团,由野战军司令部直接指挥,隐蔽集结,准备歼灭整编三十六师。

从部署上看,彭德怀依旧兵力不足,特别是打援和阻击兵力薄弱。

七月下旬,胡宗南部继续向北进攻。三十日,整编十七、三十八师主力在飞机和火炮的掩护下,向彭德怀部坚守的阵地发动猛攻,遭到左翼兵团的顽强阻击。整编第一师也向位于黄龙西南方向的宜君实施了攻击,遭到骑兵第六师的阻击。而整编三十六师除留下一二三旅三六九团守备白水之外,主力以黄龙附近的石堡为目标,沿着白水至宜川的公路继续推进。当敌人的先头部队发现石堡地区有彭德怀部主力伏击的迹象时,随即停止推进,在一个东西约十二公里、南北约五公里的地带构筑工事,转入防御。

彭德怀盯住了整编三十六师,希望他继续推进至石堡,然后将其围歼。

但是,整编三十六师无论如何也不肯前进了。

彭德怀随即命令左翼兵团主动后撤,吸引整编十七、三十八两师继续北进,拉大他们与整编三十六师的间隔。

整编三十六师依旧没有前进的迹象。

彭德怀果断改变计划,决心主动向整编三十六师发动进攻,把他从当面敌人密集的阵形当中掏出来吃掉。他给各部队下达的任务是:一纵协同二纵歼灭整编三十六师二十八旅八十四团;二纵攻击二十八旅八十二团;三纵协同六纵攻击一六五旅四九三团,并以一部攻击一六五旅主力;四纵和警备四旅一部先攻击二十八旅八十四团一部,然后攻击一二三旅;六纵攻击四九三团后,协同三纵攻击一六五旅。各部队七日夜到达攻击出发地,并完成一切攻击准备。

整编三十六师师长钟松心情矛盾。这个师在沙家店战役中已遭重创,胡宗南不愿意丢失这个番号,命令从战场侥幸逃脱的钟松用这个番号重新编组一个三十六师,现在他率领的这支部队已经不是"原装"的了。由于与彭德怀部作战吃过亏,钟松变得十分小心谨慎,这是他得知石堡附近可能有伏击后停下来的原因。但是,他内心深处还是有一种求战的欲望,他希望通过这次作战一洗沙家店一战的耻辱,向胡宗南也向蒋介石证明他是一个能打仗的指挥官。

八月七日,当彭德怀部开始向整编三十六师移动的时候,胡宗南突然发现自己的判断出现了失误:他认为彭德怀要攻击的是整编三十八、九十师,因为前方报告说,这两个师当面的共军至少有两个纵队以上。因此,他命令整编三十六师除以二十八旅坚守现阵地外,其余部队集结于冯原镇以东,准备策应整编三十八、九十师作战。可是,上午七时,整编三十八、九十师当面的共军突然撤了,占领了阻击阵地之后才发现,在这里阻击的共军最多不过一个团。胡宗南得到这一消息后十分惊骇,一时弄不清彭德怀的真实意图,只能命令各部队构筑坚固据点准备应付局面。

这时候,钟松意识到了自己的危险,他立即给驻扎在黄龙以南的第五兵团司令官裴昌会打电话,请求派兵增援。

但是,已经晚了。

八日,彭德怀部对整编三十六师的攻击骤然开始。

从上午十时至下午七时,炮火轰击长达九个小时,壶梯山主阵地上弹片腾飞,硝烟弥漫,防御工事几乎全部被毁,防守壶梯山的二十八旅不断地向钟松告急。

胡宗南终于明白彭德怀要干什么了,他立即命令整编三十八师回头增援钟松,同时命令整编三十六师确保壶梯山阵地。

无论是彭德怀还是胡宗南都知道,壶梯山是冯原镇的主要支撑点,而冯原镇是黄龙山东面的门户,对于整编三十六师来讲,如果壶梯山阵地失守,冯原镇以南就无险可守了,彭德怀部就可以居高临下直扑渭南地区,然后直接威胁西安了。

主攻壶梯山的任务交给了王震的二纵。彭德怀对王震说:"这个打不死的钟松又交给你了。你熟悉他,他也知道你,不过他怕你,你不怕他。"王震说:"打不死就继续打,打成肉酱为止。"

壶梯山是一座伸向平原的孤山,陡坡上草木稀疏,薄田交错。二十八旅在山坡上构筑了大量工事,山顶上的大庙已被改造成大堡垒,是敌人的指挥中心。王震认为:"如果把大庙拿下来,敌人整个防御体系就会瓦解。当然,要拿下来也不是容易的事。"他命令二纵以独立第四旅从东、三五九旅从北,独立第六旅从西,三面同时发动仰攻。

仰攻令二纵官兵在突破地堡时付出了很大的牺牲。

彭德怀冒着炮火来到了王震的指挥所。指挥所距离前沿很近,搭制的材料简陋到几乎起不到防弹的作用。王震一看见彭德怀就火了,说这里太危险,赶快下去,出了事没人能负得起这个责任。彭德怀也瞪了眼:"怎么你可以在这里,我在这里就不行?你死得,我就死不得?"王震急了:"你是不是不相信我的指挥?"彭德怀说:"我看我的,你指挥你的,我不干预你。"两个将领多年来同生共死,但往往到一起就顶起来,尤其是在打仗吃紧的时候。"我和王胡子像是一个槽里吃草的两头湖南骡子,吃着吃着就踢起来。"彭德怀曾这样比喻他和王震的关系,"但我们拉起套来,使的却是一股劲。"

由于攻击进展不顺,总攻时间一推再推。

王震下到三五九旅,纵队副政治委员王恩茂下到独立第六旅,副司令员郭鹏下到独立第四旅,参谋长张希钦去了炮兵阵地。

二纵决定下午四点开始总攻。

王震给炮兵阵地下达了轰击命令后,抓起棍子就往山上爬,爬到七一七团的阵地时,守军开始反击。团长胡政正从望远镜里观察,看见王震不但上来了,而且还想继续往山上爬,胡政急忙上前拦住了他。王震将其推开,喊道:"敌人反扑得这么凶,还在这里看镜子,快给我冲!"胡政知道王震的脾气,立即率部迎面冲了上去。战后,部队官兵中流传说,王胡子在阵地上打了胡团长,这让王震感到很不安。直到三十八年以后,年逾古稀的王震还在解释:"人们说,打壶梯山时我打了胡政。没有的事。我要往前冲,他阻拦我,我只用双手这么推了一下……"

壶梯山守军发动了反击。胡宗南派来的飞机由于看不清地面标志乱扔炸弹,不但使防守部队遭到损失,连守军的电台都被炸坏了,整编三十六师与上级的联系由此中断。二十八旅旅长李规再次向钟松请求增援,钟松口气生硬:"没有部队增援,无兵也要守住阵地。如果放弃阵地,就以违犯军法论处!"李规怒不可遏:"如果我放弃阵地违犯军法,那么你也要连坐!"此时,二十八旅的各个阵地上都发生了肉搏战,八十二团的两个营已退守二线阵地。团长董文轩力求重新建立防御线,但部队已被分割,他只有向山顶的核心阵地退缩。

王震发现山顶上的守军有逃跑的迹象,对身边的参谋和卫生员说:"快告诉炮兵,往山顶高吊射击!敌人要跑!"参谋和卫生员跑去传达命令,等了一会儿却没见炮兵开炮,王震对身边剩下的警卫员说:"大个子!你快去再向炮兵传达我的命令!"年仅十八岁的"大个子"叫吴宪军,山东人,他和王震的关系不一般,他不但是王震的警卫员,还是王震的党小组长。吴宪军拒绝执行这个命令,因为他走了司令员身边就没人了。王震说:"有这么多部队,我死不了的。"吴宪军还是说:"那不行,我不能去!"王震火了:"放走了敌人我枪毙你!"吴宪军一脸严肃:"我以党小组长的名义向你提出要求:你要保证在我回来之前,不能离开这里。"王震说:"我保证,快去!"吴宪军去了,等他完成任务跑回来的时候,发现王震确实原地未动。吴宪军很高兴,因为类似这样的事在以前的党小组会上他批评过王震,现在看来司令员的这个缺点已经改正了。这个年仅十八岁的小警卫员满意地对王震说:"你这次表现不错,值得表扬。"

壶梯山守军二十八旅八十二团已无法支撑,团长董文轩在山顶的大庙里已经能够听见解放军的呐喊声,他甚至看见一面高举着的红旗距离大庙很近了。

董文轩不知道,此刻举着红旗向他冲过来人,一年前还是整编三十六师的一名士兵。十一团四连副排长杜立海在沙家店战役中被俘,后加入西北野战军,他思想进步很大,作战十分勇敢。作为攻击山顶大庙的先头部队,四连在冲击中遭到两座地堡的火力封锁,杜立海带领一个班炸毁地堡后,高举着红旗冲在最前面。就在接近山顶的时候,杜立海摇晃了一下差点倒下,但他依旧举着红旗往上攀登,终于将手里的红旗插到了山顶上。当卫生员上来为他包扎的时候,发现杜立海的肠子已经从腹腔掉了出来,鲜血染红了半截身子。

八十二团团长董文轩最终逃下山,跑回了冯原镇的二十八旅旅部。

壶梯山失守令整编三十六师全师动摇。参谋长张先觉建议后撤待援,师长钟松和副师长朱侠表示同意。与此同时,第五兵团司令官裴昌会命令整编三十师放弃韩城向整编三十六师靠拢,同时命令驻扎在澄城的整编三十八师十七旅归钟松指挥,以加强整编三十六师的兵力。黄昏,钟松命令一二三旅的炮兵向壶梯山猛烈炮击,掩护主力沿着冯原镇至澄城的公路向后撤退。

九日早晨七时,被一夜的撤退弄得疲惫不堪的钟松接到了一个让他愤怒的消息:二十八旅旅长李规在电话里说,因为晚上撤退看不清路,早上的时候才知道他们已经退到了洛河以东的澄城。规定的撤退计划是:二十八旅掩护全师的撤退行动。现在,他们居然撤得比师部还快,一下子就跑到了澄城!参谋长张先觉无奈地问钟松怎么办,钟松半天没有吭声。八时,奉裴昌会之命增援的整编三十八师十七旅来电话,说他们已经从澄城出动了,估计上午十时能与整编三十六师会合。这个消息让钟松的情绪好转了一些。但是等了半天,只等来了十七旅的一个参谋——整编三十八师十七旅根本没有出动,因为二十八旅撤到澄城之后狼狈不堪的状况把他们吓坏了,他们不愿为与自己没有隶属关系的整编三十六师冒险。

此时,彭德怀部对整编三十六师已经开始了全面追击。

中午的时候,钟松接到一六五旅旅长孙铁英的电话,说发现有共军的大纵队正从两侧迅速南进,估计很快就要到达师部附近。钟松大惊失色,不知该怎么办。参谋长张先觉建议撤入澄城,副师长朱侠不同意。钟松沉默了一会儿,带着警卫走了。朱副师长说他要到工兵营和特务营去,也走了。师部四周开始响起密集的枪声,突然,钟松从一二三旅后方阵地打来电话,命令张参谋长"酌情把师向后移动"。

整编三十六师撤退的部队拥挤在一起。钟松命令撤到澄城的二十八旅旅长李规去解救一六五旅旅部,李规认为命令不合理,拒绝执行。接着,钟松又命令李规增援在王村镇被围的四九四、四九五团,李规回答:"没有部队,无力增援。"

王震跟随追击部队跑到了王村镇附近,他刚登上一个高坡准备观察时,密集的子弹朝这里打来,在他脚下溅起一团尘土。他喊:"大个子!快调炮兵来!"吴宪军拉他让他隐蔽,王震急了:"不要拉我!"话音未落,一颗炮弹打过来,吴宪军还没来得及扑上去,炮弹爆炸了,王震的后脑勺流出鲜血。吴宪军喊:"司令员!你负伤了!"王震伸手一摸,满手鲜红:"娘的,真打着了。"吴宪军不由分说背起王震就跑,边跑边哭。王震迷迷糊糊地说:"都怪我,大个子!我对不起你!"这已是王震在战争中第七次负伤,伤势严重但所幸没有伤及关键,他立即被送往黄河以东的后方医院。

王震倒下的时候,整编三十六师一二三旅已经跑得没了踪影。张先觉紧急召集师直属队突围,往外跑的时候,他看见副师长朱侠边喊"杀!杀!"边带领特务营向杨家凹东南突围,结果没跑多远就被乱枪打死了。张先觉被俘。查明身份后,他被送往三五九旅政治部。共产党干部要求他写信给被围困在王村镇里的一二三旅旅长孙铁英,劝其投降。张先觉拒绝了——"次年,该旅在五丈原被歼,孙负伤被俘,我和他见面,深悔当时没有写信劝降。"

当彭德怀部围歼整编三十六师时,相距仅二十五公里的整编十七师和整编三十八师不但没有增援解围,反而放弃韩城向合阳撤退了。

澄合战役,西北野战军毙伤整编三十六师包括副师长朱侠以下三千余人,俘虏师参谋长张先觉,南京国防部驻整编三十六师少将高参李秀、少将战场视察官马国荣以下官兵六千余人。

西北野战军伤亡两千三百余人。

此战再次证明,即使在兵力不足和战场条件恶劣的情况下,只要勇于作战,是可以与强敌周旋到底的。

钟松再次从战场逃亡。

而在壶梯山战斗最紧张的时候,告诉钟松"如果我放弃阵地违犯军法,那么你也要连坐"的二十八旅旅长李规,最终自己应验了对别人的威胁。他从战场逃脱后,八月二十四日,奉命到大荔县中学开会,一进县城就觉得气氛不对,城内布满荷枪实弹的军警,原来热闹的大街上空无一人。走到大荔中学门口,看见门前停放着一排汽车,其中的一辆因车特别显眼。有人告诉他,胡宗南带着参谋长、副参谋长、参谋处长、副官处长、情报科长和执法队已经到了,脚镣、手铐等刑具以及行刑人员也都带来了。大荔是裴昌会的第五兵团兵团部所在地,胡宗南打算在此召开渭北各师旅以上部队长会议,检讨壶梯山战役失败的原因。李规后来回忆说:"事先准备好了圈套,美其名曰检讨会,实际是对我们进行军法会审,我当时还在梦中。"

会议一开始,胡宗南就指名让李规首先汇报。李规对作战进行检讨的时候,把大多责任归结于钟松的指挥:一、战役发生前,我军对共军大部队的动向不明,以为当面不过是共军的少数地方武装,因而对敌情重视不够;二、没有派出兵力占领介牌山,仅按师部的指示在壶梯山部署了兵力,右翼无依托,左翼的八十四团二营距离壶梯山十多公里,空隙很大,以致战斗一开始二营就被消灭,共军大部队依靠介牌山居高临下攻击壶梯山。壶梯山守备部队既没有左右支援,也没有炮火支持,官兵伤亡很大,导致阵地失守;三、八十三、八十四团残部撤退时,师里没有规定序列撤退路线,导致全师挤在一条路上发生混乱,这是造成中途溃败的主要原因。李规汇报完毕,胡宗南脸色阴沉了一会儿,突然,他拍着桌子大声说:"第二十八旅旅长李规,图谋不轨,既不固守壶梯山的主阵地,又不听从命令解刘家凹之围,擅自将部队撤离主阵地达二十余里。在该师前线战斗紧急的情况下,不派部队增援出击,以致该师遭受重大损失影响整个战局。这些事实,绝对不能令人容忍,着即将李规逮捕交军法会审。"话音未落,武装执法士兵就把李规架了出去,将他关押在会议室旁边的一间教室里。

之后汇报的是守备壶梯山的二十八旅八十二团团长董文轩。董团长说他的工事全都被猛烈的炮火摧毁,官兵伤亡殆尽,当预备队上来时,阵地已经被突破,他战斗到最后一刻才冲了出来。话音未落,他和李规一样被执法士兵架了出去,与李规关押在同一间教室里。

接着就轮到钟松了。西安绥靖公署副参谋长沈策严厉指责整编三十六师对全力加强壶梯山阵地的命令置若罔闻,当二十八旅闻风逃窜后,师主力不但不及时恢复阵地坚守待援,反而放弃阵地逃跑以致损失巨大。沈策的话被愤怒的钟松打断了,钟松认为责任是大本营的:

> 壶梯山战役失败的主要原因,是由于大本营对情况判断错误。当整三十八师在合阳喊叫共军的主力在他们的当面时,我们当面早已发现了很多共军,而大本营硬说根据情况判断共军主力在第九十师、三十八师的当面,整第三十六师当面只是少数牵制部队,于是三令五申地要整第三十六师主力集结冯原镇以东,准备策应整第九十师、整第三十八师作战。其实共军声东击西,以少数兵力把整第九十、三十八两师吸引到合阳地区,而以大兵团秘密运动到整三十六师方面。所以当壶梯山战斗一开始,就遭到数倍于我的共军攻击,此时主力又被截成数段,除分别突围外,只有全军覆没。可是大本营把失败的责任推到第一线指挥官身上,如何令人心服!

胡宗南几次企图阻止钟松说下去,但是钟松仿佛豁出去了。最后,忍无可忍的胡宗南拍案而起:"你钟松能干,我胡宗南不好,但是我就不要你干!"

胡宗南的脸气青了,当场下令:"第三十六师师长钟松撤职关押,师长由整第七十六师师长李日基充任,第七十六师师长由谢义峰升任。"钟松仍不服,经大家劝阻,才没有再说。胡宗南气得回到休息室,把桌子一推,全部茶具摔坏了,会也不开了。大家都三五成群地坐在树荫下抽闷烟。还是第五兵团司令官裴昌会提议,找几个人去劝说劝说,可是胡宗南基本部队的将领都不敢去,只好叫了几个非嫡系将领去求情,并向胡宗南保证以后要绝对服从命令打好仗,同时整编第三十八师把情况扩大的责任推到参谋长慕中岳身上,算是认了错,这才重新开会。

后来李规才知道,胡宗南原准备将他在大荔就地枪决,只是经过将领们的斡旋才改为押解到西安会审。不久,李规在中共和民革地下组织的营救下成功越狱——他"奔赴延安,走上了革命道路"。

澄合战役后,胡宗南采取了宽正面大纵深的防御态势。

同时,西北战场的国民党军整编师、旅恢复了军、师的番号。

九月底,彭德怀决定发起新的战役。这一次,他选定的目标是第十七军和第三十八军。当时,第十七、第三十八军和第三十六军残部,位于大荔周边地区,以城镇和村落为依托,防御正面宽二十公里,纵深达到三十公里,各据点之间均有较大的空隙。如果攻击这一地域,可能增援的是距离最近的第七十六和第九十军。

十月五日拂晓,彭德怀部各纵队突然对第十七军据守的各个据点展开全线攻击。一纵三五八旅七一四团直逼第十七军军部,途中歼灭了正在撤退的四十八师的三百多人,俘虏了师长万又麟。同时,二纵、四纵也切断了第十七军与第三十八军之间的联系。

第十七军军长康庄因病在后方治疗,部队由副军长兼十二师师长陈子干指挥。此时,他已经与四十八师失去了联系,正感到有点莫名其妙的时候,突然主阵地受到猛烈攻击。陈子干亲自到前线观察,发现左右两翼都有彭德怀部的大部队运动,他这才证实了四十八师被歼的预感,也知道了攻击他的是西北野战军二纵。

晚上,裴昌会说第三十八军已来增援,但是夜间难以靠拢。于是,陈子干决定趁共军的合围圈还没有完全形成,立即突围。三十六师已经撤不回来了,三十四师也被打垮了,军部直接暴露在攻击之下,光靠军直属队是顶不住的。陈子干命令部队突围时不准开枪,遇到阻击时用刺刀打开突破口,他想悄悄地脱离战场。但是,先头部队很快就被打回来了,于是改由十二师警卫连开路,绕道沿着洛河摸索前进。当陈子干终于跑出包围圈,与第三十八军取得联系时,已经是六日上午十时了。他用电报命令三十六师自行突围后,就和这个师再也联系不上了——深陷包围的三十六师战斗到六日拂晓的时候伤亡巨大,被迫突围后,侥幸渡过洛河的只有一个营长带领的两百多人,师长张泽民跑进一座小庙休息时被游击队俘虏。

彭德怀接着将攻击的矛头指向了第三十八军。

第三十八军奉命增援第十七军,但是,六日拂晓其前锋五十五师报告说,前面的第十七军正在向后溃退,连五十五师都已经与共军接战了。军部立即命令各部收缩兵力,转移到工事比较坚固的东汉村,那里是一七七师五三〇团的防地。但是,军部刚转移到那里,就发现东汉村附近有共军的大部队在移动。晚上,战事好像缓和了一些。七日凌晨,侦察员报告说,通往大荔的公路已被切断;接着,通信连报告说,军部与兵团指挥部的电话有被共军窃听的痕迹。于是,军部自行切断电话线,中断了他们与兵团指挥部的联系。上午十时,东汉村受到猛烈攻击。从西汉村增援的一七七师受到阻击而不能到达。不久,东汉村守备阵地开始动摇。军部命令预备队出击,但依旧无法冲破包围;军部请求兵团增援,但始终没有得到答复。下午十五时,兵团司令官裴昌会终于来了电报,说兵团司令部正向洛河西岸转移,命令第三十八军固守现有阵地,并说第十七军现归第三十八军指挥。第三十八军好容易找到第十七军参谋长宋志坚,宋参谋长说他身边已经没有部队了。

八日下午十五时,第三十八军军部再次转移,在警卫营的掩护下趁夜色奔向洛河桥。九日拂晓,在洛河桥附近遇到了第一军一六七师的部队,刚觉得安全了一些,可一六七师一看见第三十八军溃败下来的部队,立即向后撤得不见了踪影。军部只好自己在洛河边上收容散兵,经过清查,共损失官兵四千多人。

第三十八军副军长李振西在战斗前偷偷回了西安。战斗一开始,他就被胡宗南在家里找到了,胡宗南命令他立即返回前线。他出了西安,看见了一片混乱的景象,这种景象令他感到西北战局已经今非昔比:

  我在途中遇到第九十军、三十八军的眷属,纷纷向后跑。
  据说前方打得很厉害,部队已经垮下来,当时枪炮声还很激烈,溃兵乱窜,情况已经不允许我继续前进。只好沿着洛河西岸,准备到大荔第五兵团部联络一下再看。可是当我下午四时左右至羌白附近时,第五兵团部已由大荔逃出,正在那里架设电台,同前方联络。据说第九十军、第三十八军情况不明,第一军增加上去,也没有消息。第三十六军只在大荔城内留一个师暂时维持秩序,主力已经撤过洛河。当时我看他们慌成一团,有继续西逃的样子,便又折回,准备随第一军找寻部队。黄昏后,我到船舍镇洛河桥头时,满河滩都是溃兵,也分不出是哪一军哪一师,对岸枪声打成一片。我只好弃车,挤在溃兵伙里一同向西逃跑。直跑到七日早饭时,在蒲城龙阳镇附近,先后碰到了第九十军军长陈子干、第三十八军军长姚国俊、第五十五师师长曹维汉、第一七七师副师长张玉亭,才知道十月五日夜十二时左右,驻永丰阵地第九十军的一个团突然被解放军包围,军与师、师与团之间的对话中断。第五兵团司令官叫第三十八军驻胭脂山上的第五十五师就近派一个团去解围,第五十五师第一六五团刚到永丰镇南塬塬边,就被潜伏的解放军猛袭,立即溃败下来。第九十军军长陈子干听说后路被截断,赶忙向铁镰山上撤退。第三十八军第五十五师受第九十军影响,也退到铁镰山打虎寨附近。天明时东西汉村的第一七七师又被包围。第三十八军军长姚国俊,听说第五十五师撤退了,第一七七师被包围了,也跑到铁镰山……这时两个军部、四个师,都挤到铁镰山上,汽车、大车、炮车塞住了道路,当面解放军跟踪追击,永丰的解放军从中间横插进来,一时乱成一团,根本无法形成有组织的抵抗。空军虽然长时间盘旋上空,但是敌我不分,无法发挥它的作用。七日晚十点左右,我们先后跑过了洛河,直到第二天才在蒲城、渭南一带收住脚,有的还跑到了富平。第三十八军的第一七七师,自六日早突然被解放军包围后,各方联络中断,孤军困守,经过一天激战,伤亡过重,无法继续抵抗。黄昏前后,开始突围。在突围中,第五三〇团全团被歼,团长王力行、营长邹建舫被俘……当日上午增援上去的第一军,由于第九十军、第三十八军均已溃退,也被迫沿洛河东岸退到大荔附近改取守势,七日早也全部撤过洛河。由于当时解放军没有穷追,我们才在渭南、蒲城地区站住了脚。总计是役第三十八军伤亡被俘一万多人,第九十军六千多人,第三十六军一千多人,共计一万七千多人。

第三十八军的重武器几乎全部落在二纵手里。

追击的时候,伤愈归队的王震又与他的大个子警卫员顶撞起来。当他在指挥所里得知七一七团攻下守军阵地后没有及时组织追击时,大发雷霆,高喊:"快传达我的命令,让他们迅速追击敌人!"传达命令的人刚走,第三十六军被冲垮的消息传来。王震看见敌人逃跑,但没有部队追击,急得直上火,刚好警卫员吴宪军在地上摆好了饭菜等他吃,王震一脚把饭菜踢了:"敌人都跑了,还吃他娘个鬼!你赶快给我去三五九旅告诉徐国贤,叫他们马上追击,追到天边也要把敌人给我消灭!"吴宪军告诫王震不能离开这里,要特别小心流弹,然后转身跑了。回来的时候,吴宪军发现王震不见了。他一直追到了十二团,看见一个战士正拉着王震不让他往前冲,子弹乱飞,炮弹四处爆炸,吴宪军飞身扑向王震,王震抡起手里的爬山棍朝吴宪军打去,吴宪军抓住棍子抱住王震,两人便厮打在一起。王震喊:"你敢打人!你违反纪律,要是放跑了敌人,我枪毙你!"身高力大的吴宪军把王震按在地上喊:"你别叫,今天是你的错,你要枪毙我,也得等打完仗!"追击的二纵官兵从他们身边跑过去,官兵们对眼前的情景已经习以为常,只是议论说"司令员和大个子又打起来了"。

十二日拂晓,彭德怀集中全部主力攻击第六十五军。上午十时左右,一纵、三纵、六纵先后攻至东西汉村,将第六十五军一八七师包围,二纵将一六〇师包围在大濠营村。在西北野战军主力的攻击下,第六十五军开始向南撤退。战至下午十六时,三纵歼灭一八七师五六〇团全部和五六一团的两个营。黄昏时分,胡宗南的增援部队突破西北野战军的阻击防线,与一六〇师会合。十三日,更多的增援部队赶到了战场。已经无力决战的彭德怀命令停止攻击撤出战斗。

荔北战役,西北野战军歼敌两万五千余人,伤亡九千六百余人。

壶梯山战斗之前,王震到先头部队检查战役准备情况,当发现连队准备的午饭是玉米棒子时,他对司务长说:"一定得让同志们吃上顿肉。这是个硬仗,冲在前面的同志,不知有几个能回来。"他让大个子警卫员吴宪军把随身携带的银元拿出来,让司务长去弄肉。等司务长回来了,他亲自动手收拾肉,然后一锅一锅地炒,直到亲眼看见每位官兵都吃到肉为止。大个子警卫员吴宪军目睹过包括他的司令员在内的太多的流血牺牲,还是孩子的他并不十分清楚他们所进行的出生入死的战斗对全国战场的影响有多大,他的心中只有司令员的安危,因为这是他的战斗岗位,为此,年仅十八岁的他随时准备献出自己的生命。

山东孩子吴宪军并不知道,此时此刻,在他的老家山东,正在进行一场规模更大的城市攻坚战。这次攻坚战,因为揭开了共产党领导的军队与国民党军大决战的序幕而被载入了中国革命史册。

济南战役：一次严重作战

一九四八年五月间,第二绥靖区司令官兼山东省政府主席王耀武从南京返回济南。虽然军事形势已如大战前夜,但他下了飞机哪也没去先回了家。

王耀武走进母亲的房间问安,他自幼丧父,母亲含辛茹苦把他拉扯大,他是个孝顺的儿子。目不识丁的母亲从儿子的脸上看出他忧心忡忡。王耀武没有多说什么,只是说济南现在不大安全,建议母亲搬到南京去住。接着,他去了自己的房间。夫人郑宜兰是福州地方法院推事的女儿,是王耀武以连长之职随北伐军入闽时结识的,两人婚后相敬如宾,十分恩爱。王耀武把当前的局势向夫人诉说了一遍,郑宜兰听了很是悲伤,她表示按照丈夫的心愿尽快带着母亲和孩子离开济南,她还安慰丈夫一切不必挂心,放心打仗,打完仗快些到南京团聚。

济南守军很快就知道了他们的司令官南迁家人一事。

谁都知道这一举动无疑是一场血战即将来临的信号。

一九四八年春夏之际,有三座省会城市成为共产党军队的攻击目标:华东野战军粟裕部作战范围内的山东济南、东北野战军林彪部作战范围内的吉林长春以及华北军区徐向前部作战范围内的山西太原。战争双方都很清楚:全国的战局发展至此,无论以上哪座城市发生战事,导致的后果绝不是一座城市的得失,而是引燃国共双方大决战的导火索。

毛泽东苦苦思索的是,从哪座城市下手才能导致最理想的战争走向?

蒋介石也在判断,哪座城市的失守会动摇长江以北的整个战线?

王耀武是应蒋介石之命飞往南京的。

在刚刚过去的两个月内,王耀武的第二绥靖区损失近八万兵力,济南周边三百公里的区域皆为共产党人所控制,济南已经成为一座孤城。王耀武深居简出,深思熟虑之后得出两个判断:一、共军必攻济南,二、济南无法守住。王耀武认为,必须果断地放弃济南,将所剩兵力集结在兖州及其以南地区,与驻守徐州战区的部队连接起来,巩固徐州至兖州之间的铁路交通,只有这样山东以至中原战局才有支撑下去的可能。

在南京机场迎接王耀武的,是蒋介石的贴心幕僚陈布雷。陈布雷与王耀武是至交。寒暄之后,王耀武不避讳地说出了放弃济南的想法,陈布雷当即表示赞同,但他也直言不讳地说恐怕无法说服蒋介石。

蒋介石为王耀武安排了家宴。夫人宋美龄亲自下厨炒了几个菜,其中有王司令最爱吃的红烧鸡块炖粉皮。家宴在宋美龄的营造下弥漫着一种温馨的氛围。酒过三巡之后,王耀武小心地把自己的想法说了出来。果然,蒋介石认为必须确保济南。他的理由是:一、济南是华东战略要地,济南至徐州的铁路已修好通车。为了不让华东与华北的匪区打成一片,不让共军掌握交通的动脉,必须守住济南。二、不能使驻扎在青岛的美国海军陷于孤立;否则,不但在军事上,政治上也于国军不利,且会影响美国对我们的援助。三、我们有空运大队,随时可以增派援军。在空军优势的条件下,济南并不孤立,没有后方也可以作战。蒋介石的话令王耀武印象深刻:

> 济南如果被围攻,我当亲自为你督促主力部队迅速增援。只要你能守得住,援军必能及时到达,我有力量来解你的围。为了确保济南,必要时还可以增加防守部队。打仗主要是靠士气,鼓励士气,首先自己不要气馁。你要知道,我们的失败是失败于士气的低落。你们如不发愤努力,坚定意志,将死无葬身之地。

心情矛盾的王耀武去见了行政院院长张群。张群情绪不高:"主席总是说政治配合不上军事。兵员粮食困难也要怪我们。军队一打就败,地区不断地缩小,地区愈缩小,兵员粮食就愈没办法。这样下去,真是危险!"王耀武又见了国防部长何应钦。何应钦情绪激愤:"抗战胜利后,我们与共产党作战以来,我们的将领送给共产党的礼很多,你也送礼不少。陈辞修曾夸口说只需要三个月、六个月就可以解决共军的主力,可是现在已打了两年多了,不但没有解决共军的主力,我们的军队反而已经被消灭了约有两百多万。这样下去,真是不堪设想。希望你守住济南,不要再向共产党送礼了。"

王耀武返回济南的时候,南京各大报纸都刊登了消息:"王司令长官在文化堂信心百倍以告国人——济南城防稳固,工事坚强,部署完成,确有保卫大济南安全之把握。设若奸匪冒险来犯,必予迎头痛击!"

毛泽东原来把夺取第一个大城市并永久占领的希望寄托在林彪身上,因为当时夺取长春的条件最为成熟。长春国民党守军约十万人左右,正规军和非正规军、中央军和地方军之间矛盾复杂,且具有滇系背景的第六十军军长曾泽生正在酝酿起义。但是,林彪认为攻击长春消耗很大,目前还没有必胜的把握,建议围困克城。

六月二十五日东北野战军开始围困长春。

于是,毛泽东将攻克大城市的战略意图转移到山东济南。

七月十六日,毛泽东一天之内起草多封电报,发致华东野战军,催促发起攻击济南的作战行动:

第一封电报发致华东野战军山东兵团司令员许世友、政治委员谭震林:

> 你们歼灭八十四师后除一部兵力歼灭济宁、汶上之敌,并负责扼守运河要点阻止可能之敌东渡以外,主力应不惜疲劳抢占济南飞机场,并迅速完成攻击济南之准备,以期提早夺取济南。

第二封电报发致华东野战军代司令员兼代政治委员粟裕、参谋长陈士榘、政治部主任唐亮和副参谋长张震:

> ……攻克兖州又歼八十四师甚好甚慰。望鼓励士气,于尽可能短促时间完成对济南之包围[首先夺取飞机场],并乘胜夺取济南。如果可能,你们应争取于十天内外夺取济南。

第三封电报发致粟裕、陈士榘、张震、许世友、谭震林:

> ……许(许世友)谭(谭震林)已歼灭八十四师,济(济宁)汶(汶上)敌已南逃,邱(邱清泉)兵团可能停止东进。许谭在现地休息一二天,应不惜疲劳减员迅即北上包围济南,并

争取于十天内外攻克之。

济南北靠黄河,南倚群山,重要的战略地位使这座古城几乎变成了一座军事要塞。此刻,济南城内驻守着王耀武部九个正规旅、五个保安旅和特种兵部队,兵力约十万。同时,在南面还驻扎着邱清泉、李弥和黄百韬的三个机动兵团约十七万人,一旦济南受到攻击,他们随时可以北上增援——从战场态势上看,粟裕面临的敌情比林彪面对长春时要严重得多,济南是三座城市中似乎最没有把握攻取的一座。

毛泽东的催促令粟裕很是不安。

华东野战军的内线兵团与外线兵团尚未完全会合,仅靠位于内线的山东兵团很难独立完成既攻济南又打援军的任务——无论攻城还是打援,夺取济南都必将是一场恶仗。且华东野战军主力经过几个月的连续作战,部队减员严重,特别是基层指挥员和战斗骨干损失严重,尚未来得及补充。部队的作战物资消耗甚大,目前秋粮尚未收获,生产和支前存在着冲突,数十万大军作战的粮食供应任务繁重。如果仓促攻击济南,稍有不慎打成夹生饭,后果不堪设想。

粟裕经过缜密考虑致电中央军委,提出目前攻击济南尚有困难,建议休整一个月,然后集中华东野战军主力发动济南战役。

> ……以许谭现有兵力攻济南与打援,势难得手,如以许谭专任攻济南,兵力虽可,但时间需长,敌仍可能来援。如邱刘(整编六十四师刘镇湘部)两兵团北援,则许谭专任打援,亦感兵力不够。因此,建议许谭与我们争取休整时间一月,而后协力攻打济南,并同时打援,于打援中选择有力阵地,求歼邱兵团之大部或全部,均属可能。为求迅速攻占济南,必要时,此间可抽出几个长于攻坚速决的部队参战[估计有半月时间即可]。只要济南解决,打援方面又取得胜利,则战局可能迅速向南转移,今冬攻占徐州之计划,似属极大可能……

中央军委回电,同意粟裕部休整一个月,但需提出休整完毕后的作战计划。

八月十日,粟裕等华东野战军领导联名向中央军委提出了三个作战方案:一是集中全力转到豫皖苏和淮北路以东作战,目的是"截断徐蚌铁路,孤立徐州",作战重点是打援,求得在运动中寻歼邱清泉的整编第五军——这个方案的好处是将战争完全推出了解放区,减轻了解放区百姓支撑战争的负担,同时可以分散邱清泉和黄百韬两部兵力,也许能产生打大歼灭战的战机;缺点是大军外线作战,"供应极感困难",陇海路又便于敌人机动增援,阻击的压力大,打不好孤立徐州的目的不易达到。二是集中主力首先攻占济南,用必要兵力阻击增援之敌——这个方案的好处是可以使济南守军的兵力和工事不至于继续加强,"便于我军之攻击",迅速占领济南也有利于"全国战局及政局";缺点是,济南非短期可以攻占,战时若长,阻援部队负担过重,一旦阻援出现不利,对济南的攻击将会形成僵局。同时,把重兵放在攻打济南上,兖州和济宁等城市可能会被国民党军重新占领,对大局也是不利的。三是将前两个方案合并考虑,攻占济南与阻击打援同时进行,即先重点打援,得手后集中主力攻占济南——这个方案的好处是在预定战场打援便于达成歼敌目的,"只要援敌被歼,则攻济南有保障"。如打援与攻城皆能取胜,就会使下一步"孤立徐州"实施作战成为可能。而且部队依托解放区作战,补给相对容易。

粟裕提出初步战役设想后,同时建议中原野战军主力"向信阳或南阳汉水流域进击",吸引黄维的第十二兵团南下,"使其不易北援";陈谢兵团在郑州附近发动攻势,牵制孙元良的第十六兵团,使其不能东援。

两天后中央军委回电。这是一封著名的长电,大战在即的紧要关头,统帅部与前方将领关于作战方针的讨论皆为商榷的口吻,这种语气温和的作战电报在中外战争史上十分罕见,尽示共产党人的开阔襟怀。

显然,毛泽东与粟裕的想法有很大不同:

……你们所提三个方案我们正考虑中,待你们和许谭会商提出更接近实际的意见以后,再正式答复你们。现我们只提出一些初步感想,作为你们会商时的参考材料:

(一)九月作战,预计结果有三种可能。第一,打一个极大的歼灭战。这即是你们所说的既攻克济南,又歼灭五军等大部分援敌。第二,打一个大的但不是极大的歼灭战。这即是攻克济南,又歼灭一部分但不是大部分援敌。第三,济南既未攻克,援敌亦不好打,形成僵局,只好另寻战机。

(二)你们第三方案之目的,是为了争取第一种结果。其弱点是只以两个纵队占领飞机场,对于济南既不真打,而集中十一个纵队打援,则援敌势必谨慎集结缓缓推进,并不真援。邱(邱清泉)、区(区寿年)兵团之所以真援开封,是因为我们真打开封。敌明确知道我是阻援,不是打援,故以十天时间到达了开封。如果你们此次计划不是真打济南,而是置重点于打援,则在区兵团被歼,邱黄(黄维)两兵团重创之后,援敌必然会采取[不会不采取]这种谨慎集结缓缓推进方法。到了那时,我军势必中途改变计划,将重点放在真打济南。这种中途改变计划,虽然没有什么很大的不好,但丧失了一部分时间,并让敌人推进了一段路程,可能给予战局以影响。

毛泽东的意思很清楚:粟裕仅用两个纵队攻打济南显然兵力少了,国民党军立即就会识破这是在围城打援,于是他就不会不顾一切地增援;如若敌人不积极增援,集中十一个纵队的庞大的打援计划何以实现?其结果很可能是攻城不成,打援也不成。

……在使用许谭全力而不要其余各纵参加,或者即使参加也只是个别的师,至多不超过一个纵队的条件下,我们目前倾向于攻城打援分工协作,以达到既攻克济南,又歼灭一部援敌之目的,即采取你们第二方案,争取上述第二项结果。我们觉得这样做比较稳当,比较能获结果。因为此次作战,是在区兵团主力被歼,邱黄又受重创,二十五师(黄百韬部)后撤的情况之下,虽然新来了八师(李弥部)、六十四师(刘镇湘部),至多只能抵上区兵团主力之被歼及二十五师之后撤。你们集中六至七个纵队不但能阻住援敌于适当地区,而且能歼灭其一部分,至少能保障攻克济南。这就是我们所想的攻城打援分工协作计划。

粟裕明白了,毛泽东认为阻援不足以动用十一个纵队的兵力,只要六七个纵队,不但能阻击住,而且还能歼敌一部,这样就可以从阻援兵力中腾出四五个纵队用于攻克济南。

不管你们采取第二方案或第三方案,在兵力部署方面,叶飞(华东野战军第一纵队司令员)所指挥的三个纵队,应于本月下旬结束整训,北移嘉(嘉祥)巨(巨野)地区。已经在北面之各纵及正在移动中之第三纵,则应适时驻于兖济或其以南地区。即是说,除韦(华东野战军苏北兵团司令员韦国清)吉(华东野战军苏北兵团副政治委员姬鹏飞)之五个旅可以临时决定参战位置外[该部似以担任攻击徐蚌段为宜],一切正规兵力均应位于正面,先求阻击,然后寻机歼其几部。而不要企图以叶飞三个纵队尾邱黄之后,作夹击邱黄之部署。如果你们是企图打援,则邱黄决不分散走两路而让你们夹击其一路。那时敌之部署,极大可能是以一部位于运河以西[例如金乡]以钳制我军一部,而以主力沿津浦路北进援济。或者相反,以一部扰击津浦路,而主力沿运西北上援济。因此,我军必须事先先夹运(运河)而阵,并构筑几道防御工事,以便随时转移兵力于运东或运西阻击与歼灭援敌。

毛泽东对粟裕预想的打援计划也提出了异议,认为采取尾追分割的办法不妥,建议在运河两岸设置伏击战场。

粟裕表示坚决执行军委的部署,但坚持济南战役分两个阶段实施:

第一阶段以足够(兵力)攻占机场及达到吸引援敌之力量[约两至三个纵队],使用于济南方面外,其余应全部使用于打援,以求于第一阶段歼援敌六个旅,迫使援敌其余各路不敢继续猛进。然后于战役第二阶段集中主力[东兵团全部及西兵团三至四个纵队]攻占济南,仅以一部担任阻援。如此才能争取攻济时间,才能保证打援无问题……

济南毕竟是一座重兵驻守的大城市,在它南面的豫北和苏北一带,又有随时可以机动增援的众多兵力,作为前方战场指挥员,粟裕必须在战前想到所有可能出现的情况,比如国民党军以大兵力迅猛增援,一旦突破我军的阻击防线,济南城内的守军也许会趁势反击而出。但是,毛泽东断定国民党军已难以实施大规模的协同作战。如果国民党军是一支上下一致、彼此协同、全力作战的部队,我军对攻击济南这样的大城市必会三思而行。

粟裕要求调苏北兵团主力参战以解决兵力不足的问题。

中央军委批准苏北兵团除在苏北留两个旅之外,其余两个纵队加一个旅全部北上参战。同时再一次致电粟裕:

粟裕同志：

　　……此役关系甚大，根据敌我两方情况，你的顾虑是有理由的……攻克济南之时间不能预先只规定一种，而应预先规定三种，即二十天、一个月、两个月。这三种时间中，我们固然要争取第一种，其次是第二种，但这在战役发起之前只是一种理想，是否实现要依攻击过程中敌之防御能力如何才能确定。或者二十天左右即可攻克，这样我阻援兵团是有把握阻得住援敌的[包括歼敌一部分]；或者要一个月左右才能攻克，这样我必须歼灭援敌几个旅，虽然不一定是六个旅，但歼其三至四个旅是完全必须的，否则就不能阻住援敌，我攻济必功败垂成。但最重要者是一个月左右还不能攻克济南，必须大量歼灭援敌，例如六个旅、八个旅或更多些，根本停止了援敌前进，给我以所需要的一切攻城时间，例如一个半月，两个月，或更多些[打临汾曾费去七十二天]才能克城，你们的根本出发点应放在这种情况上。我们不是要求你们集中最大兵力，不顾一切硬攻济南，这样部署是非常危险的。我们要求你们的是以一部兵力真攻济南[不是佯攻，也不是只占飞机场]，而集中最大兵力于阻援和打援……在此种形势下同意你的意见，第一阶段以足够攻占机场及吸引援敌之力量[两至三个纵队]用于攻城，其余全部用于打援。依情况发展，如援敌进展得慢，而攻城进展顺利，又有内应条件，则考虑增加攻城兵力，先克城，后打援；如援敌进展得快，则应全力先打援，后克城。

军委
俭(二十八日)丑(夜)

至此，"攻济打援"的作战方针基本形成。

在随后致许世友的电报中，毛泽东特别阐述了"攻济打援"的意图所在："此次作战目的，主要是夺取济南，其次才是歼灭一部分援敌，但在手段上即在兵力部署上，却不应以多数兵力打济南。如果以多数兵力打济南，以少数兵力打援敌，则因援敌甚多，势必阻不住，不能歼其一部，因而不能取得攻济的必要时间，则攻济必不成功。"

华东野战军制定的作战计划是：以三十二万总兵力的百分之四十四约十四万人攻击济南，同时以百分之五十六的兵力约十八万人阻援。

攻城的主攻方向是济南城西,因为西面守军整编第九十六军军长吴化文有战场起义的可能。

野战军组成了攻城兵团和打援兵团:

攻城兵团战斗序列是:第三纵队八师、九师,第九纵队二十五、二十六、二十七师,第十纵队二十八、二十九师,第十三纵队三十七、三十八、三十九师,两广纵队三个团,渤海纵队七、十一师,鲁中南纵队四十六、四十七师,渤海军区四个团,冀鲁豫军区六个团,野战军司令部警卫团,特种兵纵队一部。打援兵团战斗序列是:第一纵队一、二、三师,第二纵队四、五、六师,第四纵队十、十一、十二师,第六纵队十六、十七、十八师,第七纵队十九、二十、二十一师,第八纵队二十二、二十三师,第十二纵队三十五、三十六师,鲁中南纵队四个团,冀鲁豫军区独立第一、第三旅,中原野战军第十一纵队三十一、三十二、三十三旅,特种兵纵队一部。

攻城兵团以第三、第十纵队以及鲁中南纵队组成西兵团,由十纵司令员宋时轮、政治委员刘培善统一指挥,攻占机场后向内城发展。另外,西兵团还负责指挥两广纵队、野战军警卫团、冀鲁豫军区部队围攻济南以南的长清和济南以西的齐河。同时,攻城兵团以第九纵队和渤海纵队组成东兵团,由九纵队司令员聂凤智、政治委员刘浩天统一指挥,肃清济南东郊外围据点后协同西兵团攻城。攻城兵团以第十三纵队为预备队,配属在济南的东南方向。

打援兵团则按照"夹运而阵"的部署:第四、第八两纵队及冀鲁豫军区独立第一、第三旅位于鲁西南的金乡、成武、巨野、嘉祥地区,构筑防御工事,阻击可能由豫东商丘和皖北砀山地区出动的援军;以鲁中南军区四个团及第七纵队一部位于鲁南滕县至官桥之间,准备阻击自徐州方向出动的援军;以第一、第六、第七纵队主力、中原野战军第十一纵队、苏北兵团第二、第十二纵队,配属纵队炮兵第二、第三团的两个连,集结于济宁、兖州和滕县以东地区,待机歼灭沿津浦路北上的援军。

粟裕计划九月十六日发起攻击,预计十五至二十天攻克济南。

蒋介石深知"济南稳则徐州稳,徐州稳则中原稳"。一九四七年二月莱芜战役失利后,他曾亲自到济南当面告诫王耀武:"济南在政治、军事、地理上都很重要,如发生问题你要负责。"但是,到了一九四八年春,济南至潍县、济南至青岛和济南至徐州之间,国民党军各部都已被

——歼灭,济南周围三百公里的地区都已被华东野战军控制。美国军事顾问团主张将王耀武部从济南撤至徐州,但蒋介石坚持认为这是美国人不懂得中国军事地理而提出的糊涂建议,济南必须固守。

九月初,蒋介石得知华东野战军开始向济南方向云集,立即命令将驻守青岛的整编七十四师(孟良崮战役后重建)五十七旅和驻守徐州的整编八十三师十九旅紧急空运济南。同时命令邱清泉的第二兵团集结于豫北商丘一带,黄百韬的第七兵团集结于苏北新安镇一线,李弥的第十三兵团集结于苏北宿县一线,以备北上增援济南。

王耀武的幕僚们一致认为,共军绝不会放过济南,济南很快就会受到攻击。因为,一、共军为了巩固后方必须占领济南;二、共军已经具备了相当的攻坚能力;三、之前,共军对胶济铁路、津浦铁路和济南附近地区的公路不断破坏,最近却一反常态开始加紧抢修;四、共军又开始大量释放被俘官兵了,在莱芜战役中被俘的大部分军官已被释放回济南,同时共军对潍县、兖州战役中失散的国军军官家眷给以格外照顾,每人都发了路费让他们回到济南城,连从潍县等地跑到济南的商人也到处说共军如何好,要知道,共军每在大战发动前都要做这些工作。

王耀武知道,由于整个城防防御正面太大,兵力不足导致机动兵力很少,而守备区域内处处都要设防,拿第二绥靖区参谋长罗幸理的话来讲,济南防御系统犹如"大人穿小孩的衣服"。在这种情况下,只有加强每一个据点的防御工事。王耀武下令济南全城征工征料。他亲自视察施工情况,重点检查机场、四里山、千佛山、砚池山、茂岭山、洪家楼、黄台山等主要据点。为了检验坚固性,他命令炮兵对准砚池山和茂岭山工事进行破坏性轰击,结果令他十分满意。他对陪同他检查的整编七十三师师长曹振铎说:"这样坚固的工事,共军想攻下一个据点,是极不容易的事。我们如再守不住,那真太无用了。"曹师长说:"我在抗战时也没有做过这样好的坚固工事。我们的工事做好了,就怕共军不敢来;如来攻,定会把他们击败。"

为了抢夺粮食,蒋介石用四架运输机空运来大量的金圆券,王耀武命令各部队或在解放区的边缘,或派人潜入解放区的内部,用金圆券将村镇百姓手里的粮食抢夺殆尽。为了解决兵源不足问题,王耀武开始扩编地方武装,先是招募社会闲杂人员组成了约两千人的"救民先锋总队",又招收青年学生组成了约八千人的"青年教导总队"。国防部军事新闻通讯社少将主任刘子瑛急就特写一篇,题为:一寸山河一寸血,十万青年十万军。王耀武认为文章写得很好,特送刘子瑛面粉十袋煤炭一卡车。接下来,士气是个大问题。王耀武深知,打仗不是打谁的兵多,最终打的还是士气。此时,国民党军中认为打不赢共产党已成共识,这种念头经过被释放回来的被俘官兵的宣传得到进一步强化,最令人担心的是这种想法在军官中尤为普遍。王耀武决定采取"正面教育"的手段。他评选"战斗英雄",为立功官兵授奖,还指示商会出钱、妇女会出人组成"慰劳队",去部队赠送慰劳品,演戏、唱歌,替官兵缝补浆洗。提高王耀武的个人威望,也是提高士气的重要内容,济南各大报刊连续刊登吹捧文章,称誉王耀武"当年三捷长沙,近日砥柱黄河,古城名将,相得益彰,济南城防,坚如磐石,固若金汤"。

但是,蒋介石认为,王耀武本人的士气就很成问题。他先后派国防部第三厅厅长郭汝瑰和徐州"剿总"副总司令杜聿明来济南视察防务。郭汝瑰是工兵出身,他对王耀武就城防阵地的构成作了理论上的阐述,比如他认为城内修建的碉堡过于暴露,容易受到火炮的直接轰击,建议把几只羊放到碉堡里去开炮试一试。杜聿明则热衷于他在东北与林彪作战的体会,不但没有对济南防务提出任何积极的建议,反而与王耀武的高级将领们发生了冲突。因为王耀武希望徐州方面至少调来一个师加强济南防御,而无论是徐州"剿总"总司令刘峙,还是杜聿明,都不可能再抽出一兵一卒给济南,因为他们必须确保徐州的安全。杜聿明说,只要加强工事,济南便可以守住,只要守上十五天,增援部队就可以到达,如果守不住,再增加多少兵力也同样守不住。王耀武的高级将领们根本不相信增援部队能在十五天内到达,而如果不增兵,济南顶多能守上三五天。杜聿明很生气,他向蒋介石报告说,济南守军将领的思想有问题。还是陪同视察的陆军总部第三署署长徐志勖和副署长程有秋说了真话:济南防御摊子太大,兵力和火力都显不足。

王耀武利用现有兵力制定了济南城防部署:济南全城被划分为东西两个守备区,守备的重点是机场以西以南。东守备区自城北洛口至城南八里洼,以外围黄台山、茂岭山、砚池山、千佛山一线为主阵地,由整编七十三师十五、七十七旅和整编第二师二一三旅、特务旅、保安六旅等部队防御,整编七十三师师长曹振铎统一指挥,司令部设在城内窗后街西头。西守备区是城北洛口至城南八里洼一线以西地区,以外围周官屯、白马山、青龙山、张庄飞机场、商埠西端一线为主阵地,由整编八十四师一五五、一六一旅、整编第九十六军独立旅、整编第二师二一一旅、青年教导总队、救民先锋总队和保安八旅等部队防御,整编第九十六军军长兼整编八十四师师长吴化文统一指挥,司令部设在城西的商埠。同时,以空运济南的部队为总预备队,由整编第二师师长晏子风统一指挥。

九月十四日,王耀武再飞南京,请求蒋介石必须增加济南的防御兵力,至少要给一个师。王耀武反复陈述:过去与共军作战,增援部队大多没有到达指定位置,原因是对共军的阻击能力估计不足。如果济南受到攻击,增援部队不能及时赶到,济南就危险了。蒋介石终于答应将整编七十四师从徐州空运到济南。得到了一个师,虽然还是口头上的,王耀武稍微松了一口气。但当蒋介石把他带到紫金山中的一块空地时,他的心情再次异样起来。蒋介石对他说,这里是筹划中的国民革命军将军墓地,少将以上的将领战死都将埋在这里,图纸已经画好,只是时局紧张不知能否按计划施工。接着,王耀武再次听到了蒋介石近来频繁重复的那句话:我们弄不好会死无葬身之地。

离开那片长满青草的山坡,王耀武立即回到自己在南京的别墅看望母亲、妻子和孩子。母亲老泪纵横,妻儿悲喜交加。王耀武只在家里待了一个晚上就返回了济南。他不知道的是,与母亲妻儿一别,此生竟天各一方。

九月九日,华东野战军攻城部队自济宁、汶上、泰安和莱芜地区向济南隐蔽开进,至十五日夜逼近济南城下。

王耀武判断共军的主攻方向在西面,目标首先是占领机场,遂将预备队整编八十三师十九旅调往机场方向,并将整编七十四师五十七旅收缩入城,准备用于城西防御。

十六日午夜,济南战役正式打响。

华东野战军攻城兵团在东、西、南、北各百里的广阔范围内,同时向济南外围据点发起猛烈攻击。根据济南外围据点纵深大、空隙多的特点,各部队迅猛穿插,大胆揳入,开始割裂济南外围的防御系统。西兵团十纵由西向东攻击,拂晓时分,守军十九旅五十五团闻风撤退,二十八师官兵追敌至济南以西的古城附近,歼灭整编第二师二一一旅的一个团部。在向古城攻击时,突击部队一度受阻,后改用土工作业的手段挖掘交通壕近敌。夜幕降临,二十八师在开阔地的深壕内再次发起攻击,守军最终放弃阵地逃跑。此时,二十九师已开始攻击玉符河边的常旗屯据点。常旗屯据点是敌二一一旅旅部所在地,前面的玉符河宽约百米,深约两米,坝高三米,河边堡垒成串,设置有地雷区。二十九师八十七团三营在营长胡成群和教导员刘华的率领下,强渡突破。七连三排长张宪臣率领全排边涉水边攻击,三十九名官兵,攻击到堤坝前时,只剩下了腿部受伤的张排长和参军才一个多月的战士李洪绪。张排长踩着李洪绪的肩膀爬上堤坝,炸毁一座地堡之后,用绑腿将李洪绪拉上来,两人在守军反扑时坚持不退,一直等来后续部队。

西兵团的两广纵队和野战军警卫团包围了济南西面的长清县城。长清是济南外围防御的重要据点,由县自卫队两千余人负责防守,最高指挥官是这个县的县长。县长在西兵团开始攻城后,命令守军在东门里的大操场集合,准备济南方向的增援部队到达时趁势突围。但是,左等右等不来。上午十时传来消息说,增援的整编第二师受阻来不了了,县长立即命令部队回到原阵地上。可是,西兵团的官兵已经攻入城内。据守县城南门外险要阵地石麟山的守军也跑回来了,被守城官兵用绳子一个个从城墙外拉进了城。石麟山丢失,长清也就完了。于是,县长又命令全体到北门集合,准备突围。此时长清城里已经大乱,试着从北门突出去的先头部队很快就没了消息。紧跟着,县长也没了踪影,听说他绕到西北角逃出去,但没逃多远被解放军捉到了。长清县守军,除被打死打伤之外,其余全部被俘,被俘官兵被解放军集合在一起,俘虏们这才发现,腰插驳壳枪向他们交代俘虏政策的竟然是保安队十二中队队长。俘虏们彻底绝望了,一起混饭这么长时间,竟然不知道队长原来是潜伏的共产党。

东兵团九纵的攻击目标是城东的防御高地茂岭山和砚池山。茂岭山是济南防御体系中重要的外围阵地,就在这里受到攻击前的几个小时,王耀武还到这里检查了工事。茂岭山守军是整编七十三师十五旅,王耀武上山的时候,十五旅官兵正在用门板构筑类似屏风一样的障碍物。王耀武一见就火了:"做这个有什么用?茂岭山、砚池山是济南城东的屏障,关系济南存亡,将来失掉,我要杀人!"官兵强调现在已很难征到修筑工事所需的材料,王耀武一面指示赶快把材料运上来,一面指示把不合格的碉堡炸掉重修。官兵正在炸碉堡的时候,东兵团的攻击开始了。九纵二十五师七十四团的三个连同时发动冲击,四连八班首先攻占一座碉堡,一排在东北角爆破成功,二排在连续攻击后全排只剩下九人,但最终还是将守军压缩到了茂岭山阵地的西南角。两个小时后,七十四团占领茂岭山主阵地,并且迅速扫清山腰残敌。此战,七十四团伤亡巨大,战斗中人员连续合并五次,最后全团只能编成三个排。与此同时,二十五师七十五团在付出重大伤亡后,攻占了砚池山阵地,阵地上还活着的六十名守军投降。

茂岭山和砚池山相继陷落,令本来以为这两个高地至少能够守上十天半个月的王耀武顿感意外,他有了一种不祥的预感:"解放军以火力封锁守军堡垒的射击口,奋不顾身、一波又一波地向前猛冲,并向堡垒里投掷爆破筒,堡垒很多处被炮火及爆破筒炸坏。整编七十三师也集中炮火向来攻的解放军猛烈还击,掩护防守茂岭山、砚池山的部队反击,双方争夺甚烈。此时解放军又增加部队冲上来,并以猛烈炮火阻止守军增援,守军伤亡颇众。被视为济南屏障的茂岭山、砚池山,经一夜的血战,被解放军占领了。有的官兵被炮火及炸药的爆炸震晕过去,醒来后方知阵地已被占领,他们已经做了俘虏。在茂岭山后面的十五旅的一个营,未与解放军激战,即由该营营长朱国华带着向后撤退。七十三师师长曹振铎派人拦住,并向我报告要求加以惩办。我为了镇压部队溃退,就命令按'连坐法'把朱国华枪决了。"——这个名叫朱国华的营长被押到洛口以南凤凰山附近的一座小石桥边,被执法队一枪打死了。无法得知这位营长还没看见共产党军队就向后跑的真正原因,他也没有机会为自己申辩了。

东面两个重要高地的丢失,给王耀武造成很大的压力,他认为自己原来判断华东野战军从西面主攻是错误的,于是将已经部署在西面的十九旅和五十七旅调了回来,同时命令整编七十三师预备队和十九旅一起向茂岭山和砚池山反击。但是,反击未成,伤亡巨大:四十八团团长李朴阵亡,二三〇团团长周羽重伤——"好好的队伍,从东到西,又从西到东,只晃了这么几下,就晃完了。"被俘的国民党军军官埋怨王耀武只知道把预备队来回调动。而王耀武不知道,正是他将西面的预备队调往东面,从而使得华东野战军预定的主攻方向上兵力薄弱,这对日后的作战起到了特殊的作用。

十七日,王耀武接到蒋介石的电报,蒋介石告诉他:"共军有以优势兵力在我援军尚未到来以前攻下济南,再集中力量向我北上援军反击的企图,望我官兵报定与济南共存亡的决心,必能将敌击溃。已令刘总司令、杜副总司令督促援军向济南迅速前进。"但是,就在王耀武接到蒋介石电报的时候,他在《中央日报》上看见了这样一条消息:"济南外围已有接触。战云笼罩下之秋季会战显有在津浦路中段进行之迹象。"——王耀武明白了,这绝对是刘峙搞的鬼,此刻强调徐州防卫,目的就是不增援济南。果然,王耀武给刘峙打电话,刘总司令根本就没有增援济南的任何打算。

十八日,战斗集中在西面的飞机场和东面的马家庄。

凌晨二时,在济南以西防御的整编第二师二一一旅旅长马培基让卫兵弄来了月饼,他对独立大队大队长瞿赓扬说:"老弟,我们过个节吧。"瞿队长明显感到了马旅长悲凉的心境,言外之意是说不定什么时候就被打死了。吃完月饼,瞿队长率领两个连发动反击,这两个连的骨干全是"中美训练班"出来的学生,作战凶猛,果然把当面的一支攻击部队压了下去。但是,攻城西兵团拿下机场的决心已定。此时,从徐州来的整编七十四师正在空运,当炮弹落到跑道上的时候,满载后续部队的运输机根本没有降落,立即掉头飞走了。

已经被空运到济南机场的整编七十四师的七个连,由五十八旅一七二团团长刘炳昆率领。刘炳昆是王耀武的老部下,长期受到王耀武的关照,在此危急时刻见到王耀武他有些激动。尽管他带来的这七个连没有任何武器,因为刘峙连轻武器都没让他们携带,但是刘团长还是向王耀武要求战斗任务,并且要求把他派到作战最吃紧的地方去——刘炳昆的七个连到军械仓库领取枪支弹药后,被派往东面战斗最残酷的马家庄。

华东野战军攻城东兵团攻占茂岭山和砚池山后,立即向济南外围城垣发起攻击。王耀武命令守军在马家庄一线建立阻击阵地。东兵团攻击部队集中炮火掩护步兵反复冲锋,一度占领了马家庄的一半阵地。王耀武命令十九旅上来增援。东兵团的官兵利用房屋作掩护阻击十九旅,十九旅则在房屋墙壁上打洞强行推进,致使马家庄一线每房必争,双方都付出了很大的伤亡。十九旅旅长赵尧亲手枪毙了十几个溃兵,但依旧不能阻止士兵怯战。战至午后,赵尧负伤,十九旅"死尸累累,伤兵后运,络绎不绝"。

就在战斗胶着的紧急时刻,王耀武听到了一个令他彻底绝望的消息:负责济南城西防御的整编第九十六军军长兼整编八十四师师长吴化文倒戈了。

吴化文,出生于山东掖县一个农民家庭。十七岁参加冯玉祥的西北军,中原大战时追随韩复榘后又投靠蒋介石。抗战时期,被汪伪政权任命为第三方面军上将总司令。抗战胜利后,他奉蒋介石的命令开赴兖州,担任兖州周边铁路掩护和维修任务,以保障国民党中央军李延年部北进受降。一九四七年五月,出任整编八十四师师长。潍县战役中,整编第九十六军军长陈金城被俘,王耀武为了拉拢吴化文死守济南,保荐他升任整编第九十六军军长兼整编八十四师师长,指挥相当于八个旅的兵力,负责济南城西守备。吴化文是国民党地方军出身,一直与黄埔系貌合神离,加上他从军打仗只为自己的实力,因此随着历史的沉浮不断地改换门庭。内战爆发后,他认为蒋介石军事力量强大,又有美国人的援助,因此对蒋介石抱有幻想,但同时也时时提防着自己被吞并。随着共产党领导的军队节节胜利,特别是整编八十四师的一个主力旅在大汶口被围歼,他在恐惧中开始重新考虑自己的前途。吴化文倒戈经过十分复杂,他对于共产党从来没有真正信任过,他当过伪军的历史更是他心中不可化解的疙瘩。共产党人对他的策反几乎动用了他身边所有的人,包括他的夫人。在围攻济南已成定局的情况下,共产党方面在加大军事打击力度的同时,也加大了对他的政治争取工作。共产党人提出上、中、下三策供吴化文选择:一是单独起义,解放济南;二是里应外合,配合解放军解放济南;三是顽抗到底。共产党人正告吴化文:解放军一定要解放济南,一定能够解放济南。为自身着想,他必须早日有所行动,如果不能扣住王耀武,让出路来也算立功。

十九日晚,吴化文率整编第九十六军军部和整编八十四师师部以及一五五旅、一六一旅、独立旅等部约两万人宣布起义,并将济南机场和周围防区移交给了宋时轮、刘培善指挥的攻城西兵团部队。吴化文在起义通电中说:

……自倭寇入侵,全国燃起抗日烽火,化文等于抗战初期,奋起御侮,并无二致。嗣受蒋贼曲线救国政策所愚弄,丧失民族立场,铸成大错。抗战胜利以后,人民巨创深痛,乃复昧于大义,重受蒋贼欺蒙,参加反共、反人民内战,一错再错,罪孽弥深，清夜扪心，惭悔交迫。爰于九月十九日率全体官兵，在济南战场，毅然起义，图能力赎前失，走向光明大道。今后誓当站在人民立场，坚决拥护中国共产党主张，服从中共中央毛主席、朱总司令与华东诸军政首长领导，在人民解放军的统一号令下，为坚决驱逐美帝国主义的侵略势力，为彻底打倒国民党反动统治，完全解放全中国人民而忠诚奋斗，凡人民解放军宣言所载之各项基本政策，诸如打倒蒋介石独裁统治，成立民主联合政府，惩办内战罪犯，肃清贪官污吏，没收官僚资本，发展民族工商业，废除蒋介石统治之独裁制度，实行人民民主制度……皆系中国人民之迫切要求与救国救民之最好途径，化文等必当奉为圭臬，引为准绳，鞠躬尽瘁，永矢不渝……

吴化文的战场倒戈，对济南守军产生了巨大影响，特别是对于王耀武。王耀武平时对吴化文没有丝毫警惕。杜聿明来济南视察城防时，曾提醒王耀武要警惕吴化文的反复无常，王耀武却表示吴化文不会有什么问题。九月十七日那天，王耀武视察茂岭山阵地后约见吴化文，发现吴化文的表情有点慌张。吴化文走了之后，王耀武还对身边的人说，吴军长被共军吓糊涂了。从那时起，王耀武打电话总是找不到吴化文，接电话的人说他去部队了，其实他正在准备起义。

十九日晚，整编八十四师一五五旅的一个团长跑到王耀武那里，惊慌地报告了吴化文倒戈的消息。王耀武大惊失色，立即派特务团、装甲汽车连加强司令部的警卫，同时分别给蒋介石和刘峙打电报报告情况："吴化文部投共，济南腹背受敌，情况恶化，可否一举向北突围？"王耀武连夜拟定了坚守和突围两种方案。由于觉得突围不可能得到蒋介石的批准，于是仍然决定固守待援。而实际上，他已经决定出逃。第二绥靖区副司令官牟中珩回忆道：

> 王耀武用急电将吴化文起义情况报告蒋介石，并立即召集副司令官牟中珩、参谋长罗幸理到其室内，惊慌失措地说："吴化文投敌啦！济南大势已去，我要到第一线的开元寺去，今后的战局由罗参谋长负全责指挥。"当时罗幸理看了我一眼说："可由副司令官负全责。"王耀武说："不行！副司令官与吴化文意见很深，留在此地恐怕吃他的亏，也要离开。"罗

已知王耀武要逃走,乃对王说:"那好吧!我本想与济南阵地共存亡,这样我也不准备牺牲啦,我准备被俘。请司令官到了后方时,对我妻子的生活关照一下。"王又指示罗:"一般文件即行烧毁,只带重要文件,速将绥靖区司令部移往城内省政府去,将原来重点坚守商埠的计划,改为坚守济南城。"随后,王耀武又找来国民党山东省党部主任委员庞镜塘、第四兵站总监部副总监郑希冉[带一小包黄金]以及副官、卫士数人,策划一起逃走。王、牟、庞、郑等人首先到了四里山二一三旅旅部。王耀武给前方两个旅长打了电话,令其坚守阵地。然后伙同泰安县长及便衣队十数人[王耀武是泰安县人],加上庞镜塘、郑希冉等一起向南逃窜。我见王耀武向南逃走,心想我是黄县人,应往东走,将来可以回家或到青岛去,于是决定不与王耀武同行,便由四里山回到司令部,与罗幸理见了一面。当时罗幸理正忙着往城内搬家,对我说:"那好吧!咱们自便吧!"我离开司令部后,便沿着黄河南岸东行,逃至高密县境内,就被当地解放军查获了。王耀武、庞镜塘、郑希冉等人向南逃窜,因城南系山区,解放军兵力布置得较密集,他们又转回洛口企图北逃,选了几条路,均未走通。整整窜了一夜,就是钻不出去,天明时只得又回到城内。

九月二十日,济南外围防御据点已被全部扫清。

华东野战军准备攻城了。

在《华东野战军秋季会战战勤计划》里有这样的内容:预计南北线伤亡五万人,其中阵亡的约占百分之二十,共一万人(北线四千人,南线五千人),每人包尸布五丈(一尺二寸阔土布),共需土布五万丈(北线两万丈,南线三万丈)。另需准备百分之十的干部棺材,共一千口(北线四百口,南线六百口)——毛泽东说:"此次攻济是一次严重作战"。

的确,血战即将开始。

济南战役：不停顿地攻击

一九四八年八月二十五日，毛泽东致电粟裕、谭震林，指定正在养病的许世友担任济南攻城部队指挥员：

> 此次攻济是一次严重作战，请考虑在许世友同志身体许可情况下，请他回来担任攻城主要指挥员，王建安（山东兵团副司令员）同志辅之。因王初到东兵团，不如许之熟悉情况，据饶漱石同志说，许休息若干天是可以回部工作的。攻济任务完成，他仍可去休息。如何，请酌办。

济南攻坚注定要付出巨大牺牲。

毛泽东看重的是许世友勇猛的作战作风。

接受任务的许世友认为，济南攻坚必须像杀牛一样杀其要害，对济南守军要采取"牛刀子战术"：集中兵力和火力，东西并举，数把尖刀冲开血路，向守军的心脏凶狠地剜下去。许世友给攻城各部队提出的要求是：不能摆困难，不能找借口，各自解决自己当面的问题，任何时候都不能停止攻击！要不停顿地攻击！攻击攻击再攻击！

吴化文的战场起义，使济南城防西线敞开了一个口子，城内守军正在惊慌失措中调整部署以封堵缺口。在这种情况下，必须连续突击，绝不能给敌人以喘息的时间。九月二十日，粟裕电告许世友、谭震林以及第十纵队司令员宋时轮、政治委员刘培善："……战局可能迅速发展，望令各部就现态势以三、十及十三纵并力迅速向商埠攻击，得手后则全力攻城。"许世友命令西兵团当晚对济南城西守备区商埠发动攻击，并将总预备队十三纵投入到这个作战方向。

就在许世友即将发动攻击的时候，中央军委致电粟裕、陈士榘、唐亮、张震,提醒他们必须保障济南外围的安全,因为吴化文已经起义,而攻城兵团又即将发起攻击,王耀武很可能向天津或青岛或临沂等处突围逃跑,"华东局应立即布置通往临沂、枣庄、青岛、运河、鲁西南各路之地部队及民兵的节节堵击,是为重要"。并通报说,"刘峙已令邱清泉兵团集结临城待命援济","应迅速集结阻援打援兵团,全力于邹(邹县)滕(滕县)地区",准备歼灭邱清泉的援军。为此,粟裕迅速调动打援兵团在济南外围形成了三道防线,并将叶飞的第一纵队主力放置在济宁与兖州之间适时机动。

没能逃亡出去的王耀武此时的绝望是可以理解的:没有任何外围阵地可以依托,西面防线已经敞开口子,在援军可能来援的各个方向上粟裕的十八万人马正严阵以待,而济南城下许世友的十四万部队已经跃跃欲试,那么还有什么理由要坚守下去呢?王耀武分别给徐州和南京发出电报,再一次提出了向北突围的请求,结果遭到蒋介石的严厉斥责:

  俊才弟鉴:吴逆叛变,事出非常,闻之痛心。陈明仁守四平街,知不可守而守之,东北数省赖以保全。济南之于华北,亦犹四平之于东北数省,战略要地,务从固守,各路援军已兼程急进矣。

    蒋中正 民国三十七年九月二十日

王耀武看了电报,在"固守"二字旁画了四个圈,在"援军"二字旁画了四个叉。然后他对身边的参谋长罗幸理说:"七点召开旅长以上军事会议,决定死守,团长赵峙山(第二绥靖区特务团团长)也来。"

会议气氛惨淡。罗参谋长首先读了蒋介石、顾祝同、刘峙的几封来电,问大家有什么意见,没人吭声。王耀武发言说:"老先生是英明的,我们要相信他。济南是战略要地,他责令我们固守,杜副司令并已亲自督率邱清泉、李弥、孙元良等三个兵团来援,只要我们能坚守一个星期,援军定可到达。老先生是关怀我们的,我们应当听从老先生的指示,尽力坚守。"

一散会,王耀武下令征召城内壮丁补充部队,将老幼妇孺全部疏散,并且在攻守双方的分界线上设立明显的标志,以利于空军大面积的轰炸。除此之外,他还做了一件特殊的事,这件事显示出他内心极度的不安和矛盾:他打电话给军法处和军事监狱,命令将所有在押犯人全部释放。对于关押的共产党员和俘虏的解放军官兵,军官发给金圆券五元、士兵三元,全部送出城去一个也不许伤害。

王耀武知道共产党军队首先攻击的应该是吴化文让出的阵地。他命令部队占领济南城西商埠的土围子,掩护主力迅速变更部署:守备黄河南岸的特务旅和保安部队,以及守备外围的所有部队全部撤回市区,配置在外城和内城各要点;守备西区的整编第二师二一一旅和保安部队配置在商埠的各要点上;以整编七十四师一七二团的七个连和保安部队一部,固守绥靖区司令部所在的邮电大楼。王耀武心里很清楚,商埠守不了多长时间,因此命令将外城和内城城墙附近的民房拆毁以扫清射界。于是,在共产党军队还没有攻城的时候,济南的外城和内城附近就燃起了大火。

济南外城以西是一片狭长的工业和商业区。如果要接近济南西边的外城,必须首先占领这个区域。这个区域的四周挖有宽九米、深六米的外壕,外壕的里侧是约三米高的围墙,沿着围墙每隔二十米修有一座地堡。而在商埠内,各大建筑物上都设有双层射击阵地,四周用沙袋构成掩体,形成能够独立作战的支撑点。在各主要街巷和路口,还有活动堡垒、地堡、鹿砦和栅门。

九月二十日,皓月之下,炮火骤起,呐喊震天。

攻城部队从西、南、北三面对商埠发动了猛烈攻击。

从北面首先插入商埠的,是十纵二十九师八十五团。副团长刘竹溪率领先头营冲到官扎营前街西口的时候,守军已经溃逃,但守军已将西门用土坯砌成的很厚的土墙封闭,马匹和辎重无法通过。官兵们把重武器从马背上卸下来用人背,继续往里冲。当冲到官扎营东口和天桥以西时,遭到了天桥至火车站一线守军的火力阻截。这时,三营和特务连上来了,三营长刘振溪向刘竹溪报告说,七连的看护员李恩海是济南人,对这一带路很熟悉,可以当向导。刘竹溪与李恩海商定绕过正面守军的路线之后,决定留下二营钳制当面之敌,自己率领三营和特务连绕路前进。

商埠区内到处是枪声和混战的呐喊声,黑夜里穿行在复杂的街巷里如同进了迷宫。三营和特务连迅速绕过天桥,穿过铁路,插到了馆驿街与小纬一路的十字路口。刘竹溪把八连和特务连留下攻击街心的碉堡,其余部队沿馆驿街北侧继续向东前进。大街上到处是守军的街垒和火力点,他们不得不采取从街巷和院落中横穿而过的方式。他们携带着大量的小炸药包,这种小炸药包大的八九斤,小的只有三五斤,既可以炸碉堡,也可以对付坦克。在巷战中,把小炸药包往墙上一贴,爆炸后就形成一个洞,横穿居民区的时候,一连串地炸下去,就可以形成一道由若干个洞口组成的"胡同"。三营穿越馆驿街,经顺河街继续向东,他们看见了济南外城城墙。

来到城墙下的七连即刻遭到城墙守军的火力阻截,官兵们投掷小炸药包和手雷艰难突击后,终于看见了济南外城的普利门——刘竹溪率领的突击队已经插到商埠守军的背后,将商埠与济南外城分割开来。但是,刘竹溪的突击队插到这里,就意味着将东西两面受敌,而他们必须坚守在这里等待后续部队打进来。

天亮了,普利门附近的守军在炮火和坦克的掩护下发动了反击。

反击方和防御方都利用复杂的街巷互相摸索。双方都是小股兵力,火线犬牙交错,根本没有前后方的概念,都是突然相遇,猝不及防,短兵相接,照面就打。每个院落里都发生了遭遇战,刘竹溪突击队中的营指挥员、军医、卫生员、炊事员都变成了战斗员,几乎每个人都需要单独作战。俘虏和伤员无法后送,只能派少量兵力看管照顾,伤员在流血,俘虏想逃跑,七连先后有两名卫生员为此牺牲。看护员李恩海带着三名担架员组成火线救护组,却两次被守军堵在房子里,他们用手榴弹、扁担和担架硬是把冲进来的敌人赶了出去。三营的包扎所设在馆驿街中段北侧的一个有两层楼的院子里,当敌人冲进来的时候,军医刘文昌、许安福率领包扎所的卫生员占据着二楼,用手枪和手榴弹把敌人打了出去。

八连和特务连移交阵地后也摸了上来。他们前进到后影街和馆驿街交叉路口时,发现至少有两个连的守军正向东运动,八连扑上去就打,这股守军在突然而至的打击下仓皇四散。在一个街巷口,一排副排长霍德荣抓住了一名守军士兵,这股守军蜂拥向街巷的另一头跑,谁知那头二班的机枪响了。在巩固阵地的战斗中,八班副班长程兆在一处房顶上设置了一个十分理想的射击点,有效地掩护了后续部队的攻击。但这个射击点随即成为敌人的重点打击目标,炮弹铺天盖地打下来,程兆的机枪始终没有停止射击,直到他和脚下的那间房子同时被炮弹击中,程兆的身躯混合在瓦砾之中轰然倒下。

八十二团攻击到纬十路时,街口突然烈焰腾空,国民党守军把堆积的数千桶汽油点燃了。大火之中,汽油桶接连爆炸,震天动地,热浪灼人。八十二团官兵仅仅顿挫了片刻,立即向火海两侧迂回,守军见状仓皇撤退。在追击的过程中,守军又几次返身发动反击,双方展开了殊死的搏斗,由于后续部队没有及时跟上,八十二团的先头部队弹药已经耗尽。爆破手魏有志在数次负伤之后,抱起一个二十斤重的炸药包迎着守军冲了过去,用自己的生命换来了胜利的转机。

残酷的街巷战中,解放军官兵一次次穿墙作战,冲进了一个又一个市民家中。正值中秋,家家都已准备好了过节的东西,但是战争使市民无奈地弃家逃离。解放军官兵遵守群众纪律,在很累也很饿的情况下,谁也没动那些美味的食品——不知道那个家就在这一带的看护员李恩海是否看见了自己的家门?

位于正西方向的三纵,其攻击分工是:八师二十三团攻击西南卡子门,突破后沿商埠中部的经四路向东发展;九师二十团突击铁路工厂、二十五团突击北卡子门,而后沿商埠北面的经一路和经二路向东发展。在炮火的掩护下,二十三团的突击队员抱着炸药包,冒着守军的反击炮火,越过电网和壕沟,向西南卡子门连续爆破九次,终于将城门炸开一个缺口,后续部队迅速拥入。二十团首先肃清了铁路工厂的外围地堡,连续炸毁四道工事后突进工厂里面。二十五团接收了吴化文部守备的两个工事,然后向西北卡子门实施攻击。至午夜十二时,第三纵队和鲁中南纵队的各突击部队已全线突破商埠防御阵地,开始向济南城中心地带推进。

天亮的时候,当八师攻击到经四路与纬八路交叉路口时,街心的一座坚固街垒横在前进的路上。师长王吉文得知攻击受阻后跑到前沿,路口弹如雨下,王吉文和营团干部开始研究如何摧毁这个堡垒。就在这时候,守军发射的一颗炮弹在附近爆炸,一块弹片嵌进王吉文的左肺。王师长从昏迷中苏醒过来后,发现军医正在给他打针,他说:"不要给我打针了,快去前面抢救负伤的战士,他们治好了还可以参加战斗!"王吉文拒绝上担架,让担架队赶快上前沿去把受伤的战士抬下来。王师长躺在战场硝烟弥漫的路口,直到血流殆尽。

从商埠南面发起攻击的是十三纵,三十七师的一〇九、一一〇团为先头突击部队,分别攻击西卡子门和东卡子门。一〇九团突击顺利,战前一营长田军曾带连排干部仔细观察了攻击路线,因此,二连和三连的爆破组准确地对西卡子门实施了爆破,巨响之后,砖石腾飞,碉堡和各种障碍物顷刻瓦解。当大部队对西卡子门发动冲击的时候,国民党守军的一个火力点复活。一连机枪手抵近射击,掩护二连的爆破手往上冲。傍晚时分,西卡子门守军的火力点被全部肃清,二营沿着大槐树南街攻击前进,三营沿着道德东街向前发展,一个小时后,一〇九团奉命停止前进,开设阵地掩护一一一团向纵深推进。

一一一团向东冲击的时候,遇到了省立医院据点的顽强抵抗。省立医院内的守军,是刚从火车站方向调来的整编第二师二一一旅六三二团,该团到达后立即部署防御,抢修工事,团部指挥部设在医院中心楼楼下的地下室里。西卡子门方向的枪声越来越近,连医院的哨兵都开始受到冷枪的袭扰,感觉不妙的六三二团派出搜索队,搜索队官兵看见了令他们心惊肉跳的情形:在医院的四周,共产党官兵正在穿墙挖洞,他们就要接近攻击医院的位置了。六三二团立即收缩兵力,准备迎战,并规定战斗口令是"王先生"——取王耀武司令官亲自指挥之意。团长王彬基宣布:"战斗开始后,会形成巷战和局部被包围,我们黄埔同学要对得起党国和司令官,我们要决心与阵地共存亡。"话音未落,医院就受到了攻击。这时候,六三二团接到了王耀武令他们出击的命令,副团长带领六连真的出击了。但是,刚冲到纬八路路口,他们突然发现在前面执行掩护任务的坦克挂出了白旗,副团长立刻命令赶快撤退。

三十七师一一一团四连一排绕到东侧,利用民房作为掩护接近医院,官兵们翻墙进入炸毁一座地堡,将省立医院的北门打开,二营乘势冲了进去。这时,医院里已经混乱,所有的窗户都被打碎,到处是"缴枪不杀"的喊声。六三二团团长最后在发报机中说了句"各自好自为之"就再也没了消息,副团长和几个营连军官头上顶着弄湿的毛毡藏在一张大桌子下面,一边躲避弹雨,一边把五六十枚手榴弹捆扎在一起投了出去,趁着巨大爆炸弥漫开的硝烟,这些军官脱掉军装混在难民中逃走。

在东卡子门攻击的一一〇团攻击受阻,三十七师师长高锐命令三营长刘坤和教导员王文从守军的侧翼插进去,然后与二营实施内外夹击。三营从一〇九团撕开的突破口钻进去,迂回到西卡子门守军的侧后,与二营协同发起攻击,东卡子门终于被突破。三营一鼓作气,连续穿越几条街道,午夜时分攻到了汽车站附近,并继续向外城城墙接近。天色微明时,城墙上的守军突然发现城墙下来了一支队伍,于是在炮火的掩护下发动猛烈反击。三营顽强抵抗,致使守军无法弄清楚攻击城墙的到底有多少人。最后,守军抓来了几十名市民,让他们走在反击部队的前面,这一情景让三营官兵十分吃惊。刘坤营长迅速作出决定:部队不得开枪,后撤,前沿只留几名特等射手。三营主力后撤的时候,特等射手们弹无虚发,专门打押解市民的国民党军官兵,射击精确得连市民也不怕了,一些人开始逃跑,一些人干脆转身和押解他们的守军扭打起来。国民党守军开始沿街道两旁放火,三营官兵在火焰中趁势冲上去,一面追击撤退的守军,一面和市民们一起救火。

二十一日,商埠战斗进入白热化阶段。

三纵、鲁中南纵队和十纵已经从不同方向靠近了济南外城最重要的两座城门:普利门和麟祥门。整编第二师拼死防守,双方在普利门正面逐条街巷地争夺。整编第二师副师长唐孟鏧命令独立大队全面出击,要求至少把共军压制到纬二路以确保普利门的安全。独立大队的工兵先在顺河街放火,然后步兵趁乱出击,出击之后才发现,共产党官兵已经用穿墙打洞的办法逼近了普利门,连下水道里都布置了监视哨,独立大队的反击部队刚一露头,就遭到了猛烈的火力阻击。黄昏到来时,攻城部队突然向普利门和麟祥门一线猛烈开炮,整编第二师独立大队大队长瞿赓扬看见了他惊骇的景象:

> ……整个阵地天昏地暗,炮弹空中飞行的奇异声,使人胆战心惊。炮弹爆炸声、伤者的惨叫声、建筑物的倒塌声,合在一起犹如天崩地裂。这样猛轰了一个半钟头,方告停止。圩墙内外,一片火海。这时解放军的指挥枪咯咯咯地在各方响着,响一次就有一次冲杀。其声势之大,攻击之猛烈,为内战中所罕见。"血流成河"这句形容战场的老话,用在当时普利门内外,也是恰当的。那里是血水横流,尸横遍地。青年会在炮击时楼被削平了,工兵营全部被歼,法院大楼也听不见还击的枪声。我命一营三次冲出去,均有去无回。至此我所指挥的部队,已被歼灭得差不多了,仅存二三十人。迎贤门里至南

边马路,圩墙内也是死尸满地,道路堵塞,圩墙上的守兵,已稀稀落落,所剩无几了。我乃到普利门里小庙后面梁团二营指挥所同该营营长研究如何抵御,他呆若木鸡,一言不发,最后方说:"我去墙上看看。"他就这样一去不复返了。外边解放军仍是一个劲地进攻,我又顺着圩墙向南跑到三团指挥所同梁为学团长商议怎么办,梁也束手无策。

独立大队的官兵混乱地拥挤在街道边的商店和民房里。

二十二日凌晨五时左右,街道上突然响起"缴枪不杀"、"如果不缴枪,就叫你坐飞机"的喊声。一个国民党军士兵刚把枪伸出窗外,就被飞来的一颗子弹打死。然后,商店和民房的门被共产党官兵打开,一名干部宣布了共产党的俘虏政策之后,整编第二师独立大队的大部分守军放下了武器。

火车站是王耀武重点防御的部位,守军是整编第二师二一一旅和一个铁甲车队。

十纵从商埠北面向火车站开进的时候,沿途受到二一一旅的猛烈阻拦,十纵果断穿插,将二一一旅的六三二团和六三三团割裂开来。二一一旅旅长马培基命令守备大华电影院的六三一团加强营增援六三三团,但增援部队刚推进到邮电大楼以西的时候,就与攻击部队迎面撞上了。在邮电大楼防御的五十八旅一七二团居高临下从窗口和堡垒以猛烈火力封锁马路,暂时迟缓了攻城部队的推进。十纵官兵开始迂回包围六三三团和六三二团的阵地,当六三三团和六三二团无法坚持溃败下来后,战斗延伸到了邮电大楼和火车站。国民党守军将火车站附近的民房全部烧毁,封锁了通往车站的所有通道,并在站内轨道上部署了两列载有数百名铁路警察的装甲列车。列车来回移动射击,给火车站防守部队以火力支持。

十纵采用爆破的方式逐屋推进,并且在建筑物内挖掘地下坑道至通敌人的工事和碉堡下面,然后引爆炸药。二十八师八十五团在陈景三团长和张维滋政委的率领下,穿越铁路对火车站形成东西夹击的态势;八十六团在团长刘天祥和政治委员翁默清的率领下抢夺了天桥,从北面向火车站插入一刀。铁甲列车依旧在来回扫射,攻击部队受到火力压制。十纵司令员宋时轮命令炮兵将其击毁,特种兵纵队炮兵三团用棉被、麻袋把火炮轮子裹起来,将十四门野炮隐蔽推进到距铁甲车仅两百米处,然后突然以猛烈的轰击摧毁了铁甲列车。随着防御火力的减弱,千余名守军被压缩在车站之内。

二一一旅旅长马培基意识到大势已去,决定突围。他命令六三一团团长刘沛然率残部掩护,自己和参谋长张显源带着特务连等两百多人从火车站大楼内的地下室里钻出来,向车站北面的天桥方向逃去。奔跑中,马培基的腹部被子弹击中,他一头栽倒在地,由于无人救护,终因流血过多死亡。参谋长张显源也负了伤,在混乱中下落不明。这股逃敌除伤亡者外,突出去的七十多人大部分被俘,小部分官兵换上便衣混进了难民中。

二十二日,商埠绝大部分地区已被攻占,只有个别坚固据点还在战斗,其中第二绥靖区司令部所在地邮电大楼是最顽固的据点。

此时王耀武的司令部已经转移到城内,但是邮电大楼里的守军仍在顽强固守。防守邮电大楼的部队,就是空运到济南的整编七十四师一七二团的七个连,由那个希望报答王耀武栽培之恩的刘炳昆团长指挥。刘炳昆到达济南后,王耀武把蒋介石送给自己的"中正"佩剑送给了他,这让他很是激动,当场刺破手指表示:"请司令官记住,我的老家是湖南长沙!"王耀武明白,刘团长准备付出生命。他派刘炳昆固守邮电大楼阵地,并告诉他邮电大楼和附近的工事全都是钢筋水泥修筑的,司令部里还储存有大量的食品、罐头和弹药。刘炳昆到达阵地后,在电话里对参谋长罗幸理说:"万一阵地失守,请给我的妻子打个电报。"王耀武接过电话说:"你这种精神很好!只要有此精神,阵地就一定丢不了,给你妻子的电报也不用打,我立刻把你这种忠勇精神电报给老先生,保你为少将旅长!"

刘炳昆防守的地域,除邮电大楼之外,还包括附近的上海银行、中国旅行社和德国领事馆等数座大楼。

三纵司令员孙继先和政治委员丁秋生心急如焚,因为攻城指挥部的命令是:"务于二十二日午前,完全扫除商埠及城郊之敌。"

邮电大楼位于纬二路,鹤立鸡群般地矗立在一片钢筋水泥建筑物中,四处伸出的大地堡控制着周围的街巷,楼顶上是坚固的火力掩体,配有轻重机枪和三门火炮。附近的每栋楼房也都是可以单独作战的大堡垒,机枪火力点总数在百个以上,步枪射击孔在千个以上。

三纵开始攻击了,楼上倾泻下来的手榴弹、迫击炮弹、六〇炮弹和机枪子弹如同骤雨,孙继先组织起十几门掷弹筒连续发射炸药包,同时又派出数支爆破队不惜伤亡连续爆破,邮电大楼高大的围墙终于被炸开缺口,坚固的楼体也被炸出了几个大窟窿,突击队员从突破口拼死往里冲。排长张峰冲进一楼时,守军从楼梯上扔下炸弹和毒气弹,毒气散过之后,依旧能够站起来的官兵顽强地往二楼爬。

刘炳昆的指挥部设在三楼。此时,他已脱掉军装,只穿一件白色衬衣,腰间挂着那柄"中正"佩剑,胸前是一支美式冲锋枪。他刚刚处决了一名胆怯的排长,面对环绕在他身边的十几名军官,他脸色铁青地说:"养兵有什么用?就是为了在战场上卖命!商埠已经只剩下我们在打,我们要打出个样子给王司令和蒋总统看!"邮电大楼对面的德国领事馆已无法支撑,这对邮电大楼的防御构成了威胁。刘炳昆电话请示王耀武,要求把守备德国领事馆的残余部队撤到邮电大楼来,王耀武担心部队撤过马路的时候会遭受伤亡,两人正在商量时德国领事馆内的守军已经投降了。

邮电大楼在三纵和十纵的持续围攻下,守军伤亡惨重,被打死的人不断地被从楼上抛下来。下午十六时,二十九师把火炮直接推到楼前抵近射击,爆破组连续七次爆破了三十五公斤炸药,邮电大楼开始摇摇欲坠了:

> 大楼的门窗被炮火打得燃烧起来,烟雾弥漫,火光由门窗喷出,大楼的西半部只剩下钢筋水泥的残破的楼架子。解放军随即冲进大楼的院内,枪声、手榴弹及炸药的爆破声,震得地动楼摇。防守大楼的残部仍想把冲进院内的解放军打出去,曾数度反击,争夺甚烈,官兵伤亡众多,被迫退缩一隅。

攻击部队冲进大楼,在楼梯和各个房间开始最后的清剿。国民党守军利用能够利用的所有东西,包括桌椅、沙发、成袋的面粉、弹药箱等等,搭建起阻击掩体进行最后的抵抗。督战军官们端着机枪在房间里扫射,逼迫士兵到走廊里作战。五连的九名战士冲进一个巨大的房间里,班长赵十顺发现一只铁皮柜子上架着三挺机枪,三名机枪手站在那里已经举起双手。这就是一七二团的指挥部。几十具尸体横陈在地上。在正中央的大桌子后面,椅子上垂头坐着一个人,腹部和头部都已受伤,胸口处插着一柄短剑,血流了一地——最后时刻,刘炳昆用"中正"佩剑自杀了。

二十二日下午,商埠区被攻城部队占领。

王耀武的残余部队全部退守城内。

这时候,杜聿明指挥的增援部队在大雨中出动了。

蒋介石飞临济南城上空。他的这一举动令幕僚们很是担心,他们曾经劝阻他不要去,说让空军司令代替一下就可以了,但蒋介石坚持要去。座机在济南城上空盘旋几圈之后,蒋介石与王耀武通了电话。蒋介石用尽可能温和的声调问:"俊才,你在哪里啊?"王耀武仰望天空回答:"我在城内指挥作战。"蒋介石说:"你已经挫败共军的数次进攻,证明你的十万将士都是党国的忠勇之士,全国军民都希望你再次创建天下奇功。"王耀武说:"学生明白。"

济南老城分内外两城,内城套在外城里,无论内城还是外城都有高大坚固的城墙。外城自北向西向南向东排列的城门是:小北门、永镇门、普利门、麟祥门、永绥门、新建门、中山门、永固门、永靖门和坤吉门。

王耀武认为,攻击商埠区的作战已使共军遭受严重伤亡,至少需要三至四天的准备和恢复才可能攻击外城。于是,他将主力部队十五旅、十九旅和五十七旅集中于内城,将七十七旅、二三一旅和绥靖区特务旅以及保安六旅部署在外城进行防御。

华东野战军攻城部队确实极度疲劳,减员来不及补充,伤员还没有全被抬下去,弹药和其他攻城作战器材也消耗严重,按照一般的作战规律,虽然不至于如同王耀武估计的那样需要休整多日,但两天还是需要的。

许世友命令:持续攻击!即刻攻击!决不给王耀武喘息的时间!

二十二日黄昏,对济南老城的攻击不顾一切地开始了。

外城是济南城防的第二道防线,城墙由大石块和大方砖砌成,墙高八米、厚十米,城门楼是火力支撑点,城墙顶部设有母堡和子堡,城墙中部设有三层火力发射点,城墙外的外壕宽八米、深四米,内外设有铁丝网。

二十二日十八时三十分,攻城部队东西兵团的炮兵一齐开火,炮火准备长达一个小时。炮声一响,国民党守军立即开火,轻重机枪、毒气弹和火焰喷射器全部向城墙外倾泻,外城城墙下一片火海,毒气夹杂着浓烟翻卷升腾,令人窒息。

十三纵负责攻击西南方向的永绥门,三个团齐头并进:三十七师一〇九团攻击城门正面,一一一团攻击北侧,三十八师一一二团攻击南侧。一〇九团五连爆破组在炮火的掩护下,很快在外壕爆破成功,并把外城城墙炸开了一个两米宽的缺口。在团长田世兴的命令下,登城突击队开始冲击。二营四连五班长赵守令率领的战斗小组率先登城,将红旗插到了永绥门上。守军的炮火集中在这个狭窄的突破口上,步兵也开始了反击,先头登城的二营与后续部队被割断,跟随四连突破的营教导员姚江在反复争夺突破口的战斗中阵亡。二营营长宫本江督促后续部队全力突破,六连冒着猛烈的炮火实施登城,与四连一起巩固和扩大了突破口,一营和三营的官兵蜂拥进入外城。

十纵的任务是突破永镇门和小北门,主攻部队是二十九师。师长萧锋和政治委员李曼村最后确定:八十五团攻击永镇门,八十六团攻击小北门,八十七团和八十九团为第二梯队。永镇门是济南外城最坚固的城门,城高壕深,城楼工事密集,火力强劲。就在八十五团发动攻击的前一刻,国民党守军突然向这里进行了炮火反准备,伴随着数十架火焰喷射器一起发射,永镇门外顿时烈火熊熊,已经到达突击前沿的二营官兵伤亡惨重,所有的攻城器材都被烧毁。更严重的是,团属炮兵暂时无法接近射击,只能依靠步兵的炸药包强行爆破。二营教导员于耿光指挥爆破组在烈焰中强行爆破:第一爆破组组长赵同起带领两名爆破员首先将城门外的鹿砦炸飞;接着第二、第三爆破组先后炸毁了暗堡和地堡;第四爆破组不顾一切地直扑城墙,一声巨响之后,城墙炸塌了一角。由于城墙太厚无法洞穿,爆破组只有前仆后继地往上送炸药,在倒下了数名战士之后,终于把二十一包重三百七十多斤的炸药堆在了城墙下。爆破队副队长苟德光冲上去点燃炸药,三丈高的城门楼倒塌。三排长李振恒冲在最前面,并首先登城。刚上去就有五名守军士兵扑了上来,他打倒一个,其余的退守到地堡中,李振恒腿部中弹,他爬到地堡前将点燃的炸药包塞进去,巨大的爆炸将他抛出很远,他的耳朵被震聋了。三排官兵在城墙上抗击着守军的反击,牢牢掌握着突破口,让后续部队向外城里猛插。进入外城之后,巷战局面混乱,夜晚无法准确辨别地标,发生的几乎都是遭遇战。特务团团长蔡振华牺牲,八十五团副团长刘竹溪负伤,八十六团二营长曹振国牺牲,牺牲的还有石长才和魏和两位营长。

聂凤智的九纵和袁也烈的渤海纵队在城东主攻永固门。此时,永固门外还有历城和千佛山两个据点没打下来。聂凤智提出:绕过这两个据点直接攻击外城,而这两个据点的守军断然不敢出击,更不敢贸然开炮,因为开炮可能会误伤他们自己的部队。聂凤智还把上级要求他们"助攻"的命令,传达时擅自改成了"主攻",有干部说这样擅改命令不好,聂凤智说:"先攻进济南有什么不好?东面打好了,西面才能顺利!"于是,九纵对永固门的攻击一开始就显出了不惜一切的狠劲。聂凤智有一张王牌,就是在鲁南战役中缴获的四辆十五吨重的美式轻型坦克,坦克上配备有火力强劲的三十五毫米平射炮,而王耀武守备济南的坦克全部是陈旧落后的日式坦克。坦克开路,这在共产党军队以往的作战中极其罕见。当九纵的坦克向国民党守军冲过去的时候,守军官兵个个目瞪口呆,他们不知道共产党军队有了坦克,而且还是美式的,于是大喊:"别误会!我们是保六旅的!"见坦克不理会他们,纷纷掉头就跑。在坦克的助战下,九纵肃清了永固门的外围,然后用坦克上的平射炮把城门轰开,七十三团突击队员蜂拥而入。永固门城门太窄,坦克无法进去,步兵就用各种办法把城门凿大了,官兵们实在是太喜欢坦克了。

战后,山东兵团在战斗总结中特意把坦克夸奖了一番:"攻击永固门的战斗中,坦克共消耗炮弹约七百发,机弹一千八百发,我七十三团步兵未经爆破,即直接架梯顺利完成登城任务,极少伤亡……(坦克)火力命中精确,很短时间内即完成任务,颇得好评。"山东兵团政治委员谭震林在战后致毛泽东的电报中也特别提到了坦克:"我军坦克队已参战,战术上采用游击战,突然出现,达到了掩护步兵前进、压坍敌人地堡之作用。连续作战两次,仅一个驾驶员因胆大,开窗展望,手负轻伤外,余无损失。"

弹片横飞的激战之时,那位年轻的坦克驾驶员要"展望"什么?

二十三日,济南外城已被全部攻占。

上午九时,徐州"剿总"总司令刘峙和空军副总司令王叔铭飞临济南上空,用无线电话联络到王耀武,刘峙说:"你们的困难我知道。援军进展很快,几天就可以到济南。你们必须坚守待援。需要什么,可以空投。"王叔铭接着说:"总统很关怀你们,叫我们竭力援助你们作战。盼你们坚守待援。"王耀武已经不再指望援军尽快到达,他对王叔铭说,共军的各级指挥部和大量后续部队均集结在济南四周,空军要炸尽管炸好了。

王耀武的守军退守内城。

许世友的攻城部队已经精疲力尽。

从一个一个歼灭外围所有的据点开始,到一个一个突破外城所有的工事和堡垒,华东野战军攻城部队的官兵已是伤痕累累,血迹斑斑,当他们穿过在炮火中成为一片废墟的城市,穿过布满交战双方战死者尸体的街道,从不同的方向推进到济南内城的时候,顿时表情严峻:与外城一样高大的城墙和城门森严地矗立在他们的面前。

济南战役：决战的序幕

绝望到极点的王耀武与千里之外的南京通了电话，被济南战况的各种消息折磨得心力交瘁的夫人听见丈夫的声音，哽咽着问："你在哪里？"王耀武说济南打得很紧，但他还好。然后询问母亲的状况。夫人不得不告诉王耀武母亲因想念他病倒了。王耀武听后心如刀绞——他的白发母亲此生再也没能见着自己的儿子。

参谋长罗幸理报告了外城的战况：城东的共军已从永固门拥入，保安六旅利用民房逐屋抵抗，但旅长徐振中被俘后，东面的防御垮了。东北方向的十九旅被压缩在一隅，前沿支离破碎，旅长赵尧已经没有可以调动的部队。城西的普利门也已失守。西南方向，特务旅旅长张尊光率部反击无效，共军逼近了内城坤顺门。驻守齐鲁大学的青年教导总队向内城撤退时被截击，总队教育长张叔衡控制不了部队，共有千余人投降。目前，外城的残余部队都已撤进内城。城内地域狭窄，房屋过多，遮蔽角大，因此重武器，特别是火炮，全部放在了体育场里。罗参谋长最后建议说，原以为济南至少可以守二十天，但照现在的态势，共军明天或后天就会占领整个济南，到准备后路的时候了。

准备后路？后路是什么？

济南城四周已经布下天罗地网，出去不被打死就会被活捉。

战死成仁？妻儿母亲怎么办？

译电员送来一份密电："王司令台鉴：二十三日九时，空军王副司令徐州刘总司令凌空督战，拟与你通话，务请迎候。国防部。民国三十七年九月二十三日。"

王耀武不禁怒火中烧："凌空督战！我们败就败在这里！"

罗幸理也觉得没什么可指望的了："他们的援军在哪里？坐牛车

也该到了!"

国民党《中央日报》消息:

刘峙总司令二十三日偕王叔铭副总司令同飞济南上空,指挥陆空军作战。两氏目击据守济南环城阵地及千佛山、马鞍山、四里山各据点之国军奋勇与匪搏斗,并见城内秩序甚佳。刘总司令自机中以无线电话与城内王耀武主席兼司令官晤谈。据称:济南国军连日来,毙伤匪两万余人,国军虽有伤亡,但士气仍振奋,官兵共抱坚守到底之决心,并有办法击退来犯之匪。刘总司令得悉此种情况,极感欣慰,当多方予以勉励,深信渠到必能达成任务。

王耀武召开了军官会议。他说,现在守城阵地只剩下内城了,这是我们赖以生存的最后阵地,内城如果被突破,我们为党国而战的历史就此结束。本司令不想把济南城交给共军,共军也不可能一夜之间拿下内城,希望大家同心同德,没准能打出一个奇迹,等到援军的到达。

整编七十三师师长曹振铎态度坚决。他认为内城城墙又高又厚,城墙上筑有三道射击阵地和消灭死角的侧击掩体,可以构成严密的火力网,完全能够抵御共军的攻击,以延长作战时间等待援军。整编第二师师长晏子风却认为援军不可能到来,唯一的出路是与共军谈判。在此之前,晏子风曾冒着炮火跑回王耀武的指挥部,要求准许他和山东省党部主任庞镜塘出城与共军谈判,但王耀武不准。再次遭到拒绝后,晏师长说自己有病不能指挥部队了,他指定副师长唐孟鼙和参谋长田豫生代替他指挥——内城受到攻击后不久,晏师长带着卫兵出逃了。

王耀武无话可说,他让参谋长罗幸理在省府大楼内继续指挥作战,自己则转移到内城更核心的地带去。走的时候,他对省府的行政官员们说:"你们不是军人,没有什么责任,形势就是这个样子,回家照顾家人去吧。"当即,有人向王耀武表示了离别之情,也有人表示愿意跟着王耀武走。王耀武对愿意跟随他的官员说:"那么我们就一块走吧!"王耀武摘下了他佩带的手枪,这支手枪枪柄两面都镶嵌有银片,一面刻着"王耀武将军惠存,美军中将麦克鲁赠",另一面是同样内容的英文。王耀武交代身边的人把这把手枪锁在抽屉里,然后他带上钥匙与随从和警卫分乘几辆吉普车出了省府——王耀武把随身手枪留在省府里的举动令人奇怪,但更让人奇怪的是他随后的行动。他似乎漫无目的地在内城里转圈,先乘车、再坐轿,又乘船,跟随他的人都不知道司令官要干什么和要去哪里。王耀武在大明湖南岸上了一艘游船,游船驶向城北的北极庙。下船之后,王耀武走进北极庙西侧的成仁寺地下室,他的副参谋长等人已经在地下室设立了一个简易指挥所——这是王耀武济南城防的最后的指挥所,也是他军事生涯的最后指挥所。

二十三日黄昏,济南城突然亮如白昼。从青岛起飞的B-29轰炸机将炸弹密集地投到济南城区之内。城西的火光格外刺眼,济南最大的一座汽油库在轰炸中被击中。在轰炸济南的飞机中,有一架运输机格外显眼,因为它专门负责向市区投掷燃烧弹,整座城市因此烈焰熊熊——这架运输机是国民党军驻青岛的第十一兵站特别向陈纳德开设的航空公司租用的,想必机组人员都是美国人。

此时,华东野战军攻城部队已伤亡过万。

是否立即攻击内城?

有指挥员认为,部队必须停下来补充休整,哪怕是两三天;也有指挥员认为,这个时候对于攻守双方同样艰难,自己停下来补充整顿,守军也就得到了喘息时间;还有指挥员建议,压缩补充休整的时间,二十三日晚休息一夜,二十四日攻击内城。但是,攻城部队已经集结在济南城的腹部,如果不迅速攻下内城,不但在敌机的轰炸中会徒增伤亡,而且一旦让国民党守军得到喘息,战役拖延下去,敌人的增援大军一到,战场局面将转变为被动。

华东野战军指挥部决定,不怕疲劳,不顾伤亡,即使外城残敌尚未完全肃清,即刻向内城发动攻击,迅速攻陷济南内城。

二十三日晚十八时,许世友下达了攻击内城的命令。

一个小时的炮火准备之后,各纵队突击队开始强行架设浮桥,或徒涉、泅渡过护城河,以抵近济南内城城墙。

十三纵三十七师由西南角的坤顺门两侧实施突击。主攻部队一〇九团团长田世兴在抵近前沿时面部中弹,伤势严重。接着,突击八连涉水过河,炸开铁丝网和城墙下的地堡后,正准备爆破城墙,国民党守军发射了大量的燃烧弹,瞬间形成一道宽四十米、长一百米的火墙,突击队的电话线被炸断,人员和器材损失严重,打开的攻击通道被重新封堵。八连的爆破组依旧顽强地向城墙下运送炸药包,爆破队员用长竿撑到陡峭的城墙上,用长绳拉响炸药。为了恢复与后方的联系,战士们在敌人的火力封锁下来回爬行修复电话线,电话班长林树一牺牲后手里还攥着被烧焦的电话线,而从指挥所爬向前沿传达命令的通信员,一个又一个中弹倒在途中。尽管爆破组把数十包炸药送了上去,连续爆破后仍未将城墙炸开,有的炸药包爆炸后仅仅炸出个小坑,这让爆破队员大骂缴获的洋炸药效力太低。实际上,是战士们操作有误:美国制造的TNT炸药需要每块都插进一枚起爆雷管,而爆破队员把这种炸药想象成自己制造的土炸药了,十几块甚至几十块捆绑在一起,以为只要插进去三五个雷管就能引爆,于是洋炸药因为插进去的雷管有限只能引爆两三块炸药。爆破效果不好,三营长急了,组织官兵架梯登城,但梯子太重导致行动缓慢,敌人很快就发现了架梯的位置,梯子被手榴弹炸断。

与此同时,渤海纵队在新东门的攻击也未取得成效。

九纵二十五师从东南角一度登上城墙,但因后续部队没能跟上,登上城墙的官兵全部牺牲。

午夜时分,攻城各部队均未打开突破口,战场一时间寂静下来。

月光如水,繁星闪烁,济南内城依旧矗立在夜空下。

许世友的指挥部里悄然无声。

激战关头,任何迟疑都会给战局的演变带来不可预测的后果。

攻城部队已经连续战斗七天七夜,继续攻击下去也许难以迅速奏效,但如果拖到天亮还没有成效,部队暴露在敌人飞机和火炮的轰击下,将会出现更大的伤亡。

许世友说:"我们的困难大,敌人的困难比我们更大!现在就看谁的决心硬过对方。我们要跟敌人比毅力,比顽强,比后劲。胜利往往就决定在最后的五分钟!"

九纵二十五师七十三团战前曾接受过一面旗帜,旗子上写有"打到济南府,活捉王耀武"十个大字。这是山东解放区的老百姓授予九纵的,九纵又把旗帜授予了二十五师七十三团三营七连。七连指导员彭超接过旗子的时候,代表全连表了决心:"我们的血要流在城上,决不流在城下,只要我们还有一个人,就一定把红旗插上城头!"

再次攻击前,七十三团团长张慕韩接到了纵队司令员聂凤智的电话:"现在就看你们的了!"张团长放下电话,立即来到三营,与官兵们一起分析之前攻击失利的原因。官兵们说,爆破组的同志大多是在路上负伤的。城墙根那里却是安全的,因为敌人投下的手雷和炸弹不等爆炸,就顺着斜坡滚下护城河了。伤亡最多的是在小石桥到城墙根这段路上,这说明步炮协同和冲锋时机的掌握出了问题,让敌人抓到规律了。大家建议在炮火准备的时候,就把突击队带到城墙下面,把梯子准备好,炮火一延伸,马上就突击,给敌人来个措手不及。有人对护城河里敌人设置的照明设备有顾虑,七十三团政治部主任王济生说,这件事由我负责解决。最后,他对大家说:"记住,你们一上城头就把那面红旗插上,它是我们胜利的标志,后面的部队看着它呢。"

二十四日凌晨一时三十分,对济南内城的攻击再次开始。

炮火准备得很充分,步炮配合得也顺利,原来担心突击队就在城墙根,炮弹稍微偏一点落到城墙下,那里的两个班就完了,但是炮弹却像长了眼睛一样发发落在城墙上。七十三团突击三营长兴奋地报告说:"爆破组上去了!""梯子组上去了!"梯子足有三丈长,三排副排长任桂学带头爬上去,爬到半截才发现梯子还是不够长,距离城头至少还有一人高。梯子组的战士急眼了,干脆把沉重的梯子扛了起来,但是依旧不够长。连长萧锡谦喊:"不够高也得突!二班长上!"二班长李永江膀大腰粗,作战凶猛,人称李二虎。听见连长的命令,他一个箭步就上了梯子,二班的战士也都跟着他上了梯子。为了增加高度几乎陡立起来的梯子摇晃着,梯子组的战士在下面死死地抱着。李永江一步步地向城墙顶端接近,梯子不够高,后面的人喊:"踩着我的脑袋!"喊话的是战士于洪铎。李永江抓住城墙上的残砖,登在于洪铎的肩头,用力一跃飞上城头。他身后的战士也不顾一切地往上登,被踩掉的砖头纷纷落下,砸在梯子组战士的头上,他们还是死死地抱着梯子不放手。

城墙上的炮火已经延伸,一群国民党守军正往这里跑,企图封堵突破口。李永江端起机枪开始扫射,于洪铎没来得及举枪就与一名国民党兵扭打在了一起。解决了这股冲过来的敌人后,七连官兵一起冲向城墙上的重要据点气象台。守军的敢死队扑了上来,七连官兵死守不退。激战中,三营和二营先后登城,迎着反击的敌人向两侧发展,城头上的战斗开始惨烈起来。枪炮声、兵器的撞击声和肉搏的咒骂声混杂在一起。七十三团官兵在突破口上整整坚持了三个小时,用极大的牺牲巩固和扩大了突破口。

第二梯队上来后,团长张慕韩意识到,大部队聚集在城墙上,如果遭到敌人的炮火反击,后果不堪设想。他立即命令全团下城往里面冲。但是,负责携带下城绳索的战士牺牲了,而城墙有十几米高。

不知谁喊了一声:"同志们！跳呀！"

九连二班长王其鹏带头跳下去,其他官兵也纷纷纵身往内城里跳。

张团长向纵队指挥部报告:"七十三团已经冲进去了！"

七连指导员彭超向通信员小宋喊了一声,小宋应声登上城墙的东北角,那面百姓所赠的红旗呼啦一下展开了。

华东野战军第九纵队二十五师七十三团战后被授予了"济南第一团"的光荣称号。

血战真正来临了。

整编七十三师七十七旅旅长钱伯英接到王耀武的命令后,立即赶往内城西南角上的坤顺门督战。除了七十七旅之外,这里还加强了整编第二师二一三旅一部、整编三十二师五十七旅一部。守军以绝对优势兵力从东、南、北三面向登城部队进行猛烈反击。狭窄的城墙突破口上,敌人在各种火器的掩护下蜂拥而至,企图把登城部队赶下城去。冲上去的三连和九连已经冲进内城,后面的部队依旧在顺着云梯往上爬,城墙突破口上只有七连在坚守。由于突破口的宽度有限,加上左右两侧的攻城部队还没有得手,致使这里的守军利用两侧碉堡的火力全力掩护对突破口的反击。坤顺门城楼顶部的大碉堡和城内高大楼房的火力点也集中向突破口射击,后续部队被严重压制,突破口上的七连处于孤军作战的危境。排长王玉亭率领小炮排迅速开炮,炮弹在五十米处爆炸,迟缓了守军的反击。机枪班长王芝云在向一个火力点射击的时候负伤,接替他的射手李玉臣也倒在了王班长身边,二班副班长举着两颗手榴弹拼死向前,把那个火力点炸毁之后,他抱起一块大墙砖向冲过来的守军扑了上去。七连在战斗中迅速减员,副营长张本信一边喊着"坚决守住突破口",一边端着机枪扫射,他两次中弹倒下又两次站起来,直至最后牺牲。这个年仅二十一岁的基层指挥员的两个哥哥在之前的战斗中已经牺牲,攻城前上级把他列入重点保留的人不让他参战,但是张本信坚决请战,最终血染战场。此刻,登城时负伤的营长张世礼躺在城墙下,他知道城墙上的情况万分危急,他命令重机枪连连长高瑞珠立即组织重机枪手登城,高瑞珠亲自带着两挺重机枪强行登城,刚爬上城墙便遭到守军的猛烈射击，高瑞珠牺牲在突破口上。一营长田军率领一连和二连不惜代价增援城头上的七连。不断有战士在登城的时候中弹从云梯上摔下去，那些登上城头的官兵因为缺乏火力掩护而无法展开。

天亮了。国民党军开始向突破口增援。一〇九团副参谋长梁凤岗、一营长田军和三营教导员牟灿都在城头指挥作战，他们的呐喊声激励着官兵们进行最后的血战。一连长周炳头部中弹，倒下的时候仍然端着机枪。一排机枪班长曲光喜的手臂被打断，他把打完子弹的机枪扔下城墙，独臂举着一把铁镐扑向敌群。一连副班长是在莱阳战役中解放过来的战士，在炸毁了一座碉堡之后，他端着刺刀与围上来的守军周旋，直到被刺倒在城墙上。一连八班十六岁的士兵石仁芳胳膊和大腿两处负伤，他拒绝班长把他背到安全的地方去，他拖着炸药包爬向守军的火力点，在炸药包爆炸的同时他身中数弹牺牲。

十三纵三十七师师长高锐调动了所有的火力支援城头，两门山炮被架在齐鲁医院的楼顶上直接向坤顺门城头轰击，山炮和榴弹炮的炮筒都打红了，但是依旧无法完全压制守军的反击火力。城墙下的二营官兵在营长宫本江和教导员姚江的率领下冒死登城。守军的火力更加猛烈，突击队员冲进护城河时就已被大量杀伤，而冲到城墙下的官兵重新竖起云梯，爬到一半的时候，梯子被炸断，官兵们全摔了下来，教导员姚江牺牲——突破口，一个被炸开的城墙斜坡，已经层层叠叠摞满了牺牲官兵的遗体。那些躺在斜坡上尚有一丝气息的伤员用最后的力气喊："从我们身上踩过去！踩过去，冲啊！"

四个小时后，突破口被国民党守军重新占领。

已经突进内城的三连和九连被分割在城里。

绝不能停止冲击！坚决把突破口再次打开！

十三纵三十七师师长高锐和政治委员徐海珊命令：一一〇团三营接替突击坤顺门的任务；一一一团从一〇九团曾经打开的突破口打上去。

一一〇团三营长刘坤和教导员王文立即率领官兵抵近坤顺门。二十四日上午八时，在三营即将发起突击的时候，纵队司令员周志坚来到前沿。这里距离城墙仅二十米，司令员对三营官兵说，济南战役到了最关键的时刻，城里的百姓盼望我们尽快打进去结束战斗，我们遇到了很大的困难,但是无论如何要突进去!最后,司令员问:"大白天发动攻击,你们能行吗?"

官兵们齐声喊:"能行!"

营长刘坤命令:七连实施爆破,九连架设云梯,八连全力登城。

战斗重新开始了。纵队所能集中的火炮、火箭筒和机枪一齐向城头开火,三营官兵抬着几百斤重的巨大云梯冲向城墙。抬云梯的战士不断倒下,不断有人接替上去,云梯再次靠上了城墙。城上的守军拼命往下扔手榴弹。云梯訇然倒下,但城下的官兵蜂拥而上,云梯再次竖立起来。终于,在九连长秦嗣照的呐喊声中,官兵们再次登上城墙,城墙上立即成了肉搏场。在残酷的刺刀对刺中,国民党军肝胆俱裂,九连官兵趁势逼上去,把跑不及的守军往城墙下推,如果敌人抱住了他们,他们就与敌人一起跳下城墙。守军聚集起十倍以上的兵力开始第四次反击。九连长秦嗣照负伤,指导员张福善牺牲。三营营长刘坤身负重伤躺在地上,当他看见班长李来祥端着机枪猛烈射击的时候,用已经微弱的声音喊:"李来祥!你小子是好样的!"

突然,城墙上的守军混乱起来,因为他们的身后出现了攻击部队。

被分割在内城里的三连和九连,在与上级失去的联系的情况下,从俘虏的口中得知突破口被守军重新占领。九连指导员刘健和三连长吕洪团研究决定,以一部分兵力顶住敌人,抽另一部分兵力打回去,策应团主力恢复突破口。他们首先占领了突破口附近的一座楼房,然后组织火力向守军的背后开火。他们的策应令攻城部队当面压力骤减,后续部队得以在短时间内大量登城。

由于突破口狭窄,登城官兵密集,国民党守军的炮火和飞机轰炸给部队造成大量的伤亡——三十七师师长高锐负伤,在官兵中享有极高威望的师政治委员徐海珊牺牲。

战后,华东野战军第十三纵队三十七师一〇九团获得"济南第二团"的光荣称号。

王耀武的最后时刻到了。

二十四日凌晨一时,在省府内指挥作战的参谋长罗幸理与徐州"剿总"参谋长李树正通了一次电话,报告了济南战况的危急。李参谋长除了说些安慰的话之外,表示他也没有别的办法。子夜过后,华东野战军攻城部队已经突入内城。拂晓时分,罗参谋长又与在大明湖成仁寺的王耀武联系了一次,王耀武说共军突破了西门十五旅的防线,内城阵地已经瓦解。就在这时,部属进来报告说,没水了,共军占领了趵突泉的水厂,把这里的自来水掐断了。接着,电也没了。接近中午的时候,内城的巷战更加激烈。王耀武又打来电话,语气低沉地说:有组织的抵抗已全部崩溃,"情势困难,各自珍重"——这是国民党军第二绥靖区参谋长罗幸理与他的司令官王耀武的最后一次通话。

此时,成仁寺指挥所的防御阵地已经被严重压缩,仅剩下张公祠至铁公祠之间四百米左右的狭窄地带。王耀武知道他必须选择出逃了。

> 王耀武在面临绝境,准备外逃之际,对副参谋长干戟和我(国民党山东省府秘书王昭建)说:"这地方叫成仁寺,犯了地名,一进门我就很不高兴。蒋先生给过我们每人一支佩剑,上面镌有不成功便成仁的字样。这是他对我们的期望,也是我们的素衷。今天失败到如此地步,我们要不要成仁呢?我认为我们不能自杀,即便自杀也成不了仁!因为,内战不同抗战,如果自杀,徒死无益,反会留下骂名,被人讥笑。所以,我决定带几个人突围,不能在此坐以待俘。"他又指着我说:"你回家,你是当地人,谅无危险。干戟是湖北人,口音不对,地方不熟悉,在济南举目无亲,你帮帮他的忙。"言毕,干戟哭了,绥区的几个处长也哭了。之后,王耀武便与参谋杨筠、副官宋广义、卫士徐超等向西而去。我约在十五分钟后也走了。

王耀武命令十五旅一部利用北极阁通往城外的坑道向北突围。该部突围的时候与华东野战军攻城部队发生激战,王耀武趁乱跑到了城外的一个小村庄里,他换上百姓的衣服后向东逃亡。

在省府指挥部里,参谋长罗幸理得知王耀武逃跑之后,分别给仍在作战的各部队指挥官打了电话,说:"王先生已走,你们各自想办法吧。"然后,他对身边的工作人员说:"你们赶快走吧,我在这里没关系,我和陈毅认识。"说着,他拿出许多罐头、食品和香烟,一一分给每个人。大家各自东张西望了一会儿,蹑手蹑脚地都走了。

随着攻入济南内城的共产党官兵越来越多,城内各要点的国民党守军大都放弃了抵抗,攻城部队向省府大楼和王耀武的指挥所迅速推进。

九纵二十五师七十三团的一个班长负伤后被俘,在被处决前,国民党军的一位军官审问了他。审问记录在济南战役结束后被缴获,山东兵团政治委员谭震林把这段审讯记录用电报的形式发给了毛泽东:

"你来做什么?"

"毛主席命令我来打济南!"

"你有把握吗?"

"完全有把握,有信心!"

"你已被俘,怎么办?"

"我们的人多得很!"

这个自豪地宣称"我们的人多得很"的普通战士倒下的时候,正是他的战友们攻到济南内城省府的时刻。

防守省府的整编八十三师十九旅五十六团团长黎殿臣一撤再撤,最后试图占据三面临水的汇泉寺作最后的抵抗。这时,十九旅的五十五团和五十七团已经撤退到北极阁附近,旅长赵尧派人给黎团长送来一张字条,上面写着:"司令官已走,以下人员也都各自走路,现在济南已无人指挥。我们相聚多年,希弟速来一会儿,部队暂指定人员指挥,切盼!"黎团长当即带着几名卫兵去找旅长,见到赵旅长的时候,另外两个团长也都赶来了,赵旅长正在骂:"妈的,他们都走路,我们也走!你快写手令,命令部队向北极阁撤,重武器不要了,统统丢到湖里!"黎团长写好手令,派人送出,然后换上了一身士兵的军装。另外几个团长也忙着换衣服,旁边的卫兵看着团长们的举动谁也不吭声。换好了衣服,在赵旅长的带领下,几个"士兵"团长开始往城外跑,跑到城墙北面发现没有去路,又掉头往回跑。这时,他们看见自己的士兵正沿着北极阁北面城墙上的交通壕向西逃,交通壕内拥挤不堪,到处是丢弃的枪支弹药和行李。溃兵们越往西越拥挤,因为整编七十三师的溃兵也加入了进来。黎团长独自一人悄悄地用绳索溜下城墙,不久就被搜索的解放军官兵发现了。

省府大楼里,省府总务处长乔玉江向罗幸理建议与共产党军队谈判,罗幸理让他出去看看情况再说。一会儿,乔处长回来了,说:"在前面见到了解放军的指挥官,他说山东兵团司令部参谋长要你前往接谈停战。这样解放军就不强行攻击,可以减少双方的死伤,也可以减少你对战争应负的责任,山东兵团参谋长已在二门口外,希望考虑。"罗幸理随即和乔玉江一起走了出来。他们看见成队的解放军官兵正往大门内拥,先头部队与防守省府的警卫部队枪口对枪口对峙着,但双方都没有开火。一位姓黄的解放军干部对罗幸理说:"山东兵团司令员许世友将军要我转告你们,他要你们停战,放下武器。如果停战,对你们有好处,可以减轻你们的责任和双方的伤亡,请你们认真考虑。"罗幸理当即表示愿意停战。他回到指挥部里,大部分人员都同意停战,但手枪警卫排的一些官兵不愿意。罗幸理对他们说:"能战则战,不能战就逃,不战不逃只有缴械,哭有什么用!"在一位连长带领下,解放军官兵进来开始收缴武器。

华东野战军攻城部队占领国民党军第二绥靖区司令部的时间是:一九四八年九月二十四日下午十六时三十分。

经过八天的战斗,济南被攻占。

此时,由于粟裕打援兵团的重兵部署,由于惧怕重蹈豫东战役中区寿年兵团的覆辙,虽经蒋介石三令五申和严厉督促,邱清泉、黄百韬和李弥的三个兵团依然行动迟缓,当济南已被攻占的时候,邱清泉兵团才推进至成武、曹县地区,而黄百韬、李弥两兵团尚在集结之中。

济南战役共歼灭国民党正规军一个绥靖区司令部,一个整编军部,两个整编师部,十个旅又一个团;非正规军一个保安司令部,四个保安旅,四个团的地方武装和特种兵一部,共计十万余人。

华东野战军攻城部队伤亡二万六千余人,其中阵亡官兵二千九百三十余人。

山东百姓对华东野战军的作战给予了极大的支持。

战役期间,支援前线的粮食达一亿四千万斤,这个数字按照参战官兵和支前民工的总人数计,可以吃上两个月,而运送这些粮食需要小推车五十万辆,因此支前民工达五十一万四千人。百姓以"一切为了前线,一切为了胜利"的决心,昼夜奔走在千里运输线上,车拉、人挑、畜驮,灯笼火把,风餐露宿,他们将大批弹药、粮草和作战物资源源不断地送往前线,其中九纵获得门板两万两千五百块,锹镢八千把,麻袋两万条。维护交通的百姓日夜抢修公路和桥梁;跟随作战部队的百姓冒着枪林弹雨抢救转运伤员;战区内的民兵则昼夜站岗放哨,堵截抓捕国民党军逃散官兵,在百姓编织的天罗地网中,国民党高级军政官员几乎无一漏网。

山东寿光县公安局一九四八年九月二十八日报告:

一、自济南战役开始时,我们即根据地委指示,作了全县的布置,推动全县盘查行人。县各机关住屯田村,西临洱河,在村西北角修了一个大木桥,是沧滩公路必经之桥,我们在这里每天有两个岗哨盘查行人。本月二十八日早八点时候,政卫队战士刘金光、刘玉民、张宗学三武装同志正在此处站岗,这时从西边公路上来了两个胶皮脚大车,车上拉着两个女人五个男人,我们三个同志看其形迹可疑,即令其站住,检查一下。问其从哪里来,他们说:"从济南来是逃难的。"

问:"你们是干什么的?"

答:"做买卖的。"

就每个人问其姓名。答:"徐超、李爽、万元选、乔玉龙、乔坚[即王耀武]。"还有两个女人。

又问:"你们是哪里人?"

答:"我们都是济南人。"

此时乔坚用白手巾蒙头,并用棉被盖着身体,躺在车上装病。我们听了他们的口音都不像济南人,此时我们三个同志,见其形迹可疑,因距机关不远,即送到机关来了。

二、检查与个别谈话。到机关后由审讯干事王洪涛同志检查,查出赤金小元宝二个,银币十一元,本币六千余元,并通行证一纸[是益都街长杨某给他写的]。王洪涛同志即与他们谈话[此时王耀武仍然是在车上用白手巾蒙着脸装病],我们遂先问其随从。

问徐超:"你是哪里人?干什么的?想到哪里去?"

答:"我是济南人,是做买卖的,我自济南逃出想到青岛去找朋友做点买卖,先维持生活。"

又问李爽:"你是哪里人?是干什么的,想到哪里去?干什么?"

答:"我是济南市里人,是做买卖的。我在仁丰纱厂做工,因为济南完了,房子烧了,想到青岛去找我父亲,我父亲在青岛卖鱼。"

又问万元选:"你是哪里人?是干什么的?想到哪里去?"

答:"是开饭铺的,因为没有办法了,想到青岛去,找点工作谋生活。我是济南人。"

根据以上三个人的谈话,他三个人的语音都不像济南人。另外他三人都说上青岛也有可疑。同时又问:"你们这些人在哪里找到一块的呢?"他们有的说在周村,有的说在明水,有的说在济南一块出来的,都不一致。而且他们的神情上态度上,都不像老百姓,也不像商人。

又问两个女人:"你俩是哪里人?干什么的?想到哪里去?"

答:"俺是潍县南关人,在济南做买卖,卖烟卷的,在济南二三年了,俺要回家去,在益都西门外碰上这车,才跟上的,可问车夫。"

问:"这些男人,你们认得么?"

答:"不认得,路上遇上的。俺路上很困难,要饭吃,跟着他的大车走。[大车是哪的?]大车是他们雇的。"

我们根据女人的口音,是潍县,看样子很老实。

又问乔玉龙:"是哪里人,干什么的,想到哪里去?"

答:"我是点心铺的,在三大马路纬十二路,我是济南人,想到青岛去,因为青岛有朋友开车行,找他想办法,车上那个病人——乔堃是我叔父,他在济南叫炮震聋了,吓出病来了。我与他一块到青岛去。"

又问乔堃:"你是哪里人?干什么的?"[这时候王仍在车上蒙着手巾,盖着棉被,装病很重的样子不能下车,伸出舌头给我们看不会说话。但是看样子,很大的脸,围腮胡不像老百姓。我们拿起头上的白手巾细看,脸上的皮肤很白,热天的时候,很像戴军帽的痕迹,估计他最低限度是个官。我们即叫他下车谈话。最后他起来要下车时,乔玉龙即跑过去把他背下来。一会儿他要大便,乔玉龙从衣服内拿出很多的一把白色的手纸来,我们从这些地方估计,若是个官还不是小官,商人绝无这样子。]

问:"你是什么时候出的济南?都在何处住过?"

答:"我是这月十八日晚上,我看了看济南炮火很厉害,本来无办法,我就出了济南,在北关住了一夜,又到北边个小庄里住了三晚上,看看济南不行了,才向这走,又在明水住了一晚上,在周村住了三晚上,又在益都住了一晚上,今天到这里来的。"

问："你都是在谁家住的,在什么客栈与饭店?"

答："我是想不清,他们可能知道[指那几个人]。"

问："你要到何处去,去干什么?"

答："我想到青岛去,因看济南无办法了,想到那里找点买卖做。"

……

五、开始审讯。当即于本日下午三点半,由王股长进行审讯。王耀武一到禁闭室就不断要求谈话,提审员提出他[指王耀武]时,叫他头里走,他不肯走,表现恐惧。他告诉提审员说:"我们俩并肩走吧。"及到提审室时,态度失常。审讯经过:

问："你是哪里人?"

他即说："你是县长吗?[当时他向屋周围看望]"

又问："我问你是哪里人,你问我是否县长干什么?"

答："我已经到这个地步,干脆我就说了实话吧,我是王耀武呀!那几个人是我的卫士。我要找县长谈谈……"

当时就发现他是王耀武,遂即马上派人去追那放走了的三个男的,二个女人。结果他们是分开走了,找到潍县才找到两个男的,两个大板车和那两个女人[现在潍县公安局扣押],那一个男人西去了,没找到。发现了王耀武之后,当晚又做了饭给他吃了,由我们县刘政委、张县长与他谈话,王耀武谈话如下:

1、从本月二十四日十二点半的时候,我即出来了,到了济南外围的一道工事里隐蔽着。这一夜下了一夜雨,我住了一夜。二十五日一天我即到了周村,在周村雇的大车,二十七日到益都,夜间走了一宿,二十八日即到了此地[指屯田村]。

2、这次济南失守主要是士气低落,即上级长官,虽然口里不做声,也是不高兴。总之基层问题没解决,士兵每天吃不饱穿不暖,还能打仗吗?

3、济南失守主要[因]吴化文投降,他在投降前召集营以上干部开会,以后一个团长告知我。那时仅有四十分钟,不过电话还能联系,我即告他说:"你要攻城,不攻城,随你的便吧。"他就拉着走了。这次投降的原因,一方面是吴化文很滑;主要是何志斌这个旅长因他过去被俘受了解放军教育,叫何把吴拉拢投降的。

4、你们[指我们]这个宽大政策真厉害,我们就是怕你们这个宽大政策。

5、第二[个]失守原因是飞机场失守,当时拾到你们的炮弹皮看是野炮,估计是在黄河北打过来的,这样远[十五里多]落到飞机场三发炮弹,结果飞机运到七个连就不敢运了,那七个连都吓散了。

6、我筑工事在济西里山二十多里,准备济南不利,即撤到那个地方去,那里早准备着给养。结果你们不打那里,从东西攻进来了。东面是徐振中(保安六旅旅长)守东门间不大的一块地方,才上去两天,就被你们从那里攻进城来,好像你们早已知道徐振中在那里守一样。解放军进城以后,我找不到徐振中了。

7、国民党老是落后,共产党老是进步,共产党进一尺,国民党进一寸。我见到你们这边整风,我也叫下边整风,结果不管事。因为他们[指基层]光说不做。另外政治、经济、文化、军事四大要素都不如你们,因此国民党不行。

8、明天最好送我到华东局去谈谈,最好发个电报去,来个卡车送我去吧!

此报告现存于山东省档案馆。

十月三日,新华社发表了题为《庆祝济南解放的伟大胜利》的社论,这篇由毛泽东亲自审定的社论称:济南战役的胜利"证明人民解放军强大的攻击能力,已经是国民党军队无法抵御的了,任何国民党城市都无法抵御人民解放军的攻击了。"

"济南战役揭开了解放战争战略决战的序幕。"

一九四八年秋季,中国北方广袤的田野上弥漫着庄稼成熟的浓郁气息。

国共两军的决战时刻已经来临。

解放战争 目录（下）

（1948年10月—1950年5月）

第 十 章
  辽沈战役：高粱红了 / 1

第十一章
  辽沈战役：死亡的开端 / 83

第十二章
  淮海战役：喊杀之声不绝于耳 / 165

第十三章
  淮海战役：惊人的态势 / 241

第十四章
  淮海战役：勇敢地向前进 / 327

第十五章
  平津战役：坦克驶过东交民巷 / 389

第十六章
  钟山风雨起苍黄 / 485

第十七章
  熟透的李子 / 557

第十八章
  士兵的山河 / 639

西北作战经过要图

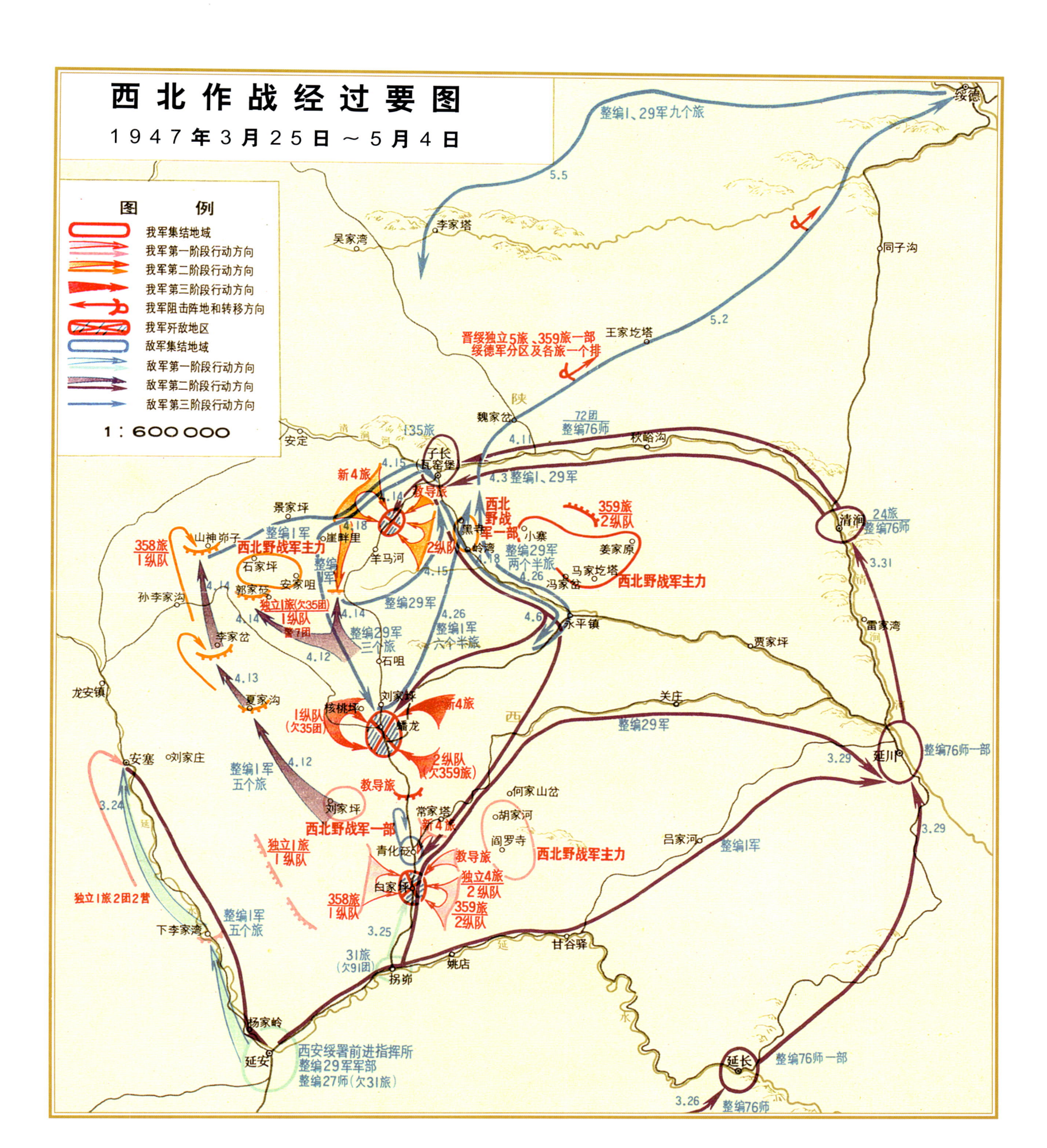

1947年3月25日～5月4日

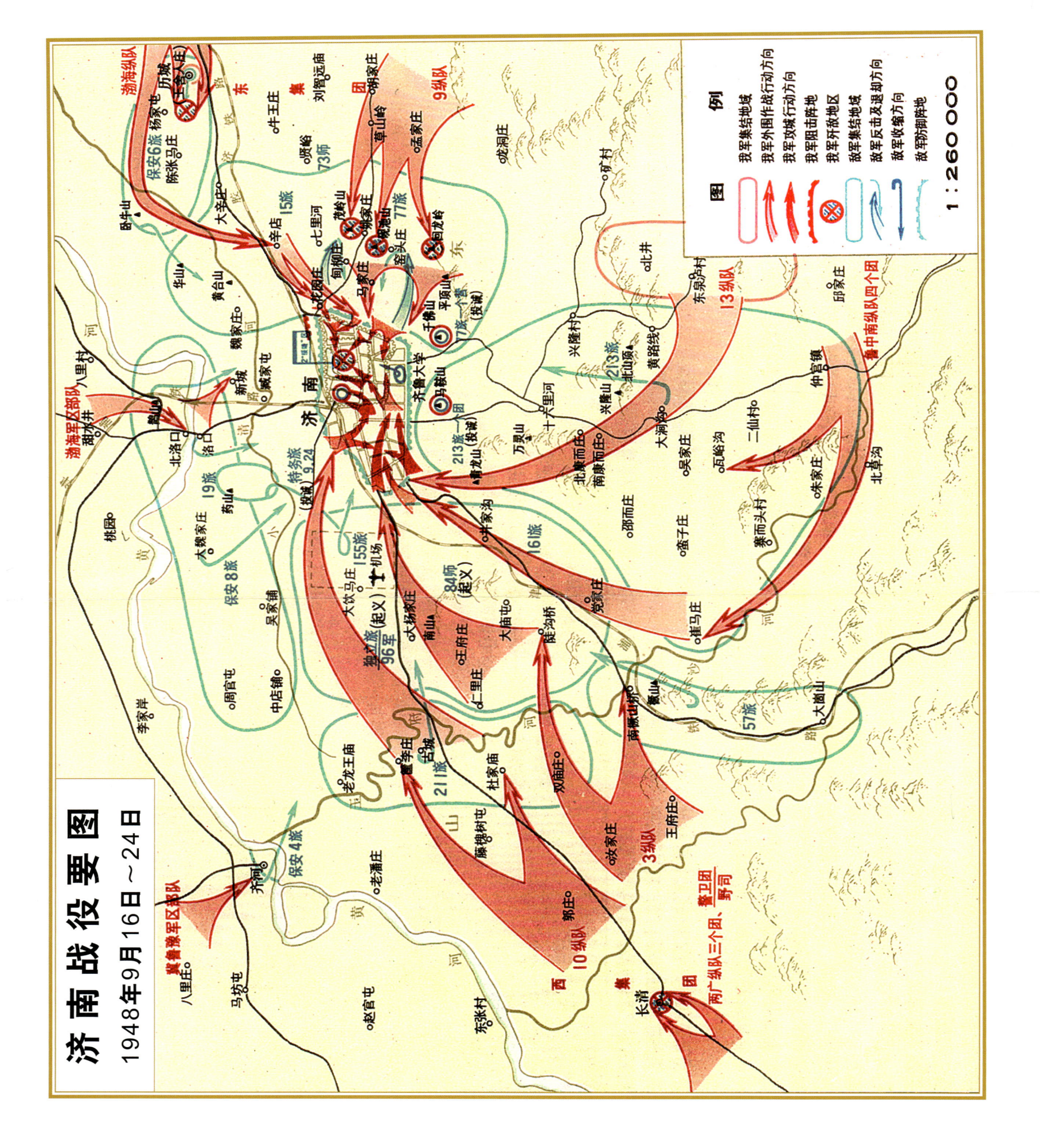

济南战役要图
1948年9月16日～24日